Vida e destino

VASSILI GROSSMAN

Vida e destino

Tradução do russo
Irineu Franco Perpetuo

6ª reimpressão

Copyright © 1980-1991 by L'Éditions l'Âge d'Homme and the Estate of Vassili Grossman
Copyright © 1992 by The Estate of Vassili Grossman
Publicado originalmente por L'Éditions l'Âge d'Homme

Título original
Жизнь и судьба [Jizn i sudbá]

Capa
Thiago Lacaz

Imagem de capa
Latinstock / Dmitri Bactermants / Corbis

Preparação
Diogo Henriques

Revisão
Cristiane Pacanowski
Ana Kronemberger
Tamara Sender

CIP-Brasil. Catalogação na fonte
Sindicato Nacional dos Editores de Livros, RJ

G921v
    Grossman, Vassili Semiônovitch,
       Vida e destino / Vassili Grossman ; tradução Irineu
    Franco Perpetuo. – 1ª ed. – Rio de Janeiro : Objetiva,
    2014.

      ISBN 978-85-7962-339-4

      1. Guerra Mundial, 1914-1918 – Ficção. 2. Nazis-
    mo – Ficção. 3. Ficção ucraniana. I. Perpetuo, Irineu
    Franco. II. Título.

                  CDD: 891.793
14-14773   CDU: 811.511.131(477)-3

[2022]
Todos os direitos desta edição reservados à
EDITORA SCHWARCZ S.A.
Praça Floriano, 19, sala 3001 — Cinelândia
20031-050 — Rio de Janeiro — RJ
Telefone: (21) 3993-7510
www.companhiadasletras.com.br
www.blogdacompanhia.com.br
facebook.com/editoraobjetiva
instagram.com/editora_objetiva
twitter.com/edobjetiva

Sumário

Prefácio	7
Bibliografia selecionada	17
VIDA E DESTINO	19
Apêndice	
Glossário de siglas e termos mais frequentes	903
Relação de personagens principais	905

Prefácio

O *Guerra e paz* do século XX foi um romance sequestrado de seu autor, que levou uma década para ser escrito, outras duas para ser publicado, e ainda mais três até a libertação pelo serviço secreto de seu país. A trajetória de *Vida e destino,* do russo Vassili Semiônovitch Grossman (1905-1964), por vezes parece ser tão dramática e complexa quanto a dos personagens retratados na obra.

"É um vasto livro em que se tratam com a maior franqueza problemas candentes da vida russa, inclusive o antissemitismo, preocupação constante do autor", sintetiza Boris Schnaiderman, em *Os escombros e o mito — a cultura e o fim da União Soviética*.[1] "Este evidentemente deriva seu livro de Leon Tolstói em *Guerra e paz*, um modelo que o ajudou a penetrar fundo nos problemas humanos ligados com a guerra e o stalinismo."

"Como ensina a tradição russa, entre duas palavras deve estar a conjunção 'e'", disse Grossman ao amigo Semion Lípkin, ao explicar o título de seu romance, cujo débito para com o relato de Tolstói da invasão da Rússia por Napoleão Bonaparte, evidentemente, vai muito além do nome e das dimensões.

Em torno do eixo das famílias Chápochnikov-Chtrum (que replicam aqui, de modo quase simétrico, os Bolkonski-Rostov de *Guerra e paz*), Grossman — cujo único livro a ter lido durante a Segunda Guerra Mundial foi *Guerra e paz,* duas vezes — traça um profundo panorama da sociedade soviética de seu tempo, denunciando a alarmante similaridade entre nazismo e stalinismo, com uma carga filosófica que também parece ecoar a da obra de Tolstói. Para alguns autores, a conjunção "e" a que Grossman se refere não seria aditiva, porém adversativa: "vida", no romance, seria sinônimo de liberdade, enquanto "destino" seria o inevitável, a morte, o Estado, a privação de liberdade. *Vida e destino,* assim, não significaria *Vida + Destino,* mas *Vida X Destino.*

---

[1] São Paulo: Companhia das Letras, 1997.

Judeu de Berdítchev (na atual Ucrânia), Grossman estudou química na Universidade de Moscou — daí, possivelmente, vem a escolha de fazer seu alter ego, Viktor Chtrum, um membro da comunidade científica. Seu "padrinho literário" foi Górki, o que não impediu que esse filho de pai menchevique tivesse de tratar com os órgãos de segurança soviéticos duas vezes antes da Segunda Guerra Mundial.

A primeira, em 1933, deveu-se à prisão de sua prima, Nadiejda Almaz, por "trotskismo". A segunda, em 1938, foi ocasionada pela detenção de sua segunda mulher, Olga, simplesmente pelo fato de ela ter sido casada com o escritor Boris Gúber, preso e executado pela repressão política. Grossman adotou os filhos de Olga e Gúber, escreveu pessoalmente a Iejov (à época, chefe do NKVD, órgão antecessor do famigerado KGB) e conseguiu, assim, salvar a esposa.

Em 1941, com a invasão da URSS pelas tropas alemãs, o escritor se voluntariou para combater, mas acabou virando correspondente do *Krásnaia Zvezdá* (Estrela Vermelha), o jornal do Exército. No front, ganhou rapidamente a confiança tanto de soldados rasos quanto do alto-comando, e seus relatos causavam sensação. "Todos os correspondentes no front de Stalingrado ficaram impressionados com a maneira como Grossman havia feito o comandante de divisão, general Gúrtiev, um siberiano silencioso e reservado, falar com ele durante seis horas sem parar, dizendo tudo o que ele queria saber, em um dos momentos mais difíceis [da batalha]", contaria, mais tarde, David Ortenberg, diretor do *Krásnaia Zvezdá*. "Sei que o fato de nunca escrever qualquer coisa durante as entrevistas ajudava Grossman a ganhar a confiança das pessoas. Ele escrevia tudo mais tarde, depois de voltar a um centro de comando ou à isbá dos correspondentes. Todos iam para a cama, mas Grossman, cansado, escrevia tudo meticulosamente em seu bloco de anotações."[2]

Testemunha da batalha de Stalingrado, Grossman resolveu ficcionalizar sua experiência em um díptico: os romances *Por uma causa justa* e *Vida e destino*. Durante toda a saga, mas especialmente em *Vida e destino,* o autor abordou de modo corajoso e pioneiro assuntos como a brutalidade da coletivização agrícola forçada e o banho de sangue da repressão política de 1937, passando pelo antissemitismo na URSS e o início do programa nuclear soviético.

---

[2] *Um escritor na guerra: Vasily Grossman com o exército vermelho, 1941-1945.* Rio de Janeiro: Objetiva, 2008.

Detalhes da vida pessoal também entraram na obra, desde Kátia, filha do primeiro casamento (o modelo da operadora de rádio da casa 6/1), até o envolvimento amoroso com Iekaterina Vassílievna Zabolótskaia, mulher do poeta Nikolai Zabolotski (1903-1958) — cujo flerte de Chtrum com Mária Sokolova, em *Vida e destino,* reproduz em minúcias, como os passeios no Jardim Neskútchny, em Moscou.

Episódios mais dramáticos de *Vida e destino* também foram inspirados por acontecimentos verídicos. O pesar de Liudmila Nikoláievna diante da morte de Tólia ecoa a dor real de Olga, mulher de Chtrum, ao saber que Micha, seu filho de 15 anos, fora vítima de uma bomba alemã. E Grossman descarrega no romance recriminações à sua mulher pela perda da mãe. Iekaterina Saviélievna, mãe de Grossman, morava em Berdítchev e, aparentemente, Olga achava que o apartamento dos Grossman em Moscou era pequeno demais para acolhê-la. Quando o escritor se deu conta do perigo representado pela invasão alemã, já era tarde para resgatá-la. Iekaterina Saviélievna foi morta pelos nazistas. Grossman incluiu no romance a carta de despedida que gostaria de ter recebido da mãe, dedicando a ela *Vida e destino.*

A prisão de um romance

Depois de embates e discussões com os editores da *Nóvyi Mir, Por uma causa justa* apareceu nas páginas dessa revista, em 1952. As críticas iniciais foram elogiosas, e o romance, que já apresentava os personagens de *Vida e destino,* bem como muitas questões que seriam desenvolvidas e aprofundadas neste livro, foi indicado para o Prêmio Stálin.

Em fevereiro de 1953, porém, *Por uma causa justa* começou a ser sistematicamente atacado na imprensa soviética, e o escritor Aleksandr Tvardóvski (1910-1971), editor da *Nóvyi Mir,* reconheceu sua publicação como um erro grave.

Não custa lembrar que, em janeiro do mesmo ano, o *Pravda* publicara um violento artigo, acusando proeminentes médicos do país — todos eles judeus — de conspirar para envenenar Stálin. Claramente se tratava do prelúdio de uma campanha antijudaica. Depois do início dos ataques contra seu livro, Grossman, junto com outros escritores e jornalistas judeus, foi convocado a assinar uma carta de repúdio contra os "médicos assassinos" — o remorso por ter aceitado aquilo está nas páginas de *Vida e destino.*

Assinar a carta não contribuiu em nada para melhorar a situação do escritor; porém, quando tudo parecia se encaminhar para o pior, ele foi salvo pela morte de Stálin, em 5 de março de 1953. A campanha contra *Por uma causa justa* arrefeceu; o romance teve nada menos do que três edições na década de 1950 — em 1954, 1955 e 1959 — e já havia expectativa quanto à sua continuação.

Toda tensão envolvendo *Por uma causa justa* abalou a relação de Grossman com Tvardóvski, que ele até então considerava um amigo. Além disso, o autor parecia acreditar que redatores e editores tidos como "progressistas" tendiam a se comportar, perante a censura, de modo mais temeroso do que os "retrógrados".

Assim, quando Kojévnikov, editor da revista *Známia* (Bandeira), propôs-lhe a publicação de *Vida e destino,* Grossman acabou aceitando — e preterindo, assim, a *Nóvyi Mir,* de Tvardóvski. O arranjo parecia vantajoso para ambas as partes. O dinheiro da *Známia* cairia muito bem nas sempre precárias finanças do escritor, enquanto a revista contava com a repetição do êxito de *Por uma causa justa.*

Em meados de 1960, o autor finalizou a redação da obra e a encaminhou a Semion Lípkin, que deveria avaliar sua possibilidade de publicação e indicar quais de suas partes seriam as mais "perigosas". O veredito do amigo foi claro e peremptório: Grossman não devia, de forma alguma, enviar o texto para Kojévnikov, cujas posições políticas eram conhecidas de todos no meio literário. Não havia a menor chance de *Vida e destino* ser publicado, e seu autor corria o risco de ir para a cadeia. Grossman chamou Lípkin de "covarde", acatando, contudo, suas sugestões de suprimir as partes mais "explosivas" — como, por exemplo, o diálogo entre Liss e Mostovskói, sublinhando as semelhanças entre nazismo e stalinismo.

Assim, um texto "expurgado" foi encaminhado à *Známia* (vale assinalar que, nesta edição, os trechos "politicamente incorretos" estão presentes). Passaram-se semanas, e a revista ficou em silêncio. Orgulhoso, Grossman não queria procurar a redação. Começaram a circular rumores de que seu romance não seria publicado. Finalmente, o autor foi convidado a uma reunião do conselho editorial da revista, à qual, contudo, preferiu não comparecer. Recebeu uma ata que dava conta do linchamento da obra: todos os presentes acusavam *Vida e destino* de ser antissoviético e difamatório.

Grossman, então, quis retomar o contato com Tvardóvski, que, depois de ler o romance, qualificou-o de genial, com uma ressalva: "Entre nós, é proibido publicar a verdade. Não há liberdade." Tvardóvski disse que, a exemplo de Kojévnikov, tampouco teria publicado *Vida e destino.* "Mas eu também não teria feito essa canalhice. Você me conhece."

Pois o editor-chefe da *Známia* não se contentara em simplesmente embargar a obra; ele a encaminhara "para quem de direito". O desfecho foi, porém, inesperado: em vez de prenderem o autor, prenderam o livro.

Escritores irem para a cadeia, para o exílio, ou para a execução não era um fato raro na era soviética. Porém, o confisco de manuscritos só tinha um precedente: em 1926, o serviço secreto apreendeu duas cópias de *Um coração de cachorro* no apartamento de Mikhail Bulgákov, para devolvê-las dois anos depois.

Em fevereiro de 1961, três oficiais do KGB foram ao apartamento de Grossman. Confiscaram o texto datilografado e tudo relacionado a ele, de manuscritos e esboços a papel-carbono e fitas de máquina de escrever. Outros textos do autor não interessavam aos agentes: eles só queriam saber de *Vida e destino.*

Grossman se recusou a assinar um termo em que se comprometia a silenciar a respeito da batida policial, mas concordou em levar os agentes à datilógrafa que havia trabalhado para ele. Os homens do KGB apreenderam também o exemplar de Tvardóvski, na redação da *Nóvyi Mir,* e escavaram a horta da casa de Viktor Cherentsis, primo do escritor, em busca de mais exemplares.

O autor resolveu lutar, então, por sua criação. Reuniu-se com os diretores da União dos Escritores da URSS, que lhe disseram que, embora o romance não fosse "difamatório", havia nele muito de perigoso para o Estado, e sua publicação só seria possível dentro de 250 anos.

O próximo passo foi escrever diretamente ao secretário-geral do Partido Comunista da URSS, Nikita Khruschov. Eram, afinal, os tempos do "degelo", e Grossman parecia confiar que o caráter sabidamente impulsivo do alto mandatário soviético poderia mudar o destino de seu romance.

Na missiva, Grossman dizia que o discurso de Khruschov no XX Congresso do Partido Comunista da URSS, em 1956, denunciando os crimes de Stálin, dera-lhe segurança de que *Vida e destino* estava no caminho certo. "Pois as ideias de um escritor, seu sentimento, sua dor, são uma parte das ideias, das dores e das verdades de todos."

Argumentando apaixonadamente em favor de sua obra, ele terminava a correspondência com um apelo:

Eu lhe peço que devolva a liberdade a meu livro, peço que quem fale a seu respeito e o discuta sejam redatores, e não funcionários do Comitê de Segurança do Estado.

Não há sentido, não há verdade na minha situação atual, de liberdade física, se o livro ao qual dediquei minha vida está na prisão, pois não o reneguei, e não o renegarei. Passaram-se doze anos desde que comecei a trabalhar neste livro. Assim como antes, continuo acreditando que escrevi a verdade, que escrevi com amor e compaixão pelas pessoas, com confiança nelas. Peço liberdade para meu livro.

Grossman ficou dois meses praticamente sem sair de casa, esperando por um telefonema de Khruschov. A ligação, quando aconteceu, convocava-o para uma entrevista com Mikhail Suslov, o ideólogo do Partido Comunista.

Ao longo de três horas de conversa, Suslov elogiou as obras anteriores de Grossman, e admitiu não ter lido *Vida e destino*. Porém, com base na opinião de seus consultores, que haviam examinado o romance, ele era "um perigo para o comunismo, para o poder soviético, para o povo soviético". Sua devolução ao autor estava fora de questão: "Talvez ele seja publicado dentro de uns duzentos, trezentos anos."

Na opinião da amiga Anna Berzer, as autoridades da URSS temiam a repetição do episódio de Boris Pasternak, cujo *Doutor Jivago,* proibido de ser publicado no país, acabara sendo editado em Milão, em 1957, rendendo ao autor, no ano seguinte, um Prêmio Nobel de Literatura que foi recebido pelas autoridades soviéticas como uma afronta. Pasternak faleceu em maio de 1960, na época em que *Vida e destino* recebia os últimos retoques e era enviado à *Známia*.

O fato é que Grossman jamais se recuperou do desgosto de perder *Vida e destino,* e o medo da repressão política o acompanhou até o final de seus dias. Berzer conta que, na véspera de morrer, depois de uma noite agitada, o escritor despertou e disse:

— Nessa noite, fui levado a um interrogatório... Diga-me, eu entreguei alguém?[3]

---

[3] *Proschánie.* Moscou: Kniga, 1990.

Publicação póstuma

A história da preservação do manuscrito de *Vida e destino* começou ainda em 1960 — quando, depois do envio do texto, Grossman ainda não recebera resposta alguma da redação da *Známia*. Em *Vida e destino de Vassili Grossman*,[4] Lípkin conta que ele e Zabolótskaia sugeriram que uma cópia datilografada fosse conservada em lugar seguro.

> Grossman ficou um longo tempo olhando para nós, de forma atenta e sombria, e perguntou:
> — Vocês receiam algo de ruim?
> Não me lembro do que Iekaterina Vassílievna respondeu, mas eu disse mais ou menos o seguinte:
> — Durante a guerra, quando os alemães estavam bombardeando a Inglaterra, Churchill disse, no Parlamento: 'O pior está por vir.'
> — Qual a sua proposta?
> — Dê-me um exemplar.

Sem nada dizer a Lípkin, Grossman ocultou ainda uma segunda cópia com Liôlia Klestova, amiga dos tempos da universidade que, em várias fontes publicadas, aparece com o nome de Liôlia Dominikina. Uma das quatro pessoas (além de Zabolótskaia, Grossman e Iekaterina Korotkova, filha do escritor) presentes ao funeral do pai do autor de *Vida e destino,* em 1956, Klestova preservou um exemplar do romance em uma mala trancada, embaixo de sua cama, em um apartamento comunal. Antes de morrer, o próprio Grossman fez com que ela cedesse sua cópia para Viatcheslav Ivánovitch Lobodá, velho amigo de infância, conhecido em Kíev e reencontrado em Moscou, na universidade. Lobodá conservou o exemplar em sua casa, na cidadezinha de Maloiaroslávets, a 150 km de Moscou.

O livro estava salvo. No final de 1974, dez anos depois da morte de Grossman, Lípkin resolveu procurar o escritor Vladímir Nikoláievitch Voinóvitch em busca de auxílio para publicar o romance do amigo. Conhecido dissidente dos tempos soviéticos, Voinóvitch tinha sido excluído da União dos Escritores Soviéticos naquele mesmo ano;

---

[4] *Jizn i Sudbá Vassília Gróssmana*. Moscou: Kniga, 1990.

possuía experiência de publicação no estrangeiro e resolveu fazer um microfilme da obra.

Depois de uma primeira tentativa malsucedida, ele recorreu a um casal de ativistas de direitos humanos na URSS: o físico Andrei Sákharov e sua mulher, Elena Bonner. O microfilme foi enviado ao escritor Vladímir Maksímov, que, depois de ser internado à força em hospitais psiquiátricos, fora privado da cidadania soviética e expulso da URSS em 1974.

Maksímov radicara-se em Paris, tornando-se editor-chefe da *Kontinent*, financiada pelo barão da imprensa alemã Axel Springer, a mais célebre revista dissidente editada em russo no Ocidente. A *Kontinent* chegou a publicar alguns capítulos de *Vida e destino*, em seleção aparentemente aleatória; há quem sustente que o descaso para com o livro vinha do antissemitismo de Maksímov.

Inseguro com a qualidade da cópia contrabandeada para a *Kontinent*, Voinóvitch acabou providenciando mais um microfilme de *Vida e destino*, que entregou, em solo russo, junto com a versão anterior, à eslavista austríaca Rosemarie Ziegler. Guardando os dois microfilmes em uma caixa do tamanho de um pacote de cigarros, Ziegler passou-os, em maio de 1978, a Hans Marte, ex-adido cultural da embaixada austríaca em Moscou.

Marte fez os microfilmes chegarem à capital da Áustria e, de volta a seu país, Ziegler os recuperou e os entregou a Iefim Etkind, professor e acadêmico radicado em Paris. Com a ajuda do colega Simon Markis (Chimon Márkich), Etkind confrontou os dois microfilmes, bastante precários, para estabelecer o texto do romance, encaminhado então a diversas editoras. Houve muitas rejeições, devidas, entre outros fatores, à "concorrência" com Aleksandr Soljenítsin, laureado com o Prêmio Nobel de Literatura em 1970 e que, na opinião de vários críticos russos radicados no exterior, havia "esgotado" o tema da denúncia do stalinismo. Finalmente, Vladímir Dimitrijevic — sérvio que trabalhava para a L'Âge d'Homme, em Lausanne, na Suíça — aceitou a obra e, em 1980, publicou um texto russo quase completo. Em 1983, saiu uma tradução francesa e, no ano seguinte, o livro apareceu em italiano.

Na URSS, porém, a obra teria que aguardar a perestroika, de Mikhail Gorbatchov. Sua primeira aparição aconteceu em 1988, nos quatro primeiros números da revista *Outubro* — e sem o capítulo 32 da segunda parte, com suas reflexões sobre o antissemitismo.

Graças a essa iniciativa, pôde entrar em cena a segunda cópia do romance, cuja existência Lípkin ignorava. Lobodá, seu guardião, morrera em um acidente automobilístico, e a custódia do exemplar passou à esposa, Vera Ivánovna, que o escondera no porão da casa.

Agora que a obra fora oficialmente publicada na União Soviética, a viúva de Lobodá por fim sentiu-se segura para entregar sua versão, que tinha correções do texto pela mão do próprio Grossman, a Fiódor Gúber, enteado do escritor. Assim, em 1989, a Knjínaia Palata pôde publicar, na Rússia, uma edição de *Vida e destino* mais completa do que o texto de Lausanne. Mais completa, mais precisa e também simbolicamente mais forte, a nova versão do romance, que serviu de base para a presente tradução, trazia, pela primeira vez, a dedicatória à mãe de Grossman, que só constava do "segundo" manuscrito. Em 2013, membros do Arquivo Estatal Russo de Literatura e Arte tiveram finalmente acesso ao manuscrito "arrestado" de Grossman, na sede do FSB — o serviço de segurança da Rússia, órgão "herdeiro" do KGB. Com a transferência da documentação — cerca de dez mil folhas, incluindo rascunhos e esboços — para os arquivos do Ministério da Cultura da Rússia, parecia finalmente estar encerrada a clandestinidade desse que talvez fosse o último preso político da era soviética: um romance.

IRINEU FRANCO PERPETUO

Bibliografia selecionada

GROSSMAN, Vasily. *The Road*. Londres: MacLehose Press, 2010.

GROSSMAN, Vasily. *Um escritor na guerra: Vasily Grossman com o exército vermelho, 1941-1945*. Rio de Janeiro: Objetiva, 2008.

KLING, Dária. *Tvortchestvo Vassíilia Gróssmana v kontekste literaturnoi kritiki*. Moscou: Dom-muziei Mariny Tsvetaevoi, 2012.

LIPKIN, Semion. *Jizn i sudba Vasíilia Gróssmana;* BERZER, Anna. *Proschánie*. Moscou: Kniga, 1990.

SCHNAIDERMAN, Boris. *Os escombros e o mito: a cultura e o fim da União Soviética*. São Paulo: Companhia das Letras, 1997.

Na internet

STUDY CENTER VASSILI GROSSMAN. http://grossmanweb.eu/ Acesso em 8 de maio de 2014.

Vida e destino

dedicado à minha mãe,
Iekaterina Saviélievna Grossman

Primeira Parte

1

Um nevoeiro pairava sobre a terra. Os fios de alta tensão que se estendiam ao longo da rodovia refletiam o brilho dos faróis dos automóveis.

Não havia chovido, mas a terra estava úmida ao amanhecer, e, quando o semáforo acendia, surgia no asfalto molhado uma indistinta mancha avermelhada. A respiração do campo se fazia sentir em um raio de muitos quilômetros; convergiam para ele cabos, rodovias e estradas de ferro. Era um espaço cheio de linhas retas, um espaço de retângulos e paralelogramos fendidos na terra, no céu de outono, no nevoeiro.

Sirenes soavam ao longe, prolongadamente, em surdina.

A rodovia corria em paralelo à estrada de ferro, e uma coluna de caminhões, transportando sacos de cimento, ia quase na mesma velocidade que o infindavelmente longo trem de carga. Os motoristas de capote militar jamais olhavam para os vagões, nem para as manchas pálidas de rostos humanos.

Do nevoeiro surgia a cerca do campo: fileiras de arame, retesadas entre postes de concreto. Os alojamentos de madeira se enfileiravam, formando ruas largas e retas. Sua uniformidade era a expressão da desumanidade do imenso campo.

Em mais de um milhão de isbás russas de aldeia, não há, e nem pode haver, duas que sejam exatamente iguais. Tudo o que vive é único. É impensável que sejam idênticas duas pessoas ou duas roseiras... Onde tentam, à força, fazer desaparecer suas singularidades e peculiaridades, a vida se extingue.

O olhar atento e desdenhoso do maquinista grisalho passava rápido pelas colunas de concreto, os mastros altos com holofotes giratórios e as torres concretadas, no topo das quais viam-se guardas com metralhadoras. O maquinista piscou para o auxiliar, e a locomotiva deu o sinal de advertência. Uma cabine elétrica muito iluminada passou, seguida por uma fila de carros junto a uma cancela listrada e um sinal luminoso vermelho.

De longe ouviu-se um apito que vinha de encontro ao comboio. O maquinista disse ao ajudante:

— Lá vai o Zucker, a gente reconhece pelo som destemido; acabou de descarregar e vai levar os vagões vazios para Munique.

A composição vazia cruzou com estrondo com o trem que ia para o campo; o ar rasgado crepitou, clarões acinzentados reluziram entre os vagões, e, de súbito, novamente o espaço e a luz matinal de outono uniram em um mesmo tecido seus farrapos dilacerados.

O ajudante do maquinista, pegando um espelho de bolso, olhou para a cara suja. Com um movimento de mão, o maquinista pediu o espelho.

— Ah, *Genosse*[1] Apfel, acredite, poderíamos estar de volta na hora do jantar, e não às quatro da manhã, correndo a toda força, se não fosse essa desinfecção dos vagões. Como se a desinfecção não pudesse ter sido feita lá atrás, no entroncamento.

O velho estava farto daquele falatório interminável sobre desinfecção.

— Dê um apito bem longo — disse ele —, não fomos mandados para a reserva, mas direto para a área principal de descarga.

2

No campo alemão, Mikhail Sídorovitch Mostovskói, pela primeira vez desde o 2º Congresso do Comintern,[2] teve a chance de aplicar seriamente seus conhecimentos de línguas estrangeiras.

Antes da guerra, vivendo em Leningrado, acontecera-lhe poucas vezes de falar com estrangeiros. Mas agora vinham-lhe à lembrança os anos de emigrado em Londres e na Suíça, onde, com os camaradas revolucionários, falara, discutira, cantara em muitas línguas da Europa.

Vizinho de tarimba de Mostovskói, o padre italiano Gardi lhe dissera que no campo viviam pessoas de 56 nacionalidades.

O destino, a cor do rosto, o arrastar dos passos, a sopa obrigatória de couve-nabo com sagu falso, que os prisioneiros russos ape-

---

[1] Camarada (em alemão no original).

[2] Internacional Comunista (ver glossário ao final do volume).

lidaram de "olho de peixe" — tudo isso era igual para as dezenas de milhares de habitantes dos alojamentos do campo.

Para os comandantes, os prisioneiros se diferenciavam pelos números e pelas cores nas listras de tecido que levavam pregadas no casaco: vermelha para os políticos, negra para os sabotadores, verde para os ladrões e assassinos.

As pessoas não se entendiam naquela Babel, mas estavam ligadas pelo mesmo destino. Peritos em física molecular ou em manuscritos antigos deitavam-se ao lado de camponeses italianos e pastores croatas que não sabiam assinar o próprio nome. Um homem habituado a ser servido no café da manhã e a perturbar a governanta com seu mau apetite ia trabalhar ao lado de um homem que a vida toda só havia comido bacalhau salgado. Suas solas de madeira rangiam da mesma maneira sobre o chão, e ambos olhavam com angústia para ver se os *Kostträger* — os carregadores de comida, ou "kostrigui", como os chamavam os habitantes russos do bloco — estavam chegando.

No destino dos campos, as afinidades entre as pessoas nasciam de suas diferenças. Estivessem eles ligados à visão de um passado em um jardinzinho junto a uma empoeirada estrada italiana, ou ao murmúrio lúgubre do mar do Norte, ou a um abajur laranja de papel em uma casa para oficiais nos arrabaldes de Bobrúisk, todos, sem exceção, haviam tido um passado maravilhoso.

Quanto mais dura a vida da pessoa antes do campo, maior o seu ardor em mentir. Essa mentira não servia a fins práticos; servia apenas para glorificar a liberdade. Fora do campo, ninguém podia ser infeliz...

Antes da guerra, o campo era conhecido por abrigar criminosos políticos. O nacional-socialismo criara um novo tipo de preso político: criminosos que não tinham cometido um crime.

Muitos prisioneiros estavam ali por terem feito, em conversas com amigos, observações críticas sobre o regime hitlerista, ou anedotas de teor político. Eles não tinham difundido panfletos, nem participado de partidos clandestinos. Eram culpados não pelo que haviam feito, mas pelo que poderiam fazer.

A detenção de prisioneiros de guerra em campos de concentração para presos políticos também era uma inovação do fascismo. Lá havia pilotos ingleses e americanos, abatidos em território alemão, e — de especial interesse para a Gestapo — oficiais e comissários do Exército Vermelho. Destes exigiam-se informações, cooperação, consultas, assinaturas em todo tipo possível de declaração.

No campo havia sabotadores, ou seja, trabalhadores que haviam sido condenados por tentar abandonar, sem autorização, o trabalho nas fábricas e obras de guerra. A detenção em campos de concentração de trabalhadores indolentes também era uma conquista do nacional-socialismo.

No campo havia pessoas com tiras lilases no casaco; eram emigrados alemães, que haviam saído da Alemanha fascista. Também isso era uma inovação do fascismo: aquele que havia abandonado a Alemanha, ainda que leal no exterior, tornava-se um inimigo político.

Pessoas com faixa verde no casaco — ladrões e arrombadores — eram em parte privilegiadas; o comando as usava para vigiar os demais. No poder dos criminosos sobre os prisioneiros políticos também se manifestava a inventividade do nacional-socialismo.

No campo havia pessoas com um destino tão peculiar que não fora inventada cor de faixa correspondente à sua sorte. Mas tanto para o hindu, encantador de serpentes, quanto para o persa, que havia chegado de Teerã para aprender pintura alemã, quanto para o chinês, estudante de física, o nacional-socialismo tinha reservado lugar nas tarimbas, uma marmita de caldo ralo e 12 horas de trabalho no pântano.

Dia e noite havia o movimento de trens para os campos de extermínio e de concentração. No ar pairava o ruído das rodas, o rugido das locomotivas, o ronco das botas de centenas de milhares de detentos, indo para o trabalho com números azuis de cinco dígitos costurados na roupa. Os campos tinham se tornado as cidades da Nova Europa. Eles cresciam e se ampliavam com seu próprio traçado, suas ruas e praças, seus hospitais, mercados de pulgas, crematórios e estádios.

Quão ingênuos e até mesmo bondosos e patriarcais pareciam os velhos cárceres nas cercanias das cidades, em comparação com esses campos-cidades ou com o clarão rubro-negro e enlouquecedor dos fornos crematórios.

Para o gerenciamento dessa gigantesca repressão, deveria certamente haver um exército de milhões de capatazes e vigias. Mas não havia. Passavam-se semanas sem que alguém com o uniforme da SS aparecesse nos alojamentos! Os próprios prisioneiros faziam internamente as regras e cuidavam para que, das panelas, recebessem apenas a batata podre e congelada, enquanto a grande e boa era selecionada para as bases de alimentação do Exército.

Os detentos ocupavam os cargos de médicos e infectologistas nos hospitais e laboratórios do campo, de zeladores que varriam as calçadas, de engenheiros responsáveis pela luz e pelo aquecimento, e eram os que lidavam com as máquinas do campo.

A feroz e enérgica polícia era formada pelos *Kapos*, que levavam no braço esquerdo uma larga braçadeira amarela. Junto com os *Lagerältester*, *Blockältester* e *Stubenältester*,[3] eles tinham controle absoluto sobre toda a vida do campo, dos assuntos gerais aos eventos privados à noite, nas tarimbas. Os prisioneiros eram admitidos nos assuntos mais secretos, até mesmo na elaboração das listas de seleção e nos interrogatórios que ocorriam nos caixotes de concreto chamados de *Dunkelkammer*.[4] Tinha-se a impressão de que, mesmo que as autoridades desaparecessem, os presos iam manter a corrente de alta voltagem no arame farpado para que não houvesse fuga, e sim trabalho.

Esses *Kapos* e *Blockältester* serviam o comando, mas suspiravam, às vezes até choravam, por aqueles que conduziam aos fornos crematórios... Esse conflito, porém, não ia até o fim, e eles não chegavam a colocar seus próprios nomes nas listas de seleção. Parecia especialmente sinistro a Mikhail Sídorovitch que o nacional-socialismo não tivesse chegado aos campos de monóculo, alheio ao povo, com a soberba Junker. No campo, o nacional-socialismo estava em casa, não se isolava das pessoas simples, e brincava na língua do povo, que ria com as suas piadas; ele era plebeu e se expressava com simplicidade, conhecendo perfeitamente a língua, a alma e a mentalidade daqueles que privava da liberdade.

3

Mostovskói, Agrippina Petrovna, a médica militar Levinton e o motorista Semiônov haviam sido detidos pelos alemães em uma noite de agosto, nas cercanias de Stalingrado, e levados para o estado-maior de uma divisão de infantaria.

Agrippina Petrovna foi solta depois do interrogatório. Instruído por um auxiliar da gendarmaria do campo, o tradutor a abasteceu

---

[3] Encarregado do campo, do bloco e do quarto, respectivamente (em alemão no original).
[4] Câmera escura.

de pão de ervilha e duas notas vermelhas de 30 rublos; Semiônov foi deslocado a uma coluna de prisioneiros dirigida para o *Stalag*[5] da fazenda Vertiatchi. Mostovskói e Sófia Óssipovna Levinton foram levados para o estado-maior do grupo do Exército.

Lá, Mostovskói viu Sófia Levinton pela última vez. Ela estava no meio de um pátio poeirento, sem quepe, e a insígnia havia sido arrancada de seu uniforme. Ela enchia Mostovskói de admiração pela expressão sombria e raivosa de sua face.

Depois do terceiro interrogatório, Mostovskói teve de marchar até a estação ferroviária, onde uma composição estava sendo carregada com grãos. Dez vagões eram destinados a levar mulheres e homens para trabalhos forçados na Alemanha; Mostovskói ouviu gritos femininos à partida do trem. Trancaram-no em um pequeno compartimento de serviço de um vagão com assentos de madeira. O soldado que o escoltava não era rude, mas, ao ouvir as perguntas de Mostovskói, assumia certa expressão de surdo-mudo. Disso se depreendia que ele se ocupava apenas de Mostovskói, viajando pela estrada de ferro como um experiente funcionário de jardim zoológico, observando, em constante e taciturna tensão, a jaula na qual rosna uma fera agitada. Quando o trem passou pelo território do governo-geral da Polônia, apareceu no compartimento um novo passageiro: um bispo polonês grisalho, homem belo e alto com olhos trágicos e uma boca gorda e jovial. Ele imediatamente começou a conversar com Mostovskói sobre a repressão de Hitler ao clero da Polônia. Falava russo com um sotaque forte. Depois, como Mostovskói xingasse os católicos e o papa, ficou quieto, respondendo às perguntas de Mostovskói de maneira sumária, em polonês. Algumas horas mais tarde desembarcou em Poznań.

Levaram Mostovskói direto para o campo, sem parar em Berlim... Ele tinha a impressão de ter passado anos no bloco dos prisioneiros de especial interesse para a Gestapo. No bloco especial, a vida era mais farta do que no campo de trabalho, mas era o tipo de vida mansa das cobaias de laboratório. Um homem é chamado à porta pelo soldado de serviço; ele se apresenta, um amigo oferece uma troca vantajosa de tabaco por comida, e o homem, sorrindo de satisfação, volta para a sua tarimba. A seguir, um segundo também é chamado e, interrompendo a conversa, vai até a porta; seu interlocutor não chegará jamais a saber o

---

[5] Abreviatura de *Stammlager,* campo nazista de prisioneiros de guerra administrado de acordo com a Convenção de Genebra.

fim da história que ele estava contando. No dia seguinte, um *Kapo* vai até a tarimba, manda o soldado de serviço recolher os trapos, e alguém pergunta ao *Stubenältester* Keise: posso ocupar o beliche vago?

Em geral havia uma mistura terrível de conversas sobre a lista de seleção, os fornos crematórios e os times de futebol do campo. O melhor era o do pântano, os Moorsoldaten;[6] o *Revier*[7] é forte, o da cozinha possui um ataque impetuoso, o time polonês "Pratzefiks" não tem defesa. Normalmente corriam dezenas, centenas de boatos sobre uma nova arma, ou desavenças entre os líderes nacional-socialistas. Os boatos eram sempre promissores e falsos — o ópio do povo do campo.

4

De manhã caiu a neve, que continuou sem interrupção até o meio-dia. Os russos sentiam alegria e tristeza. A Rússia respirava ao lado deles, estendia o lenço materno sob seus pobres pés extenuados e embranquecia os tetos dos alojamentos, que de longe se pareciam com os tetos de casas de aldeia.

Mas, após um instante, a alegria se misturava à tristeza, e nela se afundava.

Um soldado de serviço, o espanhol Andrea, se aproximou de Mostovskói e disse, em um francês confuso, que seu amigo escrivão vira um papel com o nome dele; mas o escrivão não tinha conseguido ler mais, pois o chefe da chancelaria havia levado o papel.

"A decisão da minha vida está nesse papelzinho", pensou Mostovskói, alegrando-se com sua calma.

— Mas não há de ser nada — disse Andrea em voz baixa —, ainda dá para descobrir.

— Com o comandante do campo? — perguntou Gardi, com seus grandes olhos brilhando na penumbra. — Ou com Liss, o delegado da direção geral de segurança?

---

[6] Soldados do pântano (em alemão no original). "Moorsoldaten" é o título de uma canção de protesto composta e estreada no campo de concentração de presos políticos antinazistas de Börgermoor, em 1933.
[7] Abreviação de *Krankenrevier* (enfermaria), termo alemão que designava os alojamentos do campo para os doentes.

Mostovskói ficou surpreso com a diferença entre o Gardi diurno e o noturno. De dia o padre falava da sopa, dos recém-chegados, combinava com os vizinhos a troca da comida, lembrava-se dos temperos e do alho da culinária italiana.

Os prisioneiros de guerra do Exército Vermelho, que o encontravam no campo, conheciam sua frase preferida, "tutti kaputi", e mesmo de longe gritavam para ele: "Papa Padre, tutti kaputi." E riam, como se essas palavras lhes dessem esperança. Chamavam-no de papai Padre, achando que "padre" fosse o seu nome.

Uma vez, tarde da noite, os oficiais e comissários soviéticos do bloco especial começaram a zombar de Gardi, perguntando se ele realmente observava o voto de castidade.

Sem sorrir, Gardi ouviu a colcha de retalhos de palavras francesas, alemãs e russas.

Depois começou a falar, e Mostovskói traduziu suas palavras. Por causa de seus ideais, os revolucionários russos tinham ido para as galés e para o cadafalso. Pois bem: por que então eles duvidavam de que, por ideais religiosos, um homem poderia evitar a proximidade das mulheres? Não dá para comparar isso ao sacrifício de uma vida.

— Pois é, nem me diga — resmungou o comissário de brigada Óssipov.

À noite, quando os prisioneiros se deitavam, Gardi se tornava outra pessoa. Ele se ajoelhava na tarimba e rezava. Parecia que todo o sofrimento da cidade dos trabalhos forçados poderia ser afogado no negrume aveludado e expressivo de seus olhos delirantes. As veias do pescoço bronzeado se retesavam, como quando ele trabalhava, e o longo rosto apático adquiria uma expressão de soturna e feliz tenacidade. Ele rezava longamente, e Mostovskói adormecia com o sussurro silencioso e rápido do italiano. Mostovskói normalmente acordava entre uma hora e meia e duas depois de ter dormido, com Gardi já adormecido. O sono do italiano era agitado, como se estivesse misturando suas duas essências, a diurna e a noturna; ele roncava, mordia os lábios com gosto, rangia os dentes, exalava tonitruantes gases estomacais e, de repente, pronunciava arrastadamente as palavras das orações, que falavam da misericórdia divina e da Mãe de Deus.

Ele nunca recriminava o velho comunista russo por seu ateísmo, e lhe fazia frequentes perguntas sobre a Rússia soviética.

Ao ouvir Mostovskói, o italiano movia a cabeça, como que aprovando a narração do fechamento de igrejas e mosteiros, e das grandes extensões de terra que o Estado soviético havia confiscado ao sínodo.

Seus olhos negros fitavam com tristeza o velho comunista, e Mikhail Sídorovitch perguntava, zangado:

— *Vous me comprenez?*[8]

Gardi sorria com seu sorriso habitualmente vivaz, o mesmo de quando falava de ragu e molho de tomates.

— *Je comprends tout ce que vous dites, je ne comprends pas seulement pourquoi vous dites cela.*[9]

Os que estavam no bloco especial de prisioneiros de guerra russos não estavam livres do trabalho, e por isso Mostovskói só via Gardi e falava com ele em horas avançadas da tarde e da noite. Só não iam para o trabalho o general Gudz e o comissário de brigada Óssipov.

Um interlocutor frequente de Mostovskói era um homem estranho, de idade indefinida: Ikónnikov-Morj. Ele ocupava o pior lugar do dormitório, junto à porta de entrada, onde era envolvido por uma corrente de ar fria e onde anteriormente ficava uma tina enorme com tampa barulhenta: a latrina.

Os prisioneiros chamavam Ikónnikov de "velho paraquedista", tinham-no como um *iuródivy*[10] e o tratavam com uma mistura de compaixão e nojo. Ele gozava de uma resistência inverossímil, daquelas que caracterizam apenas os loucos e os idiotas. Nunca se resfriava, mesmo que fosse dormir sem tirar as roupas molhadas pela chuva de outono. E parecia que só mesmo um louco poderia falar com uma voz tão estrepitosa e clara.

Travou conhecimento com Mostovskói da seguinte forma: foi até ele e ficou um longo tempo encarando-o, calado.

— O que há de bom, camarada? — perguntou Mostovskói, sorrindo quando Ikónnikov afirmou, com voz arrastada:

— De bom? O que é o bem?

Essas palavras imediatamente fizeram Mikhail Sídorovitch se lembrar da infância, quando seu irmão mais velho, saído do seminário, tinha discussões com o pai sobre temas religiosos.

— Essa é uma pergunta velha, de barbas brancas — disse Mostovskói. — Os budistas e os primeiros cristãos já pensaram nela. E mesmo os marxistas já lutaram para responder a ela.

---

[8] O senhor me compreende? (Em francês no original.)
[9] Eu compreendo tudo o que o senhor diz, só não entendo por que o senhor diz isso.
[10] Louco sagrado.

— E responderam? — perguntou Ikónnikov, com uma entonação que fazia Mostovskói rir.

— Veja o Exército Vermelho — disse Mostovskói. — É ele que está respondendo agora. Desculpe-me, mas no seu tom há um certo cheiro de água benta, que não sei se é de padre ou de um tolstoiano.

— Não poderia ser diferente — disse Ikónnikov. — Eu já fui tolstoiano.

— Essa é boa — disse Mikhail Sídorovitch. O estranho homem começava a interessá-lo.

— Veja bem — disse Ikónnikov —, estou convencido de que a perseguição contra a Igreja que os bolcheviques empreenderam depois da Revolução foi proveitosa aos ideais cristãos, porque a Igreja estava em uma situação lamentável antes disso.

Cheio de bonomia, Mikhail Sídorovitch disse:

— Mas o senhor é um dialético de verdade! Quem diria que, em meus anos de velhice, presenciaria um milagre do evangelho.

— Não é nada disso — replicou Ikónnikov, sorumbático. — Para o senhor, os fins justificam os meios, e os seus meios são impiedosos. Não veja milagre em mim; eu não sou dialético.

— Então — disse Mostovskói, com súbita impaciência —, em que posso servi-lo?

Ikónnikov, que estava em pose beligerante, adotou uma posição "pacífica" e disse:

— Não ria de mim! — Sua voz amarga soava trágica. — Não vim até o senhor atrás de piadas. Em 15 de setembro do ano passado, eu vi a execução de 20 mil judeus... mulheres, crianças e velhos. Nesse dia eu entendi que Deus não podia permitir uma coisa dessas, e me pareceu evidente que Ele não existia. Mas nas trevas de hoje eu vejo a força que o Senhor tem, o mal horrível que está combatendo...

— Pois bem — disse Mikhail Sídorovitch —, vamos conversar.

Ikónnikov trabalhava na parte pantanosa da terra em volta do campo, onde estava sendo construído um sistema de dutos de concreto para a canalização do rio e do imundo regato. Os trabalhadores desse lote eram chamados Moorsoldaten; normalmente eram mandados para lá após angariar a antipatia das autoridades.

As mãos de Ikónnikov eram pequenas, com dedos finos e unhas de criança. Ele voltava do trabalho sujo de lama, molhado, aproximava-se da tarimba de Mostovskói e perguntava:

— Posso me sentar perto do senhor?

Ele se sentava e ria, sem olhar para o interlocutor, passando a mão na testa. Sua testa era notável; não muito grande, proeminente e clara, tão clara que era como se levasse uma existência à parte das orelhas imundas, da mão com unhas quebradas e do pescoço castanho-escuro.

Entre os prisioneiros de guerra soviéticos, gente de biografia simples, ele parecia um homem confuso e suspeito.

De geração em geração, desde os tempos de Pedro, o Grande, os antepassados de Ikónnikov tinham sido sacerdotes. Só a última linhagem dos Ikónnikov seguira outro caminho. Todos os seus irmãos, seguindo o desejo do pai, haviam recebido educação laica.

Ikónnikov estudara no instituto tecnológico de São Petersburgo, mas se apaixonou pelo tolstoísmo, saiu no último semestre e partiu para o norte da província de Perm como instrutor do povo. Passou cerca de oito anos em uma aldeia e depois foi para o sul, rumo a Odessa, embarcou em um navio de carga como mecânico, esteve na Índia e no Japão, viveu em Sydney. Após a Revolução, voltou para a Rússia e fez parte de uma comuna rural de camponeses. Esse era um sonho antigo; ele acreditava que o trabalho comunista agrícola traria à terra o Reino de Deus.

No tempo da coletivização geral ele viu os trens especiais abarrotados com as famílias de cúlaques desapropriados. Viu pessoas extenuadas caindo por terra para não mais se levantar. Viu aldeias "fechadas", extintas, com portas e janelas bloqueadas. Viu a prisão de uma camponesa, uma mulher esfarrapada de pescoço fibroso e mãos enegrecidas pelo trabalho, para a qual a escolta olhava com horror: enlouquecida de fome, ela tinha comido os dois filhos.

A essa altura, sem abandonar a comuna, ele começou a pregar o evangelho e pedir a Deus a salvação dos mortos. No final foi preso, mas aparentemente as catástrofes dos anos 1930 tinham lhe perturbado o juízo. Depois de um ano de tratamento compulsório no hospital psiquiátrico da prisão, ele se estabeleceu na Bielorrússia com o irmão mais velho, um professor de biologia, e conseguiu com a ajuda deste um trabalho na biblioteca técnica. Acontecimentos sombrios, contudo, viriam a produzir sobre ele efeitos excepcionais.

Quando começou a guerra e os alemães tomaram a Bielorrússia, Ikónnikov viu o suplício dos prisioneiros, a execução dos judeus nas cidades e nas vilas bielorrussas. Voltou a cair em uma espécie de estado histérico, e começou a implorar a conhecidos e desconhecidos que escondessem os judeus, tentando por conta própria salvar as crianças e as mulheres judias. Logo foi delatado e, tendo por algum milagre escapado da forca, foi parar no campo.

Na cabeça do "paraquedista" esfarrapado e imundo reinava o caos; ele sustentava categorias disparatadas e cômicas de uma moral acima das classes.

— Lá onde existe a violência — explicava Ikónnikov a Mostovskói — reina o pesar e corre o sangue. Eu vi grandes sofrimentos dos camponeses, mas a coletivização aconteceu em nome de um bem maior. Eu não acredito no bem, eu acredito na bondade humana.

— Seguindo o seu conselho, teremos que nos horrorizar quando enforcarem Hitler e Himmler em nome do bem. Pode ficar horrorizado sem mim — respondeu Mikhail Sídorovitch.

— Pergunte a Hitler — disse Ikónnikov —, e ele vai lhe explicar que até este campo foi feito para um bem maior.

Durante as discussões com Ikónnikov, Mostovskói tinha a impressão de que sua lógica era tão inócua quanto a estratégia de usar uma faca para se defender de uma medusa.

— O mundo não foi além da verdade proferida por um cristão sírio que viveu no século VI — respondeu Ikónnikov. — "Condena o pecado e perdoa o pecador."

Nas barracas havia um outro velho russo: Tchernetzov. Era caolho. Um guarda partira seu olho de vidro, e uma órbita vazia e vermelha saltava de forma terrível em seu rosto pálido. Ao falar, ele cobria a órbita escancarada com a palma da mão.

Era um menchevique, que havia saído da Rússia soviética em 1921. Morara vinte anos em Paris, trabalhando como gerente de banco. Foi parar no campo por convocar os funcionários a sabotar as disposições da nova administração alemã. Mostovskói procurava evitá-lo.

O menchevique caolho se inquietava visivelmente com a popularidade de Mostovskói; o soldado espanhol, o norueguês dono de papelaria, o advogado belga, todos se arrastavam para o lado do bolchevique e o indagavam.

Uma vez, sentou-se junto à tarimba de Mostovskói o major Ierchov, um líder entre os prisioneiros russos. Apoiando-se de leve em Mostovskói e colocando a mão em seu ombro, ele falava de maneira rápida e ardente.

Mostovskói olhou subitamente ao redor e viu que Tchernetzov o observava de uma tarimba distante. Pensou que a expressão de angústia em seu olho bom era mais terrível que a escancarada cova vermelha no lugar do olho ausente.

"Sim, irmão, você é infeliz", refletiu Mostovskói, sem maldade.

Não era por acaso que todos precisavam de Ierchov, e isso logo se transformou em regra. "Onde está Ierchov? Não viram Ierchov? Camarada Ierchov! Major Ierchov! Ierchov disse... Pergunte a Ierchov..." Vinha gente de outras barracas, e em torno de sua tarimba havia sempre movimento.

Mikhail Sídorovitch apelidou Ierchov de guru. Houvera gurus nos anos 1860, nos anos 1880. Havia os *naródniki*,[11] e Mikhailovski[12] veio e se foi. E mesmo o campo de concentração hitlerista tinha seu guru! A solidão do caolho parecia um símbolo trágico desse campo.

Décadas tinham passado desde que Mikhail Sídorovitch estivera num cárcere tsarista. Até o século era outro, o XIX.

Ele se lembrava de como tinha se ofendido com a desconfiança de alguns dirigentes do partido em sua capacidade de conduzir o trabalho prático. Agora, sentia-se mais forte a cada dia ao ver como sua palavra tinha peso para o general Gudz, para o comissário de brigada Óssipov e para o sempre abatido e triste major Kiríllov.

Antes da guerra, ele se consolava porque, afastado dos cargos de responsabilidade, tinha menos contato com todos aqueles temas que suscitavam seus protestos e desacordos: o poder absoluto de Stálin no partido, os processos sangrentos contra a oposição, a falta de consideração para com a velha guarda do partido. Atormentou-o a execução de Bukhárin, que tinha conhecido bem e de quem gostava muito. Mas ele sabia que, opondo-se ao partido em qualquer uma dessas questões, ele, contra sua vontade, estaria se opondo à causa de Lênin, à qual dedicara a vida. Às vezes era atormentado por dúvidas; talvez fosse por fraqueza e covardia que tivesse se calado, que não se tivesse erguido contra aquilo de que discordava. Muita coisa na vida pré-guerra tinha sido terrível! Ele frequentemente se lembrava do finado Lunatcharski.[13] Como gostaria de voltar a vê-lo! Sempre era fácil falar com Anatoli Vassílievitch; eles se entendiam muito rápido, bastava meia palavra.

---

[11] Populistas russos da segunda metade do século XIX que defendiam uma espécie de socialismo agrário.

[12] Nikolai Konstantínovitch Mikhailovski (1842-1904), teórico do movimento *naródnik*.

[13] Anatoli Vassílievitch Lunatcharski (1875-1933), intelectual ativo na Revolução Bolchevique e Comissário para Instrução Pública da URSS entre 1917 e 1929.

Agora, no terrível campo alemão, ele havia recuperado a autoconfiança. Mas um sentimento aflitivo não o abandonava. Mesmo no campo, não conseguia recuperar a visão de mundo clara e completa que tinha na juventude, de sentir-se seu entre os seus, e estranho entre os estranhos.

Não era porque, uma vez, um oficial inglês perguntou-lhe se ele, que se dedicava à filosofia, não se incomodava de que na Rússia fosse proibido expressar pontos de vista antimarxistas.

— A outros talvez isso possa incomodar. A mim, um marxista, não incomoda — respondeu Mikhail Sídorovitch.

— Fiz essa questão levando justamente em conta que o senhor é um velho marxista — disse o inglês. Embora Mostovskói tivesse se contorcido de dor ao emitir aquelas palavras, conseguira responder.

Não era porque aquelas pessoas, como Óssipov, Gudz, Ierchov, sempre o incomodavam, embora fossem profundamente próximas a ele. A desgraça era que boa parte de sua própria alma passara a lhe ser estranha. Nos tempos de paz, ele às vezes se alegrava ao encontrar um velho amigo e, no final do encontro, o via como um estranho.

Mas como proceder quando a estranheza dos dias de hoje vinha dele, era em parte ele... Não podia romper consigo mesmo, ou parar de se encontrar.

Nas conversas com Ikónnikov ele se irritava, tornava-se rude, zombeteiro, chamava-o de molenga, fracote, tolo, maluco. Ao mesmo tempo sentia saudades se ficava muito tempo sem vê-lo.

Isso revelava uma mudança importante entre seus anos de cárcere da juventude e os tempos de hoje.

Antes, tudo era íntimo e inteligível entre os amigos e correligionários. Cada ideia, cada ponto de vista do inimigo era estranho e absurdo.

Mas agora, de repente, ele reconhecia nas ideias alheias o que lhe havia sido caro uns dez anos antes, e a estranheza, às vezes, de maneira incompreensível, se manifestava nas ideias e palavras dos amigos.

"Deve ser porque eu já vivi demais neste mundo", pensou Mostovskói.

5

O coronel americano vivia numa cela isolada no bloco especial. Tinha permissão de sair do alojamento durante a noite, e alimentavam-no com refeições especiais. Diziam que a Suécia havia feito uma solicitação a favor dele — o próprio presidente Roosevelt teria intercedido por meio do rei sueco.

Uma vez, o coronel levara uma barra de chocolate ao major russo Níkonov, que estava doente. No alojamento especial ele se interessava acima de tudo pelos prisioneiros de guerra russos. Tentava entabular conversas sobre a tática alemã e os motivos do fracasso no primeiro ano da guerra.

Ele conversava muito com Ierchov e, fitando os olhos inteligentes, sérios e ao mesmo tempo alegres do major russo, esquecia-se de que ele não falava inglês.

Parecia-lhe estranho que um homem com uma expressão tão inteligente não o entendesse, ainda mais com um tema de conversa de tanto interesse para ambos.

— Mas o senhor realmente não está entendendo nada? — perguntava ele, amargurado.

Ierchov respondia em russo:

— Nosso caro sargento domina todas as línguas, menos as estrangeiras.

Contudo, na língua constituída de sorrisos, olhares, tapas nas costas e uma dezena de palavras russas, alemãs, inglesas e francesas meio atrapalhadas, os prisioneiros russos conseguiam conversar com gente de dezenas de nacionalidades a respeito de camaradagem, simpatia, ajuda, amor ao lar, sobre esposas e filhos.

Kamerade, gut, Brot, Suppe, Kinder, Zigarette, Arbeit[14] e mais uma dúzia de palavras alemãs que tinham nascido nos campos — *Revier, Blockältester, Kapo, Vernichtungslager, Appell, Appellplatz, Waschraum, Flugpunkt, Lagerschütze*[15] — eram suficientes para expressar o que havia de mais importante na vida simples e confusa dos prisioneiros.

Havia ainda palavras russas — *rebiáta, tabatchok, továrisch*[16] — que eram utilizadas por prisioneiros de diversas nacionalidades. Quanto à palavra russa *dokhodiága*, que descreve o estado do detento à beira da morte, ela se tornou comum a todos; foi uma conquista das 56 nacionalidades do campo.

---

[14] Camarada, bom, pão, sopa, crianças, cigarro, trabalho.

[15] Enfermaria, encarregado do bloco, *Kapo*, campo de extermínio, chamada, lugar na chamada, lavatório, ponto de voo, guardas do campo.

16 Rapaziada, tabaco, camarada.

Com esse sortimento de uma dezena de palavras estropiadas, o grande povo alemão entrou nas cidades e nas aldeias que eram habitadas pelo grande povo russo, e milhões de camponeses, velhos e crianças das aldeias explicaram a milhões de soldados alemães as palavras *matka, pan, ruki, vierkh, kurka, iaika, kaput*.[17] Eles não receberam nada de bom por essas explicações. Mas as palavras foram suficientes ao grande povo alemão para os assuntos que ele levou a cabo na Rússia.

Tampouco recebeu algo de bom Tchernetzov quando tentou se entender com os prisioneiros de guerra soviéticos, embora, depois de vinte anos de emigração, ele não tivesse esquecido a língua russa, e a dominasse com fluência. Ele não conseguia entender os prisioneiros russos, e eles o evitavam.

E mesmo os prisioneiros russos não conseguiam se entender. Alguns estavam prontos para morrer, mas não para trair, e outros consideravam a possibilidade de se juntar ao exército de Vlássov.[18] Quanto mais eles falavam e discutiam, menos se entendiam. No fim todos se calavam, cheios de ódio e desdém uns pelos outros.

Nesses murmúrios de mudos e diálogos de cegos, nessa mistura espessa de gente unida pelo terror, pela esperança e pela desgraça, no desentendimento e inimizade de gente que fala a mesma língua, manifestava-se de maneira trágica uma das calamidades do século XX.

6

No dia em que a neve começou a cair, os diálogos noturnos entre os prisioneiros de guerra russos foram especialmente tristes.

Até o coronel Zlatokrilietz e o comissário de brigada Óssipov, que estavam sempre dispostos e cheios de força moral, se tornaram lúgubres e calados. A angústia esmagava a todos.

---

[17] Mãe, senhor (na Polônia e na Ucrânia antiga), mãos ao alto, galinha (em ucraniano), ovo (em bielorrusso), fim.

[18] Andriêi Andriêievitch Vlássov (1900-1946), general do Exército Vermelho que, depois de capturado pelos nazistas, em 1942, passou a colaborar com estes, fundando o ROA — Rússkaia Osvobodítelnaia Ármia, ou seja, Exército Russo de Libertação.

O major de artilharia Kiríllov sentou-se na tarimba de Mostovskói com os ombros caídos, balançando silenciosamente a cabeça. Parecia que não apenas os olhos negros, mas todo aquele corpo imenso estava cheio de angústia.

Sua expressão era semelhante à de um paciente terminal de câncer. Fitando aqueles olhos, as pessoas mais próximas pensariam, cheias de pena: logo você vai morrer.

O amarelado e onipresente Kôtikov, apontando para Kiríllov, cochichou para Óssipov:

— Ou vai se enforcar, ou vai se juntar a Vlássov.

Mostovskói, esfregando a barba grisalha, afirmou:

— Escutem, cossacos. Na verdade estamos bem. Será que vocês não entendem? Cada dia de vida do Estado criado por Lênin é intolerável para o fascismo. Ele não tem escolha: ou nos devora e aniquila, ou morre. A intolerância do fascismo em relação a nós é a comprovação de que a causa de Lênin é justa. Ela ainda é única, e muito séria. Lembrem-se de que quanto mais os fascistas nos odiarem, mais seguros devemos estar de termos razão. E mais nos fortalecemos.

Voltando-se bruscamente para Kiríllov, falou:

— O que há com o senhor, hein? Lembre-se de Górki passando pela porta do cárcere, quando um georgiano gritou para ele: "Para onde você vai com essa cara de galinha? Ande com a cabeça erguida!"

Todos gargalharam.

— Sim, sim, precisamos erguer a cabeça — disse Mostovskói. — Lembrem-se, o grande e imenso Estado soviético está defendendo a ideia comunista! Será que Hitler vai conseguir vencer ambos? Stalingrado está de pé, resiste. Algumas vezes, antes da guerra, podíamos pensar: será que não apertamos os parafusos de um jeito muito forte e cruel? Mas agora, de fato, até os cegos conseguem ver que os fins justificaram os meios.

— Sim, apertaram os parafusos com força. Nisso o senhor tem razão — afirmou Ierchov.

— Apertaram pouco — disse o general Gudz. — Tinham que ter apertado mais, para que o inimigo não alcançasse o Volga.

— Não nos cabe dar lições a Stálin — disse Óssipov.

— Isso — disse Mostovskói. — E, se tivermos que morrer no cárcere e nas minas úmidas, não há nada a fazer. Não temos que pensar nisso.

— Temos que pensar em quê? — perguntou Ierchov ruidosamente.

Os presentes se entreolharam, olharam ao redor e se calaram.

— Ei, Kiríllov, Kiríllov — Ierchov disse, de repente. — É verdade o que o velho disse: temos de ficar felizes porque os fascistas nos odeiam. Nós os odiamos, ele nos odeiam. Compreende? Imagine o que seria estar em um de nossos campos, com o nosso próprio povo nos odiando. Aí é que estaria a desgraça. Aqui, qual é o problema? Somos gente dura, ainda vamos dar muito trabalho aos alemães.

7

Durante o dia inteiro o comando do 62º Exército ficou sem ligação com as unidades. Muitos aparelhos de rádio do estado-maior tinham pifado; os cabos haviam sido cortados por toda parte.

Havia instantes em que as pessoas, olhando para o fluxo raso das ondas do Volga, tinham a impressão de que o rio era imóvel, e de que quem se mexia era a terra tremendo em suas margens. Centenas de pesados canhões soviéticos abriam fogo desde a margem esquerda. Nas posições alemãs da encosta sul de Mamáiev Kurgan[19] erguiam-se bolas de terra e lama.

Essas nuvens de terra, passando por um miraculoso crivo invisível da força da gravidade, pareciam se fender: os blocos pesados caíam no solo, enquanto os leves alçavam-se aos céus.

Várias vezes ao longo do dia, ensurdecidos e com os olhos inflamados, os homens do Exército Vermelho enfrentaram os tanques e a infantaria alemã.

Para o comando, que perdera contato com os combatentes, o dia parecia penosamente longo.

O que Tchuikov, Krilov e Gúrov não fizeram para tentar preencher aquele dia! Inventaram afazeres pouco importantes, escreveram cartas, discutiram os possíveis próximos passos do inimigo, fizeram piada, tomaram vodca com petiscos e sem petiscos, e se calaram para ouvir o barulho do bombardeio. Um turbilhão de ferro uivava em torno do abrigo, dizimando tudo o que era vivo, e alçava a cabeça sobre a superfície da terra. O estado-maior estava paralisado.

---

[19] Colina em Stalingrado.

— Vamos jogar um carteado — disse Tchuikov, empurrando para o canto da mesa um volumoso cinzeiro cheio de guimbas.

Até Krilov, o chefe do estado-maior do Exército, tinha perdido a calma. Batendo com os dedos na mesa, disse:

— Não há situação pior do que ficar esperando para ser devorado.

Tchuikov distribuiu as cartas, anunciou "as copas são o trunfo", depois embaralhou de novo e afirmou:

— Estamos sentados como coelhinhos e jogando um baralhinho. Ah, eu não consigo!

Ele se sentou em silêncio. Refletindo ódio e tormento, a aparência de seu rosto era terrível.

Gúrov, como que prevendo seu destino, repetia pensativo:

— Um dia como esse mata a gente do coração. — Depois ele riu e disse: — Lá na divisão, ir à latrina durante o dia é um negócio horrível, inconcebível. Contaram-me que o chefe do estado-maior de Liúdnikov pulou para dentro do abrigo, gritando: "Viva, pessoal, consegui sair para cagar!" Ao olhar em volta, ele viu uma médica pela qual era apaixonado.

Com a escuridão, cessaram os voos alemães. É provável que alguém que chegasse à noite aos limites de Stalingrado, atordoado pelo estrondo e pelo estrépito, imaginasse que a má sorte o tivesse levado à cidade na hora de um ataque decisivo, mas, para os combatentes veteranos, aquela era a hora de fazer a barba, lavar a roupa, escrever cartas, a hora em que os mecânicos, torneiros, soldadores e relojoeiros do front consertavam os relógios, isqueiros, piteiras e as luminárias feitas de cartuchos e fiapos de capotes militares que serviam de pavio.

O fogo cintilante das explosões iluminava as escarpas da margem do rio, os escombros da cidade, os tanques de petróleo, as chaminés das fábricas, e, nesses curtos fulgores, o rio e a cidade pareciam sinistros e lúgubres.

Na escuridão, o núcleo do Exército voltava a ganhar vida, as máquinas de escrever matraqueavam, multiplicando cópias de relatórios militares, motores zumbiam, tagarelava-se em código Morse, e as telefonistas ocupavam as linhas, ligando em rede os pontos de comando das divisões, regimentos, baterias, companhias... Os que chegavam ao estado-maior do Exército pigarreavam com gravidade ao relatar a rotina de operações ao oficial de ligação.

Correram, para passar informações a Tchuikov e a Krilov, o velho Pojárski, que comandava a artilharia; o general engenheiro Tkatchenko, chefe da arriscada travessia do rio; Gúrtiev, o comandante da divisão siberiana, que recém-envergara o uniforme militar; e o tenente-coronel Batiuk, veterano de Stalingrado, cuja divisão estava no sopé de Mamáiev Kurgan. Ressoavam no relatório político de Gúrov, membro do Soviete de Guerra do Exército, nomes célebres em Stalingrado — o atirador de morteiro Bezdidko, os franco-atiradores Vassili Záitsev e Anatoli Tchékhov, o sargento Pávlov — e, ao lado deles, nomes que estavam sendo pronunciados pela primeira vez: Chónin, Vlássov, Brissin, aos quais os primeiros dias em Stalingrado trouxeram a glória da guerra. Na linha de frente, os carteiros entregavam triângulos de papel:[20] "Voe, folhinha, do Ocidente ao Oriente... voe com o olá, volte com a resposta... bom dia, ou talvez, boa noite..." Enterravam os caídos na linha de frente, e os mortos passavam a primeira noite de seu sono eterno junto às casamatas e trincheiras em que seus camaradas escreviam cartas, faziam a barba, comiam pão, bebiam chá, lavavam-se em banheiros rústicos.

8

Os dias mais duros da defesa de Stalingrado haviam chegado.

Na confusão da luta pela cidade, ataque e contra-ataque, na luta pela "Casa do Especialista", pelo moinho, pelo edifício do Gosbank,[21] na luta pelos porões, quintais e praças, era inquestionável a superioridade das forças alemãs.

A cunha alemã, fincada na parte sul de Stalingrado, nos jardins de Lapichini, na Kuporósnaia Balka[22] e Ielchanka, se alargava, e as metralhadoras alemãs, camufladas rente à água, disparavam contra a margem esquerda do Volga, ao sul de Krásnaia Slobodá.[23] Todo dia os operadores assinalavam nos mapas as linhas do front e viam que os sinais azuis avançavam sem parar enquanto ia diminuindo e minguando a zona entre o risco vermelho da defesa soviética e o azul-celeste do Volga.

---

[20] As cartas dos soldados russos eram dobradas em forma de triângulo.

[21] Banco Estatal.

[22] Colina em Stalingrado.

[23] Vila Vermelha.

Alma da guerra, a iniciativa nesses dias estava nas mãos dos alemães. Eles se arrastavam cada vez mais para diante, e nem toda a fúria dos contra-ataques soviéticos conseguia deter seus movimentos lentos, porém abominavelmente seguros.

E no céu, do nascer ao pôr do sol, gemiam os bombardeiros de mergulho alemães, escavando a terra dolorida com bombas de grande poder destrutivo. Habitava em centenas de cabeças um pensamento espinhoso e cruel: como vai ser amanhã, daqui a uma semana, quando a zona das defesas soviéticas se reduzir a um fio, a ser esmigalhado pelos dentes de ferro da ofensiva alemã?

9

Tarde da noite, o general Krilov foi se deitar em seu leito no abrigo. Doíam-lhe as têmporas, e a garganta sentia as pontadas das dezenas de *papiróssi*[24] fumadas. Krilov passou a língua pelo céu da boca seco e se voltou para a parede. A modorra embaralhava em sua memória os combates de Sebastopol e Odessa, os gritos das tropas de assalto romenas, as pedras do calçamento cobertas de hera dos pátios de Odessa e a beleza marítima de Sebastopol.

Pareceu-lhe estar de volta ao posto de comando em Sebastopol; na névoa do sono reluzia o pincenê do general Petrov; o vidro cintilante brilhou em mil estilhaços, e de repente se via o mar ondulante, e a poeira cinza das rochas trituradas pelos projéteis alemães começou a pairar sobre as cabeças dos marinheiros e soldados, erguendo-se sobre Sapún-Gorá.[25]

Ao redor da lancha, ouvia-se o marulho indiferente das ondas e a voz áspera do submarinista: "Pule!" Ao que parece, ele pulou na água, mas sua perna imediatamente acertou o corpo de uma embarcação submarina... Foi seu último olhar para Sebastopol, para as estrelas no céu, para os incêndios nas margens...

Krilov adormeceu. No sono, o poder da guerra continuava. O submarino saiu de Sebastopol para Novorossisk... Ele encolheu as pernas intumescidas, o peito e as costas ficaram molhados de suor, o ruído das máquinas batia-lhe nas têmporas. E de repente as máquinas

---

[24] Tipo de cigarro de papel sem filtro.
[25] Colina a sudeste de Sebastopol.

pararam, e a embarcação se alojou suavemente no fundo do mar. O abafamento se tornou insuportável, a abóbada de metal, com seu pontilhado quadrado de rebites, era opressiva...

Ouviu um vozerio e um rumor na água. Uma bomba de profundidade havia caído, e a água avançava e o arrancava do leito. Krilov abriu os olhos: ao redor havia fogo; diante da porta aberta do abrigo, uma torrente de chamas corria para o Volga, ouvia-se o grito de pessoas e o matraquear de metralhadoras.

— O capote, cubra a cabeça com ele! — gritou um soldado que Krilov não conhecia, estendendo-lhe um capote militar. Krilov afastou o soldado e gritou:

— Onde está o comandante?

Então entendeu o que estava acontecendo: os alemães tinham chegado aos tanques de petróleo, e o óleo ardente jorrava sobre o Volga.

Parecia não haver possibilidade de escapar vivo do fogo líquido. As chamas uivavam e, desprendendo-se com estrondo do petróleo, inundavam as covas e crateras, prorrompiam pelas trincheiras de comunicação. O petróleo jorrava negro, lustroso, vindo dos depósitos que haviam sido crivados de balas incendiárias; parecia que as cisternas armazenavam rolos enormes de fogo e fumaça, que agora eram liberados.

A vida que dominara a Terra havia centenas de milhões de anos, a vida rude e assustadora dos monstros primitivos, elevava-se das profundezas, voltava a bramir, batia os pés, urrava, devorando avidamente tudo a seu redor. O fogo elevara-se a muitas centenas de metros, carregando nuvens de vapor inflamável, que explodiam bem alto no céu. As chamas eram tão volumosas que o turbilhão de ar não conseguia fornecer oxigênio às moléculas ardentes de gás carbônico, e uma abóbada negra e oscilante separava o céu estrelado de outono da terra em chamas. Visto de baixo, o firmamento fluido, gorduroso e negro era um horror.

As colunas de fogo e fumaça, ao se precipitarem para o alto, ora assumiam o aspecto de seres vivos tomados pelo desespero e pela fúria, ora se assemelhavam a choupos e álamos chacoalhantes. O negro e o vermelho giravam nas nesgas do fogo como cabeleiras negras e ruivas de mulheres dançando desgrenhadas.

O petróleo em chamas alastrara-se pela superfície da água e, arrastado pela correnteza, chiava, fumegava, serpenteava.

É surpreendente que, nessa hora, muitos combatentes já soubessem como chegar à margem. Eles gritavam: "Por aqui, corra para cá, por esse atalho!"; alguns conseguiram subir duas, três vezes aos abrigos em chamas, ajudando os oficiais até uma saliência na margem, onde, em uma bifurcação de duas correntes de fogo que iam para o Volga, havia um punhado de sobreviventes.

Homens protegidos por sobretudos ajudaram o comandante do Exército e os oficiais do estado-maior a descer para a margem. Com as próprias mãos, resgataram das chamas o general Krilov, que já era dado como morto, e, piscando as pestanas chamuscadas, voltaram a abrir caminho através do matagal vermelho para chegar aos abrigos do estado-maior.

Os membros do estado-maior do 62º Exército permaneceram na pequena reentrância de terra junto ao Volga até o amanhecer. Protegendo o rosto do ar incandescente e limpando as fagulhas da roupa, eles olhavam para o comandante do Exército, com um capote do Exército Vermelho nos ombros e os cabelos sob o quepe escapando para a testa. Carrancudo e sorumbático, parecia tranquilo, pensativo.

Gúrov disse, olhando para os presentes:

— Parece que nem com o fogo eles nos queimam... — e apalpou os botões chamuscados do capote.

— Ei, você com a pá — gritou o chefe do serviço de engenharia, o general Tkatchenko —, cave logo um fosso, senão o fogo daquele montículo vai chegar aqui!

Ele disse a Krilov:

— Está tudo ao contrário, camarada general, o fogo corre como se fosse água, e o Volga está em chamas. Ainda bem que o vento não está forte, do contrário não tcria sobrado ninguém.

Quando a brisa do Volga soprava, a pesada tenda de fogo começava a se agitar, fazendo as pessoas saltarem para longe.

Alguns, aproximando-se da margem, molhavam os sapatos na água, que evaporava com o calor dos canos das botas. Uns se calavam, fincando os olhos na terra; outros olhavam em volta; outros, ainda, para quebrar a tensão, brincavam: "Não precisamos de fósforo, dá para acender o cigarro no Volga e na brisa"; e outros se apalpavam e balançavam a cabeça ao sentir o calor nas fivelas metálicas de seus cintos.

Ouviram-se algumas explosões, causadas por granadas de mão nos abrigos do batalhão de guarda do estado-maior. Depois o espocar das tiras de cartuchos das metralhadoras. Uma granada de morteiro alemã sibilou através do fogo para explodir ao longe, no Volga. Surgiam em meio à neblina as figuras distantes de gente na margem —

aparentemente, alguém tentando afastar o fogo do posto de comando —, mas, em um instante, tudo voltava a desaparecer em meio à névoa e ao fogo.

Krilov, olhando para a inundação de chamas, já não tinha mais recordações nem comparações... Será que os alemães planejavam uma ofensiva simultânea ao incêndio? Os alemães não sabiam onde ficava o comando do Exército; na véspera mesmo um prisioneiro mostrara não acreditar que o estado-maior ficava na margem direita... Essa era, evidentemente, uma operação isolada, ou seja, havia chance de sobreviverem até o amanhecer. Desde que não ventasse mais forte.

Ele deu uma olhada em Tchuikov, que estava perto, de pé, examinando o doloroso incêndio; seu rosto manchado de fuligem parecia feito de cobre incandescente. Ele tirou o quepe, passou a mão pelos cabelos e ficou parecido com um ferreiro suado de aldeia; as fagulhas saltavam sobre seus cabelos crespos. Olhava para cima, para a estrondosa cúpula de fogo, e mirava o Volga, onde, em meio ao fogo serpenteante, delineavam-se gretas de escuridão. Krilov imaginou que o comandante se punha com afinco a resolver as mesmas questões que o atormentavam: se os alemães fariam uma grande ofensiva noturna... onde alojar o estado-maior, e se conseguiriam ficar vivos até o amanhecer.

Tchuikov, sentindo o olhar do chefe do estado-maior, sorriu para ele e disse, fazendo com a mão um amplo círculo acima da cabeça:

— Que beleza, que maravilha dos diabos, hein?

Dava para ver bem as labaredas do incêndio desde Krásni Sad,[26] na margem esquerda, onde ficava o estado-maior do front de Stalingrado. O chefe do estado-maior, o tenente-general Zakhárov, ao receber o primeiro relato sobre o incêndio, informou Ieriómenko, e o comandante o encarregou de ir pessoalmente ao centro de ligação e falar com Tchuikov. Zakhárov, respirando pesadamente, tomou o atalho com pressa. Com uma lanterninha, um ajudante de ordens dizia de tempos em tempos "cuidado, camarada general" e afastava com a mão os ramos de macieira que pendiam sobre o caminho. O clarão distante iluminava os troncos das árvores, lançando manchas rosadas na terra. Essa luz vaga enchia a alma de inquietude. O silêncio ao redor, perturbado apenas pelos gritos baixos das sentinelas, conferia uma força especialmente aflitiva ao fogo pálido e mudo.

---

[26] Jardim Vermelho.

No centro de comunicações, a atendente, notando a respiração pesada de Zakhárov, disse que não havia ligação com Tchuikov, nem por telefone, nem por telégrafo, nem por rádio...

— E com as divisões? — perguntou Zakhárov, com a voz entrecortada.

— Acabamos de manter contato com Batiuk, camarada tenente-general.

— Vamos, rápido!

A moça, certa de que o grave e irritadiço Zakhárov estava prestes a explodir, e com medo até de fitá-lo, disse, com repentina alegria:

— Aqui, por favor, camarada general — e entregou o fone a Zakhárov.

Zakhárov falava com o chefe do estado-maior da divisão. Assim como a operadora, Batiuk ia se assustando ao ouvir a respiração pesada e a voz imperiosa do chefe do estado-maior do front.

— Relate o que está acontecendo com vocês. Há ligação com Tchuikov?

O chefe do estado-maior da divisão relatou o incêndio nos tanques de petróleo; disse que uma onda de fogo havia desabado sobre o posto de comando do estado-maior do Exército; que a divisão ainda não restabelecera a comunicação com o comandante; que, pelo visto, nem todos tinham morrido; que dava para ver, através do fogo e da neblina, pessoas de pé na margem; mas não era possível chegar a elas nem por terra, nem pelo rio: o Volga estava em chamas. Batiuk tinha ido até a margem com uma companhia de guarda do estado-maior, para tentar acabar com o incêndio e ajudar a salvar do fogo as pessoas que estavam na margem.

Zakhárov, depois de ouvi-lo, afirmou:

— Comunique a Tchuikov, se ele estiver vivo, comunique a Tchuikov... — e se calou.

A operadora, surpresa com a longa pausa, e esperando pelo estrondo da voz rouca do general, deu uma olhada temerosa para Zakhárov. De pé, ele limpava os olhos com um lenço.

Naquela noite, quarenta comandantes do estado-maior morreram entre as chamas nos abrigos desmoronados.

10

Krímov chegou a Stalingrado logo depois do incêndio dos tanques de petróleo.

Tchuikov havia posicionado o novo centro de comando do Exército sob as escarpas do Volga, entre os regimentos de infantaria da divisão de Batiuk. Tchuikov visitou o abrigo do comandante do regimento, o capitão Mikháilov, e, depois de examinar o espaçoso esconderijo cheio de estacas de madeira, anuiu com satisfação. Fitando o rosto amargurado do ruivo e sardento capitão, o comandante lhe disse, com alegria:

— Camarada capitão, você construiu um abrigo acima da sua patente.

O estado-maior do regimento, levando sua mobília simples, deslocou-se algumas dezenas de metros ao longo do Volga, e ali o ruivo Mikháilov, por sua vez, desalojou o comandante do batalhão.

O comandante do batalhão, ao ficar sem alojamento, preferiu não incomodar seus subordinados (que já estavam bastante apertados) e ordenou que escavassem para ele um novo abrigo no planalto.

Quando Krímov chegou ao posto de comando do 62º Exército, o trabalho dos sapadores estava no auge. Abriam vias de comunicação entre as seções do estado-maior, ruas e alamedas, unindo os membros do centro político, de operações e da artilharia.

Por duas vezes Krímov viu o comandante do Exército sair em pessoa para supervisionar as obras.

Talvez não haja lugar no mundo em que a construção de abrigos seja levada tão a sério como em Stalingrado. Ali, eles não foram construídos para ser quentes, ou para impressionar a posteridade. A possibilidade de ver o sol nascer no dia seguinte e de fazer a próxima refeição dependia muito da espessura das vigas, da profundidade das vias de comunicação, da proximidade da latrina, da camuflagem antiaérea.

Quando se falava de um homem, falava-se também de seu abrigo:

— Hoje Batiuk fez um bom trabalho com seus morteiros em Mamáiev Kurgan. E, além disso, que abrigo ele tem: uma porta grossa, de carvalho, como no Senado. É um homem sábio.

Acontecia também de falarem de alguém assim:

— Pois é, teve que se retirar à noite, perdeu uma posição-chave, não tinha ligação com as unidades. Dava para ver do ar o seu posto de comando, com uma capa no lugar da porta... eu diria que é por causa das moscas. Um homem insignificante. Ouvi dizer que a mulher dele fugiu antes da guerra.

Corriam muitas histórias distintas sobre os abrigos e as casamatas de Stalingrado. Contava-se como, no duto em que se alojava o estado-maior de Rodímtzev, de repente prorrompeu água, e todo o escritório foi parar nas margens do rio; uns engraçadinhos assinalaram no mapa o encontro entre as águas do estado-maior de Rodímtzev e do Volga. E também se contava como fora destruída a famosa porta do abrigo de Batiuk. E como Jóludev e seu estado-maior ficaram soterrados na fábrica de tratores.

As escarpas do rio de Stalingrado, densas e intensamente recheadas de casamatas, lembravam a Krímov um enorme navio de guerra: de um lado estava o Volga e, do outro, a densa muralha de fogo inimigo.

Ele fora incumbido pela direção política de resolver a disputa entre o comandante e o comissário do regimento de infantaria de Rodímtzev. Krímov tencionava dar uma conferência aos oficiais do estado-maior, e depois resolver a questão da intriga.

Um mensageiro da direção política do Exército conduziu-o ao estuário de pedra do largo duto em que se alojara o estado-maior de Rodímtzev. A sentinela anunciou o comissário de batalhão do estado-maior do front, e uma voz grossa afirmou:

— Traga-o para cá! Não está acostumado, já deve ter feito nas calças!

Krímov entrou na abóbada baixa e, sentindo todos os olhares sobre si, apresentou-se ao corpulento comissário de regimento de sobretudo militar, que estava sentado sobre uma caixa de conservas.

— Ah, tenho muito prazer em ouvir uma conferência, o assunto é excelente — disse o comissário. — Porque ouvimos dizer que Manuílski e uns outros chegaram à margem esquerda, mas não vão se unir a nós em Stalingrado.

— Eu, além disso, tenho a incumbência do comando da direção política — disse Krímov — de resolver a questão entre o comandante do regimento de infantaria e o comissário.

— Tivemos uma questão, sim — respondeu o comissário. — Mas ontem ela foi resolvida: uma bomba de uma tonelada caiu no posto de comando do regimento, matando 18 pessoas, entre elas o comandante e o comissário.

Ele acrescentou, em tom simples e confidencial:

— Tudo neles era oposto, até a aparência: o comandante era um homem simples, filho de camponeses, e o comissário usava luvas e anel no dedo. Agora, eles jazem lado a lado.

Como alguém habituado a comandar seu próprio estado de espírito e o dos outros, sem se submeter a ninguém, ele, mudando bruscamente de tom, disse com voz alegre:

— Quando a nossa divisão estava perto de Kotluban, tive de conduzir ao front, no meu carro, um conferencista de Moscou, Pável Fiódorovitch Iúdin. O membro do soviete militar me disse: "Se ele perder um fio de cabelo, você perde a cabeça." Passei por maus bocados. Aparecia um avião e a gente ia para a sarjeta. Mergulhava. Eu não estava a fim de perder a cabeça. E o camarada Iúdin também mergulhava, mostrando iniciativa.

As pessoas que ouviam a conversa caíram na risada, e Krímov sentiu irritação com aquele tom de zombaria condescendente.

Krímov normalmente estabelecia relações boas com os oficiais de combate, aceitáveis com os membros do estado-maior, mas irritantes e nem sempre sinceras com seus colegas de trabalho político. E agora era justamente o comissário da divisão que o irritava: mal tinha chegado ao front e dava uma de veterano, e no partido, com certeza, devia ter entrado pouco antes da guerra, e já dava ares de que Engels não lhe servia.

Mas era evidente que Krímov também irritava o comissário da divisão.

Essa sensação não o deixou nem quando o ordenança preparava seu repouso, nem quando tomava seu chá.

Quase todas as divisões têm seu estilo peculiar, que as faz diferentes umas das outras. No estado-maior da divisão de Rodímtzev, eles tinham um orgulho permanente da juventude de seu general.

Depois de Krímov terminar sua palestra, começaram a lhe fazer perguntas.

Biélski, chefe do estado-maior de Rodímtzev, perguntou:

— Camarada conferencista, quando os aliados vão abrir um segundo front?

O comissário da divisão, que estava meio deitado em uma tarimba estreita, presa à borda do duto de pedra, sentou-se, espalhou feno com as mãos e disse:

— Não há pressa. Interessa-me mais saber quando nosso comando vai começar a agir.

Olhando irritado para o comissário, Krímov falou:

— Já que o seu comissário colocou a pergunta dessa forma, a resposta não cabe a mim, mas ao general.

Todos olharam para Rodímtzev, que disse:

— Um homem não consegue nem ficar de pé aqui. Só tenho uma palavra: duto. Não há grande mérito na defesa. Mas não dá para avançar a partir de um duto. Eu até ficaria feliz, mas não dá para acumular reservas em um duto.

O telefone tocou. Rodímtzev pegou o receptor.

Todos olharam para ele.

Ao pousar o gancho, Rodímtzev inclinou-se para Biélski e sussurrou algumas palavras. Este se dirigiu para o telefone, mas Rodímtzev colocou a mão no aparelho e disse:

— Para quê? Não está ouvindo?

Dava para ouvir muita coisa debaixo da abóbada de pedra da galeria, iluminada pela luz esfumaçada e cintilante das lâmpadas feitas de cartuchos. Rápidas rajadas de metralhadora estrepitavam acima de suas cabeças, como carroças sobre uma ponte. De tempos em tempos ressoavam explosões de granadas de mão. No duto, os barulhos ribombavam com estrondo.

Rodímtzev chamou para si ora um, ora outro colega de estado-maior, voltando a levar aos ouvidos o impaciente fone.

Em um instante ele se deu conta do olhar de Krímov, que não estava sentado longe, e, com gentileza e sem cerimônia, disse:

— O tempo ficou bom no Volga, camarada conferencista.

O telefone já tocava sem parar. Entreouvindo a conversa de Rodímtzev, Krímov conseguiu entender aproximadamente o que tinha acontecido. O comandante adjunto de divisão, o jovem coronel Boríssov, foi até o general e, inclinando-se sobre um caixote, no qual estava disposto um mapa de Stalingrado, súbita e rebuscadamente riscou um traço azul grosso e perpendicular, que cortava o pontilhado vermelho das defesas soviéticas até o Volga. Boríssov fitava de modo significativo os olhos escuros de Rodímtzev. Rodímtzev levantou-se de repente, ao ver um homem de capa que saíra da escuridão ao seu encontro.

O andar e a expressão do rosto deixavam bem claro de onde ele vinha; estava envolto em uma invisível nuvem incandescente, e parecia que o que crepitava com seus movimentos rápidos não era a capa, mas sim a própria eletricidade, da qual o homem estava impregnado.

— Camarada general — ele gritava, queixoso —, os cachorros me enxotaram, tomaram o barranco, estão chegando ao Volga. Preciso de reforços.

— Detenham o inimigo sozinhos, a qualquer custo. Não tenho reservas — disse Rodímtzev.

— Deter a qualquer custo — respondeu o homem de capa, e todos entenderam, quando ele se encaminhou para a saída, qual seria o custo para ele.

— É aqui? — perguntou Krímov, indicando no mapa a linha sinuosa do barranco.

Mas Rodímtzev não conseguiu responder. Na boca do duto ouviram-se tiros de pistola, e relampejaram fulgores vermelhos de granadas de mão.

Ouviu-se o estridente assobio do comandante. O chefe do estado-maior inclinou-se na direção de Rodímtzev, gritando:

— Camarada general, o inimigo chegou ao seu ponto de comando!

E de repente desapareceu o comandante de divisão, que até então brincava com sua voz calma, assinalando no mapa, com lápis de cor, as mudanças de cenário. Desapareceu a sensação de que a guerra, nas ruínas de pedras e nos barrancos de ervas daninhas, tinha a ver com aço cromado, lâmpadas catódicas, aparelhos de rádio. O homem de lábios grossos gritou, selvagem:

— Vamos lá, estado-maior! Verifiquem pessoalmente as armas, peguem as granadas e me sigam! Vamos expulsar o inimigo!

Na sua voz e no seu olhar, que rápida e poderosamente se esgueiravam através de Krímov, havia muito da glacial e abrasadora embriaguez do combate. Em um instante revelou-se que a grande força desse homem estava não na experiência, nem no conhecimento dos mapas, mas na crueldade, no ímpeto e na selvageria da alma.

Em poucos minutos, os oficiais do estado-maior, escrivães, estafetas, telefonistas, empurrando-se desajeitada e precipitadamente, deixaram o duto e, iluminados pela luz cintilante dos combates, seguiram os passos de Rodímtzev, que corria na direção do barranco, onde se ouviam explosões, tiros, gritos e palavrões.

Quando, esbaforido pela corrida, Krímov, um dos primeiros a chegar à beira do barranco, olhou para trás, seu coração sobressaltado foi acometido simultaneamente de repulsa, medo, ódio. No fundo da fenda surgiam sombras obscuras, acendiam-se clarões de tiros, inflamavam-se olhos ora verdes, ora vermelhos, e no ar pairava um incessante silvo metálico. Krímov parecia estar olhando para um enorme covil de serpentes, onde centenas de inquietas criaturas venenosas, chiando, e com os olhos brilhando, alastravam-se com rapidez, farfalhando por entre ervas daninhas ressecadas.

E com um sentimento de fúria, asco, medo, pôs-se a disparar com seu fuzil contra os clarões que surgiam na escuridão, contra as sombras rápidas que se arrastavam pela encosta.

A poucas dezenas de metros dele, alemães apareceram à beira do barranco. O estrépito peculiar das granadas de mão sacudia o ar e a terra: a tropa de assalto alemã abria passagem até a entrada do duto.

Surgiam pela escuridão sombras, clarões de tiros, gritos, gemidos, que ora se acendiam, ora se apagavam. Era como se um grande caldeirão negro estivesse em ebulição, e Krímov estivesse mergulhado por inteiro, com todo o corpo e toda a alma, nessa água efervescente, e não mais conseguisse pensar nem sentir como antes. Ora tinha a impressão de controlar os movimentos que se apossavam dele nesse turbilhão, ora era tomado por uma sensação de ruína, e era como se uma escuridão densa como breu lhe descesse sobre os olhos e as narinas, e já não houvesse ar para respirar, nem um céu estrelado sobre a cabeça; havia só trevas, o barranco e criaturas aterradoras farfalhando sobre a relva.

Ele não parecia ter a menor possibilidade de compreender o que estava acontecendo e, ao mesmo tempo, reforçava-se de maneira patente seu sentimento claro de estar ligado às pessoas que se arrastavam pela encosta, o sentimento de sua própria força, unida à força daqueles que atiravam ao lado dele, e um sentimento de alegria, porque em algum lugar, do mesmo lado, estava Rodímtzev.

Esse sentimento espantoso, surgido em um combate noturno, em que não é possível distinguir quem está a seu lado, a três passos de distância — se é um camarada ou um inimigo prestes a matá-lo —, não é menos inexplicável do que o sentido geral do combate, aquele sentido que dá aos soldados a possibilidade de julgar a real correlação de forças em luta e de prever seu desenlace.

11

O sentido geral do combate que nasce em um homem isolado dos outros pela fumaça, pelo fogo e pelos estrondos frequentemente se revela mais exato do que a apreciação do combate no mapa do estado-maior.

No ponto decisivo da batalha acontece, às vezes, uma mudança estupenda, quando um soldado que avança e aparentemente alcançou seu objetivo olha ao redor, desnorteado, e deixa de avistar aqueles com os quais havia começado o avanço na direção de seu alvo, e o oponente, que lhe parecera o tempo todo isolado, fraco, estúpido, torna-se subitamente numeroso e, por isso mesmo, imbatível. Nesse momento crítico, que é muito claro para quem o está vivenciando, e misterioso e obscuro para quem tenta prevê-lo e compreendê-lo de fora, ocorre uma mudança espiritual na percepção: um "nós" audaz e inteligente se transforma em um "eu" acanhado e frágil, e o desafortunado oponente, que era visto como um objeto isolado de caça, se converte em um horrendo, terrível e coeso "eles".

Antes disso, cada fato do combate era assimilado isoladamente pelo soldado que, com êxito, avançava e superava a resistência: a explosão de um projétil... uma rajada de metralhadora... olha lá, aquele ali, atirando por detrás da cobertura: agora ele está correndo, e não há como não correr; ele está sozinho, isolado daquele canhão isolado, daquela metralhadora isolada, daquele soldado isolado, enquanto eu somos nós, eu sou toda a colossal infantaria que ataca, eu sou a artilharia de apoio, eu sou os tanques de apoio, eu sou o foguete que ilumina nossa causa comum. E, de repente, fico sozinho, e tudo o que era separado e, portanto, fraco se funde em uma horrenda unidade de fogo inimigo de fuzil, metralhadora e artilharia, e já não há força que possa romper essa unidade. A salvação é correr, é esconder a cabeça, é cobrir o ombro, a testa, o queixo.

Mas, na escuridão da noite, submetido a choques repentinos, e inicialmente sentindo-se fraco e isolado, ele começa a desarticular a solidão lançada por seus adversários, e a sentir uma solidão própria, a qual contém a força da vitória.

No entendimento dessa transição reside aquilo que dá aos negócios da guerra o direito de serem chamados de arte.

Essa sensação de isolamento e pluralidade, a transição da consciência de uma noção de isolamento a uma noção de pluralidade, não apenas está ligada aos acontecimentos dos assaltos noturnos de companhias e batalhões, como constitui um indício dos esforços de guerra de exércitos e povos.

Algo que é quase completamente perdido pelos participantes de um combate é a noção de tempo. Depois de dançar até de manhã em um baile de ano-novo, uma moça não conseguiria dizer quanto tempo ele durou, se foi longo ou curto.

E um detento de Schlüsselburg, depois de 25 anos de prisão, diria: "Parece que passei uma eternidade aqui na fortaleza, mas ao mesmo tempo parece que foram só algumas semanas."

A noite da moça foi cheia de acontecimentos passageiros — olhares, trechos de música, sorrisos, toques —, cada um tão fugaz que não deixou na consciência a sensação de sua extensão no tempo. Mas a soma desses curtos acontecimentos engendrou a noção de um tempo longo, reunindo toda a alegria da existência humana.

Com o homem de Schlüsselburg aconteceu o oposto; esses 25 anos de cadeia foram constituídos de lapsos isolados de tempo penosamente longos, da chamada matinal à chamada noturna, do café da manhã ao almoço. Mas a soma desses pobres acontecimentos engendrou uma sensação nova: nas sombras da monotonia, a sucessão de meses e anos se comprimiu, enrugou-se... Assim surge a sensação simultânea de brevidade e infinidade, assim surge a semelhança entre essa sensação nas pessoas do baile de ano-novo e naquelas há décadas encarceradas. Em ambos os casos, a soma de acontecimentos engendra uma noção simultânea de longevidade e brevidade.

Um processo mais complexo de deformação das noções de longevidade e brevidade acontece com o homem em combate. Aqui a coisa vai mais longe, aqui se distorcem e se contorcem mesmo as noções básicas e primordiais. No combate, os segundos se esticam e as horas se achatam. A noção de longevidade está ligada a acontecimentos instantâneos: os silvos dos projéteis e bombardeiros, detonações de tiros e explosões.

A noção de brevidade corresponde a acontecimentos prolongados: mover-se em campo arado debaixo de fogo, arrastar-se de abrigo em abrigo. E o combate corpo a corpo ocorre fora do tempo. Aqui a incerteza se manifesta em cada aspecto constituinte, e, como resultado, fica deformado tanto o produto como cada um de seus fatores.

E os fatores aqui são múltiplos.

A noção de continuidade do combate deforma-se de tal maneira que parece completamente indeterminada, sem estar ligada nem à longevidade nem à brevidade.

Nesse caos, no qual se alternavam luz cega e cegas trevas, gritos, estrépito de explosões, matraquear de automáticas, nesse caos, que rasgava em pedacinhos a noção de tempo, Krímov entendia uma coisa com clareza assombrosa: os alemães estão acabados, os alemães estão derrotados. Ele entendia isso da mesma forma que os escrivães e ordenanças que estavam atirando a seu lado: através do sentimento.

12

Amanheceu. Os corpos dos mortos jaziam entre a relva queimada. Soturna e lúgubre, a água respirava pesadamente junto à margem. A angústia apertava o coração diante da visão da terra escavada, das carcaças das construções incendiadas.

Começava um dia novo, e a guerra se preparava para, generosamente — e por completo —, enchê-lo de fumaça, cascalho, ferro, ataduras sujas e ensanguentadas. Cada dia anterior tinha sido assim. E não existia mais nada no mundo além dessa terra lavrada pelo ferro, além do céu em chamas.

Krímov sentou-se no caixote, com a cabeça encostada no revestimento de pedra do duto, e cochilou.

Ele ouvia as vozes indistintas dos colegas de estado-maior, ouvia o tinir de xícaras: o comissário de divisão e o comandante do estado-maior tomavam chá, conversando com voz sonolenta. Diziam que o prisioneiro que haviam capturado era um sapador; seu batalhão havia sido trazido de avião de Magdeburgo alguns dias antes. Na mente de Krímov veio a imagem de um manual infantil: dois cavalos pesados, empurrados por arreeiros com barretes pontiagudos, tentavam separar dois hemisférios grudados a vácuo. E o tédio que se apoderava dele na infância ao ver essa ilustração voltou a aflorar.

— Isso é bom — dizia Biélski —, quer dizer que estão usando as reservas.

— Sim, claro, é bom — concordava Vavílov —, agora o estado-maior da divisão participa dos contra-ataques.

E então Krímov ouviu a voz baixa de Rodímtzev:

— O pior ainda está por vir.

Krímov parecia ter gastado toda a energia de sua alma naquele combate noturno. Para ver Rodímtzev, precisava se virar, mas não o fez. "Esse é o vazio que deve sentir um poço depois de lhe tirarem toda a água", pensou. Voltou a cochilar, e as vozes baixas, o som dos tiros e explosões fundiram-se em um zumbido monocórdio.

Uma nova sensação veio à mente de Krímov. Ele sonhou estar deitado em um quarto com as janelas fechadas, seguindo com o olhar uma mancha de luz matinal no papel de parede. A mancha rastejou até a aresta do espelho de parede e abriu-se em um arco-íris. O coração do menino começou a tremer, e o homem de têmporas grisalhas, em cuja cintura estava pendurada uma pistola pesada, abriu os olhos e observou ao redor.

No meio do duto, com uma velha camisa militar e um barrete com a estrela verde do front, de cabeça inclinada, havia um músico a tocar violino.

Vavílov, ao ver que Krímov havia despertado, inclinou-se para ele e disse:

— É o nosso barbeiro, Rubíntchik, um graaande especialista!

Às vezes alguém interrompia a execução sem cerimônia, com uma piada rude; às vezes alguém abafava o músico, perguntando "posso falar?", e fazia um relatório ao chefe do estado-maior; uma colher batia na caneca de lata; um outro bocejava longamente: "Ah-ah-ah-ah", e começava a preparar uma cama com o feno.

O barbeiro cuidava atentamente para que sua música não incomodasse os comandantes, pronto a interrompê-la a qualquer momento.

Naquele instante, Krímov se lembrou de Jan Kubelík:[27] grisalho, de fraque negro, ele cedia passo, curvando-se diante do barbeiro do estado-maior. Por quê? Por que a voz fina e estridente do violino, a cantar uma cançoneta despretensiosa, rasa como um riacho, parecia naquela hora expressar toda a imensa profundidade da alma humana com mais força do que Bach e Mozart?

De novo, pela milésima vez, Krímov sentiu a dor da solidão. Gênia[28] o abandonara...

Com amargor, ele refletiu de novo que a partida de Gênia expressava toda a mecânica de sua vida: ele ficou, mas não havia mais ele. E ela partiu.

Voltou a pensar que tinha de dizer a si mesmo muita coisa horrível, implacável, cruel... chega de acovardar-se, de fechar os olhos...

A música parecia tê-lo feito entender o tempo.

O tempo é um meio transparente no qual as pessoas surgem, se movem e desaparecem sem deixar traço... No tempo surgem e desaparecem cidades maciças. O tempo as leva e as traz.

---

[27] Violinista tcheco (1880-1940), tinha um Guarneri del Gesù e dois Stradivarius, e fez gravações célebres.
[28] Apelido de Ievguênia.

Mas ele compreendeu o tempo de forma completamente particular e distinta. É uma compreensão que diz: "Meu tempo... não é o nosso tempo."

O tempo deságua no homem e no Estado, se aninha neles, e depois sai, desaparece, e o homem, o Estado ficam... o reino ficou, mas seu tempo se foi... o homem está lá, mas seu tempo sumiu. Onde ele está? Eis o homem: ele respira, ele pensa, ele chora, mas aquele tempo particular, único, pertencente apenas a ele, se foi, sumiu, passou.

O mais difícil é ser um enteado do tempo. Não há sorte mais dura que a do enteado, vivendo em um tempo que não é o seu. Os enteados do tempo são facilmente reconhecíveis: nas seções de pessoal, nos comitês partidários, nos departamentos políticos do Exército, nas redações, na rua... O tempo só ama aqueles que ele gerou: seus filhos, seus heróis, seus trabalhadores. Nunca, nunca ele vai amar os filhos dos tempos passados, como as mulheres não amam os heróis dos tempos passados, e as madrastas não amam os filhos que não são seus.

Assim é o tempo: tudo passa, mas ele fica. Tudo fica, mas só o tempo passa. Como o tempo passa ligeiro e silencioso. Ontem mesmo você era seguro, alegre, forte: um filho do tempo. Mas hoje veio outro tempo e você ainda não entendeu.

O tempo que havia sido estraçalhado pelo combate surgiu no violino folheado do barbeiro Rubíntchik. O violino informava a alguns que seu tempo tinha chegado, e a outros, que seu tempo tinha passado.

"Passou, passou", pensava Krímov.

Ele olhava para o rosto tranquilo, bonachão e grande do comissário Vavílov. Vavílov sorvia seu chá aos poucos, mastigava cuidadosa e lentamente um pão com salsicha, com os olhos impenetráveis virados para a luz que vinha da saída do duto.

Rodímtzev, levantando o capote até os ombros para se proteger do frio, com seu rosto calmo e claro olhava atentamente para o músico. Um coronel grisalho e sardento, que comandava a divisão de artilharia, franzia a testa, o que fazia seu rosto parecer mau. Olhava para o mapa diante de si; só por seus olhos tristes e gentis dava para ver que não estudava o mapa, e sim escutava. Biélski escrevia rapidamente um relatório para o estado-maior do Exército; parecia se ocupar apenas da sua tarefa, mas escrevia com a cabeça inclinada e o ouvido voltado para o lado do violinista. À distância estavam sentados os soldados do Exército Vermelho: ordenanças, telefonistas, escrivães, cujos rostos esgotados tinham a seriedade de um camponês a mastigar um pedaço de pão.

De repente Krímov se lembrou de uma noite de verão, os grandes olhos negros de uma cossaca, seu sussurro cálido... Como a vida era boa!

Quando o violinista parou de tocar, pôde-se ouvir um débil rumor: era água correndo debaixo do assoalho de madeira, e Krímov teve a impressão de que sua alma era aquele poço invisível, que tinha ficado vazio e seco, e que agora silenciosamente recebia água.

Meia hora mais tarde o violinista fazia a barba de Krímov e, com a seriedade exagerada e cômica dos barbeiros, perguntava se a lâmina o incomodava, passando a palma da mão para ver se tinha escanhoado direito o rosto do cliente. No sombrio reino da terra e do ferro imiscuiu-se um estranho, disparatado e triste odor de água de colônia e talco.

Rodímtzev, estreitando os olhos, fitou Krímov, empoado e borrifado de água de colônia, fez um sinal de aprovação e disse:

— Veja só que belo trabalho você fez com nosso convidado. Agora dê um jeito em mim.

Os grandes olhos negros do violinista se encheram de felicidade. Examinando a cabeça de Rodímtzev, sacudiu a toalha branca e afirmou:

— O que acha de ajeitarmos apenas as costeletas, camarada major-general da guarda?

13

Depois do incêndio dos reservatórios de petróleo, o coronel-general Ieriómenko reuniu-se com Tchuikov em Stalingrado.

Essa viagem perigosa não tinha nenhum sentido prático. Contudo, a necessidade moral e humana era grande, e Ieriómenko perdeu três dias esperando pela travessia.

As paredes claras de seu abrigo em Krásni Sad pareciam calmas, e as sombras das macieiras tornavam aprazível o passeio matinal do comandante.

O estrépito distante e o fogo de Stalingrado se misturavam ao rumor das folhas e ao lamento dos juncos, em uma união inefavelmente penosa, que fazia o comandante gemer e praguejar em seu passeio matinal.

De manhã, Ieriómenko informou Zakhárov de sua decisão de se dirigir a Stalingrado, e ordenou que ele assumisse o comando.

Ele gracejou com a criada que estendia a toalha do café da manhã, permitiu que o subcomandante do estado-maior fosse a Sarátov por dois dias, atendeu ao pedido do general Trufánov, comandante de um dos exércitos da estepe, e lhe prometeu bombardear uma importante posição de artilharia romena. "Está bem, está bem, vou lhe dar bombardeiros de longo alcance", disse.

Os ajudantes de campo conjecturavam o que teria despertado seu bom humor. Boas notícias de Tchuikov? Uma conversa promissora pelo telefone de alta frequência? Uma carta de casa?

Mas notícias assim não costumavam passar batidas pelos ajudantes; Moscou não tinha ligado, e as notícias de Tchuikov não eram alegres.

Depois do café da manhã, o coronel-general envergou o sobretudo e se dirigiu para o passeio. Dez passos atrás ia o ajudante Parkhómenko. Como de hábito, o comandante caminhava sem pressa, coçando várias vezes a coxa e olhando na direção do Volga.

Ieriómenko aproximou-se dos combatentes de um batalhão de trabalhadores que estavam cavando. Era gente vivida, de pescoço castanho-escuro, queimado pelo sol. Seus rostos eram lúgubres e infelizes. Trabalhavam em silêncio, olhando com raiva para o homem corpulento de quepe verde parado à beira da cova.

Ieriómenko perguntou:

— Digam-me, quem de vocês é o que trabalha pior?

A pergunta vinha a calhar para os combatentes do batalhão de trabalhadores, que estavam fartos de manejar as pás. Olharam todos para um mujique que tinha virado o bolso do avesso e armazenava na palma da mão fumo em pó e migalhas de pão.

— Deve ser ele — disseram dois, olhando para os demais.

— Então — afirmou Ieriómenko, com seriedade — quer dizer que é ele. A encarnação da preguiça.

O combatente suspirou com dignidade, fitou Ieriómenko de cima a baixo com seus pequenos olhos graves e, vendo que as perguntas não estavam sendo feitas a sério, mas só para buscar histórias, ou por mera formalidade, decidiu não participar da conversa.

Ieriómenko perguntou:

— E quem de vocês é o que trabalha melhor?

Todos apontaram para um homem grisalho; assim como a grama seca deixa a terra desguarnecida diante do sol, seus cabelos ralos não protegiam a cabeça do calor.

— O Trôchnikov dá um duro danado — disse um deles.

— Ele é chegado no trabalho, e não dá para fazer nada quanto a isso — confirmaram os outros, como que se desculpando por Trôchnikov.

Ieriómenko colocou a mão no bolso da calça, tirou um relógio dourado que brilhava como o sol e, inclinando-se com esforço, estendeu-o para Trôchnikov.

— Tome, é a sua recompensa — disse Ieriómenko.

Continuando a olhar para Trôchnikov, disse:

— Parkhómenko, redija um certificado formal.

Ele seguiu adiante, ouvindo como, atrás de si, com as vozes cheias de excitação, os escavadores soltavam exclamações e gargalhadas por causa da sorte incrível daquele Trôchnikov que era chegado no trabalho.

O comandante do front esperou pela travessia por dois dias. Nesses dois dias, a ligação com a margem direita estava praticamente interrompida. As lanchas que conseguiam abrir caminho até Tchuikov, nos poucos minutos da viagem, ganhavam uns cinquenta, setenta buracos, e chegavam à margem inundadas de sangue.

Ieriómenko ficava bravo, se irritava.

Os chefes da travessia do 62º Exército, mais do que o fogo alemão, suas bombas e seus projéteis, temiam a cólera do comandante. Ieriómenko achava que os majores negligentes e capitães sem iniciativa eram os culpados pelos abusos dos morteiros, canhões e aviação alemães.

À noite, Ieriómenko saiu do abrigo e ficou de pé em uma duna de areia perto da água.

O mapa da guerra, estendido diante do comandante do front em seu abrigo em Krásni Sad, aqui trovejava, fumegava, resfolegava de vida e de morte.

Ele tinha a impressão de reconhecer o pontilhado de fogo da linha de frente, que traçara com a própria mão, bem como as cunhas cheias de Paulus[29] prorrompendo rumo ao Volga, as posições de defesa e os lugares de concentração de peças de artilharia, que ele havia marcado com lápis de cor. Só que, olhando para o mapa aberto sobre a mesa, ele se sentia com poder para dobrar e deslocar a linha de frente, e para

---

[29] Marechal Friedrich Wilhelm Ernst Paulus (1890-1957), comandante do 6º Exército alemão no ataque a Stalingrado.

forçar a artilharia da margem esquerda a trabalhar. Lá ele se sentia o dono, o artífice.

Aqui, era tomado por sentimentos completamente diferentes... O clarão sobre Stalingrado, o trovejar lento dos céus, tudo isso abalava o comandante por sua gigantesca paixão e força, que em nada dependiam dele.

Em meio ao estrépito do tiroteio e das explosões, chegava do lado das fábricas um ruído arrastado, que mal se fazia ouvir: a-a-a-a-a...

Esse grito arrastado que emanava do contra-ataque da artilharia de Stalingrado era não apenas cruel, como até triste e melancólico.

O a-a-a-a-a espalhou-se sobre o Volga... O "hurra" dos combatentes, propagando-se à noite sobre a água fria, de certa forma perdia o ardor da paixão, modificava-se, abrindo-se para um sentido completamente diferente: nem fervor, nem ímpeto, mas uma tristeza de alma, como se fosse uma despedida de todos os entes queridos, como um chamado aos próximos para que despertassem, levantassem a cabeça do travesseiro para ouvir pela última vez a voz do pai, do marido, do filho, do irmão...

A melancolia dos soldados apertava o coração do coronel--general.

A guerra, que ele tinha se habituado a comandar, subitamente o arrastou para dentro de si; ele estava lá, em uma duna de areia, soldado solitário, comovido com a imensidão do fogo e do trovão, de pé, como de pé, nas margens do Volga, estavam milhares e dezenas de milhares de soldados, e sentia que a guerra do povo era maior que a sua perícia, seu poder e vontade. Talvez nessa impressão o general Ieriómenko tivesse chegado ao ponto mais alto de sua compreensão da guerra.

Ao amanhecer, Ieriómenko atravessou para a margem direita. Avisado por telefone, Tchuikov aproximou-se da água, acompanhando a impetuosa marcha da lancha blindada.

Ieriómenko saiu lentamente, curvando com seu peso a passarela, e, pisando sem jeito nas pedras da margem, foi até Tchuikov.

— Olá, camarada Tchuikov — disse Ieriómenko.

— Olá, camarada coronel-general — respondeu Tchuikov.

— Vim ver como vocês estão. Parece que você não se queimou com o fogo do petróleo. Continua cabeludo. E nem emagreceu. Não o estamos alimentando mal.

— Não tem como emagrecer: passo o dia e a noite sentado no meu abrigo — respondeu Tchuikov, e, como tinha ficado ofendido com as palavras do comandante, a respeito de não estar sendo mal alimentado, disse: — Mas isso não se faz! Receber um hóspede na margem!

E Ieriómenko realmente se zangou por Tchuikov tê-lo chamado de hóspede em Stalingrado. Assim, quando Tchuikov disse: "Venha para a minha *khata*",[30] Ieriómenko respondeu: "Estou bem aqui, ao ar livre."

Nessa hora, soou o aparelho de alto-falantes do outro lado do Volga.

A margem era iluminada pelos incêndios, foguetes e surtos explosivos, e parecia vazia. A luz ora empalidecia, ora incandescia, inflamando-se por segundos com um ofuscante ardor branco. Ieriómenko examinava a escarpa da margem, escavada de caminhos de comunicação e casamatas, e os montes de pedra acumulados junto à água, que se destacavam das trevas por um instante para logo voltar a mergulhar no breu.

Uma voz potente cantava, lenta e solidamente:

Que a nobre ira se erga, como uma onda,
É a guerra do povo, a guerra santa.[31]

E como não se visse ninguém na margem e na escarpa, e como tudo ao redor — a terra, o Volga e o céu — fosse iluminado pelas chamas, era como se essa canção lenta fosse cantada pela própria guerra, que cantava sem as pessoas e sem a participação delas proferia essas palavras pesadas.

Ieriómenko sentia-se embaraçado por seu interesse pelo quadro que se abria diante de si; de fato, ele se assemelhava a um hóspede, que vinha visitar o dono de Stalingrado. Ele se irritava por Tchuikov evidentemente ter entendido o desassossego de alma que o levara a atravessar o Volga, e por saber o quanto o comandante do front se atormentara ao passear ao murmúrio das folhas secas em Krásni Sad.

---

30 Casa camponesa, na Ucrânia.

31 Versos de "Sviaschênnaia Voiná" ("Guerra Santa"), de 1941, uma das mais célebres canções patrióticas russas da Segunda Guerra Mundial, com música de Aleksándr Vassílievitch Aleksándrov (autor do *Hino de URSS*) e letra de Vassili Ivánovitch Liébedev-Kumátch, a partir de versos escritos por Aleksandr Bode em 1916, para a Primeira Guerra Mundial.

Ieriómenko começou a indagar o dono daquela desgraça de fogo a respeito das manobras das reservas, da cooperação entre infantaria e artilharia, da concentração dos alemães na região das fábricas. Ele formulava as perguntas e Tchuikov as respondia como se deve responder às questões de um comandante superior.

Calaram-se. Tchuikov queria perguntar: "É a maior operação defensiva da história, mas onde está a ofensiva?"

Mas ele não se decidiu a perguntar; Ieriómenko podia pensar que os defensores de Stalingrado não tinham paciência, e que queriam tirar o peso das costas.

De repente, Ieriómenko perguntou:

— Seu pai e sua mãe, se não me engano, são da região de Tula e vivem na aldeia, certo?

— De Tula, camarada comandante.

— O velho escreve para você?

— Escreve, camarada comandante. E ainda trabalha.

Eles se entreolharam; a lente dos óculos de Ieriómenko ficaram róseas com o fogo do incêndio.

Parecia que logo, logo ia começar a única conversa realmente necessária para ambos, sobre o puro sentido de Stalingrado. Mas Ieriómenko disse:

— Na certa você está interessado na pergunta que sempre fazem ao comandante do front: a propósito dos suprimentos de material humano e munições.

Assim, a única conversa que teria sentido naquela hora acabou não acontecendo.

A sentinela que estava à beira da encosta olhou para baixo, e Tchuikov, seguindo o silvo de um projétil, levantou os olhos e disse:

— Na certa o guarda está pensando: quem são aqueles dois excêntricos à beira d'água?

Ieriómenko resmungou, coçando o nariz.

Havia chegado o momento da despedida. Por um código não escrito, o comandante que estava sob fogo inimigo só podia ir embora quando o subordinado pedisse. Mas a indiferença de Ieriómenko ao perigo era tão completa e natural que essas regras não se aplicavam a ele.

Ele voltou a cabeça de um jeito ao mesmo tempo distraído e atento na direção do obus sibilante.

— Então é isso, Tchuikov, tenho que ir.

Tchuikov permaneceu alguns instantes na margem, vendo a lancha se afastar; a marca de espuma na popa parecia-lhe um lenço branco, que uma mulher agitava ao se despedir dele.

Ieriómenko, de pé no convés, olhava para a outra margem do Volga. A margem balouçava ondulante na luz difusa que emanava de Stalingrado, enquanto o rio, que era singrado pela lancha, parecia estático como uma laje de pedra.

Ieriómenko passou de uma margem à outra com desgosto. Dezenas de ideias habituais vieram-lhe à mente. Havia novas tarefas para o front. Agora, o mais importante era concentrar os blindados, cumprindo a ordem da Stavka de preparar um ataque no flanco esquerdo. Contudo, ele não dissera a Tchuikov nem uma palavra a respeito disso.

Tchuikov voltou para seu abrigo, e o guarda armado que estava na entrada, o ordenança de dentro e o chefe do estado-maior da divisão de Gúriev, que havia sido chamado, enfim, todos que apareceram por lá, ao ouvir o andar pesado de Tchuikov, viram que o comandante estava aflito. E tinha razões para isso.

Porque as divisões minguavam; porque, na confusão entre ataque e contra-ataque, as cunhas alemãs constantemente se apoderavam de metros preciosos de terra de Stalingrado. Porque duas divisões novas de infantaria, com os efetivos completos, tinham chegado da retaguarda alemã e se concentravam na região da fábrica de tratores, em uma inércia sinistra.

Não, Tchuikov não tinha exprimido ao comandante do front todos os seus receios, inquietações, pensamentos sombrios.

Mas nem ele nem o outro sabiam qual era o motivo de sua insatisfação com aquele encontro. O mais importante era outra coisa, que nenhum deles soubera exprimir em voz alta.

14

Em uma manhã de outubro, o major Beriózkin despertou, pensou na mulher e na filha, nas metralhadoras de grosso calibre, escutou os estrondos, que haviam se tornado familiares em um mês de vida em Stalingrado, chamou o soldado Gluchkov e ordenou que fosse buscar água para se lavar.

— Está fria, como o senhor mandou — disse Gluchkov, sorrindo ao pensar no prazer experimentado por Beriózkin em sua higiene matinal.

— Nos Urais, onde estão minha mulher e minha filha, pelo jeito já deve estar caindo uma nevezinha — disse Beriózkin. — Elas ainda não me escreveram, você entende...

— Vão escrever, camarada major — disse Gluchkov.

Enquanto Beriózkin se enxugava e vestia a camisa, Gluchkov lhe narrava os eventos ocorridos nas horas da manhã.

— Um projétil caiu no bloco de alimentação e matou o almoxarife; no segundo batalhão, o subcomandante do estado-maior saiu para se aliviar e recebeu um estilhaço no ombro; no batalhão de sapadores, os combatentes pescaram uma perca de uns cinco quilos — eu fui ver em pessoa —, que tinha sido atordoada por uma bomba, e a deram de presente a seu comandante, o camarada capitão Movchóvitch. O camarada comissário veio aqui e pediu que lhe telefonasse ao acordar.

— Entendido — disse Beriózkin. Tomou uma xícara de chá, comeu geleia de pata de vitela, ligou para o comissário e para o chefe do estado-maior, dizendo que estava se dirigindo para os batalhões, vestiu o casaco acolchoado e foi até a porta.

Gluchkov sacudiu a toalha, estendeu-a em um prego, apalpou as granadas da cintura, deu uns tapas no bolso — para ver se a bolsa de tabaco estava no lugar — e, tirando a arma automática do canto, saiu atrás do comandante do regimento.

Ao deixar a semiescuridão do abrigo, Beriózkin sentiu-se ofuscado pela luz do dia. Como já estava em Stalingrado havia um mês, o quadro que se apresentou diante de si já era conhecido: pó de argila, a escarpa castanha toda coberta de barracas ensebadas e a fumaça das chaminés dos fogões improvisados. No alto vislumbravam-se os edifícios das fábricas com telhados arrancados.

À esquerda, mais perto do Volga, erguiam-se as chaminés da fábrica Outubro Vermelho, e acumulavam-se vagões de carga, como um rebanho aturdido e amontoado junto do líder — ao seu lado, jazia a locomotiva. Ainda mais longe via-se a vasta rede de ruínas mortas da cidade, e o céu de outono lançava milhares de manchas azuis por entre as frestas das janelas.

Das oficinas das fábricas erguia-se fumaça, surgiam chamas, e o ar claro se enchia ora de um murmúrio monótono, ora de um matraquear seco e fragmentado. As fábricas pareciam trabalhar a pleno vapor.

Beriózkin examinou atentamente os trezentos metros de terreno de seu regimento: a linha de defesa passava por dentro de uma região de casinhas de trabalhadores. Na confusão dos escombros, um sexto sentido o ajudava a distinguir, nas ruas, em que casas os soldados vermelhos estavam fazendo mingau, e em quais os alemães estavam comendo bacon e bebendo *schnaps*.

Beriózkin curvou a cabeça e praguejou; um projétil cruzara o ar assobiando.

Na encosta oposta do barranco, a fumaça tapara a entrada de um dos abrigos, e, em seguida, uma explosão rebentou com estrondo. O chefe de ligação da divisão vizinha emergiu do abrigo, sem túnica e de suspensórios. Mal deu um passo, ouviu-se outro assobio, e ele recuou apressadamente, batendo a porta; o projétil estourou a uma dezena de metros. De pé, à porta de seu abrigo, localizado em um ângulo entre a ravina e o declive do Volga, Batiuk observara o ocorrido.

Quando o chefe de ligação começou a retroceder, Batiuk gritou "fogo!", e o alemão, como se obedecesse a ele, disparou o projétil.

Batiuk reparou em Beriózkin e gritou:

— Olá, vizinho!

Esse passeio pelo atalho deserto era essencialmente pavoroso e mortal: os alemães, depois de terem dormido bem e comido o *Frühstück*,[32] observavam o atalho com especial interesse e mandavam bala em tudo, sem economizar munição. Em uma das curvas, Beriózkin parou junto a um monte de sucata e, medindo astuciosamente o espaço com os olhos, afirmou:

— Vá lá, Gluchkov, você primeiro.

— Não vou, não, eles devem ter um franco-atirador — respondeu ele.

Ter a primazia de passar por um lugar perigoso era um privilégio dos chefes, já que os alemães normalmente não conseguiam abrir fogo contra o primeiro.

Beriózkin deu uma olhada nas casas alemás, piscou para Gluchkov e se pôs a correr.

Quando se aproximava do aterro que tapava a vista das casas alemás, às suas costas soou a pancada, o estampido da bala explosiva do atirador alemão.

---

[32] Café da manhã (em alemão no original).

Em pé, debaixo do aterro, Beriózkin começou a fumar. Gluchkov pôs-se a correr com passos longos e rápidos. Uma rajada levantou a terra sob seus pés, como se fosse uma revoada de pardais. Gluchkov saltou de banda, tropeçou, caiu, ergueu-se e correu até Beriózkin.

— Foi por pouco — disse ele e, tomando fôlego, explicou: — Eu achava que, irritado por ter deixado o senhor escapar, ele fosse fumar um cigarro; mas parece que a peste não fuma.

Gluchkov apalpou a aba rasgada do sobretudo acolchoado e amaldiçoou o alemão.

Quando chegaram ao ponto de comando do batalhão, Beriózkin perguntou:

— Está ferido, camarada Gluchkov?

— Ele me arrancou a sola e me estragou a roupa, o patife — disse Gluchkov.

O posto de comando do batalhão ficava no porão de uma mercearia, e na atmosfera úmida reinava um odor de chucrute e maçã.

Duas luminárias altas, feitas de cartuchos de projéteis, ardiam sobre a mesa. Na porta havia um cartaz: "Vendedor e comprador, sejam educados um com o outro."

Estavam alojados no porão os quartéis-generais de dois batalhões: o de infantaria e o de sapadores, Os comandantes de ambos, Podtchufárov e Movchóvitch, estavam sentados à mesa, comendo. Ao abrir a porta, Beriózkin ouviu a voz animada de Podtchufárov:

— Não gosto de bebida batizada, para mim o álcool tem que ser puro.

Ambos se levantaram e se perfilaram. O chefe do estado-maior ocultou a garrafa de um quarto de litro de vodca debaixo de granadas de mão, e o cozinheiro tapou com o corpo a famosa perca. O ordenança de Podtchufárov, que estava agachado, prestes a cumprir a ordem do chefe, de colocar na vitrola a *Serenata chinesa*, levantou-se tão rápido que quase derrubou o disco, e o motor da vitrola continuou a zunir, girando em falso: o ordenança, com o olhar franco e aberto, como convém a um soldado em combate, percebeu com o canto do olho a mirada de ódio de Podtchufárov quando a maldita vitrola começou a uivar e grunhir com especial diligência.

Ambos os chefes e os demais convivas conheciam bem as excentricidades dos comandantes: os superiores acreditavam que a gente do batalhão tinha ou que combater, ou observar o oponente pelo binóculo, ou ficar matutando em cima de um mapa. Só que não dá para ficar 24 horas atirando, ou falando por telefone com os superiores e subalternos: comer também é necessário.

Beriózkin olhou de esguelha a vitrola barulhenta e sorriu.

— Bem — ele disse, e acrescentou: — Sentem-se, camaradas, e continuem.

Essas palavras podiam não querer dizer o seu sentido literal, mas o oposto; no rosto de Podtchufárov surgiu uma expressão de tristeza e arrependimento, e no rosto de Movchóvitch, que chefiava sapadores à parte do batalhão e portanto não estava diretamente subordinado ao comandante do regimento, a expressão era apenas de tristeza, sem arrependimento. Seus subordinados compartilhavam mais ou menos o mesmo aspecto.

Beriózkin prosseguiu em um tom particularmente desagradável:

— E onde está a sua perca de cinco quilos, camarada Movchóvitch? Ela já ficou famosa na divisão inteira.

Movchóvitch disse, com a mesma expressão de tristeza:

— Cozinheiro, por favor, mostre o peixe.

O cozinheiro, o único dos presentes que estava cumprindo com seus deveres, disse com franqueza:

— O camarada capitão mandou recheá-la à moda judaica; tem pimenta e louro, mas falta pão branco, e também não vai ter raiz-forte...

— Entendi — disse Beriózkin. — Uma vez, comi peixe recheado em Bobrúisk, na casa de uma Sara Arónovna, mas, para dizer a verdade, não gostei muito.

Daí as pessoas do porão entenderam que nem tinha passado pela cabeça do comandante do regimento ficar zangado.

Era como se Beriózkin soubesse que Podtchufárov tinha rechaçado os alemães à noite e que, pela manhã, estava coberto de terra, e que seu ordenança, o mesmo que estava encarregado da *Serenata chinesa*, o tinha desenterrado, gritando: "Não se preocupe, camarada capitão, vou ajudá-lo."

Era como se ele soubesse que Movchóvitch tinha se arrastado com os sapadores por uma ruela exposta aos tanques, sujando-se de terra e tijolo quebrado em meio ao traçado xadrez das minas antitanque.

A juventude deles estava feliz por ter chegado a mais uma manhã, por poder erguer uma vez mais as canecas de lata e dizer "à sua", e mascar repolho, e tragar *papiróssa*.

No fundo, não tinha acontecido nada: os donos do porão haviam se levantado por um minuto diante de seu comandante, e depois o tinham convidado para fazer a refeição com eles, observando com satisfação como o comandante do regimento comia o seu repolho.

Beriózkin frequentemente comparava a batalha de Stalingrado com o ano anterior da guerra: ele não tinha visto pouca coisa. Era da opinião de que só aguentava aquela tensão porque tinha o silêncio e a calma dentro de si. E os soldados vermelhos conseguiam comer sopa, remendar os sapatos, falar das esposas, dos bons e maus chefes, e improvisar colheres naqueles dias e horas em que parecia que as pessoas só poderiam sentir fúria, horror ou esgotamento. Percebia que aqueles que não possuíam uma profunda paz de espírito não aguentavam, por mais ardentes e temerários que fossem no combate. O medo e a covardia eram para Beriózkin estados passageiros, passíveis de cura, como resfriados.

Ele não sabia bem o que eram a coragem e o medo. Uma vez, no começo da guerra, o comando reprimiu Beriózkin por medo: por conta própria, ele tinha recuado com o regimento, que estava sob fogo alemão. E, pouco antes de Stalingrado, Beriózkin ordenou a um comandante de batalhão que levasse as pessoas para a encosta oposta de uma colina, para que não fossem alvejadas à toa pelos morteiros dos vândalos alemães. O comandante da divisão o repreendeu:

— O que é isso, camarada Beriózkin? E tinham me dito que você era um homem corajoso e tranquilo.

Beriózkin se calou e suspirou: talvez os que tinham dito aquilo estivessem enganados a respeito dele.

Podtchufárov possuía cabelos de um ruivo vivo, olhos profundos de um vivo azul, e tinha dificuldades em conter seu jeito intempestivo, de rir inesperadamente e inesperadamente se zangar. Movchóvitch era magro, com um longo rosto sardento, tufos grisalhos na cabeleira negra, e respondia com voz rouca às perguntas de Beriózkin. Ele puxou um bloco de anotações e se pôs a desenhar sua proposta de um novo esquema para minar as ruelas expostas aos tanques.

— Deixe-me levar esse desenho como lembrete — disse Beriózkin, inclinando-se para a mesa e proferindo, a meia-voz: — Fui chamado pelo comandante da divisão. De acordo com dados do serviço de informação do Exército, os alemães estão retirando forças da cidade e as concentrando contra nós. Há muitos tanques. Entendido?

Beriózkin ouviu uma explosão próxima, que sacudiu as paredes do porão, e sorriu:

— Aqui tudo é bem tranquilo. No meu barranco, numa hora dessas, eu já teria sido visitado por uns três do estado-maior do Exército; sempre chega todo tipo de comissão.

Nessa hora, um novo golpe sacudiu o prédio, e pedaços de estuque começaram a cair do teto.

— Veja como é realmente tranquilo, e ninguém vem nos incomodar — disse Podtchufárov.

— O negócio é esse, não ser incomodado por ninguém — disse Beriózkin.

Ele falava em tom confidencial, a meia-voz, sinceramente esquecido de que, ali, quem estava no comando era ele; um esquecimento que vinha de seu costume de ser subordinado e da falta de costume de ser comandante.

— Vocês sabem como é a chefia. Por que não está atacando? Por que não ocupou a colina? Por que há baixas? Por que não há baixas? Por que não relatou? Por que está dormindo? Por que...

Beriózkin se levantou;

— Vamos, camarada Podtchufárov, quero ver suas defesas.

Essa ruela da vila operária tinha uma tristeza penetrante, em suas paredes internas descobertas, revestidas de papel de parede colorido, com suas hortas e seus jardins lavrados pelos tanques, com suas solitárias dálias que aqui e ali permaneciam intactas, a florescer sabe Deus para quê.

Inesperadamente, Beriózkin disse a Podtchufárov:

— Camarada Podtchufárov, não recebo cartas da minha mulher. Eu a encontrei no caminho, e depois não houve mais cartas, e só sei que ela foi para os Urais com nossa filha.

— Vão lhe escrever, camarada major — disse Podtchufárov.

No porão de uma casa de dois andares, debaixo de janelas que tinham sido tapadas com tijolos, jaziam os feridos, esperando a evacuação à noite. No centro havia um balde com água, uma caneca, e no meio da janela, diante da porta, tinha sido pregado um cartão-postal com a imagem de um quadro do século XIX, *As núpcias do major.*

— É a retaguarda — disse Podtchufárov —, a linha de frente fica mais adiante.

74

— Vamos até a linha de frente — disse Beriózkin.

Atravessaram o vestíbulo e entraram no quarto cujo teto havia caído, e a impressão que as pessoas têm ao sair dos escritórios de fábrica para entrar nas oficinas tomou conta deles. No ar pairava um alarmante e apimentado cheiro de pólvora, e a seus pés rangiam cartuchos manchados, já disparados. Num carrinho de bebê creme estavam alojadas minas antitanque.

— Os alemães me tomaram as ruínas à noite — disse Podtchufárov, aproximando-se da janela. — Dá dó, porque a casa é uma maravilha, com suas janelas voltadas para o sudoeste. Todo meu flanco esquerdo está sob fogo inimigo.

Na fenda estreita de uma janela de tijolos posicionaram uma metralhadora pesada; um metralhador sem barrete, com uma atadura empoeirada e enegrecida na cabeça, carregava mais uma fileira de cartuchos, enquanto seu número um, deixando os dentes brancos à mostra, mastigava um pedaço de linguiça, preparando-se para voltar a disparar a arma.

Chegou o comandante da companhia, um tenente. Do bolsinho de sua túnica pendia um áster branco.

— Uma águia — disse Beriózkin, sorrindo.

— É bom vê-lo, camarada capitão — disse o tenente —, porque, como eu lhe disse à noite, eles atacaram novamente a casa número 6/1. Começaram exatamente às nove — e olhou para o relógio.

— Este é o comandante do regimento, reporte-se a ele.

— Perdão, não o tinha reconhecido — bateu continência rapidamente o tenente.

Havia seis dias o inimigo tinha isolado algumas casas na região do regimento, e começado a mastigá-las meticulosamente, à moda alemã. A defesa soviética se esvaía nas ruínas, esvaía-se junto com as vidas dos defensores do Exército Vermelho. Mas a defesa soviética seguia resistindo no subsolo profundo de um edifício de fábrica. As paredes sólidas suportavam os golpes, embora muitos lugares tivessem sido rompidos pelos projéteis e roídos pelas minas. Os alemães se puseram a destruir a casa a partir do ar, e aviões a devastaram com torpedos por três vezes. Um canto inteiro do prédio desabou. Mas um porão abaixo do subsolo continuava intacto; limparam os destroços, instalaram uma metralhadora, um canhão ligeiro, um morteiro, e não deixaram os alemães se aproximar. A construção era bem localizada: os alemães não tinham como chegar sem ser vistos.

Reportando-se a Beriózkin, o comandante da companhia disse:

— Tentamos chegar a eles à noite, mas não teve jeito. Mataram um, e dois voltaram feridos.

— Deitados! — gritou nesse instante, com voz horrenda, a sentinela, e alguns homens se atiraram de bruços ao chão; o comandante da companhia se calou, juntou as mãos como se fosse mergulhar e se estatelou no solo.

O ruído ficou mais estridente; e logo se transformou em estrondos que sacudiam a terra e a alma com explosões fétidas e sufocantes. Um grosso tronco negro despencou no assoalho, quicou e rolou sob os pés de Beriózkin, que pensou que o que por pouco não lhe acertara a perna era uma acha arremessada pela explosão.

Contudo, repentinamente notou que era um projétil prestes a detonar. A tensão desses segundos foi insuportável.

Só que o projétil não detonou, e sua sombra negra, que tragara o céu e a terra, encobrira o passado e podara o futuro, desapareceu.

O comandante da companhia se ergueu.

— Que susto — disse alguém com voz aflita, enquanto um outro se ria:

— Pois é, eu achei que tinham acertado todo mundo.

Beriózkin enxugou o suor que repentinamente lhe aparecera na testa, ergueu do chão o áster branco, sacudiu-lhe a poeira de tijolo e, prendendo-o no bolso da túnica do tenente, disse:

— Deve ser um presente... — e começou a explicar a Podtchufárov: — Por que aqui é tão calmo? Porque a chefia não chega. A chefia sempre quer algo de você: se o seu cozinheiro é bom, ela requisita o cozinheiro. O seu barbeiro ou o seu alfaiate são de primeira classe: passe-os para cá. São uns biscateiros! Você cavou um esconderijo bom: pode sair dele. O seu chucrute é bom: mande para mim.

Inesperadamente, ele perguntou ao tenente:

— E por que dois homens voltaram sem conseguir chegar aos que estavam cercados?

— Foram feridos, camarada comandante do regimento.

— Entendo.

— O senhor é sortudo — disse Podtchufárov, quando eles, saindo do edifício, passavam pela horta, onde, em meio a ramas de batatas amarelas, haviam sido escavadas as trincheiras e os esconderijos da segunda companhia.

— Quem sabe se eu sou sortudo — disse Beriózkin, saltando no fundo da trincheira. — Como no campo — afirmou ele, com o tom de quem diz: "Como nas termas."

— A terra se adapta melhor do que tudo à guerra — corroborou Podtchufárov. — Está acostumada. — E, voltando à conversa iniciada pelo comandante do regimento, acrescentou: — A chefia não só leva o cozinheiro, como ainda toma as mulheres.

A trincheira inteira ressoava com a excitação da chamada, matraqueava com os tiros de espingarda, com as descargas rápidas de fuzis automáticos e metralhadoras.

— O comandante da companhia foi morto, e o instrutor político Sôchkin está no comando — disse Podtchufárov. — Eis o abrigo dele.

— Claro, claro — disse Beriózkin, olhando para a porta entreaberta do abrigo.

Ao lado das metralhadoras juntou-se a eles Sôchkin, de rosto vermelho e sobrancelhas negras, o qual, bradando com altura excessiva cada palavra, relatou que a companhia abria fogo contra os alemães com o objetivo de estorvar sua concentração no ataque contra a casa 6/1.

Beriózkin tomou o binóculo dele, observando o fogo rápido dos disparos, as chamas longas das bocas dos morteiros.

— Lá, na segunda janela do terceiro andar, ali me parece que tem um franco-atirador.

Foi só ele conseguir dizer essas palavras e, na janela que tinha apontado, reluziu um fogo, e uma bala silvou, batendo na parede da trincheira, entre a cabeça de Beriózkin e a de Sôchkin.

— O senhor é sortudo — disse Podtchufárov.

— Quem sabe se eu sou sortudo — respondeu Beriózkin.

Eles seguiram pela trincheira até chegar a uma invenção local da companhia: um fuzil antitanque tinha sido preso na roda de uma carroça.

— É o nosso canhão antiaéreo — disse um sargento de barba empoeirada e olhos intranquilos.

— Um tanque a cem metros, perto da casa de telhado verde! — gritou Beriózkin com voz de instrução.

O sargento rapidamente virou a roda, e o cano comprido do fuzil antitanque voltou-se para a terra.

— Um combatente de Dírkin — disse Beriózkin — colocou uma mira de franco-atirador num fuzil antitanque e deu cabo de três metralhadoras em um dia.

O sargento deu de ombros.

— Para Dírkin está bom, ele está sentado em um escritório.

Eles prosseguiram na trincheira, e Beriózkin, continuando a conversa do começo da inspeção, disse:

— Mandei para elas um pacote muito bom. E mesmo assim, veja, minha mulher não me escreve. Nem resposta, nem nada. Já nem sei se o pacote chegou a elas. Será que ficaram doentes? Acontece muita desgraça durante a evacuação.

Podtchufárov inesperadamente se lembrou de como, muito tempo atrás, os carpinteiros que iam trabalhar em Moscou, ao voltar para a aldeia, traziam presentes para as mulheres, os velhos e as crianças. Pois, para eles, a ordem e o calor da vida doméstica na aldeia sempre significaram mais do que a barulheira e as luzes noturnas da superpovoada Moscou.

Em meia hora eles estavam de volta ao posto de comando do batalhão, mas Beriózkin não retornou ao porão, e se despediu de Podtchufárov na porta.

— Forneça à casa 6/1 todo o apoio possível — disse. — Não tentem chegar até lá; isso nós faremos à noite, com as forças do regimento. — E acrescentou: — Tem mais. Não me agradam suas relações com os feridos. O senhor tem divãs no ponto de comando, mas os feridos estão no chão. Tem mais. O senhor não mandou buscar pão fresco, e as pessoas estão comendo torrada. Essa é a segunda coisa. Tem mais. Seu instrutor político Sôchkin estava completamente bêbado. Essa é a terceira coisa. Tem mais...

E Podtchufárov ouvia, surpreendendo-se que o comandante do regimento tivesse conseguido notar tudo aquilo em seu passeio pelas defesas... O subcomandante de um pelotão usava calças alemãs... O comandante da primeira companhia tinha dois relógios no pulso.

Beriózkin disse em tom moralizante:

— Os alemães vão atacar. Está claro?

Ele se dirigiu para a fábrica, e Gluchkov, que conseguira pregar o salto e costurar o buraco do sobretudo acolchoado, perguntou:

— Vamos para casa?

Sem responder a ele, Beriózkin disse a Podtchufárov:

— Ligue para o comissário do regimento, e diga a ele que fui até Dírkin, na 3ª Seção, na fábrica. — E, piscando, acrescentou: — E me mande esse seu belo chucrute. Afinal, eu também sou da chefia.

15

Nada de carta de Tólia...[33] De manhã, Liudmila Nikoláievna via a mãe e o marido partirem para o trabalho, e Nádia[34] para a escola. Primeiro saía a mãe, que trabalhava como química no laboratório de uma ilustre fábrica de sabão de Kazan. Ao passar pelo quarto do cunhado, Aleksandra Vladímirovna habitualmente repetia a piada que tinha escutado de trabalhadores da fábrica: "Os patrões entram no trabalho às seis e os empregados, às nove."

Depois dela, Nádia ia para a escola, ou melhor, corria aos galopes, porque não havia como tirá-la da cama a tempo; no último minuto ela dava um salto, agarrava meias, blusa, livros, cadernos e, à guisa de café da manhã, enfiava o chá goela abaixo e saía correndo pela escadaria, enrolando o cachecol e enfiando o casaco.

Quando Viktor Pávlovitch se sentava para tomar o café da manhã, depois da saída de Nádia, a chaleira já havia esfriado, e ele tinha que aquecê-la de novo.

Aleksandra Vladímirovna se zangava quando Nádia dizia: "Queria escapar logo desse buraco maldito." Nádia não sabia que Derjávin tinha morado em algum lugar em Kazan, que lá haviam vivido Aksákov, Tolstói, Lênin, Zínin, Lobatchévski, e que Maksim Górki tinha trabalhado em uma padaria da cidade.

— Que indiferença mais senil — dizia Aleksandra Vladímirovna; era estranho ouvir esse tipo de recriminação dirigida a uma adolescente por uma velha.

Liudmila notava que a mãe permanecia interessada pelas pessoas e pelo novo trabalho. Junto com a admiração pela força moral da mãe ela experimentava outro sentimento: como era possível, em meio à desgraça, interessar-se pela hidrogenação da gordura, pelas ruas e pelos museus de Kazan?

---

[33] Apelido de Anatoli.
[34] Apelido de Nadiéjda.

E uma vez, quando Chtrum disse à mulher alguma coisa a propósito da juventude de espírito de Aleksandra Vladímirovna, Liudmila, sem se conter, respondeu:

— Em mamãe, isso não é juventude, e sim egoísmo senil.

— A vovó não é egoísta, ela é populista — disse Nádia, acrescentando: — Os populistas são gente boa, embora não muito espertos.

Nádia exprimia suas opiniões de maneira categórica e, na verdade, devido à eterna falta de tempo, de forma breve. "Merda", ela dizia, com um "r" bem acentuado. Ela seguia os boletins do Sovinformbureau e estava a par dos acontecimentos de guerra, participava das discussões sobre política. Depois das férias de verão no colcoz, Nádia explicou à mãe os motivos da pouca produtividade do trabalho na fazenda.

Ela não mostrava à mãe as notas da escola, e só uma vez informou, desconcertada:

— Sabe, deram-me 4 em comportamento. É que a professora de matemática me colocou para fora da classe. Na saída, eu gritei "good bye!" e todo mundo caiu na gargalhada.

Como muitos filhos de famílias abastadas que, antes da guerra, jamais haviam se preocupado com questões materiais e culinárias, Nádia, no tempo da evacuação, falava muito da ração, das qualidades e defeitos dos distribuidores, sabia da superioridade do azeite sobre a manteiga, das forças e fraquezas do cereal moído, das vantagens do açúcar em torrões sobre o em pó.

— Sabe o que mais? — ela disse à mãe. — Decidi: a partir de hoje, meu chá é com mel, em vez de leite condensado. Acho que vai ser melhor para mim, e para você dá na mesma.

De vez em quando, Nádia ficava carrancuda, e, com um risinho de desprezo, falava grosserias aos mais velhos. Uma vez, na presença da mãe, ela disse ao pai:

— Seu trouxa — e disse com tamanha raiva que Viktor ficou desnorteado.

Às vezes a mãe notava como Nádia chorava ao ler um livro. Ela se via como um ser atrasado, azarado, irremediavelmente condenado a uma vida triste e inexpressiva.

— Ninguém quer ser meu amigo, sou burra, não interesso a ninguém — disse uma vez, à mesa. — Ninguém vai casar comigo, vou terminar o curso de farmácia e mudar para uma aldeia.

— Nas aldeias remotas não tem farmácia — disse Aleksandra Vladímirovna.

— No que diz respeito ao casamento, seu prognóstico é exageradamente sombrio — disse Chtrum. — Você ficou mais bonita nos últimos tempos.

— Cala a boca — disse Nádia, olhando para o pai com ódio.

E à noite a mãe notou como Nádia lia versos, segurando o livro debaixo do cobertor com o braço fino e desnudo.

Uma vez, ao trazer do centro de racionamento da Academia uma sacola com dois quilos de manteiga e um grande pacote de arroz, Nádia disse:

— As pessoas, e não estou me excluindo, são canalhas e patifes por se aproveitarem disso tudo. E papai é infame ao trocar seu talento por manteiga. Como se os doentes, os sem instrução e as crianças fracas tivessem que passar fome porque não sabem física, ou porque não conseguem executar um plano de 300%... Só os escolhidos podem comer manteiga.

E, no jantar, prosseguiu, com ar de desafio:

— Mamãe, dê-me o dobro de mel e manteiga, porque de manhã eu dormi demais.

Em muita coisa, Nádia se parecia com o pai. Liudmila Nikoláievna reparava que Viktor Pávlovitch frequentemente se irritava exatamente com os traços da filha nos quais ela se parecia com ele.

Uma vez, Nádia, repetindo o exato tom de voz paterno, disse sobre Postôiev:

— Pilantra, medíocre, arrivista!

Chtrum ficou indignado:

— Como ousa você, uma estudante relapsa, falar nesses termos de um acadêmico?

Mas Liudmila se lembrava de que Viktor, nos tempos de estudante, se referia a muitas celebridades acadêmicas como: "Nulidade, medíocre, ameba, carreirista!"

Liudmila Nikoláievna entendia que a vida de Nádia não era fácil, e que sua personalidade era extremamente complicada, solitária e severa.

Depois da saída de Nádia, Viktor Pávlovitch tomava chá. Entortando os olhos, ele mirava um livro, engolia sem mastigar, fazia uma cara estúpida de surpresa, tateava o copo com os dedos sem tirar os olhos do livro e dizia: "Quero mais e, se for possível, mais quente." Ela conhecia todos esses gestos: como ele começava a coçar a cabeça, como exibia os lábios, como, torcendo o nariz, palitava os dentes. E dizia:

— Meu Deus, Vítia,[35] quando você vai tratar dos dentes?

Ela sabia que ele se coçava e exibia os lábios pensando no trabalho, e não porque lhe coçasse a cabeça ou o nariz. Sabia que se dissesse: "Vítia, você não está escutando o que eu lhe digo", ele, sem deixar de entortar os olhos na direção do livro, diria: "Eu sempre escuto, e posso até repetir: 'Quando é que você, Vítia, vai tratar dos dentes'" — e voltaria a se surpreender, a engolir, a amuar-se esquizofrenicamente, e tudo isso significaria que ele, ao examinar o trabalho de um físico conhecido, às vezes concordava, às vezes não concordava. Depois, Viktor Pávlovitch ficava longamente sentado, imóvel, daí começava a menear a cabeça, de um jeito meio resignado, com uma melancolia senil — com a mesma expressão que, na verdade, aparece no rosto e nos olhos de quem sofre de um tumor cerebral. E Liudmila Nikoláievna saberia o que ele tinha em mente: Chtrum estava pensando na mãe.

E enquanto ele tomava chá, pensava no trabalho e gemia, tomado de saudade, Liudmila Nikoláievna fitava os olhos que tinha beijado, os cabelos encaracolados que tinha revirado, os lábios que a tinham beijado, os cílios, sobrancelhas, as mãos com dedos pequenos e débeis, cujas unhas ela tinha aparado, dizendo: "Ah, meu desleixado!"

Ela sabia tudo a respeito dele: que ele lia livros infantis na cama antes de dormir, a cara que fazia quando ia limpar os dentes, sua voz estrepitosa e quase trêmula quando, em traje de gala, começava uma conferência sobre a radiação dos nêutrons. Ela sabia que ele gostava de borche ucraniano com lentilhas, sabia que gemia baixinho no sono ao se virar de um lado para o outro. Sabia quão rapidamente ele gastava o salto da botina esquerda e sujava as mangas da camisa; sabia que ele gostava de dormir com dois travesseiros; sabia de seu medo secreto de atravessar as praças das cidades, sabia do cheiro de sua pele, da forma dos buracos nas suas meias. Ela sabia como ele cantarolava quando estava com fome e esperava o almoço, qual era a forma das unhas nos seus dedões do pé, sabia do diminutivo pelo qual a mãe o chamava aos 2 anos de idade; sabia do seu andar arrastado; sabia os nomes dos meninos que brigavam com ele quando estava na classe superior preparatória. Ela sabia de seu jeito malicioso de provocar Tólia, Nádia, os camaradas. Mesmo agora, quando estava quase sempre pesaroso, ele a provocava por causa de sua amiga mais próxima, Mária Ivánovna

---

[35] Apelido de Viktor.

Sokolova, que lia pouco e uma vez, numa conversa, confundira Balzac e Flaubert.

Ele sabia muito bem como provocar Liudmila; ela sempre se irritava. E agora ela estava zangada, e retrucava-lhe a sério, defendendo a amiga:

— Você sempre zomba daqueles que me são próximos. Macha[36] tem um gosto infalível; ela não precisa ler muito, e sempre consegue sentir o livro.

— Claro, claro — disse ele. — E ela está certa de que *Juca e Chico*[37] foi escrito por Anatole France.

Ela sabia de seu amor pela música e de suas visões políticas. Ela o vira uma vez em prantos, vira como ele, enfurecido, rasgara uma camisa e, embrulhado nas ceroulas, pulara até ela em um pé só, de punho erguido, prestes a golpear. Ela vira sua franqueza cruel e audaciosa, e o seu entusiasmo; vira-o a declamar versos; vira-o tomando purgante.

Sentia que o marido agora estava ressentido com ela, embora em suas relações, aparentemente, nada tivesse mudado. Mas uma mudança, contudo, houvera, e se manifestara em uma coisa: ele tinha deixado de falar de trabalho. Falava com ela das cartas de cientistas conhecidos, das cotas de comida e de artigos manufaturados. Às vezes, falava até de assuntos do instituto, do laboratório, da discussão do plano de trabalho, contava dos colegas: Savostiánov tinha ido trabalhar depois de beber à noite, e caíra no sono; a turma do laboratório cozinhava batatas na caldeira; Márkov estava a preparar uma nova série de experimentos.

Mas do seu trabalho, o de verdade, aquele sobre o qual ele, no mundo inteiro, só falava com Liudmila — desse ele parou de falar.

Uma vez, ele se queixara a Liudmila Nikoláievna de que, ao ler suas anotações, mesmo para os amigos mais próximos, e sem levar suas considerações até o fim, experimentava, no dia seguinte, uma sensação desagradável: o trabalho parecia ter murchado, e era difícil voltar a ele.

A única pessoa à qual ele expunha suas dúvidas, lia as anotações fragmentárias, as conjecturas mais fantásticas e presunçosas, sem experimentar depois ressaibo, era Liudmila Nikoláievna.

Agora ele tinha parado de falar com ela.

---

[36] Apelido de Mária.

[37] Livro infantil publicado em 1865 pelo alemão Wilhelm Busch (1832-1908), com o título original *Max und Moritz*.

Agora, melancólico, ele encontrava alívio em acusar Liudmila. Pensava na mãe de maneira constante e insistente. Pensava naquilo que jamais havia pensado, e em que o fascismo o obrigava a pensar: em seu judaísmo, e no fato de que sua mãe era judia.

No seu íntimo, culpava Liudmila por ter se relacionado com sua mãe de maneira fria. Um dia ele lhe disse:

— Se você tivesse feito um esforço para se relacionar bem com mamãe, ela teria vivido conosco em Moscou.

E ela remoía, na cabeça, toda a grosseria e a injustiça de Viktor Pávlovitch com relação a Tólia e, evidentemente, lembrava-se de tudo.

Seu coração se exasperava com a forma injusta como ele tratava o enteado, notando tudo o que ele fazia de mal, sem desculpar nenhuma falta. Mas a Nádia o pai perdoava a grosseria, a preguiça, o desleixo, a falta de vontade em ajudar a mãe nos afazeres domésticos.

Ela pensava na mãe de Viktor Pávlovitch; seu destino tinha sido horrível. Mas como Viktor Pávlovitch podia exigir de Liudmila amizade com Anna Semiônova, se Anna Semiônova não se dava bem com Tólia? Cada carta dela, cada visita sua a Moscou eram por causa disso insuportáveis para Liudmila. Nádia, Nádia, Nádia... Nádia tem os olhos de Viktor... Nádia segura o garfo como Viktor... Nádia é distraída, Nádia é espirituosa, Nádia é sonhadora. A ternura e o amor de Anna Semiônova pelo filho uniam-se ao amor e ternura pela neta. Pois Tólia não segurava o garfo como Viktor Pávlovitch.

O estranho é que, nos últimos tempos, muito mais do que antes, ela se lembrava do pai de Tólia, seu primeiro marido. Ela queria encontrar seus parentes, sua irmã mais velha; eles iam se alegrar com os olhos de Tólia, a irmã de Abartchuk reconheceria os olhos de Tólia, seu dedão torto, o nariz comprido — como os olhos, as mãos e o nariz de seu irmão.

E, assim como não queria se lembrar de tudo de bom que Viktor Pávlovitch fizera por Tólia, ela deixava passar todo o mal de Abartchuk, até mesmo tê-la abandonado com o recém-nascido, e ter se recusado a dar a Tólia o sobrenome Abartchuk.

De manhã, Liudmila Nikoláievna ficava sozinha em casa. Ela esperava por esse momento; os familiares a incomodavam. Todos os acontecimentos do mundo — a guerra, o destino das irmãs, o trabalho do marido, o caráter de Nádia, a saúde da mãe, sua pena dos que tinham sido feridos, adoecido ou perecido no cativeiro alemão —, tudo vinha de sua dor pelo filho, de seu desassossego por ele.

Ela intuía que os sentimentos da mãe, do marido e da filha eram material extraído de uma mina completamente diferente. O apego e amor deles por Tólia pareciam-lhe superficiais. Para ela, o mundo era Tólia, enquanto, para eles, Tólia apenas fazia parte do mundo.

Passavam dias, passavam semanas, e nada de carta de Tólia.

Todo dia o rádio transmitia os boletins do Sovinformbureau, todo dia os jornais estavam cheios de guerra. As tropas soviéticas recuavam. Os boletins e os jornais falavam da artilharia. Tólia servia na artilharia. Nada de carta de Tólia.

Parecia-lhe que só uma pessoa entendia a sua angústia: Mária Ivánovna, a mulher de Sokolov.

Liudmila Nikoláievna não gostava de fazer amizade com as mulheres dos acadêmicos, pois se irritava com as conversas sobre os êxitos científicos dos maridos, as roupas e os afazeres domésticos. Mas, provavelmente porque a personalidade fraca da tímida Mária Ivánovna era o oposto da sua, e por ser tocada pela forma como Mária Ivánovna tratava Tólia, ela se aproximou bastante desta.

Com Mária Ivánovna, Liudmila falava de Tólia com mais liberdade do que com o marido e a mãe, e a cada vez se sentia mais tranquila, de alma mais leve. Como Mária Ivánovna fosse quase todo dia à casa dos Chtrum, Liudmila Nikoláievna se impacientava quando a amiga demorava a chegar, e ficava olhando pela janela, à espreita de sua silhueta magra e de seu rosto gentil.

E nada de carta de Tólia.

16

Aleksandra Vladímirovna, Liudmila e Nádia estavam sentadas na cozinha. De tempos em tempos, Nádia jogava no forno folhas amarrotadas de seu caderno de estudante; a luz vermelha prestes a se extinguir se reavivava, e o forno se enchia de chamas efêmeras. Aleksandra Vladímirovna, mirando Liudmila de soslaio, disse:

— Ontem visitei a casa de uma empregada do laboratório; meu Deus, que aperto, miséria, fome. Aqui nós vivemos como tsares. Os vizinhos se reuniram, e surgiu uma conversa sobre aquilo de que mais gostavam antes da guerra: uma disse vitela, outra disse *rassólnik*.[38] E

---

[38] Sopa de carne ou peixe com pepinos salgados.

a filha dessa empregada disse: "O que eu mais gostava era o fim do alerta."

Liudmila Nikoláievna se calou, mas Nádia afirmou:

— Vovó, você já conseguiu fazer um monte de amigos aqui.

— E você, nenhum.

— E está muito bem — disse Liudmila Nikoláievna. — Vítia passou a frequentar os Sokolov. Lá toda a escória se reúne, e não entendo como Vítia e Sokolov conseguem ficar horas inteiras tagarelando com aquelas pessoas... E como eles não têm dó de Mária Ivánovna, que precisa de descanso, e não consegue deitar nem sentar, e tem fumaça de cigarro por todos os lados.

— Gosto de Karímov, o tártaro — disse Aleksandra Vladímirovna.

— É um tipinho nojento.

— Mamãe é como eu, não gosta de ninguém — disse Nádia —, só de Mária Ivánovna.

— Vocês são engraçadas — disse Aleksandra Vladímirovna —, vieram de Moscou e trouxeram o seu ambiente moscovita com vocês. No trem, no clube, no teatro, ninguém é do círculo de vocês; os seus são aqueles que construíram dachas no mesmo lugar que vocês. Observei isso também em Gênia... Há uns sinais ínfimos pelos quais vocês avaliam as pessoas do seu círculo: "Ah, ela é uma nulidade, não gosta de Blok, e ele é primário, não entende Picasso... Ah, ela o presenteou com um jarro de cristal. Que mau gosto..." Mas Viktor é um democrata, ele se lixa para esse decadentismo todo.

— Que absurdo — disse Liudmila. — Não tem nada a ver com as dachas. Existem pequeno-burgueses com dacha e sem dacha, e não tenho por que me encontrar com eles a contragosto.

Aleksandra Vladímirovna reparou que a filha se irritava com ela cada vez mais.

Liudmila Nikoláievna dava conselhos ao marido, advertia Nádia, repreendia e perdoava seus erros, mimava-a e lhe recusava mimos, e sentia que a mãe tinha opiniões próprias sobre seus atos. Acontecia de Chtrum trocar olhares com a sogra e em seus olhos surgia uma zombeteira expressão de entendimento, como se eles já tivessem discutido previamente com Aleksandra Vladímirovna as idiossincrasias do comportamento de Liudmila Nikoláievna. Não importava se eles tinham discutido ou não; o caso era que havia aparecido na família uma nova força, cuja mera presença modificava as relações habituais.

Viktor Pávlovitch uma vez disse a Liudmila que, no lugar dela, concederia à mãe a direção da casa, para que ela passasse a se sentir como uma moradora, e não como uma hóspede.

Liudmila Nikoláievna achava as palavras do marido insinceras, e até chegou a pensar que ele queria sublinhar a relação especial e calorosa que tinha com a mãe dela e, desta forma, involuntariamente, realçar a frieza das relações entre Liudmila e Anna Semiônova.

Seria ridículo e vergonhoso confessar a ele que tinha ciúme de sua ligação com os filhos, especialmente Nádia. Mas agora não era ciúme. Como reconhecer até para si mesma que a mãe sem-teto, que tinha se refugiado em sua casa, era um estorvo e um peso? Esse estorvo era estranho, era um sentimento que estava ao lado do amor, ao lado da prontidão de dar a Aleksandra Vladímirovna, se necessário fosse, seu último vestido, de repartir a última migalha de pão.

E Aleksandra Vladímirovna, por sua vez, sentia repentinamente a vontade de chorar sem motivo, de morrer, de não voltar para casa à noite e dormir no chão do lar de alguma colega de trabalho, de se aprontar imediatamente e partir para os lados de Stalingrado, para encontrar Serioja,[39] Vera, Stepán Fiódorovitch.

Na maior parte das vezes, Aleksandra Vladímirovna aprovava a conduta e as opiniões do genro, enquanto Liudmila quase nunca o fazia. Nádia reparava nisso, e dizia ao pai:

— Vá e conte à vovó que mamãe foi malvada com você.

Dessa vez, Aleksandra Vladímirovna disse:

— Vocês vivem como corujas. Mas Viktor é um homem normal.

— Tudo isso são palavras — disse Liudmila, encrespando-se.

— Chegará o dia da partida para Moscou e, aí, você e Viktor serão felizes como todo mundo.

Aleksandra Vladímirovna prontamente respondeu:

— Quer saber de uma coisa, querida? Quando chegar o dia de voltar a Moscou eu não irei com vocês, ficarei aqui, porque não tem lugar para mim na sua casa de Moscou. Entendeu? Convenço Gênia a me levar e vou morar com ela em Kúibichev.[40]

Era um momento difícil nas relações entre mãe e filha. Tudo que pesava na alma de Aleksandra Vladímirovna ficou patente com

---

[39] Apelido de Serguei.
[40] Nome da cidade de Samara entre 1935 e 1990.

sua recusa de ir a Moscou. Tudo que pesava na alma de Liudmila Nikoláievna se tornou evidente, como se tivesse sido dito. Mas Liudmila Nikoláievna se ofendeu, como se não tivesse culpa perante a mãe.

E era Aleksandra Vladímirovna quem fitava o rosto sofredor de Liudmila e se sentia culpada. À noite, Aleksandra Vladímirovna pensava mais do que tudo em Serioja: ora se lembrava de seus arroubos e discussões, ora o via em uniforme militar, com os olhos ainda maiores e possivelmente mais magro, e as maçás do rosto afundadas. Serioja suscitava nela um sentimento especial: filho do seu filho infeliz, que ela aparentemente amava mais do que qualquer coisa no mundo... Ela dizia a Liudmila:

— Náo se atormente tanto com Tólia; creia que eu não me preocupo com ele menos do que você.

Nessas palavras, havia algo de fingido e ofensivo em seu amor pela filha: ela não chegava a se preocupar tanto com Tólia. E eis que ambas, que eram de uma franqueza que chegava à crueldade, se assustaram com sua franqueza e recuaram dela.

— A verdade é boa, mas o amor é melhor: nova peça de Ostrovski — disse Nádia, arrastadamente, e Aleksandra Vladímirovna fitou com antipatia e até espanto aquela estudante da décima classe que conseguia discernir aquilo que ela mesma não discernia.

Logo depois, Viktor Pávlovitch chegou. Ele abriu a porta e subitamente apareceu na cozinha.

— Que surpresa agradável — disse Nádia. — Achávamos que você ia ficar enroscado até altas horas nos Sokolov.

— Ah, já estão todos em casa, todos juntos do forno, fico feliz, que maravilha, que maravilha — afirmou ele, estendendo a mão na direçáo do forno.

— Limpe o nariz — disse Liudmila. — Onde está a maravilha? Não estou entendendo.

Nádia gargalhou e disse, imitando o tom de voz da mãe:

— Limpe o nariz, você não entende mais russo?

— Nádia, Nádia — advertiu Liudmila Nikoláievna, em tom de reprovação: ela não admitia dividir com ninguém seu direito de educar o marido.

Viktor Pávlovitch afirmou:

— Sim, sim, o vento está frio demais.

Ele foi para o quarto e, pela porta aberta, elas o viram se sentar à escrivaninha.

— O papai está escrevendo de novo na capa de um livro — Nádia afirmou.

— Não é assunto seu — disse Liudmila Nikoláievna, pondo-se a explicar para a mãe: por que ele ficou tão alegre de estarmos todas em casa? Ele é doido, e fica inquieto se alguém não está em casa. E agora deve estar ruminando alguma ideia, e ficou feliz porque não vai ter incômodo algum a distraí-lo.

— Mais baixo, senão vamos realmente incomodá-lo — disse Aleksandra Vladímirovna.

— Pelo contrário — disse Nádia. — Fale baixinho e ele não presta atenção, mas, fale por cochichos, ele vai chegar e perguntar: "O que é que vocês estão cochichando?"

— Nádia, você fala do seu pai como um guia de zoológico explicando os instintos dos animais.

Elas se entreolharam e caíram na risada, ao mesmo tempo.

— Mamãe, como você pôde me ofender desse jeito? — disse Liudmila Nikoláievna.

Em silêncio, a mãe lhe afagou a cabeça.

Depois jantaram na cozinha. Viktor Pávlovitch teve a impressão de que o calor ali naquela noite dispunha de um encanto especial.

Aquilo que consistia o fundamento da sua vida prosseguia. A ideia para uma explicação inesperada dos experimentos contraditórios acumulados no laboratório vinha ocupando-o insistentemente nos últimos tempos.

Sentado à mesa da cozinha, ele experimentava uma impaciência estranhamente feliz; os dedos saltavam da mão, por causa do irrefreável desejo de agarrar o lápis.

— Hoje o mingau de trigo-sarraceno está magnífico — ele disse, batendo com a colher no prato vazio.

— Isso é uma indireta? — perguntou Liudmila Nikoláievna.

Passando o prato para a mulher, ele perguntou:

— Liuda,[41] você entende a hipótese de Prout, certo?

Liudmila Nikoláievna, perplexa, ergueu a colher.

— É sobre a origem dos elementos — disse Aleksandra Vladímirovna.

— Ah, já lembrei — afirmou Liudmila —, todos os elementos vêm do hidrogênio. Mas o que isso tem a ver com o mingau?

---

[41] Apelido de Liudmila.

— Mingau? — disse Viktor Pávlovitch. — Com Prout aconteceu o seguinte: ele formulou uma hipótese correta em grande parte porque, na sua época, ocorriam erros crassos na determinação das massas atômicas. Se, naquele tempo, tivessem determinado com exatidão as massas atômicas, como conseguiram Dumas e Stass, ele não ousaria propor que as massas dos elementos atômicos são múltiplos do hidrogênio. Ele estava certo porque tinha se equivocado.

— E o que isso tem a ver com o mingau?

— Mingau? — voltou a perguntar Chtrum com assombro e, ao se lembrar, disse: — O mingau não tem nada a ver... Essa confusão[42] é difícil de entender, foram necessários cem anos para que se entendesse.

— Esse foi o tema da sua conferência de hoje? — perguntou Aleksandra Vladímirovna.

— Não, isso não é nada, e eu inclusive não dou conferências.

Ele captou o olhar da mulher e sentiu que ela tinha compreendido: o interesse pelo trabalho voltara a comovê-lo.

— Como anda a vida? — perguntou Chtrum. — Mária Ivánovna veio visitá-la? Certamente ela leu para você *Madame Bovary*, de Balzac.

— Chega — disse Liudmila Nikoláievna.

À noite, Liudmila Nikoláievna esperava que o marido falasse de trabalho com ela. Mas ele se calou, e ela não perguntou nada.

17

Como Chtrum achava ingênuas as ideias dos físicos de meados do século XIX, as opiniões de Helmholtz, reduzindo as tarefas científicas da física ao estudo das forças de atração e repulsão, que dependiam apenas da distância.

O polo de energia é a alma da matéria! Uma unidade, congregando a onda de energia e o corpúsculo material... a granularidade da luz... seria ela uma enxurrada de gotas radiantes ou uma onda ultraveloz?

A teoria quântica substituíra as leis que governavam as individualidades físicas por novas leis — leis de probabilidade; leis particulares de estatística, que rejeitavam o conceito de individualidade e

---

[42] A palavra russa *kacha* significa tanto mingau quanto confusão.

só reconheciam totalidades. Os físicos do século anterior pareciam a Chtrum pessoas com bigodes tingidos, ternos com gola vertical engomada e punhos duros, apinhadas em torno de uma mesa de bilhar. Pensadores profundos, munidos de réguas e cronômetros, franzindo as sobrancelhas espessas, medindo velocidade e aceleração, determinando a massa das esferas elásticas que enchiam o espaço do mundo de um tecido verde.

Mas o espaço, medido com réguas e hastes de metal, e o tempo, mensurado com os relógios mais perfeitos, de repente começaram a se retorcer, distender e achatar. Sua estabilidade não constituía mais o fundamento da ciência, mas as grades e muros de sua prisão. Chegou o Juízo Final, e verdades milenares foram condenadas como erros. Debaixo de vetustos preconceitos, equívocos, imprecisões, a verdade jazia há séculos, como em um casulo.

O mundo se tornou não euclidiano; sua natureza geométrica era formada de massas e suas velocidades.

Duas correntes — a primeira, voltada para o universo, e a segunda, aspirando atingir o núcleo do átomo — tomaram impulso, sem se perder uma da outra, embora uma corresse pelo mundo dos parsecs, e a outra se medisse em nanômetros. Quanto mais os físicos penetravam nas entranhas do átomo, mais claras ficavam para eles as leis que determinavam a luminescência das estrelas. O desvio para o vermelho do raio visível do espectro das galáxias distantes engendrou a noção de um espaço a se expandir velozmente em um universo infinito. Mas era possível preferir um espaço finito e lenticular, distorcido pelas velocidades e massas, e podia-se representar que a expansão era do próprio espaço, que arrastava a galáxia consigo.

Chtrum não tinha dúvida de que não havia no mundo ninguém mais feliz do que o sábio... Às vezes — de manhã, a caminho do instituto, e na hora dos passeios vespertinos, e mesmo nessa noite, em que pensava no trabalho — ele era tomado por um sentimento de felicidade, humildade e enlevo.

As forças que enchiam o universo com a débil luz das estrelas se libertavam com a transformação do hidrogênio em hélio...

Dois anos antes da guerra, dois jovens alemães provocaram a fissão do núcleo duro do átomo com nêutrons, e físicos soviéticos chegaram, em seus estudos, a resultados análogos por caminhos diversos, sentindo o mesmo que, milhares de anos atrás, havia experimentado o homem das cavernas ao acender a primeira fogueira...

Naturalmente, a física estava a determinar a direção do século XX... Assim como, em 1942, quem determinava todos os fronts da guerra mundial era Stalingrado.

E logo depois, bem de perto, em seus calcanhares, Viktor era perseguido pela dúvida, pelo sofrimento, pela descrença.

18

"Vítia, tenho certeza de que minha carta vai chegar até você, embora eu esteja atrás da linha de frente alemã e do arame farpado do gueto judeu. Nunca vou receber sua resposta, pois não mais existirei. Quero que você saiba dos meus últimos dias, pois com essa ideia será mais fácil para mim sair da vida.

Vítia, é difícil entender de verdade as pessoas... Em 7 de julho os alemães irromperam na cidade. No jardim municipal, o rádio dava as últimas notícias; eu saí da policlínica depois das consultas e me pus a escutar — a locutora lia, em ucraniano, um artigo sobre os combates. Ouvi um tiroteio distante, depois pessoas correram pelo jardim; eu voltei para casa, e fiquei surpresa de ter perdido o alarme aéreo. E de repente vi um tanque, e alguém gritou: 'Os alemães chegaram!'

Eu disse: 'Não semeie o pânico'; na véspera, tinha ido até o secretário do soviete municipal, para indagar-lhe a respeito da retirada, e ele se zangou: 'É cedo para falar disso, nós nem fizemos a lista.' Em suma, eram os alemães. A noite toda os vizinhos foram uns às casas dos outros; os mais calmos éramos as crianças e eu. No começo fiquei estarrecida, entendendo que nunca mais voltaria a vê-lo, e desejava apaixonadamente olhar para você mais uma vez, beijar sua fronte, seus olhos, mas depois pensei que era uma felicidade que você estivesse em segurança.

Adormeci pela manhã e, ao acordar, senti uma saudade terrível. Estava no meu quarto, na minha cama, mas me sentia no estrangeiro, perdida, sozinha.

Nessa mesma manhã lembraram-me do que havia esquecido nos anos de poder soviético: que eu era judia. Os alemães saíram em caminhões a gritar: *Juden kaputt!*'[43]

---

[43] Os judeus estão arruinados! (Em alemão no original.)

E logo alguns de meus vizinhos me lembraram disso. A mulher do zelador postou-se embaixo da minha janela e dizia para os vizinhos: 'Graças a Deus é o fim dos judeus.' De onde vinha aquilo? O filho dela era casado com uma judia, e a velha visitava o filho e me falava dos netos.

Minha vizinha é viúva, tem uma filha de 6 anos, Aliônuchka,[44] de olhos azuis e maravilhosos — uma vez escrevi a você falando dela. Ela veio até mim e disse: 'Anna Semiônova, peço que a senhora reúna suas coisas até a noite, pois vou ficar no seu quarto.' 'Bem, então eu vou ficar no seu.' 'Não, a senhora fica na despensa, atrás da cozinha.'

Eu me neguei: lá não tinha nem janela nem fogão.

Fui à policlínica e, ao voltar, vi que a porta do meu quarto tinha sido arrombada e meus pertences, jogados na despensa. A vizinha me disse: 'Eu fiquei com o sofá; de qualquer forma, ele nem entra no seu novo quarto.'

O surpreendente é que ela concluiu a escola técnica, e seu tranquilo marido era um homem agradável e pacato — contador da Ukoopspilka.[45] 'A senhora é uma fora da lei', ela disse, com um tom de que aquilo lhe trazia muito proveito. E sua filha Aliônuchka sentou-se junto a mim a tarde inteira, e eu lhe contei histórias. Essa foi a minha festa de boas-vindas: como ela não quisesse dormir, a mãe a levou nos braços. E depois, Vítienka, voltaram a abrir a nossa policlínica, mas demitiram a mim e a um médico judeu. Pedi o dinheiro do mês que havia trabalhado, mas o novo diretor me disse: 'Que Stálin pague o que a senhora trabalhou no tempo do poder soviético. Escreva para ele em Moscou.' A auxiliar de enfermagem Marússia me abraçou e gemeu baixinho: 'Senhor, meu Deus, o que vai ser da senhora, o que vai ser de todos vocês.' E o doutor Tkatchov apertou a minha mão. Eu não sei o que é pior: a alegria maldosa ou os olhares de pena, de quem olha para um gatinho sarnento, moribundo. Jamais pensei que teria que passar por tudo isso.

Muita gente me surpreendeu. E não foram só os ignorantes, exaltados, analfabetos. Por exemplo: um velho pedagogo, aposentado, de 75 anos; ele sempre me perguntava de você, pedia para mandar saudações, e falava a seu respeito assim: 'Ele é o nosso orgulho.' Nesses dias malditos, quando me encontrava, ele não cumprimentava e dava as costas. E depois me disseram que, em uma reunião na sede do comando da guarnição, ele disse: 'O ar está mais limpo, não cheira mais a

---

[44] Apelido de Aliona.
[45] União Central das Associações de Consumidores da Ucrânia.

alho.' Por que ele faz isso? Essas palavras o emporcalham. Nessa mesma reunião, os judeus foram tão caluniados... Mas, Vítienka, é claro que nem todos foram a essa reunião. Muitos se negaram. Você sabe que, na minha opinião, no tempo dos tsares, o antissemitismo estava ligado aos patrioteiros da União do Arcanjo Miguel.[46] Mas agora eu vi que aqueles que gritam para que a Rússia seja libertada dos judeus se humilham perante os alemães, miseráveis como lacaios, prontos a vender a Rússia por trinta moedas de prata alemã. E as pessoas sombrias dos subúrbios se põem a saquear, tomar apartamentos, cobertores, roupas; são possivelmente os mesmos que mataram os médicos nos tempos dos motins do cólera. E há os fracos de caráter, que fazem coro a tudo de ruim, desde que não se ponham em desacordo com o poder.

Os conhecidos acorrem a mim constantemente com notícias; todos têm os olhos alucinados, as pessoas parecem delirar. Surgiu uma expressão estranha: 'Mudar de esconderijo.' Como se fosse mais seguro guardar as coisas em outro lugar, na casa do vizinho... Isso de mudar de esconderijo me parece brincadeira de criança.

Logo anunciaram o confinamento dos judeus; decidiram que cada um podia carregar quinze quilos de pertences. Nas paredes das casas foram pregados anúncios amarelados: 'Todos os judeus devem se apresentar para o confinamento na região da Cidade Velha no mais tardar às seis da tarde de 15 de julho de 1941.' Quem não fosse seria fuzilado.

Então, Vítienka, eu também me preparei. Levei comigo um travesseiro, alguma roupa branca, a xícara que você me deu um dia, colher, faca, dois pratos. Uma pessoa precisa de muita coisa? Peguei alguns instrumentos médicos. Peguei as suas cartas, as fotos da finada mamãe e do tio David, e uma outra, que tem você e o seu pai; um volume de Púchkin, *Lettres de mon moulin*,[47] um volume de Maupassant, que contém *Une vie*, um pequeno dicionário, um Tchékhov, onde tem 'Uma história enfadonha' e 'O bispo' — e assim acabei enchendo toda a minha cesta. Quantas cartas escrevi a você debaixo desse telhado, quantas horas chorei — agora já posso contabilizar para você a minha solidão.

---

[46] Entidade conservadora ativa entre 1908 e 1917, era uma das organizações que abraçavam as ideias monarquistas, cristãs e antissemitas do movimento reacionário conhecido como Centúrias Negras.
[47] "Cartas de meu moinho": coletânea de novelas de Alphonse Daudet (1840-1897).

Despedi-me da casa, do jardim, sentei-me alguns minutos debaixo da árvore, despedi-me dos vizinhos. Algumas pessoas são estranhas. Duas vizinhas começaram a disputar na minha frente quem ia levar as cadeiras, quem ficaria com a escrivaninha, mas, quando comecei a me despedir, ambas caíram no choro. Pedi aos vizinhos Bassanko que contassem tudo em detalhes, se depois da guerra você quisesse saber de mim, e eles prometeram fazê-lo. Fiquei tocada com o vira-latas Tobik, que, na última noite, foi especialmente carinhoso comigo.

Se você vier, alimente-o, por ter tratado bem a velha judia.

Enquanto me punha a caminho e pensava em como carregar a cesta até a Cidade Velha, chegou inesperadamente meu paciente Schúkin, um homem que eu achava duro e carrancudo. Ele carregou as minhas coisas, deu-me 300 rublos e disse que, uma vez por semana, iria até a cerca me levar pão. Ele trabalha na tipografia, e não foi levado ao front por estar doente dos olhos. Antes da guerra, havia se tratado comigo, e, se tivessem me pedido para listar pessoas de alma pura e sensível, eu teria mencionado dezenas de nomes, mas não o dele. Sabe, Vítienka, depois da chegada dele eu voltei a me sentir humana, ou seja, a sentir-me tratada como gente não apenas pelos vira-latas.

Ele me contou que na tipografia da cidade fora impressa uma ordem: os judeus não podiam andar na calçada, tinham que usar no peito um remendo amarelo na forma de uma estrela de seis pontas, não possuíam o direito de se servir do transporte público, dos banhos, de visitar ambulatórios, ir ao cinema, estavam proibidos de comprar manteiga, ovos, leite, bagas, pão branco, carne, quaisquer legumes, menos batata; as compras no mercado só podiam ser feitas depois das seis da tarde (quando os camponeses saem do mercado). A Cidade Velha seria cercada de arame farpado, e sair dos seus limites seria proibido, ou só seria permitido nos comboios de trabalhos forçados. Se judeus fossem descobertos em uma casa russa, o dono seria fuzilado, como se estivesse escondendo um guerrilheiro.

O sogro de Schúkin, um velho camponês, viera do lugarejo vizinho de Tchudnov, e vira com seus próprios olhos que todos os judeus do local tinham sido levados com suas trouxas e malas para o mato; ao longo do dia inteiro ouviram-se tiros e gritos ferozes vindos de lá, e ninguém retornou. E os alemães que estavam no apartamento dele chegaram tarde da noite, bêbados, e continuaram bebendo até o amanhecer, cantando e, na frente do velho, fazendo a partilha de broches, anéis, braceletes. Não sei se isso é um fato isolado ou o prenúncio de nosso destino.

Filhinho, como foi triste o meu caminho até o gueto medieval. Passei pela cidade na qual trabalhei durante vinte anos. Primeiro passamos pela rua Svietchnáia, que estava deserta. Mas, quando passamos pela Nikólskaia, vi centenas de pessoas que se dirigiam para o maldito gueto. A rua ficou branca com as trouxas e os travesseiros. Os doentes eram conduzidos pela mão. O pai paralisado do doutor Margulis era levado sobre uma manta. Um jovem carregava uma velha nos braços, e, atrás dele, vinham a mulher e os filhos, carregando as trouxas. Gordon, o gerente da mercearia, gordo, ofegante, usava um sobretudo com golas de pele, e o suor lhe escorria pelo rosto. Fiquei pasma com um jovem que ia sem nada, de cabeça erguida, levando um livro aberto diante de si, com uma cara altiva e tranquila. Mas quantos ao lado dele estavam ensandecidos e aterrorizados!

Nós íamos pelo meio da rua, enquanto as pessoas ficavam nos olhando das calçadas.

Durante algum tempo caminhei com os Margulis, ouvindo os suspiros de compaixão das mulheres. Mas o sobretudo de inverno de Gordon só despertava gargalhadas, embora, creia-me, ele fosse mais assustador do que cômico. Vi muitos rostos conhecidos. Alguns me cumprimentavam de leve, dando adeus, e outros desviavam o olhar. Acho que nessa multidão não havia olhares indiferentes: havia os curiosos, havia os impiedosos, mas algumas vezes divisei olhos em lágrimas.

Eu vi duas multidões: os judeus de sobretudo, gorro, as mulheres de xales quentes, e, na calçada, uma segunda, com vestes de verão. Blusinhas claras, homens sem casaco, alguns de camisa bordada ucraniana. Parecia-me que, para os judeus que andavam na rua, o sol já tinha deixado de brilhar, e eles marchavam sob o frio intenso de dezembro.

Na entrada do gueto, despedi-me de meu companheiro de viagem, que me mostrou o lugar junto à cerca de arame farpado onde deveríamos nos encontrar.

Sabe, Vítienka, o que eu senti, ao chegar ao arame farpado? Achei que ia sentir terror. Mas, ao entrar naquele curral de gado, minha alma ficou mais leve. E não ache que é porque eu tenho uma alma servil. Não. Não. As pessoas ao meu redor tinham um destino comum; no gueto eu não precisava ir pelo meio da rua, como um cavalo, e também não havia os olhares de ódio; os conhecidos me fitavam nos olhos, e ninguém fugia do meu encontro. Naquele curral, todos tínhamos o estigma que os fascistas nos haviam pregado, e por isso esse estigma me ardia menos no peito. Aqui eu não me sentia como gado privado de direitos, mas sim como um ser humano infeliz. Por isso minha alma ficou mais leve.

Eu me alojei junto com meu colega, doutor Sperling, terapeuta, em uma casinha de argila com dois quartinhos. Ele tem duas filhas crescidas e um filho, um garoto de 12 anos. Fico um tempão contemplando seu rostinho fino e os grandes olhos tristes; ele se chama Iura,[48] e em duas ocasiões em que o chamei de Vítia, ele me corrigiu: "Sou Iura, e não Vítia."

Como o caráter de cada um é diferente! Com seus 58 anos de idade, Sperling era um homem cheio de energia. Ele arranjou colchões, querosene, uma carroça de lenha. À noite, trouxeram para a casinha um saco de farinha e meio saco de feijão. Ele se regozija de cada êxito seu, como um moleque. Ainda ontem estava pendurando os capachos. "Não é nada, nada, vamos todos sobreviver", repetia. "O importante é estocar víveres e lenha."

Ele me disse que era necessário montar uma escola no gueto. Chegou a me propor dar aulas de francês a Iura, e pagar as aulas com um prato de sopa. Aceitei.

A mulher de Sperling, a gorda Fanni Boríssovna, suspira: 'Todos estão perdidos, estamos todos perdidos', mas, enquanto isso, cuida para que a filha mais velha, Liúba, um ser bom e gentil, não dê a ninguém um punhado de feijão ou uma fatiazinha de pão. E a mais nova, a favorita da mãe, Ália, é de uma raça verdadeiramente infernal: autoritária, desconfiada, avarenta; grita com o pai, com a irmã. Veio de Moscou visitá-los antes da guerra, e acabou ficando presa.

Meu Deus, que miséria nos rodeia! Queria que aqueles que falam da riqueza dos judeus, e que sempre temos algo guardado para os tempos sombrios, nos vissem na Cidade Velha. Os tempos sombrios chegaram, e mais sombrios não têm como ficar. E na Cidade Velha não há só os migrantes com quinze quilos de bagagem; por aqui já viviam artesãos, velhos, operários, auxiliares de enfermagem. Vivem e viviam em um aperto horrendo. E o que comem! Se você pudesse ver essas choças dilapidadas e encravadas na terra...

Vítienka, aqui eu vejo muita gente má: ambiciosos, covardes, malandros, prontos até para a traição; há um homem medonho, Epstein, que veio junto com eles, de alguma cidadezinha da Polônia — usa

---

[48] Apelido de Iuri.

uma faixa no braço e sai nas buscas com os alemães, participa dos interrogatórios, bebe com os policiais ucranianos, que o mandam para as casas para extorquir vodca, dinheiro, víveres. Eu o vi duas vezes: alto e belo, em um elegante traje cor de creme, e mesmo a estrela amarela pregada no casaco parecia um crisântemo.

Mas quero falar de outra coisa. Eu nunca tinha me sentido judia; na infância, cresci com amigos russos, amava os poetas Púchkin e Nekrássov, e a peça que me fez chorar com a sala inteira, no congresso dos médicos russos da zona rural, foi *Tio Vânia*, com Stanislavski.[49] Quando eu tinha 14 anos, Vítienka, nossa família resolveu emigrar para a América do Sul. E eu disse a papai: 'Jamais deixarei a Rússia, prefiro me afogar.' E não fui.

E eis que, nesses dias terríveis, meu coração se encheu de ternura maternal pelo povo judeu. Antes eu não conhecia esse amor. Ele me lembra do meu amor por você, filhinho querido.

Visito os doentes em suas casas. Nos quartinhos minúsculos se espremem dezenas de pessoas: velhos meio cegos, crianças de peito, gestantes. Eu estava habituada a buscar sintomas de doenças nos olhos das pessoas — glaucomas, cataratas. Agora, não consigo mais fitar dessa forma os olhos da gente; em seus olhos vejo apenas o reflexo da alma. De uma alma boa, Vítienka! Triste e bondosa, sorridente e condenada, derrotada pela violência e, ao mesmo tempo, triunfante contra a violência. Uma alma forte, Vítia!

Se você pudesse ver com que consideração os velhos e velhas me indagam a seu respeito. Com que afeto me consola gente para a qual eu nunca me queixei, gente cuja situação é mais terrível que a minha.

Nunca tenho a impressão de estar visitando os doentes, mas sim, pelo contrário, de que o bom médico que é o povo é que está tratando a minha alma. E como é tocante quando, pela consulta, eles me entregam um pedaço de pão, de cebola, um punhado de feijão.

Creia, Vítia, não é uma questão de pagamento pela visita. Quando um operário idoso toma a minha mão e me deposita na bolsa duas ou três batatas, dizendo 'aqui, doutora, por favor', lágrimas me brotam nos olhos. Aí tem algo de puro, paternal, bondoso, que não consigo exprimir com palavras.

---

[49] *Tio Vânia*, peça de A. P. Tchékhov (1860-1904); Konstantin Stanislavski (1863-1938), ator e diretor teatral.

Não quero consolar você dizendo que, nessa época, minha vida era fácil; é surpreendente que a dor não me tenha partido o coração. Mas não se atormente com a ideia de que eu passei fome — durante esse tempo todo, não fiquei faminta nem uma só vez. E mais: nunca me senti sozinha.

O que posso dizer sobre as pessoas, Vítia? As pessoas me surpreendem para o bem e para o mal. Elas são extraordinariamente distintas, ainda que compartilhem um destino comum. Pois, se na hora da tempestade a maioria procura se proteger, isso não quer dizer que as pessoas são todas iguais. Cada um tem um jeito de se proteger da chuva...

O doutor Sperling está certo de que a perseguição dos judeus é temporária como a guerra. Os que pensam como ele não são muitos, e vi que, quanto mais otimista é a pessoa, mais mesquinha e egoísta. Se alguém chega na hora da refeição, Ália e Fanni Boríssovna rapidamente escondem a comida.

Os Sperling me tratam bem, ainda mais porque eu como pouco, e trago mais víveres do que consumo. Mas resolvi partir; eles não me agradam. Estou procurando um cantinho para mim. Quanto maiores as dores de uma pessoa, menos ela espera sobreviver, e por isso é mais bondosa, generosa e melhor.

Os pobres, os funileiros, os alfaiates, que se sabem condenados, são muito mais nobres, generosos e sábios do que aqueles que deram um jeito de poupar víveres. A jovem professora, o excêntrico velho professor e enxadrista Spielberg, as mansas bibliotecárias, o engenheiro Reivitch, que é mais desamparado do que uma criança e sonha em armar o gueto com granadas caseiras: que gente maravilhosa, pouco prática, gentil, triste e bondosa.

Agora vejo que a esperança quase nunca está ligada à razão; acho que ela é absurda, filha do instinto.

As pessoas, Vítia, vivem como se tivessem longos anos pela frente. Não dá para saber se isso é sábio ou estúpido: as coisas são simplesmente assim. Eu também me submeti a essa lei. Agora chegaram duas mulheres do vilarejo e me contaram o mesmo que o meu amigo tinha me contado. Os alemães estavam aniquilando todos os judeus do distrito, sem poupar velhos ou crianças. Alemães e policiais ucranianos chegam de carro e reúnem umas dezenas de homens para trabalhar no campo; eles cavam valas e, dois ou três dias depois, os alemães tocam a população judia para essas valas e fuzilam todos, sem exceção.

Em todos os vilarejos em volta da nossa cidade surgiram esses túmulos judaicos.

Na casa vizinha mora uma moça da Polônia. Ela conta que lá as matanças seguem regularmente; os judeus estão sendo massacrados, e só sobraram alguns, em guetos: em Varsóvia, Łódź, Radom. E quando eu pensei nisso tudo, ficou absolutamente claro para mim que não tinham nos reunido para nos poupar, como os bisontes do bosque de Białowieża, mas para nos matar. O plano segue em frente, e a nossa vez deve chegar em uma ou duas semanas. Veja, porém, e entenda; eu continuei a tratar dos doentes, e dizia: 'Se você limpar o olho regularmente com o remédio, vai melhorar em duas ou três semanas.' Estou observando um velho cuja catarata pode ser operada dentro de seis meses ou um ano.

Estou dando aulas de francês a Iura, e fico chateada com a sua pronúncia incorreta.

Enquanto isso, os alemães irrompem no gueto para saquear; as sentinelas, por diversão, atiram nas crianças através do arame farpado, e mais e mais gente confirma que nosso destino pode ser decidido a qualquer dia.

E assim as coisas vão indo; a gente continua a viver. Recentemente tivemos até um casamento. Os boatos surgem às dezenas. Ora um vizinho, ofegante de felicidade, informa que nossos guerreiros lançaram uma ofensiva, e os alemães estão em fuga. Ora surge um rumor repentino de que o governo soviético e Churchill deram um ultimato aos alemães, e Hitler ordenou que os judeus não sejam mortos. Ora informam que os judeus serão trocados por prisioneiros de guerra alemães.

Parece que em nenhum lugar há tanta esperança quanto no gueto. O mundo está cheio de acontecimentos, e todos os acontecimentos têm apenas um sentido e um objetivo: poupar os judeus. Que riqueza de esperança!

A fonte dessa esperança é apenas uma: o instinto de sobrevivência, que sem qualquer lógica resiste à fatalidade medonha de que vamos perecer sem deixar traço. Eu olho e não acredito: será que todos nós somos condenados à espera da execução? Os barbeiros, sapateiros, alfaiates, médicos, estufeiros, estão todos trabalhando. Abriram até uma maternidade, ou melhor, um simulacro de maternidade. A roupa seca no varal, é lavada, prepara-se o almoço, as crianças vão à escola desde 1º de setembro e as mães indagam as professoras sobre as notas dos filhos.

O velho Spielberg mandou encadernar uns livros. Ália Sperling faz exercício físico pela manhã, enche os cabelos de papelotes antes de dormir e discute com o pai, exigindo trajes de verão.

E eu estou ocupada de manhã até a noite: vou até os doentes, dou aulas, costuro, lavo e me preparo para o inverno, pregando um forro no casaco de outono. Ouço histórias de castigos infligidos aos judeus; uma conhecida, mulher de um jurisconsulto, apanhou até perder a consciência por ter comprado um ovo de pato para o filho; um moleque, filho do farmacêutico Sirotá, levou um tiro no ombro ao tentar atravessar o arame farpado para buscar uma bola extraviada. E depois novamente boatos, boatos, boatos.

Eis o que não é boato. Hoje os alemães levaram oitenta jovens para o trabalho, dizendo que era para colher batatas, e alguns ficaram alegres: talvez conseguissem trazer algumas batatas para a família. Mas eu entendi de que batatas estavam falando.

A noite no gueto é uma hora especial. Sabe, Vítienka, eu sempre o ensinei a me dizer a verdade; um filho deve sempre dizer a verdade à mãe. Mas a mãe também deve dizer a verdade ao filho. Não ache, Vítienka, que a sua mãe é uma pessoa forte. Tenho medo de dor, e tremo na cadeira do dentista. Na infância eu temia o trovão, tinha medo do escuro. Velha, eu temia a doença, a solidão, temia que, doente, não conseguisse trabalhar, me tornasse um fardo para você, e que você me fizesse sentir isso. Eu tinha medo da guerra. Agora, à noite, Vítia, sinto um terror de gelar o coração. Tenho medo de morrer. Queria chamá-lo para me socorrer.

Quando você era pequeno, vinha correndo até mim, buscando refúgio. E agora, nos momentos de fraqueza, sou eu quem queria ocultar a cabeça nos seus joelhos, para que você, sábio, forte, a cobrisse e me refugiasse. Eu não sou sempre forte de alma, Vítia, eu também sou fraca. Penso muito em suicídio, e não sei se é fraqueza, ou força, ou uma esperança insensata que me detém.

Mas chega. Adormeço e tenho sonhos. Vejo com frequência a falecida mamãe, e converso com ela. Hoje à noite vi em sonho Sáchenka Chápochnikova, quando vivíamos juntas em Paris. Mas você eu nunca vi em sonho, embora não me saia do pensamento, mesmo nos instantes de mais terrível agitação. Eu acordo, vejo de repente esse teto, e me lembro de que há alemães na nossa terra, de que sou uma leprosa, e a impressão que tenho não é de ter despertado, mas, ao contrário, de ter caído no sono e estar a sonhar.

Mas passam alguns minutos e ouço como Ália discute com Liúba sobre de quem é a vez de ir até o poço; ouço conversas sobre como os alemães, à noite, na rua vizinha, quebraram a cabeça de um velho.

Uma conhecida, estudante da escola de formação de professores, veio me buscar para visitar um doente. Verificou-se que ela estava escondendo um tenente ferido no ombro, com um olho queimado. Era um jovem simpático e extenuado, com um forte sotaque do Volga. À noite ele tinha passado pelo arame farpado e encontrado abrigo no gueto. O dano no olho dele não era sério, e consegui conter a supuração. Ele me contou muita coisa dos combates, da debandada das nossas tropas, e me deixou deprimida. Ele quer repousar e cruzar a linha de frente. Vão com ele alguns jovens, um dos quais foi meu aluno. Oh, Vítienka, se eu pudesse ir com eles! Eu fiquei tão contente ao ajudar esse rapaz! Tive a impressão de estar também participando da guerra contra o fascismo.

Trouxeram para ele batata, pão, feijão, e uma avó costurou-lhe meias de lã.

Hoje o dia foi cheio de drama. Na véspera, por intermédio de uma conhecida russa, Ália conseguiu o passaporte de uma moça russa falecida no hospital. À noite ela vai fugir. E hoje ficamos sabendo, por um camponês conhecido que estava passando diante da cerca do gueto, que os judeus que tinham sido levados para colher batatas estavam cavando valas profundas a quarenta verstas da cidade, perto do aeroporto, no caminho para Románovka. Guarde esse nome, Vítia: lá você vai encontrar a vala comum em que jaz a sua mãe.

Até Sperling entendeu tudo; passou o dia inteiro pálido, com os lábios tremendo, me perguntando, desnorteado: 'Existe esperança de que poupem os especialistas?' Realmente, dizem que em alguns vilarejos os melhores alfaiates, sapateiros e médicos não foram executados.

E, mesmo assim, à noite Sperling chamou o velho estufeiro, que fez um esconderijo na parede para a farinha e o sal. E eu ontem li *Lettres de mon moulin* com Iura. Você se lembra de quando nós líamos em voz alta o meu conto preferido, "Les vieux",[50] e nos entreolhávamos, ríamos, e tínhamos ambos lágrimas nos olhos? Em seguida passei a Iura uma tarefa para depois de amanhã. Tem que ser assim. Mas que agonia eu senti ao olhar para o rostinho triste do meu aluno, para seus dedos que escreviam no caderno os números dos exercícios de gramática que passei a ele.

---

[50] "Os velhos".

E quantas são essas crianças: olhos maravilhosos, cabelos negros encaracolados; entre elas há possivelmente futuros cientistas, físicos, médicos, professores, músicos, e talvez poetas.

Eu vejo como elas correm para a escola de manhã, com uma seriedade que não é da infância, com dilatados olhos trágicos. De vez em quando começam a fazer bagunça, brigar, gargalhar, porém nada disso me alegra a alma, senão me faz ser tomada de terror.

Dizem que as crianças são o nosso futuro, mas o que dizer dessas crianças? Elas não serão musicistas, sapateiros, costureiras. Hoje à noite eu imaginei claramente todo esse mundo barulhento de preocupados papais barbudos, vovós rabugentas que preparam pão de mel e pão recheado de pescoço de ganso; esse mundo de costumes nupciais, de provérbios, de feriado no sábado, seria varrido da Terra para sempre, e, depois da guerra, a vida voltaria a zunir sem nós, que teríamos desaparecido, como desapareceram os astecas.

O camponês que tinha trazido a notícia sobre a preparação da vala contou que sua mulher chorava à noite, lamentando: 'Eles costuram, fazem sapatos, curtem o couro, consertam relógios, vendem remédios na farmácia... O que vai ser quando todos estiverem mortos?'

E eu vi muito claro quando, passando ao lado dos escombros, alguém dizia: 'Você se lembra, aqui vivia um judeu, o estufeiro Borukh; sua velha se sentava no banco no sábado à tarde, e as crianças brincavam perto dela.' E um segundo interlocutor dizia: 'E lá embaixo da velha pereira costumava se sentar uma médica, cujo nome esqueci; tratei meus olhos com ela uma vez, depois do trabalho ela sempre pegava uma cadeira de vime e se sentava com um livro.' Assim é que vai ser, Vítia.

Como se um sopro de terror tivesse passado pelos rostos, todos sentiam que o prazo estava acabando.

Vítienka, quero lhe dizer... não, isso não, isso não.

Vítienka, vou terminar a carta e levá-la à cerca do gueto, para entregá-la ao meu amigo. Não foi fácil compor esta carta, ela é minha última conversa com você, e, uma vez que a houver enviado, terei definitivamente saído da sua vida, e você jamais saberá como foram minhas últimas horas. Essa é a nossa derradeira separação. O que posso dizer a você como despedida, antes da separação eterna? Nesses dias, como na vida inteira, você foi a minha alegria. De noite eu me lembrava de você, de suas roupas de criança, seus primeiros livros, recordava sua primeira carta, o primeiro dia na escola, de tudo, de tudo eu me lembrava, desde os seus primeiros dias de vida até as últimas notícias, no telegrama recebido em 30 de junho. Eu fechava os olhos e tinha a impressão de que você me protegia do horror que se aproxima, meu amigo. E quando eu me lembrava do que estava ocorrendo ao meu redor, ficava alegre por você não estar por perto: tomara que o terrível destino o poupe.

Vítia, eu sempre fui solitária. Nas noites de insônia eu chorava de saudade. Pois ninguém sabia disso. O meu consolo era a ideia de que ia contar a você a minha vida. Contaria por que me separei do seu pai, por que vivi sozinha durante aqueles longos anos. E pensei com frequência: como Vítia vai se espantar quando souber que sua mamãe cometeu erros, fez loucuras, teve ciúmes, provocou ciúmes, e foi como todas as jovens. Mas era meu destino terminar a vida sozinha, sem compartilhá-la com você. Às vezes eu tinha a impressão de que não devia viver longe de você, que eu o amava demais, e achava que o amor me dava o direito de passar a velhice a seu lado. Às vezes tinha a impressão de que eu não devia viver com você, que eu o amava demais.

Mas, *enfin*... Seja feliz para sempre com aqueles que ama, que estão ao seu redor, que se tornaram, para você, mais próximos do que a mãe. Perdoe-me.

Ouve-se da rua o pranto das mulheres, o praguejar dos policiais, e, ao olhar essas páginas, tenho a impressão de estar protegida deste mundo horrível e cheio de sofrimento.

Como terminar minha carta? Onde encontrar forças, filhinho? Existe alguma palavra humana capaz de exprimir o meu amor por você? Eu o beijo, beijo seus olhos, sua testa, seus cabelos.

Lembre-se de que sempre, nos dias de alegria e nos dias de tristeza, o amor da mãe estará contigo; não há força que o possa matar.

Vítienka... Esta é a última linha da última carta da sua mãe para você. Viva, viva, viva para sempre... Mamãe."

19

Jamais antes da guerra Chtrum havia pensado no fato de que ele era judeu, e de que sua mãe era judia. Jamais sua mãe tinha falado disso, nem na infância, nem nos anos de estudante. Jamais, no tempo da universidade, em Moscou, algum estudante, professor ou diretor de seminário havia tocado no assunto.

Jamais antes da guerra, no instituto, na Academia de Ciências, chegou ele a ouvir qualquer conversa a esse respeito.

Jamais, nenhuma vez, ele teve vontade de falar disso com Nádia, de explicar-lhe que ela tinha mãe russa e pai judeu.

Mas o século de Einstein e Planck mostrou ser o século de Hitler. A Gestapo e o Renascimento Científico surgiram na mesma época. Como era mais humano o século XIX, o século da física ingênua, em comparação ao século XX: o século XX matou mamãe. Existe uma semelhança terrível entre os princípios do fascismo e os princípios da física contemporânea.

O fascismo rejeitou o conceito de individualidade, o conceito de "homem", e opera com enormes conjuntos. A física contemporânea fala de probabilidades maiores ou menores de fenômenos nesse ou naquele conjunto de indivíduos físicos. Será que o fascismo, em sua mecânica terrível, não se funda nas leis da política quântica, da probabilidade política?

O fascismo chegou à ideia de aniquilamento de camadas inteiras da população, de conglomerados nacionais e raciais, baseado em que a probabilidade de uma resistência oculta ou aberta destas camadas e estratos era maior do que a de outros grupos ou camadas. Uma mecânica das probabilidades e dos conjuntos humanos.

Mas claro que não é isso! O fascismo há de perecer justamente porque teve a ideia de aplicar ao ser humano as leis do átomo e do paralelepípedo.

O fascismo e o ser humano não têm como coexistir. Quando o fascismo triunfa, o ser humano para de existir, restando apenas criaturas de aspecto humano que sofreram modificações internas. Mas quando triunfa o ser humano, dotado de liberdade, discernimento e bondade, o fascismo perece, e os que haviam sido subjugados voltam a ser gente.

Não seria isso o reconhecimento das ideias de Tchepíjin sobre o magma, contra as quais ele havia debatido no verão?[51] A época da conversa com Tchepíjin pareceu-lhe infinitamente distante, como se houvesse décadas entre aquela noite de verão em Moscou e os dias de hoje.

Parecia que tinha sido outra pessoa, e não Chtrum, a caminhar pela praça Trúbnaia, a se emocionar, ouvir e discutir com ardor e autoconfiança.

Mamãe... Marússia... Tólia...

---

[51] Referência a um diálogo entre os dois personagens no romance anterior de Grossman sobre Stalingrado, *Por uma causa justa* (1954). Tchepíjin compara a humanidade a um magma, que traz em si o bem e o mal.

Havia instantes em que a ciência lhe parecia um engano, que mascarava a insensatez e a crueldade da vida.

Talvez não fosse acaso a ciência ter se tornado a companheira de viagem desse século terrível; ela era sua aliada. Como ele se sentia sozinho. Não havia com quem compartilhar seus pensamentos. Tchepíjin estava distante. Para Postôiev, tudo isso era estranho e desinteressante.

Sokolov era inclinado à mística, com uma estranha submissão religiosa à crueldade e à injustiça dos Césares.

Trabalhavam com ele no laboratório dois cientistas magníficos: o físico Márkov, que fazia as experiências, e o esperto e debochado Savostiánov. Mas se Chtrum falasse disso a eles seria tomado por um psicopata.

Ele pegou da mesa a carta da mãe e voltou a ler.

"Vítia, tenho certeza de que minha carta vai chegar até você, embora eu esteja atrás da linha de frente alemã e do arame farpado do gueto judeu... Onde encontrar forças, filhinho..."

E uma lâmina gelada voltou a lhe cortar a garganta...

20

Liudmila Nikoláievna tirou da caixa de correio uma carta do Exército.

Entrou no quarto com passos largos e, aproximando o envelope da luz, arrancou a ponta do papel grosseiro.

Por um instante, teve a impressão de que estava caindo do envelope uma fotografia de Tólia   pequerrucho, quando ainda não sustentava a cabeça, pelado, no travesseiro, com as perninhas de urso para o ar e os lábios salientes.

De um jeito aparentemente incompreensível, mesmo sem prestar atenção às palavras, mas apenas absorta e fissurada na letra bonita do funcionário pouco ilustrado que havia escrito aquelas linhas, ela conseguiu entender: está vivo, ele vive!

Leu que Tólia tinha sido gravemente ferido no peito e no quadril, perdera muito sangue, estava fraco, não conseguia escrever, tinha febre havia quatro semanas... Mas as lágrimas que lhe cobriam os olhos eram de alegria, tão grande havia sido seu desespero momentos antes.

Saiu até a escada, leu as primeiras linhas da carta e, mais calma, passou para o galpão de lenha. Lá, na penumbra fria, leu o meio e o fim da carta, e achou que aquela era uma carta de despedida antes da morte.

106

Liudmila Nikoláievna pôs-se a empilhar lenha no saco. E embora o doutor com o qual ela se tratava em Moscou, na travessa Gagárin, na policlínica da Tsekubu,[52] tivesse lhe ordenado que não carregasse mais do que três quilos, e que só fizesse movimentos lentos e suaves, Liudmila Nikoláievna, ofegando como um camponês, atirou no ombro o saco cheio de lenha úmida e subiu de um fôlego ao segundo andar. Esvaziou o saco no assoalho, fazendo a louça tremer e tilintar na mesa.

Vestiu um casaco, pôs um lenço na cabeça e saiu à rua.

Os passantes se voltavam para fitá-la.

Ao cruzar a rua, um bonde apitou bruscamente, e a condutora imprecou contra Liudmila, com o punho.

Se dobrasse à direita, pegaria a alameda que dá na fábrica onde sua mãe trabalhava.

Se Tólia morrer, seu pai não vai ficar sabendo; sabe-se lá em que campo de prisioneiros procurá-lo, e talvez já tenha morrido há tempos...

Liudmila Nikoláievna foi para o Instituto, atrás de Viktor Pávlovitch. Passando pela casinha dos Sokolov, entrou no pátio e bateu na janela, mas a cortina não se mexeu: Mária Ivánovna não estava em casa.

— Viktor Pávlovitch acabou de entrar em sua sala — disse-lhe alguém, e ela agradeceu, embora sem se dar conta de quem tinha falado; se era conhecido, desconhecido, homem, mulher. Em seguida, Liudmila Nikoláievna entrou no laboratório, onde, como sempre, parecia que ninguém estava trabalhando. Ao que parece, no laboratório o normal é que os homens fiquem ou fofocando, ou fumando e dando uma olhada nos livros, enquanto as mulheres estão sempre ocupadas: fervendo chá no matraz, tirando esmalte das unhas, tricotando.

Reparava nos detalhes, dezenas de detalhes, como o papel que um funcionário do laboratório enrolava para fazer *papiróssa*.

Foi saudada com agitação no gabinete de Viktor Pávlovitch; Sokolov foi até ela rapidamente, quase correndo, brandindo um grande envelope branco, e disse:

— Deram-nos uma esperança! Existe um plano, uma perspectiva de reevacuação para Moscou, com todos nossos trastes e equipamentos, e também com as famílias. Nada mal, hein? Tudo bem que os prazos ainda não foram precisamente indicados. Mesmo assim...

---

[52] Acróstico de Comissão Central Para Uma Vida Melhor dos Cientistas, criada por Górki em 1920.

Aquele rosto e aqueles olhos animados despertaram-lhe ódio. Será que Mária Ivánovna ia sair correndo até ela com aquela alegria? Não, Mária Ivánovna compreenderia tudo rapidamente, leria tudo em seu rosto.

Se soubesse que teria de ver tantos rostos felizes, ela jamais teria ido atrás de Viktor. Ele também estava contente, e sua alegria chegaria em casa à noite. Nádia ficaria igualmente feliz em partir da odiada Kazan.

Valeriam essas pessoas o sangue jovem que era o preço de sua felicidade?

Lançou ao marido um olhar de reprovação.

E seus olhos sombrios fitaram os dele, que haviam entendido, e estavam alarmados.

Quando ficaram a sós, Viktor disse a ela que, no momento de sua entrada, entendeu que tinha ocorrido uma desgraça.

Ele lia a carta e repetia:

— Mas o que vamos fazer? Meu Deus, o que vamos fazer?

Viktor Pávlovitch vestiu o casaco, e eles foram até a saída.

— Hoje não volto mais — disse a Sokolov, que estava de pé ao lado do novo chefe do departamento pessoal, o recém-indicado Dubenkov, um homem alto, de cabeça redonda, que envergava um largo e elegante paletó estreito demais nos ombros.

Largando por um instante a mão de Liudmila, Chtrum disse a Dubenkov, a meia-voz:

— Queríamos começar a fazer as listas para Moscou, mas hoje não dá; explico mais tarde.

— Não precisa se preocupar, Viktor Pávlovitch — disse Dubenkov, com voz de baixo. — Não há por que ter pressa. São só planos para o futuro; deixe o trabalho braçal comigo.

Sokolov fez um sinal com a mão e meneou a cabeça, e Chtrum entendeu que ele adivinhara a nova desgraça que havia se abatido sobre o colega.

Um vento gelado corria pelas ruas, levantando poeira, ora a torcê-la como uma corda, ora a jogá-la para longe, esparramá-la como grãos negros e imprestáveis. Havia um rigor implacável naquele frio, no estalido ósseo dos ramos, no azul gélido dos trilhos do bonde.

A mulher voltou para ele o rosto rejuvenescido pelo sofrimento, enregelado, o olhar fixo e suplicante.

Em certa época haviam tido uma gatinha que, em seu primeiro parto, não conseguira dar à luz um gato e, agonizante, se arrastara até

Chtrum e gritara, fitando-o com seus grandes olhos abertos e claros. Mas a quem pedir, a quem implorar nesse imenso céu vazio, nessa terra impiedosa e poeirenta?

— Esse é o hospital no qual eu trabalhava — ela falou.

— Liuda — disse ele, repentinamente —, vá para o hospital, lá eles vão saber de qual hospital de campo a carta foi enviada. Como isso não me passou pela cabeça antes?

Ele viu Liudmila Nikoláievna galgando os degraus e começando a se explicar para o porteiro.

Chtrum caminhou até a esquina e voltou para a entrada do hospital. Os transeuntes corriam com sacolas de malha, com recipientes de vidro nos quais macarrões e batatinhas nadavam em uma sopa cinzenta.

— Vítia! — gritou para ele a mulher.

Pela voz ele percebeu que ela tinha voltado a si.

— É o seguinte — ela disse. — Fica em Sarátov. O adjunto do médico principal esteve lá há pouco tempo. Ele anotou para mim o nome da rua e o número do prédio.

Imediatamente surgiram muitas tarefas e questões: quando sai o barco, como arranjar o bilhete, se precisava levar objetos e víveres, se precisava tomar dinheiro emprestado, se precisava obter algum tipo de autorização.

Liudmila Nikoláievna partiu sem objetos ou víveres, quase sem dinheiro, e subiu ao convés da embarcação sem ter bilhete, em meio à habitual aglomeração e balbúrdia que ocorriam antes do embarque.

Levou consigo apenas a lembrança da despedida da mãe, do marido e de Nádia, em uma escura noite de outono. Ondas negras batiam ruidosamente contra o casco, e um vento baixo uivava, golpeava e arrastava os salpicos da água do rio.

21

O secretário do *obkom* de uma das regiões da Ucrânia ocupada pelos alemães, Dementi Trífonovitch Guétmanov, foi designado comissário do corpo de tanques formado nos Urais.

Antes de partir para o posto de trabalho, Guétmanov voou em um Douglas até Ufá, local para onde sua família havia sido evacuada.

Os camaradas trabalhadores de Ufá tinham sido solícitos com a sua família: as condições de vida e de habitação não eram nada más... A mulher de Guétmanov, Galina Teriêntievna, que antes da guerra se distinguia pela obesidade, em razão de problemas de metabolismo, não emagrecera, e tinha até engordado um pouco após a evacuação. As duas filhas e o pequenino, que ainda não ia à escola, pareciam saudáveis.

Guétmanov ficou cinco dias em Ufá. Antes da partida, pessoas próximas foram se despedir: o irmão mais novo da mulher, subsecretário do Sovnarkom da Ucrânia; Maschuk, de Kiev, um velho camarada de Guétmanov que trabalhava nos órgãos de segurança; e o cunhado de Dementi Trífonovitch, Sagaidak, responsável pela seção de propaganda do Comitê Central ucraniano.

Sagaidak chegou pelas dez horas, quando as crianças já haviam se deitado, e a conversa corria a meia-voz. Guétmanov disse, pensativo:

— E se a gente mandasse um pouco de álcool de Moscou goela abaixo?

Isoladamente, tudo em Guétmanov era grande: a cabeleira grisalha desgrenhada, a testa larga e ampla, o nariz carnudo, as mãos, os dedos, os ombros, o pescoço gordo e potente. Mas ele mesmo, soma de partes grandes e maciças, não era de estatura elevada. Estranhamente, em seu grande rosto, o que havia de mais memorável e chamava atenção eram os olhos pequenos, estreitos a ponto de quase não serem percebidos entre as pálpebras inchadas. Sua cor não era precisa: seria impossível dizer qual predominava, se o azul ou o cinza. Eles abrigavam, porém, muita agudeza, vitalidade, e uma perspicácia poderosa.

Galina Teriêntievna, levantando com facilidade o corpo pesado, saiu da sala, e os homens se calaram, como acontece com frequência, tanto na isbá da aldeia quanto na sociedade urbana, quando chega a hora em que o álcool aparece à mesa. Galina Teriêntievna logo voltou com uma bandeja. Era assombroso como suas mãos gordas tinham conseguido, em poucos minutos, abrir tantas latas de conserva e organizar a louça.

Maschuk olhou para as paredes cobertas de bordados ucranianos, contemplou a otomana larga, as garrafas e latas de conserva acolhedoras, e disse:

— Eu me lembro dessa otomana no seu apartamento, Galina Teriêntievna, e foi formidável a senhora ter conseguido trazê-la; seu talento para a organização é especial.

— E veja que — disse Guétmanov — na época da evacuação eu nem estava mais em casa. Ela fez tudo sozinha!

— Eu não queria deixá-la nem para os compatriotas nem para os alemães — disse Galina Teriêntievna. — E Dima[53] está muito acostumado com ela; chega do escritório do *obkom* e vai direto para a otomana, para ler seus materiais.

— Que ler que nada! Ele dorme, isso sim — disse Sagaidak.

Galina Teriêntievna voltou a entrar na cozinha, e Maschuk falou maliciosamente, a meia-voz, para Guétmanov:

— Ah, já estou vendo o naipe da doutora, a médica militar que o nosso Dementi Trífonovitch vai conhecer.

— Pois é, ele vai dar trabalho — disse Sagaidak. Guétmanov deu de ombros:

— Parem com isso. Sou um inválido!

— Sei — disse Maschuk —, e quem é que voltava para a cama às três da manhã em Kislovodsk?

Os convidados caíram na gargalhada, enquanto Guétmanov observava o irmão de sua mulher de forma discreta, mas atenta.

Galina Teriêntievna voltou e, ao ver os homens sorridentes, afirmou:

— Basta a mulher sair e eles já começam a falar sabe-se lá o quê para o meu pobre Dima.

Guétmanov pôs-se a verter vodca nos cálices, e todos começaram a atacar os acepipes.

Olhando para o retrato de Stálin pendurado na parede, Guétmanov levantou o cálice e disse:

— Então, camaradas, o primeiro brinde é para o nosso pai. Saúde a ele!

Disse essas palavras com uma voz um tanto rústica e amistosa. A conotação desse tom sem floreios era que todos conheciam a grandeza de Stálin, mas as pessoas reunidas à mesa bebiam à sua saúde apreciando nele acima de tudo o ser humano simples, modesto e sensível. E o Stálin do retrato, com os olhos semicerrados, parecia olhar para a mesa e para os seios fartos de Galina Teriêntievna e dizer: "Rapaziada, vou pitar meu cachimbo e me sentar mais perto de vocês."

— Verdade, vida longa ao nosso pai — disse o irmão da dona da casa, Nikolai Teriêntievitch. — O que seria de nós sem ele?

Ele olhou para Sagaidak, segurando o cálice perto da boca, esperando que ele dissesse algo, mas Sagaidak contemplou o retrato:

---

[53] Apelido de Dementi.

"De que é que se pode falar, nosso pai? Você já sabe tudo", e bebeu. Todos beberam.

Dementi Trífonovitch Guétmanov era originário de Livien, na região de Vorónej, mas tinha ligações antigas com os camaradas ucranianos, pois trabalhara para o Partido na Ucrânia durante muitos anos. Seus laços com Kiev foram consolidados pelo casamento com Galina Teriêntievna, cujos inúmeros parentes ocupavam postos de destaque no aparato do Estado e do Partido na Ucrânia.

A vida de Dementi Trífonovitch havia sido bastante pobre em acontecimentos. Ele não tinha participado da Guerra Civil. Não fora perseguido pela polícia, nem mandado para a Sibéria pelos tribunais do tsar. Seus discursos em conferências e congressos eram normalmente lidos. Ele lia bem, sem hesitação, de maneira expressiva, embora não fosse o autor dos discursos. Na verdade, eram fáceis de ler: estavam impressos em caracteres grandes, com espaçamento duplo, e o nome de Stálin era destacado com caracteres vermelhos. Outrora Dementi Trífonovitch havia sido um rapaz sensato e disciplinado, que queria estudar no instituto de mecânica, mas fora mobilizado para o trabalho nos órgãos de segurança, para logo se tornar guarda-costas pessoal do secretário do *kraikom*. Depois repararam nele, e o enviaram para estudos partidários, e então ele foi recrutado para trabalhar no aparato do Partido; de início, na seção de organização e instrução do *kraikom*, e, depois, na administração de quadros do Comitê Central. Em um ano ele se tornou o instrutor da seção dos quadros dirigentes. E, logo após 1937, secretário do *obkom* do Partido — o mandachuva da região, como diziam.

Uma palavra sua podia decidir o destino de um chefe de cátedra da universidade, de um engenheiro, de um diretor de banco, de um presidente de sindicato, de uma fazenda coletiva, de uma montagem teatral.

A confiança do Partido! Guétmanov conhecia o significado profundo dessas palavras. O Partido confiava nele! Em toda a sua vida não houvera nem grandes livros, nem descobertas notáveis, nem batalhas vitoriosas, mas sim um trabalho imenso, persistente, firme, peculiar, sempre intenso e insone. A mais importante e mais elevada recompensa por esse trabalho era uma só: a confiança do Partido.

O espírito partidário, os interesses do Partido deviam inspirar suas decisões em quaisquer circunstâncias: fosse o destino de uma criança enviada para o orfanato, a reorganização da cátedra de biologia na universidade ou o despejo de uma cooperativa de fabricantes de artigos plásticos do espaço pertencente a uma biblioteca. O espírito partidário devia inspirar a atitude do dirigente diante das questões, dos livros, dos quadros, e, por isso, como se não fosse difícil, ele devia renunciar sem hesitações a seus costumes ou aos livros preferidos, se estes entrassem em conflito com os interesses do Partido. Mas Guétmanov sabia que havia um grau ainda mais elevado de espírito partidário; sua essência consistia em que a pessoa não deveria ter inclinações ou preferências que pudessem entrar em conflito com o Partido: tudo o que é próximo e caro a um dirigente partidário lhe é próximo e caro apenas e tão somente porque e na medida em que expressa o espírito do Partido.

Por vezes os sacrifícios que Guétmanov tinha que fazer em nome do espírito do Partido eram cruéis e severos. Dessa perspectiva, não existiam mais conterrâneos nem mestres aos quais se devia muito desde a juventude; não se devia contar mais nem com o amor nem com a compaixão. Assim, Guétmanov não devia se atormentar com palavras como "afastou-se", "não apoiou", "arruinou", "entregou"... Isso porque o espírito partidário manifestava-se precisamente no fato de o sacrifício não se fazer necessário, e não se fazer necessário porque os sentimentos — amor, amizade, carinho pelos conterrâneos — eram essencialmente supérfluos, não podendo ser conservados quando entravam em contradição com o espírito do Partido.

O trabalho das pessoas dotadas da confiança do Partido era imperceptível. Mas era um trabalho imenso, que exigia o pleno empenho da inteligência e da alma, sem reservas. A força do dirigente de Partido não exigia talentos de cientista, dons de escritor. Ela estava acima dos talentos, acima dos dons. A palavra de decisão e de orientação de Guétmanov era ouvida ansiosamente por centenas de pessoas dotadas de talento para pesquisar, cantar, escrever livros, embora Guétmanov não soubesse cantar, tocar piano, conceber montagens teatrais, e não conseguisse entender nem apreciar profundamente as obras da ciência, poesia, música, pintura... A força de sua palavra de decisão residia no fato de que o Partido confiava a ele seus interesses na área de cultura e artes.

A quantidade de poder que lhe era outorgada como secretário da organização do Partido na região era superior à que poderia ser amealhada por qualquer tribuno ou pensador do povo.

Guétmanov tinha a impressão de que a mais profunda essência da noção de "confiança do Partido" se expressava nas opiniões, nos sentimentos e atitudes de Stálin. Em sua confiança nos companheiros de luta, comissários do povo e marechais residia a essência da linha do Partido.

Os convidados falavam principalmente da nova tarefa de guerra que esperava por Guétmanov. Entendiam que ele podia ter contado com uma nomeação mais elevada, já que gente com a sua posição no Partido, quando recebia tarefas de guerra, normalmente virava membro do soviete de guerra do Exército, e às vezes chegava até a ir para o front.

Ao receber a designação para o corpo de tanques, Guétmanov ficou preocupado e triste, e procurou saber, por meio de um amigo, membro do Centro de Organização do Comitê Central, se não havia algum motivo de descontentamento em relação a ele nas instâncias superiores. Mas, aparentemente, não existia nada de inquietante.

Então Guétmanov, para se consolar, começou a identificar os aspectos benéficos de sua designação: esperava-se que os tanques decidissem o destino da guerra, seriam enviados para os lugares decisivos. Não mandariam qualquer um para um corpo de tanques; era mais fácil ser nomeado membro do soviete de guerra de um exército insignificante, em uma região secundária. Era assim que o Partido expressava sua confiança nele. Mas, de qualquer maneira, ele estava decepcionado; teria gostado muito de envergar o uniforme, olhar-se no espelho e declarar: "Membro do soviete de guerra do Exército, comissário de brigada Guétmanov."

Por algum motivo, o que mais o irritava era o comandante do corpo, o coronel Nóvikov. Ele não tinha visto o coronel uma vez sequer, mas tudo o que sabia e averiguara a seu respeito não lhe agradava.

Os amigos que estavam sentados à mesa com Guétmanov compreendiam seu estado de espírito, e tudo o que diziam sobre a nova designação era agradável.

Sagaidak dizia que o corpo de tanques seria provavelmente mandado para Stalingrado, que o comandante do front de Stalingrado, o general Ieriómenko, conhecia Stálin desde os tempos da Guerra Civil, ainda antes do Primeiro Exército de Cavalaria, que Ieriómenko falava frequentemente com ele ao telefone, e era recebido pelo camarada Stálin quando ia a Moscou... Recentemente o comandante estivera na dacha do camarada Stálin, perto de Moscou, e a entrevista do camarada Stálin com ele tinha durado duas horas. Era ótimo combater sob o comando de um homem que merecia tamanha confiança do camarada Stálin.

114

Depois disseram que Nikita Serguêievitch[54] lembrava-se do trabalho de Guétmanov na Ucrânia, e que era uma grande sorte para Guétmanov ir parar naquele front, onde Nikita Serguêievitch era membro do soviete de guerra.

— Não foi por acaso — disse Nikolai Teriéntievitch — que o camarada Stálin mandou Nikita Serguêievitch para Stalingrado. É o front decisivo, quem ele poderia mandar?

Galina Teriêntievna disse com entusiasmo:

— E seria por acaso que o camarada Stálin mandou o meu Dementi Trífonovitch para o corpo de tanques?

— Vamos com calma — disse Guétmanov com franqueza. — Ser mandado para um corpo é como passar de primeiro secretário do *obkom* a secretário do *raikom*. A alegria não é grande.

— Não, não — disse Sagaidak, a sério. — Essa designação exprime a confiança do Partido. Não é um *raikom* qualquer, mas Magnitogorski, Dnieprodzerjinski. Não se trata de um corpo qualquer... é um corpo de tanques!

Maschuk disse que o comandante do corpo do qual Guétmanov seria o secretário tinha sido designado havia pouco tempo, que nunca chefiara uma unidade daquele porte. Ele ficara sabendo disso por meio de um funcionário da Seção Especial do Front, que tinha chegado havia pouco de Ufá.

— Ele me falou isso — disse Maschuk, que fez uma pausa e acrescentou: — Mas o que posso lhe contar, Dementi Trífonovitch? O senhor com certeza sabe mais sobre ele do que ele mesmo.

Guétmanov apertou ainda mais os olhos estreitos, penetrantes e inteligentes, sacudiu as narinas carnudas e disse:

— Ah, muito mais.

Maschuk sorriu de maneira quase imperceptível, mas todos que estavam sentados à mesa perceberam. Uma coisa estranha e notável: embora Maschuk tivesse laços familiares com os Guétmanov, e embora, nos encontros de família, fosse uma pessoa modesta, gentil e brincalhona, todos sentiam uma certa tensão em Guétmanov ao ouvir a voz macia e insinuante de Maschuk, ao fitar seus olhos escuros e profundos e seu rosto pálido e longo. O próprio Guétmanov não se sur-

---

[54] Nikita Serguêievitch Kruschov (1894-1971) chefiou o Partido Comunista na Ucrânia a partir de 1938, antes de virar primeiro secretário do Partido Comunista da URSS (1953-1964).

preendia com isso; entendia a força que estava por detrás de Maschuk, que sabia muito mais do que ele próprio.

— Que tipo de homem ele é? — perguntou Sagaidak.

Em tom condescendente, Guétmanov respondeu:

— Um daqueles que ganharam destaque com a guerra. Antes da guerra, não tinha se destacado em nada de especial.

— Não era da *nomenklatura*?[55] — perguntou, rindo, o irmão da dona da casa.

— Nada de *nomenklatura* — Guétmanov negou com a mão. — Mas é um homem útil, e dizem que muito bom no tanque. O chefe do estado-maior do corpo é o general Neudóbnov. Travei conhecimento com ele no 18º Congresso do Partido. Trata-se de um mujique inteligente.

Maschuk disse:

— Neudóbnov, Illarión Innokéntievitch? Sim, é claro. Comecei a trabalhar sob a chefia dele, depois fomos separados pelo destino. Antes da guerra, encontrei-o na sala de recepção de Lavriênti Pávlovitch.[56]

— Separados pelo destino? — disse Sagadiak, rindo. — Faça uma abordagem dialética, busque a identidade e a unidade, e não a contradição.

Maschuk disse:

— Tudo fica de pernas para o ar em tempo de guerra: um coronel qualquer vira comandante, e Neudóbnov passa a ser seu subordinado!

— Ele não tem experiência de guerra. Isso tem que ser levado em consideração — disse Guétmanov.

Porém Maschuk estava surpreso:

— Neudóbnov não é brincadeira, as coisas dependiam da palavra dele! É membro do Partido desde antes da Revolução, com imensa experiência em tarefas militares e do Estado. Em certa época achávamos que ele faria parte da mais alta roda.

Os demais convivas apoiaram-no.

A compaixão deles por Guétmanov era mais fácil de exprimir por meio de pesar com relação a Neudóbnov.

---

[55] Classe dirigente da URSS.

[56] Lavriênti Pávlovitch Béria (1899-1953), chefe do NKVD (Naródni Komissariat Vnútrenikh Del, ou Comissariado do Povo para Assuntos Internos), órgão de segurança que se transformaria no KGB.

— Sim, a guerra embaralhou tudo, tomara que termine logo — disse o irmão da dona da casa.

Guétmanov ergueu a mão com dedos abertos na direção de Sagaidak e disse:

— O senhor conheceu Krímov, um moscovita, que fez em Kiev uma palestra sobre a situação internacional no grupo de conferências do Comitê Central?

— Antes da guerra? Um diversionista? Trabalhou um tempo no Comintern?

— Esse mesmo. Bem, o comandante do meu corpo está a fim de se casar com a ex-mulher dele.

Por algum motivo, a notícia fez todo mundo rir, embora ninguém conhecesse a ex-mulher de Krímov, nem o comandante que estava para se casar com ela.

Maschuk disse:

— Pois é, não foi por acaso que o cunhado recebeu treinamento nos nossos órgãos de segurança. Ele está a par até do casamento.

— Ele é do ramo e ponto final — afirmou Nikolai Teriêntievitch.

— Também... O alto-comando não quer saber de simplórios.

— Sim, e simplório o nosso Guétmanov não é — afirmou Sagaidak.

Maschuk falou, em tom sério e corriqueiro, como se estivesse em seu gabinete de trabalho:

— Acho que esse Krímov já era um sujeito obscuro quando chegou a Kiev. Desde os tempos mais remotos ele tem ligações com os direitistas e os trotskistas. Na verdade, era bom esclarecer isso...

Falava de modo simples e sincero, aparentemente com a mesma simplicidade com que poderia falar de seu trabalho o diretor de uma fábrica de malhas ou o professor de uma escola técnica. Mas todos entendiam que a simplicidade e a liberdade com que falava eram apenas aparentes — ele, como ninguém, sabia do que se podia ou não falar. E Guétmanov, que gostava de surpreender seus interlocutores com sua ousadia, simplicidade e franqueza, conhecia bem as profundezas secretas que se calavam sob a superfície de uma conversa viva e espontânea.

Sagaidak, que normalmente era o mais ocupado, preocupado e sério dos convivas, não queria deixar o estado de espírito ligeiro se afastar, e explicou alegremente a Guétmanov:

— A mulher o largou porque ele não provou ser suficientemente confiável.

— Seria bom se fosse por isso — disse Guétmanov. — Mas me parece que esse meu comandante vai se casar com uma pessoa estranha.

— Que seja, não é da sua conta — disse Galina Teriêntievna. — O importante é que se amem.

— Claro que o amor é fundamental, isso todo mundo sabe e entende — disse Guétmanov —, mas, além disso, há coisas que alguns cidadãos soviéticos esquecem.

— Isso é verdade — disse Maschuk —, e não estamos em situação de esquecer.

— E depois se espantam que o Comitê Central não tenha aprovado, por isto, por aquilo, mas não fizeram por merecer confiança.

Espantada, Galina Teriêntievna afirmou, de repente, com voz cantada:

— É estranha essa conversa de vocês; parece que não há guerra, que a única preocupação é saber com quem esse comandante vai se casar, e quem é o ex-marido de sua futura esposa. Dima, contra quem mesmo você vai combater?

Ela fitou os homens com ironia, e seus belos olhos castanhos pareciam de alguma forma semelhantes aos olhos estreitos do marido — possivelmente pela perspicácia.

Com uma voz triste, Sagaidak afirmou:

— E como é que vamos esquecer a guerra... Por toda parte nossos irmãos vão para a guerra, da última *khata* do colcoz até o Kremlin. A guerra é grande e patriótica.

— Vassili, filho do camarada Stálin, é piloto de caça, o filho do camarada Mikoián também entrou para a aviação e ouvi dizer que o filho de Lavriênti Pávlovitch também está no front, mas não sei direito onde. Timur Frunze, ao que parece, é tenente de infantaria... E também tem aquela Dolores Ibárruri, cujo filho caiu em Stalingrado.

— O camarada Stálin tem dois filhos no front — disse o irmão da dona da casa. O segundo, Iákov, comandou uma bateria de artilharia. Na verdade, ele é o primeiro: Vaska é o mais novo, e Iákov é o mais velho. Pobre rapaz: caiu prisioneiro.

Calou-se ao sentir que tinha tocado em um tema sobre o qual, na opinião dos camaradas mais velhos, não se devia falar.

Querendo quebrar o silêncio, Nikolai Teriêntievitch disse, de modo franco e despreocupado:

— A propósito, os alemães não param de lançar panfletos dizendo que Iákov Stálin está lhes dando indicações de bom grado.

Nesse momento, o vazio em torno dele tornou-se ainda mais desagradável. Havia falado de algo que não podia ser mencionado nem de brincadeira, nem a sério; daquilo que convinha calar. Se alguém inventasse de se indignar com rumores sobre as relações de Ióssif Vissariônovitch[57] com a mulher, aquele que desmentia esses boatos com sinceridade cometia um erro que não era menor do que o daquele que os propagava — a conversa em si já era inadmissível.

Voltando-se repentinamente para a mulher, Guétmanov disse:

— O meu coração está ali, onde o camarada Stálin tomou a luta em suas próprias mãos, e o fez com tamanha força que os alemães vão ficar preocupados.

Nikolai Teriêntievitch buscava o olhar de Guétmanov com seus olhos culpados.

Contudo, evidentemente, as pessoas sentadas àquela mesa não eram insensatas, e não tinham se encontrado para, a partir de uma gafe, criar uma história séria, um caso.

Sagaidak falou com tom bonachão e camarada, amparando Nikolai Teriêntievitch diante de Guétmanov:

— Isso é verdade, e nós também vamos nos preocupar para que as bobagens não façam estrago no nosso terreno.

— E para não tagarelar à toa — acrescentou Guétmanov.

O fato de ele ter dado sua bronca de maneira quase direta, em vez de se calar, exprimia o perdão a Nikolai Teriêntievitch, e Sagaidak e Maschuk anuíram em aprovação.

Nikolai Teriéntievitch sabia que esse episódio banal seria esquecido, mas não completamente. Algum dia, em uma discussão sobre os quadros do Partido, sobre uma promoção ou um encargo de especial responsabilidade, Guétmanov, Sagaidak e Maschuk meneariam a cabeça diante do nome de Nikolai Teriêntievitch, mas também dariam um sorrisinho e, diante da pergunta de um observador minucioso, diriam: "Talvez seja um pouquinho imprudente", e indicariam esse pouquinho com a ponta do dedo mínimo.

No fundo do coração, todos sabiam que os alemães não estavam mentindo tanto assim a respeito de Iákov. E era justamente por isso que não se devia tocar nesse tema.

Sagaidak entendia essas coisas especialmente bem. Tinha trabalhado muito tempo em jornal, primeiro como editor de notícias ge-

---

[57] Stálin.

rais, depois de agricultura. E mais tarde, durante cerca de dois anos, fora redator de um jornal da república. Considerava que a principal finalidade do seu jornal era educar o leitor, em vez de entregar indistintamente informações caóticas sobre os mais diversos fatos, muitas vezes fortuitos. Se o redator Sagaidak considerava útil passar ao largo de algum acontecimento, calar-se a respeito de uma colheita cruelmente má, um poema de ideias pouco consistentes, um quadro formalista, a mortalidade do gado, um terremoto, o naufrágio de um navio, um tsunami que tivesse subitamente varrido da terra milhares de pessoas, ou um imenso incêndio em uma mina — esses acontecimentos, para ele, não tinham significado, e portanto não deveriam ocupar as mentes dos leitores, jornalistas e escritores. Às vezes, excepcionalmente, precisava explicar esse ou aquele fato da vida — e o que acontecia era que essa explicação saía surpreendentemente ousada, insólita, em contradição com o senso comum. Parecia-lhe que sua força, experiência e perícia de redator manifestavam-se em saber levar à consciência do leitor os pontos de vista necessários e úteis para fins educativos.

Na época da coletivização total, quando ocorreram graves excessos, Sagaidak, antes de Stálin publicar o artigo "A vertigem dos sucessos", escreveu que a fome no período decorria do fato de que os cúlaques enterravam os cereais e não comiam pão, inchando de fome e provocando a morte de aldeias inteiras, com suas crianças pequenas, velhos e velhas. E tudo isso de propósito, por despeito contra o Estado.

E ao mesmo tempo ele publicava matérias sobre como, na creche do colcoz, as crianças alimentavam-se todo dia de caldo de galinha, *pirojki*[58] e croquetes de arroz. Contudo, as crianças estavam ficando ressequidas e inchadas.

Começou a guerra, uma das mais cruéis e terríveis que se abateram sobre a Rússia em mil anos de história. E eis que, ao longo da especial crueldade experimentada nas primeiras semanas e meses da guerra, seu fogo exterminador colocou em primeiro plano o curso real, verdadeiro e funesto dos acontecimentos; a guerra determinava todos os destinos, até o do Partido. Esse tempo funesto passou. E logo o dramaturgo Korneitchuk[59] explicou, em sua peça *Front*, que os infortúnios da guerra eram causados pela estupidez dos generais, que não tinham sabido cumprir as ordens do supremo e infalível comandante.

---

[58] Plural de *pirojok*, espécie de pãozinho recheado, assado ou frito.
[59] Aleksandr Evdokímovitch Korneitchuk (1905-1972), escritor ucraniano.

Naquela noite, Nikolai Teriêntievitch não foi o único a passar por momentos desagradáveis. Maschuk, ao folhear um grande álbum com capa de couro, cujas grossas páginas de papelão traziam fotografias, de repente levantou as sobrancelhas de maneira tão expressiva que todos se voltaram involuntariamente para o álbum. A foto mostrava Guétmanov em seu gabinete do *obkom* de antes da guerra; ele estava sentado a uma escrivaninha, ampla como a estepe, com uma túnica de aspecto paramilitar, e, atrás de si, tinha pendurado um retrato de Stálin, tão imenso como só podia haver no gabinete do secretário do *obkom*. O rosto de Stálin no retrato havia sido borrado com lápis de cor; um cavanhaque azul fora adicionado à sua figura, e brincos celestes pendiam de suas orelhas.

— Que moleque! — exclamou Guétmanov, chegando a erguer os braços de maneira feminina.

Galina Teriêntievna se atrapalhou toda, e repetia, olhando para os convidados:

— E vejam, ontem mesmo, antes de dormir, ele dizia: "Eu amo o titio Stálin como o papai."

— É travessura de criança — disse Sagaidak.

— Não, não é travessura, é vandalismo maligno — suspirou Guétmanov.

Observava Maschuk com olhos escrutadores. Nesse instante, ambos se lembraram de um mesmo caso de antes da guerra: o sobrinho de um conterrâneo, estudante da politécnica, tinha atirado com uma espingarda de ar no retrato de Stálin na habitação estudantil.

Eles sabiam que havia sido uma bobagem do pateta do estudante, sem qualquer finalidade política ou terrorista. O conterrâneo, um homem importante, diretor de uma MTS,[60] pediu a Guétmanov que ajudasse o sobrinho.

Depois de uma reunião de gabinete no *obkom*, Guétmanov falou do assunto com Maschuk.

Maschuk disse:

— Dementi Trífonovitch, nós não somos crianças... é culpado, não é culpado, isso não quer dizer nada... Se eu suspender esse assunto, amanhã em Moscou vão informar, talvez ao próprio Lavriênti Pávlovitch: Maschuk foi liberal com um garoto que atirou no retrato

---

60 Sigla para Machíno-Tráktornaia Stántsia (Estação de Máquinas e Tratores), empresa estatal que cuidava dos equipamentos mecânicos agrícolas usados nos colcozes.

do grande Stálin. Hoje estou neste gabinete, amanhã serei poeira nos campos. O senhor quer assumir a responsabilidade? E a seu respeito vão dizer: hoje foi no retrato, amanhã não vai ser no retrato, e Guétmanov ou tem simpatia por esse rapaz ou gostou da conduta dele. E então? O senhor assume?

Um ou dois meses depois, Guétmanov perguntou a Maschuk:

— O que aconteceu com aquele atirador?

Maschuk, olhando-o com olhos tranquilos, respondeu:

— Não vale a pena perguntar sobre ele, revelou-se um canalha, um bastardo de um cúlaque; confessou no interrogatório.

E agora Guétmanov, observando Maschuk com olhos escrutadores, repetia:

— Não, não é travessura.

— Ora — afirmou Maschuk —, o menino só tem 4 anos, a idade precisa ser levada em conta.

Sagaidak, com aquela sinceridade que evidenciava o calor de suas palavras, disse:

— Devo dizer com franqueza que não tenho forças para ser intransigente com as crianças... Sei que é necessário, mas não consigo. Só vejo se estão com saúde...

Todos olharam para Sagaidak com simpatia. Era um pai infeliz. Seu filho mais velho, Vitali, quando estava na nona série, já levava uma vida má; uma vez foi detido pela polícia por participar de um escândalo em um restaurante, e o pai teve que telefonar para o adjunto do Comissário do Povo para Assuntos Internos para abafar o escândalo, no qual tomaram parte os filhos de várias pessoas importantes — generais, acadêmicos, a filha de um escritor, a filha do Comissário do Povo para Agricultura. Na época da guerra, o jovem Sagaidak quis se alistar como voluntário, e o pai o colocou na escola de artilharia, para um curso de dois anos. Vitali foi expulso de lá por indisciplina e ameaçaram enviá-lo para o front com uma companhia de reservistas.

Agora o jovem Sagaidak já estava estudando havia um mês numa escola de morteiros e não havia sofrido nenhum acidente; o pai e a mãe se alegravam com isso, mas a preocupação não deixava suas almas.

O segundo filho de Sagaidak, Igor, teve paralisia infantil aos 2 anos de idade e, em consequência da doença, ficou inválido; locomovia-se de muletas, suas pernas secas e finas não tinham forças. Igoriók[61]

---

[61] Apelido de Igor.

não podia ir à escola, os professores o visitavam em casa, e ele estudava com gosto e empenho.

Não havia neuropatologista de renome, não apenas na Ucrânia, mas também em Moscou, Leningrado, Tomsk, que Sagaidak não tivesse consultado a respeito de Igoriók. Não havia novo medicamento estrangeiro que Sagaidak não arranjasse por meio das representações comerciais ou das embaixadas. Sabia que podia e devia ser censurado por seu excesso de amor paternal. Mas, ao mesmo tempo, sabia que esse pecado não era mortal. E, ao se defrontar com grande sentimento paterno em alguns trabalhadores da região, considerava que as pessoas do novo tipo amavam seus filhos de maneira particularmente profunda. Sabia que seria perdoado pela curandeira que havia trazido de avião de Odessa para Igoriók, e pela erva que tinha chegado a Kiev em pacote de entrega especial, vinda de algum ancião sagrado do Extremo Oriente.

— Nossos guias são pessoas especiais — afirmou Sagaidak —, e não estou falando do camarada Stálin, deste nem tem o que falar, mas dos seus auxiliares mais próximos... Mesmo nessas questões conseguem sempre colocar o Partido acima dos sentimentos paternos.

— Sim, e eles sabem que é uma coisa que não dá para exigir de todo mundo — disse Guétmanov, aludindo à severidade que um dos secretários do comitê central manifestara diante dos erros do filho.

A conversa sobre filhos continuou, mas de outro jeito, afetuoso e simples.

Era como se toda a força interior dessas pessoas, toda sua capacidade de se alegrar, dependesse apenas de sua Tánietchka[62] e o seu Vitali estarem corados, de tirarem boas notas na escola, de o seu Vladímir e a sua Liudmila conseguirem passar com êxito de um ano a outro.

Galina Teriêntievna pôs-se a falar das filhas:

— Sveltanka[63] não tinha boa saúde até os 4 anos: vivia cheia de colites. Só uma coisa a curou: maçã crua ralada.

Guétmanov afirmou:

— Hoje, antes da escola, ela me disse: "Na classe, eu e Zoia somos chamadas de filhas de general." E Zoia, atrevida, ria: "Imagine, grande honra — filha de general! Na nossa classe temos uma filha de marechal — isso é que é legal!"

---

[62] Apelido de Tatiana.
[63] Apelido de Svetlana.

— Estão vendo — disse Sagaidak, alegremente —, eles nunca estão satisfeitos. Um dia Igor me falou: "Terceiro secretário — pense, não é lá grande coisa."

Mikola[64] também poderia ter contado muitos casos engraçados e alegres a respeito de seus filhos, mas sabia que não estava em posição de falar da sagacidade das suas crianças quando se falava da sagacidade do Igor de Sagaidak e das filhas de Guétmanov.

Maschuk disse com ar pensativo:

— No tempo de nossos pais, na aldeia, as coisas com as crianças eram mais simples.

— E eles amavam os filhos do mesmo jeito — disse o irmão da dona da casa.

— Amavam, claro que amavam, mas também esfolavam, pelo menos no meu caso.

Guétmanov afirmou:

— Eu me lembro de como meu finado pai partiu para a guerra, em 1915. Não é brincadeira, ele chegou a suboficial e tinha duas Cruzes de São Jorge. Mamãe preparou tudo: pôs no alforje panos para os pés, uma malha, colocou uns ovos duros, pão, enquanto eu e minha irmã nos deitávamos no leito e víamos ao amanhecer como ele se sentava à mesa pela última vez. Abasteceu-se de água no barril que ficava na entrada e rachou lenha. Mais tarde, mamãe se recordaria de tudo.

Olhou para o relógio e disse:

— Oh!

— Quer dizer que já é amanhã — disse Sagaidak, levantando-se.

— O avião parte às sete.

— Do aeroporto civil? — perguntou Maschuk.

Guétmanov anuiu.

— É melhor — disse Nikolai Teriêntievitch, também se levantando —, são quinze quilômetros até o militar.

Começaram a se despedir, e voltaram a fazer barulho, a rir, abraçar-se, e já no corredor, quando os hóspedes vestiam os casacos e chapéus, Guétmanov afirmou:

— Um soldado consegue se acostumar a tudo, um soldado se aquece com a fumaça, um soldado faz a barba com uma sovela. Mas viver longe dos filhos, a isso um soldado não consegue se acostumar.

---

[64] Nikolai.

E por sua voz, pela expressão do rosto, pelo jeito como os que partiam estavam a olhar para ele, era óbvio que aquilo não era brincadeira.

22

À noite, vestido em trajes militares, Dementi Trífonovitch escrevia, sentado à mesa. A mulher estava sentada de roupão perto dele, observando sua mão. Ele fechou a carta e disse:

— Esta é para o diretor do departamento de saúde da região, se você precisar de tratamento especial ou de alguma consulta. Seu irmão arranja um salvo-conduto, daí basta ele dar o encaminhamento.

— Você escreveu uma procuração para o recebimento da ração? — perguntou a mulher.

— Não precisa — ele respondeu —, ligue para o administrador responsável no *obkom*, ou melhor, procure direto Puzitchenko e ele resolve.

Dementi Trífonovitch folheou o maço de cartas, procurações, bilhetes e disse:

— Bem, acho que é tudo.

Ficaram em silêncio.

— Temo por você, meu amor — disse Galina Teriêntievna. — Puxa, você está indo para a guerra.

Ele se levantou e afirmou:

— Cuide-se, cuide das crianças. Colocou o conhaque na mala?

Ela respondeu:

— Coloquei, coloquei. Você se lembra de dois anos atrás, também ao amanhecer, quando escreveu procurações para mim antes de voar para Kislovodsk?

— Agora os alemães estão em Kislovodsk — ele disse.

Guétmanov passeou pelo aposento, pondo-se a escutar:

— Estão dormindo?

— Claro que sim — disse Galina Teriêntievna.

Foram até o quarto das crianças. Era estranho como essas duas figuras opulentas e pesadas se movimentavam em silêncio na penumbra. No tecido branco dos travesseiros destacavam-se as cabeças das crianças adormecidas... Guétmanov prestou ouvidos à respiração delas.

Apertou a palma da mão contra o peito, para não perturbar os filhos com as batidas de seu coração. Aqui, na penumbra, experimentava um pungente e penetrante sentimento de ternura, inquietação, compaixão pelas crianças. Queria loucamente abraçar o filho e a filha, beijar seus rostos sonolentos. Aqui sentia uma ternura impotente, um amor irracional, estava perdido, desconcertado, fraco.

Não se assustava nem se perturbava com a ideia de sua nova e iminente tarefa. Tivera muitas vezes que se lançar a novas tarefas, e encontrara com facilidade a linha principal, aquela que era a única correta. Ele sabia que no corpo de tanques também seguiria essa linha.

Mas, aqui, como conciliar a severidade férrea e inabalável com a ternura, com um amor que não conhecia nem linha nem lei?

Olhou para a mulher. Ela estava de pé, apoiando a face na mão como uma camponesa. Na penumbra, seu rosto parecia mais magro e jovem, como na época em que eles foram até o mar pela primeira vez depois do casamento, hospedando-se no Sanatório Ucrânia, que ficava à beira de um penhasco.

Um automóvel buzinava delicadamente debaixo da janela: era o carro do *obkom*, que tinha chegado. Guétmanov voltou-se mais uma vez para as crianças e estendeu os braços, expressando com esse gesto sua impotência diante de um sentimento que não conseguia dominar.

Depois dos beijos e das palavras de despedida, vestiu no corredor a peliça e a *papakha*[65] e se pôs a esperar que o motorista do carro levasse as malas.

— É isso — disse, e, tirando repentinamente a *papakha* da cabeça, voltou até a mulher e tornou a abraçá-la. E nessa nova e última despedida, quando, através da porta entreaberta, misturado ao calor doméstico, vinha da rua um ar frio e úmido, quando o couro áspero e curtido da peliça roçava a seda perfumada do roupão, ambos perceberam que suas vidas, que pareciam ser uma só, de repente tinham se partido, e a angústia lhes queimava os corações.

23

Ievguênia Nikoláievna Chápochnikova instalou-se em Kúibichev com a velha alemã Jenny Guênrikhovna Guênrikson, que havia muito tempo servira como preceptora na casa dos Chápochnikov.

---

[65] Gorro alto de pele.

Ievguênia Nikoláievna achava estranho, depois de Stalingrado, acabar dividindo um quartinho com a anciã, que não parava de se admirar de como a garotinha de duas tranças tinha virado uma mulher crescida.

Jenny Guênrikson vivia num quartinho escuro, antiga dependência de empregada do apartamento de um comerciante. Agora, no grande imóvel, morava uma família em cada aposento, cada um deles dividido com a ajuda de biombos, cortinas, tapetes, capas de sofás, onde se dormia, almoçava, recebiam-se hóspedes, onde uma enfermeira dava injeções em uma velha paralisada.

À noite a cozinha zumbia com as vozes dos moradores.

Ievguênia Nikoláievna gostava dessa cozinha de teto esfumaçado e da chama rubro-negra dos fogareiros a querosene.

No meio da roupa branca que secava no varal, os moradores zuniam em seus roupões, sobretudos e túnicas, e as facas brilhavam. Nuvens de vapor rodopiavam sobre as lavadeiras inclinadas nas tinas e bacias. O enorme fogão nunca era aceso; suas laterais de ladrilhos ficavam brancas e frias, como as encostas nevadas de um vulcão extinto numa era geológica remota.

No apartamento viviam as famílias de um estivador que fora para o front, a de um ginecologista e a de um engenheiro de uma fábrica de armamentos; uma mãe solteira, que era caixa de loja; a viúva de um barbeiro morto no front; o administrador do correio; e, no maior aposento, a antiga sala de visitas, morava o diretor da policlínica.

O apartamento era vasto como uma cidade, e tinha até seu próprio louco — um velhinho sossegado, com olhos gentis de cachorrinho manso.

As pessoas viviam apertadas, mas desunidas, em clima pouco amistoso, se xingando, se reconciliando, escondendo suas vidas umas das outras e, repentinamente, compartilhando com os vizinhos todos os detalhes de suas vidas.

Ievguênia Nikoláievna tinha vontade de desenhar não os objetos, nem os moradores, mas o sentimento que eles lhe despertavam.

Era um sentimento complicado e difícil, e dava a impressão de que nem um grande artista conseguiria exprimi-lo. Ele surgia da união da poderosa força de guerra do povo e do Estado com essa cozinha escura, a miséria, as fofocas, a mesquinharia; era a união do aço esmagador da guerra com as panelas da cozinha, as cascas de batata.

A expressão desse sentimento quebrava as linhas, borrava os contornos e tomava o aspecto de uma absurda junção de figuras partidas e pontos de luz.

A velha Guênrikson era uma criatura tímida, dócil e prestimosa. Trajava um vestido negro com colarinho branco e suas faces viviam coradas, embora ela sempre estivesse com fome.

Sua mente era habitada pela lembrança das travessuras de Liudmila quando ela estava no primeiro ano da escola, das palavras engraçadas ditas pela pequena Marússia, de como o Mítia,[66] aos 2 anos de idade, tinha entrado na sala de jantar com seu babador e, erguendo os braços, gritado: "Papinha, papinha!"

Agora, Jenny Guênrikhovna trabalhava na casa de uma dentista, cuidando de sua mãe doente. A patroa saía por cinco ou seis dias em viagem de trabalho pela região e Jenny Guênrikhovna pernoitava em sua casa para ajudar a velha desamparada, que quase perdera as pernas depois de um ataque recente.

O sentimento de propriedade era-lhe completamente ausente; a todo tempo ela se desculpava com Ievguênia Nikoláievna, pedia-lhe permissão para abrir a janela a fim de que seu velho gato de três cores pudesse passear. Seus principais interesses e inquietações eram relacionados ao gato, e a que ele não fosse incomodado pelos vizinhos.

Um vizinho de apartamento, o engenheiro Draguin, chefe de oficina, olhava com zombaria perversa para seu rosto enrugado, para a silhueta esbelta e virginal, para o pincenê pendurado em um cordão preto. Sua natureza plebeia se indignava com o fato de a velha estar presa às memórias do passado, e contar, com um sorriso idiota e beato, como ela tinha levado seus pupilos pré-revolucionários para passear de carruagem, como acompanhara "madame" a Veneza, Paris e Viena. Muitos dos "pequenos" que ela criara haviam se tornado combatentes de Deníkin e Wrangel[67] e foram mortos pelos vermelhos, mas a velha só se interessava pelas lembranças da escarlatina, difteria e colite de que as crianças tinham padecido.

Ievguênia Nikoláievna dizia a Draguin:

— Uma pessoa mais bondosa e mais humilde eu nunca encontrei. Acredite, ela é melhor do que todo mundo neste apartamento.

---

[66] Apelido de Dmitri.
[67] Comandantes dos brancos durante a Guerra Civil.

Draguin, fitando os olhos de Ievguênia Nikoláievna, respondeu com sinceridade e insolência masculina:

— Canta, andorinha, canta. Camarada Chápochnikova, a senhora se vendeu aos alemães por área habitacional.

Jenny Guênrikhovna, pelo visto, não gostava de crianças saudáveis. Falava com especial frequência a Ievguênia Nikoláievna a respeito do mais frágil de seus pupilos, o filho de um industrial judeu, do qual tinha guardado os desenhos e cadernos, e chorava a cada vez que a narração chegava ao ponto em que descrevia a morte do débil menino.

Tinha morado com os Chápochnikov havia muitos anos, mas ainda se lembrava de todos os nomes e apelidos das crianças, e caíra em prantos ao saber da morte de Marússia; estava sempre a rascunhar uma carta para Aleksandra Vladímirovna, em Kazan, mas jamais conseguiu concluí-la.

Designava o caviar por seu nome francês, e não pelo russo, e contava a Gênia que, no café da manhã, seus pupilos pré-revolucionários tomavam canja e comiam carne de veado.

Dava sua ração para o gato, que chamava de "minha criancinha querida e prateada". O gato a adorava. Aquele bicho rude e soturno, ao ver a velha, sofria uma transfiguração interna e se tornava carinhoso e feliz.

Draguin sempre perguntava o que ela achava de Hitler: "E agora, está feliz?", mas a velha astuciosa se declarava antifascista, e chamava o Führer de canibal.

Não tinha sentido prático para nada: não sabia lavar, cozinhar, e, quando ia até a loja para comprar fósforos, na pressa o vendedor acabava lhe subtraindo os cartões mensais de racionamento de açúcar ou carne.

As crianças de hoje não se pareciam em nada com os pupilos daquele tempo que ela chamava "de paz". Tudo tinha mudado, inclusive as brincadeiras: as moças do tempo "de paz" brincavam com bambolê, atiravam o diabolô de borracha com um cordão atado a varinhas envernizadas, jogavam com uma bola macia e colorida que levavam numa rede branca. Já as de hoje jogavam vôlei, praticavam nado de peito e, no inverno, usavam calças de esqui, jogavam hóquei, gritavam e assobiavam.

Conheciam melhor do que Jenny Guênrikhovna histórias de pensões alimentares, abortos, compras fraudulentas e registros de cartões de racionamento, e de velhos tenentes e tenentes-coronéis que traziam do front gordura e conservas para mulheres que não eram as suas.

Ievguênia Nikoláievna gostava quando a velha alemã se lembrava de seus anos de infância, de seu pai, do irmão Dmitri, do qual Jenny Guênrikhovna se lembrava especialmente bem: ele tinha sofrido tanto de coqueluche quanto de difteria.

Uma vez, Jenny Guênrikhovna disse:

— Lembro-me de meus últimos patrões, em 1917. Monsieur era amigo do ministro das Finanças; andava pela sala de jantar e dizia: "Está tudo perdido, as fazendas ardem, as fábricas pararam, a moeda despencou, os cofres foram roubados." E veja, exatamente como está acontecendo com a senhora, a família toda se desfez. Monsieur, madame e mademoiselle foram para a Suécia, meu pupilo serviu o general Kornílov[68] como voluntário, e madame chorava: "Todo dia tem despedida, o fim chegou."

Ievguênia Nikoláievna riu-se com tristeza e não respondeu.

Certa noite apareceu um guarda e entregou uma notificação a Jenny Guênrikhovna. A velha alemã botou o chapéu de flores brancas, pediu a Gênetchka[69] que alimentasse o gato e se dirigiu à polícia; de lá, iria para o trabalho, na mãe da dentista. Prometeu que estaria de volta no dia seguinte. Quando Ievguênia Nikoláievna chegou do trabalho, a casa estava um caos, e os vizinhos lhe disseram que a polícia havia levado Jenny Guênrikhovna.

Ievguênia Nikoláivena foi saber dela. Disseram-lhe na polícia que a velha tinha partido para o norte em um trem de alemães.

No dia seguinte chegaram um guarda e o administrador para levar uma cesta lacrada que estava cheia de roupa velha, além de fotografias e cartas amarelecidas.

Gênia foi até o NKVD para saber como entregar à velha um agasalho. O homem no guichê perguntou a Gênia:

— E a senhora é o quê? Alemã?

— Não, sou russa.

— Vá para casa. Não se incomode com informações sobre pessoas.

— São coisas para o inverno.

— Não está claro? — disse o homem do guichê, com uma voz tão grave que Ievguênia Nikoláievna ficou com medo.

---

[68] O general Lavr Gueórguevitch Kornílov (1870-1918) tentou, sem êxito, derrubar o governo de Kiérenski em 1917, e lutou ao lado dos brancos na Guerra Civil.
[69] Apelido de Ievguênia.

Naquela mesma noite ouviu a conversa dos moradores na cozinha. Falavam dela.

Uma voz disse:

— Não é bonito o que ela fez.

Uma segunda voz respondeu:

— Eu acho que foi esperta. Primeiro colocou o pé para dentro de casa, depois informou a quem de direito sobre a velha, livrou-se dela e, agora, é a dona do quarto.

Uma voz masculina disse:

— Que quarto; um cubículo.

Uma quarta voz disse:

— Ela não se arrisca, e é melhor não se arriscar com ela.

O destino do gato foi triste. Estava sentado na cozinha, sonolento e deprimido, enquanto as pessoas decidiam o que fazer com ele.

— Para o diabo com esse alemão — diziam as mulheres.

Inesperadamente, Draguin anunciou que estava pronto a cuidar da alimentação do gato. Mas o gato não sobreviveu muito tempo sem Jenny Guênrikhovna; por acaso ou de propósito, uma das vizinhas o escaldou com água fervente, e ele morreu.

24

Ievguênia Nikoláievna gostava de sua vida solitária em Kúibichev.

É possível que ela nunca tivesse sido tão livre quanto agora. Tinha-lhe surgido uma sensação de leveza e liberdade, apesar da dureza da vida. Durante muito tempo, enquanto não conseguia o visto, ficou sem receber os cartões, e comia só uma vez por dia na cantina, com vales-refeição. Desde a manhã ficava pensando na hora em que entraria na cantina e lhe dariam um prato de sopa.

Nessa época pensava pouco em Nóvikov. Pensava mais e mais em Krímov, quase o tempo todo, mas a intensidade de intimidade e afeto desses pensamentos não era grande.

A lembrança de Nóvikov aparecia e desaparecia, sem causar aflição.

Mas uma vez, na rua, viu de longe um militar alto usando capote comprido e teve instantaneamente a impressão de que era Nóvikov. Respirou com dificuldade, as pernas bambearam, e enlouqueceu com o sentimento de felicidade que dela se apossou. Em um instante compreendeu que tinha se equivocado, e na mesma hora se esqueceu de sua agitação.

E à noite acordou de repente e pensou:

"Por que ele não escreve, já que sabe o endereço?"

Morava sozinha, e perto não tinha nem Krímov, nem Nóvikov, nem parentes. E tinha a impressão de que nessa solidão livre residia sua felicidade. Mas era só impressão.

Nessa época, Kúibichev sediava muitas repartições e Comissariados do Povo de Moscou, e as redações dos jornais moscovitas. Era a capital temporária, a Moscou evacuada, com os corpos diplomáticos, o balé do Teatro Bolshoi, os escritores célebres, os animadores moscovitas, os jornalistas estrangeiros.

Todos esses milhares de moscovitas se abrigavam em quartinhos, em hotéis, em habitações coletivas, e se ocupavam de seus afazeres habituais: os diretores de seção, chefes de governo e administradores dos Comissariados do Povo mandavam nos subordinados e na economia nacional; os embaixadores extraordinários e plenipotenciários iam de carro de luxo a recepções da chancelaria soviética; Ulánova, Liémechev, Mikháilov[70] alegravam os espectadores do balé e da ópera; o senhor Shapiro, correspondente da United Press, nas entrevistas coletivas, fazia perguntas capciosas a Solomon Abrámovitch Lozóvski, chefe do Sovinformbureau; os escritores redigiam notas para jornais e rádios nacionais e estrangeiros; os jornalistas escreviam sobre temas militares com material recolhido nos hospitais.

Mas o cotidiano dos moscovitas aqui era bem diferente: lady Cripps, mulher do embaixador extraordinário e plenipotenciário da Grã-Bretanha, ao sair do jantar que havia recebido em troca de um vale no restaurante do hotel, embrulhava em jornal o pão e os pedaços de açúcar que não tinham sido consumidos, e os levava consigo para o quarto; os correspondentes de agências internacionais de notícias iam ao mercado, trocando empurrões com os inválidos, discutindo longamente a qualidade do fumo, enrolando cigarros improvisados, ou ficavam na fila do banho, apoiando-se alternadamente em cada pé; escritores famosos por sua hospitalidade discutiam as questões mundiais, o destino da literatura, com cálices de aguardente caseira, beliscando pão escuro.

---

[70] Galina Serguéievna Ulánova (1910-1998), bailarina; Serguéi Iákovlevitch Liémechev (1902-1977), tenor; Maksim Dormidóntovitch Mikháilov (1893-1971), baixo.

Instituições enormes eram espremidas nos acanhados andares de Kúibichev; os diretores de importantes jornais soviéticos recebiam visitantes em mesas nas quais, depois do expediente, as crianças faziam a lição, e as mulheres costuravam.

Havia algo de atraente nessa mistura do colosso do Estado com a boemia da evacuação.

Ievguênia Nikoláievna passou por muitas dificuldades para conseguir seu visto de residência.

O chefe do escritório de engenharia no qual ela tinha começado a trabalhar, o tenente-coronel Rizin, um homem alto de voz calma e murmurante, desde o primeiro dia se pôs a suspirar sobre a responsabilidade de um chefe que contratava uma trabalhadora sem visto. Rizin mandou que ela fosse até a polícia, entregando-lhe um atestado de admissão ao trabalho.

O funcionário da seção regional da polícia pegou o atestado e o passaporte de Ievguênia Nikoláievna e mandou-a vir buscar a resposta em três dias.

No dia combinado, Ievguênia Nikoláievna entrou no corredor parcamente iluminado, no qual as pessoas que esperavam sentadas tinham no rosto aquela expressão peculiar de quem foi à polícia atrás de passaporte e visto. Ela chegou ao guichê. Uma mão de mulher com unhas cobertas de esmalte vermelho-escuro, estendendo seu passaporte, disse-lhe com voz calma:

— Recusado.

Ela entrou na fila para falar com o chefe da seção de passaporte. As pessoas da fila conversavam aos murmúrios, olhando para as funcionárias que passavam pelo corredor, de lábios pintados, sobretudos acolchoados e botas. Com as botas rangendo, vinha sem pressa um homem com casaco de meia-estação e quepe, a gola da túnica militar aparecendo debaixo do cachecol; abriu com a chave o cadeado inglês ou francês de sua porta. Era Gríchin, o chefe da seção de passaporte. Começou a receber. Ievguênia Nikoláievna notou que as pessoas da fila não tinham se alegrado, como era de hábito após uma longa espera, mas que se haviam aproximado da porta, olhando ao redor, como se estivessem prontas a fugir no último minuto.

Durante a espera, Ievguênia Nikoláievna entreouviu relatos sobre uma filha que não tivera permissão para se juntar à mãe, uma paralítica à qual fora recusado se unir ao irmão, uma mulher que tinha vindo tratar de um inválido de guerra e não recebera o visto.

Ievguênia Nikoláievna entrou no gabinete de Gríchin. Em silêncio, ele mostrou a ela a cadeira, viu seus papéis e disse:

— A senhora já foi recusada, o que ainda quer?

— Camarada Gríchin — ela afirmou, com a voz trêmula —, compreenda, durante esse tempo todo eu não recebi cartões de racionamento.

Ele a fitou com olhos imóveis, e uma indiferença muda estampada no rosto largo e jovem.

— Camarada Gríchin — disse Gênia —, pense nisso. Em Kúibichev tem uma rua que se chama Chápochnikov. É o meu pai; ele foi um dos fundadores do movimento revolucionário em Samara, e o senhor está recusando o visto à filha dele...

Os olhos calmos de Gríchin fitavam-na; ele ouvia o que ela estava a dizer.

— Tem que ter convite — ele disse. — Sem convite não tem visto.

— Eu trabalho em uma instituição militar — disse Gênia.

— Isso não aparece no seu certificado.

— E ajudaria?

Ele respondeu de má vontade:

— Pode ser.

De manhã, ao chegar ao trabalho, Ievguênia Nikoláievna disse a Rizin que lhe tinham negado o visto. Ele fez um gesto com as mãos e afirmou:

— Ah, estúpidos, será que eles não entendem que desde o primeiro dia a senhora se tornou indispensável para nós, que a senhora cumpre uma tarefa ligada à defesa nacional?

— Pois é — disse Gênia. — Ele falou que é necessário um certificado de que nossa instituição está subordinada ao Comissariado do Povo para Defesa. Gostaria que o senhor o redigisse, que à tarde volto com ele à polícia.

Depois de algum tempo, Rizin foi até Gênia e disse com voz culpada:

— É necessário que os órgãos de segurança ou a polícia mandem um requerimento. Sem o requerimento estou proibido de escrever um certificado desses.

À tarde ela foi à polícia e, depois de esperar na fila, odiando-se pelo sorriso insinuante, começou a pedir a Gríchin que mandasse o requerimento a Rizin.

— Não vou redigir requerimento nenhum — disse Gríchin.

Ao ouvir sobre a recusa de Gríchin, Rizin se lamentou e afirmou, meditativo:

— Quer saber de uma coisa? Peça a ele que me faça a requisição por telefone.

Na noite seguinte, Gênia marcou um encontro com o literato Limônov, que conhecera seu pai. Logo depois do trabalho ela passou pela polícia, perguntando às pessoas da fila se podia fazer uma pergunta "rapidinho" ao chefe da seção de passaporte. As pessoas davam de ombros e desviavam os olhos. Ela disse com ódio:

— Ah, é assim? Então, quem é o último?

Nesse dia, a polícia produziu em Gênia impressões especialmente penosas. Uma mulher de perna inchada teve um ataque no gabinete do chefe da seção de passaporte; ela berrava bem alto: "Eu imploro, eu imploro." Um maneta xingava com palavrões pesados no gabinete de Gríchin, o seguinte também fazia escândalo, e dava para ouvir suas palavras: "Não saio." Mas saiu bem rápido. Na hora desse escândalo, só não se ouvia Gríchin, que não elevou a voz nem uma vez; parecia que ele nem estava, e que as pessoas gritavam e faziam ameaças sozinhas.

Ela esperou uma hora e meia na fila, e novamente, odiando o rosto afável e o "muito obrigada" apressado com que respondeu ao pequeno aceno "sente-se", pôs-se a pedir a Gríchin que telefonasse para o chefe dela: Rizin inicialmente ficara em dúvida se tinha ou não o direito de dar o certificado sem um requerimento por escrito com número e carimbo, mas depois consentiu em redigir o certificado, assinalando: "Em resposta ao seu requerimento verbal no dia tal do mês tal."

Ievguênia Nikoláievna colocou diante de Gríchin um papel previamente preparado, onde, com caracteres grandes e salientes, ela tinha escrito o número de telefone, o nome e o patronímico de Rizin, sua patente, seu cargo, e até, com letras miúdas, um parêntese: "Intervalo para almoço de tanto a tanto." Mas Gríchin nem olhou para o papel que estava diante de si, e disse:

— Não vou fazer requerimento nenhum.

— Mas por que não? — ela perguntou.

— Não é adequado.

— O tenente-coronel Rizin diz que, sem requerimento, ainda que verbal, ele não pode dar o certificado.

— Se ele não pode, então não deve.

— E o que vai ser de mim?

— Sei lá.

Gênia atrapalhava-se diante de tamanha tranquilidade: teria sido mais fácil se ele tivesse se zangado, se irritado com a incoerência dela. Mas ele ficava sentado, de lado, sem mexer as pálpebras, sem ter pressa.

Os homens que falavam com Ievguênia Nikoláievna sempre reparavam em sua beleza, e ela sempre sentia isso. Mas Gríchin olhava para ela como para as velhas de olhos lacrimejantes e os inválidos: ao entrar naquele gabinete, deixara de ser um ser humano, uma mulher jovem, para se transformar em uma requerente.

Ela se atrapalhava com a própria fraqueza e com a força dele, de concreto. Ievguênia Nikoláievna caminhava depressa pela rua, pois estava mais de uma hora atrasada para o encontro com Limônov; mas, enquanto se apressava, já não se alegrava com o encontro iminente. Ainda sentia o odor dos corredores da polícia e, diante de seus olhos, via o rosto dos requerentes, o retrato de Stálin, iluminado pelas lâmpadas foscas, e, ao lado, Gríchin. Gríchin, tranquilo, simples, que assimilara em sua alma mortal a onipotência de granito do Estado.

Limônov, corpulento e alto, cabeçudo, com pequenos cachos juvenis em torno da grande careca, encontrou-a com alegria.

— Estava com medo de que você não viesse — disse, ajudando Gênia a tirar o casaco.

Começou a indagá-la sobre Aleksandra Vladímirovna:

— A sua mãe, desde os tempos de estudante, foi para mim o exemplo da mulher russa de espírito corajoso. Sempre falo dela nos meus livros, quer dizer, não propriamente dela, mas, no geral, enfim, a senhora entende.

Baixando a voz e olhando para a porta, ele perguntou:

— Ouviu-se alguma coisa de Dmitri?

Depois deram a falar de pintura, e ambos começaram a xingar Riépin.[71] Limônov pôs-se a fritar um ovo no fogareiro elétrico, dizendo que era o maior especialista em omeletes no país, e que o cozinheiro do Restaurante Nacional tinha aprendido com ele.

— E então? — perguntou, inquieto, a Gênia e, suspirando, acrescentou: — Eis a minha culpa: adoro comer.

Como era grande o peso das impressões da polícia! Mesmo depois de entrar no quarto quente e cheio de jornais e livros de Limônov,

---

[71] Iliá Iefímovitch Riépin (1844-1930), pintor realista adotado como modelo pelo "realismo socialista".

ao qual logo chegaram outros dois velhos espirituosos e amantes das artes, ela continuava a sentir Gríchin o tempo todo em seu coração gelado.

Mas é grande o poder da conversa inteligente e livre, e Gênia logo se esqueceu dele e dos rostos tristes da fila. Parecia que na vida não existia nada além de conversas sobre Rubliov, Picasso, os versos de Akhmátova e Pasternak, os dramas de Bulgákov.

Bastou sair à rua para ela logo esquecer as conversas inteligentes.

Gríchin, Gríchin... Ninguém no apartamento tinha falado disso com ela, tinha desejado saber se ela tinha ou não o visto, ninguém tinha exigido a apresentação do passaporte com o carimbo. Mas já havia alguns dias ela tinha a impressão de estar na mira da mais velha do apartamento, Glafira Dmítrievna, uma mulher nariguda, sempre carinhosa, manhosa, cheia de insinuações, com a voz de uma falsidade sem limites. Cada vez que se encontrava com Glafira Dmítrievna e fitava seus olhos escuros, a um só tempo carinhosos e lúgubres, Gênia se assustava. Tinha a impressão de que, na sua ausência, Glafira Dmítrievna entrava em seu quarto com uma chave-mestra, fuçava seus papéis, fazia cópias de seus requerimentos à polícia, lia suas cartas.

Ievguênia Nikoláievna se esforçava para abrir a porta sem ruído e caminhava pelo corredor na ponta dos pés, temendo encontrar a velha. Vai que daqui a pouco ela resolve dizer: "Então a senhora desrespeita as leis e sou eu que tenho que responder por isso?"

Pela manhã, Ievguênia Nikoláievna entrou no gabinete de Rizin para falar de mais um fracasso na seção de passaporte.

— Ajude-me a conseguir uma passagem de barco para Kazan, senão possivelmente vão me mandar para trabalhar nas turfas por infringir as leis de passaporte.

Ela já não pedia o certificado, e falava com sarcasmo e raiva.

O grande e belo homem de voz calma olhava para ela, envergonhado por sua timidez. Ela sempre sentia seu olhar melancólico e terno; ele fitava seus ombros, pernas, pescoço, nuca, e os ombros e nuca dela sentiam essa mirada insistente de admiração. Mas a força da lei que determinava a circulação dos papéis que iam e vinham, pelo visto, não era uma força com que se devesse brincar.

Durante o dia, Rizin foi até Gênia e, em silêncio, depositou na escrivaninha o almejado certificado.

Também em silêncio, Gênia fitou-o, com lágrimas a surgir em seus olhos.

— Pedi através da seção secreta — disse Rizin. — Embora não esperasse, recebi de repente a autorização da chefia.

Os colegas a parabenizaram, dizendo: "Finalmente acabaram os seus tormentos."

Foi até a polícia. As pessoas da fila, algumas das quais ela já conhecia, cumprimentavam-na e perguntavam: "E aí?"

Algumas vozes se elevaram: "Entre sem fila... seu assunto é coisa rápida, para que esperar de novo por duas horas?"

A mesa do escritório e o cofre-forte, grosseiramente pintado de marrom para ficar com aspecto de madeira, já não lhe pareciam tão sombrios e burocráticos.

Gríchin viu como os dedos apressados de Gênia colocaram diante dele o papel necessário, e acenou com satisfação quase imperceptível:

— Bem, deixe o passaporte e o certificado, e daqui a três dias, no horário do expediente, retire os documentos do registro.

Sua voz soava como de hábito, mas Gênia teve a impressão de que os olhos claros sorriam com amabilidade.

Voltou para casa, pensando que Gríchin se revelara um ser humano como os outros — teve a chance de fazer o bem e sorriu. Ele não parecia sem coração, e ela se sentiu envergonhada por tudo de mau que havia pensado a respeito do chefe da seção de passaporte.

Três dias depois, uma grande mão de mulher com unhas cobertas de esmalte vermelho-escuro estendeu-lhe através do guichê o passaporte, no qual seus papéis haviam sido cuidadosamente arrumados. Gênia leu a resolução redigida em caracteres nítidos: "Visto recusado, pois não tem ligação com a área habitacional dada."

— Filho da puta! — gritou Gênia e, sem ter forças para se conter, seguiu: — Palhaço, torturador desalmado!

Ela falava alto, sacudindo no ar o passaporte sem visto, voltando-se para as pessoas sentadas na fila, querendo seu amparo, seu olhar, mas via como elas viravam a cara. Imediatamente aflorou nela um espírito de rebelião, um espírito de desespero e fúria. Assim tinham gritado nas filas as mulheres enlouquecidas pelo desespero em 1937, quando esperavam por informações daqueles que haviam sido condenados sem direito a correspondência na escura antessala da prisão de Butírka, de Matrósskaia Tichiná, em Sokolniki.

O policial de guarda no corredor tomou Gênia pelo cotovelo e empurrou-a até a porta.

— Solte-me, não me toque! — e ela arrancou a mão, afastando-o de si.

— Cidadã — ele disse com força —, pare, não me obrigue a lhe dar dez anos de cadeia!

Ela teve a impressão de que os olhos do policial traziam uma expressão de simpatia e piedade.

Chegou rápido à saída. Pela rua, empurrando-a, caminhavam pessoas que tinham vistos e registro para receber cartões de racionamento...

À noite ela sonhou com um incêndio, no qual ela estava inclinada sobre um homem ferido, com a cara mergulhada na terra, tentando levantá-lo, e compreendeu, mesmo sem ver o rosto dele, que se tratava de Krímov.

Acordou extenuada e deprimida.

"Ah, se ele chegasse logo", pensava, vestindo-se, e resmungava: "Ajude-me, ajude-me."

Quem ela queria ver tão apaixonadamente que até doía não era Krímov, com o qual sonhara à noite, mas Nóvikov, aquele que havia visto no verão em Stalingrado.

Essa vida desregrada, sem visto, sem cartão de racionamento, de eterno medo dos zeladores, dos administradores, da velha Glafira Dmítrievna, era dura, de um sofrimento insuportável. Gênia entrava na cozinha quando todos estavam dormindo, e de manhã procurava se lavar antes que os inquilinos se levantassem. E quando um dos inquilinos conversava com ela, sua voz se tornava de uma ternura repugnante, alheia, como se ela fosse batista.

Durante o dia, Gênia redigiu uma carta de demissão.

Ouvira dizer que, depois da recusa da seção de passaporte, aparecia um guarda trazendo um termo de compromisso de saída de Kúibichev em um prazo de três dias. O texto do termo dizia: "Os culpados de violação do regime de passaporte estão sujeitos..." Gênia não queria "estar sujeita". Ela se resignou a ter que sair de Kúibichev. Logo sua alma se acalmou, e os pensamentos sobre Gríchin, sobre Glafira Dmítrievna, sobre seus olhos flácidos como azeitonas podres, deixaram de afligi-la e intimidá-la. Ela se afastara da ilegalidade e se submetera à lei.

Quando terminou de redigir a carta, e estava para entregá-la a Rizin, foi chamada ao telefone. Era Limônov.

Este indagava se ela estaria livre amanhã à noite, pois tinha chegado um homem de Tachkent que contava histórias muito engraçadas daquelas partes, e trazia para Limônov saudações de Alieksêi Tolstói.[72] Novamente, ela sentia o sopro de uma outra vida.

---

[72] Aleksêi Nikoláievitch Tolstói (1883-1945), conhecido como "Camarada Conde", escritor soviético especializado em romances históricos e ficção científica.

Gênia, embora não tencionasse fazê-lo, contou a Limônov de seus assuntos com o visto.

Ele a ouviu sem interromper, e depois disse:

— Que história curiosa: papai dá nome a uma rua em Kúibichev, e sua filha é enxotada, recusam-lhe o visto. Interessante. Interessante.

Ele refletiu um pouco e disse:

— Veja, Ievguênia Nikoláievna, não entregue a sua carta hoje; à noite tenho uma reunião com o secretário do *obkom* e vou falar do seu problema com ele.

Gênia agradeceu, pensando que Limônov se esqueceria dela assim que colocasse o telefone no gancho. Contudo, não entregou a carta a Rizin, perguntando, em vez disso, se ele podia, por meio do estado-maior do distrito militar, conseguir para ela uma passagem de barco até Kazan.

— Isso é bem mais fácil — disse Rizin, afastando as mãos. — Pena os órgãos da polícia... Mas, enfim, o que fazer, Kúibichev está em regime especial, e eles têm ordens específicas.

Ele perguntou a ela:

— A senhora está livre hoje à noite?

— Não, ocupada — respondeu Gênia, zangada.

Voltou para casa pensando que logo veria a mãe, a irmã, Viktor Pávlovitch, Nádia, e que Kazan seria melhor que Kúibichev. Admirava-se de ter ficado tão aflita e morrido de medo na polícia. Eles recusaram — e daí? Se Nóvikov escrevesse uma carta, talvez ela pudesse pedir aos vizinhos que a remetessem para Kazan.

Pela manhã, mal tinha chegado ao trabalho e foi chamada ao telefone; uma voz gentil pediu-lhe que fosse à seção de passaporte da polícia municipal para receber o visto.

25

Gênia travara conhecimento com um dos inquilinos do apartamento: Charogórodski. Quando Charogórodski se virava abruptamente, parecia que sua cabeça grande e branca como alabastro ia se despregar do pescoço fino e cair no chão com estrondo. Gênia reparou que a pele pálida do rosto do velho tendia para o azul-celeste. Essa combinação de pele azul e gelados olhos azuis a atraía; o velho descendia da alta nobreza, e ela se divertia com a ideia de que seu retrato devia ser desenhado em azul.

Vladímir Andrêievitch Charogórodski vivera pior antes da guerra do que no tempo da guerra. Agora ele tinha algum trabalho. O Sovinformbureau encomendava-lhe notas sobre Dmitri Donskói, Suvôrov, Uchakov, sobre as tradições do oficialato russo, sobre poetas do século XIX — Tiútchev, Baratinski...[73]

Vladímir Andrêievitch disse a Gênia que, por parte de mãe, ele descendia da mais remota linhagem de príncipes, mais antiga ainda que os Románov.

Na juventude ele servira no *zemstvo* da província e pregara entre filhos de latifundiários, professores rurais e jovens sacerdotes as ideias de Voltaire e Tchaadaev.[74]

Vladímir Andrêievitch contou a Gênia sobre sua conversa com o decano da nobreza da província — isso tinha sido 44 anos antes. "O senhor, descendente de uma das mais antigas linhagens da Rússia, encarregou-se de provar aos mujiques que é originário dos macacos. Os mujiques vão perguntar: e os grandes príncipes? E o tsarévitch herdeiro? E a soberana? E o próprio soberano?"

Vladímir Andrêievitch continuou a sublevar as mentes, e o assunto só se encerrou quando o enviaram para Tachkent. Passado um ano o perdoaram, e ele foi para a Suíça. Lá se encontrou com muitos revolucionários — o príncipe excêntrico era conhecido dos bolcheviques, mencheviques, socialistas revolucionários e anarquistas. Ia aos debates e saraus, e travou relações com alguns deles, mas sem concordar com nenhum. Nessa época, ficou amigo de um estudante judeu de barba negra, Lipets, que era membro da Bund.[75]

Pouco antes da Primeira Guerra Mundial, voltou para a Rússia e se estabeleceu em sua propriedade, publicando de quando em quando artigos com temas históricos e literários na *Folha de Nijni-Novgorod*.

---

[73] Heróis militares: príncipe Dmitri Donskói (1350-1389); general Aleksandr Vassílievitch Suvôrov (1729-1800); almirante Fiódor Fiódorovitch Uchakov (1744-1817). Poetas: Fiodor Ivánovitch Tiútchev (1803-1873) e Ievguéni Abrámovitch Baratinski (1800-1844).

[74] Piotr Iákovlievitch Tchaadaev (1794-1856), filósofo russo.

[75] União Geral dos Trabalhadores Judeus da Lituânia, Polônia e Rússia, ativa na Rússia entre 1897 e 1920.

Não se ocupava de administração, e quem governava a propriedade era sua mãe.

Charogórodski foi o único latifundiário cuja propriedade os camponeses não tocaram. O *Kombed* até lhe destinou uma carroça de lenha e quarenta couves. Vladímir Andrêievitch ocupava o único cômodo aquecido e com janelas da casa, lendo e escrevendo versos. Leu um poema para Gênia. Chamava-se "Rússia":

Insana leviandade
Aos quatro cantos.
Planície. Infinito.
Gritam os corvos agourentos.

Orgia. Incêndios. Disfarce.
Obtusa indiferença.
E originalidade por toda parte
E uma grandeza horripilante.

Lia pronunciando as palavras com cuidado e colocando os pontos, as vírgulas, erguendo alto as sobrancelhas compridas; nem assim, contudo, sua imensa testa parecia menor.

Em 1926, Charogórodski inventou de dar conferências sobre a história da literatura russa; refutando Demián Biédni[76] e glorificando Fet,[77] participou de discussões sobre a beleza e a verdade da vida, que então estavam na moda, afirmava-se inimigo de qualquer tipo de Estado, declarava o marxismo uma doutrina limitada, falava sobre o destino trágico da alma russa e seguiu falando e proclamando até novamente ir a Tachkent por conta do governo. Lá ele ficou, maravilhado com a força dos argumentos geográficos em uma discussão teórica, e só no final de 1933 recebeu permissão de ir a Samara, à casa de sua irmã mais velha, Elena Andrêievna. Ela morreu pouco antes da guerra.

Charogórodski jamais convidava para o seu quarto. Mas uma vez Gênia deu uma olhada no aposento do príncipe: pilhas de livros e jornais velhos formavam montanhas nos cantos, poltronas vetustas

---

[76] Pseudônimo de Iefim Alieksêievitch Pridvôrov (1883-1945), poeta bolchevique, o preferido de Nikita Kruschov.

[77] Afanássi Afanássievitch Fet (1820-1892) dominou a poesia russa no último quarto do século XIX.

empilhavam-se umas sobre as outras quase até o teto, retratos com molduras douradas estavam no chão. No divã coberto de veludo vermelho jazia um cobertor amassado, soltando algodão.

Tratava-se de um homem suave, impotente nos assuntos da vida prática. Uma daquelas pessoas das quais se costuma dizer que são homens com alma de criança, de bondade angelical. Porém, balbuciando seus versos queridos, era capaz de caminhar impassível por uma criança famélica, ou por uma velha esfarrapada com a mão estendida, a pedir um pedaço de pão.

Ao ouvir Charogórodski, Gênia frequentemente se lembrava do primeiro marido, já que o velho admirador de Fet e Vladímir Soloviov pouco tinha em comum com Krímov, membro do Comintern.

Espantava-a que Krímov, indiferente ao fascínio da paisagem e do conto russo, aos versos de Fet e Tíutchev, fosse um homem tão russo quanto o velho Charogórodski. Tudo que desde a juventude tinha sido tão caro a Krímov na vida russa, os nomes sem os quais ele não conseguia pensar na Rússia, eram todos irrelevantes e às vezes até desprezíveis para Charogórodski.

Para Charogórodski, Fet era Deus, e acima de tudo o Deus russo. E igualmente divinos eram os contos sobre Finist, o Falcão Brilhante,[78] e a "Dúvida",[79] de Glinka. E, por mais que admirasse Dante, via-o desprovido do caráter divino da música russa, da poesia russa.

Já Krímov não fazia diferença entre Dobroliúbov[80] e Lassalle, Tchernichévski[81] e Engels. Para ele, Marx estava acima de todos os gênios russos; para ele, a *Eroica* de Beethoven suplantava indiscutivelmente a música russa. Talvez apenas Nekrássov[82] fosse exceção: o maior poeta do mundo. Às vezes Ievguênia Nikoláievna tinha a impressão de que Charogórodski a ajudava a compreender não apenas Krímov, mas também o destino de sua relação com Nikolai Grigórievitch.

---

[78] Conto popular russo.

[79] Canção do "pai" da música russa, Mikhail Ivánovitch Glinka (1804-1857), escrita em 1838, sobre versos de Néstor Vassílievitch Kúkolnik (1809-1868).

[80] Nikolai Aleksándrovitch Dobroliúbov (1836-1861), crítico literário e revolucionário democrático.

[81] Nikolai Gavrílovitch Tchernichévski (1828-1889), filósofo materialista, fundador do populismo russo (*Naródnitchestvo*).

[82] Nikolai Aleksiéievitch Nekrássov (1821-1877), autor de poemas apaixonados sobre o campesinato russo.

Gênia gostava de conversar com Charogórodski. A conversa normalmente começava com os alarmantes boletins, e depois Charogórodski punha-se a raciocinar sobre o destino da Rússia:

— A nobreza russa — dizia — é culpada perante a Rússia, Ievguênia Nikoláievna, mas sabia amá-la. Na Primeira Guerra não nos perdoaram nada, e apontaram todas as falhas: nossos idiotas, os vadios, os comilões indolentes, Raspútin, o coronel Massoiêdov,[83] as alamedas de tília, a leviandade, as isbás tétricas, as alpargatas dos camponeses... Seis filhos de minha irmã morreram na Galícia; na Prússia Oriental, meu irmão, um homem velho e doente, caiu em combate. Mas a história deles ninguém conta. E deveria.

Gênia frequentemente ouvia seus juízos sobre literatura, que não estavam absolutamente de acordo com os atuais. Ele colocava Fet acima de Púchkin e Tiútchev. Conhecia Fet como ninguém na Rússia, e é provável que o próprio Fet, no fim da vida, não se lembrasse sobre si mesmo de tudo o que Vladímir Andrêievitch sabia a seu respeito.

Lev Tolstói ele achava realista demais, e, embora reconhecesse haver poesia nele, não o apreciava. Apreciava Turguêniev, mas achava que seu talento não tinha profundidade suficiente. Na prosa russa ele valorizava acima de tudo Gógol e Leskov.

Considerava Belinski e Tchernichévski os principais assassinos da poesia russa.

Disse a Gênia que, à parte a poesia russa, gostava de três coisas com a letra "s": açúcar, sol e sono:[84]

— Será que vou morrer sem ver nenhum de meus poemas impresso? — perguntava.

Uma vez, voltando do serviço, Ievguênia Nikoláievna encontrou Limônov. Caminhava pela rua com um casaco de inverno aberto, um chamativo cachecol xadrez balançando no pescoço, apoiando-se em uma bengala nodosa. Aquele homem avantajado com um aristocrático gorro de castor destacava-se de maneira estranha em meio à multidão de Kúibichev.

---

[83] Coronel Serguéi Nikoláievitch Massoiêdov (1866-1915), condenado à morte durante a Primeira Guerra Mundial por espionagem em favor da Alemanha, em processo bastante contestado.

[84] No original, *sákhar, sólntze* e *son*.

Limônov acompanhou Gênia até em casa. Ela o convidou para tomar chá; ele a olhou com atenção e disse: "Bem, obrigado, e, além disso, você me deve uma garrafa de vodca pelo visto." Respirando pesadamente, pôs-se a subir a escada.

Limônov entrou no pequeno quarto de Gênia e disse: "Olha, isso aqui é apertado para o meu corpo, mas talvez seja espaçoso para as ideias."

De repente ele começou a lhe falar em uma voz que não era natural, começando a explicar sua teoria sobre o amor e as relações amorosas:

— É uma avitaminose, uma avitaminose espiritual! — ele dizia, ofegante. — Entenda, é a mesma fome vigorosa que têm os touros, vacas e renas ávidos por sal. O que eu não tenho, o que não têm os que me são próximos, o que não tem a minha esposa, eu busco no objeto do meu amor. A esposa é o motivo da avitaminose! E o homem fica ávido por encontrar em sua amada aquilo que por anos, por décadas, não encontrou na esposa. Entende?

Tomou a mão dela e começou a afagar a palma, depois afagou o ombro, tocou o pescoço, a nuca.

— Está me entendendo? — perguntou, insinuante. — É tudo muito simples. Uma avitaminose espiritual!

Com olhos sorridentes e embaraçados, Gênia via como a grande mão branca de unhas polidas passava de seus ombros para o peito, e disse:

— Evidentemente, a avitaminose não é apenas espiritual, mas também física — e, adotando o tom de voz de uma professora de primeira série, acrescentou: — Não precisa me acariciar, é sério, não precisa.

Ele olhou para ela perplexo e, em vez de ficar embaraçado, começou a rir. E ela começou a rir com ele.

Tomaram chá e falaram do artista Sarian.[85] O velho Charogórodski bateu à porta.

Verificou-se que Limônov conhecia o nome de Charogórodski das notas de algum manuscrito e de cartas de algum arquivo. Charogórodski não havia lido os livros de Limônov, mas tinha ouvido seu sobrenome, que era mencionado com frequência nos jornais que enumeravam quem escrevia sobre temas histórico-militares.

---

[85] Martiros Sarian (1880-1972), pintor armênio.

Eles começaram a conversar e se emocionaram, alegrando-se ao perceber interesses em comum, desfilando em sua palestra os nomes de Soloviov, Merejkovski, Rózanov, Guíppius, Biéli, Berdiáiev, Ustriálov, Balmont, Miliukov, Evréinov, Riémizov, Viatcheslav Ivánov.

Gênia imaginou que era como se esses dois homens tivessem trazido do fundo do mar um mundo submerso de livros, quadros, sistemas filosóficos, montagens teatrais...

E Limônov repentinamente repetiu em voz alta seu pensamento:

— É como se nós tivéssemos trazido a Atlântida do fundo do mar.

Charogórodski acenou com tristeza:

— Sim, sim, mas você é apenas um pesquisador da Atlântida russa, enquanto eu fui seu habitante e afundei com ela.

— O que é isso — disse Limônov —, a guerra trouxe alguns de Atlântida para a superfície.

— Sim — afirmou Charogórodski —, na hora da guerra os fundadores do Comintern não inventaram nada melhor do que repetir que a terra russa é santa.

Ele riu.

— Espere, a guerra vai terminar com a vitória, e então os internacionalistas vão proclamar: "Nossa mãe Rússia é a cabeça do mundo."

Coisa estranha: Ievguênia Nikoláievna sentia que eles falavam de maneira tão viva, prolixa e espirituosa não apenas porque estavam alegres com o encontro, e tinham achado temas que lhes eram queridos. Percebia que ambos — mesmo o que era bem velho e muito vivido — sentiam o tempo todo que ela os ouvia; ela os agradava. Como tudo isso era estranho. Estranho ainda que aquilo lhe fosse completamente indiferente, e até risível, e que ao mesmo tempo não fosse nada indiferente, e até agradável.

Gênia olhava para eles e pensava: "Eu não me entendo... Por que o passado me dói tanto, por que tenho tanta pena de Krímov, por que penso nele de maneira tão insistente?"

De tal forma que, se antes os alemães e ingleses do Comintern de Krímov lhe pareciam completamente alheios, agora ela ficava aborrecida e hostil quando Charogórodski se referia zombeteiramente aos membros do Comintern. Isso nem a teoria da avitaminose de Limônov ajudava a esclarecer. E não dá para ter teoria nesses assuntos...

E de repente lhe ocorreu que ela estava pensando em Krimov e se preocupando com ele o tempo todo só porque estava inquieta por causa de outro homem, no qual, aparentemente, quase nunca pensava.

"Será que eu o amo de verdade?", refletia, surpresa.

26

À noite, o céu do Volga clareou. As colinas deslizavam lentamente sob as estrelas, fendidas pela densa escuridão dos barrancos.

De vez em quando passavam estrelas cadentes, e Liudmila Nikoláievna proferia baixinho: "Tomara que Tólia continue vivo."

Uma época, quando ainda estudava na Faculdade de Física e Matemática, tinha trabalhado com cálculo no Instituto de Astronomia. Aprendeu ali que os meteoros se movem em chuvas, que encontram a Terra em meses distintos: havia as Perseidas, as Oriônidas e, ao que parece, as Gemínidas e as Leônidas. Ela já não lembrava qual chuva de meteoros encontra a Terra em outubro e novembro... Mas que Tólia continue vivo!

Viktor acusava-a de não gostar de ajudar as pessoas, de ser antipática com a família dele. Julgava que, se Liudmila quisesse, Anna Semiônova viveria com eles, não teria ficado na Ucrânia.

Quando o primo de Viktor foi solto do campo de concentração e mandado para o exílio, ela não queria deixá-lo pernoitar em casa, por medo de que o administrador do prédio descobrisse. E a mãe não se esquecia de que Liudmila estava em Gaspra[86] quando o pai morreu e não interrompera as férias, chegando a Moscou somente dois dias após os funerais.

A mãe de vez em quando falava com ela sobre Dmitri, horrorizada com o que tinha acontecido com ele.

"Desde garoto era franco e direito, e continuou assim a vida inteira. E de repente espionagem, preparativos para assassinar Kaganóvitch e Vorochílov... Uma mentira absurda e medonha; quem precisa dela? Quem precisa arruinar os que são sinceros e honestos?"

Uma vez dissera à mãe: "Não há como você ter certeza sobre Mítia. Os inocentes não vão presos." E agora ela se lembrava do olhar que a mãe lhe lançara.

---

[86] Balneário na Crimeia, no litoral do mar Negro.

Certa feita ela falou com a mãe sobre a mulher de Dmitri:

— Passei a vida sem conseguir suportá-la, para falar a verdade, e agora não suporto mesmo.

E agora ela se lembrava da resposta da mãe:

— Mas pense no que significa prender a mulher por dez anos por não ter denunciado o marido!

Depois lembrou-se de numa oportunidade ter trazido para casa um cachorrinho que achara na rua, e de Viktor ter gritado, por não querer o bicho.

— Como você é cruel!

E ele respondeu:

— Ah, Liuda, eu não queria que você fosse jovem e bela; só queria que o seu coração não fosse bom apenas com os cães e gatos.

Agora, sentada no convés, em meio a recordações, pela primeira vez ela não gostava de si, não tinha vontade de culpar os outros pelas palavras amargas que tivera de ouvir na vida... Numa ocasião seu marido dissera, entre risos, ao telefone: "Desde que passamos a ter um gato comecei a ouvir carinho na voz de minha mulher."

A mãe certa vez dissera: "Liuda, como é possível que você rejeite os mendigos? Pense nisso: uma pessoa com fome pede a você, que tem fartura..."

Mas ela não era avarenta. Adorava ter convidados, e seus jantares eram célebres entre os amigos.

Ninguém viu o quanto ela chorou à noite, sentada no convés. Podia ser insensível, ter esquecido tudo que havia aprendido, não prestar para nada, não agradar ninguém, ter engordado, estar de cabelos grisalhos e pressão alta, ter perdido o amor do marido por este a julgar sem coração. Mas que Tólia estivesse vivo! Estava pronta a reconhecer tudo, penitenciar-se por tudo de mau que as pessoas próximas lhe imputavam, desde que ele estivesse vivo!

Por que ficava se lembrando o tempo todo do primeiro marido? Onde ele está, como encontrá-lo?

Por que não havia escrito para a irmã dele em Rostov? Agora não dava para escrever, por causa dos alemães. A irmã o teria informado sobre Tólia.

O ruído dos motores do barco, o sacolejo do convés, o barulho das ondas, as estrelas a cintilar no céu... Tudo se misturava e se confundia, enquanto Liudmila cochilava.

Aproximava-se a hora do amanhecer. O nevoeiro balouçava sobre o Volga, tudo parecia ter se afogado nele. E de repente saiu o sol, como uma explosão de esperança! O céu se refletiu na água, a sombria água outonal começou a respirar, e o sol parecia gritar nas ondas do rio. A escarpa da margem tinha sido fortemente salpicada pelo frio da noite, fazendo as árvores ruivas se destacarem de maneira especialmente alegre. Soprou um vento, o nevoeiro se dispersou, o mundo se tornou de vidro, de uma limpidez penetrante, não havendo calor nem no clarão do sol, nem no azul das águas e do céu.

A terra era imensa: mesmo a floresta não era ilimitada, pois tinha começo e fim, mas a terra se prolongava e se estendia por toda parte.

Tão imensa e eterna como a terra era a desgraça.

Reparava nos que iam para Kúibichev nos camarotes de primeira classe: dirigentes do Comissariado do Povo, com casaco cor de barro e gorro cinza de coronel, de astracã. Nos camarotes de segunda classe viajavam esposas importantes, sogras importantes, vestidas de acordo com sua relevância, como se houvesse uniformes para esposas e sogras. As esposas usavam casaco de pele com xale branco de lã, enquanto as mães e sogras vestiam casaco azul de feltro com colarinho negro de astracã e xale castanho. As crianças que viajavam com elas tinham tédio e descontentamento nos olhos. Pelas janelas dos camarotes dava para ver os mantimentos que acompanhavam os passageiros. O olhar experiente de Liudmila avaliava com facilidade o conteúdo dos sacos; nos cestos de vime, nos frascos hermeticamente fechados, nas grandes garrafas escuras e lacradas, navegavam Volga abaixo mel e manteiga fervida. Pelo que se podia depreender das conversas dos passageiros de primeira classe que passeavam pelo convés, era evidente que todos estavam ocupados e preocupados com o trem que ia de Kúibichev a Moscou.

Liudmila tinha a impressão de que as mulheres olhavam com indiferença para os soldados e tenentes sentados no corredor só porque não tinham filhos e irmãos na guerra.

Quando transmitiam o informativo matinal "Da Agência de Informações Soviética", elas não iam para junto do megafone com os soldados e marinheiros do barco, mas, apertando os olhos sonolentos na direção dos alto-falantes, seguiam com seus afazeres.

Pelos marinheiros, Liudmila ficou sabendo que o navio inteiro tinha sido destinado às famílias de funcionários importantes, voltando a Moscou desde Kúibichev, mas que em Kazan, por ordem dos poderes militares, fizeram entrar na embarcação soldados e civis. Os passageiros legítimos armaram um escândalo, recusando-se a receber os militares e telefonando para o representante do Comitê Estatal de Defesa.

Havia algo de indescritível no rosto culpado dos militares que iam para Stalingrado e sentiam que estavam incomodando os passageiros legítimos.

Liudmila Nikoláievna achava insuportáveis esses olhos femininos tranquilos. As avós chamavam os netos e, sem interromper a conversa, com movimentos rotineiros, enfiavam-lhes biscoitos goela abaixo. Quando, de um camarote localizado na proa, saía para o convés uma velha atarracada com um casaco de pele de marta, para levar dois meninos a passear, as mulheres cumprimentavam-na apressadamente, sorrindo, enquanto nos rostos dos maridos, servidores públicos, surgia uma expressão terna e agitada.

Se o rádio anunciasse a abertura de um segundo front, ou o rompimento do bloqueio de Leningrado, nenhuma delas se abalaria; porém, caso alguém dissesse que o vagão internacional do trem para Moscou tinha sido abolido, todos os eventos da guerra seriam absorvidos pela paixão da disputa entre vagões de primeira e segunda classe.

Era assombroso! Contudo, as vestes da própria Liudmila Nikoláievna — casaco cinza de astracã, xale de lã — pareciam-se com as das passageiras da primeira e da segunda classe. Pouco tempo atrás, ela também tinha sofrido paixões semelhantes, revoltando-se quando Viktor Pávlovitch não recebera bilhete para o vagão de primeira classe no trem para Moscou.

Ela contou a um tenente de artilharia que seu filho, ele próprio um tenente de artilharia, estava em um hospital de Sarátov, gravemente ferido. Falou com uma velha doente sobre Marússia e Vera, e a sogra, desaparecida em território ocupado. Sua desgraça era a desgraça que se respirava naquele convés, a desgraça que sempre conseguia achar seu caminho, dos hospitais e túmulos do front até as isbás de aldeia, até a cabana sem número localizada num terreno baldio.

Ao sair de casa, ela não tinha trazido caneca nem pão, como se no caminho inteiro não fosse comer nem beber.

Mas, na mesma manhã, no barco, veio-lhe uma tremenda vontade de comer, e Liudmila compreendeu que seria difícil. No segundo dia de viagem, os combatentes do Exército Vermelho entraram em acordo com os foguistas, cozinharam sopa de painço na casa de máquinas, chamaram Liudmila e lhe deram um pouco de caldo numa marmita.

Liudmila sentou-se em um caixote vazio e sorveu a sopa, que estava pelando, de uma marmita alheia, com uma colher alheia.

— Que sopa boa! — disse-lhe um dos cozinheiros e, como ela se calasse, indagou, desafiante: — Mas não é suculenta?

Justamente na exigência de que a pessoa que acabara de alimentar o elogiasse é que se fazia sentir a generosidade ingênua do militar.

Ela ajudou um combatente a consertar a mola de uma submetralhadora com defeito, coisa que nem um sargento com a ordem da Estrela Vermelha conseguira fazer.

Ao ouvir uma discussão dos tenentes de artilharia, tomou do lápis e os ajudou a resolver um problema de trigonometria.

Depois disso, um tenente que a tinha chamado de "cidadã" inesperadamente perguntou qual era seu nome e patronímico. À noite, Liudmila Nikoláievna caminhava pelo convés.

O rio respirava um frio glacial, um vento baixo e impiedoso soprava na escuridão. Acima as estrelas brilhavam, e não havia conforto nem sossego nesse céu cruel, de fogo e gelo, que pairava sobre sua cabeça infeliz.

27

Antes da chegada do barco à capital temporária da guerra, o capitão recebeu a ordem de prolongar o percurso até Sarátov, para embarcar os feridos dos hospitais locais.

Os passageiros que viajavam nos camarotes começaram a preparar o desembarque, pegando suas malas e pacotes e empilhando-os no convés.

Tornaram-se visíveis as silhuetas das fábricas, as casinhas com telhado de ferro, as cabanas, e mesmo o barulho da água parecia diferente, com o motor do barco batendo com mais ansiedade.

Depois a massa de Sarátov começou a emergir lentamente, cinza, ruiva, negra, com suas janelas cintilantes e tufos de fumaça saindo das fábricas e locomotivas.

Os passageiros que iam para Kúibichev estavam de pé na borda.

Os que desembarcavam não se despediram, nem acenaram na direção dos que ficavam; não haviam travado nenhum tipo de relação a bordo.

A velha de casaco de pele de marta e seus dois netos eram aguardados por uma limusine Zis-101. Um homem de rosto amarelo com um casaco de general revestido de feltro bateu continência para a velha e tomou os meninos pela mão.

Passaram alguns minutos e os passageiros com crianças, malas e pacotes desapareceram como se não houvessem existido.

Só os capotes militares e sobretudos acolchoados ficaram no navio.

Liudmila Nikoláievna tinha a impressão de que agora seria melhor e mais fácil respirar entre pessoas unificadas pelo mesmo destino, trabalho e desgraça.

Mas ela estava errada.

28

Sarátov recebeu Liudmila Nikoláievna de maneira rude e cruel.

Logo no cais ela trombou com um bêbado de uniforme militar; no ato, ele a empurrou e a cobriu de xingamentos.

Liudmila Nikoláievna pôs-se a subir uma ladeira íngreme de seixos e fez uma pausa, respirando pesadamente e olhando ao redor. O barco se destacava, branco, em meio aos hangares cinzentos do cais, e, como se a compreendesse, apitava, discreto e de maneira entrecortada: "Vai, vai." E ela foi.

Na parada do bonde, mulheres jovens empurravam os velhos e fracos com empenho discreto. Um cego com quepe do Exército Vermelho, certamente recém-saído do hospital, e ainda sem conseguir se virar sozinho com sua cegueira, cambaleava com passinhos inquietos, batendo intermitentemente a bengala diante de si. Agarrou de modo infantil o braço de uma mulher de idade. Ela o sacudiu, avançou batendo os saltos dos sapatos, e ele, continuando a prender-lhe o braço, explicava apressadamente:

— Ajude-me a embarcar, eu saí do hospital.

A mulher xingou e empurrou o cego, que perdeu o equilíbrio e caiu sentado na calçada.

Liudmila encarou-a.

De onde vinha aquela expressão desumana, o que deu origem a ela? A fome de 1921, que ela experimentara na infância? A peste de 1930? Uma vida de miséria extrema?

Na hora o cego ficou petrificado, depois pulou e gritou com voz de passarinho. Provavelmente, com clareza insuportável e seus olhos cegos, tinha se visto com o quepe torto, a agitar a bengala de forma disparatada.

O cego brandia a bengala no ar, exprimindo com esses movimentos circulares seu ódio pela falta de compaixão do mundo que o rodeava. Empurrando-se, as pessoas entravam no vagão, enquanto ele ficava de pé, chorando e soltando gritos. Era como se as pessoas que Liudmila, com esperança e amor, unificara em uma mesma família de trabalho, necessidade, bondade e desgraça tivessem combinado de se comportar de modo desumano. Era como se tivessem combinado de desmentir a opinião de que a bondade pode ser antecipada e seguramente se manifestar nos corações dos que vestem roupas manchadas e têm as mãos enegrecidas pelo trabalho.

Algo de doloroso e sombrio tocava Liudmila Nikoláievna, e o simples contato a enchia do frio e das trevas dos espaços infinitos e desolados da Rússia, dando-lhe uma sensação de desamparo diante da tundra da vida.

Liudmila voltou a perguntar à condutora onde devia descer, e esta afirmou, com calma:

— Eu já anunciei, está surda?

Os passageiros que estavam na saída do bonde, quando questionados, não responderam se iam descer; estavam feito pedra, e não queriam se mover.

Liudmila estudara na classe preparatória de alfabetização do ginásio feminino de Sarátov. Nas manhãs de inverno ela se sentava à mesa, balançando as pernas e tomando chá, e o pai, que ela idolatrava, passava-lhe manteiga em um pedaço de *kalatch*[87] quente... A luz se refletia na bochecha gorda do samovar, e ela não tinha desejo de se afastar do calor da mão do pai, do calor do pão, do calor do samovar.

Era como se naquela época não houvesse na cidade o vento de novembro, a fome, os suicídios, a morte de crianças doentes, mas apenas o calor, calor, calor.

---

[87] Pão de trigo em forma de cadeado.

No cemitério daqui estava enterrada sua irmã mais velha, Sônia, que morrera de difteria. Aleksandra Vladímirovna tinha lhe dado o nome de Sônia em homenagem a Sofia Lvovna Peróvskaia.[88] Ao que parece, vovô também estava enterrado no mesmo cemitério.

Ela chegou ao edifício escolar de três andares onde funcionava o hospital no qual Tólia estava internado.

Não havia sentinela na porta, e ela teve a impressão de que esse era um bom indício. Sentiu o ar do hospital, tão espesso e pegajoso que mesmo tremendo de frio as pessoas não se alegravam com o seu calor, preferindo sair de volta para a rua. Passou pelos toaletes, que conservavam as tabuletas "meninos" e "meninas". Passou pelo corredor, sentiu o cheiro da cozinha, prosseguiu e, através de uma janela embaçada, discerniu, empilhados em um pátio interno, os ataúdes retangulares, e novamente, como na porta de sua casa, com a carta selada nas mãos, pensou: "Meu Deus, eu podia cair morta agora." Contudo, avançou com passos largos, pisou no carpete cinza e, passando por um criado-mudo com plantas que lhe eram familiares — aspáragos, imbés —, chegou até a porta onde, ao lado da tabuleta "Quarta série", havia uma palavra escrita à mão: "Recepção".

Liudmila abriu a porta, e a luz do sol, atravessando as nuvens, bateu na janela, iluminando tudo.

Passados alguns minutos, um escrivão conversador, examinando uma longa fila de cartões em um arquivo ensolarado, lhe dizia:

— Vamos ver, então é Chápochnikov... Anatoli... aqui... Sua sorte foi não ter encontrado nosso comandante vestida assim, de casaco, ele ia implicar... onde está... ah, aqui, Chápochnikov. Isso, é esse mesmo, o tenente.

Liudmila olhava para os dedos que retiravam o cartão do arquivo de metal e se sentia como diante de Deus, que deveria lhe dizer a palavra vivo ou morto, mas ele estava atrasado, e ainda não decidira se seu filho vivia ou não.

29

Liudmila Nikoláievna chegara a Sarátov uma semana depois de Tólia ter feito mais uma — a terceira — operação. Ela fora realizada pelo mé-

---

[88] Revolucionária russa (1853-1881), ajudou a orquestrar o assassinato do tsar Alexandre II.

dico militar de segundo grau Maisel. Tinha sido complicada e longa; Tólia ficara sob anestesia geral por mais de cinco horas, e por duas vezes tomou hexobarbital na veia. Ninguém jamais havia realizado uma cirurgia daquelas em Sarátov, fosse nos hospitais militares ou nas clínicas universitárias. Ela só era conhecida por fontes literárias; os americanos tinham publicado uma descrição detalhada do procedimento em uma revista de medicina militar de 1941.

Tendo em vista a especial gravidade da operação, o doutor Maisel entabulou uma longa e sincera conversa com o tenente depois do rotineiro exame de raio X. Explicou a ele o caráter dos processos patológicos que ocorreram em seu organismo depois do horrível ferimento. Ao mesmo tempo, falou abertamente do risco da operação. Disse que os médicos com os quais se consultara não eram unânimes: um clínico veterano, o professor Rodiônov, era contra a cirurgia. O tenente Chápochnikov fez duas ou três perguntas ao doutor Maisel e ali mesmo, na cabine de raio X, depois de breve reflexão, concordou em ser operado. Os preparativos para a operação levaram cinco dias.

A cirurgia começou às onze horas da manhã e não terminou antes das três. Foi presenciada pelo chefe do hospital, o médico militar Dimitruk. No parecer dos médicos que haviam assistido à operação, ela tinha sido brilhante.

Maisel tinha resolvido corretamente, na mesa de operações, todas as dificuldades inesperadas que não haviam sido previstas na descrição da revista.

O estado do paciente durante a operação havia sido satisfatório, a pulsação regular e sem queda.

Por volta das duas da tarde, o doutor Maisel, homem de certa idade e pesado, sentiu-se mal, e foi necessário interromper o trabalho por alguns minutos. A terapeuta, doutora Klestova, deu-lhe validol, e depois disso ele não fez nenhuma pausa. Logo após o fim da cirurgia, quando o tenente Chápochnikov tinha sido transportado para o isolamento, o doutor Maisel sofreu um forte ataque de angina no peito. Apenas injeções de cânfora e doses de nitroglicerina líquida conseguiram fazer cessar os espasmos vasculares. Era óbvio que o ataque fora causado pela excitação nervosa, pela sobrecarga no seu coração doente.

Estava de plantão junto a Chápochnikov a enfermeira Terêntieva, que, de acordo com as instruções, zelava pelo estado do tenente. Klestova chegou ao isolamento e tomou o pulso do tenente desfalecido.

O estado de Chápochnikov era satisfatório, e a médica disse à enfermeira Terêntieva:

— Maisel salvou a vida do tenente, mas quase morreu.

A enfermeira Terêntieva respondeu:

— Ah, tomara que esse tenente Tólia consiga sair dessa!

Chápochnikov respirava de maneira quase inaudível. Seu rosto estava imóvel, as mãos e o pescoço delgados pareciam de criança, na pele pálida havia uma mancha quase imperceptível, uma queimadura adquirida nos trabalhos nos campos e nas marchas pelas estepes. O estado de Chápochnikov estava entre a inconsciência e o sono, um estupor pesado causado pela anestesia e pelo esgotamento das forças físicas e espirituais.

O paciente proferia de forma inarticulada palavras isoladas e, vez por outra, frases inteiras. Terêntieva tinha a impressão de que ele estava a dizer rapidamente: "Que bom que você não me viu assim." Depois ficava em silêncio, com os cantos da boca caídos, e parecia que, mesmo inconsciente, chorava.

Perto das oito da noite, o paciente abriu os olhos e, de maneira inteligível — a enfermeira Terêntieva ficou alegre e surpresa —, pediu de beber. A enfermeira Terêntieva disse ao paciente que ele não podia beber, e acrescentou que a operação tinha sido magnífica, e que o paciente estava se recuperando. Ela perguntou como ele se sentia, e a resposta foi de que as dores no flanco e na coluna não eram grandes.

Ela voltou a tomar-lhe o pulso e passou uma toalha úmida em seus lábios e fronte.

Nessa hora, o enfermeiro Medviédev entrou no aposento e disse que a enfermeira Terêntieva estava sendo chamada ao telefone pelo chefe da seção de cirurgia, o médico militar Platónov. A enfermeira Terêntieva foi até a dependência da plantonista do andar e, pegando o fone, relatou ao médico militar Platónov que o paciente havia acordado e que sua situação era normal para quem tinha passado por uma operação delicada. Terêntieva então pediu para ser liberada, pois precisava ir até o comissariado de guerra da cidade por causa de uma confusão em torno do reendereçamento de uma delegação de soldo que lhe fora conferida pelo marido. O médico militar Platónov prometeu liberá-la, mas pediu-lhe para zelar por Chápochnikov até que ele pudesse examiná-lo.

A enfermeira Terêntieva voltou para a enfermaria. O paciente jazia na mesma posição em que ela o havia deixado, mas a expressão de sofrimento não aparecia com a mesma nitidez em seu rosto; os cantos da boca tinham voltado a se erguer, e o rosto parecia tranquilo e sorridente. A expressão constante de sofrimento, evidentemente, envelhecia o rosto de Chápochnikov, e agora, ao sorrir, ele surpreendia a enfermeira Terêntieva: as faces magras, um pouco salientes, os lábios pálidos e cheios, a fronte alta e sem rugas não pareciam pertencer a um adulto, nem a um adolescente, mas a uma criança. Ela perguntou ao paciente como ele se sentia, mas não houve resposta: pelo jeito, tinha caído no sono.

A enfermeira Terêntieva ficou um pouco apreensiva com a expressão de seu rosto. Tomou a mão do tenente Chápochnikov; não dava para sentir o pulso, a mão tinha aquele calor sem vida e quase imperceptível que, pela manhã, têm os fornos que foram usados na véspera e estão apagados há muito tempo.

E, embora tivesse passado a vida inteira naquela cidade, a enfermeira Terêntieva, ajoelhada e baixinho, para não incomodar os vivos, uivava como uma camponesa:

— Nosso queridinho, nossa florzinha, você que nos deixou, para onde você foi?

30

O hospital logo ficou sabendo da chegada da mãe do tenente Chápochnikov. A mãe do tenente morto foi recebida pelo comissário hospitalar, o comissário de batalhão Chimánski. Homem bonito, com um sotaque que testemunhava sua origem polonesa, Chimánski esperava carrancudo por Liudmila Nikoláievna, e parecia-lhe inevitável que ela fosse chorar, talvez desmaiar. Passando a língua pelo bigode recém-cultivado, tinha pena do tenente morto e de sua mãe, e por isso zangava-se tanto com um quanto com a outra: se ele fosse se desdobrar para receber a mãe de cada tenente morto, o que seria de seus nervos?

Quando Liudmila Nikoláievna se sentou, Chimánski, antes de começar a conversa, aproximou uma garrafa d'água dela, que disse:

— Agradeço, mas não quero beber.

Ela ouviu o relato do comissário sobre a junta médica que antecedera a operação (ele não julgou necessário mencionar que houvera uma voz contra a cirurgia), sobre a dificuldade do procedimento e sobre o fato de que este transcorrera bem; os cirurgiões consideravam que uma operação dessas devia ser realizada em caso de ferimentos graves como os que havia recebido o tenente Chápochnikov. Ele disse que a morte do tenente fora causada por uma parada cardíaca e que, conforme revelado pela conclusão do anatomopatologista, o médico militar de terceiro grau Bóldiriev, os médicos não tinham como prever nem evitar esse desfecho inesperado.

Em seguida, o comissário de batalhão falou que centenas de pacientes passavam pelo hospital, mas era raro ter alguém tão querido pelos funcionários quanto o tenente Chápochnikov, um paciente equilibrado, culto e acanhado, sempre com escrúpulos em fazer pedidos que fossem incomodar os funcionários.

Chimánski disse que Liudmila Nikoláievna devia se orgulhar de ter criado um filho que sacrificara a vida pela Rússia com honestidade e abnegação.

Depois Chimánski perguntou se ela tinha algum pedido à direção do hospital.

Liudmila Nikoláievna pediu desculpas por tomar o tempo do comissário e, tirando da bolsa uma folha de papel, começou a ler sua solicitação.

Ela pedia que lhe fosse mostrado o lugar do sepultamento do filho.

O comissário anuiu em silêncio e anotou em seu bloco.

Ela queria falar com o doutor Maisel.

O comissário de batalhão disse que o doutor Maisel, ao saber de sua chegada, tinha manifestado desejo de encontrá-la.

Ela pediu um encontro com a enfermeira Terêntieva.

O comissário anuiu e anotou em seu bloco.

Ela pediu autorização para levar pertences do filho como lembrança.

O comissário voltou a anotar.

Depois ela pediu que entregassem aos pacientes os presentes que havia trazido para o filho, colocando na mesa duas latas de *chpróty*[89] e um pacote de balas.

Os olhos dela se encontraram com os do comissário, e ele involuntariamente piscou diante do brilho daqueles grandes olhos azuis.

Chimánski pediu a Liudmila que voltasse ao hospital no dia seguinte, às nove e meia, e todas as suas solicitações seriam atendidas.

---

[89] Peixe salgado do mar Báltico, habitualmente servido em conserva.

158

O comissário de batalhão olhou para a porta aberta, para os presentes que Chápochnikova dera aos doentes, tentou em vão tomar o próprio pulso e se pôs a beber a água que havia oferecido a Liudmila Nikoláievna no começo da conversa.

31

Liudmila Nikoláievna parecia não ter um minuto livre. À noite andava pelas ruas, sentava-se em um banco de parque, entrava na estação para se aquecer e voltava a caminhar pelas ruas vazias com passos rápidos e objetivos.

Chimánski fez tudo o que ela pediu.

Às nove horas e trinta minutos da manhã do dia seguinte, Liudmila Nikoláievna encontrou-se com a enfermeira Terêntieva.

Junto com Terêntieva, Liudmila Nikoláievna, de jaleco, subiu até o segundo andar, percorreu o corredor pelo qual o filho fora levado à mesa de operações e ficou junto à porta do isolamento, contemplando o leito, que estava vazio naquela manhã. A enfermeira Terêntieva andava o tempo todo ao lado dela, limpando o nariz com um lenço. Elas voltaram ao primeiro andar, e Terêntieva se despediu. Logo depois, na sala de recepção, respirando pesadamente, entrou um homem grisalho e obeso, com círculos negros sob os olhos negros. O jaleco engomado e brilhante do cirurgião Maisel parecia ainda mais branco em contraste com seu rosto bronzeado e olhos escuros arregalados.

Maisel contou a Liudmila Nikoláievna por que o professor Rodiônov tinha sido contra a operação. Ele aparentemente adivinhava tudo o que Liudmila Nikoláievna desejava indagar. Narrou suas conversas com o tenente Tólia antes da operação. Entendendo a situação de Liudmila, contou sobre a cirurgia com franqueza cruel.

Depois disse que o tenente Tólia lhe despertava um carinho quase paternal, e na voz de baixo do cirurgião começou a tinir um cristal agudo e lamentoso. Pela primeira vez ela olhou para suas mãos, que eram singulares, tinham uma vida à parte do homem de olhos tristes; eram severas, pesadas, com dedos grandes, bronzeados e fortes.

Maisel tirou as mãos de cima da mesa. Como que lendo a mente dela, afirmou:

— Fiz todo o possível, mas aconteceu que minhas mãos apressaram a morte dele, em vez de derrotá-la — e voltou a colocar as mãos na mesa.

Ela compreendeu que tudo o que Maisel dizia era verdade.

Cada palavra dele sobre Tólia, embora ela desejasse apaixonadamente ouvi-las, a torturava e abrasava. Mas a conversa trazia um fardo adicional; ela sentia que o cirurgião não desejara aquele encontro por ela, mas por si mesmo. E isso lhe despertava maus sentimentos com relação a Maisel.

Na despedida, ela disse acreditar que ele fizera todo o possível para salvar seu filho. Ele suspirou profundamente, e ela percebeu que suas palavras lhe tinham trazido alívio, e voltou a compreender que fora por se sentir no direito de ouvir dela tais palavras que tinha desejado aquele encontro.

Recriminadora, ela pensou: "Será que ele pretende que eu lhe dê algum consolo?"

O cirurgião saiu, e Liudmila foi até o homem de *papakha*, o comandante. Ele bateu continência e anunciou com voz rouca que o comissário havia ordenado que ela fosse transportada de carro para o lugar do sepultamento, mas que o carro se atrasaria em dez minutos, porque estavam levando a folha de pagamento para o departamento pessoal. Os pertences do tenente já estavam separados, e seria mais cômodo ela apanhá-los na volta do cemitério.

Todos os pedidos de Liudmila Nikoláievna tinham sido atendidos ao modo militar, com exatidão e precisão. Mas na atitude do comissário, da enfermeira e do comandante, ela sentia que essas pessoas queriam que ela lhes desse algum tipo de alívio, perdão, consolo.

O comissário se sentia culpado por pessoas morrerem no hospital. Até a chegada de Chápochnikova, isso não o incomodava; afinal, tratava-se de um hospital em tempo de guerra. A realização do serviço médico jamais suscitara críticas da chefia. Censuravam-no pela organização insuficiente do trabalho político, pela escassez de informação sobre o moral dos pacientes.

Ele lutava de maneira precária contra o espírito derrotista de uma parte dos pacientes, e contra os pacientes socialmente retrógrados, que eram hostis ao estabelecimento do regime de colcozes. No hospital, além disso, tinham acontecido casos de divulgação de segredos militares pelos feridos.

160

Chimánski havia sido levado à seção política da direção médica da região militar e ameaçado de envio ao front se a Seção Especial voltasse a relatar desordens na ideologia do hospital.

Agora o comissário se sentia culpado perante a mãe do falecido tenente porque, na véspera, haviam morrido três pacientes, e ele tinha tomado sua ducha, pedido ao cozinheiro seu querido *bigos*[90] de chucrute guisado e tomado uma garrafa de cerveja adquirida em uma loja de Sarátov. A enfermeira Terêntieva sentia-se culpada perante a mãe do falecido tenente porque seu marido, engenheiro militar, servia no estado-maior do Exército sem jamais ter estado no front, enquanto seu filho, um ano mais velho que Chápochnikov, trabalhava no gabinete de engenharia de uma fábrica de aviões. O comandante também sabia de sua culpa: militar de carreira, servia em um hospital na retaguarda e mandava para casa excelente fazenda de gabardina e botas de feltro, enquanto o falecido tenente tinha deixado para a mãe uma farda de tecido ordinário.

Até o sargento beiçudo de orelhas carnudas, responsável pelo enterro dos mortos, se sentia culpado diante da mulher que acompanhava ao cemitério. Os caixões eram improvisados com tábuas tortas e defeituosas. Os mortos eram colocados no esquife com a roupa de baixo; os soldados rasos ficavam apertados, em valas comuns, e as inscrições tumulares eram feitas com letra feia, em tabuletas rústicas, com tinta precária. É verdade que quem morria em hospital de campanha era mandado para a cova sem caixão, e as inscrições eram feitas com lápis preto, durando até a primeira chuva. E os que caíam em combate, nas florestas, nos pântanos, nos barrancos, em campo aberto, esses não tinham quem os enterrasse, eram sepultados pela areia, pela neve, pelas folhas secas.

Contudo, o sargento se sentiu culpado pela baixa qualidade dos ataúdes perante a mulher sentada com ele no carro, que lhe perguntava como os mortos eram enterrados: se ficavam juntos, se os cadáveres eram vestidos, se lhes diziam uma última palavra no túmulo.

O incômodo piorava porque, antes do trajeto, ele tinha ido com um colega à despensa e tomado uma garrafa de álcool hospitalar diluído, petiscando pão com cebola. Ele se envergonhava de que o carro estivesse impregnado de seu hálito de vodca misturada com cebola,

---

[90] Prato polonês que consiste num guisado preparado com chucrute e grande quantidade de carne, em geral suína, podendo ocasionalmente ser substituída por aves ou caça.

mas tinha que continuar passando vergonha, porque não dava para parar de respirar.

Olhou sombrio para o espelho do motorista, e o retrovisor retangular refletia os olhos sorridentes e embaraçados do motorista, dirigidos para o sargento.

"Andou enchendo a cara, hein, sargento?", diziam os olhos jovens e implacáveis do motorista.

Todos são culpados perante a mãe que perdeu um filho na guerra, e inutilmente vão tentar se justificar para ela até o fim dos tempos.

32

Os combatentes do batalhão de trabalho descarregavam caixões de um caminhão. Na sua tarefa taciturna e vagarosa revelava-se habilidade e experiência. Um dos soldados, de pé na carroceria do caminhão, empurrava o caixão até a borda, um outro colocava-o no ombro e erguia no ar, e daí vinha um terceiro, em silêncio, e colocava no ombro a outra extremidade do caixão. Rangendo as galochas na terra congelada, eles carregavam os esquifes até a ampla vala comum, colocavam-nos na beira da cova e voltavam para o caminhão. Quando o caminhão vazio partiu para a cidade, os combatentes se sentaram sobre os caixões na sepultura aberta e se puseram a enrolar *papiróssi* com muito papel e pouco tabaco.

— Parece que hoje estamos mais folgados — disse um, começando a fazer fogo com um isqueiro artesanal de primeira: o pavio passava por um cartucho de cobre, e a pedra estava metida no engaste. O combatente agitou o pavio, e a fumaça se ergueu no ar.

— O sargento disse que não vai ter mais que um caminhão — disse o segundo e acendeu o cigarro, fazendo muita fumaça.

— Então vamos terminar a sepultura.

— Claro, melhor fazer isso logo, daí ele confere a lista — afirmou um terceiro, que não fumava; tirou do bolso um pedaço de pão, sacudiu-o, soprou de leve e começou a mastigar.

— Peça ao sargento para nos dar picaretas, que a terra já está bem congelada; amanhã vamos ter que abrir uma nova sepultura, e quem vai conseguir cavar esse solo com pá?

O que tinha feito fogo bateu palmas com força, fez a ponta do cigarro saltar da piteira de madeira e bateu-a de leve contra a tampa do caixão.

Os três se calaram, como se estivessem apurando o ouvido. Silêncio.

— É verdade que a ração de almoço dos batalhões de trabalho vai ficar mais rala? — perguntou o combatente que mastigava pão, baixando a voz, para não incomodar os defuntos nos caixões com uma conversa que não lhes interessava.

O segundo fumante, tragando em uma longa e trabalhada piteira de cana, examinou-a contra a luz e balançou a cabeça.

Silêncio de novo...

— O dia hoje não está ruim, tirando o vento.

— Ouça, chegou o carro, vai dar para terminar até a hora do almoço.

— Não é o nosso, é um automóvel.

Desceu do carro o sargento que eles conheciam, com uma mulher de xale atrás dele, e foram para o lado da cerca de ferro, onde faziam os enterros até a semana anterior, quando pararam por falta de espaço.

— Enterram muitos, e ninguém os acompanha — disse um.

— Em tempo de paz, você sabe como é: um caixão e, atrás dele, é capaz de ter umas cem pessoas com flor na mão.

— As pessoas também choram por estes — e o combatente alisou a tábua delicadamente, com a unha gorda e oval moldada pelo trabalho, como um seixo do mar. — Só que nós não vemos essas lágrimas... Veja, o sargento está voltando sozinho.

Voltaram a fumar — dessa vez, todos os três. O sargento foi até eles e disse, bonachão:

— Todo mundo fumando, rapaziada, e o trabalho?

Em silêncio, eles produziram três nuvens de fumaça, e depois um, o dono do isqueiro, afirmou:

— É só começar a fumar que o caminhão chega. Reconheço pelo motor.

33

Liudmila Nikoláievna foi até o montinho da sepultura e leu na tabuleta o nome e a patente militar de seu filho.

Sentiu com clareza os cabelos se mexendo embaixo do lenço, os dedos gélidos de alguém bulindo com eles.

Lado a lado, à direita e à esquerda, estendiam-se até a cerca montinhos cinzentos idênticos, sem grama, sem flor, apenas com uma haste reta de madeira fincada na terra da sepultura. No final dessa haste havia uma tabuleta com o nome da pessoa. As tabuletas eram muitas, e sua uniformidade e densidade lembravam as amplas fileiras de um campo de trigo...

Finalmente tinha encontrado Tólia. Muitas vezes tentara adivinhar onde ele estava, o que fazia e em quem pensava: será que o seu pequeno estava cochilando, apoiado na parede de uma trincheira, ou caminhando por alguma trilha, ou tomando uns goles de chá, segurando a caneca em uma das mãos e o torrão de açúcar na outra, ou correndo por um campo debaixo de bombardeio... Ela queria estar perto, ele precisava dela; ela ia colocar chá na sua caneca, ia dizer "coma mais pão", ia tirar sua bota e lavar o pé machucado, ia lhe colocar cachecol no pescoço... E todo dia ele sumia, e ela não conseguia encontrá-lo. Agora o tinha encontrado, mas ele não precisava mais dela.

Mais adiante dava para ver os túmulos pré-revolucionários, com cruzes de granito. As pedras dos túmulos eram como uma multidão de velhos dos quais ninguém precisava, inúteis para todos; algumas estavam de lado, outras desamparadas, encostadas nos troncos das árvores.

O céu parecia ter se tornado abafado, como se o ar lhe tivesse sido subtraído, e sobre as cabeças pairasse um enchimento vazio de poeira seca. E a poderosa e silenciosa bomba que tinha tirado o ar do céu continuava a trabalhar e trabalhar, e para Liudmila já não era apenas o céu que não existia, mas também a fé e a esperança; no imenso vazio sem ar sobrava apenas um pequeno monte de terra congelada.

Tudo o que fora vivo — a mãe, Nádia, os olhos de Viktor, os boletins militares — tinha cessado de existir.

O vivo se transformara em sem vida. De vivo, no mundo inteiro, só havia Tólia. Mas que silêncio ao redor. Será que ele já sabia que ela tinha chegado...

Liudmila ficou de joelhos, suavemente, para não perturbar o filho, endireitou a tabuleta com seu nome; ele sempre se zangava quando ela endireitava a gola de seu agasalho ao levá-lo para a escola.

— Olha como eu cheguei, e você achava que mamãe não vinha...

Falava a meia-voz, temendo que as pessoas do cemitério a ouvissem.

Caminhões passavam pela estrada, o vento escuro e graníti-co girava, levantando poeira do asfalto, encrespando-se... As botas dos soldados ecoavam, leiteiros marchavam com suas vasilhas metálicas, pessoas caminhavam com sacolas, estudantes de sobretudo acolchoado e gorros militares de inverno corriam.

Mas esse dia cheio de movimento lhe parecia uma visão nebulosa.

Que silêncio.

Falava com o filho, lembrando-se de detalhes de sua vida pas-sada, e essas lembranças, que existiam apenas na sua consciência, en-chiam o espaço com vozes de crianças, lágrimas, o farfalhar de livros ilustrados, a batida da colher na beira de um prato branco, o zumbido dos aparelhos de rádio de fabricação caseira, o ranger dos esquis, o zu-nir das canoas nas represas das dachas, o rumor do papel de bala, visões fugidias do rosto, do ombro e do peito do menino.

As lágrimas dele, os desgostos, seus atos bons e maus tinham sido vivificados pelo desespero dela, e existiam, proeminentes, palpáveis.

Tomavam conta dela não as lembranças do passado, mas as inquietudes da vida cotidiana.

Para que ficar lendo a noite inteira com essa luz horrível, o que é isso, começar a usar óculos tão jovem...

E agora ele jazia com uma camisa leve de chita, descalço, quase como se não estivesse vestido, e a terra estava bem gelada, e de noite fazia um frio de rachar.

Inesperadamente começou a escorrer sangue do nariz de Liud-mila. Seu lenço ficou pesado, todo empapado. A cabeça girava, os olhos escureciam, e por um breve instante parecia que ela ia perder a cons-ciência. Semicerrou os olhos e, ao reabri-los, o mundo que tinha sido trazido à vida por seu sofrimento já desaparecera, e apenas a poeira cinzenta arrastada pelo vento girava sobre as sepulturas: ora um, ora outro túmulo começava a fumegar.

A água da vida, que jorrara por cima do gelo, trazendo Tólia das trevas, tinha desaparecido, sumido, e voltara a se afastar daquele mundo que, por um instante, rompendo os grilhões, quis se tornar real, um mundo criado pelo desespero da mãe. Seu desespero, à semelhança de Deus, havia levantado o tenente da tumba e povoado o espaço com novas estrelas.

Nesses minutos que tinham acabado de passar, só ele vivia no mundo, e todo o resto existia graças a ele.

Mas o forte poder da mãe não pudera conter a imensa multidão de pessoas, mares, trilhas, terras, cidades que haviam sido subjugados pela morte de Tólia.

Ela ergueu o lenço empapado de sangue até os olhos secos. Sentia que seu rosto estava manchado de sangue e se sentou, curvando-se, resignando-se, fazendo contra a vontade os primeiros e pequenos movimentos no sentido de se conscientizar de que Tólia não mais existia.

As pessoas no hospital tinham se surpreendido com a sua calma, com as suas respostas. Eles não entendiam que ela não conseguia sentir aquilo que para eles era evidente: a ausência de Tólia entre os vivos. Seu sentimento pelo filho era tão forte que o poder do fato consumado nada podia contra ele: Tólia continuava vivo.

Ela estava louca, mas ninguém via isso. Finalmente encontrara Tólia. Como uma gata que tivesse achado seu filhotinho morto, ela se alegrava e o lambia.

Uma alma pode sofrer por muito tempo, anos e anos, até décadas, antes que lentamente, pedra por pedra, construa a sua sepultura, chegando por si própria ao sentimento da perda eterna, e curvando-se à força da realidade.

Depois do fim do expediente, os combatentes do batalhão de trabalho saíram, o sol começou a se pôr, e as sombras das hastes dos túmulos se esticaram. Liudmila ficou sozinha.

Ela pensou que tinha que comunicar a morte de Tólia aos parentes, e ao pai, que estava no campo de concentração. Seguramente ao pai. O pai de sangue. No que ele havia pensado antes da operação? Como o tinham alimentado, com uma colher? Será que ele havia conseguido dormir um pouco, de lado, de costas? Ele gostava de água com limão e açúcar. Como ele estava agora, tinham-lhe raspado o cabelo?

Devia ser a insuportável dor da sua alma que fazia tudo ao redor ficar escuro, cada vez mais escuro.

Foi fulminada pela ideia da eternidade de seu sofrimento: Viktor ia morrer, os netos de sua filha iam morrer, mas ela ia sofrer para sempre.

E quando o sentimento de angústia se tornou tão insuportável que o coração não conseguia aguentar, voltaram a se dissolver as fronteiras entre a realidade e o mundo que vivia na alma de Liudmila, e a eternidade recuou diante do seu amor.

Para que comunicar a morte de Tólia a seu pai de sangue, ela pensou, a Viktor, a todos os parentes, quando ainda não se tinha certeza de nada? Era melhor esperar, talvez tudo isso tivesse um outro desfecho.

Sussurrou:

— E você não conte a ninguém, ainda não sabemos nada, tudo vai terminar bem.

Liudmila cobriu os pés de Tólia com a aba do casaco. Tirou o lenço da cabeça para cobrir os ombros do filho.

— Senhor, isso não é possível, por que não deram um cobertor? Pelo menos cubra os pés.

Adormecia, e na sonolência continuava a falar com o filho, recriminando-o por suas cartas serem tão breves. Despertava e ajustava o lenço, que o vento tinha tirado do lugar.

Como era bom estarem a dois, sem ninguém a incomodar. Ninguém gostava dele. Todos diziam que era feio: tinha beiços salientes e grossos, comportava-se de modo esquisito, tinha cabeça quente, era absurdamente suscetível. Ninguém gostava dela também, só enxergavam seus defeitos... Meu pobre garoto, meu tímido, desajeitado e bom filhote... Só ele gostava dela, e agora, à noite, no cemitério, só ele estava com ela, ele jamais a abandonaria, e, quando ela fosse uma velha inútil, continuaria a amá-la... Como ele é despreparado para a vida! Nunca pede nada a ninguém, é acanhado e ridículo; a professora diz que virou o bode expiatório da escola. Tiram sarro dele, fazem-no perder a paciência, e ele acaba chorando como um bebê. Tólia, Tólia, não me deixe só.

Depois nasceu o dia. Um clarão vermelho e gelado ardia sobre a estepe do Volga. Um caminhão rugia pela estrada.

A loucura se foi. Ela se sentou junto ao túmulo do filho. O corpo de Tólia estava coberto de terra. Ele não mais existia.

Ela via seus dedos sujos, o lenço derrubado na terra, as pernas tinham se entorpecido, e ela sentia sujeira no rosto. A garganta estava irritada.

Mas nada importava. Se alguém lhe dissesse que a guerra tinha acabado, que sua filha tinha morrido, se atirassem em sua direção um copo de leite fervendo, ou um pedaço de pão quente, ela nem ia se mexer, nem estender as mãos. Não tinha inquietudes nem ideias. Tudo era indiferente e supérfluo. Só existia uma tortura uniforme, lhe apertando o coração e batendo nas têmporas. A gente do hospital, um médico de jaleco branco falou alguma coisa de Tólia; ela via seus lábios se movendo, mas não ouvia as palavras. Do bolso de seu casaco caíra no chão a carta que tinha recebido do hospital, e que agora não queria apanhar, nem tirar a poeira. Não pensava em Tólia aos 2 anos de idade, movendo-se de forma desajeitada, perseguindo com paciência e insistência um grilo que pulava de um lado para outro; nem no fato de não ter perguntado à enfermeira como ele estava deitado na manhã posterior à operação, no último dia de sua vida, se era de lado ou de costas. Ela via a luz do dia, e não tinha como não vê-la.

De repente, uma lembrança: Tólia estava fazendo 3 anos. Tomavam chá com *pirogui*[91] à noite, e ele perguntou: "Mamãe, por que está escuro, se hoje é o meu aniversário?"

Via os ramos das árvores, as pedras polidas do cemitério, que brilhavam com o sol, a tabuleta com o nome do filho: "Chápoch" tinha sido escrito em letras grandes, e "nikov" miudinho, com letras apertadas. Ela não pensava, nem tinha vontade. Não tinha nada.

Levantou-se, apanhou a carta, sacudiu com as mãos enregeladas as bolas de terra do casaco, limpou-o, poliu os sapatos, esfregou longamente o lenço, até que ele voltasse a ficar branco. Colocou-o na cabeça, usando sua ponta para tirar poeira da sobrancelha e enxugar as manchas de sangue dos lábios e do queixo. Caminhava na direção do portão, sem olhar, nem devagar, nem depressa.

34

Depois do regresso a Kazan, Liudmila Nikoláievna começou a emagrecer e a ficar parecida com suas fotografias dos tempos de estudante. Ia pegar comida na loja, preparava as refeições, esquentava o fogão, lavava o chão e a roupa. Os dias de outono lhe pareciam muito longos, e ela não tinha com o que preencher o vazio.

No dia da chegada de Sarátov, contou aos parentes sobre a viagem, de como tinha pensado em sua culpa perante as pessoas próximas, narrou a chegada ao hospital, desembrulhou o pacote com os farrapos ensanguentados da farda do filho. Enquanto ela narrava, Aleksandra Vladímirovna respirava pesadamente, Nádia chorava, e as mãos de Viktor Pávlovitch começaram a tremer, de modo que ele não conseguia erguer da mesa o copo de chá. Mária Ivánovna, que tinha vindo visitá-la, empalideceu, ficou com a boca entreaberta, com uma expressão de martírio nos olhos. Liudmila era a única tranquila ao falar, fitando com seus olhos azuis ardentes e bem abertos.

---

[91] *Pirog*: pastelão russo.

Ela, que tinha sido brigona a vida inteira, já não mais brigava com ninguém; antes, bastava alguém explicar como se chegava à estação para Liudmila, zangada e nervosa, se pôr a demonstrar que a pessoa não tinha que tomar aquele trólebus, nem aquele caminho.

Uma vez, Viktor Pávlovitch perguntou:

— Liudmila, com quem você fala à noite?

Ela disse:

— Não sei, tive a impressão de que havia alguém.

Ele parou de perguntar, mas contou a Aleksandra Vladímirovna que quase toda noite Liudmila abria as malas, estendia o cobertor no divãzinho que ficava no canto e se punha a falar, em tom de voz baixo e preocupado.

— Sinto que de dia ela está comigo, com Nádia, com a senhora, como se fosse em um sonho, e, à noite, tem uma voz mais viva, como era antes da guerra — ele disse. — Acho que está doente, e se tornou outra pessoa.

— Não sei — disse Aleksandra Vladímirovna. — Estamos todos vivendo uma desgraça. Todos ao mesmo tempo, e cada um de seu jeito.

A conversa foi interrompida por batidas na porta. Viktor Pávlovitch se levantou. Porém Liudmila Nikoláievna gritou, da cozinha:

— Eu abro.

Ninguém entendia o motivo, mas os habitantes da casa repararam que, depois de regressar de Sarátov, Liudmila Nikoláievna checava várias vezes ao dia se havia correspondência na caixa de correio.

Quando alguém batia à porta, ela se precipitava para abrir, toda apressada.

E agora, ouvindo seus passos apressados, quase a correr, Viktor Pávlovitch e Aleksandra Vladímirovna se entreolharam.

Ouviram a voz irritada de Liudmila Nikoláievna:

— Não, não, hoje não tem nada, e pare de vir com tanta frequência, eu já dei meio quilo de pão há dois dias.

35

O tenente Víktorov foi chamado ao quartel-general do major Zakabluka, comandante de um esquadrão de aviões de caça que estava na reserva. O oficial de serviço, o tenente Velikánov, disse que o major tinha voado em um U-2 até o estado-maior da força aérea, na região de Kalínin, e voltaria à noite. Diante da pergunta de Víktorov sobre o motivo de sua convocação, Velikánov piscou, dizendo que possivelmente tinha a ver com a bebedeira e o escândalo no refeitório.

Víktorov olhou por detrás da cortina, feita de capa militar presa a um cobertor acolchoado, de onde vinha o estalar de uma máquina de escrever. Volkônski, o chefe da burocracia, ao ver Víktorov, antecipou-se à sua pergunta, declarando:

— Não, não tem carta, camarada tenente.

A datilógrafa, a assalariada Liónotchka, ao ver o tenente, olhou-se em um espelho tomado de um avião alemão abatido, presente do finado tenente Demídov, ajeitou o barrete, moveu a régua sobre a papelada que estava copiando e voltou a golpear as teclas da máquina.

Aquele tenente de cara comprida, que fazia sempre a mesma pergunta triste para o chefe da burocracia, deixava Liónotchka angustiada.

Víktorov, ao regressar ao campo de pouso, fez uma volta pela orla do bosque.

Já fazia um mês que o esquadrão havia se retirado dos combates para repor equipamento e efetivos.

Havia um mês, Víktorov achava estranha essa desconhecida região do Norte. Dia e noite ele se incomodava com a vida do bosque, o rio jovem a correr flexível entre as colinas abruptas, o cheiro de mofo, dos cogumelos, o bramido das árvores.

Na hora de voar, tinha a impressão de que os cheiros da terra chegavam até a cabine do piloto. A floresta e o lago exalavam a vida da Rússia antiga sobre a qual Víktorov lera antes da guerra. Aqui, em meio aos lagos e florestas, ficavam as trilhas ancestrais; dessas florestas retilíneas tinham sido construídas casas, igrejas, mastros de navio. O passado, quando o lobo cinzento corria por aqui, continuava com sua meditação e silêncio, e Aliônuchka[92] chorara na mesma margem que Víktorov agora percorria a caminho do refeitório militar. Tinha a impressão de que esse passado desaparecido possuía algo de ingênuo, simples, infantil, e que não apenas as moças que viviam nos *tiéremi*,[93]

---

[92] Personagem do conto popular russo "Irmã Aliônuchka e Irmão Ivânuchka". Aliônuchka chora quando seu irmão, desrespeitando a proibição, bebe de um casco de cabra e é transformado no animal.

[93] *Tiérem*: casa em forma de torre, na Rússia antiga.

mas também os mercadores de barba grisalha, os diáconos e patriarcas, eram mil anos mais jovens que os sabidos colegas do tenente que viviam hoje — os pilotos do mundo das máquinas velozes, metralhadoras automáticas, diesel, cinema e rádio, que haviam chegado a esta floresta no esquadrão do major Zakabluka. Testemunha dessa juventude desaparecida era o Volga, rápido, esbelto, entre as colinas abruptas multicores, entre o verde da floresta, entre o azul e o vermelho da vegetação...

Quantos são esses tenentes, sargentos e soldados rasos, a marchar pelos caminhos da guerra? Fumam os *papiróssi* que lhes cabem, batem com a colher na tigela de lata, jogam cartas nos vagões, lambuzam-se com picolés na cidade, bebem, tossindo, sua pequena ração de vodca em copos de cem mililitros, escrevem o número determinado de cartas, gritam no telefone de campanha, atiram, alguns com canhões de calibre ligeiro, alguns ressoando grosso calibre, alguns aceleram tanques T-34, outros gritam...

A terra rangia e estalava debaixo das botas, como um colchão velho. As folhas de cima, leves, frágeis, eram diferentes umas das outras, e das folhas mortas; debaixo delas estavam as folhas que tinham secado havia anos, unidas em uma massa marrom, crepitante e coesa. Restos de uma vida que tinha prorrompido em rebentos, trovejado em tempestades, brilhado no sol depois da chuva. A ramagem seca decomposta e quase insignificante se esfarelava debaixo das botas. Uma luz suave chegava ao chão da floresta, filtrada pelo abajur foliáceo. O ar da floresta era parado e denso; isso se fazia sentir de maneira aguda pelo aviador, acostumado aos turbilhões do ar. A árvore aquecida e suada cheirava a madeira úmida e fresca. Mas o odor das ramagens e árvores mortas encobria o aroma da floresta viva. Lá onde estavam os pinheiros ecoava uma nota de terebentina, uma oitava mais aguda. O álamo exalava um aroma doce em demasia, enquanto o amieiro tinha odor amargo. A floresta vivia isolada do resto do mundo, e Víktorov tinha a impressão de entrar em uma casa na qual nada era como na rua — o cheiro, a luz através das cortinas cerradas, os sons a ressoar de maneira distinta nas paredes —, e, enquanto não saísse da floresta, sentia-se desconfortável, como se estivesse entre estranhos. Era como estar no fundo de uma piscina, olhando para cima através da camada alta e grossa do ar da floresta; as folhas se agitavam como água, e a crepitante teia de aranha presa na estrela verde de seu barrete eram as algas, suspensas entre a superfície e o fundo da piscina. Parecia que as moscas rápidas de cabeça grande, os mosquitos indolentes e os tetrazes, batendo as asas como frangos e abrindo caminho entre os ramos, jamais conseguiriam se elevar acima da floresta, assim como os peixes nunca passavam da superfície da água; e se uma pega alçasse voo acima da copa dos álamos, ela imediatamente voltava a mergulhar entre os ramos, como um peixe, que em um instante exibe seu flanco branco ao sol para voltar a se estatelar na água. E como parece estranho o musgo coberto pelas gotas de orvalho, azuis e verdes, extinguindo-se lentamente na penumbra do fundo da floresta.

Era bom sair dessa meia-luz tranquila para uma clareira luminosa, de repente tudo se modificava: o calor da terra, o cheiro dos juníperos banhados pelo sol, o ar se movendo, as grandes campânulas pendentes, fundidas com metal violeta, e cravos silvestres de caule viscoso e resinoso. O espírito ficava despreocupado; a clareira era como um dia feliz de uma vida dura. As borboletas cor de limão, os polidos escaravelhos azul-escuros, as formigas, a cobra sussurrando pela grama não pareciam andar cada um por si, mas sim empreender juntos uma tarefa comum. Roçava-lhe o rosto um ramo de bétula, coberto de folhas miúdas; um grilo pulava, saltando sobre ele como se fosse um tronco de árvore. Pousou no cinto do tenente, flexionando sem pressa a coxa verde, sentado com os olhos redondos de couro e o focinho vazado de carneiro. Fazia calor, o morangueiro dava flores tardias, o sol queimava os botões e a fivela do cinto. Evidentemente, nem o U-88 nem o Heinkel noturno jamais haviam sobrevoado essa clareira.

36

À noite Viktorov se lembrava com frequência dos meses passados no hospital de Stalingrado. Não se lembrava da camisa empapada de suor, da água salobra que provocava náusea, nem do cheiro forte que o torturava. Aqueles dias no hospital se apresentavam para ele como felizes. E agora, na floresta, perscrutando o ruído surdo das árvores, pensava: "Será que ouvi os passos dela?"

Aquilo tinha acontecido de verdade? Ela o tinha abraçado, afagado os cabelos, chorado, e ele beijara seus olhos úmidos e salgados.

Às vezes Víktorov pensava em como chegar rápido a Stalingrado em um Iak.[94] Dava para abastecer em Riazan e depois ir até Engels,

---

[94] Linha de aviões russos da Segunda Guerra Mundial, projetados pelo escritório de Aleksandr Serguêievitch Iákovlev (1906-1989).

onde o oficial controlador era um conhecido seu. Bem, depois podiam fuzilá-lo.

Ele ficava se lembrando de uma história que tinha lido em um velho livro; os irmãos ricos Cheremiêtiev, filhos do marechal de campo,[95] deram a irmã em matrimônio ao príncipe Dolgorúki, que a moça, ao que parece, só havia visto uma vez antes das bodas. O dote dos irmãos pela noiva era imenso; só a prata ocupava três quartos. Mas, dois dias depois do casamento, Pedro II[96] morreu. Dolgorúki, seu favorito, foi detido e mandado para o norte, trancafiado em uma torre de madeira. A jovem esposa não quis saber dos conselhos: podia se liberar do matrimônio, já que tinha vivido com ele por apenas dois dias. Foi atrás do marido e instalou-se na inóspita região da floresta, em uma isbá de camponeses. Todo dia, ao longo de dez anos, ia até a torre onde estava Dolgorúki. Certa manhã, viu a janela da torre escancarada e a porta destrancada. A princesa pôs-se a correr pelas ruas, ajoelhando-se diante de cada passante, fosse quem fosse — mujique ou guarda —, e implorava e perguntava onde estava o marido. As pessoas lhe disseram que Dolgorúki havia sido conduzido para Nijni-Novgorod. Como ela sofreu nessa dura jornada a pé! E, em Nijni, ficou sabendo que Dolgorúki tinha sido esquartejado. Então Dolgorúkaia resolveu entrar para um convento, em Kiev. No dia da tonsura, caminhou longamente pela margem do Dnieper. O que Dolgorúkaia lamentava não era a perda da liberdade, mas sim que, com a entrada na vida monástica, teria que tirar do dedo a aliança, da qual não queria se separar... Caminhou pela margem por muitas horas, e mais tarde, quando o sol começou a se pôr, tirou a aliança do dedo, jogou-a no Dnieper e cruzou as portas do convento.

O tenente da Força Aérea, egresso do orfanato, serralheiro na oficina mecânica da Stalgres,[97] não parava de se lembrar da vida da princesa Dolgorúkaia. Caminhava pela floresta, a imaginar: já não existia, tinha sido enterrado, o avião fora atingido por um boche, mergulhara de nariz no chão, enferrujara, desmanchara, cobrira-se de grama, e Vera Chápochnikova caminhava por ali, detendo-se, descendo o precipício na direção do Volga, contemplando a água... Duzentos anos

---

[95] Borís Petróvitch Cheremiêtiev (1652-1719), primeiro conde da Rússia e marechal de campo na Grande Guerra do Norte (1700-1721) contra a Suécia.

[96] Piotr Alieksiéievitch (1715-1730), tsar da Rússia de 1728 até sua morte.

[97] Usina termelétrica de Stalingrado.

atrás, quem caminhava por ali era a jovem Dolgorúkaia, entrando na clareira, percorrendo o campo de linho, afastando com as mãos os arbustos cobertos de bagas vermelhas. Isso lhe causava dor, e amargura, e desespero, e deleite.

O tenentezinho de ombros estreitos caminhava pela floresta com sua velha camisa militar — um entre tantos esquecidos de tempos inesquecíveis.

37

Víktorov, antes de chegar ao campo de pouso, já compreendera que alguma coisa importante havia ocorrido. Caminhões-tanque de gasolina percorriam a pista, técnicos e mecânicos do batalhão de serviço do campo de pouso se agitavam em volta dos aviões camuflados. Habitualmente silencioso, o aparelho de rádio tagarelava com nitidez e afinco.

"Está claro", pensou Víktorov, apressando o passo.

Tudo se confirmou quando encontrou o tenente Solomátin, com manchas rosadas de queimadura nas faces, que lhe disse:

— Deram a ordem: vamos sair da reserva.

— Para o front? — perguntou Víktorov.

— Para onde mais, para Tachkent? — perguntou Solomátin, dirigindo-se para a aldeia.

Estava visivelmente transtornado; tinha começado uma ligação séria com a proprietária do seu quarto e, agora, com certeza, estava indo até ela.

— Solomátin vai fazer a partilha; a isbá para a mulher, a vaca para ele — afirmou, ao lado de Víktorov, uma voz conhecida. Era o tenente Ieriômin, que fazia dupla com Víktorov.

— Para onde vamos, Ierióma? — perguntou Víktorov.

— Talvez o front Noroeste lance uma ofensiva. O comandante da divisão chegou em um R-5. Conheço o piloto de um Douglas do estado-maior da Força Aérea, posso perguntar. Ele sabe de tudo.

— Para que perguntar? Eles vão nos dizer.

A inquietação tinha se apoderado não apenas do estado-maior e dos pilotos no campo de pouso, mas também da aldeia. O tenente Koról, de olhos negros e lábios grossos, o piloto mais novo do esquadrão, caminhava pela rua com a roupa lavada e passada, por cima da qual levava pão de mel e uma trouxa com bagas secas.

Zombavam de Koról porque as proprietárias de sua casa — duas velhas viúvas — empanturravam-no de pão de mel. Quando ele saía para o trabalho, as velhas — uma alta, reta, a outra com a coluna encurvada — iam até o campo de pouso, encontravam-no no meio do caminho, e ele caminhava entre elas, como um menino bravo, envergonhado e mimado; os pilotos diziam que Koról fazia patrulha com um ponto de exclamação e um ponto de interrogação.

O comandante de esquadrilha Vânia Martínov saiu de casa de capote militar, levando uma maleta em uma das mãos e, na outra, a boina de desfile, que, por medo de amassar, não colocara na maleta. A filha da proprietária, uma ruiva sem xale e com um penteado caseiro, lançou na direção dele um daqueles olhares que dispensam comentários.

Um menino coxo informou Víktorov de que o instrutor político Gólub e o tenente Vânia Skótnoi, com os quais ele dividia o quarto, tinham saído com seus pertences.

Víktorov havia se mudado para esse quarto alguns dias antes; até então, vivera com Gólub na casa de uma mulher má, de testa alta e saliente, e olhos amarelos protuberantes. Fazia mal fitar aqueles olhos.

Para se livrar dos inquilinos, ela enchia a isbá de fumaça, e uma vez derramou cinzas no chá deles. Gólub tentou convencer Víktorov a escrever um relatório sobre a proprietária ao comissário do esquadrão, mas ele não quis fazê-lo.

— Que ela morra de cólera — concordou Gólub, acrescentando as palavras que tinha ouvido da mãe, ainda em criança: — Quando alguma coisa chega na nossa praia, ou é lixo, ou é pedaço de madeira.

Mudaram-se para o novo quarto, que lhes pareceu o paraíso. Mas não puderam ficar muito tempo no éden.

Logo Víktorov também caminhava em meio às isbás altas de dois andares, com as coisas em um saco e afundadas em uma mala; o menino coxo saltitava junto a ele, fazendo pontaria nas galinhas e nos aviões que sobrevoavam a aldeia com o estojo de pistola apreendido que lhe havia sido dado por Víktorov. Passou diante da isbá da qual Evdokía Mikhêievna o expulsara com fumaça, e viu seu rosto imóvel atrás do vidro opaco. Ninguém falava com ela quando, depois de buscar dois baldes de madeira no poço, ela parava para respirar. Não tinha vaca nem ovelha, nem andorinhas no telhado. Gólub indagou a seu respeito, desejando que viesse à tona uma genealogia de cúlaque, mas ela se revelou de família pobre. As mulheres diziam que tinha ficado meio louca depois da morte do marido; fora para o lago no frio do outono, e ali ficara sentada por 24 horas. Os mujiques a retiraram de lá à força. As mulheres diziam que antes da morte do marido, e mesmo antes do casamento, ela já era taciturna.

Eis Víktorov a caminhar pela rua da aldeia na floresta; em algumas horas partiria de lá para sempre, e tudo aquilo — a floresta sussurrante, a aldeia, onde os alces passeavam pelas hortas, a samambaia, a resina amarela a escorrer pelos troncos, o rio, os cucos — deixaria de existir para ele. Desapareceriam as velhas, as moças, as conversas sobre como foi conduzida a coletivização, as histórias de ursos roubando cestas de framboesas das mulheres, dos meninos pisando em cabeças de cobras com os pés descalços... Desapareceria essa aldeia que lhe era estranha e rara, voltada para a floresta da mesma forma como a vila operária onde ele havia nascido e crescido era voltada para a fábrica.

E depois o caça ia aterrissar, e um instante depois surgiria um novo campo de pouso, e um povoado rural ou fabril com suas velhas, moças, suas lágrimas e piadas, com seus gatos com cicatriz no nariz, seus relatos sobre o passado, sobre a coletivização total, com as boas e más proprietárias de quartos.

E o belo Solomátin, na nova posição, ia usar o tempo livre para colocar a boina, passear pela rua, cantar ao violão e fazer alguma moça perder a cabeça.

O comandante do esquadrão, major Zakabluka, com o rosto de bronze e cabeça branca rapada, as cinco ordens da Bandeira Vermelha tilintando enquanto balançava as pernas tortas, leu para os aviadores a ordem de sair da reserva, e disse que deveriam pernoitar nos abrigos, e que o plano de voo seria informado antes da decolagem.

Em seguida ele disse que ausentar-se dos abrigos do campo de pouso era proibido pelo comando, e que a punição aos infratores não seria brincadeira:

— Para que ninguém caia no sono enquanto estiver no ar, que todos durmam bem antes do voo — explicou.

Tomou a palavra o comissário do esquadrão, Berman, que não era estimado por ser arrogante, embora soubesse falar de maneira clara e bela sobre os detalhes da aviação. Berman começou a ser hostilizado especialmente depois do caso do piloto Múkhin. Múkhin tinha começado uma história de amor com a bela operadora de rádio Lida Vôniova. Todo mundo aceitava de bom grado esse romance; sempre que tinham tempo livre, os dois se encontravam, iam passear no rio, caminhando o tempo todo de mãos dadas. A relação deles era tão transparente que as pessoas nem faziam piada.

Mas de repente surgiu um boato, e o boato veio da própria Lida, que o relatou a uma amiga, a qual se encarregou de repassá-lo a todo o esquadrão. Em um de seus passeios habituais, Múkhin tinha estuprado Vôniova, ameaçando-a com uma arma de fogo.

Ao tomar conhecimento do episódio, Berman ficou furioso, e demonstrou tamanha energia que em dez dias Múkhin foi levado ao tribunal e condenado ao fuzilamento.

Antes do cumprimento da sentença, o major-general da aviação Aleksêiev, membro do comitê militar da Força Aérea, voou até o esquadrão para averiguar as circunstâncias do crime de Múkhin. Lida mergulhou o general em profunda confusão: ficou de joelhos e implorou que ele acreditasse que toda essa acusação contra Múkhin era uma mentira absurda.

Ela contou a história toda. Estavam deitados na clareira da floresta, se beijando; depois ela caiu no sono, e Múkhin, querendo fazer brincadeira, furtivamente colocou o revólver entre os joelhos dela e atirou no chão. Ela acordou, deu um grito, e Múkhin voltou a beijá-la. O caso só começou a parecer feio depois, quando a tal amiga de Lida resolveu passá-lo adiante. A verdade em toda essa história era apenas uma, de uma simplicidade insólita: o amor dela por Múkhin. Tudo acabou bem, a sentença foi revogada, e Múkhin foi transferido para outro esquadrão.

Desde então, os pilotos deixaram de gostar de Berman.

Como Solomátin havia dito no refeitório, aquilo não era jeito de um russo se comportar.

Um dos pilotos, provavelmente Moltchánov, respondeu que havia gente ruim em todas as nações.

— Veja o Koról: é judeu, e é ótimo sair em patrulha com ele. Você sai em missão sabendo que, atrás de você, está um amigo em quem se pode confiar — disse Vânia Skótnoi.

— E o Koról lá é judeu? — disse Solomátin. — Koról é dos nossos, e, no ar, confio nele mais do que em mim mesmo. Em Rjev ele abateu um Messer[98] que estava bem na minha cauda. E por duas vezes deixei escapar uns boches que já estavam condenados para aju-

---

[98] Messerschmitt, denominação de diferentes caças alemães da Segunda Guerra Mundial.

dar Borik Koról. E você sabe que, em combate, eu me esqueço até da minha mãe.

— Então é assim — disse Víktorov —, se um judeu é bom, você diz que ele não é judeu.

Todos riram, e Solomátin falou:

— Tudo bem, mas Múkhin não achou engraçado quando Berman mandou fuzilá-lo.

Nessa hora, Koról entrou no refeitório, e um dos pilotos perguntou:

— Escute, Boria,[99] você é judeu?

Koról ficou confuso e respondeu:

— Sim, judeu.

— De verdade?

— Absolutamente.

— Circuncidado?

— Vá para o diabo — respondeu Koról. E todos voltaram a rir.

Quando os pilotos foram para o campo de pouso na aldeia, Solomátin colocou-se ao lado de Víktorov.

— Sabe — disse —, o seu discurso foi inútil. Quando eu trabalhava na fábrica de sabão, lá estava cheio de judeus... toda a chefia; já vi muitos desses Samuéis Abramóvitchs. Um cuida do outro, é um círculo de confiança, esteja certo.

— E por que você ficou chateado — deu de ombros Víktorov —, você está me matriculando no colégio deles?

Berman disse que uma nova era estava se abrindo na vida dos pilotos, e que a vida na reserva tinha terminado. Todo mundo compreendera isso sem a ajuda dele, mas escutavam-no com atenção para ver se percebiam alguma alusão em seu discurso: o esquadrão ficaria no front Noroeste, sendo apenas transferido para perto de Rjev, ou seria deslocado para o oeste, para o sul?

Berman disse:

— Pois bem, a primeira qualidade de um combatente do ar é conhecer o equipamento, saber como lidar com ele; a segunda é o amor por sua máquina, deve amá-la como à irmã, como à mãe; a terceira é a coragem, e coragem é ter a cabeça fria e o coração quente. A quarta é o sentimento de camaradagem, que toda a nossa vida soviética nos incute; a quinta é a entrega ao combate! O êxito está no seu companheiro

---

[99] Borik, Boria: apelidos de Boris.

de voo! Siga o líder! Mesmo no solo, o verdadeiro piloto está sempre pensando, analisando o último combate, calculando: "Ah, desse jeito é melhor, ah, preciso fazer isso!"

Os pilotos contemplavam o comissário com uma falsa expressão de interesse, e conversavam baixinho.

— Será que vamos escoltar os Douglas que levam mantimentos para Leningrado? — disse Solomátin, que tinha uma conhecida na cidade.

— Ou na direção de Moscou? — disse Moltchánov, cujos pais viviam em Kúntsevo.[100]

— Será que Stalingrado? — afirmou Víktorov.

— Ah, duvido — disse Skótnoi.

Para ele, tanto fazia o destino do esquadrão; todos os seus entes queridos estavam na Ucrânia ocupada.

— E você, Boria, quer voar para onde? — perguntou Solomátin. — Para nossa capital judaica, Berdítchev?

Os olhos escuros de Koról se enegreceram de raiva, e ele começou a praguejar em voz audível.

— Subtenente Koról! — gritou o comissário.

— Sim, camarada comissário do batalhão...

— Cale-se...

Mas Koról já tinha se calado.

O major Zakabluka distinguia-se como um notável conhecedor de palavrões, e jamais criaria caso porque um combatente do ar tinha praguejado na presença do comando. Toda manhã, ele mesmo gritava, ameaçador, ao seu ordenança: "Maziúkin... seu filho da puta...", e terminava, de maneira perfeitamente calma: "Dê-me a toalha."

Contudo, conhecendo o temperamento ardiloso do comissário, o comandante tinha medo de anistiar Koról prontamente. Berman escreveria um relatório sobre como Zakabluka desacreditava a direção política perante os pilotos. Berman já tinha escrito à seção política que Zakabluka havia montado sua fazenda particular na reserva, bebia vodca com o chefe do estado-maior e tinha ligação com a veterinária Gênia Bôndareva, da população local.

O comandante do esquadrão decidiu fazer uma manobra lateral. Gritou com voz ameaçadora e rouca:

---

[100] Cidade na região de Moscou.

— O que é isso, subtenente Koról? Dois passos adiante! Que esculhambação é essa?

Então, resolveu encarar o assunto.

— Instrutor político Gólub, relate ao comissário por que motivo Koról infringiu a disciplina.

— Permita-me relatar, camarada major, que ele estava xingando Solomátin, mas não ouvi por quê.

— Primeiro-tenente Solomátin!

— Presente, camarada major!

— Relate. Não para mim! Para o comissário do batalhão!

— Posso relatar, camarada comissário do batalhão?

— Relate — assentiu Berman, sem olhar para Solomátin. Deduzira que o comandante do esquadrão estava seguindo alguma linha predeterminada. Ele sabia que Zakabluka se distinguia por uma excepcional astúcia, fosse na terra, fosse no ar. Lá em cima ele sabia melhor do que todos decifrar o objetivo e a tática do oponente e sobrepujá-lo com astúcia. E na terra ele sabia que a força da chefia residia na fraqueza, e a fraqueza dos subordinados em sua força. Quando necessário, ele sabia fingir, fazer-se de bobo e gargalhar com adulação de uma piada estúpida, contada por uma pessoa estúpida. Ele também sabia ter na palma da mão os desesperados tenentes do ar.

Na reserva, Zakabluka revelou inclinação para assuntos rurais, principalmente pecuária e avicultura. Ele também se ocupou da utilização dos frutos silvestres; fez licor de framboesa, salgou e secou cogumelos. Suas refeições ficaram famosas, e comandantes de diversos esquadrões adoravam dar um pulo de U-2 até ele, para comer e beber. Mas o major não dava a hospitalidade de graça.

Berman conhecia outra característica do major, que fazia suas relações com ele particularmente difíceis; o parcimonioso, cauteloso e ladino Zakabluka era ao mesmo tempo um homem quase insano, capaz de ir em frente sem poupar a própria vida.

— Discutir com a chefia é como mijar contra o vento — ele dizia a Berman, para, repentinamente, adotar uma conduta insensata que ia contra si mesmo, para espanto do comissário.

Quando calhava de ambos estarem de bom humor, um piscava para o outro ao conversar, e se cutucavam nas costas e na barriga.

— Oh, o nosso comissário é um homem esperto — dizia Zakabluka.

— Oh, e o nosso heroico major é forte — dizia Berman.

Zakabluka não gostava do comissário por causa de seu servilismo, pela diligência com que incluía em relatório toda palavra leviana; ele ridicularizava Berman por sua fraqueza pelas moças boas, por seu amor pelo frango assado — "me dá uma garfada" — e desinteresse pela vodca, condenava sua indiferença pelas condições de vida das outras pessoas enquanto sabia assegurar para si bons recursos de subsistência. Mas apreciava em Berman a inteligência, a prontidão para entrar em conflito com os comandantes pelo bem da causa e da coragem: às vezes, parecia que o próprio Berman não se dava conta de como podia ser fácil perder a vida.

E agora esses dois homens, preparando-se para conduzir um esquadrão aéreo para o front, ouviam o que dizia o tenente Solomátin, olhando de esguelha um para o outro.

— Devo dizer sem rodeios, camarada comissário de batalhão, que foi por minha culpa que Koról infringiu a disciplina. Eu tirei sarro dele, que primeiro aguentou, mas depois, evidentemente, estourou.

— O que o senhor disse a ele? Responda ao comissário do esquadrão — interrompeu Zakabluka.

— O pessoal estava tentando adivinhar para onde vai o esquadrão, para qual front, e daí eu disse para Koról: na certa você quer ir para a sua capital, Berdítchev, né?

Os pilotos olharam para Berman:

— Não estou entendendo. Para qual capital? — disse Berman, repentinamente compreendendo.

Todos sentiram sua confusão, e o comandante do esquadrão ficou especialmente surpreso que isso tivesse acontecido com um homem afiado como uma lâmina de barbear. Mas o que veio depois também foi assombroso.

— Bem, e daí? — disse Berman. — E se o senhor, Koról, tivesse dito a Solomátin, que, como se sabe, vem da aldeia de Dôrokhovo, na região de Novo-Ruzki, que ele queria combater na aldeia de Dôrokhovo, então ele deveria ter dado na sua cara? Essa ética de vilarejo é estranha, e incompatível com o título de membro do Komsomol.

Suas palavras tinham, inevitavelmente, um efeito hipnótico nas pessoas. Todos haviam entendido que Solomátin quisera e conseguira ofender Koról, mas Berman explicou com convicção aos pilotos que Koról não tinha superado os preconceitos nacionais, e que sua conduta era de desprezo para com a amizade entre os povos. Pois Koról não podia se esquecer de que eram os fascistas que exploravam e jogavam com os preconceitos nacionais.

Tudo o que Berman dizia era em si justo e certo. A revolução e a democracia tinham engendrado as ideias das quais ele agora falava com voz agitada. Mas, nesse instante, a força de Berman consistia em que não era ele quem servia as ideias, eram estas que o serviam, para seu pérfido objetivo atual.

— Vejam, camaradas — disse o comissário. — Onde não há clareza ideológica não pode haver disciplina. Isso é o que explica o comportamento de Koról hoje.

Refletiu e acrescentou:

— O comportamento hediondo de Koról, a conduta hedionda e antissoviética de Koról.

Agora, evidentemente, Zakabluka não tinha como se intrometer; o comissário havia ligado a conduta de Koról a questões políticas, e Zakabluka sabia que nenhum comandante militar jamais ousaria se meter em questões dos órgãos políticos.

— Eis a questão, camaradas — disse Berman e, depois de se calar por algum tempo, para aumentar o efeito de suas palavras, concluiu: — A responsabilidade por essa vergonha recai imediatamente sobre o culpado, mas ela também recai sobre mim, comissário do esquadrão, que não soube ajudar o piloto Koról a superar seu nacionalismo atrasado e abominável. A questão é mais séria do que me pareceu no início, e por isso não vou punir Koról agora por infração disciplinar. Mas assumo a tarefa de reeducar o subtenente Koról.

Todo mundo se mexeu para se reacomodar nas cadeiras, pois sentiam que aquilo estava resolvido.

Koról fitou Berman, e seu olhar foi tal que Berman fez uma careta, deu de ombros e se virou.

À noite, Solomátin disse a Víktorov:

— Está vendo, Liônia, eles são sempre assim, uma mão lava a outra; se esse caso tivesse sido com você ou com Vânia Skótnoi, com certeza Berman os mandaria para uma unidade penal.

38

À noite, os pilotos não dormiram nos abrigos; ficaram conversando e fumando nas tarimbas. Skótnoi bebeu sua dose de despedida depois do jantar e começou a cantar:

O avião gira em parafuso,[101]
Ronca e voa na direção do solo,
Não chore, querida, fique tranquila,
E me esqueça para sempre.

Velikánov não aguentou, deu com a língua nos dentes e espalhou a notícia de que o esquadrão ficaria baseado perto de Stalingrado.

A lua se ergueu sobre a floresta, e uma mancha irrequieta brilhava entre as árvores. A aldeia, localizada a dois quilômetros do campo de pouso, parecia ter virado cinzas, escura e silenciosa, e os pilotos, sentados nas entradas de seus abrigos, contemplavam o mundo maravilhoso dos pontos cardeais. Víktorov olhava para as sombras lunares ligeiras das asas e caudas dos caças Iaks, e baixinho se juntava à canção.

Vão nos tirar debaixo do avião,
Erguendo a carcaça com a mão,
Os gaviões vão subir aos céus,
E nos acompanhar na última viagem.

Os que estavam deitados nas tarimbas conversavam. Eles não se viam na penumbra, mas conheciam bem as vozes uns dos outros, e, sem se chamar pelo nome, faziam e respondiam perguntas.

— Demídov se apresentava como voluntário nas missões, e até ficava doente se não voava.

— Você se lembra, em Rjev, quando estávamos escoltando os Petliákov?[102] Oito Messers caíram em cima dele, que encarou o combate, e aguentou por dezessete minutos.

— É, bem que podíamos trocar nossos caças por uns Junkers.[103]

— Ele cantava durante o voo. Lembro-me de suas canções todo dia. Cantava até Vertinski.[104]

— Era um moscovita muito culto.

---

[101] No original russo, "Machina v chtóporie krujitsa", uma das versões criadas no front para "Kongon", antiga canção de mineiros popularizada pelo filme *Bolchaia Jizn* (*A grande vida*, 1939), de Leonid Lúkov (1909-1963).

[102] Pe-8, bombardeiro soviético pesado.

[103] Bombardeiro alemão da Segunda Guerra Mundial.

[104] Aleksandr Nikoláievitch Vertinski (1889-1957), cantor e compositor.

— Era, e não abandonava você no ar. Sempre cuidava dos retardatários.

— Mas você nem o conhecia direito!

— Se conhecia! É no avião que você conhece o parceiro. Ele se revelou para mim.

Skótnoi concluiu a estrofe seguinte da canção e todos se calaram, esperando que ele voltasse a cantar. Mas Skótnoi não cantou.

Ele repetiu um provérbio que todo mundo no campo de pouso conhecia, comparando a brevidade da vida do piloto de caça ao comprimento de uma camisolinha de criança.

Falaram dos alemães:

— Entre eles também dá para saber quem é forte e determinado e quem está atrás de novatos, caçando retardatários.

— As duplas deles não são tão próximas como as nossas.

— Não diga isso.

— O boche crava os dentes em quem está avariado, mas foge de quem está na luta.

— No mano a mano, mesmo que tenham o dobro da força, eu acabo com qualquer um deles!

— Não se ofenda, mas eu não daria medalha pela derrubada de um Junkers.

— Atingi-los com o nosso próprio avião, essa é a natureza russa!

— E por que eu me ofenderia? A minha medalha você não pega.

— Sim, faz tempo que eu quero acertá-los com a minha própria hélice!

— Chegar por trás e derrubá-los! Esmagar o inimigo no chão, com fumaça e gás!

— Queria saber se o comandante vai levar as vacas e as galinhas com ele no Douglas.

— Já deu cabo delas, e agora está salgando.

Em tom arrastado e pensativo, alguém afirmou:

— Se eu tivesse que levar uma garota a um clube hoje, não saberia o que fazer. Perdi o traquejo.

— Mas o Solomátin não perdeu nada.

— Está com inveja, Liônia?

— Invejo o sujeito, não o objeto.

— Claro. Fiel até a morte.

Depois todos começaram a recordar o combate em Rjev, o último antes de irem para a reserva, no qual sete caças deram de frente com um grupo grande de bombardeiros Junkers, escoltados por Messers. Cada um parecia falar de si, mas era só impressão: estavam falando de todos.

— Com a floresta ao fundo não dava para ver nada, mas então eles se ergueram e ficaram imediatamente visíveis. Reconheci na hora o Ju-87:[105] trem de pouso proeminente, nariz amarelo. Daí me ajustei na cadeira e disse: agora vai!

— No começo, pensei que fossem tiros da artilharia antiaérea.

— O sol jogou a favor, com certeza. Vim direto do sol para cima deles. Eu liderava a ala esquerda. Avancei uns trinta metros. Mandei bala: nada mal, dava para ouvir o avião. Descarreguei a munição no Junkers, detonei o bicho, e aí o Messer, comprido como um lúcio de nariz amarelo, fez uma curva, mas era tarde. Só vi a luz azul das balas traçantes.

— E eu vi a minha linha de balas dando cabo da asa negra dele.

— Não se altere!

— Quando criança eu já soltava pipa, e meu pai me surrava! Quando estava na fábrica, andava sete quilômetros até o aeroclube depois do trabalho, com a língua de fora, mas não perdia nenhuma aula.

— Pare e escute. Começou a pegar fogo no meu avião: o tanque de óleo, os canos de gasolina. Queimava por dentro. Vapor! Ele me acertou na cabine, quebrou meus óculos, o vidro da cabine voava em estilhaços, eu lacrimejava. Então mergulhei debaixo dele e arrancando os óculos! Solomátin me deu cobertura. Você sabe que eu posso estar em chamas, mas não tenho medo: não dá tempo! Dei um jeito de pousar sem me queimar, mas as botas e o avião foram consumidos.

— Eu vi que estavam derrubando meu parceiro. Eu tinha feito duas curvas, e ele sinalizou: vá embora! Fiquei sozinho, e comecei a costurar no meio dos Messers, ajudando quem precisava.

— Eu levei bala de tudo quanto foi lado, atiraram em mim como numa perdiz velha.

— Fui para cima do boche doze vezes e acabei com ele! Vi que ele estava acenando a cabeça: uma presa gorda! A 25 metros de distância eu o derrubei com um tiro.

---

[105] Conhecido como Stuka, bombardeiro de mergulho da Luftwaffe (força aérea alemã na Segunda Guerra).

— Sim, dá para dizer que, no geral, os alemães não gostam do combate na horizontal, e sempre tentam ficar na vertical.

— Ah, o que você foi dizer!

— Como assim?

— Quem é que não sabe disso? Até as mocinhas da aldeia sabem que eles evitam as curvas bruscas.

— Ei, então devíamos cuidar melhor das "Gaivotas",[106] lá tem gente boa.

Fez-se silêncio, e alguém disse:

— Partimos amanhã cedo, e o Demídov vai ficar aqui sozinho.

— Bem, pessoal, cada um vai para onde quiser, mas eu preciso dar um pulo na aldeia.

— Uma visita de despedida: vamos lá!

À noite, tudo ao redor — rio, campos, floresta — estava tão calmo e maravilhoso que dava a impressão de que no mundo não podia existir nem inimizade, nem traição, nem velhice, mas apenas a felicidade do amor. As nuvens cobriam a lua, que caminhava pela névoa cinzenta a envolver a terra. Poucos passaram a noite no abrigo. Na borda da floresta, junto aos limites da aldeia, percebiam-se lençóis brancos, ouviam-se risos. Uma árvore se sobressaltava em silêncio, assustada por um sonho noturno, e às vezes a água do rio balbuciava indistintamente para voltar a correr em silêncio.

Chegou a hora amarga para o amor, a hora da separação, a hora do destino. Esta moça, que agora está chorando, será esquecida no dia seguinte, aqueles dois serão separados pela morte, e a alguém o destino concederá a fidelidade e o reencontro.

Mas eis que chega a manhã. Os motores começam a rugir, o vento raso dos aviões agita a grama contra o chão, e milhares de milhares de gotas de água tremeluzem ao sol. Os aviões de combate, um após o outro, escalam a colina azul, levando ao céu canhões e metralhadoras, girando, esperando os camaradas, agrupando-se em formação...

E aquilo que à noite parecia infinito vai-se embora e desaparece no azul do céu...

Dava para ver as casas cinzentas em formato de caixa, as hortas retangulares, deslizando e sumindo sob a asa do avião... Já não se via

---

[106] "Gaivota" (em russo, "Tchaika"): avião de caça criado em 1938 pelo gabinete de engenharia de Nikolai Polikárpov.

a vereda coberta de grama, nem a tumba de Demídov... Partiram! E a floresta deslizava sob as asas dos aviões.

— Olá, Vera! — disse Víktorov.

39

Às cinco da manhã, os guardas de turno começaram a acordar os prisioneiros. Era uma noite escura, e as barracas eram iluminadas pela luz impiedosa característica das prisões, estações ferroviárias, salas de recepção de hospitais urbanos.

Milhares de pessoas, escarrando, tossindo, apertavam as calças acolchoadas, calçavam meias, coçavam os flancos, a barriga, o pescoço.

Quando os que estavam descendo dos beliches de madeira davam com o pé na cabeça dos que se vestiam embaixo, esses não xingavam, preferindo desviar a cabeça em silêncio e afastar os pés que os incomodavam.

No despertar noturno dessa multidão, no cintilar das meias, nas costas e cabeças a se mover, na fumaça da *makhórka*,[107] no brilho exagerado da luz elétrica havia algo acintosamente antinatural: centenas de quilômetros quadrados de taiga estavam congelados em silêncio glacial, e o campo de prisioneiros se atulhava de pessoas, cheio de movimento, de fumaça, de luz.

Tinha nevado durante toda a primeira metade da noite, e os flocos cobriram as portas dos alojamentos e invadiram os caminhos que levavam às minas...

As sirenes das minas começaram a soar lentamente, e pode ser que em algum lugar da taiga os lobos tenham feito coro, uivando com voz profunda e triste. No campo, os cães pastores ladravam roucamente, ouvia-se o ronco dos tratores que limpavam o caminho para as minas, os guardas chamavam uns aos outros...

A neve seca, iluminada pelos projetores, irradiava um brilho terno e dócil. Na ampla praça do campo começou a chamada, sob o latido incessante dos cães. As vozes dos guardas soavam roufenhas e irritadas... Ampla, e crescendo cada vez mais, a torrente humana deslizava na direção das minas. As botas de couro e de feltro rangiam. Arregalando seu único olho, a torre de guarda vigiava...

---

[107] Tabaco de qualidade inferior.

E as sirenes uivavam o tempo todo, próximas e distantes: era a orquestra geral do norte. Elas soavam na terra congelada de Krasnoiarsk, na república autônoma de Komi, em Magadan, em Soviétskaia Gávan, nas neves da região de Kolimá, na tundra de Tchukotka, nos campos de prisioneiros do norte, de Murmansk, e do norte do Cazaquistão...

Ao som das sirenes, sob os golpes de um bastonete, caminhavam os extratores do potássio de Solikamski, do cobre de Ridder e do lago Balkhach, do níquel e do chumbo de Kolimá, do carvão de Kuznetsk e Sakhalina, caminhavam os construtores da estrada de ferro que passava pela margem eternamente congelada do oceano Ártico, as rotas amenas de Kolimá, os trabalhadores que desmatavam a Sibéria e o norte dos Urais, as regiões de Murmansk e Arkhángelsk...

Nessa mesma hora noturna e cheia de neve começava o dia nos campos e instalações do gigantesco sistema de campos da Dalstroi.

40

À noite, o detento Abartchuk foi tomado pelo desespero. Não era aquele desespero habitual e lúgubre dos campos de prisioneiros, mas escaldante como a malária, que fazia gritar, cair do leito, bater-se nas têmporas, dar com o punho no crânio.

De manhã, quando os presos se reuniam para o trabalho a contragosto, apressada e simultaneamente, o vizinho de Abartchuk, um capataz do gás que fora comandante de brigada de cavalaria na Guerra Civil, o Neumolímov de pernas compridas, perguntou:

— Por que você se remexeu tanto à noite? Sonhou com mulher? Teve até gargalhada.

— Para você tudo é mulher — respondeu Abartchuk.

— Bem, para mim parecia que você estava chorando — disse o segundo vizinho de tarimba, o bobalhão Monidze, membro da presidência da Juventude Comunista Internacional —, eu queria acordá-lo.

O terceiro amigo de Abartchuk no campo, o enfermeiro Abracha Rubin, não fez nenhuma observação, e disse, quando eles estavam saindo para a escuridão gelada:

— Hoje eu sonhei com Nikolai Ivánovitch Bukhárin, alegre e bem-disposto, visitando-nos no Instituto de Catedráticos Ver-

188

melhos, onde acontecia uma acalorada discussão sobre as teorias de Entchmen.[108]

Abartchuk chegou ao trabalho, no armazém de ferramentas. Enquanto seu assistente, Bárkhatov, que tinha degolado uma família de seis pessoas para roubar, acendia o forno com pedaços de cedro, refugos da serraria, Abartchuk arrumava as ferramentas nas caixas. Ele tinha a impressão de que a agudeza pungente das limas e dos buris, impregnada do frio abrasador, traduzia o sentimento que o assaltara à noite.

O dia não se distinguia em nada dos precedentes. De manhã, o contador mandou os pedidos dos campos de prisioneiros distantes, com a aprovação do departamento técnico. Era preciso selecionar os materiais e ferramentas, acomodá-los nas caixas e anexar a documentação. Algumas remessas estavam incompletas e requeriam a redação de atas especiais.

Bárkhatov, como sempre, não fazia nada, e não havia como colocá-lo para trabalhar. Ao chegar ao armazém, ele se ocupava apenas com questões de alimentação; desde a manhã daquele dia estava cozinhando uma marmita de sopa de batata e folhas de couve. Em determinado momento, acorreu a ele um professor de latim do instituto farmacêutico de Khabárovsk, que agora era mensageiro da Primeira Seção, e que com os trêmulos dedos vermelhos despejou um pouco de milho sujo na mesa. Era algum tipo de "taxa" que Bárkhatov estava recolhendo dele.

À tarde, Abartchuk foi chamado ao departamento financeiro: os números de seu relatório não batiam. O chefe adjunto do departamento gritou com ele, ameaçando redigir um relatório ao comando. Abartchuk enojou-se com a ameaça. Sozinho, sem ajudante, ele não tinha como dar conta do trabalho, mas não ousava se queixar de Bárkhatov. Estava cansado, com medo de perder o trabalho de almoxarife, de ir parar de novo nas minas ou entre os lenhadores. Já estava grisalho, as forças diminuíam... Eis, possivelmente, a razão para o seu desespero: a vida lhe escapava sob o gelo da Sibéria.

Quando ele voltou do financeiro, Bárkhatov estava dormindo, com a cabeça em cima de botas de feltro que, evidentemente, lhe haviam sido dadas por algum criminoso; ao lado da cabeça estava a marmita vazia, e um pouco do milho apreendido lhe havia grudado na cara.

---

[108] Emmanuil Semiônovitch Entchmen (1891-1966), cuja "teoria da nova biologia" foi banida da URSS por Bukhárin em 1923.

Abartchuk sabia que Bárkhatov às vezes levava ferramentas do armazém, e que as botas de feltro eram provavelmente o resultado de uma operação de troca envolvendo bens do depósito. Uma vez, quando Abartchuk deu pela falta de três limas e disse: "Que vergonha, em tempo de Guerra Patriótica roubar um metal que está em falta", Bárkhatov retrucou: "Cale-se, piolho. Senão, já sabe!"

Abartchuk não teve coragem de acordar Bárkhatov diretamente e se pôs a fazer barulho, mexer nas serras de fita, tossir, e deixou cair um martelo no chão. Bárkhatov acordou e lançou sobre ele um olhar tranquilo e de desgosto.

Depois ele falou baixo:

— Um cara do trem de ontem me contou que tem campos piores do que os dos lagos. Os detentos usam grilhões, com a cabeça raspada. Não têm sobrenome, só um número costurado no peito e nos joelhos, e um ás de ouros nas costas.

— Mentira — disse Abartchuk.

Bárkhatov disse em tom sonhador:

— Tinham que mandar para lá todos os fascistas políticos, começando por você, para não me acordar mais.

— Perdão, cidadão Bárkhatov, por perturbar o seu repouso — disse Abartchuk.

Ele tinha muito medo de Bárkhatov, mas às vezes não conseguia controlar sua exasperação.

Na hora de troca de turno no armazém, veio Neumolímov, enegrecido pela poeira do carvão.

— E então, como anda a emulação? — perguntou Abartchuk.
— As pessoas estão participando?

— Estão. O carvão é uma necessidade de guerra, e isso todo mundo entende. Hoje recebemos uns cartazes da Seção de Cultura e Educação: ajudamos a Pátria com o trabalho de choque.

Abartchuk suspirou e disse:

— Sabe, precisam redigir um trabalho sobre o desespero nos campos de prisioneiros. Um desespero oprime, o segundo esmaga, o terceiro sufoca e não deixa respirar. E tem ainda um peculiar, que não sufoca, não oprime, não esmaga, mas dilacera a pessoa por dentro, como a pressão do oceano dilacera os monstros das profundezas.

Neumolímov sorriu com tristeza, mas seus dentes não brilhavam de brancura, estavam podres, e fundiam-se com a cor do carvão.

Bárkhatov foi até eles, e Abartchuk, olhando ao redor, disse:

— Você sempre anda tão silencioso que eu quase fico assustado: de repente já está do lado.

Bárkhatov, que era desprovido de sorriso, anunciou em tom preocupado:

— Estou indo para o armazém de comida, alguma objeção?

Depois que ele saiu, Abartchuk disse ao amigo:

— À noite eu me lembrei do filho da minha primeira mulher. Ele provavelmente foi para o front.

Inclinou-se para Neumolímov.

— Queria que o rapaz crescesse como um bom comunista. Pensei em me encontrar com ele e dizer: lembre-se, o destino do seu pai foi uma eventualidade, coisa pequena. A causa do Partido é uma causa sagrada! É a lei suprema da época.

— Ele tem o seu sobrenome?

— Não — respondeu Abartchuk —, eu não queria que ele crescesse como um pequeno-burguês.

Na noite da véspera ele tinha sonhado com Liudmila; quisera vê-la. Ele procurava nos pedaços de jornais de Moscou, onde leria, de repente: "Tenente Anatoli Abartchuk." E ficaria claro que o filho tinha desejado usar o sobrenome do pai.

Pela primeira vez na vida, quis que tivessem pena dele, e imaginava como chegaria até o filho, com a respiração entrecortada, apontando para a garganta e dizendo: "Não consigo falar."

Tólia o abraçaria, e ele ia colocar a cabeça do filho no peito e chorar, sem vergonha, e de maneira amarga, amarga. E eles ficariam assim longamente, o filho uma cabeça mais alto do que o pai...

O filho pensava no pai o tempo todo. Tinha ido atrás dos camaradas do pai, e ficara sabendo como este participara dos combates da revolução. Tólia dizia: "Papai, papai, você ficou completamente grisalho, e que pescoço magro e enrugado... Você lutou durante todos esses anos uma luta grandiosa e solitária."

Na época do inquérito ele fora alimentado por três dias com comida salgada, não recebera água e apanhara.

Percebera que o caso não era forçá-lo a assinar declarações de sabotagem e espionagem, e nem que ele acusasse outras pessoas. O importante era que ele duvidasse da justeza da causa à qual tinha dado a vida. Quando aconteceu o inquérito, teve a impressão de ter caído na mão de bandidos, e queria conseguir um encontro com o chefe da seção, para que o bandido que dirigia o inquérito fosse preso.

Mas o tempo passou, e ele compreendeu que não se tratava simplesmente de um negócio de alguns sádicos.

Conheceu as leis dos trens e as leis dos navios de presos. Viu como os criminosos jogavam nas cartas não apenas os pertences dos outros, como as vidas dos outros. Viu a mais lastimável depravação e perfídia. Viu a Índia dos criminosos, histérica, ensanguentada, vingativa, preconceituosa, de uma crueldade inverossímil. Viu o terrível embate entre as "putas", que trabalhavam, e os "ladrões", ortodoxos, que se recusavam ao trabalho.

Dizia: "Ninguém é preso à toa", os presos por engano eram um grupo pequeno de gente, do qual ele fazia parte. Os outros eram reprimidos com motivo: a espada da justiça punia os inimigos da Revolução.

Viu adulação, traição, submissão, crueldade... Chamava esses traços de manchas de nascença do capitalismo, e acreditava que elas eram ostentadas pela gente do passado, oficiais brancos, cúlaques, nacionalistas burgueses.

Sua fé era inabalável, sua entrega ao Partido, ilimitada.

Neumolímov, prestes a sair do armazém, disse inesperadamente:

— Ah, já ia me esquecendo, perguntaram de você.

— Onde?

— No trem de ontem. Estavam distribuindo tarefas. Um homem perguntou por você. Eu disse: "Por acaso conheço, por acaso venho dormindo na tarimba ao lado da dele há quatro anos." Ele se apresentou, mas não lembro seu sobrenome.

— Como ele era? — perguntou Abartchuk.

— Ah, um homem bem mirrado, com uma cicatriz na têmpora.

— Oh! — gritou Abartchuk. — Seria Magar?

— Esse aí.

— É o meu camarada mais antigo, meu mentor, quem me levou para o Partido! O que ele perguntou? O que disse?

— A pergunta de hábito: qual a sua pena? Eu disse: pediu cinco, recebeu dez. E agora anda com tosse, então vai ficar livre mais cedo.

Sem ouvir Neumolímov, Abartchuk repetia:

— Magar, Magar... Trabalhou um tempo na Tcheká... Era um homem especial, sabe, especial. Capaz de dar tudo a um camarada, de tirar o casaco no inverno, de ofertar o último pedaço de pão. E também inteligente e instruído. E de puro sangue proletário, filho de um pescador de Kertch.

Olhou ao redor e se inclinou para Neumolímov.

— Lembra, nós dissemos que os comunistas do campo deveriam formar uma organização para ajudar o Partido, e Abracha Rubin perguntou: "Quem seria o secretário?" É ele.

— Eu voto em você — disse Neumolímov —, não conheço ele. Como vamos encontrá-lo? Dez caminhões cheios de gente foram para os subcampos, e ele deve ter ido junto.

— Não é nada, vamos encontrar, ah, Magar, Magar. Quer dizer que ele perguntou de mim?

Neumolímov disse:

— Que memória a minha, quase esqueci por que vim até aqui. Preciso de papel em branco.

— Uma carta?

— Não, uma declaração para Siôma Budiônni.[109] Vou para o front.

— Não vão deixar.

— Siôma se lembra de mim.

— O Exército não aceita presos políticos. Nossas minas dão muito carvão. Nossos combatentes vão lhe agradecer por isso.

— Quero lutar.

— Budiônni não vai ajudar. Eu escrevi para Stálin.

— Não vai ajudar? Você está de brincadeira. É Budiônni! Ou o papel está em falta aqui? Não queria pedir, mas é que na Seção de Cultura e Educação não vão dar. Gastei a cota.

— Tudo bem, dou uma folha — disse Abartchuk.

Ele tinha algumas folhas das quais não precisava prestar contas. Na Seção de Cultura e Educação as folhas eram contadas, e depois era preciso dizer em que cada uma delas tinha sido empregada.

À noite, na barraca, a vida transcorria como de hábito.

O velho membro da cavalaria imperial Tungússov, piscando os olhos, contava sua interminável história açucarada; os criminosos ouviam com atenção, coçando-se e balançando as cabeças em aprovação. Tungússov urdiu um caldo intrincado e confuso, no qual misturava os nomes de bailarinas conhecidas, do célebre Lawrence, descrições de

---

[109] Semion Mikháilovitch Budiônni (1883-1973), marechal do Exército Vermelho.

palácios, eventos da vida dos três mosqueteiros, navegações do *Nautilus* de Júlio Verne.

— Calma, calma — disse um dos ouvintes —, como é que ela atravessou a fronteira da Pérsia se ontem você disse que ela tinha sido envenenada pelos guardas?

Tungússov se calou, olhou docilmente para o crítico e, depois, afirmou decididamente:

— A situação de Nádia só parecia sem esperança. Os esforços do médico tibetano, que despejou em seus olhos entreabertos gotas de uma preciosa tisana, feita de folhas azuis, devolveram-lhe a vida. Pela manhã, ela já estava tão recuperada que conseguia se movimentar pelo quarto sem a ajuda de ninguém. Ela recuperou as forças.

A explicação satisfez os ouvintes.

— Está claro... siga adiante — disse um deles.

No canto, que era chamado de setor do colcoz, davam gargalhadas ao ouvir as besteiras do bufão Gassiutchenko, que tinha sido administrador dos alemães e cantarolava quadras obscenas:

A vovozinha tá no fogão
Vovô esperto, não é jacu...

E então seguiam-se umas rimas que faziam todo mundo arrebentar de rir. Um jornalista e escritor de Moscou que sofria de hérnia, um homem bom, inteligente e tímido, mastigava lentamente o pão branco seco que tinha recebido da esposa na véspera. Era evidente que o gosto e o ruído do pão recordavam-no de sua vida anterior: havia lágrimas em seus olhos.

Neumolímov discutia com um tripulante de tanque que tinha ido parar no campo acusado de assassinato por motivo torpe. O tanqueiro divertia os ouvintes achincalhando a cavalaria, enquanto Neumolímov, branco de ódio, gritava para ele:

— Você sabe muito bem o que fizemos com nossas espadas em 1920!

— Sei, cortaram as cabeças das galinhas. Um tanque KV acaba sozinho com toda a sua Primeira Cavalaria. Não queira comparar a Guerra Patriótica[110] com a Guerra Civil.

---

[110] Ou seja, a Segunda Guerra Mundial.

O jovem ladrão Kolka Ugárov tinha grudado em Abracha Rubin, tentando convencê-lo a trocar suas botinas por chinelos rasgados de sola solta.

Rubin, pressentindo problemas, bocejava nervosamente e olhava para os vizinhos em busca de apoio.

— Veja, judeu — disse Kolka, que parecia um gato feroz, ligeiro e de olhos claros. — Veja, seu pulha, minha paciência está acabando.

Depois Ugárov disse:

— Por que você não me deu atestado de liberação do trabalho?

— Você está com saúde, não tenho esse direito.

— Não vai dar?

— Kólia, querido, juro que faria com gosto, mas não posso.

— Não vai dar?

— Veja, entenda. Tente ver que, se eu pudesse...

— Legal. É assim.

— Calma, calma, entenda.

— Já entendi. Agora você é que vai entender.

O sueco russificado Stedding, que diziam ter sido espião de verdade, afastou-se por um instante do quadro que desenhava em um pedaço de cartão que recebera da Seção de Cultura e Educação, deu uma olhada em Kolka, outra em Rubin, balançou a cabeça e voltou a se ocupar do quadro, que se chamava *Mãe Taiga*. Stedding não tinha medo dos criminosos comuns, os quais, por algum motivo, não mexiam com ele.

Quando Kolka partiu, Stedding disse a Rubin:

— Você está se comportando como um louco, Abram Iefímovitch.

Outro que não tinha medo dos criminosos era o bielorrusso Konachévitch, que antes dos campos tinha sido mecânico de aviação no Extremo Oriente e conquistado o campeonato de boxe da frota do oceano Pacífico na categoria meio-pesado. Os criminosos respeitavam Konachévitch, mas ele nunca intervinha em favor dos que eram molestados pelos ladrões.

Abartchuk caminhava lentamente pela passagem estreita entre os beliches de dois andares, e o desespero novamente o assaltava. A extremidade do barracão de cem metros estava imersa em um nevoeiro de *makhórka*, e a cada vez parecia que, ao chegar ao horizonte das barracas, Abartchuk veria algo de novo, mas tudo permanecia igual: a plataforma, na qual, debaixo das calhas-lavatório de madeira, os detentos lavavam a roupa, os lambazes apoiados nas paredes de argamassa, os baldes tingidos, os colchões nas tarimbas, com o estofado escapando pelos buracos do pano de saca, o ruído uniforme das conversas, os rostos macilentos e de cor única dos detentos.

A maioria dos prisioneiros, à espera do toque de recolher, estava sentada nas tarimbas, falando da sopa, das mulheres, da desonestidade do cortador de pão, do destino de suas cartas a Stálin e requerimentos à Procuradoria da URSS, das novas normas para extração e transporte de carvão, do frio de hoje, do frio de ontem.

Abartchuk caminhava lentamente, ouvindo fragmentos de conversas, e parecia que um único e infinito assunto se esticava ao longo dos anos pelas milhares de pessoas nas escoltas, nos trens e nas barracas do campo: mulheres para os jovens, e comida para os velhos. Era especialmente desagradável quando os velhos falavam avidamente das fêmeas, enquanto a juventude discorria sobre o sabor da comida no mundo livre lá fora.

Ao passar pela tarimba em que Gassiutchenko estava sentado, Abartchuk apressou o passo; o velho, cuja mulher os filhos e netos chamavam de "mamãe" e "vovó", dizia coisas realmente horríveis.

Que o toque de recolher chegasse logo: ele ficaria deitado na tarimba, com a cabeça enterrada no sobretudo acolchoado, sem ver nem escutar.

Abartchuk olhou para a porta: logo entraria Magar. Abartchuk tinha convencido o responsável a colocá-los lado a lado, e à noite poderiam conversar de maneira franca e sincera, como dois comunistas, professor e aprendiz, membros do Partido.

Nas tarimbas em que estavam alojados os donos do barracão — Perekrest, chefe da brigada de carvão, Bárkhatov e Zaiókov, o responsável pela barraca — organizou-se um banquete. O criado da chefia, o ex-encarregado de planejamento Jeliábov, estendeu no criado-mudo uma toalha, em cima da qual havia bacon, arenque e pães, "taxas" recolhidas por Perekrest junto aos trabalhadores de sua brigada.

Abartchuk passou junto à tarimba da chefia sentindo o coração palpitar; talvez o chamassem, o convidassem. Ele comeria de bom grado algo gostoso. Aquele patife do Bárkhatov! Ele faz o que quer no armazém, Abartchuk sabe que ele furta pregos, que roubou três limas, e nunca abriu a boca... Bem que ele podia chamá-lo: "Ei, chefia, venha cá." Desprezando-se, Abartchuk sentiu que não era apenas a vontade de comer, mas outro sentimento que o agitava: um sentimento vil e mesquinho dos campos. Estar no círculo dos fortes, falar de perto com Perekrest, diante do qual tremia um campo imenso.

Abartchuk pensou em si — um pulha. Pensou em Bárkhatov — outro pulha.

Não o chamaram, chamaram Neumolímov, e, sorrindo com os dentes marrons, lá foi o comandante de brigada de cavalaria, condecorado duas vezes com a ordem da Bandeira Vermelha. O homem sorridente, que se sentava à mesa dos ladrões, vinte anos antes tinha conduzido em combate os regimentos que queriam implantar a Comuna mundial...

Por que hoje ele tinha falado a Neumolímov de Tólia, de tudo o que lhe era mais querido?

Mas ele também tinha combatido pela Comuna, e, de seu gabinete nas obras do Kuzbass, havia enviado relatórios a Stálin, e tinha desejado que o chamassem, quando passou, com expressão falsamente indiferente, perto do criado-mudo coberto com um guardanapo sujo.

Abartchuk foi até a tarimba de Monidze, que estava remendando meias, e disse:

— Sabe o que eu pensei? Não tenho inveja de quem está livre. Tenho inveja dos que estão nos campos de concentração alemães. Como é bom! Você se senta e sabe que aquele que está batendo em você é um fascista. Nosso destino é mais terrível, mais difícil: são os nossos, os nossos, os nossos e os nossos.

Monidze ergueu até ele os grandes olhos tristes e falou:

— Hoje Perekrest me disse: "Fica na sua, *katso*,[111] vou dar no seu crânio com o punho e, se for à guarda, vão me agradecer. Você é o pior dos traidores."

Abracha Rubin, sentado na tarimba vizinha, disse:

— E isso não é o pior.

— Sim, sim — disse Abartchuk. — Viram como o comandante de brigada ficou feliz quando o chamaram?

— E como você ficou bravo ao não ser chamado? — disse Rubin.

Abartchuk, com aquele ódio peculiar que nasce da dor de uma recriminação justa e da desconfiança, disse:

— Leia a sua própria alma e deixe a minha em paz.

Rubin semicerrou os olhos como uma galinha:

— Eu? Eu nem sequer ouso ficar amargurado. Sou da casta mais baixa, os intocáveis. Você ouviu minha conversa com Kolka?

---

[111] Designação pejorativa de georgiano.

— Não, não é — descartou Abartchuk, levantando-se para novamente ir para o lado da plataforma, na passagem entre as tarimbas, e de novo chegaram até ele as palavras da conversa longa e infindável.

— Borche com porco nos dias de semana e até no domingo.

— Ela tem um peito que você não acredita.

— Gosto do que é simples: carneiro com mingau. Não preciso da sua maionese, cidadão.

Retornou à tarimba de Monidze, sentou-se e ouviu a conversa.

Rubin dizia:

— Não entendi por que ele disse "Você vai virar compositor". Ele disse isso no sentido de virar informante. Vão escrever uma ópera, vão operar informações.

Monidze, continuando o remendo, falou:

— Para o diabo com ele. Informante é o fim da picada.

— Como assim informante? — disse Abartchuk. — Você é comunista.

— Sou como você — respondeu Monidze. — Um ex-comunista.

— Não sou ex — disse Abartchuk. — Nem você.

Rubin voltou a irritá-lo, expressando uma suspeita justa, que sempre soa ultrajante e injusta.

— O caso não é o comunismo. Estou farto de lavagem de milho três vezes por dia. Por um lado, não posso nem ver essa sopa. Por outro, não queria ser morto no meio da noite e ser achado pela manhã como o Orlov, com a cara enfiada na privada. Você ouviu minha conversa com Kolka Ugárov?

— A cabeça para baixo, as pernas para cima! — disse Monidze, começando a rir, talvez porque não houvesse motivos para rir.

— Você acha que eu sou guiado apenas pelo instinto de autopreservação? — perguntou Abartchuk, experimentando um desejo histérico de bater em Rubin.

Voltou a se erguer da tarimba e passear pelo barracão.

Claro que estava farto do caldo de milho. Quantos dias ele tinha passado conjecturando qual seria a refeição no aniversário da Revolução de Outubro: ragu de legumes, macarrão à marinheira, pudim?

Claro que muita coisa dependia da operação de informações, e são misteriosos e nebulosos os caminhos que levam aos píncaros da vida — responsável de banhos, cortador de pão. Ele poderia trabalhar no laboratório: avental branco, com uma chefe civil, sem dependência dos criminosos; poderia trabalhar na seção de planejamento, administrar uma mina... Mas Rubin não tinha razão. Rubin queria humilhar. Rubin minava as forças, procurava na pessoa aquilo que se infiltrava furtivamente em seu subconsciente. Rubin era um sabotador.

Por toda a vida Abartchuk fora intransigente com os oportunistas, odiando elementos de duas caras e socialmente alheios.

Sua força espiritual, sua fé residiam na justeza dos julgamentos. Ele tinha duvidado da mulher e se separado dela. Não acreditara que ela criaria o filho como um lutador incansável e se negou a dar seu nome a ele. Tinha estigmatizado os hesitantes, desprezado os que se lamuriavam, revelando a fraqueza dos descrentes. Entregara à justiça engenheiros do Kuzbass que estavam com saudades das suas famílias de Moscou. Condenara quarenta trabalhadores socialmente ambíguos, que haviam deixado a obra para voltar à aldeia. Havia se afastado de seu pai, pequeno-burguês.

Era doce ser inabalável. Ao julgar ele confirmava sua força interna, seu ideal, sua limpeza. Aí residia seu prazer, sua fé. Jamais se esquivara da mobilização partidária. Recusara de bom grado a mais elevada remuneração do Partido. A renúncia voluntária era sua autoafirmação. Com a mesma camisa militar e botas ele ia ao trabalho, à reunião do colegiado de comissários do povo, ao teatro, passeava à beira-mar em Ialta, quando o Partido o enviava para se tratar. Ele queria ser como Stálin.

Ao perder o direito de julgar, ele tinha perdido a si mesmo. E Rubin sentia isso. Quase todo dia ele aludia às fraquezas, às dificuldades, aos desejos mesquinhos que penetravam na alma dos detentos.

Dois dias antes ele dissera:

— Bárkhatov fornece metal do armazém à delinquência, mas o nosso Robespierre fica calado. Os frangos também querem ficar vivos.

Quando Abartchuk, preparando-se para condenar alguém, sentia que ele também podia ser condenado, começava a vacilar, era tomado pelo desespero; perdia-se.

Abartchuk deteve-se junto à tarimba em que o velho príncipe Dolgorúki falava com Stepánov, jovem professor do Instituto de Economia. Stepánov se comportava no campo com arrogância, recusando-se a se levantar quando a chefia chegava ao barracão, exprimindo abertamente sua visão antissoviética. Ele se orgulhava de, diferentemente da massa dos prisioneiros políticos, estar lá com motivo: havia escrito um artigo com o título "O Estado de Lênin-Stálin" e dado para seus alunos lerem. Fora denunciado pelo terceiro ou quarto leitor.

Dolgorúki tinha voltado da Suécia para a União Soviética. Antes da Suécia, vivera longamente em Paris, sentindo saudades da pátria.

Fora detido uma semana depois da chegada. No campo ele rezava, fazia amizade com membros de seitas e escrevia versos de teor místico.

Agora ele estava lendo seus versos para Stepánov.

Abartchuk, apoiando os ombros nas tábuas de sustentação que ficavam entre o primeiro e o segundo andar das tarimbas, ouvia a leitura. Dolgorúki, com os olhos semicerrados, lia com os lábios rachados trêmulos. Sua voz baixa também era trêmula e rachada:

> Fui eu mesmo que escolhi a hora de meu nascimento,
> O ano e a região, o reino e o povo,
> Para passar por todos os martírios e batismos,
> Remorsos, fogo e água.
> Atirado à goela ávida
> Da besta do apocalipse,
> Caído para o mais baixo possível,
> Na podridão e no fedor — mas tenho fé!
> Creio na justiça da força suprema,
> Libertada pelos versos antigos,
> E, das entranhas da Rússia carbonizada,
> Digo: és justo, tu que assim julgaste!
> É preciso, até obter a têmpera de diamante
> Calcinar toda a espessura dos seres.
> E se a lenha no forno de fundição for pouca,
> Senhor, toma a minha carne!

Terminada a leitura, ele continuou sentado com os olhos semicerrados, e os lábios seguiram a se mover, sem som.

— Que merda — disse Stepánov. — Pura decadência.

Dolgorúki apontou em volta de si com a mão pálida e exangue.

— Veja para onde Tchernichévski e Herzen[112] levaram o povo russo. Você se lembra do que Tchaadáev escreveu na sua terceira carta filosófica?

Em tom professoral, Stepánov disse:

— O senhor e o seu obscurantismo místico são meus inimigos, tanto quanto os organizadores deste campo. O senhor e eles se esquecem de um terceiro e mais natural caminho para a Rússia: o caminho da democracia e da liberdade.

---

[112] Aleksandr Ivánovitch Herzen (1812-1870), escritor, filósofo e revolucionário russo.

Abartchuk já tinha discutido com Stepánov mais de uma vez, mas agora não queria se envolver na conversa, estigmatizar Stepánov como inimigo e emigrado interno. Foi para o canto, onde os batistas rezavam, e se pôs a ouvir seu resmungo.

Nessa hora, ressoou a voz retumbante do responsável Zarôkov:

— De pé!

Todos se ergueram: a chefia entrou no barraco. Olhando de soslaio, Abartchuk viu o rosto comprido e pálido de Dolgorúki, em posição de sentido, lábios trêmulos, com a vida por um fio. Provavelmente estava repetindo seus versos. A seu lado estava sentado Stepánov, o qual, como sempre, por impulso anarquista, não se submetia às regras da administração interna.

— Vão vasculhar, vão vasculhar — murmuravam os detentos.

Mas não era uma busca. Dois jovens soldados de escolta, usando boinas azuis e vermelhas, passavam por entre as tarimbas, fitando os detentos.

Passando por Stepánov, um deles disse:

— Você está sentado, professor, por medo de frio na bunda?

Stepánov, voltando o rosto largo e de nariz arrebitado, com uma voz alta de papagaio, respondeu com uma frase estudada:

— Camarada comandante, peço que me chame de "senhor", pois sou um prisioneiro político.

À noite, na barraca, ocorreu um incidente: Rubin foi assassinado. O assassino encostou um grande prego em seu ouvido durante o sono e depois, com um golpe forte, enfiou-o até o cérebro. Cinco pessoas, dentre as quais Abartchuk, foram levadas ao oficial de informações, que, aparentemente, se interessava pela procedência do prego. Pregos daquele tipo tinham chegado ao armazém havia pouco tempo, e ainda não havia encomendas dele.

Na hora de se lavar, Bárkhatov ficou ao lado de Abartchuk, embaixo da calha de madeira. Voltando para ele o rosto molhado, Bárkhatov, lambendo as gotas dos lábios, disse baixinho:

— Lembre-se, seu pulha, de que se me dedurar para o oficial, não vai acontecer nada comigo. Mas com você sim, na mesma noite, uma coisa que vai fazer o campo todo tremer.

Enxugando-se com a toalha, ele fitou Abartchuk com os olhos molhados de água e, lendo na expressão do outro o que queria ler, apertou sua mão.

No refeitório, Abartchuk deu a Neumolímov sua tigela de sopa de milho.

Com lábios trêmulos, Neumolímov disse:

— Que brutalidade. O nosso Abracha! Que ser humano! — e puxou para si a sopa de Abartchuk.

Calado, Abartchuk se levantou da mesa.

A multidão que estava na porta se abriu. Perekrest entrou no refeitório. Chegando à soleira, ele se inclinou, pois os tetos do campo não tinham sido calculados para gente de sua altura.

— Hoje é meu aniversário. Vamos festejar. Vamos beber vodca.

Que horror! Dezenas de pessoas tinham ouvido a execução noturna e visto o homem que chegara à tarimba de Rubin.

O que custava se levantar e dar o alarme? Centenas de pessoas fortes, unidas, em dois minutos conseguiriam dar conta do assassino e salvar o camarada. Mas ninguém levantou a cabeça nem gritou. Uma pessoa fora morta como uma ovelha. As pessoas ficaram deitadas, fingindo dormir, enfiaram a cabeça nos sobretudos para não ouvir a vítima se debatendo em sua agonia.

Que infâmia, que submissão!

E contudo ele também não tinha se levantado, também se calara, também cobrira a cabeça com o sobretudo... Sabia muito bem que a submissão não era um absurdo, e que nascia da experiência, do conhecimento das leis do campo.

Você se levanta uma noite, impede um assassinato, mas um homem com faca continua sendo mais forte do que um homem sem faca. A força da barraca é uma força efêmera, mas uma faca é sempre uma faca.

E Abartchuk pôs-se a pensar no interrogatório iminente: era fácil para o oficial exigir testemunho — não era ele quem dormia à noite na barraca, quem se lavava na plataforma com as costas convidando um golpe, quem caminhava pelas minas, quem usava as latrinas do barracão, onde de repente caíam em cima de você e enfiavam um saco na cabeça.

Sim, sim, ele havia visto, à noite, uma pessoa indo até o adormecido Rubin. Ouvira Rubin agonizando, batendo, ao morrer, as mãos e os pés na tarimba.

O oficial, capitão Michanin, levou Abartchuk até seu gabinete, encostou a porta e disse:

— Sente-se, prisioneiro.

Começou a fazer as primeiras perguntas, aquelas que sempre recebiam respostas rápidas e precisas dos presos políticos.

202

Depois ergueu os olhos cansados para Abartchuk e, sabendo de antemão que o experiente prisioneiro, temendo a inevitável represália da barraca, jamais diria como o prego tinha ido parar na mão do assassino, pôs-se a mirar Abartchuk por alguns instantes.

Abartchuk também o mirava, observava o rosto jovem do capitão, seus cabelos e sobrancelhas, as sardas no nariz, e calculava que o capitão não era além de dois ou três anos mais velho que seu filho.

O capitão fez a pergunta que o levara a convocar os prisioneiros, a pergunta que não tinha sido respondida pelos três antecessores de Abartchuk.

Abartchuk ficou calado por um tempo.

— O que é, o senhor está surdo?

Abartchuk permaneceu calado.

Como ele queria que o oficial, ainda que não sendo sincero, mas apenas tomando as providências requeridas pelo inquérito, dissesse: "Escute, camarada Abartchuk, você é comunista. Hoje você está no campo, mas amanhã vamos dar juntos a nossa contribuição como membros da mesma organização. Ajude-me como um camarada, como um membro do Partido."

Porém o capitão Michanin disse:

— Dormiu? Então terei de acordá-lo.

Mas Abartchuk não precisava ser acordado.

Com voz rouca, ele disse:

— O prego foi roubado do armazém por Bárkhatov. Entre outras coisas, ele levou três limas do armazém. O assassinato, na minha opinião, foi cometido por Nikolai Ugárov. Sei que Bárkhatov deu o prego a ele, e Ugárov havia ameaçado matar Rubin várias vezes. Ontem ele prometeu de novo, porque Rubin não tinha lhe dado dispensa do trabalho por doença.

Depois ele pegou a *papiróssa* que lhe fora oferecida e disse:

— Considero meu dever junto ao Partido informá-lo disso, camarada oficial. O camarada Rubin era um antigo membro do Partido.

O capitão Michanin acendeu seu cigarro e começou a escrever rápido e em silêncio. Depois disse, com voz suave:

— O senhor deve saber, prisioneiro, que não tem o direito de falar nem de pretender ser membro do Partido. O tratamento "camarada" é proibido para o senhor. Para o senhor eu sou o cidadão comandante.

— Reconheço minha culpa, cidadão comandante — disse Abartchuk.

Michanin disse a ele:

— Levarei alguns dias para encerrar o inquérito, e até lá estará tudo em ordem. Depois, sabe... É possível que o senhor seja transferido para outro campo.

— Não, eu não tenho medo, cidadão comandante — disse Abartchuk.

Ele foi até o armazém, sabendo que Bárkhatov não lhe perguntaria nada. Bárkhatov iria vigiá-lo insistentemente, perscrutando a verdade ao seguir seus movimentos, olhares, tosses.

Estava feliz por ter vencido a si mesmo.

Voltara a ter o direito de condenar. E, lembrando-se de Rubin, Abartchuk lamentou não poder dizer a ele as coisas ruins que tinha pensado a seu respeito na véspera.

Passaram-se três dias, e Magar não apareceu. Abartchuk perguntou dele na administração das minas, mas nenhum dos escrivães tinha visto seu nome.

À noite, quando Abartchuk já aceitava o fato de que o destino os tinha separado, veio à barraca o enfermeiro Triufelev, coberto de neve, e, sacudindo o gelo das pestanas, disse a Abartchuk:

— Escute, acabou de chegar na enfermaria um preso, pedindo que o senhor fosse até ele.

Triufelev acrescentou:

— Melhor eu levar você agora. Peça permissão ao responsável, pois não dá para confiar nos presos. Em dois tempos ele já era, e aí vocês só vão conseguir se falar quando ele estiver usando um paletó de madeira.

41

O enfermeiro conduziu Abartchuk pelo corredor do hospital, que exalava um mau cheiro particular, diferente do das barracas. Eles caminhavam pela penumbra ao lado de macas de madeira amontoadas e velhos sobretudos amarrados em trouxas, aparentemente aguardando desinfecção.

Magar estava no isolamento, um cubículo com paredes de madeira onde havia duas camas de ferro espremidas. Normalmente colocavam no isolamento os pacientes com doenças infecciosas ou os que estavam com o pé na cova. Os pés das camas eram finos como arame, mas não estavam tortos: gente obesa nunca se deitava naqueles leitos.

— Aí não, aí não, mais para a direita — soou uma voz tão familiar que Abartchuk teve a impressão de que não havia mais cabelos brancos nem cativeiro, e que estava de volta àquilo por que tinha vivido e pelo qual ficaria feliz de sacrificar a vida.

Perscrutando o rosto de Magar, disse, baixo e em delírio:

— Oi, oi, oi...

Magar, temendo não dar conta da emoção, disse, em tom deliberadamente corriqueiro:

— Mas sente-se, sente-se ao lado.

E, vendo o olhar que Abartchuk lançava ao leito vizinho, acrescentou:

— Você não vai incomodá-lo; nada mais pode incomodá-lo.

Abartchuk inclinou-se para ver melhor o rosto do camarada, depois voltou a fitar o defunto coberto:

— Faz tempo?

— Morreu há duas horas, os enfermeiros quase não tocaram nada, estão esperando pelo médico. É melhor, porque, se tivesse mais alguém aqui, os vivos não poderiam falar.

— É verdade — disse Abartchuk, mas não fez as perguntas que o interessavam apaixonadamente: "E então, você veio com Búbnov[113] ou foi o caso Sókolnikov?[114] Qual a sua pena? Você esteve no presídio de isolamento de Vladímir ou Súzdal? Comissão Especial ou Tribunal Militar? Assinou confissão?"

Olhou para o corpo do defunto e perguntou:

— Quem é ele? Morreu de quê?

— Não aguentou o campo. É um cúlaque expropriado. Chamava por uma tal Nástia, queria ir de todo jeito para algum lugar...

Abartchuk gradualmente distinguiu o rosto de Magar na penumbra. Ele não o teria reconhecido, de tanto que estava mudado: tratava-se de um velho moribundo!

---

[113] Andrei Serguêievitch Búbnov (1884-1938), revolucionário bolchevique, exterminado no Grande Expurgo de 1936-1938.
[114] Grigori Iákovlevitch Sókolnikov (1888-1939), economista, comissário das Finanças da URSS, executado na prisão a mando de Stálin durante o Grande Expurgo.

Sentindo nas costas o toque duro do cotovelo dobrado do defunto, e percebendo o olhar de Magar sobre si, pensou: "Provavelmente ele também está achando que jamais teria me reconhecido."

Magar disse:

— Só agora eu entendi. Ele ficava repetindo algo assim: á... á... á... á... Estava pedindo: "Água." Tinha uma caneca do lado, talvez eu pudesse ter realizado sua última vontade.

— Como você vê, o morto está participando da conversa.

— É compreensível — disse Magar, e Abartchuk se pôs a ouvir aquela entonação conhecida, que sempre o emocionava: era assim que, de hábito, Magar começava uma conversa séria. — Falamos dele, mas, na verdade, o assunto somos nós.

— Não, não! — Abartchuk, tomando a palma da mão ardente de Magar, apertou-a, abraçou-o, tremendo em um pranto silencioso, sufocado.

— Obrigado — balbuciava. — Obrigado, obrigado, camarada, amigo.

Calou-se. Ambos respiravam pesadamente. Suas respirações se confundiram em uma só, e Abartchuk teve a impressão de que não eram só as respirações que se juntavam.

Magar foi o primeiro a falar.

— Escute — disse. — Escute, amigo, esta é a última vez que o chamo assim.

— Pare com isso, você vai viver! — disse Abartchuk.

Magar se sentou na cama.

— Para mim é uma tortura, mas tenho que falar. Escute bem — ele disse ao defunto —, isso se refere a você e à sua Nástia. Trata-se da minha última tarefa revolucionária, e eu vou cumpri-la. Você, camarada Abartchuk, é de uma natureza especial. E nos conhecemos em uma época especial: acho que a melhor época das nossas vidas. Contudo, eu digo... Estávamos errados. Veja ao que levou o nosso erro, veja... Você e eu deveríamos pedir desculpas a ele. Dê-me um cigarro. De que serve o arrependimento? Nenhuma penitência vai nos redimir. Era isso que eu queria dizer a você em primeiro lugar. Agora, a segunda coisa. Nós não compreendemos a liberdade. Nós a esmagamos. Nem mesmo Marx lhe dava valor: ela é o fundamento, a razão de ser, a base por debaixo da base. Sem liberdade não há revolução proletária. Essa era a segunda coisa que eu queria dizer, agora escute a terceira. Caminhamos pelo campo, pela taiga, e a nossa fé é mais forte do que tudo. Isso não é força; é fraqueza, autopreservação. Para além do arame farpado, a autopreservação leva as pessoas a se modificarem, senão morrem, vão parar em um campo de prisioneiros. E os comunistas criaram ídolos, vestiram dragonas e uniformes, pregaram o nacionalismo, levantaram a mão contra a classe trabalhadora e, se preciso, chegarão à ideologia da Centúria Negra... Contudo, aqui, no campo, o mesmo instinto os leva a não mudar; se você não quiser vestir um casaco de madeira enquanto viver no campo, então não mude, aí reside a salvação... Os dois lados da mesma moeda...

— Basta! — gritou Abartchuk e deu um pulo, levando o punho cerrado ao rosto de Magar. — Quebraram você! Você não aguentou! O que você disse é uma mentira, um delírio.

— Seria ótimo, mas não estou delirando. Estou voltando a chamá-lo! Como o chamei há vinte anos! Se não podemos viver como revolucionários, então morramos, porque viver assim é pior.

— Pare, chega!

— Perdoe-me. Eu entendo. Pareço uma velha cortesã chorando a virtude perdida. Mas eu lhe digo: lembre-se! Meu querido, perdoe-me...

— Perdoar? Teria sido melhor que eu... teria sido melhor que você estivesse como esse defunto, e que não tivéssemos nos encontrado...

De pé junto à porta, Abartchuk disse:

— Ainda virei visitá-lo. Vou corrigir a sua mente. Agora eu é que serei seu mentor.

De manhã, o enfermeiro Triufelev encontrou Abartchuk no pátio do campo, arrastando um trenó com um botijão de leite, amarrado com um barbante. Era estranho, no círculo polar, que o homem tivesse o rosto suado.

— Seu amigo não vai tomar leite hoje — disse. — Ele se enforcou ontem à noite.

É agradável surpreender alguém com uma novidade, e o enfermeiro olhou para Abartchuk com benévolo ar de triunfo.

— Deixou algum bilhete? — perguntou Abartchuk, sorvendo o ar glacial. Parecia-lhe que Magar teria certamente deixado um bilhete dizendo que aquilo que acontecera na véspera havia sido um acidente.

— Para que um bilhete? Tudo o que se escreve vai parar na mão do oficial de informações.

Aquela noite foi a mais difícil da vida de Abartchuk. Ele deitou-se imóvel, apertando os dentes, fitando com os olhos arregalados a parede com as marcas escuras dos percevejos esmagados.

Voltava-se para o filho, ao qual se recusara a dar o sobrenome, e o chamava: "Agora eu só tenho você, você é a minha única esperança. Veja, meu amigo e mentor quis acabar com a minha mente e a minha vontade, e acabou consigo mesmo. Tólia, Tólia, eu só tenho você, só você no mundo. Você pode me ver, pode me escutar? Você conhece algum lugar no qual seu pai, esta noite, consiga não sucumbir e não vacilar?"

Ao redor, ao lado, o campo dormia. Dormia profundo, ruidoso, feio, o ar pesado e sufocante continha roncos, murmúrios, ruídos de sonhos, ranger de dentes, gritos e gemidos prolongados.

Abartchuk se ergueu de repente, com a impressão de que uma sombra rápida e silenciosa se movia ao redor.

42

No final do verão de 1942, os combatentes do grupo do Cáucaso, de Kleist, tomaram o primeiro campo de petróleo soviético, perto de Maikop. As tropas alemãs estavam em Nordkapp e em Creta, no norte da Finlândia e às margens do canal da Mancha. O marechal Erwin Rommel, o soldado do sol, estava a oitenta quilômetros de Alexandria. No topo do monte Elbruz, caçadores fincaram a bandeira com a suástica. Manstein recebeu ordem de deslocar gigantescos canhões e lançadores de foguete Nebelwerfer para a cidadela do bolchevismo, Leningrado. O cético Mussolini elaborava planos de entrada no Cairo, praticando equitação em um corcel árabe. Dietl, o soldado da neve, estava em latitudes boreais às quais nenhum desbravador europeu jamais chegara. Paris, Viena, Praga, Bruxelas haviam se tornado cidades provinciais da Alemanha.

Havia chegado o momento da execução dos mais cruéis planos do nacional-socialismo, endereçados contra o ser humano, sua vida e liberdade. Os líderes do fascismo mentem quando afirmam que a intensidade da luta os forçou à crueldade. Pelo contrário, o perigo lhes dava clarividência, e a insegurança quanto à própria força os levava a se resguardar.

O mundo vai se afogar em sangue no dia em que o fascismo estiver inteiramente seguro de seu triunfo definitivo. Se o fascismo ficar sem inimigos armados na terra, os carrascos, assassinos de crianças, mulheres e velhos, não vão conhecer limites. Pois o maior inimigo do fascismo é o ser humano.

No outono de 1942, o governo imperial adotou leis especialmente cruéis e desumanas.

Em particular, em 12 de setembro de 1942, momento do apogeu militar do nacional-socialismo, os judeus que povoavam a Europa foram completamente retirados dos tribunais de direito e entregues à Gestapo.

A direção do Partido e Adolf Hitler em pessoa tomaram a decisão de aniquilar completamente a nação judaica.

43

Sófia Óssipovna Levinton pensava às vezes em sua vida anterior: os cinco anos de estudos na Universidade de Zurique, as férias de verão em Paris e na Itália, os concertos no conservatório e as expedições às regiões montanhosas da Ásia Central, o trabalho de médica, que a ocupara por 32 anos, os pratos prediletos, os amigos cujas vidas, com seus dias bons e ruins, se entrelaçavam com a sua, os telefonemas frequentes, as expressões coloquiais "salve... até...", os jogos de cartas, as coisas que haviam ficado no apartamento de Moscou.

Lembrava-se dos meses em Stalingrado: Aleksandra Vladímirovna, Gênia, Serioja, Vera, Marússia. Quanto mais próximas essas pessoas tinham sido, mais distantes elas agora pareciam.

Certa noite, no vagão de mercadorias trancado do trem, parado em uma via de resguardo do entroncamento ferroviário perto de Kiev, ela catava piolhos na gola da camisa militar enquanto duas senhoras perto dela falavam em iídiche, rápido e baixinho. Nesse momento ela se deu conta, com clareza inusitada, de que era exatamente com ela, com Sônietcha, Sonka, Sofia, Sófia Óssipovna Levinton, major do serviço médico, que tinha acontecido aquilo.

A principal modificação nas pessoas consistia em que se enfraquecia o sentido de sua natureza particular, de sua individualidade, e se fortalecia, crescia o sentido do destino.

"Quem sou eu? Quem sou eu de verdade, eu, eu, eu?", pensava Sófia Óssipovna. "A baixinha ranheta que tinha medo do pai e da avó? A gorducha irascível com patentes na gola? Ou essa criatura sarnenta e piolhenta?"

O desejo de felicidade tinha ido embora, mas haviam surgido muitos sonhos: matar os piolhos... alcançar uma fresta e respirar ar puro... urinar... lavar pelo menos uma perna... e o mais forte de todos: beber.

Foi jogada para dentro do vagão e, examinando a penumbra, que parecia escuridão completa, ouviu um riso velado.

— Quem está rindo, algum louco? — perguntou.

— Não — respondeu uma voz masculina. — Estamos contando piadas.

Alguém afirmou, em tom melancólico:

— Mais uma judia veio parar em nosso vagão desgraçado.

Sófia Óssipovna, de pé junto à porta, estreitava os olhos para se acostumar com a escuridão e respondia a perguntas.

Imediatamente, junto com os choros, os gemidos e o fedor, Sófia Óssipovna foi tragada de repente pela atmosfera das palavras e entoações esquecidas da infância...

Sófia Óssipovna queria avançar pelo vagão, mas não conseguiu. Sentiu na escuridão uma perna magra com calças curtas e disse:

— Desculpe, menino, machuquei você?

Mas o menino não respondeu. Sófia Óssipovna falou para a escuridão:

— Mamãe, será que dá para mudar o seu filho mudo de lugar? Não tenho como ficar de pé o tempo todo.

Uma histérica voz masculina de ator, vinda do canto, afirmou:

— Devia ter mandado um telegrama com antecedência, daí teríamos preparado um quarto com banho.

Sófia Óssipovna disse, para si:

— Estúpido.

Uma mulher, cujo rosto já era possível distinguir na penumbra, disse:

— Sente-se ao meu lado, aqui há muitos lugares.

Sófia Óssipovna sentiu que os dedos tremiam.

Esse era o mundo que ela conhecia da infância, o mundo da vila judia, e ela sentia como tudo nesse mundo tinha mudado.

No vagão havia grupos de trabalhadores, um técnico de rádio, estudantes de pedagogia, professores de escolas técnicas, o engenheiro de uma fábrica de conservas, um zootécnico, uma veterinária. Antes a vila não conhecia essas profissões. Mas então Sófia Óssipovna não tinha mudado, era a mesma de quando tinha medo do pai e da avó. E talvez esse novo mundo também não tivesse mudado. Mas, no fim das contas, tanto fazia: velha ou nova, a vila judia despencava no abismo.

Ela ouviu uma jovem voz feminina:

— O alemão de hoje é um selvagem que nunca ouviu falar em Heinrich Heine.

De outro canto, uma voz masculina afirmou, com malícia:

— Em resumo, esses selvagens estão nos transportando como gado. E no que esse Heine nos ajuda?

Interrogaram Sófia Óssipovna sobre a situação do front, e, como ela não tinha nada de bom para contar, disseram-lhe que suas informações eram incorretas, e ela compreendeu que o vagão de gado tinha sua própria estratégia, fundada em uma apaixonada sede de existir.

— Talvez a senhora não saiba que Hitler deu um ultimato para que todos os judeus sejam imediatamente libertados.

Sim, sim, claro que é isso. Quando o sentimento de angústia bovina e do irremediável dá lugar à sensação terrível de pavor, o que ajuda as pessoas é o ópio insensato do otimismo.

Logo o interesse em Sófia Óssipovna se desvaneceu, e ela se tornou mais uma passageira, sem saber para onde e por que estava sendo levada, como todos os outros. Ninguém perguntou seu nome e patronímico, nem se lembrou de seu sobrenome.

Sófia Óssipovna chegou a se admirar de que não tivessem sido necessários mais que alguns dias para percorrer o caminho de volta, de ser humano para animal sujo e desgraçado, privado de nome e liberdade. Contudo, a evolução até a condição de ser humano havia levado milhões de anos.

Surpreendeu-a que, em meio àquela enorme calamidade, as pessoas continuassem a se importar com mesquinharias cotidianas, que se irritassem umas com as outras por bobagens.

Uma senhora cochichou para ela:

— Veja, doutora, aquela grande dama, sentada perto da fresta, como se só o filho dela precisasse de oxigênio. É uma madame a caminho do balneário.

À noite, a composição parou duas vezes, e todo mundo ouviu o rangido dos passos dos guardas e palavras indistintas em russo e em alemão.

A língua de Goethe soava horrível nas paradas noturnas de trem da Rússia, mas aspecto ainda mais sinistro tinha a língua russa na boca dos colaboradores alemães.

Pela manhã, como todos, Sófia Óssipovna sofria de fome e sonhava com um gole d'água. Até mesmo seus sonhos eram acanhados, tímidos; ela via uma lata de conservas amassada com um líquido morno no fundo. Coçava-se com os movimentos rápidos e curtos de um cachorro coçando pulgas.

Agora Sófia Óssipovna tinha a impressão de haver compreendido a diferença entre viver e sobreviver. A vida havia acabado, cessado, mas a existência se prolongava, continuava. Embora ela fosse miserável e insignificante, a ideia de uma morte violenta enchia-lhe a alma de horror.

Choveu, e algumas gotas caíram na janela gradeada. Sófia Óssipovna arrancou uma tira gorda da barra da camisa, se aproximou da parede do vagão, onde havia uma pequena fenda, enfiou o material e esperou que o farrapo se impregnasse da água da chuva. Depois, tirou o trapo gélido e úmido da fenda e começou a mastigá-lo. Junto às paredes e nos cantos do vagão as pessoas também se puseram a mascar farrapos, e Sófia Óssipovna sentiu orgulho por ter inventado um jeito de pescar a água da chuva.

O menino que Sófia Óssipovna havia interpelado à noite não estava sentado longe dela, e observava como as pessoas enfiavam os trapos nas fendas das portas e do chão. Na luz difusa ela viu seu rosto magro e de nariz afilado. Ele parecia ter 6 anos. Sófia Óssipovna refletiu que, durante todo o tempo em que estivera no vagão com o menino, ninguém tinha falado com ele, que ficara sentado, imóvel, sem dizer uma palavra a quem quer que fosse. Estendeu um trapo úmido a ele e disse:

— Tome, garoto.

Ele ficou em silêncio.

— Pegue, pegue — disse, e ele esticou o braço, indeciso.

— Qual o seu nome? — perguntou.

Ele respondeu baixo:

— David.

A vizinha, Mússia Boríssovna, contou que David saíra de Moscou para visitar a avó, e a guerra o separou da mãe. A avó tinha morrido no gueto, e uma parente de David, Rebecca Buchman, que viajava com o marido doente, não permitira que o menino se sentasse perto dela.

À tarde, Sófia Óssipovna ouviu muitos relatos, contos, discussões, e falou e discutiu muito. Ao se dirigir aos vizinhos, dizia:

— *Brider yidin*,[*] eu lhe digo o seguinte.

* * *

---

[*] Irmão judeu (iídiche). (N. A.)

Muitos tinham esperança no fim da viagem, achavam que estavam sendo levados para os campos, onde cada um trabalharia na sua especialidade, e os doentes ficariam em barracas para inválidos. Todos falavam disso quase incessantemente. Contudo, um terror secreto, um bramido mudo e silencioso não dava sossego e habitava suas almas.

Sófia Óssipovna veio a saber pelos relatos que não era apenas a humanidade que residia nos seres humanos. Contaram-lhe de uma mulher que tinha colocado a irmã paralítica numa tina e a arrastado para a rua em uma noite de inverno, congelando-a. Contaram-lhe de mães que tinham matado os filhos, uma das quais estava no vagão. Contaram-lhe de pessoas que eram como ratazanas, vivendo secretamente, durante meses, em tubulações de esgoto e se alimentando de lixo, prontas a qualquer sofrimento para sobreviver.

A vida dos judeus sob o fascismo era terrível, mas os judeus não eram nem santos nem canalhas: eram gente.

O sentimento de compaixão que Sófia Óssipovna experimentava com relação às pessoas acorria-lhe com especial força quando ela olhava para o pequeno David.

Sófia Óssipovna não dormiu por alguns dias; não queria. Naquela noite de insônia ela também ficou sentada na escuridão fedorenta. "Onde está agora Gênia Chápochnikova?", ocorreu-lhe de repente. Ouvia os balbucios e gritos e pensava que naquelas cabeças adormecidas e excitadas por uma terrível força vital havia agora quadros que as palavras não tinham como descrever. Como guardá-los, como reproduzi-los para quando essas pessoas não vivessem mais e se quisesse saber o que havia acontecido?

"Zlata! Zlata!", gritou uma voz masculina soluçante.

44

... O cérebro quarentão de Naum Rosenberg ainda realizava seu trabalho habitual de contabilidade. Ele ia pela estrada e contava: 110 anteontem, 61 ontem, 612 nos cinco dias anteriores, um total de 783. Pena que ele não tivesse registros de homens, crianças, mulheres... As mulheres queimavam mais fácil. Um *brenner*[115] experiente dispunha os corpos de forma que os velhos ossudos, que produzem muita cinza, ardessem ao

---

[115] Queimador.

lado das mulheres. Agora dariam a ordem de sair da estrada, a mesma que, um ano antes, haviam dado àqueles que agora desenterravam e tiravam da cova com ganchos presos em cordas. Diante de um montículo, um *brenner* experiente podia determinar quantos corpos jaziam na cova: 50, 100, 200, 600, 1.000. O Scharführer[116] Elf exigia que os corpos fossem chamados de figuras: cem figuras, duzentas figuras, mas Rosenberg os chamava de pessoas, homens assassinados, criança executada, velho abatido. Ele os chamava assim para si mesmo, do contrário o Scharführer lhe daria um tiro, mas resmungava, teimoso: você está saindo da cova, homem executado... não estenda os braços para a mamãe, criança, vocês vão ficar juntos, você não vai ficar longe dela... "O que você está resmungando?" "Nada, é impressão sua." E ele continuava resmungando — combatendo, era seu pequeno combate. Anteontem havia uma cova na qual jaziam oito homens. O Scharführer gritou: "Isso é uma piada, um comando de vinte *brenners* queimar oito figuras!" Era verdade, mas o que fazer se na pequena aldeia só havia duas famílias judias? Ordens são ordens — escavar todas as sepulturas e queimar todos os corpos... Eles saíram da estrada, caminharam pela grama e, pela 115ª vez, em meio a uma clareira verde, havia um monte cinzento: um túmulo. Oito cavam, quatro derrubam troncos de carvalho e os serram em toras do comprimento de um corpo humano, dois as partem com machados e cunhas, dois trazem da estrada tábuas velhas e secas, um acendedor, latas de gasolina, quatro preparam o local da fogueira, abrem uma vala para avivar a chama; é preciso levar em conta para onde o vento sopra.

Logo o cheiro de podridão da floresta desapareceu, e os guardas se puseram a rir, a praguejar, a tapar o nariz, e o Scharführer cuspiu e foi para a orla do bosque. Os *brenners* largaram as pás, pegaram os ganchos, tapando boca e nariz com trapos... Olá, vovô, agora o senhor pode olhar para o sol de novo; como o senhor é pesado... Mamãe assassinada com três filhos: dois meninos, um dos quais já ia à escola, e uma menina, nascida em 1939, raquítica — mas tudo bem, agora já não era mais... Não estique os braços para a mamãe, criança, ela não vai a lugar algum... "Quantas figuras?", gritou o Scharführer da orla do bosque. "Dezenove", respondeu e, baixinho, completou para si: "Pessoas assassinadas." Todos praguejavam: aquilo tinha levado metade do dia. Em compensação, na semana anterior haviam aberto um túmulo com duzentas mulheres, todas jovens. Quando retiraram a camada

---

[116] "Líder de esquadrão", patente da SS equivalente a segundo-sargento.

superior de terra, um vapor cinzento se ergueu da fossa, e os guardas riram: "Que mulheres ardentes!" Por cima das ranhuras, pelas quais passa o ar, colocam-se as tábuas secas, depois as toras de carvalho, que propiciam uma chama bem rica e ardente, depois os homens assassinados, carvalho de novo, depois pedaços de corpos sem dono, depois a lata de gasolina, depois, no meio, uma bomba incendiária da aviação, depois o Scharführer dá a ordem, e os guardas riem antecipadamente: os *brenners* cantam em coro. A fogueira está acesa! Depois as cinzas são depositadas na cova. Volta a fazer silêncio. Fazia silêncio, e voltou a fazer silêncio. Depois eles foram levados para a floresta, e já não viram montículos em meio ao verde, e o Scharführer mandou abrir uma cova de quatro por dois; todos compreenderam; tinham cumprido a tarefa: 89 aldeias, mais 18 vilas, mais quatro povoados, mais duas cidades de distrito, mais três sovcozes — dois de cereais, um de produção de leite —, em um total de 116 localidades, 116 montículos escavados pelos *brenners*... Enquanto o contador Rosenberg abria uma cova para si e os outros *brenners*, calculava: na semana passada, 783, e a soma dos trinta dias anteriores dava 4.826 corpos humanos incinerados, o que totalizava 5.609 corpos incinerados. Ele não parava de contar, o que fazia o tempo passar imperceptivelmente; deduzia o número médio de figuras, não, não de figuras, o número de corpos humanos: 5.609 dividido pelo número de túmulos, 116, dava 48,35 corpos humanos por vala comum; arredondando, 48 corpos humanos por cova. Levando em conta que vinte *brenners* trabalharam ao longo de 37 dias, para cada *brenner* dava... "Em fila", gritou um velho guarda, e o Scharführer Elf ordenou, retumbante: "In die Grube, Marsch!"[117] Mas ele não queria ir para o túmulo. Saiu correndo, caiu, voltou a correr, corria sem agilidade, um contador não sabe correr, mas não conseguiram matá-lo, e ele se deitou na grama da floresta, em silêncio, sem acreditar no céu sobre sua cabeça, nem em Zlatotchka,[118] que tinha sido morta quando estava grávida de seis meses; deitado, calculou o que não tinha conseguido calcular na cova: vinte *brenners*, 37 dias, isso dá... Isso era a primeira coisa; em segundo lugar, precisava estimar quantos metros cúbicos de carvalho por pessoa; em terceiro, quantas horas em média para arder uma pessoa, quantos...

Em uma semana a polícia o pegou e levou para o gueto.

---

[117] Para a cova, marchem!
[118] Apelido de Zlata.

E ali está ele agora no vagão, resmungando, calculando, multiplicando e dividindo o tempo todo. O relatório anual! Ele tinha que apresentá-lo a Bukhman, o contador-chefe do Gosbank. E de repente, à noite, no sonho, revolvendo a crosta que envolvia seu cérebro e coração, vertia lágrimas ardentes.

"Zlata! Zlata!", chamava.

45

A janela do quarto dela dava para a cerca de arame farpado do gueto. À noite, a bibliotecária Mússia Boríssovna acordou, ergueu a ponta da cortina e viu dois soldados arrastando uma metralhadora; manchas azuis de luar brilhavam no corpo polido da arma, e os óculos do oficial que marchava à frente cintilavam. Ela ouviu o ronco baixo de motor. Veículos se aproximavam do gueto com faróis apagados, e a poeira pesada da noite tinha um brilho prateado, girando em torno das rodas: era como se eles fossem deuses trafegando pelas nuvens.

Nesses calmos instantes de luar, em que unidades da SS e da SD, destacamentos da polícia ucraniana, corpos auxiliares, uma coluna de carros da reserva da Gestapo chegavam às portas do gueto, a mulher teve a dimensão da fatalidade do século XX.

O luar, o movimento cadenciado e imponente das unidades armadas, os caminhões negros e possantes, o ruído temeroso do pêndulo do relógio na parede, o odor cálido da casa: tudo o que não tinha ligação se ligava.

46

Filha do velho doutor Karássik, preso e morto em 1937, Natacha de tempos em tempos se punha a cantar no vagão. Às vezes cantava até de noite, mas as pessoas não ficavam zangadas.

Era tímida, falava sempre com voz quase inaudível, abaixando os olhos, visitava apenas os parentes próximos e ficava assombrada com a audácia das moças que dançavam em festas.

No momento em que selecionavam as pessoas destinadas ao extermínio ela não foi incluída no grupo de artesãos e médicos, cuja vida era útil poupar: a existência de uma moça murcha e grisalha não era necessária.

Um policial a tinha empurrado para um montículo empoeirado do mercado, no qual havia três bêbados, um dos quais era agora chefe de polícia, mas que ela conhecia de antes da guerra: tinha sido gerente de algum depósito ferroviário. Ela mal chegou a compreender que aqueles três ditavam as sentenças de vida e morte das pessoas; o policial a empurrou para a multidão barulhenta de milhares de crianças, mulheres e homens que haviam sido declarados inúteis.

Depois eles caminharam para o aeródromo debaixo daquele que seria seu último calor de agosto, ao lado de macieiras empoeiradas de beira de estrada, gritando estridentemente pela última vez, rasgando as roupas, orando. Natacha caminhava em silêncio.

Ela nunca tinha pensado que o sangue podia ser de um vermelho tão gritante sob o sol. Quando, por um instante, se calaram os gritos, tiros, roncos, passou a se ouvir o murmúrio do sangue dentro da vala, correndo entre os corpos brancos como pedras.

Depois houve algo nada assustador: o ruído suave da arma automática e o carrasco com um rosto simples, bondoso, bronzeado pelo trabalho, esperando pacientemente enquanto ela se aproximava dele, com acanhamento, de pé, à beira da vala que jorrava.

À noite, depois de secar a camisa molhada, ela voltou para a cidade; os mortos não saem da tumba, o que queria dizer que estava viva.

E quando Natacha cruzou as portas do gueto, viu uma festa popular na praça; uma orquestra mista de sopros e cordas tocava a melodia sonhadora e triste de uma valsa que sempre lhe agradara, e à luz pálida da lua e das lanternas descoradas casais giravam na praça empoeirada — moças, soldados, o arrastar dos pés se confundia com a música. A jovem que os observava passou a se sentir, naquele instante, alegre e segura, e se pôs a cantar, e cantava baixinho, como se pressentisse a felicidade que a esperava, e às vezes, se ninguém estivesse olhando, até arriscava dançar uma valsa.

47

David entendia mal tudo o que acontecera depois do começo da guerra. Certa noite, porém, no vagão, o passado recente surgiu na cabeça do menino com clareza gritante.

Na escuridão, vovó o levava a Bukhman. O céu estava cheio de pequenas estrelas, mas com o horizonte claro, verde-limão. Folhas de bardana roçavam-lhe as bochechas, como mãos úmidas e frias.

As pessoas estavam sentadas no sótão, em um esconderijo atrás de uma parede falsa de tijolo. As folhas de flandres negras do telhado esquentavam durante o dia. Às vezes o esconderijo se enchia de um cheiro de assado. O gueto estava em chamas. Durante o dia, todos ficavam deitados e imóveis no esconderijo. Svetlánotchka,[119] filha de Bukhman, chorava de maneira monótona. Bukhman padecia do coração, e durante o dia todos o davam por morto. Contudo, à noite, ele comia e discutia com a mulher.

De repente, o latido de cães. Vozes que não eram russas: "Asta! Asta! Wo sind die Juden?",[120] e o estrondo crescia, os alemães tinham entrado no telhado através de uma claraboia.

Depois o estrépito causado pelos alemães no céu negro de metal sossegou. Por trás da parede, ouviam-se golpes surdos e ardilosos: alguém as estava perscrutando.

No esconderijo fazia silêncio, um silêncio terrível, de tensão muscular no ombro e no peito, de olhos esbugalhados, de dentes arreganhados.

A pequena Svetlana, por causa das insinuantes batidas na parede, retomou seu lamento sem palavras. O pranto da menina prorrompeu de forma súbita e repentina; David olhou na direção dela e encontrou os olhos irados da mãe de Svetlana, Rebecca Bukhman.

Depois disso, em curto espaço de tempo, fitou aqueles olhos mais uma ou duas vezes, e a cabeça da menina, jogada para trás pela mãe como se fosse uma boneca.

Contudo, do que acontecera antes da guerra ele se lembrava em detalhes, e se recordava com frequência. Como um velho, no vagão, ele vivia do passado, que acalentava e amava.

48

Em 12 de dezembro, dia do aniversário de David, mamãe comprou para ele um livro de contos de fada. Em suas páginas via-se um cabrito cinzento numa clareira da floresta, e a mata ao redor do animal parecia especialmente sinistra. Em meio aos troncos marrom-escuros, amanitas e cogumelos via-se a goela vermelha e arreganhada e os olhos verdes de um lobo.

---

[119] Apelido de Svetlana.
[120] Asta! Asta! Cadê os judeus?

Só David sabia do inevitável assassinato. Ele batia com o punho na mesa, escondia a clareira do lobo com a palma da mão, mas compreendia que não tinha como proteger o cabrito. À noite, gritava:

— Mamãe, mamãe, mamãe!

A mãe acordava, ia até ele, como uma nuvem em meio às trevas da noite, e o menino bocejava candidamente, sentindo que a maior força do mundo estava a defendê-lo da escuridão noturna da floresta.

Quando ficou mais velho, o que lhe dava medo eram os cães vermelhos do *Livro da selva*. Certa noite, o quarto se encheu das feras vermelhas, e David, de pés descalços, passou pela cômoda e se introduziu no leito materno.

Quando David tinha febre alta, padecia de um único delírio: estava deitado em uma praia, e ondas minúsculas, do tamanho de um dedo mínimo, faziam cócegas em seu corpo. De repente, no horizonte, erguia-se uma montanha azul e silenciosa de água, a crescer e se aproximar com ímpeto. David estava deitado na areia quente, e a montanha de água azul-escura despencava sobre ele. Era mais terrível do que o lobo e os cães vermelhos.

De manhã, mamãe saía para o trabalho e ele ia para a escada de serviço e despejava uma xícara de leite em uma lata de conservas de caranguejo que era de conhecimento de um gato vadio, de rabo fino e comprido, nariz pálido e olhos chorosos. Uma vez uma vizinha contou que, ao amanhecer, pessoas com caixas tinham vindo e capturado aquele horrendo gato indigente e, graças a Deus, o levaram ao instituto.

— Para onde eu vou, onde fica esse instituto? Isso não tem cabimento algum, esqueça o pobre gato — disse a mãe, fitando seus olhos suplicantes. — Como você vai conseguir viver neste mundo? Você não pode ser tão vulnerável.

A mãe queria mandá-lo para o acampamento de férias de verão das crianças, mas ele chorou, implorou, ergueu os braços em desespero e gritou:

— Prometo que visito a vovó; tudo menos esse acampamento!

Quando a mãe o levou à avó, na Ucrânia, ele não comeu quase nada no trem; tinha vergonha de devorar um ovo cozido ou de tirar uma almôndega de um papel engordurado.

Mamãe passou cinco dias com David e vovó, depois voltou para o trabalho. Ele se despediu dela sem lágrimas, mas agarrou seu pescoço com tamanha força que ela disse:

— Você vai me sufocar, bobinho. Aqui os morangos são mais baratos, e em dois meses estarei de volta.

Do lado da casa da avó Rosa havia um ponto de ônibus, que ia da cidade até o curtume. Em ucraniano, o ponto se chamava *zupinka*.

O finado avô tinha sido membro do Bund, um homem célebre que em certa época vivera em Paris. Por causa disso, a avó era respeitada, e frequentemente dispensada de obrigações.

Das janelas abertas ouvia-se o rádio: "*Uvaga, uvaga*,[121] falamos de Kiev..."

Durante o dia a rua ficava vazia, ganhando vida quando caminhavam por ela os estudantes do curso técnico de curtimento, que gritavam uns para os outros: "Bella, você passou? Iachka, vamos estudar para a prova de marxismo!"

À noite, voltavam para casa os operários da fábrica de couro, os comerciantes e Sórok, o técnico do centro de rádio municipal. A avó trabalhava no comitê local da policlínica.

David não se aborrecia na ausência da avó.

Do lado da casa, no velho pomar que não pertencia a ninguém, em meio a macieiras velhas e sem frutos, pastava uma cabra velha, perambulavam galinhas marcadas com tinta, formigas silenciosas emergiam da grama. Os corvos e pardais, habitantes das cidades, comportavam-se no jardim de maneira barulhenta e presunçosa, mas os pássaros silvestres, cujos nomes David desconhecia, sentiam-se ali tímidos como mocinhas da aldeia.

Ele ouvia muitas palavras novas: *gletchik... dikt... kaliuja... riajenka... riaska... pujalo... liadatche... kochenia*...[122] Nessas palavras reconhecia ecos e reflexos de sua língua russa nativa. Ouviu iídiche e ficou surpreso quando mamãe e vovó falaram em iídiche perto dele. Ele nunca tinha ouvido a mãe falar em uma língua que ele não entendia.

Vovó levou David para visitar sua sobrinha, a gorda Rebecca Bukhman. No quarto, que espantou David pela abundância de cortinas brancas trançadas, entrou o contador-chefe do Gosbank, Eduard Isaákovitch Bukhman, vestindo camisa militar e botas:

---

[121] Atenção (em ucraniano no original).
[122] Jarro, madeira compensada, poça d'água, leite azedo, lentilha-d'água, espantalho, preguiçoso, gatinho (em ucraniano no original).

— Chaim — contou Rebecca —, esse é nosso visitante de Moscou, filho de Raia. — E logo acrescentou: — Então, diga olá ao tio Eduard.

David perguntou ao contador-chefe:

— Tio Eduard, por que a tia Rebecca chamou o senhor de Chaim?

— Oh, essa é uma boa pergunta — disse Eduard Isaákovitch. — Você não sabia que, na Inglaterra, todos os Chaims são Eduards?

Depois o gato começou a arranhar a porta, e quando finalmente conseguiu abri-la, todos viram, no meio do quarto, uma menina de olhos preocupados, sentada em um penico.

No domingo, David foi ao mercado com a avó. Pelo caminho iam velhas com lenços negros e condutoras de trem sonolentas e lúgubres, as mulheres arrogantes dos dirigentes regionais, com bolsas azuis e vermelhas, e as mulheres da aldeia, de botina.

Os mendigos judeus gritavam com voz zangada e grosseira, dando a impressão de que recebiam esmola não por compaixão, mas por medo. Pelo calçamento de pedra iam caminhões pesados dos colcozes carregando sacos de batata e farelo, com gaiolas trançadas, nas quais havia galinhas que gritavam a cada buraco, como judeus velhos e doentes.

O que mais o atraiu, desesperou e horrorizou foi a fila da carne. David viu uma carroça levando o corpo de um bezerro morto com a boca pálida entreaberta e o pelo branco e encaracolado sujo de sangue no pescoço.

A avó comprou uma pequena galinha pintada e a levava pelas pernas, atadas com uma fita branca, enquanto David ia ao lado, querendo, com a mão, ajudar a galinha a levantar a cabeça fraca, e se perguntando, espantado, de onde a vovó havia tirado aquela crueldade desumana.

David se lembrava das palavras incompreensíveis da mãe: os parentes do lado do avô eram pessoas da intelligentsia, enquanto os parentes do lado da avó eram pequeno-burgueses e negociantes. Devia ser por isso que a avó não tinha pena da galinha.

Entraram no pátio; um velho de solidéu veio até eles, e a avó falou com ele em iídiche. O velho pegou a galinha, começou a resmungar, a galinha cacarejou crédula, e depois o velho fez alguma coisa muito rápida, imperceptível, mas aparentemente terrível, atirando a galinha sobre o ombro. Ela gritou e se pôs a correr, batendo as asas, e o menino viu que estava sem cabeça — via-se um corpo decapitado a correr —, que o velho a tinha matado. Depois de dar alguns passos, o corpo da galinha caiu, arranhando a terra com suas patas jovens e fortes, e deixou de viver.

À noite, o menino teve a impressão de que o cheiro cru das vacas mortas e suas crias degoladas tinha entrado no quarto.

A morte, que até então vivia na floresta desenhada, onde um lobo desenhado espreitava um cabrito desenhado, naquele dia saiu das páginas do livro. Pela primeira vez ele sentiu que era mortal, não nos contos, não nos livros ilustrados, mas de verdade, como um fato real.

Ele compreendeu que um dia mamãe ia morrer. A morte não chegaria a ela e a ele vinda de uma floresta de conto de fadas, onde os pinheiros ficavam na penumbra; viria deste ar, da vida, das paredes familiares, e era impossível se esconder.

Sentiu a morte com aquela clareza e profundidade que só são acessíveis às crianças pequenas e aos grandes filósofos, cuja força de pensamento se assemelha à simplicidade e força do sentimento infantil.

Das cadeiras com assentos gastos, que haviam sido substituídos por pequenas tábuas de madeira, do grande guarda-roupa vinha um cheiro tranquilo e bom, igual ao dos cabelos e roupas da avó. Ao redor, fazia uma noite tépida, de uma tranquilidade enganadora.

49

Naquele verão, a vida saiu dos blocos de montar e das ilustrações nos abecedários. Ele viu o brilho azul da asa negra do pato, e o quanto de zombaria alegre havia em seu sorriso e em seu grasnar. Cerejas brancas cintilavam entre a folhagem, e ele trepava no tronco áspero e chegava até os frutos, arrancando-os. Aproximou-se de um bezerro preso em um terreno baldio e lhe estendeu um torrão de açúcar, petrificando-se de alegria ao ver os olhos gentis daquele bebê imenso.

O ruivo Pintchik se achegou a David e, com um "r" arrastado, afirmou:

— Vamos prrra brrriga!

Os judeus e os ucranianos do pátio da avó se pareciam. A velha Partinskaia passava pela casa da avó e falava, de forma arrastada:

— Sabe de uma coisa, Rosa Nussinovna, Sônia vai para Kiev, voltou a fazer as pazes com o marido.

Erguendo as mãos e rindo, a avó respondia:

— Que comédia!

Esse mundo parecia a David melhor e mais gentil do que a rua Kírov, onde, no poço asfaltado, passeava com seu poodle uma velha de cabelo crespo e pintado, de sobrenome Drako-Drakon; onde, ao lado da entrada principal, ficava estacionado um automóvel Zis-101; onde uma vizinha de pincenê, com uma *papiróssa* nos lábios vermelhos, sussurrava furiosamente em cima do fogão a gás comunitário: "Trotskista, tirou o meu café da boca do fogão de novo."

Era noite quando a mãe o trouxe da estação. Sob a luz da lua, eles caminharam por uma calçada de pedras ao lado de uma igreja católica branca, onde, em um nicho, havia um Jesus Cristo magro, do tamanho de um menino de 12 anos, inclinado, com uma coroa de espinhos, perto da escola de magistério onde a mãe tinha estudado.

Alguns dias mais tarde, na sexta-feira à noite, David viu os velhos indo à sinagoga em meio ao pó dourado que os pés descalços dos jogadores de futebol tinham levantado no terreno baldio.

Um encanto pungente nascia dessa combinação das *khatas* brancas ucranianas, do rangido das gruas dos poços e do traçado dos desenhos nos xales de oração preto e brancos que envolviam as cabeças desde insondáveis tempos bíblicos. E tudo misturado, *Kobzar*,[123] Púchkin e Tolstói, *Esquerdismo, a doença infantil do comunismo*,[124] os filhos dos sapateiros e dos alfaiates que tinham chegado durante a Guerra Civil, misturados com instrutores do *raikom*, os fofoqueiros e tribunos dos conselhos sindicais, motoristas de caminhão, agentes da polícia judiciária, conferencistas de marxismo.

Ao chegar à casa da avó, David ficou sabendo que a mãe era infeliz. A primeira a lhe dizer isso foi a tia Raquel, gorda, com um pescoço tão vermelho que parecia estar com vergonha o tempo todo:

— Largar uma mulher maravilhosa como a sua mãe é um pecado sem perdão.

Um dia depois, David soube que papai tinha fugido com uma mulher russa oito anos mais velha, que ganhava 2.500 rublos por mês na filarmônica, e que mamãe havia renunciado à pensão e vivia só de seus ganhos: 310 rublos por mês.

Uma vez David mostrou à avó o casulo que guardava em uma caixa de fósforos.

---

[123] Livro de poemas publicado em 1840 pelo escritor ucraniano Tarás Grigórovitch Chevtchenko (1814-1861).
[124] Obra de Lênin (1920).

Contudo, a avó disse:

— Argh, para que essa porcaria, livre-se já disso.

David foi duas vezes à estação de mercadorias para ver como embarcavam nos vagões os bois, carneiros e porcos. Ouviu o mugido alto de um boi, queixando-se ou pedindo piedade. A alma do menino se encheu de horror; porém, junto aos vagões, caminhavam funcionários da estação de ferro esfarrapados, com agasalhos ensebados, que nem sequer voltavam os rostos cansados e magros na direção do boi que gritava.

Uma semana depois da chegada de David, Débora, vizinha da avó, mulher de Lázar Iankelévitch, mecânico da fábrica de máquinas agrícolas, deu à luz seu primogênito. No ano anterior, Débora tinha ido visitar a irmã em Kódima, sendo atingida por um raio, em uma tempestade; foi reanimada, coberta de terra, ficou deitada por duas horas, como morta, e eis que, no verão, dava à luz uma criança. Foram 15 anos sem conseguir ter filhos. A avó contou isso a David, acrescentando:

— É o que as pessoas dizem, mas, além disso, ela fez uma operação no ano passado.

Então, a avó e David foram até os vizinhos:

— Olá, Lúzia! Olá, Deba![125] — disse a avó, olhando para o bichinho de duas pernas que estava deitado em uma cestinha branca. Ela pronunciou essas palavras com uma voz terrível, como se advertindo o pai e a mãe de que jamais se referissem com leviandade ao milagre que acabara de acontecer.

Em uma casinha junto à rodovia morava a velha Sorkina com dois filhos, que eram barbeiros surdos-mudos. Todos os vizinhos tinham medo deles, e a velha Partinskaia contou a David:

— São quietinhos, quietinhos, até encherem a cara. Basta beber que um cai em cima do outro, sacam as facas e gritam, escoiceando-se como cavalos!

Uma vez, a avó mandou David à casa da bibliotecária Mússia Boríssovna com uma lata de creme azedo... O quarto dela era minúsculo. Uma xícara na mesa, uma pequena estante pregada na parede, com alguns livrinhos, e uma pequena fotografia acima da cama. A fotografia mostrava a mãe com David, enrolado em uma fralda. Quando David olhou para a fotografia, Mússia Boríssovna enrubesceu e disse:

— Eu e a sua mãe nos sentávamos juntas na escola.

---

[125] Apelidos de Lázar e Débora, respectivamente.

Ele leu para ela em voz alta a fábula da cigarra e da formiga, e ela leu para ele, em voz baixa, o começo do poema: "Sacha chorava, porque derrubavam a floresta..."[126]

De manhã, o pátio estava em alarido: durante a noite, tinham roubado de Solomon Slepói o casaco de peles, que fora costurado para o verão e conservado com naftalina.

Quando a avó ficou sabendo do extravio do casaco, disse:

— Bem feito. Era o mínimo que esse bandido merecia.

David ficou sabendo que Slepói tinha sido um delator e que, durante o confisco de moeda estrangeira e das notas douradas de cinco rublos, havia entregado muita gente. Em 1937, voltou a entregar. Dos que entregou, dois foram fuzilados e um morreu doente na prisão.

Murmúrios noturnos terríveis, sangue inocente e cantos de pássaros: tudo se fundia numa mistura fervilhante e abrasadora. Talvez David conseguisse entendê-la dali a muitas décadas, mas o que sentia noite e dia em seu coração infantil era o encanto pungente e o horror.

50

Para abater gado contaminado são tomadas medidas preparatórias: transporte, conservação dos lugares de abate, instrução de trabalhadores qualificados, abertura de trincheiras e covas.

A população que ajuda as autoridades a conduzir o gado contaminado aos locais de abate, ou a apanhar o gado extraviado, faz isso não por ódio aos bezerros e vacas, mas por instinto de autopreservação.

Do mesmo modo, diante do abate em massa de pessoas, o ódio sanguinário e a vontade de aniquilação de velhos, crianças e mulheres não tomam conta da população logo de cara. Por isso é normalmente indispensável uma campanha prévia. Aqui o instinto de autopreservação é insuficiente, aqui é indispensável despertar na população a repugnância e o ódio.

Exatamente nessa atmosfera de repugnância e ódio foi preparado e levado a cabo o extermínio dos judeus ucranianos e bielorrussos. Em outro tempo, nessa mesma terra, mobilizando e insuflando o furor das massas, Stálin fizera campanha pelo extermínio dos cúlaques e dos degenerados agentes diversionistas trotskistas-bukharinistas.

---

[126] Poema de Nekrássov.

A experiência mostra que a maior parte da população, nessas campanhas, acata obedientemente, como hipnotizada, todas as ordens das autoridades. Na massa da população existe uma minoria que cria a atmosfera da campanha: sanguinários que se alegram e regozijam com a desgraça alheia, idiotas ideológicos ou interessados em ajustes de contas pessoais, no saque de bens dos apartamentos, nas aberturas de vagas. A maioria das pessoas, interiormente horrorizada com os assassinatos em massa, esconde seu estado de espírito não apenas de quem é próximo, mas até de si mesma. Essas pessoas enchem as salas onde se realizam as reuniões dedicadas às campanhas de extermínio, e por mais frequentes que sejam essas reuniões, por mais espaçosas que sejam as salas, nunca aconteceu de alguém violar a unanimidade tácita da votação. E, naturalmente, foram em menor número ainda os casos em que um homem tenha abrigado em casa, para viver com sua mulher e seus filhos, um cão suspeito de raiva. Houve, contudo, casos assim.

A primeira metade do século XX vai ficar marcada como uma época de grandes descobertas científicas, revoluções, grandiosas transformações sociais e duas guerras mundiais.

A primeira metade do século XX, porém, vai entrar para a história da humanidade como a época do extermínio incondicional de imensas camadas da população judaica, com base em teorias sociais e de raça. Com uma discrição compreensível, o presente se cala a respeito disso.

Uma das mais notáveis peculiaridades da natureza humana trazidas à tona nessa época é a submissão. Houve casos em que, nos locais de execução, formaram-se filas imensas, e as próprias vítimas regularam essas filas. Houve casos em que era preciso esperar pela execução desde a manhã até tarde da noite, ao longo de um dia quente e comprido, e as mães, sabendo disso, por precaução, levavam garrafas de água e pão para os filhos. Milhões de inocentes, sentindo a iminência da prisão, preparavam com antecedência os pacotes com toalha e roupa branca, e com antecedência começavam a se despedir dos próximos. Milhões viveram em campos gigantescos, não apenas construídos como também guardados por eles mesmos.

E não foram dezenas de milhares e nem dezenas de milhões de pessoas, mas uma massa ainda mais gigantesca a testemunhar de maneira submissa o extermínio de inocentes. E não foram apenas testemunhas submissas; quando ordenadas, elas se pronunciaram a favor do extermínio, e com voz surda exprimiram aprovação dos assassinatos em massa. Uma submissão tão imensa era algo inesperado.

Claro que houve resistência, houve coragem e tenacidade dos condenados, houve rebeliões, houve autossacrifício quando, para salvar uma pessoa distante e desconhecida, alguém arriscava a própria vida e a de seus familiares. Contudo, a submissão das massas é incontestável!

O que isso revela? Um novo traço surgido repentinamente na natureza humana? Não: essa submissão fala de uma força nova e assustadora influenciando as pessoas. A força desmedida dos sistemas sociais totalitários foi capaz de paralisar os espíritos humanos em continentes inteiros.

A alma humana a serviço do fascismo declara o martírio funesto e contínuo da escravidão como o único e verdadeiro bem. Sem renunciar aos sentimentos humanos, a alma traidora declara os autênticos crimes do fascismo como a forma mais alta de humanidade, concordando em dividir as pessoas em puras, que merecem a vida, e impuras, indignas de viver. O desejo de autopreservação se exprime em conformidade com o instinto e a consciência.

Em auxílio do instinto veio a força hipnótica de ideias universais. Elas apelam a quaisquer sacrifícios para a realização de um bem supremo: a grandeza futura da pátria, a felicidade da humanidade, de uma nação, de uma classe, o progresso mundial.

E ao lado do instinto vital, ao lado da força hipnótica das grandes ideias, trabalhou uma terceira força: o horror perante a violência ilimitada de um Estado poderoso, perante o assassinato transformado em base cotidiana do Estado.

A força do Estado totalitário é tão grande que deixou de ser um meio, convertendo-se em objeto de admiração e êxtase místico, religioso.

De que outra forma é possível explicar o raciocínio de alguns intelectuais judeus, segundo os quais o assassinato dos judeus era indispensável à felicidade da humanidade, e que eles, reconhecendo isso, estavam prontos para conduzir aos locais de execução seus próprios filhos? Em prol da felicidade da pátria estavam prontos ao sacrifício de Abraão?

De que outra forma é possível explicar que um poeta, camponês de nascimento, dotado de discernimento e talento, tenha escrito, com sentimento sincero, um poema celebrando o tempo sangrento de sofrimento dos camponeses, tempo que devorou seu pai, um trabalhador simples e honrado?

Outro fator que explica o poder do fascismo sobre os homens foi a sua cegueira total, ou quase total. Eles não acreditam que vão ser exterminados. O otimismo daqueles à beira da morte é espantoso. No terreno dessa esperança insana, por vezes suja, por vezes vil, surgia a submissão, que substituía essa esperança — uma submissão deplorável, por vezes vil.

A rebelião de Varsóvia, a rebelião de Treblinka, a rebelião de Sobibor, as pequenas revoltas e rebeliões dos *brenners* surgiram do mais severo desespero.

Mas é evidente que o mais claro e completo desespero não dava origem apenas a rebeliões e resistência, mas também a uma aspiração, desconhecida da pessoa normal, a de ser executado o quanto antes.

As pessoas brigavam por lugar nas filas para as valas sangrentas, e no ar se ouvia uma voz excitada, louca, quase de júbilo.

— Judeu, não tenha medo, não é nada horrível, são cinco minutos e pronto!

Tudo, tudo gerava submissão, tanto o desespero quanto a esperança. Todavia, gente com o mesmo destino não tinha o mesmo caráter.

É preciso refletir bem sobre o que uma pessoa deve viver e experimentar para chegar a ponto de considerar sua execução iminente um acontecimento feliz. Muitas pessoas deveriam refletir sobre isso, sobretudo os inúteis professores que querem ensinar como combater em condições que desconhecem inteiramente.

Tendo estabelecido a submissão das pessoas diante de uma violência sem limites, é preciso tirar a última conclusão, de relevância para o entendimento do homem e seu futuro.

A natureza humana muda, torna-se outra no caldeirão da violência totalitária? O homem perde sua inerente aspiração à liberdade? Nessa resposta residem o destino do homem e o destino do Estado totalitário. A mudança da própria natureza humana pressagia o triunfo mundial e eterno do Estado ditatorial; a imutabilidade da aspiração humana à liberdade é a condenação do Estado totalitário.

A grande rebelião do gueto de Varsóvia, de Treblinka e de Sobibor e os grandes movimentos guerrilheiros que explodiram nas dezenas de países escravizados por Hitler, as rebeliões pós-stalinistas de Berlim em 1953, e da Hungria em 1956, as rebeliões que abarcaram os campos de prisioneiros da Sibéria e do Extremo Oriente após a morte de Stálin, as desordens que estouraram na mesma época na Polônia, os movimentos de protesto de estudantes contra o esmagamento da liberdade de opinião, que eclodiram em muitas cidades, as greves generalizadas em fábricas mostraram como a aspiração à liberdade é inerente ao homem, e indestrutível. Ela pode ter sido esmagada, mas continua viva. O homem transformado em escravo permanece escravo pelo destino, mas não por sua própria natureza.

A aspiração do homem à liberdade é indestrutível e pode ser reprimida, mas não exterminada. O totalitarismo não pode renunciar à violência. Renunciando à violência, o totalitarismo perece. Eterna, ininterrupta, aberta ou mascarada, a violência desmedida é a base do totalitarismo. O homem não renuncia à liberdade de boa vontade. Essa conclusão é a luz do nosso tempo, a luz do futuro.

51

Uma máquina eletrônica faz cálculos matemáticos, lembra-se de fatos históricos, joga xadrez, traduz livros de uma língua para outra. Ela supera o homem em sua capacidade de resolver com rapidez problemas matemáticos; sua memória é impecável.

Existe limite para o progresso, para a criação de máquinas à imagem e semelhança do homem? Evidentemente que não.

É possível imaginar a máquina dos séculos e milênios futuros. Ela vai ouvir música, apreciar pintura, desenhar quadros, compor melodias, escrever versos.

Existe limite para a sua perfeição? Ela vai se equiparar ao ser humano, vai superá-lo?

Cada vez mais, a imitação do homem pela máquina vai exigir novos incrementos da eletrônica, em peso e volume.

Lembranças de infância... lágrimas de felicidade... dor de separação... amor pela liberdade... compaixão por um cãozinho doente... desconfiança... carinho materno... pensamento de morte... tristeza... amizade... amor pelos fracos... esperança inesperada... conjectura alegre... pesar... alegria sem motivo... ansiedade súbita...

Tudo, tudo vai ser reproduzido pela máquina! Mas nem toda a superfície da Terra seria suficiente para alojar uma máquina que tivesse crescido em peso e tamanho suficientes para conseguir reproduzir as peculiaridades de intelecto e espírito de uma pessoa comum, insignificante.

O fascismo exterminou dezenas de milhões de pessoas.

52

Numa casa espaçosa, limpa e cheia de luz de uma aldeia na floresta dos Urais, o comandante do corpo de tanques Nóvikov e o comissário Guétmanov finalizaram o exame dos relatórios dos comandantes de brigada, depois de receberem a ordem de sair da reserva.

O trabalho insone dos últimos dias deu lugar a horas tranquilas.

Nóvikov e seus subordinados, como sempre acontece nesses casos, tiveram a impressão de não terem tido tempo suficiente para uma assimilação completa e perfeita dos programas dos manuais. Porém, chegara ao fim a época de instrução, de assimilação do regime de trabalho dos motores e do trem de rolamento, da técnica de artilharia, da ótica, do equipamento de rádio; dos treinamentos de direcionamento de fogo, de avaliação, escolha e distribuição de alvo, escolha do tipo de tiro, definição do momento certo para abrir fogo, observação de explosões, realização de reparos, troca de alvo.

Um novo professor — a guerra — rapidamente começaria a lecionar, disciplinando os retardatários, preenchendo as lacunas.

Guétmanov estendeu a mão para o armário que ficava no espaço entre as janelas, bateu nele com os dedos e disse:

— Ei, amigo, vamos para a linha de frente.

Nóvikov abriu a porta do armário, tirou de dentro dele uma garrafa de conhaque e encheu dois grossos copinhos azulados.

Refletindo, o comissário do corpo indagou:

— À saúde de quem?

Nóvikov sabia a quem convinha beber, e sabia por que Guétmanov perguntara aquilo. Hesitando por um instante, Nóvikov disse:

— Camarada comissário do corpo, bebamos àqueles que vamos conduzir ao combate; tomara que derramem pouco sangue.

— Muito bem, antes de tudo devemos cuidar dos nossos quadros — afirmou Guétmanov. — Bebamos aos nossos rapazes.

Brindaram e beberam.

Com uma pressa que não conseguia dissimular, Nóvikov voltou a encher os cálices e exclamou:

— Ao camarada Stálin! Para que justifiquemos a sua confiança!

Ele viu o riso escondido nos olhos ternos e atentos de Guétmanov e, zangado consigo mesmo, pensou: "Ah, eu me precipitei."

Guétmanov disse, com bonomia:

— Muito bem, ao velhinho, ao nosso paizinho. Chegamos até as águas do Volga sob sua liderança.

Nóvikov olhou para o comissário. Mas o que seria possível ler no rosto gordo, de maçãs salientes, sorridente, de um homem esperto de 40 anos, com olhos semicerrados, irônicos e maldosos?

Guétmanov repentinamente se pôs a falar do chefe de estado--maior do corpo, o general Neudóbnov:

— Um homem bom e célebre. Um bolchevique. Um verdadeiro stalinista. Com base teórica. Grande experiência no trabalho de dirigente. Grande resistência. Lembro-me dele em 1937. Iejov[127] o enviou para fazer a limpeza do distrito militar, naquela época eu tinha um cargo um pouco mais alto que o de diretor de creche. Mas ele mandou brasa. Não era um homem, era um verdadeiro machado, mandava fuzilar listas inteiras, não fazia feio perto de Úlrich, Vassili Vassílievitch,[128] e ganhou a confiança de Nikolai Ivánovitch.[129] Nós temos que incluí--lo, senão vai ficar ofendido.

No seu tom de voz ouvia-se como que uma censura em relação à luta contra os inimigos do povo, uma luta na qual, como Nóvikov sabia, Guétmanov tomara parte. Nóvikov voltou a olhar para Guétmanov, sem conseguir entendê-lo.

— Sim — Nóvikov disse, lentamente e a contragosto —, houve quem tivesse ido longe demais naquela época.

Guétmanov agitou os braços.

— Hoje recebemos o informe do alto-comando, e é um horror: os alemães chegaram ao Elbruz e estão empurrando os nossos para o rio em Stalingrado. Digo sem rodeios que temos um pouco de culpa nisso: atiramos nos nossos, destruímos nossos próprios quadros.

Nóvikov subitamente teve um acesso de confiança em Guétmanov, e disse:

— Sim, camarada comissário, perdemos muitos homens bons, e isso trouxe muita desgraça ao Exército. Arrancaram o olho do comandante Krivorutchko no interrogatório, mas ele quebrou a cabeça do juiz de instrução com um tinteiro.

---

[127] Nikolai Ivánovitch Iejov (1895-1940), chefe do NKVD durante os grandes expurgos de Stálin.

[128] Vassili Vassílievitch Úlrich (1889-1951), juiz que presidiu a maioria dos grandes julgamentos do stalinismo.

[129] Ou seja, de Iejov.

Guétmanov acenou em aprovação e afirmou:

— Nosso Lavriênti Pávlovitch[130] dá muito valor a Neudóbnov. E Lavriênti Pávlovitch nunca se engana com as pessoas; é uma grande cabeça, muito esperto.

"Sim, sim", pensou arrastadamente Nóvikov, mas sem o dizer em voz alta.

Eles se calaram ao ouvir uma voz baixa e sibilante vinda do aposento vizinho.

— Mentiroso, essas meias são nossas.

— Como suas, camarada tenente, o senhor enlouqueceu de vez? — E a mesma voz acrescentou, mudando o tratamento para "você": — Você por favor não mexa, não toque, são os nossos colarinhos.

— Na-não, camarada subinstrutor político, como eles podem ser seus... olhe! — O ajudante de ordens de Nóvikov e o encarregado de Guétmanov dividiam a roupa branca de seus chefes depois da lavagem.

Guétmanov afirmou:

— Fico o tempo todo de olho nesses demônios. Uma vez fui com o senhor, eles logo atrás, para os exercícios de tiro do batalhão de Fátov. Atravessei o córrego pelas pedras, enquanto o senhor deu um salto e depois sacudiu o lodo das pernas. Quando olhei, vi que o meu encarregado tinha atravessado o córrego pelas pedras e que o seu tinha dado um salto e sacudido o lodo.

— Ei, brigões, discutam mais baixo — disse Nóvikov, e as vozes vizinhas se calaram imediatamente.

Entrou no aposento o general Neudóbnov, um homem pálido com testa e lábios grandes, e cabelos fortemente grisalhos. Ele olhou para os cálices e a garrafa, depositou um calhamaço de papel na mesa e perguntou a Nóvikov:

— O que vamos fazer, camarada coronel, com relação ao comando do estado-maior da segunda brigada? Mikhaliov volta em um mês e meio, recebi um termo por escrito do hospital do distrito.

— Trata-se de um comandante de estado-maior sem tripas e sem um pedaço do estômago — disse Guétmanov, servindo conhaque em um copo, que estendeu a Neudóbnov. — Beba, camarada general, enquanto as tripas estão no lugar.

Neudóbnov ergueu as sobrancelhas, fitando de modo interrogativo os olhos cinza-claros de Nóvikov.

---

[130] Béria.

— Por favor, camarada general, por favor — disse Nóvikov.

Ele se irritava com a maneira de Guétmanov de se sentir sempre em casa, convicto do seu direito de se pronunciar longamente em reuniões sobre questões técnicas das quais ele não tinha o menor conhecimento. E com a mesma segurança, convicto do seu direito, Guétmanov podia oferecer o conhaque dos outros, colocar um convidado para descansar em um leito que não era seu, ler os papéis alheios que estavam na mesa.

— Talvez devêssemos nomear temporariamente o major Bassángov — disse Nóvikov. — É um comandante sensato, que tomou parte nos combates de tanque na área de Novograd-Volínski. O comissário de brigada tem alguma objeção?

— Claro que não — disse Guétmanov —, quem sou eu para ter objeções... Mas tenho uma consideração a fazer: o subcomandante da segunda brigada, o tenente-coronel, é armênio, seu chefe de estado-maior será calmuco, e além disso o chefe de estado-maior da terceira brigada é o tenente-coronel Lifchitz. Será que não podemos passar sem o calmuco?

Olhou para Nóvikov, depois para Neudóbnov.

Neudóbnov afirmou:

— Falando de coração, de acordo com o senso comum, tudo isso é verdade, mas o marxismo nos oferece um outro enfoque para essa questão.

— O importante é como o camarada vai lutar contra os alemães, eis o meu marxismo — disse Nóvikov. — Se o avô dele rezava a Deus numa igreja, numa mesquita... — ele refletiu e acrescentou — ou numa sinagoga, para mim tanto faz. Acho que o mais importante numa guerra é atirar.

— Sim, sim, exatamente — afirmou Guétmanov com alegria. — Para que, no corpo de tanques, vamos ligar para sinagogas e outros tipos de templos? Estamos todos defendendo a Rússia. — Ele franziu o cenho e disse com raiva: — Para falar a verdade, chega! Que nojo! Em nome da amizade dos povos estamos sempre sacrificando os russos. Um indivíduo de minoria nacional mal sabe ler e nós já o alçamos a comissário do povo. Já o nosso Ivan, por mais que ele seja um poço de sabedoria, que caia fora, abra caminho para as minorias nacionais. O grande povo russo foi transformado em minoria nacional! Sou a favor da amizade dos povos, mas não desse jeito. Chega!

Nóvikov refletiu, olhou para os papéis sobre a mesa, bateu no cálice e disse:

— Então eu estou oprimindo o povo russo por especial simpatia pela nação calmuca? — E, voltando-se para Neudóbnov, afirmou: — Então emita o decreto, o major Sazônov é o chefe temporário do estado-maior da segunda brigada.

Guétmanov afirmou em voz baixa:

— Sazônov é um comandante exemplar.

E novamente Nóvikov, que tinha aprendido a ser rude, autoritário, cruel, sentiu sua insegurança perante o comissário... "Tudo bem, tudo bem", pensou, consolando-se. "Eu não entendo de política. Sou um especialista militar do proletariado. Nossa tarefa é pequena: esmagar os alemães."

Mas, por mais que risse por dentro da ignorância de Guétmanov em assuntos militares, reconhecia com desagrado sua timidez diante dele.

Esse homem de cabeça grande, cabelos embaraçados, baixo, mas de ombros largos, barriga grande, extremamente ativo, falando sempre alto, que gostava de rir, parecia incansável.

Embora nunca tivesse estado no front, assim falavam dele na brigada: "Oh, que combatente é o nosso comissário!"

Ele adorava promover reuniões do Exército Vermelho: seus discursos agradavam, ele falava de modo simples, brincava muito, empregando de bom grado palavrões, de vez em quando.

Andava gingando, quase sempre apoiado numa bengala, e se algum tanqueiro distraído não o cumprimentava, Guétmanov parava na frente dele e, apoiado na célebre bengala, tirava a boina e o saudava com uma mesura, como um velhote de aldeia.

Era irascível e não gostava de objeções; quando discutiam com ele, resfolegava e franzia o cenho, e uma vez enfureceu-se, ergueu-se e, de certo modo, por assim dizer, deu com o punho no chefe do estado-maior do regimento de artilharia pesada, o capitão Gubenkov, um homem obstinado e, segundo seus camaradas, "terrivelmente cheio de princípios".

O encarregado de Guétmanov falou do obstinado capitão em tom de censura: "O demônio irritou o nosso comissário."

Guétmanov não respeitava os que tinham visto os terríveis dias iniciais da guerra. Falava assim do favorito de Nóvikov, o comandante da primeira brigada Makárov:

— Vou enfiar nele a filosofia de 1941!

Nóvikov ficava quieto, embora adorasse conversar com Makárov sobre os terríveis e, de certa forma, fascinantes dias iniciais da guerra.

Na coragem e na rispidez de suas opiniões, Guétmanov parecia o exato oposto de Neudóbnov.

Mas ambos, apesar das diferenças, estavam unidos em uma comunidade sólida.

Nóvikov também se angustiava ao captar o olhar inexpressivo mas atento de Neudóbnov, ao ouvir suas frases lisas, invariavelmente calmas.

Guétmanov, gargalhando, dizia:

— Nossa felicidade é que os alemães em um ano causaram mais nojo nos mujiques que os comunistas em 1925.

E sorria de repente:

— Que fazer, nosso papai adora quando o chamam de genial.

Essa coragem não contagiava o interlocutor; pelo contrário, causava inquietação.

Antes da guerra, Guétmanov era dirigente regional, discursava sobre questões de produção de tijolo de argila e organização do trabalho de pesquisa científica na filial do Instituto de Carvão, falava da qualidade do pão assado na fábrica de pão municipal, dos equívocos da novela *Chamas azuis*, impressa no almanaque local, da reforma do parque de tratores, da precariedade do armazenamento de mercadorias no depósito central da região, e da epidemia de peste aviária nas granjas dos colcozes.

Agora ele falava com segurança da qualidade do combustível, das normas de desgaste dos motores e das táticas de combate de tanques, da coordenação de infantaria, tanques e artilharia durante a ruptura das linhas de defesa permanentes do inimigo, de tanques em marcha, de assistência médica em combate, de códigos de rádio, da psicologia militar dos tanqueiros, das relações especiais dentro de cada tripulação, e entre as tripulações, dos reparos imediatos e gerais, da evacuação das máquinas danificadas do campo de batalha.

Uma vez, no batalhão do capitão Fátov, Nóvikov e Guétmanov se postaram ao lado do tanque que tinha levado o primeiro lugar no concurso de tiro.

O comandante do tanque, respondendo às perguntas dos superiores, imperceptivelmente passou a palma da mão na blindagem do tanque.

Guétmanov perguntou ao tanqueiro se tinha sido difícil conseguir o primeiro lugar. Ficando subitamente animado, este disse:

— Não, nada difícil. É que eu o amo muito. Logo que cheguei à escola, vindo da aldeia, eu o vi e amei tanto que parece mentira.

— Amor à primeira vista — disse Guétmanov, rindo, e em seu riso condescendente havia uma censura ao cômico amor do rapaz pela máquina.

Nóvikov sentiu nesse instante que também ele, Nóvikov, era mau, e que também ele era capaz de amar de forma estúpida. Mas não quis falar a Guétmanov dessa capacidade de amar de forma estúpida. Este, ficando sério, disse em tom moralizante ao tanqueiro:

— Jovem, o amor pelo tanque é uma força grande. Por isso você alcançou o êxito, por amar a sua máquina.

Ao que Nóvikov retrucou em tom irônico:

— No fundo, qual a razão desse amor? Trata-se de um alvo grande, fácil de acertar, que enlouquece a tripulação com o barulho que faz e além disso reflete luz, revelando sua posição ao inimigo. Em movimento, sacode tanto que não dá para observar direito nem fazer pontaria.

Guétmanov gargalhou e olhou para Nóvikov. E eis que agora Guétmanov, enchendo os cálices, gargalhava da mesma forma, olhava para Nóvikov e dizia:

— Nosso itinerário passa por Kúibichev. Lá o nosso comandante pode conseguir se avistar com alguém. Ao encontro!

"Era só o que faltava", pensou Nóvikov, sentindo, cruelmente, que enrubescia como uma criança.

A guerra surpreendeu o general Neudóbnov no exterior. Apenas no começo de 1942, de volta a Moscou, no Comissariado do Povo, ele viu as barricadas em Zamoskvorétchie, as defesas antitanque, e ouviu os sinais de alerta aéreo.

Neudóbnov, assim como Guétmanov, nunca perguntava da guerra a Nóvikov, talvez por vergonha de sua ignorância do front.

Nóvikov queria entender que qualidades haviam feito Neudóbnov chegar a general, e estudava a vida do chefe do estado-maior do corpo, refletida nas folhas de seu dossiê como uma bétula num lago.

Neudóbnov era mais velho do que Nóvikov e Guétmanov, e já em 1916, por ter participado de um círculo de bolcheviques, foi parar em um cárcere tsarista.

Depois da Guerra Civil, foi mobilizado pelo Partido para trabalhar algum tempo na OGPU,[131] serviu no exército de fronteira, foi enviado para estudar na Academia e, nessa época, tornou-se secretário da organização do Partido no curso... Depois trabalhou na seção militar do Comitê Central, no aparato central do Narkomat de Defesa.

Antes da guerra, foi para o exterior duas vezes. Trabalhou na *nomenklatura*, ocupava um lugar especial, e até então Nóvikov nunca havia entendido claramente o que isso queria dizer, que particularidades e vantagens possuíam os que trabalhavam na *nomenklatura*.

Neudóbnov percorreu de maneira notavelmente rápida o período quase sempre longo entre a recomendação e a efetivação da promoção, dando a impressão de que o Narkom estava apenas esperando a recomendação de Neudóbnov para inscrevê-lo. As informações do dossiê tinham uma estranha característica: explicavam todos os segredos da vida humana, as causas dos êxitos e dos malogros, mas, um minuto depois, em novas circunstâncias, parecia que já não explicavam nada e, pelo contrário, escondiam o essencial.

A guerra por si mesma reexaminava os currículos, biografias, atestados, diplomas... E eis que o Neudóbnov da *nomenklatura* se viu subordinado ao coronel Nóvikov.

Estava claro para Neudóbnov que, ao final da guerra, também essa situação anormal chegaria ao fim...

Levara consigo aos Urais uma espingarda de caça, para surpresa de todos os aficionados do corpo, e Nóvikov disse que era provável que o tsar Nicolau, na sua época, caçasse com uma espingarda daquelas.

Ela foi parar nas mãos de Neudóbnov em 1938, durante um confisco. Da mesma forma ele obtivera alguns outros itens especiais: mobília, tapetes, louça fina e uma dacha.

Ocorresse uma conversa sobre a guerra, sobre assuntos do colcoz, sobre os méritos do general Dragomírov,[132] sobre a nação chinesa, sobre os méritos do general Rokossóvski,[133] sobre o clima da Sibéria, sobre a qualidade da lã russa usada em casacos militares ou sobre a

---

[131] Sigla para *Obiediniónnoie Gossudárstvenoie Polítitcheskoie Upravliénie* (Direção Geral Política do Estado), que foi formada a partir da Tcheká, em 1922, e funcionou como a polícia secreta da URSS até 1934.

[132] Família de generais russos: Mikhail Ivánovitch Dragomírov, pai (1830-1905), Vladímir Mikháilovitch Dragomírov (1862-1920) e Abram Mikháilovitch Dragomírov (1868-1955), filhos.

[133] Konstantin Konstantínovitch Rokossóvski (1896-1968), marechal da URSS.

superioridade da beleza das loiras em relação à das morenas, ele nunca emitia um juízo que fugisse do padrão.

Era difícil compreender se aquilo era discrição ou expressão de seu instinto interior.

Às vezes, depois do jantar, ele se punha a conversar e contava histórias sobre o desmascaramento de sabotadores e diversionistas, nos lugares mais inesperados: uma fábrica de instrumentos médicos, oficinas de botas militares, confeitarias, um palácio regional dos Pioneiros,[134] as estrebarias do hipódromo de Moscou, a Galeria Tretiakov.

Era dotado de uma memória magnífica e, pelo visto, tinha lido e estudado muito as obras de Lênin e Stálin. Em uma discussão, podia tranquilamente dizer: "Já no 17º Congresso o camarada Stálin..." — e continuava a citar.

Uma vez Guétmanov lhe disse:

— Há citações e citações. Já disseram muita coisa! Disseram: "Não queremos a terra dos outros, e não vamos ceder um *verchok*[135] da nossa." E onde estão os alemães?

Neudóbnov, todavia, deu de ombros, como se o fato de os alemães estarem no Volga não tivesse nada a ver com as palavras que diziam que não íamos ceder um *verchok* da nossa terra.

De repente, porém, tudo desapareceu: tanques, regulamentos militares, tiros, floresta, Guétmanov, Neudóbnov... Gênia! Será que ele voltaria a vê-la?

53

Nóvikov achou estranho quando Guétmanov, depois de ler uma carta que tinha recebido de casa, disse: "Minha mulher está com pena de nós depois que descrevi as condições em que vivemos."

Essa vida que o comissário achava dura perturbava Nóvikov pelo luxo.

Era a primeira vez que ele mesmo podia escolher seu alojamento. Ele dissera a alguém, ao sair para uma brigada, que não tinha gostado do divã, e ao voltar encontrou no lugar do divã uma poltro-

---

[134] Organização da URSS para crianças entre 10 e 15 anos, existiu entre 1922 e 1991.
[135] Antiga medida russa, equivalente a 4,4 cm.

na com encosto de madeira. Seu ajudante de ordens, Verchkov, estava preocupado em saber se a poltrona era de agrado do comandante.

O cozinheiro perguntava: "Como o senhor quer o borche, camarada coronel?"

Ele gostava de bichos desde a infância. Agora, debaixo de sua cama vivia um ouriço, que batia as patas ao caminhar à noite pelo quarto; numa gaiola com o emblema do tanque, feita pelo pessoal da oficina, um pequeno esquilo se ocupava com nozes. O esquilo logo se habituou a Nóvikov, e às vezes sentava-se em seu joelho, fitando-o com olhos infantis, crédulos e curiosos. Todos eram atenciosos e bons com o animal: o ajudante Verchkov, o cozinheiro Orlêniev e Kharitônov, o motorista do jipe Willys.

Nóvikov não achava nada disso mesquinho nem insignificante. Antes da guerra, havia trazido para o alojamento da chefia um cão que roeu o sapato dos coronéis vizinhos e mijou três poças em meia hora; fez-se tamanha balbúrdia na cozinha comum que Nóvikov teve que se separar imediatamente do cachorro.

Chegou o dia da partida, e começou uma briga complicada e insolúvel entre o comandante do regimento de tanques e o seu chefe de estado-maior.

Chegou o dia da partida e, com ele, preocupações com combustível, com os víveres para a viagem, com a ordem de embarque no trem.

A mente começava a se agitar com os futuros vizinhos, cujos regimentos de fuzileiros e de artilharia estavam saindo hoje da reserva, movimentando-se pela estrada de ferro, a mente começava a se agitar com o homem diante do qual Nóvikov ficaria de pé à ordem de "sentido", e ao qual diria: "Camarada coronel-general, permita-me informar..."

Chegou o dia da partida, e não tinha dado para ver o irmão e a sobrinha. Ao ir para os Urais, pensava: meu irmão estará perto. Mas acabou não conseguindo arranjar tempo para ele.

Já haviam informado o comandante do corpo a respeito do movimento da brigada, da plataforma para os tanques pesados, e da soltura do ouriço e do esquilo na floresta.

É difícil ser chefe, responder por cada ninharia, verificar cada pequeneza. Os tanques já estavam nas plataformas. Mas será que tinham se esquecido de frear as máquinas, de ligar a primeira correia, de fixar adiante as torres de canhão, de fechar com firmeza as tampas das escotilhas? Haviam preparado os calços de madeira para prender os tanques, prevenindo-os contra o sacolejo dos vagões?

— Ei, e se jogássemos o *preferans*[136] de despedida? — disse Guétmanov.

— Sem objeções — afirmou Nóvikov.

Mas Nóvikov queria sair para o ar livre e ficar sozinho.

Nesse tranquilo fim de tarde o ar possuía uma transparência admirável, e os objetos mais insignificantes e discretos apareciam com nitidez e relevo. A fumaça saía das chaminés sem fazer voltas, formando traços perfeitamente verticais. A lenha crepitava nas cozinhas do campo. No meio da rua havia um tanqueiro de sobrancelha escura, e uma moça abraçava o jovem, aninhando a cabeça no peito dele e chorando. Caixas e malas eram tiradas do alojamento do estado-maior, bem como máquinas de escrever em estojos pretos. Os soldados das telecomunicações desmontavam a ligação com o estado-maior da brigada, recolhendo cabos grossos e negros em seu carretel. Um tanque colocado atrás do galpão do estado-maior ofegava, disparava, soltava fumaça, preparando-se para a partida. Os motoristas colocavam combustível nos novos caminhões Ford, removendo as capas acolchoadas de suas capotas. O mundo ao redor, contudo, permanecia imóvel.

Nóvikov postou-se à porta, olhando à sua volta, e o desassossego e a preocupação afastaram-se dele.

Os tanques saíram da floresta. A terra enregelada tilintava sob seu peso. O sol do entardecer iluminava as copas da remota floresta de pinheiros da qual saía a brigada do tenente-coronel Kárpov. Os regimentos de Makárov passavam por entre as bétulas jovens. Os tanqueiros haviam embelezado as couraças com ramos de árvores, e parecia que as agulhas dos pinheiros e as folhas das bétulas tinham nascido junto com as couraças dos tanques, com o zumbido dos motores, com o rugido prateado das lagartas.

Quando olham para as reservas que se dirigem ao front, os militares costumam dizer: "Vai ter casamento!"

Nóvikov, saindo do caminho, observava as máquinas que passavam correndo por ele.

Quanto drama, histórias estranhas e engraçadas tinham acontecido ali! Quanta coisa lhe havia sido relatada... Durante o café da manhã no batalhão do estado-maior, descobriram uma rã... na sopa. O subtenente Rojdestvenski, do último ano da escola, quando limpava a metralhadora, acertou acidentalmente um camarada e depois se sui-

---

[136] Jogo de cartas.

cidou. Um membro do regimento motorizado do Exército Vermelho havia se recusado a fazer o juramento, dizendo: "Só juro na igreja."

A fumaça azul e cinza ficava presa nos arbustos à beira do caminho.

Havia muitas ideias diferentes nas cabeças debaixo desses capacetes de couro. Havia pensamentos comuns a todo o povo — pesar pela guerra, amor pela terra —, mas também havia uma diversidade extraordinária que torna maravilhoso o que as pessoas têm em comum.

Meu Deus, meu Deus... São tantos. De macacão preto, usando cintos folgados. Rapazes selecionados por terem ombros largos e estatura baixa, podendo assim passar mais facilmente pela escotilha e se locomover no tanque. Tantas respostas iguais em seus questionários, sobre pai e mãe, o ano de nascimento, o término da escola, a direção de tratores. Os verdes e achatados T-34 fundiam-se em um só, com a tampa da escotilha aberta e a lona presa à couraça verde.

Um tanqueiro começa a cantar; um segundo, de olhos semicerrados, está cheio de medo e maus pressentimentos; um terceiro pensa na casa paterna; um quarto mastiga pão com linguiça, e pensa na linguiça; um quinto, de boca aberta, tenta em vão reconhecer um pássaro da floresta, se não seria uma poupa; um sexto está preocupado em ter ofendido na véspera um camarada com palavrões; um sétimo, cheio de ódio rancoroso e amargo, sonha em dar com o punho na fuça do inimigo, o comandante do T-34 que vai na frente; um oitavo compõe mentalmente versos de despedida à floresta de outono; um nono pensa nos seios de uma moça; um décimo tem pena de um cachorro que, ao compreender que seria abandonado no meio dos abrigos vazios, tinha se atirado na couraça do tanque, e tentava convencer o tanqueiro a levá-lo, abanando a cauda com tristeza e rapidez; um décimo primeiro pensa em como seria bom fugir para a floresta, viver sozinho numa isbá, alimentar-se de frutos, beber água da fonte e andar descalço; um décimo segundo cogita alegar que está doente e ficar um tempo em algum lugar, num hospital; um décimo terceiro recorda um conto de fadas que ele ouviu quando criança; um décimo quarto lembra-se da conversa com uma garota e não se entristece por eles terem se separado definitivamente por causa disso; um décimo quinto pensa no futuro, se seria bom, depois da guerra, ser diretor de refeitório.

"Oh, rapazes", pensava Nóvikov.

Estavam olhando para ele. Deviam pensar que ele estava verificando se o uniforme estava em ordem, ouvindo os motores, reconhecendo de ouvido a experiência e a inexperiência dos motoristas-mecânicos, julgando se as máquinas e unidades estavam guardando a devida distância, se não tinha uns valentões querendo ultrapassar os outros.

Mas ele só estava olhando, do mesmo jeito que eles, e com as mesmas ideias; pensando na garrafa de conhaque que fora aberta arbitrariamente por Guétmanov, e em como Neudóbnov era um sujeito difícil, e que não caçaria mais nos Urais, que sua última caçada tinha sido um fiasco: estalidos de submetralhadora, muita vodca, piadas estúpidas... e pensava que veria de novo a mulher que havia muitos anos amava... Seis anos antes, ao ficar sabendo que ela tinha se casado, escreveu um bilhete-relatório: "Parto em licença por tempo indeterminado, entrego de volta o revólver N. 10322." Naquela época estava de serviço em Nikolsk-Ussuríiski... Mas não chegou a apertar o gatilho...

Tímidos, soturnos, risonhos, frios, pensativos, mulherengos, egoístas inofensivos, vagabundos, avarentos, contemplativos, bonachões... Eram eles, indo para o combate por uma causa comum e justa. Essa verdade é tão simples que falar dela causa constrangimento. Porém, essa que é a mais simples das verdades é esquecida justamente por aqueles que a tomam como ponto de partida.

Em algum lugar havia a resposta para a velha questão: o homem vive para o sábado?[137]

Como eram mesquinhos esses pensamentos sobre as botas, um cachorro abandonado, pensamentos sobre uma isbá em uma aldeia remota, o ódio pelo camarada, a separação de uma moça... Mas justamente aí residia a essência.

A ideia dos agrupamentos humanos é determinada por apenas um objetivo principal: conquistar para as pessoas o direito de serem diferentes, especiais, de sentir, pensar, viver no mundo como querem, à sua maneira.

Para conquistar esse direito, ou defendê-lo, ou ampliá-lo, as pessoas se agrupam. E daí nasce o preconceito horrível, porém poderoso, de que esses agrupamentos em nome de raça, Deus, Partido, Estado são o sentido da vida, e não um meio. Não, não, não! No ser humano,

---

[137] Alusão ao Novo Testamento: "E lhes dizia: O sábado foi feito por causa do homem, e não o homem por causa do sábado" (Marcos 2,27).

em sua modesta particularidade, em seu direito a essa particularidade reside o único, verdadeiro e eterno sentido da luta pela vida.

Nóvikov sentia que teriam sucesso, seriam mais astutos, sobrepujariam o inimigo em combate. Essa massa enorme de inteligência, esforço laborioso, audácia e cálculo, capacidade de trabalho, cólera, essa riqueza espiritual dos rapazes do povo — estudantes, alunos do último ano da escola, torneiros, tratoristas, professores, eletricistas, motoristas de ônibus, maus, bons, rudes, risonhos, cantores, sanfoneiros, cautelosos, lentos, valorosos — ia se unir, fundir-se, e juntos haveriam de vencer, pois sua riqueza era muita.

Se não for um, será outro; se não no centro, no flanco; se não na primeira hora de combate, na segunda; mas vão conseguir levar a melhor, e depois, com toda a sua força gigantesca, serão mais astutos, vão vencer e esmagar o inimigo... O êxito no combate provém exatamente deles, conquistam-no em meio à poeira, à fumaça, no instante em que alcançam a compreensão do ataque e seus desdobramentos, e sabem atacar uma fração de segundo antes, uma fração de centímetro mais preciso, com mais entusiasmo e força do que o inimigo.

Eles têm a solução, os rapazes nos carros com canhões e metralhadoras — a força principal da guerra.

Mas o essencial é se essas pessoas vão se unir, se vão formar uma única força com a riqueza interior de todas.

Nóvikov olhava e olhava para eles, enquanto em sua alma se fortalecia um sentimento feliz com relação à mulher: "Será minha, minha."

54

Que dias extraordinários eram aqueles!

Krímov tinha a impressão de que os livros de história tinham deixado de ser livros para entrar na vida, confundindo-se com ela.

Sentia de maneira aguçada a cor do céu e das nuvens de Stalingrado, assim como o reflexo do sol na água. Tais sensações remetiam-no à infância, quando o aspecto da primeira neve, o ruído da chuva de verão, o arco-íris enchiam-no de um sentimento de felicidade. Esse sentimento do miraculoso abandona com os anos quase todos os seres vivos, à medida que eles se habituam ao milagre de sua vida sobre a Terra.

Tudo que Krímov considerava errado e falso na vida contemporânea, aqui, em Stalingrado, não se fazia sentir. "Assim eram as coisas no tempo de Lênin", pensava.

Tinha a impressão de que aqui as pessoas se relacionavam de um modo diferente e melhor que antes da guerra. Não se sentia um enteado do tempo, como na época do cerco. Ainda há pouco, na margem esquerda, preparava seus discursos com entusiasmo, e achava natural que a direção da instrução política o tivesse transferido para o trabalho de conferencista.

Contudo, agora era exatamente isso que lhe despertava um sentimento penoso de ultraje. Por que fora tirado do comissariado de guerra? Tinha feito o seu trabalho como os outros, nada pior, e era melhor do que muitos...

As relações entre as pessoas em Stalingrado eram admiráveis. A igualdade e a honradez viviam naquela escarpa argilosa regada de sangue.

O interesse pela organização dos colcozes depois da guerra, pelas futuras relações entre grandes povos e governos, era em Stalingrado quase universal. A vida dos soldados do Exército Vermelho durante a guerra e seus trabalhos com as pás, com as facas de cozinha que usavam para descascar batatas, ou com as facas de sapateiro que usavam para arrumar as botas do batalhão, tudo parecia ter relação direta com a vida do povo no pós-guerra, com os outros povos e Estados.

Quase todos acreditavam que ao final da guerra o bem triunfaria, e que as pessoas honradas, que não poupavam o próprio sangue, conseguiriam construir uma vida boa e justa. Essa fé tocante era exprimida por pessoas que não sabiam se sobreviveriam até o tempo de paz, que a cada dia se espantavam por ainda estarem vivas.

<h2 style="text-align:center">55</h2>

À noite, depois da habitual conferência, Krímov foi parar no abrigo do tenente-coronel Batiuk, comandante da divisão posicionada na encosta de Mamáiev Kurgan e no desfiladeiro Bánni.

Batiuk, um homem de baixa estatura com rosto de soldado atormentado pela guerra, ficou alegre com a chegada de Krímov.

A mesa de jantar de Batiuk estava servida de uma boa geleia de mocotó e torta caseira. Oferecendo vodca a Krímov, Batiuk, estreitando os olhos, afirmou:

— Quando ouvi que o senhor viria dar conferência por aqui, perguntei-me quem visitaria primeiro, Rodímtzev ou eu. Acabou sendo Rodímtzev.

Ele grunhiu e sorriu.

— Aqui vivemos como na aldeia. Basta as coisas se acalmarem à noite e começamos a telefonar para os vizinhos: o que você almoçou, quem esteve aí, para onde você vai, o que a chefia disse, quem tem o melhor banheiro, do que falou o jornal; não falam da gente, só de Rodímtzev, parece que os jornais acham que ele está lutando sozinho em Stalingrado.

Batiuk servia o hóspede, mas tomava chá com pão, como que indiferente ao resto da comida.

Krímov reparou que os movimentos tranquilos e a fala pausada do ucraniano não estavam em conformidade com os pensamentos difíceis que passavam pela cabeça de Batiuk.

Nikolai Grigórievitch entristeceu-se por Batiuk não lhe ter feito nenhuma pergunta sobre a conferência. Era como se a conferência não dissesse respeito àquilo que preocupava Batiuk de verdade.

Krímov ficou estupefato com o relato de Batiuk das primeiras horas da guerra. No momento da retirada geral das fronteiras, Batiuk levou seu regimento para leste, a fim de cortar a passagem dos alemães. O alto-comando, que se retirava pela rodovia, imaginou que ele estivesse a ponto de se render aos alemães. Lá mesmo, na rodovia, depois de um interrogatório na base de xingamentos à mãe e gritos histéricos, foi ordenado seu fuzilamento. No último minuto, quando ele já estava encostado em uma árvore, os soldados do Exército Vermelho resgataram seu comandante.

— Sim — disse Krímov —, não foi brincadeira, camarada tenente-coronel.

— Não cheguei a ter um enfarto — respondeu Batiuk —, mas que agora tenho problemas de coração, isso é verdade.

Krímov disse em um tom algo teatral:

— O senhor está ouvindo tiros no mercado? O que será que Gorókhov está fazendo agora?

Batiuk virou os olhos para ele.

— Ah, com certeza deve estar jogando *durak*.[138]

---

[138] Jogo russo de baralho em que o objetivo de cada participante é se desfazer de todas as cartas. O último a ficar com cartas é o *durak* (bobo).

Krímov disse que fora informado sobre uma iminente reunião de franco-atiradores no regimento de Batiuk e achava interessante participar.

— Claro que é interessante, por que não? — disse Batiuk.

Puseram-se a falar da situação no front. Batiuk se inquietava com a silenciosa concentração noturna das tropas alemãs na seção norte.

Quando os franco-atiradores se reuniram no abrigo do comandante da divisão, Krímov compreendeu para quem a torta tinha sido assada.

Nos bancos colocados junto às paredes e em torno da mesa sentaram-se pessoas de sobretudo acolchoado, completamente acanhadas, desajeitadas, mas com grande sentimento de dignidade. Os recém-chegados, procurando não fazer barulho, colocaram em um canto suas submetralhadoras e fuzis, como se fossem trabalhadores empilhando pás e machados.

O rosto do célebre franco-atirador Vassili Záitsev parecia o de um rapaz do campo gentil e simpático. Mas, quando ele virou a cabeça e semicerrou os olhos, seus traços severos se tornaram evidentes.

Krímov recordou uma impressão fortuita de antes da guerra: um dia, durante uma sessão, observando um conhecido de longa data, Nikolai Grigórievitch de repente viu o rosto dele, que sempre lhe parecera sério, de modo distinto: os olhos piscando, o nariz caído, a boca entreaberta, o queixo pequeno formavam uma figura hesitante e indecisa.

Ao lado de Záitsev sentaram-se o atirador de morteiro Bezdidko — homem de ombros estreitos e olhos castanhos, sempre sorridentes — e o jovem uzbeque Suleiman Khalímov, com lábios grossos de criança. Tirando o suor da testa com um lencinho, o franco-atirador Matsegur parecia o chefe de uma família numerosa, cujo caráter não tinha nada em comum com o cruel ofício de disparar.

Também os outros que haviam chegado ao abrigo dos franco-atiradores — o tenente de artilharia Chuklin, Tókarev, Manjulia, Solódki — pareciam ser rapazes completamente tímidos e desajeitados.

Batiuk interrogava os que chegavam inclinando a cabeça. Parecia um aluno ávido por aprender, e não um dos mais experientes e astutos comandantes de Stalingrado.

Quando se dirigiu a Bezdidko, surgiu no rosto de todos os presentes a alegre expectativa de uma piada.

— E aí, como é que foi, Bezdidko?

— Ontem eu fiz o maior estrago nos alemães, camarada tenente-coronel, como o senhor já sabe, mas pela manhã só matei cinco boches, gastei quatro granadas.

— Pois é, não é como o Chulkin, que acabou com catorze tanques usando apenas um canhão.

— Usando apenas um canhão porque só sobrou um canhão na bateria dele.

— Ele estourou o bordel dos alemães — disse o belo Bulátov, enrubescendo.

— Pra mim era um abrigo comum.

— Sei, abrigo — afirmou Batiuk. — Hoje uma granada acertou a minha porta. — E, voltando-se para Bezdidko, acrescentou uma censura em ucraniano: — E eu pensei, o que estará fazendo esse filho da puta do Bezdidko, foi para isso que o ensinei a atirar?

Particularmente constrangido, o apontador de canhão Manjulia, pegando um pedaço de torta, disse baixinho:

— Ótima massa, camarada tenente-coronel.

Batiuk bateu no copo com um cartucho de rifle:

— Muito bem, camaradas, agora a sério.

Aquela era uma reunião de produção como as que acontecem nas fábricas e nos campos. Só que ali não estavam sentados tecelões, padeiros, alfaiates, e as pessoas não estavam falando nem de pão nem de debulha.

Bulátov contou que, ao ver um alemão indo pela estrada abraçado a uma mulher, forçou-os a ir para o chão e, antes de matá-los, deixou que se levantassem três vezes para em seguida forçá-los a se deitar de novo, erguendo com as balas uma nuvem de poeira a centímetros de seus pés.

— Eu o matei quando ele estava por cima dela, acabaram ficando assim no caminho, como se fossem uma cruz.

Bulátov narrava com indolência, e sua história era de um horror que normalmente não aparece nas histórias dos soldados.

— Bulátov, sem sacanagem — interrompeu Záitsev.

— Eu não estou de sacanagem — disse Bulátov, sem perceber a insinuação. — Minha contagem no momento está em 78. O camarada comissário não me deixa mentir, ele anota tudo.

Krímov tinha vontade de intervir na conversa, de dizer que entre os alemães mortos por Bulátov podia haver trabalhadores, revolucionários, internacionalistas... Era necessário entender esse ponto para não se converter em nacionalista radical. Mas Nikolai Grigórievitch ficou calado. Essas ideias não eram necessárias durante a guerra; elas não armavam, desarmavam.

Ciciando, o branquelo Solódki contou como tinha matado oito alemães na véspera. Depois acrescentou:

— Eu sou de um colcoz na região de Úman, e os fascistas aprontaram as maiores barbaridades na minha aldeia. Até perdi um pouco de sangue; fui ferido três vezes. Por isso passei de colcoziano a franco-atirador.

O soturno Tókarev explicou que era melhor escolher um lugar junto ao caminho que os alemães percorriam para buscar água ou ir à cozinha e, a propósito, disse:

— Minha mulher me escreveu o quanto sofreram no cativeiro em Mojáiski, mataram meu filho porque dei a ele o nome de Vladímir Ílitch.[139]

Khalímov, emocionado, disse:

— Eu não me precipito nunca; primeiro seguro o coração, depois atiro. Eu cheguei no front, o sargento Gúrov era meu amigo, eu ensinei para ele uzbeque, ele ensinou para mim russo. Um alemão matou ele, eu abati doze. Peguei o binóculo de um oficial, pendurei no pescoço: segui as ordens do senhor, camarada instrutor político.

Havia algo de horripilante nesses relatórios de produtividade dos franco-atiradores. Por toda a vida, Krímov havia zombado dos fracotes da intelligentsia, de Ievguênia Nikoláievna e Chtrum, que se lamentavam pelo destino dos cúlaques no período da coletivização. A respeito dos acontecimentos de 1937, ele disse a Ievguênia Nikoláievna: "Não é horrível quando exterminamos os inimigos: que eles vão para o diabo! O horrível é quando atiramos nos nossos."

Agora, porém, ele tinha vontade de dizer que sempre estivera pronto a exterminar aqueles guardas brancos reptis, a canalha menchevique e socialista revolucionária, os popes, os cúlaques, que jamais tivera pena dos inimigos da revolução, mas que não era possível ficar alegre quando, junto com os fascistas, morriam trabalhadores alemães. Havia algo de horripilante nos relatos dos franco-atiradores, embora eles soubessem em prol de que realizavam sua tarefa.

Záitsev começou a contar de um embate com um franco-atirador alemão no sopé de Mamáiev Kurgan que durou vários dias. O alemão sabia que Záitsev estava de olho nele, e começou a ficar de olho em Záitsev. Eles pareciam ter a mesma força, e um não conseguia liquidar o outro.

---

[139] O nome de Lênin.

— Nesse dia ele abateu três dos nossos, e eu, sentado na minha vala, não disparei um tiro. Então ele fez um último disparo, e não desperdiçou bala: o combatente caiu de lado, com os braços abertos. Um soldado levando papéis foi para o lado dele, e eu fiquei sentado, assistindo... Compreendi que ele pensaria que, se houvesse ali um franco-atirador, o soldado dos papéis teria sido abatido. E ele chegara intacto. Eu também sabia que ele não tinha como ver o combatente que havia derrubado, e que estava interessado em olhar. Um segundo alemão passou com um baldinho, e minha vala continuou calada. Passaram-se mais 16 minutos, e então ele começou a se levantar. Ficou de pé. Eu também...

Revivendo o acontecimento, Záitsev levantou-se da mesa, e aquela expressão particular de força que havia pouco perpassara seu rosto agora se tornava sua única expressão, e ele não era mais um rapaz bonachão de nariz achatado; havia algo de poderoso, leonino, sinistro naquelas narinas inflamadas, na testa larga, nos olhos cheios de um entusiasmo terrível e triunfante.

— Ele me reconheceu e compreendeu. E eu atirei.

Por um instante caiu o silêncio. Provavelmente o mesmo silêncio que se seguiu ao disparo de Záitsev na véspera — quase dava para ouvir o ruído do corpo inerte tombando. Voltando-se repentinamente para Krímov, Batiuk perguntou:

— E então, achou interessante?

— Muito — afirmou Krímov, e não disse mais nada.

Krímov passou a noite no alojamento de Batiuk.

Mexendo os lábios, Batiuk contava as gotas do remédio para o coração que caíam no copo, que ele depois encheu com água.

Bocejando, contou a Krímov de assuntos da divisão, não dos combates, mas da vida cotidiana.

Krímov teve a impressão de que tudo o que Batiuk falava tinha relação com aquela história acontecida com o próprio Batiuk nas primeiras horas da guerra, de que seus pensamentos partiam dali.

Desde as primeiras horas em Stalingrado, um sentimento estranho não queria se afastar de Nikolai Grigórievitch.

Às vezes ele tinha a impressão de ter caído em um reino sem Partido. Às vezes, pelo contrário, parecia respirar o ar dos primeiros dias da Revolução.

Krímov perguntou, de repente:

— O senhor está no Partido há muito tempo, camarada tenente-coronel?

Batiuk disse:

— O que foi, camarada comissário de batalhão, o senhor acha que eu não sigo a linha?

Krímov não respondeu na hora.

Disse ao comandante de divisão:

— Sabe, consideram-me no Partido um orador bastante razoável, discursei em grandes encontros de trabalhadores. Aqui, porém, sinto o tempo todo que sou guiado, e não o contrário. Que coisa esquisita. Eis, aí, quem segue a linha, e quem a linha segue. Tive vontade de participar da conversa dos seus franco-atiradores, de fazer alguns reparos. Depois achei que ensinar quem já sabe só ia piorar as coisas... Mas, para dizer a verdade, não fiquei em silêncio só por causa disso. A direção política orienta os conferencistas a incutir na consciência dos combatentes que o Exército Vermelho é um exército de vingadores. E eu ia falar do caráter internacional da consciência de classe. O importante é mobilizar a ira das massas contra o inimigo! Seria como o bobo daquele conto, que foi convidado para um casamento e começou a recitar uma oração fúnebre...

Refletiu e afirmou:

— E também tem o hábito... O Partido normalmente mobiliza a cólera das massas, a ira, com a intenção de destruir o inimigo, de exterminar. O humanismo cristão não presta para a nossa tarefa. Nosso humanismo soviético é severo... Não fazemos cerimônia...

Refletiu um pouco mais e disse:

— Naturalmente não estou me referindo ao caso em que o senhor quase foi fuzilado... E em 1937 atiramos nos nossos: isso é uma desgraça para nós. Mas os alemães invadiram a pátria de operários e camponeses! O que é isso? Guerra é guerra. Eles merecem tudo o que estão levando.

Krímov esperava por uma resposta de Batiuk, mas ela não veio, não porque ele tivesse ficado perplexo com as palavras de Krímov, mas porque tinha caído no sono.

56

Na Oficina de Fornos Martin da Fábrica Outubro Vermelho, na mais profunda escuridão, corriam pessoas de sobretudo acolchoado, ressoavam tiros, ardia uma chama viva, pairava no ar uma espécie de bruma.

O comandante de divisão Gúriev havia alojado os postos de comando do regimento na Fornos Martin. Krímov disse de si para si que os homens sentados naqueles fornos, que até pouco tempo produziam aço, eram pessoas muito especiais, com coração de aço.

Aqui já dava para ouvir os passos das botas dos alemães, e não apenas os gritos de comando, mas até pequenos estalidos e tinidos, como o dos alemães recarregando suas submetralhadoras.

E quando Krímov, enterrando a cabeça nos ombros, começou a se esgueirar pelo orifício do forno onde ficava o posto de comando do regimento de fuzileiros, e sentiu com a palma da mão o calor que mesmo meses depois ainda era conservado pelos tijolos refratários, foi tomado por uma espécie de timidez, e teve a impressão de que agora veria revelado o segredo daquela grande resistência.

Na penumbra ele distinguiu um homem de cócoras, viu seu rosto largo e ouviu a voz acolhedora:

— Um hóspede no nosso palácio, seja bem-vindo. Vamos providenciar um pouco de vodca e um ovo cozido para acompanhar.

Na penumbra poeirenta e abafada, veio à mente de Nikolai Grigórievitch que jamais contaria a Ievguênia Nikoláievna que tinha se lembrado dela ao se enfurnar em um covil de Stalingrado. Antes ele quisera se livrar dela a todo custo, esquecê-la. Mas agora já se resignara a tê-la sempre atrás de si, por toda parte. Nem na descida aos fornos a bruxa se afastava dele!

Pois, afinal, era tudo muito simples. Quem precisava do enteado do tempo? Coloquem-no com os inválidos, com os aposentados, façam sabão com ele. A partida de Ievguênia Nikoláievna tinha confirmado, esclarecido o quanto de desesperança havia em sua vida: nem aqui, em Stalingrado, ele estava envolvido em uma tarefa real, de combate.

À noite, naquela oficina, depois da conferência, Krímov conversou com o general Gúriev. Gúriev despira a túnica, e limpava com um lenço o rosto vermelho; com uma voz rouca e alta oferecia vodca a Krímov e, com a mesma voz, gritava ordens no telefone para os comandantes de regimento; com a mesma voz áspera e rouca ralhava com o cozinheiro que não soubera assar direito o *chachlik*,[140] e telefonava ao vizinho Batiuk para saber se estavam jogando dominó em Mamáiev Kurgan.

— Nosso povo, em geral, é bom e alegre — disse Gúriev. — Batiuk é um mujique inteligente. O general Jóludev, da fábrica de tra-

---

[140] Churrasco caucasiano.

tores, é um velho amigo. O coronel Gúrtiev, na fábrica Barricadas, também é boa pessoa, mas anda muito monástico, largou a vodca de vez. E isso, naturalmente, é um erro.

Depois começou a explicar a Krímov que ninguém tinha tão poucos homens quanto ele, de seis a oito por companhia; que ninguém estava em posição mais inacessível e que um terço dos reforços que desembarcavam das lanchas chegavam feridos. Talvez apenas Gorôkhov, no mercado, enfrentasse dificuldades semelhantes.

— Ontem Tchuikov chamou meu chefe de estado-maior, o coronel Chuba, e eles discordaram sobre o posicionamento da linha de frente. Pobre coronel Chuba, voltou completamente doente.

Olhou para Krímov e disse:

— O senhor acha que ele gritou com o companheiro? — E gargalhou. — Não, eu mesmo grito com ele todos os dias. Ele voltou sem a linha de frente dos dentes.

— Sim — disse Krímov, de modo arrastado. Esse "sim" queria dizer que, pelo visto, nem sempre a dignidade humana triunfava nas escarpas de Stalingrado.

Depois Gúriev começou a dizer por que os redatores de jornal escreviam tão mal sobre a guerra.

— Os filhos da puta ficam sentados à beira do Volga, no fundo da retaguarda, não veem nada e escrevem. E escrevem sobre aqueles que os hospedam melhor. Lev Tolstói escreveu *Guerra e paz*. As pessoas vêm lendo o romance nos últimos cem anos, e vão continuar lendo por mais cem. Por quê? Ele participou, ele lutou, ele sabia sobre o que escrever.

— Perdão, camarada general — disse Krímov —, mas Tolstói não participou da guerra.

— Como assim "não participou"? — perguntou o general.

— Muito simples, não participou — afirmou Krímov. — Tolstói nem era nascido no tempo das guerras napoleônicas.

— Não era nascido? — voltou a indagar Gúriev. — Como assim, não era nascido? Como ele foi escrever, se nem era nascido? Hein?

Logo se acendeu entre eles uma discussão furiosa. Era a primeira discussão que eclodia depois de uma conferência de Krímov. Para espanto de Nikolai Grigórievitch, seu interlocutor não queria se dar por vencido.

57

No dia seguinte, Krímov chegou à Fábrica Barricadas, onde estava o regimento siberiano de fuzileiros do coronel Gúrtiev.

A cada dia ele duvidava mais da necessidade de suas conferências. Às vezes tinha a impressão de que o escutavam por cortesia, como descrentes a ouvir um velho padre. Era verdade que se alegravam com a sua chegada, mas ele compreendia que se alegravam com o homem, não com a sua fala. Havia se tornado um daqueles membros da seção política que se ocupavam de afazeres burocráticos, ficavam tagarelando e estorvavam os que lutavam. Só tinham razão de ser os trabalhadores políticos que não perguntavam, não esclareciam, não elaboravam longos relatórios e informes, não faziam agitação, mas lutavam.

Recordava as aulas que dava, antes da guerra, na universidade de marxismo-leninismo. Tanto para ele como para seus alunos, o *Breve curso da história do Partido* era um tédio mortal, como um catecismo.

Se em tempos de paz, porém, aquela chatice era legítima, inevitável, aqui em Stalingrado tornava-se absurda, sem sentido. Para que isso?

Krímov encontrou-se com Gúrtiev na entrada do abrigo do estado-maior, e não reconheceu naquele homem magro, que calçava botas de couro e lona e usava um capote militar raso, o comandante da divisão.

O discurso de Krímov foi feito em um abrigo espaçoso, de teto baixo. Durante sua permanência em Stalingrado, Krímov jamais ouviu tanto fogo de artilharia como dessa vez. Tinha que gritar o tempo todo.

O comissário de divisão Svirin, homem de fala coerente e forte, rica em palavras alegres e penetrantes, disse, antes da conferência:

— Por que vamos restringir a audiência ao comando superior? Vamos lá, topógrafos, combatentes livres da companhia de guarda, pessoal de rádio e estafetas que não estão de serviço, todos para a conferência sobre a situação internacional! Depois da conferência tem filme. E danças até o amanhecer.

Deu uma piscadela para Krímov, como que dizendo: "Eis mais uma iniciativa digna de nota; vai servir para o seu relatório e para o nosso."

O modo como Gúrtiev sorria ao olhar para o barulhento Svirin, e como Svirin ajustava o capote nos ombros de Gúrtiev, fez Krímov entender o espírito da amizade que reinava naquele abrigo.

E o modo como Svirin, semicerrando os olhos já apertados, olhava para o chefe de estado-maior Savrássov — que, por sua vez, fitava Svirin com ar descontente — fez Krímov entender que naquele abrigo não reinava apenas o espírito da amizade e da camaradagem.

Logo depois da conferência, o comandante e o comissário da divisão saíram, em resposta a um chamado urgente do comando do Exército. Krímov entabulou conversa com Savrássov. Tratava-se aparentemente de um homem de caráter duro e ríspido, ambicioso e suscetível. Havia nele muita coisa ruim: a ambição, a rispidez e o cinismo irônico com que se referia às pessoas.

Olhando para Krímov, Savrássov proferiu um monólogo:

— Em Stalingrado, você chega a um regimento e já sabe: o mais forte e resoluto é o comandante. Isso é certo. Aqui ninguém fica vendo quantas vacas a pessoa tem. Só olha para a cabeça. Tem? Então está ótimo. Também não tem trapaça. Mas no tempo de paz, como é que era? — riu com seus dentes amarelos na cara de Krímov. — Sabe, eu detesto a política. Todos esses direitistas, esquerdistas, oportunistas, teóricos. Não suporto os lacaios. Mesmo sem política quiseram me prender umas dez vezes. Então é melhor eu não ter partido: uma hora me chamam de bêbado, outra hora sou mulherengo. Será que preciso fingir? Não consigo.

Krímov teve vontade de dizer a Savrássov que nem em Stalingrado o seu destino tinha tomado o rumo certo, e que ele continuava vagueando inutilmente aqui e ali. Por que o comissário de divisão de Rodímtzev era Vavílov, e não ele? Por que o Partido confiava mais em Svirin do que nele? Ele era mais inteligente, de visão mais ampla e com maior experiência partidária, coragem não lhe faltava e, se fosse preciso também crueldade, as mãos não tremeriam... Comparados a ele, os outros eram analfabetos! Mas... seu tempo acabou, camarada Krímov, saia do caminho.

Aquele coronel de olho amarelo o tinha atiçado, inflamado, transtornado.

Mas que dúvidas podia haver, meu Deus, se até a vida pessoal dele tinha ruído, despencado ladeira abaixo... A questão não era que Gênia tivesse notado o seu desamparo material. Isso não fazia diferença para ela. Ela era pura. Tinha deixado de amá-lo! Ninguém se apaixona por quem já passou, pelos derrotados. Um homem sem aura. Sim, fora expulso da *nomenklatura*. Aliás, por mais pura que fosse, o aspecto material também contava para ela. Conta para todos sobre a Terra. Inclusive Ievguênia Nikoláievna. Pois ela não ia se casar com um artista miserável que pintava borrões delirantes que ela achava geniais...

Krímov poderia ter revelado muitas dessas ideias ao coronel de olho amarelo, mas preferiu abordar apenas aquilo em que estava de acordo com ele:

— Mas o que é isso, camarada coronel, o senhor já conseguiu muito. Antes da guerra não olhavam só para quantas vacas a pessoa tinha. Não é possível escolher quadros por um critério apenas administrativo.

A guerra não deixou que a conversa sobre o que acontecia antes dela continuasse. Uma grande explosão ribombou, e da neblina e da poeira surgiu um capitão preocupado, e um telefonista gritou: uma ligação do regimento para o quartel-general. Um tanque alemão tinha aberto fogo contra o estado-maior do regimento, e os soldados que vinham junto com o tanque haviam entrado na casa de pedra onde estava alojada a chefia da divisão da artilharia pesada; instalada no segundo andar, a chefia combatia os alemães. O tanque ateou fogo em uma casa de madeira dos arredores, e o vento forte que soprava do Volga levou as chamas para o posto de comando do comandante de regimento Tchámov, e Tchámov e seu estado-maior começaram a sufocar, decidindo evacuar o local. Mas transferir o posto de comando à luz do dia, sob o fogo de artilharia, sob rajadas secas de metralhadoras pesadas, que mantinham Tchámov debaixo de tiroteio, era difícil.

Tudo acontecia ao mesmo tempo em diferentes trechos da linha de defesa da divisão. Uns pediam conselho, outros apoio de artilharia, terceiros rogavam permissão para retirada, quartos informavam, quintos pediam informação. Cada caso era particular, e o que todos compartilhavam era que falavam de vida e morte.

Quando as coisas acalmaram um pouco, Savrássov perguntou a Krímov:

— Nós não íamos almoçar, camarada comissário de batalhão, enquanto a chefia não volta do estado-maior do Exército?

Ele não obedecia à regra seguida pelo comando e comissariado da divisão, e não tinha se afastado da vodca. Por isso preferia almoçar à parte.

— Gúrtiev é um ótimo combatente, letrado, digno — disse Savrássov, levemente embriagado. — A desgraça é que é um terrível asceta. Fez disto um mosteiro. E eu, em relação às moças, tenho um apetite de lobo, sou ávido como uma aranha. Deus nos livre de contar uma piada na frente de Gúrtiev! Mas com ele nós normalmente lutamos muito bem. O comissário não gosta de mim, embora, por natureza, seja tão pouco monge quanto eu. Acha que em Stalingrado fiquei velho? Muito pelo contrário. Eu, aqui com estes amigos, me encontro muito bem.

— Eu também sou dessa raça dos comissários — disse Krímov.

Savrássov balançou a cabeça.

— É e não é. A coisa não está na vodca, mas aqui — e bateu com os dedos na garrafa, e depois na testa.

Já tinham terminado de almoçar quando o comandante e o comissário da divisão voltaram do posto de comando de Tchuikov.

— Alguma novidade? — perguntou Gúrtiev rápido e severo, olhando a mesa.

— O chefe das telecomunicações está ferido, os alemães atacaram perto de Jóludev, puseram fogo nas casinhas entre Tchámov e Mikhaliov. Tchámov deu uns espirros, engoliu fumaça, mas, no geral, não foi nada grave — respondeu Savrássov.

Olhando para o rosto avermelhado de Savrássov, Svirin disse de forma terna e arrastada:

— Camarada coronel, tomamos vodca, toda a vodca.

58

O comandante da divisão interrogou o comandante do regimento, major Beriózkin, sobre a situação na casa 6/1: não seria melhor tirar as pessoas de lá?

Beriózkin aconselhou o comandante da divisão a não retirar o pessoal, embora a casa corresse risco de cerco. Ali havia pontos de observação da artilharia da margem esquerda que ofereciam dados importantes sobre o inimigo, e um destacamento de sapadores capaz de paralisar os movimentos dos alemães em locais perigosos para os tanques. Era pouco provável que os alemães começassem uma ofensiva geral sem antes liquidar aquele foco de resistência; suas regras eram bem conhecidas. Com um pouco de apoio, a casa 6/1 conseguiria resistir bastante, prejudicando assim o planejamento alemão. Como os agentes de telecomunicações só conseguiam chegar à casa sitiada nas horas mais remotas da noite, e os fios de ligação eram constantemente cortados, seria bom que enviassem para lá uma operadora de rádio e um transmissor.

O comandante da divisão concordou com Beriózkin. À noite, o instrutor político Sôchkin conseguiu entrar na casa 6/1 com um grupo de integrantes do Exército Vermelho, para entregar aos defensores várias caixas de munição e granadas de mão. Ao mesmo tempo, Sôchkin levou até lá uma jovem operadora de rádio e um transmissor tomado do centro de comunicação.

Ao retornar, ao raiar do dia, o instrutor político contou que o comandante do destacamento havia se recusado a redigir a prestação de contas, dizendo: "Não vou me ocupar de bobagens burocráticas, só presto contas aos boches."

— Não dá para entender nada que acontece lá — disse Sôchkin —, todo mundo tem medo desse Griékov, mas ele os trata de igual para igual, deitam-se lado a lado, todos se tratam por "você" e o chamam de "Vânia". Perdoe-me, camarada comandante do regimento, mas aquilo não é um destacamento militar, e sim uma espécie de Comuna de Paris.

Beriózkin, balançando a cabeça, comentou:

— Recusou-se a redigir a prestação? É mesmo um homem!

Em seguida, Pivovárov, o comissário do regimento, começou um discurso sobre comandantes que se comportam como partisans.

Beriózkin disse, em tom conciliador:

— Como assim, partisans? Isso é iniciativa, independência. Eu mesmo sonho de vez em quando em ficar sitiado e poder descansar dessa papelada toda.

— Por falar em papelada — disse Pivovárov —, escreva um informe detalhado ao comissário da divisão.

O relatório de Sôchkin foi levado a sério na divisão.

O comissário da divisão ordenou a Pivovárov que se informasse detalhadamente a respeito da situação na casa 6/1 e desse um jeito em Griékov. Imediatamente o comissário da divisão comunicou a complicada situação moral e política na casa a um membro do Soviete Militar e à chefia de instrução política do Exército.

No Exército, o informe do instrutor político foi levado ainda mais a sério que na divisão. O comissário da divisão recebeu ordem de resolver imediatamente a situação da casa sitiada. O chefe de assuntos políticos do Exército redigiu um informe urgente para o chefe da direção de instrução política do front, o comissário de divisão.

A operadora de rádio Kátia Viéngrova tinha chegado de noite à casa 6/1. Pela manhã, apresentou-se ao "dono da casa", Griékov, que ouviu o relatório da moça encurvada perscrutando seus olhos desnorteados, assustados e ao mesmo tempo irônicos.

Ela tinha uma boca grande e lábios anêmicos. Griékov aguardou alguns segundos antes de responder à sua pergunta: "Posso ir?"

Durante esses segundos, surgiram em sua cabeça de comandante ideias que não tinham relação com os assuntos da guerra: "Meu Deus, que beleza... lindas pernas... está com medo... Claro que é filhinha de mamãe. E quantos anos, não deve ter mais que 18. Espero que meus rapazes não caiam matando..."

Todas essas considerações que haviam chegado à cabeça de Griékov concluíram inesperadamente com a seguinte ideia: "Quem é que manda aqui, quem está deixando os alemães doidos, hein?"

Então respondeu a pergunta dela:

— Para onde a moça quer ir? Fique junto do seu aparelho. Vamos inventar alguma coisa.

Bateu com os dedos no aparelho de rádio e olhou para o céu, onde gemiam os bombardeiros alemães.

— A moça é de Moscou? — perguntou.

— Sim — ela respondeu.

— Sente-se, aqui tudo é simples, como no campo.

A operadora de rádio foi para um lado, e os pedaços de tijolo estalaram debaixo de suas botas. Ela viu o sol a brilhar nos canos das metralhadoras, no corpo negro da pistola alemã que era o troféu de Griékov. Sentou-se e olhou para os capotes militares amontoados em uma parede destruída. Ficou surpresa que, nesse quadro, já não houvesse nada que a surpreendesse. Sabia que as metralhadoras nas brechas da parede eram Degtiarovs, sabia que a Walther apreendida tinha oito cartuchos, que a Walther possuía poder de fogo, porém mira deficiente, sabia que os capotes amontoados no canto pertenciam a mortos, e que os mortos tinham sido sepultados a pouca profundidade: o cheiro de queimado misturava-se a um outro, ao qual se acostumara. E o transmissor de rádio que lhe fora dado naquela noite parecia-se com aquele com o qual havia trabalhado em Kotluban: o mesmo mostrador, o mesmo interruptor. Ela se lembrava de quando estava na estepe, olhando-se no vidro empoeirado do amperímetro para arrumar os cabelos que escapavam do barrete.

Ninguém falava com ela, era como se a vida violenta e medonha da casa passasse ao largo.

Mas quando um homem grisalho — que, pela conversa, ela deduziu ser um atirador de morteiro — praguejou com palavrões, Griékov disse:

— Meu pai, o que é isso? Olha a moça. Cuidado com a língua.

Kátia ficou encabulada, não pelos xingamentos do velho, mas pelo olhar de Griékov.

Sentia que, embora ninguém falasse com ela, sua aparição havia perturbado a casa. Tinha a impressão de sentir na pele a tensão que despertara a seu redor. Uma tensão que continuou quando começaram a uivar os bombardeiros de mergulho, e suas bombas começaram a estourar bem perto, fazendo cair uma chuva de tijolos quebrados.

Já estava um tanto acostumada aos bombardeios, aos silvos dos estilhaços; nada disso a atormentava. Mas a sensação que surgia ao perceber os carregados e atentos olhares masculinos sobre si continuava a embaraçá-la.

Na noite do dia anterior, as moças do serviço de comunicações tinham se compadecido dela, dizendo:

— Oh, aquilo vai ser um horror!

À noite, um mensageiro conduziu-a ao estado-maior do regimento. Ali ela já sentia especialmente a proximidade do inimigo, a precariedade da vida. As pessoas pareciam frágeis: em um momento existem, em outro já não existem mais.

O comandante do regimento balançou a cabeça com ar desolado, e afirmou:

— Como é possível mandar crianças para a guerra?

Depois disse:

— Coragem, querida, se alguma coisa sair dos eixos me informe diretamente pelo transmissor.

E disse isso com uma voz tão bondosa e acolhedora que Kátia teve dificuldade em conter as lágrimas.

Depois um outro mensageiro a conduziu ao estado-maior do batalhão. Lá havia uma vitrola, e o ruivo comandante do batalhão convidou Kátia para beber e dançar ao som da *Serenata chinesa*.

O batalhão era um horror, e Kátia teve a impressão de que o comandante bebia não para ficar alegre, mas para se desligar da vida insuportável, para esquecer que era frágil como vidro.

Mas agora ela estava sentada em um amontoado de tijolos na casa 6/1 e, por alguma razão, não experimentava medo, e pensava na vida fantástica e maravilhosa que tinha antes da guerra.

As pessoas na casa sitiada eram especialmente seguras e fortes, e essa autoconfiança trazia tranquilidade. Era o mesmo tipo de confiança persuasiva dos médicos famosos, dos operários qualificados das oficinas de laminação, dos alfaiates quando cortam um tecido valioso, dos bombeiros, dos velhos professores ao explicar uma lição no quadro-negro.

Antes da guerra, Kátia pensava estar fadada a uma vida infeliz. Antes da guerra, via os amigos e conhecidos que andavam de ônibus como esbanjadores. As pessoas que saíam de restaurantes, mesmo espeluncas, pareciam-lhe seres extraordinários, e uma vez ela foi atrás de um grupo que saía do Darial ou do Tiérek,[141] para ouvir sua conversa. Ao voltar da escola para casa, disse à mãe, triunfante:

— Sabe, hoje uma menina me ofereceu água com gás e xarope. Xarope de verdade, com cheiro de cassis!

Não era fácil para elas organizar o orçamento familiar com o dinheiro que sobrava do salário de quatrocentos rublos da mãe, depois de descontados os impostos cultural e de renda e o empréstimo do Estado. Elas não compravam nada novo, reformavam o que era velho; não contribuíam para o pagamento da zeladora Marússia, que limpava as áreas comuns do prédio, e, nos dias de faxina, Kátia lavava o chão e carregava as latas de lixo; não compravam leite com o leiteiro, mas na loja do Estado, onde as filas eram gigantes, porém isso permitia uma economia de seis rublos ao mês; e quando não havia leite na loja do Estado, a mãe de Kátia ia ao mercado à noite: os leiteiros, com pressa de pegar o trem, vendiam o leite mais barato a essa hora que de manhã, quase pelo mesmo preço praticado pelo Estado. Nunca tomavam ônibus, que era muito caro, e, quando a distância a percorrer era longa, iam de bonde. Kátia jamais ia à cabeleireira, e quem cortava seu cabelo era a mãe. Evidentemente, lavavam as próprias roupas, e sua lâmpada tinha uma luz tão fraca que mal sobrepujava a que vinha da área comum. Faziam comida para três dias. Almoçavam sopa, às vezes mingau com azeite, e Kátia, certa vez, comeu três pratos de sopa e disse: "Hoje tivemos uma refeição de três pratos."

A mãe nunca recordava a vida no tempo do pai, e Kátia já não se lembrava. Uma vez Vera Dmítrievna, uma amiga materna, disse, olhando mãe e filha preparando-se para almoçar: "Sim, também já fomos puros-sangues."[142]

---

[141] Darial é uma garganta do Tiérek, rio do Cáucaso norte.

[142] Alusão à canção "Par de baios", com versos do poeta Aleksêi Nikoláievitch Apúkhtin (1840-1893) e música de S. I. Donaurov (1839-1897).

Mas a mãe ficou zangada, e Vera Dmítrievna não lhe explicou por que motivo Kátia e sua mãe tinham sido puros-sangues.

Certa feita, Kátia achou uma foto do pai no armário. Era a primeira vez que via o rosto dele, mas imediatamente, como se alguém lhe tivesse dito, entendeu que aquele era seu pai. Atrás da fotografia estava escrito: "Para Lídia — sou da tribo dos Asra, que morrem em silêncio quando amam."[143] Não disse nada à mãe, mas, ao chegar da escola, pegava a foto e se deixava ficar, fitando os olhos negros do pai, que lhe pareciam tristes.

Uma vez perguntou:

— Onde está papai?

A mãe disse:

— Não sei.

A primeira vez que a mãe lhe falou do pai foi quando Kátia entrou no Exército; ela ficou sabendo que ele tinha sido preso em 1937, e soube da história de seu segundo casamento.

Passaram a noite inteira acordadas, conversando. Tudo mudou: a mãe, normalmente contida, falou à filha de como tinha sido abandonada pelo marido, falou de seu ciúme, humilhação, ultraje, amor, compaixão. Kátia ficou assombrada: o mundo da alma humana parecia tão imenso que até a guerra fremente se apequenava. Despediram-se pela manhã. A mãe puxava a cabeça de Kátia para si, a mochila de Kátia puxava seus ombros para trás. Kátia declarou: "Mamãe, também sou da tribo dos Asra, que morrem em silêncio quando amam..."

Depois a mãe lhe deu um leve empurrão:

— Está na hora, Kátia, vá.

E Kátia foi, como foram naquela época muitos jovens e velhos, saiu da casa materna para talvez nunca voltar, ou voltar uma outra pessoa, separada para sempre da sua difícil e querida infância.

E agora ela estava sentada ao lado do "dono da casa" de Stalingrado, Griékov, olhando para sua cabeça grande e seu rosto sombrio, de lábios grossos.

59

No primeiro dia, a ligação por telefone estava funcionando.

A longa inatividade e o alheamento da vida na casa 6/1 deixaram a operadora de rádio insuportavelmente melancólica.

---

[143] Alusão ao poema "Der Asra", do *Romanzero*, do alemão Heinrich Heine (1797-1856).

261

Contudo, mesmo esse primeiro dia na casa 6/1 ajudou-a a se preparar para a vida que a aguardava.

Soube que nos escombros do segundo andar ficavam os observadores da artilharia, que informavam a margem esquerda, e que no segundo andar estava seu chefe, um tenente de camisa militar imunda, cujos óculos escorregavam o tempo todo no nariz arrebitado.

Compreendeu que o velho zangado que xingava vinha de um corpo de voluntários e se orgulhava de sua patente de comandante de guarnição de morteiros. Entre uma parede alta e entulho de tijolo haviam se aboletado os sapadores, e quem mandava ali era um homem corpulento, que caminhava grasnando e fazendo caretas, como se lhe doessem os calos.

O único canhão da casa era comandado por um careca de camisa listrada de marinheiro. Seu nome era Kolomiêitsev. Kátia ouvia Griékov gritando:

— Ei, Kolomiêitsev, você cochilou de novo na hora de acertar um alvo formidável!

A infantaria e as metralhadoras eram chefiadas por um subtenente de barba clara. O rosto emoldurado pela barba fazia-o parecer ainda mais jovem, embora o tenente provavelmente acreditasse que a barba lhe conferia o aspecto de um homem vivido, na faixa dos 30.

À tarde, deram-lhe de comer: pão e linguiça de carneiro. Depois ela se lembrou de ter uma bala no bolso da camisa, e furtivamente colocou-a na boca. Depois de comer teve vontade de dormir, ainda que atirassem bem perto. Adormeceu, continuando a chupar a bala no sono, a se afligir, a ter saudade, a esperar uma desgraça. De repente, uma voz arrastada chegou-lhe aos ouvidos. Sem abrir os olhos, prestava atenção nas palavras:

... na alma, o pesar dos dias passados
é como o vinho — quanto mais velho, mais forte.[144]

No poço de pedra, que a noturna luz de âmbar iluminava, um jovem sujo e despenteado segurava um livro diante de si. Uns cinco, seis homens sentavam-se nos tijolos vermelhos. Griékov estava deitado em seu capote, apoiando o queixo no punho. Um rapaz, que parecia geor-

---

[144] Da *Elegia* (1830), de Púchkin.

giano, escutava desconfiado, como se dissesse: "Não, não vou comprar essas bobagens, deixa pra lá."

Uma explosão próxima levantou uma nuvem de poeira de tijolo num fantástico turbilhão, e os homens nos montes de tijolo ensanguentados, com suas armas na bruma vermelha, pareciam viver o dia terrível narrado no "Cantar das hostes de Igor".[145] E, inesperadamente, o coração da moça começou a tremer com a certeza absurda de que a felicidade a aguardava.

Segundo dia. Nesse dia ocorreu um evento que perturbou até os mais habituados moradores da casa.

O inquilino responsável pelo segundo andar era o tenente Batrakov. Ele tinha sob seu comando um calculador e um observador. Kátia os via algumas vezes ao dia, o desanimado Lampássov, o engenhoso e ingênuo Buntchuk e o estranho tenente de óculos, que o tempo todo ria consigo mesmo.

Nos instantes de silêncio, lá do alto, dava para ouvir suas vozes pelo buraco do teto.

Antes da guerra, Lampássov criava galinhas, e gostava de falar a Buntchuk da inteligência e costumes traiçoeiros dessas aves. Buntchuk, colado na luneta, relatava de forma arrastada, em voz cantante: "Olha, uma coluna de veículos boches está vindo desde Kalatch... um tanque vai no meio... alguns boches vão a pé, um batalhão... Em três pontos, como ontem, há fumaça de cozinha, os boches carregam marmitas..." Algumas de suas observações não possuíam significado estratégico, e só apresentavam interesse cotidiano. Depois ele cantarolava: "Olha, um comandante alemão passeando com o cachorro, o cachorro está farejando, deve estar a fim de mijar, talvez seja uma cadela, o oficial está parado, esperando; olha, duas moças da cidade estão conversando com os boches, dando risada, um soldado oferece um cigarro, uma moça aceita, solta fumaça, a outra balança a cabeça, deve estar dizendo: eu não fumo..."

E de repente, com a mesma voz cantante, Buntchuk acrescentou:

— Agora vejo infantaria na praça... Uma banda... No meio da praça tem uma espécie de tribuna, não, é um monte de lenha... — então fez uma longa pausa, e logo a voz, cheia de desespero, mas arrastada como sempre, afirmou: — Oh, veja, camarada tenente, estão

---

[145] Poema épico anônimo do século XII, adaptado por Borodin na ópera *Príncipe Igor*.

levando uma mulher de camisola, gritando... a banda está tocando... estão amarrando a mulher a um poste, oh, veja, camarada tenente, junto dela tem um menino, que também está sendo amarrado... camarada tenente, preferia não estar vendo isso, dois alemães estão derramando gasolina...

Batrakov informou a ocorrência à margem esquerda por telefone.

Ele tomou a luneta e, imitando a voz de Buntchuk em seu dialeto de Kaluga, disse, em tom de lamento:

— Vejam, rapazes, tudo é fumaça, e a banda está a tocar... Fogo! — berrou, com voz medonha, dirigindo-se à margem esquerda.

Mas a margem esquerda se calava.

Em alguns minutos, porém, o lugar de execução foi varrido pelo fogo concentrado do regimento de artilharia pesada. A praça ficou coberta de fumaça e poeira.

Passadas algumas horas, soube-se pelo batedor Klímov que os alemães tinham se preparado para queimar vivos uma cigana e um ciganinho suspeitos de espionagem. Na véspera, Klímov deixara roupa de baixo e meias sujas com uma velha que vivia com a neta e uma cabra numa adega, prometendo voltar no dia seguinte para buscar a roupa lavada. Ele queria se informar com a velha sobre os ciganos, se tinham sido mortos pelos projéteis soviéticos ou se haviam ardido no fogo dos alemães. Klímov enveredou-se entre as ruínas por um atalho que só ele conhecia, mas no lugar onde ficava o abrigo o bombardeio soviético noturno havia lançado uma bomba pesada, e não restara nem avó, nem neta, nem cabra, nem camisa e ceroulas de Klímov. Em meio aos troncos de madeira e pedaços de estuque ele só achou um gato imundo. O estado do gatinho era lastimável, ele não pedia nem se queixava de nada, e parecia acreditar que esse estrondo, fome e fogo eram a essência da vida na Terra.

Klímov nunca entendeu por que enfiou o gatinho no bolso.

As relações pessoais na casa 6/1 deixavam Kátia espantada. O batedor Klímov não se reportou a Griékov formalmente, de pé, mas sentado perto dele; falavam-se como camaradas. Klímov acendeu sua *papiróssa* na de Griékov.

Terminada a narração, Klímov foi até Kátia e disse:

— Mocinha, veja que coisas horríveis acontecem no mundo.

Ela suspirou e enrubesceu ao sentir em si o olhar cortante e penetrante de Klímov.

Ele tirou o gatinho do bolso e depositou-o sobre um tijolo ao lado de Kátia.

Nesse dia, uma dezena de pessoas foi até Kátia, para falar com ela de temas felinos, mas ninguém mencionou o caso dos ciganos, por mais que este perturbasse a todos. Aqueles que queriam ter com Kátia uma conversa sensível e sincera falavam com ela de modo irônico e grosseiro. Aqueles que pretendiam apenas e simplesmente dormir com ela falavam com cerimônia, com uma delicadeza melíflua.

O gatinho tremia por todo o corpo, evidentemente sofrera uma contusão.

O velho atirador de morteiro, fazendo careta, afirmou:

— Acabe com ele de uma vez — e acrescentou: — Você tem que tirar as pulgas dele.

O segundo atirador de morteiro, o belo e bronzeado voluntário Tchentsov, aconselhou Kátia:

— Livre-se dessa porcaria, moça. Se pelo menos fosse siberiano...

Apenas o sombrio sapador Liákhov, de lábios finos e rosto mau, tinha interesse genuíno no gato, e era indiferente aos encantos da operadora de rádio.

— Quando estávamos na estepe — ele disse a Kátia —, alguma coisa me acertou, e eu achei que fosse um projétil perdido. Mas era uma lebre. Ela ficou comigo até a noite, depois sossegou e foi embora.

Disse também:

— A senhora é uma moça, mas acho que compreende: aquele é um 108mm disparando, aquele é um Vaniucha,[146] um avião de reconhecimento está sobrevoando o Volga. Mas a lebre, tolinha, não percebe nada. Ela não distingue um morteiro de uma granada. O alemão lança um foguete e ela treme, e não é possível lhe explicar coisa alguma. Por isso ela sofre tanto.

Sentindo que o interlocutor falava a sério, ela respondeu com a mesma seriedade:

— Não estou completamente de acordo. Os cachorros, por exemplo, sabem a diferença entre os aviões. Na aldeia, havia um vira-latas chamado Kerzon; quando passavam os nossos IL, ele ficava deitado e quase não erguia a cabeça. Mas assim que aparecia um Junkers ele corria para o abrigo. Sem erro.

---

[146] Nome russo dado ao lançador de foguetes alemão Nebelwerfer.

O ar estremeceu com um barulho ensurdecedor: era um Va-niucha alemão de 18 canos. Soou um tambor de metal, a fumaça negra se misturou à poeira sangrenta dos tijolos, pedras choveram com estrondo. Porém, um minuto depois, quando a poeira começou a assentar, a operadora de rádio e Liákhov prosseguiram a conversa, como se não tivessem acabado de se atirar ao chão. Pelo visto, Kátia também fora contagiada pela autoconfiança que acometia aqueles na casa sitiada. Eles pareciam estar convictos de que ali tudo era frágil e quebradiço, as pedras e o ferro — menos eles.

Entretanto, perto da coluna onde estavam sentados, veio uivando e sibilando uma rajada de metralhadora, e logo depois uma segunda.

Liákhov disse:

— Passamos a primavera em Sviatogorski. Começaram uns apitos assim, acima das nossas cabeças, mas não ouvíamos os tiros. Ninguém estava entendendo nada. Descobriu-se que eram os estorninhos, que tinham aprendido a imitar as balas... Nosso comandante, um primeiro-tenente, chegou a nos colocar em alerta, de tão boa que era a imitação.

— Em casa eu ficava imaginando a guerra: crianças gritando, tudo em chamas, gatos correndo. Cheguei a Stalingrado e vi que era isso mesmo.

Logo o barbudo Zúbarev foi até a operadora de rádio Viéngrova.

— E então? — perguntou com simpatia. — Nosso rapaz de bigodes está vivo? — E levantou o farrapo que cobria o gato. — Oh, pobrezinho, como está fraco — disse, com os olhos cintilando com uma expressão atrevida.

À noite, depois de um curto combate, os alemães conseguiram avançar um pouco no flanco da casa 6/1, e bloquear com fogo de metralhadoras o caminho entre a casa e as defesas soviéticas. A ligação telefônica com o estado-maior do regimento foi cortada. Griékov mandou abrir uma conexão entre o porão e o túnel subterrâneo da fábrica que passava perto da casa.

— Temos explosivos — disse a Griékov o robusto sargento Antzíferov, segurando em uma das mãos uma caneca com chá e, na outra, um torrão de açúcar.

Os habitantes da casa conversavam, instalados em um buraco ao pé da parede principal. A execução dos ciganos tinha mexido com todo mundo, mas, como antes, ninguém tocava no assunto. As pessoas não pareciam se incomodar com o cerco.

Essa tranquilidade parecia estranha a Kátia, mas ela se submeteu, e mesmo a palavra "cerco" não lhe dava mais medo em meio aos autoconfiantes habitantes da casa. Não teve medo quando uma metralhadora rangeu bem perto e Griékov gritou: "Fogo, fogo, eles chegaram." Não teve medo quando Griékov disse: "Cada um usa o que preferir: granada, faca, pá. Vocês sabem o que fazer. Só peço que mandem bala, com aquilo que preferirem."

Nos momentos de tranquilidade, os moradores da casa discutiam, sem pressa e minuciosamente, a aparência da operadora de rádio. Batrakov, que sempre parecia estar em outro planeta e era míope, revelou profundo conhecimento de todos os aspectos da beleza de Kátia.

— Em uma dama, o principal para mim é o busto — disse.

O artilheiro Kolomiêitsev discordou, pois, conforme dizia Zúbarev, "preferia chamar as coisas pelo nome".

— Falou com ela do gato? — perguntou Zúbarev.

— Como não? — respondeu Batrakov. — Pela alma da cria chega-se ao corpo da mãe. Até nosso paizinho puxou assunto sobre o gato.

O velho atirador de morteiro cuspiu e passou a mão pelo peito.

— O que é que ela tem de uma mulher de verdade, hein?, pergunto a vocês.

Ficava particularmente irritado se ouvia alguém insinuar que o próprio Griékov gostava da operadora de rádio.

— Claro que, nas nossas condições, até essa Kátia vai bem. Em terra de cego... Tem pernas compridas como cegonha e nada atrás. Uns olhos grandes de vaca. Isso é mulher?

Tchentsov disse, objetando:

— Você só quer saber de peitudas. Esse é um ponto de vista ultrapassado e pré-revolucionário.

Kolomiêitsev, desbocado e obsceno, com a grande cabeça calva cheia de peculiaridades e qualidades, rindo e estreitando os olhos turvos e acinzentados, disse:

— Ela é uma garota de verdade, mas eu, por exemplo, tenho um gosto muito peculiar. Eu gosto das pequenas, armeniazinhas e judiazinhas, de olhos grandes, ligeiras, rápidas, cabelo curto.

Zúbarev olhou em silêncio para o céu escuro iluminado pelos holofotes e perguntou, em voz baixa:

— Tudo isso é interessante. Onde é que termina?

— Onde? — perguntou Kolomiêitsev. — Em Griékov, é claro.

— Não, não é claro — disse Zúbarev, e, erguendo um pedaço de tijolo do chão, atirou-o com força na parede.

Os companheiros olharam para ele e para sua barba e puseram-se a rir.

— Você vai conquistá-la com o quê, com os cabelos? — quis saber Batrakov.

— Cantando — corrigiu Kolomiêitsev. — O programa infantaria no microfone. Ele canta, ela transmite. Que casal!

Zúbarev olhou para o rapaz que lia versos na noite anterior:

— E você?

O velho atirador de morteiro disse em tom rabugento:

— Se está quieto, quer dizer que não está a fim de falar. — E em tom paternal, de quem está dando bronca no filho por ouvir a conversa dos adultos, acrescentou: — Vá para o porão e durma enquanto é possível.

— Antzíferov está lá agora, abrindo uma passagem com explosivos — disse Batrakov.

Enquanto isso, Griékov ditava um informe a Viéngrova.

Ele informava o estado-maior do Exército que, a julgar pelos indícios, os alemães estavam preparando um ataque que, pelos indícios, seria contra a fábrica de tratores. Só não informou que, na sua opinião, a casa que ocupavam seria o eixo do ataque alemão. Mas, ao olhar para o pescoço da moça, para seus lábios e cílios semicerrados, ele imaginava, e imaginava com muita força, aquele pescoço magro quebrado, com as vértebras brancas como nácar espetadas para fora da pele rasgada, e aqueles cílios tapando olhos vítreos como os de um peixe, e os lábios mortos, como se feitos de borracha cinzenta e empoeirada.

Queria agarrá-la, sentir seu calor, a vida, enquanto ainda existiam, enquanto não haviam desaparecido, enquanto ainda havia encantos naquele ser jovem. Tinha a impressão de desejar abraçar a jovem só por compaixão, mas que compaixão era aquela que fazia os ouvidos zumbir e o sangue bater nas têmporas?

O estado-maior não respondeu imediatamente.

Griékov esticou-se de um jeito que os ossos estalaram com gosto. Respirou ruidosamente e pensou: "Ótimo, ótimo, temos a noite inteira pela frente", e perguntou com carinho:

— Como está o gatinho que Klímov trouxe? Endireitou, sarou?

— Sarou nada — respondeu a operadora de rádio.

Quando Kátia imaginava a cigana e a criança na fogueira, seus dedos começavam a tremer, e ela olhava de esguelha para Griékov: será que ele reparava?

Ontem tivera a impressão de que ninguém na casa 6/1 ia falar com ela, porém hoje, enquanto comia seu mingau, o barbudo ficou perto dela com a arma na mão e gritou, como um velho conhecido:

— Kátia, mais ânimo! — E demonstrou com a mão que precisava enfiar a colher com força na tigela.

Ela viu o rapaz que na véspera lia versos carregando morteiros na capa militar. Em outra ocasião, olhou e viu-o de pé, junto à caldeira de água; tinha percebido que ele olhava para ela, por isso resolveu olhar de volta, mas então ele já havia se virado.

Ela já tinha adivinhado quem no dia seguinte ia lhe mostrar cartas e fotografias, quem ia suspirar e olhar em silêncio, quem ia trazer presentes — meio cantil de água, pedaços de pão branco —, quem ia dizer que não acreditava no amor das mulheres e jamais se apaixonaria de novo. E o barbudo da infantaria provavelmente tentaria tocá-la.

O estado-maior finalmente respondeu, e Kátia começou a passar a resposta para Griékov: "O senhor tem a ordem de, todos os dias, às 19h, prestar contas detalhadamente..."

Griékov de súbito acertou-a no braço, fazendo sua mão bater no interruptor, e ela gritou, assustada.

Ele sorriu e disse:

— Um estilhaço de morteiro caiu no transmissor de rádio, e a ligação será restabelecida quando Griékov achar oportuno.

A operadora de rádio olhou para ele desconcertada.

— Desculpe, Katiucha — ele disse, tomando-a pela mão.

60

Pela manhã, o regimento de Beriózkin informou ao estado-maior da divisão que os sitiados da casa 6/1 tinham escavado uma passagem para o túnel de concreto da fábrica e ido parar numa oficina da fábrica de tratores. O oficial de serviço do estado-maior da divisão relatou o fato ao estado-maior do Exército, que o comunicou ao general Krilov, que por sua vez mandou trazer para interrogatório um dos homens que haviam saído. O oficial de ligação trouxe um rapaz escolhido pelo oficial de serviço do estado-maior ao posto de comando do Exército.

Percorreram um barranco que levava à margem, e o rapazinho ficava se revirando e fazendo perguntas, irrequieto.

— Tenho que voltar para a casa, fui ao túnel apenas em missão de reconhecimento, para ver como evacuar os feridos.

— Não importa — disse o oficial de ligação. — Agora você vai até um comandante superior ao seu; é a ordem, e você vai cumprir.

Ao longo do caminho, o rapazinho contou ao oficial de ligação que estavam havia três semanas na casa 6/1, alimentando-se de batatas do porão, bebendo água da caldeira de aquecimento a vapor, e que haviam causado tantos aborrecimentos aos alemães que estes tinham enviado um emissário oferecendo passagem livre até a fábrica; como resposta, porém, o comandante (ao qual o rapazinho se referia como "dono da casa") mandou abrir fogo com todas as armas. Quando chegaram ao Volga, o rapaz se deitou e bebeu, e, quando saciou a sede, fez cair na mão as gotas que haviam ficado presas no casaco acolchoado e lambeu-as, como um morto de fome faria com migalhas de pão. Disse que a água da caldeira de aquecimento a vapor estava podre e que, nos primeiros dias, todos tiveram problemas de estômago, mas o dono da casa ordenou que a água fosse fervida nas marmitas e então todos os males cessaram. Depois caminharam em silêncio. O rapazinho perscrutava os bombardeios noturnos, fitava o céu adornado de foguetes vermelhos e verdes e dos rastros tracejados das balas e projéteis. Olhava para a chama flácida e extenuada dos incêndios que não se extinguiam na cidade, para as explosões brancas dos canhões, para as detonações azuis dos projéteis no corpo do Volga, e andava com passo frouxo, até que o oficial de ligação gritou:

— Vamos, vamos, mais ânimo!

Iam por entre as pedras da margem, com morteiros sibilando acima de suas cabeças, as sentinelas gritando. Depois começaram a subir a escarpa por uma vereda, em meio às trincheiras tortuosas, em meio aos abrigos encaixados na montanha de barro, ora escalando degraus de terra, ora batendo com o salto em tábuas de alvenaria, até finalmente chegarem a uma passagem fechada com arame farpado: era o ponto de comando do 62º Exército. O oficial de ligação ajustou o cinto e seguiu pela passagem que levava ao abrigo do Soviete Militar, coberto por troncos particularmente grossos.

A sentinela foi chamar o ajudante de ordens; por um instante, atrás de uma porta entreaberta, brilhou com suavidade a luz elétrica de um abajur.

O ajudante de ordens acendeu uma lanterna, perguntou o sobrenome do rapazinho e ordenou que aguardasse.

— E como vou voltar para a casa? — perguntou o jovem.

— Fique tranquilo, quem tem boca vai a Kiev — disse o ajudante de ordens, acrescentando com severidade: — Entre, senão um morteiro vai acertá-lo e eu vou ter que dar satisfações ao general.

Na penumbra do alpendre aquecido o rapazinho se sentou no chão, encostou na parede e adormeceu.

A mão de alguém o sacudiu com força e, na confusão do sono, em que se misturavam os brados cruéis dos últimos dias e o sussurro pacífico da casa paterna, que não mais existia, prorrompeu uma voz zangada:

— Chápochnikov, rápido, o general...

61

Serioja Chápochnikov passou dois dias no abrigo da segurança do estado-maior. A vida no abrigo o afligia, parecia que as pessoas passavam ali os dias inteiros sem fazer nada.

Lembrava-se de uma vez ter ficado oito horas sentado com a avó em Rostov, esperando o trem para Sótchi; a espera atual trazia à lembrança aquela baldeação de antes da guerra. Depois achou ridícula a comparação entre a casa 6/1 e o balneário de Sótchi. Pediu ao major — o comandante do estado-maior — para ser liberado, mas as coisas se arrastavam porque não havia uma instrução do general; ao convocar Chápochnikov, o general havia feito duas perguntas e interrompido a conversa, distraído por um telefonema do comando do Exército. O comandante do estado-maior resolvera não liberar o rapaz por enquanto; talvez o general ainda se lembrasse dele.

O comandante do estado-maior, ao entrar no abrigo, percebia que Chápochnikov olhava para ele e dizia:

— Está bem, eu entendo.

Às vezes o olhar suplicante do rapaz o deixava bravo, e ele dizia:

— Qual é o problema? Está sendo bem alimentado e fica sentado no calor. Lá ainda vão conseguir matá-lo.

Quando o dia se enche de estrondo e o homem está mergulhado até a ponta dos cabelos no caldeirão da guerra, não tem condições de entender e de analisar sua própria vida; talvez seja preciso dar um passo de lado. É como observar, da margem, toda a extensão do rio: será possível que pouco tempo antes nadasse naquelas águas frenéticas?

A vida no regimento de voluntários parecia mais calma a Serioja; a guarda noturna na estepe escura, o brilho distante do céu, as conversas dos voluntários.

Só três voluntários tinham ido parar na vila da fábrica de tratores. Poliákov, que não gostava de Tchentsov, dizia: "De todos os voluntários só sobraram o velho, a criança e o estúpido."

A vida na casa 6/1 apagara tudo o que acontecera antes. Embora fosse uma vida improvável, ela se verificava como a única realidade, e tudo o que lhe era anterior tornara-se fictício.

Só à noite, de vez em quando, surgia a lembrança da cabeça grisalha de Aleksandra Vladímirovna, os olhos zombeteiros da tia Gênia, e começava a ficar de coração apertado, dominado pelo amor.

Nos primeiros dias na casa 6/1 ele pensava: seria estranho, uma loucura, se Griékov, Kolomiêitsev, Antzíferov entrassem de repente na sua vida doméstica... E agora ele às vezes se punha a imaginar como seria absurdo se a tia, a prima, o tio Viktor Pávlovitch surgissem em sua vida atual.

Oh, se vovó ouvisse os palavrões que Serioja dizia...

Griékov!

Não estava muito claro se a casa 6/1 reunia pessoas notáveis e especiais ou se eram pessoas normais que haviam se tornado especiais por terem ido parar naquela casa...

O voluntário Kriakin não duraria um dia aqui. Mas Tchentsov, embora não gostassem dele, sobrevivia. Não era o mesmo, porém, do corpo de voluntários: tinha escondido a veia administrativa.

Griékov! Que união notável de força, bravura, autoridade e sentido prático. Lembrava-se do preço dos sapatos de criança antes da guerra, do salário de uma faxineira ou de um serralheiro, ou quanto davam em grão e dinheiro pela jornada de trabalho no colcoz em que o seu tio trabalhava.

Às vezes falava sobre o Exército antes da guerra, com os expurgos, os exames, os pistolões para conseguir apartamento, e contava de gente que chegara a general em 1937 por ter redigido declarações e denúncias acusando inimigos do povo.

Às vezes sua força parecia residir na bravura leonina, na alegre ousadia com a qual, saltando de uma brecha na parede, gritava:

— Melhor ficar longe, filho da puta! — e jogava granadas nos alemães em fuga.

Às vezes sua força parecia residir na camaradagem alegre e direta, na amizade com todos os habitantes da casa.

Sua vida pré-guerra não tivera nada digno de nota; havia sido capataz em uma mina, depois técnico de obras, tornara-se capitão de infantaria em uma unidade estacionada perto de Minsk, fizera exercícios no campo e na caserna, seguira a Minsk para cursos de atualização, à noite lia livros, tomava vodca, jogava *preferans* com os amigos, brigava com a mulher que, com toda a razão, tinha ciúmes dele com muitas mulheres e moças da região. Tudo isso ele mesmo havia contado. E, de repente, na opinião de Serioja, e não só de Serioja, ele havia se tornado um *bogatir*,[147] um combatente da paz.

Serioja agora estava rodeado de gente nova, que substituíra em sua alma até mesmo aqueles que lhe haviam sido mais próximos.

O artilheiro Kolomiêitsev pertencera aos quadros da Marinha, navegara em navio militar, naufragara três vezes no mar Báltico.

Serioja apreciava que Kolomiêitsev, que frequentemente falava com desprezo de gente da qual não se costuma falar com desprezo, manifestasse rara reverência por cientistas e escritores. Todos os chefes, em sua opinião, não significavam nada diante de um Lobatchévski[148] careca ou de um Roman Rolland magrela.

De vez em quando, Kolomiêitsev discorria sobre literatura. Seu discurso não tinha nada a ver com o que Tchentsov falava de literatura moralizante e patriótica. Ele gostava de um escritor americano ou inglês. Embora Serioja jamais o tivesse lido, e Kolomiêitsev houvesse esquecido seu nome, Serioja estava certo de que era alguém que sabia escrever, pois Kolomiêitsev o louvava alegremente, com gosto, em termos obscenos.

— O que eu gosto — disse Kolomiêitsev — é que ele não quer me ensinar nada. Um mujique dá em cima de uma mulher e é tudo, um soldado enche a cara e é tudo, a velha de um velho morre, e é assim que ele descreve. É engraçado, é triste, é interessante, e você continua sem saber para que as pessoas vivem.

Kolomiêitsev fez amizade com o batedor Vássia Klímov.

---

[147] Herói épico russo.
[148] Nikolai Ivánovitch Lobatchévski (1792-1856), matemático russo.

Uma vez, Klímov e Chápochnikov se dirigiram para as posições alemãs, cruzaram o aterro da estrada de ferro, rastejaram até a cratera de uma bomba alemã, onde havia a guarnição de uma metralhadora pesada alemã e um oficial de observação. Encostados na beira da cratera, observaram a vida dos alemães. Um jovem atirador fazia a barba, depois de afrouxar da gola um lenço vermelho xadrez. Serioja ouviu a lâmina gemer contra as cerdas empoeiradas e rijas. Um segundo alemão comia conservas de uma latinha chata, e Serioja observou por um instante curto, porém amplo, a expressão de satisfação concentrada em seu rosto grande. O oficial de observação dava corda no relógio de pulso. Serioja teve vontade de perguntar baixinho, para não assustar o oficial: "Ei, escute, que horas são?"

Klímov arrancou o pino de uma granada de mão e deixou-a cair na cratera. Enquanto a fumaça ainda pairava no ar, jogou uma segunda granada e pulou na cratera em seguida à explosão. Os alemães haviam morrido, como se não estivessem vivos minutos atrás. Klímov, espirrando com os gases e a fumaça da explosão, pegou tudo de que precisava — o ferrolho da metralhadora pesada, um binóculo, tirou o relógio do braço quente do oficial — e com cuidado, para não se sujar de sangue, tirou os documentos dos soldados de seus uniformes estraçalhados.

Entregou os troféus conquistados, contou o que havia ocorrido, pediu a Serioja para derramar um pouco de água nas suas mãos, sentou-se ao lado de Kolomiêitsev e afirmou:

— Agora vamos fumar.

Nessa hora entrou correndo Perfíliev, que assim se definia: "Sou um pacífico morador de Riazan que gosta de pescar."

— Escute, Klímov, chega de descanso — gritou Perfíliev —, o dono da casa está procurando você, para ir de novo à casa dos alemães.

— Já vou, já vou — disse Klímov, com voz culpada, e começou a reunir todos os seus bens: a arma automática e a mochila com as granadas. Tocava nos objetos com cuidado, como se temesse causar-lhes dor. Chamava a maioria de "senhor", e nunca praguejava.

— Você por acaso não é batista? — perguntou uma vez o velho Poliákov a Klímov, que havia matado 110 pessoas.

Klímov não era de falar pouco, e gostava especialmente de contar sobre sua infância. O pai tinha trabalhado na fábrica Putílov. O próprio Klímov, torneiro-mecânico, havia ensinado na escola profissional da fábrica. Serioja dava risada com a história de um aprendiz de Klímov que tinha se engasgado com um parafuso, começado a sufocar, a ficar azul, e Klímov — antes da chegada dos primeiros socorros — retirou o parafuso da garganta do aprendiz com um alicate.

Uma vez, contudo, Serioja viu Klímov depois de beber uma garrafa de *schnaps* apreendida: era assustador, e até mesmo Griékov parecia intimidado.

A pessoa mais desleixada da casa era o tenente Batrakov. Nunca limpava as botas, e uma das solas batia ao caminhar: os soldados, mesmo sem virar a cabeça, já sabiam quando o tenente de artilharia estava chegando. Em compensação, o tenente limpava os óculos umas dez vezes por dia com um pedaço de camurça; os óculos não correspondiam ao seu grau, e Batrakov tinha a impressão de que a poeira e a fumaça das explosões haviam grudado em suas lentes. Várias vezes Klímov trouxe-lhe óculos tomados de alemães mortos. Mas Batrakov não tinha sorte: as armações eram ótimas, mas as lentes não serviam.

Antes da guerra, Batrakov ensinara matemática na escola técnica; destacava-se por uma enorme autoconfiança, e falava com desprezo da ignorância de seus alunos.

Aplicou uma prova de matemática em Serioja, que passou vergonha. Os habitantes da casa caíram na gargalhada, e ameaçaram deixar Chápochnikov de recuperação.

Uma vez, durante uma incursão aérea dos alemães, quando marteladas enlouquecedoras malhavam com força as pedras, a terra, o ferro, Griékov vislumbrou Batrakov sentado nos fragmentos da caixa de uma escada e lendo um livro qualquer.

Griékov disse:

— Não, os alemães não vão conseguir nada. O que eles vão fazer com um cretino desses?

Tudo o que os alemães faziam suscitava nos habitantes da casa não um sentimento de terror, mas uma ironia condescendente. "Oh, o boche está tentando", "Veja o que esses vândalos foram inventar", "Mas que estúpido, onde foi largar as bombas...".

Batrakov era amigo de Antzíferov, comandante do pelotão de sapadores, um homem na faixa dos 40 anos que adorava falar de suas doenças crônicas, um fenômeno raro no front, já que o fogo inimigo normalmente curava as úlceras e radiculites.

Porém, no inferno de Stalingrado, Antzíferov continuava a padecer das inúmeras doenças que se aninhavam em seu vasto corpo. Remédios alemães não o curaram.

Parecia fantástico e inverossímil esse homem de rosto cheio, cabeça redonda e calva, olhos redondos, iluminado pelo reflexo sinistro dos incêndios, tomando chá com os seus sapadores. Ficava normalmente descalço, pois tinha calos nos pés, e sem camisa — Antzíferov estava sempre com calor. Sorvia seu chá quente em uma xícara com flores azuis, enxugava a careca com um lenço grande, suspirava, ria e novamente se punha a soprar a xícara, onde o soturno combatente Liákhov, com uma gaze amarrada na cabeça, virava um jorro de água estagnada de uma enorme chaleira coberta de fuligem. Às vezes Antzíferov, sem calçar as botas, gemendo contra a vontade, trepava em um monte de tijolos para ver o que estava acontecendo no mundo. De pé, descalço, sem camisa, sem barrete, parecia um camponês que saíra à soleira da isbá durante uma tempestade violenta para verificar o terreno de sua propriedade.

Antes da guerra, tinha sido mestre de obras. Agora sua experiência com construção havia adquirido um sentido oposto. Sua mente se ocupava constantemente de questões referentes à destruição de casas, paredes, abóbadas de porões.

Os principais temas das conversas de Batrakov com o sapador eram questões filosóficas. Em Antzíferov, que havia passado da construção à destruição, surgira a necessidade de compreender esse trajeto tão pouco usual.

Às vezes, sua conversa saía das alturas da filosofia — qual o sentido da vida, existe poder soviético em outros planetas e o que tem a constituição intelectual do homem de superior à constituição intelectual da mulher — para chegar a situações cotidianas comuns.

Aqui, em meio às ruínas de Stalingrado, tudo era diferente, e a sabedoria de que as pessoas precisam frequentemente estava do lado do desajeitado Batrakov.

— Acredite, Vânia — Antzíferov disse a Batrakov —, através de você eu comecei a entender alguma coisa. Antes eu achava que tinha entendido todo o mecanismo da vida, até o fim: para quem dar meio litro de vodca com petiscos, para quem oferecer um capô novo para o carro, e para quem simplesmente escorregar uma nota de cem.

Batrakov acreditava a sério que haviam sido seus raciocínios nebulosos, e não Stalingrado, que haviam levado Antzíferov a se relacionar com as pessoas de outra forma, e respondia com condescendência:

— Sim, meu caro, é uma pena, no geral e no particular, que não tenhamos nos conhecido antes da guerra.

E no porão morava a infantaria, que rechaçava as arremetidas dos alemães e se lançava, à voz estridente de Griékov, ao contra-ataque.

O chefe da infantaria era o tenente Zúbarev. Antes da guerra, tinha estudado canto no Conservatório. À noite, às vezes, ele se aproximava sorrateiramente das casas dos alemães e começava a cantar: "Não me desperte, oh sopro da primavera",[149] ou uma ária de Liénski.[150]

Zúbarev se esquivava quando lhe indagavam por que ele ia até os montes de tijolos e cantava, com o risco de ser morto. Talvez aqui, onde o fedor de cadáveres permanecia no ar dia e noite, ele quisesse provar não apenas para si mesmo e para seus camaradas, mas também para o inimigo, que o encanto da vida não podia ser domado pelas poderosas forças de extermínio.

Como ele tinha podido viver sem saber de Griékov, Kolomiêitsev, Políakov, Klímov, Batrakov, do barbado Zúbarev.

Para Serioja, que passara a vida inteira em meio à intelligentsia, tornara-se evidente a razão que tinha sua avó, que sempre repetia que a gente trabalhadora e simples era a melhor gente.

Mas o esperto Serioja conseguiu perceber o erro da avó: ela achava que as pessoas simples eram simples.

Ninguém era simples na casa 6/1. Griékov uma vez surpreendeu Serioja com as seguintes palavras:

— Não é possível guiar as pessoas como se fossem ovelhas, e mesmo Lênin, que era inteligente, não entendeu isso. A revolução é feita para que ninguém mais guie as pessoas. Mas Lênin disse: "Antes vocês eram guiados de forma estúpida, e eu vou guiá-los de forma inteligente."

Serioja jamais tinha ouvido alguém condenar com tamanha ousadia os membros do NKVD que haviam arruinado dezenas de milhares de inocentes em 1937.

Serioja jamais tinha ouvido alguém falar com tamanha dor das calamidades e tormentos que se abateram sobre os camponeses no período da coletivização total. O principal orador deste tema era o próprio dono da casa, Griékov, mas tanto Kolomiêitsev quanto Batrakov participavam frequentemente dessas conversas.

---

[149] Ária da ópera *Werther*, de Massenet, baseada em Goethe.
[150] Personagem da ópera *Ievguêni Oniéguin*, de Tchaikovski, baseada em Púchkin.

Agora, no abrigo do estado-maior, cada minuto passado fora da casa 6/1 era penosamente longo para Serioja. Era inadmissível ficar ouvindo conversas sobre plantão, sobre convites de seções de comando.

Começou a imaginar o que estariam fazendo agora Poliákov, Kolomiêitsev, Griékov.

À noite, na hora tranquila, todos estariam novamente falando da operadora de rádio.

E Griékov, uma vez que tivesse decidido, não se deixaria deter por ninguém, mesmo que Buda ou Tchuikov o ameaçassem.

Os moradores da casa eram gente notável, forte, arrojada. Zúbarev provavelmente ia cantar uma ária hoje mesmo... E ela estava sentada, impotente, esperando sua própria sorte.

"Eu mato", pensou, sem entender direito quem mataria.

Quem era ele, nunca tinha beijado uma moça, enquanto aqueles diabos eram experientes, com certeza iam enganá-la e embrulhá-la.

Ouvira muitas histórias de enfermeiras, telefonistas, telemetristas e faxineiras, moças em idade escolar que, contra a vontade, haviam se tornado amantes de comandantes de regimento e divisões de artilharia. Tais histórias não o tocavam e não o ocupavam.

Olhou para a porta do abrigo. Como a ideia não lhe ocorrera antes? Sem pedir licença a ninguém, levantar-se e ir embora.

Levantou, abriu a porta e partiu.

Ao mesmo tempo, telefonaram ao oficial de operações do estado-maior do Exército com a ordem do chefe da seção política, Vassíliev, pedindo que o combatente da casa sitiada fosse imediatamente levado ao comissário.

A história de Dafne e Cloé sempre toca o coração das pessoas não porque seu amor nasceu sob um céu azul, à sombra das parreiras.

A história de Dafne e Cloé se repete sempre e por toda parte; no porão abafado, cheirando a bacalhau assado, no bunker de um campo de concentração, ao estalido do ábaco de um escritório de contabilidade, na atmosfera empoeirada de uma oficina de fiação.

E a história voltava a acontecer em meio às ruínas, sob o bramido dos bombardeiros de mergulho alemães, lá onde as pessoas nutriam seus corpos imundos e suados não com mel, mas com batatas podres e água de uma velha caldeira de aquecimento a vapor, onde não havia silêncio contemplativo, apenas pedra quebrada, estrépito e fedor.

62

O velho Andrêiev, que trabalhava como vigia da usina de força central de Stalingrado, certa ocasião recebeu um bilhete de Lêninsk: a nora escrevia que Varvára Aleksándrovna morrera de pneumonia.

Com a notícia da morte da esposa, Andrêiev ficou extremamente soturno, rareou as visitas à casa dos Spiridônov e passava a noite na entrada do alojamento dos trabalhadores, olhando para as fulgurações da artilharia e o cintilar dos holofotes no céu nublado. Às vezes puxavam conversa no alojamento, mas ele ficava calado. Uma vez, achando que o velho escutava mal, seu interlocutor repetiu uma pergunta, mais alto. Andrêiev afirmou, sombrio:

— Escutei, escutei, não sou surdo — e se calou.

A morte da esposa o havia abalado. Sua vida se refletia na vida da mulher, e o que lhe acontecia de bom ou de ruim, seu estado de espírito alegre ou triste só existiam como reflexos na alma de Varvára Aleksándrovna.

Na hora de um bombardeio pesado, quando explodiram bombas de muitas toneladas, Pável Andrêiev, contemplando as ondas de terra e fumaça que se erguiam na oficina da usina de força, pensava: "Se a minha velha pudesse ver isso... Oh, Varvára, olha só..."

Mas ela não estava mais entre os vivos.

Ele tinha a impressão de que as ruínas dos edifícios destruídos pelas bombas e projéteis, o pátio arado pela guerra — montes de terra, ferro retorcido, fumaça amarga e úmida, e a chama amarela, rastejante como um lagarto, dos isoladores de óleo a arder — eram a expressão de sua existência, o que havia sobrado da sua vida.

Teria sido mesmo verdade que outrora estivesse tomando café da manhã antes de sair para o trabalho em um aposento iluminado, com a mulher de pé ao seu lado, olhando para ele e perguntando se ele queria comer mais?

Sim, o que lhe restava era morrer sozinho.

E repentinamente se lembrou dela jovem, de mãos bronzeadas e olhos alegres.

Tudo bem, a hora ia chegar, não estava tão longe.

Uma noite, ele desceu devagar, fazendo os degraus rangerem, até o abrigo dos Spiridônov. Stepán Fiódorovitch olhou para o rosto do velho e disse:

— Está mal, Pável Andrêievitch?

— O senhor ainda é jovem, Stepán Fiódorovitch — respondeu Andrêiev. — O senhor tem menos forças, consegue sossegar. Eu tenho força suficiente, e vou dar conta sozinho.

Vera, que estava lavando uma panela, fitou o velho, sem compreender imediatamente o sentido de suas palavras.

Querendo levar a conversa para outro lado — não precisava da simpatia de ninguém —, Andrêiev disse:

— Vera, está na hora de ir para outro lugar, aqui não tem doente, só tanque e avião.

Ela riu e não soube o que dizer.

Stepán Fiódorovitch disse, zangado:

— Até os desconhecidos falam nisso, gente que nunca deitou os olhos nela: está na hora de ir para a margem esquerda. Ontem veio um membro do Soviete Militar do Exército, entrou no abrigo, olhou para Vera e não disse nada; mas, ao se sentar no carro, começou a me xingar, dizer que eu não era pai, que devíamos fazer Vera cruzar o Volga em uma lancha blindada. Mas o que eu posso fazer? Ela não quer, e pronto.

Falava com rapidez e eloquência, como falam as pessoas que ficam todo dia discutindo o mesmo tema. Andrêiev olhou para uma velha costura desfiada na manga do paletó e ficou quieto.

— Como se desse para receber carta aqui — continuou Stepán Fiódorovitch. — Não tem correio. Há quanto tempo estamos aqui sem notícias da avó, nem de Gênia, nem de Liudmila... Onde está Tólia, onde está Serioja, veja se você vai ficar sabendo aqui.

Vera disse:

— Mas Pável Andrêievitch recebeu uma carta.

— Era uma notificação de óbito. — Assustado com suas palavras, Stepán Fiódorovitch pôs-se a falar com excitação, apontando para as paredes estreitas do abrigo e para a cortina que separava o leito de Vera: — Isso não é vida para uma moça, uma mulher, os mujiques ficam se acotovelando por aqui, noite e dia, ora os trabalhadores, ora a guarda militar, isso aqui fica cheio de gente gritando e fumando.

Andrêiev disse:

— Tenha pena do bebê, aqui ele está perdido.

— Imagine só se os alemães chegarem! O que vai ser? — disse Stepán Fiódorovitch.

Vera ficou calada.

Estava convencida de que Víktorov ia surgir nos portões destruídos de Stalingrado e ela o veria de longe, de uniforme de voo, botas e o estojo com os mapas ao lado.

Ela saía para a rodovia, para ver se ele estava chegando, e os membros do Exército Vermelho gritavam de seus caminhões:

— Ei, linda, para onde vai? Sente aqui com a gente.

Ficava alegre por um instante, e respondia:

— O caminhão não vai onde eu quero.

Quando aviões soviéticos estavam no ar, ela contemplava os caças em voo rasante sobre a usina de força, com a sensação de que poderia reconhecer Víktorov de uma hora para outra.

Uma vez um caça, ao sobrevoar a usina de força, fez uma saudação com as asas, e Vera se pôs a gritar como um pássaro desesperado, saiu correndo, tropeçou, caiu e, depois da queda, ficou com dor nos rins por algumas noites.

No final de outubro, viu em cima da estação elétrica um combate aéreo, que terminou indefinido, com os aviões soviéticos saindo para o meio das nuvens, e os alemães dando meia-volta e indo para o leste. Vera ficou de pé, contemplando o céu vazio, e seus olhos dilatados traziam uma expressão tão ensandecida que um eletricista que passava pela porta disse:

— Camarada Spiridônova, o que há com a senhora, machucou-se?

Ela acreditava que seu encontro com Víktorov aconteceria exatamente ali, na usina de força, mas tinha a impressão de que se contasse ao pai o destino ficaria zangado com ela e estragaria esse encontro. Às vezes sua fé era tão grande que ela apressadamente se punha a cozinhar pastéis de centeio com batata, a varrer o chão, a arrumar as coisas, a limpar a sujeira do sapato... Às vezes, sentada à mesa com o pai, apurava os ouvidos e dizia:

— Espere, volto em um minuto — e, colocando um casaco nos ombros, subia do subterrâneo à superfície, para ver se não estava parado à porta um aviador, perguntando como chegar à casa dos Spiridônov.

Nenhuma vez, nem por um instante passava-lhe pela cabeça que ele poderia se esquecer dela. Estava convencida de que Víktorov pensava nela dia e noite, com seu mesmo afinco e obstinação.

A estação era bombardeada quase todo dia pelos canhões pesados alemães; os alemães tinham conseguido regular o tiro, e despejavam seus obuses com precisão entre os muros das oficinas, e os estrondos das explosões sacudiam a terra de tempos em tempos. Era frequente que bombardeiros errantes e solitários chegassem e lançassem suas bombas. Messers voavam raso, disparavam rajadas de metralhadora ao sobrevoar a estação. Por vezes apareciam tanques alemães nas colinas afastadas, e então se ouvia nitidamente o matraquear apressado das submetralhadoras.

Stepán Fiódorovitch parecia acostumado à artilharia e aos bombardeios, assim como os demais trabalhadores da estação. Mas tanto ele como os outros, ao mesmo tempo que se habituavam, perdiam as reservas de força de espírito, e às vezes a frustração dominava Spiridônov, que tinha vontade de ir para o leito, cobrir a cabeça com o sobretudo e ficar deitado, sem se mexer nem abrir os olhos. Às vezes enchia a cara. Às vezes tinha vontade de correr à margem do Volga, atravessar até Tumak e caminhar pela estepe da margem esquerda, sem olhar nem uma vez para a usina de força, aceitar a vergonha de ser um desertor, só para não mais ouvir o bramido horrível dos obuses e bombas alemãs. Quando Stepán Fiódorovitch, através do estado-maior do 64º Exército, que ficava nas cercanias, falava com Moscou pelo telefone e o vice-comissário do povo dizia: "Camarada Spiridônov, transmita saudações de Moscou ao heroico coletivo que é encabeçado pelo senhor", ele ficava sem jeito: onde está o heroísmo? E o tempo todo havia boatos de que os alemães estavam preparando um ataque maciço, e prometiam lançar mão de bombas de tonelagem espantosa. Esses boatos gelavam as mãos e os pés. Durante o dia os olhos se voltavam o tempo todo para o céu cinzento, para ver se não vinham aviões. De noite ele pulava da cama sobressaltado, parecia ouvir o ruído grave dos esquadrões aéreos alemães se aproximando. As costas e o peito cobriam-se de suor.

Evidentemente ele não era o único com os nervos em frangalhos. O engenheiro-chefe Kamichkov certa vez lhe disse: "Não tenho mais força, fico sempre imaginando monstruosidades, olho para a rodovia e penso: ei, vamos embora." E Nikoláiev, o responsável do Partido, foi visitá-lo uma noite e pediu: "Stepán Fiódorovitch, dê-me um copo de vodca, pois a minha acabou, e sem esse remédio antibombas de uns tempo para cá eu não consigo dormir de jeito nenhum." Servindo vodca a Nikoláiev, Stepán Fiódorovitch disse: "Vivendo e aprendendo. Devia ter escolhido uma especialidade cujo equipamento fosse fácil de evacuar; veja, as turbinas tiveram que ficar aqui, e nós com elas. O pessoal de outras fábricas já foi passear em Sverdlovsk há muito tempo."

Tentando convencer Vera a partir, Stepán Fiódorovitch lhe disse uma vez:

— Estou realmente espantado, porque as pessoas vêm a mim com pedidos para dar o fora, sob qualquer pretexto, e eu tento convencê-las a fazer isso, e você não quer. Se eu pudesse escolher, não ficaria aqui nem mais um minuto.

— Fico por sua causa — ela respondeu, rude. — Sem mim você vai cair de bêbado.

Mas, naturalmente, Stepán Fiódorovitch fazia mais do que tremer diante do fogo dos alemães. Também havia na usina de força coragem, trabalho pesado, riso, piadas e o sentimento inebriante de viver um destino impiedoso.

Vera era constantemente atormentada pelo bem-estar do bebê. Se ele não nasceria doente, se não seria prejudicado por Vera viver em um subterrâneo abafado e impregnado de fumaça, cujo chão tremia todos os dias com os bombardeios. Nos últimos tempos vinha sentindo muito enjoo, com a cabeça a rodar. O bebê ia nascer muito triste, assustado e melancólico se sua mãe passasse o tempo todo contemplando ruínas, fogo, terra arrasada, aviões de cruzes negras no céu cinzento. Talvez ele já ouvisse o rugido das explosões, talvez seu pequeno corpo encolhido ficasse imóvel com os uivos das bombas e a cabecinha se encolhesse nos ombros.

E diante dela passavam correndo pessoas de casacos ensebados e imundos, envergando cintos militares de lona, acenando pelo caminho, rindo, gritando:

— Vera, como anda a vida? Vera, você pensa em mim?

Sentia a ternura com que se dirigiam a ela, futura mãe. Talvez o pequeno também sentisse essa ternura, e seu coração fosse puro e bom.

Às vezes ela ia até a oficina mecânica em que reparavam tanques, onde Víktorov trabalhara uma época. Ficava olhando: qual era a máquina dele? Tentava imaginá-lo em roupa de trabalho ou uniforme de aviador, mas ele sempre aparecia a ela em roupão de hospital.

Na oficina ela era conhecida não apenas dos trabalhadores da usina, mas também dos tanqueiros da base do Exército. Era impossível distingui-los; os trabalhadores da fábrica e os trabalhadores da guerra eram idênticos com seus sobretudos ensebados, gorros amassados, mãos enegrecidas.

Vera tinha sido absorvida pelos pensamentos em Víktorov e no bebê, cuja existência ela sentia dia e noite; a preocupação com vovó, tia

Gênia, Serioja e Tólia havia recuado em seu coração, e ela só sentia uma angústia severa quando pensava neles.

À noite tinha saudades da mãe, chamava-a, lamuriava-se, pedia sua ajuda, sussurrava: "Mãezinha querida, me ajude."

Nessas horas ela se sentia insegura, fraca, e nada tinha a ver com aquela mulher que, em outras horas, dizia ao pai com tranquilidade:

— Não adianta insistir, não vou a lugar nenhum.

63

No almoço, Nádia afirmou, pensativa:

— Tólia gostava mais de batata cozida do que de batata frita.

Liudmila Nikoláievna disse:

— Amanhã ele completa exatamente 19 anos e sete meses.

E, à noite, disse:

— Como Marússia ia ficar amargurada se soubesse das atrocidades dos fascistas em Iásnaia Poliana.

Logo chegou Aleksandra Vladímirovna, vinda de uma reunião na fábrica, e disse a Chtrum, ajudando-o a despir o casaco:

— Que tempo magnífico, Viktor, o ar está seco e frio. Como vinho, nas palavras da sua mãe.

Chtrum respondeu:

— E do chucrute, ela dizia: é uma uva.

A vida se movia como um iceberg no mar; a parte submersa, deslizando na escuridão gelada, conferia estabilidade à parte acima da superfície, que repelia as ondas, ouvia o rumor e o ruído das águas, respirava...

Quando jovens de famílias conhecidas entravam no doutorado, defendiam tese, se apaixonavam, se casavam, um sentimento de tristeza era adicionado às congratulações nas conversas da família.

Quando Chtrum ficava sabendo de uma pessoa conhecida que havia caído em combate, era como se uma partícula de vida dele tivesse morrido, perdido a cor. Mas a voz do morto continuava a se fazer ouvir no rumor da vida.

Porém o tempo ao qual Viktor estava ligado pela mente e pelo espírito era terrível, não poupava mulheres nem crianças. Na sua própria família haviam morrido duas mulheres e um jovem, quase uma criança.

E Chtrum se lembrava com frequência de versos do poeta Mandelstam, que ouvira uma vez do historiador Madiárov, um parente de Sokolnikov:

O século-lobo pulou nos meus ombros,
Mas eu não sou lobo de sangue

Contudo, esse século era o seu tempo, nele ele vivia, a ele estaria ligado até depois da morte.

O trabalho de Chtrum ia tão mal quanto antes.

As experiências que ele havia começado ainda antes da guerra não chegavam aos resultados previstos pela teoria.

Na miscelânea dos dados das experiências, em sua persistência em contradizer a teoria havia um caos desalentador, absurdo.

Inicialmente, Viktor estava convicto de que o motivo do fracasso de suas experiências imperfeitas era a ausência de novos aparelhos. Irritava-se com os colegas de laboratório, que aparentemente empregavam pouca força no trabalho e se distraíam com assuntos corriqueiros.

Mas o problema não era que o talentoso, alegre e gentil Savostiánov estivesse sempre indo atrás de mais uma dose de vodca; ou que Márkov, que sabia tudo, passasse o tempo de trabalho dando conferências, ou explicando aos colegas que provisões recebia esse ou aquele acadêmico, e como a ração desse acadêmico era repartida entre as duas ex-mulheres e a atual; nem que Anna Naúmovna contasse com detalhes insuportáveis a relação com a proprietária de seu apartamento.

O pensamento de Savostiánov era vivo e claro. Márkov, como antes, continuava a encantar Viktor com a amplitude do seu saber, com a capacidade artística de realizar as experiências mais sofisticadas, com sua lógica tranquila. Anna Naúmovna, embora morasse em um quarto de passagem, frio e bagunçado, trabalhava com persistência e consciência sobre-humanas. E, assim como antes, Viktor se orgulhava de que Sokolov trabalhasse com ele.

Nem a precisão na observação das condições das experiências, nem medidas de controle, nem a repetição da calibragem dos aparelhos trouxeram clareza ao trabalho. O caos havia irrompido na pesquisa da exposição dos sais orgânicos dos metais pesados à ultrarradiação. Essa partícula de sal por vezes assumia para Viktor a forma de um anão que havia perdido o decoro e a razão; um anão com um gorro caído sobre a orelha, de fuça vermelha, fazendo caretas e gestos obscenos, zombando com os dedos e com a boca da fisionomia severa da teoria. Físicos de renome internacional haviam tomado parte na elaboração da teoria, seu aparato matemático era impecável, o material das experiências, acumulado por décadas nos mais gloriosos laboratórios da Alemanha e da Inglaterra, ajustava-se a ela com facilidade. Não muito tempo antes da guerra, em Cambridge, fora realizada uma experiência para corroborar os prognósticos da teoria sobre o comportamento das partículas em condições extremas. O êxito dessa experiência tinha sido o maior triunfo da teoria. Para Viktor, ela parecia tão poética e elevada como a experiência que confirmava o desvio, previsto pela teoria da relatividade, de um raio de luz vindo de uma estrela ao passar pelo campo de gravidade do sol. Atentar contra a teoria parecia impensável, seria como um soldado que quisesse arrancar as dragonas douradas do ombro de um marechal.

Mas o anão continuava a fazer caretas e figas,[151] e não havia como dobrá-lo. Pouco antes de Liudmila Nikoláievna partir para Sarátov, ocorreu a Viktor que seria possível ampliar os limites da teoria, embora para isso, na verdade, fosse necessário elaborar duas hipóteses arbitrárias e complicar consideravelmente o aparato matemático.

As novas equações tocavam um ramo da matemática no qual Sokolov era especialmente forte. Chtrum pediu a ele que o ajudasse; não se sentia seguro o suficiente naquela área da matemática. Sokolov rapidamente conseguiu estabelecer as novas equações para a ampliação da teoria.

A questão parecia resolvida: os dados das experiências pararam de contradizer a teoria. Chtrum ficou feliz com o êxito e felicitou Sokolov. Sokolov felicitou Chtrum, mas a inquietação e a insatisfação permaneceram.

Logo Viktor voltou ao desânimo.

Disse a Sokolov:

— Piotr Lavriêntievitch, reparei que fico de mau humor quando, à noite, Liudmila Nikoláievna se põe a remendar meias. Lembrei-me de mim com o senhor: nós demos uma remendada na teoria, um serviço grosseiro, as cores das linhas não são as mesmas, enfim, uma coisa tosca.

Exacerbou suas dúvidas, pois, felizmente, não sabia enganar a si mesmo, sentindo instintivamente que o autoengano conduziria à derrota.

---

[151] Gesto obsceno e ofensivo na Rússia.

Não havia nada de bom na ampliação da teoria. Remendada, ela perdia a organização interna, as hipóteses arbitrárias tiravam a força de sua independência e a vitalidade de sua autonomia, suas equações tornavam-se volumosas e difíceis de operar. Ela ficou com algo talmúdico, de condicional, de anêmico. Como se sua musculatura houvesse perdido a vida.

E uma nova série de experiências, levadas a cabo pelo brilhante Márkov, voltava a entrar em contradição com as equações recém-criadas. Para explicar essas novas contradições seria necessário formular mais uma hipótese arbitrária, voltar a escorar a teoria com pedaços de pau e fósforos velhos, amarrando tudo com barbante.

— Quanta besteira — Chtrum disse para si mesmo. Compreendeu que havia tomado o caminho errado.

Recebeu uma carta do engenheiro Krímov, que dizia que a tarefa de fundição e torneamento do aparato encomendado por Chtrum teria que ser posta de lado por um tempo, pois a fábrica estava cheia de encomendas militares. Pelo visto, a preparação do aparato ia atrasar entre um mês e meio e dois meses com relação ao prazo planejado.

Mas Chtrum não ficou triste com a carta; ele não mais esperava pelo aparato com a impaciência de antes, nem acreditava que ele poderia trazer alguma mudança aos resultados das experiências. Porém, em alguns momentos, era tomado pela raiva, e queria receber o novo aparato o quanto antes, para se convencer definitivamente de que o material abundante e ampliado das experiências entrava em contradição com a teoria de forma irrevogável e irremediável.

O fracasso do trabalho associava-se em sua mente com os dissabores pessoais; tudo se fundia em um cinza sem esperanças.

Esse abatimento se prolongou por semanas; ele se tornou irritadiço e começou a manifestar interesse pelas miudezas domésticas, imiscuindo-se nos assuntos da cozinha, espantando-se com o dinheiro esbanjado por Liudmila.

Começou a se ocupar da disputa entre Liudmila e a dona do apartamento, que exigia pagamento extra pelo uso do galpão de lenha.

— Então, como andam as negociações com Nina Matviêievna? — ele perguntava e, depois de ouvir a narração de Liudmila, dizia:

— Ah, que mulher dos diabos...

Agora ele não pensava na relação entre a ciência e a vida das pessoas, e se ela era uma felicidade ou uma desgraça. Para esse tipo de pensamento era preciso sentir-se um senhor, um vencedor. Mas, nesses dias, ele só se via como um aprendiz azarado.

Tinha a impressão de que jamais conseguiria voltar a trabalhar como antes, e que as desgraças que vivera haviam exaurido suas forças de pesquisador.

Rememorou os nomes de físicos, matemáticos e escritores cujos trabalhos principais haviam sido realizados na juventude, e que depois dos 35-40 não tinham realizado mais nada digno de nota. Esses possuíam algo de que se orgulhar, enquanto ele tinha que se arrastar pela vida sem ter feito na juventude nada que fosse lembrado, que permanecesse. Galois, que definiu muitos dos caminhos do desenvolvimento futuro da matemática, morrera aos 21 anos, Einstein publicara "Sobre a eletrodinâmica dos corpos em movimento" aos 26, Herz morrera antes de chegar aos 40. Que abismo havia entre os destinos dessas pessoas e o de Chtrum!

Chtrum disse a Sokolov que desejava suspender temporariamente o trabalho no laboratório. Mas Piotr Lavriêntievitch achava que o trabalho tinha que continuar e esperava muito do novo aparato. Mas Chtrum até esqueceu de lhe contar sobre a carta que tinha recebido da fábrica.

Viktor Pávlovitch reparou que a mulher sabia dos seus fracassos, mas jamais puxava conversa com ele sobre o trabalho.

Ela não prestava atenção na coisa mais importante da vida dele, mas arrumava tempo para a casa, para conversar com Mária Ivánovna, para discutir com a dona do apartamento, para costurar um vestido para Nádia, para se encontrar com a mulher de Postôiev. Ele se exasperava com Liudmila Nikoláievna, sem perceber sua situação.

Tinha a impressão de que a mulher havia voltado para sua vida de sempre, quando ela fazia as coisas de hábito justamente porque eram de hábito, não exigiam uma força de espírito que ela já não possuía.

Fervia sopa com macarrão e falava das botas de Nádia porque tinham se tornado afazeres domésticos ao longo dos anos, e agora ela só repetia mecanicamente o que era de hábito. Mas ele não notava que a mulher, continuando a vida anterior, não participava mais dela. Era um caminhante, absorto em seus pensamentos, indo pela estrada de sempre, contornando uma cova, a atravessar um fosso sem se dar conta dele.

Para falar com o marido de seu trabalho teria sido necessário um novo ânimo no espírito, algo de hoje, uma nova força. E ela não tinha forças. Contudo, Chtrum tinha a impressão de que Liudmila Nikoláievna guardava interesse por tudo o que não fosse o trabalho dele.

Ficava ressentido porque, ao falar do filho, ela sempre recordava ocasiões em que Viktor Pávlovitch não tinha sido bom o suficiente para Tólia. Era como se ela estivesse fazendo o balanço da relação entre Tólia e o padrasto, e o balanço não era favorável a Viktor Pávlovitch.

Liudmila disse à mãe:

— Pobrezinho, como ele sofreu quando apareceram espinhas no rosto. Chegou até a pedir para eu conseguir algum creme com a esteticista. E o Viktor só ficava mexendo com ele, o tempo todo.

Tinha sido assim mesmo.

Chtrum gostava de provocar Tólia, e quando ele, chegando em casa, ia cumprimentar o padrasto, Viktor Pávlovitch normalmente o examinava com atenção, balançava a cabeça e dizia, pensativo:

— Irmão, você está coberto de estrelas!

Nos últimos tempos, Chtrum não gostava de ficar em casa à noite. Às vezes ia jogar xadrez com Postôiev e ouvir música — a mulher de Postôiev não era má pianista. Às vezes visitava seu novo conhecido de Kazan, Karímov. Mas onde mais ia era na casa dos Sokolov.

Gostava do quartinho dos Sokolov, gostava do sorriso gentil e hospitaleiro de Mária Ivánovna, e gostava especialmente das conversas que tinham à mesa.

Porém quando, tarde da noite, voltava para casa, a angústia que havia se acalmado por um tempo voltava a se apoderar dele.

64

Em vez de ir do instituto para casa, Chtrum dirigiu-se para seu novo conhecido, Karímov, a fim de irem juntos à casa de Sokolov.

Karímov era um homem bexiguento e feio. O bronzeado de sua pele acentuava o grisalho dos cabelos, e esse grisalho fazia a pele parecer ainda mais morena.

Karímov falava russo corretamente, e só prestando muita atenção era possível notar uma ligeira diferença na pronúncia e na construção das frases.

Chtrum nunca tinha ouvido falar dele, mas, aparentemente, ele era conhecido, e não só em Kazan. Karímov havia traduzido para o tártaro *A divina comédia*, *As viagens de Gulliver* e, nos últimos tempos, vinha trabalhando numa versão da *Ilíada*.

Mesmo antes de se conhecerem, encontravam-se com frequência na sala de fumantes, na saída da sala de leitura da universidade. A bibliotecária, uma velha tagarela e desleixada de lábios pintados, havia informado Chtrum de muitos detalhes sobre Karímov: que ele tinha terminado a Sorbonne, que possuía uma dacha na Crimeia e que, antes da guerra, passava muito tempo à beira-mar. A guerra havia surpreendido a mulher e a filha de Karímov na Crimeia, e ele não recebera notícias de ambas desde então. A velha insinuou a Chtrum que os últimos oito anos de vida daquele homem tinham sido duros, mas Chtrum recebeu tais informações com um olhar desentendido. Era evidente que a velha também havia falado de Chtrum para Karímov. Uma vez que sabiam bastante um sobre o outro, ficavam constrangidos por não terem sido apresentados e, quando se encontravam, não sorriam; pelo contrário, franziam o cenho. Até que isso acabou, quando, certa vez, ao se depararem um com o outro no vestíbulo da biblioteca, caíram no riso ao mesmo tempo, e puseram-se a conversar.

Chtrum não sabia se sua conversa interessava Karímov, mas ele, Chtrum, achava interessante falar quando Karímov o escutava. Por triste experiência, Viktor Pávlovitch sabia como era comum deparar-se com um interlocutor sábio, espirituoso e, ao mesmo tempo, insuportavelmente chato.

Havia gente em cuja presença Chtrum tinha dificuldade de pronunciar uma palavra que fosse; sua voz tornava-se empedernida, a conversa perdia a cor e o propósito, como que cega, surda e muda.

Havia gente em cuja presença as palavras mais sinceras soavam falsas.

Havia gente, velhos conhecidos, em cuja presença Chtrum se sentia particularmente só.

Por que isso ocorria? Pelo mesmo motivo que o levava a de repente encontrar uma pessoa — um companheiro de viagem curta, um vizinho de tarimba, o participante de uma discussão ocasional — em cuja presença seu mundo interior perdia a mudez solitária.

Caminhavam lado a lado, conversavam, e Chtrum refletiu que agora ficava horas sem pensar em trabalho, especialmente durante as conversas noturnas na casa de Sokolov. Isso nunca tinha lhe acontecido antes, pois ele sempre pensava no trabalho: no bonde, almoçando, ouvindo música, enxugando o rosto pela manhã.

Devia ser porque estava em um impasse tão duro que inconscientemente afastava de si qualquer ideia de trabalho...

— Como foi o trabalho hoje, Ahmet Usmánovitch?

Karímov afirmou:

— Não me entra nada na cabeça. Fiquei o tempo todo pensando na minha mulher e na minha filha; às vezes acho que vai dar tudo certo e que vou reencontrá-las, às vezes tenho o pressentimento de que morreram.

— Entendo — disse Chtrum.

— Eu sei — afirmou Karímov.

Chtrum pensou: como era estranho que, com uma pessoa que não conhecia há mais do que poucas semanas, estivesse pronto para falar daquilo que não falava com a mulher e a filha.

65[152]

No pequeno quarto de Sokolov, reuniam-se à mesa quase todo dia pessoas que em Moscou dificilmente teriam se encontrado.

O talentoso Sokolov falava de tudo prolixamente, empregando vocabulário literário. Seu discurso era tão fluente que não dava para acreditar que ele vinha de uma família de marinheiros do Volga. Era uma pessoa boa e elevada, mas com rosto de expressão arguta e cruel.

Piotr Lavriêntievitch não se parecia com os marinheiros do Volga porque nunca bebia, receava as correntes de ar e, com medo de infecção, lavava constantemente as mãos e cortava a casca do pão no mesmo lugar que havia tocado com os dedos.

Lendo o trabalho dele, Chtrum sempre se espantava: como uma pessoa tão elegante, de pensamentos audazes, que expressava e demonstrava de forma lacônica as ideias mais finas e complexas, podia ser tão enfadonha e prolixa na hora do chá?

O próprio Chtrum, como muita gente que cresceu num meio letrado, na intelligentsia, adorava soltar durante a conversa palavras como "cagada", "zona" e, falando com um velho acadêmico, chamar uma cientista rabugenta de "bruxa" ou até de "cadela".

---

[152] Na cópia limpa, o número do capítulo foi riscado por Vassili Grossman. Contudo, não foi feita uma nova numeração dos capítulos. No manuscrito, o número dos capítulos tem a letra do autor. (Nota da edição russa.)

Antes da guerra, Sokolov não suportava que se falasse de política. Se Viktor mencionava política, Sokolov se calava, se fechava, ou mudava de assunto com exagero ostensivo.

Manifestava-se nele uma estranha submissão, uma bonomia perante os horríveis acontecimentos da época da coletivização e de 1937. Era como se ele aceitasse a cólera do Estado como semelhante à cólera da natureza ou dos deuses. Chtrum tinha a impressão de que Sokolov acreditava em Deus, e essa crença se manifestava tanto no seu trabalho quanto na aceitação submissa das forças do mundo, e em sua relação com as pessoas.

Uma vez Chtrum perguntou, de forma direta:

— O senhor acredita em Deus, Piotr Lavriêntievitch?

Mas Sokolov franziu o cenho, sem nada responder.

Era espantoso que, agora, se reunissem na casa de Sokolov pessoas que falavam de política, e ele não apenas suportasse o assunto, como ainda chegasse a participar.

Mária Ivánovna, pequena, magra, com movimentos desajeitados de uma adolescente, ouvia o marido com atenção especial. Essa atenção comovente reunia a reverência tímida da aluna, o enlevo da esposa apaixonada, o desvelo condescendente e a inquietação maternal.

Claro que as conversas começavam pelos boletins militares, para depois se afastarem da guerra. E mesmo que as pessoas não o mencionassem, tudo estava ligado ao fato de que os alemães haviam chegado ao Cáucaso e ao baixo Volga.

Ao lado dos pensamentos melancólicos sobre os fracassos da guerra havia um sentimento de arrojo, de temeridade: vamos lá, vamos para cima deles!

Falava-se de muita coisa naquele quartinho, à noite; era como se as paredes do espaço fechado e limitado tivessem desaparecido, e as pessoas não falavam como de hábito.

O historiador Madiárov, de lábios grossos e cabeça grande, com uma pele moreno-azulada que parecia feita de borracha porosa, marido da tranquila irmã de Sokolov, às vezes contava da Guerra Civil o que não estava nos livros de história: falava do húngaro Gavro, comandante do regimento internacional, do comandante Krivorutchko, de Bojenko, do jovem oficialzinho Schors, que mandara açoitar no seu vagão os membros da comissão do Soviete Militar Revolucionário que tinham vindo fiscalizar seu estado-maior. Narrou o estranho e horrível destino da mãe de Gavro, uma velha camponesa húngara que não falava uma palavra de russo. Tinha ido à URSS atrás do filho e, depois da prisão de Gavro,[153] todos se afastaram dela, com medo, e ela passou a vagar por Moscou, sem saber a língua, como uma louca.

Madiárov falava de furriéis e suboficiais de calção escarlate com enxertos de couro, de crânio azulado raspado, que haviam sido promovidos a comandantes de divisão e de corpos, falava como eles mimavam e puniam as pessoas, e, abandonando a cavalaria, iam atrás das mulheres amadas... Ele contava dos comissários de regimento e de divisão com elmos negros de couro, que liam *Assim falou Zaratustra*, de Nietzsche, e advertiam os combatentes sobre a heresia de Bakúnin... Contava de sargentos tsaristas que tinham se tornado marechais e comandantes de primeiro escalão.

Uma vez, baixando a voz, disse:

— Isso aconteceu no tempo em que Lev Davídovitch[154] ainda era Lev Davídovitch — e aqueles olhos tristes de gordo inteligente adquiriram uma expressão especial.

Depois sorriu e disse:

— No nosso regimento organizamos uma banda: um trompete, instrumentos de arco e de cordas dedilhadas. Ela tocava sempre o mesmo tema: "Caminhava pela rua um crocodilo grande e verde..." Em qualquer situação, fosse um ataque ou o enterro de um herói, tocavam esse "crocodilo". Em meio a uma retirada terrível, Trótski veio até nós para levantar os ânimos; o regimento inteiro foi levado para o comício, em uma cidadezinha poeirenta e tediosa, os cachorros se arrastando, colocaram a tribuna no meio da praça, e me lembro bem do calor, do sono, da modorra, e de Trótski, com um grande laço vermelho e olhos brilhantes, proferindo: "Camaradas do Exército Vermelho" — assim, com imenso estrondo, como uma tempestade a ferver... Depois a banda atacou o "crocodilo". Coisa estranha, mas esse "crocodilo" executado por balalaicas nos inspirava mais do que a "Internacional" tocada por uma orquestra profissional, e estávamos prontos a marchar desarmados até Varsóvia ou Berlim...

Madiárov fazia seu relato com calma, sem pressa, sem defender os chefes de divisão e de corpos que depois foram fuzilados como inimigos do povo e traidores da pátria, sem defender Trótski, mas em sua admiração por Krivorutchko e Dúbov, no modo respeitoso e simples de se referir aos comandantes de Exército e comissários exterminados em

---

[153] Lajos Gavro (1894-1938) foi preso em 1937, executado em 1938 e reabilitado em 1956.

[154] Trótski.

1937, sentia-se que ele não acreditava que os marechais Tukhatchévski, Bliúkher, Iegórov, Murálov — comandante da região de Moscou —, Levandovski — comandante de Exército de segundo escalão —, Gamárnik, Dibenko, Búbnov, Sklianski — primeiro adjunto de Trótski — e Unszlicht fossem inimigos do povo e traidores da pátria.

O tom calmo e prosaico de Madiárov parecia inconcebível. Pois o poder do Estado havia criado um novo passado, movimentado a cavalaria do seu jeito, inventado novos heróis para acontecimentos passados e dispensado os heróis verdadeiros. O Estado dispunha de poder suficiente para refazer o que parecia ter sido concluído uma vez e para sempre, para transfigurar e metamorfosear o granito, o bronze, os discursos proferidos havia tempos, mudar a disposição das figuras nas fotografias documentais.

Tratava-se de uma história completamente nova. Até os sobreviventes daqueles tempos tinham que viver de outra forma sua existência anterior, convertendo-se de valentes em covardes, de revolucionários em agentes estrangeiros.

E, ouvindo Madiárov, parecia que uma lógica ainda mais poderosa estava por vir, a lógica da verdade. Tais conversas jamais seriam permitidas antes da guerra.

Uma vez ele disse:

— Ei, todas essas pessoas hoje estariam se batendo contra o fascismo sem reservas, sem poupar o próprio sangue. Foram mortas em vão...

O engenheiro químico Vladímir Romanovitch Arteliev, morador de Kazan, era o proprietário do apartamento dos Sokolov. A mulher de Arteliev voltava do serviço à noite. Eles tinham dois filhos no front. Arteliev trabalhava como chefe de uma oficina na fábrica química. Vestia-se mal; não possuía casaco de inverno, nem gorro, e, para se aquecer, usava debaixo da capa impermeável um colete de algodão. Na cabeça, um boné ensebado e amassado que, ao sair para o trabalho, enterrava até as orelhas.

Quando ele entrava no quarto dos Sokolov, soprando os dedos vermelhos e enregelados, sorrindo para as pessoas com timidez, Viktor, sentado à mesa, tinha a impressão de que aquele não era o dono do apartamento, nem o chefe de uma grande oficina numa grande fábrica, mas um vizinho necessitado, um pedinte.

Naquela noite, com as faces cavadas e a barba por fazer, com medo patente de que as tábuas do assoalho gemessem sob seus pés, ele ficou parado junto à porta, ouvindo Madiárov.

Mária Ivánovna, dirigindo-se para a cozinha, foi até ele e cochichou alguma coisa em seu ouvido. Ele sacudiu a cabeça, assustado; aparentemente estava recusando comida.

— Ontem — disse Madiárov — um coronel que está aqui em tratamento médico me contou que teria que se apresentar a uma comissão partidária por ter dado na fuça de um tenente. No tempo da Guerra Civil não havia essas coisas.

— O senhor mesmo disse que Schors açoitou uma comissão do Soviete Militar Revolucionário — disse Chtrum.

— Era um subordinado batendo na chefia, é diferente — disse Madiárov.

— É a mesma coisa na indústria — disse Arteliev —, nosso diretor trata todos os engenheiros por "você", mas fica ofendido se alguém o chama de "camarada Churiev", tem que ser "Leónti Kuzmitch". Outro dia se enfureceu com um velho químico. Xingou e gritou: "Já disse mais de uma vez que ou você faz direito ou eu dou com o joelho no seu cu e faço você sair da fábrica voando." O velho tem 72 anos.

— E o sindicato fica quieto? — perguntou Sokolov.

— Que sindicato — disse Madiárov. — O sindicato faz apelos ao sacrifício: antes da guerra, era a preparação para o conflito, em tempo de guerra tudo é para o front, e depois da guerra o sindicato vai gritar para que resolvam as consequências da guerra. Como vão se ocupar do velho?

Mária Ivánovna perguntou a Sokolov, a meia-voz:

— Não está na hora do chá?

— Claro, claro — disse Sokolov —, traga o chá.

"Incrível como ela se mexe sem fazer ruído", pensou Chtrum, olhando distraidamente para os ombros magros de Mária Ivánovna enquanto ela deslizava pela porta entreaberta da cozinha.

— Ah, camaradas compatriotas — disse Madiárov, de súbito —, os senhores imaginam o que é ter liberdade de imprensa? Certa manhã, depois da guerra, abre-se o jornal e, em vez de artigos jubilosos, em vez de cartas dos trabalhadores ao grande Stálin, em vez de comunicados sobre uma brigada de fundidores de aço que dedicaram o trabalho às eleições para o Soviete Supremo, ou sobre os trabalhadores dos Estados Unidos, que chegaram ao ano-novo em estado de desânimo, abatidos pelo desemprego e pela miséria, os senhores encontrariam sabem o quê? Informação! Conseguem imaginar um jornal desses? Um jornal que tenha informação!

"E então os senhores vão ler: má colheita na região de Kursk, um informe sobre uma inspeção na prisão de Butirka, um debate sobre a necessidade do canal entre o mar Branco e o Báltico, vão ler o trabalhador Golopuzov manifestando-se contra um novo empréstimo do Estado.

"Em suma, os senhores vão ficar sabendo de tudo o que acontece no país: boas e más notícias; entusiasmo e roubos; abertura de minas e catástrofe nas minas; divergências entre Mólotov e Malenkov; lerão reportagens sobre uma greve ocorrida porque o diretor de uma fábrica ofendeu um velho químico septuagenário; lerão os discursos de Churchill e Blum, e não o que eles 'teriam dito'; vão ficar a par dos debates na Câmara dos Comuns; saberão quantas pessoas cometeram suicídio ontem em Moscou; quantas vítimas de acidentes deram entrada à noite no Instituto Sklifossóvski.[155] Vão saber por que o trigo-sarraceno está em falta, e não apenas que o primeiro morango de Tachkent foi entregue em Moscou de avião. Vão descobrir qual é a ração por dia de trabalho do colcoz pelo jornal, e não pela doméstica que está hospedando em casa uma sobrinha que veio da aldeia para comprar pão em Moscou. Sim, sim, e com isso os senhores continuarão a ser indivíduos soviéticos plenos e completos. Os senhores vão entrar em uma livraria e comprar livros e, continuando a ser indivíduos soviéticos, lerão filósofos, historiadores e comentaristas políticos americanos, ingleses, franceses. Os senhores vão decidir por si mesmos no que eles estão certos; vão passear pela rua sem babá."

No momento em que Madiárov terminou seu discurso, Mária Ivánovna entrou, trazendo o aparelho de chá.

Sokolov repentinamente bateu com o punho na mesa, dizendo:

— Chega! Peço de forma encarecida e peremptória que se encerre esse tipo de conversa.

Mária Ivánovna fitava o marido com a boca entreaberta. O aparelho de chá começou a tilintar; suas mãos tremiam visivelmente.

Chtrum caiu na gargalhada:

— E assim Piotr Lavriêntievitch liquidou a liberdade de imprensa! Ela não se aguentou por muito tempo. Que bom que Mária Ivánovna não ouviu esse papo subversivo.

— Nosso sistema — disse Sokolov, irritado — mostrou a sua força. A democracia burguesa ruiu.

---

[155] Pronto-socorro de Moscou.

— Sim — disse Chtrum —, mas aconteceu que a obsoleta democracia burguesa da Finlândia enfrentou o nosso centralismo em 1940, e nos vimos em uma confusão forte. Não sou fã da democracia burguesa, mas fatos são fatos. E esse velho químico?

Chtrum olhou ao redor e reparou nos olhos fixos e atentos de Mária Ivánovna, escutando-o.

— O problema não foi a Finlândia, foi o inverno finlandês — disse Sokolov.

— Ah, para com isso, Pétia — afirmou Madiárov.

— Digamos que, em tempo de guerra, o Estado soviético revela suas qualidades e suas fraquezas — afirmou Chtrum.

— Que fraquezas? — perguntou Sokolov.

— Bem, dar um fim em muitos que poderiam estar lutando agora — disse Madiárov. — Veja que estamos lutando no Volga.

— E o que o sistema tem a ver com isso? — perguntou Sokolov.

— Como o que tem a ver? — disse Chtrum. — Na sua opinião, Piotr Lavriêntievitch, a viúva do suboficial atirou em si mesma em 1937?[156]

E voltou a reparar nos olhos atentos de Mária Ivánovna. Notou que se comportava de forma estranha na discussão: se Madiárov começava a criticar o Estado, Chtrum discutia com ele; mas quando Sokolov investia contra Madiárov, Viktor Pávlovitch criticava Sokolov.

Sokolov às vezes gostava de ridicularizar um artigo estúpido ou um discurso iletrado, mas ficava duro como uma pedra se a conversa ia longe demais. Enquanto Madiárov, ao contrário, não ocultava seu estado de espírito.

— O senhor está buscando a explicação para nossa retirada nas imperfeições do sistema soviético — afirmou Sokolov —, mas o golpe que os alemães desferiram em nosso país foi de uma força tal que, ao suportá-lo, o Estado demonstrou com clareza peremptória o seu poder, e não fraqueza. O senhor está vendo a sombra projetada por um gigante, e dizendo: "Vejam que sombra!" Mas o senhor se esquece do gigante. Nosso centralismo é o motor social de uma gigantesca potência energética, capaz de operar milagres. Ele já os operou. E vai operá-los no futuro.

— Se não tem utilidade para o Estado, o senhor é deixado de lado, descartado com todas as suas ideias, seus planos e obras — afir-

---

156 Alusão a uma cena da comédia *O inspetor geral*, de Gógol, em que o prefeito de uma cidadezinha se defende para um suposto inspetor de uma série de acusações, dentre as quais a de ter mandado espancar a viúva de um suboficial.

mou Karímov. — Se a sua ideia coincide com os interesses do Estado, porém, então está assegurado um tapete voador!

— Isso mesmo — disse Arteliev —, fui enviado por um mês a uma instalação de especial importância para a defesa. Stálin acompanhava a montagem das oficinas, telefonava pessoalmente para a diretoria. Que instalação! Matérias-primas, peças, reposições, tudo surgia como que por encanto! E as condições de vida! Banheiro particular, creme levado até o seu quarto todas as manhãs. Nunca tinha vivido assim. A comida dos trabalhadores era excepcional! E o mais importante: nada de burocracia. Tudo era resolvido sem papel.

— Ou melhor, a burocracia do Estado, como um gigante de conto de fadas, passou a servir as pessoas — disse Karímov.

— Se tamanha perfeição foi atingida nas instalações de defesa importantes para o Estado, está claro por princípio que é possível aplicar esse sistema em toda a indústria — disse Sokolov.

— É um *settlement*![157] — disse Madiárov. — Existem dois princípios completamente distintos, e não apenas um. Stálin constrói o que é necessário ao Estado, e não às pessoas. A indústria pesada é uma necessidade do Estado, não do povo. O canal do mar Branco é inútil para as pessoas. Em um polo estão as demandas do Estado, em outro as demandas das pessoas. Elas nunca estão de acordo.

— Isso mesmo, basta dar um passo para fora do *settlement* e tem encrenca. Embora minha produção seja necessária aos vizinhos de Kazan, de acordo com o planejamento tenho que mandá-la para Tchitá, e depois de Tchitá ela volta para Kazan. Preciso de montadores, mas não esgotei o crédito para creches, então inscrevo os montadores como babás das creches. A centralização é sufocante! Um inventor propôs ao diretor um meio de produzir 1.500 peças em vez de duzentas, e o diretor colocou-o para correr: o planejamento era cumprido de acordo com o peso da produção, melhor continuar assim. Se ele tivesse que parar o trabalho e o material necessário para retomá-lo pudesse ser comprado no mercado por 30 rublos, preferia ter um prejuízo de 2 milhões a se arriscar a fazer essa compra de 30.

Arteliev olhou rapidamente para os ouvintes e retomou a palavra com rapidez, como se temesse que não o deixassem concluir.

— Um trabalhador ganha pouco, mas de acordo com seu trabalho. Um vendedor de água com xarope ganha cinco vezes mais do

---

[157] Assentamento (em inglês no original).

que um engenheiro. Mas os dirigentes, diretores, comissários do povo só querem saber de uma coisa: cumprir o planejamento! Fique inchado, morra de fome, mas cumpra o planejamento! Tínhamos um diretor chamado Chmatkov que, nas reuniões, gritava: "A fábrica é mais importante que a sua mãe, você tem que se esfolar para cumprir o planejamento. E quem não cumprir eu mesmo esfolo." E de repente ficamos sabendo que Chmatkov ia se mudar para Voskressensk. Perguntei a ele: "Como o senhor pode largar a fábrica nesse atraso, Afanássi Lukitch?" E ele me respondeu com simplicidade, sem demagogia: "Veja, temos filhos em Moscou, no instituto, e Voskressensk fica mais perto de Moscou. Além disso, vão dar um apartamento bom, com jardim, e minha mulher anda adoentada, precisando de ar." Fiquei surpreso com o fato de o Estado confiar em gente assim, enquanto trabalhadores e mesmo cientistas célebres que não são membros do Partido mal conseguem ganhar um tostão.

— Muito simples — disse Madiárov. — Esse pessoal está encarregado de algo muito maior que as fábricas e os institutos, está encarregado do coração do sistema, do mais sagrado entre o mais sagrado: a força vital da burocracia soviética.

— Posso dizer — continuou Arteliev, sem reparar na piada — que amo a minha oficina e não me poupo. Mas me falta o principal: não consigo esfolar as pessoas. Posso esfolar a mim mesmo, mas não os coitados dos trabalhadores.

Continuando a fazer o que ele mesmo não entendia, Chtrum sentiu necessidade de contrariar Madiárov, embora tudo o que Madiárov tivesse dito lhe parecesse justo.

— No fim das contas — disse —, não lhe ocorre que os interesses das pessoas estejam hoje completamente unidos e que coincidam com os interesses do Estado, ao construir a indústria de defesa? Parece-me que os canhões, tanques e aviões que estão armando nossos filhos e irmãos são uma necessidade de cada um de nós.

— Absolutamente certo — disse Sokolov.

66

Mária Ivánovna pôs-se a servir o chá. Discutiam literatura.

— Nos esquecemos de Dostoiévski — disse Madiárov —, as bibliotecas emprestam seus livros a contragosto, as editoras não fazem novas edições.

— Porque ele é reacionário — disse Chtrum.

— É verdade, ele não tinha que ter escrito *Os demônios* — concordou Sokolov.

Mas então Chtrum perguntou:

— O senhor está certo, Piotr Lavriêntievitch, de que ele não tinha que ter escrito *Os demônios*? Talvez não tivesse que escrever nem *O diário de um escritor*.

— Não dá para controlar um gênio — disse Madiárov. — Dostoiévski não se encaixa na nossa ideologia. Veja Maiakóvski. Não por acaso, Stálin chamou-o de excelente e talentoso. Ele é o culto ao Estado mesmo em suas emoções pessoais. Já Dostoiévski é a própria humanidade, mesmo em seu louvor ao Estado.

— Se formos raciocinar assim — disse Sokolov —, então toda a literatura do século XIX não se encaixa.

— Não, não diga isso — afirmou Madiárov. — Pois Tolstói poetizou a ideia de uma guerra do povo, e o Estado agora está chefiando uma legítima guerra do povo. Como disse Ahmet Usmánovitch, as ideias coincidiram, e o tapete voador apareceu: Tolstói está no rádio, nos saraus de leitura, é publicado e citado pelos chefes.

— Melhor para Tchékhov, que foi reconhecido no passado e no presente — disse Sokolov.

— Olha o que foi dizer! — gritou Madiárov, batendo com a mão na mesa. — Tchékhov é reconhecido no presente por um mal-entendido. Assim como Zóschenko,[158] que em certo aspecto é seu seguidor.

— Não compreendo — disse Sokolov —, Tchékhov é um realista, e quem passa dificuldades hoje em dia são os decadentistas.

— Não compreende? — perguntou Madiárov. — Então eu explico.

— Não ataque Tchékhov — disse Mária Ivánovna —, gosto dele mais do que de qualquer escritor.

— E faz muito bem, Máchenka — disse Madiárov. — Você, Piotr Lavriêntievitch, está procurando no decadentismo uma expressão de humanidade?

Zangado, Sokolov fez um gesto para afugentá-lo.

Mas Madiárov também fez um gesto com a mão para ele, pois o mais importante era expressar seu pensamento, e para isso era necessário que Sokolov buscasse humanidade nos decadentes.

---

[158] Mikhail Mikháilovitch Zóschenko (1895-1958), escritor satírico.

— Individualismo não é humanidade! O senhor está confundindo. Todo mundo confunde. O senhor acha que batem nos decadentistas? Bobagem. Eles não são hostis ao Estado, são quase inúteis, indiferentes. Estou convicto de que não existe um abismo entre o decadentismo e o realismo socialista. Discutimos o que é o realismo socialista. É um espelho que, à pergunta do Partido e do governo "Quem é a coisa mais encantadora, maravilhosa e linda do mundo?", responde: "Você, você, Partido, governo, Estado, é o mais belo e rosado de todos!" Já os decadentistas respondem a essa pergunta assim: "Eu, eu, eu, decadente, sou o mais encantador e rosado de todos." A diferença não é muito significativa. O realismo socialista é a afirmação da excepcionalidade do Estado, e o decadentismo é a afirmação da excepcionalidade do indivíduo. São métodos diferentes, mas a essência é a mesma: o êxtase diante da própria excepcionalidade. O Estado genial e sem defeitos cospe em quem não está à sua altura. E a personalidade rendilhada do decadentista tem uma profunda indiferença com relação a todos os outros, com duas exceções: aqueles com quem entabula conversas refinadas e aqueles com quem troca beijos e carícias. Por fora, parece que o individualismo, o decadentismo lutam pela humanidade. De jeito nenhum. Os decadentes são indiferentes ao ser humano, assim como o Estado. Não há abismo entre eles.

Sokolov escutava Madiárov com os olhos semicerrados e, sentindo que ele ia continuar falando de questões absolutamente proibidas, interrompeu-o:

— Perdão, mas o que isso tem a ver com Tchékhov?

— Estou falando dele. Porque entre ele e os dias de hoje há um abismo enorme. Pois Tchékhov carregou nos ombros o peso da irrealizada democracia russa. O caminho de Tchékhov é o caminho da liberdade da Rússia. Fomos por um outro caminho. Tente abarcar todos os heróis de Tchékhov. Talvez apenas Balzac tenha trazido à consciência pública uma massa tão imensa de personagens. E nem ele! Pensem: médicos, engenheiros, advogados, instrutores, professores, latifundiários, lojistas, industriais, governantas, lacaios, estudantes, funcionários públicos de todos os escalões, vendedores de gado, condutores, casamenteiras, escrivães, bispos, camponeses, operários, sapateiros, modelos, jardineiros, zoólogos, atores, estalajadeiros, caçadores, prostitutas, pescadores, tenentes, suboficiais, artistas, cozinheiras, escritores, varredores, monges, soldados, parteiras, trabalhadores forçados de Sakhalina...

— Chega, chega — gritou Sokolov.

— Chega? — repetiu Madiárov, com um tom cômico de ameaça. — Não, não chega. Tchékhov trouxe à nossa consciência essa massa enorme de russos, todas as classes, estratos sociais, idades... Mais do que isso! Ele nos trouxe esses milhões como democrata, entendam, como um democrata russo. Ele disse o que ninguém antes, nem mesmo Tolstói, havia dito: antes de tudo, todos nós somos pessoas, entendam, pessoas, pessoas, pessoas! Disse isso na Rússia, como ninguém antes havia dito. Ele disse: o mais importante é que as pessoas são pessoas, e só depois são bispos, russos, lojistas, tártaros, operários. Entendam: as pessoas não são melhores ou piores por serem bispos ou operários, tártaros ou ucranianos; as pessoas são iguais, porque são pessoas. Há meio século, cegas pela estreiteza partidária, as pessoas achavam que Tchékhov era o porta-voz de uma época ultrapassada. Mas Tchékhov é o porta-estandarte da maior bandeira que já foi erguida nos mil anos de história da Rússia: da autêntica e boa democracia russa, entendam, da dignidade humana russa, da liberdade russa. Pois nosso humanismo sempre foi irreconciliavelmente sectário e cruel. De Avvakum[159] a Lênin nossa ideia de humanismo e liberdade sempre foi partidária, fanática, impiedosamente sacrificando a pessoa a uma concepção abstrata de humanidade. Até Tolstói, com a pregação da teoria da não violência, é intolerante e, principalmente, não parte do ser humano, mas de Deus. É importante para ele que triunfe a ideia de bondade, contudo os homens de Deus sempre tentaram enfiar Deus no homem à força, e na Rússia eles não se detiveram diante de nada para alcançar esse objetivo: degolar, matar, o que quer que fosse. Tchékhov disse: vamos colocar Deus de lado, vamos colocar de lado as chamadas grandes ideias progressistas, comecemos pela pessoa, sejamos bons e atenciosos para com a pessoa, seja ela quem for: bispo, mujique, industrial milionário, trabalhador forçado de Sakhalina, empregado de restaurante; comecemos por respeitar, ter compaixão, amar a pessoa, pois sem isso não chegamos a lugar algum. Isso é que se chama democracia, a até agora irrealizada democracia russa. O russo viu de tudo em mil anos, a grandeza e a ultragrandeza, só não viu uma coisa: a democracia. Essa é, a propósito, a diferença entre os decadentistas e Tchékhov: o Estado pode se irritar com o decadente e lhe dar um tapa na nuca, uma joelhada no traseiro. Mas o Estado não entende a essência de Tchékhov, e por

---

[159] Avvakum Petrov (1620/1-1682), eclesiástico, líder do cisma religioso conhecido como Velhos Crentes.

isso o atura. Na nossa casa, a democracia não tem valor; estou falando da democracia de verdade, a democracia humana.

Era evidente que a agudeza das palavras de Madiárov havia desagradado muito a Sokolov.

E Chtrum, reparando nisso, e com uma satisfação que não conseguia entender, disse:

— Muito bem dito, é inteligente de verdade. Só peço clemência para Skriábin, que, ao que parece, está entre os decadentes, mas do qual eu gosto muito.

Fez um gesto de recusa na direção da mulher de Sokolov, que havia colocado diante dele um pires com geleia, e afirmou:

— Não, não, obrigado, não quero.

— É cassis — ela disse.

Ele fitou os olhos castanhos e amarelados dela e perguntou:

— Será que eu já lhe falei dessa minha fraqueza?

Ela acenou com a cabeça em silêncio, sorrindo. Seus dentes eram irregulares, e os lábios finos e pálidos. Com o sorriso, seu rosto pálido e algo acinzentado se tornava encantador e atraente.

"Ela é simpática, interessante, só o nariz que podia não ficar vermelho o tempo todo", pensou Chtrum.

Karímov disse a Madiárov:

— Leonid Serguêievitch, como conciliar seu discurso apaixonado sobre Tchékhov com o seu hino a Dostoiévski? Para Dostoiévski, nem todas as pessoas da Rússia são iguais. Hitler chamou Tolstói de monstro, mas dizem que tem um retrato de Dostoiévski em seu gabinete. Pertenço a uma minoria nacional, sou tártaro, nasci na Rússia e não perdoo um escritor russo por seu ódio a poloneses e judeus. Não consigo, ainda que ele seja um grande gênio. Na Rússia tsarista, o que nos cabia em grande quantidade era sangue, cuspe na cara, pogrom. Um grande escritor russo não tem o direito de perseguir os diferentes, de desprezar os poloneses, tártaros, judeus, armênios, tchuvaches.

O tártaro grisalho e de olhos negros falava a Madiárov com raiva, e um sorriso mongol de desdém:

— O senhor talvez tenha lido o *Khadji-Murát* de Tolstói? Talvez *Os cossacos*? Ou o conto "O prisioneiro do Cáucaso"? Foram escritos por um conde russo, muito mais russo do que o lituano Dostoiévski. Enquanto houver tártaros no mundo, eles vão rezar a Alá por Tolstói.

Chtrum fitou Karímov.

"Olha só quem é você", pensou, "olha só quem é você".

— Ahmet Usmánovitch — disse Sokolov —, guardo um profundo respeito pelo amor que o senhor tem por seu povo. Mas permita-me também me orgulhar de ser russo, permita-me amar Tolstói não apenas por ter escrito bem sobre os tártaros. Nós, os russos, por algum motivo somos proibidos de ter orgulho do nosso povo, se não quisermos ser tachados de Centúrias Negras.

Karímov se ergueu, seu rosto se cobriu de pérolas de suor, e ele afirmou:

— Vou lhe dizer a verdade, francamente, por que afinal mentir? Se lembrarmos como, nos anos 20, acabaram com todos que se orgulhavam do sangue tártaro, toda a nossa elite artística, então temos que pensar em banir *O diário de um escritor*.

— Não foram só os seus, foram também os nossos — disse Arteliev.

Karímov disse:

— Não exterminaram só as pessoas, exterminaram também nossa cultura nacional. A intelligentsia tártara de hoje é constituída de uns selvagens, se comparada com aquelas pessoas.

— Sim, sim — disse Madiárov, com malícia —, elas podiam ter fundado não apenas a cultura tártara, como ainda uma política interna e externa própria dos tártaros. Isso não ia prestar.

— Agora vocês têm um Estado — disse Sokolov —, institutos, escolas, óperas, livros, jornais tártaros, a revolução lhes deu tudo.

— Sim, existe agora tanto uma ópera estatal quanto um Estado de opereta. Mas é Moscou que colhe o nosso trigo, é Moscou que nos manda para a prisão.

— Ah, sabe, se vocês fossem mandados para a prisão por tártaros, e não por russos, tudo seria mais fácil, né? — afirmou Madiárov.

— E se não prendessem ninguém? — perguntou Mária Ivánovna.

— Nossa, Máchenka, o que mais você quer? — disse Madiárov.

Olhou para o relógio e falou:

— Oh, já está na hora.

Mária Ivánovna disse apressadamente:

— Liónetchka, passe a noite conosco. Arrumo a cama dobrável para você.

Ele havia se queixado uma vez a Mária Ivánovna que se sentia especialmente solitário à noite, ao voltar para casa, entrando em casa no quarto vazio e escuro, sem ninguém a esperá-lo.

— Bem — disse Madiárov —, eu não sou contra. Piotr Lavriêntievitch tem alguma objeção?

— Não, que ideia — disse Sokolov, e Madiárov acrescentou, com ironia:

— Disse o dono da casa sem o menor entusiasmo.

Todos se levantaram da mesa e começaram a se despedir.

Sokolov saiu para acompanhar os hóspedes, e Mária Ivánovna, baixando a voz, disse a Madiárov:

— Que bom que Piotr Lavriêntievitch não foge dessas conversas. Em Moscou, basta surgir uma alusão a isso para ele ficar quieto e se fechar.

Pronunciava com especial afeto e reverência o nome e o patronímico do marido: "Piotr Lavriêntievitch". À noite, copiava à mão o trabalho dele, guardava os rascunhos, colava em cartolina suas anotações ocasionais. Julgava-o um grande homem e, ao mesmo tempo, uma criança desamparada.

— Gosto desse Chtrum — disse Madiárov. — Não entendo por que o consideram desagradável.

Acrescentou, irônico:

— Notei que ele proferiu todos os discursos em sua presença, Máchenka, e que, quando a senhora voltava para a cozinha, ele nos poupava da sua eloquência.

Ela voltou o rosto para a porta e ficou quieta, como se não tivesse ouvido Madiárov, e então disse:

— O que é isso, Lênia, ele me trata como um inseto. Pétia o acha mau, rancoroso, arrogante, e por isso os físicos não gostam dele, e alguns até têm medo. Mas eu não concordo, e parece-me que é muito bondoso.

— Ele pode ser qualquer coisa, menos bondoso — disse Madiárov. — Atacou todo mundo, não concordou com ninguém. Mas é uma mente livre, não foi magnetizado.

— Não, ele é bom e indefeso.

— Mas é preciso reconhecer — afirmou Madiárov — que mesmo agora Piotr Lavriêntievitch não diz uma palavra em excesso.

Nessa hora, Sokolov voltou para o quarto. Ouviu as palavras de Madiárov.

— A esse respeito, Leonid Serguêievitch, peço que não me venha com lições — disse — e, em segundo lugar, que não tenha conversas desse tipo na minha presença.

Madiárov disse:

— E você, Piotr Lavriêntievitch, também não me venha com lições. Respondo pelas minhas palavras como você pelas suas.

Sokolov, aparentemente, queria responder com rispidez, mas se conteve e voltou a sair do quarto.

— Puxa, é melhor eu voltar para casa — disse Madiárov.

Mária Ivánovna disse:

— O senhor me deixou muito aflita. Porque o senhor sabe como ele é bondoso. Vai se atormentar a noite inteira.

Pôs-se a explicar que Piotr Lavriêntievitch tinha uma alma sensível, que havia vivido muito, que em 1937 sofrera interrogatórios cruéis, depois dos quais tinha passado quatro meses em uma clínica de repouso.

Madiárov escutou e, meneando a cabeça, disse:

— Certo, certo, Máchenka, estou convencido — e, exasperando-se de repente, acrescentou: — Tudo isso é verdade, naturalmente, mas não foi só o seu Petrucha que interrogaram. Lembra-se de quando me seguraram onze meses na Lubianka?[160] Naquela época, Piotr só telefonou para Klava uma vez. E era a irmã dele, não? Caso esteja lembrada, ele chegou a proibir a senhora de ligar para Klava, que sofreu muito com isso... É possível que ele seja um grande físico, mas tem alma de lacaio.

Mária Ivánovna cobriu o rosto com as mãos e se sentou, em silêncio:

— Ninguém, ninguém jamais vai entender o quanto eu sofro com isso tudo — disse, baixinho.

Só ela sabia como Piotr Lavriêntievitch, com sua pureza de alma, tinha achado abomináveis o ano de 1937 e a coletivização total. Contudo, só ela sabia também como era grande o seu constrangimento, a sua submissão servil ao poder.

Por isso em casa ele era tão caprichoso, tirânico, habituado a que Mária Ivánovna limpasse suas botas, o abanasse com um lenço nos dias de calor e, nos passeios pela dacha, afastasse os mosquitos de seu rosto com um pequeno galho.

---

[160] Praça em que ficavam o quartel-general e a prisão do serviço secreto soviético.

67

Uma vez, quando estava no último ano da licenciatura, Chtrum disse a um colega de seminário:

— Isso é completamente impossível de ler, é meloso e enfadonho — e jogou no chão um número do *Pravda*.

Mal disse isso e foi tomado pelo medo. Levantou o jornal do chão, sacudiu-o, abriu um sorriso visivelmente infame, e por muitos anos sentiria uma onda de calor ao se lembrar daquele sorriso canino.

Alguns dias depois, exibiu o *Pravda* àquele mesmo camarada e afirmou, entusiasmado:

— Grichka, leia esse editorial, está muito bem escrito.

O camarada pegou o jornal e disse, penalizado:

— Pobre Vítia, tão medroso... Acha que vou te delatar?

Então, ainda estudante, Chtrum jurara a si mesmo que se calaria em vez de expressar ideias perigosas, e que, ao expressá-las, não teria medo. Mas não manteve a palavra. Perdia frequentemente a cautela, estourava, passava do limite, e, ao fazer isso, acontecia-lhe de perder a coragem e apagar a fagulha que ele mesmo tinha acendido.

Em 1938, depois do processo de Bukhárin, disse a Krímov:

— Como quiser, mas eu conheço Bukhárin pessoalmente e falei com ele duas vezes. Era um crânio, tinha um sorriso bom e inteligente, e, no geral, era uma pessoa das mais puras e encantadoras.

Mas logo, confundido pelo olhar soturno de Krímov, murmurou:

— Pensando bem, vai saber, espionagem, agente da Okhranka: toda aquela pureza e encanto na verdade eram baixeza!

Ficou novamente confuso quando Krímov, com o mesmo aspecto soturno, ao ouvi-lo, disse:

— Já que somos parentes, informo ao senhor que, na minha cabeça, Bukhárin com a Okhranka não combinam e não têm nada a ver.

E Chtrum, com uma ira súbita contra si mesmo e contra aquela força que impedia as pessoas de se comportarem como pessoas, gritou:

— Ah, meu Deus, não acredito nesse horror! Esses processos são o pesadelo da minha vida. Por que eles confessam, o que os leva a confessar?

Mas Krímov não prosseguiu a conversa; ele evidentemente já tinha falado demais.

Oh força miraculosa e clara da conversa franca, oh força da verdade! Que preço terrível as pessoas pagavam por algumas palavras corajosas, ditas sem pensar.

Quantas vezes, à noite, deitado na cama, Chtrum se punha a escutar o barulho dos automóveis na rua. Liudmila Nikoláievna ia até a janela de pés descalços e abria a cortina. Observava, esperava e depois, sem fazer ruído, achando que Viktor Pávlovitch estava dormindo, ia para a cama e se deitava. Pela manhã, perguntava:

— Como você dormiu?

— Bem, obrigado. E você?

— Estava um pouco abafado. Fui até o postigo.

— Ah.

Como descrever esse sentimento noturno de inocência e condenação?

"Lembre-se, Vítia, cada palavra acaba chegando lá, e você mata a si mesmo, a mim e às crianças."

Ou essa outra conversa:

"Não posso lhe dizer tudo, mas, pelo amor de Deus, escute: nenhuma palavra a ninguém. Viktor, vivemos em uma época horrenda, não confie em ninguém. Lembre-se, Viktor, nenhuma palavra a ninguém..."

E diante de Viktor surgiam os olhos aflitos e opacos de uma pessoa que ele conhecia desde a infância, e ele sentia medo não de suas palavas, mas daquilo que o velho amigo não dizia, daquilo que Viktor Pávlovitch não se resolvia a perguntar de forma direta: "Você é um agente, você foi intimado?"

Lembrava-se do rosto de seu assistente, na frente do qual tinha feito uma piada sem pensar: Stálin formulara as leis da gravidade universal muito tempo antes de Newton.

— O senhor não disse nada, e eu não escutei nada — disse o jovem físico, alegremente.

Para que, para que essas piadas? Fazer piada, em todo caso, era tão estúpido quanto ficar batendo em um frasco de nitroglicerina.

Ah, a força clara da palavra livre e alegre! Ela se manifesta no fato de ser dita apesar de todo o medo.

Será que Chtrum entendia o caráter trágico das conversas livres que tinha? Todos os participantes dessas conversas odiavam o fascismo alemão e o temiam... Por que então a liberdade só aparecera quando a guerra havia chegado até o Volga, quando todos experimentavam a desgraça dos fracassos militares, que pressagiavam a odiosa escravidão alemã?

Chtrum caminhava calado ao lado de Karímov.

— Uma coisa surpreendente — disse, de súbito — é que, quando você lê romances estrangeiros sobre a intelligentsia, como Hemingway, que eu li, os intelectuais de lá estão sempre bebendo enquanto conversam. Coquetéis, uísque, rum, conhaque, depois coquetel de novo, conhaque de novo, uísque de novo, de todas as marcas. Mas a intelligentsia russa conduz suas conversas importantes diante de um copo de chá. Diante de um célebre copo de chá aguado discutiram os membros da Naródnaia Vólia,[161] os *naródniki*, os sociais-democratas, e Lênin debateu a grande revolução com seus amigos diante de um copo de chá. É verdade que dizem que Stálin prefere conhaque.

Karímov disse:

— Sim, sim, sim. A conversa de hoje também teve chá. O senhor está certo.

— Isso. Esse Madiárov é inteligente! Corajoso! Acho muito fascinantes essas conversas dele, que são incomuns ao ponto da loucura.

Karímov tomou Chtrum pela mão.

— Viktor Pávlovitch, o senhor reparou que Madiárov faz a coisa mais inocente parecer uma lei geral? Isso me incomoda. Em 1937, ele foi preso por alguns meses e libertado. Mas, naquela época, ninguém era libertado. Não libertavam de graça. Entende?

— Entendo, entendo, como não entender — disse Chtrum, lentamente. — Não seria um provocador?

Despediram-se na esquina, e Chtrum se pôs na direção de casa.

"Para o diabo com ele, bobagem, bobagem", pensava, "pelo menos falamos que nem gente, sem medo, e, acima de tudo, a toda força, sem convenções, hipocrisia. Paris vale uma missa..."

Que bom que ainda existia gente como Madiárov, com independência interior de espírito. E as palavras que Karímov lhe havia dito antes da despedida não lhe despertaram o habitual gelo no coração.

Ocorreu-lhe que novamente se esquecera de contar a Sokolov da carta recebida dos Urais.

Caminhava por uma rua escura e vazia.

---

[161] "Vontade do Povo": organização terrorista revolucionária russa do final do século XIX à qual é atribuído o assassinato do tsar Alexandre II, em 1881.

Uma ideia súbita lhe surgiu. E ele imediatamente, sem hesitar, entendeu, sentiu que a ideia estava certa. Vislumbrara uma explicação nova, incrivelmente nova, para aqueles fenômenos nucleares que pareciam não ter explicação. De repente, havia uma ponte por cima do abismo. Que simplicidade, que luz! Aquela ideia era magnificamente bela e boa, e ele tinha a impressão de não tê-la parido, e de que ela simplesmente havia se levantado, ligeira, como uma flor aquática branca surgindo das trevas tranquilas de um lago, e ele exclamava, deleitado com sua beleza...

Acaso estranho, pensou subitamente, ela ter chegado quando ele estava distante de pensamentos sobre a ciência, quando as discussões sobre a vida que o fascinavam eram discussões de homens livres, quando apenas e tão somente a liberdade amarga determinava as suas palavras e as de seus interlocutores.

68

A estepe calmique de estipa parece pobre e melancólica quando a vemos pela primeira vez, passando de carro, cheios de inquietação e alarme, os olhos seguindo distraidamente as colinas que se erguem e desaparecem no horizonte, como que se escondendo vagarosamente por trás dele... Darenski teve a impressão de que era sempre a mesma colina desgastada pelo vento que se movia diante dele, sempre a mesma curva que se desenrolava e corria por baixo dos pneus do automóvel. Os cavaleiros da estepe também pareciam todos o mesmo, idênticos, fossem imberbes e jovens ou de barba grisalha, montados em cavalos de cor negra ou isabel.

O carro passava por povoados e aldeias de *khotons*,[162] ao lado de casinhas com janelas minúsculas, nas quais os gerânios se amontoavam como em um aquário — parecia que, se batêssemos no vidro da janela, o ar vital escoaria para o deserto ao redor, fazendo as plantas secarem e morrer; o carro passava pelas iurtas circulares cobertas de barro, rodava por entre a estipa opaca, por entre a grama das picadas dos camelos, por entre manchas de salinas, por entre a poeira levantada pelas perninhas das ovelhas, por entre fogueiras sem fumaça agitadas pelo vento...

---

[162] Pequeno grupo étnico asiático.

Para o olhar do viajante que vinha rodando de carro desde a cidade fumarenta, tudo aqui se fundia em uma pasmaceira pobre e cinza, em uma uniformidade monótona... *Kurai*,[163] cardos, estipa, chicória, absinto... as colinas espalhavam-se pela planície, aplanadas pelo rolo do tempo. Possui uma característica surpreendente essa estepe calmuca sudeste, que atravessa gradualmente o deserto de areia, estendendo-se a leste de Elistá e Iáchkul até a foz do Volga, até as margens do mar Cáspio... Nessas estepes, o céu e a terra ficaram tanto tempo olhando um para o outro que se tornaram semelhantes, como marido e mulher que passaram a vida juntos. E já não dava para distinguir se a estipa cinza como alumínio e empoeirada havia se coberto com o azul-celeste tedioso e tímido do céu da estepe, ou se o céu refletia o azul-celeste da estepe, e já não havia como diferenciar o céu da terra, ambos fundidos em uma poeira láctea. E quando olhamos para a água pesada e grossa dos lagos Tsatsá e Barmantsak, parece que o sal aflorou à superfície da terra, mas, ao olhar para as placas de sal, parece que aquilo não é terra, mas a água do lago...

Nos dias sem neve de novembro e dezembro, o caminho da estepe calmuca é surpreendente — aquela vegetação seca, cinzenta, esverdeada, aquela poeira que sopra no caminho —, e não entendemos se a estepe ficou calcinada e ressecada por causa do sol ou do frio.

Deve ser por isso que aqui aparecem miragens: foi apagado o limite entre o ar e a terra, a água e as salinas. Sob o impulso que a sede dá ao cérebro do homem, em um arranco do pensamento, esse mundo começa a se transfigurar, e o ar tórrido se torna azulado, feito de pedra, e a terra árida se enche de água tranquila, e jardins de palmeiras surgem no horizonte, e os raios do sol terrível e desolado, misturados a turbilhões de poeira, transformam-se em cúpulas douradas de templos e palácios... No momento de esgotamento, o homem molda sozinho, a partir da terra e do céu, o mundo do seu desejo.

E o carro corre e corre pela estrada, pela estepe entediante.

E inesperadamente esse mundo da estepe deserta revela-se totalmente novo e totalmente outro...

A estepe calmuca! Antiga e nobre criação da natureza, onde não há uma cor berrante, onde não há um traço brusco e agudo no relevo, onde a tristeza comedida dos matizes cinza e azul-celeste rivaliza

---

[163] Nome popular de algumas plantas umbelíferas entre os tártaros e os bachkires.

com a titânica avalanche de cores da floresta russa de outono, onde as linhas suaves e levemente onduladas das colinas fascinam a alma mais profundamente do que as cadeias de montanhas do Cáucaso, onde os lagos rasos, cheios de uma água antiga, escura e calma, parecem expressar a essência da água melhor do que os mares e oceanos...

Tudo passa, contudo esse sol imenso, pesado, de ferro fundido na fumaça da tarde, esse vento amargo, cheio de absinto, isso não se esquece. E, depois, a estepe não se baseia em pobreza, mas em riqueza.

Ei-la na primavera, jovem, cheia de tulipas, um oceano no qual abundam não ondas, mas cores. E a barrilha dos camelos está tingida de verde, e seus pequenos espinhos agudos ainda são ternos e suaves, não conseguiram endurecer...

E nas noites de verão vemos como o arranha-céu das galáxias se ergue por inteiro sobre a estepe: desde os blocos estelares azuis e brancos das fundações até as nebulosas sob o telhado do universo e as leves cúpulas de aglomerados esféricos de estrelas...

A estepe tem uma outra característica constante particularmente notável: no amanhecer, no inverno e no verão, nas noites escuras e chuvosas, ou nas noites claras. Sempre, e acima de tudo, a estepe fala à pessoa da liberdade. A estepe faz a pessoa se lembrar de que a perdeu.

Darenski, saindo do carro, olhou para um cavaleiro que estava em uma colina. De bata cingida por uma corda, ele estava montado em um rocim felpudo, observando a estepe. Era velho, seu rosto parecia duro como pedra.

Darenski chamou o velho e, indo até ele, estendeu a cigarreira. O velho, virando rapidamente o corpo na sela, com uma combinação da mobilidade da juventude e do vagar ponderado da velhice, olhou para a mão que lhe oferecia a cigarreira, depois para o rosto de Darenski, depois para a pistola em seu quadril, suas três insígnias de tenente--coronel, suas botas de janota. Depois, com os dedos finos e marrons, tão pequenos e finos que podiam ser chamados de dedinhos, pegou a *papiróssa* e girou-a no ar.

Com as maçãs do rosto salientes e dureza de pedra, o rosto do velho calmuco mudou completamente, e de suas rugas saltaram dois olhos bons e sábios. E o olhar desses velhos olhos castanhos, ao mesmo tempo crédulos e experimentados, encerrava algo de muito agradável. Darenski ficou feliz e contente sem motivo. O cavalo do velho, que havia levantado as orelhas com hostilidade à aproximação de Darenski, acalmou-se de repente, moveu com curiosidade primeiro uma orelha, depois a outra, e em seguida sorriu para ele com a vasta dentadura e olhos maravilhosos.

— Obrigado — disse o velho com voz fina.

Colocou a mão no ombro de Darenski e disse:

— Eu tinha dois filhos na divisão de cavalaria. Um, o mais velho, morreu — mostrou colocando a mão acima da cabeça do cavalo —, e o segundo, o mais novo — mostrou colocando a mão debaixo da cabeça do cavalo —, é atirador, tem três medalhas. — Depois perguntou: — Você tem pai?

— Minha mãe é viva, mas meu pai morreu.

— Ah, que mau — o velho balançou a cabeça, e Darenski notou que ele não se afligira por cortesia, mas sim do fundo do coração, ao saber que o tenente-coronel russo que lhe havia oferecido *papiróssa* tinha perdido o pai.

Depois o velho soltou um grito repentino, acenou a mão despreocupadamente, e o cavalo se precipitou pela colina com indescritível velocidade e ligeireza.

No que pensava o cavaleiro à rédea solta na estepe: nos filhos, ou que o tenente-coronel que havia ficado junto ao automóvel avariado tinha perdido o pai?

Darenski seguia a corrida desenfreada do velho, e em suas têmporas não pulsava o sangue, mas apenas uma palavra: "liberdade... liberdade... liberdade..."

E foi tomado de inveja pelo velho calmuco.

69

Darenski fora enviado pelo estado-maior do front em uma missão de longa duração no Exército estacionado na extremidade do flanco esquerdo. Deslocamentos até esse Exército não agradavam quem trabalhava no estado-maior: temiam-se a falta de água, de alojamento, o mau abastecimento, as grandes distâncias e as péssimas estradas. O alto-comando não possuía informações precisas sobre a situação das tropas perdidas na areia entre as margens do Cáspio e a estepe calmuca, e a chefia, ao mandar Darenski para essa região, incumbiu-o de diversos encargos.

Tendo percorrido centenas de quilômetros na estepe, Darenski sentiu-se vencido pelo tédio. Aqui ninguém pensava na ofensiva, e a situação das tropas empurradas pelos alemães até o fim do mundo parecia desesperadora...

Teria sido um sonho a recente e incessante tensão no estado-maior, as conjecturas sobre a iminência da ofensiva, o movimento das reservas, os telegramas, as mensagens cifradas, o trabalho ininterrupto do centro de telecomunicações, o ronco das colunas de automóveis e tanques indo para o norte?

Ouvindo as conversas tristes dos artilheiros e dos comandantes das diferentes armas, reunindo e verificando dados sobre a situação do equipamento, inspecionando as divisões e baterias de artilharia, observando a maneira lenta e preguiçosa das pessoas ao se moverem na poeira da estepe, Darenski se sujeitou aos poucos ao tédio monótono daquele lugar. Parecia-lhe que a Rússia havia se arrastado até a estepe dos camelos, até as dunas de areia, e estava deitada naquela terra ruim, sem ter como se erguer, se levantar.

Darenski chegou ao estado-maior do Exército e se dirigiu ao alto-comando.

Na penumbra de um cômodo amplo, um jovem calvo de rosto cheio, usando uma camisa militar sem insígnias, jogava cartas com duas mulheres de uniforme de guerra. O jovem e as mulheres com patente de tenente não interromperam o jogo com a chegada do tenente-coronel, e, fitando-o distraidamente, continuaram falando, obstinadas:

— Não quer o trunfo? Não quer o valete?

Darenski esperou que terminassem de dar as cartas e perguntou:

— São aqui as instalações do comandante do Exército?

Uma das jovens respondeu:

— Ele foi para o flanco direito e só volta à noite. — Examinou Darenski com o olhar experiente de servidora militar e perguntou: — O senhor provavelmente vem do estado-maior do front, camarada tenente-coronel.

— Afirmativo — respondeu Darenski e, piscando de jeito quase imperceptível, perguntou: — Perdão, e o membro do Soviete Militar, posso vê-lo?

— Ele saiu com o comandante, só volta à noite — respondeu a segunda moça, e perguntou: — O senhor não é do estado-maior da artilharia?

— Afirmativo — respondeu Darenski.

A primeira, que respondera sobre o comandante, pareceu a Darenski especialmente interessante, embora fosse bem mais velha do que a outra. Às vezes essas mulheres parecem muito bonitas, mas basta um movimento de cabeça para se tornarem repentinamente murchas, velhas, desinteressantes. Esta aqui era desse gênero, com um belo nariz reto e olhos azuis nada bondosos, que mostravam que ela sabia exatamente o seu valor e o das pessoas.

O rosto dela parecia especialmente jovem — era impossível dar-lhe mais do que 25 anos —, mas bastava ela franzir o cenho e ficar reflexiva que as rugas nos cantos dos lábios e a pele debaixo do queixo se tornavam visíveis — era impossível dar-lhe menos do que 45 anos. Mas as pernas enfiadas nas botas de couro de bezerro feitas sob medida eram ótimas.

Todos esses detalhes, que levam um bom tempo para serem narrados, foram percebidos rapidamente e com clareza pelo olhar experiente de Darenski.

Quanto à segunda mulher, era jovem, mas obesa, corpulenta, e nada nela era bonito se tomado separadamente: nem os cabelos ralos, nem as largas maçãs do rosto, nem a cor incerta dos olhos. Mas ela era jovem e feminina, e tão feminina que mesmo um cego sentado a seu lado não teria como não sentir sua feminilidade.

Darenski notou isso também de imediato, em poucos segundos.

Mais do que isso, nesses segundos ele comparou de maneira igualmente rápida a primeira, que respondera sobre o comandante, com a segunda, que respondera sobre o membro do Soviete Militar, e fez uma escolha sem consequências práticas, como quase sempre fazem os homens ao olhar para mulheres. Darenski, cuja mente se preocupava em saber como encontrar o comandante e obter dele os dados de que precisava, ou onde poderia comer, ou como poderia arranjar o pernoite, ou se a estrada da divisão até o extremo do flanco direito era longa e ruim, mesmo assim conseguiu ao mesmo tempo e a propósito, ou não tão a propósito, pensar: "É essa!"

E deu-se que ele não foi imediatamente até a chefia do estado-maior do Exército para obter as informações de que precisava, pondo-se a jogar *durak*.

Durante o jogo (formou dupla com a mulher de olhos azuis) muitas coisas foram passadas a limpo. Sua parceira se chamava Alla Serguêievna; a segunda, a mais jovem, trabalhava no estado-maior do posto médico; o jovem de rosto cheio sem patente militar se chamava Volódia, parecia ser parente de alguém do alto-comando e trabalhava como cozinheiro no refeitório do Soviete Militar.

Darenski sentiu imediatamente a força de Alla Serguêievna, que ficava evidente na maneira como as pessoas que entravam no cômodo se endereçavam a ela. Estava claro que o comandante do Exército era seu esposo legal, e não seu amante, como inicialmente parecera a Darenski.

Não estava claro para ele por que Volódia a tratava com tanta familiaridade. Mas depois Darenski, com uma iluminação súbita, adivinhou: provavelmente Volódia era irmão da primeira mulher do comandante. Naturalmente não estava claro se essa primeira mulher era viva, e se o comandante estava oficialmente divorciado dela.

A jovem, Klávdia, evidentemente não era a esposa legal do membro do Soviete Militar. Em sua atitude com relação a ela, Alla Serguêievna deixava entrever laivos de desdém e condescendência: "Claro que jogamos *durak* e nos tratamos por você, mas é só por exigência dos interesses da guerra, na qual nós duas tomamos parte."

Mas Klávdia também tinha um certo sentimento de superioridade com relação a Alla Serguêievna. Para Darenski, era mais ou menos assim: tudo bem, eu não sou casada, sou só uma companheira de guerra, mas sou fiel ao meu membro do Soviete Militar, enquanto você pode ser a esposa legal, mas sabemos de umas coisas a seu respeito. Venha, experimente me chamar de concubina...

Volódia não escondia que gostava muito de Klávdia. Sua atitude com relação a ela exprimia o seguinte: meu amor é sem esperança, como eu, cozinheiro, posso competir com um membro do Soviete Militar... Mas, mesmo sendo cozinheiro, eu a amo com um amor puro, como você está sentindo por si só; basta-me olhar nos seus olhos, e o fato de o membro do Soviete Militar amá-la não faz diferença para mim.

Darenski jogava mal, e Alla Serguêievna o tomou sob sua tutela. Ela gostou do esbelto tenente-coronel: ele dizia "obrigado", balbuciava "perdão" quando suas mãos se tocavam no momento da distribuição das cartas, olhava com tristeza para Volódia quando este assoava o nariz com os dedos e depois os limpava na toalha, ria com polidez das piadas dos outros e fazia piadas excelentes.

Ouvindo uma das brincadeiras de Darenski, ela disse:

— Que sutil, na hora não entendi. A vida na estepe me emburreceu.

Disse isso a meia-voz, como que lhe dando a entender e, na verdade, sentir que eles podiam entabular sua própria conversa, na qual só eles dois tomariam parte, uma conversa que faz o peito gelar, aquela conversa especial que é a única que importa entre um homem e uma mulher.

Darenski seguiu cometendo erros, ela os corrigiu, e nessa hora surgiu entre eles um outro jogo, no qual Darenski não errava, pois era um jogo que conhecia bem... Nada contudo havia sido dito entre eles, a não ser: "Não segure as cartas baixas de espadas", "Descarte, descarte, não tenha medo, não tenha pena do trunfo..." Ela já tinha conhecido e avaliado tudo de atraente que havia nele: a doçura, a força, a discrição, a ousadia, a timidez... Alla Serguêievna percebera isso tudo porque observara esses traços em Darenski, e também porque ele soubera mostrá-los a ela. E ela soubera mostrar a ele que entendera o seu olhar, o sorriso que era endereçado a ela, ao movimento das mãos, ao encolher dos ombros, a seu peito sob a elegante camisa militar de gabardina, às suas pernas, às suas unhas bem-polidas. Ele sentia que a voz dela passava um pouco do ponto, prolongava-se com afetação, e os sorrisos duravam mais do que de hábito, para que ele pudesse apreciar sua voz agradável, a brancura de seus dentes e as covinhas de suas faces...

Darenski ficou subitamente emocionado e abalado ao se dar conta desse sentimento. Ele jamais se habituara a ele, e cada vez parecia ser a primeira. Sua grande experiência com relação às mulheres não se transformou em hábito; a experiência era uma coisa, a animação e a alegria eram outra. Exatamente nisso se revelavam os verdadeiros amantes das mulheres.

De algum modo resultou que naquela noite ele teria que ficar no ponto de comando do Exército.

Pela manhã, foi até o chefe do estado-maior, um coronel silencioso que não lhe fez uma pergunta sequer sobre Stalingrado, as novidades do front, a situação a nordeste de Stalingrado. Depois da conversa, Darenski compreendeu que o coronel do estado-maior poderia satisfazer pouco de sua curiosidade de inspeção, pediu-lhe que colocasse um visto em seus papéis e saiu para as tropas.

Sentou-se no carro com um estranho vazio e leveza nos braços e nas pernas, sem uma única ideia, sem desejo, combinando em si saturação total e total devastação... Tudo ao redor parecia insípido, vazio: o céu, a estipa e as colinas da estepe, que até ontem tanto o agradavam. Não queria brincar e conversar com o motorista. Os pensamentos nos próximos, mesmo o pensamento na mãe, que Darenski amava e reverenciava, eram tediosos e frios... As reflexões sobre os combates no deserto, nas bordas da terra russa, não o emocionavam, eram flácidas.

Darenski cuspia de quando em vez, balançava a cabeça e com uma surpresa obtusa resmungava: "Mas que mulher..."

Nesse instante agitavam-se em sua cabeça ideias de arrependimento; aquele tipo de paixão não levava a nada de bom, lembrava-se de palavras que tinha lido em Kuprin, ou em algum romance traduzido, de que o amor é como o carvão — quando está incandescente, ele queima, e, quando esfria, suja... Tinha até vontade de chorar, ou não propriamente chorar, de se lamuriar, de se queixar a alguém, pois não seguia sua própria vontade, o destino é que havia conduzido o pobre tenente-coronel àquele tipo de relação com o amor... Depois caiu no sono e, ao despertar, pensou de repente: "Se não me matarem, visito sem falta Allotchka no caminho de volta."

70

O major Ierchov, voltando do trabalho, parou na tarimba de Mostovskói e disse:

— Um americano ouviu no rádio: nossa resistência em Stalingrado está arruinando os cálculos dos alemães.

Franziu a testa e acrescentou:

— Há ainda uma informação de Moscou sobre a liquidação do Comintern, ou algo do gênero.

— O que está dizendo, está doido? — perguntou Mostovskói, fitando os olhos inteligentes de Ierchov, que pareciam a água fria e turva da primavera.

— Talvez o americano tenha se confundido — disse Ierchov, e se pôs a coçar o peito. — Talvez seja o contrário, e o Comintern esteja sendo ampliado.

Em sua vida, Mostovskói conhecera pessoas que eram como membranas que exprimiam os ideais, tristezas, pensamentos de toda a sociedade. Parecia que nenhum acontecimento sério da Rússia passava batido por essas pessoas. Ierchov era assim, exprimia os pensamentos e ideais da comunidade do campo. Mas o boato da liquidação do Comintern não tinha o menor interesse para o senhor do campo.

O comissário de brigada Óssipov, dirigente de educação política de uma grande unidade militar, também era indiferente a essa notícia.

— O general Gudz me disse: foi com a sua educação internacional, camarada comissário, que a nossa debandada começou. O povo devia ter sido educado em espírito patriótico, em espírito russo — disse Óssipov.

— O que quer dizer com isso? Por Deus, pelo tsar e pela pátria? — riu-se Mostovskói.

— É tudo bobagem — disse Óssipov, bocejando nervosamente. — A questão não é a ortodoxia, a questão é que os alemães estão nos esfolando vivos, camarada Mostovskói, nosso querido pai.

O soldado espanhol a quem os russos chamavam Andriuchka e que dormia nas tarimbas do terceiro andar tinha escrito "Stalingrad" em uma tabuleta de madeira e olhava de noite para a inscrição, mas de manhã virava a placa para que os *Kapos* que andavam à espreita pelas barracas não vissem a célebre palavra.

O major Kiríllov disse a Mostovskói:

— Quando não me mandavam para o trabalho eu passava dias desabado na tarimba. Mas agora lavei a minha camisa e fico mascando lascas de pinheiro para prevenir o escorbuto.

Os disciplinadores da SS, apelidados "rapazes alegres" (iam para o trabalho sempre cantando), vinham atormentando os russos com crueldade ainda maior.

Fios invisíveis ligavam os habitantes das barracas do campo à cidade do Volga. Mas o Comintern era indiferente a todos.

Nessa época, o emigrado Tchernetzov abordou Mostovskói pela primeira vez.

Cobrindo com a mão a órbita vazia, ele se pôs a falar da transmissão de rádio ouvida pelo americano.

Tão grande era sua necessidade dessa conversa que Mostovskói ficou alegre.

— No geral essas fontes não são de confiança — disse Mostovskói. — É bobagem, bobagem.

Tchernetzov ergueu a sobrancelha, o que não era algo bom de ver: uma sobrancelha perplexa e neurastênica erguida por cima de uma órbita vazia.

— Mas por quê? — perguntou o menchevique caolho. — O que isso tem de inverossímil? Os senhores bolcheviques inventaram a Terceira Internacional, e os senhores bolcheviques inventaram também a teoria do assim chamado socialismo em um só país. Essa combinação é um contrassenso. É gelo assado... Gueórgui Valentínovitch[164] escreveu em um de seus últimos artigos: "O socialismo pode existir como um sistema mundial, internacional, ou não tem como existir."

— "Assim chamado socialismo"? — perguntou Mikhail Sídorovitch.

— Isso mesmo, "assim chamado". O socialismo soviético.

Tchernetzov riu e notou o sorriso de Mostovskói. Eles riam um para o outro porque reconheciam seu próprio passado nessas palavras raivosas, nesse tom de voz malicioso e irado.

Era como se, rompendo a espessura das décadas, o gume de sua inimizade de juventude voltasse a brilhar, e esse encontro no campo de concentração de Hitler recordasse não apenas o ódio de muitos anos, mas também a juventude.

Esse prisioneiro do campo, hostil e alheio, amava e conhecia tudo o que na juventude fora amado e conhecido por Mostovskói. Ele, e não Óssipov, nem Ierchov, lembrava-se dos relatos do tempo do 1º Congresso, de nomes de pessoas que só tinham interesse para eles dois. Entusiasmavam-se com as relações entre Marx e Bakúnin, e com o que Lênin e Plekhánov haviam dito sobre a linha-dura e os moderados do *Iskrá*.[165] Que caloroso fora o velho e cego Engels com os jovens sociais--democratas russos que tinham ido ao seu encontro, que grosseira fora Lobotchka Akselrod[166] em Zurique!

Evidentemente sentindo o mesmo que Mostovskói, o menche-vique caolho disse com um risinho:

— Os escritores têm descrito com emoção os encontros entre amigos de juventude, mas e o encontro de inimigos de juventude, de dois cães grisalhos e cansados, como o senhor e eu?

Mostovskói notou uma lágrima na face de Tchernetzov. Ambos compreenderam que a morte no campo logo iria nivelar e cobrir de areia tudo o que existira em suas longas vidas: os acertos, os erros, as desavenças.

— Sim — disse Mostovskói. — Aquele com quem você luta a vida inteira torna-se a contragosto um participante da sua vida.

---

[164] Plekhánov (1856-1918), um dos fundadores do marxismo na Rússia.

[165] Em russo, fagulha: jornal dos sociais-democratas russos no exílio, entre 1900 e 1905.

[166] Liubov Isaákovna Akselrod (1868-1946), revolucionária russa.

— Que estranho — disse Tchernetzov — é estar neste covil de lobo. — E acrescentou inesperadamente: — Que palavras esquisitas: trigo, cevada, sol e chuva, casamento de viúva...

— Sim, este campo é terrível — disse Mostovskói, rindo. — Em comparação a ele tudo parece bom, até encontrar um menchevique.

Tchernetzov acenou com tristeza.

— De fato, não deve ser fácil para o senhor.

— O hitlerismo — afirmou Mostovskói. — O hitlerismo! Jamais poderia imaginar um inferno desses!

— Não vejo com que se espanta — disse Tchernetzov —, o terror não é novidade para o senhor.

Desapareceu como que por encanto tudo de triste e bom que havia surgido entre eles. Puseram-se a discutir com rancor implacável.

As calúnias de Tchernetzov eram assustadoras porque não se nutriam apenas de mentiras. As crueldades que acompanharam a construção do socialismo soviético e erros pontuais eram elevados por Tchernetzov a leis gerais. Foi o que disse a Mostovskói:

— Para os senhores, sem dúvida, é muito conveniente a ideia de que em 1937 houve exageros, de que os sucessos da coletivização subiram à cabeça e de que o seu querido e amado líder é um pouco cruel e sedento de poder. Mas a essência está no oposto: a desumanidade monstruosa de Stálin é que fez dele o sucessor de Lênin. Como os senhores gostam de escrever, Stálin é o Lênin de hoje. Vocês acham que a miséria da aldeia e a falta de direito do trabalhador são temporárias, são dores de crescimento. O trigo que os senhores, os verdadeiros cúlaques, monopolistas, compram do mujique por cinco copeques o quilo e vendem a ele por um rublo o quilo, essa sim é a base da sua construção.

— Até o senhor, menchevique e emigrado, diz que Stálin é o Lênin de hoje — disse Mostovskói. — Nós somos os herdeiros de todas as gerações de revolucionários russos, de Pugatchov e Rázin. Stálin é o herdeiro de Rázin, Dobroliúbov e Herzen, não os renegados mencheviques que fugiram do país.

— Pois sim, herdeiros! — disse Tchernetzov. — Sabe o que significaram para a Rússia as eleições livres para a Assembleia Constituinte? No país da escravidão milenar! Em mil anos, a Rússia não foi livre por mais do que seis meses. Seu Lênin não herdou, matou a liberdade russa. Quando penso nos processos de 1937, recordo uma herança bem diferente; lembre-se do coronel Sudêikin, chefe da Terceira Seção, que junto com Degáev queria encenar conspirações, atemorizar o tsar e, desta forma, tomar o poder. E o senhor acha que Stálin é herdeiro de Herzen?

— O que há com o senhor, virou idiota de verdade? — perguntou Mostovskói. — Está falando sério de Sudêikin? E a imensa revolução social, a expropriação dos expropriadores, as fábricas e empresas que foram tomadas dos capitalistas, a terra que foi tirada dos latifundiários? Não viu isso? Isso é herança de quem? De Sudêikin? E a educação para todos, a indústria pesada? E a irrupção do quarto estado, operários e camponeses, em todos os campos da atividade humana? O que é isso? Herança de Sudêikin? O senhor me causa pena.

— Eu sei, eu sei — disse Tchernetzov —, não se pode discutir com os fatos. Mas se pode explicá-los. Os seus marechais, escritores, doutores da ciência, artistas e comissários do povo não servem o proletariado. Servem o Estado. Mesmo aqueles que trabalham no campo e nas oficinas os senhores não se decidiram a chamar de patrões. Que patrões eles são?

Inclinou-se repentinamente na direção de Mostovskói e disse:

— A propósito, de todos os senhores eu só respeito Stálin. Ele é homem de verdade, os senhores são uns maricas. Stálin é que sabe: terror férreo, campos de prisioneiros, processos medievais de caça às bruxas, essa é a base do socialismo em um só país.

Mikhail Sídorovitch disse a Tchernetzov:

— Meu caro, já ouvimos toda essa torpeza. Mas devo lhe dizer com sinceridade que o senhor profere essas coisas de maneira especialmente vil. Para ser tão asqueroso e fazer tamanha sujeira só mesmo alguém que morou em nossa casa desde criança e depois foi expulso. Sabe o que é esse homem expulso? Um lacaio!

Olhou fixamente para Tchernetzov e disse:

— Sinceramente, antes de tudo eu queria recordar o que nos unia em 1898, e não o que nos separou em 1903.

— Uma conversinha sobre aquele tempo em que o lacaio ainda não tinha sido expulso de casa?

Mas Mikhail Sídorovitch ficou zangado de verdade:

— Sim, sim, isso mesmo! Lacaio expulso e fugido! De luvas finas. E não escondemos que não temos luvas. Temos as mãos sujas de sangue. É fato! Chegamos ao movimento operário sem as luvas de Plekhánov. O que as luvas de lacaio deram aos senhores? As trinta moedas de Judas pelos artigos no seu *Mensageiro Socialista*? Aqui no campo, os ingleses, franceses, polacos, noruegueses e holandeses confiam é em nós! Na força do Exército Vermelho! É o exército da liberdade!

— Ah, é? — interrompeu Tchernetzov. — E foi sempre assim? E a tomada da Polônia em acordo com Hitler, em 1939? E os seus tanques esmagando a Letônia, Estônia e Lituânia? E a invasão da Finlândia? O seu exército e Stálin tiraram dos povos pequenos tudo o que lhes tinha sido dado pela revolução. E o esmagamento dos levantes camponeses na Ásia Central? E a repressão de Kronstadt? Tudo isso foi feito pela liberdade e pela democracia? É mesmo?

Mostovskói ergueu as mãos até o rosto de Tchernetzov e disse:

— Olha aqui, sem as luvas de lacaio!

Tchernetzov acenou para ele:

— Lembra-se do coronel Strélnikov, da gendarmaria? Também trabalhava sem luvas: escrevia confissões falsas dos revolucionários que espancava quase até a morte. Para que os senhores precisaram de 1937? Para se preparar para a luta contra Hitler? Quem lhes ensinou isso, Marx ou Strélnikov?

— Suas palavras fétidas não me surpreendem — disse Mostovskói —, o senhor não diz outra coisa. Sabe o que me surpreende de verdade? Por que os hitleristas o mantêm aqui, no campo? Por quê? Eles nos odeiam mortalmente. Isso é claro. Mas por que Hitler retém o senhor e os seus semelhantes no campo?

Tchernetzov sorriu, e seu rosto tornou-se o mesmo do início da conversa.

— Pois é, veja só, estão nos retendo aqui — disse. — Não me deixam ir. O senhor talvez pudesse intervir, quem sabe assim eles me soltam?

Mas Mostovskói não estava para brincadeiras.

— Com o seu ódio por nós, o senhor não deveria estar em um campo hitlerista. Não só o senhor, como também aquele sujeito — e apontou para Ikónnikov-Morj, que vinha na direção deles.

O rosto e as mãos de Ikónnikov estavam sujos de terra. Ele empurrou para Mostosvkói vários papéis escritos à mão e imundos e disse:

— Leia isto, talvez amanhã seja a minha vez de morrer.

Mostovskói, escondendo as folhas debaixo do colchão, disse, irritado:

— Vou ler, mas por que o senhor está se preparando para deixar este mundo?

— Sabe o que ouvi? As escavações que fizemos são destinadas a câmaras de gás. Hoje já começaram a colocar concreto nos alicerces.

— Já corria um boato a esse respeito — disse Tchernetzov — quando estávamos alargando a via dos trens.

Olhou ao redor, e Mostovskói imaginou que Tchernetzov deveria estar estudando se aqueles que chegavam do trabalho haviam reparado que ele e o velho bolchevique falavam de igual para igual. Provavelmente se orgulhava disso perante os italianos, noruegueses, espanhóis, ingleses. Provavelmente se orgulhava disso mais ainda perante os prisioneiros russos de guerra.

— E nós vamos continuar a trabalhar? A tomar parte nos preparativos do horror?

Tchernetzov deu de ombros:

— O que o senhor está pensando, que estamos na Inglaterra? Oito mil se recusam a trabalhar, e em uma hora estão todos mortos.

— Não, não posso — disse Ikónnikov-Morj. — Não vou, não vou.

— Recuse-se a trabalhar e acabam com o senhor em dois minutos — disse Mostovskói.

— Sim — disse Tchernetzov —, pode acreditar nessas palavras, o camarada sabe o que significa entrar em greve em um país que não é democrático.

Ficara transtornado com a discussão com Mostovskói. Aqui, no campo hitlerista, as palavras que tantas vezes proferira em seu apartamento parisiense soavam falsas e absurdas a seus próprios ouvidos.

Entreouvindo as conversas dos prisioneiros, captava frequentemente a palavra "Stalingrado", à qual, quisesse ou não, estavam ligados o destino e o mundo.

Um jovem inglês mostrou-lhe o sinal da vitória e disse:

— Rezo por vocês: Stalingrado segurou a avalanche — e Tchernetzov sentiu uma emoção alegre ao ouvir essa palavra.

Disse a Mostovskói:

— Sabe, Heine disse que só um tolo mostra sua fraqueza ao inimigo. Mas é óbvio que eu sou um tolo, o senhor está certo, está claro para mim o grande significado da luta que é levada a cabo pelo seu exército. É amargo para um socialista russo entender isso e, ao entender, alegrar-se, orgulhar-se, sofrer, e odiá-los.

Ele olhou para Mostovskói, e o velho bolchevique teve a impressão de que também o segundo olho de Tchernetzov, o que era são, vertia sangue.

— Mas será que nem aqui, sentindo na pele, o senhor se dá conta de que o homem não pode viver sem democracia e liberdade? Lá em casa o senhor tinha se esquecido disso?

Mostovskói franziu a testa:

— Ouça, chega de histeria.

Ele olhou ao redor, e Tchernetzov pensou que Mostovskói se inquietava em saber se aqueles que chegavam do trabalho haviam reparado em como o menchevique emigrado estava a falar de igual para igual com ele. Ele provavelmente se envergonhava disso perante os estrangeiros. Mas se envergonhava mais ainda perante os prisioneiros russos de guerra.

A órbita cega e ensanguentada fitava Mostovskói no rosto.

Ikónnikov puxou o pé descalço do sacerdote sentado no segundo andar e começou a indagar em uma mescla de francês, alemão e italiano: *Que dois-je faire, mio padre? Nous travaillons dans una Vernichtungslager.*[167]

Os olhos antracíferos de Gardi fitavam as pessoas nos olhos.

— *Tout le monde travaille là-bas. Et moi je travaille là-bas. Nous sommes des esclaves* — disse lentamente. — *Dieu nous pardonnera.*[168]

— *C'est son métier*[169] — acrescentou Mostovskói.

— *Mais ce n'est pas votre métier*[170] — afirmou Gardi em tom de censura.

Ikónnikov-Morj pôs-se a falar rapidamente:

— Pois bem, Mikhail Sídorovitch, o seu ponto de vista também é esse, mas eu não quero a remissão dos pecados. Não diga: culpados são os que o obrigam, você é um escravo, você não tem culpa, pois não é livre. Eu sou livre! Estou construindo um *Vernichtungslager*, respondo pelas pessoas que vão respirar o gás. Eu posso dizer "não"! Que força pode me proibir se eu encontrar em mim a força para não temer a aniquilação? Eu digo "não"! *Je dirai non, mio padre, je dirai non!*[171]

A mão de Gardi roçou a cabeça grisalha de Ikónnikov.

— *Donnez-moi votre main*[172] — disse.

---

[167] Que devo fazer, meu pai? Nós trabalhamos em um campo de extermínio.

[168] Todo mundo trabalha. Eu também trabalho. Nós somos escravos. Deus nos perdoará.

[169] É a profissão dele.

[170] Mas não é a sua profissão.

[171] Eu direi não, meu pai, eu direi não!

[172] Dê-me a sua mão.

— Ah, agora vem o sermão do pastor à ovelha tresmalhada por orgulho — disse Tchernetzov, e Mostovskói a contragosto fez um gesto de assentimento com suas palavras.

Mas Gardi não passou sermão em Ikónnikov; ergueu a mão suja de Ikónnikov até os lábios e beijou-a.

71

No dia seguinte, Tchernetzov entabulou conversa com um de seus poucos conhecidos soviéticos, o soldado do Exército Vermelho Pavliukov, que trabalhava de enfermeiro no *Revier*.

Pavliukov queixava-se a Tchernetzov de que logo seria expulso da enfermaria e forçado a tomar parte nas escavações.

— Tudo isso foi armado pelos membros do Partido — dizia —, eles não suportam que eu tenha conseguido um bom lugar: subornei quem precisava. Eles estão na varrição, na cozinha, no *Waschraum*,[173] conseguiram tudo. Meu velho, o senhor se lembra de como era em tempo de paz? O *raikom* era deles. O *mestkom* era deles. Não é verdade? E aqui também dominam tudo, os que trabalham na cozinha dão para os outros as melhores porções. Eles cuidam de um velho bolchevique como se estivessem na enfermaria, mas se o senhor se perder vai ser tratado como um cão, e nenhum deles vai nem olhar para o seu lado. Isso por acaso é justo? Porque nós também tivemos que dar duro pelo poder soviético.

Tchernetzov, perturbado, disse que há vinte anos não vivia na Rússia. Já notara que as palavras "emigrado" e "exterior" faziam-no ser repelido pelos soviéticos. Mas Pavliukov não se inquietou com as palavras de Tchernetzov.

Sentaram-se em uma pilha de tábuas, e Pavliukov, de nariz e testa grandes, um autêntico filho do povo, como parecia a Tchernetzov, olhando na direção da sentinela que caminhava pela torre de concreto, disse:

— Não tenho para onde ir, só para as tropas de voluntários. É isso ou a morte.

— Faria isso para salvar a vida? — indagou Tchernetzov.

— Não sou cúlaque de jeito nenhum — disse Pavliukov —, não fui mandado para cortar lenha, mas não suporto os comunistas.

---

[173] Lavatório.

Com eles não há liberdade. Isso não é seu, não se case com essa aí, esse trabalho não é para você. A pessoa acaba virando um papagaio. Desde criança eu queria abrir minha própria loja. E um botequim bem do lado: você compra o que precisa, e esteja servido; se quiser, toma um copo, come um assado, bebe uma cervejinha. E sabe quanto eu ia cobrar? Barato! E seja servido! Batata cozida! Toucinho com alho! Chucrute! E sabe que petiscos eu ofereceria? Ossos com tutano! Fervendo na panela, esteja servido, beba sua vodca e terá direito aos ossinhos, pão preto e, é claro, sal. E poltronas de couro por toda parte, para não ter piolho. Você senta, descansa e é servido. Se eu dissesse uma coisa dessas, ia parar na Sibéria na hora. E penso: que grande mal ao povo existe num negócio desses? Meus preços seriam duas vezes mais baixos que os do Estado.

Pavliukov inclinou-se para o ouvinte:

— Na nossa barraca, quarenta rapazes se inscreveram na tropa de voluntários.

— Com que motivação?

— Pela sopa, pelo capote militar, para não trabalhar até arrebentar o crânio.

— E o que mais?

— Alguns por razões ideológicas.

— Quais?

— Ah, vários. Alguns pelos que foram mortos nos campos. Outros se incomodam com a miséria das aldeias. Não suportam o comunismo.

Tchernetzov disse:

— Isso é infame!

O soviético olhou para o emigrado com curiosidade, e este reparou na curiosidade zombeteira e perplexa do outro.

— É desonesto, baixo, vil — disse Tchernetzov. — Não é hora de acerto de contas, nem de acertá-las desse jeito. É uma vileza contra si mesmo e contra a sua terra.

Levantou-se da tábua e passou a mão pelo traseiro.

— Não posso ser acusado de amor pelos bolcheviques. É verdade, não é a hora do acerto de contas. Não vá até Vlássov. — Titubeou de súbito e acrescentou: — Ouça, camarada, não vá. — E por ter pronunciado, como nos velhos tempos de juventude, a palavra "camarada", ele já não conseguia esconder a emoção, e não a escondeu, balbuciando: — Meu Deus, meu Deus, como eu pude...

O trem deixou a plataforma. O ar estava enevoado pela poeira, pelo cheiro dos lilases e dos depósitos de lixo da cidade na primavera, pela fumaça das locomotivas, pela fumarada da cozinha do restaurante que ficava perto da estação ferroviária.

A lanterna ia desaparecendo, se asfastando, para depois parecer imóvel em meio a outras luzes verdes e vermelhas.

O estudante se deteve na plataforma e atravessou a cancela lateral. A mulher, ao se despedir, enlaçara-lhe o pescoço com os braços e beijara-lhe a testa, o pescoço, desorientada, como ele, pela súbita força do sentimento... Saiu da estação com a felicidade a lhe crescer, a cabeça a rodar, com a impressão de que era o ponto de partida de algo que preencheria toda a sua vida...

Lembrou-se daquela noite quando deixou a Rússia, a caminho de Slavuta. Lembrou-se dela no hospital parisiense em que ficou após extrair um olho que sofria de glaucoma, e mais uma vez ao entrar no umbral fresco e sombrio do banco em que trabalhava.

Escreveu sobre isso o poeta Khodássevitch,[174] que, como ele, tinha deixado a Rússia por Paris:

> O viajante caminha apoiado no báculo
> Por algum motivo ele me lembrou você
> Uma carruagem de rodas vermelhas
> Por algum motivo ela me lembrou você
> À noite acenderam uma lâmpada no corredor
> Por algum motivo ela me lembrou você
> Tudo que acontece em terra e mar
> Ou no céu me faz lembrar de você

Queria ir de novo até Mostovskói e perguntar: "O senhor não teria conhecido uma certa Natacha Zadonskaia? Será que ela está viva? Teria o senhor pisado a mesma terra que ela por todas essas décadas?"

72

Na chamada noturna, o *Stubenältester*, um arrombador de Hamburgo chamado Keise, de polainas amarelas e um casaco xadrez cor de creme

---

[174] Vladislav Felitziánovitch Khodassévitch (1886-1939), poeta e crítico.

com bolsos externos, estava de bom humor. Num russo estropiado, cantava baixinho: *"Kali zavtra voina, esli zavtra v pochod..."*[175]

Seu rosto amassado, cor de açafrão, com olhos castanhos de plástico, exprimia placidez naquela noite. A mão roliça, branca como a neve, sem nem um pelo sequer, com dedos capazes de estrangular um cavalo, dava tapinhas nos ombros e nas costas dos detentos. Para ele, matar era tão simples quanto passar uma rasteira de brincadeira. Depois do assassinato ele ficava excitado por algum tempo, como um gatinho que brincara com um besouro.

Matava quase sempre por encargo do Sturmführer[176] Drottenhaar, que dirigia a seção de enfermaria do quarteirão oeste.

O mais difícil nesse negócio era arrastar os corpos dos assassinados até a cremação, mas Keise não fazia isso, e ninguém ousava lhe propor essa tarefa. Drottenhaar era experiente e não deixava que as pessoas enfraquecessem a ponto de terem que ser arrastadas de maca até o lugar da execução.

Keise não apressava os que estavam destinados à operação, não lhes fazia repreensões duras, nem jamais empurrou ou bateu em algum deles. Mais de quatrocentas vezes Keise galgou os dois degraus de concreto da cela especial, experimentando sempre um interesse vivo nas pessoas que sofreriam a operação: o olhar de terror e impaciência, a submissão, o suplício, o acanhamento e a curiosidade triste com que o condenado recebia aquele que o tinha vindo matar.

Keise não conseguia entender por que gostava tanto do caráter rotineiro com que se desincumbia daquela tarefa. A cela especial tinha um aspecto tedioso: um banco, o chão de pedra cinzenta, um tubo de escoamento, uma torneira, uma mangueira, uma escrivaninha com um livro de registro.

A operação tinha sido reduzida à mais completa rotina, e sempre falavam dela gracejando. Se a operação era realizada com ajuda de uma pistola, Keise a chamava de "meter um grão de café na cabeça"; se era executada com o auxílio de uma injeção de fenol, Keise a chamava de "pequena porção de elixir".

Keise tinha a impressão de que o segredo da vida humana se revelava de maneira assombrosa e simples, no grão de café e no elixir.

Seus olhos castanhos, moldados em plástico, pareciam não pertencer a um ser vivo. Eram de uma resina castanho-amarelada en-

---

[175] "Se amanhã tiver guerra, se amanhã estiver em marcha."
[176] Patente paramilitar do Partido Nazista, equivalente a subtenente do Exército.

durecida. E quando nos olhos de concreto de Keise aparecia uma expressão de alegria, as pessoas eram tomadas pelo medo, assim como provavelmente seria tomado pelo medo um peixe que desse em cheio num tronco coberto de areia e de repente descobrisse que a massa escura e escorregadia tinha olhos, dentes, tentáculos.

Aqui, no campo, Keise experimentava um sentimento de superioridade com relação aos artistas, revolucionários, eruditos, generais, pregadores religiosos que viviam nas barracas. E a questão não era o grão de café ou a porção de elixir. Era um sentimento de superioridade natural, que lhe trazia muita alegria.

Ele não se alegrava com sua colossal força física, com sua capacidade de passar por cima de tudo, de derrubar com um chute, de arrombar um cofre de aço. Admirava-se por seu espírito e inteligência, era enigmático e robusto. Sua cólera e simpatia não eram despertadas de maneira comum, e pareciam não ter lógica. Quando, na primavera, o transporte trouxe à barraca comum prisioneiros de guerra, Keise pediu-lhes que cantassem suas canções favoritas.

Quatro deles, com olhar sepulcral e as mãos inchadas de homens russos, entoaram:

Onde está você, minha Sulikó?[177]

Keise, caindo em tristeza, ouviu, fitando um homem com maçãs do rosto salientes que tinha ficado de lado. Em respeito aos artistas, não interrompeu o canto, mas, quando os cantores se calaram, disse ao homem das maçãs salientes que aquele que não havia cantado no coro teria agora de cantar solo. Olhando para o colarinho sujo da camisa militar desse homem com as marcas das insígnias arrancadas, Keise indagou:

— *Verstehen Sie, Herr Major?*[178] Entende, seu porco?

O homem anuiu: entendia.

Keise agarrou-o pelo colarinho e sacudiu-o de leve, como se sacode um despertador que não está funcionando. O prisioneiro de guerra trazido pelo transporte deu um murro na cara de Keise e praguejou.

---

[177] Canção popular georgiana, uma das favoritas de Stálin, com música de Varenka Tsereteli e letra de Akáki Tsereteli.
[178] Entende, senhor major?

Parecia que era o fim do russo. Mas o Gauleiter[179] da barraca comum não matou o major Ierchov; em vez disso, conduziu-o até uma tarimba, no canto junto à janela. Ela estava vazia, aguardando alguém de que Keise gostasse. No mesmo dia, Keise levou a Ierchov um ovo de ganso cozido, e o ofereceu entre risos: *"Ihr Stimme wird schön!"*[180]

Desde então, Keise simpatizava com Ierchov. Na barraca, Ierchov era tratado com respeito; sua crueldade inflexível era acompanhada de um caráter suave e alegre.

Depois do incidente com Keise, um dos cantores de "Sulikó", o comissário de brigada Óssipov, ficou bravo com Ierchov.

— Uma pessoa difícil — disse.

Pouco depois desse acontecimento, Mostovskói batizou Ierchov de guru.

Além de Óssipov, antipatizava com Ierchov o prisioneiro de guerra sempre isolado e sempre calado Kôtikov, que sabia de tudo sobre todos. Kôtikov era um tanto descolorido: descolorido na voz, nos olhos, nos lábios. Mas a tal ponto que essa falta de cor ficava na memória, parecia vívida.

Naquela noite, a alegria de Keise com a chamada suscitou nas pessoas a mais elevada tensão e medo. Os habitantes das barracas sempre esperavam algo de ruim, e o medo, os pressentimentos, a angústia, ora mais fortes, ora mais fracos, estavam sempre presentes.

Antes do fim da inspeção noturna entraram oito policiais do campo na barraca: os *Kapos*, com boinas ridículas, de palhaço, e braçadeiras amarelo-vivo na manga. Em seus rostos ficava patente que não era no caldeirão comum do campo que enchiam suas marmitas.

Eram comandados por um loiro belo e alto, envergando um capote militar cor de aço com divisas arrancadas. Debaixo do capote viam-se radiantes botas envernizadas, que brilhavam como diamante.

Era o chefe da polícia do campo, König, um membro da SS que perdera a patente devido a crimes comuns e estava detido no campo.

— *Mütze ab!*[181] — gritou König.

---

[179] Líder regional.
[180] Isto vai melhorar sua voz.
[181] Tirem os barretes.

A busca começou. Com gestos maquinais de operários na linha de montagem, os *Kapos* batiam nas mesas, revelando os vazios que haviam sido escavados, sacudiam os farrapos, com os dedos treinados e rápidos verificavam as costuras das roupas e examinavam as marmitas.

Às vezes, por brincadeira, davam com o joelho no traseiro de alguém, dizendo: "Saúde."

De quando em vez um *Kapo* se dirigia a König levando o que havia achado: um bilhete, um bloco de notas, uma lâmina de barbear cega. Com um abano das luvas, König dava a entender se determinado objeto era interessante ou não.

Durante a busca, os detentos puseram-se de pé, perfilados.

Mostovskói e Ierchov ficaram lado a lado, observando König e Keise. As figuras dos dois alemães pareciam fundidas.

Mostovskói cambaleou, a cabeça começou a rodar. Apontando com o dedo na direção de Keise, disse a Ierchov:

— Ah, que sujeito!

— Um ariano clássico — disse Ierchov. Não querendo ser ouvido por Tchernetzov, que estava perto, disse no ouvido de Mostovskói:

— Mas os nossos rapazes também não ficam atrás.

Participando de uma conversa que não tinha ouvido, Tchernetzov disse:

— É um direito sagrado de todo povo ter seus heróis, santos e patifes.

Mostovskói, dirigindo-se a Ierchov, mas respondendo não só a ele, disse:

— Claro que também temos nossos canalhas, mas o assassino alemão tem algo ímpar, que só um alemão pode ter.

A busca terminou. Foi dado o toque de recolher. Os detentos começaram a subir nas tarimbas.

Mostovskói se deitou, esticando as pernas. Ocorreu-lhe que não verificara se todas as suas coisas continuavam no lugar depois da busca. Gemendo, levantou-se e se pôs a remexer os trastes.

Teve a impressão de que haviam desaparecido o cachecol e os panos para os pés. Encontrou o cachecol e os panos, mas a angústia permaneceu.

Logo Ierchov veio até ele e disse:

— O *Kapo* Nedzelski anda dizendo que o nosso bloco vai ser dividido; uma parte fica para lavagem cerebral, e a maioria vai para os campos gerais.

— E eu quero lá saber disso? — disse Mostovskói.

Ierchov sentou-se na tarimba e falou, baixo e claro:

— Mikhail Sídorovitch!

Mostosvkói apoiou-se no cotovelo e fitou-o.

— Mikhail Sídorovitch, pensei em uma coisa grande, e vou falar dela para o senhor. Se vamos cair, que seja com música!

Ele cochichava, e Mostovskói, ouvindo Ierchov, começou a se emocionar: um vento miraculoso soprava sobre ele.

— O tempo é precioso — disse Ierchov. — Se esses alemães dos diabos tomarem Stalingrado, as pessoas vão ficar arrasadas. Dá para ver isso em gente como Kiríllov.

Ierchov propunha criar uma união militar dos prisioneiros de guerra. Enunciou os pontos do programa de memória, como se estivesse lendo algo escrito.

— ... Implantação de disciplina e unidade de todos os soviéticos do campo, expulsão dos delatores de seu meio, infração de danos ao inimigo, criação de comitês de luta entre os detentos poloneses, franceses, iugoslavos e tchecos...

Olhando por cima da tarimba pela penumbra turva da barraca, disse:

— Há uns rapazes na fábrica militar, eles confiam em mim, vamos reunir algumas armas. Vamos pensar grande. Ligação com dezenas de campos, terror contra os traidores. Objetivo final: um levante geral, uma Europa unida e livre...

Mostovskói repetiu:

— Uma Europa unida e livre... ah, Ierchov, Ierchov.

— Não é papo furado. Nossa conversa é o começo da ação.

— Conte comigo — disse Mostovskói e, balançando a cabeça, repetiu: — Uma Europa livre... No nosso campo há uma seção da Internacional Comunista, com dois membros, sendo que um deles não é do Partido.

— O senhor fala alemão, inglês e francês, e vai fazer milhares de contatos — disse Ierchov. — Para que o Comintern? Prisioneiros de todos os países, uni-vos!

Olhando para Ierchov, Mikhail Sídorovitch proferiu as palavras esquecidas havia tempos:

— A vontade do povo![182] — e ficou espantado por de repente ter se lembrado justamente dessas palavras.

---

[182] Em russo, *Naródnaia Vólia,* organização terrorista russa do século XIX.

Ierchov disse:

— Precisamos conversar com Óssipov e com o coronel Zlatokrilietz. Óssipov é uma grande força! Mas ele não gosta de mim, então o senhor tem que falar com ele. E eu vou falar hoje com o coronel. Formamos um quarteto.

73

O cérebro do major Ierchov trabalhava dia e noite, sob tensão incessante.

Ierchov refletia no plano da organização clandestina que abrangeria todos os campos da Alemanha, na ligação técnica entre as organizações, decorava os nomes dos campos de trabalho e de concentração e das estações ferroviárias. Pensava em inventar um código, e em uma maneira de incluir os organizadores nas listas de transporte com a ajuda dos burocratas dos campos, para que eles se deslocassem de campo em campo.

Sua alma abrigava um sonho! O trabalho de milhares de agitadores clandestinos, dos heroicos sabotadores preparando a tomada dos campos por uma rebelião armada! Os rebeldes teriam que se apoderar da artilharia antiaérea de defesa e convertê-la em armas antitanque e anti-infantaria. Era preciso descobrir os artilheiros e preparar os cálculos para as peças tomadas pelos grupos de assalto.

O major Ierchov conhecia a vida do campo, e via a força do suborno, do medo, da vontade de encher a barriga, e como muitas pessoas trocavam as honradas vestes militares pelos capotes azul-celeste com dragona de Vlássov.

Via o abatimento, a subserviência, a perfídia e a resignação; via o horror diante do horror, via as pessoas empalidecerem diante das aterradoras patentes da *Sicherheitsdienst*.[183]

E, contudo, não havia delírio nos pensamentos do esfarrapado major cativo. Nos tempos sombrios do impetuoso avanço alemão no front oriental ele apoiara seus camaradas com palavras alegres e temerárias, persuadira os famintos a lutar pela vida. Tinha um desprezo desafiador e indestrutível pela coação.

---

[183] Serviço de Segurança, sigla SD: agência de inteligência da SS e do Partido Nazista.

As pessoas sentiam a chama alegre que ardia em Ierchov: era aquele calor elementar, de que todo mundo precisa, que provém dos fornos russos onde arde lenha de bétula.

Devia ser esse calor benéfico, e não apenas a força da inteligência e da coragem, que havia contribuído para que o major Ierchov se tornasse o cabeça dos oficiais militares cativos.

Ierchov compreendera havia tempos que Mikhail Sídorovitch seria a primeira pessoa à qual revelaria suas ideias. Deitava-se na tarimba de olhos abertos, olhava para as tábuas ásperas do teto como se fossem a tampa do seu caixão, com o coração a bater.

Aqui, no campo, como nunca em seus 31 anos de vida, experimentava a real dimensão de sua própria força.

A vida antes da guerra não fora boa. Seu pai, um camponês da província de Vorónej, fora desapropriado como cúlaque em 1930. Na época, Ierchov servia o Exército.

Ierchov não rompeu com o pai. Não foi aceito na Academia, embora tivesse tirado nota máxima no exame de admissão. Conseguiu concluir a escola militar com dificuldade. Foi designado para um *raivoenkomat*. Seu pai, na qualidade de deportado, vivia no norte dos Urais com a família. Ierchov tirou licença e foi até ele. A partir de Sverdlovsk, andou duzentos quilômetros em trem de bitola estreita. Em ambos os lados da estrada arrastavam-se florestas e pântanos, depósitos de madeira, arame farpado dos campos, barracas e abrigos, torres de guarda que pareciam cogumelos venenosos de hastes compridas. O trem parou duas vezes: a guarda buscava um detento que conseguira escapar. À noite o trem se deteve em um desvio, esperando o que vinha em sentido contrário, e Ierchov não conseguiu dormir, escutando o latido dos mastins do NKVD e os apitos das sentinelas; havia um campo grande perto da estação.

Ierchov só chegou à parada final do trem no terceiro dia, e embora houvesse insígnias de tenente em seu colarinho, e os documentos e passes estivessem em ordem, a cada controle ele esperava que lhe dissessem: "Então, coloque tudo no saco" e o levassem para um campo. Até o ar desses lugares parecia ter algo de arame farpado.

Depois andou setenta quilômetros de carona na traseira de um caminhão, em uma estrada que passava por dentro de um pântano. O veículo pertencia ao OGPU, sovcoz onde o pai de Ierchov trabalhava. Estava apinhado de trabalhadores deportados, enviados ao campo para cortar lenha. Ierchov tentou interrogá-los, mas eles respondiam com monossílabos, claramente temendo seu uniforme militar.

No fim da noite, o caminhão chegou a uma aldeiazinha encalacrada entre a orla de um bosque e a beira de um pântano. Ierchov reteve na memória o pôr do sol, tão calmo e dócil entre o pântano dos campos do norte. As isbás ao luar pareciam completamente negras, como se tivessem sido pintadas de azeviche.

Ierchov entrou no abrigo junto com o luar, e ao seu encontro vieram a umidade, o ar abafado, o cheiro de comida pobre, da roupa e da cama miseráveis, uma fumaça quente...

Daquela escuridão emergiu o pai, de rosto magro, olhos maravilhosos, que fulminaram Ierchov com expressão indescritível.

Mãos velhas, magras e rústicas enlaçaram o pescoço do filho, e esse movimento convulsivo das mãos extenuadas e envelhecidas que envolviam o pescoço do jovem oficial exprimia um lamento acanhado e uma dor tão grande, uma súplica por proteção tão confiante que Ierchov só podia responder de um jeito: caindo no choro.

Depois foram para os três túmulos: a mãe falecera no primeiro inverno, Aniuta, a irmã mais velha, no segundo, Marússia no terceiro.

O cemitério, na extremidade do campo, fundia-se com a aldeia, e o mesmo musgo crescia nas paredes das isbás e nas encostas dos abrigos, nas colinas dos túmulos e nos montículos do pântano. Assim ficariam a mãe e as irmãs sob aquele céu: no inverno, quando o frio congela a umidade, e no outono, quando a terra do cemitério fica intumescida com a lama escura do pântano que sobe até ela.

O pai permaneceu calado, ao lado do filho calado, depois ergueu os olhos, fitou o filho e abriu os braços: "Perdoem-me, mortos e vivos, pois não consegui conservar aqueles que amava."

À noite o pai se pôs a contar. Falava com calma, em voz baixa. Aquilo que ele contava só era possível ser dito com calma; não se fazia exprimir por brados ou lágrimas.

Em uma caixa coberta com jornal havia iguarias trazidas pelo filho e meio litro de vodca. O pai falava, e o filho ficava sentado ao lado, escutando.

O pai contava da fome, da morte de conhecidos da aldeia, das velhas que ficaram loucas, de crianças cujos corpos tinham ficado mais leves do que uma balalaica, uma galinha. Contava como os uivos de fome atravessavam a aldeia noite e dia, contava das *khatas* trancadas, com janelas vedadas.

Contava ao filho da viagem de inverno de cinquenta dias num vagão de carga com o teto furado, dos mortos que passaram longos dias no trem ao lado dos vivos. Contou como os deportados andaram a pé, as mulheres levando as crianças no colo. Percorreu esse caminho a pé a mãe doente de Ierchov, arrastando-se com febre, com a razão obscurecida. Contou como foram levados à floresta no inverno, onde não havia nem abrigo, nem cabana, e como começaram ali uma vida nova, acendendo fogueiras, construindo camas de ramos de abeto, derretendo a neve nas caldeiras, como enterraram os mortos...

— Foi tudo vontade de Stálin — disse o pai, e em sua voz não havia ódio nem ofensa, apenas o jeito como as pessoas simples falam de um destino poderoso, que não conhece hesitações.

Ierchov voltou de licença e escreveu um requerimento a Kalínin, pedindo a mais alta e inconcebível clemência: o perdão de um inocente. Pedia que permitissem ao velho que se juntasse ao filho. Sua carta nem havia chegado a Moscou e Ierchov já fora levado ao comando: denunciaram sua viagem aos Urais.

Ierchov foi expulso do Exército. Entrou em uma obra, com a resolução de guardar dinheiro e ir até o pai. Mas logo chegou uma carta dos Urais, uma notificação da morte do pai.

No segundo dia de guerra o tenente da reserva Ierchov foi convocado.

Na batalha de Roslavl, substituiu o comandante morto do regimento, reuniu os fugitivos, atacou o inimigo, retomou a passagem do rio e garantiu a retirada da artilharia pesada das reservas do alto-comando.

Quanto maior era o peso sobre seus ombros, mais fortes eles ficavam. Não conhecia sua própria força. Pelo jeito, a resignação não combinava com a sua natureza. Quanto maior a coação, mais encarniçado e fervoroso era o seu desejo de lutar.

Às vezes se perguntava: por que odiava tanto os adeptos de Vlássov? Os apelos de Vlássov falavam daquilo que seu pai lhe contara. Ele sabia muito bem que era verdade. Mas sabia também que aquela verdade nos lábios dos alemães e de Vlássov era mentira.

Sentia, tinha clareza de que, combatendo os alemães, lutava pela liberdade da vida na Rússia, e que a vitória sobre Hitler seria a vitória sobre aqueles campos nos quais haviam perecido sua mãe, irmãs, pai.

Ierchov experimentava um sentimento bom e amargo: aqui, onde os questionários tinham perdido a razão de ser, ele havia se revelado forte, iam atrás dele. Aqui não queriam dizer nada as altas patentes, as condecorações, a Seção Especial, a Primeira Seção, a direção dos quadros, as comissões de atestado, os telefonemas do *raikom*, a opinião do adjunto da seção política.

Mostovskói lhe disse uma vez:

— Heinrich Heine já reparou nisso há muito tempo: "Todos estamos nus debaixo de nossas vestes"... Mas uns, quando tiram o uniforme, parecem anêmicos, mostrando um corpo miserável, enquanto outros ficam feios em trajes apertados e, quando o despem, aí sim percebe-se onde está sua verdadeira força!

Aquilo com que Ierchov sonhava tornara-se sua tarefa atual, e ele pensava nesse trabalho de maneira diversificada: a quem confiar este ou aquele plano, a quem atrair. Analisava tudo mentalmente, pesava os bons e os maus, o quanto sabia sobre as pessoas.

Quem levaria para o quartel-general clandestino? Cinco nomes lhe vieram à cabeça. Pequenas fraquezas cotidianas, esquisitices, tudo se apresentava para ele de outra forma, o que era insignificante adquiria peso.

Gudz tinha autoridade de general, mas era apático, covarde, e evidentemente ignorante; era bom se tivesse um adjunto inteligente, um estado-maior, e esperava que os oficiais lhe fizessem favores, lhe dessem, encarando tais favores como deveres, sem agradecer. Dava a impressão de se lembrar de seu cozinheiro mais do que da mulher e das filhas. Falava muito de caça — patos, gansos, toda lembrança do tempo de serviço no Cáucaso era caça —, javalis e cabras. Era claro que bebia muito. Um fanfarrão. Sempre falava dos combates de 1941; todos ao redor estavam errados, o vizinho da esquerda e o vizinho da direita, mas o general Gudz estava sempre certo. Nunca culpava o alto-comando militar pelos fracassos. Nos assuntos cotidianos e nas relações era experiente, fino, como um escrivão. Mas, no geral, se dependesse da vontade de Ierchov, o general Gudz não teria sob seu comando nem um regimento, quanto mais um corpo do Exército.

O comissário de brigada Óssipov era inteligente. Num momento, cheio de palavras espirituosas, podia falar de como estava se preparando para uma guerra de pouco sangue no território do inimigo, olhando com seus olhos castanhos e astutos. Uma hora mais tarde, porém, com dureza implacável, podia estar censurando algum vacilante. E no dia seguinte novamente mexia as narinas e dizia, ciciando:

— Sim, camaradas, nós voamos mais alto do que todos, mais longe do que todos, mais rápido do que todos. Olhem só para onde voamos.

Falava com inteligência das derrotas militares dos primeiros meses de guerra, mas sem mágoa, com a frieza de um enxadrista.

Falava com as pessoas de maneira livre e leve, mas com uma camaradagem simples que não era sincera nem real. Ultimamente vinha se interessando em conversar com Kôtikov.

Por que esse Kôtikov interessava ao comissário de brigada?

A experiência de Óssipov era imensa. Conhecia as pessoas. A experiência era muito necessária, não dava para prescindir de Óssipov no quartel-general clandestino. Mas a experiência não apenas ajuda, pode também ser um estorvo.

Às vezes Óssipov contava histórias divertidas sobre militares famosos, chamando-os de Sióma Budiónni, Andriúcha Ieriómenko.

Uma vez disse a Ierchov:

— Tukhatchévski, Iegórov, Bliúkher são tão culpados quanto eu e você.

Contudo, Kiríllov contou a Ierchov que, em 1937, Óssipov era comandante adjunto na Academia, e implacavelmente denunciou dezenas de pessoas, declarando-as inimigas do povo.

Tinha muito medo das doenças: apalpava-se, punha a língua de fora e, entortando os olhos, examinava-a. Mas da morte deixava claro que não tinha medo.

O coronel Zlatokrilietz era um homem carrancudo, direto e simples, que comandava um regimento de combate. Achava que o alto-comando era culpado pela retirada de 1941. Todos sentiam sua autoridade de comandante e combatente. Possuía força física. E a voz também era forte, o tipo de voz boa para fazer parar os soldados em fuga e os impelir ao ataque. Um boca-suja.

Não gostava de explicar: mandava. Era bom camarada. Sempre pronto a partilhar sua sopa com um soldado. Mas muito grosseiro.

As pessoas sempre sentiam o que ele queria. No trabalho, estava sempre gritando, e ninguém lhe desobedecia.

Não dava para controlá-lo, ele não deixava. Dava para fazer alguma coisa com ele. Mas era muito grosseiro!

Kiríllov era inteligente, mas um pouco mole. Reparava em cada detalhe, mas observava tudo com olhos fatigados e entreabertos... Indiferente, não gostava das pessoas, mas perdoava sua fraqueza e infâmia. Não tinha medo da morte, e ocasionalmente até ia atrás dela.

Falava da retirada possivelmente com mais inteligência do que todos os oficiais. Não era membro do Partido, e dizia:

— Não acredito que os comunistas possam melhorar as pessoas. Nunca houve algo assim na história.

Era como se fosse indiferente a tudo, porém, certa noite, chorou na tarimba e, questionado por Ierchov, ficou muito tempo em silêncio, depois falou baixo: "Pobre Rússia." Mas tinha uma certa fraqueza. Disse uma vez: "Oh, tenho saudades da música." No dia anterior havia chegado com um sorriso louco e disseram: "Ierchov, escute, vou ler uns versos." Ierchov não gostou dos versos, mas lembrou-se deles, que ficaram em sua cabeça de maneira impertinente:

> Meu camarada, na agonia de morte
> Não peça ajuda às pessoas.
> Deixe-me aquecer as mãos
> No vapor do seu sangue.
> E não chore de medo, como uma criança,
> Você não está ferido, você só foi morto.
> Deixe-me tirar suas botas de feltro,
> Ainda tenho que combater.

Teriam sido escritos por ele?

Não, Kiríllov não servia para o quartel-general. Como poderia arrastar os outros se mal conseguia se arrastar?

E Mostovskói! Tinha uma cultura estarrecedora e uma vontade de ferro. Diziam que tinha aguentado com fibra os interrogatórios. Mas era notável não haver ninguém imune às críticas de Ierchov. Havia alguns dias repreendera Mostovskói:

— Por que o senhor, Mikhail Sídorovitch, fica dando trela a essa ralé, a esse Ikónnikov-Morj que não bate bem e a esse emigrado, o velho zarolho?

Mostovskói disse com ironia:

— O senhor acha que vou vacilar em minhas convicções, que vou virar evangélico, ou até mesmo menchevique?

— O diabo é que sabe — disse Ierchov. — Se não quiser feder, não toque na merda. Esse Morj já esteve nos nossos campos. Agora os alemães vão levá-lo para interrogatório. Vai se entregar, entregar o senhor, e todos os que lhe são próximos...

Chegou à seguinte conclusão: não havia pessoas ideais para o trabalho clandestino. Era preciso medir a força e a fraqueza de cada um. Isso não era difícil. Mas só com a essência da pessoa era possível decidir se ela era apta ou não. Mas não dá para medir a essência. Dá para adivinhar, sentir. E ele começou por Mostovskói.

74

Respirando pesadamente, o major-general Gudz foi até Mostovskói. Arrastava os pés, gemia, avançava o lábio inferior, mexendo as pregas castanhas do rosto e do pescoço. Todos esses movimentos, gestos, sons eram remanescentes da sua corpulência de outrora, e pareciam estranhos em seu atual estado de debilidade.

— Querido pai — disse a Mostovskói —, sou um fedelho, e querer repreendê-lo seria o mesmo que um major querer ensinar um coronel-general. Serei direto: não leva a nada montar essa irmandade de povos com Ierchov. Trata-se de um sujeito nebuloso. Sem conhecimento militar. Tem mentalidade de tenente, mas quer ser comandante, quer ser mestre dos coronéis. Tome cuidado com ele.

— Vossa excelência está a proferir um disparate — disse Mostovskói.

— Claro, um disparate — afirmou Gudz, gemendo. — Claro, um disparate. Relataram-me que ontem, na barraca comum, doze homens se inscreveram nesse ridículo Exército Russo de Libertação. Calcule quantos deles são cúlaques. O que digo ao senhor não é apenas minha opinião pessoal, fui encarregado por uma pessoa de grande experiência política.

— Não seria por acaso Óssipov? — indagou Mostovskói.

— Ainda que fosse. O senhor é um teórico, não compreende toda esta merda.

— O senhor puxou uma conversa esquisita — disse Mostovskói. — Começo a ter a impressão de que não sobrou mais nada nas pessoas, só a vigilância. Quem poderia adivinhar?

Gudz ouviu como a bronquite rangia e grugulejava no peito, e afirmou com uma angústia medonha:

— Não voltarei a ver a liberdade, não, não voltarei.

Mostovskói, seguindo-o com o olhar, bateu com força no joelho, ao compreender, de repente, por que fora assaltado por um sentimento de inquietação e desassossego. Durante a busca, sumiram os papéis que Ikónnikov lhe tinha dado.

O que aquele demônio tinha escrito? Talvez Ierchov tivesse razão, e o miserável do Ikónnikov fosse um provocador, que plantara aquelas páginas. O que tinha escrito nelas?

Foi até a tarimba de Ikónnikov. Mas ele não estava, e os vizinhos não sabiam onde havia se metido. E isso tudo — o desaparecimento dos papéis, a tarimba vazia de Ikónnikov — deixou-lhe claro que não se tinha portado direito ao meter-se em conversas com o místico *iuródivy*.

Ele discutia com Tchernetzov, mas aquelas discussões não valiam nada, que discussões eram aquelas? Contudo, o *iuródivy* tinha dado os papéis a Mostovskói na frente de Tchernetzov: havia um delator e uma testemunha.

Sua vida era necessária à causa, à luta, e contudo podia perdê-la de forma absurda.

"Velho pateta, foi se meter com a escória e fracassou no dia em que devia lutar pela causa, pela causa da revolução", pensou, e foi tomado por uma inquietação amarga.

Trombou com Óssipov no *Waschraum*: sob um fiapo de luz elétrica, o comissário de brigada lavava as perneiras em uma calha de lata.

— Que bom encontrá-lo — disse Mostovskói. — Eu precisava falar com o senhor.

Óssipov anuiu, olhou ao redor e enxugou as mãos úmidas nas ancas. Sentaram-se na saliência de cimento da parede.

— Como eu pensava, nosso menino travesso não perdeu tempo — disse Óssipov, quando Mostovskói lhe falou de Ierchov.

Afagou a mão de Mostovskói com sua palma úmida:

— Camarada Mostovskói — disse —, fico encantado com a sua firmeza. O senhor é um bolchevique da geração de Lênin, para o qual a idade não existe. Seu exemplo vai nos amparar a todos.

Pôs-se a falar baixo:

— Camarada Mostovskói, nossa organização de combate já foi criada; até agora resolvemos não falar dela com o senhor porque queríamos poupar a sua vida, mas, pelo jeito, a velhice não existe para um companheiro de Lênin. Serei direto: não podemos confiar em Ierchov. Olhando objetivamente, como dizem, ele é tudo de ruim: cúlaque, perseguido pela repressão. Mas somos realistas. Por enquanto, não dá para passar sem ele. Granjeou para si uma popularidade barata. Temos que contar com ele. O senhor sabe melhor do que eu como o Partido soube aproveitar em certas etapas gente assim. Mas o senhor tem que saber como o vemos: só por enquanto e temporariamente.

— Camarada Óssipov, Ierchov vai até o fim, não tenho dúvidas.

Dava para escutar as gotas batendo no chão de cimento.

— Veja, camarada Mostovskói — Óssipov disse lentamente. — Não teremos segredos para o senhor. Há aqui um camarada enviado por Moscou. Posso dizer quem ele é: Kôtikov. Esse é o ponto de vista dele sobre Ierchov, não o meu. Para todos nós, comunistas, suas diretrizes são a lei; são a ordem do Partido, a ordem de Stálin em condições extraordinárias. Contudo, vamos trabalhar com esse que o senhor chamou de guru, decidimos e vamos fazê-lo. Só uma coisa é importante: ser realista, ser dialético. Mas isso não seremos nós a lhe ensinar.

Mostovskói ficou em silêncio. Óssipov abraçou-o e beijou-o três vezes nos lábios. Lágrimas brilhavam em seus olhos.

— Beijo-o como um filho beija o pai — disse. — E quero lhe dar a bênção, como mamãe me dava a bênção na infância.

E Mikhail Sídorovitch percebeu que o sentimento insuportável e aflitivo diante das dificuldades da vida tinha-se ido. De novo, como na juventude, o mundo voltava a ser claro e simples, dividido entre os nossos e os outros.

À noite, homens da SS entraram na barraca comum e levaram seis pessoas. Entre elas estava Mikhail Sídorovitch Mostovskói.

Segunda Parte

1

Quando as pessoas na retaguarda veem trens militares, sentem uma alegre expectativa; têm a impressão de que justamente aqueles canhões, aqueles tanques recém-pintados, estão predestinados para o golpe mais importante, que irá acelerar o final feliz da guerra.

Os que embarcam nos trens ao sair da reserva são tomados por uma tensão peculiar. Os jovens oficiais de pelotão devaneiam com ordens de Stálin em envelopes lacrados... Claro que os mais experientes não sonham com nada disso: bebem água fervendo, amaciam a *vobla*[1] batendo-a na mesinha ou na sola da bota, debatem a vida privada do major e as perspectivas de escambo no próximo entroncamento ferroviário. Os mais experientes já sabem o que irá acontecer: desembarcarão em uma zona erma, próxima à linha de frente, que só os bombardeiros de mergulho alemães conhecem, e, depois das primeiras bombas, os novatos aos poucos perderão o bom humor... Os que vinham se fartando de sono durante o caminho agora não têm nem uma hora para dormir, a marcha se prolonga por dias, não dá tempo de beber, de comer, as têmporas rasgam com o rugido incessante dos motores superaquecidos, as mãos já não têm força para manejar as alavancas de controle. E o comandante já está saturado de mensagens em código, já se cansou de ouvir gritos e insultos pelo rádio; o comando precisa tapar os buracos o quanto antes, e aqui não importa a ninguém o desempenho da nova unidade nos exercícios de tiro. "Avante, avante, avante." Essa é a única palavra que soa nos ouvidos do comandante da unidade, e ele vai, não se detém, acossado por todos os lados. E acontece de a unidade ter que entrar em combate, no meio do caminho, sem reconhecer o terreno, e uma voz cansada e nervosa simplesmente ordena: "Contra-ataquem sem demora, ao longo dessas elevações, lá não temos ninguém e eles estão atirando para todos os lados, está tudo desabando."

---

[1] Peixe ciprino defumado e seco ao sol.

Nas cabeças dos mecânicos, motoristas, operadores de rádio e apontadores, o ruído e o estrépito da jornada de longas horas se confundem com o uivo dos obuses alemães cruzando o ar e com o estalido das explosões dos morteiros.

É aí que a loucura da guerra se torna clara. Passou-se apenas uma hora, e eis o resultado do imenso trabalho: a fumaça de veículos queimados e destruídos, com armamento destroçado e esteiras estropiadas.

Onde estão os meses de treinamento insone, onde está a aplicação, a labuta diligente dos fundidores de aço e eletricistas...

E o oficial superior, para ocultar a pressa irrefletida com a qual fora lançada em combate a unidade recém-chegada da reserva, para ocultar sua destruição praticamente inútil, envia à chefia um relatório padrão: "A ação da unidade recém-chegada da reserva interrompeu por algum tempo o avanço do inimigo e permitiu que se efetivasse o reagrupamento das tropas a mim confiadas."

Porém, se não houvesse gritado "avante, avante", se tivesse permitido um reconhecimento de terreno, para que eles não fossem parar em campo minado, então os tanques, mesmo sem conseguir nada de decisivo, teriam causado contrariedades e um grande incômodo aos alemães.

O corpo de tanques de Nóvikov foi para o front.

Os tanqueiros ingênuos, que ainda não haviam entrado em combate, achavam que justamente a eles caberia tomar parte na ação decisiva. Os que já tinham estado no front, que conheciam a realidade dos fatos — o comandante da primeira brigada Makárov e o melhor comandante de batalhão de tanques do corpo, Fátov —, sabiam muito bem como tudo ia se passar, já tinham visto mais de uma vez.

Os céticos e pessimistas eram gente realista, gente de experiência amarga, cujo sofrimento fora enriquecido pelo derramamento de sangue. Nisso residia sua superioridade sobre os paspalhões imberbes. Mas os homens de experiência amarga estavam errados. Estava reservado aos tanques do coronel Nóvikov tomar parte na ação que determinaria o destino da guerra e a vida de centenas de milhões de pessoas depois dela.

2

Nóvikov tinha ordens de, ao chegar a Kúibichev, entrar em contato com o representante do Estado-Maior Geral, o tenente-general Riútin, para responder a questões de interesse da Stavka.

Nóvikov achou que ia encontrá-lo na estação, mas o chefe da mesma, um major com um olhar bravo, errático e ao mesmo tempo sonolento, disse que ninguém havia perguntado por ele. Não era possível telefonar para o general, pois seu número era secreto.

Nóvikov dirigiu-se a pé ao estado-maior do distrito.

Na praça da estação sentiu a timidez que experimentam os oficiais de unidades militares quando se veem repentinamente em um ambiente urbano ao qual não estão acostumados. Sua sensação de ocupar uma posição importante na vida desmoronou: ali ele não tinha telefonista a lhe estender o gancho do aparelho, nem motorista para conduzi-lo impetuosamente no carro.

Pessoas corriam pelas grandes pedras da calçada na direção das filas recém-formadas: "Quem é o último?... Estou atrás do senhor..."

Parecia não haver nada mais importante para essa gente com latas a tilintar que as filas nas portas arranhadas das mercearias. Nóvikov ficava particularmente bravo ao se encontrar com militares; quase todos levavam nas mãos maletas e pacotes. "Vou colocar todos esses filhos da puta em um trem com destino ao front", pensava.

Será que hoje conseguiria vê-la? Caminhava pela rua e pensava nela. Olá, Gênia!

O encontro com o general Riútin no gabinete do comando do distrito foi breve. Mal começou a conversa e o general foi chamado ao telefone pelo Estado-Maior Geral, com a ordem de voar a Moscou com urgência.

Riútin pediu desculpas a Nóvikov e telefonou para a cidade.

— Macha, mudou tudo. Meu Douglas vai partir de madrugada, diga a Anna Aristárkhovna. Não vamos conseguir pegar as batatas, os sacos estão no sovcoz... — seu rosto pálido fez uma careta de aversão e de tristeza, e, evidentemente interrompendo uma torrente de palavras que chegavam a ele pelo telefone, disse: — Então você está me mandando dizer à Stavka que não poderei pegar o avião por causa de um casaco de mulher que não ficou pronto?

O general colocou o fone no gancho e disse a Nóvikov:

— Camarada coronel, o senhor acha que a suspensão desses tanques satisfaz as exigências que nós apresentamos aos fabricantes?

Nóvikov ficou incomodado com a conversa. Nos meses passados no corpo havia aprendido a avaliar melhor as pessoas, seu peso real. Instantânea e infalivelmente, conseguia pesar a força dos encarregados,

dos dirigentes de comissões, representantes, inspetores e instrutores que apareciam no corpo.

Sabia o significado das palavras ditas em voz baixa, "o camarada Malenkov ordenou informar-lhe...", e sabia que havia gente no comando, com dragonas de general, eloquente e espalhafatosa, que não tinha poder nem para conseguir um galão de diesel, nomear um almoxarife ou demitir um escrivão.

Riútin não provinha do primeiro escalão do aparelho do Estado. Trabalhava com estatística, representação, informações gerais, e Nóvikov, enquanto conversava com ele, começou a olhar para o relógio.

O general fechou seu grande bloco de anotações:

— Infelizmente, camarada coronel, o tempo voou, e de madrugada tenho que ir ao Estado-Maior Geral. Que chateação! Talvez eu devesse levá-lo comigo para Moscou.

— Sim, camarada tenente-general, vamos para Moscou, junto com os tanques que eu comando — disse Nóvikov, com frieza.

Despediram-se. Riútin mandou lembranças ao general Neudóbnov, com o qual servira. Nóvikov caminhava pela passarela verde do amplo gabinete e ouvia Riútin no telefone:

— Comunique-me com a chefia do sovcoz número um.

"Vai pegar as batatas", pensou Nóvikov.

Foi atrás de Ievguênia Nikoláievna. Em uma noite abafada de verão ele havia visitado a casa dela em Stalingrado, recém-chegado da estepe, coberto da fumaça e poeira da retirada. E ei-lo de volta àquela casa; parecia haver um abismo entre o homem do passado e o homem de hoje, mas, ainda assim, ele era o mesmo, o único e mesmo homem.

"Você vai ser minha", pensou. "Vai ser minha."

3

Era uma construção antiga de dois andares, daquelas casas de paredes grossas e obstinadas, que nunca se acertam com as estações do ano, conservando no verão uma umidade gelada enquanto, no outono, no frio, não exclui um calor abafado e empoeirado.

Tocou a campainha e um vento quente soprou sobre ele, vindo da porta aberta, e no corredor abarrotado de cestos quebrados e arcas ele viu Ievguênia Nikoláievna. Ele a viu mesmo sem ver o lenço branco em seus cabelos, nem o vestido negro, nem os olhos e rosto, nem os braços e ombro... Como se não a tivesse visto com os olhos, mas com o coração, que é cego. Ela ficou surpresa mas não recuou, como costumam fazer as pessoas pegas desprevenidas.

Ele a cumprimentou, e ela respondeu alguma coisa.

Caminhou até ela, fechou os olhos, e sentiu tanto a felicidade de estar vivo quanto a prontidão para morrer aqui e agora, e o calor dela o atingiu.

Para experimentar aquele sentimento até então desconhecido, a felicidade, ele descobriu que não precisava nem de visão, nem de pensamento, nem de palavras.

Ela perguntou algo que ele respondeu, seguindo-a no corredor escuro e tomando-a pela mão, como uma criança com medo de ficar sozinha na multidão.

"Que corredor grande", pensou. "Aqui dava para passar um tanque."

Entraram em um aposento com uma janela com vista para a parede da casa vizinha.

Havia duas camas junto à parede: uma com um travesseiro achatado e amarrotado e um cobertor cinza, outra com uma colcha branca de renda e travesseiros brancos. Em cima da cama branca estavam pendurados postais de ano-novo e de Páscoa, com galãs de smoking e pintinhos saindo da casca do ovo.

No canto havia uma mesa, atulhada de folhas de cartolina enroladas em canudos, mais um pedaço de pão, meia cebola, uma garrafa de azeite.

— Gênia... — ele disse.

O olhar dela, naturalmente malicioso e observador, tinha algo de diferente, de estranho. Disse:

— O senhor está com fome? Veio da estrada?

Ela evidentemente queria romper, destruir algo de novo que havia surgido entre eles e que não tinha como ser destruído. De alguma forma ele se tornara outro, um homem que recebera poder sobre centenas de pessoas, sobre carrancudas máquinas de guerra, com os olhos queixosos de um rapazinho triste. E esse contraste deixou-a confusa, ela queria sentir condescendência, até mesmo pena dele, e não pensar em sua força. Para ela, felicidade era liberdade. Contudo, a liberdade a abandonara, e ela era feliz.

Subitamente, ele disse:

— E então, ainda não entendeu? — E novamente voltou a parar de escutar as suas palavras e as dela. E novamente surgiu em sua alma o sentimento de felicidade, e o outro que vinha junto desse: podia morrer agora. Os braços dela o tomaram pelo pescoço, e seus cabelos escorreram como água quente sobre a testa e a face dele, e na penumbra desses cabelos escuros e esparramados ele avistou seus olhos.

O murmúrio dela abafou a guerra, o rangido dos tanques...

À noite tomaram água fervida e comeram pão, e Gênia disse:

— O comandante perdeu o hábito do pão preto.

Trouxe uma caçarola de mingau de trigo-sarraceno que havia deixado do lado de fora da janela. Os grãos avantajados e congelados de trigo tinham adquirido um tom violeta e azul. Um suor gelado surgiu sobre eles.

— Como o lilás da Pérsia — disse Gênia.

Nóvikov experimentou o lilás da Pérsia, e pensou: "Que horror!"

— O comandante perdeu o hábito — ela disse, e ele pensou: "Ainda bem que não ouvi Guétmanov e trouxe comida para ela."

Ele disse:

— Quando a guerra começou, eu estava perto de Brest, em um campo de pouso. Os pilotos estavam indo para o aeródromo, e eu ouvi uma polaca qualquer gritando: "Quem é ele?", e um polaquinho respondeu: "É um *zolneirz*[2] russo", e eu senti de maneira singular: sou russo, sou russo... Veja você, a vida toda eu sabia que não era turco, mas naquela hora toda a minha cabeça zunia: sou russo, sou russo. Para falar a verdade, fomos educados em outro espírito antes da guerra... Hoje, agora mesmo, no dia mais feliz da minha vida, eu olho para você e sinto novamente, como naquela hora, que é um pesar russo, uma felicidade russa... Eu queria lhe dizer isso... — Perguntou: — O que você tem?

Diante dela havia surgido a cabeça desgrenhada de Krímov. Meu Deus, tinha se separado dele para sempre? Justamente nesses instantes de felicidade a separação eterna dele lhe parecia insuportável.

Por um instante teve a impressão de que logo, logo conciliaria o dia de hoje e as palavras desse homem de hoje que a beijava com os tempos passados, e repentinamente tomaria o caminho secreto da sua

---

[2] Soldado (em polonês russificado no original).

vida e veria aquilo que não nos é dado ver: as profundezas do próprio coração, o lugar onde o destino é decidido.

— Este quarto — disse Gênia — pertence a uma alemã que me abrigou. Essa cama branca e angelical é dela. Nunca vi ninguém mais inofensivo e desamparado... O estranho é isso, no meio da guerra contra os alemães ela era a melhor pessoa desta cidade. Estranho, não?

— Ela vai voltar logo? — ele perguntou.

— Não, a guerra acabou para ela, foi deportada.

— Graças a Deus — disse Nóvikov.

Queria contar a ele de sua piedade por Krímov, que havia sido abandonado por ela, e não tinha para quem escrever, nem para quem correr, restando-lhe apenas a angústia, a angústia sem esperança, a solidão.

A isso se somava o desejo de contar de Limônov, de Charogórodski, das coisas novas, curiosas, incompreensíveis que estavam associadas a essa gente. E de como Jenny Guênrikhovna anotara as palavras engraçadas que os pequenos Chápochnikov diziam na infância, e que o caderno com essas anotações estava em cima da mesa, e que ele podia lê-lo. Queria contar a história do visto e do chefe da seção de passaporte. Mas ainda não tinha confiança nele, e se reprimia. Será que ele precisava do que ela tinha a dizer?

Que espantoso... Era como se voltasse a passar por sua separação com Krímov. Nas profundezas da alma, sempre acreditara que seria possível remediar, voltar ao passado. Isso a tranquilizava. E agora, ao sentir a força que se apoderava de si, era tomada por uma inquietação dolorosa: então era para sempre, então era irremediável? Pobre, pobre Nikolai Grigórievitch. Para que sofrer tanto?

— No que é que isso vai dar? — ela disse.

— Em Ievguênia Nikoláievna Nóvikova — ele afirmou.

Ela pôs-se a rir, examinando o rosto dele.

— Para mim você é um estranho, completamente estranho. A propósito, quem afinal é você?

— Isso eu não sei. Mas você é Nóvikova, Ievguênia Nikoláievna.

Ela já não olhava a vida de cima, com desdém. Serviu-lhe uma xícara de água fervida e perguntou:

— Mais pão?

E disse de repente:

— Se acontecer alguma coisa a Krímov, se for mutilado ou preso, eu volto para ele. Fique sabendo disso desde já.

— E por que seria preso? — ele indagou, sombrio.

— Ah, vai saber, é um veterano do Comintern, Trótski o conhecia, e disse, ao ler um de seus artigos: "É de mármore!"

— Experimente voltar para ele. Ele coloca você para correr.

— Não se preocupe. Isso é assunto meu.

Ele lhe disse que depois da guerra ela seria a dona de uma casa grande, que a casa seria linda, e que ao lado da casa haveria um jardim.

Então era para sempre, para a vida toda?

Por algum motivo, ela queria que Nóvikov entendesse com clareza que Krímov era inteligente e talentoso, que ela estava ligada a ele, e até que o amava. Não queria que ele tivesse ciúme de Krímov, mas, sem estar ciente disso, fazia tudo para despertar esse ciúme. E contara a ele, apenas a ele, o que Krímov contara a ela, apenas a ela: as palavras de Trótski. "Se alguém soubesse disso naquela época, dificilmente Krímov teria ficado incólume em 1937." Seu sentimento por Nóvikov exigia a mais alta confiança, e ela confiara a ele o destino do homem que ultrajara.

Sua cabeça estava cheia de ideias, ela pensava no futuro, no dia de hoje, no passado, ficava fascinada, alegre, envergonhada, inquieta, saudosa, aterrorizada. A mãe, as irmãs, os sobrinhos, Vera, dezenas de pessoas estavam ligadas à mudança ocorrida em sua vida. Como Nóvikov falaria com Limônov e escutaria conversas sobre poesia e pintura? Não ia ficar com vergonha, mesmo que não conhecesse Chagall e Matisse... Era forte, forte, forte. Ela se submeteria. A guerra ia acabar. Será mesmo que ela nunca mais veria Krímov? Meu Deus, meu Deus, o que ela tinha feito! Não precisava pensar nisso agora. Pois não se sabe o que vai ser, como tudo vai se ajeitar.

— Agora mesmo eu percebi que realmente não conheço você. Não estou de brincadeira: você é um estranho. Casa, jardim, para que tudo isso? Você está falando sério?

— Se você quiser, posso pedir baixa depois da guerra e viro mestre de obras em algum lugar da Sibéria Oriental. Vamos morar em um barracão para trabalhadores casados.

Essas palavras eram para valer, ele não estava de brincadeira.

— Não precisa ser de casados.

— Precisa sim.

— Você ficou louco. Para que isso? — E pensou: "Kolenka."[3]

---

[3] Apelido de Nikolai.

— Como assim, para quê?

Ele, contudo, não pensava nem no futuro nem no passado. Estava feliz. Mal se assustava com o fato de que se separariam em poucos minutos. Tinha sentado a seu lado, olhado para ela... Ievguênia Nikoláievna Nóvikova... Estava feliz. Não precisava que ela fosse inteligente, bela, jovem. Amava-a de verdade. Inicialmente não ousara sonhar que ela fosse sua esposa. Depois sonhara com isso durante longos anos. E hoje, como antigamente, notava com timidez e humildade o sorriso e as palavras irônicas dela. Mas percebera que algo novo havia surgido.

Ela observava como ele se preparava para a jornada, e disse:

— Chegou a hora de você se dirigir às hostes lamentosas, e de eu me jogar nas ondas que arrebentam.[4]

Quando Nóvikov começou a se despedir, ele compreendeu que ela não era tão forte, e que uma mulher é sempre uma mulher, por mais que Deus lhe tivesse agraciado com uma mente brilhante e irônica.

— Queria ter dito tanto e não disse nada — ela falou.

Mas não tinha sido assim. O que era importante, o que decidia a vida das pessoas fora determinado naquele encontro. Ele a amava de verdade.

4

Nóvikov foi até a estação.

... Gênia, seu sussurro de separação, seus pés descalços, seu sussurro carinhoso, as lágrimas na hora da separação, sua pobreza e pureza, o perfume do seu cabelo, seu gentil recato, o calor de seu corpo, a timidez dele, consciente de sua simplicidade de soldado-operário, e o orgulho dessa simplicidade de soldado-operário.

Nóvikov cruzava a ferrovia e a nuvem quente e vaga de seus pensamentos foi espetada por uma agulha penetrante: o medo de todo soldado em marcha de ter sido deixado para trás.

De longe avistou a plataforma, os tanques cujas formas angulosas sobressaíam debaixo das lonas, os capacetes negros das sentinelas, o vagão do estado-maior com suas cortinas brancas.

Passou pela valente sentinela e entrou no vagão.

---

[4] Alusão a "Na corredeira atrás da ilha" ("*Iz-za óstrova na striéjen*"), canção sobre o rebelde cossaco Stenka Rázin (1630-1671).

O ajudante de ordens Verchkov, ofendido por não ter sido levado com Nóvikov para Kúibichev, depositou na mesa em silêncio a mensagem cifrada da Stavka: a ordem era ir para Sarátov e depois mais adiante, seguindo a ramificação de Astracã.

O general Neudóbnov entrou no compartimento e, olhando para o rosto de Nóvikov e para o telegrama em suas mãos, disse:

— Confirmaram o itinerário.

— Sim, Mikhail Petróvitch — disse Nóvikov —, não confirmaram só o itinerário, confirmaram o destino: Stalingrado — e acrescentou: — O tenente-general Riútin manda lembranças.

— Rá-rá! — disse Neudóbnov, e não dava para entender a quem se dirigia esse indiferente "rá-rá", se às lembranças do general ou à destinação de Stalingrado.

Era um homem estranho, que intimidava Nóvikov: qualquer coisa que desse errado na jornada — um atraso do trem que vinha na direção oposta, um defeito na caixa de mancal do eixo de um dos vagões, um controlador ferroviário que não dera a notificação de movimento do trem — e Neudóbnov se inflamava e dizia:

— O sobrenome, anote o sobrenome, é um sabotador, é preciso pôr esse canalha na cadeia.

No fundo da alma, Nóvikov era indiferente e não tinha raiva daqueles que eram chamados inimigos do povo, cúlaques e seus sequazes. Jamais tivera o desejo de mandar quem quer que fosse para a cadeia, para as barras dos tribunais, ou desmascarar em assembleia. Porém, acreditava que essa indiferença bondosa se devia à sua pouca consciência política.

Neudóbnov, contudo, dava a Nóvikov a impressão de que, ao olhar para alguém, manifestava imediatamente, e antes de qualquer coisa, a sua vigilância, pensando com desconfiança: "Oh, será que você não é um inimigo, querido camarada?" Na véspera tinha contado a Nóvikov e Guétmanov dos arquitetos sabotadores que tentaram transformar as artérias principais de Moscou em campos de pouso para a aviação inimiga.

— Acho isso uma bobagem — disse Nóvikov —, sem o menor sentido do ponto de vista militar.

Agora Neudóbnov se pusera a conversar com Nóvikov sobre seu segundo tema predileto: a vida doméstica. Depois de apalpar os canos de aquecimento do vagão, pôs-se a contar sobre a calefação a vapor que construíra em sua dacha pouco antes da guerra.

Nóvikov achou a conversa inesperadamente interessante e essencial, e pediu a Neudóbnov que desenhasse o esquema de calefação da dacha, que colocou no bolso interno de sua camisa militar.

— Vai ser útil — disse.

Logo Guétmanov entrou no compartimento, saudando Nóvikov de maneira alegre e ruidosa:

— Então o chefe voltou! Já estávamos procurando um novo atamã, achando que Stenka Rázin havia abandonado suas hostes.

Estreitou os olhos e fitou Nóvikov com olhar bonachão. Este riu da piada do comissário, embora, no seu íntimo, surgisse aquela tensão que já havia se tornado habitual.

Havia uma estranha peculiaridade nas piadas de Guétmanov, pois ele sabia muito a respeito de Nóvikov, e fazia alusão justamente a isso. Agora mesmo ele repetira as palavras de Gênia à despedida — obviamente por acaso.

Guétmanov olhou para o relógio e disse:

— Pois bem, senhores, é minha vez de ir à cidade, alguma objeção?

— Fique à vontade, não vamos ficar entediados aqui sem o senhor — disse Nóvikov.

— Isso é verdade — disse Guétmanov —, o camarada comandante de corpo não costuma se entediar em Kúibichev.

Essa piada não tinha sido por acaso.

De pé, na porta do compartimento, Guétmanov perguntou:

— Piotr Pávlovitch, como anda Ievguênia Nikoláievna?

O rosto de Guétmanov estava sério, e seus olhos não sorriam.

— Bem, obrigado, está trabalhando muito — e, desejando mudar o rumo da conversa, indagou a Neudóbnov: — Mikhail Petróvitch, por que o senhor não passa uma horinha em Kúibichev?

— O que tem lá que eu não vi? — respondeu Neudóbnov.

Estavam sentados perto um do outro, e Nóvikov, enquanto ouvia Neudóbnov, examinava papéis e os colocava de lado, proferindo, de tempos em tempos:

— Está bem, está bem, prossiga...

Por toda sua vida Nóvikov se reportara a superiores que, durante o relatório, examinavam papéis, proferindo distraidamente: "Está bem, está bem, prossiga." Isso sempre insultara Nóvikov, que achava que jamais agiria assim...

— O caso é o seguinte — disse Nóvikov —, precisamos redigir de antemão um requerimento de especialistas à direção de reparos. Temos mecânicos para os veículos com rodas de lagartas, mas quase ninguém para cuidar dos tanques.

— Já redigi, e acho que é melhor endereçá-lo diretamente ao coronel-general, pois vai chegar a ele de qualquer forma para ratificação.

— Está bem, está bem — disse Nóvikov. Assinou a requisição e disse: — É preciso checar os recursos antiaéreos da brigada; é possível que nos ataquem depois de Sarátov.

— Já dei instruções ao estado-maior.

— Não serve, tem que ser responsabilidade pessoal de cada comandante no trem, para ser executada até às quatro da tarde. Pessoalmente, pessoalmente.

Neudóbnov disse:

— Recebemos a confirmação de Sazônov no posto de chefe de estado-maior da brigada.

— Esse foi rápido — disse Nóvikov.

Dessa vez Neudóbnov não olhou de lado, mas sorriu, compreendendo a irritação e o embaraço de Nóvikov.

Nóvikov normalmente não encontrava em si coragem para defender com tenacidade as pessoas mais aptas, em sua opinião, para os postos de comando. Bastava o assunto ir para o lado da lealdade política dos oficiais e ele desanimava, já que a capacidade profissional das pessoas subitamente deixava de ter importância.

Mas agora estava exasperado. Hoje não estava para submissão. Olhando para Neudóbnov, afirmou:

— Errei ao deixar de lado a habilidade militar e dar valor à ficha da pessoa. No front vamos corrigir isso: os dados dos formulários não entram em combate. Se for o caso, mando-o para o diabo já no primeiro dia!

Neudóbnov deu de ombros e disse:

— Não tenho nada de pessoal contra o calmuco Bassángov, mas precisamos dar preferência aos russos. A amizade dos povos é uma causa sagrada, mas compreenda que uma grande porcentagem das minorias nacionais é de espíritos hostis, hesitantes, gente de pouca clareza.

— Devíamos ter pensado nisso em 1937 — disse Nóvikov. — Eu tinha um conhecido, Mitka Evséiev. Estava sempre gritando: "Sou russo acima de tudo." Mas veja só o que deram a esse russo: a prisão.

— Cada coisa no seu tempo — disse Neudóbnov. — Quem vai preso são os canalhas, os inimigos. Um dia fizemos a paz com os alemães em Brest, e aquilo era o bolchevismo, e agora o camarada Stálin mandou exterminar todos os invasores alemães que entraram na nossa Rússia soviética, e isso é o bolchevismo.

Em tom professoral, acrescentou:

— Nos dias de hoje, o bolchevique é, antes de tudo, um patriota russo.

Nóvikov ficou bravo: ele, Nóvikov, obtivera seu sentimento russo padecendo nos dias mais duros da guerra, enquanto Neudóbnov aparentemente o tomara de empréstimo em algum escritório ao qual o acesso de Nóvikov era vedado.

Falou com Neudóbnov, zangou-se, pensou em muita coisa, emocionou-se. As faces ardiam, como se atacadas pelo sol e pelo vento, e o coração batia retumbante, forte, sem querer se acalmar.

Tinha a impressão de que um regimento marchava em seu coração, batendo as botas ritmadamente e em uníssono: "Gênia, Gênia, Gênia, Gênia."

Verchkov, que já perdoara Nóvikov, deu uma olhada no compartimento e afirmou, com voz insinuante:

— Camarada coronel, permita-me informar, o cozinheiro está me atormentando: o seu prato está no forno há três horas.

Muito bem, muito bem, apressem-se.

Naquele mesmo instante o cozinheiro entrou, correndo, suando, e, com uma expressão de sofrimento, felicidade e ofensa, pôs-se a servir travessas de picles dos Urais.

— Para mim uma garrafa de cerveja — disse languidamente Neudóbnov.

— Sim, camarada major-general — disse o cozinheiro, feliz.

Nóvikov sentiu tamanha vontade de comer depois do longo jejum que lágrimas lhe surgiram nos olhos. "O camarada comandante adquiriu o hábito", pensou, lembrando-se do lilás da Pérsia gelado de pouco tempo atrás.

Nóvikov e Neudóbnov olharam pela janela ao mesmo tempo: pelo caminho, gritando de forma estridente, saltando e tropeçando, ia um tanqueiro bêbado, apoiado em um policial que trazia uma espingarda em uma correia de lona. O tanqueiro tentava escapar e batia no policial, que o agarrou pelos ombros, e na cabeça do bêbado evidentemente reinava uma confusão completa, pois, esquecido do desejo de brigar, e tomado por uma comoção súbita, começou a beijar o rosto do policial.

Nóvikov disse ao ajudante:

— Investigue sem demora e me informe sobre essa indecência.

— Temos que fuzilar esse canalha — disse Neudóbnov, fechando a cortina.

O rosto simplório de Verchkov espelhava sentimentos complexos. Antes de tudo se afligia porque o apetite do comandante do corpo havia sido estragado. Mas ao mesmo tempo experimentava pelo tanqueiro uma simpatia que abarcava diversos matizes: galhofa, incentivo, admiração de camarada, ternura paterna, tristeza e inquietação cordial. Reportou:

— Às ordens, vou relatar e informar — inventou de dizer, e acrescentou: — A mãe dele vive aqui, e o homem russo não tem noção de limites; na hora da separação ele correu até a mãe para uma despedida calorosa e não soube medir a dose.

Nóvikov coçou a nuca, aproximando de si o prato: "Para o diabo com os dois, não me afasto mais do trem", pensou, tendo em mente a mulher que o esperava.

Guétmanov voltou antes da partida do trem, corado e alegre, não quis jantar, e apenas pediu ao encarregado que abrisse uma garrafa de refresco de tangerina, seu preferido.

Gemendo, tirou as botas e se deitou no divã, fechando a porta do compartimento com a ponta do pé descalço.

Pôs-se a contar a Nóvikov as notícias que ouvira de um velho camarada, o secretário do *obkom*, que voltara na véspera de Moscou, onde fora recebido por uma daquelas pessoas que, em dia de festividade, ficam no mausoléu de Lênin, embora não perto do microfone, nem de Stálin. Essa pessoa, naturalmente, não sabia de tudo e, naturalmente, não contara tudo que sabia ao secretário do *obkom*, que conhecera na época em que o secretário trabalhava como instrutor no *raikom* de uma pequena cidade do Volga. E daquilo que o secretário do *obkom* ouvira, ele, pesando o interlocutor em uma balança invisível, contou só um pouco ao comissário do corpo de tanques. E também, naturalmente, o comissário do corpo Guétmanov só contou ao coronel Nóvikov um pouco do que ouviu do secretário do *obkom*...

Contudo, nessa noite ele adotou um tom especialmente confidencial, com o qual nunca antes havia falado a Nóvikov. Aparentemente supunha que Nóvikov sabia com minúcias do enorme poder executivo de Malenkov, e que, à exceção de Mólotov, apenas Lavriênti Pávlovitch[5] tratava o camarada Stálin por "você", e que o camarada Stálin acima de tudo não gostava de ações feitas por iniciativa própria, e que o camarada Stálin gostava de queijo *suluguni*,[6] e que o camarada Stálin, em decorrência de má situação de seus dentes, molhava o pão no vinho, e que ele, a propósito, tinha marcas no rosto devido a uma varíola contraída na infância, e que Viatcheslav Mikháilovitch[7] havia muito tempo não era mais o número dois do Partido, e que Iossif Vissariônovitch não vinha apreciando muito Nikita Serguêievitch[8] e havia não muito tempo, em uma conversa pelo rádio, gritara com ele.

Esse tom confidencial na conversa sobre gente das mais altas esferas do Estado, os ditos espirituosos de Stálin, rindo e fazendo o sinal da cruz em uma conversa com Churchill, o descontentamento de Stálin com a autossuficiência de alguns de seus marechais pareciam mais importantes que as palavras proferidas em meio a alusões, que vinham do homem do mausoléu. Palavras cuja chegada Nóvikov ansiava e adivinhava: estava na hora de ir para cima! Com um sorriso interior de satisfação um tanto estúpido, do qual ele próprio se envergonhava, Nóvikov pensou: "Olha só, eu também fui parar na *nomenklatura*."

Logo o trem se pôs em movimento, sem som, sem aviso.

Nóvikov saiu para a plataforma do vagão, abriu a porta e olhou para o breu que pairava sobre a cidade. E o pelotão voltou a marchar, ribombando: "Gênia, Gênia, Gênia." Do lado da locomotiva, em meio ao ruído e estrondo, dava para ouvir as palavras arrastadas de "Ermak".[9]

O estrondo das rodas de aço nos trilhos de aço, o tinir dos vagões de ferro levando para o front os tanques de aço, as vozes jovens, o vento frio do Volga e o imenso céu estrelado tocaram-no de um jeito novo, não como um segundo atrás, não como ao longo do ano inteiro, desde o primeiro dia da guerra. Em sua alma fulguravam uma alegria arrogante e uma felicidade cruel ao sentir sua força terrível e rude de combate, como se a fisionomia da guerra tivesse mudado, se tornado outra, e não estivesse mais deformada pelo suplício e pelo ódio...

---

[5] Béria.

[6] Queijo georgiano azedo.

[7] Mólotov.

[8] Khruschov.

[9] Ermak Timofiêievitch (1532/42-1585), líder cossaco que inspirou diversas canções russas.

A canção triste e soturna que se arrastava nas trevas soava terrível e arrogante.

O estranho é que a felicidade de agora não lhe despertava benevolência nem desejo de perdoar. Sua felicidade lhe despertara ódio, ira, ambição de manifestar sua própria força, de exterminar tudo o que estivesse na frente dessa força.

Voltou para o compartimento e, assim como acabara de se surpreender com o encanto da noite de outono, surpreendiam-no o abafado do vagão, a fumaça do tabaco, o cheiro da manteiga rançosa, a graxa amolecida, o odor da gente suada e pletórica do estado-maior. Guétmanov estava de pijama aberto sobre o peito branco, deitado no divã.

— Então, vamos jogar dominó? O generalato está de acordo.

— Sim, é possível — respondeu Nóvikov.

Guétmanov, arrotando discretamente, afirmou preocupado:

— Eu devo estar com alguma úlcera, basta comer e uma azia horrível me atormenta.

— Não devíamos ter mandado o médico para o segundo trem — disse Nóvikov.

Pensou com raiva, para si mesmo: "Queria ter promovido Darenski, Fedorenko fez cara feia e eu dei para trás. Falei com Guétmanov e Neudóbnov, e eles fizeram careta, para que precisávamos de gente que havia sido presa, disseram, e eu me intimidei. Propus Bassángov: para que precisamos de quem não é russo, e voltei a dar para trás... Isso é certo ou não?" Olhando para Guétmanov, seguiu a refletir, levando de propósito o pensamento até as raias do absurdo: "Hoje ele me serve o meu próprio conhaque, amanhã, quando minha mulher vier, vai querer dormir com ela."

Mas por que ele, que não duvidava que ia quebrar a coluna vertebral da máquina de guerra alemã, sentia-se irrevogavelmente fraco e tímido diante de Guétmanov e Neudóbnov?

Nesse dia feliz surgiu-lhe uma raiva veemente pelos longos anos de sua vida anterior, de sua situação legal, quando gente que não entendia nada de assuntos militares e acostumada ao poder, boa comida e condecorações escutava seus informes, intervinha com benevolência para que ele obtivesse um quartinho na casa da chefia e o elogiava. Gente que não sabia os calibres da artilharia, que não era alfabetizada o suficiente para ler em voz alta um discurso escrito por outra pessoa, ou de se orientar no mapa, que dizia "porcents", "comandante surpremo", "Bérlim", sempre tinha sido a sua chefia. Reportava-se a eles. A ignorância deles não tinha a ver com a origem operária: seu próprio pai fora mineiro, o avô fora mineiro, o irmão fora mineiro. Às vezes tinha a impressão de que a ignorância era a força daquelas pessoas, ela substituía a cultura; o conhecimento, o falar correto e o interesse por livros eram a fraqueza dele. Antes da guerra, achava que aquela gente tinha mais fé e vontade do que ele. Mas a guerra mostrou que não.

A guerra o elevara a um alto posto de comando. Mas não o tinha tornado superior a eles. Assim como antes, sujeitava-se a uma força que sentia constantemente, embora não conseguisse entendê-la. Dois homens, seus subordinados, sem direito de comandar, eram representantes dessa força. Ele mesmo se entorpecera de satisfação quando Guétmanov dividira consigo relatos daquele mundo do qual, evidentemente, emanava aquela força à qual não era possível não se submeter.

A guerra mostraria de quem a Rússia era devedora: se daqueles como ele ou daqueles como Guétmanov.

Seu sonho se realizara: a mulher que amara por tantos anos seria sua esposa... E no mesmo dia seus tanques receberam a ordem de ir para Stalingrado.

— Piotr Pávlovitch — Guétmanov disse repentinamente —, saiba que, enquanto o senhor estava na cidade, eu e Mikhail Petróvitch tivemos uma discussão.

Desencostou-se do espaldar do divã, tomou um gole de cerveja e disse:

— Sou um homem simples, e vou falar direto: a conversa era sobre a camarada Chápochnikova. O irmão dela se afundou em 1937 — e Guétmanov apontou o dedo para o chão. — Acontece que Neudóbnov o conhecia nessa época, e eu conheço o primeiro marido dela, Krímov, o qual, como dizem, se safou por milagre. Ele era do grupo de conferencistas do Comitê Central. Neudóbnov diz que não é nada bom que o camarada Nóvikov, que tem a mais alta confiança do povo soviético e do camarada Stálin, tenha sua vida pessoal ligada a uma pessoa de um ambiente político-social obscuro.

— E o que ele tem a ver com a minha vida pessoal? — disse Nóvikov.

— Justamente — afirmou Guétmanov. — São resquícios de 1937, precisamos ver essas coisas de forma mais ampla. Não, não, não me entenda mal. Neudóbnov é um homem notável, de uma pureza cristalina, um comunista inflexível da cepa de Stálin. Mas tem um pequeno defeito: às vezes não vê e não sente o germe do novo. Para ele, o importante são as citações dos clássicos. Mas aquilo que a vida ensina ele nem sempre percebe. Às vezes ele parece não saber, não entender em que Estado vive, de tão saturado que está das citações. E a guerra nos ensinou muita coisa nova. O tenente-general Rokossóvski, o general Gorbátov, o general Pultus, o general Belov, todos estiveram presos. Contudo, o camarada Stálin achou por bem confiar-lhes postos de comando. Mítritch, que eu visitei hoje, contou-me que Rokossóvski foi levado diretamente do campo para o comando; estava no lavatório da barraca limpando as perneiras quando vieram correndo atrás dele: mais rápido! Puxa, ele pensou, nem me deram tempo de lavar os panos, e na véspera havia sido interrogado por um chefe, e passado maus bocados. Mas agora estava em um Douglas, voando direto para o Kremlin. Devemos tirar algumas conclusões disso tudo. Porém, o nosso Neudóbnov é um entusiasta de 1937, é um dogmático que não será demovido de sua posição. Não se sabe do que esse irmão de Ievguênia Nikoláievna foi culpado, e talvez agora o camarada Béria também o tivesse soltado, e ele comandasse um exército... E Krímov está nas tropas. É um homem correto, membro do Partido. Qual o problema?

Foram exatamente essas palavras que fizeram Nóvikov explodir:

— Estou me lixando para tudo isso — rugiu, e espantou-se ao ouvir pela primeira vez tamanho estrondo em sua voz. — Tanto faz se Chápochnikov foi ou não um inimigo. Conhecer eu não o conheço! Desse tal Krímov, Trótski chegou a dizer que um de seus artigos foi escrito em mármore. E o que eu tenho a ver com isso? Mármore é mármore. Ainda que ele seja amado loucamente por Trótski, Ríkov, Bukhárin e Púchkin, o que isso tem a ver com a minha vida? Não li os seus artigos de mármore. E Ievguênia Nikoláievna, o que tem a ver, foi ela que trabalhou no Comintern até 1937? Ser dirigente é fácil, agora experimente combater, camarada, experimente trabalhar. Chega, pessoal! Estou farto!

Suas faces ardiam, o coração batia com estrondo, as ideias eram claras, ferozes, nítidas, e uma neblina pairava na mente: "Gênia, Gênia, Gênia."

Escutava a si mesmo e se espantava: talvez fosse a primeira vez na vida em que falava sem receio, com liberdade, e em que era tão agressivo ao se dirigir a um funcionário importante do Partido. Observava Guétmanov e se sentia alegre, contendo o arrependimento e o receio.

Guétmanov saltou subitamente do divã, agitou os braços gordos e afirmou:

— Piotr Pávlovitch, dê-me um abraço, você é um mujique de verdade.

Nóvikov, desnorteado, abraçou-o, eles se beijaram, e Guétmanov gritou para o corredor:

— Verchkov, traga conhaque, o comandante do corpo e o comissário vão beber à sua amizade!

5

Depois de terminar a arrumação da casa, Ievguênia Nikoláievna pensou, com satisfação: "Bem, é tudo", e era como se a ordem tivesse se estabelecido simultaneamente tanto no quarto, onde a cama estava feita e o travesseiro não mais amarrotado, quanto na sua alma. Mas, quando removeu as cinzas da cabeceira da cama e a última guimba de cigarro foi recolhida da beira da estante, Gênia entendeu que vinha tentando se enganar, e que não precisava de nada no mundo a não ser Nóvikov. Teve vontade de contar o que se passava na sua vida a Sófia Óssipovna — justamente a ela, não à mãe, nem à irmã. Percebeu vagamente por que queria falar disso a Sófia Óssipovna:

— Ah, Sónietchka, Sónietchka, Levintonikha — dizia Gênia em voz alta.

Depois se lembrou de que Marússia não existia mais. Compreendeu que a vida sem Nóvikov não era possível e, em desespero, bateu com a mão na mesa. Daí disse: "Bobagem, eu não preciso de ninguém", e depois disso ajoelhou-se no lugar em que até pouco tempo estivera pendurado o capote militar de Nóvikov, e afirmou: "Fique vivo."

Então refletiu: "Eu sou a amante indecente do comandante."

Começou a se atormentar de propósito, pronunciando em silêncio palavras dirigidas contra si mesma em nome de uma criatura sórdida e sarcástica, que não era nem masculina nem feminina:

— A madame estava entediada, é claro, sem seu mujique, estava acostumada a ser mimada, e esses são os seus melhores anos... Naturalmente largou de um, de que serve Krímov, já estavam querendo expulsá-lo do Partido. E agora tem o comandante do corpo! Que mujique! É o fim de todo tédio... Mas de que jeito vai conseguir segurá-lo, hein? Claro que agora vêm as noites sem sono; ou ele morreu, ou achou uma telefonista de 19 anos — e, involuntariamente, a criatura sórdida e sarcástica adicionou uma ideia que jamais havia passado pela mente de Gênia: "Não é nada, não é nada, logo você vai até ele."

Ela não entendia por que deixara de amar Krímov. Mas aqui não havia nada para entender: era feliz.

Logo lhe ocorreu que Krímov atrapalhava sua felicidade. Ficava o tempo todo entre Nóvikov e ela, envenenava a sua alegria. Continuava arruinando a vida dela. Por que ela tinha que ficar sempre se atormentando, para que esses remorsos? O que fazer, tinha deixado de amar! O que ele ainda queria dela, por que insistia em persegui-la? Ela tinha direito de ser feliz, tinha direito de amar quem quisesse. Por que Nikolai Grigórievitch parecia a ela tão fraco, indefeso, perdido, solitário? Ele não era tão fraco! E ele certamente não era tão gentil!

Foi tomada de irritação contra Krímov. Não, não, não, ela não ia sacrificar sua felicidade por ele... Cruel, tacanho, de um fanatismo inabalável. Ela jamais pudera se conformar com sua indiferença pelo sofrimento humano. Como tudo isso era estranho para ela, sua mãe, seu pai... "Não tenho pena dos cúlaques", ele dizia, quando o horror da fome torturava dezenas de milhares de crianças e mulheres nas aldeias da Rússia e da Ucrânia. "Os inocentes não são presos", dizia nos tempos de Iagoda[10] e Iejov. Quando Aleksandra Vladímirovna contou que, em 1918, em Kamíchin, foram colocados em um barco e afogados os proprietários de imóveis e seus filhos — entre os quais havia amigos e colegas de ginásio de Marússia, como os Mináev, os Gorbunov, os Kassátkin, os Sapójnikov —, Nikolai Grigórievitch disse com irritação: "E o que vocês querem fazer com os que odeiam a nossa revolução? Alimentá-los com pastelão?" Por que ela não tinha direito à felicidade? Por que ela tinha que sofrer e ter pena de um homem que nunca tivera pena dos fracos?

Contudo, no fundo da alma, entre o ódio e a exasperação, ela sabia não ter razão, e que Nikolai Grigórievitch não era tão cruel assim.

Tirou a saia quente que havia conseguido numa troca no mercado de Kúibichev e envergou o vestido de verão, único sobrevivente do incêndio de Stalingrado, o mesmo que trajara quando estivera com Nóvikov nas margens de Stalingrado, no monumento a Kholzunov.

Pouco tempo antes da deportação perguntou a Jenny Guênrikhovna se ela já havia se apaixonado.

---

[10] Guênrikh Grigórievitch Iagoda (1891-1938), diretor do NKVD entre 1934 e 1936.

Jenny Guênrikhovna ficou confusa e disse: "Sim, por um menino de cachos dourados e olhos azuis. Usava um agasalho de veludo e colarinho branco. Eu tinha 11 anos e não o conhecia." Onde estava hoje esse menino de cabelos cacheados e agasalho, onde estava Jenny Guênrikhovna?

Ievguênia Nikoláievna sentou-se na cama e olhou para o relógio. Nessa hora normalmente recebia a visita de Charogórodski. Ah, hoje ela não estava a fim de conversa inteligente.

Colocou rapidamente o casaco e o xale. Era um disparate, pois o trem já partira havia tempos.

Perto do muro da estação agitava-se uma multidão de gente sentada em sacos e trouxas. Ievguênia Nikoláievna vagava pelas vielas, uma mulher lhe pedia cupons de racionamento para pão, outra cupons para embarque... Algumas pessoas a observavam de maneira sonolenta e desconfiada. Um trem de carga passou pesadamente pela primeira linha, fazendo tremer as paredes e tinir os vidros da estação. Até o coração parecia trepidar. Junto à cerca da estação desfilavam os vagões de carga nos quais estavam os tanques.

Foi subitamente tomada por um sentimento de felicidade. Os tanques sempre a desfilar, desfilar, e sentados neles, como se tivessem sido moldados, soldados vermelhos de capacete e submetralhadora no peito.

Voltou para casa agitando os braços como uma criança, abrindo o casaco e contemplando seu vestido de verão. O sol da tarde repentinamente iluminou a rua, e a cidade empoeirada, fria, perversa e gasta, à espera do inverno, revelou-se solene, rósea, iluminada. Entrou em casa, e a decana do apartamento, Glafira Dmítrievna, que durante o dia avistara o coronel no corredor, aproximou-se de Gênia com um sorriso bajulador e disse:

— Carta para a senhora.

"Sim, tudo conspira para a felicidade", pensou Gênia ao abrir o envelope; a carta era da mãe, em Kazan.

Leu as primeiras linhas e soltou um grito abafado, chamando, confusa:

— Tólia, Tólia!

6

A ideia que repentinamente surgira a Chtrum à noite, na rua, firmava as bases de uma nova teoria. As equações deduzidas por ele em algumas semanas de trabalho não serviam de forma alguma à ampliação da teoria física clássica aceita, nem constituíam um complemento a ela. Pelo contrário, a própria teoria clássica constituía um caso particular da nova e ampla solução elaborada por Chtrum, e suas equações incluíam em si a teoria, que até então parecia geral.

Por algum tempo, Chtrum deixou de ir ao instituto, e o trabalho no laboratório era dirigido por Sokolov. Chtrum quase não saía de casa, caminhava pelo quarto, sentava-se à mesa por horas. Às vezes, à noite, saía para passear, escolhendo as ruas ermas em volta da estação para não encontrar nenhum conhecido. Em casa vivia como sempre: comia, lavava as mãos, brincava à mesa, lia o jornal, ouvia os informes do Sovinformbureau, pegava no pé de Nádia, perguntava a Aleksandra Vladímirovna da fábrica, conversava com a esposa.

Liudmila Nikoláievna sentia que o marido, naqueles dias, estava parecido com ela: ele também fazia tudo que era habitual e estabelecido, mas sem participar realmente da vida, que conseguia levar com facilidade apenas porque estava habituado. Mas essa afinidade não aproximou Liudmila Nikoláievna do marido, pois o alheamento de ambos do lar era causado por motivos diametralmente opostos: a vida e a morte.

Chtrum não duvidava de suas conclusões. Tamanha confiança era atípica nele. Contudo, justamente agora, quando formulara a mais importante solução científica da sua vida, não vacilava quanto à sua certeza. No exato instante em que lhe ocorreu a ideia de um sistema de equações que permitiria explicar de maneira nova um amplo grupo de fenômenos físicos, ele, por um motivo qualquer, sem as dúvidas e hesitações que lhe eram peculiares, sentiu que aquela ideia era correta.

Ainda agora, levando a cabo seu intrincado trabalho matemático, checando e voltando a checar o curso de seu raciocínio, não sentia uma segurança maior do que naquele instante em que a hipótese o surpreendera de chofre na rua deserta.

Às vezes tentava entender o caminho que percorrera. De fora, tudo parecia bem simples.

As experiências realizadas no laboratório deviam corroborar os prognósticos da teoria. Entretanto, isso não aconteceu. A contradição entre os resultados das experiências e a teoria naturalmente suscitou dúvidas quanto à exatidão das experiências. Uma teoria criada com base em décadas de trabalho de muitos pesquisadores e que, por seu turno, explicava muitos novos trabalhos experimentais, parecia inabalável. Experiências repetidas mostravam que as deflexões sofridas pelas partículas carregadas em interação com o núcleo continuavam a não corresponder aos prognósticos da teoria. As diversas correções, mesmo as mais generosas, feitas às imprecisões das experiências, às imperfeições dos aparelhos de medição e de emulsão fotográfica empregados para fotografar as explosões do núcleo, não conseguiam explicar uma disparidade tão grande.

Então ficou evidente que o resultado das experiências não era passível de dúvidas, e Chtrum se esforçou para remendar a teoria, introduzindo nela premissas arbitrárias que permitiriam submeter à teoria o novo material experimental recolhido em laboratório. Tudo o que fizera partia de um princípio básico e capital: a teoria fora deduzida de experiências e, portanto, as experiências não podiam contradizer a teoria. Deu um trabalho imenso conciliar a teoria com as novas experiências. Contudo, a teoria remendada, à qual parecia impensável renunciar e abandonar, continuava a não dar conta de explicar os dados cada vez mais contraditórios das experiências. Remendada, ela era tão impotente quanto antes do remendo.

Foi então que lhe surgiu a nova ideia.

A velha teoria deixou de ser a base, o fundamento universal de tudo. Não foi declarada falsa, nem um equívoco absurdo, mas apenas uma resolução parcial da nova teoria... A rainha-mãe curvava-se diante da nova soberana. E tudo isso ocorrera em um instante.

Quando Chtrum começou a pensar sobre como a nova teoria tinha surgido no seu cérebro, foi surpreendido por um fato inesperado.

Pois estava completamente ausente aqui aquela lógica simples de que a teoria está ligada à experiência. Aqui, como se as pegadas tivessem sido apagadas da terra, ele não conseguia entender o caminho que havia percorrido.

Antes sempre tinha achado que a teoria vinha da experiência: a experiência a fazia nascer. Parecia-lhe que a contradição entre a teoria e os novos dados de uma experiência naturalmente levaria a uma teoria nova e mais ampla.

Mas descobriu que tudo ocorria de forma muito diferente. Alcançou o êxito justamente quando não estava tentando ligar nem a experiência à teoria, nem a teoria à experiência.

Parecia que o novo não havia brotado da experiência, mas da cabeça de Chtrum. Compreendeu isso com notável clareza. O novo brotou livremente. A cabeça fez a teoria nascer. Sua lógica, sua cadeia de causalidades, não estava ligada às experiências que Márkov realizara no laboratório. A teoria parecia ter brotado por si só do jogo livre de ideias, e esse jogo de ideias sem ligação com a experiência é que permitira explicar tanto o velho quanto o novo resultado.

A experiência fora o impulso que forçara sua mente a trabalhar. Mas ela não determinou o conteúdo das ideias.

Isso era assombroso...

Sua cabeça estava cheia de cadeias matemáticas, equações diferenciais, regras de probabilística, leis de álgebra elevada e teoria dos números. Essas cadeias matemáticas existiam por si só em um nada vazio, fora do mundo dos núcleos atômicos e das estrelas, fora dos campos magnéticos e de gravidade, fora do espaço e do tempo, fora da história da humanidade e da história geológica da Terra... Mas estavam na sua cabeça...

E, ao mesmo tempo, sua cabeça estava cheia de outras cadeias e leis: interações quânticas, campos de força, constantes que determinam a essência dos processos nucleares, o movimento da luz, a compressão e a dilatação do tempo e do espaço. O espantoso era que, na cabeça de um teórico da física, os processos do mundo material eram mero reflexo das leis nascidas no vazio matemático. Na cabeça de Chtrum, não era a matemática que refletia o mundo, mas o mundo é que era uma projeção de equações diferenciais; o mundo era um reflexo da matemática.

E, ao mesmo tempo, sua cabeça estava cheia de indicações de contadores e aparelhos, linhas pontilhadas reproduzindo os movimentos das partículas e das explosões nucleares na emulsão e no papel fotográfico.

E ao mesmo tempo viviam nele o murmúrio das folhas, a luz da lua, o mingau de trigo com leite, o ruído das fagulhas no fogão, fragmentos de melodias, latidos de cães, o Senado de Roma, os informes do Sovinformbureau, o ódio à escravidão e o amor pelas sementes de abóbora...

E deste mingau a teoria saíra, aparecera, emergira daquelas profundezas em que não havia nem matemática, nem física, nem experiências de laboratório de física, nem experiência de vida, onde não havia consciência, e sim a turfa inflamável do subconsciente...

E a lógica da matemática, sem ligação com o mundo, refletiu-se e se expressou, encarnando-se na realidade de uma teoria física, e a teoria, repentinamente, com uma precisão divina, encaixou-se no desenho complexo e pontilhado impresso no papel fotográfico.

E a pessoa em cuja cabeça tudo aquilo acontecera, olhando para as equações diferenciais e para os pedaços de papel fotográfico que confirmavam a verdade que nascera de si, soluçava e enxugava as lágrimas dos olhos felizes...

Contudo, se não fosse pelas experiências fracassadas, se não tivessem surgido o caos e o absurdo, ele e Sokolov de alguma maneira teriam costurado e remendado a teoria, e estariam equivocados.

Que bom que o absurdo não se rendera à sua perseverança.

E tudo isso, embora a nova explicação tivesse nascido da sua cabeça, estava ligado às experiências de Márkov. Na verdade, se não houvesse núcleos atômicos e átomos no mundo, eles não existiriam no cérebro humano. Sim, sim, se não fosse o brilhante Márkov, o mecânico Nozdrin, o grande vidreiro Petuchkov, a Central Elétrica de Moscou, os fornos metalúrgicos e a produção de reagentes puros, não haveria na cabeça de um físico teórico matemática que pudesse prever a realidade.

Chtrum se espantou por ter alcançado seu mais elevado êxito científico numa época em que se encontrava esmagado pelo pesar, em que uma angústia constante lhe oprimia o cérebro. Como aquilo pudera ocorrer?

E por que justamente depois de se envolver naquelas conversas perigosas, ousadas e agudas, que não guardavam nenhuma relação com seu trabalho, tudo o que era insolúvel de repente encontrara solução? Mas é claro que isso era mera coincidência.

Orientar-se nesse terreno era difícil...

O trabalho estava concluído, e Chtrum queria falar dele; até então, não tinha pensado em ninguém para compartilhar seus pensamentos.

Queria ver Sokolov, escrever a Tchepíjin, pôs-se a imaginar como suas novas equações seriam recebidas por Mandelstam, Ioffe, Landau, Tamm, Kurtchátov, como seriam assimiladas por seus colegas de seção, de setor, de laboratório, que impressões elas produziriam na gente de Leningrado. Pôs-se a pensar sob que título publicaria o trabalho. Pôs-se a pensar em como o grande dinamarquês se referiria a ele, e no que diria Fermi — talvez fosse lido pelo próprio Einstein, que lhe escreveria algumas palavras. E quem ficaria contra ele, e que questões ajudaria a resolver.

Não queria falar do trabalho com a mulher. Normalmente, antes de mandar uma carta profissional, ele a lia em voz alta para Liudmila. Quando por acaso encontrava na rua um conhecido, seu primeiro pensamento era "Liudmila vai ficar surpresa". Ao proferir uma frase ferina em uma discussão com o diretor do instituto, pensava: "Vou contar a Liudmila como eu o enquadrei." Não imaginava assistir a um filme e sentar-se no cinema sem saber que Liudmila estava perto, e que podia cochichar para ela: "Meu Deus, que merda." Todos os segredos que o perturbavam ele dividia com ela; já no tempo de estudante dizia: "Francamente, eu me rendo, sou um idiota."

Por que agora ficava em silêncio? Talvez a necessidade de compartilhar toda a sua vida com ela repousasse na certeza de que ela vivia a vida dele mais do que a sua, de que a vida dele era a sua própria vida. Agora, contudo, tal certeza não mais existia. Ela tinha deixado de amá--lo? Ou talvez ele não a amasse mais?

Mas acabou contando à mulher sobre o trabalho, embora não tivesse vontade de falar com ela.

— Veja — dizia — que sentimento assombroso: não importa o que me aconteça agora, não vivi a vida em vão. Precisamente agora, pela primeira vez na vida, não tenho medo de morrer, porque aquilo existe, aquilo nasceu!

Mostrou-lhe a folhinha rabiscada sobre a mesa.

— Não estou exagerando: trata-se de um novo olhar sobre a natureza da força nuclear, um novo princípio, é isso mesmo, é isso mesmo, vai ser a chave para muitas portas que estão fechadas... Olha, na infância... não, não é isso, mas, sabe, é aquela sensação, como um nenúfar florescendo da água escura e imóvel... ai, meu Deus...

— Estou muito feliz, estou muito feliz, Vítienka — ela disse, a sorrir.

Ele percebeu que ela pensava em si mesma, e não vivia essa felicidade e emoção.

À noite, Chtrum visitou Sokolov.

Tinha vontade de falar com Sokolov não apenas de trabalho. Queria compartilhar com ele as novas sensações.

O bondoso Piotr Lavriêntievitch compreenderia, pois não era apenas inteligente, como ainda possuía uma alma pura e boa.

Ao mesmo tempo, receava que Sokolov começasse a censurá--lo, lembrando-o de como fraquejara. Sokolov adorava explicar a conduta dos outros e pregar sermões prolixos.

Fazia tempo que não ia à casa de Sokolov. Provavelmente, nesse período, Piotr Lavriêntievitch recebera visitas umas três vezes. Visualizou por um instante os olhos saltados de Madiárov. "É ousado, um demônio", pensou. Estranho que durante esse tempo todo não tivesse pensado nas reuniões noturnas. Mesmo agora não queria pensar nelas. Havia uma certa inquietação, medo, expectativa de desgraça inevitável associada àquelas conversas noturnas. A verdade é que tinham passado muito do ponto. Foram agourentos como corvos, porém Stalingrado resistia, e os evacuados voltariam a Moscou.

Na véspera, dissera que não tinha medo de morrer, não naquele exato instante. Contudo, dava medo se lembrar de seus discursos cheios de críticas. E Madiárov ia com tudo. Era terrível lembrar. E as suspeitas de Karímov eram realmente horríveis. E se Madiárov fosse realmente um provocador?

"Não, não, não tenho medo de morrer", pensou Chtrum, "mas agora sou um proletário que tem algo a perder além de seus grilhões".

Sokolov estava sentado à mesa, com roupas de ficar em casa, lendo um livro.

— Onde está Mária Ivánovna? — perguntou Chtrum, surpreso, e surpreendendo-se com a sua surpresa. Como ela não estava em casa, sentia-se confuso, como se não tivesse vindo discutir física com Piotr Lavriêntievitch, e sim com ela.

Colocando os óculos no estojo, Sokolov respondeu, sorrindo:

— E Mária Ivánovna é obrigada a ficar em casa o tempo todo?

Então, enrolando-se com as palavras, balbuciando, tossindo, agitando-se, Chtrum se pôs a revelar a Sokolov suas ideias e a mostrar as equações.

Sokolov era a primeira pessoa a conhecer suas ideias, e Chtrum voltou a sentir de maneira especial tudo por que havia passado.

— Bem, é isso — disse Chtrum com voz trêmula, ao sentir a agitação de Sokolov.

Ficaram calados, e Chtrum achou esse silêncio maravilhoso. Sentou-se de cabeça baixa, cenho franzido, meneando a cabeça com tristeza. Finalmente, olhou para Sokolov de maneira furtiva e tímida, e teve a impressão de que havia lágrimas nos olhos de Piotr Lavriêntievitch.

Naquele quartinho pobre, durante uma guerra horrenda, que abarcava o mundo todo, estavam sentados dois homens, e uma ligação miraculosa os unia àqueles que viviam em outros países, e também àqueles que tinham vivido centenas de anos antes, e cuja mente pura aspirara ao mais elevado e maravilhoso que o homem pode realizar.

Chtrum queria que Sokolov ficasse calado por ainda mais tempo. Naquele silêncio havia algo de divino...

E ficaram muito tempo em silêncio. Depois Sokolov foi até Chtrum, colocou-lhe a mão no ombro, e Viktor Pávlovitch sentiu que estava chorando.

Piotr Lavriêntievitch disse:

— Que maravilha, que milagre, e que milagre elegante! Dou-lhe meus parabéns de todo o coração. Que força assombrosa, que lógica, que elegância! Suas conclusões são perfeitas até do ponto de vista estético.

Nesse instante, tomado pela emoção, Chtrum pensou: "Ai, meu Deus, a questão não é elegância, isso aí é o pão nosso de cada dia."

— Veja, Viktor Pávlovitch — disse Sokolov —, como o senhor não tinha razão em perder a coragem e querer adiar tudo até a volta a Moscou. — E no tom que Chtrum não suportava, de quem ensina a Lei de Deus, pôs-se a falar: — O senhor tem pouca fé, pouca paciência. Isso sempre o atrapalhou...

— Sim, sim — disse Chtrum, apressadamente. — Eu sei. Aquele beco sem saída me oprimia muito, eu sentia náuseas.

E Sokolov começou seu sermão, e tudo que ele dizia agora desagradava Chtrum, embora Piotr Lavriêntievitch tivesse imediatamente compreendido o significado do seu trabalho e o valorizasse no mais alto grau. Porém, para Viktor Pávlovitch, esse tipo de valorização era desagradável e superficial.

"Seu trabalho promete resultados notáveis." Que palavra estúpida, "promete". Chtrum não precisava de Piotr Lavriêntievitch para lhe dizer isso. E por que esse trabalho prometeria resultados? Ele já é um resultado, o que precisa prometer? "Empregou um método de resolução original." Mas não é uma questão de originalidade. Isso é pão, pão, pão preto.

De propósito, Chtrum começou a falar do trabalho cotidiano no laboratório.

— A propósito, me esqueci de lhe dizer, Piotr Lavriêntievitch, que recebi uma carta dos Urais; vão atrasar o nosso pedido.

— Bem, bem — disse Sokolov —, quando o equipamento chegar já estaremos em Moscou. Há um elemento positivo. Nós não conseguiríamos montá-lo em Kazan, e seríamos acusados de atravancar o cumprimento do nosso plano temático.

Pôs-se a falar extensamente dos assuntos do laboratório e do cumprimento do plano temático. E embora Chtrum houvesse conduzido a conversa para os assuntos cotidianos do instituto, ficou triste por Sokolov ter abandonado tão fácil o tema principal e maior.

Naquela hora, Chtrum sentiu sua solidão com especial força.

Será que Sokolov não entendia que o assunto da conversa era algo incomensuravelmente maior que o dia a dia do instituto?

Tratava-se, provavelmente, da mais importante descoberta científica de Chtrum, que influenciaria o ponto de vista teórico dos outros físicos. Pelo rosto de Chtrum, Sokolov evidentemente entendeu que embarcara na conversa dos assuntos cotidianos com gosto e facilidade excessiva.

— É curioso — disse —, o senhor comprovou essa coisa dos nêutrons e o núcleo pesado de maneira completamente nova — e fez um movimento com a mão que lembrava a descida impetuosa e suave de um trenó por uma encosta escarpada. — Aqui sim o equipamento novo vai ser útil.

— Sim, é possível — disse Chtrum —, mas isso me parece um pormenor.

— Não, não diga isso — afirmou Sokolov —, esse pormenor é bastante grande, pois trata-se de uma energia gigantesca, não concorda?

— Ah, que seja — disse Chtrum. — Acho que o interessante aqui é a mudança de ponto de vista sobre a natureza da microforça. Alguém haverá de ficar alegre com isso, vai evitar darmos passos em falso.

— Sim, vão ficar bem alegres — disse Sokolov. — Do mesmo jeito que um atleta fica alegre quando quem bate o recorde não é ele, mas um outro.

Chtrum não respondeu. Sokolov aludia ao tema de uma discussão recente ocorrida no laboratório.

No dia dessa discussão, Savostiánov defendera que o trabalho do cientista lembrava o treinamento de um atleta. Os cientistas se preparavam, treinavam, e a tensão que antecedia a resolução de questões científicas não era diferente daquela do esporte. Aqui também havia recordes.

Chtrum, e especialmente Sokolov, haviam se zangado com Savostiánov por esse comentário.

Sokolov fez ainda um discurso chamando Savostiánov de pequeno cínico, e disse que a ciência se parecia com a religião, pois o trabalho científico exprimia a aspiração humana à divindade.

Chtrum compreendeu que se zangara na discussão com Savostiánov não apenas por ele estar errado. Ele mesmo às vezes sentira alegria desportiva, agitação e inveja desportiva.

Mas sabia que a vaidade, a inveja, o arrebatamento, a sensação do recorde e as agitações esportivas não constituíam a essência, senão a superfície de sua relação com a ciência. Zangara-se com Savostiánov não apenas por ele estar certo, mas também por estar errado.

Seu verdadeiro sentimento com relação à ciência, que nascera em algum momento, quando sua alma ainda era jovem, ele não contara a ninguém, nem à mulher. E gostou quando Sokolov falou de ciência com tamanha justeza e elevação na discussão com Savostiánov.

Para que Piotr Lavriéntievitch pusera-se repentinamente a dizer que os cientistas pareciam atletas? Por que dissera aquilo? Para que dizer aquilo naquele momento tão especial e extraordinário para Chtrum?

Sentindo-se confuso e ofendido, perguntou asperamente a Sokolov:

— E o senhor, Piotr Lavriêntievitch, não ficou alegre com aquilo de que falamos, embora não tenha batido o recorde?

Naquele instante, Sokolov pensava que a solução encontrada por Chtrum era simples, dava-se a entender por si mesma e já existia na sua mente, que inevitavelmente deveria tê-la formulado.

Sokolov disse:

— Ah, sim, do mesmo jeito que Lorentz[11] deve ter ficado em êxtase quando Einstein, e não ele, transfigurou as equações que ele, Lorentz, estabelecera.

Esse reconhecimento era de uma simplicidade tão assombrosa que Chtrum se arrependeu de seu sentimento ruim.

Sokolov, porém, logo acrescentou:

— É brincadeira, claro, brincadeira. Lorentz não tem nada a ver. Não acho nada disso. Mas mesmo assim eu estou certo... apesar de não achar nada disso.

— É claro, é claro — disse Chtrum, mas a irritação não passou, e ele compreendeu em definitivo que aquela era exatamente a opinião de Sokolov.

"Hoje ele não está sendo sincero", pensou Chtrum, "mas ele é puro como uma criança, e dá para ver na hora a sua insinceridade".

---

[11] Hendrik Lorentz (1853-1928), físico holandês, criador de uma teoria eletrônica. Os trabalhos de Lorentz desempenharam grande papel na preparação da teoria da relatividade.

— Piotr Lavriêntievitch — disse —, sábado tem reunião na sua casa, como sempre?

Sokolov cutucou o nariz carnudo de bandido, preparando-se para dizer algo, mas não disse nada.

Chtrum fitou-o de forma interrogativa.

Sokolov afirmou:

— Viktor Pávlovitch, digo aqui entre nós, não estou mais gostando muito desses chás.

Agora era ele que fitava Chtrum de forma interrogativa, e, como este ficasse em silêncio, disse:

— O senhor quer saber por quê? Acho que compreende... Não é brincadeira. Dar assim com a língua nos dentes não é brincadeira...

— Mas o senhor não deu com a língua nos dentes — disse Chtrum. — O senhor ficou calado.

— Então, este é justamente o problema.

— Por favor, então vamos fazer na minha casa, isso me deixaria muito alegre.

Incompreensível! Ele também estava sendo insincero! Por que mentia? Por que discutia com Sokolov, embora no íntimo concordasse com ele? Pois também temia aqueles encontros, e não os desejava mais.

— Por que na sua casa? — perguntou Sokolov. — A questão não é essa. Digo-lhe francamente que briguei com o meu parente, o orador principal, Madiárov.

Chtrum tinha muita vontade de perguntar: "Piotr Lavriêntievitch, o senhor está seguro de que Madiárov é honesto? O senhor põe a mão no fogo por ele?"

Contudo, disse:

— Mas o que é isso? O senhor está convencido de que algumas palavras ousadas vão fazer o Estado desabar. Pena ter brigado com Madiárov, eu gosto dele. E muito!

— Em dias tão difíceis para a Rússia é uma baixeza que os russos percam tempo com críticas — afirmou Sokolov.

De novo, Chtrum teve vontade de perguntar: "Piotr Lavriêntievitch, o assunto é sério, o senhor está seguro de que Madiárov não é um delator?"

Não fez contudo essa pergunta, e disse:

— Perdão, mas as coisas agora começam a melhorar. Stalingrado é o anúncio da primavera. Por exemplo, fizemos listas de regresso dos evacuados. Lembra-se de como era há um ou dois meses? Urais, taiga, Cazaquistão... era só isso que tínhamos em mente.

— Melhor ainda — disse Sokolov. — Não vejo razão para os corvos.

— Corvos? — repetiu Chtrum.

— Exatamente, corvos.

— Meu Deus, o que é isso, Piotr Lavriêntievitch? — disse Chtrum.

Mesmo depois de se despedir de Sokolov restou-lhe na alma um sentimento de perplexidade e melancolia.

Foi tomado por uma solidão insuportável. Desde a manhã ansiara pelo encontro com Sokolov. Sentia que seria um encontro especial. Contudo, quase tudo dito por Sokolov lhe parecera insincero e mesquinho.

Ele também tinha sido insincero. A sensação de solidão não o deixou, e se tornou ainda mais forte.

Saiu para a rua e, na porta de entrada, foi chamado por uma suave voz feminina. Chtrum reconheceu a voz.

O lampião da rua iluminava o rosto de Mária Ivánovna, e suas faces brilhavam com a umidade da chuva. Usando um casaco velho, e com um lenço de lã amarrado na cabeça, aquela mulher casada com um professor universitário e doutor em ciências parecia a personificação da pobreza dos evacuados da guerra.

"Uma cobradora", pensou Chtrum.

— Como anda Liudmila Nikoláievna? — ela perguntou, com seus olhos negros lançando um olhar atento ao rosto de Chtrum.

Ele deu de ombros e disse:

— Na mesma.

— Amanhã passo na sua casa mais cedo — ela disse.

— A senhora é a médica e o anjo da guarda dela — disse Chtrum. — Que bom que Piotr Lavriêntievitch tolera essas visitas. Ele é como uma criança, não consegue ficar uma hora longe da senhora, e a senhora passa tanto tempo com Liudmila Nikoláievna.

Ela seguia a fitá-lo em silêncio, como se ouvisse e não ouvisse suas palavras, e disse:

— Hoje o seu rosto está bem diferente, Viktor Pávlovitch. Aconteceu-lhe algo de bom?

— De onde a senhora tirou isso?

— Os olhos do senhor estão diferentes. — E disse, de maneira inesperada: — É o trabalho, não? E veja que o senhor achava que não tinha mais serventia depois das grandes desgraças.

— Como a senhora sabe disso? — ele perguntou, pensando: "Que mulherada fofoqueira, será que foi a Liudmila que contou tudo?" — E o que tem de tão visível nos meus olhos? — prosseguiu, escondendo com a zombaria sua irritação.

Ela ficou quieta, medindo as palavras, e respondeu a sério, sem dar continuidade ao tom zombeteiro:

— Nos seus olhos há sempre sofrimento, mas hoje não.

Subitamente, ele se pôs a falar:

— Mária Ivánovna, como tudo é estranho. Sinto que realizei agora o feito mais importante da minha vida. Pois ciência é pão, o pão da alma. E isso aconteceu nesta época amarga e difícil. É tudo tão estranho e confuso nesta vida. Ah, como eu queria... Mas tudo bem, para que...

Fitando-o o tempo todo, ela ouviu e disse:

— Se eu pudesse afugentar a desgraça da porta da sua casa...

— Obrigado, querida Mária Ivánovna — disse Chtrum, despedindo-se. Ficou subitamente calmo, como se fosse ela que ele tivesse vindo ver, e ele tivesse dito a ela o que tinha vontade de dizer.

Em um instante, esquecido dos Sokolov, caminhava pela rua escura, com o frio soprando debaixo das portas negras, e o vento virando as abas do casaco nas esquinas. Chtrum encolhia os ombros e franzia a testa: será que sua mãe nunca saberia o que o filho andava fazendo?

7

Chtrum reuniu os colegas de laboratório — os físicos Márkov, Savostiánov, Anna Naúmovna Weisspapier, o mecânico Nozdrin, o eletricista Perepelitzin — e lhes disse que as dúvidas sobre a imperfeição dos aparelhos eram infundadas. Fora exatamente a precisão das medições que levara a resultados homogêneos, independentemente de variações nas condições das experiências.

Chtrum e Sokolov eram teóricos; o trabalho experimental do laboratório era conduzido por Márkov. Este possuía um talento notável para resolver os mais intrincados problemas das experiências, determinando com precisão infalível os princípios de equipamentos novos e complicados.

Chtrum se admirava com a segurança de Márkov ao se aproximar de um aparelho desconhecido e, em poucos minutos, sem recorrer a nenhum tipo de instrução, captar tanto os princípios mais importantes quanto os detalhes imperceptíveis. Ele dava a impressão de perceber os aparelhos da física como corpos vivos: aquilo parecia-lhe natural, como olhar para um gato e ver seus olhos, cauda, orelhas, unhas, auscultar a batida do coração e dizer qual era a função de cada coisa naquele corpo felino.

Quando era construído um novo equipamento e as coisas se complicavam, quem tinha trunfos na manga era o arrogante mecânico Nozdrin.

Alegre e de cabelos claros, Savostiánov, rindo, assim falava de Nozdrin: "Quando Stepán Stepánovitch morrer, suas mãos serão levadas ao Instituto do Cérebro para pesquisa."

Mas Nozdrin não gostava da brincadeira; olhava de cima a baixo para os colegas cientistas, sabendo que sem a força de suas mãos de operário as coisas no laboratório não aconteciam.

O favorito do laboratório era Savostiánov. Tinha facilidade com questões tanto teóricas quanto experimentais.

Fazia tudo brincando, rápido, sem esforço.

Seus cabelos claros, cor de trigo, pareciam iluminados pelo sol mesmo nos mais sombrios dias de outono. Chtrum, que gostava de Savostiánov, achava que seus cabelos eram claros porque a mente também era clara e iluminada. Sokolov também tinha Savostiánov em alta conta.

— Nós, caldeus e talmudistas, não somos páreo para ele. Ele nos ofusca, e reúne em si o senhor, Márkov e eu — Chtrum dizia a Sokolov.

Anna Naúmovna tinha sido apelidada de "burro de carga" do laboratório, pois possuía uma capacidade sobre-humana de trabalho e de paciência. Uma vez chegou a ficar dezoito horas sentada ao microscópio, estudando as camadas da emulsão fotográfica.

Muitos diretores de seção do instituto achavam que Chtrum tinha sorte por ter reunido em seu laboratório funcionários tão privilegiados. Sempre brincando, ele dizia: "Cada chefe tem os funcionários que merece."

— Estávamos muito nervosos e preocupados — disse Chtrum —, mas agora podemos ficar todos alegres. As experiências foram conduzidas pelo professor Márkov de forma impecável. Claro que aí há méritos do mecânico e do pessoal do laboratório, fizeram uma quantidade imensa de observações, bem como centenas de milhares de cálculos.

Márkov, tossindo rapidamente, disse:

— Viktor Pávlovitch, gostaria de ouvir seu ponto de vista do modo mais detalhado possível.

Abaixando a voz, acrescentou:

— Disseram-me que os trabalhos de Kotchkúrov em uma área próxima despertaram esperanças de aplicação prática. Disseram-me que Moscou andou perguntando inesperadamente dos resultados dele.

Márkov sempre estava por dentro de todo tipo de informação possível. Quando os funcionários do instituto estavam sendo evacuados de trem, Márkov levava ao vagão uma variedade de notícias sobre as paradas, as trocas de locomotiva, os próximos pontos de alimentação do caminho.

Com a barba por fazer, Savostiánov afirmou, preocupado:

— Isso é motivo para eu beber todo o álcool do laboratório.

Grande militante, Anna Naúmovna afirmou:

— Vejam que alegria! E nas reuniões de produção e do *mestkom* já estavam nos acusando de pecados mortais.

O mecânico Nozdrin permaneceu em silêncio, esfregando as faces cavadas.

E Perepelintzin, o jovem eletricista de uma perna só, foi ficando aos poucos com a cara inteira enrubescida e, sem dizer palavra, deixou a muleta cair no chão com estrondo.

Durante o dia todo Chtrum ficou satisfeito e contente.

Pela manhã, o jovem diretor Pímenov falara com ele ao telefone, dizendo a Chtrum muitas palavras boas. Pímenov fora para Moscou de avião, e estavam em andamento os últimos preparativos para a volta de quase todas as seções do instituto.

— Viktor Pávlovitch — disse Pímenov, à despedida —, logo vamos nos ver em Moscou. Estou feliz e orgulhoso por dirigir o instituto na época em que o senhor concluiu essa pesquisa notável.

E a reunião com os funcionários do laboratório também foi muito agradável para Chtrum.

Márkov, que estava sempre rindo dos regulamentos do laboratório, costumava dizer:

— Temos um regimento de doutores e professores, um batalhão de aspirantes e auxiliares científicos, mas o único soldado é

Nozdrin! — Essa piada exprimia falta de confiança nos físicos teóricos.

— Somos uma pirâmide estranha — esclarecia Márkov —, ampla e larga no topo, e mais estreita conforme vai se aproximando da base. É instável e oscilante, quando o que precisávamos era de uma base larga, um regimento de Nozdrins.

Depois do informe de Chtrum, contudo, Márkov disse:

— Olha aí o regimento e a pirâmide.

E Savostiánov, que preconizara que a ciência era similar ao esporte, tinha um olhar especialmente bom depois do informe de Chtrum: olhos alegres e bondosos.

Chtrum compreendeu que, naquele instante, Savostiánov não o fitava como um futebolista olhando para o treinador, mas como um fiel contemplando um apóstolo.

Recordou sua conversa recente com Sokolov, lembrou-se da discussão de Sokolov e Savostiánov e pensou: "Talvez eu entenda alguma coisa da natureza das forças nucleares, mas da natureza humana eu não sei mesmo nada."

No final da jornada de trabalho, Anna Naúmovna entrou no gabinete de Chtrum e disse:

— Viktor Pávlovitch, o novo chefe do departamento pessoal não me incluiu na volta para Moscou. Acabo de ver a lista.

— Eu sei, eu sei — disse Chtrum —, não há motivo para aflição, a volta será feita em duas levas, e a senhora estará na segunda, poucas semanas depois.

— Mas por que, do nosso grupo, eu fui a única que não entrou na primeira lista? Tenho a impressão de que vou enlouquecer, de tão farta que estou da evacuação. Toda noite sonho com Moscou. E tem mais: isso quer dizer que a montagem vai começar sem mim em Moscou?

— Sim, exatamente. Mas veja, a lista já foi aprovada, e é muito difícil mudá-la. Svetchin, do laboratório de magnetismo, já intercedeu por Boris Isráilievitch. É o mesmo caso que o seu, e parece que é bem difícil uma mudança. O melhor que a senhora faz é aguardar.

Ele então estourou de repente e disse:

— Sabe-se lá que diabos estão pensando! Incluíram na lista gente desnecessária, e a senhora, que é necessária e fundamental para a montagem, sabe-se lá por que foi esquecida.

— Não me esqueceram — disse Anna Naúmovna, com os olhos cheios de lágrimas —, meu caso é pior...

Anna Naúmovna, observando a porta entreaberta com um olhar estranho, furtivo e tímido, disse:

— Viktor Pávlovitch, por que tiraram só nomes judeus da lista? Rimma, secretária do departamento pessoal, me disse que em Ufá tiraram quase todos os judeus da lista da Academia da Ucrânia; só ficaram os doutores em ciência.

Chtrum, com a boca entreaberta, fitou-a em confusão momentânea, e depois caiu na gargalhada:

— O que é isso, querida, ficou louca? Graças a Deus não estamos mais na Rússia dos tsares. Que complexo de inferioridade mais provinciano! Tire isso da cabeça!

8

A amizade! Quantas formas diferentes ela tem.

Amizade no trabalho. Amizade na labuta revolucionária, amizade em uma longa viagem, amizade de soldado, amizade em uma prisão temporária, onde encontro e despedida estão separados por dois ou três dias, mas a lembrança desses dias se conserva por longos anos. Amizade na alegria, amizade na desgraça. Amizade na igualdade e na desigualdade.

O que é a amizade? Sua essência consiste apenas em comunhão de trabalho e de destino? Contudo, às vezes o ódio entre gente que é membro do mesmo partido e cujos pontos de vista se diferenciam apenas por matizes é mais intenso que o ódio dessas pessoas pelo partido adversário. Às vezes as pessoas que vão juntas para o combate se odeiam mais do que a seu inimigo comum. E às vezes o ódio entre prisioneiros é maior que o ódio destes prisioneiros por seus carcereiros.

Naturalmente você encontra amigos com maior frequência entre pessoas que têm o mesmo destino, profissão, desígnios em comum, mas é prematuro concluir que é esse tipo de comunhão que determina a amizade.

Podem fazer amizade, e realmente ficam amigas, pessoas unidas pelo desamor à sua profissão. Não fazem amizade apenas os heróis de guerra e heróis do trabalho, mas também os desertores de guerra e do trabalho. Em um e outro caso, a comunhão é o fundamento da amizade.

Duas personalidades opostas podem ficar amigas? Claro que sim!

Às vezes a amizade é uma ligação desinteressada.

Às vezes a amizade é egoísta, às vezes ela é altruísta, mas é espantoso que o egoísmo da amizade aja desinteressadamente em benefício do amigo, enquanto o altruísmo da amizade é fundamentalmente egoísta.

A amizade é o espelho no qual a pessoa se vê. Às vezes, conversando com um amigo, você conhece a si mesmo, conversa consigo mesmo, comunica-se consigo mesmo.

A amizade é igualdade e semelhança. Mas ao mesmo tempo é desigualdade e dessemelhança.

Há uma amizade de negócios, efetiva, do trabalho em conjunto, da luta em conjunto pela vida, por um pedaço de pão.

Existe a amizade por um ideal elevado, uma amizade filosófica de interlocutores e observadores, a amizade de gente que trabalha diferente, em separado, mas tem o mesmo destino na vida.

Talvez a amizade mais elevada abarque a amizade efetiva, a amizade do trabalho e da luta e a amizade de interlocutores.

Os amigos sempre precisam um do outro, mas nem sempre recebem a amizade na mesma proporção. Nem sempre os amigos querem a mesma coisa da amizade. Um amigo dá experiência, o outro se enriquece com essa experiência. Um, ajudando o amigo débil, inexperiente e jovem, reconhece a sua força e maturidade, e o outro, débil, reconhece no amigo o seu ideal de força, experiência e maturidade. Assim, em uma amizade, um dá, e o outro fica feliz com o que recebe.

Às vezes o amigo é uma instância silenciosa, com a ajuda da qual a pessoa se comunica consigo mesma, encontra alegria em si, em suas ideias, que soam nítidas e visíveis graças a se verem espelhadas no reflexo da alma do amigo.

A amizade de intelecto, contemplativa, filosófica, normalmente exige unidade de pontos de vista, mas essa semelhança pode não ser universal. Às vezes a amizade se manifesta na discussão, na dessemelhança dos amigos.

Se os amigos são semelhantes em tudo, se um é o reflexo do outro, então a discussão com o amigo vira uma discussão consigo mesmo.

O amigo é aquele que justifica as fraquezas, os defeitos e até os vícios que você tem, e que confirma a sua razão, seu talento e seu mérito.

O amigo é aquele que, por amor, revela a você suas próprias fraquezas, defeitos e vícios.

Assim, a amizade tem fundamento na semelhança, mas se manifesta nas diferenças, contradições, dessemelhanças. Uma pessoa na amizade tenta, de forma egoísta, receber aquilo que não tem. Outra pessoa tenta generosamente dar aquilo que possui.

A aspiração à amizade é inerente à natureza humana, e quem não consegue fazer amizade com gente faz amizade com bichos: cães, cavalos, gatos, ratos, aranhas.

Só uma criatura de força absoluta não precisa de amizade, e só Deus, pelo visto, pode ser essa criatura.

A verdadeira amizade não depende de o seu amigo estar no trono ou de, derrubado do trono, ter ido parar na prisão. A verdadeira amizade se refere às características internas da alma e é indiferente à glória e à força exterior.

A amizade tem formas variadas, conserva-se de maneiras diversas, mas um fundamento da amizade é inabalável: a fé na constância do amigo, na fidelidade do amigo. E por isso a amizade é especialmente maravilhosa onde o homem serve o sábado. Lá, onde o amigo e a amizade foram imolados em nome de interesses superiores, o homem declarado inimigo dos ideais superiores, que perdeu todos os seus amigos, acredita que não vai perder um único amigo.

9

Ao chegar em casa, Chtrum viu um casaco conhecido no cabide: Karímov estava à sua espera.

Karímov guardou o jornal, e Chtrum notou que, pelo visto, Liudmila Nikoláievna não quisera conversar com a visita.

— Estou chegando do colcoz, onde dei uma conferência — disse Karímov, e acrescentou: — Mas não precisa se preocupar, alimentaram-me muito bem no colcoz, pois o nosso povo é extremamente hospitaleiro.

E Chtrum notou que Liudmila Nikoláievna não oferecera chá a Karímov.

Só observando com muita atenção o rosto amassado e narigudo do visitante é que Chtrum notava os detalhes pouco perceptíveis que o diferenciavam do tipo normal russo, eslavo. Porém, por poucos instantes, em um giro inesperado de cabeça, todos esses detalhes miúdos se reuniam, e seu rosto se transformava no de um mongol.

Do mesmo modo, às vezes, na rua, Chtrum reconhecia como judias algumas pessoas de cabelo loiro, olhos claros e nariz arrebitado.

Algo bem difícil de perceber marcava a origem judaica dessas pessoas: às vezes era o sorriso, às vezes a maneira de franzir a testa com surpresa, de apertar os olhos, às vezes o dar de ombros.

Karímov pôs-se a narrar seu encontro com um tenente que, depois de ferido, viera encontrar os pais na aldeia. Aparentemente, viera à casa de Chtrum só para contar isso.

— Um ótimo rapaz — disse Karímov —, contava tudo com sinceridade.

— Em tártaro? — indagou Chtrum.

— É claro — disse Karímov.

Chtrum pensou que, se houvesse encontrado um tenente judeu ferido, não teria começado a falar com ele em iídiche; não conhecia mais do que uma dezena de palavras iídiches, como *bekizer*, *chaloimes*, e elas só serviam para fazer piada.

No outono de 1941, o tenente caíra prisioneiro na região de Kerch. Os alemães mandaram-no para o meio da neve, pegar o trigo não colhido para alimentar os cavalos. O tenente aproveitou a oportunidade e, oculto pelo crepúsculo invernal, fugiu. Foi escondido pela população russa e tártara.

— Agora estou cheio de esperança de rever minha mulher e minha filha — disse Karímov. — Assim como nós, os alemães têm cartões de diversas categorias. O tenente disse que muitos tártaros da Crimeia fugiram para as montanhas, embora não sejam incomodados pelos alemães.

— No tempo de estudante cheguei a escalar as montanhas da Crimeia — afirmou Chtrum, lembrando-se de que a mãe lhe dera dinheiro para essa excursão. — O seu tenente viu judeus?

Liudmila Nikoláievna deu uma espiada na porta e disse:

— Mamãe não chegou até agora, estou preocupada.

— Pois é, pois é, onde ela pode estar? — disse Chtrum distraidamente e, quando Liudmila Nikoláievna fechou a porta, voltou a perguntar: — O que o tenente fala dos judeus?

— Ele viu uma família judia ser levada para o fuzilamento: uma velha e duas moças.

— Meu Deus!

— Sim, e, além disso, ouviu falar de uns campos na Polônia onde reúnem os judeus, matam e esquartejam os corpos, como em um matadouro. Mas isso evidentemente é fantasia. Interroguei-o especificamente sobre os judeus porque sabia que isso iria lhe interessar.

"Por que só a mim?", pensou Chtrum. "Será que não interessa aos outros?"

Karímov refletiu por um instante e disse:

— Ah, sim, estava esquecendo, ele me contou que os alemães ordenaram que levassem ao comando as crianças de colo judias, para lhes besuntar os lábios com uma substância incolor, após o quê elas morriam na hora.

— Recém-nascidos? — voltou a perguntar Chtrum.

— Parece-me que é uma invenção, assim como os campos em que os cadáveres são esquartejados.

Chtrum começou a vagar pelo quarto, dizendo:

— Quando você pensa que recém-nascidos são assassinados nos dias de hoje, todos os esforços da cultura parecem inúteis. Por que ensinaram Goethe e Bach aos homens? Eles estão assassinando recém-nascidos!

— Sim, é um horror — afirmou Karímov.

Chtrum notou a compaixão de Karímov, mas também sua comoção e alegria; a narração do tenente reforçou sua esperança de encontrar a esposa. Já Chtrum sabia que nem depois da vitória encontraria a mãe.

Karímov ia voltar; Chtrum lastimava separar-se dele e resolveu acompanhá-lo.

— Sabe — disse Chtrum, de repente —, nós, os cientistas soviéticos, somos gente feliz. O que não deve sentir um físico ou químico alemão honrado ao saber que suas descobertas são úteis a Hitler? Imagine um físico judeu, cujos parentes são mortos desse jeito, como cães raivosos; ele fica feliz ao realizar uma descoberta que, contra sua vontade, vai reforçar o poder militar do fascismo? Ele percebe tudo, compreende tudo, e não tem como ficar alegre com a própria descoberta. Que horror!

— Sim, sim — disse Karímov —, mas um homem de ideias não consegue se impedir de pensar.

Olhou para o rosto de seu acompanhante e disse:

— Gosto de andar pela rua com o senhor, embora o tempo esteja ruim.

Karímov caminhava em silêncio, e Chtrum teve a impressão de que ele estava refletindo e não ouvira suas palavras. Chegando à esquina, Chtrum parou e disse:

— Bem, é hora da despedida.

Karímov deu-lhe um aperto de mão robusto e disse, arrastando as palavras:

— O senhor logo vai voltar para Moscou, e teremos que nos separar. Gosto muito de nossos encontros.

— Sim, sim, sim, acredite que para mim também é doloroso — disse Chtrum.

Chtrum voltava para casa sem perceber que estava sendo chamado.

Madiárov o fitava com seus olhos escuros. A gola de seu casaco estava levantada.

— E então — perguntou —, nossas reuniões chegaram ao fim? O senhor sumiu completamente, e Pior Lavriêntievitch ficou bravo comigo.

— Sim, claro que é uma pena — disse Chtrum. — Mas não foram poucas as besteiras que o senhor e eu dissemos sem pensar.

Madiárov afirmou:

— E quem vai prestar atenção em palavras ditas sem pensar?

Aproximou o rosto de Chtrum, e seus olhos dilatados, grandes e tristes se tornaram ainda mais escuros e melancólicos, e ele disse:

— Há algo de muito bom no fim das nossas reuniões.

Chtrum perguntou:

— O quê?

Madiárov disse, ofegante:

— Preciso dizer ao senhor, me parece que o velho Karímov está a serviço. Entende para quem? Tenho a impressão de que o senhor e ele se encontram com frequência.

— Nunca vou acreditar nisso, é um absurdo! — disse Chtrum.

— O senhor nunca pensou que todos os amigos dele, todos os amigos dos amigos dele desapareceram no pó há décadas, sem deixar traços, e ele não só resistiu sozinho, como prosperou? É um doutor em ciências.

— Mas e daí? — indagou Chtrum. — Eu também sou doutor, e o senhor também é doutor em ciências.

— Então é a mesma coisa. Pense nesse destino maravilhoso. Parece-me que o senhor não é mais criança.

10

— Vítia, mamãe só chegou agora — disse Liudmila Nikoláievna.

Aleksandra Vladímirovna estava sentada à mesa com um xale sobre os ombros, aproximando e afastando de si a xícara de chá, e disse:

— Veja, falei com uma pessoa que esteve com Mítia antes da guerra.

Emocionada e, por causa disso, adotando um tom de voz especialmente tranquilo e comedido, ela contou que o vizinho de uma colega de trabalho, auxiliar de laboratório, recebeu um conterrâneo por alguns dias. A colega mencionara ocasionalmente, na presença dele, o sobrenome de Aleksandra Vladímirovna, e o recém-chegado perguntou se Aleksandra Vladímirovna tinha algum parente chamado Dmitri.

Depois do trabalho, Aleksandra Vladímirovna foi à casa da auxiliar de laboratório. E lá se esclareceu que o homem tinha sido libertado de um campo havia pouco tempo. Tratava-se de um revisor, que lá ficara por sete anos por ter deixado passar um erro de impressão num artigo de jornal: os tipógrafos haviam trocado uma letra no sobrenome do camarada Stálin. Antes da guerra foi transferido, por infração disciplinar, do campo da República Autônoma de Komi para um dos "campos de lagos" no Extremo Oriente, e lá tinha um Chápochnikov como vizinho de barracão.

— Desde a primeira palavra percebi que era Mítia. Ele disse: "Deitava-se na tarimba e ficava assobiando o tempo todo: 'Passarinho, onde você esteve?'" Antes de ser preso, Mítia veio até mim e, diante de todas as minhas perguntas, sorrira e assobiara "Passarinho"... Hoje à noite, esse homem tem que tomar um caminhão para Laichevo, onde mora sua família. Disse que Mítia estava doente, com escorbuto, e o coração também não andava bom. Disse que não acreditava que seria libertado. Contou-lhe de mim e de Serioja. Mítia trabalhava na cozinha, o que é um trabalho maravilhoso.

— Sim, foi para isso que ele fez duas licenciaturas — disse Chtrum.

— Não dá para confiar; e se ele for um provocador disfarçado? — disse Liudmila.

— E quem precisa provocar uma velha?

— Em compensação, há um grande interesse por Viktor em uma instituição conhecida.

— Que absurdo, Liudmila — disse Viktor Pávlovitch, zangado.

— Ele explicou por que está livre? — indagou Nádia.

— As coisas que ele contou são incríveis. Esse mundo é imenso, e tem cada loucura! É como se ele fosse uma pessoa de outro país. Eles têm seus próprios costumes, sua própria história medieval e moderna, seus próprios provérbios...

"Eu perguntei por que o libertaram e ele ficou surpreso: a senhora não sabe como é, recebi um atestado. Continuei não entendendo, e ele me revelou que os moribundos são libertados. Há divisões dentro do campo: os trabalhadores, os retardatários, as putas... Perguntei da sentença de dez anos sem direito a correspondência que milhares de pessoas tinham recebido em 1937. Ele disse que jamais conhecera alguém com tal sentença, mesmo tendo estado em dezenas de campos. Onde estão essas pessoas? Ele disse: não sei, mas não estão nos campos. Cortam árvores. Gente que fica além do prazo, migrantes especiais... Ele me deu uma angústia! Contudo, Mítia vivia lá e também falava desse jeito: moribundos, retardatários, putas... Falou de uma modalidade especial de suicídio: no pântano de Kolimá, param de comer e por vários dias consecutivos só bebem água, morrendo de edema, de hidropisia, e entre eles chamam isso de 'bebeu água', 'começou a beber água', mas é claro que é por causa do coração doente."

Ela reparou no rosto tenso e angustiado de Chtrum e no cenho carregado da filha.

Nervosa, sentindo a cabeça arder e a boca seca, prosseguiu o relato:

— Ele diz que o mais terrível é a jornada até o campo, o trem, onde os criminosos comuns são todo-poderosos, se apossam das roupas e da comida, apostam a vida dos presos políticos nas cartas, quem perde tem que matar alguém a facadas, e a vítima, até o último minuto, não fica sabendo que teve a vida decidida no jogo... Ainda mais horrível é que todos os postos de comando do campo são ocupados pelos criminosos comuns: eles são os responsáveis pelos barracões e chefes de brigada no corte de árvores, os políticos não têm direitos, são tratados por "você", e os criminosos comuns chamavam Mítia de fascista. Assassinos e ladrões chamavam nosso Mítia de fascista.

Em voz alta, como se estivesse se dirigindo ao povo, Aleksandra Vladímirovna disse:

— Esse homem foi transferido do campo em que Mítia estava para Siktivkar. No primeiro ano, chegou ao grupo de campos onde estava Mítia um homem do centro, de nome Kachketin, e organizou a execução de dezenas de milhares de detentos.

— Ai, meu Deus — disse Liudmila Nikoláievna —, eu queria entender: será que Stálin sabe desse horror?

— Ai, meu Deus — disse Nádia, repetindo, zangada, o tom de voz da mãe —, será que você não entende? Foi Stálin quem mandou matar.

— Nádia — gritou Chtrum —, chega!

Como acontece com pessoas que sentem que alguém próximo percebeu sua fraqueza interior, Chtrum foi tomado de uma ira repentina, gritando com Nádia:

— Não se esqueça de que Stálin é o Comandante Supremo do Exército que combate o fascismo, de que a sua avó tinha esperança em Stálin até o último dia de vida, de que nós só estamos vivos e respirando porque existem Stálin e o Exército Vermelho... Aprenda primeiro a limpar o nariz sozinha e depois venha falar mal de Stálin, que barrou o caminho do fascismo em Stalingrado.

— Stálin está em Moscou, sentado, e você sabe bem quem barrou a chegada do fascismo em Stalingrado — disse Nádia. — Você mesmo disse isso quando voltou da casa de Sokolov, não se lembra?

Sentiu um novo acesso de raiva contra Nádia, tão forte que lhe parecia que ia durar pelo resto da vida:

— Eu nunca disse isso, voltei da casa de Sokolov e não disse nada, pare de imaginar, por favor.

Liudmila Nikoláievna disse:

— Por que lembrar todos esses horrores quando filhos soviéticos estão morrendo na guerra pela pátria?

Foi nesse momento que Nádia mostrou saber da fraqueza secreta que havia na alma do pai:

— Ah, é claro que você não disse nada — falou. — Agora o seu trabalho é um sucesso, e os alemães estacaram em Stalingrado...

— Mas como é que você pode — disse Viktor Pávlovitch —, como é que ousa suspeitar que o seu pai é desonesto? Liudmila, você está ouvindo?

Esperava o apoio da mulher, que não veio:

— Por que está surpreso? — disse Liudmila Nikoláievna. — Nádia cansou de ouvir suas conversas, era disso que você falava com esse seu Karímov, e com aquele abominável Madiárov. Mária Ivánovna me contou dos seus papos. Você mesmo falou bastante em casa. Oh, tomara que a gente volte para Moscou o quanto antes.

— Basta — disse Chtrum —, já sei de cor todas as coisas agradáveis que você quer me dizer.

Nádia ficou em silêncio, e seu rosto parecia murcho e feio como o de uma velha. Virou as costas para o pai, e, quando ele capturou o seu olhar, ficou estupefato com o ódio com o qual ela o fitava.

O ar tornou-se abafado, de tão impregnado que estava com tanta coisa pesada e ruim. Tudo o que durante anos fica nas sombras em quase todas as famílias — aquilo que perturba mas logo se acalma, amainado pelo amor e pela confiança espiritual — havia aflorado à superfície, escapado, transbordado largamente e tomado conta da vida, como se as únicas coisas que existissem entre pai, mãe e filha fossem desentendimento, desconfiança, rancor e recriminação.

Será que o seu destino em comum só havia gerado discórdia e alheamento?

— Vovó! — disse Nádia.

Chtrum e Liudmila olharam ao mesmo tempo para Aleksandra Vladímirovna. Estava sentada, apertando a mão contra a testa, como se padecesse de uma dor de cabeça insuportável.

Havia algo de inexprimivelmente lastimável em seu desamparo, no fato de que ela e seu pesar não parecessem ter serventia para ninguém, que só prestassem para estorvar e irritar, gerar discórdia na família, no fato de que ela, que a vida toda tinha sido forte e severa, nesse instante estivesse velha, solitária, desamparada.

Nádia, de repente, ajoelhou e disse, apertando a testa contra as pernas de Aleksandra Vladímirovna:

— Vovó querida, vovó bondosa...

Viktor Pávlovitch foi até a parede e ligou o rádio, e o alto-falante de cartolina emitiu roncos, uivos, assobios. O rádio parecia estar transmitindo o mau tempo do outono que reinava na linha de frente da guerra, nas aldeias incendiadas, em Kolimá e Vorkutá, nos campos de aviação, nas lonas molhadas de água gelada e neve que cobriam os batalhões médicos.

Chtrum contemplou o cenho franzido da esposa, foi até Aleksandra Vladímirovna, tomou as mãos dela entre as suas e começou a beijá-las. Depois, inclinando-se, afagou a cabeça de Nádia.

Nada parecia ter mudado nesses poucos minutos; aquelas mesmas pessoas estavam no quarto, o mesmo desgosto pesava sobre elas, o mesmo destino as conduzia. Contudo, só elas sabiam que calor miraculoso preenchera seus corações endurecidos durante aqueles segundos...

Uma voz retumbante surgiu de repente no quarto:

"Ao longo do dia nossas tropas travaram combate com o inimigo na região de Stalingrado, no noroeste de Tuapsé e na região de Náltchik. Nos outros fronts não houve mudanças."

11

O tenente Peter Bach foi parar no hospital por causa de um ferimento de bala no ombro. A ferida revelou-se leve, e as pessoas que levaram Bach até a ambulância felicitaram-no pela sorte.

Com um sentimento de alívio e, ao mesmo tempo, gemendo de dor, Bach foi tomar banho, ajudado por um enfermeiro.

Grande era o prazer causado pelo contato com a água quente.

— É melhor do que as trincheiras? — perguntou o enfermeiro e, querendo dizer algo de agradável ao ferido, acrescentou: — Quando o senhor sair daqui, já vai estar tudo em ordem por lá.

E agitou os braços na direção de onde vinha um estrépito uniforme.

— O senhor está aqui há pouco tempo? — perguntou Bach.

Esfregando as costas do tenente com uma bucha, o enfermeiro disse:

— Por que o senhor acha que estou aqui há pouco tempo?

— Porque ninguém aqui acha que isso vai acabar rápido. Aqui as pessoas acham que vai demorar.

O enfermeiro observou o oficial nu na banheira. Bach se lembrou de que o pessoal do hospital era instruído a informar sobre a disposição de ânimo dos feridos, e as palavras do tenente haviam manifestado desconfiança no poder das Forças Armadas. Bach repetiu:

— Não, enfermeiro, por enquanto ninguém sabe ainda como isso vai acabar.

Por que repetira aquelas palavras perigosas? Só quem vive em um império totalitário consegue entender.

Repetiu-as porque ficou irritado com o seu próprio medo quando as disse pela primeira vez. Repetiu-as para se defender, para enganar o suposto informante com sua despreocupação.

Para acabar com qualquer impressão negativa ou de oposicionismo, afirmou:

— Uma coisa é certa: desde o início da guerra, nunca existiu uma força igual à que reunimos aqui. Acredite no que digo, enfermeiro.

E logo esse jogo complicado começou a lhe causar repugnância, e ele se dedicou a uma brincadeira de criança: tentava reter na mão a água quente e cheia de sabão, que ora saltava para a borda da banheira, ora para o rosto do próprio Bach.

— É o princípio do lança-chamas — disse ao enfermeiro.

Como tinha emagrecido! Examinando os braços e peito nus, pensou na russa que o beijara havia dois dias. Jamais teria pensado em um romance com uma russa em Stalingrado. Na verdade, era difícil chamar aquilo de romance. Uma ligação acidental da guerra. Um cenário incomum, fantástico; encontraram-se em um porão, onde ele passava em meio a ruínas, iluminado pelo clarão das explosões. Um daqueles encontros dignos de registrar em livro. Na véspera, devia tê-la visitado. Ela possivelmente achava que tinha sido morto. Voltaria até ela depois de curado. Seria interessante ver quem teria ocupado o seu lugar. A natureza abomina o vazio...

Logo depois do banho foi levado à sala de raio X, e o médico que operava o aparelho colocou Bach na frente da tela:

— Faz calor aí, tenente?

— Está mais quente para os russos — respondeu Bach, desejando agradar o doutor e receber um bom diagnóstico, como se isso fosse tornar a operação mais fácil e indolor.

O cirurgião tomou Bach pelo braço e se pôs a girá-lo, ora aproximando-o da tela, ora afastando. Sua preocupação era a ferida produzida pelo estilhaço, e o fato de que ela fora infligida a um jovem de compleição robusta era uma circunstância casual.

Ambos os médicos deliberaram, misturando palavras latinas com palavrões irônicos em alemão, e Bach compreendeu que seu caso não era grave: conservaria o braço.

— Prepare o tenente para a operação — disse o cirurgião —, enquanto eu examino um caso complicado de ferimento na cabeça.

O enfermeiro tirou o avental de Bach, e a assistente do cirurgião mandou-o sentar-se no banco.

— Que diabo, Fräulein — disse Bach, com um sorriso triste e envergonhado por sua nudez —, deveriam aquecer a cadeira antes de mandarem um combatente de Stalingrado se sentar nela com as costas descobertas.

Ela respondeu sem sorrir:

— Isso não faz parte de nossas funções, paciente — e começou a tirar do armário de vidro instrumentos que, aos olhos de Bach, pareciam terríveis.

A extração do estilhaço, contudo, foi fácil e rápida. Bach chegou até a ficar ofendido com o médico: seu desprezo pela simplicidade da operação parecia abarcar o ferido.

A assistente perguntou a Bach se era necessário acompanhá-lo até a enfermaria.

— Vou sozinho — ele respondeu.

— O senhor não vai ficar muito tempo conosco — ela disse, em tom tranquilizador.

— Ótimo — ele respondeu —, eu já estava começando a ficar entediado.

Ela riu.

A imagem que a assistente fazia dos feridos obviamente vinha dos relatos dos jornais. Neles, escritores e jornalistas falavam de feridos fugindo secretamente do hospital na direção de seus queridos batalhões e companhias; tinham absoluta necessidade de atirar no inimigo e, sem isso, a vida deles nem era vida.

Talvez as pessoas que os jornalistas encontraram no hospital fossem desse naipe, mas Bach experimentava um deleite embaraçoso ao se deitar na cama coberta com lençóis novos, ao comer um prato de mingau de arroz e, tragando um cigarro (na enfermaria era estritamente proibido fumar), entabular conversa com os vizinhos.

Havia quatro feridos na enfermaria: três eram oficiais do front, e o quarto, um burocrata de peito encovado e ventre inchado, que vinha da retaguarda e sofrera um acidente de carro na região de Gumrak. Quando se deitava de costas, com as mãos na barriga, parecia um homem magro com uma bola de futebol debaixo do cobertor.

Evidentemente era por isso que os feridos o tinham apelidado de Goleiro.

O Goleiro era o único entre eles a lamentar que o ferimento o tivesse tirado de combate. Falava em tom elevado da pátria, do Exército e do quanto se orgulhava da mutilação sofrida em Stalingrado.

Os oficiais do front, que haviam derramado sangue pelo povo, zombavam do seu patriotismo.

Um deles, deitado de bruços por causa de uma ferida no traseiro, o comandante de batedores Krapp, de rosto pálido, lábios grossos e salientes olhos castanhos, disse-lhe:

— Pelo jeito, o senhor é daqueles goleiros que não apenas defendem, mas também querem fazer gol.

O batedor era louco por assuntos eróticos: falava a maior parte do tempo de relações sexuais.

O Goleiro, querendo alfinetar seu ofensor, indagou:

— Por que você não fica bronzeado? Deve ser por causa do trabalho no escritório.

Mas Krapp não trabalhava em escritório.

— Sou um pássaro noturno — disse —, a minha caça acontece à noite. Diferente do senhor, eu durmo com as mulheres de dia.

Na enfermaria xingavam os burocratas que à noite escapavam de Berlim para suas casas de campo; xingavam os soldados da intendência, que recebiam condecorações mais rápido que os do front; falavam das desgraças das famílias dos homens do front, cujas casas haviam sido destruídas por bombardeios; xingavam os garanhões da retaguarda que se deitavam com as mulheres dos militares; xingavam as lojas do front, onde só havia água de colônia e lâmina de barbear.

Ao lado de Bach estava deitado o tenente Gerne. Bach achava que ele vinha da nobreza, mas ficou claro que Gerne era camponês, daqueles para os quais o golpe nacional-socialista tinha aberto as portas. Servia como comandante adjunto do estado-maior do regimento, e fora ferido por um estilhaço em um bombardeio aéreo noturno.

Quando levaram o Goleiro para ser operado, o primeiro-tenente Fresser, um homem simples que estava deitado no canto, disse:

— Estão atirando em mim desde 1939, e eu nunca saí gritando o meu patriotismo. Dão de comer, dão de beber, dão de vestir e eu luto. Sem filosofia.

Bach disse:

— Não é bem assim. Quando os soldados do front tiram sarro da falsidade do Goleiro, tem aí uma filosofia.

— Olha só! — disse Gerne. — Que interessante. Que filosofia é essa?

Pela expressão malévola do seu olhar, Bach sentiu que Gerne era um homem que odiava a intelligentsia pré-Hitler. Bach ouvira e lera muitas vezes que a antiga intelligentsia se curvava aos plutocratas americanos, que ela escondia simpatias pelas abstrações talmudistas e judaicas, pelo estilo judeu na pintura e na literatura. Foi tomado pela raiva. Agora, quando estava pronto a se curvar ao poder rude dessa gente nova, por que olhavam para ele com essa suspeita soturna e lupina? Por acaso ele não tinha comido piolho e mastigado gelo como eles? Era um oficial da linha de frente, e ainda não o consideravam alemão! Bach fechou os olhos e virou para a parede...

— Por que há tanto veneno na sua pergunta? — murmuraria zangado.

Com um sorriso de desdém e superioridade, Gerne diria:

— O senhor realmente não entende?

— Já disse que não — responderia Bach, irritado, e acrescentaria: — Ou melhor, desconfio.

Evidentemente, Gerne se poria a rir.

— Ambiguidade, não é?

— Exatamente, exatamente. Ambiguidade — divertir-se-ia Gerne.

— Impotência da vontade?

Então Fresser começaria a gargalhar. E Krapp, erguendo-se apoiado nos cotovelos, olhou para Bach com uma impertinência indizível.

— Degenerados — diria Bach em voz alta. — Esses dois estão além do limite do pensamento humano, e o senhor, Gerne, está no meio do caminho entre homem e macaco... Vamos falar a sério.

Gelado de ódio, cerrou os olhos com força.

— A vocês basta escrever um folheto sobre um temazinho qualquer e já se enchem de ódio por aqueles que estabeleceram os fundamentos e edificaram as paredes da ciência alemã. A vocês basta escrever uma novela mirrada e já cospem nas glórias da literatura alemã. Vocês acham que a ciência e a arte são uma espécie de ministério, no qual os burocratas da velha guarda não os deixam fazer carreira? Onde vocês e os seus livrinhos ficam acuados diante de Koch, Nernst, Planck, Kellermann?... A ciência e a arte não são um escritório, são o Monte Parnaso sob um céu infinito, no qual sempre há espaço, no qual há lugar para todos os talentos da história da humanidade, desde que vocês não apareçam por lá com seus frutos secos. Não, há muito espaço lá, só não tem lugar para vocês. Não é porque suprimem Einstein que vão tomar o lugar dele. Sim, sim, Einstein, naturalmente, é judeu, mas, desculpem a generosidade, é um gênio. Não há poder no mundo que consiga ajudar vocês a tomarem o lugar dele. Pensem, será que vale a pena despender tamanha força para exterminar aqueles cujos lugares vão ficar vazios para sempre? Se a incapacidade de vocês os impediu de marchar pelos caminhos abertos por Hitler, a culpa disso é só de vocês, e não adianta arder de raiva por quem é capaz. Na área da cultura, os métodos do ódio político não são capazes de nada! Vocês perceberam quão profundamente Hitler e Goebbels entenderam isso? Eles nos ensinam com seus próprios exemplos. Quanto amor, paciência e tato eles manifestam ao cuidar da ciência, da pintura e da literatura alemãs! Mirem-se no exemplo deles, sigam o caminho da consolação e não semeiem a cisão na nossa causa alemã comum!

Depois de proferir em silêncio seu discurso imaginário, Bach abriu os olhos. Os vizinhos estavam deitados debaixo das cobertas.

Fresser disse:

— Camaradas, vejam isso — e, com um movimento de prestidigitador, retirou de sob o travesseiro uma garrafa de um litro do conhaque italiano Três Valetes.

Gerne fez um som estranho com a garganta: só um bêbado de verdade, e apenas um bêbado camponês, podia olhar para uma garrafa com uma expressão daquelas.

"Ele não é tão mau, dá para ver que não é mau", pensou Bach, envergonhando-se do discurso que proferira sem proferir.

Nessa hora, Fresser, pulando em um só pé, servia conhaque nos copos sobre o criado-mudo.

— O senhor é um animal — disse o batedor, rindo.

— Isso é que é um tenente de combate — disse Gerne.

Fresser falou:

— Um administrador do hospital reparou na minha garrafa e perguntou: "O que é isso no jornal?" Respondi: "São as cartas de minha mãe, eu nunca me separo delas."

Levantou o copo:

— Então, com os cumprimentos do primeiro-tenente Fresser!

E todos beberam.

Gerne, que tinha vontade de continuar bebendo, disse:

— Ei, precisa deixar algo para o Goleiro.

— O Goleiro que vá para o diabo; não é verdade, tenente? — Krapp perguntou.

— Ele que cumpra seu dever para com a pátria enquanto a gente vai bebendo — disse Fresser. — Todos queremos viver a vida.

— As minhas costas ressuscitaram — o batedor disse. — Agora só falta uma dama bem nutrida.

Todos ficaram alegres e relaxados.

— Vamos lá — disse Gerne, erguendo o copo.

Beberam de novo.

— Que bom que ficamos na mesma enfermaria.

— Logo que dei uma olhada, pensei: "Esses caras são autênticos, verdadeiros homens do front."

— Para falar a verdade, tive dúvidas quanto a Bach — disse Gerne. — Pensei: "Esse deve ser do Partido."

— Não, não sou do Partido.

Deitaram-se, tirando as cobertas. Todos ficaram com calor. A conversa se encaminhou para assuntos do front.

Fresser combatera no flanco esquerdo, na região do povoado de Okatovka.

— Que diabo — disse. — Os russos não sabem mesmo como avançar. Mas já é novembro, e nós também continuamos na mesma. Quanta vodca nós bebemos em agosto, e o brinde sempre era: "Não vamos perder contato depois da guerra, vamos criar uma comunidade de ex-combatentes de Stalingrado."

— Até que eles sabem avançar — disse o batedor, que combatera na região das fábricas. — O que eles não sabem é manter posição. Expulsam a gente de uma casa e na mesma hora vão dormir ou começam a encher a barriga, e os comandantes se põem a beber.

— São uns selvagens — disse Fresser, piscando. — Gastamos mais ferro com esses selvagens de Stalingrado que na Europa inteira.

— Não é só ferro — disse Bach. — No nosso regimento tem uns que choram sem motivos e que cantam como galos.

— Se o assunto não se resolver até o inverno — disse Gerne —, daí vai começar uma guerra chinesa. Uma multidão enlouquecida.

O batedor falou a meia-voz.

— Sabem, estamos preparando nossa ofensiva na região das fábricas com uma concentração de forças como nunca houve. Vai acontecer daqui a pouco. Em 20 de novembro estaremos todos dormindo com as moças de Sarátov.

Pelas cortinas da janela ouvia-se o estrondo ruidoso, majestoso e lento da artilharia e o zumbido dos aviões noturnos.

— Ouçam, são os russos — disse Bach. — É nessa hora que bombardeiam. Alguns de nós os apelidaram de "serras dos nervos".

— No nosso quartel-general eles são chamados de suboficiais de serviço.

— Silêncio! — o batedor ergueu o dedo. — Ouçam, são os calibres grossos!

— Enquanto isso, tomamos um vinhozinho na enfermaria dos feridos ligeiros — falou Fresser.

Ficaram alegres pela terceira vez no dia.

Puseram-se a falar das mulheres russas. Todos tinham o que contar. Bach não gostava dessas conversas.

Contudo, naquele serão no hospital, Bach contou de Zina, que morava no porão de uma casa destruída, e contou de forma picante, rindo o tempo todo.

O enfermeiro entrou e, olhando para os rostos alegres, começou a recolher a roupa da cama do Goleiro.

— O nosso berlinense defensor da pátria foi expulso por simulação? — indagou Fresser.

— Enfermeiro, por que você está quieto? — disse Gerne. — Somos todos homens, pode nos dizer se aconteceu algo com ele.

— Morreu — disse o enfermeiro. — Parada cardíaca.

— Vejam a que levam as conversas patrióticas — disse Gerne.

Bach disse:

— Não se deve falar assim dos mortos. Ele não estava mentindo, não tinha por que mentir para nós. Ou seja, ele era franco. Não fica bem, camaradas.

— Oh — disse Gerne —, não foi por acaso que eu achei que o tenente tinha vindo a nós com a palavra do Partido. Entendi na hora: ele é da nova linhagem dos ideólogos.

12

À noite Bach não conseguia dormir; estava um pouco confortável demais. Era estranho se lembrar do abrigo, dos camaradas, da chegada de Lennard: tinham contemplado juntos o pôr do sol através de uma porta aberta do abrigo, tomando café da garrafa térmica e fumando.

Ontem, ao se sentar na ambulância, colocara a mão sadia no ombro de Lennard, e eles se fitaram nos olhos, rindo.

Ele jamais poderia pensar que beberia com um membro da SS em um bunker de Stalingrado, ou que caminharia em meio a ruínas iluminadas por um incêndio para visitar sua amante russa!

O que lhe acontecera era extraordinário. Tinha odiado Hitler por muitos anos. Ao ouvir aqueles professores grisalhos declarando sem pudor que Faraday, Darwin e Edison eram um bando de vigaristas que tinham roubado a ciência alemã, pensara com alegria maldosa: "Quanta bobagem! Mas eles logo serão desmascarados." O mesmo tipo de sentimento lhe despertavam os romances que descreviam com uma falsidade formidável pessoas sem falhas, a felicidade de operários e camponeses ideais, a sabedoria do trabalho educacional do Partido. Ah, que versos deploráveis as revistas publicavam! Isso o tocava particularmente, pois escrevera versos no ginásio.

Contudo, em Stalingrado, queria ingressar no Partido. Na infância temera que o pai o convencesse nas discussões e tapava os ouvidos com as mãos, gritando: "Não quero ouvir, não quero, não quero..." Mas ouvira! O mundo girara em torno de seu eixo.

As peças e os filmes medíocres continuavam a desagradá-lo tanto quanto antes. Talvez o povo tivesse que passar alguns anos, algumas décadas, sem poesia, o que fazer? Mas mesmo hoje havia a possibilidade de escrever a verdade! Pois a alma alemã é a verdade principal, o sentido do mundo. Em obras encomendadas por príncipes e bispos, os mestres do Renascimento tinham conseguido exprimir os mais elevados valores espirituais...

O batedor Krapp participava de um combate noturno enquanto dormia, e gritava tão alto que provavelmente se fazia ouvir na rua: "Granada, granada nele!" Querendo se arrastar, virava-se de forma desajeitada, gritava de dor, e depois voltava a dormir e se punha a roncar.

Até o massacre dos judeus, que lhe causara tremores, agora parecia diferente. Oh, se tivesse poder, pararia imediatamente com o assassinato em massa dos judeus. Mas tinha que dizer com franqueza, embora possuísse vários amigos judeus: existiam um caráter alemão e uma alma alemã, e, se era assim, existiam também um caráter judeu e uma alma judaica.

O marxismo fracassou! Essa ideia era difícil para um homem cujo pai, tio e mãe tinham sido social-democratas.

Marx era como um físico que estabelecera uma teoria de estruturação da matéria nas forças centrífugas e desdenhara as forças da gravitação universal. Determinara as forças que opunham as classes, observando-as melhor do que qualquer um ao longo da História da humanidade. Contudo, como frequentemente acontece com aqueles que fazem grandes descobertas, imaginara que as forças das lutas de classes que ele determinara decidiam sozinhas o desenvolvimento da sociedade e o rumo da História. Não percebera a força poderosa da comunhão nacional acima das classes, e sua física social, construída sobre o desdém pela lei universal da gravitação nacional, era absurda.

O Estado não é o efeito, o Estado é a causa!

O nascimento do Estado nacional é determinado por uma lei secreta e maravilhosa! Ele é uma unidade viva, e só ele exprime o que há de particularmente valioso e imortal em milhões de pessoas: o caráter alemão, o lar alemão, a vontade alemã, a abnegação alemã.

Bach ficou deitado de olhos fechados por algum tempo. Para dormir, começou a contar ovelhas: uma branca, uma negra, de novo uma branca e uma negra, de novo uma branca e uma negra...

De manhã, depois do desjejum, escreveu uma carta à mãe. Franzia a testa, suspirava: ela não ia gostar de nada que ele estava escrevendo. Mas era justamente a ela que ele tinha de dizer o que vinha sentindo nos últimos tempos. Ao visitá-la durante a licença não lhe dissera nada. Mas ela notara sua irritação e sua falta de vontade de ouvir as infindáveis lembranças do pai, que eram sempre as mesmas.

Ela achava que ele tinha renegado a fé do pai. Mas não. Ele havia deixado de ser um renegado.

Cansados pelo tratamento matinal, os doentes estavam deitados, em silêncio. À noite, colocaram um ferido grave no leito liberado pelo Goleiro. Estava inconsciente, e não dava para saber de onde vinha.

Como explicaria à mãe que as pessoas da Nova Alemanha hoje lhe eram mais próximas que os amigos da infância?

O enfermeiro entrou e disse, com voz interrogativa:

— Tenente Bach?

— Sou eu — disse Bach, cobrindo a carta com a mão.

— Senhor tenente, uma russa pergunta pelo senhor.

— Por mim? — perguntou Bach, estupefato, percebendo que se tratava de Zina, sua conhecida de Stalingrado. Como ela tinha conseguido descobrir onde ele estava? O motorista da ambulância devia ter lhe contado. Ficou alegre e emocionado: ela tivera que pegar carona no escuro e depois percorrer a pé uns seis, oito quilômetros. Imaginava aquele rosto pálido e de olhos grandes, o pescoço magro e o lenço cinza na cabeça.

Uma gargalhada soou na enfermaria.

— Olha aí o tenente Bach! — disse Gerne. — Isso é que é trabalhar a população local.

Fresser sacudia as mãos como se estivesse mexendo água com os dedos, e disse:

— Enfermeiro, traga ela aqui. O tenente tem uma cama bem larga. Vamos casá-los.

E o batedor Krapp disse:

— Mulher é que nem cachorro; segue o homem onde ele vai.

Bach ficou subitamente indignado. O que ela estava imaginando? Como pudera aparecer no hospital? Ter ligação com mulher russa era proibido a todos os oficiais. E se no hospital trabalhassem parentes ou conhecidos da família Forster? Nenhuma alemã o teria visitado depois de uma relação tão insignificante...

O homem gravemente ferido parecia rir de nojo em sua inconsciência.

— Diga a essa mulher que não posso ir até ela — disse, carrancudo, e, para não tomar parte na conversa alegre, logo pegou o lápis e se pôs a reler o que havia escrito.

"... Que coisa extraordinária, durante anos eu achava que o Estado me oprimia. Mas agora entendi que ele na verdade exprime a minha alma... Não quero um destino fácil. Se necessário, vou romper com os velhos amigos. Sei que, no fundo, aqueles a que estou me juntando nunca vão me considerar um deles. Mas vou me curvar ao que há de mais importante em mim..."

A enfermaria, todavia, continuava alegre.

— Silêncio, não incomodem. Está escrevendo para a noiva — disse Gerne.

Bach começou a rir. Por instantes, seu riso contido lembrava um soluço, e ele pensou que, assim como ria, podia estar chorando.

13

Os generais e oficiais que não viam com frequência o comandante do 6º Exército, Paulus, achavam que as ideias e o estado de espírito do generalíssimo não haviam sofrido modificação. A maneira de se conduzir, o caráter das ordens, o sorriso com o qual ouvia tanto as pequenas observações quanto os mais sérios informes certificavam que o generalíssimo continuava a dominar as circunstâncias da guerra.

Só as pessoas mais próximas do comandante, como seu ajudante de campo, o coronel Adams, e o comandante do estado-maior do Exército, o general Schmidt, tinham ideia do quanto Paulus mudara desde o início da Batalha de Stalingrado.

Assim como antes, ele podia ser gentilmente espirituoso e condescendente com os subordinados, ou se intrometer amigavelmente na vida privada dos oficiais, e, assim como antes, tinha o poder de lançar regimentos e divisões em combate, de rebaixar e promover de posto, de fazer condecorações, e continuava fumando os charutos de sempre... Mas algo de essencial e secreto mudava a cada dia no fundo de sua alma, e essa mudança era irrevogável.

O sentimento de poder sobre as circunstâncias e os prazos o abandonou. Havia não muito tempo seu olhar passeava com tranquilidade pelos relatórios da seção de espionagem do Exército: não dava na mesma o que os russos pensavam, ou o significado do movimento de suas reservas?

Agora Adams reparara que, da pasta com informes e documentos que ele depositava pela manhã na mesa do comandante, a primeira coisa que pegava eram os dados da espionagem sobre os movimentos noturnos dos russos.

Adams uma vez mudou a ordem em que organizava os papéis, colocando os informes da espionagem em primeiro lugar. Paulus abriu a pasta e examinou o papel que estava em cima. Suas longas sobrancelhas se ergueram e ele fechou a pasta com estrondo.

O coronel Adams compreendeu que cometera uma gafe. Ficou surpreso com o olhar rápido e aparentemente queixoso do generalíssimo.

Alguns dias depois, examinando os informes e documentos, colocados na ordem habitual, Paulus disse ao ajudante:

— Senhor inovador, o senhor é evidentemente um observador.

Naquela tranquila noite de outono, o general Schmidt foi se reportar a Paulus com um certo sentimento de orgulho.

Schmidt ia à casa do comandante por uma rua amplá do povoado, respirando com satisfação o ar gelado que limpava sua garganta cheia de tabaco, e contemplando o céu colorido com as tintas escuras do pôr do sol na estepe. A alma estava tranquila, ele pensava em pintura e que os arrotos após as refeições haviam parado de incomodá-lo.

Caminhava pela rua silenciosa e deserta, e em sua cabeça, debaixo do quepe de viseira pesada, passava-se tudo o que iria se concretizar no encarniçado combate de Stalingrado. Disse exatamente isso quando o comandante, convidando-o a se sentar, preparou-se para ouvi-lo.

— Claro que na história das nossas armas já ocorreu que uma quantidade incomparavelmente maior de equipamento fosse mobilizada para uma ofensiva. Mas, pessoalmente, nunca vi se formar tamanha concentração por terra e ar em uma parte tão reduzida do front.

Paulus ouvia o chefe do estado-maior sentado, com os ombros encurvados, como se não fosse um general, virando a cabeça dócil e apressadamente na direção dos dedos de Schmidt, que se moviam entre as colunas dos gráficos e os quadrados do mapa. Paulus havia pensado essa ofensiva. Paulus tinha determinado os seus parâmetros. Mas agora, ao ouvir Schmidt, o mais brilhante chefe de estado-maior com que tivera ocasião de trabalhar, não reconhecia suas ideias nos detalhes pormenorizados da operação iminente.

Não parecia que Schmidt estava expondo as reflexões de Paulus, que haviam se desdobrado em um programa de combate, mas sim que estava impondo a ele sua vontade, que havia preparado para o ataque, contra o desejo de Paulus, infantaria, tanques e batalhões de sapadores.

— Sim, sim, a concentração — disse Paulus. — Ela impressiona especialmente se comparada ao vazio em nosso flanco esquerdo.

— Não há o que fazer — disse Schmidt —, existe muita terra a leste, muito mais do que soldados alemães.

— Essa não é uma preocupação apenas minha; Von Weichs me disse: "Não formamos um punho fechado, e sim dedos abertos, espalhados sobre o espaço infinito do leste." A preocupação não é só de Von Weichs. Só quem não se preocupa...

Não terminou a frase.

Tudo acontecia como tinha que ser, e nada acontecia como tinha que ser.

Parecia que nas confusões ocasionais e nos detalhes perversos das últimas semanas estava para se revelar algo completamente novo, triste e desesperado: a pura essência da guerra.

O serviço secreto vinha relatando obstinadamente a concentração de forças soviéticas a nordeste. A aviação não tinha forças para desalojá-las. Weichs não possuía reservas alemãs nos flancos do exército de Paulus. Weichs tentava desinformar os russos, colocando estações de rádio alemãs entre as forças romenas. Mas isso não transformava romenos em alemães.

No começo, a campanha da África parecera triunfal; um revide brilhante nos ingleses em Dunquerque, na Noruega, na Grécia, que contudo não terminou com a tomada das ilhas britânicas; vitórias colossais no leste, o avanço de milhares de quilômetros na direção do Volga, que contudo não terminaram com a derrocada definitiva do Exército soviético. A sensação era sempre a mesma: o principal já estava feito, e se o assunto ainda não estava liquidado, era por culpa de um obstáculo insignificante e circunstancial...

O que significavam aquelas poucas centenas de metros que o separavam do Volga, as fábricas semidestruídas, as carcaças vazias e queimadas das casas, em comparação com os grandes espaços tomados na ofensiva de verão? Contudo, Rommell também estava separado do oásis do Egito por uma centena de quilômetros de deserto. Também para uma vitória completa sobre uma França subjugada faltaram algumas horas e quilômetros em Dunquerque... Sempre e em toda parte ficavam faltando alguns quilômetros para a derrocada completa do inimigo, sempre e em toda parte havia flancos vazios, espaços imensos às costas dos exércitos vitoriosos e falta de reservas.

O verão passado! O que vivenciara naqueles dias só acontece uma vez na vida. Sentira no rosto o ar da Índia. Se uma avalanche fosse capaz de experimentar sentimentos ao varrer florestas e tirar os rios do curso, teria sentido o que ele experimentou naqueles dias.

Naqueles dias, surgira-lhe a ideia de que os alemães estavam se habituando ao nome Friedrich; claro que não era a sério, era uma brincadeira, mas estava lá. Justamente nesses dias, porém, um grão de areia maldoso e áspero começou a ranger não debaixo de seus pés, mas entre os dentes. No estado-maior reinava uma tensão triunfante e feliz. Ele recebia dos comandantes das unidades relatórios orais, por carta, por rádio, por telefone. Aquilo não parecia um trabalho pesado, e sim a expressão simbólica do triunfo alemão... Paulus tirou o telefone do gancho. "Senhor generalíssimo..." Reconheceu a voz de quem falava, e o tom de voz do cotidiano da guerra não combinava com os sinos que tilintavam no ar e nas ondas do rádio.

O comandante de divisão Weller informava que os russos haviam lançado uma ofensiva no seu terreno, que um destacamento de infantaria, mais ou menos do tamanho de um batalhão reforçado, conseguira avançar para oeste e ocupar a estação de trem de Stalingrado.

Justamente esse incidente insignificante deu início ao sentimento de aflição.

Schmidt leu em voz alta o projeto da ordem de operações, endireitando de leve os ombros e erguendo o queixo, como sinal de que não deixava de lado o sentimento de formalidade, embora ele e o comandante tivessem boa relação pessoal.

Inesperadamente, abaixando a voz, o generalíssimo adotou um tom que não era de militar nem de general, e disse palavras estranhas, que desconcertaram Schmidt:

— Acredito no êxito. Mas sabe de uma coisa? Nossa luta nesta cidade não era absolutamente necessária, é um absurdo.

— Algo inesperado da parte do comandante das forças de Stalingrado — disse Schmidt.

— O senhor acha inesperado? Stalingrado deixou de contar como centro de comunicações e como centro de indústria pesada. O que vamos fazer aqui depois disso? O flanco nordeste do exército do Cáucaso pode ser protegido na linha Astracã-Kalatch. Não precisamos de Stalingrado para isso. Eu acredito no êxito, Schmidt: vamos tomar a fábrica de tratores. Mas com isso não vamos cobrir nosso flanco. Von Weichs não tem dúvidas de que os russos vão atacar. Blefes não vão detê-los.

— O curso dos eventos muda seu significado, mas o Führer nunca se retirou sem antes ter cumprido o objetivo.

Paulus tinha a impressão de que a desgraça estava exatamente no fato de que as vitórias mais brilhantes não haviam dado frutos, por não terem sido levadas até o fim com tenacidade e decisão; ao mesmo tempo, achava que abandonar objetivos que haviam perdido significado revelava a mais pura força do chefe militar.

Porém, fitando os olhos insistentes e inteligentes do general Schmidt, disse:

— Não cabe a nós impor nossa vontade a um grande estrategista.

Ergueu da mesa o texto da ordem da ofensiva e subscreveu-o.

— Quatro exemplares, levando em conta o caráter absolutamente secreto — disse Schmidt.

14

A unidade para a qual Darenski se encaminhou depois de se dirigir ao estado-maior do Exército da estepe ficava no flanco sudoeste do front de Stalingrado, nas areias secas às margens do Cáspio.

As estepes dispostas junto às águas do rio e do lago davam a Darenski a impressão de serem algo como a Terra Prometida: a estipa crescia ali, havia uma ou outra árvore, os cavalos relinchavam.

Na planície deserta e arenosa estavam instaladas milhares de pessoas habituadas ao ar úmido, ao orvalho da madrugada, ao murmúrio do feno. A areia lhes rasgava a pele, entrava nos ouvidos, rangia no trigo e no pão, havia areia no sal e nas culatras dos fuzis, nos relógios mecânicos, nos sonhos dos soldados... Era duro para o corpo das pessoas, para as narinas, laringes, panturrilhas. O corpo aqui padecia como uma telega que tivesse saído da pista e rastejasse rangendo pelos campos.

Darenski passava o dia percorrendo as posições de artilharia, falando com gente, escrevendo, fazendo esboços, inspecionando armas e estoques de munições. À noite estava esgotado, a cabeça latejava, as pernas doíam da falta de costume de andar naquele movediço solo arenoso.

Darenski reparara havia muito tempo que, em dias de retirada, os generais tornavam-se especialmente atentos às necessidades dos subordinados; os comandantes e membros do soviete militar mostravam-se pródigos em autocrítica, ceticismo e modéstia.

O Exército nunca tem tanta gente inteligente e compreensiva como na época de uma retirada atroz diante da supremacia do inimigo e da ira da Stavka, que busca os culpados pelo fracasso.

Mas aqui, na areia, uma indiferença sonolenta se apoderara das pessoas. Era como se os chefes de estado-maior e das tropas estivessem convencidos de que nada no mundo interessava, pois a areia continuaria do mesmo jeito amanhã, depois de amanhã e dali a um ano.

O tenente-coronel Bova, chefe do estado-maior do regimento de artilharia, convidou Darenski para passar a noite. Apesar do sobrenome de *bogatir*, Bova era arqueado, careca e escutava mal de um ouvido. Logo que foi chamado para o estado-maior da artilharia no front, espantou a todos por sua memória descomunal. Parecia que naquela cabeça calva, alojada em ombros estreitos e encurvados, não existia nada além de cifras, números de baterias e divisões, nomes de localidades, sobrenomes de comandantes e patentes.

Bova habitava uma choça de tábuas com paredes besuntadas de argila e esterco, e chão revestido de cartolina. A cabana era idêntica às outras moradias de comandantes espalhadas pela planície deserta.

— Viva! — disse Bova, apertando impulsivamente a mão de Darenski. — Que beleza, hein? — apontou para as paredes. — Nada como hibernar em uma casinha de cachorro revestida de merda.

— Sim, que alojamento! — disse Darenski, surpreso com a transformação completa do calmo Bova, que já não se parecia mais consigo próprio.

Acomodou Darenski em um caixote de enlatados americanos, servindo-lhe vodca em um copo turvo e facetado, com a borda manchada de pasta de dente, e pegou um tomate verde que estava de molho em cima de uma folha de jornal encharcada.

— Por favor, camarada tenente-coronel, vinho e frutas! — disse.

Cauteloso como todo abstêmio, Darenski tomou um golinho, depositou o copo longe de si e começou a interrogar Bova sobre assuntos militares. Mas Bova não estava inclinado a falar de trabalho.

— Ei, camarada tenente-coronel — disse —, eu tinha a cabeça o tempo todo no serviço, nada me distraía, e tinha cada mulher quando estávamos na Ucrânia e em Kuban, meu Deus... E davam a maior trela, era só acenar! Mas eu, estúpido, ficava gastando o traseiro na seção de operações, e só fui me dar conta tarde demais, no meio da areia!

Darenski ficou inicialmente zangado porque Bova não queria falar da densidade média de combatentes por quilômetro de front, nem da superioridade dos morteiros sobre a artilharia nas condições do deserto de areia; contudo, interessava-se pelos novos rumos da conversa.

— Isso mesmo — disse —, as mulheres na Ucrânia são notavelmente interessantes. Em 1941, quando o estado-maior estava em Kiev, encontrei uma ucraniana especial, que era casada com um funcionário da procuradoria. Uma beleza!

Ergueu-se, levantou o dedo e, encostando-o no teto baixo, acrescentou:

— No que diz respeito a Kuban, não tenho como discutir com o senhor. Nesse quesito, Kuban está em primeiro lugar, com uma porcentagem descomunal de mulheres bonitas.

As palavras de Darenski agiram poderosamente sobre Bova.

Praguejou e gritou, com voz chorosa:

— E agora só tem as calmucos, por favor!

— Não diga isso! — interrompeu-o Darenski, proferindo um discurso bem-estruturado sobre os encantos das morenas de maçã de rosto saliente impregnadas de absinto e do ar da estepe. Lembrou-se de Alla Serguêievna, do estado-maior do Exército da estepe, e finalizou o discurso: — O senhor não está certo, porque há damas em todo lugar. No deserto não tem água, isso é verdade, mas mulher tem.

Bova, contudo, não respondeu. Darenski notou então que Bova tinha dormido, e só nesse momento percebeu que seu anfitrião estava completamente bêbado.

O ronco de Bova lembrava os gemidos de um moribundo, com a cabeça a pender-lhe da cama. Com a paciência e bondade especiais que os bêbados suscitam nos russos, Darenski depositou um travesseiro debaixo da cabeça de Bova, estendeu-lhe um jornal sob as pernas, enxugou-lhe a saliva da boca e passou a ver onde se instalaria.

Darenski estendeu no chão o capote militar do anfitrião, jogando o seu por cima, e acomodando debaixo da cabeça a enorme sacola de campanha que, durante as missões, lhe servia de escritório, de armazém de alimentos e de recipiente de utensílios de higiene.

Saiu para a rua, respirou o ar frio da noite, soltou uma exclamação ao olhar para a chama etérea no céu negro da Ásia, satisfez uma pequena necessidade contemplando as estrelas, pensou "sim, o cosmos" e foi dormir.

Deitou-se no capote do anfitrião, cobriu-se com seu próprio capote, mas, em vez de fechar os olhos, arregalou-os: fora assaltado por um pensamento infeliz.

Que pobreza desesperadora era aquela! Estava deitado no chão, olhando para restos de tomate em conserva e para uma mala de papelão que provavelmente continha uma pequena toalha de rosto com uma grande marca negra, colarinhos amassados, um coldre vazio e uma saboneteira quebrada.

A isbá em Verkhne-Pogromnoie na qual pernoitara no outono hoje lhe parecia rica. E, dali a um ano, aquela choça de hoje é que ia parecer luxuosa quando se lembrasse dela em um buraco qualquer no qual não tivesse lâmina de barbear, nem mala, nem meias furadas.

Naqueles meses de trabalho no estado-maior da artilharia, seu espírito sofrera grandes modificações. A necessidade de trabalho, que fora uma demanda tão imperiosa quanto o desejo de comer, estava satisfeita. Já não se sentia feliz só por estar trabalhando, assim como o homem que está sempre saciado não se sente especialmente feliz só por comer.

Darenski fazia bem o seu trabalho, e a chefia o valorizava muito. Inicialmente isso o alegrara; não estava habituado a ser considerado necessário, insubstituível. Por longos anos se habituara ao contrário.

Darenski não refletia sobre o motivo pelo qual o sentimento de superioridade com relação aos colegas que brotara nele não dera origem a uma condescendência benevolente por eles, sensação característica de gente forte. Pelo visto, não era forte.

Frequentemente se irritava, gritava e praguejava, depois olhava com pesar para as pessoas que ofendera, mas jamais lhes pedia perdão. Ficavam ofendidos com ele, mas não o julgavam uma pessoa má. O estado-maior do front de Stalingrado possivelmente o tratava ainda melhor do que tratara Nóvikov em sua época do estado-maior do sudoeste. Diziam que páginas inteiras das anotações de seus informes constavam dos relatórios que gente de alto escalão fazia para gente de escalão maior ainda em Moscou. Nos tempos difíceis, seu trabalho e discernimento haviam sido importantes e proveitosos. Contudo, cinco anos antes da guerra, sua esposa o abandonara, achando que ele era um inimigo do povo que a enganara ao esconder dela sua essência frouxa e ambígua. Frequentemente ficara sem trabalho por causa de informações perniciosas na sua ficha, tanto na linhagem paterna quanto na materna. No começo ficava ofendido ao saber que a posição que lhe fora recusada era ocupada por um homem que se distinguia pela estupidez ou ignorância. Depois passou a achar que realmente não podiam lhe confiar trabalho operacional de responsabilidade. Depois dos campos, começou a sentir seu demérito de maneira séria e completa.

Contudo, os horríveis tempos de guerra revelaram que não era nada disso.

Puxando o capote sobre os ombros, com o que os pés imediatamente sentiram o ar frio, Darenski pensou que agora, quando seu saber e capacidade tinham-se revelado necessários, estava desabado no chão de um galinheiro, ouvindo o grito estridente e repugnante dos camelos, e não sonhava com balneários ou dachas, mas com um par limpo de ceroulas e com um pedaço de sabão.

Orgulhava-se de que sua ascensão não tivesse vantagens materiais, mas, ao mesmo tempo, irritava-se com isso.

Sua confiança e presunção coadunavam-se com uma timidez permanente e cotidiana. Tinha a impressão de que os bens da vida nunca eram para o seu bico.

Habituara-se desde a infância a uma sensação de insegurança constante, de privação diária, a continuamente trajar roupas pobres e velhas.

Mesmo agora, em tempos de êxito, tal sensação não o abandonava.

Aterrorizava-o a ideia de que chegaria ao refeitório do soviete militar e a funcionária diria: "Camarada tenente-coronel, o senhor deve se servir no refeitório do *Voentorg*."[12] Depois, em alguma reunião, algum general piadista cairia em cima: "Então, tenente-coronel, o borche do refeitório do soviete militar é suculento?" Sempre se espantava com a segurança autoritária com que não apenas generais, mas até fotógrafos de jornal, comiam, bebiam e exigiam gasolina, uniforme e *papiróssi* em lugares onde não tinham direito.

---

[12] Loja de departamentos militar.

Assim era a vida: seu pai não conseguira emprego durante anos, e quem alimentava a família era a mãe, que trabalhava como estenógrafa.

No meio da noite, Bova parou de roncar, e Darenski, ao ouvir o silêncio que vinha de seu leito, ficou preocupado.

Bova indagou inesperadamente:

— Não está dormindo, camarada tenente-coronel?

— Não, não dormi — respondeu Darenski.

— Perdão por não o ter acomodado melhor, bebi demais — disse Bova. — Mas agora a cabeça está clara como se não tivesse bebido nada. Veja, eu deitei e pensei: como viemos parar neste lugar horroroso? Quem nos fez dar nesse buraco?

— Como assim? Os alemães — respondeu Darenski.

— Passe para a cama que eu vou para o chão — disse Bova.

— Não precisa, estou bem aqui.

— É desconfortável, e não está de acordo com os costumes do Cáucaso o anfitrião ficar na cama com o hóspede no chão.

— Tudo bem, tudo bem, nós não somos do Cáucaso.

— Estamos quase no Cáucaso, os montes do Cáucaso estão aqui perto. O senhor diz que foram os alemães, mas olha, não foram só eles, nós também fizemos nossa parte.

Bova tinha evidentemente se levantado: a cama rangia com força.

— Hum, sim — afirmou.

— Sim, sim, sim — disse Darenski do chão.

Bova pessoalmente conduzira a conversa para um caminho inesperado, e agora ambos estavam em silêncio, refletindo se era necessário iniciar uma palestra daquelas com uma pessoa que se conhecia pouco. E, pelo jeito, a reflexão levara à conclusão de que não se devia ter uma conversa daquele tipo com uma pessoa que se conhecia pouco.

Bova começou a fumar.

Quando o fósforo acendeu, Darenski viu o rosto de Bova, que parecia outro, gasto e carrancudo.

Darenski também começou a fumar.

À luz do fósforo, Bova viu o rosto de Darenski, que, apoiado nos cotovelos, parecia outro, frio e hostil.

Por algum motivo, foi exatamente depois disso que começou a conversa que não se deveria ter.

— Sim — disse Bova, mas dessa vez não de forma arrastada, mas curto e grosso —, foram a burocracia e os burocratas que nos empurraram para cá.

— O burocratismo — disse Darenski — é um negócio ruim. Meu motorista me disse que antes da guerra a burocracia na aldeia dele era tanta que sem dar meio litro de vodca não havia como conseguir nem um certificado no colcoz.

— Não brinque, não é para rir — interrompeu Bova. — Sabe, a burocracia não é piada, em tempos de paz já levava as pessoas a fazer sabe Deus o quê. Mas, nas condições do front, pode ser ainda pior. Ouça um caso de uma unidade aérea: um piloto pulou de um avião em chamas que tinha sido abatido por um Messer e conseguiu sobreviver, mas com as calças queimadas. Só que não entregaram calças para ele! Foi um escândalo, o administrador adjunto se recusou, disse que o prazo de uso da outra não tinha vencido, e fim de conversa! O piloto ficou três dias sem calças até o caso chegar ao comandante da unidade.

— Me desculpe, mas isso é uma bobagem — disse Darenski —, não é porque um idiota qualquer atrasou a entrega de um par de calças que nos retiramos de Brest para o deserto do Cáspio. Isso é uma ninharia, um detalhe.

Bova soltou um gemido amargo e disse:

— E eu estou dizendo que é por causa das calças? Mais um caso: um destacamento de infantaria ficou cercado, e as pessoas começaram a passar fome. Uma unidade aérea recebeu a ordem de lançar víveres de paraquedas. Mas a intendência se recusou a entregar os víveres; alegavam precisar de um recibo com assinatura, mas como alguém lá embaixo poderia assinar se os sacos vão ser lançados por aviões? O intendente bateu pé e não cedeu. Só foi persuadido com uma ordem direta.

Darenski caiu na gargalhada.

— É um caso engraçado, mas de novo é uma mesquinharia. Pedantismo. Nas condições da linha de frente, o burocratismo pode se manifestar de forma horrorosa. O senhor conhece a ordem "nem um passo atrás"? Os alemães estavam alvejando centenas de pessoas; bastava levá-las para a encosta oposta da colina e elas estariam em segurança, sem perda tática, e poupando equipamento. Mas havia a ordem "nem um passo atrás", e elas continuaram sob fogo inimigo: acabaram morrendo, e o equipamento foi destruído.

— É a mais pura verdade — disse Bova. — Em 1941, o Exército mandou dois coronéis de Moscou até nós, para verificar o cumprimento dessa ordem "nem um passo atrás". Não tinham carro, e nós, em três dias, havíamos recuado duzentos quilômetros desde Gomel. Busquei os coronéis de caminhão, para que não fossem pegos pelos alemães, e eles, enquanto se sacudiam na carroceria, pediam-me: "Dê--nos informação sobre o cumprimento da ordem 'nem um passo atrás'." Tinham que prestar contas, não havia o que fazer.

Darenski encheu o peito de ar, como quem se prepara para mergulhar mais fundo, e, mergulhando, disse:

— O burocratismo é horrível quando um soldado do Exército Vermelho, com sua metralhadora, defende sozinho uma colina contra setenta alemães, detém a ofensiva, morre, o Exército se curva, tira o chapéu para ele, e sua mulher tuberculosa é expulsa do apartamento sob os gritos do presidente do soviete regional: fora, sua sem-vergonha! Burocracia é quando um homem recebe a ordem de preencher 24 formulários e, no final das contas, reconhece em uma reunião: "Camaradas, não sou um dos nossos." Quando um homem diz: sim, sim, o Estado é operário e camponês, mas meu pai e minha mãe são nobres, parasitas, degenerados, ponham-me para fora que vai estar tudo certo.

— Mas eu não vejo burocratismo nisso — retrucou Bova. — É isso mesmo, o Estado é operário e camponês, e dirigido por operários e camponeses. O que isso tem de mau? É justo. O Estado burguês não confia nos pobres.

Darenski ficou boquiaberto; seu interlocutor, pelo visto, pensava de forma completamente distinta.

Bova acendeu um fósforo e, sem levá-lo ao cigarro, iluminou com ele o rosto de Darenski.

Darenski semicerrou os olhos, como acontece no campo de batalha quando se está sob a luz do holofote inimigo.

Bova disse:

— Veja, sou de origem operária pura, meu pai era operário, meu avô era operário. Meu formulário é cristalino. Contudo, antes da guerra eu também não prestava.

— Por que não prestava? — Darenski indagou.

— Não vejo burocratismo se o Estado operário e camponês se precavê contra os nobres. Mas por que antes da guerra vieram atrás de mim, um operário? Não sabia se ia escolher batatas nos armazéns de frutas e legumes ou se ia varrer rua. E eu não tinha feito mais do que exprimir um ponto de vista de classe: critiquei a chefia, que vivia bem demais. E daí foram para cima de mim. Aqui, para mim, reside a raiz principal do burocratismo: quando o operário sofre em seu próprio Estado.

Darenski logo sentiu que seu interlocutor, com aquelas palavras, referia-se a algo muito significativo, e, como falar daquilo que lhe emocionava e aquecia a alma não estava em seus hábitos, assim como não tinha o costume de ouvir aquilo de outra pessoa, sentia algo de indizivelmente bom: uma felicidade sem cautela, sem medo de se exprimir, de discutir a respeito daquilo que perturba a mente, de se comover tanto com aquilo que causa a perturbação quanto por ter com quem falar.

Mas aqui, no chão, na choça, na conversa noturna com um militar simples que tinha bebido e acabara de ficar sóbrio, sentindo ao seu redor a presença de gente que viera da Ucrânia Ocidental até esse deserto, tudo parecia diferente. E uma coisa simples, natural, desejada e necessária, porém inacessível e impensável, tinha ocorrido: um diálogo sincero, de homem para homem.

— Em que ponto o senhor se equivoca? — disse Darenski. — É verdade que não se admitem pobres no senado da burguesia, mas, se um homem pobre se tornar milionário, ele vai entrar no senado. Os Ford começaram como operários. Nos nossos postos de comando não se admitem burgueses e latifundiários, e isso é certo. Mas colocar a marca de Caim em um trabalhador só porque seu pai ou avô foram cúlaques ou sacerdotes é uma coisa completamente diferente. Aí não tem ponto de vista de classe. E você acha que na minha época nos campos eu não vi trabalhadores de Putílov e mineiros de Dontesk sofrendo? Aos montes! Nosso burocratismo é horrendo se você pensar que ele não é uma excrescência no corpo do Estado; uma excrescência é possível cortar. Ele é horrendo se você pensar que o burocratismo é o próprio Estado. Em tempo de guerra, ninguém quer morrer pelo chefe do departamento pessoal. Qualquer um consegue escrever "recusado" em um pedido, ou expulsar de seu gabinete a viúva de um soldado. Mas para expulsar os alemães tem que ser forte, um homem de verdade.

— Isso é verdade — disse Bova.

— Não estou ressentido. Eu me curvo bem baixo, me curvo até o chão. E muito obrigado! Estou feliz! Aqui tem outra coisa ruim: para que eu fosse feliz e pudesse dar à Rússia toda a minha força, foi preciso passar por tempos horripilantes. Isso é amargo. Se esse for o preço da minha felicidade, que ela vá com Deus! Que seja maldita!

Darenski sentiu que não fora até o fundo, até o mais importante, o que constituía a essência daquela conversa, o que teria iluminado a vida com uma luz clara e simples; porém, ficou alegre porque pensara e falara sobre aquilo que, normalmente, não pensava nem falava. Disse a seu interlocutor:

— Saiba que, aconteça o que acontecer, jamais me arrependerei dessa conversa noturna.

15

Mikhail Sídorovitch passou mais de três semanas na área de isolamento do *Revier*. Foi bem alimentado e examinado duas vezes por um médico da SS, que lhe prescreveu injeções de glicose.

Nas primeiras horas de detenção, Mikhail Sídorovitch, enquanto esperava ser chamado para o interrogatório, ficou se atormentando sem parar: por que tinha dado trela a Ikónnikov? O *iuródivy* evidentemente o delatara, plantando papéis comprometedores antes da busca.

Passavam os dias, e Mostovskói não era chamado. Refletiu a respeito dos temas das conversas políticas com os detentos, meditando sobre quais deles poderiam ser atraídos para a tarefa. À noite, durante a insônia, compunha o texto dos panfletos e escolhia as palavras para um guia de conversação dos campos que facilitasse a relação entre gente de nacionalidades distintas.

Esforçou-se por recordar uma antiga regra das conspirações que excluía a possibilidade de revés generalizado em caso da denúncia de um provocador.

Mikhail Sídorovitch tinha vontade de discutir com Ierchov e Óssipov os primeiros passos da organização: estava seguro de que conseguiria superar os preconceitos que havia entre ambos.

Tchernetzov, que odiava o bolchevismo ao mesmo tempo que ansiava pela vitória do Exército Vermelho, parecia-lhe patético. Ficou quase tranquilo ao pensar no interrogatório que estava pela frente.

À noite, Mikhail Sídorovitch sofreu um ataque cardíaco. Estava deitado, com a cabeça apoiada na parede e a terrível melancolia que acomete os que vão morrer no cárcere. Com a dor, perdeu a consciência temporariamente. Voltou a si, com a dor mais fraca, mas o peito, rosto e mãos cobertos de suor. Teve a impressão ilusória de clareza nas ideias.

A conversa sobre os males do mundo com o sacerdote italiano misturava-se com sua lembrança do sentimento de felicidade experimentado na infância, quando uma chuva desabou de repente e ele entrou correndo no quarto em que a mãe costurava; com a esposa a visitá-lo no degredo, no Ienissei, com os olhos alegres e cheios de lágrimas; com o pálido Dzerjinski,[13] ao qual perguntara, em um congresso do Partido, sobre o destino de um jovem socialista-revolucionário. "Fuzilado", disse Dzerjinski. Os olhos melancólicos do major Kiríllov... Arrastam em um trenó, coberto com um lenço, o cadáver de um amigo que não aceitara sua ajuda na época do cerco de Leningrado.

A cabeça vertiginosa de menino, cheia de sonhos, e esse grande crânio calvo, apertado contra as tábuas ásperas do campo.

Passou algum tempo, e o passado longínquo começou a se distanciar, a perder os contornos, as cores. Mostovskói tinha a impressão de mergulhar lentamente em água gelada. Adormeceu para voltar a ouvir o uivo da sirene em meio às trevas da madrugada e encontrar o novo dia.

Durante o dia, Mikhail Sídorovitch foi levado ao banho do *Revier*. Suspirando descontente, examinou os braços flácidos e o peito encovado.

"Pois é, velhice não se cura", pensou.

Quando o soldado da escolta, que amassava um cigarro com os dedos, saiu de perto da porta, um detento com marcas de varíola no rosto e de ombros estreitos, que varria o chão de cimento com um esfregão, disse a Mostovskói:

— Ierchov me mandou lhe dar a notícia. Na região de Stalingrado, os nossos repeliram todos os ataques dos boches. O major mandou informar que a coisa está em ordem. E que o senhor escreva um panfleto e o entregue antes do próximo banho.

Mostovskói queria dizer que não tinha lápis nem papel, mas o vigia entrou.

Ao se vestir, Mikhail Sídorovitch sentiu um pacote no bolso. Tinha dez torrões de açúcar, um pedaço de sal amarrado em um pano, um pouco de papel em branco e um toco de lápis.

Foi tomado por um sentimento de felicidade. O que mais podia querer? Não ia acabar a vida em meio a inquietações triviais com esclerose, indigestão e espasmos cardíacos.

Apertou os torrões de açúcar e o pequeno lápis contra o peito.

À noite, um suboficial da SS o tirou do *Revier*, conduzindo-o pela rua. Um vento frio lhe soprava impetuosamente na cara. Mikhail

---

[13] Félix Edmúndovitch Dzerjinski (1877-1926), revolucionário bolchevique e primeiro chefe da Tcheká.

Sídorovitch deu uma olhada na direção dos barracões adormecidos e pensou: "Não é nada, não é nada, os nervos do camarada Mostovskói não vão enguiçar, rapaziada, podem dormir tranquilos."

Cruzaram a porta da direção do campo. Aqui o campo não cheirava mais a amônia, e percebia-se um odor de tabaco. Mostovskói viu uma grande guimba de cigarro, e teve vontade de pegá-la do chão.

Subiram diretamente ao terceiro andar, e a escolta ordenou que Mostovskói limpasse os pés no capacho, ficando também um bom tempo a esfregar as próprias solas. Sem fôlego depois de subir as escadas, Mostovskói tentava controlar a respiração.

Caminharam pelo tapete que cobria o corredor.

Uma luz gentil e tranquila vinha das lâmpadas — pequenas tulipas transparentes. Cruzaram uma porta lustrada, com uma tabuleta que dizia "Kommandant", e detiveram-se diante de uma porta elegante com a inscrição "Sturmbannführer[14] Liss".

Mostovskói ouvira esse sobrenome com frequência: era o representante de Himmler na direção do campo. Achava cômico que o general Guzd se zangasse: por que Óssipov fora interrogado por Liss em pessoa, enquanto Guzd o fora por um assistente de Liss? Guzd vira aí um desrespeito pela hierarquia militar.

Óssipov contou que Liss o interrogara sem intérprete: era um alemão de Riga que sabia russo.

Um jovem oficial entrou no corredor, disse algumas palavras à escolta e fez Mikhail Sídorovitch entrar no gabinete, deixando a porta aberta.

O gabinete era despojado. Um tapete no chão, flores em um vaso, um quadro na parede: a orla de um bosque, as telhas vermelhas dos tetos das casas dos camponeses.

Mostovskói teve a impressão de que fora parar no gabinete do diretor de um matadouro: ao lado havia os estertores das criaturas sendo mortas, as vísceras fumegantes, gente manchada de sangue, mas a diretoria era tranquila, acarpetada, e o telefone preto sobre mesa era a única evidência da ligação entre o gabinete e o matadouro.

Inimigo! Que palavra simples e clara. Voltou a se lembrar de Tchernetzov: que destino miserável na época do "Sturm und Drang".[15]

---

[14] Líder de unidade de assalto, patente equivalente à de major.
[15] Tempestade e ímpeto (em alemão no original).

Só que com luvas de pelica. E Mostovskói examinou suas próprias mãos e dedos.

Uma porta se abriu no fundo do gabinete. E a porta que levava ao corredor logo rangeu: evidentemente fora fechada pelo oficial de serviço, ao ver que Liss já estava no gabinete.

Mostovskói esperava de pé, franzindo o rosto.

— Olá — falou baixinho o homem de pequena estatura com um emblema da SS costurado na manga da farda cinza.

O rosto de Liss não tinha nada de repugnante, e justamente por isso Mostovskói achou horrível olhar para ele; tinha o nariz arrebitado, com olhos atentos de um cinza escuro, testa ampla e faces pálidas e magras, que lhe conferiam uma expressão de labuta ascética.

Liss aguardou enquanto Mostovskói tossia e disse:

— Quero falar com o senhor.

— Mas eu não quero falar com o senhor — respondeu Mostovskói, olhando para o canto longínquo de onde provavelmente surgiriam os ajudantes de Liss, os carrascos que acertariam com o punho a orelha do velho.

— Compreendo totalmente — disse Liss. — Sente-se.

E fez Mostovskói se sentar na poltrona, acomodando-se a seu lado.

Seu russo era incorpóreo, de um cinza frio, do mesmo tipo empregado em folhetos de divulgação científica.

— O senhor está se sentindo mal?

Mikhail Sídorovitch deu de ombros e não respondeu.

— Sim, sim, estou a par. Mandei-lhe um médico que me disse tudo. Incomodei o senhor no meio da noite. Mas tinha muita vontade de lhe falar.

"O que é isso?", pensou Mikhail Sídorovitch, e disse:

— Fui chamado para um interrogatório. Não há por que conversar com o senhor.

— E por que não? — Liss perguntou. — O senhor está olhando para a minha farda. Mas eu não nasci com ela. O guia e o Partido mandam, e as pessoas, os soldados do Partido, obedecem. Sempre fui um teórico partidário, interessado em questões de história e filosofia, mas sou um membro do Partido. Será que todos os funcionários do NKVD de vocês gostam da Lubianka?

Mostovskói examinou o rosto de Liss, e lhe ocorreu que aquele rosto pálido e de testa ampla podia ser colocado na parte mais baixa da tabela antropológica, e que a evolução partiria dele para ascender ao peludo homem de Neandertal.

— Se o seu Comitê Central o enviasse para trabalhar na Tcheká, o senhor poderia se esquivar? Teria que deixar Hegel de lado e ir. Nós também deixamos Hegel de lado.

Mikhail Sídorovitch fitou o interlocutor: proferido por aqueles lábios imundos, o nome de Hegel soava estranho, sacrílego... No aperto do bonde, um ladrão perigoso e experiente tinha se aproximado dele e entabulado conversa. Pusera-se a escutá-lo, mas ficara de olho em suas mãos; mais cedo ou mais tarde sacaria uma navalha e o golpearia nos olhos.

Liss, contudo, ergueu as mãos e, olhando para ele, disse:

— Nossas mãos, assim como as suas, gostam de trabalhar, e não têm medo de sujeira.

Mikhail Sídorovitch fez uma careta; aquele gesto e palavras iguais às suas eram insuportáveis.

Liss pôs-se a falar de maneira rápida e animada, como se já houvesse conversado antes com Mostovskói e estivesse alegre com a oportunidade de encerrar a palestra interrompida e inacabada:

— Vinte horas de voo, e o senhor estaria sentado em uma poltrona na cidade soviética de Magadan, no seu gabinete. Aqui, no nosso, o senhor está em casa, apenas não teve sorte. Fico muito chateado quando a sua propaganda põe lado a lado a plutocracia e a jurisdição do partido nacional-socialista.

Balançou a cabeça. E voltaram a jorrar as palavras surpreendentes, inesperadas, terríveis e absurdas:

— Quando olhamos um no rosto do outro, não olhamos só para um rosto que odiamos; olhamos para um espelho. Essa é a tragédia da nossa época. Vocês não reconhecem em nós a sua vontade? O mundo para vocês não é feito de uma vontade que ninguém pode deter ou abalar?

O rosto de Liss aproximou-se do de Mostovskói:

— O senhor me entende? Não domino bem a língua russa, mas quero muito que o senhor entenda. O senhor tem a impressão de que nos odeia, mas é só a impressão: o senhor odeia a si mesmo em nós. Horrível, não é verdade? O senhor entende?

Mikhail Sídorovitch decidiu ficar calado. Liss não iria arrastá-lo para aquela conversa.

Mas em um momento pareceu a ele que aquele homem que lhe perscrutava os olhos não estava tentando enganá-lo, mas que estava realmente tenso e buscando as palavras certas. Parecia se lamentar e pedir ajuda para compreender aquilo que o atormentava.

Mikhail Sídorovitch sentiu-se aflito, como se uma agulha lhe picasse o coração.

— Entende, entende? — dizia rápido Liss, já sem ver Mikhail Sídorovitch, de tão agitado. — Golpeamos o seu exército, mas acabamos acertando em nós mesmos. Nossos tanques não romperam só as suas fronteiras, mas também as nossas, e as lagartas dos nossos tanques estão esmagando o nacional-socialismo alemão. É horrível, como se suicidar em sonho. E pode terminar de maneira trágica para nós. Entende? Mesmo se vencermos! Vencedores, ficaremos sozinhos, sem vocês, em um mundo estranho, que nos odeia.

Era fácil refutar as palavras daquele homem. Mas seus olhos foram chegando ainda mais perto dos de Mostovskói. E havia algo ainda mais sórdido e perigoso que as palavras do experiente provocador da SS. Havia aquilo que às vezes, ora com timidez, ora com maldade, se agitava e cutucava a alma e o cérebro de Mostovskói. Eram as dúvidas sórdidas e imundas que Mostovskói encontrava não nas palavras do outro, mas em sua própria alma.

Como um homem que receia estar com um tumor maligno não vai ao médico, tenta não reparar em seu mal-estar e evita falar de doença com as pessoas próximas. Então dizem para ele: "Diga, você não tem uma dor assim e assim, normalmente pela manhã, e depois dela acontece isso, e mais isso..."

— O professor me entende? — Liss perguntou. — Um alemão, cuja sábia obra o senhor bem conhece, disse que a tragédia da vida de Napoleão foi que ele exprimia a alma da Inglaterra e justamente na Inglaterra encontrou seu inimigo mortal.

"Oh, seria melhor ser espancado de vez", pensou Mostovskói, e considerou: "Ah, agora ele está falando de Spengler."

Liss pôs-se a fumar e estendeu a cigarreira a Mostovskói.

Mikhail Sídorovitch disse, de forma entrecortada:

— Não quero.

Tranquilizou-se com a ideia de que todos os gendarmes do mundo, tanto aqueles que o haviam interrogado havia quarenta anos quanto esse, que falava de Hegel e Spengler, recorriam à mesma técnica idiota: oferecer *papiróssa* ao preso. Sim, em suma tudo isso se devia a seus nervos precários: esperava ser espancado e, de repente, vinha essa conversa ridícula e absurda. Alguns gendarmes tsaristas também se debruçavam sobre questões políticas, mas, entre eles, havia gente realmente instruída, e um que inclusive tinha estudado *O capital*. Interessante: o que aconteceria se, no fundo daquele gendarme que estudava Marx, aparecesse a ideia de que Marx podia estar certo? O que o gendarme sentiria? Nojo, horror de suas dúvidas? De qualquer modo, o gendarme não se tornava revolucionário. Reprimia as dúvidas e continuava gendarme... E eu, eu também estou reprimindo as minhas dúvidas. E eu, eu também vou continuar revolucionário.

Sem notar que Mostovskói recusara os cigarros, Liss murmurou:

— Sim, sim, por favor, acredite, é um tabaco excelente. — Fechou a cigarreira e ficou completamente desconcertado. — Por que o senhor está tão surpreso com a minha conversa? Esperava outro tipo de conversa? Ou será que na Lubianka não tem gente instruída? Com nível para falar com o acadêmico Pávlov, ou com Oldenburg? Mas eles têm um objetivo. E eu não tenho um objetivo secreto. Dou minha palavra de honra. O que me incomoda é o que incomoda o senhor.

Rindo, acrescentou:

— Dou minha palavra de honra de membro da Gestapo, o que não é brincadeira.

Mikhail Sídorovitch repetia para si: "O importante é ficar calado, não entrar nessa conversa, não retrucar."

Liss continuou falando, e de novo parecia que havia se esquecido de Mostovskói:

— Dois polos! Claro que é isso! Se isso não fosse absolutamente verdade, essa nossa guerra horrorosa não estaria acontecendo. Sim, sim, nós somos seus inimigos mortais. Mas a nossa vitória é a sua vitória. Compreende? E, se vocês vencerem, nós vamos perecer, mas estaremos vivos na sua vitória. É um paradoxo: perdendo a guerra, ganharemos a guerra, vamos nos desenvolver de outra forma, mas com a mesma essência.

Por que esse Liss todo-poderoso não ficava vendo filmes premiados, tomando vodca, escrevendo relatórios para Himmler, lendo livros sobre floricultura, relendo as cartas da filha, bulindo com moças num trem, ou, depois de tomar um remédio para ajudar no metabolismo, não dormia em seu espaçoso aposento em vez de convocar à noite um velho bolchevique russo impregnado do fedor dos campos?

O que ele estava matutando? Por que escondia seus objetivos, o que estava querendo saber?

Agora Mikhail Sídorovitch não estava com medo da tortura. O que dava medo era pensar: e se de repente o alemão não estiver mentindo, e se de repente for sincero? E se o homem simplesmente estiver com vontade de conversar?

Que ideia asquerosa: estavam ambos doentes, ambos agoniados pela mesma doença, mas um não aguentava e falava, compartilhava, enquanto o outro se calava, se fechava, mas ouvia e ouvia.

Liss, como que finalmente respondendo à pergunta silenciosa de Mostovskói, abriu uma pasta em cima da mesa e, enojado, com dois dedos, tirou de dentro dela um maço de papel imundo. Mostovskói reconheceu imediatamente: eram as garatujas de Ikónnikov.

Liss evidentemente calculava que, ao ver de repente os papéis de Ikónnikov, Mostovskói ficaria perturbado...

Mas Mikhail Sídorovitch não se abalou. Olhava para as páginas escritas por Ikónnikov quase com alegria: tudo estava claro, era pura e simples idiotice, como sempre acontece nos interrogatórios policiais.

Liss aproximou as garatujas de Ikónnikov da borda da mesa, depois puxou o manuscrito de volta para si.

De repente começou a falar alemão:

— Veja, pegaram isso com o senhor em uma revista. Desde as palavras iniciais compreendi que não foi o senhor que escreveu esse lixo, embora eu não conheça a sua letra.

Mostovskói ficou em silêncio.

Liss bateu com os dedos no papel, convidando de maneira afável, insistente, benevolente.

Mas Mostovskói ficou em silêncio.

— Estou enganado? — perguntou Liss, surpreso. — Não! Não estou. Vocês e nós temos a mesma repugnância pelo que está escrito aqui. Vocês e nós estamos juntos, e do outro lado está esse lixo! — e apontou para os papéis de Ikónnikov.

— Vamos lá, vamos lá — afirmou Mostovskói, com pressa e raiva —, direto ao assunto. Esses papéis? Sim, sim, foram pegos comigo. O senhor quer saber quem os deu para mim? Não é da sua conta. Talvez eu os tenha escrito. Talvez o senhor tenha mandado um agente colocá-los embaixo do meu colchão sem ser notado. Está claro?

Por um instante pareceu que Liss aceitaria o desafio, ficaria furioso e gritaria: "Temos meios de fazê-lo falar!"

Mostovskói queria muito isso, pois tudo ficaria simples e fácil. Como era simples e clara a palavra inimigo.

Mas Liss disse:

— Para que esses míseros papéis? Não dá na mesma quem os redigiu? Sei que não foi nem o senhor, nem eu. Como fico triste. Pense! Quem está nos nossos campos quando não há guerra, quando não há prisioneiros de guerra? Nos nossos campos, quando não há guerra, estão os inimigos do Partido, os inimigos do povo. Gente que o senhor conhece, eles também estão nos seus campos. E se em tempos tranquilos, de paz, nossa Direção de Segurança Imperial incorporasse os seus prisioneiros no sistema alemão, nós não os soltaríamos: o contingente de vocês é o nosso contingente.

Deu um sorriso.

— Os comunistas alemães que nós mandamos para os campos vocês também mandaram para os campos, em 1937. Iejov os prendeu, e o Reichsführer Himmler também os prendeu... Seja mais hegeliano, professor.

Piscou para Mostovskói:

— Acho que nos campos de vocês o conhecimento de línguas estrangeiras não é menos útil do que nos nossos. Hoje vocês estão assustados com o nosso ódio pelos judeus. Talvez amanhã vocês usem nossa experiência. E depois de amanhã podemos ser mais tolerantes. Percorri um longo caminho, e fui conduzido por um grande homem. Vocês também foram conduzidos por um grande homem, e também percorreram um caminho longo e difícil. Vocês acreditaram que Bukhárin era um provocador? Só um grande homem poderia levar por um caminho desses. Também conheci Röhm, e confiei nele. Mas assim é que tem que ser. Eis o que me atormenta: o terror de vocês matou milhões de pessoas, e, no mundo todo, só nós, alemães, entendemos: é assim que tem que ser! Está absolutamente certo! Entenda, assim como eu entendo. O senhor deveria se horrorizar com essa guerra. Napoleão não deveria combater a Inglaterra.

E uma nova ideia fulminou Mostovskói. Chegou até a semicerrar os olhos, devido a uma dor repentina na vista, ou ao desejo de se livrar dessa ideia aflitiva. Pois suas dúvidas talvez não fossem sinais de fraqueza, debilidade, ambiguidade sórdida, fadiga, descrença. Talvez essas dúvidas que por vezes o assaltavam, ora com timidez, ora com raiva, representassem o que havia nele de mais honrado e puro. E ele as reprimia, repelia, odiava. Não haveria nelas o germe da verdade revolucionária? Elas continham a dinamite da liberdade!

Para rechaçar Liss e seus dedos escorregadios e viscosos precisava apenas deixar de odiar Tchernetzov, deixar de desprezar o *iuródivy* Ikónnikov! Mas não, não, ainda mais! Precisava renunciar a tudo aquilo por que vivera a vida toda, condenar o que defendera e justificara...

Mas não, não, ainda mais! Não condenar, mas, com toda a força da alma, com toda a paixão revolucionária, odiar os campos, a Lubianka, o sanguinário Iejov, Iagoda, Béria! Mas ainda era pouco: Stálin e a sua ditadura!

Mas não, não, ainda mais! Precisava condenar Lênin! Passar dos limites!

Ei-la, a vitória de Liss, não a vitória que se desenrola nos campos de batalha, mas a vitória na guerra sem armas de fogo, na guerra viperina que, nesse preciso momento, o membro da Gestapo conduzia.

Tinha a impressão de que estava sendo tomado pela loucura. E de repente começou a respirar com facilidade e alegria. A ideia que por um instante o tinha horrorizado e cegado virara pó, parecia ridícula e miserável. A alucinação durara alguns segundos. Mas fora possível, ainda que por um segundo, em uma fração de segundo, que ele duvidasse da justiça da grande causa?

Liss olhou para ele, mexeu os lábios e continuou a falar:

— Será que hoje estão olhando para nós com horror e para vocês com amor e esperança? Acredite, aqueles que nos olham com horror, olham com horror para vocês também.

Agora Mikhail Sídorovitch já não tinha medo de nada. Agora ele sabia o preço de suas dúvidas. Elas não levavam para o pântano, como ele antes pensava, e sim para o abismo!

Liss tomou nas mãos os papéis de Ikónnikov.

— Por que o senhor tem negócios com esse tipo de gente? Essa maldita guerra embaralhou e confundiu tudo. Ah, se eu tivesse força para desfazer esse imbróglio.

Nada de imbróglio, senhor Liss. Está tudo claro, tudo simples. Não é nos unindo a Ikónnikov e Tchernetzov que vamos superar o senhor. Temos força suficiente para dar um jeito tanto no senhor quanto neles.

Mostovskói reparou que Liss reunia em si tudo o que era obscuro, mas as lixeiras tinham todas o mesmo fedor, todos os despojos, dejetos, detritos eram a mesma coisa. Não há que se buscar a semelhança e a diferença essencial no lixo, mas sim no projeto de seu construtor, em suas ideias.

E foi tomado por um ódio triunfante e alegre não apenas contra Liss e Hitler, mas também contra o oficial inglês de olhos pálidos que o havia questionado sobre a crítica ao marxismo, contra a fala asquerosa do caolho, contra o pregador insípido que se revelara agente da polícia. Onde vai essa gente encontrar idiotas que acreditam existir a mais tênue semelhança entre o Estado socialista e o império fascista? Liss, o membro da Gestapo, era o único consumidor de suas mercadorias podres. Nesses instantes, como nunca antes, Mikhail Sídorovitch compreendeu a ligação interior entre o fascismo e seus agentes.

"E não residia nisso o gênio de Stálin?", pensou Mostovskói. Ao odiar e exterminar aquele tipo de gente, só ele notou a irmandade secreta entre o fascismo e os fariseus propagandistas de um simulacro de liberdade. Essa ideia lhe pareceu tão evidente que teve vontade de falar dela a Liss, explicando-lhe o absurdo de sua teoria. Contudo, apenas sorriu; era macaco velho, não um tolo como Goldenberg,[16] que saíra tagarelando sobre os assuntos da *Naródnaia Vólia* com o procurador de justiça.

Firmando os olhos na direção de Liss, disse, com uma voz tão alta que provavelmente se fez ouvir pelo guarda que estava atrás da porta:

— Aconselho o senhor a não perder tempo comigo. Pode me encostar na parede, enforcar e matar de vez.

Liss respondeu apressadamente:

— Ninguém quer matá-lo. Acalme-se, por favor.

— Não estou nervoso — disse Mostovskói com alegria —, não tenho razão para isso.

— O senhor precisa se acalmar! Que a minha insônia seja a sua insônia. Qual é afinal o motivo da nossa inimizade? Eu não consigo entender... Adolf Hitler não é o Führer, mas um mero lacaio de Stinnes e Krupp? Vocês não têm propriedade privada da terra? As fábricas e os bancos pertencem ao povo? Vocês são internacionalistas, e nós propagamos o ódio racial? Nós acendemos o incêndio e vocês tentam apagar? Nós somos odiados, enquanto a humanidade inteira olha para vocês em Stalingrado com esperança? Que nome vocês dão para isso? Absurdo!

---

[16] Grigori Davidovitch Goldenberg (1855-1880), membro da *Naródnaia Vólia* preso pelo assassinato do governador de Khárkov, entregou vários integrantes da organização terrorista antes de se suicidar no cárcere.

Não há diferença! Ela foi inventada. Somos formas de uma essência única: o Estado do Partido. Nossos capitalistas não são patrões. O Estado fornece a eles plano e programa. O Estado toma deles a produção e o lucro. Eles retêm 6% do lucro, como salário. O Estado partidário de vocês também determina um plano, um programa, e toma a produção. Aqueles que vocês dizem que mandam, os operários, também recebem salário do seu Estado partidário.

Mikhail Sídorovitch olhava para Liss e pensava: "Será possível que essa tagarelice ignóbil tenha chegado a me perturbar por um instante? Será possível que eu me tenha afogado nessa corrente de lixo venenoso e imundo?"

Liss agitou os braços em desespero:

— Também há uma bandeira vermelha dos trabalhadores pairando sobre nosso Estado popular, também apelamos para a unidade e para o esforço nacional e produtivo, e dizemos: "O Partido exprime o sonho do trabalhador alemão." E vocês dizem: "Caráter nacional, trabalho." Vocês, assim como nós, sabem que o nacionalismo é a principal força do século XX. O nacionalismo é o espírito da época! O socialismo em um só país é a mais alta expressão de socialismo. Não vejo motivo para nossa inimizade! Mas o professor genial e guia do povo alemão, nosso pai, o melhor amigo das mães alemãs, o sábio e supremo estrategista começou esta guerra. E eu confio em Hitler. Confio que a cabeça do Stálin de vocês não se deixou enturvar pela ira e pela dor. Ele verá a verdade através da fumaça e do fogo da guerra. Ele sabe quem é o inimigo. Sabe, sabe mesmo agora, quando debate com ele a estratégia da guerra contra nós, e bebe à sua saúde. Há dois grandes revolucionários no mundo: Stálin e o nosso guia. A vontade deles fez nascer os Estados nacional-socialistas. Para mim, a amizade com vocês é mais importante do que a guerra com vocês pelos espaços do leste. Construímos duas casas que devem permanecer lado a lado. Professor, agora quero que o senhor desfrute de uma solidão tranquila e reflita um pouco antes de nossa próxima conversa.

— Para quê? É uma estupidez! Sem sentido! Um disparate! — disse Mostovskói. — E para que esse tratamento idiota de "professor"?

— Oh, não é idiotice, o senhor deveria compreender: o futuro não se decide no campo de batalha. O senhor conheceu Lênin pessoalmente. Ele criou um novo tipo de Partido. Foi o primeiro a entender que só o Partido e o guia exprimem o impulso da nação, e dissolveu a Assembleia Constituinte. Mas assim como Maxwell na física, ao destruir a mecânica de Newton, achou que a estava confirmando, assim Lênin, ao estabelecer o grande nacionalismo do século XX, achava que estava estabelecendo o internacionalismo. Depois Stálin nos ensinou muita coisa. Para o socialismo em um só país é necessário liquidar a liberdade do camponês de semear e vender, e Stálin não vacilou: liquidou milhões de camponeses. Nosso Hitler viu que o nacionalismo alemão, o movimento socialista, era estorvado por um inimigo, o judeu. E decidiu liquidar milhões de judeus. Mas Hitler não é só um aprendiz, é um gênio! O expurgo do Partido de vocês em 1937 foi o que Stálin viu do nosso expurgo de Röhm: Hitler também não hesitou... O senhor devia confiar em mim. Eu falei e o senhor se calou, mas sei que para o senhor eu sou um espelho preciso.

Mostovskói afirmou:

— Espelho? Tudo o que o senhor disse é mentira, da primeira à última palavra. Está abaixo da minha dignidade refutar essa sua tagarelice imunda e fedorenta de provocador. Espelho? O que acontece com o senhor, ficou louco de vez? Mas Stalingrado vai lhe devolver a razão.

Liss se levantou, e Mostovskói, agitado e arrebatado, pensou com ódio: "Agora vai atirar, e acabou!"

Mas Liss, como se não tivesse ouvido suas palavras, inclinou-se diante dele em atitude respeitosa.

— Professor — disse —, o senhor sempre vai nos ensinar e aprender conosco. Vamos pensar juntos.

Seu rosto estava triste e sério, mas os olhos sorriam.

E a agulha venenosa voltou a picar o coração de Mostovskói. Liss olhou para o relógio.

— O tempo não passa assim, à toa.

Tocou a campainha e disse, em voz baixa:

— Se precisa desses papéis, leve-os. Em breve voltaremos a nos ver. *Gute Nacht*.

Mostovskói, sem saber por quê, pegou os papéis da mesa e os enfiou no bolso.

Levaram-no para fora do edifício da direção e ele respirou o ar gelado. Como era boa aquela noite úmida, o uivo das sirenes nas trevas da madrugada, depois do gabinete da Gestapo, da voz tranquila do teórico do nacional-socialismo.

Enquanto o levavam para o *Revier*, um veículo leve de faróis violeta percorria o asfalto sujo. Mostovskói compreendeu que Liss ia descansar, e a angústia voltou a abraçá-lo com força renovada. A escolta o deixou em seu cubículo e trancou a porta.

Ele sentou na tarimba, pensando: "Se eu acreditasse em Deus, acharia que esse interlocutor horripilante me foi enviado como castigo por minhas dúvidas."

Não conseguiu dormir; começava um novo dia. Apoiando as costas na parede feita de tábuas ásperas de lascas de abeto, Mikhail Sídorovitch pôs-se a examinar as garatujas de Ikónnikov.

16

"A maioria das pessoas que vivem na Terra não se dá o trabalho de definir o 'bem'. No que consiste o bem? O bem para quem? O bem de quem? Existe um bem comum, aplicável a todos, a todas as tribos, a todas as condições de vida? Ou o meu bem é o seu mal, e o bem do meu povo é o mal do seu povo? O bem é eterno e imutável, ou o bem de ontem se torna o vício de hoje, enquanto o mal de ontem é o bem de hoje?

Vai chegar o dia do Juízo Final, e, então, não só os filósofos e pregadores vão pensar sobre o bem e o mal, mas todas as pessoas, letradas e iletradas.

Será que o homem, ao longo dos milênios, evoluiu em sua compreensão do bem? Existirá de fato esse conceito comum a todos, tanto aos helênicos quanto aos judeus, como supunham os apóstolos do Evangelho? Acima das classes, nações, Estados? Ou talvez o conceito seja ainda mais amplo, comum a todos os seres vivos, às árvores, ao musgo, tão amplo como sustentaram Buda e seus discípulos? O mesmo Buda que, para abraçar o bem e o amor à vida, teve que chegar à sua negação.

Noto que o surgimento sucessivo de milhares de noções moral--filosóficas dos guias da humanidade leva à redução do conceito de bem.

A noção cristã, separada da budista por cinco séculos, reduziu o mundo dos vivos aos quais o bem é aplicável. Não todos os seres vivos, apenas os seres humanos!

O bem dos primeiros cristãos, que era o bem de todas as pessoas, tornou-se o bem só dos cristãos, e ao lado havia o bem dos muçulmanos e o bem dos judeus.

Mas passaram-se os séculos, e o bem dos cristãos se desfez entre o bem dos católicos, o dos protestantes e o bem dos ortodoxos. E o bem dos ortodoxos se dividiu entre o bem dos velhos e dos novos crentes.

E ao lado havia o bem dos ricos e o bem dos pobres, e logo nasceu o bem dos amarelos, negros, brancos.

E fragmentando-se cada vez mais nascia o bem dos círculos, das seitas, raças, classes, e ninguém que estivesse fora do círculo fechado fazia parte do grupo do bem.

E as pessoas perceberam que muito sangue fora derramado por este bem pequeno e funesto em nome da luta deste bem contra todos os outros considerados pequenos e maus.

E às vezes o próprio conceito deste bem se tornava um flagelo da vida, um mal maior do que o mal.

Um bem desses é uma casca vazia, da qual caiu e se perdeu a semente sagrada. Quem vai devolver às pessoas a semente perdida?

O que é então o bem? Diziam que o bem era um desígnio ao qual estavam associadas ações que levam ao triunfo da humanidade, da família, da nação, do Estado, da classe, da fé.

Quem combate por seu bem particular se esforça por apresentá-lo com uma aparência universal. Por isso ele diz: meu bem coincide com o bem comum, meu bem não é necessário só para mim, mas para todos. Fazendo um bem particular, eu sirvo ao bem comum.

Esse bem que perdeu a universalidade, o bem das seitas, classes, nações, Estados, procura se apresentar com uma universalidade mentirosa para justificar sua luta contra todos aqueles que vê como o mal.

Pois nem mesmo Herodes, quando derramou sangue, o fez em prol do mal, mas em prol do bem dele próprio, Herodes. Chegara ao mundo uma nova força que ameaçava acabar com ele, com sua família, seus entes queridos e amigos, seu reino, seu exército.

Mas o que nasceu não foi o mal: o que nasceu foi o cristianismo. Jamais a humanidade ouvira palavras como aquelas: 'Não queirais julgar, para não serdes julgados. Pois, com o juízo com que julgardes sereis julgados, e com a medida com que medirdes vos medirão também a vós... Amai a vossos inimigos, fazei bem aos que vos têm ódio, e orai pelos que vos perseguem e caluniam. E assim tudo o que vós quereis que vos façam os homens, fazei-o também vós a eles; esta é a Lei e os profetas.'

O que esse ensinamento de paz e amor trouxe às pessoas?

A iconoclastia bizantina, as torturas da Inquisição, a luta contra heresias na França, na Itália, em Flandres, na Alemanha, a luta entre protestantismo e catolicismo, a perfídia das ordens monásticas, a luta entre Níkon[17] e Avvakum, uma opressão multissecular sobre a ciência e a liberdade, o extermínio da população pagã da Tasmânia pelos cristãos, os facínoras que incendiaram aldeias de negros na África. Tudo isso causou uma quantidade de sofrimento maior que os crimes dos bandidos e facínoras que cometeram o mal pelo mal...

Eis o destino impressionante e desconcertante do ensinamento mais humano da humanidade, que não se esquivou da sorte comum e também se desintegrou em círculos de bem pequeno e comum.

Nos grandes corações, a crueldade da vida dá origem ao bem; eles levam o bem de volta à vida, cheios de desejo de transformar a vida em algo semelhante ao bem que neles habita. Mas os círculos da vida não se modificam à imagem e semelhança da ideia do bem, porém é a ideia do bem, atolada no pântano da vida, que se fragmenta, perde a universalidade, serve à vida cotidiana, não consegue moldar a vida à sua imagem maravilhosa, porém incorpórea.

O movimento da vida sempre foi percebido pela consciência humana como uma luta entre o bem e o mal, mas não é isso. Os que querem o bem da humanidade não têm forças para reduzir o mal da vida.

Ideias novas são necessárias para abrir novos canais, remover pedras, destruir rochedos, derrubar florestas, é necessário sonhar com o bem universal para fazer com que grandes águas possam fluir em harmonia. Se o mar pudesse pensar, antes de cada tempestade surgiriam em suas águas a ideia e o sonho da felicidade, e cada uma de suas ondas, ao rebentar nos rochedos, pensaria estar morrendo pelo bem das águas do mar, e jamais lhe passaria pela cabeça ter sido levantada pela força do vento, assim como acontecera com milhares de ondas antes dela, e aconteceria com outras tantas depois.

Foram escritos muitos livros sobre como lutar contra o mal, sobre o que são o mal e o bem.

Mas a tristeza disso tudo é indiscutível: onde desponta a aurora do bem — que é eterno e jamais será derrotado pelo mal, que também

---

[17] Níkon (1605-1681), sétimo patriarca da Igreja Ortodoxa Russa, cujas reformas de 1653, almejando uma unificação entre a prática eclesiástica russa e a grega, deram origem ao cisma entre a Igreja oficial e os Velhos Crentes, de Avvakum.

é eterno mas jamais será derrotado pelo bem — morrem velhos e crianças, e o sangue corre. Não apenas as pessoas, mas nem mesmo Deus tem forças para reduzir o mal da vida.

'Ouviu-se um clamor em Ramá, um pranto e um grande lamento: Raquel a chorar seus filhos sem aceitar consolação, porque eles não existem.' E para ela, que tinha perdido os filhos, era indiferente o que os sábios consideravam o bem e o mal.

Mas e se a vida for o mal?

Vi a força inabalável da ideia de bem comum nascida em meu país. Vi essa força no período da coletivização geral, e a vi em 1937. Vi como exterminaram pessoas em nome de um ideal tão maravilhoso e humano como o do cristianismo. Vi aldeias morrendo de fome, vi crianças e camponeses morrendo na neve da Sibéria, vi trens levando para a Sibéria centenas de milhares de homens e mulheres de Moscou, Leningrado, de todas as cidades da Rússia, declarados inimigos do bem comum. Essa ideia era maravilhosa e grande, porém foi implacável em matar uns, em destroçar a vida de outros, em separar maridos e esposas, pais e filhos.

Agora o grande horror do fascismo germânico elevou-se sobre o mundo. O clamor e o lamento dos condenados encheram o ar. O céu tornou-se negro e o sol foi coberto pela fumaça dos fornos crematórios.

Porém, mesmo esses crimes jamais vistos pelo homem na Terra, no Universo, foram cometidos em nome do bem.

Quando vivia nas florestas no norte, eu imaginava que o bem não estava no homem, nem no mundo feroz dos animais e insetos, mas no reino silencioso das árvores. Mas não! Vi o movimento da floresta, sua pérfida luta por terra contra a grama e os arbustos. Bilhões de sementes voam, brotam da terra, matam a grama, extirpam os amistosos arbustos, milhões de rebentos nascidos espontaneamente entram em luta uns com os outros. Só os que sobrevivem constituem a cortina unificada da floresta fitófila, formando uma união de iguais entre si pela força. Abetos e faias vegetam em uma servidão crepuscular debaixo da cortina da floresta fitófila.

Até que chega à floresta o tempo da decrepitude, e debaixo da cortina os abetos carregados abrem caminho para a luz, matando amieiras e bétulas.

Assim vive a floresta, em uma luta eterna, de todos contra todos. Só um cego pode imaginar o mundo do bem no reino das árvores e da grama. Será então que a vida é o mal?

O bem não está na natureza, nem nas prédicas dos doutrinadores e profetas, nem nos ensinamentos dos grandes sociólogos e guias do povo, nem na ética dos filósofos... E, contudo, pessoas comuns têm no coração o amor por tudo o que é vivo, amam e desejam a vida de maneira natural e inconsciente, ficam felizes com o calor do lar depois de um dia de trabalho e não ateiam fogueiras e incêndios nas praças.

E eis que, para além desse grande e cruel bem, existe a bondade humana cotidiana. É a bondade da velha que estende um pedaço de pão a um presidiário, a bondade do soldado que dá de beber de seu cantil a um inimigo ferido, a bondade da juventude que se compadece da velhice, a bondade do camponês que esconde um velho judeu no palheiro. É a bondade do guarda que, arriscando a própria liberdade, faz chegar as cartas dos presos e detentos não a seus correligionários, mas às mães e esposas.

É a bondade particular de uma pessoa isolada para com outra pessoa isolada, uma bondade sem testemunhas, pequena, irracional. Pode ser chamada de bondade insensata. A bondade das pessoas acima do bem religioso e geral.

Mas basta refletir e veremos que a bondade insensata, particular e casual é eterna. Ela se propaga por todos os seres vivos, até o rato, até o ramo que um passante ergue e coloca na posição correta para que consiga voltar a se ligar ao tronco com maior conforto e facilidade.

Em tempos terríveis, nos quais, em meio a loucuras produzidas em nome da glória do Estado, da nação e do bem universal, quando as pessoas não parecem gente, mas apenas se agitam como galhos de árvore e, como pedras, arrastam pedras atrás de si, enchendo barrancos e valas, nesses tempos de terror e loucura a bondade insensata e mísera, feita de partículas radioativas em meio à vida, não desapareceu.

Um destacamento punitivo alemão chegou a uma aldeia. Na véspera, dois soldados alemães haviam sido mortos na estrada. À noite reuniram as mulheres e mandaram abrir uma cova na orla do bosque. Alguns soldados se instalaram na casa de uma mulher idosa. Seu marido fora levado por um policial à sede da administração, onde já tinham reunido vinte camponeses. Ela não conseguiu dormir até o amanhecer; os alemães acharam no porão um cesto com ovos e um pote de mel, acenderam o fogão, fritaram ovos, tomaram vodca. Depois o mais velho pôs-se a tocar gaita, enquanto os demais batiam os pés e cantavam. Nem olharam para a dona da casa, como se ela não fosse gente, mas um gato. Pela manhã, ao nascer do dia, começaram a examinar as armas, e o mais velho puxou o gatilho de forma desajeitada e deu um tiro no próprio estômago. Foi um rebuliço e uma gritaria. Alguns alemães fizeram um curativo no ferido e o colocaram na cama. Todos foram chamados para fora. Com gestos, ordenaram à mulher que cuidasse do ferido. A mulher reparou que não custava nada estrangulá-lo: ele balbuciava, fechava os olhos, chorava, movia os lábios. Então ele abriu os olhos de repente e disse, bem claro: 'Mãezinha, água.' 'Ah, seu maldito', ela disse, 'eu devia enforcá-lo'. E lhe deu água. Ele a tomou pela mão e gesticulava, ajude-me a sentar, o sangue não me deixa respirar. Ela o ergueu, e ele se apoiou em seu pescoço. Veio o tiroteio na aldeia, e a mulher começou a tremer.

Mais tarde ela contou como tudo tinha acontecido, mas sem entender nada, nem conseguir explicar.

Essa bondade é condenada por sua insensatez na fábula do ermitão que abriga uma víbora no peito. Essa bondade nutre a tarântula que vai picar o bebê. É uma bondade louca, nociva, cega!

As pessoas buscam com satisfação, nas fábulas e nos contos, exemplos dos danos que essa bondade insensata ocasiona e pode ocasionar. Mas não se deve temê-la! Ter medo dela é o mesmo que ter medo de um peixe de água doce trazido por acaso do rio para o mar salgado.

O dano que essa bondade insensata causa de vez em quando a uma sociedade, uma classe, uma raça, um Estado, empalidece diante da luz que emana de quem a pratica.

É precisamente ela, essa bondade estúpida, o que há de mais humano no homem, é ela que distingue o ser humano dos outros seres, é o mais alto a que chega o espírito humano. Ela nos diz que a vida não é o mal.

É uma bondade muda e insensata. É instintiva e cega. Quando o cristianismo a vestiu com os ensinamentos dos pais da Igreja, ela começou a empalidecer, a semente se transformou na casca. Ela é forte enquanto muda, inconsciente e insensata, enquanto vive nas trevas do coração humano, enquanto não se torna arma e mercadoria dos pregadores, enquanto de seu filão de ouro não foram forjadas as moedas da santidade. Ela é simples como a vida. Até os sermões de Jesus lhe tiraram a força: sua força reside na mudez do coração humano.

Porém, tendo perdido fé no bem da humanidade, perdi fé também na bondade. Eu me aflijo com a sua impotência! Para que ela serve, se não é contagiosa?

Pensei: ela é impotente, linda e impotente como o orvalho.

Como convertê-la em força sem esvaí-la, sem perdê-la, como fez a Igreja, que a esvaiu e a perdeu? A bondade é forte enquanto é impotente! Basta que alguém tente convertê-la em força e ela se extravia, empalidece, se turva, desaparece.

Agora vejo a autêntica força do mal. O céu está vazio. O homem vive sozinho na Terra. Como extinguir o mal? Com as gotas do orvalho da vida, a bondade humana? Se essa chama não se extinguiu nem com a água de todos os mares e nuvens, não vai ser com um mísero punhado de orvalho colhido desde os tempos do evangelho até essa nossa época atual, de ferro...

Assim, tendo perdido a fé de encontrar o bem em Deus e na natureza, comecei a perder a fé na bondade.

Contudo, quanto maior a escuridão do fascismo se mostrava para mim, mais claramente eu via que o humano continua a existir de modo indestrutível nas pessoas à beira do barro sangrento, na entrada da câmara de gás.

Fortaleci minha fé no inferno. Minha fé saiu do fogo dos fornos crematórios e atravessou o concreto das câmaras de gás. Vi que não é o homem que é impotente na luta contra o mal, mas sim que o poderoso mal é impotente na luta contra o homem. Na impotência da bondade insana está o segredo de sua imortalidade. Ela é invencível. Quanto mais estúpida, insana e impotente ela é, mais imensa ela se torna. O mal é impotente diante dela! Profetas, doutrinadores, reformadores, líderes e guias são impotentes diante dela. Esse amor cego e mudo é o sentido do homem.

A história dos homens não é a batalha do bem tentando vencer o mal. A história do ser humano é a batalha do grande mal para reduzir a pó a semente do humanismo. Mas se nem agora o humano foi morto dentro do homem, então o mal não há de triunfar."

Ao terminar a leitura, Mostovskói ficou sentado por alguns minutos, de olhos fechados.

Sim, aquilo fora escrito por um homem transtornado. A catástrofe de um espírito deplorável!

O miolo-mole anunciou que os céus estão vazios... Via a vida como uma guerra de todos contra todos. Mas, lá para o fim, agitava os velhos guizos, a bondade da velhinha, e tentava apagar o fogo do mundo com uma seringa de enema. Como aquilo tudo era insignificante!

Olhando para a parede cinza da solitária, Mikhail Sídorovitch se lembrou da poltrona azul, da conversa com Liss, e foi tomado por uma sensação pesada. Não era um mal da cabeça; pesava-lhe o coração, e tinha dificuldade de respirar. Sua desconfiança de Ikónnikov fora obviamente vã. Os escritos do *iuródivy* despertavam desprezo não apenas nele como em seu abominável interlocutor noturno. Voltou a pensar em seu sentimento com relação a Tchernetzov e no desprezo e ódio por pessoas como ele de que havia falado o membro da Gestapo. A angústia turva em que mergulhou parecia mais torturante do que os sofrimentos físicos.

17

Serioja Chápochnikov apontou para um livro sobre um tijolo perto da mochila e disse:

— Leu?

— Reli.

— Gostou?

— Prefiro Dickens.

— Ah, Dickens.

Serioja falava em tom zombeteiro, com arrogância.

— E da *Cartuxa de Parma*, você gostou?

— Não muito — ele respondeu, depois de refletir, e acrescentou: — Hoje vou expulsar os alemães da *khata* vizinha com a infantaria. — Entendeu o olhar dela e disse: — Claro que foi uma ordem de Griékov.

— E Tchentzov e os outros atiradores de morteiro?

— Não vão, só eu.

Ficaram em silêncio.

— Ele está dando em cima de você?

Ela anuiu.

— E você?

— Você sabe bem — ela disse, pensando na pobre tribo de Asra.

— Tenho a impressão de que hoje vão me matar.

— Por que você vai com a infantaria se é atirador de morteiro?

— E por que ele está segurando você aqui? O transmissor foi destruído. Você devia ter sido mandada para o regimento há muito tempo, de volta para a margem esquerda. Aqui você não tem o que fazer. É um peixe fora d'água.

— Em compensação, a gente se vê todo dia.

Ele abanou o braço e foi-se embora.

Kátia olhou ao redor. Do segundo andar, Buntchuk ria. Evidentemente, Chápochnikov também vira Buntchuk, por isso partira de repente.

Canhões alemães bombardearam a casa até o anoitecer; três homens ficaram feridos, uma parede interna desabou, bloqueando a saída do porão, que foi escavada, mas uma granada voltou a derrubar um pedaço de parede, voltando a bloquear a entrada do porão, que voltou a ser escavada.

Antzíferov espiou a penumbra empoeirada e perguntou:

— Camarada operadora de rádio, está viva?

— Sim — Viéngrova respondeu, da penumbra, espirrando e cuspindo sangue.

— Saúde — disse o sapador.

Quando escureceu, os alemães começaram a lançar foguetes e disparar metralhadoras; às vezes eram sobrevoados por bombardeiros que despejavam suas cargas. Ninguém dormia. Griékov atirava com uma metralhadora, e por duas vezes a infantaria, praguejando horrivelmente e cobrindo o rosto com as pás dos sapadores, saiu para rechaçar os alemães.

Era como se os alemães tivessem sentido que se preparava um ataque contra a casa abandonada que eles tinham ocupado havia pouco tempo.

Quando o tiroteio se acalmava, Kátia conseguia ouvi-los gritando, e até as risadas deles chegavam de forma bem clara.

Os alemães tinham uma pronúncia horrível, não proferiam as palavras como os professores do curso de língua estrangeira. Notou que o gatinho saíra de sua cama de palha. As patas traseiras estavam imóveis, e ele se apoiava nas dianteiras, arrastando-se até Kátia.

Então parou de se arrastar, e seu maxilar abriu e fechou algumas vezes... Kátia tentou levantar suas pálpebras caídas. "Morreu", pensou, sentindo repulsa. Logo compreendeu que o bichano, tomado pelo pressentimento de que ia falecer, pensara nela e, já meio paralisado, até ela se arrastara. Colocou o cadáver em uma cova e a cobriu com pedaços de tijolo.

A luz de um foguete encheu o porão, e ela teve a impressão de que no porão não havia ar, e que respirava alguma espécie de líquido sanguíneo que escorria do teto e saía de cada tijolo.

Os alemães iam surgir dos cantos distantes, chegar até ela, pegá-la e arrastá-la. O som de suas armas se fazia ouvir logo ao lado, mais perto do que nunca. Talvez estivessem limpando o segundo andar. Talvez não viessem de baixo, mas de cima, do buraco no teto.

Para se acalmar, tentou imaginar a lista pendurada em sua porta: "Tikhomírov — um toque, Dzíga — dois toques, Tcheriómuchkin — três toques, Feinberg — quatro toques, Viéngrova — cinco toques, Andriúschenko — seis toques, Piégov — um toque longo..." Tentou imaginar a grande panela dos Feinberg no fogão de querosene, a tina de Anastassía Stepánovna Andriúschenko coberta por um saco, a bacia de esmalte lascado dos Tikhomírov pendurada em um barbante. Agora estava fazendo a cama, e colocando embaixo do lençol, no lugar em que as molas eram especialmente duras, o xale marrom de mamãe, um pedaço de estofo, um casaco descosturado de meia-estação.

Depois pensou na casa 6/1. Agora que os hitleristas estavam atacando, como que surgidos das entranhas da terra, ela não se ofendia mais com o praguejar rude dos soldados, nem se intimidava com o olhar de Griékov, que lhe enrubescia não apenas o rosto como também o pescoço e os ombros, por debaixo da camisa. Quantas indecências tivera que ouvir nesses meses de guerra! Que conversa desagradável fora constrangida a ter com um tenente-coronel careca que, com os dentes de metal reluzentes, dava indiretas sobre o fato de que da vontade dele dependia quem ficaria no centro de comunicações da margem esquerda... A meia-voz, as moças cantavam uma canção triste:

> ... E uma vez, numa noite de outono
> O comandante em pessoa a acariciou.
> Ele a chamou de querida até a manhã,
> E desde então ela passou na mão de todos...

Ela não era covarde, lidava com facilidade com aquele tipo de estado de espírito.

Viu Chápochnikov pela primeira vez quando ele lia versos, e pensou: "Que idiota." Depois ele desapareceu por dois dias, e ela ficou acanhada de sair perguntando, e pensou que tinha sido morto. Então ele apareceu certa noite, inesperadamente, e ela o ouviu contar a Griékov que tinha saído sem permissão do abrigo do estado-maior.

— Muito bem — disse Griékov. — Desertou para se juntar a nós no outro mundo.

Ao deixar Griékov, ele passou por ela sem olhar, sem sequer virar a cabeça. Ela ficou confusa, então se zangou e voltou a pensar: "Que besta."

Depois ouviu uma conversa dos moradores da casa, falavam sobre quem teria mais possibilidades de ser o primeiro a se deitar com Kátia. Um deles disse: "É claro que é Griékov."

Um segundo disse: "Não é certo. Mas o último da lista dá para dizer: é o atirador de morteiro Serioja. Quanto mais jovem a moça, mais ela é atraída pelos homens experientes."

Então notou que os flertes e piadas cessaram. Griékov não escondia o quanto lhe desagradava que os moradores da casa mexessem com Kátia.

Uma vez o barbudo Zúbarev a chamou de "esposa do dono da casa".

Griékov não tinha pressa, mas estava evidentemente confiante, e ela sentia a sua confiança. Depois que o aparelho de rádio foi destruído por estilhaços de uma bomba aérea, ele ordenou que ela se instalasse em um dos compartimentos do profundo porão.

Na véspera, dissera-lhe:

— Nunca vi uma moça como você. — E acrescentou: — Se a tivesse conhecido antes da guerra, teria me casado.

Ela teve vontade de dizer que seria necessário perguntar sua opinião, mas não se atreveu, e ficou calada.

Ele não lhe fizera nada de mau, não lhe dissera nada de rude ou atrevido, mas, ao pensar nele, tinha medo.

Na véspera ele havia lhe dito, com tristeza:

— Logo os alemães vão começar uma ofensiva. É pouco provável que algum de nós escape. A cunha dos alemães aponta para a nossa casa.

Ele a observava com um olhar vagaroso e atento, e Kátia ficou com medo não da ideia da iminente ofensiva alemã, mas desse olhar vagaroso e atento.

— Irei visitá-la depois — ele disse. Não parecia haver relação entre essas palavras e aquelas que diziam que ninguém escaparia da ofensiva alemã, mas na verdade havia, e Kátia a entendera.

Griékov não se parecia com os comandantes que ela tinha visto em Kotluban. Falava com as pessoas sem gritos nem ameaças, mas todos o ouviam. Ficava sentado, fumando, falava e escutava, sem se diferenciar dos soldados. Sua autoridade, porém, era enorme.

Ela quase não conversava com Chápochnikov. Às vezes tinha a impressão de que ele a amava e de que, assim como ela, era impotente diante de um homem que ambos admiravam e temiam. Chápochnikov era fraco e inexperiente; ela tinha vontade de pedir que a defendesse e lhe dizer: "Fique do meu lado..." Às vezes tinha vontade de consolá-lo. Era espantosamente estranho conversar com ele, como se não houvesse guerra, nem casa 6/1. E ele, como se sentisse isso, tentava parecer deliberadamente rude, e uma vez até praguejou na frente dela.

E agora ela tinha a impressão de que havia uma conexão cruel entre suas ideias e pensamentos confusos e o fato de que Griékov enviara Chápochnikov no assalto contra a casa alemã.

Ao ouvir os disparos das armas, imaginava Chápochnikov deitado em um montículo vermelho de tijolo, com a cabeça descabelada e morta a pender.

Foi tomada por um sentimento agudo de compaixão por ele, e em sua alma se misturavam os fogos multicolores da noite, o horror e a admiração por Griékov, que a partir das ruínas solitárias empreendera uma ofensiva contra as férreas divisões germânicas, e os pensamentos sobre a mãe.

Pensou que daria tudo para rever Chápochnikov com vida.

"E se disserem que é a mamãe ou ele?", pensou.

Depois ouviu passos e aferrou os dedos no tijolo, perscrutando.

O tiroteio se acalmara, e tudo estava tranquilo.

Começou a sentir coceira nas costas, nos ombros e nas pernas, embaixo do joelho, mas tinha medo de se coçar e fazer barulho.

Todos perguntavam a Batrakov por que se coçava, e ele respondia: "De nervoso." Na véspera, contudo, dissera: "Achei onze piolhos em mim." E Kolomiéitzev riu: "Batrakov foi atacado por um piolho nervoso."

Estava morta, e os soldados a carregavam para a cova dizendo:

— Pobre moça, cheia de piolhos.

Mas talvez seja realmente nervoso. E compreendeu que, no escuro, um homem que não era imaginário, fictício, surgido dos sussurros, de fragmentos de luz e de escuridão, de coração apertado, aproximava-se dela.

— Quem é?

— Sou eu, um dos nossos — respondeu a escuridão.

18

— O assalto não vai ser hoje. Griékov adiou até amanhã à noite. Hoje os alemães estão perturbando o tempo todo. Aliás, queria dizer que nunca li essa tal *Cartuxa*.

Ela não respondeu.

Ele tentava enxergá-la na escuridão e, para satisfazer seu desejo, o fogo de uma explosão iluminou seu rosto. Em um segundo voltou a escurecer, e em silêncio eles concordaram em esperar que uma nova explosão cintilasse. Serguei tomou a mão dela. Apertou seus dedos. Era a primeira vez na vida que pegava na mão de uma moça.

A operadora de rádio imunda e piolhenta estava quieta, e seu pescoço brilhava no escuro.

Prorrompeu a luz de foguetes, e eles aproximaram as cabeças. Ele a abraçou, e ela semicerrou os olhos, pois ambos conheciam aquela história dos tempos de escola: quem beija de olho aberto é porque não ama.

— Isso não é brincadeira, certo? — ele perguntou.

Ela o tomou pelas têmporas e voltou a cabeça dele para si.

— É para a vida toda — ele disse com vagar.

— É estranho — ela disse —, tenho medo de que alguém chegue de repente. E até agora estava feliz que qualquer um deles viesse: Liákhov, Kolomiéitzev, Zúbarev...

— Griékov — ele ditou.

— Ah, não — ela disse.

Ele se pôs a beijar-lhe o pescoço e, tateando com os dedos, soltou o botão verde de sua camisa militar e roçou com os lábios sua clavícula magra, mas não se decidiu a beijar seu peito. E ela afagou seus cabelos duros e sujos como se ele fosse um menino, já sabendo que tudo que estava acontecendo era inevitável, e que tinha que acontecer daquele jeito.

Ele olhou para o mostrador luminoso do relógio.

— Quem vai liderar vocês amanhã? — ela perguntou. — Griékov?

— Para que isso? Vamos nós mesmos, para que um líder?

Voltou a abraçá-la, e seus dedos subitamente congelaram, e o peito se enregelou de resolução e inquietude. Ela estava semideitada sobre o capote e parecia não respirar. Ele apalpava ora o tecido grosseiro e empoeirado de sua camisa e saia, ora as ásperas botas de cano de lona. Sentia com a mão o calor do corpo dela. Ela tentava ficar sentada, mas ele a beijava. Uma luz voltou a prorromper, iluminando por um instante o barrete de Kátia caído em cima de um tijolo, e seu rosto lhe pareceu desconhecido por aqueles segundos. E logo voltou a ficar escuro, bem escuro...

— Kátia!

— O que é?

— Nada, só queria ouvir a sua voz. Por que você não olha para mim?

— Não precisa, não precisa, apaga.

Ela voltou a pensar na mãe e nele: de quem gostava mais?

— Perdão — ela disse.

Sem entendê-la, ele retrucou:

— Não tenha medo, é para a vida toda, se houver uma vida.

— É que eu me lembrei de mamãe.

— A minha mãe morreu. Só agora entendi que ela foi deportada por causa do papai.

Adormeceram no capote abraçados, e o dono da casa foi até eles e viu como dormiam: a cabeça do atirador de morteiro Chápochnikov jazia no ombro da operadora de rádio e seu braço a enlaçava pelas costas, como se temesse perdê-la. Eles estavam tão calmos e imóveis que Griékov teve a impressão de que haviam morrido.

Ao amanhecer, Liákhov olhou para o compartimento do porão e gritou:

— Ei, Chápochnikov, ei, Viéngrova, o dono da casa está chamando: é para já, vamos, agora!

Nas trevas frias e nebulosas o rosto de Griékov era implacável e severo. Tinha os ombros grandes encostados na parede e os cabelos desgrenhados caídos sobre a testa baixa.

Ficaram na frente dele, mudando o peso do corpo de um pé para o outro, sem reparar que continuavam de mãos dadas.

Griékov mexeu as amplas narinas do nariz achatado de leão e disse:

— Bem, Chápochnikov, agora você vai para o estado-maior do regimento, é uma ordem.

Serioja sentiu o tremor dos dedos da moça e os apertou, e ela também sentiu que os dedos dele tremiam. Ele engoliu em seco, tinha a língua e o céu da boca ressequidos.

O silêncio se apoderou do céu nublado e da terra. Parecia que os homens deitados no chão, cobertos com os capotes, não estavam dormindo, mas esperando, sem respirar.

Tudo ao redor era maravilhoso e adorável, e Serioja pensou: "Fui expulso do Paraíso, ele está nos separando como dois servos." E olhou para Griékov com súplica e ódio.

Griékov fitou então a moça, estreitando os olhos, e Serioja achou que aquele olhar era asqueroso, impiedoso e descarado.

— É tudo — disse Griékov. — A operadora de rádio vai com você; não tem nada para ela fazer aqui sem o equipamento, leve-a até o estado-maior do regimento.

Riu.

— Por lá vocês se virem. Leve esse papel; redigi um só para os dois, não gosto de escrever. Está claro?

E Serioja de repente reparou que estava sendo fitado por olhos maravilhosos, humanos, inteligentes e tristes, como ele nunca tinha visto na vida.

19

O comissário de regimento de infantaria Pivovárov não chegou a ir à casa 6/1.

A ligação sem fio com a casa estava interrompida, talvez porque o aparelho tivesse quebrado, talvez porque o capitão Griékov, que mandava na casa, se aborrecesse com as repreensões severas do comando.

Durante algum tempo, conseguiram obter informações sobre a casa cercada por meio do atirador de morteiro Tchentzov, que relatou que o "dono da casa" estava completamente ensandecido, e dizia aos combatentes sabe Deus que heresias. Era verdade que Griékov enfrentava os alemães com audácia; isso o informante não negava.

À noite, quando Pivovárov estava tentando ir à casa 6/1, o comandante do regimento Beriózkin ficou seriamente doente.

Jazia no abrigo com o rosto a arder e os olhos parecendo inumanos, apalermados, transparentes como cristal.

O médico que examinava Beriózkin estava desconcertado. Habituara-se a resolver casos de membros partidos, de crânios fraturados, e eis que um homem adoecia sozinho.

O médico disse:

— Precisava aplicar ventosas, mas onde vamos consegui-las?

Pivovárov decidiu relatar a doença do comandante do regimento à chefia, mas recebeu um telefonema do comissário da divisão com a ordem de se apresentar ao estado-maior com urgência.

Quando Pivovárov, arquejando um pouco (tivera que se abaixar duas vezes por causa de explosões próximas), entrou no abrigo do comissário da divisão, este conversava com um comissário de batalhão recém-chegado da margem esquerda. Pivovárov ouvira falar deste homem, que dera conferências a unidades instaladas nas fábricas.

Pivovárov reportou em voz alta:

— Vim por ordem do senhor — e imediatamente relatou a doença de Beriózkin.

— Isso é mau — disse o comissário da divisão. — O senhor deve assumir o comando do regimento, camarada Pivovárov.

— E a casa sitiada?

— Não é mais da sua alçada — disse o comissário de divisão. — Fizeram um escarcéu enorme em torno dessa casa sitiada. O caso chegou até o estado-maior do front.

Agitou um papel cifrado na frente de Pivovárov.

— Foi precisamente por causa desse assunto que eu o chamei. O camarada Krímov recebeu uma instrução da direção política do front de se dirigir à casa sitiada, implantar por lá a ordem bolchevique, estabelecer-se como comissário de guerra e, se for o caso, afastar Griékov e assumir o comando... Como ela fica na seção do seu regimento, o senhor deve assegurar tudo que for indispensável para que ele chegue a esta casa e para as comunicações posteriores. Está claro?

— Está claro — disse Pivovárov. — Afirmativo.

Depois disso perguntou com sua voz habitual, cotidiana e informal:

— Camarada comissário de batalhão, o senhor sabe lidar com esse tipo de gente?

— Sei muito bem — disse, rindo, o comissário recém-chegado da margem esquerda. — No verão de 1941, saí de um cerco na Ucrânia com duzentos homens tomados do espírito guerrilheiro.

O comissário de divisão disse:

— Então, camarada Krímov, mãos à obra. Mantenha-se em contato comigo. Um Estado dentro do Estado não é coisa boa.

— Ah, e tem também uma história sórdida com uma moça que é operadora de rádio — disse Pivovárov. — Beriózkin estava preocupado porque o aparelho de rádio calou-se. E esses tipos são aqueles dos quais se pode esperar qualquer coisa.

— Está bem, lá o senhor vai se inteirar de tudo. Vamos logo. Boa sorte — disse o comissário de divisão.

20

Um dia depois de Griékov ter mandado embora Chápochnikov e Viéngrova, Krímov, acompanhado de um fuzileiro, dirigiu-se à célebre casa sitiada pelos alemães.

Eles saíram do estado-maior do regimento de infantaria em uma noite clara e fria. Bastou ingressar no pátio asfaltado da fábrica de tratores de Stalingrado e Krímov sentiu de maneira mais forte e clara do que nunca o perigo de ser destruído.

Ao mesmo tempo, a sensação de entusiasmo e de alegria não o abandonava. Era como se a mensagem cifrada que chegara inesperadamente do estado-maior do front comprovasse que aqui, em Stalingrado, tudo era diferente: relações diferentes, avaliações diferentes, exigências diferentes às pessoas. Krímov voltava a ser Krímov, não um aleijado em um comando de inválidos, mas um comissário militar bolchevique. O caráter perigoso e difícil da missão não o assustava. Como fora agradável e doce voltar a ler nos olhos do comissário de divisão e de Pivovárov o mesmo que os camaradas de Partido sempre haviam expressado por ele.

Em meio ao asfalto estraçalhado por projéteis, junto a um morteiro destroçado do regimento, jazia um soldado morto do Exército Vermelho.

Por algum motivo, logo agora que a alma de Krímov estava cheia de júbilo e esperança de vida, o aspecto daquele corpo o afetara. Já vira tantos mortos que se tornara indiferente a eles. Mas agora se sobressaltara: o corpo, tomado pela morte eterna, jazia desamparado como um pássaro e com as pernas encolhidas, como se estivesse com frio.

Ao lado, carregando uma grossa mala de campanha encostada na cabeça, passaram correndo um instrutor político com uma capa cinza rija e soldados do Exército Vermelho de capa militar, com minas antitanque misturadas com pão de forma.

Mas o morto não precisava de pão nem de armas, nem desejava uma carta da esposa fiel. Sua morte não o fortalecera; era a coisa mais fraca, um pardalzinho morto do qual nem os mosquitos nem as mariposas tinham medo.

Numa brecha da parede da fábrica, os artilheiros instalavam um canhão do regimento e ralhavam com a guarnição de uma metralhadora pesada. Pela gesticulação, tornava-se mais ou menos claro do que estavam falando.

— Sabe há quanto tempo nossa metralhadora está aqui? Nós já estávamos mandando bala enquanto vocês fofocavam na outra margem.

— Uns atrevidos, é isso que vocês são.

O ar uivou, e um projétil rebentou no canto da oficina. Os estilhaços se espalharam pela parede. O fuzileiro que acompanhava Krímov deu uma olhada para ver se o comissário não tinha morrido. Esperando por Krímov, afirmou:

— Não se preocupe, camarada comissário, somos tidos como o segundo escalão, a retaguarda profunda.

Passado algum tempo, Krímov compreendeu que o pátio junto às paredes da fábrica era um lugar tranquilo.

Ele teve que correr e se abaixar, enfiando a cara no chão, correr de novo e se abaixar novamente. Por duas vezes pularam em trincheiras ocupadas pela infantaria; correram por entre casas desocupadas em chamas, onde só o ferro existia e apitava... O fuzileiro voltou a confortar Krímov:

— O mais importante é que não tem bombardeiro de mergulho. — E depois acrescentou: — Bem, camarada comissário, agora vamos àquela cratera.

Krímov deslizou para o fundo de um buraco de bomba e olhou para cima: o céu era azul sobre sua cabeça, que não havia sido arrancada, continuava sobre seus ombros, como antes. É estranho sentir a presença de pessoas apenas porque a morte, que chega de ambos os lados, está gritando e uivando em cima da sua cabeça.

Era estranho o sentimento de segurança num buraco que fora escavado pela pá da morte.

Sem deixá-lo respirar, o fuzileiro disse:

— Venha atrás de mim! — E pôs-se a rastejar por uma passagem escura que havia no fundo do buraco. Krímov se enfiou atrás dele e a pequena passagem se alargou, o teto ficou mais alto, e eles entraram em um túnel.

Debaixo da terra dava para ouvir o ronco da tempestade de cima, a abóbada tremia, e o estrondo se propagava pelo subterrâneo. Onde os tubos de ferro eram mais numerosos, onde os cabos elétricos escuros, da espessura de um braço humano, se ramificavam, havia na parede uma inscrição: "Makhov é burro." O fuzileiro acendeu a lanterna e disse:

— Agora os alemães estão em cima de nós.

Logo tomaram uma passagem estreita e avançaram na direção de uma mancha cinza-clara que mal dava para ver; a mancha foi se tornando mais clara e mais luminosa nas profundezas da passagem, enquanto as explosões e rajadas de metralhadora rugiam com mais fúria.

Por um instante, Krímov teve a impressão de se aproximar do cadafalso. Subiram, entretanto, à superfície, e a primeira coisa que ele viu foi os rostos das pessoas, que aparentavam uma calma divina.

Krímov foi tomado por um sentimento inefável de alegria e leveza. Mesmo o furor da guerra ele percebia não como o limiar funesto entre a vida e a morte, e sim como uma tempestade acima da cabeça de um viajante jovem, forte e cheio de vida.

Apoderou-se dele a segurança clara e aguda de que estava vivendo a hora de uma nova e feliz reviravolta em seu destino.

Era como se ele visse o seu futuro na luz clara daquele dia: voltara a encarar a vida com toda a força de sua inteligência, vontade, paixão bolchevique.

O sentimento de segurança e jovialidade se misturava com a tristeza pela esposa que partira, e que agora lhe parecia infinitamente encantadora.

Agora, contudo, ela não lhe parecia perdida para sempre. Junto com a força, junto com sua vida anterior ela voltaria para ele. Ele iria atrás dela!

Um velho com o barrete enterrado na testa mexia com a baioneta uns bolinhos de batata que estavam fritando em uma chapa de folha de flandres, num fogo que ardia no chão; os bolinhos prontos eram depositados num capacete de metal. Ao ver o soldado que acompanhava Krímov, perguntou rapidamente:

— Serioja está com vocês?

O soldado disse, com severidade:

— Atenção para o superior presente!

— Quantos anos tem o senhor, paizinho? — Krímov perguntou.

— Sessenta — respondeu o velho, e explicou: — Sou da milícia operária.

Voltou a olhar de soslaio para o soldado:

— Serioja está com vocês?

— Não está no regimento. Pelo visto deve ter ido parar no regimento vizinho.

— Ih — disse o velho, com desgosto —, se perdeu.

Krímov cumprimentou as pessoas, olhou ao redor, examinou os compartimentos do porão com tabiques de madeira desmontados pela metade. Em certo ponto, o canhão do regimento havia sido posicionado numa seteira aberta na parede.

— Como em um navio — disse Krímov.

— Sim, só que tem pouca água — respondeu um soldado vermelho.

Os morteiros estavam mais adiante, em buracos e desfiladeiros de pedra. Havia minas compridas no chão e, a uma certa distância, um *baian*[18] em cima de um impermeável militar.

— Bem, a casa 6/1 está de pé e não se rendeu aos fascistas — disse Krímov, alto. — O mundo inteiro, milhões de pessoas estão felizes com isso.

As pessoas ficaram em silêncio.

O velho Poliákov ergueu para Krímov seu capacete de metal cheio de bolinhos.

— Não escreveram sobre os bolinhos de Poliákov?

— Enquanto vocês dão risada — disse Poliákov —, levaram o nosso Serioja.

Um atirador de morteiro indagou:

— Ainda não abriram o segundo front? Ninguém ouviu nada?

— Por enquanto não — Krímov respondeu.

Um homem de camiseta e túnica militar aberta disse:

— Quando a artilharia pesada do outro lado do Volga começou a atirar na gente, Kolomiéitzev perdeu o equilíbrio com a onda de choque, depois se levantou e disse: "Está aí, pessoal, o segundo front que se abriu."

Um rapaz de cabelo escuro afirmou:

— Não falem besteira, se não fosse pela artilharia nós não estaríamos aqui. Os alemães teriam nos devorado.

— Mas, afinal, onde está o comandante? — Krímov perguntou.

— Está lá, instalado na linha de frente.

O comandante do destacamento estava deitado em uma pilha alta de tijolos, olhando por um binóculo.

---

[18] Acordeão russo.

Quando Krímov o chamou, ele virou o rosto a contragosto e ardilosamente levou o dedo aos lábios, voltando a pegar o binóculo. Passados alguns instantes seus ombros tremeram, e ele riu. Desceu e falou, sorrindo:

— Isso é pior que xadrez. — E, tendo notado as insígnias verdes e a estrela de comissário na camisa militar de Krímov, afirmou: — Bem-vindo à nossa *khata*, camarada comissário de batalhão. — E se apresentou: — Griékov, o dono da casa. O senhor veio pela nossa passagem?

Tudo nele — o olhar, os movimentos rápidos, as narinas amplas do nariz achatado — era insolente, a própria imagem da insolência.

"Deixa estar que eu te pego de jeito", pensou Krímov.

Krímov se pôs a interrogá-lo. Griékov respondia preguiçoso e distraído, bocejando e olhando ao redor, como se as perguntas de Krímov o estivessem atrapalhando em alguma tarefa importante e necessária.

— Devemos substituí-lo?

— Para quê? — respondeu Griékov. — Não há por que, nem quando, nem para quem escrever.

— O senhor está subordinado ao comando do 176º Regimento de Infantaria — disse Krímov.

— Sim, camarada comissário de batalhão — respondeu Griékov, acrescentando, irônico: — Quando isolaram o povoado e eu reuni gente e armamento nesta casa, rechacei trinta ataques e botei fogo em oito tanques, não tinha nenhum comando acima de mim.

— O senhor sabe ou verificou o número exato do seu contingente atualmente disponível?

— Para que verificar se não fico apresentando memorandos de serviço nem me abasteço na intendência? Vivemos de batata podre e água podre.

— Há mulheres na casa?

— Camarada comissário, o senhor está me submetendo a algum tipo de interrogatório?

— Seu pessoal caiu prisioneiro?

— Não, jamais ocorreu um caso desses.

— Então onde está a sua operadora de rádio?

Griékov mordeu os lábios, as sobrancelhas se juntaram e ele respondeu:

— Essa moça era uma espiã alemã; ela tentou me aliciar, então eu a estuprei e fuzilei. — Endireitando o pescoço, ele perguntou: — Era de uma resposta dessas que o senhor precisava? — E disse, com ironia: — Vejo que o assunto está fedendo a batalhão penal, não é, camarada comandante?

Krímov fitou-o em silêncio por alguns instantes e disse:

— Griékov, Griékov, o senhor perdeu a noção das coisas. Eu também fui sitiado. E também fui interrogado.

Olhou para Griékov e disse pausadamente:

— Tenho uma instrução: caso seja indispensável, afastá-lo do comando e assumi-lo eu mesmo. Por que o senhor está dando uma de valente e me empurrando nessa direção?

Griékov ficou quieto, refletiu, perscrutou seu interlocutor e depois disse:

— Parou, os alemães sossegaram.

21

— Bem, vamos conversar só nós dois — disse Krímov —, para acertar o que falta.

— Por que só nós dois? — disse Griékov. — Estamos lutando todos juntos, e vamos acertar as coisas todos juntos.

Krímov apreciava a insolência de Griékov, mas ao mesmo tempo se irritava com ela. Tinha vontade de contar a Griékov do cerco na Ucrânia e de sua vida antes da guerra, para que ele não o tomasse por um burocrata. Mas Krímov sentia que essa narração seria uma manifestação de fraqueza. E Krímov fora àquela casa para manifestar força, não fraqueza. Pois não era um burocrata da instrução política, e sim um comissário de guerra.

"Não tem problema", pensou, "o comissário vai dar conta".

Durante a trégua, as pessoas se sentaram e deitaram nos montes de tijolos. Griékov afirmou:

— Hoje os alemães não vão mais atacar — e apresentou Krímov: — Vamos comer, camarada comissário.

Krímov se sentou ao lado de Griékov, no meio das pessoas que descansavam.

— Quando olho para vocês todos — afirmou Krímov —, me volta à mente o tempo todo aquele ditado: os russos sempre ganham dos prussianos.

Uma voz baixa e preguiçosa concordou:

— Verdade!

E nessa "veee-rrrrr-daaaa-de" exprimia uma condescendência tão irônica pelas fórmulas corriqueiras que um risinho geral se espalhou pelos que estavam sentados. Tanto quanto o homem que dissera que "os russos sempre ganham dos prussianos", eles sabiam da imensa força que os russos traziam em si, e eram em si mesmos o exemplo mais evidente de tal força. Mas também sabiam e entendiam que, se os prussianos haviam chegado ao Volga e a Stalingrado, não era em absoluto porque os russos sempre ganhavam deles.

Uma coisa estranha aconteceu com Krímov naquele momento. Ele não gostava quando os trabalhadores políticos louvavam os velhos chefes militares russos, e seu espírito revolucionário ficava desgostoso com as referências a Dragomírov nos artigos do *Estrela Vermelha*. Além disso, achava desnecessária a introdução das medalhas Suvôrov, Kutúzov, Bogdan Khmelnitzki. A revolução é a revolução, e seu exército só precisa de uma bandeira: a vermelha.

Uma vez, quando estava trabalhando no comitê revolucionário de Odessa, participando de uma marcha dos estivadores e dos membros do Komsomol da cidade, fez com que derrubassem do pedestal de bronze a estátua do grande chefe militar que chefiara a campanha do exército de servos russos na Itália.

E justamente aqui, na casa 6/1, Krímov pela primeira vez na vida proferia as palavras de Suvôrov, sentindo que se prolongava pelos séculos a glória única do povo russo armado. Tinha a impressão de sentir de maneira diferente não apenas o tema de sua conferência, mas o tema de sua vida.

Mas por que justamente hoje, quando ele voltava a respirar o ar habitual da revolução de Lênin, é que lhe ocorriam tais sentimentos e ideias?

E aquela "verdade" irônica e preguiçosa proferida por um dos combatentes lhe doeu.

— Não preciso ensinar vocês a combater, camaradas — disse Krímov. — Disso vocês podem dar aula a quem quer que seja. Mas por que o comando achou necessário me mandar até vocês? Digam, por que estou aqui?

— Pela sopa, será que é pela sopa? — disse alguém, baixinho e em tom amigável.

Mas as risadas dos que ouviram aquela proposta tímida não foram baixinhas. Krímov olhou para Griékov.

Griékov estava rindo com os outros.

— Camaradas — disse Krímov, com um rubor de raiva subindo pelas faces —, vamos falar a sério, camaradas, foi o Partido que me enviou.

O que era aquilo? Um estado de espírito passageiro, um motim? Falta de vontade de ouvir o comissário, nascida do sentido de sua própria força e de sua própria experiência? Mas talvez seus alegres ouvintes não tivessem nada de subversivo, e aquilo simplesmente surgisse da sensação de igualdade natural que era tão forte em Stalingrado.

Mas por que essa sensação de igualdade que antes encantara Krímov agora despertava nele um sentimento de ódio e uma vontade de esmagá-la e reprimi-la?

A conexão de Krímov com aquelas pessoas falhava não porque elas estivessem abatidas, desnorteadas, atemorizadas. As pessoas aqui se sentiam fortes, seguras, e como é que esse sentimento da própria força surgido nelas podia enfraquecer sua conexão com o comissário Krímov, despertando alheamento e hostilidade mútua?

O velho que fritava bolinhos disse:

— Tem algo que eu sempre quis perguntar a um membro do Partido. Dizem, camarada comissário, que no comunismo todos vão receber de acordo com suas necessidades, mas como vai ser isso? Se todos, desde o início do dia, receberem de acordo com suas necessidades, não vai acabar todo mundo bêbado?

Krímov olhou para o velho e viu em seu rosto a mais genuína preocupação.

Griékov, contudo, ria, e riam seus olhos, e as narinas grandes e largas se enchiam de riso.

Um sapador com uma atadura ensanguentada enrolada na cabeça indagou:

— A propósito dos colcozes, camarada comissário, como vamos liquidá-los depois da guerra?

— Não seria mau ter uma conferência sobre esse tópico — disse Griékov.

— Não vim aqui para dar palestras — disse Krímov. — Sou um comissário de guerra, vim para submeter o intolerável espírito guerrilheiro de vocês.

— Pois submeta — disse Griékov. — E quem vai submeter os alemães?

— Vamos cuidar disso, não se preocupe. Não vim atrás de sopa, como vocês disseram, mas sim para preparar o mingau bolchevique.

— Então nos submeta — disse Griékov. — Prepare o mingau.

Ao mesmo tempo irônico e sério, Krímov atalhou:

— Se for preciso, Griékov, junto com o mingau bolchevique comeremos também o senhor.

Agora Nikolai Grigórievitch estava calmo e seguro. A hesitação sobre qual seria a decisão mais justa desaparecera. Era preciso afastar Griékov do comando.

Agora, Krímov via claramente Griékov como um elemento hostil e estranho, algo que não podia ser atenuado nem encoberto pelos atos heroicos realizados na casa sitiada. Ele sabia como dar um jeito em Griékov.

Quando escureceu, Krímov foi até o dono da casa e disse:

— Griékov, vamos falar a sério e às claras. O que o senhor quer?

Griékov deu uma olhada rápida nele de baixo para cima. Estava sentado, enquanto Krímov se mantinha em pé, e disse alegremente:

— Quero a liberdade, e estou lutando por ela.

— Isso queremos todos.

— Pare com isso! — negou com a mão Griékov. — De que ela serve para vocês? Vocês só querem dar um jeito nos alemães.

— Chega de brincadeira, camarada Griékov — disse Krímov. — Por que o senhor não coíbe as declarações políticas equivocadas de alguns combatentes? Hein? Com sua autoridade, o senhor poderia fazê--lo melhor do que qualquer comissário. Tenho a impressão de que as pessoas falam bobagem e olham para o senhor, esperando a sua aprovação. Por exemplo, aquele que falou dos colcozes. Por que o senhor lhe deu apoio? Estou falando de maneira clara: vamos resolver isso juntos. Se não quiser, digo sem rodeios: não estou de brincadeira.

— O que é que tem os colcozes? Não gostam deles, e isso o senhor sabe melhor do que eu.

— Griékov, então o senhor imagina mudar o curso da história?

— E o senhor quer colocar tudo nos trilhos de antes?

— O que é esse "tudo"?

— Tudo. A coerção generalizada.

Falava com voz preguiçosa, largando as palavras e rindo. De repente se levantou e disse:

— Camarada comissário, chega. Eu não imagino nada. Eu só estava provocando. Sou um homem tão soviético quanto o senhor. Sua desconfiança me ofende.

— Então vamos, Griékov, deixemos de brincadeira. Vamos falar a sério sobre como eliminar esse espírito ruim, antissoviético e imaturo. O senhor o fez nascer; ajude-me a matá-lo. E o senhor ainda vai poder combater com glória.

— Quero dormir. E o senhor também precisa descansar. Amanhã o senhor vai ver o que acontece.

— Está bem, Griékov, vamos deixar para amanhã. Não vou a lugar nenhum, não tenho pressa.

Griékov riu:

— Vamos entrar em acordo, com certeza.

"Está tudo claro", pensou Krímov. "Não vou empregar uma homeopatia. Vou usar bisturi de cirurgião. Corcundas políticos não se endireitam com exortações."

Griékov disse, inesperadamente:

— Os seus olhos têm alguma coisa de bom. O senhor parece ter sofrido muito.

Surpreso, Krímov ergueu as mãos e não respondeu. Griékov, porém, como se tivesse ouvido a confirmação de suas palavras, afirmou:

— Sabe, eu também sofri bastante. Só que é algo pessoal, uma tolice. Não ponha isso no relatório.

À noite, durante o sono, Krímov foi ferido na cabeça por uma bala perdida. A bala arranhou seu couro cabeludo. O ferimento não era grave, mas a cabeça rodava bastante, e Krímov não conseguia ficar de pé. Tinha enjoos o tempo todo.

Griékov mandou improvisar uma maca, e na hora tranquila da alvorada o ferido foi evacuado da casa sitiada.

Krímov estava deitado na maca com a cabeça doendo e rodando, e as têmporas com pontadas e batidas.

Griékov levou a maca até a passagem subterrânea.

— O senhor não teve sorte, camarada comissário — disse.

E uma conjectura assaltou Krímov subitamente: teria sido Griékov a atirar nele no meio da noite?

Ao entardecer, Krímov começou a vomitar, e a dor de cabeça ficou mais forte.

Durante dois dias permaneceu no posto médico do batalhão, depois foi transferido para a margem esquerda e internado em um hospital militar.

22

O comissário Pivovárov se introduziu nos esconderijos estreitos do posto médico e viu um cenário deprimente: os feridos jaziam amontoados. Krímov já não estava ali; fora evacuado na véspera para a margem esquerda.

"Como ele foi se ferir tão rápido?", pensou Pivovárov. "Ou não teve sorte, ou teve muita sorte."

Além disso, Pivovárov precisava decidir se valia a pena transferir Beriózkin, o comandante doente do regimento, para o posto médico. Ao voltar para o abrigo do estado-maior, Pivovárov (que no caminho quase foi morto por estilhaços de projéteis alemães) disse ao fuzileiro Gluchkov que o posto médico não tinha condições de cuidar do doente. Por todo lado havia montes de gazes ensanguentadas, ataduras, algodão — era assustador. Ao ouvir o comissário, Gluchkov disse:

— É claro, camarada comissário, em seu próprio abrigo é sempre melhor.

— Sim — anuiu o comandante. — E lá não distinguem quem é comandante de regimento e quem é soldado raso. Está todo mundo no chão.

E Gluchkov, ao qual, pela patente, cabia um lugar no chão, disse:

— Pois é, onde já se viu.

— Ele disse alguma coisa? — Pivovárov perguntou.

— Não — negou Gluchkov, com um aceno de mão. — Não disse nada, camarada comissário, e ainda levamos a ele uma carta da esposa que ficou largada e ele nem olhou.

— O que é isso? — disse Pivovárov. — Então está bem doente. Se nem olhou, a coisa é grave!

Tomou a carta, sopesou o envelope, ergueu-o até o rosto de Beriózkin e disse, de maneira severa e persuasiva:

— Ivan Leóntievitch, esta carta é da sua esposa. — Esperou por algum tempo e acrescentou, em tom completamente diferente: — Vânia, veja, é da sua mulher, não está entendendo, Vânia?

Mas Beriózkin não entendia.

Seu rosto estava vermelho, e os olhos brilhantes olhavam para Pivovárov de forma penetrante e apalermada.

Naquele dia, a guerra bateu com força tenaz na porta do abrigo em que jazia o comandante doente do regimento. Quase todas as linhas telefônicas haviam sido cortadas durante a noite, mas, por algum motivo, o telefone do esconderijo de Beriózkin funcionava perfeitamente, e, por isso, ligavam da divisão, ligavam da seção de operações do estado-maior do Exército, ligava o vizinho — um comandante de regimento da divisão de Gúriev —, ligavam os comandantes de batalhão de Beriózkin, Podtchufárov e Dírkin. Entrava e saía gente do abrigo o tempo todo, a porta rangia e o capote militar que Gluchkov pendurara na entrada estalava. A inquietude e a expectativa tinham se apoderado das pessoas desde a manhã. Aquele dia, que se distinguia pelas preguiçosas descargas da artilharia e pelos ataques infrequentes e desleixados dos bombardeiros imprecisos, despertara em muitos a certeza pungentemente melancólica de que viria um ataque alemão. Essa certeza atormentava igualmente Tchuikov, o comissário de regimento Pivovárov, as pessoas da casa 6/1 e o comandante do pelotão de infantaria que festejava seu aniversário bebendo vodca desde a manhã ao lado da chaminé da fábrica de tratores de Stalingrado.

Cada vez que conversas interessantes ou engraçadas tinham lugar no abrigo de Beriózkin, todos davam uma olhada no comandante do regimento: será que ele estava ouvindo?

O comandante de companhia Khrénov estava narrando a Pivovárov, com a voz enrouquecida pelo frio da noite, que saíra antes da alvorada do porão em que se localizava seu ponto de comando e se sentara em uma pequena pedra, perscrutando para ver se os alemães não estavam fazendo alguma bobagem. E, de repente, do céu, ouviu-se uma voz brava, irada: "Ei, cacete, por que não acendeu uma luz?"

Khrénov, por um instante, ficou aturdido — quem lá no céu podia saber seu sobrenome?[19] —, e até com medo, mas depois viu que era o piloto do *kukuruznik* que havia desligado o motor e estava planando; pelo visto, queria jogar mantimentos para a casa 6/1, e estava zangado porque não tinha nenhum ponto de referência.

---

[19] *Khrén* em russo designa raiz forte, mas também é um eufemismo para os órgãos genitais masculinos.

Todos no abrigo olharam para Beriózkin: estaria rindo? Mas só Gluchkov teve a impressão de que um ponto de vida surgira nos olhos vítreos e resplandecentes do doente. Chegou a hora da refeição e o abrigo se esvaziou. Beriózkin continuava quieto e Gluchkov suspirava: Beriózkin estava deitado ao lado da carta tão esperada. Pivovárov e o major — o novo chefe do estado-maior, substituto do finado Kochenkov — tinham ido almoçar, estavam comendo um borche formidável e tomando um trago. O cozinheiro já servira um daqueles ótimos borches a Gluchkov. Mas o comandante do regimento, o dono da casa, não comia, só tomava um gole d'água...

Gluchkov abriu o envelope e, indo direto para o leito, começou a ler de forma nítida e vagarosa, e em voz baixa: "Olá, meu caro Vânia, olá, meu querido, olá, meu bem."

Gluchkov franziu o cenho e continuou a decifrar o texto em voz alta.

Lia para o comandante deitado inconsciente a carta de sua mulher, carta que já fora lida pelos censores militares, uma carta terna, triste e boa, que só devia ser lida por uma pessoa no mundo: Beriózkin.

Gluchkov não ficou muito espantado quando Beriózkin voltou a cabeça e disse: "Passe para cá", e esticou o braço.

As linhas da carta tremiam em seus grandes dedos trêmulos:

"Vânia, aqui é muito bonito, Vânia, que saudade de você. Liuba pergunta o tempo todo por que papai não está conosco. Vivemos à beira do lago, a casa é quente, o proprietário tem uma vaca, leite, tem o dinheiro que você mandou, e quando eu saio de manhã há folhas amarelas e vermelhas de bordo nadando na água fria, e de repente já tem neve, que faz a água parecer ainda mais azul, o céu mais azul, e as folhas incrivelmente mais amarelas, incrivelmente mais vermelhas. E Liuba pergunta: por que você está chorando? Vânia, Vânia, meu querido, obrigada por tudo, obrigada por tudo, por toda a bondade. Como explicar por que eu choro? Choro porque estou viva, choro de dor porque Slava se foi e eu estou viva, de felicidade por você estar vivo, choro quando me lembro de mamãe e da minha irmã, choro com a luz da manhã, porque tudo ao redor é tão lindo e tão doloroso, em toda parte e para todos, e para mim também. Vânia, Vânia, meu caro, meu querido, meu bem..."

E a cabeça começou a rodar, e tudo se embaralhou, os dedos tremiam, a carta tremia junto com o ar incandescente.

— Gluchkov — disse Beriózkin —, hoje eu preciso sarar. — (Tamara não gostava dessa palavra.) — O aquecedor de água quebrou?

— Está inteiro. Mas como vai sarar em um dia? O senhor está com quarenta graus, que nem uma vodca. Não dá para baixar de uma vez.

Os soldados fizeram rolar com estrondo para dentro do abrigo um tonel metálico de gasolina. O tonel fora cheio até a metade, com uma chaleira e um balde de lona, de água fumegante e turva do rio.

Gluchkov ajudou Beriózkin a se vestir e o levou até o tonel.

— Ainda está muito quente, camarada tenente-coronel — disse, colocando e retirando rapidamente a mão na lateral do tonel —, o senhor vai se queimar. Chamei o camarada comissário, mas ele está em reunião com o comandante da divisão, é melhor esperar.

— Esperar para quê?

— Se algo acontecer com o senhor eu me dou um tiro. E, se eu não conseguir, o camarada comissário Pivovárov dá um tiro em mim.

— Vamos, me ajude.

— Me deixe ao menos ligar para o chefe do estado-maior.

— E então? — disse Beriózkin e, embora esse "então" curto e rouco tenha sido proferido por um homem nu que mal conseguia parar sobre as próprias pernas, Gluchkov imediatamente parou de discutir.

Ao entrar na água, Beriózkin gemeu, soltou ais, fez um movimento de recuo, e Gluchkov, olhando para ele, gemeu e andou em volta do tonel.

"Como na maternidade", pensou, por algum motivo.

Beriózkin perdeu a consciência por um momento, e tudo se confundiu em uma neblina, a inquietação da guerra e o calor da doença. De repente o coração parou, se deteve, e cessou de sentir o calor insuportável da água pelando. Depois voltou a si e disse a Gluchkov:

— Você precisa enxugar o chão.

Mas Gluchkov não tinha reparado que a água do tonel havia transbordado. O rosto rubro do comandante do regimento começou a empalidecer, a boca ficou entreaberta, no crânio raspado apareceram enormes gotas de suor, que Gluchkov teve a impressão de serem azuis. Beriózkin voltou a perder a consciência, mas, quando Gluchkov tentou tirá-lo da água, disse com clareza:

— Ainda não — e começou a tossir. Quando o acesso de tosse passou, Beriózkin disse, sem tomar alento: — Ponha mais água fervente.

Finalmente saiu da água, e Gluchkov, olhando para ele, perdeu o ânimo de vez. Ajudou Beriózkin a se enxugar e deitar na cama, cobriu-o com uma manta e um capote e depois começou a colocar em cima dele todo tipo de tralha que havia por lá: capotes militares, sobretudos, calças de algodão.

Quando Pivovárov voltou o abrigo estava arrumado, só o ar estava úmido como em uma casa de banho. Beriózkin jazia em silêncio, dormindo. Pivovárov ficou parado junto a ele.

"Que rosto simpático", pensou Pivovárov. "Esse aí, com certeza, nunca escreveu uma denúncia."

Durante o dia todo fora incomodado por uma lembrança. Cinco anos antes, havia denunciado Chmeliov, seu colega de segundo ano de curso. Hoje, durante essa trégua perversa, aflitiva e pungente, todo tipo de tolice lhe passava pela cabeça, inclusive a imagem de Chmeliov, olhando de esguelha e ouvindo com fisionomia triste e deplorável quando liam em voz alta, numa reunião, a denúncia de seu amigo e delator Pivovárov.

Passando por cima do comandante da divisão, por volta da meia-noite Tchuikov ligou para o regimento estacionado na vila da fábrica de tratores. Esse regimento o preocupava bastante; a inteligência relatara que aquela região tinha uma concentração especialmente significativa de tanques e infantaria alemã.

— Então, como estão as coisas por aí? — perguntou, impaciente. — No final das contas, quem está comandando o regimento? Batiuk me disse que o comandante do regimento teve uma espécie de pneumonia, e quer transferi-lo para a margem esquerda.

Uma voz rouca respondeu:

— Eu, o tenente-coronel Beriózkin, estou comandando o regimento. Não foi nada sério, fiquei resfriado, mas agora já me recuperei.

— Estou ouvindo — disse Tchuikov, como se estivesse feliz com a desgraça alheia. — Você está bem rouco, e logo os alemães vão lhe servir leite quentinho. Já está tudo pronto, prepare-se.

— Entendido, camarada — disse Beriózkin.

— Ah, entendeu — disse Tchuikov, em tom de ameaça. — Então não esqueça que, se bater em retirada, vou lhe dar uma gemada tão boa quanto o leitinho alemão.

23

O velho Poliákov combinou com Klímov de ir à noite ao regimento; o velho tinha vontade de se informar a respeito de Chápochnikov.

Poliákov falou de seu desejo a Griékov, que se alegrou.

— Vá lá, paizinho, vá lá; aproveite para descansar um pouco na retaguarda, e depois nos conte como eles estão.

— O senhor quer saber como está Kátia, é isso? — indagou Poliákov, percebendo por que Griékov ficara feliz com seu pedido.

— Eles não estão mais no regimento — disse Klímov. — Ouvi dizer que o comandante do regimento os enviou para o outro lado do Volga. Provavelmente já devem ter se casado em um cartório em Ákhtuba.

Poliákov, um velho maldoso, perguntou a Griékov:

— O senhor prefere cancelar a partida, ou talvez mandar uma carta?

Griékov lançou-lhe um olhar brusco, mas respondeu com calma:

— Está bem, vá. Combinado.

"Entendido", pensou Poliákov. Embrenharam-se pela passagem às quatro da manhã. Poliákov batia a cabeça o tempo todo nas escoras e xingava Serioja Chápochnikov, irritado e perturbado por sentir saudades do rapaz.

A passagem se alargou e eles se sentaram para descansar um pouco. Klímov disse, entre risos:

— Não está levando para eles um pacote, um presente?

— Ah, aquele idiota que vá para o raio que o parta — disse Poliákov. — Devia levar um tijolo para dar na cabeça dele.

— Claro — disse Klímov. — É só por causa disso que você está indo, disposto a nadar até o outro lado do Volga. Mas talvez, meu velho, você esteja louco de ciúmes, e queira ver Kátia.

— Vamos logo — disse Poliákov.

Logo saíram à superfície e caminharam pela terra de ninguém. Fazia silêncio ao redor.

"Será que a guerra acabou?", pensou Poliákov, e, com força assombrosa, lembrou-se de seu quarto: um prato de borche em cima da mesa e a mulher limpando um peixe que ele havia pescado. Chegou até a ficar com calor.

Naquela noite, o general Paulus dera a ordem da ofensiva na região da fábrica de tratores de Stalingrado.

Duas divisões de infantaria deveriam avançar por uma brecha aberta pela aviação, artilharia e tanques. Desde a meia-noite, as fagulhas dos cigarros brilhavam entre as mãos dos soldados.

Uma hora e meia antes do amanhecer, os motores dos Junkers começaram a zunir acima das oficinas da fábrica. Não houve trégua nem pausa desde o início do bombardeio; caso, por um breve momento, se formasse uma fresta nesse ribombar constante, ela era imediatamente preenchida pelo assobio das bombas que se precipitavam sobre a terra com toda sua pesada e férrea força. O estrondo incessante e denso parecia capaz, como uma barra de ferro, de partir o crânio de um homem, de lhe quebrar a coluna vertebral.

O dia começou a clarear, mas por cima da fábrica a noite continuava.

Parecia que a própria terra é que estava a expelir relâmpagos, estrondo, fumaça e poeira negra.

O regimento de Beriózkin e a casa 6/1 recebiam os golpes mais duros.

Por toda a extensão do regimento as pessoas atordoadas erguiam-se de um salto, atônitas, compreendendo que os alemães empreendiam um novo ataque, de força assassina e ousadia jamais vista.

Surpreendidos pelo bombardeio, Klímov e o velho lançaram-se para o lado da terra de ninguém, onde havia crateras abertas no final de setembro. Combatentes do batalhão de Podtchufárov que conseguiram escapar das trincheiras desmoronadas corriam para o mesmo local.

A distância entre as trincheiras alemãs e as russas era tão pequena que parte do bombardeio atingia a linha de frente alemã, mutilando soldados da divisão que encabeçava a ofensiva.

Para Poliákov, era como se um vento baixo de Astracã viesse rasgando com toda força pelo Volga. Foi derrubado algumas vezes e caiu, esquecendo em que mundo estava, se era jovem ou velho, onde era em cima e onde era embaixo. Klímov o ajudava o tempo todo — vamos, vamos —, e eles acabaram chegando a uma cratera profunda, rolando para seu fundo úmido e pegajoso. Ali a escuridão era tripla, um emaranhado da escuridão da noite, da escuridão da fumaça e da poeira e da escuridão de uma caverna profunda.

Deitaram-se lado a lado, e tanto a cabeça do velho quanto a do jovem eram preenchidas por uma luz suplicante e suave, um rogo pela vida. Essa luz era a mesma esperança que arde em todas as cabeças, em todos os corações não apenas humanos, mas também nos mais simples corações de bichos e pássaros.

Poliákov praguejava em voz baixa, achando que toda aquela desgraça era culpa de Serioja Chápochnikov, e murmurava: "Tudo por causa de Serioja." Porém, no fundo da alma, parecia estar rezando.

Essas explosões contínuas não tinham como durar muito tempo, em razão do esforço excessivo que demandavam. Contudo, o tempo passava e o estrépito tonitruante não enfraquecia, as brumas da fumaça negra não se dissipavam, e sim adensavam, unindo com maior firmeza o céu e a terra.

Klímov buscou a rude mão de trabalhador do velho voluntário e a apertou, e o bondoso movimento que recebeu como resposta consolou-o naquela tumba a céu aberto. Uma explosão próxima derramou na cova caroços de terra e migalhas de pedra; o velho foi golpeado nas costas por pedaços de tijolo. A cova se tornou nauseante quando camadas de terra começaram a se desprender das paredes. Eis o buraco em que o homem foi obrigado a se meter e onde já não verá mais a luz do dia: os alemães, no céu, vão enchê-lo de terra e alisar as bordas.

Normalmente, ao sair em reconhecimento, Klímov não gostava de ir em dupla, para poder se movimentar mais rápido na escuridão, como um nadador experiente e de sangue-frio se locomove rápido desde a margem pedregosa até as profundezas soturnas do mar aberto. Aqui na cova, contudo, ficava feliz por ter Poliákov deitado a seu lado.

O tempo perdera seu curso harmonioso, tornara-se insano, rompia adiante como uma onda de explosão para de repente se retorcer como um chifre de carneiro.

E eis que finalmente as pessoas no buraco ergueram as cabeças; acima delas pairava uma meia-luz turva, a fumaça e a poeira haviam sido levadas pelo vento... A terra se acalmara, o som contínuo se decompusera em explosões distintas. Suas almas foram tomadas por uma prostração acachapante; parecia que todas as forças vitais os haviam abandonado, restando apenas a angústia.

Klímov se levantou; perto dele jazia um alemão moído, mastigado, coberto de poeira do barrete até as botas. Klímov não tinha medo dos alemães; era plenamente convicto de sua própria força, de sua miraculosa perícia para apertar um gatilho, lançar uma granada, dar uma coronhada ou facada um segundo mais rápido que o oponente.

Mas agora estava desnorteado porque, aturdido e ofuscado, havia se confortado ao sentir o alemão ao seu lado, e confundira sua mão com a de Poliákov. Olharam um para o outro. Oprimidos pela mesma força, eram ambos incapazes de lutar contra essa força que não defendia nenhum deles, e só fazia ameaçar um e outro.

Os dois habitantes da guerra ficaram em silêncio. O instinto automático, perfeito e infalível que ambos possuíam — matar — não funcionou.

Poliákov sentara-se a uma certa distância e também observava o alemão com a barba por fazer. Embora não gostasse de silêncio, ficou calado.

A vida era terrível, e no fundo dos olhos de ambos cintilava a clarividência triste de que mesmo depois da guerra a força que os revirara naquela cova e lhes enfiara o focinho na lama oprimia não apenas os vencidos.

Como se estivessem de acordo, deslizaram para fora da cova, oferecendo as costas e a cabeça à artilharia ligeira, firmemente convencidos de que estavam seguros.

Poliákov escorregou, mas o alemão, que deslizava a seu lado, não o ajudou, e o velho rolou para baixo, xingando e amaldiçoando o mundo para o qual, contudo, tenazmente se empenhava em retornar. Klímov e o alemão saíram para a superfície, e ambos olharam, um para o leste, outro para o oeste, para ver se o comando havia reparado que ambos tinham emergido da mesma cova sem que um matasse o outro. Sem olhar para atrás e sem *adieu*, cada um foi para a sua trincheira, entre as colinas e vales da terra recém-lavrada e ainda a fumegar.

— Nossa casa já não existe, foi varrida da Terra — disse Klímov, apavorado, com Poliákov se apressando para alcançá-lo. — Meus irmãos, será que vocês todos morreram?

Nessa hora os canhões e metralhadoras começaram a atirar, uivando e assobiando. As tropas alemãs empreendiam uma grande ofensiva. Era o dia mais difícil de Stalingrado.

— Por causa daquele maldito Serioja — murmurava Poliákov. Ainda não entendera o que tinha acontecido, que não restava ninguém vivo na casa 6/1, e se exasperava com os soluços e exclamações de Klímov.

24

Na hora do ataque aéreo uma bomba atingiu a câmara do gasoduto subterrâneo onde ficava o posto de comando do batalhão, soterrando o comandante de regimento Beriózkin, o comandante de batalhão Dírkin e o telefonista. Vendo-se em completa escuridão, ensurdecido e sufocado pela poeira das pedras, Beriózkin inicialmente achou que não estava mais vivo, mas Dírkin, em um breve instante de calma, espirrou e perguntou:

— O senhor está aí, camarada tenente-coronel?

E Beriózkin respondeu:

— Estou.

Dírkin ficou alegre ao ouvir a voz do comandante do regimento, e logo recuperou o bom humor que havia anos não o abandonava.

— Se está vivo, então quer dizer que está tudo em ordem — disse, engasgando com o pó, tossindo e escarrando, embora não houvesse muita ordem por ali. Dírkin e o telefonista estavam cobertos de cascalho, e não sabiam ao certo se seus ossos permaneciam intactos, pois não tinham como se apalpar. Uma viga de ferro pendia sobre suas cabeças e os impedia de endireitar a coluna; contudo, a viga evidentemente fora o que os salvara. Dírkin acendeu a lanterninha e ficou de fato horrorizado. Em meio ao pó pairavam pedras, ferro retorcido, concreto inchado coberto de óleo lubrificante, cabos estraçalhados. Parecia que com apenas um solavanco de bomba não haveria mais fenda estreita nem pessoas: o ferro e a pedra iam desabar.

Por algum tempo ficaram em silêncio, encolhidos: a força frenética esmagava as oficinas acima.

"Essas oficinas", pensou Beriózkin, "e seus corpos mortos continuam a trabalhar pela defesa; é difícil destruir concreto e ferro, rasgar as armações".

Depois apalparam e tatearam por toda parte e compreenderam que não seria possível escapar com suas próprias forças. O telefone estava intacto, mas em silêncio; a linha fora cortada.

Conversar era quase impossível; o estrondo das explosões abafava as vozes, e a poeira os fazia engasgar e tossir.

Beriózkin, que na véspera ainda ardia de febre, já não sentia mais fraqueza. Em combate, normalmente, sua força se impunha tanto aos comandantes quanto aos soldados, mas sua essência não residia na guerra ou no combate; tratava-se de uma força simples, sensata e humana. Eram raras as pessoas que conseguiam conservá-la e manifestá-la no inferno da batalha, e justamente aqueles que possuíam essa força civil, caseira e humana eram os autênticos mestres da guerra.

Todavia o bombardeio se aquietou, e os soterrados ouviram um ruído surdo de ferro.

Beriózkin enxugou o nariz, tossiu e disse:

— A matilha de lobos começou a uivar, os tanques estão indo para a fábrica de tratores. — E acrescentou: — E nós estamos no meio do caminho.

E como aparentemente não tinha como imaginar nada pior, o comandante de batalhão Dírkin de repente se pôs a cantar e tossir alto, com uma voz incontida, a canção de um filme:

> É bom, irmãos, é bom, é bom viver,[20]
> Com o nosso atamã não temos o que temer...

O telefonista achou que o comandante de batalhão havia enlouquecido, mas, escarrando e tossindo, prosseguiu:

> Minha mulher chorou por mim e foi com outro,
> Foi com o outro e se esqueceu de mim...

Na superfície, em um vão ermo da oficina cheia de fumaça, pó e rugido de tanques, Gluchkov arrancava a pele das mãos e dos dedos ensanguentados ao remover pedras e pedaços de concreto. Gluchkov trabalhava com frenesi insano, e só a insanidade o ajudava a remover vigas pesadas e levar a cabo um trabalho que demandava a força de dezenas de pessoas.

Beriózkin voltou a ver uma luz tênue, esfumaçada, empoeirada, misturada com o estrondo das explosões, com o rugido dos tanques alemães, com os tiros dos canhões e das metralhadoras. Mesmo assim, era uma luz clara e tranquila, e, ao contemplá-la, a primeira coisa em que pensou foi: "Viu, Tamara, não precisava se preocupar, eu disse que não era nada de mais." As mãos duras e fortes de Gluchkov o abraçaram.

Dírkin gritou com voz soluçante:

— Me deixe relatar, camarada comandante do regimento, que eu sou o comandante de um batalhão de mortos.

Fez um gesto ao redor de si com a mão.

— Não tem mais Vânia, não tem mais o nosso Vânia — e apontou para o cadáver do comissário de batalhão que jazia de lado em

---

[20] Canção do filme *Aleksandr Parkhómenko* (1942), de Leonid Lúkov (1909-1963), sobre um personagem histórico da Guerra Civil, um comandante vermelho que combateu os anarquistas de Makhnó.

uma poça negra e aveludada de sangue e óleo. No posto de comando do regimento tudo ia relativamente bem; só a mesa e a cama estavam polvilhadas de terra.

Pivovárov, ao ver Beriózkin, praguejou com voz alegre e se lançou na direção dele.

Beriózkin começou a perguntar:

— Há ligação com os batalhões? Como está a casa isolada? O que foi feito de Podtchufárov? Eu e Dírkin ficamos presos numa ratoeira, sem ligação nem luz. Quem está vivo, quem morreu, onde nós estamos, onde estão os alemães, eu não sei de nada. Relate-me a situação! Enquanto vocês lutavam, a gente estava cantando.

Pivovárov começou a narrar as baixas, as pessoas na casa 6/1 tinham sido todas apanhadas, morrido junto com o encrenqueiro Griékov, e só dois saíram incólumes: o batedor e o velho voluntário.

O regimento, contudo, resistira à pressão dos alemães, e muitos haviam sobrevivido.

Nessa hora o telefone começou a vibrar, e os membros do estado-maior, olhando para o operador, entenderam pela sua expressão que quem estava ligando era o comandante supremo de Stalingrado.

O operador deu o fone a Beriózkin. Dava para ouvir bem, e as pessoas do abrigo se aquietaram e reconheceram a voz tensa e baixa de Tchuikov:

— Beriózkin? O comandante da divisão está ferido, o adjunto e o chefe de estado-maior morreram, ordeno que assuma o comando da divisão. — E, depois, de uma pausa, acrescentou, de forma lenta e convincente: — Você chefiou o regimento em condições infernais e fora do comum, e deteve a ofensiva. Obrigado. Um abraço, meu querido. Desejo-lhe sucesso.

A guerra começara nas oficinas da fábrica de tratores. Os que sobreviveram estavam ali.

A casa 6/1 estava em silêncio. Das ruínas não se ouvia um disparo. Pelo visto, a força principal do ataque aéreo despencara em cima da casa; as paredes remanescentes ruíram, e o monte de pedras fora aterrado. Os tanques alemães abriam fogo contra o batalhão de Podtchufárov, camuflado nos escombros da casa morta.

As ruínas que até havia pouco ainda assustavam os alemães, a casa irredutível, tornaram-se agora refúgio de fugitivos.

De longe, os montes vermelhos de tijolo pareciam pedaços imensos e fumegantes de carne crua, e os soldados alemães cinza-esverdeados, zunindo animados e rápidos, rastejavam e corriam por entre os blocos de tijolos da casa arrasada e morta.

— Você vai comandar o regimento — Beriózkin disse a Pivovárov, e acrescentou: — Durante toda a guerra a chefia esteve insatisfeita comigo. Mas agora fiquei sentado embaixo da terra sem fazer nada, cantei umas músicas e, de repente, ganhei a gratidão de Tchuikov e, como se fosse brincadeira, o comando da divisão. Agora você não vai ter moleza comigo.

Entretanto, os alemães avançavam. Não era o momento de brincadeiras.

25

Chtrum, a mulher e a filha chegaram a Moscou em dias frios e com neve. Aleksandra Vladímirovna não quisera abandonar o trabalho na fábrica e permanecera em Kazan, embora Chtrum tivesse sugerido empregá-la no Instituto Kárlov.

Eram dias esquisitos, em que a alegria e o desassossego habitavam a alma simultaneamente. Os alemães pareciam terríveis e fortes como sempre, preparando novos golpes cruéis.

Ainda não parecia haver reviravolta na guerra. Contudo, as pessoas experimentavam uma aspiração por voltar a Moscou que era natural e sensata, assim como parecia legítima a reevacuação de instituições governamentais.

As pessoas já sentiam os sinais secretos da primavera da guerra. Entretanto, a capital tinha fisionomia completamente triste e lúgubre no segundo inverno do conflito.

Montes de neve enlameada se estendiam sobre as calçadas. Na periferia, como acontecia nas aldeias, as entradas das casas se ligavam às paradas de bonde e lojas de alimentos por meio de ruelas. Por muitas janelas viam-se fumegar os canos de ferro dos fogões, e as paredes das casas estavam cobertas de fuligem amarelada.

Com suas peliças curtas e lenços, os moscovitas pareciam aldeões provincianos.

No caminho da estação, Viktor Pávlovitch, sentado em suas coisas em cima da carroceria de um caminhão, contemplava o cenho franzido de Nádia, que estava perto dele:

— Então, *mademoiselle* — indagou Chtrum —, a Moscou que aparecia nos seus sonhos de Kazan era assim?

Irritada que o pai tivesse compreendido seu estado de espírito, Nádia não respondeu.

Viktor Pávlovitch começou a explicar:

— O ser humano não entende que a cidade que ele criou não faz parte da natureza. O ser humano não deve largar a espingarda, a pá e a vassoura se quiser defender sua cultura dos lobos, da neve, da erva daninha. Começa a se distrair e divagar por um ano ou dois e pronto: os lobos saem da floresta, o mato cresce, a cidade se cobre de neve, se enche de pó. Quantas grandes capitais já sumiram no pó, na neve, na tempestade...

Chtrum desejava que Liudmila, sentada na cabine ao lado do chofer, também ouvisse seu raciocínio, e se inclinou para o lado do caminhão, perguntando pela janelinha entreaberta:

— Liuda, você está confortável?

Nádia disse:

— Basta o zelador não limpar a neve que ele vira o assassino da cultura.

— Deixe de ser boba — disse Chtrum. — Olhe para esses bancos de gelo.

O caminhão deu um solavanco forte, e todas as trouxas e malas da carroceria pularam ao mesmo tempo, Chtrum e Nádia junto com elas. Eles se entreolharam e caíram na gargalhada.

Estranho, estranho. Quando poderia pensar que em um ano de guerra, de pesar, privado de lar, evacuado em Kazan, é que ele realizaria seu maior e mais importante trabalho?

Tinha a impressão de que a única inquietação solene que eles experimentariam ao se aproximar de Moscou seria o pesar por Anna Semiônova, Tólia, Marússia, e que a alma estaria repleta de pensamentos nas vítimas que quase toda família carregava consigo, ao lado da alegria pelo retorno.

Mas as coisas não foram como imaginara. No trem, Chtrum irritara-se com ninharias. Ficara zangado porque Liudmila Nikoláievna dormia demais, e não via pela janela aquela terra que seu filho defendera. Ela roncava tão alto que um ferido de guerra que passava pelo vagão, ao ouvi-la, disse:

— Nossa, isso é digno de um guarda vermelho!

Nádia o irritava: era a mãe que recolhia seus restos depois que ela comia. Com egoísmo selvagem, ela escolhia para si, na bolsa, os biscoitos mais atraentes. Para falar do pai, adotara no trem um certo tom imbecil e irônico. Chtrum a ouvira dizer no compartimento vizinho: "Papai é um grande aficionado de música e arranha um piano."

Os vizinhos de vagão falavam da canalização e do aquecimento central moscovita, de gente descuidada, que deixara de fazer os pagamentos em Moscou e tinha perdido o direito a moradia, e de quais alimentos era bom levar à cidade. Chtrum se zangava com conversas sobre temas cotidianos mas também acabava falando da administração dos prédios e do encanamento, e, à noite, quando não conseguia dormir, pensava no registro junto à distribuição de alimentos, e se o seu telefone havia sido cortado.

Uma cabineira mordaz, ao notar no compartimento, debaixo do banco, um osso de galinha jogado por Chtrum, disse:

— Nossa, que porcos, e eles acham que são gente culta.

Em Múrom, Chtrum e Nádia, passeando pela plataforma, passaram ao lado de jovens usando pelicas com gola de astracã. Um deles disse:

— Abraão está voltando da evacuação.

Um segundo explicou:

— Abraão está com pressa para receber sua medalha de defesa de Moscou.

Na estação Kanach, a composição se deteve diante de um trem com prisioneiros. Vigias caminhavam ao longo do vagão e, nas janelinhas gradeadas, os rostos pálidos dos detentos se apertavam, gritando: "Fumo", "Tabaco". Os guardas xingavam e enxotavam os presos das janelas.

À noite Chtrum fora ao vagão vizinho, onde viajavam os Sokolov. Mária Ivánovna, com a cabeça envolta em um xale colorido, fazia o beliche; Piotr Lavriêntievitch na cama de baixo, ela na de cima. Ela se preocupava com o conforto de Piotr Lavriêntievitch, respondia de qualquer jeito às perguntas de Chtrum e quase não perguntou de Liudmila Nikoláievna.

Sokolov bocejava e se queixava da modorra que lhe dava o calor abafado do vagão. Por algum motivo, Chtrum, fora de seus hábitos, ficou ofendido por Sokolov estar distraído e não se alegrar com sua chegada.

— Pela primeira vez na vida — disse Chtrum —, vejo o marido deixar a cama de cima para a mulher e dormir na de baixo.

Proferiu essas palavras com irritação, e se espantou que aquele detalhe o tivesse deixado tão bravo.

— Sempre fizemos assim — disse Mária Ivánovna. — Piotr Lavriêntievitch se sente sufocado em cima, e para mim dá na mesma.

E beijou Sokolov na têmpora.

— Bem, vou andando — disse Chtrum. E voltou a ficar ofendido porque os Sokolov não o detiveram.

À noite o vagão ficou muito abafado. Lembrou-se de Kazan, Karímov, Aleksandra Vladímirovna, das conversas com Madiárov, do gabinete acanhado na universidade... Que olhos doces e perturbadores tinha Mária Ivánovna quando Chtrum ia à noite aos Sokolov falar de política. Não eram distraídos e alheios como hoje, no vagão.

"Sabe Deus por que", pensava, "ele dorme embaixo, onde é mais cômodo e mais fresco. Isso é que é *domostroi*".[21]

E, zangado com Mária Ivánovna, que considerava a melhor das mulheres que conhecia — mais dócil e bondosa —, pensou: "É uma coelha de nariz vermelho. Piotr Lavriêntievitch é um sujeito difícil; é delicado e contido, mas além disso tem uma presunção desenfreada, dissimulação, rancor. A pobrezinha passa uns maus bocados."

Não conseguia dormir de jeito nenhum e tentou pensar em seus encontros vindouros com os amigos, com Tchepíjin. Muitos deles já sabiam do seu trabalho. Já que ele chegava como vencedor, o que o esperava, o que lhe diriam Guriévitch e Tchepíjin?

Pensou que Márkov, que elaborara todos os detalhes das novas instalações de experiências, só chegaria a Moscou dali a uma semana, e que sem ele não dava para começar o trabalho. Que pena que Sokolov e eu sejamos uns inúteis, teóricos de mãos estúpidas e cegas...

Sim, vencedor, vencedor.

Diante de seus olhos passavam as pessoas gritando "tabaco", "*papiróssa*", jovens que o chamavam de Abraão. Uma frase estranha que Postôiev dissera a Sokolov; Sokolov falava do trabalho do jovem físico Landesman, e Postôiev disse: "E o que é de Landesman agora que Viktor Pávlovitch assombrou o mundo com uma descoberta de primeira classe?", e, abraçando Sokolov, acrescentou: "Mas, para mim, o mais importante é que nós dois somos russos."

O telefone fora cortado, o gás estava ligado? Será que uns cento e tantos anos atrás, voltando a Moscou após a expulsão de Napoleão, as pessoas também pensavam nesse tipo de ninharia?

---

[21] Código russo do século XVI que regulava a vida doméstica.

O caminhão parou ao lado da casa, e os Chtrum voltaram a ver as quatro janelas de seu apartamento com as cruzes de papel azul que haviam sido coladas nas vidraças no verão passado, a porta principal, as tílias à beira da calçada, a tabuleta "Leite" e a plaquinha na porta da direção do condomínio.

— É claro que o elevador não funciona — disse Liudmila Nikoláievna e, voltando-se para o chofer, perguntou: — Camarada, o senhor poderia nos ajudar a levar as coisas até o terceiro andar?

O chofer respondeu:

— Claro que sim. Me paguem com pão.

Descarregaram o caminhão. Nádia ficou para vigiar as coisas e Chtrum subiu com a mulher até o apartamento. Subiram lentamente, espantados de que tudo estivesse tão pouco mudado: a porta forrada de oleado negro do segundo andar, as conhecidas caixas de correio. Como é estranho que as ruas, casas, coisas de que você se esquece, não desapareçam, que estejam de novo ali, e que você de novo esteja entre elas.

Uma vez Tólia, sem esperar o elevador, saiu correndo para o terceiro andar, gritando lá de cima para Chtrum: "A-há, já cheguei em casa!"

— Vamos descansar no patamar, você está sem fôlego — disse Viktor Pávlovitch.

— Meu Deus — disse Liudmila Nikoláievna. — O que fizeram com a escada? Amanhã vou à direção do condomínio obrigar Vassili Ivánovitch a organizar uma arrumação.

Marido e mulher de novo voltaram a estar diante da porta de casa.

— Talvez você queira abrir a porta.

— Não, não, para quê, abra você, você é o dono.

Entraram no apartamento e percorreram os quartos sem tirar o casaco; ela pôs o dedo na calefação para testar, tirou o telefone do gancho, soprou no bocal e disse:

— Pelo visto o telefone está funcionando!

Depois chegou à cozinha e disse:

— E também tem água, poderemos usar o banheiro.

Testou o fogão e a torneira; o gás estava desligado.

Meu Deus, meu Deus, era tudo. O inimigo fora detido. Eles voltaram para casa. Aquele sábado, 21 de junho de 1941, parecia ontem... Como tudo estava igual, como tudo havia mudado! Eram outras as pessoas que agora entravam na casa, com outros corações, outro destino, vivendo em outra época. Por que era tão perturbador, tão monótono?.. Por que a vida perdida de antes da guerra parecia tão maravilhosa e feliz?.. Por que os pensamentos sobre a vida de amanhã eram tão aflitivos? O birô de cartões de racionamento, o visto de residência, o limite de eletricidade, o elevador funciona, o elevador não funciona, as assinaturas de jornais... Voltar a ouvir à noite, na cama, o som do relógio conhecido.

Enquanto Chtrum seguia a mulher, lembrou-se de repente de sua vinda a Moscou no verão e da bela Nina que bebera vinho com ele, esvaziando uma garrafa que agora estava na cozinha, perto da pia.

Lembrou-se da noite posterior à leitura da carta que fora trazida pelo tenente-coronel Nóvikov, e de sua partida repentina para Tcheliábinsk. Aqui ele beijara Nina, e de seus cabelos caíra um grampo que eles não conseguiram encontrar. Alarmou-se; e se o grampo aparecesse no chão? Talvez Nina tivesse esquecido aqui o batom e o estojo de pó de arroz.

Contudo, nesse instante, o motorista, respirando pesadamente, trouxe a mala, deu uma olhada no quarto e disse:

— A casa é toda de vocês?

— Sim — respondeu Chtrum, culpado.

— Nós somos seis em oito metros quadrados — disse o motorista. — Minha mulher dorme de dia, quando todo mundo está no trabalho, e de noite fica sentada na cadeira.

Chtrum foi até a janela; Nádia estava em pé, junto às coisas depositadas ao lado do caminhão, saltitando e soprando os dedos.

Querida Nádia, filha desamparada de Chtrum, esta é a casa em que você nasceu.

O motorista trouxe um alforje com comida e um saco com roupa de cama, sentou-se numa cadeira e se pôs a enrolar uma *papiróssa*.

Evidentemente levava a sério a questão habitacional, e só falava com Chtrum de normas sanitárias e das extorsões da administração regional de habitação.

Da cozinha ouviu-se o estrondo de panelas.

— É a dona da casa — disse o motorista, piscando para Chtrum.

Chtrum voltou a olhar pela janela.

— Tudo em ordem, tudo em ordem — disse o motorista. — Os alemães vão se arrebentar em Stalingrado, as pessoas vão voltar da evacuação, e essa questão de espaço vai ficar ainda pior. Não faz muito tempo, vimos voltar para a fábrica um trabalhador que fora ferido duas vezes; claro que a casa tinha sido bombardeada, e ele se instalou com a família em um porão abandonado, a mulher naturalmente engravidou, e os dois filhos estavam tuberculosos. O porão se inundou, com água acima dos joelhos. Estenderam tábuas em cima dos bancos e as usavam para ir da cama para a mesa, da mesa para o fogão. Ele começou a suplicar: escreveu ao comitê do Partido, ao comitê regional, a Stálin. Todo mundo prometia, prometia. De noite, pegou a mulher, os filhos e os trastes e ocupou uma área no quinto andar, que era reserva do soviete regional. Um quarto de 8,43 metros quadrados. Daí a coisa ficou preta! Foi intimado pelo procurador: ou desocupava a área em 24 horas ou iria para um campo por cinco anos, e as crianças para um orfanato. O que ele fez? Tinha sido condecorado na guerra, então espetou as medalhas no peito, em carne viva, e lá mesmo, na oficina, enforcou-se no intervalo de almoço. Os rapazes repararam a tempo e logo cortaram a corda. Uma ambulância o levou ao hospital. Depois disso, quando ele ainda estava internado, lhe deram o certificado de moradia. O homem teve sorte; o espaço é pequeno, mas tem todo o conforto. Ele se deu bem.

Quando o motorista terminou a história, Nádia apareceu.

— E se roubarem as coisas, quem responde por isso? — perguntou o motorista.

Nádia deu de ombros e se pôs a andar pelos quartos, soprando os dedos enregelados.

Mal Nádia entrou em casa e já começou a deixar Chtrum zangado.

— Pelo menos baixe a gola — ele disse, mas Nádia fez um gesto de desprezo e gritou para a cozinha:

— Mamãe, estou com uma fome terrível!

Nesse dia, Liudmila Nikoláievna realizou suas atividades de forma tão enérgica que Chtrum teve a impressão de que se ela aplicasse tamanha energia no front os alemães retrocederiam centenas de quilômetros de Moscou.

A calefação estava funcionando, e o encanamento, em ordem, embora na verdade aquecesse pouco. Achar alguém para consertar o gás era difícil. Liudmila Nikoláievna falou por telefone com o diretor da rede de gás, que mandou um membro da brigada de emergência. Liudmila Nikoláievna acendeu todas as bocas do fogão, colocando ferros sobre elas, e, embora o gás estivesse fraco, a cozinha se aqueceu, e dava para ficar sem casaco. Depois de pagar o motorista, o encanador e o homem do gás, o saco de pão ficou bastante leve.

Liudmila Nikoláievna se ocupou dos afazeres domésticos até tarde da noite. Enrolou um pano em uma escova e tirou o pó do teto e das paredes. Limpou o lustre, levou as flores secas para a entrada de serviço, juntou um monte de cacarecos, papéis velhos e trapos, e Nádia, se queixando, teve que carregar baldes para a lixeira por três vezes.

Liudmila Nikoláievna lavou a louça da cozinha e da sala de jantar, e Viktor Pávlovitch, sob sua orientação, secou os pratos, os garfos e as facas; o aparelho de chá não lhe foi confiado. Ela empreendeu a lavagem do banheiro, derreteu manteiga no fogão e escolheu as batatas trazidas de Kazan.

Chtrum telefonou para Sokolov. Mária Ivánovna atendeu e disse:

— Coloquei Piotr Lavriêntievitch para dormir, ele estava cansado da viagem, mas, se for urgente, eu acordo.

— Não, não, só queria bater papo — disse Chtrum.

— Estou tão feliz — disse Mária Ivánovna. — Tenho vontade de chorar o tempo todo.

— Venha até aqui — disse Chtrum. — Está livre?

— O que é isso, hoje é impossível — disse Mária Ivánovna, rindo. — Quanta coisa Liudmila Nikoláievna e eu temos para fazer.

Ela perguntou de quanto tempo eles precisaram para acertar a eletricidade, o encanamento, e ele disse, com rudeza inesperada:

— Vou chamar Liudmila para que ela prossiga a conversa sobre o encanamento. — E logo acrescentou, em tom exageradamente piadista: — Pena, pena que você não vem, pois poderíamos ter lido o poema "Juca e Chico", de Flaubert.

Ela, todavia, não respondeu à piada, e disse:

— Ligo mais tarde. Tenho tantos afazeres quanto Liudmila Nikoláievna.

Chtrum compreendeu que ela se ofendera com seu tom rude. E de repente teve vontade de estar em Kazan. Como as pessoas são estranhas.

Chtrum ligou para Postôiev, mas o telefone dele havia sido cortado.

Ligou para o doutor em física Guriévitch, e os vizinhos lhe disseram que ele tinha ido visitar a irmã em Sokólniki.

Ligou para Tchepíjin, mas ninguém atendeu.

O telefone tocou de repente, e a voz de um rapaz perguntou por Nádia, mas ela estava em uma de suas viagens com o balde de lixo.

— Quem quer falar com ela? — perguntou Chtrum, severo.

— Não importa. É só um conhecido.

— Vítia, chega de fofocar no telefone, me ajude a empurrar o armário — chamou Liudmila Nikoláievna.

— Com quem eu vou fofocar, ninguém em Moscou precisa de mim — disse Chtrum. — E você devia me dar algo de comer. Sokolov já se empanturrou e está dormindo.

Liudmila parecia ter levado à casa uma desordem ainda maior; por toda parte havia montes de roupa, a louça tirada dos armários estava no chão, e panelas, vasilhas e sacos atrapalhavam a passagem nos quartos e no corredor.

Chtrum achava que Liudmila entraria no quarto de Tólia no primeiro instante, mas se enganou.

Com olhos preocupados e rosto vermelho, ela disse:

— Vítia, coloque o vaso chinês no quarto de Tólia, no armário de livros, eu acabei de lavar.

O telefone voltou a tocar, e ele ouviu Nádia dizendo:

— Oi, não fui a lugar nenhum, mamãe me fez carregar uns baldes de lixo.

Liudmila Nikoláievna, entretanto, o apressava:

— Vítia, me ajude, não vá dormir, ainda tem muita coisa para fazer.

Que instinto poderoso vive na alma feminina, e como esse instinto é forte e simples.

À noite a desordem havia sido vencida; os quartos estavam aquecidos e exibiam seu aspecto habitual de antes da guerra.

Jantaram na cozinha. Liudmila Nikoláievna assou bolinhos e fritou um pouco dos grãos de painço que havia preparado durante o dia.

— Quem foi que ligou para você? — Chtrum perguntou a Nádia.

— Um garoto — Nádia respondeu, rindo. — Já é o quarto dia que ele liga, finalmente conseguiu falar comigo.

— O quê, você andou se correspondendo com ele? Já tinha falado da viagem? — perguntou Liudmila Nikoláievna.

Nádia fez uma careta zangada e deu de ombros.

— Queria que pelo menos um cachorro me ligasse — disse Chtrum.

À noite, Viktor Pávlovitch despertou. Liudmila estava de camisola junto à porta aberta do quarto de Tólia, dizendo:

— Veja, Tólienka, deu tudo certo, limpei tudo e no seu quarto, meu bom menino, é como se não tivesse havido guerra...

26

Os cientistas que haviam regressado a Moscou reuniram-se em uma das salas da Academia de Ciências.

Todos aqueles velhos e jovens, pálidos, carecas, de olhos grandes e de olhos notavelmente pequenos, de testa alta e de testa estreita, sentiam, uma vez reunidos, a mais elevada forma de poesia que já houve na vida: a poesia da prosa. Os lençóis molhados e as páginas úmidas dos livros que tinham ficado em quartos sem aquecimento, as conferências lidas de casaco com gola levantada, as fórmulas anotadas com dedos vermelhos e congelados, a salada de Moscou, feita de batatas podres e restos de repolho, os apuros para conseguir os cartões de racionamento, os pensamentos enfadonhos sobre as listas de distribuição de peixe salgado e um suplemento de azeite, tudo desapareceu de repente. Ao se encontrar, os conhecidos se cumprimentavam de maneira ruidosa.

Chtrum viu Tchepíjin ao lado do acadêmico Chichakov.

— Dmitri Petróvitch! Dmitri Petróvitch! — repetia Chtrum, olhando para aquele rosto querido. Tchepíjin o abraçou.

— Seus filhos que estão no front lhe escreveram? — perguntou Chtrum.

— Eles estão bem. Escreveram, escreveram.

Pelo fato de Tchepíjin ter franzido o cenho e não ter sorrido, Chtrum deduziu que ele já sabia da morte de Tólia.

— Viktor Pávlovitch, transmita à sua mulher minhas mais sentidas e sinceras condolências. Minhas e de Nadiejda Fiódorovna.

Logo em seguida, Tchepíjin disse:

— Li o seu trabalho; é interessante e muito importante, mais importante do que parece. Veja, ele é mais interessante do que conseguimos perceber agora.

E beijou Chtrum na testa.

— O que é isso, não é nada, não é nada — disse Chtrum, confuso e feliz. Quando estava se encaminhando para a reunião, inquietara-se com pensamentos fúteis: quem tinha lido o trabalho, o que falariam dele? E se de repente ninguém tivesse lido?

Logo depois das palavras de Tchepíjin foi tomado por uma certeza: hoje só se falaria dele e do seu trabalho.

Chichakov estava lá perto, e Chtrum tinha vontade de dizer a Tchepíjin muita coisa que não se diz na frente de um estranho, especialmente na frente de Chichakov.

Sempre que olhava para Chichakov, Chtrum se lembrava da expressão brincalhona de Gleb Uspenski:[22] "Búfalo piramidal."

O rosto quadrado de Chichakov, com grande quantidade de carne, a boca cheia e arrogante, os dedos gordos com unhas polidas, o cabelo cortado à escovinha, prateado e basto, os ternos de corte sempre impecável — tudo isso deprimia Chtrum. Toda vez que encontrava Chichakov ele se surpreendia ao se perguntar: "Será que me reconheceu? Será que vai me cumprimentar?" E se irritou consigo mesmo ao mostrar felicidade quando Chichakov, com seus lábios carnudos, proferiu palavras que também pareciam feitas de carne bovina.

— Aquele boi arrogante! — Chtrum disse certa vez a Sokolov, quando o assunto chegou a Chichakov. — Diante dele eu fico tímido, como um judeu de aldeia perante um coronel de cavalaria.

— E pensar — Sokolov disse — que ele é famoso por não ter reconhecido um pósitron em uma revelação fotográfica. Todos os doutorandos ouviram falar do erro do acadêmico Chichakov.

Era muito raro Sokolov falar mal de alguém, fosse por cautela, fosse por um sentimento religioso que proibia o julgamento do próximo. Mas Chichakov causava em Sokolov uma irritação desenfreada, e Piotr Lavriêntievitch não conseguia deixar de xingá-lo e ridicularizá-lo.

Puseram-se a falar da guerra.

— Os alemães pararam no Volga — disse Tchepíjin. — É a força do Volga. Água viva, força viva.

— Stalingrado, Stalingrado — disse Chichakov. — Lá se unem o triunfo da nossa estratégia e a firmeza do nosso povo.

— E o senhor, Aleksei Aleksêievitch, conhece o último trabalho de Viktor Pávlovitch? — Tchepíjin indagou subitamente.

— Claro que ouvi falar, mas ainda não li.

---

[22] Escritor russo (1843-1902).

Pelo rosto de Chichakov não dava para saber se ele realmente ouvira sobre o trabalho de Chtrum.

Chtrum fitou Tchepíjin com um olhar prolongado, para que seu velho mestre e amigo visse tudo que ele vivera e soubesse de suas perdas e dúvidas. Os olhos de Chtrum, contudo, também viram a tristeza, os pensamentos penosos e a fadiga da velhice de Tchepíjin.

Sokolov chegou, e, enquanto Tchepíjin lhe apertava a mão, o acadêmico Chichakov passou os olhos com desdém por seu paletó velho. Contudo, à chegada de Postôiev, sorriu com toda a carne de seu rosto grande e disse:

— Olá, olá, meu querido, eis alguém que estou feliz em ver.

Puseram-se a falar da saúde, das esposas, dos filhos, das dachas, como se cada um fosse um grande e esplêndido *bogatir*.

Chtrum perguntou a Sokolov, em voz baixa:

— Como se ajeitaram, a casa está aquecida?

— Por enquanto não está melhor que em Kazan. Macha manda lembranças. Provavelmente vai à sua casa amanhã, durante o dia.

— Que maravilha — disse Chtrum —, já estávamos com saudades, pois em Kazan criamos o hábito de nos encontrar todo dia.

— Mais do que todo dia — disse Sokolov. — Acho que Macha ia para a casa de vocês umas três vezes por dia. Já sugeri que ela se mudasse para a sua casa.

Chtrum riu e pensou que sua risada não era completamente espontânea. Entrou na sala o acadêmico Leóntiev, de grande crânio rapado e óculos enormes de armação amarela. Uma vez, quando viviam em Gaspra, foram a Ialta, beberam muito vinho numa taberna qualquer e, quando voltaram, entraram no refeitório de Gaspra cantando canções indecentes, o que deixou os funcionários alvoroçados e divertiu os veranistas. Ao ver Chtrum, Leóntiev começou a sorrir. Viktor Pávlovitch baixou ligeiramente os olhos, esperando que Leóntiev se pusesse a falar de seu trabalho.

Mas Leóntiev, lembrando-se evidentemente dos acontecimentos de Gaspra, agitou a mão e gritou:

— E então, Viktor Pávlovitch, vamos cantar?

Um jovem de cabelos negros e terno preto entrou, e Chtrum reparou que o acadêmico Chichakov o cumprimentou imediatamente.

O jovem também foi abordado por Suslakov, que lidava com assuntos importantes, porém incompreensíveis, na presidência. O que se sabia era que, com a ajuda dele, era mais fácil trazer um doutor em ciências de Alma-Atá para Kazan, ou conseguir um apartamento, do que com a ajuda do presidente. Era um homem de rosto cansado, daqueles que trabalham à noite, com bochechas flácidas, como que feitas de massa cinzenta, um homem do qual todo mundo sempre precisava.

Todos já se tinham habituado a ver Suslakov, durante as sessões, fumando o caríssimo Palmira, enquanto os acadêmicos pitavam tabaco e *makhórka*; e, à saída da Academia, não eram as celebridades que lhe ofereciam carona, mas ele próprio que, com seu Zis, dizia às celebridades "Quer carona?".

Agora Chtrum, observando a conversa de Suslakov com o jovem de cabelo negro, notava que este não estava pedindo nada a Suslakov, pois, por mais graciosa que seja a expressão de súplica, sempre se pode adivinhar quem pede e a quem se pede. Pelo contrário, o jovem parecia querer encerrar a conversa com Suslakov o quanto antes. Saudou Tchepíjin com reverência exagerada, que deixava entrever um desprezo imperceptível, porém sempre passível de ser percebido.

— A propósito, quem é esse figurão? — Chtrum perguntou.

Postôiev disse a meia-voz:

— Trabalha há algum tempo na seção de Ciência do Comitê Central.

— Sabe — disse Chtrum —, tenho um sentimento extraordinário. Acho que a nossa tenacidade em Stalingrado é a tenacidade de Newton, a tenacidade de Einstein, e que a vitória no Volga assinala o triunfo das ideias de Einstein. Numa palavra, eis o meu sentimento.

Chichakov riu com perplexidade e balançou a cabeça de leve.

— Não me compreende, Aleksei Aleksêievitch? — Chtrum perguntou.

— Sim, é claro como lama — disse, entre risos, o jovem da seção de Ciência, que estava perto. — É evidente que a pretensa teoria da relatividade também pode ajudar a descobrir uma ligação entre o Volga russo e Albert Einstein.

— Como pretensa? — espantou-se Chtrum, fazendo uma careta diante da malevolência zombeteira de que era alvo.

Olhou para Chichakov, em busca de apoio, mas, pelo visto, o desdém tranquilo do piramidal Aleksei Aleksêievitch se estendia até Einstein.

Chtrum foi tomado por um sentimento de raiva, uma irritação dolorosa. Às vezes lhe ocorria de se inflamar com uma ofensa e se conter a muito custo. Depois, já em casa, à noite, proferia o discurso de resposta e ficava mais frio, o coração se acalmava. Às vezes, distraído, gritava, gesticulava, defendia suas preferências, ria dos inimigos durante esses discursos imaginários. Liudmila Nikoláievna dizia a Nádia: "Papai está falando sozinho de novo, fazendo discursos."

Naquele instante sentia-se ultrajado não apenas por causa de Einstein. Achava que todos os conhecidos tinham que falar com ele de seu trabalho, e que ele tinha que ser o centro das atenções da reunião. Sentia-se ofendido e ferido. Sabia que era ridículo se ofender com aquele tipo de coisa, mas estava ofendido. Apenas Tchepíjin falara com ele sobre seu trabalho.

Com voz dócil, Chtrum disse:

— Os fascistas baniram o genial Einstein, e a física deles se tornou uma física de macacos. Mas, graças a Deus, nós detivemos o avanço do fascismo. Foi tudo isso junto: o Volga, Stalingrado e Albert Einstein, o principal gênio de nossa época, e a aldeiazinha mais obscura, a velha camponesa analfabeta, a liberdade de que todos necessitamos... Tudo isso se uniu. Talvez eu esteja me exprimindo de forma confusa, mas não existe nada mais claro que essa confusão...

— Viktor Pávlovitch, parece-me haver um grande exagero no seu panegírico a Einstein — disse Chichakov.

— No geral — disse Postôiev com alegria — devo dizer que o exagero existe, sim.

O jovem da seção de Ciência contemplou Chtrum com tristeza.

— Camarada Chtrum — ele disse, e Chtrum voltou a sentir malevolência em sua voz. — Para o senhor, parece natural, em dias tão importantes para o nosso povo, unir em nossos corações Einstein e o Volga, embora esses dias tenham suscitado outra coisa no coração de seus oponentes. Enfim, no coração ninguém manda, e não há por que discuti-lo. Mas, no tocante à avaliação de Einstein, isso sim dá para discutir, porque não me parece adequado definir uma teoria idealista como a maior realização da ciência.

— Ah, chega! — interrompeu Chtrum. Com uma voz professoral e arrogante, disse: — Aleksei Aleksêievtch, a física contemporânea sem Einstein é uma física de macacos. Não estamos em posição de brincar com os nomes de Einstein, Galileu e Newton.

Advertiu Aleksei Aleksêievitch com um movimento de dedo, e viu como ele começou a piscar.

Logo depois, de pé junto à janela, pôs-se a narrar a desavença inesperada a Sokolov, ora cochichando, ora em voz alta.

— Você estava bem perto de mim e quase não ouviu nada — disse Chtrum. — E Tchepíjin se afastou como que de propósito, e não ouviu.

Franziu o cenho e se calou. Como fora ingênuo ao ficar, como uma criança, sonhando com seu triunfo de hoje. No final, a chegada de um jovem de um departamento qualquer é que causou toda a agitação.

— Sabe qual é o sobrenome do jovem? — Sokolov perguntou de repente, quase adivinhando seu pensamento. — De quem ele é parente?

— Não — Chtrum respondeu.

Aproximando os lábios do ouvido de Chtrum, Sokolov cochichou.

— O que está me dizendo! — Chtrum exclamou. E, lembrando-se da atitude, para ele incompreensível, do acadêmico piramidal e de Suslakov com relação ao jovem em idade escolar, afirmou de forma arrastada: — O-o-olha então quem ele é, e eu aqui todo espantado.

Sokolov, entre risos, disse a Chtrum:

— Logo no primeiro dia o senhor assegurou relações de amizade tanto com a seção de Ciência quanto com a direção da Academia. O senhor é como aquele herói de Mark Twain que ficava se gabando de seus rendimentos na frente do inspetor fiscal.

Chtrum, porém, não apreciou a piada, e perguntou:

— E você realmente não ouviu a minha discussão, mesmo estando do meu lado? Ou não quis participar da minha conversa com o agente do fisco?

Os pequenos olhos de Sokolov riram para Chtrum, que os achou bondosos e até belos.

— Viktor Pávlovitch — disse —, não se aflija, o senhor acha que Chichakov tem condições de apreciar o seu trabalho? Ai meu Deus, meu Deus, quantas questões aqui são fúteis, enquanto o seu trabalho é verdadeiro.

Em seus olhos e sua voz havia aquela seriedade, aquele calor que Chtrum esperara receber quando fora encontrá-lo naquela noite de outono, em Kazan. Lá, em Kazan, Viktor Pávlovitch não os recebera.

A reunião começou. Os oradores falaram das tarefas da ciência nos tempos difíceis da guerra, da prontidão em dar sua força pela causa do povo, de ajudar o Exército em sua luta contra o fascismo alemão. Falaram do trabalho dos institutos da Academia, do apoio que o Comitê Central do Partido dava aos cientistas, de como o camarada Stálin, que dirigia o Exército e o povo, encontrava tempo para se interessar por questões científicas, e de como os cientistas tinham que justificar a confiança do Partido e do camarada Stálin em pessoa.

Falou-se ainda de mudanças estruturais que se impunham na nova situação. Os físicos, surpreendidos, tomaram conhecimento de que eles próprios estariam insatisfeitos com os planos científicos de seu instituto; dedicava-se atenção demais a questões puramente teóricas. Na sala, transmitiam um ao outro, por sussurros, as palavras de Suslakov: "O instituto está distanciado da vida real."

27

O Comitê Central do Partido examinou a questão da situação do trabalho científico no país. Disseram que o Partido prestaria atenção principalmente no desenvolvimento da física, da matemática e da química.

O Comitê Central julgava que a ciência devia se voltar para a produção e ter uma ligação mais próxima e estreita com a vida.

Disseram que Stálin esteve presente à reunião, caminhando pela sala como de costume, com um cachimbo na mão, interrompendo seu passeio de tempos em tempos com ar pensativo, para ouvir as palavras dos oradores ou seus próprios pensamentos.

Os participantes da conferência se pronunciaram violentamente contra o idealismo e o menosprezo à filosofia e à ciência nacional.

Stálin fez duas réplicas durante a conferência. Quando Scherbakov se manifestou por cortes no orçamento da Academia, Stálin balançou a cabeça negativamente e disse:

— Fazer ciência não é fabricar sabão. Não vamos economizar com a Academia.

A segunda réplica ocorreu quando se falava das perniciosas teorias idealistas e da reverência excessiva dos cientistas por teorias estrangeiras. Stálin meneou a cabeça e disse:

— Nossa gente tem que ser protegida dos araktcheievistas.[23]

---

[23] Alusão a Aleksêi Andrêievitch Araktchêiev (1769-1834), ministro do tsar Alexandre I. Em 1950, Stálin usou o termo "araktcheievismo" como sinônimo de despotismo e reacionarismo para atacar a gestão de Ivan Ivánovitch Meschanínov (1883-1967) à frente do Instituto de Linguística e Pensamento da URSS.

Os cientistas convidados a essa conferência contaram dela aos amigos sob a promessa de sigilo. Em três dias, toda a Moscou científica, em dezenas de círculos familiares e de amizade, debatia os detalhes do encontro.

Cochichava-se que Stálin estava grisalho, que seus dentes eram negros e estragados, que tinha mãos belas, com dedos delgados, e o rosto picado de varíola. Os menores que ouviam essas histórias eram advertidos:

— Cuidado, se sair fofocando sobre isso não é só você que vai morrer, mas todos nós.

Todos achavam que a situação dos cientistas ia melhorar muito; as palavras de Stálin sobre os araktcheievistas suscitara grandes esperanças.

Em poucos dias prenderam um botânico célebre, o geneticista Tchetverikov. Corriam boatos variados sobre o motivo de sua prisão. Uns diziam que era espião; outros, que se encontrara com emigrados russos em suas viagens ao exterior; terceiros falavam que sua mulher, alemã, correspondia-se antes da guerra com a irmã que morava em Berlim; quartos diziam que ele tentara introduzir variedades imprestáveis de trigo, para causar pragas e má colheita; quintos associavam sua prisão a uma frase dita por ele sobre o "castigo de Deus"; sextos a uma anedota política que ele contara a um amigo de infância.

Em tempos de guerra, ouvia-se falar relativamente pouco de prisões políticas, e muitos, entre os quais Chtrum, achavam que essas coisas horríveis haviam cessado para sempre.

Lembrou-se de 1937, quando quase todo dia se mencionavam sobrenomes de pessoas presas na noite anterior. Era assim que se comunicavam ao telefone: "Hoje à noite o marido de Anna Andrêievna ficou doente..." Lembrou-se de como os vizinhos falavam dos presos ao telefone: "Saiu e não se sabe quando volta..." Lembrou-se dos relatos que davam conta de como as prisões eram efetuadas: chegavam em casa quando fulano estava dando banho no filho, pegaram sicrano no trabalho, no teatro, tarde da noite... Lembrou-se: "A busca se prolongou por dois dias, reviraram tudo, levantaram até o assoalho..." Ou então: "Não olharam quase nada; apenas folhearam os livros, para manter as aparências..."

Lembrou-se de dezenas de nomes que foram e não voltaram: o acadêmico Vavílov... Vize... o poeta Mandelstam, o escritor Bábel... Boris Pilniak... Meyerhold... os bacteriologistas Kórchunov e Zlatogórov... o professor Pletniov... o doutor Lévin...

Mas a questão não era que os presos fossem notáveis, famosos. A questão era que tanto os famosos quanto os desconhecidos, modestos e insignificantes eram inocentes, faziam seu trabalho de forma honesta.

Será que tudo aquilo estava recomeçando, será que mesmo depois da guerra a alma ia desfalecer diante de passos noturnos e buzinas de carro?

Como era difícil conciliar a guerra pela liberdade com isso... Sim, sim, foi em vão que ficamos tagarelando daquele jeito em Kazan.

Uma semana depois da prisão de Tchetverikov, Tchepíjin declarou sua saída do Instituto de Física, e em seu lugar foi nomeado Chichakov.

O presidente da Academia foi à casa de Tchepíjin; diziam que ele fora convocado por Béria ou por Malenkov, porém se recusara a modificar o plano temático do instituto.

Diziam que, reconhecendo os grandes méritos científicos de Tchepíjin, não haviam desejado tomar medidas extremas contra ele. Simultaneamente, afastaram também o diretor administrativo, o jovem liberal Pímenov, como indigno do cargo.

Foram entregues ao acadêmico Chichakov a função de diretor e a orientação científica, que era realizada por Tchepíjin.

Correu o boato de que Tchepíjin sofreu um ataque cardíaco depois desses acontecimentos. Chtrum imediatamente se aprontou para visitá-lo e telefonou; a doméstica que atendeu disse que Dmitri Petróvitch realmente vinha se sentindo mal nos últimos dias e, por aconselhamento médico, saíra da cidade com Nadiejda Fiódorovna e voltaria em duas ou três semanas.

Chtrum disse a Liudmila:

— É assim, expulsam uma pessoa como se jogassem uma criança do bonde, e chamam isso de "proteger as pessoas dos araktcheievistas". O que importa para a física se Tchepíjin é marxista, budista ou lamaísta? Tchepíjin fundou uma escola, Tchepíjin é amigo de Rutherford. Qualquer varredor de rua conhece a equação de Tchepíjin.

— Ah, papai, não exagere — disse Nádia.

Chtrum disse:

— Cuidado, se sair fofocando sobre isso não é só você que vai morrer, mas todos nós.

— Eu sei, essas conversas são só para quem é de casa.

Chtrum disse com docilidade:

— Ah, Nádienka, o que posso fazer para mudar uma decisão do Comitê Central? Dar com a cabeça na parede? Pois foi o próprio

Dmitri Petróvitch quem declarou seu desejo de partir. E, como se diz, não foi a voz do povo.

Liudmila Nikoláievna disse ao marido:

— Não precisa ficar tão alterado. Além disso, você sempre discutia com Dmitri Petróvitch.

— Sem discussão a amizade não é verdadeira.

— Esse é o problema — disse Liudmila Nikoláievna. — Olha, você com a sua língua ainda vai ser afastado da direção do laboratório.

— Isso não me preocupa — disse Chtrum. — Nádia tem razão; de fato, todas as minhas conversas são para uso doméstico, são como cerrar o punho dentro do bolso. Ligue para Tchetverikova, visite-a! Vocês se conhecem.

— Isso não se costuma fazer, e nem somos tão próximas — disse Liudmila Nikoláievna. — Não tenho como ajudá-la. Isso não cabe a mim. Você telefonou para alguém depois do ocorrido?

— Eu acho necessário — disse Nádia.

Chtrum franziu a testa:

— Sim, os telefonemas, no fundo, são um punho cerrado dentro do bolso.

Queria falar da saída de Tchepíjin do instituto com Sokolov, e não com a mulher e a filha. Mas resistiu à ideia de ligar para Piotr Lavriéntievitch; não era assunto para o telefone.

Era estranho, de qualquer forma. Por que Chichakov? Estava claro que o último trabalho de Chtrum era um acontecimento científico. Tchepíjin dissera no Conselho Científico que se tratava do acontecimento mais importante da teoria física soviética em décadas. Contudo, colocavam Chichakov na chefia do instituto. Era piada? Um homem que examinara centenas de fotografias, vira as marcas dos elétrons desviando para a esquerda e de repente tinha diante de si as fotografias daquelas mesmas marcas, daquelas mesmas partículas, desviando para a direita. Poderia dizer que o pósitron lhe tinha caído no colo! O jovem Savostiánov teria compreendido! Chichakov, porém, fez beiço e pôs as fotografias de lado, como se tivessem defeito. "Ei", disse Selifan, "está à direita, você não sabe onde é direita e onde é esquerda?"

Mas o surpreendente é que ninguém ficava surpreso com essas coisas. De alguma forma, elas se tornaram naturais. Todos os amigos de Chtrum, sua mulher e ele próprio achavam essa situação legítima. Chtrum não servia para diretor; Chichakov, sim.

O que Postôiev tinha dito? Ah, sim... "O mais importante é que nós dois somos russos."

Contudo, parecia bastante difícil ser mais russo que Tchepíjin.

De manhã, a caminho do instituto, Chtrum teve a impressão de que todos os colegas, dos doutores aos assistentes de laboratório, falavam de Tchepíjin.

Diante da entrada principal do instituto estava parado um Zis, cujo chofer, um homem de meia-idade usando óculos, lia o jornal.

O velho vigia, com quem Chtrum tomara chá no laboratório, durante o verão, encontrou-o na escada e disse:

— O novo chefe chegou. — E acrescentou, desolado: — E o nosso Dmitri Petróvitch, hein?

Na sala dos assistentes de laboratório falava-se da montagem dos apetrechos chegados de Kazan na véspera. Grandes caixas atravancavam a sala principal do laboratório. Junto com os velhos apetrechos chegara o novo equipamento, feito nos Urais. Nozdrin, com uma fisionomia que Chtrum achou arrogante, estava de pé ao lado de uma enorme caixa de madeira.

Perepelitzin pulava em torno dessa caixa com uma perna só, segurando a muleta debaixo do braço.

Anna Stepánovna, mostrando as caixas, falou:

— Veja, Viktor Pávlovitch!

— Um colosso desses até um cego vê — disse Perepelitzin.

Mas Anna Stepánovna não se referia às caixas.

— Vejo, vejo, é claro que vejo — disse Chtrum.

— Os operários vão chegar daqui a uma hora — disse Nozdrin. — Combinei com o professor Márkov.

Proferiu essas palavras com a voz lenta e tranquila do patrão. Agora era a hora de mostrar sua força.

Chtrum entrou em seu gabinete. Márkov e Savostiánov estavam sentados no divã, Sokolov postara-se de pé junto à janela, e Svetchin, responsável pelo laboratório vizinho, de magnetismo, sentara-se à escrivaninha e enrolava um cigarro.

Quando Chtrum entrou, Svetchin se levantou, cedendo-lhe a poltrona:

— O lugar do patrão.

— Não faz mal, fique aí — disse Chtrum, perguntando imediatamente: — Qual o tema da reunião de alta cúpula?

Márkov disse:

— Bem, os limites de compra nas lojas especiais. Aparentemente vão elevar o limite dos acadêmicos para 1.500 rublos, enquanto para nós, mortais, artistas do povo e grandes poetas, como Lébedev-Kumatch, ele vai subir para 500 rublos.

— Começamos a montagem do equipamento — disse Chtrum —, e Dmitri Petróvitch não está mais conosco. Como dizem, a casa está em chamas, mas o relógio funciona.

Os presentes, contudo, não aceitaram a mudança de assunto de Chtrum.

Savostiánov disse:

— Ontem chegou meu primo, no caminho do hospital para o front, e eu comprei da vizinha meio litro de vodca por 350 rublos.

— Fantástico — disse Svetchin.

— Fazer ciência não é fabricar sabão — disse Savostiánov, com alegria, mas, pelo rosto dos interlocutores, reparou que a piada era inadequada.

— O novo chefe já está aqui.

— Um homem de grande energia — disse Svetchin.

— Com Aleksei Aleksêievitch não estaremos mal — disse Márkov. — Ele tomou chá na casa do camarada Jdánov.

Márkov era uma pessoa espantosa. Parecia não ter muitos conhecidos, mas sempre sabia de tudo: que, no laboratório vizinho, a livre-docente Gabritchévskaia estava grávida, que o marido da faxineira Lida tinha sido hospitalizado de novo, e que a VAK[24] não sancionara o título de doutor de Smoródintzev.

— É isso aí — afirmou Savostiánov. — Todos nós conhecemos o célebre erro de Chichakov. Mas, no geral, ele não é má pessoa. A propósito, sabem qual é a diferença entre a boa e a má pessoa? A boa comete infâmias a contragosto.

— Um erro é um erro — afirmou o responsável pelo laboratório de magnetismo —, mas não é por causa disso que fazem de alguém um acadêmico.

Svetchin era membro do birô político do instituto, entrara para o Partido no outono de 1941 e, como muita gente que se iniciara havia

---

[24] Sigla para Vischaia Attestatziónnaia Komíssia (Alta Comissão de Certificação), órgão que na antiga URSS e na Rússia atual supervisiona a concessão de títulos acadêmicos avançados.

pouco tempo na vida partidária, era de uma rigidez inabalável, referindo-se aos encargos do Partido com uma seriedade religiosa.

— Viktor Pávlovitch — ele disse —, tenho uma tarefa para o senhor; o birô do Partido pede que intervenha na reunião a propósito dos novos objetivos.

— Os erros da direção, uma crítica severa a Tchepíjin? — indagou Chtrum, com irritação; a conversa tomava um rumo completamente distinto do que ele desejara. — Não sei se sou bom ou mau, mas cometo infâmias a contragosto.

Voltando-se para os colegas de laboratório, perguntou:

— Camaradas, vocês estão de acordo com a partida de Tchepíjin? — Estava previamente convencido do apoio deles, e ficou confuso quando Savostiánov vagamente deu de ombros.

— Ficou velho, ficou imprestável.

Svetchin disse:

— Tchepíjin declarou que não iniciaria nenhuma tarefa nova. O que dava para fazer? E foi ele quem renunciou quando lhe pediram que ficasse.

— Araktchêiev? — perguntou Chtrum. — Olha só, finalmente ele foi descoberto.

Baixando a voz, Márkov disse:

— Viktor Pávlovitch, dizem que, na sua época, Rutherford jurou nunca trabalhar com nêutrons, receando que com a ajuda deles se pudesse chegar a uma enorme força explosiva. Nobre, porém de uma integridade insensata. E Dmitri Petróvitch, segundo contam, teve conversas com esse mesmo espírito evangélico.

"Meu Deus", pensou Chtrum, "como ele faz para saber de tudo?"

Afirmou:

— Piotr Lavriéntievitch, vamos embora, não estamos em maioria.

Sokolov negou com a cabeça:

— Viktor Pávlovitch, em tempos como estes o individualismo e a rebeldia me parecem intoleráveis. Estamos em guerra. Tchepíjin não tinha que pensar nem em si, nem em seus interesses quando os camaradas mais graduados falaram com ele.

Sokolov ficou carrancudo, e tudo o que havia de feio em seu rosto feio se evidenciou ainda mais.

— Até tu, Brutus? — disse Chtrum, escondendo com a frase irônica seu embaraço.

O espantoso era que ele não ficara apenas embaraçado: era como se tivesse se alegrado. "Ah, é claro, eu já sabia", pensou. Mas por que esse "Ah, é claro"? Não imaginara que Sokolov responderia daquela forma. E, se houvesse imaginado, o que havia ali para se alegrar?

— O senhor tem que se pronunciar — disse Svetchin. — Não é absolutamente obrigatório criticar Tchepíjin. Apenas algumas palavras sobre as perspectivas do seu trabalho com relação às decisões do Comitê Central.

Antes da guerra, Chtrum encontrava Svetchin nos concertos sinfônicos do conservatório. Contavam que, na juventude, quando estudava na faculdade de Física, Svetchin redigia versos obscuros e usava um crisântemo na lapela. Agora, contudo, ele falava das decisões do birô do Partido como se houvessem sido formuladas verdades absolutas.

Chtrum às vezes tinha vontade de piscar para ele, cutucar-lhe de leve o flanco com o dedo e dizer: "Ei, meu velho, vamos falar com simplicidade."

Mas sabia que agora não dava para falar com simplicidade com Svetchin. E, contudo, afetado pelas palavras de Sokolov, Chtrum pôs-se a falar com simplicidade.

— A detenção de Tchetverikov — perguntou — também tem a ver com os seus objetivos? A do velho Vavílov também? E se eu me permitir afirmar que Dmitri Petróvitch é para mim uma autoridade em física maior do que o camarada Jdánov, do que o chefe da seção científica do Comitê Central, maior até mesmo do que...

Reparando nos olhos das pessoas, que o fitavam, esperando que proferisse o nome de Stálin, fez um gesto com a mão e disse:

— Está bem, chega, vamos para a sala do laboratório.

As caixas com os novos equipamentos chegados dos Urais já estavam todas abertas, e a peça fundamental da instalação, que pesava três quartos de tonelada, fora cuidadosamente liberada da serragem, do papel e das tábuas. Chtrum encostou a palma da mão na superfície polida do metal.

Aquele ventre metálico faria nascer um impetuoso feixe de partículas, assim como o Volga debaixo da capela do lago Seliguer.

Naqueles minutos havia bondade nos olhos das pessoas. Que bom era sentir que no mundo existia uma máquina tão miraculosa. Do que mais precisavam?

Depois do trabalho, Chtrum e Sokolov ficaram a sós no laboratório.

Sokolov repreendeu Chtrum:

— Viktor Pávlovitch, por que o senhor se põe a cantar de galo? O senhor não tem humildade. Contei a Macha dos seus êxitos na reunião da Academia, quando em meia hora o senhor deu um jeito de arruinar as relações com o novo diretor e com o jovem da seção científica. Macha ficou terrivelmente transtornada e nem dormiu à noite. O senhor sabe em que tempos nós vivemos. Amanhã vamos começar a montar a nova instalação. Vi o seu rosto quando começou a olhar para ela. Vai sacrificar tudo por causa de uma frase vazia?

— Espere, espere — disse Chtrum. — Preciso respirar.

— Ai, meu Deus — interrompeu Sokolov. — Ninguém vai estorvar o seu trabalho. Pode respirar à vontade.

— Sabe, meu amigo — disse Chtrum, com um sorriso azedo —, suas intenções comigo são amistosas, e eu agradeço de coração. Permita, em nome da franqueza que temos um com o outro, que eu também seja direto. Por que, pelo amor de Deus, o senhor começou a falar de Dmitri Petróvitch daquele jeito na frente de Svetchin? Isso me dói muito, depois da nossa liberdade de pensamento em Kazan. Quanto a mim, infelizmente não sou tão destemido. Não sou um Danton, como dizíamos em nosso tempo de estudante.

— Graças a Deus não é um Danton. Para falar francamente, sempre achei que oradores políticos são gente que não consegue se exprimir de forma criativa. E nós conseguimos.

— Lá vem você de novo — disse Chtrum. — E a história do francesinho Galois? E a de Kibáltchitch?[25]

Sokolov afastou a cadeira e disse:

— Como se sabe, Kibáltchitch foi para o cadafalso, e eu estou falando de papo furado. Como o de Madiárov.

Chtrum perguntou:

— Quer dizer que eu fico de papo furado?

Sokolov deu de ombros, em silêncio.

Parecia que a discórdia seria esquecida, como haviam caído no esquecimento muitos de seus atritos e brigas. Mas, por algum motivo,

---

[25] Nikolai Ivánovtich Kibáltchitch (1853-1881), um dos pioneiros da pesquisa russa em foguetes, executado sob a acusação de participar do assassinato do tsar Alexandre II.

esse curto arroubo não desapareceu sem deixar traços, não foi esquecido. Quando a vida de uma pessoa cruza amigavelmente a de outra, elas ocasionalmente brigam e dizem injustiças, mas todas essas ofensas mútuas se vão sem deixar traços. Contudo, caso se delineie uma divisão interna entre essas pessoas, mesmo que elas não tenham compreendido essa divisão, até uma palavra ocasional nascida de um descuido pode se tornar uma lâmina fatal para a amizade.

Essa divergência interna muitas vezes está alojada tão profundamente que nunca vem à luz, nem aflora na consciência das pessoas. Uma discussão fútil e barulhenta, uma palavra maldosa que escapa por acaso acaba então lhes parecendo o motivo fatal, capaz de destruir uma amizade de muitos anos.

Não, não foi por causa de um ganso que Ivan Ivánovitch e Ivan Nikíforovitch brigaram.[26]

28

Diziam do novo vice-diretor do instituto, Kassián Teriéntievitch Kóvtchenko, que era "um quadro fiel a Chichakov". Afável, e enfiando palavras ucranianas na conversa, Kóvtchenko recebeu um apartamento e um carro pessoal com uma rapidez notável.

Márkov, conhecedor de uma infinidade de histórias a respeito dos acadêmicos e da diretoria acadêmica, contou que Kóvtchenko recebera o prêmio Stálin por um trabalho que só foi ler pela primeira vez depois de publicado; sua participação consistira em arranjar materiais escassos e acelerar a tramitação do trabalho em suas instâncias.

Chichakov encarregou Kóvtchenko de organizar um concurso para substituir os postos recentemente vagos. Foi anunciada a admissão de colaboradores científicos superiores, estando disponíveis os cargos de diretor do laboratório de vácuo e do laboratório de baixas temperaturas.

O Departamento de Guerra forneceu materiais e trabalhadores, as oficinas mecânicas foram reformadas, os edifícios do instituto sofreram reparos, a central elétrica de Moscou o abastecia com energia ilimitada, fábricas especiais forneciam materiais escassos. Todas essas coisas haviam sido arranjadas por Kóvtchenko.

---

[26] Alusão à *Novela sobre como Ivan Ivánovitch brigou com Ivan Nikíforovitch*, de Gógol.

Normalmente, quando um chefe novo chega a uma instituição, referem-se a ele de forma respeitosa: "Chega ao trabalho antes de todos e vai embora depois." Era assim que falavam de Kóvtchenko. Contudo, os subordinados respeitam ainda mais um novo chefe sobre o qual se diz: "Foi nomeado há duas semanas e só passou meia hora aqui. Não aparece nunca." Isso atestava que o chefe elaborava as novas tábuas da lei, e pairava na estratosfera do Estado.

Era assim que inicialmente se falava no instituto sobre o acadêmico Chichakov.

Quanto a Tchepíjin, fora trabalhar na dacha ou, como ele dizia, na *khata*-laboratório. O professor Faingart, eminente cardiologista, aconselhou-o a não fazer movimentos bruscos e não levantar peso. Na dacha, Tchepíjin rachava lenha, escavava fossas e sentia-se bem, escrevendo a Faingart que o regime rígido o ajudara.

Em uma Moscou faminta e gelada, o instituto era um oásis cálido e bem fornido. Depois de congelar à noite em seus apartamentos úmidos, os empregados, chegando de manhã ao trabalho, encostavam as mãos com prazer nos radiadores quentes.

O pessoal do instituto apreciou especialmente o refeitório novo, instalado no porão. Ali havia um bufê com coalhada, café com açúcar e linguiça. E a funcionária do bufê não recolhia os cupons de carne e gordura do cartão de racionamento, o que agradava bastante aos funcionários do instituto.

Os almoços do refeitório se dividiam em seis categorias: para os doutores em ciência, para os colaboradores científicos, para os assistentes científicos, para os laboratoristas, para os técnicos e para o pessoal de serviços.

A inquietação principal era suscitada pelas refeições das duas categorias mais elevadas, que se distinguiam no terceiro prato: compota de frutas secas ou pudim. Os pacotes de víveres que os doutores e os chefes de seções recebiam em suas casas também causavam agitação.

Savostiánov dizia que provavelmente haviam sido feitos menos discursos sobre a teoria de Copérnico do que sobre esses pacotes de víveres.

Às vezes parecia que não apenas a direção e o comitê do Partido participavam da criação das místicas tábuas da lei da distribuição, mas também forças mais elevadas e misteriosas.

À noite, Liudmila Nikoláievna disse:

— Olha só que estranho: recebi hoje o seu pacote e vi que Svetchin, uma completa nulidade científica, recebeu duas dezenas de ovos, enquanto a você, por algum motivo, deram quinze. Fui até conferir a lista. Para você e Sokolov são quinze.

Chtrum afirmou, com voz irônica:

— Sabe Deus o que é isso! Como se sabe, nossos cientistas estão classificados em categorias: medalhão, grande, eminente, notável, destacado, célebre, famoso, experiente, qualificado e, finalmente, velho. Já que não há medalhões nem grandes entre os vivos, não é preciso fornecer-lhes ovos. Todos os demais recebem repolho, cereal e ovos em conformidade com o peso de seu saber. E, entre nós, tudo se confunde: se é um passivo social, se dirige um seminário de marxismo, se é próximo à direção. O resultado é um absurdo. O responsável pela garagem da Academia é equivalente a Zelkinski: vinte e cinco ovos. Ontem, no laboratório de Svetchin, uma bela mulher prorrompeu em prantos com a humilhação e se recusou a receber alimentos, como Gandhi.

Nádia, ouvindo o pai, caiu na gargalhada, para depois dizer:

— Sabe, papai, eu me admiro de você não se envergonhar de comer suas costeletas ao lado das faxineiras. Vovó jamais teria concordado com isso.

— Veja — disse Liudmila Nikoláievna —, eis aí o princípio: a cada um segundo seu trabalho.

— Bobagem. Esse refeitório não tem cheiro de socialismo — disse Chtrum, acrescentando: — Mas chega, estou me lixando para isso. E vocês sabem — disse repentinamente — o que Márkov me contou hoje? Não só no instituto, como também no Instituto de Matemática e Mecânica, o meu trabalho é copiado à máquina e passado de mão em mão.

— Como os versos de Mandelstam? — Nádia perguntou.

— Não fique de gozação — disse Chtrum. — Os alunos dos últimos anos estão até pedindo uma palestra especial.

— Pois é — disse Nádia —, até mesmo Alka Postôieva me disse: "O seu pai é um gênio."

— Vamos com calma, estou longe de gênio — disse Chtrum.

Entrou no quarto, mas voltou subitamente e disse à mulher:

— Essa besteira não me sai da cabeça. Deram duas dezenas de ovos a Svetchin. É incrível como sabem humilhar a gente!

Era vergonhoso, mas Chtrum se condoía porque Sokolov estava na lista na mesma categoria que ele. Claro que era necessário assinalar a superioridade de Chtrum, ainda que por apenas um ovo, e deveriam ter dado catorze a Sokolov, só um pouquinho menos, apenas para assinalar isso.

Zombou de si mesmo, mas a irritação com a equivalência com Sokolov era por algum motivo mais ultrajante do que a superioridade de Svetchin. Com este, a coisa era simples: tratava-se de um membro do birô do Partido, sua superioridade ia pela linha estatal. Quanto a isso, Chtrum era indiferente.

Mas com Sokolov a questão era de força científica, de mérito do saber. Chtrum não era indiferente a isso de forma alguma. Uma irritação penosa, nascida das profundezas da alma, apoderou-se dele. Como essas avaliações aconteciam de forma ridícula e deplorável! Isso ele entendia. Mas o que fazer? Se o homem nem sempre é grande, ele é às vezes deplorável.

Deitando-se para dormir, Chtrum lembrou-se de sua conversa recente com Sokolov a respeito de Tchepíjin e falou, alto e bravo:

— *Homo laqueus.*

— Está falando de quem? — indagou Liudmila, que lia um livro na cama.

— Sokolov — disse Chtrum. — É um lacaio.

Liudmila, marcando a página com um dedo, disse, sem virar a cabeça para o marido:

— Você vai conseguir ser colocado para fora do instituto, e tudo por causa de umas palavrinhas bonitas. Você é irritante, passa sermão em todo mundo... Indispôs-se com todos, e agora, pelo que vejo, quer se indispor também com Sokolov. Em breve ninguém vai visitar a nossa casa.

Chtrum disse:

— Nada disso, nada disso, querida Liuda. Mas como vou lhe explicar? Compreenda, voltou aquele mesmo medo de antes da guerra, de cada palavra, aquela mesma impotência. Tchepíjin! Liuda, trata-se de um grande homem! Achei que o instituto inteiro fosse chiar, mas só o velho vigia se compadeceu dele. E Postôiev disse a Sokolov: "O mais importante é que nós dois somos russos." Por que ele disse isso?

Tinha vontade de falar longamente com Liudmila e lhe contar suas ideias. Tinha vergonha de, contra a sua vontade, se ocupar com toda essa coisa da distribuição dos gêneros alimentícios. Por que isso? Por que em Moscou era como se ele tivesse envelhecido, se apagado, preocupado com as mesquinharias do dia a dia, interesses pequeno-burgueses, assuntos de serviço? Por que na província, em Kazan, sua vida espiritual fora mais profunda, significativa, pura? Por que até mesmo sua maior e principal alegria — o interesse científico — se deixava contaminar por pensamentos ambiciosos e mesquinhos?

— Liuda, estou mal, isto é difícil. Ei, por que você está quieta? Hein, Liuda? Está me entendendo?

Liudmila Nikoláievna ficou em silêncio. Dormia.

Riu baixinho; parecia-lhe ridículo que outra mulher, ao saber de seus problemas, não dormisse, enquanto a sua caía no sono. Depois imaginou o rosto magro de Mária Ivánovna e repetiu as palavras que acabara de dizer à esposa:

— Está me entendendo? Hein, Macha?

"Diabo, quanta bobagem eu tenho na cabeça", pensou, ao adormecer.

Realmente tinha muita bobagem na cabeça.

Chtrum tinha mãos ineptas. Em casa, quando o ferro elétrico queimava, ou as luzes entravam em curto-circuito, normalmente era Liudmila Nikoláievna quem fazia os reparos.

Nos primeiros anos de vida com Chtrum, Liudmila Nikoláievna se comovia com essa inépcia. Contudo, nos últimos tempos, começara a se irritar e, uma vez, quando ele colocou a chaleira vazia no fogo, disse:

— Você tem mãos de barro? Mas que coisa!

Chtrum recordava muitas vezes essas palavras iradas e ofensivas quando começou o trabalho de montagem do equipamento no instituto.

Márkov e Nozdrin reinavam no laboratório. Savostiánov foi o primeiro a perceber isso, e disse em uma reunião de produção:

— Não há Deus além do professor Márkov, e Nozdrin é o seu profeta!

A afetação e a reserva de Márkov desapareceram. Ele deixava Chtrum admirado pela ousadia do raciocínio, ao resolver de um só golpe os problemas que surgiam de repente. Chtrum tinha a impressão de que Márkov era um cirurgião empunhando o bisturi em meio a vasos sanguíneos entrelaçados e entroncamentos de nervos. Era como se nascesse uma criatura racional, com um intelecto forte e penetrante. Esse novo organismo metálico, o primeiro a surgir no mundo, parecia dotado de coração, sentimentos, capaz de se alegrar e sofrer do mesmo jeito que seus criadores.

Chtrum sempre ria um pouco da segurança inabalável de Márkov de que seu trabalho e os dispositivos construídos por ele eram mais importantes do que as coisas vazias de que se ocuparam Buda e Maomé, ou os livros de Tolstói e Dostoiévski.

Tolstói duvidava da utilidade de seu grande trabalho de escritor! O gênio não estava seguro de ter feito algo necessário às pessoas! Mas os físicos não duvidavam de fazer algo crucial às pessoas. Márkov não duvidava.

Agora, contudo, Chtrum não achava a segurança de Márkov engraçada.

Chtrum gostava de observar Nozdrin trabalhando com a lima, com o alicate, com a chave de fenda, ou examinando pensativo os novelos de cabos ao ajudar os eletricistas que ligavam a energia na nova instalação.

Jaziam no chão rolos de fios e folhas opacas e azuladas de chumbo. No meio da sala, sobre uma chapa de ferro fundido, estava a peça fundamental da instalação, trazida dos Urais, com círculos e retângulos recortados. Que fascínio opressivo e alarmante havia nesse bloco de metal tosco que serviria para um estudo fantasticamente fino da natureza...

À beira do mar, mil ou dois mil anos atrás, alguns homens construíram uma balsa de troncos espessos, atados por cordas. Nas areias da margem estavam os cabrestantes e bancos de carpinteiro, e potes de resina ardiam nas fogueiras... A hora da partida se aproximava.

À noite, os construtores da balsa voltavam para suas casas, sentiam o cheiro das moradias, o calor dos braseiros, ouviam os xingamentos e os risos das mulheres. Às vezes se imiscuíam nas disputas domésticas, faziam barulho, ameaçavam as crianças, brigavam com os vizinhos. Mas à noite, na bruma quente, ouvia-se o ruído do mar, e o coração se apertava com o pressentimento da viagem rumo ao desconhecido.

Sokolov, observando o trabalho, normalmente ficava em silêncio. Chtrum, fitando-o, encontrava seu olhar sério e atento, e tinha a impressão de que aquilo que sempre houvera de bom e importante entre eles continuava existindo.

Chtrum tinha vontade de ter uma conversa franca com Piotr Lavriéntievitch. Realmente, tudo aquilo era muito estranho. Todas aquelas paixões em torno de senhas e cartões de racionamento, aqueles pensamentos miseráveis sobre a distribuição das honrarias e a atenção dos chefes — tudo isso humilhava a alma. Ao mesmo tempo, porém, eles ainda conservavam nos corações o que não dependia da chefia, dos sucessos e insucessos no trabalho, dos prêmios.

Agora os serões de Kazan voltavam a parecer bons, com algo das assembleias estudantis pré-revolucionárias. Se pelo menos Madiárov pudesse se revelar um homem honesto. Que estranho: Karímov desconfia de Madiárov, e Madiárov, de Karímov... Ambos eram honrados! Estava seguro disso. Aliás, podia ser como disse Heine: *"Die beiden stinken."*[27]

Lembrava-se às vezes de uma estranha conversa que tivera com Tchepíjin a respeito do magma. Por que agora, de regresso a Moscou, erguia-se em sua alma tudo de mesquinho e fútil? Por que se erguia à superfície gente que ele não respeitava? Por que se revelavam imprestáveis aqueles em cuja força, talento e honestidade ele confiava? Tchepíjin falara da Alemanha de Hitler, e estava errado.

— Que espantoso — Chtrum disse a Sokolov —, gente de vários laboratórios veio ver a montagem do nosso equipamento. Chichakov, contudo, não achou tempo e não veio nenhuma vez.

— Tem muito o que fazer — disse Sokolov.

— É claro, é claro — Chtrum concordou, apressadamente.

Não, não dava para ter uma conversa aberta e amigável com Piotr Lavriéntievitch depois do retorno a Moscou. Veio para o que era seu e os seus não o receberam.

Era estranho, mas ele deixara de discutir com Sokolov sob qualquer pretexto, e tinha desejo de escapar das discussões.

Mas escapar das discussões tampouco era fácil. Às vezes a discussão surgia de repente, quando Chtrum menos esperava.

Chtrum disse, de forma arrastada:

— Lembrei-me de nossas conversas em Kazan... A propósito, tem notícias de Madiárov?

Sokolov negou com a cabeça.

— Não, não sei nada de Madiárov. Já lhe disse, deixamos de nos encontrar antes mesmo da partida. Para mim é sempre desagradável recordar nossas conversas daquela época. Estávamos tão deprimidos que tentávamos explicar as dificuldades temporárias da guerra por meio de supostos vícios da vida soviética. Mas tudo o que se apresentava como defeito do Estado soviético acabou se revelando sua superioridade.

— O ano de 1937, por exemplo? — Chtrum perguntou.

Sokolov retrucou:

— Viktor Pávlovitch, nos últimos tempos o senhor transforma qualquer conversa nossa em discussão.

---

[27] Ambos fedem (em alemão no original).

Chtrum quis dizer que, muito pelo contrário, estava pacífico, mas Sokolov andava irritado, e essa irritação interior o induzia a discutir por qualquer pretexto.

Mas disse:

— É possível, Piotr Lavriéntievitch, que isso se deva ao meu temperamento difícil, que está ficando cada dia pior. Não só o senhor reparou nisso, como também Liudmila Nikoláievna.

Ao pronunciar tais palavras, pensou: "Como estou sozinho. Em casa, no trabalho e com meus amigos, estou sozinho."

29

O Reichsführer-SS Himmler convocara uma reunião dedicada às medidas especiais tomadas pelo Escritório Central de Segurança do Reich.[28] Atribuía-se enorme importância a essa reunião, uma vez que a relacionavam com a visita de Himmler ao quartel-general do líder supremo.

O Sturmbannführer Liss recebeu ordens de Berlim para relatar o andamento da construção de uma obra especial, situada nas imediações da direção do campo.

Antes de iniciar a inspeção da obra, Liss devia ir à fábrica de máquinas Voss e à fábrica de produtos químicos que atendia as encomendas do Escritório de Segurança. Em seguida, Liss fora convocado a Berlim para relatar a situação das coisas ao SS-Obersturmbannführer Eichmann, responsável pela preparação da reunião.

A missão deixou Liss alegre; o ambiente do campo e o trato contínuo com gente rude e primitiva eram um fardo para ele.

Ao sentar no carro, lembrou-se de Mostovskói.

Provavelmente o velho, sentado em sua solitária, passava noite e dia tentando adivinhar por que fora chamado por Liss, e aguardava tenso.

Não era nada além da vontade de pôr à prova algumas ideias, em razão do desejo de escrever o ensaio "A ideologia do inimigo e de seus líderes".

---

[28] RSHA (Reichssicherheitshauptamt), organização subordinada a Himmler, cuja função era combater os inimigos do Reich. Estava dividida em sete *Ämter* (escritórios), o quarto deles sendo a Gestapo.

Que personagem interessante! De fato, ao penetrar no núcleo do átomo, começam a agir sobre você não apenas as forças de repulsão, mas também as de atração.

O automóvel cruzou o portão do campo e Liss se esqueceu de Mostovskói.

No dia seguinte, Liss chegou de manhã cedo à Fábrica Voss.

Depois do desjejum, conversou no gabinete da Voss com o projetista Praschke e falou depois com os engenheiros encarregados da produção; no escritório do diretor comercial, inteirou-se dos cálculos dos custos do conjunto das encomendas.

Passou algumas horas nas oficinas da fábrica, perambulando em meio ao estrondo do metal, e, no final do dia, estava exaurido.

A Voss atendia a maior parte das encomendas do Escritório de Segurança, e Liss ficou satisfeito; os dirigentes da empresa levavam o assunto a sério, os requisitos técnicos eram cumpridos à risca, os engenheiros mecânicos haviam aperfeiçoado a construção dos transportadores, e os técnicos, aprimorado um esquema mais econômico de trabalho dos fornos.

Depois do dia duro na fábrica, à noite, com a família, Voss revelou-se bastante agradável.

A visita à indústria química, no entanto, deixou Liss decepcionado: só haviam sido produzidos pouco mais de 40% dos produtos químicos planejados.

O pessoal da fábrica irritou Liss com suas várias queixas: a produção era complexa e imprevisível; um ataque aéreo danificara o sistema de ventilação, ocasionando uma intoxicação coletiva dos operários; o diatomito, que mantinha a produção estabilizada, não chegava de forma regular; as embalagens herméticas chegavam atrasadas por culpa dos trens...

Contudo, na direção da sociedade química percebia-se com clareza o significado da encomenda do Escritório de Segurança. O químico-chefe da sociedade anônima, doutor Kirchgarten, disse a Liss que a encomenda do Escritório de Segurança seria entregue no prazo. A direção chegara a atrasar as encomendas do Ministério de Armamentos, um caso sem precedentes desde setembro de 1939.

Liss se recusou a presenciar experiências decisivas no laboratório químico unificado, mas examinou protocolos redigidos por fisiologistas, químicos e biólogos.

No mesmo dia, Liss encontrou-se com os cientistas que conduziam as experiências; eram jovens: duas mulheres — uma fisiologista e uma bioquímica —, um médico da área de anatomia patológica, um químico — especialista em compostos orgânicos em baixa temperatura de ebulição — e um toxicologista, líder do grupo, o professor Fischer. Os participantes da reunião causaram uma impressão maravilhosa em Liss.

Embora todos estivessem interessados em que a metodologia elaborada por eles fosse aprovada, não esconderam de Liss os pontos fracos do trabalho e suas dúvidas.

No terceiro dia, Liss, junto com os engenheiros da empresa de montagens Oberstein, partiu de avião para as obras. Sentia-se bem; a viagem o entretinha. E o mais agradável ainda estava pela frente; depois de inspecionar a construção, iria a Berlim com os dirigentes técnicos da obra, para relatar a situação ao Escritório Central de Segurança.

O tempo estava péssimo; caía uma chuva gelada de novembro. O avião aterrissou com dificuldade no aeródromo central do campo; a pouca altura, a asa começou a congelar, e o nevoeiro se estendeu sobre o solo. Nevara ao amanhecer, e aqui e ali havia blocos congelados de lama. As abas dos chapéus de feltro dos engenheiros se curvavam, impregnadas pela chuva pesada como chumbo.

Já haviam sido construídas estradas de ferro que levavam ao canteiro de obras e os ligavam diretamente à malha principal. Os armazéns estavam situados nas imediações das ferrovias. A inspeção começou por eles. Sob o alpendre acontecia a triagem da carga: peças de mecanismos distintos, calhas e partes desmontadas de esteiras rolantes dos equipamentos, canos de diversos diâmetros, instalações de refrigeração do ar, trituradores de ossos, aparelhos de medição de gás e eletricidade ainda nas estantes, por montar, rolos de cabos, cimento, vagões basculantes, montes de trilhos, mobília de escritório.

Em um lugar à parte, guardado por homens da SS, em um armazém com diversas tubulações de ar e ventiladores que produziam um zumbido surdo, estava localizado o depósito para os produtos que haviam começado a chegar da sociedade química: balões com válvulas vermelhas e latas de quinze quilos com etiquetas vermelhas e azuis, que lembravam rótulos de geleia búlgara.

Ao sair daquele armazém abaixo do solo, Liss e seus companheiros de viagem se encontraram com o projetista principal do complexo, o professor Stahlgang, recém-chegado de Berlim, e com o engenheiro-chefe da obra, Von Reinecke, um homem enorme de agasalho de couro amarelo.

Stahlgang fazia ruído ao respirar; o ar úmido causara-lhe um ataque de asma. Os engenheiros ao seu redor começaram a repreendê--lo por não se cuidar; todos sabiam que uma coleção de trabalhos de Stahlgang integrava a biblioteca pessoal de Hitler.

O canteiro de obras não se diferenciava em nada de outras ciclópicas construções comuns ao século XX. Em volta das escavações ouviam-se os apitos das sentinelas, o rangido das escavadoras, o movimento das gruas, o pio das locomotivas.

Liss e seus companheiros de viagem se aproximaram de um edifício retangular, cinza e sem janelas. Todo o conjunto de edifícios industriais, fornos de tijolo vermelho, dutos de boca larga, torres de comando e torres de observação com redomas de vidro, tudo convergia para aquele edifício cinza, cego, sem rosto.

Os operários terminavam de asfaltar as ruas, e sob os rolos subia uma fumaça cinza e quente, que se misturava ao nevoeiro cinzento e frio.

Reinecke disse a Liss que ainda não estavam satisfeitos com o sistema hermético da unidade nº1. Com voz agitada e rouca, esquecendo-se da asma, Stahlgang esclarecia Liss a respeito do conceito arquitetônico da nova construção.

Com sua aparente simplicidade e pequenas dimensões, uma hidroturbina industrial concentra imensa força, massa e velocidade; em suas espirais, a potência geológica da água se transforma em trabalho.

Essa construção foi feita de acordo com o princípio da turbina. Transforma a vida e todos os tipos de energia ligada a esta em matéria inorgânica. Essa turbina de novo tipo precisa vencer a força da energia psíquica, nervosa, espiritual, cardíaca, mental, sanguínea. A nova construção reúne os princípios da turbina, do matadouro e do incinerador de lixo. Era preciso unir todas essas particularidades em um conjunto arquitetônico simples.

— Nosso querido Hitler — disse Stahlgang —, como se sabe, não se esquece da forma arquitetônica nem ao inspecionar as obras industriais mais prosaicas.

Baixou a voz para não ser ouvido por ninguém, a não ser Liss.

— O senhor deve saber que o fervor místico na decoração dos campos da região de Varsóvia causou grande desgosto ao Reichsführer. Foi indispensável levar tudo isso em conta.

A estrutura interna da câmara de concreto correspondia à época da indústria de grandes massas e velocidades.

Ao refluir pelos canais adutores, a vida, assim como a água, já não podia parar nem recuar; a velocidade de seu movimento pelos corredores de concreto era determinada por fórmulas similares às de Stokes para o movimento dos líquidos no tubo, que depende da densidade, peso específico, viscosidade, atrito, temperatura. Lâmpadas elétricas estavam encaixadas no teto, protegidas por um vidro grosso e quase opaco.

Quanto mais se avançava, mais viva a luz ficava e, à entrada da câmara, trancada por uma lustrosa porta de aço, ela cegava com sua brancura seca.

Junto à porta reinava aquela excitação típica que sempre aparece entre construtores e montadores antes do lançamento de uma nova instalação. Operários lavavam o solo com uma mangueira. Um químico idoso de avental branco media a pressão junto à porta fechada. Reinecke mandou abrir a porta da câmara. Ao entrar na sala espaçosa com teto baixo de concreto, alguns engenheiros tiraram o chapéu. O chão da câmara era composto de pesadas chapas corrediças, engastadas em caixilhos metálicos e presas firmemente entre si. Ao acionar o mecanismo que era controlado desde a sala de comando, as chapas que compunham o solo ficavam na vertical, e o conteúdo da câmara era despejado no armazém subterrâneo. Ali a matéria orgânica era submetida ao trabalho de uma brigada de estomatologistas, que extraíam os metais preciosos das próteses. Depois disso, punha-se em ação a esteira de transporte que levava ao forno crematório, onde a matéria orgânica que perdera razão e sensibilidade sob a ação da energia térmica sofria mais uma destruição, transformando-se em adubo fosfórico, cal e cinzas, amoníaco, gás carbônico e sulfuroso.

Um oficial de ligação foi até Liss e passou-lhe um telegrama. Todos repararam em como o rosto do Sturmbannführer ficou carregado ao lê-lo.

O telegrama notificava Liss que o SS-Obersturmbannführer Eichmann ia encontrar-se com ele naquela noite, no local das obras; já partira de carro pela autoestrada de Munique.

Assim, a viagem de Liss a Berlim foi por terra. E ele contava passar a noite seguinte em sua casa de campo, onde vivia a esposa doente e cheia de saudades. Antes de dormir ele estaria sentado na poltrona, com chinelos macios nos pés, e nessa uma hora ou duas de calor e aconchego se esqueceria da severidade daqueles tempos. Como era agradável à noite, na cama, na casa de campo fora da cidade, escutar o ruído surdo e distante dos canhões antiaéreos da defesa de Berlim.

E à noite, em Berlim, depois da conferência na Prinz-Albert--Strasse e antes de sair da cidade, na hora tranquila, quando não há nem alarmes nem ataques aéreos, ele daria um jeito de visitar a jovem pesquisadora do Instituto de Filosofia; só ela sabia como era dura a sua vida, quanta ansiedade havia em seu coração. Para tais encontros, colocara na valise uma garrafa de conhaque e uma caixa de chocolates. E agora tudo aquilo fora por terra.

Os engenheiros, químicos e arquitetos olhavam para ele; que inquietudes teriam deixado carrancudo o inspetor do Escritório Central de Segurança? Quem poderia saber?

Por momentos as pessoas tinham a impressão de que a câmara não mais se subordinava a seus criadores, mas que criara vida, seguia sua vontade de concreto, sua avidez de concreto, começava a liberar toxinas, a mastigar com suas mandíbulas a porta de aço e a digerir.

Stahlgang deu uma piscadela para Reinecke e cochichou:

— Liss provavelmente recebeu a informação de que o Obersturmbannführer vai receber seu relato aqui. Eu já sabia disso desde a manhã. O descanso dele em família caiu por terra, e possivelmente o encontro com alguma mocinha bonita.

30

Liss se encontrou com Eichmann à noite

Eichmann tinha 35 anos. Ele usava luvas, boina e botas — três objetos que reuniam em si a poesia, a soberba e a supremacia das armas alemãs —, semelhantes às utilizadas pelo Reichsführer Himmler.

Liss conhecia a família de Eichmann de antes da guerra; eram conterrâneos seus. Quando estudava na Universidade de Berlim e trabalhava em um jornal, depois em uma revista de filosofia, Liss visitava de vez em quando sua cidade natal, inteirando-se a respeito de seus colegas de ginásio. Alguns ascendiam na onda social, depois a onda baixava e o êxito desaparecia, e a fama e a fortuna material sorriam a outros. O jovem Eichmann, contudo, levava uma vida invariavelmente descolorida e monótona. A artilharia que era disparada em Verdun e a vitória que parecia iminente, a subsequente derrota e a inflação, a luta política no Reichstag, o turbilhão de tendências de esquerda e extrema esquerda na pintura, no teatro, na música, as novas modas e o declínio das novas modas: nada disso afetava a uniformidade de sua existência.

Trabalhava como agente de uma empresa provinciana. Em família e nas relações sociais era moderadamente bondoso e indiferente, rude e atencioso. Todos os grandes caminhos da vida estavam-lhe cerrados por uma multidão barulhenta, gesticulante e hostil. Por toda parte se via rechaçado por pessoas velozes e ágeis, de olhos escuros e brilhantes, hábeis e experientes, que lhe sorriam com condescendência...

Depois de terminar o ginásio, em Berlim, não conseguira arrumar emprego. Os diretores de escritório e proprietários de empresas diziam-lhe que, infelizmente, a vaga fora preenchida, mas Eichmann ficava sabendo por via indireta que em vez dele haviam escolhido algum degenerado de nacionalidade obscura, talvez polaco ou italiano. Tentou ingressar na universidade, mas a injustiça que ali reinava o impediu. Percebeu que os examinadores se enfadavam ao olhar para seu rosto redondo e de olhos claros, cabelo claro e ouriçado e nariz pequeno e reto. Eles pareciam atraídos por aqueles de rosto alongado, olhos escuros, encurvados e de ombros estreitos; pelos degenerados. Não fora o único mandado de volta à província. O mesmo destino tiveram muitos. O tipo de gente que reinava em Berlim estava espalhado por todos os estratos da sociedade. Acima de tudo, frutificava na intelligentsia cosmopolita, que perdera os traços nacionais, e não via diferença entre um alemão e um italiano, um alemão e um polaco.

Tratava-se de um tipo peculiar, uma raça estranha, que esmagava com indiferença irônica todos aqueles que tentavam competir com ela em inteligência e erudição. Era terrível aquela sensação desesperada de uma potência viva e não agressiva que emanava desta raça; potência que se manifestava em seu gosto estranho, em seus hábitos, nos quais a observância da moda se confundia com a indiferença pela moda, em seu amor pelos animais que se confundia com um estilo de vida completamente urbano, em sua capacidade de pensamento abstrato que se confundia com uma paixão pelo bruto na arte e na vida... Essas eram as pessoas que punham em movimento na Alemanha a química dos corantes e a síntese do nitrogênio, a pesquisa dos raios e a produção de aço de alta qualidade. Por causa delas, cientistas, artistas, filósofos e engenheiros estrangeiros vinham à Alemanha. Mas eram exatamente essas pessoas as que menos pareciam alemãs; elas flanavam pelo mundo todo, seus laços de amizade não eram nada alemães, e suas origens alemãs eram obscuras.

Como um empregado de uma firma de província poderia aspirar a uma vida melhor? Já não era mau que não passasse fome.

Ali está ele, saindo de seu gabinete ao trancar no cofre papéis conhecidos por três pessoas no mundo: Hitler, Himmler e Kaltenbrunner. Um grande automóvel negro o esperava à entrada. As sentinelas o saúdam, um ordenança abre a porta do carro, e o SS-Obersturmbannführer Eichmann parte. O motorista arranca a toda velocidade, e o poderoso Horch[29] da Gestapo, saudado com reverência pelo policial da cidade, que se apressa em dar sinal verde, cruza as ruas de Berlim e se lança na autoestrada.

Há casinhas tranquilas entre os jardins de Smolevitchi, com a grama crescendo nas calçadas. Nas ruas de Iatok, em Berdítchev, correm pela poeira galinhas imundas, com patas de cor amarelo-enxofre marcadas de tinta violeta e vermelha. No bairro Podol e na rua Vassilkóvskaia, na cidade de Kiev, em edifícios de muitos andares e janelas sujas, os degraus das escadas foram gastos por milhões de botas de crianças e chinelos de velhos.

Em Odessa, os quintais abrigam plátanos com troncos escamados; roupas coloridas, camisas e ceroulas secam nas cordas; tachos de geleia de cornisolo fumegam nos braseiros; recém-nascidos de pele azeitonada, que ainda não viram o sol, gritam em seus berços.

Em Varsóvia, nos seis andares de um edifício ossudo e de ombros estreitos, moram costureiras, encadernadores, preceptores, cantoras de cabaré, estudantes, relojoeiros.

Em Stalindorf, à noite, as luzes se acendem nas isbás, o vento sopra dos lados de Perekop, cheira a sal, a poeira quente, as vacas mugem, meneando as cabeças pesadas...

Em Budapeste, Fástov, Viena, Melitópol e Amsterdã, em palacetes de janelas de cristal, em casas em meio à fumaça das fábricas, vivia gente da nação judaica.

O arame dos campos, as paredes das câmaras de gás, o barro do fosso antitanque uniam milhões de pessoas de diferentes idades e profissões, línguas, interesses cotidianos e espirituais, fanáticos da fé e ateus fanáticos, trabalhadores, vagabundos, médicos e comerciantes,

---

[29] Marca alemã de carro.

sábios e idiotas, ladrões, idealistas, contempladores, homens bondosos, santos e escroques. Todos aguardavam o extermínio.

O Horch da Gestapo corria, dava voltas e mais voltas pelas estradas outonais.

31

Encontraram-se à noite. Eichmann entrou direto no gabinete e, fazendo perguntas rápidas no trajeto, foi até poltrona e se sentou.

— Tenho pouco tempo, preciso estar em Varsóvia no mais tardar amanhã.

Já visitara o comandante do campo e conversara com o chefe da obra.

— Como as fábricas estão trabalhando? Qual a sua impressão pessoal da Voss? Os químicos, na sua opinião, estão à altura? — perguntava, com rapidez.

Grandes dedos brancos com grandes unhas rosadas remexiam os papéis na mesa. De tempos em tempos o Obersturmbannführer tomava notas com uma caneta-tinteiro, e Liss tinha a impressão de que Eichmann não dava importância especial a um assunto que suscitava um calafrio secreto mesmo nos corações de pedra.

Liss havia bebido bastante todos esses dias. A respiração ficara mais ofegante e, à noite, o coração palpitava. Mas tinha a impressão de que, para a sua saúde, o malefício do álcool era menor do que o malefício da tensão nervosa na qual sempre se encontrava.

Sonhava voltar ao estudo dos líderes importantes hostis ao nacional-socialismo, e resolver problemas cruéis e complexos, mas não sangrentos. Então pararia de beber, e não fumaria mais do que dois ou três cigarros leves por dia. Não fazia muito tempo que chamara ao seu gabinete, à noite, um velho bolchevique russo. Jogara com ele uma partida de xadrez político e, ao voltar para casa, adormecera sem a necessidade de calmantes, para despertar às nove da manhã.

O Obersturmbannführer e Liss tiveram uma pequena surpresa na inspeção noturna da câmara de gás. No meio da câmara, os construtores colocaram uma mesinha com vinho e petiscos, e Reinecke convidou Eichmann e Liss para uma taça.

Eichmann riu com a graciosa invenção e disse:

— Vou me servir com gosto.

Entregou a boina a seu segurança e sentou-se à mesa. Seu grande rosto se tornou subitamente bonachão e concentrado, como acontece com milhões de amantes de comida ao se sentarem a uma mesa posta.

Reinecke serviu o vinho de pé e todos pegaram as taças, esperando o brinde de Eichmann.

Naquele silêncio de concreto, naquelas taças cheias, havia tamanha tensão que Liss teve a impressão de que o coração não suportaria. Queria que um ruidoso brinde ao ideal alemão aliviasse a tensão. Mas a tensão não diminuía; aumentava enquanto o Obersturmbannführer mastigava um sanduíche.

— E então, senhores? — indagou Eichmann. — O presunto é excelente.

— Estamos aguardando o brinde do chefe — disse Liss.

O Obersturmbannführer ergueu a taça

— Aos sucessos vindouros do nosso trabalho, que é digno de nota.

Foi o único que não bebeu quase nada, e comeu muito.

De manhã, Eichmann fazia ginástica de cueca em frente à janela escancarada. Em meio à neblina destacavam-se as fileiras regulares dos barracões do campo e chegavam apitos de locomotivas.

Liss nunca tivera inveja de Eichmann. Liss tinha uma posição elevada sem responsabilidades elevadas: era tido como um dos homens mais inteligentes do Escritório de Segurança do Império. Himmler adorava conversar com ele.

Na maioria das vezes, os altos funcionários evitavam mostrar a ele sua superioridade hierárquica. Liss estava habituado a ser respeitado não apenas na polícia de segurança. O Escritório de Segurança do Império respirava e vivia por toda parte: na universidade, na assinatura do diretor de um sanatório infantil, nas audições de admissão de jovens cantores à ópera, nas decisões do júri que escolhia os quadros das exposições de primavera, nas listas de candidatos para as eleições ao Reichstag.

Era o eixo da vida. O trabalho da polícia secreta do Estado salvaguardava o fundamento da eterna infalibilidade do Partido, da vitória da sua lógica ou a falta de lógica sobre qualquer outra lógica, da sua filosofia sobre qualquer outra filosofia. Era uma varinha mágica! Se a deixassem cair, o feitiço desapareceria: o grande orador transformava-se num tagarela, o corifeu da ciência num popularizador de ideias alheias. Essa varinha mágica era indispensável.

Ao olhar para Eichmann naquela manhã, pela primeira vez na vida Liss sentiu-se agitado por uma inquietação invejosa.

Alguns minutos depois da partida, Eichmann disse, pensativo:

— Somos conterrâneos, Liss.

Puseram-se a enumerar nomes familiares de ruas da cidade, restaurantes, cinemas.

— Em alguns lugares, naturalmente, nunca estive — disse Eichmann, referindo-se ao clube no qual filhos de artesãos não eram admitidos.

Liss perguntou, mudando o rumo da conversa:

— Diga, é possível ter uma estimativa da quantidade de judeus de que estamos falando?

Sabia que estava fazendo a pergunta suprema, e que talvez houvesse três pessoas no mundo, além de Himmler e do Guia, capazes de responder a ela.

Mas depois da recordação da dura juventude de Eichmann, numa época de democracia e cosmopolitismo, era o momento conveniente de lhe perguntar aquilo que Liss não sabia, e confessar sua ignorância.

Eichmann respondeu.

Liss, aturdido, indagou:

— Milhões?

Eichmann deu de ombros.

Ficaram calados por algum tempo.

— Lamento muito não tê-lo conhecido no tempo de estudante — disse Liss —, nos anos de aprendizado, como dizia Goethe.

— Não estudei em Berlim, estudei na província, não lamente — disse Eichmann, e acrescentou: — Conterrâneo, esta é a primeira vez que digo essa cifra em voz alta. Contando Berchtesgaden, a Chancelaria do Reich e o escritório do Reichsführer, ela deve ter sido proferida sete ou oito vezes.

— Entendo, não é algo que vamos ler amanhã no jornal.

— Eu estava pensando exatamente no jornal — disse Eichmann.

Olhou com um sorriso para Liss, que ficou inquieto, com a sensação de que seu interlocutor era mais inteligente do que ele.

Eichmann afirmou:

— Além da nossa tranquila e verdejante cidadezinha, há outro motivo para eu ter lhe dito esse número. Gostaria que nos unisse em nosso futuro trabalho comum.

— Agradeço o convite — disse Liss. — Mas tenho de pensar um pouco, é um assunto muito sério.

— Naturalmente. A proposta não procede só de mim. — Eichmann ergueu o dedo para cima, em riste. — Se o senhor dividir a tarefa comigo e Hitler perder, seremos enforcados juntos, nós dois.

— Uma perspectiva maravilhosa, vale a pena pensar — Liss afirmou.

— Imagine que daqui a dois anos estaremos novamente sentados nesta câmara, junto a esta mesinha aconchegante, e diremos: "Em vinte meses resolvemos uma questão que a humanidade não tinha resolvido em vinte séculos!"

Despediram-se. Liss seguiu o carro com o olhar.

Tinha uma visão própria sobre as relações humanas dentro do Estado. No Estado nacional-socialista, a vida não podia se desenvolver livremente; cada passo tinha que ser controlado.

Para dirigir a respiração das pessoas, o sentimento maternal, os círculos de leitura, as fábricas, os cantos, o Exército, as excursões de verão, eram necessários líderes. A vida perdera o direito de crescer como a grama, de se agitar como o mar. Liss dividia os líderes em quatro tipos.

O primeiro compreendia as naturezas inteiriças, normalmente privadas de agudeza de pensamento e capacidade de análise. Essas pessoas adotavam os slogans e as fórmulas dos jornais e revistas, citações de discursos de Hitler e artigos de Goebbels, de livros de Frank e Rosenberg. Perdiam-se se não sentiam o chão debaixo dos pés. Não refletiam sobre as ligações entre os fenômenos, manifestavam crueldade e intolerância sob qualquer pretexto. Levavam tudo a sério: a filosofia, a ciência nacional-socialista, as descobertas nebulosas, as realizações do novo teatro, a nova música, a campanha eleitoral para o Reichstag. Como escolares, decoravam o *Mein Kampf* em grupo, faziam resumos de discursos e folhetos. Levavam uma vida pessoal em geral modesta, às vezes passavam necessidade e, mais do que as outras categorias, tomavam parte nas mobilizações partidárias que os afastavam de suas famílias.

De início, parecera a Liss que Eichmann pertencia precisamente a essa categoria.

O segundo tipo era dos cínicos inteligentes. Estes sabiam da existência da varinha mágica. No círculo de amigos de confiança, riam-se de muita gente: da ignorância dos novos doutores e magistrados, dos

erros e do comportamento dos Leiter e Gauleiter.[30] Só não ridicularizavam o Guia e os ideais elevados. Essa gente normalmente vivia à larga e
bebia muito. Esses personagens se encontravam com maior frequência
nos altos escalões do Partido. Na base reinavam os personagens do primeiro tipo.

Liss tinha a impressão de que, no escalão mais elevado, reinava um terceiro tipo: oito ou nove pessoas, mais quinze ou vinte que
tinham acesso àquele mundo, onde não havia dogmas. Ali tudo era julgado livremente. Ali não havia ideais, só a matemática. Ali imperavam
os mestres supremos, impiedosos.

Liss às vezes achava que tudo na Alemanha girava em prol deles e de seu bem-estar.

Os simplórios que pertenciam ao primeiro tipo possuíam uma
característica extraordinariamente valorosa: eram do povo. Não só ci-
tavam os clássicos do nacional-socialismo, mas também falavam a lin-
guagem do povo. Sua rudeza parecia popular, camponesa. Suas piadas
provocavam risos nas reuniões de operários.

O quarto tipo era o dos executores, completamente indiferentes a dogmas, ideias, filosofias, e também privados de capacidade ana-
lítica. O nacional-socialismo lhes pagava, e eles o serviam. Sua mais
elevada e única paixão eram a louça, os ternos, as casas de campo, as
joias, os móveis, os carros de passeio, as geladeiras. Não gostavam muito do dinheiro, pois não confiavam em sua estabilidade.

Liss se sentia atraído pelos altos dirigentes, sonhava com o convívio e a proximidade com eles; no reino da inteligência irônica, da
lógica faceira, sentia-se leve, natural, bem.

Mas Liss via que, no topo do topo, a uma terrível altura, acima
dos dirigentes supremos, acima da estratosfera, havia um mundo ininteligível, nebuloso, torturante em sua falta de lógica, e que esse mundo
superior era habitado pelo Guia Adolf Hitler.

Em Hitler — e isso aterrorizava Liss — conciliava-se de forma
incompreensível o que era irreconciliável: ele era o mestre dos mestres,
o mecânico supremo, o eletricista-chefe, o mestre de ofício, dotado de
uma lógica, de um cinismo, de uma crueldade matemática mais elevada do que a de todos os seus auxiliares próximos juntos. Contudo, ao
mesmo tempo havia nele um frenesi dogmático, uma fé cega e fanática,
uma bovina ausência de lógica que Liss só encontrara nos escalões mais

---

[30] Líder e líder regional, respectivamente.

baixos e subterrâneos da direção partidária. Ele, o criador da varinha mágica, o sumo sacerdote, era ao mesmo tempo o mais obscuro e frenético dos crentes.

E agora, acompanhando com o olhar o carro que partira, Liss sentia que Eichmann inesperadamente suscitara nele aquele sentimento obscuro, de intimidação e atração, que até então só uma pessoa no mundo suscitara: o Guia do povo alemão, Adolf Hitler.

32

O antissemitismo tem manifestações variadas: vai desde uma ironia e aversão benevolente até os pogroms mortíferos.

O antissemitismo tem variados aspectos — ideológico, interior, secreto, histórico, cotidiano — e variadas formas — individual, social, estatal.

O antissemitismo pode ser visto no mercado, na reunião de cúpula da Academia de Ciências, no fundo da alma do velho e na brincadeira das crianças no pátio. Sem sofrer prejuízo, o antissemitismo passou do tempo das lâmpadas de azeite, navios a vela e rodas de fiar à época dos motores a jato, reatores nucleares e máquinas eletrônicas.

O antissemitismo nunca se apresenta como um fim; ele é sempre um meio de medir as contradições que não têm saída.

O antissemitismo é o espelho dos defeitos dos indivíduos isolados, das estruturas sociais e do sistema estatal. Diz-me de que acusas os judeus e eu te direi de que és culpado.

O ódio ao regime pátrio de servidão, até mesmo na consciência do camponês Oleinitchuk, preso em Schlüsselburg, foi expresso como ódio aos polacos e aos judeus. E até o genial Dostoiévski viu um usurário judeu onde deveria ter distinguido os olhos impiedosos do empreiteiro russo, do escravocrata e do industrial.

O nacional-socialismo, ao atribuir ao judaísmo internacional inventado por ele as características de racismo, sede de dominação do mundo, indiferença cosmopolita à pátria alemã, impingiu aos judeus seus próprios traços. Mas esse é apenas um dos lados do antissemitismo.

O antissemitismo é a expressão da mediocridade, da incapacidade de vencer na luta pela vida em igualdade de condições, em todos os lugares: na ciência, nos negócios, nos ofícios, na pintura. O antissemitismo é a medida da mediocridade humana. O Estado busca a explicação de seus fracassos nas artimanhas do judaísmo internacional. Mas esse é apenas um dos lados do antissemitismo.

O antissemitismo é a expressão da falta de consciência da massa do povo, incapaz de compreender os motivos de suas calamidades e seus sofrimentos. É nos judeus, e não nas estruturas do Estado e da sociedade, que a gente ignorante vê os motivos de suas calamidades. Mas também essa manifestação de antissemitismo entre as massas populares é apenas um de seus lados.

O antissemitismo é a medida dos preconceitos religiosos que ardem no mais baixo da sociedade. Mas esse também é apenas um dos lados do antissemitismo.

A aversão pela aparência dos judeus, por seu jeito de falar e por sua alimentação não é, naturalmente, o real motivo do antissemitismo fisiológico. Pois a mesma pessoa que fala com aversão dos cabelos crespos dos judeus e de sua gesticulação fica admirada com os cabelos negros e crespos dos quadros de Murillo, e é indiferente à fala gutural e cheia de gestos de um armênio, olhando com benevolência para um negro de lábios azuis.

O antissemitismo é um fenômeno particular dentre as perseguições sofridas pelas minorias nacionais. Esse fenômeno é particular porque o destino histórico dos judeus é singular, particular.

Assim como a sombra de um homem dá uma noção de sua figura, o antissemitismo dá uma noção do destino histórico e da trajetória dos judeus. A história do judaísmo está entrelaçada e unida a muitas questões de política internacional e vida religiosa. Essa é a primeira particularidade da minoria nacional judaica. Os judeus vivem em quase todos os países do mundo. Nessa difusão raramente ampla de uma minoria nacional em ambos os hemisférios da Terra consiste a segunda particularidade dos judeus.

Com o florescimento do capital mercantil surgiram judeus que eram mercadores e agiotas. Com o florescimento da indústria, muitos judeus se distinguiram na maquinaria e na indústria. Na era atômica, não são poucos os judeus que trabalham com a física do átomo.

No tempo da luta revolucionária, não foram poucos os judeus que se revelaram destacados revolucionários. Trata-se de uma minoria nacional que não fica confinada a uma periferia social ou geográfica, mas aspira a tomar parte na direção dos principais movimentos de desenvolvimento das forças ideológicas e produtivas. Aí reside a terceira particularidade da minoria nacional judaica.

Uma parte da minoria judaica é assimilada e se dissolve na população nativa do país, enquanto a base ampla e popular dos judeus guarda a língua nacional, a religião, o estilo de vida. O antissemitismo tem como regra acusar a parte assimilada dos judeus de aspirações nacionais e religiosas secretas, enquanto a parte orgânica dos judeus, que se ocupa de trabalhos físicos e manuais, é responsabilizada pelo que fazem aqueles que tomam parte em revoluções, dirigem indústrias, criam reatores nucleares, são acionistas de sociedades e bancos.

Em separado, as particularidades acima designadas são próprias a essa ou aquela minoria ética, mas, aparentemente, apenas os judeus trazem em si a combinação de todas elas.

O antissemitismo também refletiu essas particularidades, também se fundiu com as principais questões da política internacional e da vida econômica, ideológica e religiosa. Essa é a sinistra particularidade do antissemitismo. A chama de suas fogueiras ilumina os mais terríveis tempos históricos.

Quando o Renascimento irrompeu no deserto da Idade Média católica, o mundo das trevas acendeu as fogueiras da Inquisição. Seu fogo iluminou não apenas a força do mal, mas também o quadro de sua destruição.

No século XX, um velho regime nacional fisicamente cansado e um Estado fracassado acenderam os fornos crematórios de Auschwitz, Lublin e Treblinka. Suas chamas iluminaram não apenas o breve triunfo do fascismo; anteciparam também o seu perecimento. Contra a concretização inevitável de seu destino, na tentativa de reparar o malogro de sua existência, acorrem ao antissemitismo épocas históricas mundiais, governos reacionários, Estados fracassados e indivíduos isolados.

Ao longo desses dois milênios, teria havido casos em que as forças da liberdade e a humanidade recorreram ao antissemitismo como meio para a sua luta? Pode ser que sim, mas não os conheço.

O antissemitismo cotidiano é um antissemitismo sem derramamento de sangue. Ele testemunha que no mundo existem tolos invejosos e fracassados.

O antissemitismo pode surgir em países democráticos. Ele se manifesta na imprensa, que representa esses ou aqueles grupos reacionários; nas ações de tais grupos reacionários como, por exemplo, o boicote a obras e produtos dos judeus; na religião e na ideologia dos reacionários.

Nos países totalitários, onde não existe sociedade, o antissemitismo só pode ser estatal.

O antissemitismo estatal testemunha que o Estado tenta se apoiar nos tolos, reacionários, fracassados, nas trevas da superstição e na raiva dos famintos. O primeiro estágio de tal antissemitismo é a discriminação: o Estado faz restrições aos judeus na escolha de moradia, profissão, direito de acesso a postos elevados, direito de ingressar em estabelecimentos de ensino e receber graus acadêmicos, títulos etc.

Depois o antissemitismo estatal se converte em extermínio.

Quando as forças reacionárias travam um combate, fatal para si, com as forças da liberdade, elas convertem o antissemitismo em sua ideologia de Estado e de Partido; foi o que aconteceu no século XX, na época do fascismo.

33

O deslocamento das divisões recém-formadas para o front de Stalingrado aconteceu em segredo, à noite...

A nordeste de Stalingrado, no curso médio do Don, concentrava-se a força principal do novo front. Das ferrovias recém-construídas, os trens descarregavam diretamente na estepe.

Mal amanhecia e o ruído noturno das estradas de ferro morria, apenas uma ligeira névoa de poeira pairava sobre a estepe. Durante o dia, os canos dos canhões eram cobertos com ervas daninhas secas e feixes de palha, e não parecia haver no mundo criaturas mais calmas que essas peças de artilharia fundidas na estepe outonal. Os aviões, com as asas estendidas, como insetos mortos e ressequidos, ficavam nos aeródromos, cobertos pelas teias de camuflagem.

Dia após dia, iam ficando cada vez mais cerrados os tradicionais triângulos, losangos, círculos, e adensava-se mais a rede de cifras e números naquele mapa que poucas pessoas no mundo tinham visto. Os novos exércitos do novo front sudoeste, agora front de ataque, se formavam, cristalizavam-se, saíam das posições anteriores.

Entretanto, na margem esquerda do Volga, pelas estepes desertas e salgadas, bordejando a fumaça e o estrondo de Stalingrado, iam para o sul grupos de tanques e divisões de artilharia, em busca de enseadas e retiros tranquilos. Os combatentes que haviam cruzado o Volga instalavam-se na estepe calmuca, nas salinas entre os lagos, e milhares de russos começavam a proferir palavras que lhes eram estranhas: "Barmantzak", "Tzatzá"...[31] Assim se dava a concentração ao sul das forças da estepe calmuca no flanco direito dos alemães. O alto-comando soviético preparava o cerco das divisões de Paulus em Stalingrado.

Nas noites escuras, sob as nuvens de outono e os vapores das estrelas, balsas e lanchas conduziam para a margem calmuca, à direita, ao sul de Stalingrado, o corpo de tanques de Nóvikov.

Milhares de pessoas viram os nomes dos grandes chefes militares da Rússia escritos a tinta branca nas torres: "Kutúzov", "Suvôrov", "Aleksandr Niévski".

Milhões de pessoas viram como os canhões pesados e os morteiros russos, assim como as colunas de caminhões Dodge e Ford adquiridos por *lend-lease,*[32] avançavam na direção de Stalingrado.

Contudo, embora esse movimento fosse visto por milhões de pessoas, a concentração de enormes massas de combatentes dirigidas para uma ofensiva contra o nordeste e o sul de Stalingrado ocorreu em segredo.

Como aquilo fora possível? Pois os alemães sabiam tudo a respeito daquela enorme movimentação. Era impossível escondê-la, como era impossível esconder o vento da estepe de uma pessoa que a atravessava.

Os alemães sabiam dos movimentos das tropas na direção de Stalingrado, porém a ofensiva contra Stalingrado era para eles um segredo. Qualquer tenente alemão, dando uma olhada no mapa onde estavam assinaladas as supostas posições da concentração das tropas russas, teria conseguido decifrar o mais elevado segredo militar e de Estado da Rússia soviética, conhecido apenas por Stálin, Júkov, Vassilevski.

Mesmo assim, o cerco dos alemães na região de Stalingrado foi inesperado para os tenentes e para os marechais de campo alemães.

Como aquilo fora possível?

Stalingrado continuava a resistir, e, como antes, os ataques alemães não levavam a um êxito decisivo, apesar de neles tomarem parte

---

[31] Lagos ao sul de Stalingrado.

[32] Sistema de financiamento, por parte dos Estados Unidos, por empréstimo ou por arrendamento, de armas, munições, matéria-prima estratégica, alimentos, várias mercadorias e serviços aos países da aliança anti-hitlerista durante a Segunda Guerra Mundial.

grandes massas de combatentes. E nos exauridos regimentos de Stalingrado restavam apenas algumas dezenas de soldados vermelhos. Essas poucas dezenas, que suportavam todo o peso dos terríveis combates, eram de tamanha força que embaralharam as estimativas dos alemães.

O inimigo não podia imaginar que seus potentes esforços estavam sendo freados por um punhado de pessoas. Parecia que as reservas soviéticas estavam se preparando para alimentar e apoiar a defensiva. Os soldados que rechaçaram a pressão das divisões de Paulus nas escarpas do Volga haviam sido os estrategistas da ofensiva de Stalingrado.

Contudo, o ardil implacável da história se escondia ainda mais no fundo, e em suas profundezas a liberdade, que dera origem à vitória, deixava de ser o fim da guerra para se transformar, em contato com os dedos ardilosos da História, em seu meio.

34

Uma velha ia para casa com uma braçada de juncos ressequidos, e seu rosto sombrio estava absorto em preocupações quando ela passou na frente de um Willys empoeirado e de um tanque do estado-maior coberto de lona que estava encostado rente à parede de sua casa. Ossuda, aborrecida — nada podia ser mais comum do que aquela velha passando em frente ao tanque grudado em sua casa. Contudo, não havia nada de mais significativo nos acontecimentos do mundo do que a ligação entre essa velha e sua filha desgraciosa que naquele momento ordenhava uma vaca sob o alpendre, seu neto de cabeça branca que enfiava o dedo no nariz enquanto seguia o leite a brotar dos úberes da vaca e as tropas estacionadas na estepe.

Toda aquela gente — majores dos estados-maiores dos corpos e dos exércitos, generais fumando *papiróssi* sob os ícones escuros das aldeias, os cozinheiros dos generais assando carne de carneiro nos fornos russos, as telefonistas nos celeiros enrolando os cachos em cartuchos e pregos, o motorista barbeando a face no pátio diante de uma bacia de lata, com um dos olhos no espelho e o outro no céu, para ver se havia algum avião alemão — e todo aquele mundo de aço, eletricidade e gasolina da guerra era uma parte indissociável da longa vida das aldeias, povoados e granjas da estepe.

Para a velha, havia uma ligação indissociável entre os rapazes que hoje estavam nos tanques e aqueles flagelados que, no verão, haviam chegado a pé, pedido para pernoitar e, com medo de tudo, não dormiram à noite, saindo para espiar.

Havia uma ligação indissociável entre essa velha que tinha uma granja na estepe calmuca e aquela que, nos Urais, levara ao estado--maior do corpo de tanques da reserva um ruidoso samovar de cobre, e aquela que, em junho, na região de Vorónej, estendera uma palha no chão para o coronel e, benzendo-se, olhara pela janelinha na direção do clarão vermelho. Aquela ligação era todavia tão familiar que não era notada nem pela velha que ia para casa acender o forno nem pelo coronel à soleira da casa.

Um silêncio maravilhoso e lânguido pairava sobre a estepe calmuca. Será que as pessoas que iam e vinham pela Unter den Linden naquela manhã faziam ideia de que a Rússia acabara de voltar o rosto para o Ocidente e estava se preparando para atacar e avançar?

Da soleira, Nóvikov chamou o motorista Kharitônov:

— Pegue os capotes, o meu e o do comissário, que vamos voltar tarde.

Guétmanov e Neudóbnov saíram à soleira.

— Mikhail Petróvitch — disse Nóvikov —, em qualquer eventualidade ligue para Kárpov. Depois das três da tarde, para Belov e Makárov.

Neudóbnov disse:

— E qual pode ser a eventualidade?

— Sei lá, pode aparecer alguém do comando — disse Nóvikov.

Dois pontinhos pretos surgiram da direção do sol e vieram na direção do vilarejo. Seu crescente ruído e mergulho precipitado romperam subitamente a imobilidade da estepe.

Kharitônov, saltando do carro, correu para trás de uma parede do celeiro.

— O que foi, seu besta, está com medo dos nossos? — gritou Guétmanov.

Nesse instante, um dos aviões disparou uma rajada de tiros contra a granja, e uma bomba foi despejada do segundo. Ouviram-se uivos, vidros se estilhaçaram, uma mulher gritava de forma estridente, um bebê se pôs a chorar, pedaços de terra arrancados pela explosão bateram contra o solo.

Nóvikov se agachou ao ouvir o uivo da bomba caindo. Em um instante tudo se fundiu em poeira e fumaça, e ele só via Guétmanov a seu lado. Da nuvem de poeira saiu a figura de Neudóbnov: estava de pé, endireitando os ombros, erguendo a cabeça. Era o único deles que não se abaixara, como se fosse feito de madeira.

Guétmanov, limpando a poeira das calças, um pouco pálido mas agitado, gabou-se animado:

— Não foi nada, meus jovens, as calças continuam como se fossem novas, e o nosso general nem se mexeu.

Depois Guétmanov e Neudóbnov foram olhar as crateras abertas na terra e se espantaram que os vidros das casas distantes tivessem arrebentado, enquanto os mais próximos saíram incólumes; examinaram também uma cerca derrubada.

Nóvikov olhou com curiosidade para as pessoas que tinham visto pela primeira vez a explosão de um projétil. Estavam visivelmente espantadas que aquela bomba tivesse sido fabricada, levada aos céus e lançada à terra com uma única finalidade: matar os pais dos pequenos Guétmanov e dos pequenos Neudóbnov. Descobriam que era isso, afinal, o que as pessoas faziam durante a guerra.

Sentado no carro, Guétmanov falava do ataque o tempo todo, mas depois se interrompeu e disse:

— Piotr Pávlovitch, você deve me achar engraçado, porque em cima de você já caíram milhares de bombas, enquanto em cima de mim foi a primeira. — Após nova pausa, indagou: — Escute, Piotr Pávlovitch, aquele Krímov foi preso pelos alemães, não foi?

Nóvikov disse:

— Krímov? O que tem ele?

— Escutei uma conversa interessante a respeito dele no estado-maior do front.

— Foi cercado, mas, ao que parece, não foi preso. Que tipo de conversa?

Guétmanov, sem dar ouvidos a Nóvikov, bateu no ombro de Kharitônov e disse:

— Por esse caminho chegamos ao estado-maior da primeira brigada, evitando a ravina. Olha só, estou aprendendo a me orientar por aqui!

Nóvikov já estava acostumado a que Guetmánov jamais seguisse o interlocutor em uma conversa; ora começava a contar qualquer coisa, ora fazia uma pergunta, então voltava a contar outra história, em seguida interrompia a narrativa com uma pergunta. Seu pensamento parecia fazer um zigue-zague aleatório. Mas não era assim.

Guétmanov falava com frequência da mulher, dos filhos, levava consigo um grosso maço de fotografias da família e, por duas vezes, enviou a Ufá um encarregado com uma remessa.

Mesmo assim, teve um caso com a maldosa médica morena do serviço de saúde, Tamara Pávlovna, e não era um amor passageiro. Certa manhã, Verchkov disse a Nóvikov, em tom trágico:

— Camarada coronel, a doutora passou a noite com o comissário e só foi liberada ao amanhecer.

Nóvikov disse:

— Não é da sua conta, Verchkov. É melhor parar de me trazer doces às escondidas.

Guétmanov não escondia sua ligação com Tamara Pávlovna e agora, na estepe, apoiado no ombro de Nóvikov, cochichou:

— Piotr Pávlovitch, um rapaz se apaixonou pela nossa doutora — e olhou para Nóvikov com dor e afeto.

— Bravo, comissário — disse Nóvikov, lançando um olhar ao motorista.

— O que fazer, bolcheviques não são monges — explicou Guétmanov, sussurrando —, e você entende, ele se apaixonou, é um velho estúpido.

Ficaram calados por alguns minutos, e Guétmanov, como se não tivesse tido uma conversa confidencial e amistosa, disse:

— E você nem emagrece, Piotr Pávlovitch; parece estar em casa no front. Eu, por exemplo, fui feito para o trabalho partidário: cheguei ao *obkom* no ano mais duro, quando qualquer outro teria caído de tísica: o plano de colheita dera errado, o camarada Stálin me telefonou duas vezes, e mesmo assim eu engordei como se estivesse em um balneário. Você também é assim.

— Sabe Deus para que fui feito — disse Nóvikov —, talvez tenha sido mesmo para a guerra.

Riu e voltou a falar:

— Notei que, quando acontece alguma coisa interessante, a primeira coisa que penso é que não devo me esquecer de contá-la a Ievguênia Nikoláievna. Pela primeira vez na vida, os alemães jogam uma bomba em você e em Neudóbnov, e eu pensei: tenho que contar a ela.

— Informes políticos?

— Desse gênero — disse Nóvikov.

— Claro, é a sua mulher — disse Guétmanov. — Ela é mais próxima do que qualquer um.

Chegaram ao alojamento da brigada e desceram do carro.

Passava frequentemente pela cabeça de Nóvikov uma lista de pessoas, sobrenomes, nomes de povoados, tarefas, pequenos encargos, coisas claras e obscuras, ordens a dar e a revogar. À noite, acordava de repente e começava a se afligir, era tomado por dúvidas: seria correto atirar a distâncias que ultrapassavam a escala da alça de mira? Atirar em movimento era justificável? Os comandantes das unidades conseguiriam avaliar correta e rapidamente as mudanças do cenário de batalha, tomar decisões por conta própria e dar ordens imediatas?

Depois imaginava os tanques, escalão após escalão, rompendo as defesas germânico-romenas, entrando por essa brecha, saindo em perseguição, apoiados pela aviação de assalto e pela artilharia móvel, pela infantaria motorizada e pelos sapadores, correndo cada vez mais para oeste, tomando passagens de rios, pontes, circundando campos minados, esmagando os nós de resistência. Em meio à agitação, tirava os pés descalços da cama e sentava na escuridão, respirando pesadamente, impelido pelo pressentimento da felicidade.

Jamais tinha vontade de falar com Guétmanov desses pensamentos noturnos.

Na estepe, mais do que nos Urais, sentia-se irritado com Guétmanov e Neudóbnov.

"Chegaram a tempo da sobremesa", pensava Nóvikov.

Ele já não era o mesmo de 1941. Bebia mais do que antes. Praguejava e se irritava com frequência. Uma vez chegou a erguer o braço para o chefe de abastecimento de combustível.

Via que tinham medo dele.

— Sabe Deus se fui feito para a guerra — disse. — O melhor que existe é morar com a mulher que você ama no meio do mato, numa isbá. Sair para caçar e voltar à noite. Ela esquenta a sopa e vamos dormir. A guerra não alimenta o homem.

Inclinando a cabeça, Guétmanov olhava para ele com atenção.

O comandante da primeira brigada, o coronel Kárpov, era um homem de faces rechonchudas, cabelos ruivos e olhos de um azul penetrante e brilhante, como só se veem em gente muito ruiva; encontrou Nóvikov e Guétmanov ao lado do aparelho de radiotelegrafia.

Sua experiência militar estivera durante algum tempo vinculada aos combates no front nordeste; lá, mais de uma vez, acontecera de Kárpov enterrar os tanques no chão, convertendo-os em peças de artilharia imóveis.

Ia ao lado de Nóvikov e Guétmanov ao alojamento da primeira brigada e dava a crer que também era um oficial superior, de tão ponderados que eram seus movimentos.

Pela sua compleição, parecia um homem inclinado à cerveja e à mesa farta. Mas era de outra natureza: taciturno, frio, desconfiado, mesquinho. Não convidava ninguém para nada, e tinha fama de avarento.

Guétmanov louvou a seriedade com que haviam sido escavados os esconderijos para os tanques e canhões.

O comandante da brigada tinha calculado tudo: as direções de onde poderiam vir tanques inimigos e a possibilidade de um ataque pelos flancos; só não levara em conta que, no combate iminente, tocaria a ele o ímpeto de conduzir a brigada à ofensiva, à ruptura, à perseguição.

Nóvikov se irritava com os gestos e interjeições de aprovação de Guétmanov.

E Kárpov, como se quisesse aumentar propositadamente a irritação de Nóvikov, disse:

— Me deixe contar uma coisa, camarada coronel. Em Odessa, estávamos muito bem entrincheirados. À tarde saímos em contra-ataque e demos na cabeça dos romenos; à noite, por ordem de nosso comandante, toda a nossa defesa, como se fosse um só homem, foi para o porto e embarcou num navio. Os romenos só perceberam isso às dez da manhã, e se lançaram em ataque contra as trincheiras abandonadas, quando já estávamos navegando no mar Negro.

— Espero que agora o senhor não fique diante de trincheiras romenas vazias — disse Nóvikov.

Durante a ofensiva, será que Kárpov poderia avançar noite e dia, expondo-se à agressividade do inimigo, deixando para trás os bolsões de resistência? Conseguiria lançar-se para a frente, oferecendo aos golpes a cabeça, a nuca, o flanco, tomado pela pura paixão da perseguição? Não, seu caráter não era esse.

Tudo em volta se impregnava dos vestígios do calor da estepe, e era estranho que o ar estivesse tão frio. Os tanqueiros se dedicavam a seus afazeres de soldado: um deles se barbeava, sentado no topo da blindagem, depois de ter ajustado um espelho na torre do tanque; outro limpava a arma; outro escrevia uma carta, e ao seu lado jogavam dominó sobre uma capa militar estendida; um grupo grande ficava em pé, bocejando em volta da enfermeira. E tudo naquele quadro ordinário, debaixo de um céu imenso e numa terra imensa, se enchia de uma tristeza crepuscular.

Nessa hora, um comandante de batalhão correu na direção dos chefes, arrumando a camisa no caminho, e gritou de forma estridente:

— Batalhão, sentido!

Como se estivesse discutindo com ele, Nóvikov respondeu:

— Batalhão, descansar!

O comissário Guétmanov passava entre os homens, conversando aqui e ali, e os tanqueiros se entreolhavam, sorridentes. O comissário perguntava se eles tinham saudades das moças dos Urais, se gastavam muito papel com carta, se recebiam regularmente o *Estrela Vermelha* na estepe.

O comissário caiu em cima do intendente:

— O que os tanqueiros comeram hoje? E ontem? E anteontem? E você também passou três dias comendo sopa de cevadinha e tomate verde? Mande chamar o cozinheiro — ele disse, entre risos dos tanqueiros —, quero que ele diga o que preparou para o almoço do intendente.

Com suas perguntas sobre o cotidiano e a vida dos tanqueiros, ele de certa forma repreendia os comandantes das unidades: "Os senhores só se preocupam com a técnica militar." O intendente, um homem magro de botas empoeiradas de cano de lona e mãos vermelhas como as de uma lavadeira que esfrega a roupa em água fria, tossia nervosamente à frente de Guétmanov.

Nóvikov ficou com pena dele e disse:

— Camarada comissário, vamos juntos até Belov?

Desde antes da guerra, Guétmanov era tido, com razão, como um bom homem das massas, um líder. Mal começava uma conversa e as pessoas se punham a rir: seu jeito de falar simples e vivo, e o vocabulário grosseiro, apagavam imediatamente as diferenças entre o secretário do *obkom* e o homem de macacão.

Ele ia sempre atrás do interesse cotidiano: se o salário não estava atrasado, se havia falta de víveres nas lojas de fábrica e de aldeia, se os alojamentos coletivos estavam bem aquecidos, se a cozinha do acampamento estava bem organizada.

Falava especialmente bem e com simplicidade com as trabalhadoras idosas das fábricas e dos colcozes: todos gostavam que o secretário fosse um servidor do povo, que atormentasse cruelmente os fornecedores, os abastecedores, os comandantes dos alojamentos coletivos e, se necessário, até os diretores das fábricas e MTS quando eles menosprezavam os interesses do trabalhador. Era filho de camponês, trabalhara como serralheiro em uma oficina, e os operários sentiam isso. Contudo, em seu gabinete do *obkom*, estava sempre preocupado com sua responsabilidade perante o Estado, e a inquietação com Moscou era seu tema principal; sabiam disso tanto os diretores das grandes fábricas quanto os secretários de *raikom* das aldeias.

— Você está pondo por terra o plano do Estado, entende? Quer abrir mão do cartão do Partido? Sabia que o Partido confiou em você? Preciso explicar?

Em seu gabinete não tinha piada nem riso, não se falava da água quente dos alojamentos comuns nem das áreas verdes das oficinas. Em seu gabinete eram estabelecidos rigorosos planos de produção, falava-se do incremento do ritmo de trabalho, que era necessário esperar para a construção de moradias, apertar mais o cinto, reduzir drasticamente os custos de produção, aumentar os preços no varejo.

A força daquele homem se fazia sentir de forma especial quando ele conduzia uma reunião no *obkom*. Nessas reuniões, surgia a sensação de que toda aquela gente não ia ao gabinete dele com suas próprias ideias e pretensões, mas sim para ajudar Guétmanov, como se todo o curso da reunião tivesse sido previamente estabelecido por sua energia, inteligência e vontade.

Não falava alto nem se apressava, seguro da obediência daqueles a quem suas palavras eram dirigidas.

"Falemos da nossa região, camaradas, passemos a palavra ao agrônomo. Seria bom se você, Piotr Mikháilovitch, acrescentasse algo. Talvez Lazko queira falar, as coisas não têm ido bem para ele nessa área. Vejo que você, Rodiônov, também gostaria de proferir algumas palavras, já vi, mas o problema foi resolvido, camaradas, está na hora de pôr um ponto final nessa reunião. Creio que não haverá objeções. Então, camaradas, preparamos um projeto de resolução; leia, Rodiônov." E Rodiônov, que tinha vontade de exprimir dúvidas e até discutir, lia a resolução com zelo, olhando o presidente para ver se estava lendo com nitidez suficiente. "Bem, camaradas, não há objeções."

Mas o mais espantoso era que Guétmanov, aparentemente, continuava sincero, seguia sendo ele mesmo quando cobrava os planos dos secretários do *raikom*, quando tomava os últimos gramas dos trabalhadores do colcoz, quando reduzia os salários dos operários, quando exigia a diminuição dos custos de produção, quando aumentava os preços no varejo e quando, comovido, falava com as mulheres no soviete da aldeia, suspirava por causa da vida difícil delas e se afligia com o aperto dos alojamentos coletivos dos operários.

Isso era difícil de entender, mas existe na vida algo fácil de compreender?

Quando Nóvikov e Guétmanov foram para o carro, Guétmanov disse em tom de brincadeira a Kárpov, que os acompanhava:

— Teremos que almoçar com Belov, não é verdade? Pelo que vejo, não podemos esperar de você e do intendente um convite para comer.

Kárpov disse:

— Camarada comissário de brigada, o intendente não recebeu praticamente nada dos armazéns do front. Aliás, ele mesmo não tem comido quase nada, pois sofre do estômago.

— Ai, que desgraça — disse Guétmanov, bocejando e abanando a mão. — Chega, vamos.

A brigada de Belov estava bem mais a leste que a de Kárpov.

Nóvikov gostava de Belov, um homem magro e narigudo, com as pernas arqueadas de cavaleiro, de uma inteligência aguda e rápida, e fala de metralhadora.

Nóvikov o considerava o homem ideal para abrir brechas com os tanques e fazer investidas impetuosas.

Suas referências eram boas, embora ele tivesse participado pouco de ações de combate: em dezembro, em Moscou, executara um ataque surpresa de tanques contra a retaguarda alemã.

Mas agora Nóvikov, preocupado, só via os defeitos do comandante de brigada: bebia como um cavalo, era leviano, mulherengo, esquecido, não gozava do afeto dos subordinados. Belov não havia preparado a defesa. O bem-estar técnico e material da brigada evidentemente não era de seu interesse. Ele só se ocupava do abastecimento de combustível e munição. Questões de organização de reparos e evacuação das máquinas avariadas em combate não tomavam quase nada do seu tempo.

— O que é isso, camarada Belov, não estamos mais nos Urais, e sim na estepe — disse Nóvikov.

— Sim, como um acampamento de ciganos — acrescentou Guétmanov.

Belov respondeu rápido:

— Tomei medidas contra a aviação, mas me parece que não devemos temer um ataque por terra. Não seria realista eles aparecerem por aqui, tão na retaguarda.

Tomou fôlego:

— Não tenho vontade de defender, quero ir para cima. Minha alma está em lágrimas, camarada coronel.

Guétmanov afirmou:

— Meu jovem, jovem Belov. O senhor é o Suvôrov soviético, um verdadeiro chefe militar. — E, passando a chamá-lo de "você", disse em voz baixa, brincalhona: — O chefe da seção política me disse que você andou vendo uma enfermeira do posto médico. É verdade?

Por causa do tom bonachão de Guétmanov, Belov não entendeu a maldade da pergunta, e perguntou de volta:

— Me desculpe, o que foi que ele disse?

Só então entendeu o significado do que o comissário dissera. Desconcertado, ele falou:

— Coisa de homem, camarada comissário, em condições de campanha.

— Mas você tem mulher e filho.

— Três — Belov corrigiu, sombrio.

— Pois veja, três. Na segunda brigada, a chefia destituiu o bom comandante Bulánovitch; foram tomadas medidas extremas, quando saíram da reserva ele foi substituído por Kobilini só por causa de uma história dessas. Que exemplo para os subordinados, hein? Um comandante russo, pai de três filhos.

Belov, furioso, disse em voz alta:

— Ninguém tem nada a ver com isso, e em nenhum momento usei da força. Sobre a questão do exemplo, isso já foi feito antes, por você, por mim e muito antes do seu pai.

Sem elevar a voz, e voltando a tratá-lo por "senhor", Guétmanov disse:

— Camarada Belov, o senhor não se esqueça do seu cartão do Partido. Comporte-se de maneira adequada quando estiver falando com seu oficial superior.

Belov, pondo-se em posição militar, perfeitamente teso, declarou:

— Peço desculpas, camarada comissário de brigada, naturalmente entendo e reconheço minha culpa.

Guétmanov lhe disse:

— Confio nos seus êxitos militares, o comandante do corpo confia em você, só não vá se desonrar no aspecto pessoal. — E olhou para o relógio: — Piotr Pávlovitch, preciso ir ao quartel-general, não irei com você até Makárov. Vou pegar o carro de Belov.

Quando eles saíram do abrigo, Nóvikov não se conteve e perguntou:

— Saudades da pequena Tamara, não é?

Olhos glaciais fitaram-no atônitos, e uma voz aborrecida afirmou:

— Fui convocado por um membro do Soviete Militar do front.

Antes de voltar para o estado-maior do corpo, Nóvikov foi até seu querido Makárov, comandante da primeira brigada.

Caminharam juntos até o lago perto do qual estava alojado um dos batalhões.

Com um rosto pálido e olhos tristes, que aparentemente não poderiam pertencer a um comandante de brigada de tanques pesados, Makárov disse a Nóvikov:

— Camarada coronel, lembra-se daquele pântano bielorrusso onde os alemães nos botaram para correr no meio dos juncos?

Nóvikov se lembrava do pântano da Bielorrússia.

Pensou em Kárpov e Belov. Evidentemente não era um caso apenas de experiência, mas de natureza. Era possível incutir experiência em um comandante que não tinha. Mas não havia como reprimir a natureza. Não dava para transferir pilotos de caça para uma unidade de sapadores. Nem todos eram como Makárov, bons na defesa e no ataque.

Guétmanov dizia ter sido feito para o trabalho partidário. Mas Makárov era um soldado. Sem retoques. Makárov, Makárov, um combatente de ouro!

Nóvikov não queria relatórios ou informes de Makárov. Tinha vontade de se aconselhar com ele, partilhar com ele suas ideias. Como conseguir, durante a ofensiva, a coesão completa entre a infantaria a pé e a motorizada, os sapadores e a artilharia móvel? Suas suposições sobre as possíveis ideias e ações do inimigo após o início da ofensiva coincidiam? Avaliavam da mesma forma a força das defesas antitanque do inimigo? Definiram de maneira correta as linhas de desenvolvimento?

Chegaram ao comando do batalhão.

O posto de comando estava alojado em um barranco não muito fundo. Ao ver Nóvikov e o comandante da brigada, Fátov, o comandante do batalhão, ficou desconcertado; o abrigo do estado-maior não lhe parecia à altura de dois hóspedes tão ilustres. Além disso, um soldado vermelho acendera a lenha com pólvora, e o fogão liberava um cheiro terrível.

— Devemos ter em mente, camaradas — disse Nóvikov —, que o corpo vai receber uma das partes mais decisivas das tarefas de todo o front, e eu reservei a parte mais difícil para Makárov, e ele me parece que vai delegar a parte mais complicada de sua tarefa a Fátov. Vocês mesmos terão que pensar em como resolver a tarefa. Eu não vou chegar com a solução no meio do combate.

Perguntou a Fátov sobre a organização das ligações com o estado-maior do regimento, com os comandantes de companhia, sobre o funcionamento do rádio, a quantidade de munição, a verificação dos motores, a qualidade do combustível.

Antes de se despedir, Nóvikov perguntou:

— Makárov, estamos prontos?

— Não, não completamente prontos, camarada coronel.

— Três dias são suficientes?

— São suficientes, camarada coronel.

Sentado no carro, no caminho de volta, Nóvikov disse ao motorista:

— Bem, Kharitônov, Makárov parece estar no controle da situação, não?

Kharitônov, olhando de esguelha para Nóvikov, respondeu:

— Está no controle, é claro, camarada coronel. O chefe de abastecimento caiu de bêbado. Vieram do batalhão para buscar alimento concentrado, mas ele tinha ido dormir e trancado tudo a chave. Tiveram que voltar, pois não o encontraram. E um sargento me contou que um comandante de companhia recebeu vodca para seus combatentes e tomou todo o estoque para comemorar seu aniversário. Eu queria um pneu sobressalente para remendar a câmara de ar e eles não tinham nem cola.

35

Ao olhar pela janela da isbá do estado-maior e ver a nuvem de poeira do Willys do comandante do corpo, o general Neudóbnov se alegrou.

Era como na infância; quando os adultos saíam ele ficava feliz ao se ver o dono da casa. Porém, mal a porta se fechava, ele tinha a impressão de ver ladrões, ou um incêndio, e corria da porta à janela, entorpecido, aguçando o ouvido, esticando o nariz para ver se sentia o cheiro de fumaça.

Sentia-se impotente; aqui, os métodos que usava para lidar com as grandes questões não serviam.

O inimigo podia aparecer de repente, pois, do estado-maior até o front, eram apenas sessenta quilômetros. Aqui não dava para ameaçar ninguém com demissões, nem para acusar alguém de ligação com os inimigos do povo. Os tanques avançam um atrás do outro, e como fazer para detê-los? Essa evidência deixou Neudóbnov estupefato: o poder da ira do Estado, que forçava milhões de pessoas a tremer e se curvar, aqui, no front, contra os alemães, de nada valia. Os alemães não preencheriam formulários, não contariam suas biografias em reuniões, não sofreriam para responder qual a ocupação de seus pais em 1917.

Tudo o que ele amava, as coisas sem as quais não podia viver, seu destino, o destino de seus filhos, já não se encontrava sob a proteção de seu grande e terrível Estado. Pela primeira vez, pensou no coronel Nóvikov com timidez e benevolência.

Ao entrar na isbá do estado-maior, Nóvikov disse:

— Camarada general, para mim está claro: é Makárov! Em qualquer situação consegue decidir sozinho uma questão surgida repentinamente. Belov vai se lançar adiante sem olhar para os lados, e sem entender nada. E Kárpov a gente tem que ficar em cima, pois é pesado e lento.

— Sim, sim, os quadros, os quadros, são eles que decidem tudo; estudar incansavelmente os quadros, é o que nos ensina o camarada Stálin — afirmou Neudóbnov, acrescentando com vivacidade:

— Estou sempre pensando que deve haver um agente alemão na base, e que foi esse canalha quem guiou a aviação até o nosso estado-maior pela manhã.

Narrando os acontecimentos no estado-maior a Nóvikov, Neudóbnov disse:

— Os vizinhos e os comandantes das unidades de reforço estão vindo aqui sem motivo especial além de se apresentar, só para fazer uma visita.

— Pena que Guétmanov tenha ido para o estado-maior do front; por que será que o mandaram buscar? — disse Nóvikov.

Combinaram de comer juntos, e Nóvikov foi para seus aposentos a fim de se lavar e trocar a camisa empoeirada.

A rua larga da aldeia estava vazia, só havia um velho ao lado da cratera aberta pela bomba, o homem em cuja isbá Guétmanov se alojava. Como se a cratera tivesse sido aberta por alguma necessidade da sua casa, o velho a media com os braços abertos. Ao passar por ele, Nóvikov perguntou:

— Que bruxaria é essa, meu pai?

O velho bateu continência e declarou:

— Camarada comandante, fui feito prisioneiro pelos alemães em 1915 e trabalhei para uma senhora — e, apontando para a cratera e depois para o céu, deu uma piscada: — Parece que o meu bastardo, aquele filho da puta, resolveu me fazer uma visita.

Nóvikov caiu na gargalhada:

— Oh, meu velho!

Olhou para as persianas fechadas da janela de Guétmanov, acenou para o vigia que estava na entrada e pensou de repente: "Por que diabos foi ao estado-maior do front? Que assunto ele tem por lá?" E por um instante uma inquietação lhe surgiu na alma: "Que hipócrita, ralhou com Belov por conduta amoral, mas, quando eu o lembrei de Tamara, ficou gelado."

Contudo, aqueles pensamentos logo se esvaziaram; a desconfiança não era do feitio de Nóvikov.

Dobrou na esquina de casa e viu dezenas de rapazes em uma clareira; deviam ter sido mobilizados pelo comando militar da região, e descansavam junto a um poço.

O soldado que acompanhava os jovens, extenuado, dormia, cobrindo o rosto com o barrete, e a seu lado se empilhavam trouxas e mochilas. Os rapazes evidentemente haviam caminhado bastante pela estepe; as pernas estavam cansadas, e alguns deles estavam inchados. Os cabelos ainda não haviam sido cortados, e de longe pareciam alunos de uma escola rural descansando no intervalo entre as aulas. Seus rostos magros, pescoços finos, longos cabelos castanho-claros, a roupa remendada, constituída de casacos e calças dos pais, tudo aquilo era completamente infantil. Alguns se divertiam com uma antiga brincadeira de meninos, que o comandante do corpo também brincara em seu tempo: tentavam acertar uma moeda de cinco copeques num buraco, e estreitavam os olhos ao fazer pontaria. Os demais observavam a brincadeira, e tudo neles era infantil, exceto os olhos angustiados e tristes.

Repararam em Nóvikov e olharam para o homem adormecido, provavelmente querendo perguntar a ele se podiam continuar sentados jogando moedas enquanto passava ao lado um chefe militar.

— Continuem, continuem, meus guerreiros — disse Nóvikov, com suave voz de baixo, e prosseguiu, acenando para eles.

Foi tomado por um sentimento penetrante de piedade, tão pungente que sua força quase o desnorteou. Pelo visto, aquelas carinhas infantis de olhos grandes, aquela roupa pobre de aldeia, subitamente lhe revelaram, com imensa clareza, que se tratava de crianças, de moleques... Porém, no Exército, o infantil, o humano, está camuflado sob o capacete, sob o porte militar, no rangido das botas, nos movimentos e palavras treinadas... Aqui, contudo, estava tudo à vista.

Entrou na casa. Estranhamente, de todos os pensamentos complexos e inquietantes que tivera aquele dia, a impressão mais desconcertante fora deixada pelo encontro com os meninos recém-chegados.

"Material humano", Nóvikov repetia para si mesmo, "material humano, material humano".

Durante toda sua vida de soldado conhecera o medo de responder à chefia pela perda de meios técnicos e munições, de tempo, de máquinas, combustível, pelo abandono sem permissão de uma colina ou de um entroncamento. Nunca soubera de um comandante que ficasse seriamente irritado por uma ação militar que acarretasse grande perda de material humano. E às vezes um chefe mandava seu pessoal contra o fogo para escapar à ira do comando superior, dizendo para si mesmo como justificativa, de braços abertos: "Não pude fazer nada, perdi metade dos homens, mas não consegui ocupar a posição planejada."

Material humano, material humano.

Várias vezes notara como mandavam material humano contra o fogo não por cautela excessiva, nem pelo cumprimento formal de uma ordem, mas por pura impetuosidade, teimosia. O segredo mais bem-guardado da guerra, seu espírito mesmo, residia no direito de um homem de enviar outro homem para a morte. Esse direito baseava-se na ideia de que as pessoas enfrentavam o fogo por uma causa comum.

Ora, mas eis que um conhecido de Nóvikov, um comandante sensato e racional, encontrando-se em um posto de observação da primeira linha, não largara o hábito de tomar leite fresco toda manhã. De manhã, sob fogo inimigo, um soldado do segundo esquadrão levava para ele uma garrafa térmica com leite. Às vezes os alemães matavam o soldado, e o conhecido de Nóvikov, uma boa pessoa, ficava sem leite. No dia seguinte, um novo enviado levava, debaixo de fogo, a garrafa térmica com leite. Um homem bom, justo, atencioso com os subordinados, a quem os soldados chamavam de pai, precisava beber seu leite. Como entender uma coisa dessas?

Neudóbnov chegou logo, e Nóvikov, que penteava os cabelos diante do espelho com pressa e atenção, disse:

— Pois é, camarada general, esse negócio de guerra é um horror! Viu os rapazes que estão sendo mandados como reforço?

Neudóbnov disse:

— Sim, são quadros muito verdes, terríveis. Despertei o soldado da escolta e prometi mandá-lo para o batalhão disciplinar. Estava muito esculhambado; aquilo não parecia um comando militar, mas uma bodega.

Nos romances de Turguêniev, conta-se às vezes como os vizinhos de um latifundiário recém-chegado vão visitá-lo...

Na escuridão, chegaram ao estado-maior dois veículos ligeiros, e os donos saíram à porta para recepcionar as visitas: o comandante da divisão de artilharia, o comandante do regimento de obuses e o comandante da brigada de lança-foguetes.

"... Dê-me a sua mão, querido leitor, e vamos juntos à herdade da Tatiana Boríssovna, minha vizinha..."[33]

Nóvikov conhecia o coronel de artilharia pelas histórias do front e os boletins do estado-maior, e até já o imaginara com clareza: ruivo e de cabeça redonda. Mas é claro que ele se revelou um homem velho e encurvado.

Parecia que seus olhos alegres tinham ido parar por acaso em um rosto lúgubre. Mas, às vezes, sorriam de forma tão inteligente que pareciam ser a essência do coronel, enquanto as rugas e as costas encurvadas e tristes é que tinham ido se juntar a eles por acaso.

Lopátin, o comandante do regimento de obuses, podia passar não apenas por filho, mas por neto do comandante da divisão de artilharia.

Maguid, o comandante da brigada de lança-foguetes, bronzeado, com um bigode negro sobre um lábio superior saliente e uma testa grande decorrente da calvície prematura, revelou-se um homem engraçado e falante.

Nóvikov fez os convidados passarem à sala, onde a mesa já estava posta.

---

[33] Citação livre do conto "Tatiana Boríssovna e seu sobrinho", que faz parte das *Memórias de um caçador* (1852), de Turguêniev.

— Saudações dos Urais — disse, mostrando os pratos com cogumelos marinados e salgados.

O cozinheiro, de pé em uma pose pitoresca junto à mesa posta, enrubesceu fortemente, soltou um ai e desapareceu: os nervos não aguentaram.

Verchkov se inclinou na direção do ouvido de Nóvikov e cochichou, apontando para a mesa:

— Claro, sirva a vodca, para que deixá-la trancada num armário?

Morózov, o comandante da divisão de artilharia, indicou com a unha pouco mais de um quarto de seu copo e disse:

— Chega. O meu fígado...

— E o senhor, tenente-coronel?

— Não tenho nada, meu fígado está perfeito, pode encher até a borda.

— Nosso Maguid é um cossaco.

— E o seu fígado, major, como anda?

Lopátin, o comandante do regimento de obuses, tapou o copo com a mão e disse:

— Obrigado, eu não bebo — e, retirando a mão, acrescentou: — Simbolicamente, só uma gota para brindar.

— Lopátin é uma criancinha, gosta mesmo é de caramelos — disse Maguid.

Beberam ao êxito do trabalho conjunto. Logo, como costuma ocorrer, ficou claro que todos tinham conhecidos em comum da academia e da escola dos tempos de paz.

Falaram dos chefes e das dificuldades de acampar na fria estepe outonal.

— Então, as bodas são para logo? — indagou Lopátin.

— Haverá bodas, sim — disse Nóvikov.

— Sim, sim, onde tem Katiucha[34] sempre tem bodas — disse Maguid.

Maguid tinha uma opinião elevada sobre o papel decisivo das armas que ele comandava. Depois do copo de vodca tornou-se benevolente, e em certa medida irônico, cético e distraído, desagradando fortemente a Nóvikov.

---

[34] Lançador de foguetes do Exército Vermelho durante a Segunda Guerra Mundial.

Nos últimos tempos, Nóvikov calculava o tempo todo como Ievguênia Nikoláievna trataria esse ou aquele homem do front, e como conversaria e se portaria com ela esse ou aquele conhecido do front.

Nóvikov imaginava que Maguid infalivelmente começaria a grudar em Gênia, a fazer palhaçadas, a se vangloriar, a contar piadas.

Nóvikov sentiu um ciúme angustiante, como se Gênia estivesse ouvindo os chistes que Maguid se esforçava em inventar para impressioná-la.

Também querendo impressioná-la, pôs-se a falar sobre como era importante entender e conhecer as pessoas ao lado das quais se vai combater, e saber com antecedência como elas vão se comportar em condições de combate. Contou de Kárpov, que precisava ser empurrado, de Belov, que precisava ser contido, e de Makárov, que se orientava com igual facilidade e rapidez em condições de ataque e de defesa.

Daquela conversa bastante vazia surgiu uma discussão que, como costuma acontecer entre comandantes de tipos diferentes de tropas, foi bastante ardente, embora, na essência, também bastante vazia.

— Sim, é preciso orientar e corrigir as pessoas, mas não convém forçar sua vontade — disse Mórozov.

— É preciso dirigir as pessoas com firmeza — disse Neudóbnov. — Não se deve temer a responsabilidade, e sim assumi-la.

Lopátin disse:

— Quem não esteve em Stalingrado não viu a guerra.

— Desculpe-me — objetou Maguid. — O que é Stalingrado? Heroísmo, firmeza, tenacidade: isso eu não discuto, seria ridículo discutir. Mas eu não estive em Stalingrado e, contudo, tenho o desplante de achar que vi a guerra. Sou um oficial de ofensiva. Tomei parte em três ofensivas, e digo: rompi eu mesmo as linhas do inimigo, entrei eu mesmo pela brecha. Os canhões mostraram a sua força, ultrapassaram não só a infantaria, mas também os tanques e, se quer mesmo saber, até a aviação.

— Deixe disso, tenente-coronel, não exagere! — disse Nóvikov com furor. — O tanque é o senhor da guerra de manobra, quanto a isso não há discussão.

— Há ainda um truque simples — disse Lopátin. — Em caso de êxito, atribuir a si próprio todo o mérito. Em caso de fracasso, jogar toda a culpa sobre o vizinho.

Morózov disse:

— É, vizinhos, vizinhos, uma vez o comandante de uma unidade de fuzileiros, um general, me pediu para lhe dar cobertura. "Por favor, amigo, mande um pouco de fogo naquela colina." "De que calibre?" Ele xingou a mãe e disse: "Apenas fogo, é tudo!" Depois revelou-se que ele não sabia o calibre das armas, nem o alcance do fogo, e mal conseguia ler os mapas: "Fogo, fogo, seu filho da puta..." E para seus subordinados: "Avante, avante, ou eu arranco os seus dentes e os mando fuzilar." E estava seguro de que dominava toda a sabedoria da guerra. Eis um vizinho para amar e respeitar. E ainda pode ser que venha a nos comandar: estou falando de um general.

— Ei, me desculpe, mas o senhor está falando uma língua estranha ao nosso espírito — disse Neudóbnov. — Não há comandantes assim nas Forças Armadas Soviéticas, muito menos generais!

— Como não? — disse Morózov. — Quantos desses sabichões eu encontrei em um ano de guerra, ameaçando com uma pistola, xingando e mandando as pessoas contra o fogo de maneira insensata! Não faz muito tempo. Um comandante de batalhão, chorando na cara dura: "Como é que vou enviar pessoas contra metralhadoras?" E eu disse: "É verdade, vamos acertar os pontos de fogo com artilharia." E o comandante de divisão, um general, com os punhos em cima do comandante de batalhão: "Ou ataca agora ou eu te fuzilo como um cachorro." E ele levou as pessoas, como gado, para o matadouro.

— Sim, sim, isso se chama "aqui mando eu" — disse Maguid. — Aliás, esses generais não só se reproduzem por germinação, como também defloram as telefonistas.

— E não conseguem escrever duas palavras sem cometer pelo menos cinco erros — acrescentou Lopátin.

— Certo — disse Morózov, sem ter ouvido bem. — Como é possível poupar sangue com eles? Toda a força deles reside em não ter pena das pessoas.

O que Morózov disse despertou a simpatia de Nóvikov. Durante toda sua vida militar nos tanques deparara-se com questões similares.

De repente disse:

— E como ter pena das pessoas? Se o homem tivesse pena das pessoas não precisaria combater.

Ficara completamente transtornado com os rapazes recém-recrutados, e tinha muita vontade de falar deles; mas, em vez de falar do bem e da bondade que trazia em si, Nóvikov repetiu, com um ódio e uma rispidez repentina que ele mesmo não entendia:

— E como ter pena das pessoas? Na guerra não se pode ter pena de si, nem das pessoas. A maior desgraça é mandar um bando de estudantes para as unidades e colocar nas mãos deles material valioso. Então eu pergunto, devemos ter pena de quem?

Neudóbnov mudou rapidamente o olhar de um interlocutor para outro.

Ele executara muitas pessoas boas como aquelas que estavam à mesa, e Nóvikov foi golpeado pela ideia de que a desgraça que vinha daquele homem talvez não fosse menor do que aquilo que a linha de frente reservava a Morózov, a ele, Nóvikov, a Maguid, a Lopátin e àqueles meninos de aldeia que estavam descansando na rua mais cedo.

Neudóbnov disse, em tom moralizante:

— Não é isso que nos ensina o camarada Stálin. Ele nos ensina que o mais valioso são as pessoas, nossos quadros, e temos que zelar por eles como a coisa mais sagrada.

Nóvikov reparou que os ouvintes recebiam as palavras de Neudóbnov com simpatia, e pensou: "Olha só que interessante. Para os vizinhos, eu sou a fera das feras, e Neudóbnov é o guardião das pessoas. Pena que Guétmanov não esteja aqui, pois é o mais santo de todos. Quando estou com eles, isso sempre acontece."

Interrompendo Neudóbnov, disse, com ainda mais rispidez e ódio:

— Temos muita gente e pouco equipamento. Qualquer idiota pode ser uma pessoa, mas não um tanque, um avião. Se você quer ter pena das pessoas, não assuma responsabilidades de comando!

36

O comandante do front de Stalingrado, o coronel-general Ieriómenko, convocou o comando do corpo de tanques: Nóvikov, Guétmanov e Neudóbnov.

Na véspera, Ieriómenko visitara as brigadas, mas não fora ao estado-maior.

Os convocados pelo comandante se sentaram, olhando para Ieriómenko de esguelha, sem saber que tipo de conversa os aguardava.

Ieriómenko captou o olhar de Guétmanov, que fitava o leito com o travesseiro amarfanhado, e disse:

— Estou com muita dor na perna — e xingou a perna.

Todos ficaram calados, olhando para ele.

— No geral o corpo está preparado, os senhores conseguiram aproveitar o tempo que tinham — disse Ieriómenko.

Ao proferir tais palavras, observou discretamente Nóvikov, que, contudo, não estourou de alegria ao ouvir a aprovação do comandante. Ieriómenko ficou um tanto surpreso pelo fato de o comandante do corpo permanecer indiferente ao elogio de um comandante que não era pródigo em elogios.

— Camarada coronel-general — disse Nóvikov —, já o informei de que uma unidade da nossa aviação de assalto bombardeou durante dois dias a 137ª brigada de tanques, concentrada na região das ravinas, que faz parte do nosso corpo.

Ieriómenko, semicerrando os olhos, pensava no que ele pretendia: resguardar-se ou atacar o chefe da aviação.

Nóvikov franziu o cenho e acrescentou:

— O bom é que não acertaram os alvos. Eles não sabem bombardear.

Ieriómenko disse:

— Isso não é nada. Eles ainda vão lhe dar apoio e reparar essa falta.

Guétmanov se intrometeu na conversa:

— É claro, camarada comandante do front, não vamos nos indispor com a aviação de Stálin.

— Isso mesmo, camarada Guétmanov — disse Ieriómenko, e perguntou: — O senhor esteve com Khruschov?

— Nikita Serguêievitch mandou que eu fosse amanhã visitá-lo.

— Conheceu-o em Kiev?

— Trabalhei com Nikita Serguêievitch durante quase dois anos, camarada comandante.

— Diga, por favor, camarada general, eu não o vi uma vez no apartamento de Titzian Petróvitch? — Ieriómenko indagou repentinamente a Neudóbnov.

— Exatamente — respondeu Neudóbnov. — Titzian Petróvitch convidou-o junto com o marechal Vorónov.

— Verdade, verdade.

— Durante algum tempo, camarada coronel-general, estive a serviço do Comissariado do Povo por solicitação de Titzian Petróvitch. Por isso estava na casa dele.

— Isso mesmo, eu sei — disse Ieriómenko e, querendo ser simpático com Neudóbnov, acrescentou: — Não está entediado na estepe, camarada general? Espero que esteja bem instalado. — E acenou a cabeça em sinal de satisfação, sem ouvir a resposta.

Quando os visitantes saíram, Ieriómenko chamou Nóvikov:

— Coronel, venha cá.

Nóvikov, já perto da porta, deu meia-volta, e Ieriómenko, soerguendo por cima da mesa seu corpo obeso de camponês, disse, rabugento:

— É o seguinte. Um trabalhou com Khruschov, outro com Titzian Petróvitch, mas você, seu filho da puta, é que tem espinha de soldado, você é que vai romper a linha inimiga com os tanques.

37

Em uma manhã escura e fria, Krímov teve alta do hospital. Sem passar por sua casa, dirigiu-se ao chefe da direção política do front, o general Toschêiev, para informá-lo sobre sua viagem a Stalingrado.

Krímov deu sorte: Toschêiev estava em seu gabinete de serviço, uma casa com tábuas cinzentas, e recebeu Nikolai Grigórievitch sem demora.

O chefe da direção política, que fazia jus ao sobrenome,[35] olhava de esguelha para seu novo uniforme, envergado depois de sua recente promoção a general, e franzia o nariz, que aspirava o cheiro de fenol que emanava do visitante.

— Não pude concluir a incumbência na casa 6/1 por causa do ferimento — disse Krímov —, mas agora posso voltar lá.

Toschêiev fitou Krímov com um olhar irritado e insatisfeito, e disse:

— Não precisa. Redija para mim um informe detalhado.

Não fez pergunta alguma, nem elogiou ou reprovou Krímov.

Como sempre, o uniforme de general e as condecorações pareciam estranhos na isbá da aldeia. Mas o estranho não era só aquilo; Nikolai Grigórievitch não conseguia entender o que deixava o chefe tão carrancudo.

Krímov passou pela seção administrativa da direção política a fim de receber seus talões de refeição, registrar seu atestado de alimentação, formalizar o seu retorno da missão e os dias passados no hospital.

---

[35] *Tôschi*: descarnado, ralo, magro.

Enquanto os documentos eram preparados no escritório, Krímov se sentou em um banco e examinou os rostos do pessoal do departamento.

Aqui ninguém se interessava por ele: seu regresso de Stalingrado, seu ferimento, tudo o que ele vira e vivenciara não tinha significado, não queria dizer nada. As pessoas, ali, estavam ocupadas. As máquinas de escrever metralhavam, os papéis farfalhavam, os olhos dos empregados deslizavam por Krímov e voltavam a se ocupar das pastas abertas, dos papéis dispostos na mesa.

Quantas testas enrugadas, que esforço de concentração nos olhares, nas sobrancelhas unidas, que imersão, que atividade harmoniosa nos movimentos das mãos que arrumavam e folheavam os papéis.

Apenas um espasmo repentino de bocejo, um rápido e furtivo olhar para o relógio — faltava muito para o almoço? —, uma bruma cinza e sonolenta que cobria alguns olhos expressavam o tédio mortal que azedava as pessoas no escritório abafado.

Krímov vislumbrou de repente um conhecido, instrutor da sétima seção da direção política do front. Foi fumar com ele no corredor.

— De volta? — perguntou o instrutor.

— Sim, como pode ver.

E, como o instrutor não lhe indagou o que vira e fizera em Stalingrado, foi Nikolai Grigórievitch quem perguntou:

— O que há de novo na direção política?

A principal novidade era que o comissário de brigada finalmente recebera, por causa da reavaliação, o posto de general.

Entre risos, o instrutor contou que Toschêiev, enquanto aguardava a nova patente militar, ficou doente com a expectativa: a piada era que tinha encomendado um uniforme de general ao melhor alfaiate do front, mas Moscou tardava em promovê-lo. Corriam histórias pavorosas de que, com a reavaliação, alguns coronéis e altos comissários de batalhão receberiam patentes de capitão e primeiro-tenente.

— Já imaginou? — disse o instrutor. — Você serve, como eu, oito anos nos órgãos políticos do Exército para virar tenente. Que tal?

Havia mais notícias. O subchefe da seção de informações da direção política fora chamado a Moscou pela Direção Política Geral e promovido a subchefe da direção política do front de Kalínin.

Os instrutores superiores da direção política, que antes se alimentavam no refeitório dos dirigentes de seção, haviam sido equiparados pelo decreto de um membro do Soviete Militar aos outros instrutores, e agora se alimentavam no refeitório comum. Havia uma instrução de retirar os talões de alimentação de quem havia sido enviado em missão e não compensá-los com rações de campanha. Os poetas da redação do front, Katz e Talalaevski, tinham sido recomendados para condecoração com a ordem da Estrela Vermelha, porém, pelo novo decreto do camarada Scherbakov, as condecorações de quem trabalhava na imprensa do front tinham que passar pela Direção Política Geral e, graças a isso, o material dos poetas havia sido enviado a Moscou; contudo, o comandante tinha redigido uma lista com gente do front, e todos que apareciam nessa lista celebravam seu direito a condecorações.

— Ainda não comeu? — indagou o instrutor. — Vamos juntos.

Krímov respondeu que estava aguardando os documentos.

— Então eu vou — disse o instrutor, despedindo-se com uma ironia: — Vou logo porque, do jeito que as coisas estão, acabaremos comendo no refeitório dos assalariados e das datilógrafas.

Concluídos os documentos, logo Krímov também saiu à rua, respirando o ar seco de outono.

Por que o chefe da direção política o havia recebido com aquele ar soturno? Por que não estava satisfeito? Porque ele não cumprira a missão? Será que o chefe da direção política não acreditava no ferimento de Krímov e desconfiava de covardia? Estava irritado por Krímov ter ido a ele, pulando seu superior imediato, e ainda por cima fora do expediente? Ou porque Krímov por duas vezes o chamara de "camarada comissário de brigada", e não de "camarada major-general"? Ou talvez aquilo tivesse pouco ou nada a ver com Krímov. Toschêiev não teria sido indicado para a ordem Kutúzov? Recebera uma carta da esposa adoentada? Quem poderia saber por que o chefe da direção política estava tão mal-humorado naquela manhã?

Nas semanas de Stalingrado, Krímov tinha se esquecido de Ákhtuba, dos olhares indiferentes dos chefes da direção política, dos colegas instrutores, dos garçons do refeitório. Em Stalingrado não era assim!

À noite entrou em seu quarto. O cachorro da proprietária, que parecia feito de metades de diferentes cães — um traseiro coberto de pelo ruivo e um longo focinho alvinegro —, ficou alegre. Suas metades estavam felizes: abanava o rabo ruivo e felpudo, enfiava o focinho alvinegro nas mãos de Krímov e o fitava afetuosamente com bondosos olhos castanhos. Na penumbra vespertina, Krímov parecia ser acariciado por dois cachorros. O cachorro o acompanhou até a porta. A proprietária, que tinha afazeres por ali, falou raivosamente para o cão: "Sai para lá, maldito!" E depois, tão carrancuda quanto o chefe da direção política, cumprimentou Krímov.

Como aquele quartinho solitário com cortinas rendadas na janela e a cama coberta de fronha branca lhe pareciam desconfortáveis e solitários depois dos queridos abrigos de Stalingrado, as tocas cobertas com capas militares, os esconderijos cinzentos e úmidos.

Krímov sentou-se à mesa e pôs-e a redigir o relatório. Escrevia rapidamente, verificando por alto as anotações feitas em Stalingrado. O mais complicado era escrever sobre a casa 6/1. Levantou-se, caminhou pelo quarto, sentou-se de novo, de pronto voltou a se levantar, tossiu, apurou o ouvido; será que aquela velha dos diabos não ia oferecer um chá? Depois, com uma concha, tirou água de um barrilete; a água era boa, melhor do que a de Stalingrado. Voltou para o quarto, sentou-se à mesa, e pensou um pouco com a pena na mão. Depois se deitou no leito e fechou os olhos.

Como tinha sido aquilo? Griékov atirara nele!

Em Stalingrado se fortalecera nele o sentido de união, de proximidade com as pessoas, em Stalingrado era fácil respirar. Lá não havia olhares turvos e indiferentes dirigidos a ele. Parecia que, ao chegar à casa 6/1, sentiria com força ainda maior a respiração de Lênin. Contudo, foi só chegar lá e imediatamente sentiu uma má vontade irônica, e começou a se irritar, a corrigir a mentalidade das pessoas, a fazer ameaças. Por que se pusera a falar de Suvôrov? Griékov atirara nele! Hoje sentia de forma especialmente dolorosa a solidão, a soberba e o ar de superioridade de gente que lhe parecia semianalfabeta, estúpida, recém-ingressada no Partido. Que angústia era se curvar diante de Toschêiev! Sentir seu olhar irritado, ora irônico, ora de desprezo. Pois Toschêiev, com todas as suas patentes e condecorações, não chegava aos pés de Krímov em termos de serviço real ao Partido. Era gente que estava no Partido por acaso, sem ligação com a tradição leninista! Muitos deles se destacaram em 1937: redigiram denúncias, desmascararam inimigos do povo. E se lembrou do miraculoso sentimento de fé, leveza e força com o qual saíra da passagem subterrânea para a mancha de luz do dia.

Chegou a sufocar de ódio: fora Griékov quem o privara daquela vida desejada. A caminho daquela casa, alegrara-se com seu novo destino. Tinha a impressão de que a verdade de Lênin vivia naquela casa. Griékov atirara num bolchevique leninista! Jogara Krímov de volta para os escritórios de Ákhtuba, para a vida de naftalina! Canalha!

Krímov voltou a se sentar à mesa. No que escrevera não havia uma palavra que não fosse verdade.

Releu o texto. Toschêiev entregaria seu relato à Seção Especial. Griékov era um corruptor, dividira politicamente um destacamento militar, cometera um ato de terrorismo: atirara em um representante do Partido, um comissário militar. Krímov provavelmente seria convocado para um interrogatório, para uma acareação com o detento Griékov.

Imaginava Griékov sentado diante da mesa do juiz de instrução, com a barba por fazer, o rosto pálido e amarelado, sem cinto.

Como foi que Griékov disse? "O senhor tem uma angústia, mas não ponha isso no relatório."

O secretário-geral do Partido marxista-leninista fora declarado infalível, quase divino! Em 1937, Stálin não poupara a velha guarda leninista. Destruíra o espírito leninista, que combinava democracia partidária e disciplina férrea.

Era possível, era legítimo liquidar com tamanha crueldade os membros do Partido de Lênin? Griékov seria fuzilado diante de suas fileiras. Era terrível matar um dos nossos, mas Griékov não era um dos nossos, era um inimigo.

Krímov jamais duvidara do direito do Partido de brandir a espada da ditadura, do direito sagrado da Revolução de exterminar seus inimigos. Nunca simpatizara com a oposição! Jamais achara que Bukhárin, Ríkov, Zinóviev e Kámenev seguiam o caminho de Lênin. Trótski, apesar de todo o brilho de sua inteligência e do temperamento revolucionário, não superara o passado menchevique, não se elevara à altura de Lênin. A força era Stálin! Por isso o chamavam de Chefe. Sua mão jamais tremera, ele não tinha a frouxidão de inteligência de Bukhárin. Fulminando seus inimigos, o Partido criado por Lênin seguiu Stálin. Os méritos militares de Griékov não queriam dizer nada. Com inimigos não se discute, não se dá ouvidos a seus argumentos.

Mas, por mais que Nikolai Grigórievitch se esforçasse em se enfurecer, naquele instante já não tinha raiva de Griékov.

Voltou a se lembrar: "O senhor tem uma angústia."

"O que é isso", pensou Krímov, "será que eu escrevi uma denúncia? Ainda que não seja mentira, não deixa de ser uma denúncia... Não há nada a fazer, querido camarada, você é um membro do Partido... Cumpra seu dever partidário."

De manhã, Krímov entregou seu informe por escrito à direção política do front de Stalingrado.

Dois dias depois, foi chamado pelo diretor da seção de agitação e propaganda da direção política do front, o comissário de regimento Oguibálov, que substituía o chefe da direção política. Toschêiev não podia receber Krímov em pessoa: estava ocupado com o comissário de um corpo de tanques que chegara do front.

Narigudo e pálido, o ponderado e metódico Oguibálov disse a Krímov:

— Em alguns dias o senhor voltará à margem direita, camarada Krímov, dessa vez no 64º Exército, de Chumílov. A propósito, nosso carro vai até o ponto de comando do *obkom* do Partido, e do ponto de comando o senhor deve atravessar até Chumílov. Os secretários do *obkom* vão a Beketovka para os festejos da Revolução de Outubro.

Sem pressa, ditou a Krímov tudo o que lhe tocava fazer na direção política do 64º Exército; os encargos eram ofensivos de tão mesquinhos e desinteressantes, ligados à coleta de papéis que não tinham utilidade senão para relatórios burocráticos.

— E a conferência? — perguntou Krímov. — Por encomenda sua preparei uma conferência sobre a Revolução de Outubro, gostaria de apresentá-la para as unidades.

— Por enquanto vamos deixá-la de lado — disse Oguibálov, e se pôs a explicar por que Krímov deveria deixá-la de lado.

Quando Krímov se preparava para sair, o comissário de regimento lhe disse:

— Quanto à história do seu informe, o chefe da direção política me pôs a par disso.

Krímov sentiu um aperto na alma: provavelmente, o caso de Griékov já estava em andamento. O comissário de regimento afirmou:

— Esse seu valentão Griékov teve sorte; ontem o chefe da direção política do 62º Exército nos informou que ele morreu na ofensiva alemã contra a fábrica de tratores, junto com todo o seu destacamento.

E, consolando Krímov, acrescentou:

— O comandante do Exército dele recomendou que fosse designado postumamente como Herói da União Soviética, mas agora é claro que vamos encerrar o assunto.

Krímov abriu os braços, como que dizendo: "Bem, se teve sorte, teve sorte, não dá para fazer nada."

Baixando a voz, Oguibálov disse:

— O chefe da Seção Especial acha que ele provavelmente está vivo. Pode ter passado para o lado do inimigo.

Em casa, uma nota aguardava Krímov: pediam que ele fosse à Seção Especial. Era evidente que o caso de Griékov prosseguia.

Krímov resolveu deixar a conversa desagradável com a Seção Especial para a volta: não havia pressa para assuntos póstumos.

38

Na parte sul de Stalingrado, na vila de Beketovka, a organização do Partido na região resolveu realizar uma sessão solene dedicada aos 25 anos da Revolução de Outubro na fábrica Sudoverf.

De manhã cedo, em 6 de novembro, no posto de comando subterrâneo do *obkom* de Stalingrado, em um carvalhal na margem esquerda do Volga, reuniram-se os dirigentes regionais do Partido. O primeiro secretário do *obkom*, os secretários de seções e membros do birô do *obkom* tomaram um café da manhã quente e reforçado e foram de carro pela grande estrada que levava ao Volga.

Essa estrada era percorrida à noite pelos tanques e pela artilharia que iam para a passagem de Tumak, ao sul. A estepe escavada pela guerra tinha um aspecto desolador, com montes congelados de lama parda e poças de gelo que pareciam placas de estanho. O gelo se movia pelo Volga, e seu murmúrio se fazia ouvir a dezenas de metros da margem. Soprava um vento baixo e forte, e a travessia do Volga em uma barca de ferro descoberta não era algo divertido naqueles dias.

Os soldados vermelhos que esperavam a travessia protegidos do vento frio do Volga com seus capotes sentavam-se na barca grudados uns nos outros, tentando não encostar no ferro impregnado de gelo. As pessoas dançavam um sapateado amargo, encolhiam as pernas, mas, quando surgiu o poderoso vento gelado de Astracã, não tiveram força nem para soprar os dedos, nem bater nos flancos, nem para enxugar o ranho; simplesmente congelaram. Estendia-se sobre o Volga uma fumaça intermitente, vinda das chaminés do navio. A fumaça parecia especialmente negra tendo o gelo ao fundo, enquanto o gelo parecia especialmente branco sob a cortina baixa da fumaça do navio. O gelo trazia a guerra das margens de Stalingrado.

Um corvo de cabeça grande sentou-se em um bloco de gelo e começou a pensar; e não faltava no que pensar. No bloco ao lado jazia a aba queimada de um capote militar, em um terceiro bloco havia uma bota de feltro dura como pedra, e sobressaía uma carabina com o cano retorcido preso no gelo. Os carros dos secretários do *obkom* e membros do birô entraram na barca. Os secretários e membros do birô saíram dos carros e, junto à borda, contemplaram o gelo que se deslocava lentamente, ouvindo seu murmúrio.

Um senhor de lábios azulados, gorro do Exército Vermelho e peliça curta negra, o mais velho da barca, foi até Laktiónov, o secretário de transportes do *obkom*, e, com uma voz incrivelmente rouca por causa da umidade do rio e muitos anos de vodca e tabaco, afirmou:

— Veja, camarada secretário, na primeira viagem da manhã, um marinheiro jazia no gelo, e os rapazes o levantaram; por pouco não se afogaram junto com ele, chegaram a usar um pé de cabra; ele está ali, na margem, debaixo da lona.

O velho apontou para a margem com sua luva imunda. Laktiónov olhou, não viu o defunto arrancado do gelo e, com uma franqueza rude para esconder seu embaraço, perguntou, apontando para o céu:

— Como são os alemães aqui? Em que hora são mais duros?

O velho balançou a mão:

— Agora eles é que estão levando bomba.

O velho xingou os alemães enfraquecidos, e sua voz, ao proferir as injúrias, livrou-se repentinamente da rouquidão para ressoar sonora e alegre.

Entretanto, um rebocador arrastava a barca para a margem de Beketovka-Stalingrado, que não parecia a dos tempos de guerra, mas a de sempre, com um amontoado de armazéns, guaritas, barracões...

Os secretários e membros do birô que iam para os festejos se aborreciam de ficar ao vento, e voltaram a entrar nos carros. Os soldados vermelhos olhavam para eles através do vidro, como peixes nadando na água quente de um aquário.

Sentados em seus Emka,[36] os dirigentes da região de Stalingrado fumavam, se coçavam, conversavam...

A sessão solene ocorreu à noite.

Os convites, impressos em uma tipografia, diferenciavam-se daqueles dos tempos de paz só no fato de que o papel cinza e mole era muito ruim, e de que não traziam indicado o lugar da sessão.

Os dirigentes partidários de Stalingrado, convidados do 64º Exército, e os engenheiros e operários das empresas iam à sessão com

---

[36] Nome dado ao Gaz-M-1, automóvel soviético fabricado em Górki entre 1936 e 1943.

guias que conheciam bem o caminho: "Aqui tem uma curva, outra curva, cuidado, uma cratera, trilhos, mais cuidado, uma fossa com cal..."

Por todos os lados, na escuridão, ouviam-se vozes e o ruído de botas.

Krímov, que durante o dia, depois da travessia, conseguira visitar a seção política do Exército, chegou à celebração com os representantes do 64º Exército.

Na movimentação secreta e dispersa das pessoas que se esgueiravam pelo labirinto das fábricas na escuridão noturna havia algo que lembrava os festejos revolucionários da velha Rússia.

A emoção deixava Krímov ofegante; ele compreendia que agora, sem preparação, seria capaz de pronunciar um discurso, e, sendo um orador experiente, sabia que as pessoas ficariam emocionadas e felizes como ele próprio ao sentirem a afinidade da façanha de Stalingrado com a luta revolucionária dos trabalhadores russos.

Sim, sim, sim. A guerra que levantara uma massa enorme de forças nacionais era a guerra pela Revolução. Quando falara de Suvôrov na casa sitiada não houvera traição à Revolução. Stalingrado, Sebastopol, o destino de Radíschev, o poder do manifesto de Marx, os apelos de Lênin sobre o blindado junto à estação Finlândia constituíam uma unidade.

Viu Priákhin, lento e vagaroso como sempre. Era incrível que Nikolai Grigórievitch não houvesse conseguido falar com ele.

Chegara ao ponto de comando subterrâneo do *obkom* e imediatamente fora até Priákhin; tinha vontade de lhe contar muita coisa. Mas não conseguira falar; o telefone tocara quase o tempo todo, e sempre chegava gente para falar com o primeiro secretário. Priákhin perguntou inesperadamente a Krímov:

— Conheceu um tal Guétmanov?

— Conheci — respondeu Krímov. — Na Ucrânia, no Comitê Central do Partido, era membro do birô do Comitê Central.

Mas Priákhin não respondeu nada. E depois começara o rebuliço da partida. Krímov se ofendeu por não ter sido convidado por Priákhin para ir em seu carro. Por duas vezes haviam se defrontado face a face, e era como se Priákhin não conhecesse Nikolai Grigórievitch, fitando-o nos olhos com frieza e indiferença.

Os militares iam pelo corredor iluminado; o comandante Chumílov, flácido, com o peito e a barriga inchados, e o general Abrámov, membro do Soviete Militar, um pequeno siberiano com olhos castanhos saltados. No democratismo ingênuo daquela multidão de homens no meio de nuvens de tabaco, em camisas militares, sobretudos acolchoados e peles, através da qual passavam generais, Krímov tinha a impressão de que se manifestava o espírito dos primeiros anos da Revolução, o espírito de Lênin. Ao pisar na margem de Stalingrado, Krímov voltou a senti-lo.

Os membros da presidência ocuparam seus lugares, e Piksin, presidente do soviete municipal de Stalingrado, apoiando as mãos na mesa, como todos os presidentes, tossiu lentamente na direção em que se fazia mais barulho e declarou aberta a sessão solene do soviete municipal de Stalingrado e organizações partidárias da cidade, em conjunto com os representantes das unidades militares e dos trabalhadores das fábricas de Stalingrado, dedicada ao 25º aniversário da Revolução de Outubro.

Pela aspereza do som dava para sentir que os aplausos vinham apenas de mãos masculinas, de soldados e operários.

Depois Priákhin, o primeiro secretário — pesado, lento, de testa saliente —, começou sua conferência. E não foi feita nenhuma associação entre os dias passados e os presentes.

Parecia que Priákhin tinha começado uma discussão com Krímov, refutando sua emoção com aquelas ideias comedidas.

As empresas da região estavam cumprindo o plano do Estado. As zonas rurais da margem esquerda, com algum atraso, no geral cumpriam satisfatoriamente o aprovisionamento do Estado. As empresas situadas na cidade e nas cidades ao norte não haviam cumprido suas obrigações diante do Estado porque se localizavam na zona de ações militares.

Contudo, aquele mesmo homem, do lado de Krímov, em um comício no front, arrancara a *papakha* da cabeça e gritara:

— Camaradas soldados, irmãos, abaixo a guerra sanguinária! Viva a liberdade!

Agora, olhando para a sala, ele dizia que a forte diminuição no fornecimento de grãos ao Estado devia-se ao fato de que as regiões de Zimóvniki e Kotélnikovo eram palco de ações militares, enquanto as regiões de Kalatcha e Vérkhne-Kurmoiarski haviam sido parcial ou completamente ocupadas pelo inimigo.

Depois o conferencista falou que a população da região, enquanto seguia a trabalhar no cumprimento de suas obrigações perante o Estado, participava também com afinco das ações militares contra os invasores fascistas alemães. Citou estatísticas sobre a participação de trabalhadores da cidade em unidades de voluntários, e leu em voz alta, com a ressalva de que as informações não eram completas, dados sobre o número de pessoas em Stalingrado condecoradas por cumprimento exemplar de suas tarefas e que haviam revelado heroísmo e coragem.

Ao ouvir a voz calma do primeiro secretário, Krímov compreendeu que a disparidade acachapante entre suas ideias e sentimentos e as palavras sobre a economia rural e industrial da região ao cumprir suas obrigações perante o Estado exprimia não a insensatez, mas o sentido da vida.

Justamente em sua frieza de pedra, a fala de Priákhin confirmava o triunfo incondicional do Estado defendido pelos homens com seu sofrimento e paixão pela liberdade.

Os rostos dos trabalhadores e combatentes estavam sérios, sombrios.

Como era estranho e penoso recordar a gente de Stalingrado: Tarássov, Batiuk e as conversas com os combatentes da casa 6/1. Como era ruim e difícil pensar em Griékov, que morrera nas ruínas da casa sitiada.

Quem era para Krímov aquele Griékov que dizia palavras revoltantes? Griékov atirara nele! Por que as palavras de Priákhin, velho camarada, primeiro secretário do *obkom* de Stalingrado, soavam tão distantes e frias? Que sentimento estranho e complexo...

Priákhin já chegara ao final da conferência, e dizia:

— Estamos felizes por relatar ao grande Stálin que os trabalhadores da região cumpriram com sua obrigação perante o Estado soviético.

Depois da conferência, Krímov, movendo-se para a saída em meio à multidão, buscou Priákhin com os olhos. Não era assim, não era assim que Priákhin devia fazer uma conferência nos dias dos combates em Stalingrado.

De repente, Krímov o viu: Priákhin, tendo descido do palco, estava ao lado do comandante do 64º Exército, olhando para Krímov com os olhos fixos e atentos; ao reparar que Krímov olhava na sua direção, desviou o olhar lentamente...

"O que é isso?", pensou Krímov.

39

À noite, depois da sessão solene, Krímov pegou uma carona de carro até a Stalgres.

A usina tinha um aspecto sinistro naquela noite. Na véspera, fora visitada por bombardeiros alemães. As explosões haviam aberto crateras e levantado muralhas de terra. Cegas e sem vidraças, as oficinas descambavam em alguns pontos, e o prédio de três andares do escritório fora destroçado.

Os transformadores a óleo ainda ardiam, fumegantes, com uma chama baixa, preguiçosa.

O segurança, um jovem georgiano, conduziu Krímov através do pátio iluminado pelas chamas. Krímov notou como tremiam os dedos de seu guia ao fumar: as bombas não tinham desmanchado e queimado apenas os edifícios; os homens também haviam queimado e se tornado inconstantes.

Krímov pensava no encontro com Spiridônov desde o instante em que recebera a ordem de visitar Beketovka.

E se de repente Gênia estivesse ali, na Stalgres? Talvez Spiridônov soubesse dela, talvez tivesse recebido uma carta, ao final da qual ela teria escrito: "O senhor sabe alguma coisa de Nikolai Grigórievitch?"

Estava agitado e feliz. Talvez Spiridônov dissesse: "Ievguênia Nikoláievna andava muito triste." Talvez dissesse: "Sabe, ela chorava."

Desde a manhã vinha crescendo um desejo impaciente de ir a Stalgres. Durante o dia tivera vontade de dar uma espiada em Spiridônov, nem que fosse por alguns minutos.

Dominou-se, contudo, e foi ao posto de comando do 64º Exército, embora um instrutor da seção política do Exército o tivesse prevenido, cochichando:

— Não há por que ter pressa de ver o membro do Soviete Militar. Está bêbado desde a manhã...

De fato, foi inútil Krímov se apressar para ver o general, deixando de visitar Spiridônov durante o dia. Sentado na recepção do posto de comando subterrâneo, ouviu, por trás da divisória de madeira compensada, o membro do Soviete Militar ditar à datilógrafa uma carta de felicitações a seu vizinho, Tchuikov:

— Vassili Ivánovitch, soldado e amigo!

Ao dizer estas palavras, o general começou a chorar e, algumas vezes, entre soluços, repetiu: "Soldado e amigo, soldado e amigo."

Depois perguntou com severidade:

— O que você escreveu aí?

— Vassili Ivánovitch, soldado e amigo — leu a datilógrafa.

Pelo visto, o tom de voz entediado dela pareceu impróprio ao membro do Soviete Militar, que a corrigiu, proferindo em voz alta:

— Vassili Ivánovitch, soldado e amigo!

E, voltando a ficar emocionado, balbuciou: "Soldado e amigo, soldado e amigo."

Depois o general, contendo as lágrimas, perguntou com severidade:

— O que você escreveu aí?

— Vassili Ivánovitch, soldado e amigo.

Krímov entendeu que não tinha por que ter pressa.

A vaga chama não iluminava, e sim confundia o caminho, parecendo saída das profundezas da terra: talvez a própria terra estivesse a arder, de tão úmida e pesada que era aquela chama baixa.

Chegaram ao posto de comando subterrâneo do diretor da Stalgres. As bombas que haviam caído não muito longe levantaram altos montes de terra, e mal dava para ver o atalho que levava à entrada do refúgio, que pouco havia sido usado.

O segurança disse:

— Chegou na hora da festa.

Krímov pensou que, com mais gente, não diria a Spiridônov o que queria, nem faria perguntas. Pediu ao segurança para chamar o diretor à superfície, dizendo que o comissário do estado-maior do front havia chegado. Ao ficar só, foi tomado de uma angústia insuperável.

"Mas o que é isso?", pensou. "Achei que estava curado. Será que nem a guerra me ajudou a exorcizar? O que me resta a fazer?"

— Fuja, fuja, fuja, saia, se não você vai morrer! — murmurava.

Mas não tinha forças para sair, não tinha forças para fugir.

Spiridônov saiu do abrigo.

— Sou todo ouvidos, camarada — disse, com voz insatisfeita.

Krímov perguntou:

— Não me reconheceu, Stepán Fiódorovitch?

Spiridônov disse, perturbado:

— Quem é? — E, examinando o rosto de Krímov, subitamente gritou: — Nikolai, Nikolai Grigórievitch!

Suas mãos tomaram o pescoço de Krímov com força convulsiva.

— Meu irmão Nikolai — disse, e começou a fungar.

E Krímov, tocado por aquele encontro em meio às ruínas, sentiu que chorava. Era um homem só, completamente só... A confiança e a alegria de Spiridônov fizeram-no sentir sua proximidade da família de Ievguênia Nikoláievna, e aquela proximidade voltou a dar a medida de sua dor na alma. Por que, por que ela fora embora, por que só lhe trouxera sofrimentos? Como ela pudera fazer aquilo?

Spiridônov disse:

— Olha o que a guerra fez, aniquilou a minha vida. Matou a minha Marússia.

Contou de Vera, disse que havia alguns dias ela finalmente deixara a Stalgres e fora até a margem esquerda do Volga. Disse:

— É uma tonta.

— E cadê o marido dela? — indagou Krímov.

— Provavelmente não está neste mundo há tempos: é piloto de caça.

Sem ter mais forças para se conter, Krímov perguntou:

— O que é feito de Ievguênia Nikoláievna, está viva, cadê ela?

— Está viva, mas não está nem em Kúibichev, nem em Kazan. Olhando para Krímov, acrescentou:

— Mas isso é o principal: está viva!

— Sim, sim, é claro, o principal — disse Krímov.

Mas não sabia o que era o principal. Só sabia que a dor na alma não passava. Sabia que tudo ligado a Ievguênia Nikoláievna lhe causava dor. Se ficasse sabendo que ela estava bem e tranquila, ou que sofria e passava dificuldades, ia se sentir igualmente mal.

Stepan Fiódorovitch falava de Aleksandra Vladímirovna, Serioja, Liudmila, e Krímov abanava a cabeça e murmurava baixinho:

— Pois é, pois é, pois é... Pois é, pois é, pois é...

— Venha, Nikolai — disse Stepan Fiódorovitch. — Venha, já não tenho outra casa. Só essa.

As fagulhas vacilantes das luminárias não conseguiam iluminar o subterrâneo atravancado de camas, armários, equipamentos, garrafas e sacos de farinha.

Havia gente sentada em bancos, camas, caixas ao longo da parede. Um rumor de conversa pairava no ar abafado.

Spiridônov vertia álcool em copos, canecas, tampas de panela. Fez-se silêncio: todos o acompanhavam com um olhar especial. Era um olhar profundo e sério, no qual não havia inquietude, apenas fé na justiça.

Contemplando os rostos dos que estavam sentados, Krímov pensou: "Seria bom ter Griékov aqui. Ele também seria servido." Griékov, porém, já havia bebido o número de cálices que lhe era destinado. Neste mundo não lhe seria mais dado de beber.

Spiridônov se levantou com um cálice nas mãos, e Krímov pensou: "Vai estragar tudo e fazer um discurso como o de Priákhin."

Contudo, Stepan Fiódorovitch fez um oito no ar com o copo e disse:

— Bem, rapazes, é hora de beber. Boas festas.

Tilintavam os copos, tilintavam as canecas de lata, e os que já tinham bebido se puseram a ofegar e a balançar a cabeça.

Havia todo tipo de gente ali. O Estado, antes da guerra, de alguma forma as mantivera separadas umas das outras, e elas não tinham se sentado à mesma mesa, nem se batido nos ombros, nem falado entre si: "Não, agora escuta o que vou lhe dizer."

Aqui, porém, no subterrâneo, acima do qual havia uma estação elétrica em ruínas que ardia em chamas, surgira uma fraternidade despretensiosa, pela qual não custava sacrificar a vida, de tão boa.

Um velho grisalho, o guarda noturno, pôs-se a cantar uma antiga canção, que os rapazes da fábrica francesa de Tsarítsin[37] gostavam de cantar ao beber, antes da Revolução.

Cantava com a voz penetrante e fina de sua juventude e, como a voz daquela época hoje lhe fosse alheia, escutava a si mesmo com um certo assombro divertido, como quem escuta um farrista desconhecido.

Um segundo, um velho de cabeça negra, franziu o cenho com expressão séria ao ouvir a canção sobre o amor e os sofrimentos amorosos.

E era bom ouvir o canto, era boa aquela hora miraculosa e terrível que unia o diretor e o motorista da padaria de campanha, o guarda noturno e o segurança, misturando calmucos, russos, georgianos.

Entretanto, o velho de cabelo negro, assim que o guarda terminou sua canção de amor, franziu ainda mais o cenho já carregado e lentamente, sem ouvido e sem voz, pôs-se a cantar:

"Renunciemos ao velho mundo,
tiremos seu pó de nossos pés..."[38]

---

[37] Nome de Stalingrado até 1925.

[38] "Marselhesa dos trabalhadores", canção publicada em 1875, com versos de Piotr Lavrov (1823-1900) sobre a melodia da "Marselhesa". Foi o hino do Governo Provisório da Rússia até sua derrubada pela Revolução Bolchevique de 1917.

O delegado do Comitê Central riu e balançou a cabeça, e Spiridônov também riu e balançou a cabeça:

Krímov também riu e perguntou a Spiridônov:

— O velho deve ter sido menchevique em alguma época, não é?

Spiridônov sabia tudo a respeito de Andrêiev, e naturalmente teria contado tudo a Krímov, mas tinha receio de ser ouvido por Nikoláiev; o sentimento de fraternidade singela desapareceu em um instante e, interrompendo o canto, Spiridônov gritou:

— Pável Andrêievitch, isso aí não tem nada a ver!

Andrêiev se calou na hora, deu uma olhada ao redor, e depois disse:

— Estava pensando nisso mesmo. Nada a ver.

O segurança georgiano mostrou a Krímov a mão com a pele arrancada.

— Desenterrei um amigo, Serioja Vorobiov.

Seus olhos negros se inflamaram, e ele disse com um suspiro agudo, que mais parecia um grito:

— Eu amava Serioja mais do que um irmão.

E o guarda noturno grisalho, embriagado e empapado de suor, não deixava em paz Nikoláiev, o delegado do Comitê Central:

— Não, é melhor você me escutar, Makuladze diz que amava Serioja Vorobiov mais do que um irmão de sangue, por favor! Sabe, eu trabalhava em uma mina de antracito, e o patrão me estimava e me adorava. Bebia comigo, e eu cantava para ele. Ele me dizia de forma direta: você para mim é como um irmão, embora seja um simples mineiro. E conversávamos, e comíamos juntos.

— Era algum georgiano? — indagou Nikoláiev.

— Que georgiano que nada, era o próprio senhor Voskressenski, o dono de todas as minas. Você não entende como ele me estimava. E tinha um capital de milhões, olha só como era o homem. Entendeu?

Nikoláiev e Krímov se entreolharam, deram uma piscada cheia de humor e balançaram a cabeça.

— Olha só — disse Nikoláiev —, isso é verdade. Vivendo e aprendendo.

— E aprendendo — disse o velho, sem reparar na ironia.

Fora uma noite estranha. Tarde da noite, quando as pessoas começaram a sair, Spiridônov disse a Krímov:

— Nikolai, não se incomode em pegar o casaco, não vou deixar que vá embora, passe a noite aqui.

Fez a cama de Krímov sem pressa, ponderando o que colocar onde: o cobertor, o sobretudo acolchoado, a capa militar. Krímov saiu do abrigo, ficou de pé no escuro, olhando para o fogo oscilante, e voltou a descer, mas Spiridônov ainda estava na arrumação.

Quando Krímov tirou as botas e se deitou, Spiridônov indagou:

— E então, está confortável?

Afagou a cabeça de Krímov com um sorriso bondoso, de bêbado.

O fogo que ardia em cima por algum motivo lembrou a Krímov as fogueiras que ardiam naquela noite de janeiro de 1924 em Okhótni Riad, quando Lênin foi sepultado.

Todos que haviam ficado para pernoitar no subterrâneo pareciam já ter dormido, e as trevas eram impenetráveis.

Krímov estava deitado com os olhos abertos, sem reparar na escuridão, pensando, pensando e recordando...

O frio permanecera intenso o tempo todo. Um céu escuro de inverno sobre as cúpulas do monastério de Strástni, centenas de pessoas de gorro com orelheira, chapéu pontudo, capote e casaco de couro. A praça Strástnaia subitamente ficou branca com milhares de folhas: o comunicado do governo.

O corpo de Lênin foi levado de Górki à estação ferroviária em trenó de camponês. Os patins do trenó rangiam, os cavalos resfolegavam. Atrás do ataúde iam Krúpskaia com um gorrinho redondo de pele envolvido em um xale cinza, as irmãs de Lênin, Anna e Mária, amigos e camponeses da cidade de Górki. Assim se conduz ao repouso eterno um trabalhador intelectual, um médico rural, um agrônomo.

Fez-se silêncio em Górki. O azulejo do forno holandês brilhava, ao lado da cama coberta com uma manta branca de verão havia um armário cheio de garrafas com rótulo e cheiro de remédio. Uma senhora de bata de enfermeira entrou no quarto vazio. Tinha o hábito de caminhar na ponta dos pés. Ao passar diante do leito, ergueu da cadeira um barbante com pedaços de jornal atados, e o gatinho que dormia na poltrona, ao ouvir o ruído habitual de seu brinquedo, rapidamente ergueu a cabeça, olhou para o leito vazio e, bocejando, voltou a se deitar.

Os parentes e camaradas próximos que seguiam o ataúde recordavam o finado. As irmãs se lembravam do menino de cabeça loira de temperamento difícil, por vezes irônico e exigente até a crueldade, mas um rapaz bondoso, que amava a mãe, as irmãs e os irmãos.

A mulher se lembrava de uma ocasião em Zurique, quando, agachado, ele conversara com a netinha de Tilly, a proprietária do quarto; a senhoria dissera, com o sotaque suíço que divertia Volódia:

— Vocês precisam ter filhos.

E ele lançara por baixo um olhar rápido e malicioso a Nadiejda Konstantínovna.[39]

Os operários da Dínamo chegaram a Górki, Volódia saiu a seu encontro e tivera vontade de falar, mas só fez gemer lamentosamente e abanar os braços; os operários o rodearam e caíram no choro ao ver como ele chorava. Tinha aquele olhar de antes do fim, amedrontado, queixoso, como o que uma criança dirige à mãe.

Ao longe surgiram os edifícios da estação; a locomotiva negra de chaminé alta destacava-se em meio à neve.

Os amigos políticos do grande Lênin, andando atrás do trenó com suas barbas congeladas pelo frio — Ríkov, Kámenev, Bukhárin —, olhavam distraidamente para um homem moreno e bexiguento, de capote comprido e botas de couro macio. Tinham o hábito de fitar com ironia superior seu uniforme de homem do Cáucaso. Pois se Stálin tivesse mais tato não lhe caberia ir a Górki, onde se reuniam os parentes e amigos do grande Lênin. Eles não entendiam que apenas e tão somente ele seria o sucessor de Lênin, afastando a todos, até os mais próximos, até a esposa.

A verdade de Lênin não estava com eles: Bukhárin, Ríkov, Zinóviev. Também não estava com Trótski. Eles se enganaram. Nenhum deles se tornou o continuador da causa de Lênin. E o próprio Lênin, em seus últimos dias, não sabia nem compreendia que sua causa se tornara a de Stálin.

Quase duas décadas haviam transcorrido desde aquele dia em que o corpo do homem que determinava o destino da Rússia, da Europa, da Ásia, da humanidade, fora levado em um trenó de madeira a ranger.

Os pensamentos de Krímov arrastavam-se obstinadamente para aquela época; recordava os dias gelados de 1924, o crepitar das fogueiras noturnas, as gélidas paredes do Kremlin, a multidão de centenas de milhares de pessoas a chorar, as sirenes das fábricas, de dilacerar o coração, a voz retumbante de Ievdokímov lendo, em um estrado de madeira, um apelo aos trabalhadores do mundo, o pequeno

---

[39] Krúpskaia; política bolchevique, casada com Lênin.

grupo de pessoas que levavam o ataúde ao mausoléu de madeira feito às pressas.

Krímov subiu os degraus atapetados da Casa dos Sindicatos, ao longo dos espelhos cobertos de fitas vermelhas e pretas, e o ar tépido, cheirando a pinheiros, estava cheio de música triste. Ao entrar na sala, viu as cabeças curvadas daqueles que estava acostumado a ver na tribuna, no Palácio Smólni e na Praça Velha. Depois, exatamente ali, na Casa dos Sindicatos, voltou a ver as mesmas cabeças curvadas, em 1937. E provavelmente os réus, ao ouvir a voz desumana e estridente de Vichinski, lembraram-se de quando seguiram o trenó e ficaram junto ao ataúde de Lênin, com melodias fúnebres a ressoar em seus ouvidos.

Por que na Stalgres, no feriado da Revolução, subitamente se pusera a pensar naqueles dias de janeiro? Dezenas de pessoas que haviam fundado o Partido Bolchevique com Lênin revelaram-se provocadores, agentes a soldo dos serviços secretos estrangeiros, e um único homem, que jamais ocupara posição central no Partido e não era um teórico notável, se mostrou o salvador da causa do Partido e o portador da verdade. Por que eles confessaram?

Era melhor não pensar nisso tudo. Contudo, naquela noite Krímov pensava exatamente naquilo. Por que eles confessaram? E por que eu me calo? Pois eu me calo, pensou Krímov, e não encontro forças para dizer: "Duvido que Bukhárin seja um diversionista, um assassino, um provocador." Levantei a mão na votação. E depois coloquei minha assinatura. E depois proferi um discurso e escrevi um artigo. Meu ardor me parecia sincero. Mas onde estavam, nessa época, minha dúvida e minha confusão? O que é isso? Um homem com duas consciências? Ou são dois homens diferentes, cada um com sua própria consciência? Como compreender isso? Pois isso aconteceu sempre e por todas as partes, com as mais diversas pessoas, não só comigo.

Griékov expressara o sentimento oculto de muita gente, aquilo que, por debaixo da superfície, inquietava, interessava e às vezes atraía Krímov. Mas bastava essa coisa oculta ser exprimida que Krímov sentia raiva e animosidade, e um desejo de dobrar e vencer Griékov. Se houvesse sido necessário, teria atirado em Griékov sem hesitar.

Contudo, Priákhin proferira palavras frias, formais, burocráticas, falando em nome do Estado sobre a porcentagem de cumprimento dos planos, sobre abastecimento, contratos. Krímov sempre estranhara e achara desagradáveis tais discursos insensíveis e burocráticos, bem como as pessoas insensíveis e burocráticas que os proferiam, mas sempre andara lado a lado com essas pessoas, e elas agora eram seus camaradas mais antigos. A causa de Lênin, a causa de Stálin encarnara-se nessa gente e no Estado. Krímov estava pronto, sem hesitar, a dar a vida por essa glória e força.

Veja o velho bolchevique Mostovskói. Nenhuma vez interviera para defender gente de cuja honra revolucionária estava certo. Calara-se. Por que se calara?

E veja o aluno do curso superior de jornalismo onde Krímov, certa época, lecionara. Um rapaz amável e honesto chamado Koloskov. Chegado da aldeia, contara a Krímov da coletivização, dos canalhas da região, que incluíam nas listas de cúlaques pessoas cujas casas ou jardins lhes agradavam, ou inimigos pessoais. Contara da fome na aldeia e de como, com crueldade inabalável, tomavam todo o pão dos camponeses, até o último grão... Começara a falar de um maravilhoso velho aldeão que morrera para salvar a vida de sua velha e sua neta, e se pusera a chorar. Contudo, pouco tempo depois Krímov leu no jornal-mural um ensaio de Koloskov sobre os cúlaques que enterravam o trigo na terra e nutriam um ódio feroz contra o germe da inovação.

Por que ele, Koloskov, que chorara de dor no coração, havia escrito aquilo? Por que Mostovskói se calara? Teria sido apenas por covardia? Quantas vezes Krímov dissera uma coisa tendo outra no coração? Porém, ao falar e escrever, tivera a impressão de pensar exatamente aquilo, e acreditara dizer o que pensava. Contudo, às vezes dizia para si mesmo: "Não há nada a fazer, a Revolução precisa disso."

Acontecera de tudo, de tudo. Krímov mal defendera os amigos de cuja inocência estava seguro. Algumas vezes se calara, algumas vezes murmurara coisas incoerentes, algumas vezes fizera ainda pior: nem se calara, nem murmurara. Algumas vezes foi chamado ao comitê do Partido, ao comitê regional, ao comitê municipal, ao *obkom*, algumas vezes foi chamado aos órgãos de segurança para dar sua opinião sobre gente que conhecia, membros do Partido. Jamais caluniara amigos, jamais redigira denúncias ou declarações... Fora má, débil, a defesa de Krímov a seus amigos bolcheviques. Redigira explicações...

Mas e Griékov? Griékov era um inimigo. Krímov nunca fizera cerimônias nem conhecera a piedade diante dos inimigos.

Mas por que cortara relações com as famílias dos camaradas vítimas da repressão? Deixara de visitá-los, de telefonar; contudo, ao encontrar na rua parentes dos amigos vítimas da repressão, ele os saudava, e jamais trocava de calçada.

Havia algumas pessoas — normalmente velhas, donas de casa, pequeno-burguesas apartidárias — através das quais era possível enviar encomendas aos campos de correção; elas recebiam cartas dos campos em seus endereços e, por algum motivo, não tinham medo. Às vezes essas velhas — empregadas domésticas, babás iletradas, cheias de preconceitos religiosos — cuidavam dos órfãos de pais e mães que haviam sido detidos, salvando as crianças de orfanatos e centros de recepção. Contudo, os membros do Partido temiam essas crianças como se elas fossem feitas de fogo. Será que essas velhas pequeno-burguesas, tias, babás iletradas eram mais honradas e corajosas que bolcheviques-leninistas, que Mostovskói, que Krímov?

Mas por quê, por quê, seria medo? Apenas covardia?

As pessoas sabem vencer o medo: as crianças caminham na escuridão, os soldados vão para o combate, um rapaz dá um passo e se precipita de paraquedas no abismo.

Mas aquele outro medo era especial, pesado, invencível para milhões de pessoas, era aquele que estava escrito com sinistras letras vermelhas e rutilantes no plúmbeo céu de Moscou no inverno: o medo do Estado...

Não, não! Por si só o medo não tem forças de levar a cabo uma tarefa tão imensa. Os fins da Revolução libertam da moral em nome da moral, justificam em nome do futuro os fariseus de hoje, os delatores, os hipócritas, explicam por que, em nome da felicidade, o homem precisa empurrar inocentes para a cova. Em nome da Revolução, essa força permite abandonar crianças cujos pais foram parar nos campos. Ela explica por que a Revolução quis que uma esposa que não denunciou o marido que não era culpado foi separada dos filhos e condenada a ficar dez anos em um campo de concentração.

A força da Revolução uniu-se ao medo da morte, ao pavor da tortura, à angústia que se apodera dos que sentiram sobre si os ares dos campos distantes.

Certa época, as pessoas que se engajavam na Revolução sabiam que o que as aguardava era o cárcere, o trabalho forçado, anos sem lar e sem abrigo, o cadafalso.

O mais inquietante, perturbador e nefasto era que hoje em dia a Revolução pagava a fé em si, a fé nos fins elevados, com rações abundantes, refeições no Kremlin, pacotes para os comissários do povo, carros particulares, viagens a Barvikha, vagões-leito.

— Não está dormindo, Nikolai Grigórievitch? — perguntou Spiridônov, no escuro.

Krímov respondeu:

— Sim, estou quase pegando no sono e adormecendo.

— Então desculpe, não vou incomodar.

40

Mais de uma semana havia se passado desde a convocação noturna de Mostovskói pelo Obersturmbannführer Liss. À expectativa febril e à tensão sucedeu-se uma angústia pesada. Por momentos, Mostovskói se punha a pensar que fora esquecido por amigos e inimigos, que uns e outros o tinham por um velho impotente e desmiolado, um moribundo inútil.

Em uma manhã clara e sem vento foi levado ao banho. Naquele dia, o soldado da escolta da SS não entrou no recinto, sentou-se nos degraus, colocou o fuzil de lado e pôs-se a fumar. O dia era claro, aquecido pelo sol, e o soldado evidentemente não tinha vontade de entrar no ambiente úmido do banheiro.

O prisioneiro de guerra que trabalhava no banheiro dirigiu-se a Mikhail Sídorovitch:

— Olá, querido camarada Mostovskói.

Mostovskói soltou um grito de espanto: diante dele, com um casaco do Exército e uma faixa de *Revier* na manga, estava o comissário de brigada Óssipov.

Abraçaram-se, e Óssipov disse apressadamente:

— Consegui ter direito a trabalhar no banheiro, vim substituir o faxineiro regular, e queria me consultar com o senhor. Kótikov e o general Zlatrokrílietz mandam lembranças. Antes de tudo, o que lhe aconteceu, como está se sentindo, o que querem do senhor? Dispa-se e conte.

Mostovskói narrou o interrogatório noturno.

Óssipov, fitando-o com os olhos negros e saltados, disse:

— Os patetas querem dar um jeito no senhor.

— Mas para quê? Com que finalidade? Com que finalidade?

— É possível que tenham algum interesse em informações de tipo histórico sobre as características dos fundadores e dirigentes do Partido. Talvez tenha a ver com uma exigência de declarações, apelos, cartas.

— Sem chances — disse Mostovskói.

— Vão torturá-lo, camarada Mostovskói.

— Bobagem deles, sem chances — repetiu Mostovskói, e perguntou: — Conte-me, e vocês?

Óssipov cochichou:

— Melhor que o esperado. O fundamental é que conseguimos nos comunicar com os trabalhadores da fábrica e começamos a receber armas deles: fuzis e granadas. As pessoas trazem as peças e fazemos a montagem à noite, nos blocos. Naturalmente, até agora em quantidade ínfima.

— Obra de Ierchov! Bravo! — disse Mostovskói. E, tirando a camisa e olhando para seu peito e braços, voltou a se zangar com sua velhice e abanou a cabeça com pesar.

Óssipov disse:

— Como camarada superior do Partido, é meu dever informar que Ierchov já não está em nosso campo.

— O quê? Como não?

— Foi levado em um transporte para Buchenwald.

— O que é isso? — gritou Mostovskói. — Um rapaz magnífico!

— Continuará sendo magnífico em Buchenwald.

— Como foi isso? Por que aconteceu?

Óssipov disse, sombrio:

— Logo se verificou uma cisão no comando. Havia uma atração espontânea por Ierchov da parte de muita gente, e isso lhe subiu à cabeça. Ele não se submetia ao centro por nada. Trata-se de um elemento obscuro e estranho a nós. A situação se complicava a cada passo. Pois o primeiro mandamento da clandestinidade é a disciplina de aço. E nos vimos com dois centros: o do Partido e o apartidário. Debatemos a situação e tomamos uma decisão. Um camarada tcheco que trabalhava no escritório colocou o cartão de Ierchov no grupo dos transferidos para Buchenwald, e ele automaticamente entrou na lista.

— Nada mais simples — disse Mostovskói.

— Essa foi a decisão unânime dos comunistas — afirmou Óssipov.

Estava em frente a Mostovskói com seu traje miserável, segurando um trapo na mão, severo, inabalável, seguro de sua razão de ferro, de seu direito terrível, maior que o de Deus, de fazer da causa que servia o árbitro supremo do destino das pessoas.

E o velho despido e flácido, um dos fundadores do grande Partido, estava sentado, com os ombros magros e mirrados erguidos, a cabeça baixa e em silêncio.

O gabinete noturno de Liss voltou a surgir em sua mente.

E voltou a ser tomado pelo medo: e se Liss não estivesse mentindo, e se não tivesse um objetivo policialesco secreto e quisesse falar de homem para homem?

558

Aprumou-se e, como sempre, como dez anos atrás, na época da coletivização, como na época dos processos políticos que haviam levado ao cadafalso seus camaradas de juventude, declarou:

— Submeto-me a essa decisão, aceito-a como membro do Partido. — E tirou do forro de seu casaco que estava no banco alguns pedaços de papel; eram os panfletos que redigira.

Subitamente surgiu diante dele o rosto de Ikónnikov, seus olhos bovinos, e Mikhail Sídorovitch teve vontade de ouvir de novo a voz do pregador da bondade insensata.

— Queria perguntar de Ikónnikov — disse Mikhail Sídorovitch. — O tcheco também trocou o cartão dele?

— O velho *iuródivy*, o pudim, como era chamado? Foi executado. Recusou-se a trabalhar na construção dos campos de extermínio. Keise recebeu a ordem de fuzilá-lo.

Naquela mesma noite, foram afixados nas paredes dos blocos dos campos os panfletos de Mostovskói sobre a batalha de Stalingrado.

41

Logo depois do fim da guerra, no arquivo da Gestapo, em Munique, foi encontrado material de inquérito sobre uma organização clandestina em um dos campos de concentração da Alemanha Ocidental. Informava-se no encerramento do caso que a sentença contra os membros da organização fora cumprida, e os corpos dos executados, queimados em um crematório. O primeiro nome da lista era o de Mostovskói.

O estudo do material do inquérito não possibilitou estabelecer o nome do provocador que havia entregado seus camaradas. A Gestapo possivelmente o executou junto com os que foram entregues por ele.

42

O alojamento coletivo do Sonderkommando,[40] que servia na câmara de gás, nos armazéns de material tóxico e nos fornos crematórios, era quente e sossegado.

---

[40] Em alemão, "comando especial": unidade formada por detentos dos campos de extermínio nazistas.

Aos detentos que trabalhavam regularmente na obra nº1 também eram concedidas boas condições. Uma mesinha junto a cada cama, com uma garrafa de água fervida, e um tapete na passagem entre os catres.

Os trabalhadores da câmara de gás estavam livres de escolta e comiam em um recinto especial. Os alemães do Sonderkommando se alimentavam num restaurante, e cada um podia escolher o seu cardápio. Os alemães do Sonderkommando recebiam vencimentos extraordinários: quase o triplo do que os servidores militares na ativa de patentes análogas. Suas famílias gozavam de vantagens habitacionais, fornecimento de alimentos acima do estipulado e direito a prioridade na evacuação de regiões submetidas a bombardeio.

O soldado Rose estava de serviço junto à janela de vigilância e, quando o processo terminava, dava a ordem de descarregamento da câmara. Além disso, era sua função garantir que os dentistas trabalhassem com escrúpulo e cuidado. Algumas vezes relatou ao chefe da obra, o Sturmbannführer Kaltluft, a dificuldade de realizar ambas as tarefas simultaneamente: enquanto Rose vigiava de cima o processo do gás, embaixo, onde trabalhavam os dentistas e ocorria o embarque nos transportes, os trabalhadores ficavam sem controle, e começavam as trapaças e os furtos.

Rose estava acostumado a seu trabalho e já não se perturbava, como nos primeiros dias, ao olhar pela janela de vigilância. Seu antecessor fora apanhado uma vez junto à janela em uma ocupação que mais conviria a um menino de 12 anos que a um soldado da SS no cumprimento de tarefas especiais. Inicialmente Rose não compreendera a que indecências aludiam seus camaradas, e só depois ficou sabendo do que se tratava.

Rose não gostava de seu novo trabalho, embora já estivesse acostumado a ele. O que lhe agradava era o respeito incomum com que era tratado. As garçonetes do refeitório perguntavam-lhe por que estava pálido. Desde sempre, desde que Rose se lembrava, sua mãe estava sempre chorando. Por algum motivo, seu pai era sempre despedido, e dava a impressão de ser mais despedido que admitido. Rose aprendera com os mais velhos a adotar um passo ligeiro e insinuante, para jamais incomodar ninguém, aprendera a esboçar um sorriso insinuante e afável aos vizinhos, à proprietária da casa, ao gatinho da proprietária da casa, ao diretor da escola e ao policial da esquina. A doçura e a amabilidade pareciam ser os principais traços de seu caráter, e ele se espantava com o quanto havia em si de ódio, que não pudera se manifestar ao longo de anos.

Foi parar no Sonderkommando; conhecedor da alma humana, o chefe compreendeu seu caráter doce e efeminado.

Não havia nada de atraente em observar os judeus se contorcendo na câmara. Rose experimentava desagrado pelos soldados que gostavam de trabalhar na obra. Particularmente desagradável era o prisioneiro de guerra Jutchenko, que servia no turno da manhã, no acesso à câmara. Seu rosto trazia o tempo todo um sorriso de certa forma infantil e, por isso mesmo, especialmente desagradável. Rose não gostava do seu trabalho, mas conhecia todas as suas vantagens, evidentes e secretas.

Todo dia, no fim da jornada, um homem sólido, um dentista, entregava a Rose um pacotinho de papel com algumas coroas dentárias de ouro. Os pequenos pacotes constituíam uma parte ínfima do metal precioso que chegava à direção do campo, porém Rose já mandara duas vezes à mulher cerca de um quilo de ouro. Era seu futuro luminoso, a realização do sonho de uma velhice tranquila. Pois na juventude fora fraco e tímido, não conseguira lutar de verdade pela vida. Jamais duvidara de que o Partido tinha um único fim: o bem dos fracos e pequenos. Já sentia na pele o efeito salutar das políticas de Hitler; pois era fraco e pequeno, e a vida para ele e para sua família se tornara incomparavelmente mais fácil e melhor.

43

Às vezes, no fundo de sua alma, Anton Khmélkov se horrorizava com seu trabalho. À noite, deitado na tarimba e ouvindo as risadas de Trofim Jutchenko, sentia uma perplexidade pesada e gelada.

As mãos de Jutchenko, com seus dedos longos e gordos que trancavam as comportas herméticas da câmara, pareciam sempre sujas, e era desagradável pegar pão da mesma cesta que ele.

Jutchenko experimentava uma agitação feliz ao sair para o turno da manhã, esperando a coluna humana que vinha da estrada de ferro. O movimento da coluna parecia-lhe insuportavelmente lento, e ele emitia com a garganta um som agudo e queixoso, e seu maxilar se contraía ligeiramente, como um gato espreitando pardais por uma janela de vidro.

Para Khmélkov, aquele homem se convertera em inquietude permanente. Claro que Khmélkov também podia se embriagar e se aproveitar um pouco das mulheres que esperavam na fila. Havia um alçapão pelo qual os trabalhadores do Sonderkommando chegavam ao vestiário para escolher as mulheres. Homem é homem. Khmélkov escolhia uma mulher ou uma moça, levava-a para um recinto vazio do barracão e em meia hora a trazia de volta para o cercado, entregando-a ao segurança. Ficava em silêncio, e a mulher também. Mas não estava ali pelas mulheres e pelo vinho, nem pelos culotes de gabardina, nem pelas botas envernizadas de comandante.

Caíra prisioneiro em um dia de julho de 1941. Deram-lhe coronhadas no pescoço e na cabeça, teve disenteria, fizeram-no caminhar pela neve com as botas destroçadas, deram-lhe água amarela com manchas de mazute. Ele arrancou com os dedos pedaços de carne negra fétida do cadáver de um cavalo, devorou nabo podre e casca de batatas. Escolhera só uma coisa: viver, não queria nada além disso, escapara de dezenas de mortes — de fome e de frio, não quisera morrer de disenteria, não quisera tombar com nove gramas de metal na cabeça, não quisera inchar e afogar o coração com o líquido que lhe subia das pernas. Não era um delinquente; fora cabeleireiro na cidade de Kertch, e jamais alguém havia pensado mal dele — nem os parentes, nem os vizinhos de pátio, nem os colegas de trabalho, nem os companheiros com os quais tomava vinho, comia peixe defumado e jogava dominó. Pensava não ter nada em comum com Jutchenko. Mas às vezes lhe parecia que a diferença entre ele e Jutchenko era insignificante: que importância tinha, para Deus e para os homens, o sentimento com que iam para o trabalho — um alegre, outro triste —, se o trabalho era o mesmo?

Contudo, não compreendia que Jutchenko o incomodava não porque fosse mais culpado do que ele. Para ele, Jutchenko era tão horrendo que sua monstruosidade inata o justificava. Mas ele, Khmélkov, não era um monstro, era um homem.

Sabia vagamente que, sob o fascismo, o homem que quer continuar sendo humano se defronta com uma escolha mais fácil do que conservar a vida: a morte.

44

O diretor do complexo, o Sturmbannführer Kaltluft, comandante do Sonderkommando, conseguira que o controle central fornecesse a cada noite, com um dia de antecedência, o horário da chegada dos trens. Kaltluft instruía previamente seus subordinados a respeito do trabalho que tinham pela frente, o número total de vagões, a quantidade de pessoas que transportavam; dependendo do país do qual o trem vinha, convocava-se um comando auxiliar de detentos: cabeleireiros, acompanhantes, carregadores.

Kaltluft não gostava de desleixo: não bebia, e ficava zangado se seus subordinados caíam em estado de embriaguez. Só o viram alegre e animado uma vez: indo passar a Páscoa com a família, e já sentado no automóvel, chamou o Sturmführer Hahn e mostrou-lhe a fotografia da filha, de rosto e olhos grandes, parecida com o pai.

Kaltluft adorava trabalhar, lamentava desperdiçar o tempo e não ia à sede do clube depois do jantar, nem jogava cartas ou assistia a filmes. No dia de Natal, enfeitaram uma árvore, arregimentaram um coro amador e ofereceram de graça, na ceia, uma garrafa de conhaque francês a cada dois homens. Kaltluft ficou no clube por meia hora, e todos repararam que seus dedos estavam enegrecidos por tinta fresca — ele tinha trabalhado até na véspera de Natal.

Antes vivia na casa dos pais, no campo, e tinha a impressão de que passaria a vida naquela casa; a tranquilidade do campo lhe agradava, e o trabalho não dava medo. Sonhava em ampliar a propriedade do pai, mas lhe parecia que, por maiores que fossem as receitas da criação de suínos, do comércio de nabo e de trigo, passaria a vida toda no aconchego e na tranquilidade da casa paterna. Mas a vida tomou outro rumo. No final da Primeira Guerra Mundial, foi parar no front, e percorreu o caminho que o destino traçara para ele. O destino parecia ter decidido que ele mudaria de camponês a soldado, das trincheiras à guarda do estado-maior, do secretariado a ajudante de ordens, do trabalho na administração central na Segurança do Reich ao trabalho na direção dos campos, culminando, finalmente, no cargo de chefe do Sonderkommando em um campo de extermínio.

Se Kaltluft chegasse a responder diante do juízo celestial pela absolvição de sua alma, contaria seu destino com sinceridade; como o destino o empurrara para ser o carrasco que assassinara 590 mil pessoas. O que podia fazer contra as forças poderosas, como a guerra mundial, o fervoroso nacionalismo, a inflexibilidade do Partido, a imposição do Estado? Quem estava em situação de nadar contra a corrente? Era um homem como qualquer outro, preferia ter ficado na casa paterna, vivendo pacificamente. Não tinha ido, fora empurrado, não quisera, fora levado, conduzido pela mão como um menino. E de modo similar ou parecido teriam se justificado diante de Deus aqueles que tinham sido enviados por Kaltluft para o trabalho e aqueles que Kaltluft enviara para o trabalho.

Kaltluft não chegou a responder diante do juízo celestial. E, por isso, Deus não chegou a confirmar a Kaltluft que não havia culpados no mundo...

Existe o juízo celestial e o juízo do Estado e da sociedade, mas existe um juízo ainda mais elevado: o juízo de um pecador sobre outro pecador. O pecador mede o poder do Estado totalitário, que é de uma grandeza sem limites; propaganda, fome, solidão, campos de prisioneiros, ameaça de morte, ostracismo e infâmia fazem essa força assustadora paralisar a vontade da pessoa. Porém, a cada passo que a pessoa dá sob ameaça de indigência, fome, campo de prisioneiros e morte, apresenta-se também, lado a lado, simultaneamente, a indomável vontade humana. Na trajetória de vida do chefe do Sonderkommando — da aldeia às trincheiras, da rotina apartidária a membro consciente do Partido Nacional-Socialista — sempre, e por toda parte, estava impressa a sua vontade. O destino conduz o homem, mas o homem vai porque quer, e é livre para não querer. O destino conduz o homem, ele se converte num instrumento das forças de aniquilação, mas ele sabe que é do seu interesse concordar com isso. Ele sabe disso, e vai atrás de seus prêmios; o terrível destino e o homem têm objetivos diferentes, mas o seu caminho é o mesmo.

Não será o juiz celestial, imaculado e misericordioso, nem o sábio juiz supremo do Estado, orientado em prol do Estado e da sociedade, nem um santo, nem um justo, não serão eles a pronunciar o veredito, mas sim um homem miserável, esmagado pelo fascismo, um homem imundo e pecador que experimentou o poder horrendo do Estado totalitário e que caiu, se inclinou, intimidou-se e se submeteu.

Ele dirá:

— Sim, existem culpados neste mundo terrível! Eu também sou culpado!

45

E eis que chegou o último dia de viagem. Os vagões rangeram, os freios chiaram e se fez silêncio, depois os ferrolhos estalaram e se ouviu um comando:

— *Alle heraus!*[41]

As pessoas começaram a sair à plataforma molhada pela chuva recente.

Como os rostos conhecidos pareciam estranhos depois da escuridão do vagão!

Os casacos e lenços haviam mudado menos que as pessoas; as blusas e os vestidos remetiam às casas em que eram usados, aos espelhos diante dos quais foram provados...

Os que saíam dos vagões se apinhavam em grupos, e aquele amontoado gregário tinha algo de familiar e tranquilizador; o cheiro conhecido, o calor conhecido, os rostos e olhos conhecidos e extenuados, a densidade da enorme multidão que saía de 42 vagões de carga.

Fazendo ressoar pelo asfalto os pregos de suas solas, dois soldados da SS caminhavam lentamente, com seus capotes longos. Marchavam arrogantes e pensativos, sem olhar para os jovens judeus que levavam nos braços uma velha morta de cabelos brancos a cair sobre o rosto branco, nem para o homem de cabelo crespo que, de quatro, bebia com a mão água de uma poça, nem para a mulher corcunda que erguia a saia a fim de ajustar o elástico arrebentado das calças.

De tempos em tempos os SS se entreolhavam e proferiam duas ou três palavras. Percorriam o asfalto assim como o Sol percorre o céu. O Sol não repara no vento, nas nuvens, nas tempestades marinhas e no ruído das folhas, mas, em seu movimento harmonioso, sabe que tudo na Terra acontece graças a ele.

Pessoas de macacão azul, quepes de viseiras grandes e braçadeiras brancas gritavam e apressavam os recém-chegados em uma língua estranha, uma mescla de russo, alemão, iídiche e ucraniano.

Rápida e habilidosamente, os rapazes de macacão azul organizam a multidão na plataforma, separam os que não param em pé, obrigam os mais fortes a carregar os moribundos até os furgões, moldam a partir do caos de movimentos contraditórios uma coluna, incutem nela a ideia de movimento e dão a esse movimento direção e sentido.

A coluna se divide em filas de seis pessoas, no meio das quais corre a notícia: "Para o banho, primeiro para o banho!"

O próprio Deus misericordioso não parecia poder pensar em nada melhor.

---

[41] Todos para fora! (Em alemão no original.)

— Então, judeus, vamos agora — grita um homem de quepe, o superior do comando encarregado do desembarque do trem e da vigilância da multidão.

Homens e mulheres apanham suas sacolas, as crianças se aferram às saias das mães e às abas dos paletós dos pais.

"Para o banho... para o banho..." — essas palavras enfeitiçam, preenchem a consciência de forma hipnótica.

Naquele homem alto de quepe há algo de atraente, ele parece mais próximo do mundo dos infelizes que daquele dos de capote e capacete cinza. Uma velha afaga a manga de seu macacão com a ponta dos dedos, com delicadeza religiosa, e pergunta:

— *Ir sind a yid, a litvek, mein kind?*[42]

— *Da, da, mamenka, ich bin a id, predko, predko, panowie!*[43]

— E subitamente, com voz forte e rouca, combinando em uma única ordem palavras de dois exércitos que lutavam um contra o outro, grita: — *Die Kolonne marsch!*[44] Marchem!

A plataforma se esvazia, as pessoas de macacão varrem do asfalto trapos, pedaços de atadura, galochas arrebentadas abandonadas por alguém, um cubinho que uma criança deixara cair, fechando com estrondo as portas dos vagões de carga. Uma onda de ferro range pelos vagões. O trem vazio se põe em movimento rumo à desinfecção.

Concluído o trabalho, o comando volta ao campo pelo portão de serviço. Os trens que vêm do leste são os mais nojentos, neles predominam os mortos, os doentes, pega-se piolho nos vagões e respira-se a fedentina. Nesses vagões não se encontra, como nos húngaros, nos holandeses ou nos belgas, um frasco de perfume, um pacote de chocolate em pó ou uma lata de leite condensado.

46

Uma grande cidade se descortinou aos viajantes. Seus confins a leste desapareciam na neblina. A fumaça escura das chaminés das fábricas distantes se confundia com a neblina, a rede xadrez de barracões cobria-se

---

[42] "Você é um judeu lituano, meu filho?" (Em iídiche no original.)

[43] "Sim, sim, mamãe, sou judeu, rápido, rápido, senhores." (Em uma mescla de russo, iídiche e polonês no original.)

[44] "Coluna, marche!" (Em alemão no original.)

de névoa, e a fusão da neblina com a retidão geométrica das ruas dos barracões parecia surpreendente.

A noroeste erguia-se um clarão rubro-negro, e parecia que, ao se abrasar, o céu úmido de outono estava enrubescendo. Às vezes se desprendia do clarão úmido um fogo lento, sujo, serpenteante.

Os viajantes deram em uma praça espaçosa. No meio da praça, em um tablado de madeira, daqueles que normalmente se montam nas quermesses, havia uma dezena de pessoas. Era a orquestra; as pessoas se diferenciavam fortemente umas das outras, assim como seus instrumentos. Alguns olharam para a coluna que chegava. Um homem grisalho de capa clara disse alguma coisa, e as pessoas do tablado pegaram seus instrumentos. De repente surgiu um grito de pássaro, tímido e audaz, e o ar, dilacerado pelo arame farpado e pelos uivos das sirenes e empesteado de sujeira e fuligem oleosa, encheu-se de música. Era como se uma tempestade quente de verão, aquecida pelo sol, tivesse desabado sobre a terra.

As pessoas dos campos, as pessoas das cadeias, as pessoas que escaparam da cadeia, as pessoas que se encaminham para a morte conhecem a força avassaladora da música.

Ninguém sente a música tanto quanto quem experimentou o campo e a cadeia, quem se encaminha para a morte.

A música, ao tocar o moribundo, desperta subitamente em sua alma não o pensamento, nem a esperança, mas apenas o milagre cego e agudo da vida. Um soluço percorreu a coluna. Tudo parecia transfigurado, tudo se fundia em uma unidade, tudo o que estava disperso — a casa, o mundo, a infância, o caminho, o barulho da roda, a sede, o medo e essa cidade que emergia da neblina, essa opaca aurora vermelha —, tudo de repente se fundia, não na lembrança, nem no mapa, mas no sentimento cego, ardente e penoso da vida pregressa. Aqui, no clarão dos fornos, na praça do campo, as pessoas sentiam que a vida é maior que a felicidade: ela é também a dor. A liberdade não é só o bem. A liberdade é difícil, às vezes até mesmo dolorosa: é a vida.

A música soubera expressar a última comoção de almas que fundiam em suas profundezas cegas tudo o que haviam sentido na vida, alegrias e tristezas, com essa manhã nevoenta, com o clarão sobre suas cabeças. Mas talvez não fosse isso. Talvez a música fosse apenas a chave para os sentimentos da pessoa; abria suas entranhas naquele instante horrível, mas não a preenchia.

Pois acontece de uma cantiga infantil fazer um velho chorar. Mas não é a canção que faz o velho chorar; ela só é a chave para a sua alma.

Enquanto a coluna traçava lentamente um semicírculo na praça, um automóvel bege entrou pelo portão do campo. Saiu dele um oficial da SS, de óculos e capote de gola de pele, que fez um gesto impaciente, e o maestro, seguindo-o, imediatamente, com um movimento desesperado, abaixou as mãos, e a música cessou.

Ressoou reiteradamente uma repetição: "*Halt!*"

O oficial passou entre as filas. Apontava com o dedo, e o chefe da coluna tirava as pessoas das filas. O oficial observava os indicados com um olhar de indiferença e, em voz baixa, para não atrapalhar os pensamentos dele, o chefe da coluna indagava:

— Idade? Profissão?

Os escolhidos foram trinta.

Logo as fileiras ouviram:

— Médicos, cirurgiões!

Ninguém respondeu.

— Médicos, cirurgiões, apresentem-se!

Novamente silêncio.

Tendo perdido o interesse nos milhares de pessoas que ficaram na praça, o oficial foi para o carro.

Os escolhidos formaram filas de cinco, de cara para o cartaz sobre o portão do campo: "*Arbeit macht frei.*"[45]

Das fileiras gritou uma criança, e as mulheres gritaram de modo assustado e penetrante. Os escolhidos ficaram em silêncio, de cabeça baixa.

Mas como transmitir o sentimento de um homem que aperta a mão da mulher e lança um último e furtivo olhar para aquele rosto querido? Como viver lembrando-se impiedosamente de que, no momento da despedida silenciosa, seus olhos pestanejaram por uma fração de segundo para esconder o rude sentimento de alegria por ter salvado a vida?

Como afogar a lembrança de que a mulher enfiou na mão do marido um fardel com o anel de noivado, torrões de açúcar e torradas? Seria possível seguir vivendo ao ver como o clarão ardia com força renovada, que queimava as mãos que ele beijara, os olhos que se alegravam

---

[45] "O trabalho liberta." (Em alemão no original.)

com ele, os cabelos cujo aroma reconhecia na escuridão, seus filhos, sua mulher, sua mãe? Seria possível, no barracão, reivindicar para si um lugar mais perto da estufa, colocar a tigela debaixo da concha que verte um líquido acinzentado, remendar a sola estropiada das galochas? Seria possível manejar uma alavanca, respirar, beber água? Pois, nos ouvidos, ele teria o grito dos filhos, o brado da mãe.

Os que continuariam a sobreviver foram levados na direção do portão do campo. Os gritos chegam até eles, e eles mesmos gritam, arrancando a camisa do peito, mas uma nova vida ia a seu encontro: arames farpados eletrificados, torres de concreto com metralhadoras, barracões, moças e mulheres de rosto pálido observando-os através do arame farpado, colunas de gente indo para o trabalho com retalhos vermelhos, amarelos e azuis pregados no peito.

A orquestra voltou a tocar. Os escolhidos para trabalhar no campo entraram na cidade construída no pântano. A água escura em seu mutismo lúgubre abria caminho entre as placas viscosas de concreto, pelo meio dos blocos pesados de pedra. Essa água escura fede a podridão; é feita de partículas de espuma química verde, pedaços de trapos imundos, farrapos cheios de sangue descartados nas operações do campo. A água vai para baixo da terra, volta à superfície e novamente retorna para debaixo da terra. Mas ela seguirá seu caminho, pois nela, nessa lúgubre água do campo, vivem tanto a onda do mar quanto o orvalho da manhã.

E os condenados caminhavam para a morte.

47

Sófia Óssipovna seguia com um passo regular e pesado, e o menino a tomava pela mão. Com a outra mão, o menino apalpava no bolso uma caixinha de fósforos na qual, entre algodões sujos, estava uma crisálida castanho-escura, que saíra do casulo havia pouco tempo, no vagão. A seu lado caminhavam, murmurando, o mecânico Lazar Iankelévitch, e sua mulher, Débora Samuílovna, levando um bebê nos braços. Às costas, Rebecca Bukhman murmurava: "Oh Deus, oh Deus, oh Deus..." A quinta da fila era a bibliotecária Mússia Boríssovna. Seus cabelos estavam penteados e o colarinho parecia branco. Durante a viagem, trocara algumas vezes sua quota de pão por meia marmita de água quente. Essa Mússia Boríssovna não negava nada a ninguém, era tida como santa no vagão, e as velhas, que entendiam de gente, beijavam o seu vestido. A fila da frente era constituída de quatro pessoas; durante a seleção, o oficial escolhera dois daquela fila, Slepoi pai e filho, que, diante da pergunta de sua profissão, haviam gritado *"Zahnarzt!"*,[46] e o oficial assentiu com a cabeça: os Slepoi tinham acertado e ganhado a vida. Três dos que sobraram na fila caminhavam balançando os braços, aqueles braços que se haviam revelado inúteis; o quarto andava com a gola do paletó erguida, mãos no bolso, passo independente, cabeça para trás. Umas quatro ou cinco filas adiante destacava-se um velho enorme com gorro de inverno do Exército Vermelho.

Logo atrás de Sófia Óssipovna ia Mússia Vinokur, que completara 14 anos no vagão de carga.

A morte! Tornara-se familiar, sociável, chegava sem cerimônia nas pessoas, nos pátios, nas oficinas, encontrava uma dona de casa no mercado e a levava junto com o saco de batatas, interferia na brincadeira das crianças, espiava o ateliê em que os costureiros, cantarolando, corriam para terminar o sobretudo da mulher do comissário, ficava na fila do pão, sentava-se junto à velha que cerzia meias...

A morte se ocupava de seus afazeres cotidianos, e as pessoas, dos delas. Às vezes deixava alguém terminar de fumar, de comer, às vezes pegava a pessoa de surpresa, com intimidade, rudemente, com uma gargalhada estúpida e um tapa nas costas.

As pessoas pareciam finalmente ter começado a entendê-la; ela lhes revelava seu caráter corriqueiro e sua simplicidade infantil. Já era uma travessia muito fácil, como a de um regato minúsculo no qual colocam tábuas de madeira entre uma margem com isbás a fumegar e uma outra, com prados vazios. Cinco, seis passos, e é tudo! Do que, então, ter medo? E eis que pela pontezinha, batendo os cascos, passou um bezerro, e eis que passaram correndo uns meninos descalços.

Sófia Óssipovna ouviu a música. Ouvira aquela música pela primeira vez na infância, depois como estudante e jovem médica; aquela música sempre lhe despertara pressentimentos sobre o futuro.

A música a havia enganado. Sófia Óssipovna já não tinha futuro; tinha apenas uma vida pregressa.

E o sentimento de sua vida particular, isolada, passada, encobriu por um instante o presente: a beira do abismo.

---

[46] "Dentista!" (Em alemão no original.)

Era o sentimento mais estranho de todos! Era inefável, impossível de compartilhar com as pessoas mais íntimas, a esposa, a mãe, o irmão, o filho, o amigo, o pai, é o segredo da alma, e a alma, embora o deseje apaixonadamente, não pode entregá-lo. O homem carrega o sentido de sua vida e não o divide com ninguém. O milagre do indivíduo particular e isolado é que em sua consciência, em seu subconsciente, está reunido tudo de bom e de mau, de engraçado, de gostoso, de vergonhoso, de miserável, de acanhado, de terno, de tímido, de surpreendente, desde a infância até a velhice, tudo ligado e unido nesse sentimento único, mudo e secreto de sua única vida.

Quando a música começou a tocar, David teve vontade de tirar a caixinha do bolso e entreabri-la por um instante, para que a crisálida não se resfriasse, e mostrá-la aos músicos. Contudo, depois de dar alguns passos, parou de reparar nas pessoas que estavam no tablado, e só permaneceram o clarão no céu e a música. A melodia triste e poderosa enchia sua alma de saudades da mãe, até a borda, como se fosse uma xícara. A mãe não era forte nem tranquila, apenas se envergonhava de ter sido abandonada pelo marido. Tinha feito uma camisa para David, e os vizinhos tiravam sarro no corredor porque ele usava uma camisa de chita com florzinhas e mangas com a costura torta. Sua única defesa e esperança era a mãe. O tempo todo tinha nela uma esperança inabalável e insensata. Mas talvez fosse obra da música: deixara de ter esperança em mamãe. Amava-a, mas ela era débil e indefesa como os que agora estavam a seu lado. E a música, sonolenta, calma, parecia-lhe feita das pequenas ondas que vira em delírio, quando tivera febre e deslizara da almofada ardente para a areia cálida e úmida.

A orquestra uivou, uma enorme garganta ressequida pôs-se a chorar.

A parede escura que se erguia da água quando ele sofria de angina agora pairava sobre ele e ocupava todo o céu.

Tudo, tudo que aterrorizava seu coraçãozinho se fundia, se unia em uma só coisa. O medo do desenho no qual o cabrito não notava a sombra do lobo entre os troncos dos pinheiros, as cabeças dos bezerros de olhos azuis mortos no mercado, vovó morta, a filha estrangulada de Rebecca Bukhman, o primeiro medo noturno inconsciente, que o fizera gritar desesperadamente e chamar pela mãe. A morte pairava no céu com toda a sua imensidão e olhava o pequeno David caminhar até ela com suas perninhas. Ao redor só existia música, atrás da qual não era possível se esconder, à qual não tinha como se agarrar, na qual não era possível dar cabeçadas.

A crisálida não tem asas, nem patas, nem antenas, nem olhos, está deitada na caixinha, esperando, tola, crédula.

Basta ser judeu, e isso é tudo!

Soluçava, arquejava. Se pudesse, teria estrangulado a si mesmo. A música cessou. Suas perninhas e dezenas de outras pernas se apressavam, corriam. Não tinha pensamentos, não podia gritar nem chorar. Os dedos, úmidos de suor, apertavam a caixinha no bolso, mas ele já não se lembrava nem da crisálida. Eram só as perninhas a ir, a ir, a se precipitar, a correr.

Se o terror que o tomava se prolongasse por alguns minutos, ele tombaria com o coração partido.

Quando a música parou, Sófia Óssipovna enxugou as lágrimas e disse, zangada:

— É isso, pobre-diabo!

Depois olhou para o rosto do menino, que estava tão assustado que mesmo aqui se destacava por sua expressão especial.

— O que é isso? O que você tem? — pôs-se a gritar Sófia Óssipovna, tomando-o bruscamente pela mão. — O que é isso, o que você tem, só vamos nos lavar no banheiro.

Quando haviam começado a chamar os médicos e os cirurgiões, ela ficara em silêncio, resistindo a uma força que lhe era odiosa.

Ao lado ia a mulher do mecânico, e o infeliz pequeno em seus braços observava ao redor com um olhar manso e pensativo. Essa mulher do mecânico, certa noite, no vagão, furtara de outra mulher um punhadinho de açúcar para seu bebê. A vítima estava muito enfraquecida. Saíra em sua defesa um velho de sobrenome Lapidus, perto do qual ninguém queria se sentar porque ele se mijava todo.

E agora Débora, a mulher do mecânico, caminhava pensativa, levando o bebê no braço. E aquele bebê que chorava dia e noite estava em silêncio. Os olhos negros e tristes da mulher tornavam imperceptível a feiura de seu rosto imundo, de seus lábios pálidos e flácidos.

"Mãe de Deus", pensou Sófia Óssipovna.

Certa feita, dois anos antes da guerra, vira o sol sair por detrás dos pinheiros de Tian Shan e iluminar os esquilos cor de neve, com o lago a jazer no crepúsculo, como que esculpido de um azul condensado até a densidade da pedra; então pensou que não havia pessoa no mundo que não a invejasse e, ao mesmo tempo, com uma força que abrasou seu coração quinquagenário, sentiu que teria dado tudo para que em algum lugar, em um quarto miserável e escuro, de teto baixo, fosse enlaçada pelos braços de uma criança.

O pequeno David suscitava nela uma ternura especial, que jamais experimentara com relação a crianças, embora sempre tivesse gostado delas. No vagão, dava-lhe pedaços de seu próprio pão, ele lhe virava o rosto na penumbra, e ela tinha vontade de chorar, de estreitá-lo contra si, de lhe dar os beijos rápidos e repetidos que as mães normalmente dão nos filhos. Cochichando, para que ele não ouvisse, dizia:

— Come, filhinho, come.

Mal falava com o pequeno; um estranho pudor a impelia a ocultar o sentimento maternal nela despertado. Notava, contudo, como o pequeno sempre a observava com inquietação se ela se mudava para o outro lado do vagão, tranquilizando-se quando ela estava perto de si.

Não tinha vontade de reconhecer para si mesma a razão por que não respondera quando convocaram os médicos e os cirurgiões, permanecendo na coluna, nem por que uma sensação de elevação de espírito se apoderara dela naquele instante.

A coluna passava ao largo da cerca de arame farpado, das torres de concreto com metralhadoras, ao largo das valas, e as pessoas, esquecidas da liberdade, tinham a impressão de que o arame farpado e as metralhadoras não eram para impedir os detentos de fugir, mas para que os condenados à morte não conseguissem se esconder entre os trabalhadores do campo.

O caminho se afastou do arame do campo, levando a construções baixas de teto plano; de longe, aqueles retângulos de paredes cinzentas sem janelas faziam David se lembrar de cubos imensos dos quais os desenhos se tivessem descolado.

Por detrás da formação contorcida das filas, o menino viu as construções com as portas abertas de par em par e, sem saber por quê, tirou a caixinha com a crisálida do bolso, jogando-a para um lado sem se despedir. Que ela viva!

— Esses alemães são esplêndidos — disse um que ia à frente, como se os guardas pudessem ouvir e apreciar sua lisonja.

O homem de gola levantada, de um jeito estranho e peculiar, que dava para notar mesmo do outro lado, encolheu os ombros, olhou para a direita, para a esquerda, tornou-se grande, alto, e, de repente, com um salto ligeiro, como se batesse as asas, deu com o punho no rosto do guarda da SS, derrubando-o no chão. Sófia Óssipovna, gritando com ódio, lançou-se atrás dele, mas tropeçou e caiu. Imediatamente braços a tomaram, ajudando-a a se levantar. Os que iam atrás avançavam, e David, olhando e temendo ser atirado no chão, viu de relance os guardas puxando o homem de lado.

No instante em que Sófia Óssipovna tentara se jogar em cima do guarda, havia se esquecido do menino. Agora voltava a tomá-lo pela mão. David vira como podiam ser luminosos, coléricos e maravilhosos os olhos de um homem ao sentir a liberdade por uma fração de segundo.

Contudo, naquela hora as primeiras filas já haviam chegado à praça de asfalto diante da entrada do banheiro, e os passos das pessoas que iam para as portas abertas de par em par tinham um som distinto.

48

No cálido e úmido vestiário, iluminado por janelinhas retangulares, pairava uma penumbra silenciosa.

Bancos de madeira feitos de grossas tábuas rústicas com números escritos em branco se perdiam na escuridão. Do centro da sala até as paredes, no lado oposto ao da entrada, estendia-se um tabique baixo, separando os homens de um lado e, de outro, as mulheres e crianças.

Tal divisão não despertava inquietude nas pessoas, já que elas continuavam a se ver e se chamar: "Mânia, Mânia, você está aí?" "Sim, sim, estou te vendo." Alguém gritou: "Matilda, traga a bucha, venha me esfregar as costas!" Um sentimento de alívio se apoderou de quase todos.

Entre as filas andavam pessoas sérias de batas, zelando pela ordem e proferindo palavras sensatas, dizendo que as meias e polainas deviam ser colocadas dentro das botas, e que era preciso, obrigatoriamente, não esquecer o número da fila e do lugar.

O som das vozes era baixo, abafado.

Quando alguém se despe por inteiro, aproxima-se de si mesmo. Senhor, meus cabelos do peito ficaram ainda mais duros e espessos, e alguns estão brancos! Como as unhas do pé são feias! Ao se olhar, o homem nu não chega a conclusões, a não ser uma: "Sou eu." Ele se reconhece, determina o seu "eu". Um menino, cruzando os braços delgados sobre o peito ossudo, contempla seu corpo nu e diz: "Sou eu", e, passados cinquenta anos, examinando as nodosas e azuladas veias das pernas e o peito gordo e caído, se reconhece: "Sou eu."

Sófia Óssipovna, porém, foi surpreendida por um sentimento estranho. Na nudez de corpos jovens e velhos; no menino flácido e narigudo, sobre o qual uma velha, balançando a cabeça, dissera: "Oh, pobre hassídico!"; na moça de 14 anos, que mesmo ali era observada com deleite por centenas de olhos; na feiura e debilidade de velhos e velhas, que despertavam um respeito religioso; na força das costas peludas dos homens; nos seios grandes e nas pernas nodosas das mulheres; em todos, desnudava-se o corpo de um povo, escondido sob farrapos. Sófia Óssipovna tivera a impressão de haver experimentado isso, um "sou eu" que se dirigia não a ela, mas ao povo. Era o corpo nu de um povo, ao mesmo tempo jovem e velho, vivo, em crescimento, forte e murcho, de cabelos encaracolados e grisalhos, bonito e feio, forte e fraco. Olhou para seus ombros carnudos e brancos — ninguém os beijara, só mamãe, em algum momento da infância — e depois, com docilidade, voltou os olhos para o menino. Seria possível que, alguns minutos atrás, esquecida dele, tivesse se jogado ébria de raiva na direção do SS? "Um jovem judeu pateta", pensou, "e seu velho discípulo russo pregaram a teoria da não violência. Mas no tempo deles não havia fascismo". Sem se envergonhar agora do juvenil sentimento materno que nela surgira, Sófia Óssipovna, inclinando-se, tomou com suas grandes mãos de trabalhadora o rosto estreito de David, tendo a impressão de que pegava seus olhos cálidos, e o beijou.

— Sim, sim, filho — ela disse —, já chegamos ao banho.

Na penumbra do vestiário de concreto teve a impressão de ver brilhar os olhos de Aleksandra Vladímirovna Chápochnikova. Estaria viva? Tinham se despedido, e Sófia Óssipovna partira e agora chegara, como chegara Ánia Chtrum...

A mulher do operário queria mostrar ao marido o filhinho nu, mas o marido estava do outro lado do tabique, e ela estendeu a Sófia Óssipovna o bebê de fralda, dizendo, orgulhosa:

— Foi só tirar a roupa e ele parou de chorar.

Do outro lado do tabique, um homem, no qual crescera uma barba negra, trajando calças de pijama rasgadas em vez de ceroulas, de olhos brilhantes e dentes postiços de ouro, gritou:

— Mánietchka, aqui estão vendendo trajes de banho, vamos comprar?

Mússia Boríssovna riu da piada, tapando com a mão o seio que escapava do amplo decote da camisa.

Sófia Óssipovna já sabia que essas tiradas dos condenados não eram manifestação de força de espírito, e que os fracos e tímidos encaravam o medo com menos terror quando se riam dele.

Rebecca Bukhman, com seu maravilhoso rosto macilento e extenuado, desviando das pessoas os imensos olhos ardentes, desmanchava suas tranças poderosas, para esconder nelas anéis e brincos.

Estava possuída pela força cega e cruel da vida. O fascismo, embora fizesse dela infeliz e impotente, a reduzira ao seu nível mais básico: nada poderia impedir seus esforços para conservar a vida. E agora, ao esconder os anéis, não se lembrava de que com aquelas mesmas mãos apertara a garganta de seu bebê por medo de que seu pranto pudesse levar à descoberta do esconderijo do sótão.

Porém, enquanto Rebecca Bukhman suspirava devagar, como um animal que finalmente chegou ao refúgio na mata densa, viu uma mulher de bata cortando com uma tesoura as tranças de Mússia Boríssovna. Ao lado, raspavam o cabelo de uma moça, e os fios sedosos caíam silenciosamente no chão de concreto. Os cabelos cobriam o chão, dando a impressão de que as mulheres estavam lavando as pernas em uma água escura e brilhante.

A mulher de bata retirou sem pressa a mão com que Rebecca tapava a cabeça, tomou os cabelos na altura da nuca, a ponta da tesoura tocou um anel escondido na cabeleira e a mulher, sem parar o trabalho e separando com habilidade o anel emaranhado no cabelo, disse, inclinando-se no ouvido de Rebecca: — Vão lhe devolver tudo — e, ainda mais baixo, cochichou: — Os alemães estão aqui, é preciso manter a calma. — O rosto da mulher de bata não ficou na memória de Rebecca, não tinha olhos nem lábios, era apenas uma mão amarelada com veias azuis.

Do outro lado do tabique apareceu um homem grisalho, com óculos tortos no nariz torto; como um diabo doente e triste, examinou os bancos e disse, separando e acentuando as sílabas, com voz de quem estava habituado a falar com surdos:

— Mamãe, mamãe, mamãe, como você está se sentindo?

A velhinha enrugada, ao ouvir subitamente a voz do filho em meio ao ronco de centenas de vozes, sorriu-lhe com ternura e respondeu, adivinhando a pergunta habitual:

— O pulso está bem, está bem, sem irregularidades, não se preocupe.

Ao lado de Sófia Óssipovna, alguém disse:

— É Guelman, o famoso clínico.

Uma jovem nua, que trazia pela mão uma menina beiçuda de calcinha branca, gritou com força:

— Vão nos matar, vão nos matar, vão nos matar!

— Mais baixo, mais baixo, acalmem essa louca — diziam as mulheres. Olharam ao redor e não viram guardas. Olhos e ouvidos repousavam na penumbra e no silêncio. Que imenso deleite, já não experimentado havia meses, era poder tirar as roupas enrijecidas pela sujeira e pelo suor, as meias e perneiras carcomidas. As mulheres de bata terminaram os cortes de cabelo e saíram, e as pessoas respiraram com ainda mais liberdade. Uns cochilavam, outros examinavam as costuras das roupas, outros conversavam baixo. Alguém disse:

— Pena que não tem um baralho; poderíamos jogar uma partida de *durak*.

Nesse instante, o chefe do Sonderkommando, soltando uma baforada do charuto, pegou o gancho do telefone, o almoxarife carregou um carrinho motorizado de latas de Zyklon B, com rótulos vermelhos como os de potes de geleia, e o plantonista do grupo especial, sentado na sala de serviço, contemplou a parede: logo, logo, se acenderia a lâmpada vermelha de sinalização.

A ordem "de pé!" surgiu subitamente de vários cantos do vestiário.

Lá onde os bancos acabavam havia alemães de uniforme negro. As pessoas entraram em um corredor largo, iluminado por lâmpadas fracas encaixadas no teto, protegidas por um vidro oval grosso. Via-se aqui a força muscular do concreto que se arqueava lenta e suavemente, arrastando para si a torrente humana. Fazia silêncio, e só se ouvia o farfalhar dos passos da gente de pés descalços.

Uma vez, antes da guerra, Sófia Óssipovna dissera a Ievguênia Nikoláievna Chápochnikova: "Se uma pessoa está destinada a ser morta por outra, seria interessante acompanhar como seus caminhos vão gradualmente se aproximando: de início, talvez estejam terrivelmente distantes — eu no Pamir, colhendo rosas alpinas e batendo fotos com a minha câmera, enquanto ele, minha morte, nessa época está a oito mil verstas de mim, pescando acerina no rio depois da escola. Preparo-me para ir a um concerto e ele, no mesmo dia, compra um bilhete na estação para ver a sogra, mas dá na mesma, pois vamos nos encontrar e tudo vai acontecer." Agora Sófia Óssipovna se lembrava daquela estranha conversa. Olhava para o teto: com aquela massa de concreto em cima da cabeça não dava para ouvir as tormentas, nem ver a concha invertida da Ursa Maior... Ia de pés descalços na direção da curva do corredor, e o corredor flutuava na direção dela sem ruído, insinuante; o movimento ocorria sem violência, por si só, como uma espécie de deslizamento sonolento, como se tudo ao redor estivesse untado de glicerina e deslizasse entorpecido, por si só.

A entrada para a câmara se abriu de modo gradual e súbito. O fluxo de gente deslizou com vagar. O velho e a velha que tinham vivido juntos cinquenta anos, e sido separados na hora de se despir, voltavam agora a andar lado a lado, a mulher do operário levava o bebê acordado, mãe e filho olhavam por cima das cabeças dos caminhantes, fitando não o espaço, mas o tempo. Surgiu a cabeça do clínico, e bem a seu lado viam-se os olhos da bondosa Marússia Boríssovna e o olhar cheio de terror de Rebecca Bukhman. E eis Lúcia Chterental, não há como reprimir ou diminuir a beleza daqueles olhos jovens, do nariz a respirar levemente, do colo, dos lábios entreabertos, e ao lado dela vai o velho Lapidus, com a boca enrugada de lábios azulados. Sófia Óssipovna voltou a estreitar contra si os ombros do menino. Jamais tivera no coração tamanha ternura pelas pessoas.

Rebecca, que ia ao lado, gritou, e seu grito era de um pavor insuportável, o grito de um ser humano que se transforma em cinzas.

Na entrada da câmara de gás havia um homem com um pedaço de cano na mão. Trajava uma camisa marrom com zíper e mangas curtas, até os cotovelos. Foi ao ver seu sorriso ambíguo, infantil e insano, arrebatado, que Rebecca Bukhman soltou aquele grito pavoroso.

Seus olhos deslizaram sobre Sófia Óssipovna: é ele, finalmente nos encontramos!

Sentiu que seus dedos tinham que apertar aquele pescoço que saía da gola aberta. Contudo, com um sorriso breve, o bastão se ergueu rapidamente. Em meio ao barulho de sinos e do estalido de vidros ela ouviu: "Não se mova, *parkhata!*"[47]

Conseguiu se manter em pé e, com passo pesado e lento, cruzou a soleira de aço com David.

49

David passou a mão no caixilho da porta de aço e sentiu um frio liso. Viu no espelho de aço uma vaga mancha cinza-clara: o reflexo de seu

---

[47] Nojenta (em bielorrusso no original).

rosto. As solas nuas dos pés estabeleceram que o chão da câmara era mais frio que o do corredor; fora lavado e enxaguado havia pouco.

Caminhava com passos curtos e lentos pela caixa de concreto com teto baixo. Não via lâmpadas, mas uma luz cinzenta pairava na câmara, como se o sol, atravessando um céu de concreto, irradiasse uma luz de pedra que não parecia feita para seres vivos.

As pessoas, que haviam estado juntas o tempo todo, se dispersaram, perdendo-se umas das outras. Surgiu o rosto de Lúcia Chterental. No vagão, David olhava para ela e sentia um enamoramento doce e triste. Contudo, em um instante, no lugar de Lúcia apareceu uma mulher baixinha, sem pescoço. E em seguida, no mesmo lugar, apareceu um velho de olhos azuis com uma penugem branca na cabeça. E ali mesmo chegou depois o olhar amplo e dilatado de um jovem.

Aquela não era uma movimentação própria de gente. Aquela não era uma movimentação própria nem dos mais baixos seres vivos. Não tinha ideia nem objetivo, não manifestava a vontade dos viventes. A corrente humana se despejava na câmara, os que entravam empurravam os que já estavam dentro, que empurravam os vizinhos, e desses incontáveis pequenos encontrões nos cotovelos, ombros e barriga nascia um movimento que não se diferenciava em nada do movimento molecular descoberto pelo botânico Brown.

David teve a impressão de que era guiado, precisava se mexer. Chegou até a parede, roçando sua simplicidade fria com o joelho, depois com o peito; já não havia para onde ir. Sófia Óssipovna estava de pé, apoiada na parede.

Por alguns instantes olharam para as pessoas que vinham da porta. A porta estava distante, mas era possível adivinhar sua localização a partir da brancura especialmente densa dos corpos humanos comprimidos, apertados na entrada, que depois se espalhavam ao longo da câmara de gás.

David via o rosto das pessoas. Desde a manhã, quando desembarcara do trem, só tinha visto as costas, mas agora todo o trem parecia desfilar os rostos diante dele. Sófia Óssipovna, de repente, tornara-se estranha; no compartimento plano de concreto, sua voz tinha outro som, e ela mudara por inteiro ao entrar na câmara. Quando ela disse "segure-me com força, meu rapaz", ele sentiu que era por medo de soltá-lo e ficar sozinha. Mas não se mantiveram junto à parede; afastaram-se dela e começaram a se mover com passinhos miúdos. David sentiu que se movia mais rápido que Sófia Óssipovna. Ela tomava a mão dele, puxando-o para si. Porém, uma força suave e paulatina arrastava David, e os dedos de Sófia Óssipovna começaram a se abrir...

A multidão na câmara ficava cada vez mais densa, seus movimentos cada vez mais lentos, seus passos cada vez mais miúdos. Ninguém dirigia o movimento na caixa de concreto. Não fazia diferença para os alemães se as pessoas ficavam imóveis na câmara de gás ou se faziam zigue-zagues e semicírculos loucos. E o menino nu dava passos minúsculos e ensandecidos. A curva de movimento de seu corpo leve de menino parou de coincidir com a curva de movimento do corpo grande e pesado de Sófia Óssipovna, e eles se separaram. Não devia segurá-lo pela mão, mas fazer como aquelas duas mulheres, mãe e filha, que convulsivamente, com a sombria tenacidade do amor, grudaram face com face, peito com peito, tornando-se um corpo uno e indivisível.

Havia cada vez mais gente, e o movimento molecular, à medida que cresciam a densidade e o aperto, deixou de obedecer à lei de Avogadro. Ao perder a mão de Sófia Óssipovna, o menino gritou. Mas Sófia Óssipovna logo virou passado. Só existia o aqui e agora. Os lábios das pessoas respiravam perto, seus corpos se tocavam, suas ideias e seus sentidos se uniam, se entrelaçavam.

David caiu em um redemoinho que, devolvido pela parede, retornava à porta. David viu três pessoas unidas: dois homens e uma velha. Ela defendia os filhos, eles a amparavam. Subitamente, um novo movimento, surgido de outra forma, teve lugar ao lado de David. O barulho também era outro, diferente dos sussurros e resmungos.

— Abram caminho! — e, no meio da massa compacta de corpos, irrompia um homem com mãos fortes e tensas, pescoço grosso e cabeça inclinada. Queria escapar do ritmo hipnótico do concreto, seu corpo se rebelava como um peixe na mesa da cozinha, cego e insensato. Acalmou-se em seguida, perdeu o alento e começou a andar a passo miúdo, como todos.

Graças à perturbação causada por ele, os movimentos circulares mudaram, e David se viu ao lado de Sófia Óssipovna. Ela apertou o menino contra si com uma força que os trabalhadores dos campos de extermínio já haviam tido a oportunidade de descobrir e avaliar: ao esvaziar a câmara, eles jamais tentavam separar os corpos abraçados de pessoas queridas.

Ouviam-se gritos junto à porta; ao ver a massa humana compacta que enchia a câmara, as pessoas se recusavam a cruzar a soleira.

David viu a porta ser fechada: como se fosse atraído por um ímã, o aço da porta aproximou-se suave e docemente do aço do caixilho e eles se fundiram, tornaram-se um.

David notou que, na parte superior da porta, atrás da rede metálica quadriculada, alguma coisa viva se mexia; teve a impressão de que era um rato cinza, mas compreendeu ser um ventilador começando a girar. Sentiu um leve odor adocicado.

O rumor dos passos se acalmou, ouvindo-se de quando em quando palavras indistintas, gemidos, gritinhos. A fala não tinha mais serventia para as pessoas, as ações careciam de sentido: elas eram dirigidas ao futuro, e não havia futuro na câmara de gás. Os movimentos da cabeça e do pescoço de David não suscitaram em Sófia Óssipovna o desejo de ver o que outro ser vivo estava vendo.

Os olhos dela, que tinham lido Homero, o jornal *Izvéstia*, *Huckleberry Finn*, Mayne Reid, a *Lógica* de Hegel, que haviam visto gente boa e gente má, os gansos nos prados verdes de Kursk, as estrelas no telescópio de Púlkovo, o brilho do aço cirúrgico, a *Gioconda* no Louvre, os tomates e nabos nas gôndolas dos mercados, o azul do lago Issik-Kul, agora não lhe eram mais necessários. Se alguém a cegasse naquele instante ela não sentiria a perda.

Respirava, mas respirar se tornara um fardo, e ela ficou sem forças para empreender essa tarefa. Queria se concentrar em um último pensamento, apesar do ruído ensurdecedor de sinos. Mas o pensamento não vinha. Sófia Óssipovna estava de pé, muda, sem fechar os olhos que já não viam.

O movimento da criança encheu-a de piedade. Seu sentimento pelo menino era tão simples que não precisava de palavras e olhos. O menino moribundo respirava, contudo o ar que lhe era dado não conferia vida, mas a tirava. Sua cabeça girava, tinha vontade de ver tudo. Ele via os que haviam se precipitado no solo, via bocas abertas e desdentadas, bocas com dentes brancos e dourados, via os filetes delgados de sangue a escorrer das narinas. Via os olhos curiosos que observavam a câmara através do vidro; os olhos contemplativos de Rose se encontraram por um instante com os olhos de David. Precisava da voz para perguntar à tia Sônia daqueles olhos grandes. E também precisava dos pensamentos. Só dera alguns passos no mundo, vira as pegadas das crianças na terra quente e arenosa, a mamãe vivia em Moscou, a lua observava de cima enquanto de baixo era vista pelas pessoas, a chaleira fervia no fogão a gás... Aquele mundo, em que uma galinha sem cabeça ainda podia correr; o mundo onde havia leite toda manhã e havia as rãs que ele forçava a dançar segurando suas patas dianteiras — aquele mundo continuava a inquietá-lo.

David fora apertado o tempo todo por mãos fortes e ardentes, e não entendia que os olhos tinham virado escuridão, o coração, um deserto retumbante, e o cérebro, entorpecido e cego. Mataram-no, e ele cessou de existir.

Sófia Óssipovna sentiu o corpo do menino desfalecer em seus braços. Estava novamente separada dele. Nas oficinas subterrâneas, quando há intoxicação com gás, os passarinhos e camundongos são os primeiros a morrer, seus corpos são pequenos, e aqui o menino de corpo pequeno, de passarinho, tinha-se ido antes dela.

"Virei mãe", ela pensou.

Foi seu último pensamento.

Em seu coração, porém, ainda havia vida: ele se comprimia, se condoía, se compadecia de vocês, vivos e mortos; vieram as náuseas, Sófia Óssipovna apertou David junto a si como se fosse um boneco, e tornou-se morta, uma boneca.

50

Quando uma pessoa morre, ela passa do mundo da liberdade para o reino da escravidão. A vida é a liberdade, e a morte é a aniquilação gradual da liberdade; primeiro a consciência se enfraquece, depois obscurece; os processos vitais do organismo cuja consciência se extinguiu ainda continuam por algum tempo — a circulação, a respiração, o metabolismo. Mas trata-se de um recuo inevitável na direção da escravidão: a consciência se apagou, a chama da liberdade se apagou.

Extinguiram-se as estrelas no céu da noite, a Via Láctea desapareceu, o sol se apagou, apagaram-se Vênus, Marte, Júpiter, morreram milhões de folhas e morreu também o vento, as flores perderam a cor e o aroma, sumiu o pão, sumiram a água, o frio e o calor do ar. O universo que existia em uma pessoa deixou de existir. Esse universo tinha uma assombrosa semelhança com aquele, o único, que existe independentemente das pessoas. Mas esse universo era sobretudo assombroso porque tinha qualquer coisa que distinguia o rumor de seus oceanos, o aroma de suas flores, o murmúrio de suas folhas, os matizes de seus granitos, a tristeza de seus campos de outono, de cada universo que existiu e existe nas pessoas, e daquele que existe eternamente fora das pessoas. No caráter irrepetível e único da alma de uma vida isolada consiste a liberdade. O reflexo do universo na consciência do homem constitui o fundamento da força humana, mas a felicidade, a liberdade, a mais elevada ideia de vida, só começa quando o homem existe como um mundo impossível de ser repetido na eternidade dos tempos. Só então ele experimenta a alegria da liberdade e da bondade, encontrando nos outros o que encontrou em si mesmo.

51

O motorista Semiônov, que caíra prisioneiro junto com Mostovskói e Sófia Óssipovna Levinton, depois de dez semanas de fome em um campo em uma zona perto do front, foi enviado, junto com grande parte dos soldados vermelhos presos, na direção da fronteira ocidental.

No campo perto do front jamais lhe haviam batido com o punho, a coronha, a bota.

Quem batia no campo era a fome.

A água marulha na vala de irrigação respinga, suspira, farfalha junto à margem, a água retumba, urra, arrasta blocos de pedra, arranca troncos imensos como se fossem de palha, e o coração gela quando se olha o rio comprimido entre as margens estreitas, a tremer entre as rochas, e parece que não é água, mas uma massa pesada e transparente de chumbo que está viva, furiosa, encrespada.

A fome, assim como a água, está ligada à vida de modo contínuo e natural, e repentinamente se transforma na força que destrói o corpo, demole e deforma a alma, extermina massas de milhões de seres vivos.

A falta de forragem, a terra coberta de gelo, as nevascas, a seca na estepe e nas florestas, as enchentes e epidemias reduzem os rebanhos de ovinos e equinos, matam lobos, aves canoras e raposas, abelhas selvagens, camelos, percas, víboras. Em tempo de catástrofe, as pessoas, por seus sofrimentos, ficam como os animais.

O Estado, por vontade própria, é capaz, artificialmente, de confinar, restringir a vida em barragens, e então, assim como a água em margens estreitas, a força terrível da fome sacode, demole, deforma, extermina um indivíduo, uma tribo, um povo.

A fome extrai, molécula a molécula, a proteína e a gordura das células do corpo, a fome amolece os ossos, entorta as perninhas raquíticas das crianças, deixa o sangue aguado, faz a cabeça girar, seca os músculos, devora o tecido nervoso. A fome oprime a alma, abate a alegria, a fé, aniquila a força do pensamento, dá origem à submissão, à baixeza, à crueldade, ao desespero e à indiferença.

O que há de humano no homem às vezes perece completamente, e a criatura faminta torna-se capaz de assassinato, de devorar cadáveres, de canibalismo.

O Estado é capaz de construir uma barragem separando o trigo e o centeio daqueles que o plantaram, e assim provocar uma peste terrível como aquela que matou milhões de habitantes de Leningrado na época do bloqueio de Hitler, que matou milhões de prisioneiros de guerra confinados nos campos hitleristas.

Alimento! Refeição! Boia! Repasto! Abastecimento e provisões! Rango e papa! Pão e fritura! Nutrição! Uma mesa gorda, farta, dietética, frugal. Uma mesa rica e pródiga, requintada, simples, camponesa. Iguarias. Comida. Comida...

Cascas de batata, cachorros, rás, caracóis, folhas podres de repolho, beterraba mofada, carne macilenta de cavalo, carne de gato, carne de corvo e de gralha, grão queimado e úmido, couro de cinto, cano de bota, cola, terra impregnada com a lavagem gordurosa da cozinha dos oficiais — tudo isso é comida. É o que atravessa a barragem.

Conseguem essa comida, dividem-na, trocam-na, roubam uns dos outros.

No décimo primeiro dia de viagem, quando o trem parou na estação Khútor Mikháilovski, os guardas retiraram do vagão Semiônov, que perdera a consciência, e o entregaram às autoridades da estação.

O comandante, um alemão de idade, olhou por alguns instantes para o soldado vermelho moribundo sentado junto à parede do galpão de bombeiros.

— Deixe que se arraste até a aldeia, na cadeia vai morrer em um dia, não precisamos fuzilá-lo — disse o comandante ao intérprete.

Semiônov caminhou a custo até o povoado perto da estação.

Foi barrado na primeira *khata*.

— Não tem nada, vá embora — respondeu a voz de uma velha, atrás da porta.

Na segunda *khata* ele bateu muito tempo, mas ninguém respondeu. Estava vazia, ou trancada por dentro.

A porta da terceira *khata* estava entreaberta, ele entrou, ninguém se manifestou, e Semiônov se viu dentro da casa.

O calor o envolveu, a cabeça começou a rodar, e ele se sentou no banco perto da porta.

Semiônov respirava forte e pesado, observando as paredes brancas, os ícones, a mesa, o fogão. Depois da reclusão no campo, tudo aquilo o abalava.

Uma sombra surgiu na janela, e uma mulher entrou na *khata*, viu Semiônov e gritou:

— Quem é o senhor?

Não respondeu nada. Estava claro quem ele era.

Naquele dia, não foram as forças impiedosas dos Estados poderosos, mas uma pessoa, a velha Khrístia Tchuniak, quem decidiu sua vida e seu destino.

O sol olhava para a terra em guerra a partir das nuvens cinzentas, e o vento, o mesmo que passava acima das trincheiras e das casamatas, do arame farpado e dos campos, dos tribunais e das seções especiais, uivava por baixo das janelas da *khata*.

A mulher deu uma caneca com leite a Semiônov, que se pôs a beber, tragando com avidez e dificuldade.

Acabou de beber e teve náuseas. Vomitou e se contorceu, os olhos lacrimejavam e, como se estivesse a falecer, aspirou o ar ruidosamente e voltou a vomitar e vomitar.

Tentou controlar a ânsia, tendo na cabeça um único pensamento: era asqueroso e imundo, e seria expulso pela dona de casa.

Com os olhos inflamados, viu-a pegar um trapo e começar a enxugar o chão.

Queria dizer que ele mesmo limparia e lavaria tudo, mas que ela não o expulsasse. Mas só fazia balbuciar, apontando com os dedos trêmulos. O tempo passava. A velha entrava e saía da *khata*. Não expulsou Semiônov. Teria pedido a alguma vizinha para buscar uma patrulha alemã, chamar a polícia?

A velha colocou uma tigela de ferro com água no fogo. Começou a fazer calor, a água exalava vapor. O rosto da velha parecia carrancudo e malvado.

"Vai me mandar embora e, depois, fazer uma desinfecção", ele pensou.

A mulher tirou roupas de baixo e calças de um baú. Ajudou Semiônov a se despir, e fez uma trouxa com suas roupas. Ele sentiu o fedor de seu corpo imundo, das ceroulas impregnadas de urina e excrementos ensanguentados.

Ela ajudou Semiônov a se sentar na tina, e o corpo devorado por piolhos sentiu o toque das mãos ásperas e fortes dela, e a água quente e cheia de sabão a percorrer seus ombros e seu peito. Subitamente engasgou, trêmulo, esqueceu-se de si, e guinchando e engolindo o ranho, dava gritinhos: "Mamãe... mãezinha... mãezinha..."

Ela enxugou com uma toalha cinza de linho seus olhos chorosos, cabelos e ombros. Tomando Semiônov pelas axilas, sentou-o no banco e, inclinando-se, enxugou suas pernas que pareciam paus, vestiu-o com camisa e ceroulas e fechou os botões brancos e cobertos de tecido.

Verteu em um balde a água negra e asquerosa da tina e a jogou fora.

Estendeu sobre o fogão uma pele de carneiro, cobriu-a com um pano listrado, tirou da cama um travesseiro grande e o colocou à cabeceira.

Depois ergueu Semiônov com facilidade, como se fosse um franguinho, e ajudou-o a subir no fogão.

Semiônov jazia em semidelírio. Seu corpo experimentava uma mudança inconcebível: a vontade de um mundo impiedoso de aniquilar o animal agonizante deixara de atuar.

Contudo, nem no campo nem no trem sentira um sofrimento tão grande como agora: as pernas afligiam, os dedos doíam, os ossos moídos, os enjoos constantes, a cabeça se enchia de um mingau úmido e negro para de repente ficar vazia e leve, e começava a rodar, os olhos ardiam, soluçava, as pálpebras coçavam. Havia instantes em que o coração doía, parava, as entranhas se enchiam de fumaça, e a morte parecia chegar.

Passaram-se quatro dias. Semiônov se levantou do fogão e começou a caminhar pelo quarto. Surpreendeu-se de que o mundo estivesse cheio de comida. Na vida do campo havia apenas beterraba podre. No mundo só parecia haver uma beberagem turva: a sopa do campo, o caldinho que cheirava a podridão.

E agora ele via painço, batata, repolho, toucinho, e ouvia o canto do galo.

Como uma criança, tinha a impressão de que havia no mundo dois magos, um bom e um mau, e ficava o tempo todo com medo de que o mago mau voltasse a sobrepujar o bom, e o mundo farto, quente e bom desaparecesse, e ele novamente tivesse que arrancar um pedaço do cinto com os dentes.

Ocupou-se do moinho de mão, cuja produtividade era horrível: a testa ficava molhada antes que se conseguisse moer um punhado de farinha cinza e úmida.

Semiônov limpou com uma lima e uma lixa a transmissão, apertou a cavilha que ligava o mecanismo às mós feitas de pedras lisas. Fez tudo como convinha a um instruído mecânico de Moscou, corrigindo o trabalho rústico do artesão rural, mas, depois disso, o moinho começou a trabalhar pior.

Semiônov deitou-se no fogão e pensou como moer o trigo de maneira mais eficiente.

Pela manhã, voltou a desmontar o moinho, colocando nele rodas e peças de um velho relógio de pêndulo.

— Tia Khrístia, veja — disse, vangloriando-se e mostrando como funcionava o sistema de transmissão dupla adaptado por ele.

Quase não falavam um com o outro. Ela não contava do marido morto em 1930, dos filhos desaparecidos sem deixar traços, da filha que se fora para Priluki e se esquecera da mãe. Não lhe perguntou como caíra prisioneiro nem onde nascera, no campo ou na cidade.

Ele tinha medo de sair na rua, olhava longamente pela janela antes de ir ao pátio e sempre se apressava para retornar à *khata*. Se a porta batia com estrondo ou uma caneca caía no chão, assustava-se; tinha a impressão de que o bem ia acabar, e de que a força da velha Khrístia Tchuniak cessara de agir.

Quando uma vizinha visitava a *khata* de Khrístia, Semiônov trepava no fogão e se deitava, esforçando-se para não fungar nem espirrar. Mas os vizinhos raramente a visitavam.

Os alemães não ficavam na aldeia, estavam aquartelados em um povoado ferroviário, perto da estação.

A ideia de que vivia em meio a calor e tranquilidade enquanto havia guerra ao redor não suscitava remorso em Semiônov; ele tinha muito medo de voltar a fazer parte do mundo dos campos e da fome.

De manhã, depois de dormir, evitava abrir os olhos; tinha a impressão de que o encantamento desaparecera durante a noite, e de que veria o arame farpado do campo, os guardas, e ouviria o tinido das marmitas vazias.

Ficava deitado com os olhos fechados, apurando os ouvidos para verificar se Khrístia não havia sumido.

Pensava pouco nos tempos recentes, não se lembrava do comissário Krímov, de Stalingrado, do campo alemão, do trem. Porém toda noite gritava e chorava no sono.

Certa noite, desceu do fogão e se arrastou pelo chão, escondeu-se debaixo de um banco e dormiu até o amanhecer. Pela manhã, contudo, não conseguia se lembrar do que vira durante o sono.

Viu algumas vezes as ruas da cidade serem percorridas por caminhões com batatas e sacos de grãos, e uma vez chegou a ver um veículo ligeiro, um Opel Kapitan. O motor vinha bem, e as rodas não patinavam na lama da aldeia.

O coração parava quando ele imaginava vozes guturais fazendo barulho na entrada, e depois uma patrulha alemã irrompendo na *khata*.

Perguntou dos alemães a tia Khrístia.

Ela respondeu:

— Tem alemães que não são maus. Quando o front passou por nós, dois ficaram na minha *khata*: um estudante, outro pintor. Brincavam com as crianças. Depois chegou um motorista, trazendo um gatinho. Quando ele voltava, o gatinho o procurava, e ganhava toucinho e manteiga. Acho que o acompanhou desde a fronteira. Sentava à mesa e o pegava na mão. E para mim ele também foi bom, trazia lenha, e uma vez um saco de farinha. Mas também tem alemães que matam crianças, mataram um velho vizinho, não acham que nós somos gente, cagam dentro da *khata*, andam pelados na frente das mulheres. Os nossos daqui da aldeia que estão na polícia também são uns facínoras.

— Os nossos não são tão ferozes quanto os alemães — disse Semiônov, e perguntou: — Tia Khrístia, a senhora não tem medo de que eu more aqui?

Ela negou com a cabeça e disse que nas casas da aldeia havia muitos prisioneiros liberados; verdade que eram ucranianos, de volta à terra natal. Mas ela bem poderia dizer que Semiônov era seu sobrinho, filho da irmã que fora para a Rússia com o marido.

Semiônov já conhecia os rostos dos vizinhos, e conhecia a velha que não o deixara entrar no primeiro dia. Sabia que à noite as moças iam ao cinema da estação, e que, aos sábados, na estação, uma orquestra tocava e havia dança. Tinha muito interesse em saber que filmes os alemães exibiam no cinema. Mas tia Khrístia só era visitada por velhos que não iam ao cinema. E não havia a quem perguntar.

Uma vizinha mostrou-lhes uma carta da filha, que fora recrutada para trabalhar na Alemanha. Semiônov não entendeu algumas coisas da carta, que lhe foram explicadas. A moça escrevera: "Vanka e Grichka chegaram voando e quebraram os vidros." Vanka e Grichka serviam na força aérea. Queria dizer que a aviação soviética fizera uma incursão na cidade alemã.

Em outro lugar, a moça escrevera: "Caiu uma chuva que nem em Bakhmatch." E aquilo também queria dizer bombardeio, pois a cidade de Bakhmatch fora fortemente bombardeada no começo da guerra.

Naquela mesma noite, um velho alto e magro visitou Khrístia. Olhou para Semiônov e, em vez de ucraniano, disse em russo claro:

— De onde vem, meu herói?

— Eu era prisioneiro — respondeu Semiônov.

O velho disse:

— Somos todos prisioneiros.

Servira o Exército nos tempos do tsar Nicolau, fora artilheiro e, com uma memória espantosa, pôs-se a repetir diante de Semiônov as ordens da artilharia. Dava as ordens com voz rouca, em russo, e informava sua execução de forma sonora, jovem, com sotaque ucraniano, evidentemente recordando o tom de voz seu e de seu chefe, muitos anos atrás.

Depois começou a xingar os alemães.

Contou a Semiônov que, no começo, as pessoas tinham a esperança de que os alemães fossem "fechar" os colcozes, mas, no fim, os alemães adivinharam que os colcozes eram um bom negócio para eles também. Tinham organizado "equipes de cinco" e "equipes de dez" que eram a mesma coisa que os grupos e brigadas dos tempos de poder soviético. Com uma voz arrastada e lenta, tia Khrístia afirmou:

— Ah, esses colcozes!

Semiônov declarou:

— E o que é que tem, são colcozes, temos colcozes em todos os lugares.

E a velha Tchuniak disse:

— Cala a boca. Você se lembra de como chegou aqui, vindo do trem? A Ucrânia inteira estava daquele jeito em 1930. Quando não tinha mais urtiga, comemos terra... Levaram o pão embora, até o último grão de trigo. Meu marido morreu, e como eu sofri! Fiquei inchada, perdi a voz, não conseguia nem andar.

Semiônov ficou espantado de que a velha Khrístia tivesse passado fome como ele. Sempre tivera a impressão de que a fome e a peste fossem impotentes diante da bondosa dona da *khata*.

— Vocês eram cúlaques? — ele perguntou.

— Que cúlaques, que nada. Todo mundo passou por isso, pior que na guerra.

— E você é do campo? — perguntou o velho.

— Não — respondeu Semiônov —, sou natural de Moscou, como meu pai, que também é natural de Moscou.

— É isso — disse o velho, vangloriando-se —, se você estivesse aqui na época da coletivização, teria desaparecido, teria desaparecido depressa, rapaz da cidade. Por que sobrevivi? Porque entendo a natureza. Você acha que só dá para comer bolotas, folhas de tília, urtiga, anserina? Essas aí acabaram rápido. Mas eu conheço 56 plantas comestíveis. Por isso sobrevivi. A primavera acabara de chegar, ainda não havia uma folha, e eu já estava desenterrando raízes. Conheço tudo, irmão: cada raiz, e casca, e florzinha, entendo de cada erva. Vaca, ovelha, cavalo; todos morriam de fome, mas eu não, sou mais herbívoro do que eles.

— De Moscou? — voltou a perguntar lentamente Khrístia. — E eu nem sabia que você é de Moscou.

O velho saiu, Semiônov foi dormir, e Khrístia ficou sentada, apoiando as maçãs do rosto nas mãos, e fitando a janela negra da noite.

A safra daquele ano fora rica. O trigo formava uma parede densa, alta, chegando ao ombro do seu Vassili, e cobria a cabeça de Khrístia.

Um lamento arrastado e calmo pairava sobre a aldeia, os pequenos esqueletos vivos, as crianças, se arrastavam pelo chão, com lamúrias que mal se faziam ouvir; os homens, com as pernas inchadas, vagavam pelos pátios, esgotados pela fome, mal respirando. As mulheres procuravam comida para cozinhar, mas tudo já fora comido e cozinhado: urtiga, bolota, folha de tília, cascos caídos atrás da *khata*, ossos, chifres, pele não curtida de carneiro... E o pessoal que vinha da cidade andava pelos pátios, entre mortos e moribundos, abria os porões, cavava buracos nos galpões, fincava estacas de ferro na terra, buscando o grão escondido pelos cúlaques.

Em um dia abafado de verão, Vassili Tchuniak se apagou, parou de respirar. Naquela hora, os rapazes vindos da cidade voltaram a entrar, e um homem de olhos azuis, pronunciando o "a" com o mesmo sotaque de Semiônov, afirmou, ao se aproximar do falecido:

— O cúlaque morre mas não se entrega.

Khrístia suspirou, fez o sinal da cruz e começou a arrumar a cama.

52

Chtrum avaliava que seu trabalho só seria apreciado por um reduzido círculo de físicos teóricos. Mas não foi assim. Nos últimos tempos, telefonavam para ele não apenas físicos conhecidos, mas também matemáticos e químicos. Alguns lhe pediam esclarecimentos: suas deduções matemáticas eram complexas.

No instituto, chegaram delegados da sociedade dos estudantes, pedindo-lhe que fizesse uma conferência para alunos dos cursos superiores de física e matemática. Aparecera duas vezes na Academia. Márkov e Savostiánov haviam lhe contado que seu trabalho era discutido em muitos laboratórios do instituto.

Liudmila Nikoláievna ouviu, na loja reservada, a mulher de um cientista perguntar a outra: "A senhora está atrás de quem?" E a resposta: "Da mulher de Chtrum." E a que havia perguntado disse: "Aquele mesmo?"

Viktor Pávlovitch não demonstrava que o interesse inesperado em seu trabalho lhe agradava. Mas não era indiferente à glória. No conselho científico do instituto, seu trabalho fora apresentado para o prêmio Stálin. Chtrum não foi a essa conferência, mas passou a noite toda olhando para o telefone e aguardando o telefonema de Sokolov. Porém, o primeiro a ligar depois da conferência foi Savostiánov.

Habitualmente irônico, e até cínico, Savostiánov dessa vez falava em tom incomum:

— É um triunfo, um verdadeiro triunfo! — repetia

Narrou a intervenção do acadêmico Prássolov. O velho disse que desde os tempos de seu finado amigo Liébedev, que investigara a pressão da luz, as paredes do instituto não tinham visto nascer um trabalho de tamanho significado.

O professor Svetchin falou do método matemático de Chtrum, demonstrando que no método em si havia elementos inovadores. Disse que apenas os soviéticos seriam capazes, durante a guerra, de consagrar suas forças com tamanha abnegação ao serviço do povo.

Muitos outros também tomaram a palavra, como Márkov, mas o discurso mais brilhante e forte fora proferido por Guriévitch:

— Foi valente — disse Savostiánov —, disse as palavras necessárias, elogiou sem restrições. Chamou o seu trabalho de clássico e disse que devia ser colocado ao lado das realizações dos fundadores da física atômica, Planck, Bohr e Fermi.

"Caramba", pensou Chtrum.

Sokolov ligou logo depois de Savostiánov.

— Hoje o senhor está inacessível, estou ligando há vinte minutos e está sempre ocupado — disse.

Sokolov também estava emocionado e alegre.

Chtrum disse:

— Esqueci de perguntar a Savostiánov da votação.

Sokolov disse que o professor Gávronov, que estudava História da Física, votara contra Chtrum; na opinião dele, o trabalho de Chtrum fora estruturado de forma não científica, provinha das concepções idealistas dos físicos ocidentais e não tinha perspectiva prática.

— É até bom que Gávronov seja contra — disse Chtrum.

— É, pode ser — concordou Sokolov.

Gávronov era um homem estranho, apelidado jocosamente de "irmandade eslava" por demonstrar, com obstinação fanática, que todas as realizações da física estavam associadas aos trabalhos de cientistas russos, colocando nomes pouco conhecidos como Petrov, Úmov e Iákovlev acima dos de Faraday, Maxwell e Einstein.

Sokolov disse, brincando:

— Veja, Viktor Pávlovitch, Moscou também reconheceu o significado do seu trabalho. Logo faremos um banquete na sua casa.

Mária Ivánovna tomou o fone e disse:

— Parabéns, parabéns a Liudmila Nikoláievna, estou tão contente pelo senhor e por ela!

Chtrum disse:

— Vaidade das vaidades.

Mas a vaidade das vaidades o alegrava e emocionava.

À noite, quando Liudmila Nikoláievna já tinha ido dormir, Márkov telefonou. Ele conhecia a conjuntura oficial, e relatou a reunião do conselho científico de forma diferente de Savostiánov e Sokolov. Depois da intervenção de Guriévitch, diante do riso generalizado, Kóvtchenko dissera:

— No Instituto de Matemática os sinos também estão dobrando pelo trabalho de Viktor Pávlovitch. É verdade que a procissão ainda não saiu, mas os estandartes já foram alçados.

Márkov suspeitava de um sentimento de hostilidade na piada de Kóvtchenko. Suas observações restantes se referiam a Chichakov. Aleksei Aleksêievitch não exprimiu sua posição com relação ao trabalho de Chtrum. Ao ouvir os oradores, balançava a cabeça — ou em aprovação, ou então pensando: "Quanto blá-blá-blá."

Chichakov preferia que fosse indicado ao prêmio o trabalho do jovem professor Molokanov; era dedicado à análise radiográfica do aço e tinha restrito significado prático, apenas para algumas fábricas que fabricavam metal de alta qualidade.

Márkov ainda disse que, depois da reunião, Chichakov foi até Gávronov e falou com ele.

Chtrum disse:

— Viatcheslav Ivánovitch, o senhor devia trabalhar no departamento diplomático.

Márkov, que não sabia brincar, respondeu:

— Não, sou físico experimental.

Chtrum foi para o quarto, atrás de Liudmila, e disse:

— Fui indicado para o prêmio Stálin. Estão me contando muitas coisas agradáveis.

Narrou-lhe as intervenções dos participantes da reunião.

— Todo esse êxito oficial é uma bobagem. Mas você sabe que o meu eterno complexo de inferioridade me dá náuseas. Entro na sala de conferências, a primeira fileira está livre, mas não me resolvo a sentar lá, e vou para Kamtchatka. Porém, Chichakov e Postôiev não vacilam, e ocupam logo a presidência. Não estou nem aí para essa poltrona, mas no fundo, no fundo, gostaria de sentir que tenho direito a ela.

— Como Tólia ficaria feliz — disse Liudmila Nikoláievna.

— Também não vou poder contar isso a mamãe.

Liudmila Nikoláievna disse:

— Vítia, já é meia-noite, Nádia não está em casa. Ontem ela chegou às onze.

— E daí?

— Ela diz que está na casa de uma amiga, mas eu fico preocupada. Ela diz que o pai de Maika tem um salvo-conduto noturno e que a traz de carro para casa.

— Então por que se preocupar? — disse Viktor Pávlovitch, pensando: "Senhor, trata-se de um grande êxito, o prêmio estatal Stálin, por que interromper a conversa com ninharias cotidianas?"

Ficou em silêncio e emitiu um leve suspiro.

No terceiro dia após a reunião do conselho científico, Chtrum ligou para a casa de Chichakov, querendo pedir a contratação do jovem físico Landesman. A direção e o departamento pessoal ficavam protelando as formalidades. Ao mesmo tempo, desejava pedir a Aleksei

Aleksêievitch que apressasse o regresso de Kazan de Anna Naúmovna Weisspapier. Agora que o instituto estava fazendo novas contratações, não tinha sentido deixar trabalhadores qualificados em Kazan.

Fazia tempo que tinha vontade de falar disso com Chichakov, mas lhe parecia que Chichakov não gostava dele o suficiente, e diria: "Fale com meu adjunto." E Chtrum sempre adiava a conversa.

Agora a onda de êxito elevara seu espírito. Dez dias atrás teria achado inconveniente pedir para ser recebido por Chichakov, mas agora era natural e simples telefonar para a casa dele.

Uma voz feminina indagou:

— Quem deseja?

Chtrum respondeu, contente de ouvir a própria voz, o tom ponderado e tranquilo com que se anunciou.

A mulher ao telefone demorou, depois disse com amabilidade "Um minutinho" e, depois de um minutinho, afirmou, com a mesma amabilidade:

— Por favor, ligue para o instituto amanhã, às dez.

— Perdão, obrigado.

Sentiu uma vergonha abrasadora em toda a pele, em todo o corpo.

Adivinhava com melancolia que nem à noite, durante o sono, aquele sentimento o deixaria, e que pela manhã, ao despertar, pensaria: "Por que estou me sentindo enjoado?", e se lembraria: "Ah, sim, aquele telefonema estúpido."

Foi para junto da mulher, no quarto, e contou do malogro da conversa com Chichakov.

— Sim, sim, você é um peixe fora d'água, como a sua mãe dizia de mim.

Ele começou a xingar a mulher que havia atendido.

— Cadela dos diabos, não suporto esse hábito torpe de perguntar quem deseja e depois responder: o mestre está ocupado.

Liudmila Nikoláievna normalmente ficava indignada com aquele tipo de situação, e ele tinha vontade de escutá-la.

— Você se lembra — ele disse —, eu achava que a indiferença de Chichakov se devesse ao fato de ele não poder tirar vantagem do meu trabalho. Mas agora me ocorre que ele pode tirar proveito, mas de outra forma: desacreditando-me. Pois ele sabe que Sadkó não gosta de mim.[48]

---

[48] Alusão à ária de *Sadkó*, ópera composta em 1896 por Nikolai Rimski-Kórsakov (1844-1908). Chtrum se refere às autoridades políticas soviéticas.

— Meu Deus, como você é desconfiado — disse Liudmila Nikoláievna. — Que horas são?

— Nove e quinze.

— Está vendo, e nada de Nádia.

— Meu Deus — disse Chtrum —, como você é desconfiada.

— A propósito — disse Liudmila Nikoláievna —, hoje ouvi na loja reservada que Svetchin também acabou sendo indicado ao prêmio.

— Verdade? Ele não me disse nada. Por qual trabalho?

— Pela teoria da difusão, ao que parece.

— Não entendo. Ela foi publicada antes da guerra.

— E daí? Também premiam o passado. Ele vai recebê-lo, e você não. Pode anotar. Você está fazendo tudo para isso.

— Como você é boba, Liuda. Sadkó não gosta de mim!

— Estou com saudades da mamãe. Ela sempre bajulava.

— Não entendo a sua irritação. Se naquela época você tivesse manifestado pelo menos uma parcela do afeto que eu tenho por Aleksandra Vladímirovna...

— Anna Semiónova nunca gostou de Tólia — disse Liudmila Nikoláievna.

— Não é verdade, não é verdade — disse Chtrum, e sua mulher lhe pareceu estranha e assustadora em sua injustiça obstinada.

53

De manhã, no instituto, Chtrum soube de uma notícia por Sokolov. Na noite da véspera, Chichakov convidara à sua casa alguns funcionários do instituto. Kóvtchenko fora buscar Sokolov de carro.

Entre os chamados estava o representante da seção científica do Comitê Central, o jovem Badin.

A vergonha de Chtrum piorou: evidentemente telefonara para Chichakov justo quando ele estava recebendo os convidados.

Sorrindo, disse a Sokolov:

— Então o conde de Saint-Germain estava entre os convidados. E de que falaram os senhores?

Lembrava-se de como, ao telefonar a Chichakov, anunciara-se com uma voz aveludada, certo de que, ao ouvir o sobrenome "Chtrum", Aleksei Aleksêievitch se jogaria alegremente em cima do telefone. Quase gemeu com a lembrança, pensando que são os cachorros que gemem de forma tão dolorosa, quando tentam em vão se livrar de uma pulga insuportável.

— A propósito — disse Sokolov —, aquilo foi organizado como se não estivéssemos em guerra. Café, vinho Gurjaani seco.[49] E tinha pouca gente, umas dez pessoas.

— Estranho — disse Chtrum, e Sokolov entendeu a que se referia aquele "estranho" pensativo, e disse, também pensativo:

— Sim, não entendo nada, é incompreensível.

— E Natan Semiónovitch, estava lá? — perguntou Chtrum.

— Guriévitch não foi, parece que lhe telefonaram, mas estava ocupado com uns doutorandos.

— Sim, sim, sim — disse Chtrum, tamborilando com os dedos na mesa. Depois, de forma inesperada para si mesmo, perguntou a Sokolov: — Piotr Lavriéntievitch, não falaram nada do meu trabalho?

Sokolov titubeou:

— Viktor Pávlovitch, tenho a sensação de que os que o elogiam e admiram estão sendo amigos da onça; a chefia está ficando irritada.

— Mas e então? Não fique calado!

Sokolov contou que Gavrônov havia dito que o trabalho de Chtrum contradizia a visão leninista sobre a natureza da matéria.

— Então? — disse Chtrum. — E daí?

— Veja bem, Gavrônov é um idiota, mas o desagradável é que Badin o apoiou. Disse que o seu trabalho, apesar de todo o talento, contraria as orientações dadas naquela célebre conferência.

Olhou para a porta, depois para o telefone, e disse, a meia-voz:

— Veja, tenho a impressão de que os nossos chefes do instituto querem escolhê-lo como bode expiatório de uma campanha pelo espírito do Partido na ciência. O senhor sabe como essas campanhas são conduzidas. Escolhem uma vítima e começam a malhar. Isso seria horrível. Pois seu trabalho é notável, especial!

— Mas então, ninguém retrucou?

— Na verdade, ninguém.

— E o senhor, Piotr Lavriéntievitch?

— Achei inútil entrar na discussão. Não tem sentido refutar a demagogia.

---

[49] Vinho georgiano.

Chtrum ficou perturbado ao sentir a perturbação do amigo, e disse:

— Sim, sim, é claro, é claro. O senhor está certo.

Ficaram em silêncio, mas esse silêncio não era leve. Um calafrio de medo percorreu Chtrum, aquele que sempre vivia secretamente em seu coração, o medo da ira do Estado, o medo de ser vítima dessa ira que converte o homem em pó.

— Sim, sim, sim — disse pensativo —, conservar a cabeça no pescoço.

— Como eu gostaria que o senhor compreendesse isso — disse Sokolov, a meia-voz.

— Piotr Lavriéntievitch — perguntou Chtrum, também a meia-voz —, como está Madiárov, tudo bem? Ele lhe escreve? Às vezes fico muito preocupado, sem saber por quê.

Naquela súbita conversa travada aos cochichos era como se eles dissessem que as pessoas têm suas próprias relações, particulares, humanas, sem ligação com o Estado.

Sokolov respondeu tranquilamente, separando as palavras:

— Não, não sei nada de Kazan.

Era como se sua voz alta e tranquila dissesse que agora não tinha relações particulares, humanas e separadas do Estado.

Márkov e Savostiánov entraram no gabinete, e se iniciou uma conversa completamente diferente. Márkov começou a elencar exemplos de mulheres que haviam arruinado a vida dos maridos.

— Cada um tem a mulher que merece — disse Sokolov, olhando para o relógio e saindo da sala.

Savostiánov, rindo, disse enquanto ele saía:

— Se no trólebus tem só um lugar vazio, Mária Ivánovna fica de pé, e Piotr Lavriéntievitch se senta. Se alguém telefona à noite, ele não se levanta da cama, e Máchenka sai correndo de robe para perguntar quem é. Claro: ele pensa que a mulher é a melhor amiga do homem.

— Não pertenço a esse grupo de felizardos — disse Márkov. — O que me dizem é: "Está surdo? Vai abrir a porta."

Enervando-se repentinamente, Chtrum disse:

— Mas o que é isso, a que ponto chegamos... Piotr Lavriéntievitch é um marido exemplar!

— Qual o problema, Viatcheslav Ivánovitch? — disse Savostiánov. — O senhor está aqui no laboratório dia e noite, fora do alcance.

— E o senhor acha que isso não me custa nada? — perguntou Márkov.

— Claro — disse Savostiánov, lambendo os lábios, antegozando sua nova tirada. — Fique sentado em casa. Como dizem, minha casa é minha fortaleza de Pedro e Paulo.[50]

Márkov e Chtrum riram e Márkov, evidentemente temendo que a conversa alegre se prolongasse, levantou-se e disse para si mesmo:

— Viatcheslav Ivánovitch, está na hora de trabalhar.

Quando ele saiu, Chtrum disse:

— É tão afetado, com movimentos medidos, e agora saiu como um bêbado. De fato, está dia e noite no laboratório.

— Sim, sim — corroborou Savostiánov —, é como um pássaro construindo o ninho. Completamente absorvido pelo trabalho.

Chtrum riu:

— Nem presta mais atenção em notícias mundanas, parou de espalhá-las. Sim, sim, eu gosto disso: como um passarinho construindo o ninho.

Savostiánov voltou-se bruscamente para Chtrum.

Seu jovem rosto de barba clara estava sério.

— A propósito de notícias mundanas — disse —, devo dizer, Viktor Pávlovitch, que a assembleia de ontem na casa de Chichakov, para a qual o senhor não foi chamado, foi um negócio revoltante, tão absurdo...

Chtrum franziu o cenho; aquela expressão de compaixão parecia-lhe humilhante.

— Deixe disso, pare   disse bruscamente.

— Viktor Pávlovitch — disse Savostiánov —, não interessa que Chichakov não o tenha convidado. Mas Piotr Lavriéntievitch lhe contou as baixarias que Gavrônov disse? Tem que ter muita cara de pau para dizer que o seu trabalho tem o espírito do judaísmo, e que Guriévitch chamou-o de clássico e o louvou daquele jeito só porque o senhor é judeu. E dizer todas essas torpezas diante do silêncio sorridente da chefia. Essa aí é a "irmandade eslava".

Na hora da pausa para o almoço, Chtrum não foi ao refeitório, ficou andando de um canto a outro de seu gabinete. Já tinha pensado alguma vez em quanta sujeira havia dentro das pessoas? Um jovem como Savostiánov! E parecia uma criança fútil, com suas eternas tira-

---

[50] Prisão política dos tempos do tsarismo.

das e fotos de moças em trajes de banho. E, no geral, tudo aquilo eram ninharias. A tagarelice de Gavrônov era uma bagatela, coisa de psicopata, um mísero invejoso. Ninguém havia replicado porque era absurdo demais, até ridículo, o que ele tinha declarado.

Contudo, todas aquelas ninharias e miudezas perturbavam, atormentavam. Como era possível que Chichakov não tivesse convidado Chtrum? De fato, era uma grosseria, uma estupidez. Era especialmente humilhante que, embora Chtrum fosse completamente indiferente ao medíocre Chichakov e seus saraus, aquilo lhe doesse como se lhe tivesse ocorrido uma desgraça irreparável. Entendia que aquilo era uma estupidez, mas não podia fazer nada. Sim, sim, e ainda queria receber um ovo a mais que Sokolov. Olha só!

Porém, só uma coisa queimava realmente a sério em seu coração. Tinha vontade de dizer a Sokolov: "Como não tem vergonha, meu amigo? Como o senhor pôde me esconder que Gavrônov me cobriu de imundície? Piotr Lavriéntievitch, o senhor não apenas se calou lá como se calou comigo. Que vergonha, que vergonha!"

Entretanto, não obstante sua agitação, disse também a si mesmo: "Mas você também se calou. Você não disse a seu amigo Sokolov das suspeitas de Karímov sobre Madiárov, parente dele. Ficou quieto! Por embaraço? Por delicadeza? Mentira! Por medo!"

Pelo visto, o destino havia decidido que aquele dia seria duro do início ao fim.

Anna Stepánovna entrou em seu gabinete, e Chtrum, olhando para sua fisionomia transtornada, perguntou:

— O que aconteceu, querida Anna Stepánovna? — "Será que ela ouviu falar das minhas contrariedades?", pensou.

— Viktor Pávlovitch, o que é isso? — ela disse. — Desse jeito, pelas minhas costas, o que eu fiz para merecer isso?

Haviam pedido a Anna Stepánovna que fosse na hora do almoço ao departamento pessoal, onde lhe propuseram assinar sua demissão. Tinham recebido uma orientação da diretoria para dispensar os trabalhadores de laboratório que não tivessem nível superior.

— Que absurdo, eu não estava sabendo disso — disse Chtrum. — Vou dar um jeito nisso, não se preocupe.

Anna Stepánovna ficara particularmente ofendida com as palavras de Dubenkov, de que a administração não tinha nada de pessoal contra ela.

— Viktor Pávlovitch, o que podem ter contra mim? Desculpe-me, por Deus, eu vim atrapalhar o seu trabalho.

Chtrum colocou o casaco nos ombros e atravessou o pátio na direção do edifício de dois andares em que funcionava o departamento pessoal.

"Está bem", pensava, "está bem". Não pensava em mais nada. Mas havia muita coisa nesse "está bem".

Dubenkov, cumprimentando Chtrum, afirmou:

— Eu estava para lhe telefonar.

— Por conta de Anna Stepánovna?

— Não, porque devido a determinadas circunstâncias os trabalhadores mais destacados do instituto terão de preencher este formulário.

Chtrum olhou para o maço de folhas de formulário e afirmou:

— Oh! Isso é trabalho para uma semana.

— O que é isso, Viktor Pávlovitch. Apenas, por favor, no caso de resposta negativa, não coloque um tracinho, mas escreva "não, não estive; não, não consta; não, não tenho" etc.

— Pois bem, meu caro — disse Chtrum —, é necessário revogar essa ridícula ordem de dispensa de nossa veterana laboratorista Anna Stepánovna.

Dubenkov disse:

— Lochakova? Viktor Pávlovitch, como posso revogar uma ordem da direção?

— Sabe Deus como! Ela defendeu o instituto, guardou-o bem debaixo das bombas. E agora a demitem por razões administrativas.

— Sem razões administrativas não demitimos ninguém — disse Dubenkov, com dignidade.

— Anna Stepánovna não é apenas uma pessoa maravilhosa, como uma de nossas melhores laboratoristas.

— Se ela realmente é indispensável, dirija-se a Kassián Teriéntievitch — disse Dubenkov. — A propósito, o senhor pode acertar com ele outras duas questões referentes ao seu laboratório.

Estendeu a Chtrum dois papéis grampeados.

— A respeito da contratação de um colaborador científico por concurso — examinou o papel e leu devagar: — Landesman, Emili Pínkhussovitch.

— Sim, eu que redigi — disse Chtrum, reconhecendo o papel nas mãos de Dubenkov.

— Eis a resolução de Kassián Teriéntievitch: "Incompatível com os requisitos."

— Como assim incompatível? — indagou Chtrum. — Eu é que sei que ele é compatível, de onde Kóvtchenko tirou que é incompatível?

— Então resolva com Kassián Teriéntievitch — disse Dubenkov. Examinou a segunda folha e disse: — E esta é a petição dos trabalhadores que ficaram em Kazan, com o seu requerimento.

— Sim, e daí?

— Kassián Teriéntievitch escrevera: "Inoportuno — como estão trabalhando produtivamente na Universidade de Kazan, adiar o exame da questão até o final do ano letivo."

Falava baixo, suave, como se desejasse que o tom carinhoso de sua voz atenuasse as notícias desagradáveis para Chtrum; em seus olhos, contudo, não havia carinho, mas apenas curiosidade malévola.

— Muito obrigado, camarada Dubenkov — disse Chtrum.

Chtrum voltou a atravessar o pátio e a dizer "está bem". Não precisava do apoio da chefia, não precisava do amor dos amigos, da comunhão espiritual com a esposa; sabia combater solitariamente. Voltando para o edifício principal, subiu ao segundo andar.

Kóvtchenko, de terno negro e camisa ucraniana bordada, saiu do gabinete atrás da secretária que lhe anunciara a chegada de Chtrum e disse:

— Por favor, por favor, Viktor Pávlovitch, entre na minha *khata*.

Chtrum entrou na "*khata*" mobiliada com poltronas e divãs vermelhos. Kóvtchenko acomodou Chtrum em um divã e sentou-se ao lado dele.

Sorria ao ouvir Chtrum, e sua amabilidade em certo sentido recordava a de Dubenkov. Pois possivelmente sorrira do mesmo modo enquanto Gavrônov proferia seu discurso sobre a descoberta de Chtrum.

— Que fazer? — afirmou Kóvtchenko, aflito, abrindo os braços. — Não fomos nós que inventamos isso. Ela esteve debaixo de bombas? Hoje isso não é uma distinção, Viktor Pávlovitch; todo cidadão soviético suporta bombardeios se a Pátria exige.

Depois Kóvtchenko refletiu e disse:

— Existe uma possibilidade, embora, naturalmente, suscite críticas. Podemos colocar Lochakova no posto de preparadora. Conservando o talão para a loja especial. Isso eu posso lhe prometer.

— Não, seria humilhante para ela — disse Chtrum.

Kóvtchenko perguntou:

— Viktor Pávlovitch, o que o senhor quer, que o Estado soviético tenha uma lei, e o laboratório de Chtrum, outra?

— Pelo contrário, quero justamente que a lei soviética seja aplicada no meu laboratório. Pela lei soviética não se pode demitir Lochakova.

A seguir, perguntou:

— Kassián Teriéntievitch, já que estamos falando de leis, por que o senhor não aprovou o talentoso jovem Landesman para o meu laboratório?

Kóvtchenko mordeu os lábios.

— Veja, Viktor Pávlovitch, pelos seus critérios talvez ele possa trabalhar com êxito, mas existem outras circunstâncias que a direção do instituto tem que levar em conta.

— Muito bem — disse Chtrum, repetindo: — Muito bem.

Daí perguntou:

— É o formulário, não é? Tem parentes no exterior?

Kóvtchenko fez um gesto vago com os braços.

— Kassián Teriéntievitch, prosseguindo esta aprazível palestra — disse Chtrum —, por que o senhor está bloqueando a volta de Kazan da minha colaboradora Anna Naúmovna Weisspapier? A propósito, ela é livre-docente. Nesse caso, onde está a contradição entre o meu laboratório e o Estado?

Kóvtchenko disse, com rosto sofredor:

— Viktor Pávlovitch, por que o senhor está me interrogando? Respondo pelo departamento pessoal, gostaria que entendesse.

— Muito bem, muito bem — disse Chtrum, chegando às raias da grosseria. — Então é isso, meu caro — ele disse —, não tenho mais como trabalhar desse jeito. A ciência não está a serviço do senhor, nem de Dubenkov. E eu também estou a serviço do trabalho, e não dos interesses obscuros do departamento pessoal. Vou escrever a Aleksei Alekséievitch para que coloque Dubenkov à frente do laboratório nuclear.

Kóvtchenko disse:

— Viktor Pávlovitch, por favor, se acalme.

— Não, não vou trabalhar desse jeito.

— Viktor Pávlovitch, o senhor não faz ideia de como a direção, e eu pessoalmente, apreciamos o seu trabalho.

— Tanto faz se vocês apreciam ou não o meu trabalho — disse Chtrum, lendo no rosto de Kóvtchenko não ofensa, mas sim um alegre deleite.

— Viktor Pávlovitch — disse Kóvtchenko —, não vamos permitir em caso algum que deixe o instituto. — Franziu o cenho e acrescentou: — E isso não quer dizer que o senhor seja insubstituível. Ou será que o senhor pensa que Viktor Pávlovitch Chtrum é insubstituível? — E finalizou, de modo quase carinhoso: — Será que ninguém na Rússia pode substituí-lo, assim como o senhor não pode fazer ciência sem Landesman e Weisspapier?

Olhou para Chtrum, e Viktor Pávlovitch sentiu que logo, logo, Kóvtchenko diria a palavra que o tempo todo, como um nevoeiro invisível, pairava entre eles, tocando os olhos, as mãos, o cérebro.

Chtrum baixou a cabeça; já não existia o professor, o doutor em ciências, o célebre cientista que realizara uma descoberta notável e sabia ser altivo e condescendente, independente e brusco.

Um homem encurvado e de ombros estreitos, de nariz aquilino, cabelos crespos, pestanejando como se esperasse levar uma bofetada, olhava para o homem de camisa ucraniana bordada e aguardava.

Kóvtchenko afirmou, baixinho:

— Viktor Pávlovitch, não se irrite, não se irrite, peço que não se irrite. Mas o que é isso, meu Deus, fazer tempestade em copo d'água por causa de uma bobagem dessas?

54

À noite, quando mulher e filha tinham ido dormir, Chtrum se pôs a preencher o formulário. Quase todas as perguntas eram as mesmas de antes da guerra. Justamente por serem idênticas, elas pareceram estranhas a Viktor Pávlovitch, causando-lhe novas inquietações.

O Estado não se preocupava em saber se o método matemático que Chtrum empregava em seu trabalho era adequado, se a instalação montada no laboratório era apropriada aos complexos experimentos que seriam feitos com sua ajuda, se era boa a proteção contra a radiação nuclear, se a amizade e a ligação científica entre Sokolov, Márkov e Chtrum eram satisfatórias, se os jovens colaboradores estavam preparados para a realização dos cálculos extenuantes e se eles compreendiam quanta coisa dependia de paciência, persistência e concentração.

Este era o rei dos formulários, o formulário dos formulários. Queria saber tudo do pai de Liudmila, sua mãe, os avós de Viktor Pávlovitch, onde viveram, quando morreram, onde foram sepultados. Por que o pai de Viktor Pávlovitch, Pável Ióssifovitch, viajou para Berlim em 1910? A preocupação do Estado era séria e sombria. Chtrum, examinando o formulário, começou ele mesmo a duvidar de sua solidez e autenticidade.

1. Sobrenome, nome, patronímico... Quem era ele, o homem que escrevia à noite no formulário, Chtrum, Viktor Pávlovitch? Aparentemente a mãe se casara com o pai no civil, depois eles se separaram quando Vítia completara 2 anos, e ele se lembrava de que nos papéis de seu pai constava Pinchas, e não Pável. Por que me chamo Viktor Pávlovitch? Quem sou eu, e se eu de repente me chamasse Goldman ou Sagaidatchni? Ou o francês Desforges, ou melhor, Dubrovski?[51]

E, cheio de dúvidas, pôs-se a responder à segunda pergunta.

2. Data de nascimento... ano... mês... dia... indique no estilo antigo e no estilo novo.[52] O que ele sabia a respeito daquele obscuro dia de dezembro, poderia assegurar com toda certeza que nascera exatamente naquela data? Para tirar a responsabilidade de si, não seria o caso de acrescentar "de acordo com"?

3. Sexo... Chtrum escreveu sem hesitar: "Masculino." Pensou: "Que tipo de homem eu sou, um homem de verdade não teria se calado após a destituição de Tchepíjin."

4. Local de nascimento pela velha divisão administrativa (província, distrito, cantão, aldeia) e pela nova (região, território, distrito urbano ou rural)... Chtrum escreveu: Khárkov. A mãe lhe contara que havia nascido em Bakhmut, mas a certidão de nascimento fora expedida em Khárkov, para onde ela foi dois meses depois do parto. Como era, valia a pena fazer uma explicação?

5. Nacionalidade... Eis o quinto ponto. Tão simples e insignificante antes da guerra e agora, contudo, de importância particular.

Chtrum, apertando a caneta, escreveu com letra decidida: "Judaica." Não sabia o que significaria em breve para centenas de milha-

---

[51] *Dubrovski* é uma narrativa de Púchkin cujo personagem-título, uma espécie de Robin Hood russo, faz-se passar pelo preceptor francês Desforges.

[52] Até a Revolução Bolchevique, a Rússia utilizava o calendário juliano, substituído pelo gregoriano em 1918. A diferença entre ambos é de duas semanas. Assim, no dia do ajuste, a 31 de janeiro de 1918 seguiu-se 14 de fevereiro de 1918.

res de pessoas responder à quinta pergunta do formulário: calmuco, balcário,[53] tchetcheno, tártaro da Crimeia, judeu.

Não sabia que, ano após ano, em torno desse quinto ponto se desencadeariam paixões obscuras, nem que o medo, a raiva, o desespero, a desolação e o sangue iriam se transferir do sexto ponto, "origem social", para ele, nem que, em alguns anos, muita gente preencheria o quinto ponto do formulário com a mesma sensação de fatalidade com a qual, nas décadas anteriores, haviam respondido à sexta questão os filhos de oficiais cossacos, nobres, industriais e sacerdotes.

Mas ele já sentia e pressentia a pressão das linhas de força em torno do quinto ponto do formulário. Na noite da véspera, Landesman lhe telefonara, e Chtrum dissera-lhe que não conseguira nada com relação à sua contratação. "Eu já imaginava", disse Landesman, em tom de ódio e reprovação. "Tem alguma coisa errada no seu formulário?", Chtrum perguntou. Landesman suspirou e disse: "Meu sobrenome."

Nádia dissera no chá da tarde:

— Sabe, papai, o pai de Maika disse que, no ano que vem, não vão aceitar nenhum judeu no Instituto de Relações Internacionais.

"O que fazer", pensou Chtrum, "judeu é judeu, não dá para escrever outra coisa".

6. Origem social... Era o tronco de uma árvore poderosa, cujas raízes penetravam profundamente na terra, cujos galhos se espalhavam sobre as páginas do formulário: origem social da mãe e do pai, dos pais da mãe e do pai... origem social da esposa, dos pais da esposa... se for divorciado, origem social da ex-mulher e o que os pais dela faziam antes da Revolução.

A Grande Revolução fora uma revolução social, uma revolução dos pobres. Chtrum sempre achara que a sexta questão exprimia a justa desconfiança dos pobres, suscitada pelo milenar governo dos ricos.

Escreveu "pequeno-burguês". Pequeno-burguês! Que pequeno-burguês? E de repente, possivelmente por conta da guerra, começou a duvidar de que existisse diferença entre a legítima pergunta soviética sobre origem social e a sangrenta pergunta alemã sobre nacionalidade. Lembrava-se das conversas noturnas em Kazan e da fala de Madiárov sobre a atitude de Tchékhov com relação ao ser humano.

---

[53] Povo turco da Cabardino-Balcária, república russa do Cáucaso. Acusada de colaboração com os alemães, sua população foi deportada por Stálin para o Cazaquistão, o Quirguistão e a Sibéria. Seu retorno foi permitido em 1957.

Pensou: "A distinção social me parece moral e justa. Mas, para os alemães, é a distinção nacional que parece indubitavelmente moral. Para mim está claro que é horrível matar um judeu porque ele é judeu. Pois são pessoas — cada uma delas —, boas, más, talentosas, estúpidas, torpes, alegres, bondosas, generosas ou tacanhas. Hitler, porém, diz: dá tudo na mesma, só o que importa é que são judeus. E eu protesto com todo o meu ser! Nós, contudo, temos o mesmo princípio: o que importa é que seja nobre, cúlaque, mercador. Se a pessoa for boa, má, talentosa, bondosa, estúpida, alegre — e daí? E olha que nos nossos formulários a questão nem é ser mercador, sacerdote, nobre. A questão são os filhos e netos deles. O que é isso? São nobres de sangue, assim como os judeus são mercadores e sacerdotes de sangue? Que estupidez. Sófia Peróvskaia[54] era filha de general, aliás, não só de general, como de governador. Acabem com ela! E Komissárov, o lacaio político tsarista que capturou Karakózov,[55] também teria respondido à sexta pergunta como 'pequeno-burguês'. Teria sido aceito na universidade, confirmado no posto. Pois Stálin dissera: 'O filho não responde pelo pai.' Stálin, contudo, também dissera: 'A maçã não cai longe da árvore.' Enfim, pequeno-burguês é pequeno-burguês."

7. Posição social... Funcionário? Funcionário é contador, registrador. O funcionário Chtrum demonstrou matematicamente o mecanismo de desintegração do núcleo do átomo, e o funcionário Márkov deseja, com o auxílio das novas instalações experimentais, confirmar as conclusões teóricas do funcionário Chtrum.

"Pois é verdade", pensou, "sou exatamente um funcionário".

Deu de ombros, levantou-se, caminhou pelo quarto, afastou alguém com a mão. Depois se sentou à mesa e voltou a responder às perguntas.

29. Você ou algum de seus parentes próximos foi julgado ou investigado, preso, recebeu condenação de ordem penal ou administrativa? Exatamente quando, onde e por quê? Se a pena foi comutada, quando?

A mesma pergunta, endereçada à mulher de Chtrum. Um calafrio lhe percorreu a espinha. Aqui não tinha discussão, não estavam

---

[54] Sófia Lvóvna Peróvskaia (1853-1881) era membro da organização revolucionária *Naródnaia Vólia*, participou do assassinato do tsar Alexandre II e foi a primeira mulher condenada na Rússia por terrorismo.
[55] Dmitri Vladímirovitch Karakózov (1840-1866), primeiro revolucionário russo a atentar contra a vida de um tsar.

de brincadeira. Nomes surgiram na sua cabeça. Estou certo de que ele não tem culpa de nada... não é uma pessoa deste mundo... ela foi presa por não ter denunciado o marido, parece que lhe deram seis anos, não sei ao certo, não me correspondo com ela, parece que foi para Tiômniki, fiquei sabendo por acaso, encontrei sua filha na rua... não me lembro exatamente, parece que ele foi preso no começo de 1938, sim, dez anos sem direito a correspondência...

O irmão de minha esposa foi membro do Partido, encontrei-me poucas vezes com ele; nem eu nem minha esposa nos correspondemos com ele; a mãe de minha esposa, ao que parece, foi visitá-lo, sim, sim, muito antes da guerra, ela morreu durante a guerra, e o filho dele participou da defesa de Stalingrado como voluntário... Minha esposa se separou do primeiro marido, e o filho do primeiro casamento, meu enteado, morreu no front, defendendo Stalingrado... O primeiro marido foi preso, e desde o divórcio minha esposa não sabe nada dele... Não sei por que foi condenado, ouvi nebulosamente que tinha algo a ver com ligações com a oposição trotskista, mas não estou certo, isso na verdade nunca me interessou...

Um sentimento inescapável de culpa e impureza se apossou de Chtrum. Lembrava-se do membro do Partido que dissera em uma reunião: "Camaradas, não sou um dos nossos."

E, de repente, um ímpeto o tomou. Não sou um pacífico nem submisso! Sadkó não gosta de mim — que seja! Estou sozinho, minha mulher parou de se interessar por mim — que seja! Não renegarei os infelizes que morreram inocentes.

Que vergonha, camaradas, mexer com isso tudo. Se essa gente era inocente, de que podem ser culpados os filhos e as esposas? Devemos nos arrepender perante essas pessoas, pedir-lhes perdão. E vocês querem demonstrar minha inferioridade e tirar minha confiança porque sou parente de inocentes? Se sou culpado, é apenas por tê-los ajudado pouco na desgraça.

Contudo, um segundo caminho de ideias, diametralmente oposto, percorria o cérebro daquele mesmo homem.

Não tive contato com eles. Não me correspondi com inimigos, não recebi cartas dos campos, não lhes ofereci apoio material, meus encontros com eles foram raros e ocasionais...

30. Algum de seus familiares mora no exterior (onde, desde quando, e por que saiu)? Você mantém ligação com eles?

A nova pergunta fortaleceu sua angústia.

Camaradas, será que vocês compreendem que, nas condições da Rússia tsarista, a emigração era inevitável? Pois quem emigrava eram os pobres, emigravam os amantes da liberdade. Pois Lênin também morou em Londres, Zurique, Paris. Por que vocês se põem a piscar ao ler que minhas tias e tios, suas filhas e seus filhos estão em Nova York, Paris, Buenos Aires? Um dos conhecidos brincou: "Minha madrinha está em Nova York... Antes eu achava que a fome não era madrinha, mas agora descobri que a madrinha é fome."

Contudo, o fato era que a lista de seus parentes morando no exterior era só um pouco menor que a de seus trabalhos científicos. E se fosse acrescentar a lista das vítimas da repressão...

Assim se derruba um homem. Para o lixo! É um alienígena! Só que isso é mentira, mentira! A ciência precisava dele, e não de Gavrônov ou Dubenkov; daria a vida pelo seu país. Seriam poucos aqueles com formulários brilhantes que eram capazes de trair e entregar? Seriam poucos aqueles que escreveram nos formulários "pai — cúlaque", "pai — ex-latifundiário" e deram a vida em combate, viraram guerrilheiros, foram para o cadafalso?

O que era aquilo? Ele sabia bem: o método estatístico! A probabilística! Era maior a probabilidade de encontrar inimigos entre gente que não era de origem trabalhadora do que entre gente de procedência proletária. Contudo, também os fascistas alemães, baseando-se em maior e menor probabilidade, exterminavam povos e nações. Tal princípio era desumano. Desumano e cego. Só havia uma abordagem possível com relação às pessoas: a humana.

Viktor Pávlovitch teria elaborado um outro formulário para contratar gente para o laboratório: um formulário humano.

Era-lhe indiferente se a pessoa com quem iria trabalhar era russa, judia, ucraniana, armênia; se o seu avô fora operário, industrial, cúlaque; suas relações com um camarada de trabalho não dependiam do fato de seu irmão ter sido preso pelos órgãos do NKVD, e lhe era indiferente se as irmãs desse camarada moravam em Kostromá ou em Genebra.

Perguntaria com que idade começara a se interessar pela física teórica, qual sua opinião quanto à crítica de Einstein ao velho Planck, se era inclinado apenas pelas tarefas matemáticas ou se o trabalho experimental o atraía, qual sua opinião sobre Heisenberg e se acreditava na possibilidade de uma teoria unificada dos campos. O mais importante, o principal, era o talento, o fogo, a chama divina.

608

Perguntaria, naturalmente, caso o colega de trabalho quisesse responder, se ele gostava de passeios a pé, tomava vinho, ia a concertos sinfônicos, gostava dos livros infantis de Thompson Seton, de quem era mais próximo, Tolstói ou Dostoiévski, se a jardinagem o atraía, se tinha o hábito de pescar, o que achava de Picasso, qual seu conto favorito de Tchékhov.

Teria interesse em saber se o futuro colega de trabalho era calado ou se gostava de falar, se era bondoso, engenhoso, vingativo, irascível, ambicioso, se gostaria de ter um caso com a esplêndida Vérotchka Ponomariova.

Madiárov falara espantosamente bem daquilo, tão bem que não parava de pensar que ele era um provocador.

Senhor Deus!

Chtrum pegou a caneta e escreveu: "Ester Semiónova Dachevskaia, tia por parte de mãe, mora em Buenos Aires desde 1909, ensina música."

55

Chtrum entrou no gabinete de Chichakov com a intenção de ser contido e não proferir sequer uma palavra áspera.

Compreendia que era estúpido se zangar e se ofender porque, na cabeça do burocrata acadêmico, Chtrum e seu trabalho ocupavam um dos piores e últimos lugares.

Contudo, mal viu o rosto de Chichakov, Chtrum sentiu uma irritação insuportável.

— Aleksei Alekséievitch — disse —, como dizem por aí, não se deve forçar a amizade, mas o senhor nenhuma vez se interessou pela montagem da instalação.

Chichakov respondeu em tom pacífico:

— Sem falta vou lá, o quanto antes.

O chefe, benevolente, prometia honrar Chtrum com sua presença.

Chichakov acrescentou:

— No geral, me parece que a direção tem sido bastante atenciosa com as suas necessidades.

— Especialmente o departamento pessoal.

Chichakov, cheio de paz, perguntou:

— No que o departamento pessoal o incomoda? O senhor é o primeiro diretor de laboratório a fazer tal observação.

— Aleksei Aleksêievitch, pedi em vão que chamassem, de Kazan, Anna Naúmovna Weisspapier, célebre especialista em fotografia nuclear. Oponho-me categoricamente à dispensa de Lochakova. Trata-se de uma trabalhadora notável e uma pessoa notável. Isso é desumano. Finalmente, peço a contratação do concursado Landesman, livre-docente... É um rapaz talentoso. O senhor subestima completamente o significado de nosso laboratório. Do contrário eu não estaria perdendo tempo com esse tipo de conversa.

— Eu também estou perdendo tempo com essa conversa — disse Chichakov.

Chtrum, alegrando-se por Chichakov ter deixado de falar naquele tom pacífico que o impedia de exprimir toda sua irritação, afirmou:

— É bastante desagradável que esses conflitos tenham surgido especialmente em torno de gente de sobrenome judaico.

— Então é isso — disse Aleksei Aleksêievitch, passando da paz para a guerra. — Viktor Pávlovitch — disse —, diante do instituto estão colocadas tarefas de responsabilidade. Não preciso dizer ao senhor como são difíceis os tempos em que temos tais tarefas diante de nós. Considero que, no momento, seu laboratório não tem condições de contribuir plenamente para levar essas tarefas a cabo. Ademais, em torno do seu trabalho, indubitavelmente interessante, mas também indubitavelmente discutível, levantou-se um barulho desmedido.

Prosseguiu, com gravidade:

— Não é só o meu ponto de vista. Os camaradas acham que essa barulheira desorienta os cientistas. Ontem falaram comigo em detalhes sobre isso. Foi exprimida a opinião de que o senhor deveria refletir a respeito de suas conclusões, que contrariam as teorias materialistas sobre a natureza da matéria; o senhor deveria se pronunciar a esse respeito. Algumas pessoas, por razões que não me são claras, interessam-se em que teorias discutíveis se convertam em princípios gerais da ciência, justamente numa época em que todas as nossas forças deveriam estar direcionadas para as tarefas colocadas pela guerra. Tudo isso é extremamente sério. O senhor chega com estranhas pretensões a respeito de uma certa Lochakova. Perdão, mas nunca soube que Lochakova fosse um sobrenome judaico.

Chtrum ficou perdido ao ouvir Chichakov. Ninguém jamais expressara tamanha hostilidade em relação a seu trabalho. Ouvia aquilo pela primeira vez de um acadêmico, diretor do instituto em que trabalhava.

E, já sem temer as consequências, disse tudo o que pensava e que, por isso mesmo, jamais deveria ter dito.

Disse que não é objeto da física confirmar uma filosofia. Disse que a lógica das deduções matemáticas era mais forte que a lógica de Engels e Lênin, e que tocava a Badin, da seção científica do Comitê Central, adaptar a visão de Lênin à matemática e à física, e não a física e a matemática à visão de Lênin. Disse que o pragmatismo estreito mata a ciência, ainda que expresso "pelo próprio Senhor Nosso Deus"; só uma grande teoria levava a grandes aplicações práticas. Estava certo de que as questões técnicas cardinais, e não apenas as técnicas, seriam resolvidas no século XX, associadas à teoria dos processos nucleares. Poderia se pronunciar de bom grado exatamente dentro desse espírito se os camaradas cujos nomes Chichakov não mencionara julgassem necessário.

— No que tange à questão das pessoas com sobrenome judai-co, Aleksei Aleksêievitch, o senhor não deve fazer piada se for mesmo da intelligentsia russa — disse. — Em caso de recusa sua a meus pe-didos serei forçado a deixar o instituto sem demora. Assim não tenho como trabalhar.

Tomou fôlego, olhou para Chichakov, refletiu e disse:

— É difícil trabalhar em tais condições. Não sou apenas um físico, sou também um ser humano. Me envergonho diante da gente que espera de mim ajuda e defesa contra as injustiças.

Disse que era "difícil trabalhar em tais condições", mas não teve coragem de repetir pela segunda vez as palavras sobre uma partida iminente. Pelo rosto de Chichakov, Chtrum notou que ele reparara que a fórmula havia sido suavizada.

Talvez exatamente por isso Chichakov disse:

— Não faz sentido continuar a conversa na língua dos ultima-tos. Naturalmente, terei de levar em conta os seus desejos.

Uma sensação estranha, ao mesmo tempo de angústia e ale-gria, se apoderou de Chtrum no decorrer do dia inteiro. Os instrumen-tos do laboratório, a instalação nova cuja montagem se aproximava do final pareciam-lhe uma parte de sua vida, seu cérebro, seu corpo. Como poderia existir separado deles?

Era terrível recordar as palavras heréticas ditas ao diretor. Mas, ao mesmo tempo, sentia-se forte. Sua impotência era simultaneamente a sua força. Como poderia ter pensado que, nos dias de seu triunfo científico, de regresso a Moscou, chegaria a tomar parte em uma conversa daquelas?

Ninguém tinha como saber de seu confronto com Chichakov, mas ele teve a impressão de que os colegas naquele dia o tratavam de modo especialmente caloroso.

Anna Semiónova tomou sua mão e a apertou:

— Viktor Pávlovitch, não quero lhe agradecer, mas sei que o senhor tem sido quem sempre foi — ela disse.

Ficou de pé ao lado dela, em silêncio, emocionado e quase feliz.

"Mamãe, mamãe", pensou repentinamente. "Está vendo? Está vendo?"

No caminho de casa, decidira não dizer nada à mulher, mas não conseguiu vencer o hábito de compartilhar com ela tudo o que ocorria e, na entrada, ao tirar o casaco, declarou:

— Bem, Liudmila, vou sair do instituto.

Liudmila Nikoláievna ficou transtornada e aflita, mas mesmo assim lhe disse palavras desagradáveis:

— Você se comporta como se fosse Lomonóssov ou Mendelêiev. Vá embora: vão colocar Márkov ou Sokolov no seu lugar. — Ergueu os olhos da costura. — Deixe o seu Landesman ir para o front. Do contrário, você só vai confirmar o preconceito das pessoas de que os judeus protegem uns aos outros no instituto.

— Chega, chega — disse ele. — Não discuta, Liudmila, por favor. Lembra-se do que disse Nekrássov? "O coitado achou que entraria no templo da glória, e ficou feliz por ter entrado no hospital." Achei que tinha direito ao pão que comia, mas exigem que me arrependa dos pecados e heresias. Não, pense só nisso: um pronunciamento de arrependimento. Que delírio! E mesmo assim me indicam para um prêmio, os estudantes chegam. Tudo isso é culpa de Badin! Aliás, não só de Badin. Sadkó não gosta de mim!

Liudmila Nikoláievna foi até ele, ajustou-lhe a gravata, acertou a aba do paletó e perguntou:

— Você provavelmente não almoçou. Está muito pálido.

— Não tenho vontade de comer.

— Coma um pão com manteiga que eu esquento o almoço.

Depois verteu em um cálice o remédio para o coração e disse:

— Tome, não estou gostando do seu aspecto, me dê o seu pulso.

Foram à cozinha e Chtrum se pôs a mastigar o pão, olhando-se no espelho que Nádia pendurara ao lado do contador de gás.

— Que estranho, que feroz — disse. — Em Kazan jamais pensei que teria de preencher formulários de cem folhas, ou ouvir o que ouvi hoje. Que poder! O Estado e o indivíduo... Eleva-o bem alto para deixar que o pobre caia depois, sem esforço.

— Vítia, quero falar de Nádia — disse Liudmila Nikoláievna. — Quase todo dia volta para casa depois do toque de recolher.

— Você já me falou disso outro dia — disse Chtrum.

— Sei disso. Ontem à noite cheguei à janela por acaso, entreabri a cortina e vi Nádia caminhando com um militar. Pararam na frente da leiteria e começaram a se beijar.

— Não me diga! — respondeu Viktor Pávlovitch e, espantado, parou de mastigar.

Nádia beijando um militar. Chtrum ficou calado por alguns instantes, depois começou a rir. Parecia que só aquela novidade assombrosa podia desviá-lo de seus pensamentos sombrios e afastá-lo de suas preocupações. Seus olhos encontraram por um momento os da mulher, e Liudmila Nikoláievna, sem que ela mesma esperasse, começou a rir. Naquela hora surgiu entre eles aquele tipo de entendimento completo, possível apenas em curtos minutos da vida, que dispensava palavras e pensamentos.

Liudmila Nikoláievna não se surpreendeu quando Chtrum, aparentemente sem propósito, afirmou:

— Mila, Mila, mas você concorda que fiz bem em enfrentar Chichakov?

Esse era o caminho simples das ideias, mas não era tão simples entendê-lo. Aqui se mesclavam ideias sobre a vida pregressa, sobre o destino de Tólia e Anna Semiónovna, sobre a guerra, sobre a velhice que inevitavelmente arruína a vida, e que não importa quanta glória e riqueza acumule uma pessoa, ela vai envelhecer, partir, morrer, e os jovens tomarão seu lugar, e que talvez o mais importante seja levar a vida de maneira honrada.

E Chtrum perguntou à mulher:

— Fiz bem, não?

Liudmila Nikoláievna negou com a cabeça. Décadas de intimidade e vida em comum podiam também separar.

— Sabe, Liuda — Chtrum disse, humildemente —, aqueles que têm razão na vida em geral não sabem se comportar: explodem, são rudes, agem sem tato nem tolerância, e normalmente são acusados de todos os problemas no trabalho e em casa. E os que não têm razão, os que ofendem mas sabem se comportar, são lógicos, calmos, têm tato, parecem estar sempre certos.

Nádia chegou às dez horas. Ao ouvir o ruído da chave na fechadura, Liudmila Nikoláievna disse ao marido:

— Fale com ela.

— É melhor que seja você, eu não consigo — disse Viktor Pávlovitch. Quando Nádia, porém, despenteada e de nariz vermelho, entrou na sala de jantar, ele disse: — Quem você estava beijando na frente de casa?

Nádia olhou furtivamente ao redor, como se se preparasse para sair correndo, e fitou a mãe com a boca entreaberta.

— A... Andriucha Lômov, da escola de tenentes.

— O que é isso, vai se casar com ele? — disse Chtrum, espantado com a confiança na voz de Nádia. Olhou para a mulher; ela estava vendo Nádia?

Como uma adulta, Nádia estreitou os olhos e despejou palavras de raiva:

— Casar? — perguntou de volta, e aquela palavra na boca da filha assombrou Chtrum. — Pode ser!

Então acrescentou:

— Talvez não. Ainda não decidi.

Liudmila Nikoláievna, que estava em silêncio o tempo todo, indagou:

— Nádia, por que as mentiras sobre o pai de uma certa Maika e as aulas? Nunca menti para a minha mãe.

Chtrum recordou que, quando estava cortejando Liudmila, esta dissera, ao chegar para um encontro: "Tólia ficou com mamãe, eu lhe disse que ia à biblioteca."

Nádia, subitamente de volta à sua essência infantil, gritou com voz chorosa e irada:

— E me espionar é correto? Sua mãe também espionava?

Chtrum rugiu, furioso:

— Idiota, não ouse ser atrevida com sua mãe!

Ela olhou para ele com tédio e paciência.

— Então, Nadiejda Víktorovna, a senhora ainda não decidiu se vai se casar ou se ficará como concubina do jovem coronel?

— Não, ainda não decidi, e, em segundo lugar, ele não é coronel — respondeu Nádia.

Seria possível os lábios de sua filha terem beijado um jovem qualquer de capote militar? Seria possível que alguém pudesse se apaixonar por aquela mocinha, Nádia, engraçada, uma boba inteligente, e olhar para ela com olhos de cachorrinho?

Mas era a eterna história....

Liudmila Nikoláievna se calou, compreendendo que Nádia agora ficaria irada e em silêncio. Sabia que quando ficassem sozinhas ela acariciaria a cabeça da filha, Nádia soluçaria sem saber o motivo e Liudmila Nikoláievna, também sem saber o motivo, seria invadida por uma compaixão pungente, pois, no fim de tudo, não era tão terrível que uma moça beijasse um rapaz. E Nádia lhe contaria tudo a respeito daquele Lômov, e ela acariciaria seus cabelos, lembraria de seu primeiro beijo e pensaria em Tólia, pois tudo o que acontecia na vida estava ligado a ele. E ele não existia mais.

Como era triste esse amor de moça à beira do abismo da guerra. Tólia, Tólia...

Viktor Pávlovitch, entretanto, fazia barulho, tomado de inquietação paterna.

— Onde esse pateta está de serviço? — perguntou. — Vou falar com o comandante dele, que vai lhe ensinar como ficar de namoro com meninas ranhosas.

Nádia ficou calada, e Chtrum, fascinado por sua arrogância, ficou em silêncio contra a vontade, depois perguntou:

— Por que você me olha como se fosse um ser de raça superior fitando uma ameba?

Estranhamente, o olhar de Nádia lembrava-o da conversa daquele dia com Chichakov; tranquilo e seguro de si, Aleksei Aleksêievitch olhara para Chtrum da altura de sua grandeza estatal e acadêmica. Sob a mirada dos olhos claros de Chichakov, Chtrum sentira instintivamente a inutilidade de seus protestos, ultimatos, agitações. A força da ordem estatal constituía um bloco de basalto, e Chichakov fitava as tentativas de Chtrum com tranquila indiferença; não era daquele jeito que se deslocava o basalto.

Era estranho, mas a moça que tinha diante de si parecia também reconhecer que, zangando-se e se agitando insensatamente, ele agora queria obter o impossível, e deter o curso da vida.

E, à noite, Chtrum pensou que, rompendo com o instituto, arruinaria a sua vida. Sua saída do instituto ganharia caráter político, diriam que ele fomentara tendências oposicionistas doentias; e era a guerra, e o instituto gozava dos favores de Stálin. E ainda aquele formulário horrível...

E ainda aquela conversa louca com Chichakov. E ainda as conversas em Kazan, Madiárov...

E de repente ficou com tanto medo que teve vontade de escrever uma carta de desculpas a Chichakov e apagar todos os acontecimentos daquele dia.

56

Durante o dia, voltando do armazém, Liudmila Nikoláievna viu uma carta branca na caixa de correspondência. O coração, que batia com força depois da subida das escadas, passou a bater ainda mais. Segurando a carta na mão, ela foi até o quarto de Tólia, abriu a porta, mas o quarto estava vazio: tampouco tinha voltado hoje.

Liudmila Nikoláievna examinou as páginas redigidas com a caligrafia da mãe, que conhecia desde a infância. Viu os nomes de Gênia, Vera, Stepan Fiódorovitch, mas o nome do filho não estava na carta. A esperança voltou a se retirar para um canto remoto, mas não se rendeu.

Aleksandra Vladímirovna não escrevia quase nada sobre sua vida, só algumas palavras sobre Nina Matviêievna, a dona da casa de Kazan que, depois da partida de Liudmila, revelara muitos traços desagradáveis. Não havia notícias de Serioja, Stepan Fiódorovitch e Vera. Aleksandra Vladímirovna estava preocupada com Gênia — pelo visto, estava passando por sérios apuros na vida. Em carta a Aleksandra Vladímirovna, Gênia aludia a certas contrariedades, e dizia que possivelmente teria de ir a Moscou.

Liudmila Nikoláievna não sabia ficar triste. Só sabia sofrer. Tólia, Tólia, Tólia.

Stepan Fiódorovitch ficara viúvo... Vera era uma órfã sem-teto; Serioja estava vivo, estaria mutilado em algum hospital? Seu pai fora fuzilado, ou morrera em um campo de concentração, a mãe perecera no exílio... A casa de Aleksandra Vladímirovna fora queimada, ela morava sozinha, sem saber do filho ou do neto.

A mãe não escrevia a respeito da vida em Kazan, de sua saúde, do quarto abafado ou da melhoria das rações.

Liudmila Nikoláievna sabia por que a mãe não mencionava uma palavra sobre nada disso, e tal conhecimento lhe doía.

A casa de Liudmila tornara-se deserta e fria. Como se nela houvessem caído horrendas bombas invisíveis, tudo desmoronara, o calor se fora, e ela estava em ruínas.

Naquele dia, pensou muito em Viktor Pávlovitch. Suas relações estavam destruídas. Viktor se zangara com ela, esfriara, e era especialmente triste para ela que isso lhe fosse indiferente. Ela o conhecia bem demais. De fora, tudo parecia romântico e elevado. Ela não tinha relações essencialmente poéticas e elevadas com as pessoas, mas, para Mária Ivánovna, Viktor Pávlovitch se apresentava como uma natureza abnegada, elevada, sábia. Macha amava música, até empalidecia ao ouvir um piano, e Viktor Pávlovitch, a seu pedido, às vezes tocava. A natureza de Mária Ivánovna obviamente requeria um objeto de veneração, e ela construiu aquela imagem elevada, inventou para si um Chtrum que na vida real não existia. Se Macha observasse Viktor dia após dia, ficaria rapidamente desiludida. Liudmila Nikoláievna sabia que apenas o egoísmo movia Viktor, e que ele não amava ninguém. E agora, pensando no confronto dele com Chichakov, ela, cheia de preocupação e medo pelo marido, experimentava ao mesmo tempo a irritação habitual: ele estava prestes a sacrificar sua ciência e a tranquilidade dos entes queridos pela satisfação egoísta de fazer bonito, de bancar o defensor dos fracos.

Ontem, contudo, preocupado com Nádia, ele se esquecera de seu egoísmo. Mas será que Viktor conseguiria se esquecer de suas árduas tarefas e se preocupar com Tólia? Ontem ela se equivocara. Nádia não fora verdadeiramente franca com ela. O que era aquilo: uma coisa infantil e passageira, ou o seu destino?

Nádia lhe contara de seu companheiro, e onde conhecera aquele Lômov. Falara de bom grado e detalhadamente dos rapazes que liam versos antigos, de suas discussões sobre nova e velha arte, de sua relação de desprezo e ironia em relação a coisas que, na opinião de Liudmila, não deviam ser desprezadas nem ironizadas.

Nádia respondia às perguntas de Liudmila de bom grado e, pelo visto, estava dizendo a verdade: "Não, não bebemos, só uma vez, quando um menino foi para o front", "Falam de política às vezes. Claro que não é do mesmo jeito que nos jornais, e bem raramente, talvez uma ou duas vezes".

Porém, mal Liudmila começou a perguntar de Lômov, Nádia passou a responder com irritação: "Não, não escreve versos", "Como poderia saber quem são seus pais, claro que nunca os vi, o que isso tem de estranho? Ele também não sabe quem é papai, provavelmente acha que trabalha numa mercearia".

O que era aquilo: o destino de Nádia, ou seria esquecido em um mês, sem deixar traços?

Ao preparar o almoço e lavar a roupa, ela pensou na mãe, em Vera, Gênia e Serioja. Ligou para Mária Ivánovna, mas ninguém atendeu; ligou para Postôieva, mas a criada respondeu que a dona da casa saíra para fazer compras; ligou para a administração do condomínio, pedindo que o encanador fosse consertar uma torneira, mas lhe responderam que o encanador não fora trabalhar.

Sentou-se para escrever à mãe; parecia que estava escrevendo uma grande carta, penitenciando-se por não ter conseguido fornecer as condições de vida necessárias a Aleksandra Vladímirovna, que preferira morar sozinha em Kazan. Desde antes da guerra Liudmila Nikoláievna não recebia nem hospedava parentes. Mesmo agora as pessoas mais próximas não iam a seu grande apartamento de Moscou. Não escreveu a carta, só rabiscou quatro folhas de papel.

Perto do final da jornada de trabalho, Viktor Pávlovitch telefonou, dizendo que ficaria no instituto; à noite chegariam os técnicos que chamara da fábrica militar.

— Alguma novidade? — perguntou Liudmila Nikoláievna.

— Em que sentido? — ele respondeu. — Não, novidade nenhuma.

À noite Liudmila Nikoláievna voltou a ler a carta da mãe, aproximando-se da janela.

A lua brilhava, a rua estava vazia. Voltou a ver Nádia de braços dados com um militar; caminhavam pela calçada, na direção da casa. Depois Nádia se pôs a correr, e o rapaz de capote militar ficou no meio da calçada vazia, olhando, olhando. Era como se Liudmila Nikoláievna conciliasse em seu coração o que era aparentemente irreconciliável. Seu amor por Viktor Pávlovitch, sua preocupação por ele, sua raiva dele. Tólia, que se fora sem beijar lábios de moça, e o tenente de pé, na calçada; Vera, subindo feliz as escadas de sua casa em Stalingrado, e uma Aleksandra Vladímirovna sem teto...

618

E a sensação da vida, única alegria de uma pessoa e seu mais terrível pesar, preencheu-lhe a alma.

57

Na saída do instituto, Chtrum deparou com Chichakov, que saía do carro.

Chichakov levantou o chapéu à guisa de saudação, sem mostrar desejo de se deter e conversar com Viktor Pávlovitch.

"Isso não é nada bom para mim", pensou Chtrum.

O professor Svetchin, na hora do almoço, sentado a uma mesa vizinha, evitou seu olhar e não falou com ele. O gordo Guriévitch, saindo do refeitório, abordou Chtrum com afeto especial, apertou-lhe a mão por um longo tempo, mas, quando a porta da sala de espera da diretoria se abriu, despediu-se bruscamente e saiu depressa pelo corredor.

No laboratório, Márkov, com o qual Chtrum conversava sobre a preparação do equipamento para fotografar partículas nucleares, ergueu a cabeça do caderno de notas e disse:

— Viktor Pávlovitch, me contaram que no birô do comitê do Partido houve uma conversa bastante áspera a seu respeito. Kóvtchenko lhe aprontou uma, disse: "Chtrum não quer trabalhar para a nossa coletividade."

— Aprontou mesmo — disse Chtrum, sentindo um tique na pálpebra.

Durante a conversa com Márkov a respeito da fotografia nuclear, surgiu em Chtrum a sensação de que era como se o laboratório não fosse dirigido por ele, mas por Márkov. Márkov tinha a voz inabalável do proprietário, e duas vezes Nozdrin se dirigira a ele com perguntas relacionadas à montagem do aparelho.

Contudo, o rosto de Márkov se tornou inesperadamente lastimoso e suplicante, e ele falou baixo a Chtrum:

— Viktor Pávlovitch, por favor, não diga a ninguém que fui eu que lhe contei, ou sofrerei contrariedades por ter revelado um segredo do Partido.

— Não se preocupe — disse Chtrum.

Márkov disse:

— Tudo vai se arranjar.

— É — disse Chtrum —, vai se arranjar mesmo sem mim, as ambiguidades em torno da função de onda não fazem o menor sentido!

— Acho que o senhor está enganado — disse Márkov. — Pois ontem falei com Kotchkúrov, que o senhor conhece, não é alguém que viva nas nuvens. Ele me disse: "No trabalho de Chtrum, a matemática ultrapassa a física, mas, por estranho que pareça, ele me ilumina, nem mesmo eu entendo por quê."

Chtrum entendeu a que Márkov estava aludindo: o jovem Kotchkúrov era um entusiasta do trabalho associado à interação dos nêutrons lentos com os núcleos dos átomos pesados, e afirmava que esse tipo de trabalho tinha perspectivas práticas.

— Os Kotchkúrov não apitam nada — afirmou Chtrum. — Quem apita são os Badin, e Badin acha que eu devo me arrepender por ter arrastado os físicos a uma abstração talmúdica.

Evidentemente todos no laboratório já sabiam do conflito de Chtrum com a chefia, e da conferência do comitê do Partido na véspera. Anna Semiónova fitava Chtrum com olhos sofredores.

Chtrum tinha vontade de falar com Sokolov, mas Sokolov fora à Academia de manhã, telefonando depois para dizer que ficaria lá e provavelmente não iria ao instituto.

Savostiánov, contudo, estava de humor excelente, brincava sem parar.

— Viktor Pávlovitch — ele disse —, eis o respeitável Guriévitch, cientista brilhante e notável — e, dizendo isso, passava a mão na cabeça e no ventre, aludindo ao careca e barrigudo Guriévitch.

À noite, voltando a pé do instituto, Chtrum encontrou inesperadamente Mária Ivánovna na rua Kaluga.

Ela o chamou primeiro. Vestia um casaco que Viktor Pávlovitch jamais vira antes, por isso não a reconhecera imediatamente.

— Incrível — disse Viktor —, como a senhora apareceu na Kaluga?

Ela ficou calada por alguns instantes, observando-o. Depois, acenando a cabeça, disse:

— Não foi por acaso, eu queria me encontrar com o senhor, por isso apareci aqui.

Ele ficou desconcertado, abrindo os braços de leve.

O coração parou por um momento, e ele teve a impressão de que ela o informaria de algo bastante terrível e iria preveni-lo de um perigo.

— Viktor Pávlovitch — ela disse —, eu queria falar com o senhor. Piotr Lavriéntievitch me contou tudo.

— Ah, meus célebres êxitos.

Caminhavam lado a lado, e davam a impressão de ser duas pessoas que não se conheciam.

Chtrum sentia-se constrangido com o silêncio dela e, olhando de viés para Mária Ivánovna, disse:

— Liudmila me recrimina por essa história. A senhora provavelmente também deseja se zangar comigo.

— Não, não estou zangada — ela disse. — Eu sei o que o levou a se comportar assim.

Olhou para ela rapidamente.

Ela disse:

— O senhor estava pensando na sua mãe.

Ele assentiu.

Depois ela disse:

— Piotr Lavriéntievitch não queria lhe dizer... contaram-lhe que a direção e a organização do Partido estão contra o senhor, e ele ouviu Badin dizer: "Isso não é apenas histeria. É histeria política antissoviética."

— Olha só que histérico eu sou — disse Chtrum. — Eu já tinha pressentido que Piotr Lavriéntievitch não queria me contar o que sabe.

— Não, não queria. E isso me dói.

— Está com medo?

— Sim, medo. E, além disso, acha que o senhor não tem razão nenhuma. — Ela continuou, em voz baixa: — Piotr Lavriéntievitch é um homem bom, passou por muita coisa.

— Sim, sim — disse Chtrum —, isso é que dói: um cientista tão elevado e ousado e uma alma tão covarde.

— Ele passou por muita coisa — repetiu Mária Ivánovna.

— Que seja — disse Chtrum. — Mas não deveria ser a senhora, e sim ele, a me contar tudo isso.

Tomou-a pelo braço.

— Escute, Mária Ivánovna — disse —, me conte, o que foi feito de Madiárov? Não entendo o que aconteceu.

Ultimamente, pensar nas conversas de Kazan o inquietava; lembrava-se o tempo todo de frases isoladas, palavras, o aviso sinistro de Karímov e, ao mesmo tempo, as suspeitas de Madiárov. Tinha a impressão de que as nuvens que pairavam sobre sua cabeça em Moscou se ligariam inevitavelmente ao falatório de Kazan.

— Eu mesma não entendo o que aconteceu — disse ela. — A carta registrada que mandamos a Leonid Serguêievitch foi devolvida a Moscou. Mudou de endereço, foi embora? Aconteceu algo pior?

— Sim, sim, sim — murmurou Chtrum, desconcertado por um instante.

Mária Ivánovna, obviamente, achava que Sokolov contara a Chtrum da carta enviada e devolvida. Chtrum, contudo, não tinha ciência de tal carta. Chtrum lhe perguntara o que tinha acontecido, referindo-se à discussão entre Madiárov e Piotr Lavriéntievitch.

— Vamos até o Jardim Neskútchni — ele disse.

— Mas não estamos na direção errada?

— Tem uma entrada por aqui — respondeu.

Tinha vontade de interrogá-la com mais detalhes sobre Madiárov, falar das suspeitas deste com relação a Karímov, e das desconfianças de Karímov. No Jardim Neskútchni, deserto, ninguém os incomodaria. Mária Ivánovna compreenderia imediatamente toda a importância daquela conversa. Ele sentia que podia falar com ela com liberdade e confiança sobre tudo que o inquietava, que ela seria sincera.

O degelo começara na véspera. Viam-se despontar folhas úmidas sob a neve que derretia nas colinas do parque, mas, nos pequenos barrancos, a neve ainda estava dura. Sobre as cabeças pairava um céu triste e nublado.

— Que bela noite — disse Chtrum, respirando o ar frio e úmido.

— Sim, está ótima, não há ninguém, é como se estivéssemos fora da cidade.

Andavam pelos caminhos cheios de lama. Quando aparecia uma poça, ele estendia a mão a Mária Ivánovna e a ajudava a saltar.

Caminharam em silêncio por muito tempo, e ele não tinha vontade de começar a conversa — nem sobre a guerra, nem sobre os assuntos do instituto, nem sobre Madiárov e seus receios, pressentimentos e suspeitas; tinha vontade de caminhar em silêncio ao lado daquela mulherzinha de passo ao mesmo tempo ligeiro e desajeitado, e experimentar a sensação de leveza e tranquilidade que lhe chegara sem motivo.

Tampouco ela se punha a falar, caminhando de cabeça baixa.

Foram dar em um cais, com o rio coberto de gelo escuro.

— Que bom — disse Chtrum.

— É, muito bom — ela respondeu.

O caminho asfaltado do cais estava seco, e eles andaram com rapidez, como dois viajantes numa longa jornada. Encontraram um ferido de guerra, tenente, e uma moça baixa e espadaúda em traje de esqui. Caminhavam abraçados e se beijavam de tempos em tempos.

Ao cruzar com Chtrum e Mária Ivánovna, beijaram-se de novo, deram uma olhada e riram.

"Bem, talvez agora Nádia esteja caminhando desse jeito com o seu tenente", pensou Chtrum.

Mária Ivánovna olhou para o casalzinho e disse:

— Que triste. — E, sorrindo, acrescentou: — Liudmila Nikoláievna me falou de Nádia.

— Sim, sim — disse Chtrum. — É muito estranho.

Depois disse:

— Resolvi telefonar ao diretor do Instituto de Eletromecânica e me oferecer. Se não quiserem, vou para algum outro lugar, Novossibirsk, Krasnoiarsk.

— Não há o que fazer — ela disse —, parece necessário que seja assim. O senhor não tem como se portar de outra forma.

— Como tudo isso é triste — ele afirmou.

Tinha vontade de lhe contar que sentia agora com uma força particular o amor por seu trabalho, pelo laboratório, que ao olhar para a instalação que em breve faria as primeiras experiências ficava alegre e triste, que iria à noite ao instituto para espiar pela janela. Mas achou que, nessas palavras, Mária Ivánovna sentiria um desejo dele de se exibir, e ficou quieto.

Chegaram à exposição de troféus de guerra. Desacelerando o passo, contemplaram os tanques alemães pintados de cinza, canhões, morteiros e um avião com a suástica negra nas asas.

— Mesmo mudos e imóveis, dá medo de olhar — disse Mária Ivánovna.

— Não é nada — disse Chtrum —, tranquilize-se com o fato de que, na próxima guerra, isso vai parecer tão inocente quanto mosquetes e alabardas.

Quando se aproximaram dos portões do parque, Viktor Pávlovitch disse:

— Acabou o nosso passeio, que pena o Neskútchni ser tão pequeno. Não está cansada?

— Não, não — ela disse —, estou acostumada, ando muito a pé.

Ou ela não entendera suas palavras, ou fizera que não entendera.

— Sabe — ele disse —, por algum motivo nossos encontros sempre dependem dos seus com Liudmila e dos meus com Piotr Lavriéntievitch.

— Sim, sim — ela disse. — Como poderia ser diferente?

Saíram do parque e o ruído da cidade tomou conta deles, destruindo o encanto do passeio silencioso. Foram dar em uma praça que não ficava longe do local em que haviam se encontrado.

Olhando para ele de baixo para cima, como uma menina para um adulto, ela disse:

— O senhor provavelmente está sentindo agora um amor especial por seu trabalho, laboratório, equipamentos. Mas o senhor não poderia se comportar de outra forma; um outro poderia, mas não o senhor. Contei ao senhor coisas ruins, mas acho que é sempre melhor saber a verdade.

— Obrigado, Mária Ivánovna — ele disse, apertando-lhe a mão. — Obrigado, e não só por isso.

Teve a impressão de que os dedos dela tremiam em suas mãos.

— Que estranho — ela disse —, vou me despedir do senhor quase no mesmo lugar em que nos encontramos.

Ele disse, brincando:

— Não por acaso, os antigos diziam que o começo está no fim.

Ela franziu a testa, obviamente pensando em suas palavras, depois riu e disse:

— Não entendi.

Chtrum seguiu-a com o olhar: uma mulher baixinha e magrela, daquelas para quem os homens nunca olham na rua.

58

Poucas vezes na vida Darenski viveu semanas tão angustiantes como na época de sua missão na estepe calmuca. Enviou um telegrama ao comando do front, dizendo que sua permanência no extremo do flanco esquerdo, onde reinava a calma total, não era mais necessária, e que sua missão estava cumprida. Porém, com uma obstinação que Darenski não entendia, o comando não o convocava de volta.

As horas mais leves eram as de trabalho; as mais duras, as de descanso.

Ao redor havia areia movediça, seca, rugosa. Naturalmente, ali também havia vida: murmuravam na areia lagartos e tartarugas, deixando rastros com sua cauda, cresciam por toda parte plantas de cor arenosa, espinhosas, falcões giravam no ar buscando carniça e aranhas corriam com suas patas compridas.

A miséria da natureza árida, a monotonia gelada do deserto em um novembro sem neve pareciam haver esvaziado as pessoas; não só seu modo de vida, mas também as ideias eram pobres, uniformemente angustiantes.

Darenski foi se submetendo paulatinamente àquela monotonia. Sempre fora indiferente à comida; agora, contudo, pensava em comida constantemente. A sopa ácida de cevada perlada e tomate marinado como entrada e o mingau de cevada perlada como prato principal eram o pesadelo de sua vida. Sentado, na penumbra do galpão, a uma mesa de tábuas salpicada de manchas de sopa, e olhando para a gente que fazia tilintar as tigelas de lata, ficava angustiado, tinha vontade de sair do refeitório o quanto antes para não ouvir a batida das colheres nem sentir o odor nauseante. Porém, bastava sair ao ar livre e o refeitório voltava a atraí-lo, pensava nele, contando as horas até a refeição do dia seguinte.

À noite, fazia frio nas choças, e Darenski dormia mal; congelavam as costas, orelhas, nariz, dedos da mão, as faces se intumesciam. Deitava-se sem se despir, enrolando os pés em dois pares de tiras de pano, e envolvendo a cabeça em uma toalha.

No começo se espantara de que as pessoas com quem lidava ali parecessem não pensar na guerra, tendo as cabeças ocupadas com questões de comida, fumo, lavagem de roupa. Contudo, logo também Darenski, ao falar com os comandantes das divisões e baterias a respeito da preparação das armas para o inverno, do óleo armazenado e do abastecimento de munições, notava que suas cabeças estavam igualmente repletas de toda sorte de preocupação, esperança e desgosto cotidianos.

O estado-maior do front parecia inatingivelmente distante, e ele sonhava com pouca coisa: passar um diazinho no estado-maior do Exército, perto de Elitsa. Contudo, ao sonhar com essa excursão, não imaginava um encontro com a Alla Serguéievna de olhos azuis, mas sim em um banho, em roupas íntimas limpas e em sopa de macarrão branco.

Até a noite com Bova agora lhe parecia agradável; não tinha sido tão mau naquela choça. E mesmo a conversa com Bova não fora nem sobre lavagem de roupa nem sopa.

Os piolhos atormentavam-no bastante.

Por um longo tempo não compreendera por que se coçava com tamanha frequência, sem notar os sorrisos compreensivos dos interlocutores quando, em uma reunião de trabalho, subitamente coçava o sovaco ou a coxa. Dia após dia se coçava com mais ardor. A queimação e a comichão debaixo das clavículas e das axilas tornaram-se habituais.

Tinha a impressão de estar com um eczema, que explicava o fato de sua pele ter se tornado seca e irritada com o pó e a areia.

Às vezes a comichão o torturava tanto que, indo por um caminho, ele inesperadamente parava e se punha a coçar a perna, a barriga, o cóccix.

À noite a coceira era especialmente forte. Darenski acordava e metia as unhas na pele do peito com frenesi. Uma vez, deitado de costas, levantou as pernas para cima e, entre lamentos, se pôs a coçar a panturrilha com as unhas. Notara que o eczema se acentuava com o calor. Debaixo do cobertor o corpo coçava e ardia de modo insuportável. Quando saía para o ar gelado da noite, a comichão se acalmava. Pensou em ir ao posto médico e pedir uma pomada.

Certa manhã, ajustava a gola da camisa e viu no colarinho, ao longo da costura, uma fila de piolhos robustos e sonolentos. Eram muitos. Com medo e vergonha, Darenski deu uma olhada no capitão deitado perto dele; o capitão já estava acordado, sentara-se no leito e, com um rosto de ave de rapina, caçava os piolhos de suas ceroulas. Os lábios do capitão sussurravam em silêncio; evidentemente contabilizava a batalha.

Darenski tirou a camisa e se lançou à mesma ocupação.

Era uma manhã tranquila, nebulosa. Não se ouviam tiros, os aviões não zuniam, e devia ser por isso que se ouvia com especial clareza o estalido dos piolhos nas unhas do capitão.

O capitão, olhando de leve para Darenski, murmurou:

— Oh, que bicho enorme! Deve ser a parideira.

Darenski, sem desviar os olhos da gola da camisa, disse:

— Será que não nos dariam algum pó?

— Dão sim — disse o capitão. — Mas é inútil. Precisamos de banho, mas aqui não tem água nem para beber. Mal molham a louça no refeitório, economizam a água. Banho, então...

— E as câmaras de desinfecção?

— Para quê? Só servem para aquecer os uniformes, e os piolhos ficam até mais corados. Ah, no tempo da reserva, ficamos em Pionza, aquilo é que era vida! Eu nem ia ao refeitório. A dona da casa me alimentava; uma mulher suculenta, nem era velha. Banho duas vezes por semana, cerveja todo dia.

Dissera de propósito "Pionza" em vez de Penza, o nome real da cidade.

— Mas o que fazer? — perguntou Darenski. — Pionza fica longe.

O capitão, fitando-o com seriedade, disse com segurança:

— Há um método muito bom, camarada tenente-coronel. O rapé! Você esmaga tijolo e mistura com o rapé. Coloca na roupa. O piolho começa a espirrar, incha e arrebenta a cabeça no tijolo.

Seu rosto era sério, e Darenski não entendeu de imediato que o capitão se referia ao folclore.

Em alguns dias, Darenski ouviu dezenas de anedotas com esse tema. O folclore sobre as pulgas era ricamente elaborado.

Noite e dia sua cabeça estava ocupada com inúmeras questões: alimentação, lavagem da roupa de baixo, troca de uniforme, inseticidas, extermínio de piolhos com o auxílio de garrafas quentes, congelamento de piolhos, queima de piolhos. Até parara de pensar em mulheres, o que o fez se lembrar do provérbio que escutara em um campo para prisioneiros comuns: "Viverás, mas mulher não cobiçarás."

59

Darenski passou o dia inteiro nas posições da divisão de artilharia. O dia todo não ouviu nenhum disparo, e nenhum avião surgiu no horizonte.

O comandante da divisão, um jovem cazaque, dissera-lhe, com uma pronúncia russa clara:

— Acho que no ano que vem vou plantar uns melões aqui. Venha experimentar.

Ali não era ruim para o comandante da divisão; ele brincava, mostrando os dentes brancos, caminhava lépido e faceiro pela areia profunda com suas pernas curtas e curvadas, e olhava com simpatia para os camelos emparelhados ao lado das choças cobertas com pedaços de papel alcatroado.

O bom humor do jovem cazaque, contudo, irritou Darenski, que, desejando solidão, foi à noite até as posições da primeira bateria, embora já as tivesse visitado durante o dia.

Saiu a lua, imensa, mais negra que vermelha. Enrubescendo com o esforço, alçava-se no negrume transparente do céu e à sua luz iracunda pareciam especialmente inquietantes e ameaçadores o deserto à noite, os canhões de canos longos, as armas antitanque e os morteiros. Arrastava-se pela estrada uma caravana de camelos, atados a carroças rústicas a ranger, carregando caixas com obuses e feno, e tudo o que era irreconciliável se conciliou: os tratores rebocadores, o furgão com a tipografia do jornal do Exército, a torre delgada do transmissor de rádio, e os pescoços longos dos camelos e seu passo ondulante e ligeiro, como se não houvesse um único osso em seus corpos e eles fossem feitos de borracha.

Os camelos passaram, deixando no ar gelado o odor rural de feno. Aquela mesma lua imensa, mais negra do que vermelha, surgira sobre os campos desertos onde as hostes do príncipe Igor haviam combatido. A mesma lua pairara no céu quando hordas persas marcharam sobre a Grécia, legiões romanas irromperam nas florestas germânicas, quando os batalhões do primeiro-cônsul encontraram a noite nas pirâmides.

Ao se voltar para o passado, a consciência humana sempre filtra com parcimônia os grandes acontecimentos, eliminando os sofrimentos dos soldados, suas ansiedades e angústias. Resta na memória uma narrativa oca de como estavam constituídas as tropas vitoriosas e as tropas derrotadas, o número de carroças, catapultas, elefantes, ou de canhões, tanques e bombardeiros que participaram do embate. A memória conserva o relato de como o afortunado e sábio chefe militar imobilizou o centro e golpeou o flanco, e como subitamente, de trás das colinas, surgiram as reservas que decidiram o curso da batalha. E mais nada, a não ser a história de sempre: o afortunado chefe militar, de volta à pátria, é acusado de querer destronar o soberano e, pela salvação da pátria, é recompensado com a perda da cabeça ou com o exílio.

E eis a recriação da batalha do passado por um pintor: uma lua imensa pairando baixo sobre os campos de glória; os heróis jazem com os braços amplos sobre a cota de malha, carroças quebradas ou tanques destroçados por toda parte, e os vencedores com suas submetralhadoras, roupa de camuflagem, elmo romano com águia de bronze ou gorro de pele de granadeiro.

Darenski, taciturno, estava sentado em uma caixa de obuses na posição de fogo da artilharia, e ouvia a conversa de dois soldados vermelhos deitados entre os capotes e as armas. O comandante da bateria e o instrutor político haviam ido ao estado-maior da divisão, e o tenente-coronel, representante do estado-maior do front — os artilheiros sabiam quem ele era —, parecia profundamente adormecido. Os soldados vermelhos fumavam com deleite seus cigarros improvisados, deixando escapar anéis de fumaça quente.

Evidentemente tratava-se de dois amigos, unidos pelo sentimento que sempre distingue os amigos de verdade: a certeza de que cada ninharia vazia acontecida na vida de um seria sempre significativa e interessante para o outro.

— E então? — perguntou um, com indiferença e ironia fingida.

O segundo, com apatia fingida, respondeu:

— O quê, o quê, então você não sabe? Estou com dor nas pernas, não posso com essas botas.

— Mas e daí?

— Daí que fico de bota, não dá para andar descalço.

— Ah, então você ganhou botas novas — afirmou o segundo, e em sua voz não havia traço de ironia e indiferença; estava plenamente interessado no tema.

Então se puseram a falar de casa.

— O que a mulher me escreve? Que não tem isso nem aquilo, que o pequeno está doente, que a pequena está doente. Mas é mulher, você sabe como elas são.

— A minha escreve na cara dura: vocês que estão no front têm ração, enquanto aqui a gente fica passando as dificuldades da guerra.

— Inteligência feminina — disse o primeiro —, ela fica sentada lá no fundo da retaguarda e não consegue entender o que se passa na linha de frente. Só enxerga a ração.

— Exatamente — confirmou o segundo —, ela não consegue querosene e acha que nada de pior pode acontecer no mundo.

— Claro, ficar na fila é mais difícil do que enfrentar tanques com garrafas vazias.

Falavam de tanques e garrafas, mas sabiam que os alemães nunca tinham mandado tanques ali.

E assim, sem terminar aquele assunto infindável que aparecera até mesmo ali, no deserto, à noite — quem tem mais dificuldades na vida, o homem ou a mulher —, um deles disse, hesitante:

— A minha, a propósito, está doente, tem problemas de coluna, basta levantar um peso e passa uma semana de cama.

E a conversa novamente pareceu tomar um rumo completamente distinto, e eles se puseram a falar daquele maldito lugar sem água que os circundava.

Aquele que estava mais perto de Darenski afirmou:

— Ela não escreve essas coisas por maldade, é que não entende.

E o primeiro artilheiro acrescentou, para retirar as palavras más que dissera sobre as mulheres dos soldados e ao mesmo tempo não retirá-las:

— Sim. É por estupidez.

Depois fumaram, ficaram em silêncio e falaram da segurança da lâmina de barbear e do perigo da navalha, da túnica nova do comandante da bateria e que não importava quão dura fosse a vida, a gente sempre queria viver.

— Olha que noite... Quando ainda estava na escola, vi um quadro assim: uma lua no céu, com os heróis mortos em volta.

— Nada a ver com a gente — riu o segundo. — Eles eram heróis, e nós somos o quê? Uns pardais, uns bezerros.

60

Rompendo o silêncio, uma explosão eclodiu à direita de Darenski. "Cento e três milímetros", avaliou o ouvido experiente. No cérebro surgiram os pensamentos habitualmente associados a explosões de projéteis e obuses inimigos: "Casual? Isolado? Tiro de regulagem? Tomara que não nos tenham flanqueado. E se de repente for um ataque de artilharia? Será que não vão mandar tanques?"

Todos os homens acostumados à guerra apuravam o ouvido e pensavam exatamente o mesmo que Darenski.

O homem habituado à guerra sabe, em meio a centenas de sons, distinguir o único que é verdadeiramente preocupante. Na mesma hora, não importa com o que esteja ocupado — tenha uma colher na mão, esteja a limpar o rifle, a escrever uma carta, a enfiar o dedo no nariz, a ler o jornal, ou imerso num vazio de pensamentos, que às vezes ocorre em seu tempo livre —, o soldado ergue a cabeça instantaneamente e aguça o ouvido atento e perspicaz.

E a resposta chegou imediatamente. Ouviram-se algumas explosões à direita, depois à esquerda, e tudo ao redor crepitava, tremia, fumegava, se mexia.

Era um ataque de artilharia!

Através da fumaça, da poeira e da areia via-se o fogo das explosões, e do fogo das explosões a areia brotava.

As pessoas corriam e caíam.

Um urro dilacerante encheu o deserto. Projéteis começaram a explodir perto dos camelos, e os animais, derrubando as carroças, corriam, arrastando os arreios partidos. Darenski, sem prestar atenção nas explosões dos projéteis e obuses, ergueu-se, abalado pelos acontecimentos horrendos.

Com clareza incomum, surgiu em seu cérebro a ideia de que, ali, via os últimos dias da pátria. Uma sensação de fatalidade se apoderou dele. Aquele grito terrível dos camelos ensandecidos em meio à areia, aquelas vozes russas alarmadas, aquela gente correndo para os esconderijos! A Rússia estava morrendo! Estava morrendo ali, acuada nas areias geladas vizinhas da Ásia, morria debaixo de uma lua soturna e indiferente, e a língua russa querida e infinitamente amada mesclava-se aos urros de terror e desespero dos camelos em fuga mutilados pelas bombas alemãs.

Naquele instante amargo não experimentou ira nem ódio, mas um sentimento de fraternidade em relação a todos os fracos e pobres que viviam no mundo; por algum motivo, apareceu-lhe o escuro e velho rosto do calmuco que encontrara na estepe, e lhe parecera próximo, até conhecido.

"O que fazer, é o destino", pensou, e compreendeu que não tinha mais razão para viver se aquilo se cumprisse.

Olhou para os combatentes sentados nas trincheiras, tomou ares de valente, pronto a assumir o comando da bateria naquele combate infeliz, e gritou:

— Ei, telefonista, para cá! Venha cá!

O estrondo das explosões, contudo, sossegou de repente.

Naquela noite, por determinação de Stálin, os três comandantes do front — Vatútin, Rokossóvski e Ieriómenko — deram a suas tropas a ordem da ofensiva que decidiria, no curso de cem horas, o destino da batalha de Stalingrado, o destino do Exército de 300 mil homens de Paulus, e determinaria a reviravolta no curso da guerra.

No estado-maior, um telegrama aguardava Darenski: tinha a ordem de ir ao corpo de tanques do coronel Nóvikov e informar o pessoal do Estado-Maior Geral sobre suas atividades de combate.

61

Logo depois do feriado da Revolução de Outubro, a aviação alemã voltou a fazer uma incursão maciça contra a Stalgres. Dezoito bombardeiros lançaram ogivas pesadas sobre a usina.

Nuvens de fumaça cobriam as ruínas; a força destrutiva da aviação germânica fizera o trabalho na central cessar completamente.

Depois dessa incursão, as mãos de Spiridônov começaram a tremer fortemente; ao levar uma caneca à boca, derramava o chá, e às vezes tinha que colocar a caneca de volta na mesa, sentindo que os dedos trêmulos não teriam força para segurá-la. Os dedos só paravam de tremer quando ele bebia vodca.

A direção começou a liberar os trabalhadores, que cruzavam o Volga e o Tumak em veículos motorizados para sair na estepe, em Ákhtuba e Lêninsk.

Os dirigentes da usina solicitaram a Moscou permissão para sair, já que sua permanência na linha de frente, em meio a oficinas em ruínas, perdera o sentido. Moscou tardava em responder, e Spiridônov ficou bastante nervoso. Nikoláiev, o responsável da célula do Partido, fora convocado pelo Comitê Central logo em seguida à incursão, e voara a Moscou em um Douglas.

Spiridônov e Kamíchov vagavam pelas ruínas da usina e convenciam um ao outro de que não havia mais o que fazer, de que tinham que partir. Mas Moscou seguia em silêncio.

Stepan Fiódorovitch estava especialmente preocupado com o destino de Vera. Depois da travessia até a margem esquerda do Volga, sentira-se mal, e não pudera prosseguir até Lêninsk. Andar quase cem quilômetros por uma estrada destruída, na carroceria de um caminhão que sacolejava e rangia, em meio a montanhas de barro gelado endurecido, nos últimos meses de gravidez, era completamente impossível.

Operários que a conheciam levaram-na até uma barcaça imobilizada no gelo que fora convertida em habitação coletiva.

Logo após o segundo bombardeio da usina, Vera mandou uma nota ao pai, por meio de um mecânico de lancha. Pedia que ele não se inquietasse — haviam-lhe reservado lugar em um porão, em um cantinho confortável atrás de um tabique. Entre os evacuados, havia uma enfermeira da policlínica de Beketovka e uma velha parteira; o hospital de campanha estava instalado a quatro quilômetros da barcaça, e em caso de qualquer complicação sempre era possível mandar chamar um médico. A barcaça tinha aparelho para ferver água e um fogão; a comida era preparada comunitariamente, com os víveres enviados pelo *obkom* do Partido.

Embora Vera tivesse pedido ao pai que não se inquietasse, cada palavra da nota enchia Stepan Fiódorovitch de preocupação. Talvez só uma coisa o acalmasse: Vera escrevera que, durante os combates, a barcaça não fora bombardeada nenhuma vez. Se Stepan Fiódorovitch tivesse chegado à margem esquerda, ele naturalmente teria conseguido um automóvel ou ambulância para levar Vera até Ákthuba.

Mas Moscou seguia em silêncio, não liberava o diretor e o engenheiro-chefe, embora agora, na Stalgres em ruínas, só fosse necessário um pequeno destacamento de guardas armados. Os operários e o pessoal técnico não estavam a fim de vagar pela usina sem ter o que fazer e, assim que recebiam a licença de Spiridônov, partiam para a travessia.

Só o velho Andrêiev não quisera receber do diretor o certificado em papel timbrado com um selo circular.

Quando, depois da incursão, Stepan Fiódorovitch propôs a Andrêiev que fosse a Lêninsk, onde moravam a cunhada e o neto, ele disse:

— Não, fico aqui.

Tinha a impressão de que, na margem de Stalingrado, manteria o vínculo com sua vida pregressa. Talvez em algum tempo chegasse até a região da fábrica de tratores. Caminharia por entre as casas queimadas e destruídas, entraria no jardim plantado pela mulher, endireitaria e arrancaria as árvores partidas, verificaria se as coisas enterradas estavam no lugar e depois se sentaria em uma pedrinha, junto à cerca derrubada.

— Olha, Varvara, é isso, a máquina de costura está no lugar, nem enferrujou, mas a macieira que ficava perto da cerca caiu, cortada por um estilhaço, e o repolho fermentado no barril do porão só mofou na superfície.

Stepan Fiódorovitch tinha vontade de pedir conselhos sobre esses assuntos a Krímov, mas ele não apareceu mais na Stalgres depois do aniversário de Outubro.

Spiridônov e Kamichov decidiram esperar até 17 de novembro para ir embora; realmente não tinham nada a fazer na Stalgres. Os alemães, contudo, seguiam a golpear a usina de tempos em tempos, e Kamichov, que ficara muito nervoso desde o bombardeio maciço, disse:

— Stepan Fiódorovitch, se eles continuam a atacar é porque têm um serviço de informações bem vagabundo. A aviação pode vir a qualquer momento. E o senhor conhece os alemães: são como touros, vão ficar batendo mesmo que o lugar esteja vazio.

Em 18 de novembro, depois de se despedir da guarda, beijar Andrêiev e contemplar as ruínas da usina pela última vez, Stepan Fiódorovitch deixou a Stalgres, sem esperar por uma permissão formal de Moscou.

Havia trabalhado muito, árdua e honradamente, na época dos combates em Stalingrado. Sua tarefa era ainda mais árdua e notável porque ele temia a guerra, não estava acostumado às condições do front, tinha um medo constante de ataques aéreos, gelava com os bombardeios — mas, mesmo assim, seguia trabalhando.

Saiu com uma maleta e uma trouxa nos ombros e olhou para trás, acenou com a mão para Andrêiev, que estava junto ao portão em ruínas, contemplou o edifício dos escritórios de engenharia, com as janelas partidas, as paredes soturnas da sala de turbinas, a fumacinha ligeira dos isolantes térmicos que continuavam a arder.

Abandonou a Stalgres, onde deixara de ser necessário, um dia antes do início da ofensiva das tropas soviéticas.

Contudo, aquele único dia pelo qual não conseguira esperar manchava, aos olhos de muita gente, todo o seu trabalho honrado e árduo — prontos a chamá-lo de herói, passaram a chamá-lo de covarde e desertor.

Ele mesmo, durante algum tempo, conservou na alma um sentimento doloroso ao se lembrar de como havia saído, olhado, acenado, enquanto o velho sombrio e solitário junto ao portão da usina o observava.

62

Vera deu à luz um menino.

Estava deitada no porão da barcaça, em um leito feito de tábuas brutas; para aquecê-la, as mulheres amontoaram uns trapos em cima dela; a seu lado estava o bebê, embrulhado em um lençol, e quando alguém que a visitava afastava a cortina, ela via as pessoas, homens e mulheres, os trastes pendurados nas tarimbas de cima, e chegavam-lhe o ronco das vozes, o grito das crianças e a algazarra. Era como se uma neblina pairasse sobre sua cabeça, como a que pairava no ar esfumaçado.

O porão era simultaneamente abafado e muito frio, e uma geada recobria as paredes de tábua. À noite, as pessoas dormiam sem tirar as botas de feltro e os sobretudos acolchoados, e as mulheres passavam o dia inteiro se agasalhando com lenços e cobertores rasgados, e soprando os dedos congelados.

A luz mal conseguia passar pela janelinha minúscula cortada quase no nível do gelo, e o porão ficava na penumbra durante o dia. À noite, ardiam as lamparinas, lâmpadas sem vidros de proteção. A fuligem deixava os rostos das pessoas pretos. Quando abriam a escotilha a partir do portaló, escapavam do porão nuvens de vapor similares à fumaça de um projétil detonado.

Velhas desgrenhadas penteavam os cabelos cinzentos, grisalhos, os velhos estavam sentados no chão com canecas de água fervente em meio a almofadas multicolores, trouxas, malas de madeira nas quais trepavam, brincando, crianças envoltas em lenços.

Desde o momento em que teve o bebê em seu peito, parecia a Vera que suas ideias, sua relação com todas as pessoas, tal como o seu corpo, haviam mudado.

Pensava em sua amiga Zina Mélnikova, na velha Serguêievna, que tomava conta dela, na primavera, na mãe, na camisa rasgada, no edredom, em Serioja e em Tólia, no sabão de lavar roupa, nos aviões alemães, no abrigo da Stalgres, em seus cabelos sujos, e tudo o que passava em sua cabeça estava impregnado de seu sentimento pelo recém-nascido, ligado a ele, tinha ou não significado graças a ele.

Olhou para suas mãos, seus pés, seu peito, seus dedos. Já não eram as mãos que jogavam voleibol, escreviam redações, folheavam livros. Já não eram as pernas que corriam pelos degraus da escola, entravam nas águas do rio, as pernas queimadas pelas urtigas, as pernas que os passantes se viravam para olhar.

E, pensando no bebê, ela pensava também em Víktorov.

Os aeródromos estavam localizados na margem esquerda do Volga, Víktorov estava ao lado, o Volga não os separava.

Em breve os aviadores vão entrar no porão, e ela lhes fará a pergunta: "O senhor conhece o tenente Víktorov?"

E os aviadores responderão: "Sim."

"Digam-lhe que aqui está o seu filho, e sua mulher também."

As mulheres vinham por trás da cortina para vê-la, balançavam a cabeça, sorriam, suspiravam, algumas se punham a chorar quando se inclinavam sobre o bebê.

Choravam por si e sorriam para o recém-nascido, e não eram necessárias palavras para entendê-las.

As perguntas que faziam a Vera giravam em torno de uma só coisa: de como ela poderia servir melhor o bebê. Tinha leite no peito? Estava sofrendo de mastite? O ar úmido estava sufocante?

No terceiro dia depois do parto recebeu a visita do pai. Ele não parecia mais o diretor da Stalgres: uma maleta, uma trouxinha, barba por fazer, gola do casaco levantada, gravata ajustada, faces e nariz queimados pelo vento gélido.

Quando Stepan Fiódorovitch se achegou a seu leito, ela reparou que seu rosto, trêmulo de frio, num primeiro instante não se dirigiu a ela, mas à criatura deitada junto de si.

Afastou-se dela e, pelos ombros e costas, ela notou que ele chorava, e entendeu que chorava porque sua mulher não conheceria o neto, não se inclinaria sobre o bebê como ele acabara de fazer.

E depois, zangado com suas lágrimas, envergonhado delas, que tinham sido vistas por dezenas de pessoas, falou com a voz rouca pelo frio:

— Veja, virei avô por sua culpa. — Inclinou-se sobre Vera, beijou-lhe a testa, acariciou-lhe o ombro com a mão gelada e suja.

Depois disse:

— No feriado da Revolução, Krímov esteve na Stalgres. Não sabia da sua mãe. Perguntou de Gênia o tempo todo.

Um velho com a barba por fazer, com um agasalho azul do qual saíam pedacinhos de algodão gasto do forro, declarou, ofegante:

— Camarada Spiridônov, aqui há quem receba as ordens Kutúzov e Lênin, e medalhas de heroísmo, por terem matado muita gente. E quantos deles e dos nossos já foram mortos! Mas quem merecia uma grande medalha — uma de dois quilos — era a sua filha, que trouxe uma vida nova no meio deste inferno.

Era a primeira pessoa que falava de Vera depois do nascimento do bebê.

Stepan Fiódorovitch resolveu permanecer na barcaça e esperar até Vera recobrar as forças para ir com ela a Lêninsk, que ficava no caminho de Kúibichev, aonde tinha que ir a fim de tratar de uma nova nomeação. Ao notar que a alimentação na barcaça era bastante ruim, e que precisava ajudar a filha e o neto sem demora, Stepan Fiódorovitch, depois de se aquecer, saiu em busca do ponto de comando do *obkom* do Partido, que ficava em algum lugar na floresta, nas proximidades. Lá contava obter gordura e açúcar por meio de conhecidos.

63

Aquele dia no porão foi especialmente duro. Nuvens pairavam sobre o Volga. No gelo imundo e enegrecido pelo lixo e pelo esgoto, as crianças não estavam brincando, nem as mulheres lavavam a roupa em algum buraco do gelo, um vento gélido e rasante açoitava os pedaços de farrapo congelados pelo frio, abrindo caminho para o porão através das fendas das escotilhas, enchendo o porão de uivos e rangidos.

A gente entorpecida ficava sentada, agasalhando-se com lenços, edredons, cobertores. As mulheres mais falantes se calaram, apurando o ouvido ao uivo do vento e do ranger das tábuas.

Começou a escurecer, e a escuridão parecia vir da angústia insuportável das pessoas, do frio que atormentava a todos, da fome, da imundície, do infindável suplício da guerra.

Vera estava deitada, coberta com uma manta até o queixo, sentindo nas faces o movimento gelado do ar que penetrava no porão a cada lufada. Naqueles minutos, tudo parecia desesperadamente ruim: Stepan Fiódorovitch não conseguiria levá-la para outro lugar, a guerra jamais terminaria, os alemães na primavera se alastrariam pelos Urais, pela Sibéria, seus aviões gemeriam nos céus para sempre, lançando bombas com estrépito.

Pela primeira vez duvidou de que Víktorov estivesse perto dela. Havia muitos fronts, e talvez ele não estivesse mais no front, nem na retaguarda.

Afastou o lenço e examinou o rosto do bebê. Por que estava chorando? Devia ser porque ela lhe transmitira sua angústia, assim como transmitiria seu calor e seu leite.

Naquele dia, todos se sentiam esmagados pela enormidade do frio, pela inclemência do vento gelado, pela imensidão da guerra nas grandes planícies e rios da Rússia.

Por quanto tempo uma pessoa conseguiria suportar aquela vida horrível de fome e de frio?

A velha Serguêievna, que fizera seu parto, disse:

— Não estou gostando de você hoje, estava melhor no primeiro dia.

— Não é nada — disse Vera —, papai vai chegar amanhã com alimentos.

E, embora Serguéievna estivesse feliz que a mãe recebesse gordura e açúcar, afirmou com rudeza e raiva:

— Vocês, da chefia, estão sempre se empanturrando, para vocês tem comida em todo lugar. E para nós só existe uma comida: batata congelada.

— Silêncio! — gritou alguém. — Silêncio!

Do outro lado do porão ouviu-se uma voz confusa.

A voz subitamente soou alta e clara, sobrepujando todos os outros sons.

Alguém lia à luz da lamparina:

"Na última hora... Uma exitosa ofensiva de nossas tropas na região da cidade de Stalingrado... Há alguns dias nossas tropas, situadas nas vias de acesso a Stalingrado, lançaram uma ofensiva contra as tropas fascistas alemãs. A ofensiva começou em duas direções: a nordeste e a sul de Stalingrado..."

As pessoas ficaram em silêncio e choraram. Uma ligação invisível e miraculosa fora estabelecida entre elas e aqueles rapazes que, protegendo o rosto, caminhavam agora contra o vento, e também com aqueles que jaziam na neve, no sangue, e se despediam da vida com um olhar escurecido.

Choravam velhos e mulheres, choravam operários e crianças que, com expressão nada infantil, ficavam ao lado dos adultos, escutando a leitura.

"Nossas tropas ocuparam a cidade de Kalatch, na margem oriental do Don, a estação Krivomuzguinskaia, a estação e a cidade de Abgassarovo", proferia o leitor.

Vera chorava junto com todos. Ela também sentia a ligação entre aqueles que caminhavam na escuridão da noite de inverno, caíam, levantavam e caíam de novo para não mais se levantar, e aquele porão em que gente sofrida ouvia falar da ofensiva.

Marchavam para a morte por ela, por seu filho, pelas mulheres de mãos rachadas pela água gelada, pelos velhos, pelas crianças enroladas nos lenços rasgados de suas mães.

Em êxtase, chorando, imaginava que seu marido chegaria agora, e as mulheres e os velhos operários o rodeariam e diriam: "É um menino."

E o homem que lia o informe do Sovinformbureau declarou: "A ofensiva de nossas tropas continua."

64

O oficial de serviço do estado-maior apresentou ao comandante do 8º Exército de Aviação um informe sobre as tarefas de combate dos regimentos de caça no dia da ofensiva.

O general examinou os papéis colocados diante de si e disse ao oficial:

— Zakabluka não tem sorte: ontem lhe abateram o comissário; hoje, dois pilotos.

— Telefonei para o estado-maior do regimento, camarada comandante — disse o oficial. — O camarada Berman será sepultado amanhã. O membro do Soviete Militar prometeu voar até o regimento e fazer um discurso.

— Nosso membro adora fazer um discurso — disse o comandante, entre risos.

— Quanto aos pilotos, camarada comandante, foi assim: o tenente Koról caiu nas posições da 38ª Divisão da Guarda Vermelha, e o comandante da patrulha, o primeiro-tenente Víktorov, foi atingido por Messers acima do aeródromo alemão, não alcançou a linha de frente e caiu em uma colina na zona neutra. A infantaria viu e tentou alcançá-lo, mas os alemães não deixaram.

— Sim, isso acontece — disse o comandante, cutucando o nariz com um lápis. — Faça o seguinte: ligue para o estado-maior do front e lembre-os de que Zakhárov nos prometeu substituir o Willys, senão em breve não teremos como nos locomover.

O corpo do piloto ficou a noite inteira na colina enevoada; fazia muito frio, e as estrelas brilhavam intensamente. Na alvorada, a colina ficou completamente rosa, e o piloto jazia em uma colina rosada. Depois soprou um vento rasteiro, e o corpo começou a se cobrir de neve.

Terceira Parte

1

Dias depois do início da ofensiva de Stalingrado, Krímov chegou ao posto de comando subterrâneo do 64º Exército. O ajudante de campo de Abrámov, membro do Soviete Militar, estava sentado à escrivaninha, comendo sopa de galinha e pastelão.

O ajudante largou a colher, e seu suspiro dava a entender que a sopa estava boa. Os olhos de Krímov ficaram úmidos, tamanha a força que sentiu de cravar os dentes no pastelão de repolho.

Após o anúncio do ajudante, fez-se silêncio detrás do tabique, depois ouviu-se uma voz roufenha, que Krímov já conhecia; porém, dessa vez, as palavras foram proferidas tão baixo que Krímov não conseguiu distingui-las.

O ajudante saiu e disse:

— O membro do Soviete Militar não pode recebê-lo.

Krímov ficou surpreso:

— Eu não pedi para ser recebido. O camarada Abrámov me convocou.

O ajudante ficou em silêncio, olhando para a sopa.

— Quer dizer que o encontro foi cancelado? Não estou entendendo nada — disse Krímov.

Krímov subiu à superfície e pôs-se a andar pelo barranco na direção da margem do Volga — lá estava instalada a redação do jornal do Exército.

Caminhava ressentido com aquela convocação insensata, e ainda sob o efeito que lhe provocara o pastelão do outro, perscrutando o canhoneio desordenado e preguiçoso que vinha de Kuporósnaia Balka.

Uma moça de barrete e capote passou na direção da seção de operações. Krímov olhou para ela e pensou: "Que beleza."

A angústia de sempre apertou o coração: pensou em Gênia. Imediatamente, como de hábito, ralhou consigo mesmo: "Afaste ela da cabeça, afaste!", e se pôs a recordar a noite no povoado, com a jovem cossaca.

Depois pensou em Spiridônov: "Um homem esplêndido, mas, naturalmente, não é nenhum Espinosa."

Todos esses pensamentos, os tiros preguiçosos, a convocação de Abrámov, o céu de outono, ele recordaria durante muito tempo, com nitidez dolorosa.

Foi chamado por um funcionário do estado-maior com insígnias verdes de capitão no capote, que o seguia desde o posto de comando.

Krímov fitou-o, perplexo.

— Por aqui, por aqui, entre, por favor — disse o capitão, em voz baixa, apontando para a porta de uma isbá.

Krímov passou por uma sentinela e cruzou a porta.

Entraram numa sala com uma mesa de escritório, com um retrato de Stálin pregado com percevejos na parede de tábuas.

Krímov esperava que o capitão se dirigisse a ele mais ou menos assim: "Perdão, camarada comissário de batalhão, o senhor aceitaria levar o nosso informe ao camarada Toschêiev, na margem esquerda?"

Mas o capitão disse outra coisa:

— Entregue a arma e os documentos pessoais.

E Krímov, desnorteado, proferiu as palavras que já não tinham qualquer sentido:

— Com que direito? Mostre-me os seus documentos antes de exigir os meus.

E depois, convencido de que, embora fosse absurdo e inconcebível, aquilo sem dúvida estava acontecendo, proferiu as mesmas palavras que, em casos semelhantes, milhares haviam murmurado antes dele:

— Isso é um absurdo, não estou entendendo absolutamente nada, só pode ser um mal-entendido.

Mas essas já não eram as palavras de um homem livre.

2

— Está se fazendo de bobo? Responda, por quem você foi recrutado no período do cerco?

Estava sendo interrogado na margem esquerda do Volga, na Seção Especial do front.

Uma calma provinciana emanava do solo pintado, dos potes de flores da janela, do relógio de pêndulo da parede. A trepidação dos cristais e o estrondo que vinham de Stalingrado pareciam familiares e agradáveis; pelo visto, os bombardeiros estavam mandando bala na margem direita.

O tenente-coronel do Exército, sentado a uma mesa de cozinha rústica, não se parecia em nada com o juiz de instrução de lábios pálidos que havia imaginado...

Contudo, foi um tenente-coronel com o ombro manchado de cal do fogão quem se aproximou do banco em que ele, um especialista em movimento operário nos países do Oriente colonial, estava sentado, um homem que envergava uniforme militar e estrela de comissário na manga, um homem nascido de mãe bondosa e dileta, e lhe deu com o punho na cara.

Nikolai Grigórievitch levou a mão aos lábios e ao nariz e, ao olhar para ela, viu sangue misturado com saliva. Depois mexeu os lábios. A língua estava petrificada e os lábios, entorpecidos. Olhou para o chão pintado e recém-lavado e engoliu sangue.

À noite veio uma sensação de ódio pelo membro da Seção Especial. Contudo, nos minutos iniciais, não era nem ódio, nem dor física. O golpe na cara significava uma catástrofe espiritual que não podia suscitar nada além de torpor e perplexidade.

Krímov olhou ao redor, com vergonha da sentinela. O soldado vermelho viu baterem em um comunista! Bateram no comunista Krímov, e na presença de um rapaz pelo qual fora feita a Grande Revolução, a mesma da qual Krímov participara.

O tenente-coronel olhou para o relógio. Era hora do jantar no refeitório dos dirigentes de seção.

Enquanto Krímov era conduzido pelo pátio coberto de pó sujo de neve na direção da cela de madeira, ouvia-se com especial clareza o estrondo do bombardeio aéreo que chegava de Stalingrado.

O primeiro pensamento que o acometeu depois do torpor foi que uma bomba alemã podia destruir aquela cela... Era um pensamento simples e abominável.

No abafado cubículo com paredes de madeira, foi invadido por desespero e fúria; perdeu o controle. Era ele que tinha gritado com voz rouca, corrido até o avião, encontrado o amigo Gueorgui Dimítrov,[1] carregado o caixão de Clara Zetkin,[2] e era ele quem olhava furtivamente,

---

[1] Gueorgui Mikháilovitch Dimítrov (1882-1949), líder comunista búlgaro.

[2] Clara Josephine Zetkin (1857-1933), feminista alemã.

para ver se o funcionário da Seção Especial voltaria a lhe golpear. Tirara do cerco gente que o chamara de "camarada comissário". E era para ele que o soldado do colcoz olhava com nojo, para ele, um comunista golpeado no interrogatório de um comunista...

Ainda não conseguia se dar conta do significado colossal das palavras "privação de liberdade". Tornara-se outra criatura, tudo nele teria que mudar; haviam-no privado da liberdade.

Os olhos se turvaram. Iria até Scherbakov, ao Comitê Central, tinha a possibilidade de se dirigir a Mólotov, não sossegaria enquanto o canalha do tenente-coronel não fosse fuzilado. Pegue o telefone! Ligue para Priákhin... O próprio Stálin ouviu falar de mim e conhece meu nome. Uma vez, o camarada Stálin perguntou ao camarada Jdánov: "Esse é aquele Krímov que trabalhou no Comintern?"

E imediatamente Nikolai Grigórievitch sentiu um aguaçal debaixo dos pés; estava sendo tragado por um pântano escuro, coloidal, de alcatrão, sem fundo... Algo de irresistível, aparentemente mais forte que as divisões de Panzer alemãs, caíra sobre ele. Fora privado da liberdade.

Gênia! Gênia! Você está me vendo? Gênia! Olhe para mim, estou em uma desgraça horrenda! Estou completamente só, abandonado, e também abandonado por você.

Um degenerado batera nele. A consciência se turvava, e os dedos ficavam até com cãibra de vontade de se lançar contra o funcionário da Seção Especial.

Jamais experimentara tamanho ódio nem pelos gendarmes, nem pelos mencheviques, nem pelo oficial da SS que interrogara.

No homem que o pisava Krímov não reconhecia um estranho, mas a si mesmo, Krímov, aquele menino que chorava de felicidade diante das palavras comoventes do Manifesto Comunista: "Proletários de todas as nações, uni-vos!" Tal sensação de proximidade era verdadeiramente horrível.

3

Escureceu. Por vezes o ronco surdo da batalha de Stalingrado preenchia estrondosamente o ar rarefeito e fétido da prisão. Talvez os alemães golpeassem Batiuk ou Rodímtzev, que defendiam uma causa justa.

De vez em quando surgia movimento no corredor. Abriam-se as portas da cela comum, onde estavam os desertores, traidores da pátria, saqueadores, estupradores. Ocasionalmente recebiam permissão para ir ao banheiro, e a sentinela, antes de abrir a porta, discutia longamente com eles.

Quando Krímov foi trazido da margem de Stalingrado, alojaram-no por algum tempo na cela comum. Ninguém prestou atenção no comissário com a estrela vermelha costurada na manga; só se interessavam em saber se ele tinha papel para enrolar a *makhórka* empoeirada. Essa gente só queria saber de comer, fumar e satisfazer as necessidades naturais.

Quem, quem iniciou o processo? Que sentimento dilacerante: ao mesmo tempo conhecer a própria inocência e ter calafrios com uma sensação inescapável de culpa. Os dutos de Rodímtzev, as ruínas da casa 6/1, os pântanos da Bielorrússia, o inverno de Vorónej, os vaus dos rios; tudo o que era feliz e leve estava perdido.

Tinha vontade de sair à rua, caminhar, erguer a cabeça e olhar para o céu. Ir atrás de um jornal. Barbear-se. Escrever uma carta ao irmão. Queria tomar chá. Precisava devolver um livro emprestado na véspera. Olhar para o relógio. Tomar banho. Pegar um lenço de bolso na mala. Não podia fazer nada. Fora privado da liberdade.

Pouco tempo depois Krímov foi levado da cela comum para o corredor, e o comandante se pôs a xingar a sentinela:

— Não falei em bom russo? Por que diabos você o colocou na cela comum? Não fique aí de boca aberta, ou será que você quer ir para a linha de frente, hein?

Depois da saída do comandante, a sentinela começou a se queixar a Krímov:

— É sempre assim. A solitária está ocupada. Ele mesmo mandou colocar na solitária os destinados ao fuzilamento. Se eu colocar o senhor lá, para onde mando o outro?

Logo Nikolai Grigórievitch viu os soldados tirando da solitária o condenado à execução. Os cabelos claros do homem estavam grudados à sua nuca estreita e cavada. Poderia ter qualquer idade entre 20 e 35 anos.

Krímov foi transferido para a solitária liberada. Na penumbra, distinguiu uma marmita em cima da mesa e encontrou às apalpadelas uma lebre modelada com miolo de pão. Pelo jeito, o condenado pusera as mãos nela fazia bem pouco tempo; o pão ainda estava macio, apenas as orelhas da lebre tinham endurecido.

Escureceu... Krímov, com a boca entreaberta, sentou-se na tarimba, sem conseguir dormir; precisava pensar em muitas coisas. Mas a cabeça aturdida não conseguia pensar, as têmporas apertavam. Em seu crânio pairava uma maré morta; tudo girava, balançava, se agitava, e não havia onde se segurar, onde desenrolar o fio do pensamento.

À noite voltou a se ouvir barulho no corredor. As sentinelas chamavam o chefe dos guardas. Rumor de botas. O comandante, que Krímov reconheceu pela voz, disse:

— Que esse comissário de batalhão vá para o diabo, que fique no posto de guarda. — E acrescentou: — É um caso especial, e, sendo um caso especial, é atribuição do comando.

Abriram a porta, e o soldado gritou:

— Saia!

Krímov saiu. No corredor estava um homem descalço, só com a roupa de baixo.

Krímov vira muita coisa ruim na vida, mas mal olhou aquele rosto e compreendeu que nunca vira nada mais medonho antes. Era pequeno, de um amarelo imundo. Tudo nele chorava miseravelmente: as rugas, as faces trêmulas, os lábios. Só os olhos não choravam, e teria sido melhor não ver aqueles olhos terríveis, tal era a sua expressão.

— Vamos, vamos — o soldado apressou Krímov.

No posto de guarda, a sentinela lhe narrou o que havia ocorrido.

— Ficam me ameaçando com a linha de frente, mas aqui é pior do que a linha de frente, a gente logo perde o controle dos nervos... Trouxeram para ser fuzilado um homem que tinha atirado em si mesmo na mão esquerda, através de um naco de pão. Fuzilaram-no, cobriram-no de terra, mas à noite ele ressuscitou e voltou para nós.

Dirigia-se a Krímov procurando não tratá-lo nem por "senhor" nem por "você".

— Fazem tudo tão mal que arrasam os nervos da gente. Até o gado deveria ser abatido com cuidado. Mas aqui fazem tudo de qualquer jeito. A terra está congelada, afastam as ervas daninhas, cobrem o corpo de qualquer maneira e vão embora. Estava na cara que ele ia escapar! Se o tivessem enterrado de acordo com as instruções, ele jamais teria escapado.

E Krímov, que tinha o hábito de responder sempre às perguntas, de pôr em ordem as ideias dos outros com suas explicações, agora indagava, confuso:

— Mas por que ele voltou?

A sentinela deu um risinho.

— O mesmo sargento que o levou à estepe diz que temos que lhe dar pão e chá, até que voltem a preencher as formalidades, mas o chefe da intendência ficou com raiva e armou um escândalo: como vamos lhe dar de beber se ele foi cortado das despesas? Eu acho que ele está certo. O sargento faz tudo errado e a intendência é que tem que responder por isso?

Krímov perguntou de chofre:

— O que o senhor fazia em tempos de paz?

— Cuidava de abelhas em um empreendimento estatal.

— Claro — disse Krímov, pois tudo ao seu redor e mesmo dentro dele se tornara escuro e insensato.

Ao amanhecer, Krímov foi novamente levado à solitária. Assim como antes, a lebre moldada com miolo de pão estava ao lado da marmita. Mas agora ela estava dura, áspera. Da cela comum vinha uma voz servil:

— Sentinela, seja meu parceiro, leve-me para mijar, está bem?

Naquela hora, na estepe, despontou um sol vermelho vivo; uma beterraba gelada e suja subia ao céu, coberta de pedaços de terra e barro.

Logo colocaram Krímov na carroceria de um caminhão, e a seu lado se sentou um simpático tenente, que recebeu de um sargento a mala de Krímov, e o caminhão, rangendo e sacolejando na lama congelada de Ákhtuba, tomou a direção do aeródromo de Lêninsk.

Krímov inspirou o ar úmido, e seu coração se encheu de esperança e luz: o sonho terrível parecia ter acabado.

4

Nikolai Grigórievitch Krímov saiu do carro e fitou a passagem cinza e estreita que levava a Lubianka. A cabeça zunia depois de muitas horas de rugido dos motores do aeroplano, do relampejo dos campos ceifados e não ceifados, riachos, bosques, da alternância de sentimentos de desespero, certeza e incerteza.

A porta se abriu, e ele entrou no reino radiológico do abafado ar burocrático e da raivosa luz burocrática; ingressou em uma vida que existia fora da guerra, além da guerra, acima da guerra.

Em uma sala vazia e abafada, sob a luz viva de um projetor, mandaram-no se despir por inteiro, e, enquanto um ponderado homem de bata apalpava seu corpo, Krímov pensava, contraindo-se, que o movimento metódico daqueles dedos que não conheciam a vergonha não se deixaria incomodar pelo trovão e ferro da guerra...

Um soldado vermelho morto, em cuja máscara de gás jazia uma nota escrita antes do ataque: "Morto pela felicidade da vida soviética, deixou em casa mulher e seis filhos", um tanqueiro chamuscado, negro como azeviche, com tufos de cabelo colados à jovem cabeça, um exército popular de muitos milhões que marchavam entre pântanos e bosques, disparando canhões e metralhadoras...

Os dedos faziam seu serviço, seguros e tranquilos, enquanto, sob fogo, o comissário Krímov gritava: "O que é isso, camarada Guenerálov, não quer defender a pátria soviética?"

— Vire-se, abaixe-se, afaste as pernas.

Depois, vestido, fotografaram-no com a gola da camisa desabotoada, o rosto morto e vivo, de frente e de perfil.

Depois, com um zelo indecente, deixou as impressões digitais em uma folha de papel. A seguir, um funcionário agitado arrancou os botões de suas calças e tirou-lhe o cinto.

Depois subiu em um elevador de luz viva, passando em frente a portas de janelinhas arredondadas, em um corredor atapetado longo e vazio. Enfermarias de uma clínica cirúrgica, de cirurgia de câncer. O ar era tépido, burocrático, iluminado com uma raivosa luz elétrica. Instituto radiológico de diagnóstico social...

"Quem me enfiou aqui?"

Era difícil pensar naquele ar abafado e cego. Sonho, realidade, delírio, passado e futuro se engalfinhavam. Perdeu o sentido de si... Tive mãe? Talvez não. Gênia tornara-se indiferente. As estrelas entre as copas dos pinheiros, a passagem do Don, o foguete verde dos alemães, proletários de todos os países, uni-vos, uma pessoa atrás de cada porta, morrerei comunista, cadê Mikhail Sídorovitch Mostovskói, a cabeça zune, será que Griékov atirou em mim, Grigori Evssêievitch,[3] de cabelo crespo, presidente do Comintern, andara por este corredor, que ar pesado e espesso, que luz maldita a desse projetor... Griékov atirou em mim, o funcionário da Seção Especial me deu um murro nos dentes, os alemães atiraram em mim, o que o dia vindouro me reserva,[4] juro que não sou culpado de nada, preciso urinar, que velhos esplêndidos cantaram com Spiridônov no feriado de Outubro, Tcheká, Tcheká, Tcheká, Dzerjinski foi o chefe desta casa, Guênrikh Iagoda, depois Mienzynski, e depois o pequeno proletário de Petersburgo de

---

[3] Zinóviev.

[4] Citação de *Eugênio Oneguin*, de Púchkin.

olhos verdes, Nikolai Ivánovitch,[5] e hoje era o amável e inteligente Lavriênti Pávlovitch,[6] como foi, como foi, nos encontramos, à sua saúde, *allaverdi,*[7] cantamos um hino, como era: "Levantem-se, proletários, pela sua causa",[8] não sou culpado de nada, preciso urinar, será que vão me fuzilar...

Como era estranho caminhar por aquele corredor reto como uma flecha, quando a vida era emaranhada, com atalhos, barrancos, pântanos, riachos, a poeira das estepes, trigo não ceifado, você abre caminho, contorna, mas o destino é reto, seguimos pela linha reta, corredores, corredores, e portas nos corredores...

Krímov andava comedidamente, nem rápido nem devagar, como se a sentinela não fosse atrás dele, mas na frente.

Desde seus primeiros minutos na casa de Lubianka uma ideia nova lhe surgira.

"A disposição geométrica dos pontos", pensou, enquanto lhe tiravam as impressões digitais, e não entendeu aquele pensamento, embora ele expressasse exatamente a nova sensação que lhe surgira.

A nova sensação vinha de ter perdido o sentido de si. Se pedisse água, iam lhe dar de beber, se tivesse um ataque cardíaco repentino, um médico lhe aplicaria a injeção necessária. Mas não era mais Krímov, e sentia isso, embora não compreendesse. Não era mais o camarada Krímov, o qual, ao se vestir, ao almoçar, ao comprar uma entrada de cinema, ao pensar, ao ir dormir, sempre se sentia ele mesmo. O camarada Krímov era diferente de todas as pessoas por sua alma e mente, pela experiência no Partido desde antes da Revolução, pelos artigos publicados na revista *Internacional Comunista*, pelos diversos costumes e manias, e hábitos, e tons de voz nas conversas com membros da Komsomol ou secretários do comitê regional de Moscou, velhos amigos de Partido, postulantes. Seu corpo parecia um corpo humano, seus movimentos e pensamentos pareciam movimentos e pensamentos humanos, mas a essência do camarada Krímov como ser humano, sua dignidade e liberdade haviam desaparecido.

---

[5] Iejov.

[6] Béria.

[7] Palavra de origem gregoriana com a qual, nos banquetes, uma pessoa passa a palavra a outra, para que continue o brinde.

[8] Hino do Comintern, com música de Hanns Eisler e texto de Franz Jahnke e Maxim Vallentim.

Levaram-no a uma cela — um retângulo com assoalho de parquete encerado, com quatro leitos com cobertores bem esticados, sem a mínima ruga —, e Krímov sentiu instantaneamente três homens a contemplar com interesse humano o recém-chegado.

Eram pessoas, se boas ou más ele não sabia, se hostis ou indiferentes ele não sabia, mas o bem, o mal, a indiferença que provinham delas e chegavam até ele eram humanos.

Sentou-se no leito que lhe fora designado, e os três homens sentados nas camas com livros abertos em cima do joelho contemplaram-no em silêncio. E aquilo de maravilhoso e precioso que ele parecia ter perdido voltou.

Um deles era corpulento, de testa larga e rosto esburacado, com uma massa de cabelos crespos, parcialmente grisalhos, emaranhados à la Beethoven por sobre uma fronte saliente e carnuda.

O segundo era um velho de mãos pálidas como papel, crânio ossudo e calvo, e um rosto parecido com um baixo-relevo esculpido em metal, como se em suas veias e artérias corresse neve, e não sangue.

O terceiro, sentado no leito ao lado de Krímov, com uma marca vermelha entre as sobrancelhas por causa dos óculos recém-tirados, era um homem simpático, infeliz e bondoso. Apontou para a porta, sorrindo de modo quase imperceptível, e Krímov entendeu que a sentinela olhava pela janelinha, e que era necessário ficar calado.

O primeiro a falar foi o homem de cabelos emaranhados:

— Então — disse, preguiçoso e afável —, permito-me, em nome da comunidade, saudar as forças armadas. De onde vem, querido camarada?

Sorrindo confuso, Krímov disse:

— De Stalingrado.

— Oh, que bom é ver um participante da heroica defesa. Seja bem-vindo à nossa *khata*.

— Fuma? — perguntou, rapidamente, o velho de rosto branco.

— Fumo — respondeu Krímov.

O velho assentiu, fixando os olhos no livro.

Então o simpático vizinho míope disse:

— Acontece que aprontei uma para os meus camaradas; disse que não fumava, de maneira que não me dão a minha cota de tabaco.

Perguntou:

— Saiu de Stalingrado faz tempo?

— Estava lá hoje de manhã.

— Puxa — disse o gigante —, veio de Douglas?

— Exatamente — respondeu Krímov.

— Conte-nos sobre Stalingrado. Ainda não conseguimos obter nenhum jornal.

— Não está com fome? — perguntou o simpático míope. — Nós já jantamos.

— Não tenho fome — disse Krímov —, e os alemães não vão tomar Stalingrado. Agora isso está bem claro.

— Eu sempre tive certeza — disse o gigante —, a sinagoga ficou de pé, e assim vai continuar.

O velho fechou o livro com estrondo e perguntou a Krímov:

— Pelo visto o senhor é membro do Partido Comunista.

— Sim, sou comunista.

— Mais baixo, mais baixo, falem só por cochichos — disse o simpático míope.

— Mesmo sobre pertencer ao Partido — disse o gigante.

Seu rosto pareceu conhecido a Krímov, que se lembrou dele: era um famoso animador de Moscou. Uma vez Krímov fora com Gênia a um concerto na Sala das Colunas e o vira em cena. Agora se reencontravam.

Nessa hora a porta se abriu, a sentinela deu uma espiada e perguntou:

— Quem aqui tem um nome que começa com K?

O gigante respondeu:

— Sou eu: Katzenellebogen.

Levantou-se, ajeitou os cabelos desgrenhados com a mão e dirigiu-se à porta sem pressa.

— Vai ser interrogado — cochichou o vizinho simpático.

— Mas por que isso de "nome que começa com K"?

— É uma regra entre eles. Anteontem a sentinela o chamou assim: "Quem aqui é Katzenellebogen, começando com K?" Muito engraçado. Ele é meio louco.

— Sim, caímos na gargalhada — disse o velho.

"Mas e você, velho contador, como veio parar aqui?", pensou Krímov. "Meu nome também começa com K."

Os presos começaram a se preparar para dormir, mas a luz raivosa continuava a brilhar, e Krímov sentiu que alguém o observava pela janelinha enquanto desenrolava as perneiras, ajustava as ceroulas, coçava o peito. Era uma luz especial, não estava acesa para o proveito dos encarcerados, e sim para que pudessem ser vistos de fora. Se fosse mais cômodo observá-los no escuro, eles seriam deixados no escuro.

O velho com cara de contador estava deitado com o rosto virado para a parede. Krímov e seu simpático vizinho conversavam aos cochichos, sem olhar um para o outro, tapando a boca com a mão para que a sentinela não visse o movimento dos lábios.

De tempos em tempos olhavam para o leito vazio; como o animador conseguiria fazer piada durante um interrogatório?

O vizinho cochichou:

— Nesta cela nos transformamos em lebres, lebres. É como num conto de fadas: o feiticeiro toca nas pessoas e suas orelhas crescem.

Pôs-se a contar dos vizinhos.

O velho era socialista-revolucionário, ou social-democrata, ou menchevique; Krímov já tinha ouvido seu sobrenome — Dreling — antes. Dreling passara mais de vinte anos em cadeias, prisões políticas e campos, aproximando-se do período alcançado em Schlüssenburg por Morózov, Novorusski, Frolenko e Figner. Agora fora transferido para Moscou devido à sua mais nova ocupação: no campo, tivera a ideia de dar conferências sobre a questão agrária para os cúlaques desapropriados.

O animador tinha um tempo de Lubianka tão longo quanto o de Dreling; começara a trabalhar para a Tcheká mais de vinte anos antes, sob Dzerjinski, depois trabalhara para a OGPU sob Iagoda, para o NKVD sob Iejov, para o NKGB sob Béria. Trabalhara tanto no aparato central quanto na chefia da construção de campos imensos.

Krímov se enganara com relação a seu interlocutor, Bogolêiev. O servidor soviético revelou-se um estudioso da arte, especialista em fundos de museus, autor de versos jamais publicados — por estarem em desarmonia com a época.

Bogolêiev voltou a cochichar:

— Mas agora, entenda, nada disso existe mais, virei um coelhinho.

Como era bárbaro e terrível: no mundo não havia nada além das passagens do Bug e do Dnieper, do cerco de Piriatinski e do pântano de Ovrutch, Mamáiev Kurgan, Kuporósnaia Balka, casa 6/1, conferências políticas, carência de munição, instrutores políticos feridos, assaltos noturnos, trabalho político em combate e nas marchas, ataques de tanques, morteiros, quartéis-generais, metralhadoras pesadas...

E naquele mesmo mundo, ao mesmo tempo, não havia nada além de inquéritos noturnos, toques de alvorada, chamadas, idas ao banheiro sob escolta, *papiróssi* distribuídos a conta-gotas, buscas, acareações, juízes de instrução, decisões do Conselho Especial.[9]

Existiam ambas as coisas.

Porém, por que lhe parecia natural e inevitável que seus vizinhos, privados de liberdade, estivessem em uma cela de Lubianka? E por que era bárbaro, absurdo, impensável que ele, Krímov, tivesse ido parar naquela cela, naquele leito?

Krímov teve uma vontade insuportável de falar de si. Não se conteve e disse:

— Minha mulher me deixou, não tenho de quem esperar encomendas.

E a cama do corpulento tchekista ficou vazia até o amanhecer.

5

Uma vez, antes da guerra, Krímov passou por Lubianka e conjeturou o que havia por detrás das janelas do prédio insone. Os presos ficavam detidos por oito meses, um ano, um ano e meio, o quanto durasse a instrução. Depois os parentes dos presos recebiam cartas dos campos, e surgiam palavras como Komi, Salekhard, Norilsk, Kótlas, Magadan, Vorkutá, Kolimá, Kuznetzk, Krasnoiarsk, Karagandá, Enseada Nagáeva.

Mas muitos milhares dos que iam parar na prisão interna desapareciam para sempre. A promotoria informava os parentes de que essa gente fora condenada a dez anos sem direito a correspondência, mas não havia detentos com tal sentença nos campos. Dez anos sem direito a correspondência, obviamente, queria dizer: fuzilado.

Nas cartas remetidas dos campos, a pessoa escrevia que se sentia bem, não passava frio, e pedia, se possível, que mandassem alho e cebola. E os parentes compreendiam que alho e cebola eram necessários em razão do escorbuto. Ninguém jamais escrevia sobre o tempo passado na cadeia durante a instrução.

Era especialmente terrível passar por Lubianka e pela travessa Komsomolski nas noites de verão de 1937.

---

[9] Órgão do NKVD, criado em 1934 e dissolvido em 1953 (pouco depois da morte de Stálin), com a função de aplicar "penas administrativas", ou seja, extrajudiciais.

As ruas abafadas ficavam desertas à noite. Os prédios eram escuros, de janelas abertas, despovoados e ao mesmo tempo cheios de gente. Seu sossego não era sossego. Nas janelas iluminadas, cobertas com cortinas brancas, surgiam sombras, e, na entrada, os carros batiam as portas e acendiam os faróis. Parecia que toda a imensa cidade estava intimidada pelo olhar brilhante e vítreo de Lubianka. Pessoas conhecidas surgiam na memória. A distância delas não se media em espaço, era fundada em outro tipo de medida. Não havia força na terra nem força no céu que pudesse vencer aquele abismo similar ao abismo da morte. Contudo, elas não estavam debaixo da terra, nem em um caixão fechado, mas aqui do lado, vivas, respirando, pensando, chorando. Não estavam mortas.

E os carros continuavam a despejar novos presos, centenas, milhares, dezenas de milhares de pessoas que desapareciam por trás das portas da prisão interna, por trás dos portões das cadeias de Butirka e Lefórtovo.

Novos funcionários e trabalhadores ocupavam o lugar dos presos no *raikom*, nos Comissariados do Povo, nos departamentos militares, na promotoria, nos complexos de empresas, nas policlínicas, nas direções de fábrica, nos comitês locais e de fábrica, nas seções agrícolas, nos laboratórios bacteriológicos, na direção dos teatros acadêmicos, no escritório de aviação, nos institutos, nos projetos de gigantes da indústria química e metalúrgica.

Acontecia de aqueles que haviam chegado no lugar dos que tinham sido presos como inimigos do povo, terroristas e sabotadores em pouco tempo também se revelarem inimigos e serem presos. Às vezes acontecia de as pessoas da terceira chamada também serem inimigas e acabarem presas.

Um camarada leningradense cochichara a Krímov que em sua cela havia três secretários de um *raikom* de Leningrado; ao ser designado, cada um deles desmascarara o antecessor como inimigo e terrorista. Na cadeia, estavam deitados lado a lado, sem ofensa ou ódio.

Certa noite, Micha Chápochnikov, irmão de Ievguênia Nikoláievna, tinha entrado naquele prédio. Com uma trouxa branca debaixo do braço, com as coisas que a esposa reunira: toalha, sabão, duas mudas de roupa de baixo, escova de dentes, meias, três lenços para o nariz. Cruzara aquela porta retendo na memória o número de cinco dígitos do cartão do Partido, sua escrivaninha de representante comercial em Paris, o vagão de primeira classe no qual, rumo à Crimeia, esclarecera sua situação com a mulher, bebera *narzan*[10] e folheara, bocejando, *O asno de ouro*.

---

[10] Água mineral do Cáucaso.

Claro que Mítia não era culpado de nada. Mas prenderam-no assim mesmo, e não fizeram nada com Krímov.

Certa vez, Abartchuk, primeiro marido de Ievguênia Nikoláievna, caminhara por aquele corredor fortemente iluminado, que ia da liberdade à falta de liberdade; Abartchuk fora ao interrogatório com pressa de desfazer aquele mal-entendido absurdo... Passaram-se cinco, sete, oito meses, e então Abartchuk tinha escrito: "A ideia de matar o camarada Stálin me foi sugerida pela primeira vez por um agente do serviço secreto militar alemão, o qual, por sua vez, me colocou em contato com um dos dirigentes da subversão... a conversa teve lugar depois das demonstrações de 1º de maio, no bulevar Iauzski, eu prometi dar a resposta final em cinco dias, e nós combinamos um novo encontro..."

Atrás daquelas janelas se realizava um trabalho notável, verdadeiramente notável. Durante a guerra civil, Abartchuk nem chegou a desviar o olhar quando um oficial de Koltchak[11] atirou nele.

Claro que fora obrigado a redigir acusações falsas contra si mesmo. Claro que Abartchuk era comunista de verdade, sólido, da têmpera de Lênin, e não tinha culpa de nada. Assim mesmo fora preso, assim mesmo se acusara... Com Krímov, contudo, não haviam feito nada, não o haviam prendido, não o haviam forçado a se acusar.

Krímov ouvira falar de como aconteciam esses casos. Algumas informações vinham daqueles que lhe cochichavam: "Lembre-se de que se você disser isso a alguém — mulher, mãe — eu estou morto."

Algumas informações vinham daqueles que, inflamados pelo álcool e enfadados com a estupidez presunçosa do interlocutor, subitamente proferiam palavras imprudentes para imediatamente se calar e, no dia seguinte, como se por acaso, diziam, bocejando: "Sim, a propósito, parece que ontem eu despejei todo tipo de besteira, não se lembra? Bem, melhor assim."

Algumas coisas tinham sido ditas pelas mulheres dos amigos que tinham ido encontrar os maridos nos campos.

Mas tudo aquilo era boato, fofoca. Pois nada similar acontecera com Krímov.

Mas veja só. Agora tinha sido preso. Acontecera o improvável, o absurdo, o incrível. Quando prendiam mencheviques, socialistas-revolucionários, guardas brancos, popes, agitadores cúlaques, nunca,

---

[11] Aleksandr Vassílievitch Koltchak (1874-1920), comandante militar das forças anticomunistas durante a Guerra Civil.

nem sequer por um instante, ele pensava no que sentia aquela gente privada de liberdade enquanto esperava a sentença. Jamais pensara em suas mulheres, suas mães, seus filhos.

Claro que quando as balas começaram a estourar cada vez mais perto e mutilar os seus, e não os inimigos, ele parou de ser indiferente; não eram inimigos que estavam sendo presos, mas gente soviética, membros do Partido.

Claro que quando prenderam pessoas que lhe eram bastante próximas, gente de sua geração, que ele considerava bolcheviques leninistas, ele ficou abalado e à noite não dormia, pensando se Stálin tinha o direito de privar as pessoas da liberdade, torturá-las e fuzilá-las. Pensava nos sofrimentos pelos quais passavam esses homens, nos sofrimentos de suas mulheres e mães. Pois não se tratava de cúlaques, nem guardas brancos, mas de bolcheviques leninistas!

Todavia tranquilizou-se: de qualquer forma, não tinham prendido Krímov, não o haviam deportado, ele não assinara nem reconhecera acusações falsas.

Mas vejam só. Agora Krímov, um bolchevique leninista, tinha sido preso. Agora não tinha consolo, interpretação, explicação. Acontecera.

Já sabia de algumas coisas. Os dentes, os ouvidos, as narinas e a virilha de um homem nu tornavam-se objetos de busca. Daí o homem ia pelo corredor, miserável e ridículo, segurando as calças que escorregavam e as cuecas com os botões arrancados. Tiravam os óculos dos míopes, que apertavam e esfregavam os olhos, inquietos. O homem entrava na cela e se transformava em um rato de laboratório, criando novos reflexos: falava cochichando, levantava-se do leito, deitava-se no leito, satisfazia as necessidades naturais, dormia e sonhava sob vigilância constante. Tudo era monstruosamente cruel, absurdo, desumano. Pela primeira vez entendia com clareza as coisas horrendas que aconteciam na Lubianka. Pois estavam atormentando um bolchevique, um leninista, o camarada Krímov.

6

Passavam os dias e Krímov não era chamado.

Já sabia quando e como seria alimentado, sabia as horas de passeio e os períodos de banho, conhecia a fumaça do tabaco da prisão, a hora da inspeção, o acervo de livros da biblioteca, conhecia o rosto das sentinelas e se inquietava ao esperar os vizinhos voltarem do interrogatório. Katzenellebogen era mais chamado que os outros. Bogolêiev sempre era chamado durante o dia.

A vida sem liberdade! Era uma doença. Perder a liberdade era o mesmo que ser privado de saúde. A luz estava acesa, escorria água da torneira, havia sopa na tigela, mas tanto a luz quanto a água e o pão eram especiais; forneciam porque lhes convinha. Quando os interesses da instrução o exigiam, os detentos eram temporariamente privados de luz, comida, sono. Pois nada que recebiam era para eles; era o método de trabalho.

O velho ossudo foi chamado ao interrogatório uma vez e, ao voltar, informou com desdém:

— Depois de três horas de silêncio o cidadão juiz de instrução se convenceu de que meu sobrenome é realmente Dreling.

Bogolêiev era sempre amável, falava respeitosamente com os vizinhos e, pela manhã, perguntava-lhes da saúde e do sono.

Uma vez começou a ler versos para Krímov, depois interrompeu a leitura e disse:

— Perdão, acho que isto não lhe interessa.

Krímov respondeu, rindo:

— Para ser franco, não entendi patavina. E olhe que já li Hegel e entendi.

Bogolêiev tinha muito medo dos interrogatórios e ficava transtornado quando o guarda de serviço entrava e perguntava: "Quem começa com B?" Ao regressar do encontro com o juiz de instrução, parecia mais magro, menor e mais velho.

Falava de seus interrogatórios de forma confusa e apertando os olhos. Não era possível entender de que o acusavam: se de atentado contra a vida de Stálin ou de não gostar das obras escritas no espírito do realismo socialista.

Certa vez, o corpulento tchekista disse a Bogolêiev:

— Ajude o rapaz a formular a acusação. Aconselho alguma coisa semelhante a: "Experimentando um ódio bestial a tudo de novo, xinguei gratuitamente as obras de arte agraciadas com o Prêmio Stálin." Vai receber dez anos. E denuncie o mínimo de pessoas que conhece, que isso não ajuda em nada; pelo contrário, vão acusá-lo de ser um conspirador, e você vai parar em um campo de regime mais severo.

— Como assim — disse Bogolêiev —, como posso ajudá-los se eles sabem de tudo?

Ele frequentemente filosofava aos cochichos sobre seu tema predileto: todos nós somos personagens de um conto — terríveis comandantes de divisão, paraquedistas, seguidores de Matisse e Píssarev, membros do Partido, geólogos, tchekistas, elaboradores de planos quinquenais, pilotos, criadores de gigantes da metalurgia... E eis-nos, presunçosos, pretensiosos, cruzamos o limiar de uma casa encantada e uma varinha mágica nos transformou em coelhinhos, porquinhos, esquilos. O que precisamos agora é nos alimentar de mosquitos e ovas de formigas.

Tinha uma inteligência original, estranha e obviamente profunda; contudo, era mesquinho nos assuntos cotidianos — sempre se preocupava em ver se recebia menos do que os outros, se tinha seu passeio abreviado, se alguém comia sua torrada em sua ausência.

A vida estava cheia de acontecimentos, mas era vazia e ilusória. As pessoas na cela viviam no leito seco de um rio. O juiz de instrução estudava o leito, as pedras, as fendas, os acidentes da margem. Mas a água que um dia formara aquele leito já não existia.

Dreling raramente participava da conversa e, se falava, na maioria das vezes era com Bogolêiev, evidentemente porque este era apartidário.

Mas mesmo ao falar com Bogolêiev irritava-se frequentemente:

— O senhor é estranho — disse certa vez —, primeiro porque é amável e respeitoso com gente que despreza, segundo porque me pergunta todo dia da minha saúde, embora lhe seja absolutamente indiferente se eu vivo ou morro.

Bogolêiev, erguendo os olhos para o teto da cela, abriu os braços e disse:

— Escute — e recitou, num tom cantado:

— De que é feita a tua couraça, tartaruga?
Perguntei, e ouvi em resposta:
— De medo acumulado —
É a coisa mais sólida do mundo.

— Os versos são seus? — perguntou Dreling.
Bogolêiev voltou a abrir os braços, sem responder.

— O velho está com medo, acumulou medo — disse Katzenellebogen.

Depois do café da manhã, Dreling mostrou a capa de um livro a Bogolêiev e perguntou:

— Gosta?

— Para ser franco, não — disse Bogolêiev.

Dreling assentiu.

— Também não sou fã dessa obra. Gueórgi Valentínovitch[12] disse: "A personagem da mãe criada por Górki é um ícone, mas a classe trabalhadora não precisa de ícones."

— Gerações inteiras leem *A mãe* — disse Krímov. — O que isso tem a ver com ícones?

Com voz de educador de jardim da infância, Dreling disse:

— Os ícones são necessários aos que desejam subjugar a classe trabalhadora. No caixilho de vocês, comunistas, foi colocado o ícone de Lênin, e também há o ícone do reverendo Stálin. Nekrássov não precisava de ícones.

Dava a impressão de que não apenas sua testa, crânio, mãos e nariz tinham sido esculpidos em osso branco; suas palavras também batiam como se fossem de osso.

"Oh, que canalha", pensou Krímov.

Bogolêiev, irado — Krímov nunca vira tão bravo aquele homem dócil, amável e sempre deprimido —, disse:

— O senhor e as suas noções de poesia não vão além de Nekrássov. Desde então surgiram Blok, Mandelstam e Khlébnikov.

— Mandelstam eu não conheço — disse Dreling —, e Khlébnikov é o marasmo, a desagregação.

— Não me encha — disse Bogolêiev, abruptamente, elevando a voz pela primeira vez. — Estou por aqui com essa sua cartilha nojenta de Plekhánov. Os senhores aqui são marxistas de diversas tendências, mas se assemelham porque são cegos à poesia, não entendem absolutamente nada dela.

Que coisa estranha. Krímov ficava especialmente oprimido com a ideia de que para as sentinelas e guardas de serviço, ele, um bolchevique, comissário de guerra, não fosse diferente do velho Dreling.

---

[12] Gueórgi Valentínovitch Plekhánov (1856-1918), revolucionário russo e teórico marxista.

E agora ele, que não suportava o simbolismo e o decadentismo, e amara Nekrássov a vida inteira, estava pronto a apoiar Bogolêiev na discussão.

Se o velho ossudo fizesse uma única crítica a Iejov, ele seguramente se poria a justificar o fuzilamento de Bukhárin, a deportação da mulher que não denunciou o marido, as sentenças horríveis e os horríveis interrogatórios.

Mas o ossudo ficou em silêncio.

Naquela hora entrou uma sentinela e levou Dreling ao banheiro. Katzenellebogen disse a Krímov:

— Ficamos cinco dias nesta cela, só nós dois. Ele estava calado como um peixe no gelo. Falei: "Que ridículo: dois judeus, ambos de meia-idade, passando sozinho suas tardes em uma granja perto de Lubianka[13] e não trocam uma única palavra." E daí? Silêncio; ele não falou nada. Por que esse desprezo? Por que não quer falar comigo? Por terrível vingança, ou pelo assassinato de um sacerdote na noite de véspera de *Lakboi-melakh?*[14] Para que isso? Ah, esse velho colegial!

— É um inimigo! — disse Krímov.

O tchekista, obviamente, não levava Dreling na brincadeira.

— Ele está aqui com motivo, entenda! — disse. — É fantástico! Tem o campo de prisioneiros nas costas, um paletó de madeira pela frente, e continua ali, como se fosse de ferro. Tenho inveja dele! Chamam-no para o interrogatório: quem começa com D? Fica parado, como um toco, sem responder. Conseguiu ser chamado pelo nome. A chefia entra na cela, e podem até matá-lo, mas ele não se levanta.

Quando Dreling voltou do banheiro, Krímov disse a Katzenellebogen:

— Tudo é insignificante diante do juízo da história. Estamos aqui, eu e o senhor, e continuamos a odiar os inimigos do comunismo.

Dreling observou Krímov com curiosidade zombeteira.

— Que juízo é esse? — disse, sem se dirigir a ninguém. — É o linchamento da história!

Katzenellebogen não tinha razão ao invejar a força do homem ossudo. Sua força já não era humana. Um fanatismo cego e desumano aquecia com um calor químico seu coração devastado e indiferente.

---

[13] Alusão a *Noites em uma granja perto de Dikanka*, de Gógol.
[14] Possível corruptela de Lag Baômer, festa judaica.

A guerra desencadeada na Rússia e todos os acontecimentos ligados a ela tocavam-no pouco; não indagava dos assuntos do front, nem de Stalingrado. Não sabia das cidades novas nem da poderosa indústria. Já não levava uma vida humana, mas jogava na cadeia uma partida de damas infinita e abstrata, que só dizia respeito a ele.

Katzenellebogen interessava muito a Krímov, que sentia e via que ele era inteligente. Brincava, tagarelava, fazia piada, e seus olhos, contudo, eram inteligentes, preguiçosos e cansados. Eram olhos de gente experiente, que se cansou da vida e não teme a morte.

Um dia, falando da construção da estrada de ferro ao longo do oceano Ártico, disse a Krímov:

— Um projeto incrivelmente belo. — E acrescentou: — Verdade que sua realização custou a vida de dezenas de milhares de pessoas.

— Que horror — disse Krímov.

Katzenellebogen deu de ombros.

— Se o senhor tivesse visto as colunas de prisioneiros marchando para o trabalho! Em um silêncio sepulcral. O verde e o azul da aurora boreal acima das cabeças, gelo e neve ao redor, e o bramido do oceano negro. Aí é que o poder se faz notar.

Aconselhava Krímov:

— É preciso ajudar o juiz de instrução, ele é novo por aqui e tem dificuldade em interrogar... Se você o ajudar e fizer sugestões, estará ajudando a si mesmo, poupando-se de centenas de horas na linha de montagem. Pois o resultado é um só: o Conselho Especial vai lhe dar o que está estabelecido.

Krímov tentava discutir com ele, e Katzenellebogen respondia:

— A inocência pessoal é um resquício da Idade Média, é alquimia. Tolstói declarou que não havia culpados sobre a Terra. Mas nós, tchekistas, propusemos uma tese mais elevada: não existem inocentes sobre a Terra, nem inimputáveis. Culpado é aquele contra o qual foi redigido um mandado, e podem-se redigir mandados contra qualquer um. Todo ser humano tem direito a um mandado. Inclusive aquele que redigiu mandados contra os outros a vida inteira. O mouro cumpriu sua missão, o mouro[15] pode partir.

Conhecia muitos amigos de Krímov, alguns dos quais na qualidade de processados em 1937. Falava de modo estranho, sem raiva

---

[15] Alusão à peça *A conspiração de Fiesco em Gênova*, de Schiller.

nem emoção, das pessoas de cujo caso se ocupara: "era um homem interessante", "excêntrico", "simpático".

Lembrava-se com frequência de Anatole France, da "Duma sobre Opanas",[16] gostava de citar o Bênia Krik[17] de Bábel, designava cantores e bailarinos do teatro Bolshoi pelo nome e patronímico. Reunira uma biblioteca de livros raros e falava de um precioso volume de Radíschev[18] que lhe chegara pouco antes de ser preso.

— Melhor — disse — que a minha coleção seja doada à Biblioteca Lênin, senão os livros vão se dispersar por causa de uns idiotas que não entendem o seu valor.

Era casado com uma bailarina. O destino do livro de Radíschev obviamente o inquietava mais que o destino da mulher, e quando Krímov lhe disse isso, o tchekista respondeu:

— Minha Angelina é uma mulher inteligente que não vai sucumbir.

Ele parecia entender tudo e não sentir nada. Noções simples — separação, sofrimento, liberdade, amor, fidelidade conjugal, amargura — eram-lhe ininteligíveis. Quando falava dos primeiros anos de trabalho na Tcheká, surgia emoção em sua voz. "Que tempos, que pessoas", dizia. Aquilo que constituíra a vida de Krímov parecia-lhe propaganda.

Dizia de Stálin:

— Admiro-o mais que Lênin. É a única pessoa que amo de verdade.

Porém, por que aquele homem, que participara dos preparativos do processo contra os líderes da oposição, que a mando de Béria chefiara a colossal construção de gulags na zona polar, aceitava de maneira tão tranquila e resignada o fato de, em sua própria casa, ter de comparecer a interrogatórios noturnos, segurando as calças com botões arrancados? Por que tinha uma relação aflita e doentia com o menchevique Dreling, que o castigava com o seu silêncio?

Às vezes, o próprio Krímov começava a ter dúvidas. Por que se revoltava daquele jeito, se inflamava, escrevendo cartas a Stálin, tinha

---

[16] Poema de Eduard Gueórguevitch Bagritzki (1895-1934). Nesse contexto, duma é um grande poema épico ucraniano cantado do século XVI. Isaac Bábel chegou a pensar em escrever um roteiro baseado na obra de Bagritzki.

[17] Gângster judeu, personagem dos *Contos de Odessa* e da peça *Anoitecer*, de Bábel.

[18] Aleksandr Nikoláievitch Radíschev (1749-1802), escritor russo preso e exilado na Sibéria nos tempos de Catarina, a Grande.

calafrios e se cobria de suor? O mouro cumprira a sua missão. Pois tudo aquilo acontecera em 1937 com dezenas de milhares de membros do Partido, semelhantes a ele, melhores que ele. Os mouros haviam cumprido suas missões. Por que a palavra "denúncia" agora era tão abominável? Só porque ele fora preso por causa da denúncia de alguém? Pois ele também recebera denúncias políticas de informantes políticos das pequenas unidades. Procedimento corriqueiro. Denúncias corriqueiras. O soldado vermelho Riabochtan usa um crucifixo debaixo da roupa e chama os comunistas de ateus; Riabochtan viveu muito tempo depois de ser mandado para o batalhão penal? O soldado vermelho Gordêiev declarou não acreditar na força das armas soviéticas, e disse que a vitória de Hitler era inescapável; Gordêiev viveu muito tempo depois de ser mandado para o batalhão penal? O soldado vermelho Markévitch declarou: "Todos os comunistas são ladrões, mas virá o tempo em que vamos liquidá-los com baionetas e o povo será livre"; o tribunal condenou Markévitch ao fuzilamento. Pois o próprio Krímov era um delator, denunciara Griékov à direção política do front, e, se este não tivesse sido sepultado por uma bomba alemã, teria sido executado por um pelotão de fuzilamento. O que havia sentido e pensado aquela gente que fora mandada para o batalhão penal, condenada pelos tribunais, interrogada pelas seções especiais?

Porém, antes da guerra, quantas vezes lhe ocorrera de participar desse tipo de coisa, de receber tranquilamente as palavras de um amigo: "Contei no comitê do Partido da minha conversa com Piotr"; "Narrou honestamente na reunião do Partido o conteúdo da carta de Ivan"; "Convocaram-no, e ele, como comunista, naturalmente teve que contar tudo sobre o estado de espírito do pessoal e sobre a carta de Volódia".

Sim, sim, tudo isso tinha acontecido.

É, e para quê... Todas aquelas explicações que ele redigira e dera de viva voz jamais ajudaram quem quer que fosse a sair da cadeia. Seu sentido profundo era apenas um: não cair no lamaçal, manter-se afastado.

Krímov defendera mal os amigos, bem mal, pois não gostava desses assuntos, temia-os, fugia deles de todo jeito. Por que se inflamava e tinha calafrios? O que ele queria? Que o guarda de turno na Lubianka soubesse da sua solidão, que os juízes de instrução suspirassem porque a amada esposa o abandonara, que levassem em conta no inquérito que ele a chamava à noite, mordia a própria mão, e que sua mãe o chamava de Nikólenka?

À noite, Krímov acordou, abriu os olhos e viu Dreling junto ao leito de Katzenellebogen. A luz raivosa iluminava as costas do velho detento. Bogolêiev despertou e se sentou na cama, cobrindo as pernas com a manta.

Dreling se precipitou até a porta, golpeou-a com seu punho ossudo e gritou com a voz ossuda:

— Ei, guarda, traga um médico, um preso está tendo um ataque cardíaco!

— Silêncio, pare com isso! — gritou o guarda que correu até a janelinha.

— Como assim, silêncio, um homem está morrendo! — bradou Krímov e, pulando da cama, começou a dar nela com o punho, junto com Dreling. Reparou que Bogolêiev ficou deitado na cama, coberto pela manta; evidentemente, temia participar daquele episódio noturno especial.

A porta logo se abriu e entraram algumas pessoas.

Katzenellebogen estava inconsciente. Não conseguiam colocar seu corpo imenso na maca.

De manhã, Dreling perguntou inesperadamente a Krímov:

— Diga-me: o senhor, que é comissário político, deparou-se com frequência no front com manifestações de descontentamento?

Krímov indagou:

— Que descontentamento, com o quê?

— Estou falando de descontentamento com a política de colcozes dos bolcheviques, com a direção geral da guerra, de palavras de descontentamento político.

— Nunca. Jamais me deparei sequer com a sombra desse tipo de estado de espírito — disse Krímov.

— Ah sim, entendo, era o que eu pensava — disse Dreling, assentindo satisfeito.

7

A ideia de cercar os alemães em Stalingrado foi considerada genial.

A concentração secreta e maciça de tropas nos flancos das tropas de Paulus repetia um princípio nascido quando homens descalços, de frente baixa e mandíbula proeminente rastejavam sob os arbustos, cercando as cavernas tomadas pelos invasores da floresta. O que temos de admirar: a diferença entre o porrete e a artilharia de longo alcance ou a imutabilidade do princípio milenar nas armas antigas e novas?

Mas nem o desespero nem o espanto conseguiram suscitar a compreensão de que o eterno movimento da humanidade, uma espiral ascendente proliferando em todas as direções, possui um eixo invariável.

Talvez o princípio do cerco, que constituía a essência da operação de Stalingrado, não fosse novo; mas era indiscutível o mérito dos organizadores da ofensiva de Stalingrado em escolher corretamente as áreas de aplicação desse princípio. Tinham escolhido adequadamente a época de implementação da operação, instruído e aglutinado as tropas com habilidade; um mérito dos realizadores da ofensiva foi a organização habilidosa da cooperação entre os três fronts — Sudoeste, Don e Stalingrado; a concentração secreta de tropas nas estepes desprovidas de camuflagem natural constituiu grande dificuldade. As forças do norte e do sul se prepararam, deslizando ao largo dos flancos direito e esquerdo dos alemães, para se encontrar em Kalatch, envolver o inimigo, romper os ossos e arrancar o coração e os pulmões do exército de Paulus. Muito trabalho fora despendido na elaboração dos detalhes da operação, na averiguação do poder de fogo, material humano, retaguarda e comunicações do inimigo.

Contudo, a base de todo esse trabalho do qual participaram o comandante supremo, marechal Iossif Stálin, os generais Júkov, Vassilevski, Vorónov, Ieriómenko, Rokossóvski e muitos oficiais talentosos do estado-maior estava assentada no princípio de cerco do inimigo, introduzido na prática militar pelos peludos homens primitivos.

A genialidade só pode ser atribuída a pessoas que introduzem na vida ideias novas, que têm a ver com o cerne, e não com a superfície, com o eixo, e não com as espirais em torno do eixo. Desde os tempos de Alexandre, o Grande, as inovações táticas e estratégicas não têm nada a ver com esse tipo de proeza divina. A consciência humana, abrumada pela grandiosidade dos feitos militares, tende a identificar a grandiosidade de sua envergadura com a grandiosidade do pensamento dos chefes militares que os executaram.

A história das batalhas mostra que os chefes militares não trazem princípios militares novos às operações de rompimento de defesas, perseguição, cerco, expulsão; eles adotam e empregam os princípios conhecidos desde os tempos dos neandertais, conhecidos, aliás, até dos lobos que cercam um rebanho, bem como do rebanho que se defende dos lobos.

Um diretor de fábrica enérgico e conhecedor de seu trabalho garante o abastecimento bem-sucedido de matérias-primas e combustível, a interligação entre as oficinas e dezenas de outras condições pequenas e grandes, indispensáveis para o trabalho da fábrica.

Contudo, quando os historiadores explicam que a atuação do diretor estabeleceu os princípios da metalurgia, da eletrotécnica, da análise radiológica do metal, a consciência que estuda a história da fábrica começa a protestar; não foi nosso diretor quem descobriu o raio X, mas sim Röntgen... os altos-fornos existiam mesmo antes do nosso diretor.

As descobertas científicas verdadeiramente grandes fazem o homem mais sábio que a natureza. A natureza conhece a si mesma nessas descobertas, através dessas descobertas. Pertencem a esse tipo de façanha humana as realizações de Galileu, Newton e Einstein no conhecimento da natureza do espaço, tempo, matéria e força. Com tais descobertas o homem criou uma profundidade maior e uma altura maior do que as que existiam na natureza e, desta forma, contribuiu para um melhor conhecimento de si da natureza, um enriquecimento da natureza.

Descobertas mais baixas, de segunda categoria, são aquelas nas quais os princípios existentes, visíveis, palpáveis e formulados pela natureza são reproduzidos pelo homem.

O voo dos pássaros, o movimento dos peixes, o movimento do cardo-corredor e o rolar da pedra redonda, a força do vento que obriga as árvores a balançar e agitar os ramos, o movimento autopropulsor da holotúria, tudo isso é a expressão de um ou outro princípio palpável, nítido. O homem extrai o princípio desse fenômeno, transfere-o para a sua esfera e o desenvolve em conformidade com suas possibilidades e necessidades.

Aviões, turbinas, motores a jato e foguetes têm um enorme significado para a vida e, entretanto, sua existência se deve ao talento humano, não ao gênio.

Pertencem às descobertas de segunda categoria as que empregam princípios revelados e cristalizados pelo homem, e não pela natureza, como, por exemplo, os princípios da teoria de campos eletromagnéticos, que encontram aplicação e desenvolvimento no rádio, na televisão, em radares. A liberação da energia atômica pertence às descobertas de segunda categoria. Fermi, o inventor da primeira pilha atômica de urânio, não deve aspirar à designação de gênio da humanidade, embora sua descoberta tenha sido o começo de uma nova era na história mundial.

Nas descobertas ainda mais baixas, de terceira categoria, o homem aplica em novas condições aquilo que já existe na esfera de suas atividades. Por exemplo, ao instalar um motor novo em uma máquina voadora, ou substituir o motor a vapor de uma embarcação por um motor elétrico.

Justamente aí se situa a atividade humana na área da arte militar, na qual novas condições técnicas cooperam com princípios antigos. É absurdo, dentro do âmbito militar, negar a importância da atividade do general que dirige a batalha. Contudo, é um equívoco atribuir gênio a um general. Com relação a um engenheiro de produção isso seria uma estupidez; com relação a um general, seria não apenas estúpido, como nocivo e perigoso.

8

Dois martelos, cada um com milhões de toneladas de metal e sangue humano vivo, a norte e a sul, aguardavam o sinal.

Foram as tropas localizadas a noroeste de Stalingrado que começaram a ofensiva. Em 19 de novembro de 1942, às 7h30, ao largo das linhas dos fronts Sudoeste e do Don, teve início uma poderosa atividade da artilharia, que durou oitenta minutos. Uma onda de fogo caiu sobre as posições militares ocupadas pelas unidades do 3º Exército romeno.

Às 8h50, a infantaria e os tanques foram ao ataque. O moral das tropas soviéticas era insolitamente elevado. A 76ª Divisão lançou-se ao ataque ao som de uma marcha executada por sua banda de música.

Na segunda metade do dia, a profundidade tática das defesas do inimigo fora rompida. A luta se desenrolava em um território imenso.

O 4º Corpo do Exército romeno foi derrotado. A 1ª Divisão de Cavalaria romena foi decepada e isolada das demais unidades do 3º Exército, na região de Kráinaia.

O 5º Exército de Tanques começou a ofensiva a partir das colinas trinta quilômetros a sudoeste de Serafímovitch, rompeu as posições do 2º Corpo do Exército romeno e, avançando rapidamente para o sul, já no meio do dia se apoderou das colinas ao norte da Perelazovskaia.

Girando para sudeste, corpos soviéticos de tanques e cavalaria alcançaram ao entardecer Gussinki e Kalmikov, penetrando sessenta quilômetros na retaguarda do 3º Exército romeno.

Passadas 24 horas, na alvorada de 20 de novembro, entraram na ofensiva as tropas concentradas na estepe calmuca ao sul de Stalingrado.

9

Nóvikov acordou muito antes do amanhecer. Seu nervosismo era tão grande que ele nem o sentia.

— Vai tomar chá, camarada comandante do corpo? — perguntou Verchkov, solene e insinuante.

— Sim — disse Nóvikov —, diga ao cozinheiro para preparar um ovo.

— De que jeito, camarada comandante?

Nóvikov se calou, refletiu, e Verchkov teve a impressão de que o comandante do corpo estava imerso em pensamentos e não ouvira a pergunta.

— Estrelado — disse Nóvikov, olhando para o relógio. — Vá ver se Guétmanov já acordou; saímos em meia hora.

Parecia não pensar que dali a uma hora e meia começaria o bombardeio da artilharia, que o céu se encheria do zunido de centenas de motores de aviões de assalto e bombardeiros, que os sapadores cortariam o arame farpado e varreriam os campos minados, que a infantaria, arrastando as metralhadoras, correria pelas colinas enevoadas que ele observara algumas vezes pelo binóculo. Naquela hora, parecia não se sentir ligado a Belov, Makárov e Kárpov. Parecia não pensar que, na véspera, a noroeste de Stalingrado, os tanques soviéticos, penetrando no front alemão aberto pela artilharia e infantaria, avançaram ininterruptamente na direção de Kalatch, e que, em algumas horas, seus tanques viriam do sul, ao encontro dos que procediam do norte, para cercar o exército de Paulus.

Não pensava no comandante do front, nem que hoje, talvez, Stálin pudesse mencionar o nome de Nóvikov em sua ordem. Não pensava em Ievguênia Nikoláievna, nem se lembrava da alvorada em Brest, quando correra para o aeródromo e brilhara no céu o primeiro fogo da guerra, aceso pelos alemães.

Mas tudo em que não pensava estava nele.

Pensava: calço a bota nova e de caneleira macia ou saio com a velha? Não posso esquecer a cigarreira. Pensava: o filho da puta me trouxe chá frio de novo. Comia o ovo e, com um pedaço de pão, recolhia cuidadosamente a manteiga da frigideira.

Verchkov relatou:

— Suas ordens foram cumpridas. — E, imediatamente, disse em tom confidencial e de reprovação: — Perguntei ao soldado: "Onde ele está?" O soldado me respondeu: "Onde mais estaria? Dormindo com uma mulher."

O soldado usara um termo mais forte que "mulher", mas Verchkov não achou conveniente empregá-lo em uma conversa com o comandante do corpo.

Nóvikov ficou em silêncio e, com a ponta do dedo, apanhava as migalhas da mesa.

Guétmanov chegou pouco tempo depois.

— Chá? — perguntou Nóvikov.

Com uma voz entrecortada, Guétmanov disse:

— Está na hora de ir, Piotr Pávlovitch, nem chá nem açúcar, precisamos combater os alemães.

"Oh, como é valente", pensou Verchkov.

Nóvikov entrou na parte da casa ocupada pelo quartel-general, falou com Neudóbnov das comunicações e da transmissão das ordens, examinou o mapa.

O completo e enganoso silêncio das trevas lembrava Nóvikov de sua infância em Donbass. Pois lá tudo parecia adormecido nos poucos minutos antes que o ar se enchesse de sirenes e apitos, e as pessoas fossem para as minas e portas de fábrica. Mas Petka Nóvikov, que acordava antes das sirenes, sabia que centenas de mãos tateavam na escuridão as perneiras e as botas, pés femininos descalços batiam no chão, e tilintavam a louça e as vasilhas do fogão.

— Verchkov — disse Nóvikov —, leve meu tanque ao posto de observação, vou precisar dele.

— Entendido — disse Verchkov —, colocarei dentro dele todas as coisas, as suas e as do comissário.

— Não se esqueça do chocolate — disse Guétmanov.

Neudóbnov se aproximou com o capote sobre os ombros.

— O tenente-general Tolbúkhin acaba de telefonar, perguntando se o comandante do corpo já saiu para o posto de observação.

Nóvikov anuiu e deu uma palmada no ombro do motorista:
— Vamos, Kharitônov.

A estrada saía do *ulús*,[19] afastava-se da última casinha, serpenteava, voltava a serpentear e dava uma guinada forte para oeste, passava pelo meio de manchas brancas de neve e de ervas daninhas secas.

Passaram ao lado do vale em que estavam concentrados os tanques da primeira brigada.

De repente, Nóvikov disse a Kharitônov: "Pare" — e, saltando do Willys, aproximou-se das máquinas de guerra escurecidas pela penumbra.

Caminhava sem falar com ninguém, examinando o rosto dos soldados.

Lembrava-se dos recrutas cabeludos que vira alguns dias antes na praça da aldeia. Eram efetivamente crianças, e tudo no mundo os estava encaminhando para o meio do fogo cruzado: as elucubrações do Estado-Maior Geral, a ordem do comandante do front, a ordem que ele daria em uma hora aos comandantes de brigada, as palavras que lhes foram ditas pelos instrutores políticos, as palavras redigidas por escritores em artigos de jornal e poemas. Ao combate, ao combate! E no oeste sombrio esperam uma única coisa: lançar-lhes fogo, despedaçá--los, esmagá-los com as lagartas dos tanques.

"Haverá bodas!" Sim, haverá bodas, sem o doce vinho do Porto, sem sanfona. "Amargo",[20] gritará Nóvikov, e os noivos de 19 anos beijarão as noivas honradamente, sem se esconder.

Nóvikov tinha a impressão de caminhar em meio a seus irmãos mais novos, aos filhos dos vizinhos, e de que milhares de mulheres invisíveis, moças e velhas, estavam assistindo.

As mães não aceitavam que enviassem seus filhos para a morte em tempo de guerra. Aliás, mesmo na guerra era possível encontrar gente que participava dessa resistência materna. Essa gente dizia: "Fique quieto, fique aqui, para onde você vai, não está ouvindo o tiroteio? Eles que esperem pelo meu relatório, enquanto isso vá ferver o chá." Essa gente reportava no telefone ao comando: "Sim, entendido, avançar com a metralhadora" e, ao desligar, dizia: "Para que avançar sem propósito, vão matar um bom rapaz."

---

[19] Divisão administrativa (1920-1943) dos calmucos.
[20] Tradicionalmente, se os convidados de um casamento russo gritam "amargo", os noivos devem se beijar.

Nóvikov foi até seu veículo. Seu rosto se tornara sombrio e cruel, como se embebido da escuridão úmida daquele amanhecer de novembro. Quando o carro arrancou, Guétmanov olhou para ele de forma compreensiva e disse:

— Sabe, Piotr Pávlovitch, justamente hoje queria lhe dizer uma coisa: gosto de você, confio em você.

10

Pairava no ar um silêncio denso, coeso, e no mundo parecia não haver estepe, nem neblina, nem Volga, mas apenas esse silêncio. As nuvens escuras foram percorridas por uma rápida agitação clara, mas depois a neblina cinzenta voltou a ficar rubra, e trovões repentinamente tomaram conta do céu e da terra...

Canhões próximos e distantes uniram suas vozes, e o eco reforçava essa união, ampliando o entrelaçamento polifônico dos sons que preenchiam todo o gigantesco espaço da batalha.

As casinhas de argila tremiam, e pedaços de argila se desprendiam das paredes, caindo no chão sem fazer barulho; as portas das casas das aldeias da estepe começaram a abrir e fechar sozinhas, e fendas se formavam no pequeno espelho do lago de gelo.

Uma raposa corria, agitando a cauda pesada, de abundante pelo sedoso, e uma lebre corria igualmente, não fugindo da raposa, mas atrás dela; erguiam-se no ar, agitando as asas pesadas, aves de rapina do dia e da noite, que talvez estivessem juntas pela primeira vez... Alguns espermófilos semiadormecidos saíam da toca, como vovôs sonolentos e desgrenhados escapando de uma isbá em chamas.

Nas posições de fogo, o ar úmido da manhã talvez tivesse ficado um grau mais quente em razão do contato com as milhares de peças incandescentes de artilharia.

Do ponto de observação da linha de frente distinguiam-se com clareza as explosões dos projéteis soviéticos, os turbilhões da oleosa fumaça negra e amarela, os aluviões de terra e neve suja, a brancura leitosa do fogo de aço.

A artilharia emudeceu. Uma nuvem de fumaça misturava lentamente suas madeixas desidratadas e quentes com a umidade fria da neblina da estepe.

Imediatamente o céu se encheu de um novo som, um rosnado amplo e espesso: aviões soviéticos rumando para oeste. Seu zumbido, tinido, rugido tornavam tangível, palpável, a altura do céu nebuloso; aviões de assalto blindados e caças eram apertados contra o solo pelas nuvens baixas, e nas nuvens, e acima delas, bombardeiros invisíveis rugiam com voz de baixo.

Alemães no céu de Brest-Litovsk, os russos sobre a estepe do Volga.... Nóvikov não estava fazendo essa comparação, nem recordando, nem indagando. O que estava vivenciando era mais importante que as recordações, as comparações e os pensamentos.

Fez silêncio. As pessoas que esperavam o silêncio para dar o sinal de ataque e as pessoas prontas a se lançar contra as posições defensivas romenas com esse sinal foram em um momento sufocadas por ele.

Naquele silêncio semelhante a um mar arcaico, mudo e turvo, naqueles segundos se determinava o ponto de desvio da curva da humanidade.

Como era bom, que felicidade era participar da batalha decisiva pela pátria. Como era penoso e terrível erguer-se de corpo inteiro diante da morte, correr de encontro a ela. Que medonho era morrer jovem! Viver, vontade de viver. Não há desejo mais forte que o de conservar uma vida jovem e pouco vivida. Tal desejo não está no pensamento, é mais forte que o pensamento, está na respiração, nas narinas, nos olhos, nos músculos, na hemoglobina do sangue, a devorar avidamente o oxigênio. É tão gigantesco que não pode ser comparado com nada, e é impossível de ser medido. O medo. O medo antes do ataque.

Guétmanov respirava ruidosa e profundamente, olhava para Nóvikov, para o telefone de campanha, para o radiotransmissor.

O rosto de Nóvikov surpreendeu Guétmanov; não era o mesmo que conhecera por todos esses meses, e tivera oportunidade de conhecê-lo de diversas formas: colérico, preocupado, soberbo, alegre e carrancudo.

As baterias romenas que não haviam sido suprimidas ressuscitaram uma atrás da outra, abrindo da retaguarda um fogo rápido contra a linha de frente. As poderosas armas antiaéreas disparavam contra alvos terrestres.

— Piotr Pávlovitch — disse Guétmanov, extremamente nervoso —, está na hora! Não se faz omelete sem quebrar ovos.

A necessidade de sacrificar gente em nome da causa sempre lhe parecera natural e indiscutível, não apenas em tempo de guerra.

Nóvikov, contudo, protelava, e ordenou que fosse colocado em contato com o regimento de artilharia pesada de Lopátin, cujos calibres trabalhavam para clarear o eixo de movimentação dos tanques.

— Veja, Piotr Pávlovitch, Tolbúkhin vai comê-lo vivo — e Guétmanov apontou para o relógio de pulso.

Não apenas para Guétmanov, mas também para si mesmo, Nóvikov não queria reconhecer aquele sentimento vergonhoso e ridículo.

— Vamos perder muitos tanques, tenho pena deles — disse. — Os T-34 são uma beleza, e é uma questão de minutos para liquidar as baterias antiaéreas e antitanque; elas estão na palma da nossa mão.

A estepe fumegava diante deles, e os homens entrincheirados a seu lado observavam-no sem desviar a vista; os comandantes das brigadas de tanque aguardavam sua ordem por rádio.

Ele era um coronel e um profissional como poucos; ele estava tomado pela paixão pela guerra. Sua ambição rude tremia de tensão, Guétmanov o apressava e ele temia o comando. E sabia perfeitamente que as palavras que dissesse a Lopátin não seriam estudadas na seção histórica do Estado-Maior Geral, não mereceriam louvores de Stálin e Júkov, nem o aproximariam da desejada Ordem de Suvôrov.

Existe um direito maior que o de mandar para a morte antes de pensar; o direito de pensar antes de mandar para a morte.

Nóvikov exerceu essa responsabilidade.

11

No Kremlin, Stálin aguardava os informes do comandante do front de Stalingrado.

Olhou para o relógio: o ataque preparatório da artilharia acabara de terminar, a infantaria avançara e as unidades móveis estavam prontas para penetrar na brecha aberta pela artilharia. Os aviões da força aérea bombardeavam a retaguarda, as estradas e os campos de pouso.

Dez minutos antes falara com Vatútin: o avanço das unidades de tanque e cavalaria no front Sudoeste havia superado o planejado.

Tomou um lápis e olhou para o telefone mudo. Tinha vontade de traçar no mapa o movimento em pinça iniciado ao sul. Contudo, uma espécie de superstição o impediu de firmar o lápis. Sentia claramente que Hitler, naqueles instantes, pensava nele, e sabia que era o alvo dos pensamentos de Stálin.

Churchill e Roosevelt confiavam nele, mas ele sabia que a fé dos dois não era completa. Irritava-se porque ambos deliberavam com ele de bom grado, mas, antes de se aconselharem com Stálin, sempre entravam em acordo entre si.

Sabiam que as guerras iam e vinham, mas a política permanecia. Eles admiravam sua lógica, seus conhecimentos e sua clareza de ideias, mas enraiveciam-no porque, mesmo assim, viam nele um chefe asiático, e não um líder europeu.

De maneira inesperada, recordou-se dos olhos impiedosamente inteligentes, desdenhosamente semicerrados e cortantes de Trótski, e pela primeira vez lamentou que não mais estivesse entre os vivos: queria que ele tivesse conhecimento do dia de hoje.

Sentia-se feliz, fisicamente forte, sem aquele gosto nojento de chumbo na boca nem aperto no coração. Para ele, a sensação de viver estava ligada à sensação de força. Desde os primeiros dias da guerra, Stálin experimentara uma sensação de angústia física. Ela não o abandonava quando, diante de si, ao ver sua ira, os marechais ficavam paralisados e mortos de medo, nem quando milhares de pessoas o aclamavam no teatro Bolshoi. O tempo todo tinha a impressão de que as pessoas que o circundavam riam em segredo ao se lembrar de como ficara perdido no verão de 1941.

Certa vez, na presença de Mólotov, agarrara a cabeça e murmurara: "Que fazer... que fazer..." Em uma sessão do Comitê de Defesa do Estado, sua voz falhara, e todos baixaram os olhos. Algumas vezes dera ordens insanas, e vira que todos percebiam sua insanidade... Em 3 de julho, ao começar um discurso radiofônico, ficara nervoso, bebera água, e seu nervosismo apareceu na transmissão... No final de julho, Júkov lhe retrucara asperamente, e ele ficara instantaneamente perturbado, dizendo: "Faça o que achar melhor." Às vezes tinha vontade de ceder a responsabilidade às vítimas de 1937; que Ríkov, Kámenev, Bukhárin dirigissem o Exército e o país.

Às vezes surgia uma sensação terrível: no campo de batalha estavam não apenas seus inimigos de hoje. Tinha a impressão de que atrás dos tanques de Hitler, na fumaça e no pó, iam todos aqueles que ele havia castigado, reprimido e domado, aparentemente para sempre. Emergiam da tundra, escavavam o solo eternamente congelado que se fechara sobre eles, cortavam o arame farpado. Trens carregados de ressurretos vinham de Kolimá, da república de Komi. Mulheres de aldeia e seus filhos saíam da terra com rostos terríveis, aflitos, extenuados, e andavam, andavam, buscavam-no com olhos tristes e desprovidos de ódio. Ele sabia como ninguém que os vencidos não são julgados apenas pela história.

Em certas ocasiões, achava Béria insuportável, pois ele obviamente entendia seus pensamentos.

Toda aquela sensação desagradável e de fraqueza durava pouco, só alguns dias, aparecendo em alguns momentos.

Contudo, a sensação de abatimento não o deixava, a azia o incomodava, a nuca lhe doía, e às vezes ele tinha vertigens assustadoras.

Voltou a olhar para o telefone; estava na hora de Ieriómenko relatar a movimentação dos tanques.

A hora de sua força tinha chegado. Naqueles minutos estava se decidindo o destino do Estado fundado por Lênin, a força racional e concentrada do Partido ganhava a possibilidade de se concretizar na construção de imensas fábricas, na criação de usinas atômicas e termonucleares, de aviões a jato e turbinados, foguetes cósmicos e transcontinentais, arranha-céus, palácios da ciência, novos canais e mares, rodovias e cidades para além do Círculo Polar.

Estava se decidindo o destino da França e da Bélgica ocupadas por Hitler, da Itália, dos Estados escandinavos e bálticos, estava se emitindo a sentença de morte de Auschwitz, Buchenwald e da prisão de Moabit, estava se preparando a abertura dos portões de novecentos campos de concentração e de trabalho forçado nazistas.

Estava se decidindo o destino dos prisioneiros de guerra alemães, que iriam para a Sibéria. Estava se decidindo o destino dos prisioneiros de guerra soviéticos nos campos de Hitler, os quais, por vontade de Stálin, deveriam compartilhar do destino siberiano dos alemães depois da libertação.

Estava se decidindo o destino dos calmucos e tártaros da Crimeia, dos balcários e dos tchetchenos, que por vontade de Stálin seriam enviados para a Sibéria e o Cazaquistão, perdendo o direito de recordar sua história e de ensinar a seus filhos a língua materna. Estava se decidindo o destino de Milkhoels e seu amigo, o ator Zúskin, e dos escritores Berguelsón, Márkich, Féfer, Kvitkó, Nussínov, cuja execução precederia o sinistro processo contra os médicos judeus chefiados pelo professor Vovsi. Estava se decidindo o destino dos judeus salvos pelo Exército Vermelho, contra os quais, no décimo aniversário da vitória popular de Stalingrado, Stálin ergueria a espada de extermínio arrancada das mãos de Hitler.

Estava se decidindo o destino da Polônia, Hungria, Tchecoslováquia e Romênia.

Estava se decidindo o destino dos camponeses e operários russos, a liberdade do pensamento russo, da literatura e ciência russas.

Stálin estava emocionado. Naquela hora, a futura potência do Estado se fundia com a sua vontade.

Sua grandeza e genialidade não existiam por si sós, independentemente da grandeza do Estado e das forças armadas. Os livros escritos por ele, seus trabalhos científicos, sua filosofia só tinham significado e constituíam objeto de estudo e admiração para milhões de pessoas quando o Estado vencia.

Colocaram-no em contato com Ieriómenko.

— Então, como estão as coisas? — perguntou Stálin, sem nenhum cumprimento prévio. — Os tanques já saíram?

Ieriómenko, ao ouvir a voz zangada de Stálin, apagou precipitadamente a *papiróssa*.

— Não, camarada Stálin, Tolbúkhin está terminando o ataque preparatório da artilharia. A infantaria limpou a linha de frente. Os tanques ainda não penetraram na brecha.

Stálin proferiu uma série de palavrões e desligou.

Ieriómenko voltou a acender a *papiróssa* e ligou para o comandante do 51º Exército.

— Por que os tanques não saíram até agora?

Tolbúkhin segurava o gancho do telefone com uma das mãos e, com a outra, enxugava com um grande lenço o suor que lhe tomava o peito. Sua túnica militar estava desabotoada, e as pesadas pregas de gordura da base do pescoço saíam pela gola aberta da camisa de uma brancura imaculada.

Vencendo a dispneia, respondeu com a ponderação de um homem muito gordo, que compreende não só com a mente, mas com todo o corpo, que qualquer agitação lhe é vedada:

— O comandante do corpo de tanques relatou-me agora que no eixo de movimentação planejado para os tanques algumas baterias de artilharia do inimigo ainda não foram suprimidas. Ele pediu alguns minutos para esmagá-las com fogo de artilharia.

— Revogue! — disse Ieriómenko, rispidamente. — Mande os tanques sem demora! Relate-me em três minutos.

— Às ordens — disse Tolbúkhin.

Ieriómenko tinha vontade de xingar Tolbúkhin, mas perguntou, inesperadamente:

— Por que a sua respiração está tão pesada? Está doente?

— Não, Andrei Ivánovitch, estou bem, acabei de tomar o café da manhã.

— Mãos à obra — disse Ieriómenko e, após desligar, afirmou: — Acabou de tomar o café da manhã e não consegue respirar. — E praguejou longamente e com esmero.

Quando, no ponto de comando do corpo de tanques, o telefone tocou, difícil de ouvir por causa da ação da artilharia, Nóvikov compreendeu que o comandante do Exército agora exigiria que os tanques avançassem sem demora pela brecha.

Ao ouvir Tolbúkhin, pensou, "como imaginei", e disse:

— Entendido, camarada tenente-general, assim será.

Depois disso, sorriu na direção de Guétmanov:

— Ainda precisamos atirar por quatro minutos.

Em três minutos Tolbúkhin voltou a telefonar, e dessa vez não ofegava.

— Camarada coronel, o senhor está de brincadeira? Por que ainda estou ouvindo descarga de artilharia? Cumpra a ordem!

Nóvikov ordenou à telefonista que ligasse para Lopátin, o comandante do regimento de artilharia. Ouviu a voz de Lopátin mas ficou em silêncio, olhando para o movimento do ponteiro dos segundos, esperando o prazo estabelecido.

— Oh, como nosso chefe é forte! — disse Guétmanov, com admiração sincera.

Passado mais um minuto, quando o fogo de artilharia se calou, Nóvikov colocou os fones, ligou para o comandante da brigada de tanques que seria a primeira a avançar:

— Belov! — disse.

— Às ordens, camarada comandante do corpo.

Nóvikov, abrindo a boca, gritou com voz ébria e furiosa:

— Belov, ao ataque!

A neblina ficou mais espessa com a fumaça azul, o ar zuniu com o rumor dos motores e o corpo avançou pela brecha.

12

Os objetivos da ofensiva russa se tornaram evidentes para o comandante do Grupo de Exércitos B alemão quando, ao amanhecer de 20 de novembro, a artilharia da estepe calmuca ribombou e as unidades de choque do front de Stalingrado, situadas ao sul da cidade, lançaram-se ao ataque contra o 4º Exército romeno, localizado no flanco direito de Paulus.

O corpo de tanques em ação no flanco esquerdo do grupo soviético de assalto entrou na brecha entre os lagos Tzatzá e Barmantzak e arremeteu a noroeste, na direção de Kalatch, ao encontro dos corpos de tanque e cavalaria dos fronts do Don e Sudoeste.

Na segunda metade do dia 20 de novembro, os grupamentos que avançavam de Serafímovitch chegaram ao norte de Surovíkino, constituindo ameaça às comunicações do exército de Paulus.

Contudo, o 6º Exército ainda não sentia a ameaça do cerco. Às seis da tarde, o estado-maior de Paulus informou ao comandante do Grupo de Exércitos B, o coronel-general barão Von Weichs, que em 20 de novembro deveria prosseguir as ações dos destacamentos de reconhecimento em Stalingrado.

À noite, Paulus recebeu uma ordem de Von Weichs de interromper todas as operações ofensivas em Stalingrado, separar as grandes unidades de tanques, infantaria e armas antitanque e concentrá-las, escalonando-as no flanco esquerdo para lançar um ataque na direção noroeste.

Tal ordem, recebida por Paulus às dez da noite, marcava o fim da ofensiva alemã em Stalingrado.

O curso vertiginoso dos acontecimentos privou também esta ordem de significado.

Em 21 de novembro, os grupamentos de ataque soviéticos, rompendo desde Klétzkaia e Serafímovitch, deram um giro de noventa graus com relação à sua posição inicial e, unidos, arrancaram para o Don, na região de Kalatch e ao norte dela, direto para a retaguarda do front alemão em Stalingrado.

Naquele dia, quarenta tanques soviéticos apareceram na elevada margem ocidental do Don, a poucos quilômetros de Golúbinskaia, onde se localizava o posto de comando do exército de Paulus. Outro grupo de tanques em movimento ocupou a ponte sobre o Don; a guarnição da ponte confundiu a unidade soviética de tanques com um destacamento de treinamento equipado com tanques tomados ao inimigo, que usava com frequência aquela ponte. Tanques soviéticos entraram em Kalatch. Delineava-se o cerco dos dois exércitos alemães de Stalingrado: o 6º, de Paulus, e o 4º de Blindados, de Hoth. Para defender a retaguarda de Stalingrado, uma das melhores unidades de combate de Paulus, a 384ª Divisão de Infantaria, pôs-se na defensiva, voltada para noroeste.

Ao mesmo tempo, as tropas de Ieriómenko, que haviam partido do sul, esmagavam a 29ª Divisão Motorizada alemã, destroçavam o 6º Corpo de Exército romeno e deslocavam-se entre os rios Tchervliónnaia e Donskaia Tzaritza até a ferrovia Kalatch-Stalingrado.

Ao crepúsculo, os tanques de Nóvikov chegaram a um núcleo duramente fortificado da resistência romena.

Dessa vez, contudo, Nóvikov não tardou. Não se aproveitou da escuridão da noite para fazer uma concentração secreta e encoberta dos tanques antes do ataque.

Por ordem de Nóvikov, todos os veículos — não só os tanques, mas também os canhões autopropulsados, os blindados e os caminhões da infantaria motorizada — repentinamente acenderam os faróis ao máximo.

Centenas de faróis ofuscantes quebraram a escuridão. Uma massa enorme de veículos corria pela escuridão da estepe, ensurdecendo, paralisando e provocando pânico na defesa romena com seu rugido, com as descargas dos canhões, as rajadas de metralhadora, cegando com sua luz cortante.

Depois de um curto combate, os tanques prosseguiram seu movimento.

Em 22 de novembro, na primeira metade do dia, os tanques soviéticos saídos da estepe calmuca irromperam em Buzinovka. À noite, a leste de Kalatch, na retaguarda dos dois exércitos alemães, de Paulus e de Hoth, ocorreu a junção da vanguarda das pequenas unidades soviéticas de tanques que vinham do sul e do norte. Em 23 de novembro, unidades de fuzileiros, avançando para os rios Tchir e Aksai, garantiram a segurança dos flancos externos dos grupamentos de ataque.

A tarefa colocada às tropas pelo Alto-Comando do Exército Vermelho fora cumprida: o cerco das unidades alemãs de Stalingrado realizara-se em cem horas.

Qual foi o curso posterior dos acontecimentos? O que o determinou? Que vontade humana exprimiu a fatalidade da história?

Às seis da tarde de 22 de novembro, Paulus transmitiu por rádio ao estado-maior do Grupo de Exércitos B:

"O Exército está cercado. Todo o vale do rio Tzaritza, a estrada de ferro de Soviétskaia a Kalatch, a ponte sobre o Don, as colinas na margem ocidental do rio, apesar de nossa heroica resistência, caíram nas mãos dos russos... a situação das munições é crítica. Os víveres dão para seis dias. Solicito liberdade de ação no caso de não conseguir estabelecer uma defesa circular. A situação pode nos obrigar a deixar Stalingrado e a parte norte do front."

Na noite de 22 de novembro, Paulus recebeu de Hitler a ordem de chamar a região ocupada por seu Exército de "Fortaleza Stalingrado".

A ordem anterior fora: "O comandante do Exército e seu estado-maior devem se dirigir a Stalingrado, o 6º Exército deve estabelecer uma defesa circular e aguardar instruções ulteriores."

Depois de uma conferência entre Paulus e os comandantes de corpo, o comandante do Grupo de Exércitos B, barão Weichs, telegrafou ao alto-comando:

"Apesar de todo o peso da responsabilidade que experimento ao tomar essa decisão, devo relatar que considero indispensável apoiar o pedido do general Paulus referente à retirada do 6º Exército..."

O chefe do Estado-Maior Geral das forças terrestres, o coronel-general Zeitzler, com o qual Weichs mantinha ligação constante, compartilhava inteiramente do ponto de vista de Paulus e Weichs sobre o caráter indispensável da retirada da região de Stalingrado e achava inconcebível abastecer a enorme massa de tropas sitiadas por via aérea.

Às duas da madrugada de 24 de novembro, Zeitzler telefonou a Weichs, dizendo que finalmente conseguira persuadir Hitler a entregar Stalingrado. Informava que a ordem de saída do 6º Exército do cerco seria dada por Hitler na manhã de 24 de novembro.

Logo depois das dez da manhã, a única linha telefônica que ligava o Grupo de Exércitos B e o 6º Exército foi cortada.

A ordem de Hitler para que saíssem do cerco era aguardada minuto a minuto, e, como seria necessário agir rápido, o barão Weichs decidiu assumir a responsabilidade pessoal de dar a ordem de desbloqueio.

No momento em que os funcionários de comunicações já se preparavam para transmitir a determinação de Weichs por rádio, o chefe do serviço de comunicação ouviu a mensagem de rádio do quartel-general do Führer ao general Paulus:

"O 6º Exército foi cercado temporariamente pelos russos. Decidi concentrar o exército na região norte dos subúrbios de Stalingrado, Kotluban, colina nº 137, colina nº 135, Marinovka, Tzibenko e subúrbio sul de Stalingrado. O Exército pode confiar em mim, que farei tudo o que estiver ao meu alcance para abastecê-lo e, oportunamente, romper o bloqueio. Conheço o destemido 6º Exército e seu comandante, e estou seguro de que cumprirão o seu dever. Adolf Hitler."

A vontade de Hitler, que agora expressava o destino funesto do Terceiro Reich, transformou-se no destino do exército de Paulus em Stalingrado. Hitler escreveu uma nova página da história militar alemã pela mão de Paulus, Weichs, Zeitzler, pela mão dos comandantes de corpos e regimentos alemães, pela mão do soldado, de todos aqueles que não queriam cumprir a vontade dele, mas cumpriram-na até o fim.

13

Depois de cem horas de luta, as unidades dos três fronts — Sudoeste, Don e Stalingrado — se uniram.

Sob o céu escuro de inverno, na neve revolvida dos subúrbios de Kalatch, ocorreu o encontro das pequenas unidades soviéticas de tanque de vanguarda. O espaço coberto de neve da estepe fora cortado por centenas de lagartas e queimado pelas explosões dos obuses. As máquinas pesadas corriam impetuosamente pelas nuvens de neve, fazendo um véu branco ondular no ar. Poeira gelada de argila erguia-se junto com a neve, lá onde os tanques faziam voltas abruptas.

Aviões soviéticos de assalto e caças voavam rasantes, em apoio às massas de tanques que penetravam pela brecha. A nordeste ribombavam as peças de grosso calibre, e relâmpagos obscuros iluminavam o céu fumegante e sombrio.

Ao lado de uma casinha pequenina de aldeia pararam dois tanques T-34, um de frente para o outro. Os tanqueiros, sujos, excitados pelo êxito na batalha e pela proximidade da morte, aspiravam ruidosa e prazerosamente o ar gelado, que lhes parecia especialmente alegre depois do calor sufocante, oleoso e fumarento do interior do tanque. Os tanqueiros arrancaram da cabeça os capacetes negros de pele e entraram na casa, onde o comandante do tanque procedente do lago Tzatzá tirou do bolso do macacão meio litro de vodca... Uma mulher de sobretudo forrado e enormes botas de feltro colocou na mesa os copos que tiniam em suas mãos trêmulas e disse, soluçando:

— Ai, a gente não achava que ia sair viva quando os nossos começaram a atirar, e como atiravam, eu passei duas noites e um dia no porão.

Entraram no quarto mais dois tanqueiros, pequenos e de ombros largos, como piões.

— Veja, Valéri, que delícia. Acho que temos uns petiscos — disse o comandante do tanque procedente do front do Don. O que chamavam de Valéri enfiou a mão em um bolso fundo do macacão, sacou um pedaço de linguiça defumada envolta em um folheto militar imundo e começou a reparti-la, segurando cuidadosamente com os dedos castanhos os pedaços de gordura branca que escapavam com a partilha.

Os tanqueiros beberam e foram tomados pela alegria. Um deles, sorrindo com a boca cheia de linguiça, afirmou:

— Olha o que quer dizer junção: a vodca de vocês com os nossos petiscos.

A ideia agradou a todos, e os tanqueiros repetiam-na, rindo e mastigando a linguiça, tomados de amizade uns pelos outros.

14

O comandante do tanque procedente do sul informou por rádio ao chefe da companhia sobre a junção ocorrida no subúrbio de Kalatch. Acrescentou algumas palavras sobre os rapazes do front Sudoeste, que lhe pareciam boa gente e com quem tinha bebido uma garrafa de vodca.

O informe subiu a toda pressa na escala hierárquica, e em alguns minutos o comandante de brigada Kárpov informava ao comandante do corpo sobre a junção efetuada.

Nóvikov sentia a atmosfera de admiração afetuosa surgida em torno de si no estado-maior do corpo.

O corpo avançara quase sem perdas, cumprindo no prazo as tarefas colocadas diante de si.

Depois de enviar o informe ao comandante do front, Neudóbnov apertou longamente a mão de Nóvikov; os olhos habitualmente amarelos e irritados do chefe de estado-maior tornaram-se mais brilhantes e mais suaves.

— Veja só os milagres que pode realizar nossa gente quando não tem entre si inimigos internos e diversionistas — disse.

Guétmanov abraçou Nóvikov, olhou para os comandantes que estavam em volta, para os choferes, ordenanças, operadores de rádio e criptógrafos, soluçou alto para que todos ouvissem, e disse:

— Obrigado, Piotr Pávlovitch, um obrigado russo, soviético. Um obrigado do comunista Guétmanov, que se curva diante de você.

E voltou a abraçar e beijar um comovido Nóvikov.

— Preparou tudo, estudou os quadros em profundidade, previu tudo e agora colhe os frutos desse imenso trabalho — disse Guétmanov.

— O que foi que eu previ — disse Nóvikov, para quem escutar Guétmanov era insuportavelmente doce e embaraçoso. Agitou um maço de informes militares: — Essa é a minha previsão. Acima de tudo eu confiava em Makárov, mas ele perdeu o ritmo, depois se extraviou do eixo de movimento planejado, envolveu-se em uma operação parcial e desnecessária em um flanco e perdeu uma hora e meia. Eu estava certo de que Belov avançaria sem salvaguardar os flancos, porém, no segundo dia, em vez de contornar o núcleo de defesa e arrancar para noroeste sem hesitar, ele entrou em confronto com unidades de artilharia e infantaria e chegou a ficar na defensiva, perdendo com isso onze horas. Entretanto, Kárpov foi o primeiro a surgir em Kalatch, avançou sem pestanejar, como um pé de vento, sem dar atenção ao que lhe acontecia nos flancos, e foi o primeiro a cortar as comunicações dos alemães. Veja como foi profundo o meu estudo dos quadros, e como previ tudo com antecedência. Pois eu achava que teríamos que apressar Kárpov na base da cacetada, e que ele só ia ficar olhando para os lados para salvaguardar os flancos.

Guétmanov disse, rindo:

— Está bem, está bem, a modéstia é uma beleza, sabemos disso. Nosso grande Stálin é um professor de modéstia...

Naquele dia, Nóvikov estava feliz. Devia amar Ievguênia Nikoláievna de verdade se pensava tanto nela naquele dia, e ficava olhando ao redor, com a impressão de que logo, logo, a veria.

Baixando a voz até o cochicho, Guétmanov disse:

— Nunca na minha vida vou me esquecer, Piotr Pávlovitch, de como você atrasou o ataque em oito minutos. O comandante do Exército pressiona. O comandante do front exige que os tanques sejam lançados na brecha sem demora. Disseram-me que Stálin telefonou para Ieriómenko para saber por que os tanques não avançavam. Stálin teve que esperar! E eis que penetramos na brecha sem perder nenhum homem e nenhum veículo. Por causa disso eu nunca vou me esquecer de você.

Porém, à noite, quando Nóvikov saiu em seu tanque para a região de Kalatch, Guétmanov foi ao chefe do estado-maior e disse:

— Camarada general, escrevi uma carta sobre o fato de o comandante do corpo ter atrasado em oito minutos, por vontade própria, o início de uma operação decisiva e da mais elevada importância, uma operação que decidiria o destino da Grande Guerra Patriótica. Por favor, tome ciência deste documento.

15

No momento em que Vassilevski informava Stálin pelo rádio a respeito do cerco dos grupamentos alemães em Stalingrado, o auxiliar Poskrióbichev estava ao lado do líder. Stálin, sem olhar para Poskrióbichev, ficou sentado de olhos fechados por alguns instantes, como se estivesse dormindo. Prendendo a respiração, ele esforçava-se para não se mexer.

Era a hora de sua vitória, não apenas sobre os inimigos vivos. Era a hora da vitória sobre o passado. A grama sobre as tumbas dos camponeses de 1937 se tornaria mais espessa. O gelo e as colinas nevadas do Círculo Polar conservariam seu mutismo tranquilo.

Sabia melhor que qualquer pessoa no mundo: os vitoriosos não vão a julgamento.

Stálin tinha vontade de ter a seu lado os filhos, os netos, a filhinha do pobre Iákov. Tranquilo e apaziguado, acariciaria a cabeça da neta sem olhar para o mundo que se estendia à soleira de sua choupana. A querida filha, a neta quieta e doente, as lembranças da infância, o frescor do jardim, o murmúrio distante do rio. Que importância tinha todo o resto? Pois sua força suprema não dependia das grandes divisões nem do poder do Estado.

Lentamente, sem abrir os olhos, com um tom de voz algo suave e gutural, proferiu:

— Ah, peguei-te, passarinho, fique, não fuja da rede, jamais vou me separar de ti neste mundo.[21]

---

[21] Trecho do poema "Passarinho capturado" (1864), de Aleksandr Ustinovitch Porétzki (1819-1879).

Poskrióbichev, olhando para a cabeça calva e grisalha de Stálin e para seu rosto marcado pela varíola, subitamente começou a sentir os dedos gelarem.

16

O êxito da ofensiva na região de Stalingrado preencheu muitas lacunas da linha de defesa soviética. Esse preenchimento de lacunas aconteceu não apenas na escala enorme dos fronts de Stalingrado e do Don, não apenas entre o exército de Tchuikov e as divisões soviéticas estacionadas ao norte, não apenas entre as companhias e os pelotões isolados da retaguarda e os destacamentos e grupos de combate entrincheirados nas casas. A sensação de afastamento, de estar quase ou totalmente sitiado, desapareceu também da consciência das pessoas, transformando-se em um sentimento de integridade, união e pluralidade. Essa consciência de fusão entre o indivíduo e a massa de combatentes é o que chamam de moral vitorioso das tropas.

E é claro que, nas cabeças e nos corações dos soldados alemães sitiados em Stalingrado, surgiram ideias diametralmente opostas. Uma enorme massa viva, constituída de centenas de milhares de células pensantes e capazes de sentir, fora isolada das forças armadas germânicas. O caráter efêmero das ondas de rádio e aquele ainda mais efêmero da propaganda que assegurava uma ligação eterna com a Alemanha confirmavam que as divisões de Paulus tinham sido cercadas.

A ideia expressa por Tolstói em seu tempo, de que era impossível levar a cabo o cerco de um exército inteiro, baseava-se na experiência militar daquela época.

A guerra dos anos 1941-1945 demonstrara que era possível cercar um exército, prendê-lo na terra, envolvê-lo com um anel de ferro. Na guerra de 1941-1945, o cerco se tornou a realidade implacável de muitos exércitos soviéticos e alemães.

A ideia expressa por Tolstói fora indubitavelmente válida para seu tempo. A exemplo da maioria das ideias sobre política e guerra expressas por grandes personalidades, não possuía vida eterna.

O cerco se tornou uma realidade na guerra de 1941-1945 graças à mobilidade incomum das tropas e ao enorme peso das retaguardas nas quais o Exército se apoiava. As unidades que cercam gozam de todas as vantagens da mobilidade. As unidades cercadas a perdem completamente, já que, sob o cerco, é impossível organizar a retaguarda de um exército moderno, complexa e maciça como uma fábrica. Elas ficam paralisadas. Os que cercam usam motores e armas.

O Exército cercado, privado de mobilidade, perde não apenas a superioridade técnico-militar. É como se os soldados e oficiais do Exército cercado fossem expulsos do mundo da civilização moderna para o mundo do passado. Seus soldados e oficiais reavaliam não apenas a força das tropas em combate e as perspectivas da guerra, mas também a política do Estado, o encanto do líder do Partido, os códigos, a constituição, o caráter nacional, o futuro e o passado do povo.

Ficam igualmente propensos a reavaliações, mas, naturalmente, com sinal invertido, aqueles que, como uma águia, sentem com doçura a força de suas asas, pairando sobre a vítima imobilizada e indefesa.

O cerco do exército de Paulus em Stalingrado determinou a reviravolta no curso da guerra.

O triunfo de Stalingrado determinou o resultado da guerra, mas a disputa silenciosa entre o povo vencedor e o Estado vencedor prosseguia. Dessa disputa dependiam o destino do homem e sua liberdade.

17

Chuviscava na fronteira entre a Prússia Oriental e a Lituânia, na floresta outonal de Görlitz, e um homem de estatura média com seu impermeável cinza caminhava por uma vereda entre as árvores altas. As sentinelas, ao verem Hitler, prenderam a respiração e ficaram imóveis, congeladas, com as gotas de chuva deslizando lentamente pela face.

Ele tinha vontade de respirar ar puro e de estar sozinho. O ar úmido parecia muito prazeroso. Caía uma chuva leve, agradável e fresca. Que árvores gentis e silenciosas! Como era bom pisar as suaves folhas caídas!

As pessoas no quartel-general de campanha haviam-no irritado o dia inteiro, de forma insuportável... Stálin jamais lhe suscitara respeito. Tudo o que ele fazia, mesmo antes da guerra, parecia-lhe estúpido e grosseiro. Sua astúcia e perfídia tinham a simplicidade de um mujique. Seu Estado era absurdo. Churchill um dia compreenderia o papel trágico da Nova Alemanha, que, com o seu corpo, protegera a Europa do asiático bolchevismo stalinista. Hitler via diante de si os membros de seu gabinete que insistiram na retirada do 6º Exército de Stalingrado; agora seriam especialmente contidos e reverentes. Irritava--se com os que confiavam nele de forma imprudente; passariam a demonstrar sua devoção de forma prolixa. O tempo todo tinha vontade de pensar em Stálin com desprezo, de rebaixá-lo, e sentia que tal desejo surgira da perda do sentimento de superioridade... Aquele cruel e vingativo comerciante do Cáucaso! Seu êxito de hoje não muda nada... Não havia uma secreta ironia nos olhos daquele velho cavalo castrado do Zeitzler? Irritava-o a ideia de que Goebbels o informaria das tiradas do primeiro-ministro inglês a respeito de seus dotes como chefe militar. Entre risos, Goebbels diria: "Reconheça, ele é espirituoso", e, no fundo de seus olhos belos e inteligentes, viria à tona por um instante a vitória do invejoso rival, que ele achava ter sido extinto.

As contrariedades com o 6º Exército o distraíam e o impediam de ser ele mesmo. A principal desgraça não era a perda de Stalingrado, nem o cerco às divisões; nem que Stálin o tivesse vencido.

Ele corrigiria tudo.

Hitler sempre tivera pensamentos comuns e fraquezas comuns, quase cativantes. Porém, quando era grande e todo-poderoso, tudo aquilo era admirado e comovia as pessoas. Ele era a expressão do ímpeto nacional alemão. Contudo, mal começava a vacilar o poder da Nova Alemanha e suas forças armadas e sua sabedoria empalideciam, e ele perdia a genialidade.

Não invejava Napoleão. Não suportava aqueles cuja grandeza não se extinguia na solidão, na impotência, na miséria, e que conservavam a força em um porão escuro, em um sótão.

Naquele passeio solitário pelo bosque, não conseguira afastar de si o cotidiano e encontrar nos recônditos da alma a solução mais elevada e sincera, inacessível aos burocratas do Estado-Maior Geral e da direção partidária. Uma angústia insuportável surgiu da sensação de voltar a ser igual aos outros.

Para ser o criador da Nova Alemanha, que insuflara a guerra e o fogo de Auschwitz, para criar a Gestapo, não servia um homem qualquer. O criador e guia da Nova Alemanha tinha que estar acima da humanidade. Seus sentimentos, suas ideias e seu cotidiano só podiam existir sobre as pessoas, acima das pessoas.

Os tanques russos devolveram-no ao lugar de onde saíra. Suas ideias, suas decisões e sua inveja hoje não eram dirigidas a Deus, ou ao destino do mundo. Os tanques russos devolveram-no às pessoas.

A solidão na floresta, que inicialmente o tranquilizara, parecia-lhe pavorosa. Sozinho, sem guarda-costas, sem os ajudantes habituais, ele se sentia como o menino da fábula ao entrar no bosque sombrio e enfeitiçado.

Assim andara o Pequeno Polegar, assim o cabrito se perdera na floresta, caminhando sem saber que o lobo o espreitava na densa escuridão. E do húmus crepuscular das décadas passadas emergiu um medo infantil, a lembrança de uma ilustração de livro: um cabrito em uma clareira ensolarada e, entre os troncos úmidos e escuros, os dentes brancos de um lobo.

E lhe veio a vontade de, como na infância, gritar, chamar a mãe, fechar os olhos, correr.

Porém, no bosque, entre as árvores, escondia-se o regimento de sua guarda pessoal, milhares de homens fortes, treinados, perspicazes, com reflexos rápidos. A finalidade de suas vidas era impedir que um sopro de ar o tocasse, que mexesse um fio de seu cabelo. Telefones quase imperceptíveis vibravam, transmitindo pelos setores e zonas cada movimento do Führer, que decidira passear sozinho pela floresta.

Deu meia-volta e, reprimindo o desejo de correr, foi na direção da construção verde-escura que abrigava seu quartel-general.

Os seguranças viram que o Führer se apressava, e devia ser porque assuntos urgentes exigiam sua presença no estado-maior; jamais poderiam imaginar que, nos momentos iniciais do crepúsculo na floresta, o guia da Alemanha lembrara-se do lobo das fábulas infantis.

Através das árvores, ele podia ver a luz das janelas do edifício do quartel-general. Pela primeira vez a ideia do fogo dos fornos crematórios dos campos suscitava nele um horror humano.

18

Um sentimento raro e estranho tomou conta das pessoas nos abrigos e no ponto de comando do 62º Exército. Tinham vontade de se tocar no rosto, de apalpar a roupa, de mexer os dedos nas botas. Os alemães não atiravam... Fez-se silêncio.

O silêncio dava vertigem. As pessoas tinham a impressão de ter-se esvaziado, de que seus corações entorpeciam, e de que braços e pernas não se moviam como de costume. Era estranho e inconcebível comer mingau em silêncio, escrever cartas em silêncio, acordar à noite em silêncio. O silêncio tinha seu próprio ruído, silencioso. O silêncio dera origem a uma variedade de sons, que pareciam novos e estranhos. O tinido da faca, o farfalhar das páginas do livro, o rangido das tábuas, o arrastar dos pés descalços, o rangido da caneta, o estalido da trava da pistola, o tique-taque do pêndulo na parede do abrigo.

Krilov, chefe do Estado-maior do Exército, entrou no abrigo do comandante, Tchuikov, que estava sentado na cama, tendo Gúrov à sua frente, sentado a uma mesinha. Krilov queria contar rapidamente as últimas notícias: o front de Stalingrado passara à ofensiva, a questão do cerco ao exército de Paulus se resolveria nas próximas horas. Mas olhou para Tchuikov e Gúrov e se sentou no leito, em silêncio. Krilov devia ter visto algo de muito importante nos rostos dos camaradas para não ter compartilhado com eles uma notícia daquela importância.

Os três homens ficaram calados. O silêncio dera origem a sons novos, que haviam sido apagados de Stalingrado. O silêncio preparava-se para dar origem a novas ideias, paixões, angústias que tinham sido inúteis nos dias de combate.

Porém, naqueles instantes eles ainda não conheciam as novas ideias; emoções, ambições, ofensas e invejas ainda estavam por emergir do peso esmagador de Stalingrado. Não pensavam que seus nomes, agora, estariam ligados para sempre a uma página maravilhosa da história militar da Rússia.

Aqueles minutos de silêncio foram os melhores de suas vidas. Eram minutos em que apenas sentimentos humanos os governavam, e nenhum deles saberia responder a si mesmo por que estavam cheios de tanta alegria e tristeza, amor e paz.

É necessário continuar a falar dos generais de Stalingrado depois do fim da defesa? É necessário contar das deploráveis paixões que tomaram alguns dirigentes da defesa de Stalingrado? Que beberam sem parar e brigaram sem parar por causa de uma glória indivisível? Que Tchuikov, bêbado, lançou-se contra Rodímtzev e quis estrangulá-lo só porque, no comício em honra da vitória em Stalingrado, Nikita Khruschov abraçou e beijou Rodímtzev e nem olhou na direção de Tchuikov?

É necessário contar que a primeira saída de Tchuikov e seu estado-maior da pequena terra sagrada de Stalingrado foi para comemorar o 24º aniversário da OGPU? Que, na manhã seguinte à comemoração, Tchuikov e seus companheiros de armas, caindo de bêbados, quase se afogaram e foram tirados das águas pelos soldados? É necessário contar dos palavrões, das recriminações, das suspeitas, dos ódios?

A verdade é uma só. Não há duas verdades. É difícil viver sem uma verdade, ou com fragmentos, partículas de verdade, com uma verdade mutilada, aparada. Uma parte da verdade não é verdade. Que nessa miraculosa noite de silêncio, a verdade entre inteiramente na alma — sem nada a esconder. Nessa noite, creditemos às pessoas sua bondade, suas jornadas memoráveis...

Tchuikov saiu do abrigo e subiu lentamente à crista da escarpa do Volga, com os degraus de madeira rangendo nitidamente sob os pés. Estava escuro. Ocidente e oriente se calavam. As silhuetas das fábricas, as ruínas dos edifícios da cidade, as trincheiras e os abrigos haviam se dissolvido na escuridão calma e silenciosa da terra, do céu, do Volga.

Assim se expressava a vitória do povo. Não na marcha cerimonial das tropas, sob o ruído de um conjunto de bandas de música, nem nos fogos de artifício e nas salvas de artilharia, mas na úmida calma do campo que envolvia a terra, a cidade, o Volga...

Tchuikov se emocionou, e o coração endurecido pela guerra batia distintamente em seu peito. Apurou o ouvido: não fazia silêncio. Dos lados de Banni Ovrag e da fábrica Outubro Vermelho vinha uma canção. Embaixo, junto ao Volga, ouviam-se vozes baixas e sons de um violão.

Tchuikov voltou para o abrigo. Gúrov, que o esperava para jantar, disse:

— Vassili Ivánovitch, que loucura... este silêncio.

Tchuikov fungou e não respondeu.

Depois, quando se sentaram à mesa, Gúrov afirmou:

— Ei, camarada, se uma canção alegre o faz chorar é porque você também deve ter sofrido.[22]

Tchuikov fitou-o, vivamente assombrado.

19

No esconderijo escavado na encosta de um barranco de Stalingrado, soldados vermelhos sentavam-se em torno de uma mesa e uma luminária rústicas.

---

[22] Citação do poema "Burlak" (trabalhador que rebocava barcos, entre os séculos XVII e XX), de Ivan Sávvitch Nikítin (1824-1861).

Um sargento servia vodca nas canecas, e as pessoas olhavam com atenção como o precioso líquido subia, devagarzinho, até o ponto onde a unha torta do sargento marcava o limite no copo de arestas.

Todos beberam e atacaram o pão. Mastigando, alguém disse:

— Sim, eles nos deram trabalho, mas acabamos levando a melhor.

— Os boches sossegaram, pararam de bufar.

— Pois é, eles já eram.

— Acabou a epopeia de Stalingrado.

— Mas antes conseguiram causar muita desgraça. Queimaram meia Rússia.

Mastigavam longamente, sem pressa, experimentando em sua vagarosidade a sensação feliz e tranquila de quem descansava, bebia e comia depois de um trabalho duro.

As mentes se enevoavam, mas era uma névoa especial, que não turvava nada. O gosto do pão, o estalar da cebola, as armas amontoadas na parede de barro do esconderijo, a lembrança de casa, o Volga, a vitória sobre o inimigo poderoso, conquistada com aquelas mesmas mãos que acariciavam os cabelos das crianças, agarravam as mulheres, partiam o pão e enrolavam o fumo no jornal — tudo isso agora se fazia sentir com extrema clareza.

20

Os moscovitas evacuados, quando se preparavam para retornar, talvez se alegrassem mais por se livrarem da vida de evacuados que pelo reencontro com Moscou. As ruas e casas de Sverdlovsk, Omsk, Tachkent e Krasnoiarsk, as estrelas no céu de outono, o gosto do pão, tudo aquilo se tornara odioso.

Se o Sovinformbureau lia um boletim positivo, diziam:

— Bem, daqui a pouco vamos embora daqui.

Se lia um boletim preocupante, diziam:

— Ai, vão parar de dar vistos para os membros da família.

Surgiram vários relatos de gente que conseguira chegar a Moscou sem salvo-conduto, pulando do trem de longa distância para o trem local, até chegar ao elétrico, onde não havia controle.

As pessoas se esqueciam de que, em outubro de 1941, cada dia passado em Moscou era uma tortura. Com que inveja olhavam para os moscovitas que haviam trocado o odioso céu natal pela tranquilidade da Tartária, do Uzbequistão...

As pessoas se esqueciam de que, nos fatídicos dias de outubro de 1941, alguns que não conseguiram entrar nos comboios abandonaram malas e trouxas e foram a pé até Zagorsk, só para se livrar de Moscou. Agora, todo mundo estava pronto a abandonar seus pertences, seu trabalho, sua vida organizada, e ir a pé até Moscou, só para se livrar dos lugares para onde haviam sido evacuados.

A principal essência da contradição desses dois estados de espírito — repulsa a Moscou e atração por Moscou — consistia em que o ano sob a guerra transformara a consciência das pessoas, e o medo místico dos alemães convertera-se em segurança da superioridade da força russa soviética.

A temível aviação alemã já não parecia mais tão temível.

Na segunda metade de novembro, o Sovinformbureau noticiou o ataque contra o grupo de tropas fascistas alemãs na região de Vladikavkaz (Ordjonikidze), e depois o êxito da ofensiva na região de Stalingrado. Durante duas semanas, o locutor anunciou por nove vezes: "Notícias de última hora... A ofensiva das nossas tropas continua... Um novo golpe no inimigo... Nossas tropas em Stalingrado, superando a resistência do inimigo, romperam sua nova linha de defesa na margem leste do Don... nossas tropas, prosseguindo a ofensiva, percorreram 10-20 quilômetros... Há dias nossas tropas situadas na região do curso médio do Don lançaram-se em ofensiva contra as tropas fascistas alemãs. A ofensiva de nossas tropas na região do Don central continua... Ofensiva de nossas tropas no norte do Cáucaso... Novo ataque de nossas tropas a sudoeste de Stalingrado... Ofensiva de nossas tropas a sul de Stalingrado..."

Na véspera do ano-novo de 1943, o Sovinformbureau publicou o informe "Balanço de seis semanas de ofensiva das nossas tropas nos arredores de Stalingrado", um relatório de como os exércitos alemães tinham sido cercados em Stalingrado.

Com um segredo que não era menor do que o que envolvera a preparação da ofensiva de Stalingrado, a consciência das pessoas preparava-se para mudar o jeito de encarar a vida. Essa operação cristalizada no inconsciente tornou-se evidente e se manifestou pela primeira vez depois da ofensiva de Stalingrado.

Aquilo que acontecera na consciência das pessoas era diferente do que ocorrera nos dias da vitória em Moscou, embora externamente essa distinção parecesse não existir. A diferença consistia em que a vitória em Moscou servira fundamentalmente para mudar a relação com os alemães. A atitude mística para com o Exército alemão terminou em dezembro de 1941.

Stalingrado e a ofensiva de Stalingrado contribuíram para criar uma nova consciência no Exército e na população. O povo soviético, russo, começou a entender a si mesmo de outra forma, e a se relacionar de outro modo com pessoas de nacionalidades diferentes. A história da Rússia começou a ser percebida como a história da glória russa, não como a história dos sofrimentos e das humilhações dos camponeses e dos operários russos. De elemento formal, o nacional se converteu em conteúdo, tornando-se um novo fundamento para a compreensão do mundo.

Nos dias da vitória em Moscou, as pessoas agiam de acordo com normas de pensamento antigas, pré-guerra, noções de antes da guerra. A reinterpretação dos fatos da guerra, a tomada de consciência da força das armas russas e do Estado, constituíam parte de um processo importante, longo e amplo.

Tal processo começara muito antes da guerra, embora tenha ocorrido principalmente não no consciente do povo, mas no subconsciente.

Três acontecimentos grandiosos formaram a pedra angular dessa nova interpretação da vida e das relações humanas: a coletivização do campo, a industrialização e o ano de 1937.

Esses acontecimentos, assim como a Revolução de Outubro de 1917, provocaram deslocamentos e mudanças de enormes camadas da população; tais deslocamentos foram acompanhados por um extermínio de seres humanos, maior até do que na época do desmantelamento da nobreza russa e da burguesia industrial e comercial.

Tais acontecimentos, encabeçados por Stálin, assinalavam o triunfo econômico e político dos construtores do novo Estado soviético, do socialismo em um só país. Tais acontecimentos constituíam o resultado lógico da Revolução de Outubro.

Entretanto, o novo regime, que triunfara na época da coletivização, da industrialização e da substituição quase total dos quadros dirigentes, não quisera renunciar às velhas fórmulas e noções ideológicas, embora elas tivessem perdido seu sentido. O novo regime recorria às velhas noções e fraseologias, que tiveram origem antes da revolução, quando se constituíra a ala bolchevique do Partido

Social-Democrata da Rússia. A base do novo regime era seu caráter estatal-nacional.

A guerra acelerou o processo de reinterpretação da realidade latente desde os tempos pré-guerra, acelerou a manifestação da consciência nacional; a palavra "russo" voltou a ter conteúdo vivo.

Inicialmente, na época da retirada, essa palavra estava majoritariamente associada a atributos negativos: o atraso russo, a bagunça, a falta russa de estradas, o fatalismo russo... Porém, uma vez nascida, a consciência nacional apenas esperava o dia de uma comemoração militar.

Analogamente, o Estado também empreendeu seu autoconhecimento em novas categorias.

A consciência nacional manifesta-se como uma força poderosa e maravilhosa em tempos de calamidade popular. Nessa época, a consciência nacional é maravilhosa por ser humana, não por ser nacional. A dignidade humana, a confiança humana na liberdade, a fé humana na bondade, manifestam-se sob a forma de consciência nacional.

Contudo, despertada nos anos de calamidade, a consciência nacional pode se desenvolver de inúmeras formas.

É indiscutível o fato de que, no chefe de departamento pessoal que protege a coletividade da contaminação dos "cosmopolitas" e "nacionalistas burgueses", a consciência nacional se manifesta de forma diferente do soldado vermelho que defende Stalingrado.

A vida da potência soviética relacionou o despertar da consciência nacional com as tarefas colocadas diante do Estado em sua vida no pós-guerra: sua luta pela ideia de soberania nacional e a afirmação do soviético, do russo, em todos os terrenos da vida.

Nenhuma dessas tarefas surgiu de repente durante e depois da guerra; haviam aparecido antes da guerra, quando os acontecimentos no campo, a criação de uma indústria pesada nacional e a chegada de novos quadros assinalaram o triunfo do regime batizado por Stálin de socialismo em um só país.

As marcas de nascença da social-democracia russa foram apagadas, extraídas.

E justamente na época da reviravolta de Stalingrado, na época em que a chama de Stalingrado era o único sinal de liberdade no reino das trevas, abriu-se esse processo de reinterpretação.

A lógica do desenvolvimento resultou em que a guerra do povo, que alcançou seu apogeu na época da defesa de Stalingrado, justamente nesse período, de Stalingrado, desse a Stálin a possibilidade de declarar abertamente a ideologia do nacionalismo de Estado.

21

No jornal mural afixado no vestíbulo do Instituto de Física apareceu um artigo intitulado "Sempre com o povo".

O artigo dizia que na União Soviética, guiada através da tempestade da guerra pelo grande Stálin, conferia-se à ciência enorme importância, que o Partido e o governo cercavam os homens de ciência de estima e consideração como em nenhum outro lugar do mundo, e que mesmo nos duros tempos de guerra o Estado soviético criava todas as condições para o trabalho normal e frutífero dos cientistas.

Mais à frente, o artigo falava das imensas tarefas que estavam diante do instituto, do novo prédio, da ampliação dos velhos laboratórios, da ligação entre teoria e prática, do significado do trabalho científico para a indústria de defesa.

O artigo falava do entusiasmo patriótico que se apossara da coletividade de trabalhadores da ciência, que se esforçavam para justificar os cuidados e a confiança do Partido e do camarada Stálin em pessoa, e das esperanças que o povo depositava no glorioso grupo de vanguarda da intelligentsia soviética: os cientistas.

A última parte do artigo observava que, infelizmente, nessa coletividade saudável e coesa, havia indivíduos isolados que não se sentiam responsáveis perante o povo e o Partido, indivíduos desligados da solidária família soviética. Essa gente se opunha à coletividade, punha seus interesses particulares acima das tarefas colocadas pelo Partido aos cientistas, tendia a exagerar seus méritos científicos, reais ou imaginários. Alguns deles, voluntária ou involuntariamente, tornavam-se porta-vozes de pontos de vista e estados de espírito alheios ao espírito soviético, propagando ideias políticas hostis. Essas pessoas normalmente exigiam uma atitude objetiva com relação aos pontos de vista idealistas, perpassados pelo espírito reacionário e obscurantista dos cientistas-idealistas estrangeiros, e se vangloriavam de sua ligação com tais cientistas, insultando desta forma o orgulho nacional russo dos cientistas soviéticos e rebaixando os feitos da ciência soviética.

Às vezes posavam de defensores de uma justiça pretensamente pisoteada, tentando amealhar uma popularidade barata entre gente imprevidente, crédula e simplória; na verdade, plantavam a semente da discórdia, a desconfiança na força da ciência russa, o desrespeito a seu passado glorioso e a seus grandes nomes. O artigo conclamava à eliminação de tudo o que era podre, alheio e hostil, que atrapalhasse o cumprimento das tarefas que o Partido e o povo colocavam diante dos cientistas no tempo da Grande Guerra Patriótica. O artigo terminava com as palavras: "Avante, para os novos pináculos da ciência, pelo caminho glorioso iluminado pelo farol da filosofia marxista, pelo caminho em que nos guia o grande Partido de Lênin e Stálin."

Embora o artigo não mencionasse nomes, todos no laboratório entenderam que falava de Chtrum.

Savostiánov comentou do artigo com Chtrum, que não foi lê-lo; naquele momento, estava com os colaboradores, finalizando a montagem da nova instalação. Chtrum passou o braço em torno dos ombros de Nozdrin e disse:

— Aconteça o que acontecer, essa máquina vai fazer o seu trabalho.

Inesperadamente, Nozdrin se pôs a praguejar, e Viktor Pávlovitch não percebeu de imediato a quem se dirigiam as invectivas.

No final da jornada de trabalho, Sokolov se dirigiu a Chtrum.

— Eu o admiro, Viktor Pávlovitch. Trabalhou o dia inteiro como se nada tivesse acontecido. Sua força socrática é notável.

— Se uma pessoa é loira por natureza, ela não vira morena só porque foi criticada no jornal mural — disse Chtrum.

O ressentimento com relação a Sokolov se tornara habitual, e, como Chtrum se acostumara a ele, era como se tivesse passado. Já não recriminava Sokolov por ser dissimulado e tímido. Uma vez dissera a si mesmo: "Há nele muitas qualidades; e defeitos todos temos, é inevitável."

— Sim, mas há artigos e artigos — disse Sokolov. — Anna Stepánovna passou mal do coração depois de ler. Da enfermaria, foi mandada para casa.

Chtrum pensou: "O que escreveram de tão terrível?" Mas não perguntou a Sokolov, e ninguém lhe falou do conteúdo do artigo. Provavelmente do mesmo jeito que evitam falar ao doente de seu câncer terminal e incurável.

À noite, Chtrum foi o último a sair do laboratório. Aleksei Mikháilovitch, o velho vigia que fora transferido para o vestiário, disse, ao entregar o casaco a Chtrum:

— Pois é, Viktor Pávlovitch, quem é bom não tem sossego neste mundo.

Depois de vestir o casaco, Chtrum subiu as escadas de volta e se deteve diante do jornal pregado no mural.

Ao ler o artigo, olhava ao redor, desconcertado; por um instante pareceu-lhe que seria preso imediatamente, mas o vestíbulo estava deserto e silencioso.

Sentiu como uma realidade física a desproporção entre o peso de um corpo humano frágil e o colosso do Estado; teve a impressão de que o Estado examinava seu rosto fixamente, com enormes olhos claros, que logo lhe cairia em cima, e que ele ia estalar, piar, guinchar e desaparecer.

A rua estava apinhada, mas Chtrum teve a impressão de que havia uma faixa de terra de ninguém entre ele e os passantes.

No trólebus, um homem com gorro militar de inverno dizia a seu companheiro de viagem com voz excitada:

— Ouviu o boletim Última Hora?

Dos assentos dianteiros, alguém disse:

— Stalingrado! Acabaram com os alemães.

Uma mulher de meia-idade olhava para Chtrum como se recriminasse seu silêncio.

Pensava em Sokolov com doçura: todas as pessoas são cheias de defeitos, tanto ele quanto eu.

Contudo, como aquela ideia de ser igual às pessoas em suas fraquezas e defeitos nunca fosse completamente sincera, logo repensou: "O ponto de vista dele depende de o Estado amá-lo e de ter êxito na vida. Agora que caminhamos para a primavera, para a vitória, ele não vai dizer uma palavra de crítica. Comigo não tem isso: se o Estado é ruim, não importa se me bate ou acaricia; a minha relação com ele não muda."

Ao chegar em casa, contaria do artigo a Liudmila Nikoláievna. Obviamente seria levado a sério. Diria:

"Olha só o Prêmio Stálin, Liúdotchka. Escrevem um artigo desses quando querem mandar a pessoa para a cadeia."

"Nosso destino está unido", pensou, "se me convidam a dar um curso na Sorbonne, ela vai comigo; se me mandam para um campo em Kolimá, ela também me segue".

"Foi você quem se empurrou para esse horror", diria Liudmila Nikoláievna.

Ele afirmaria, bruscamente: "Não preciso de crítica, e sim de compreensão e afeto. Tenho críticas suficientes no instituto."

Nádia abriu-lhe a porta.

Ela o abraçou na penumbra do corredor, estreitando a face contra seu peito.

— Estou com frio e molhado, deixe-me tirar o casaco, o que aconteceu? — ele perguntou.

— Você não ouviu? Stalingrado! Uma vitória maiúscula. Os alemães foram cercados. Venha, venha logo.

Ela o ajudou a tirar o casaco e o arrastou pela mão até o quarto.

— Por aqui, por aqui, mamãe está no quarto de Tólia.

Ela abriu a porta. Liudmila Nikoláievna estava sentada à mesa de Tólia. Virou a cabeça lentamente, sorrindo triunfante e triste.

Naquela noite, Chtrum não disse a Liudmila o que tinha acontecido no instituto.

Sentaram-se à mesa de Tólia, e Liudmila Nikoláievna desenhava em uma folha de papel o esquema do cerco aos alemães em Stalingrado, explicando a Nádia seu plano de operações militares.

E à noite, em seu quarto, Chtrum pensou: "Oh, Senhor, escrevo uma carta de arrependimento? É o que todo mundo faz nessa situação."

22

Passaram-se alguns dias depois da aparição do artigo no jornal mural. O trabalho no laboratório seguia como antes. Chtrum ora caía em desânimo, ora ganhava energia e ficava ativo, caminhando pelo laboratório, tamborilando com dedos rápidos suas melodias preferidas no peitoril da janela e nas superfícies metálicas.

Dizia em tom de brincadeira que, pelo visto, começara uma epidemia de miopia no instituto, e os conhecidos que deparavam com ele passavam direto, com ar pensativo; Gurévitch, ao ver Chtrum de longe, também assumiu um ar pensativo, atravessou a rua e se deteve diante de um cartaz. Chtrum, vigiando seu percurso, olhou para trás, Gurévitch virou-se nesse mesmo instante, e seus olhos se encontraram. Gurévitch fez um gesto de surpresa e alegria, e se pôs a acenar. Aquilo não tinha nada de divertido.

Ao encontrar Chtrum, Svetchin cumprimentou-o e escrupulosamente atrasou o passo, mas fez cara de quem saudava o embaixador de uma potência hostil.

Viktor Pávlovitch contabilizava quem virava a cara, quem acenava, quem lhe dava a mão.

Chegando em casa, a primeira coisa que fazia era perguntar à mulher:

— Alguém ligou?

E Liudmila normalmente respondia:

— Ninguém, a não ser Mária Ivánovna.

E, sabendo o que viria depois de suas palavras, acrescentava:

— Ainda não chegou carta de Madiárov.

— Veja só — ele dizia —, quem ligava todo dia passou a ligar de vez em quando, e quem ligava de vez em quando parou de ligar.

Tinha a impressão de que mesmo em casa começou a ser tratado de forma diferente. Uma vez Nádia passou pelo pai, que tomava chá, e não o cumprimentou.

Chtrum ralhou com ela, grosseiramente:

— Por que não me cumprimenta? Acha que sou um objeto inanimado?

Seu rosto assumira um aspecto tão obviamente deplorável e sofredor que Nádia, entendendo a situação, em vez de responder com uma grosseria, apressou-se em dizer:

— Paizinho querido, me perdoe.

Naquele mesmo dia ele perguntou:

— Escute, Nádia, você continua se encontrando com o seu comandante militar?

Ela deu de ombros, ficou em silêncio.

— Quero adverti-la — ele disse. — Nem pense em falar com ele de assuntos políticos. Só falta me atacarem também desse lado.

E Nádia, em vez de responder com rispidez, disse:

— Pode ficar tranquilo, papai.

De manhã, ao se aproximar do instituto, Chtrum começava a olhar ao redor, e ou retardava ou acelerava os passos. Tendo se certificado de que o corredor estava vazio, andava rápido, de cabeça baixa, e o coração parava se alguma porta se abria.

Ao entrar finalmente no laboratório, respirava pesadamente, como um soldado que chegara à trincheira depois de correr sob fogo cruzado.

Uma vez, Savostiánov entrou na sala de Chtrum e disse:

— Viktor Pávlovitch, eu lhe peço, pedimos-lhe todos nós, escreva uma carta, arrependa-se, e eu lhe asseguro que isso irá ajudar. Reflita: na época em que tem pela frente uma tarefa grande, ou, sem falsa modéstia, imensa, quando todas as forças vivas da nossa ciência olham para o senhor com esperança, vai tudo para o brejo assim, sem mais nem menos? Escreva uma carta e reconheça os seus erros.

— Vou me arrepender de quê, quais são os meus erros? — disse Chtrum.

— Ah, dá tudo na mesma, todo mundo faz isso: na literatura, na ciência, na direção partidária, e até na música, que o senhor tanto ama, Shostakovitch reconhece seus erros, escreve cartas de arrependimento e continua a trabalhar como se nada tivesse acontecido.

— Mas eu vou me arrepender de quê, perante quem?

— Escreva à direção, escreva ao Comitê Central. O conteúdo não é importante, vale qualquer coisa! O importante é se arrepender. Algo do gênero "reconheço minha culpa, estou errado, dei-me conta disso, vou me emendar"; o senhor sabe como é, já se estabeleceu um padrão. O importante é que isso ajuda, sempre ajuda!

Os olhos normalmente alegres e risonhos de Savostiánov estavam sérios. Pareciam até ter mudado de cor.

— Obrigado, obrigado, meu querido — disse Chtrum —, sua amizade me toca.

Uma hora mais tarde, Sokolov lhe disse:

— Viktor Pávlovitch, na semana que vem haverá uma plenária do conselho científico; acho que o senhor tem que fazer um pronunciamento.

— A respeito de quê?

— Parece-me que o senhor deve dar explicações e, para encurtar, arrepender-se de seus erros.

Chtrum andou pela sala, parou perto da porta e disse, olhando para o pátio:

— Piotr Lavriéntievitch, não seria melhor eu escrever uma carta? Seria mais fácil do que cuspir na minha própria cara na frente das pessoas.

— Não, acho que o senhor tem que se pronunciar. Falei ontem com Svetchin, e ele me deu a entender que ali — apontou de maneira indefinida para a cornija da porta — querem que o senhor faça um pronunciamento, e não que escreva uma carta.

Chtrum voltou-se rapidamente para ele.

— Não me pronuncio nem escrevo carta.

Com o tom de voz calmo de um psiquiatra que se dirige a um paciente, Sokolov afirmou:

— Viktor Pávlovitch, na sua situação, calar-se significa marchar conscientemente para o suicídio; pesam sobre o senhor acusações políticas.

— Sabe o que mais me tortura? — perguntou Chtrum. — Por que nos dias da vitória, da alegria geral, eu tenho que passar por isso? E um filho da puta qualquer pode dizer que eu me insurgi abertamente contra os princípios do leninismo na crença de que o poder soviético estava chegando ao fim. E acusar: o Chtrum gosta de bater nos fracos.

— Ouvi essa opinião.

— Não, não, que vão para o diabo! — disse Chtrum. — Não vou me arrepender!

À noite, porém, trancado no quarto, pôs-se a escrever a carta. Tomado de vergonha, rasgou a carta e imediatamente se pôs a redigir o texto de seu pronunciamento no Conselho Científico. Depois de lê-lo, bateu com a mão na mesa e rasgou o papel.

— Ah, já chega! — disse, em voz alta. — Que seja! Podem me prender.

Ficou algum tempo sentado, imóvel, remoendo sua última decisão. Depois pensou em redigir o texto aproximado da carta que entregaria se tivesse resolvido se arrepender — e isso era simples, já que estava decidido a não se arrepender, e nisso não havia nada de humilhante para ele. Ninguém veria essa carta, pessoa alguma.

Estava só, a porta estava trancada, todos dormiam, havia silêncio atrás da janela, nem buzinas nem barulho de carros.

Uma força invisível, contudo, o oprimia. Sentia seu peso hipnótico, ela o obrigava a pensar de acordo com sua vontade, e a escrever conforme ela ditava. Estava dentro dele, fazia seu coração parar, dissolvia-lhe a vontade, imiscuía-se em sua relação com a mulher e a filha, no seu passado, nos pensamentos da juventude. Passara a se sentir pobre de espírito, enfadonho, cansando todos em volta com sua prolixidade opaca. E até seu trabalho parecia apagado, coberto de cinzas e poeira, e cessara de enchê-lo de luz e alegria.

Só quem nunca teve em si uma força dessas pode se espantar de que ela se apodere de alguém. Quem já teve essa força dentro de si experimenta outro tipo de espanto: que, ainda que por um instante, seja possível se acender nem que seja uma palavra de ira, ou um fugaz e tímido gesto de protesto.

Chtrum escreveu para si a carta de arrependimento, a carta que não mostraria a ninguém, embora, ao mesmo tempo, entendesse secretamente que ela de repente lhe pudesse ser útil, e que deveria ser guardada.

De manhã, tomou chá e olhou para o relógio; hora de ir para o laboratório. Foi tomado por uma sensação glacial de solidão. Tinha a impressão de que ninguém o procuraria, até o fim da vida. Não era só por medo que não telefonavam para ele. Não telefonavam porque ele era enfadonho, desinteressante, medíocre.

— Claro que ontem ninguém me procurou, não é? — ele disse a Liudmila Nikoláievna, e declamou: — "Estou só junto à janela, não espero visitas nem amigos..."[23]

— Esqueci de dizer que Tchepíjin chegou a Moscou. Ele ligou e quer ver você.

— Oh! — disse Chtrum — E como foi se esquecer disso? — E pôs-se a batucar na mesa uma música de triunfo.

Liudmila Nikoláievna foi até a janela. Chtrum caminhava sem pressa, alto, arqueado, agitando a pasta de tempos em tempos, e ela sabia que o marido pensava em seu encontro com Tchepíjin, já o cumprimentava e falava com ele.

Naqueles dias, ela tinha pena de Chtrum, preocupava-se com ele, mas, ao mesmo tempo, pensava em seus defeitos e no principal deles: o egoísmo.

Pois declamara: "Estou só junto à janela, não espero visitas nem amigos", e fora ao laboratório, onde tinha gente a seu redor, onde trabalhava; à noite iria até Tchepíjin, provavelmente não voltaria antes da meia-noite, sem pensar que ela passara o dia inteiro sozinha, à janela do quarto deserto, sem ninguém a seu lado, sem esperar visitas nem amigos.

Liudmila Nikoláievna foi à cozinha lavar a louça. Naquela manhã, a alma lhe pesava particularmente. Hoje Mária Ivánovna não telefonaria; visitaria a irmã mais velha na rua Chábolovka.

Como se preocupava com Nádia, que ficava calada e, naturalmente, apesar da proibição, continuava com seus passeios noturnos. Viktor, contudo, inteiramente absorto em seus assuntos, nem queria pensar na filha.

Soou a campainha; devia ser o carpinteiro, com o qual combinara na véspera de consertar a porta do quarto de Tólia. Liudmila Nikoláievna ficou feliz: um ser vivo. Abriu a porta; na penumbra do

---

[23] Trecho do poema "O homem negro", de Essênin.

corredor estava uma mulher de gorro cinza de astracá e uma mala na mão.

— Gênia! — gritou Liudmila Nikoláievna, tão alto e doído que se surpreendeu com a sua própria voz, e, beijando a irmã e acariciando-lhe os ombros, disse: — Não tem mais Tólienka, não tem, não tem...

23

Um filete mirrado e fraco de água quente corria para a banheira; bastava o jato ficar um pouco mais forte para a água esfriar. A banheira se enchia lentamente, mas as irmãs tinham a impressão de que, desde que haviam se encontrado, não tinham trocado nem duas palavras.

Depois, quando Gênia foi para o banho, Liudmila Nikoláievna volta e meia chegava à porta do banheiro e perguntava:

— Então, está tudo bem, quer que eu lhe enxugue as costas? Fique de olho no gás, senão ele apaga.

Alguns minutos mais tarde, Liudmila deu com o punho na porta, perguntando, zangada:

— O que há com você, dormiu?

Gênia saiu do banheiro com o roupão felpudo da irmã.

— Oh, você parece uma feiticeira — disse Liudmila Nikoláievna.

E Ievguênia Nikoláievna lembrou-se de que Sófia Óssipovna também a chamara de feiticeira quando Nóvikov chegou à noite a Stalingrado.

A mesa estava posta.

— Que sensação estranha — disse Ievguênia Nikoláievna. — Depois de dois dias de viagem num vagão sem lugares reservados tomei um banho de banheira, deveria estar no auge da felicidade, mas dentro da alma...

— O que a trouxe a Moscou tão de repente? Alguma coisa ruim? — indagou Liudmila Nikoláievna.

— Mais tarde, mais tarde.

Fez um gesto evasivo.

Liudmila contou das coisas de Viktor Pávlovitch, do romance inesperado e ridículo de Nádia, contou como os conhecidos pararam de ligar para Chtrum e de cumprimentá-lo quando se encontravam.

Ievguênia Nikoláievna contou da chegada de Spiridônov a Kúibichev. De alguma forma, tornara-se muito querido e humilde. Não lhe dariam um novo posto enquanto uma comissão não esclarecesse o seu caso. Vera estava com o bebê em Lêninsk; Stepan Fiódorovitch falava do neto e chorava. Depois contou a Liudmila da deportação de Jenny Guênrikhovna, como o velho Charogórodski era bom, e como Limônov a ajudara a conseguir o visto.

Na cabeça de Gênia pairava uma nuvem de fumaça, barulho de rodas, conversas do vagão, e era realmente estranho olhar para a cara da irmã, sentir o toque suave do roupão macio sobre o corpo lavado, e se sentar em um quarto com um piano e um tapete.

Naquilo que as irmãs contavam uma à outra, nos acontecimentos alegres e tristes, divertidos e tocantes daquele dia era constante a presença dos parentes e amigos que haviam deixado a vida, mas estavam ligados a elas para sempre. Não importa o que dissessem de Viktor Pávlovitch, a sombra de Anna Semiónova aparecia atrás, e logo depois de Serioja surgiam seu pai e mãe nos campos, e os passos de um jovem tímido, de ombros largos e lábios grossos sempre soavam ao lado de Liudmila Nikoláievna. Contudo, não se falava deles.

— Ninguém ouviu nada de Sófia Óssipovna, é como se tivesse sumido debaixo da terra — disse Gênia.

— A Levinton?

— Sim, sim, ela mesma.

— Eu não gostava dela — disse Liudmila Nikoláievna. — Você continua desenhando?

— Em Kúibichev, não. Mas desenhava em Stalingrado.

— Pode se orgulhar: Viktor levou dois quadros seus quando fomos evacuados.

Gênia sorriu:

— É um prazer.

Liudmila Nikoláievna disse:

— E então, minha generala, não vai falar do mais importante? Está feliz? Você o ama?

Fechando o roupão contra o peito, Gênia afirmou:

— Sim, sim, estou contente, feliz, amo, sou amada... — E, lançando um olhar rápido para Liudmila, acrescentou: — Sabe por que vim a Moscou? Nikolai Grigórievitch está preso na Lubianka.

— Meu Deus, como assim? Ele é cem por cento comunista!

— E o nosso Mítia? E o seu Abartchuk? Esse era duzentos por cento.

Liudmila Nikoláievna refletiu e disse:

— Mas Nikolai era bem cruel! No tempo da coletivização geral, não tinha pena dos camponeses. Eu me lembro de perguntar: por que estão fazendo isso? E ele respondia: os cúlaques que vão para o diabo! Exercia grande influência sobre Viktor.

Gênia disse, com reprovação:

— Ah, Liuda, você sempre se lembra do que as pessoas têm de ruim e fala essas coisas em voz alta no pior momento.

— Que fazer — disse Liudmila Nikoláievna —, não tenho papas na língua.

— Está bem, está bem, só não precisa se orgulhar disso — Gênia afirmou.

Cochichou:

— Liuda, fui convocada.

Pegou do sofá o lenço da irmã e cobriu o telefone com ele, dizendo:

— Dizem que tem escuta. Tive que assinar uma declaração.

— Que eu saiba você não era casada com Nikolai no papel.

— Não era, e daí? Fui interrogada como esposa. Vou lhe contar. Mandaram uma notificação: apresentar-se, levando o passaporte. Passei todo mundo em revista: Mítia, Ilía, até o seu Abartchuk, e me lembrei de todos os conhecidos que foram detidos, mas o Nikolai jamais me passou pela cabeça. Marcaram para as cinco horas. Uma sala comum de repartição. Nas paredes, retratos enormes de Stálin e Béria. Um indivíduo jovem, de fisionomia comum, observa-me com olhos penetrantes e oniscientes, e de repente: "A senhora está a par das atividades contrarrevolucionárias de Nikolai Grigórievitch Krímov?" E começou... Fiquei sentada lá por duas horas e meia. Às vezes tinha a impressão de que jamais sairia dali. Imagine, ele até fez alusão a Nóvikov, bem, em poucas palavras, que coisa sórdida, era como se eu tivesse me aproximado de Nóvikov para arrancar-lhe informações e passá-las a Nikolai Grigórievitch... Fiquei furiosa por dentro. Disse a ele: "Sabe, Krímov é um comunista tão fanático que quando estamos com ele é como se estivéssemos em um *raikom*."[24] E ele: "Ah, quer dizer que a senhora não acha Nóvikov um homem soviético?" Disse-lhe: "Que estra-

---

[24] Comitê municipal do Partido Comunista.

nha ocupação, as pessoas lutam contra o fascismo no front e o senhor, meu jovem, fica sentado na retaguarda e as emporcalha de lama." Achei que depois disso ele ia me dar na cara, mas ficou confuso e ruborizado. Em suma, Nikolai foi preso. As acusações são loucas: trotskismo e ligação com a Gestapo.

— Que horror — disse Liudmila Nikoláievna, pensando que mesmo Tólia poderia ter sido cercado e vitimado por suspeita semelhante. — Imagino como Vítia vai receber a notícia — disse. — Ele anda terrivelmente nervoso, e sempre acha que vai ser preso. Fica se lembrando de onde e o que disse, e para quem. Especialmente naquela desgraçada Kazan.

Ievguênia Nikoláievna fitou fixamente a irmã por algum tempo e por fim disse:

— Vou te dizer, sabe o que é mais horrível? Esse juiz de instrução me perguntou: "Como a senhora pode desconhecer o trotskismo de seu marido quando ele lhe disse as palavras entusiasmadas de Trótski a respeito de um artigo de sua autoria: 'É de mármore'?" Só quando estava voltando para casa me lembrei de que, realmente, Nikolai me disse: "Só você sabe dessas palavras", e à noite, de repente, tive um choque: quando Nóvikov esteve em Kúibichev, no outono, contei isso a ele. Achei que ia ficar louca, tamanho o horror que tomou conta de mim...

Liudmila Nikoláievna disse:

— Como você é infeliz! Mas só com você podia acontecer esse tipo de coisa.

— Por que só comigo? — perguntou Ievguênia Nikoláievna. — Com você também podia ter acontecido o mesmo.

— Claro que não. Você se separou de um e se juntou com outro. E fala de um para o outro.

— Mas você também se separou do pai de Tólia. Provavelmente contou muita coisa para Viktor Pávlovitch.

— Não, você está errada — disse Liudmila Nikoláievna, convicta. — Não dá para comparar uma coisa com a outra.

— E por que não? — indagou Gênia, sentindo uma irritação repentina ao olhar para a irmã mais velha. — Concorde que isso que você acabou de dizer foi simplesmente uma estupidez.

Liudmila Nikoláievna disse, tranquila:

— Não sei, pode ser uma estupidez.

Ievguênia Nikoláievna perguntou:

— Você tem horas? Preciso ir à Kuznétzki Most, 24. — E, já sem conter a irritação, afirmou: — Você tem uma personalidade difícil, Liudmila. Não é por acaso que você mora em um apartamento de quatro cômodos, mas mamãe preferiu viver sem abrigo em Kazan.

Ao dizer aquelas palavras cruéis, Gênia se arrependeu de sua rispidez e, para dar a entender a Liudmila que a relação de confiança entre elas era mais forte que as desavenças ocasionais, afirmou:

— Quero acreditar em Nóvikov. Mas mesmo assim, mesmo assim... Como essas palavras chegaram aos órgãos de segurança? De onde vem esse nevoeiro medonho?

Tinha uma vontade enorme de ter a mãe ao seu lado. Gênia teria apoiado a cabeça em seu ombro e dito: "Mãezinha, estou tão cansada!"

Liudmila Nikoláievna disse:

— Sabe o que pode ter acontecido? O seu general contou a alguém da conversa de vocês, e essa pessoa fez a denúncia.

— Sim, sim — disse Gênia. — Que estranho uma ideia tão simples não me ter passado pela cabeça.

No silêncio e na tranquilidade da casa de Liudmila ela sentia com força ainda maior a desordem de espírito que se apoderava dela...

Tudo o que não sentira nem pensara ao deixar Krímov, tudo o que a torturara e angustiara secretamente na época da separação — sua persistente ternura por ele, a preocupação com ele, o hábito de estar com ele — ficara mais forte e irrompera nas últimas semanas.

Pensava nele no trabalho, no trem, na fila de comida. Via-o quase todas as noites em sonho, gemia, gritava, acordava.

Os sonhos eram angustiantes, sempre com incêndios, guerra e perigo ameaçando Nikolai Grigórievitch, e era sempre impossível afastá-lo deles.

Mesmo de manhã, vestindo-se e lavando-se com pressa, com medo de chegar atrasada ao trabalho, seguia pensando nele.

Tinha a impressão de não amá-lo. Contudo, como era possível pensar constantemente em um homem que não amava, e sofrer tanto por seu destino infeliz? Por que toda vez que Limônov e Charogórodski, rindo, diziam que os poetas e pintores preferidos dele não tinham talento ela tinha vontade de ver Nikolai, afagar-lhe os cabelos, acariciá-lo, compadecer-se dele?

Agora não se lembrava de seu fanatismo, da indiferença pelo destino das vítimas da repressão, do ódio com que falara dos cúlaques no período da coletivização geral.

Agora só se lembrava do que era bom, romântico, tocante, triste. Agora, a força que ele exercia sobre ela residia em sua fraqueza. Os olhos dele eram infantis; o sorriso, desnorteado; os movimentos, desajeitados.

Via-o com as insígnias arrancadas, com a barba meio grisalha, via-o deitado à noite no leito, via suas costas na hora do passeio no pátio da cadeia... Ele talvez imaginasse que ela tinha instintivamente previsto o seu destino, e esse fora o motivo de sua separação. Deitava-se no leito da prisão e pensava nela... A generala...

Ela não sabia se aquilo era pena, amor, consciência ou dever.

Nóvikov havia lhe enviado um salvo-conduto e falou pela linha militar com um amigo da Força Aérea, que prometeu levar Gênia em um Douglas ao estado-maior do front. A chefia dela concedeu-lhe uma licença de três semanas para ir ao front visitá-lo.

Ela se tranquilizava, repetindo: "Ele vai entender, vai entender sem dúvida que eu não podia fazer de outro jeito."

Sabia que tinha se comportado horrivelmente com Nóvikov: ele estava esperando, esperando por ela.

Escrevera-lhe com uma sinceridade impiedosa a respeito de tudo. Depois de enviar a carta, ocorreu-lhe que ela seria lida pela censura militar. Tudo aquilo podia causar um prejuízo descomunal a Nóvikov.

"Não, não, ele vai entender", repetia.

Mas a questão não era que Nóvikov entendesse, mas sim que, entendendo, a deixasse para sempre.

Ela o amava, ou amava só o amor dele por ela? Uma sensação de medo, angústia e pavor da solidão tomava conta dela ao pensar na inevitabilidade de uma separação definitiva.

A ideia de que ela mesma, por sua própria vontade, acabara com sua felicidade era-lhe especialmente insuportável.

Mas quando pensava que agora não tinha como mudar ou consertar nada, que sua separação completa e definitiva não dependia de si, mas de Nóvikov, então essa ideia se tornava especialmente dura.

Quando ficava completamente insuportável e doloroso pensar em Nóvikov, começava a imaginar Nikolai Grigórievicth; talvez fosse chamada para uma acareação... Olá, meu coitado.

Nóvikov, porém, era grande, de ombros largos, forte e investido de poder. Não precisava do apoio dela, virava-se sozinho. Ela o chamava de "couraceiro". Jamais se esqueceria de seu rosto maravilhoso e atraente, sempre teria saudades dele, da felicidade que ela mesma destruíra. Que seja, que seja, não tinha pena de si. Não temia seu próprio sofrimento.

Mas sabia que Nóvikov não era assim tão forte. Às vezes surgia em seu rosto uma expressão quase impotente, medrosa...

E ela também não era tão impiedosa consigo mesma, nem tão indiferente a seus próprios sofrimentos.

Como se sentisse as ideias da irmã, Liudmila perguntou:

— O que vai ser de você e do seu general?

— Tenho medo de pensar.

— Ah, você merece apanhar.

— Eu não podia fazer outra coisa! — disse Ievguênia Nikoláievna.

— Não gosto desse seu jogo. Se foi embora, foi embora. Se chegou, chegou. De nada serve essa duplicidade, separar-se e ficar prolongando a questão.

— Eu sei, eu sei: afasta-te do mal e faz o bem? Não sei viver de acordo com essa regra.

— Estou falando de outra coisa. Respeito Krímov, embora não goste dele, e nunca vi o seu general. Uma vez que você resolveu ser sua esposa, tem uma responsabilidade perante ele. Mas você é uma irresponsável. O homem tem uma posição importante, combate, e a mulher dele fica o tempo todo levando encomendas a um detento. Você sabe como isso pode acabar para ele?

— Sei.

— Mas você o ama, afinal?

— Pare, pelo amor de Deus — disse Gênia, com voz chorosa, e pensou: "Quem eu amo?"

— Não, responda.

— Eu não podia fazer de outro jeito, não é por prazer que as pessoas cruzam a soleira de Lubianka.

— Você não pode pensar só em si mesma.

— Mas não estou pensando em mim.

— É o mesmo raciocínio de Viktor. No fundo, é só egoísmo.

— Sua lógica é incrível, e me choca desde a infância. O que você chama de egoísmo?

— Como você vai ajudá-lo? Não vai mudar a sentença dele.

710

— Bem, Deus permita que você vá para a cadeia, daí vai ficar sabendo como as pessoas próximas podem ajudá-la.

Mudando o rumo da conversa, Liudmila Nikoláievna indagou:

— Minha noiva sem juízo, diga-me uma coisa, você tem fotos de Marússia?

— Só uma. Tiramos em Sokólniki, lembra?

Pôs a cabeça no ombro de Liudmila e proferiu, queixando-se:

— Estou tão cansada.

— Descanse, durma, não vá hoje a lugar nenhum — disse Liudmila Nikoláievna —, tenho uma cama para você.

Gênia, com os olhos semicerrados, negou com a cabeça.

— Não, não, não precisa. Estou cansada de viver.

Liudmila Nikoláievna pegou um envelope grande e despejou um maço de fotografias nos joelhos da irmã.

Gênia examinava as fotografias e exclamava: "Meu Deus, meu Deus... eu me lembro dessa, tiramos na dacha... como Nadka está engraçada... papai tirou essa depois da deportação... olha Mítia vestido de colegial... Serioja é espantosamente parecido com ele, sobretudo a parte superior do rosto... olha a mamãe com a Marússia nos braços, eu ainda não existia..."

Notou que não havia nenhuma foto de Tólia, mas não perguntou à irmã onde elas estavam.

— Muito bem, madame — disse Liudmila —, agora precisamos servir o seu almoço.

— Meu apetite é ótimo — disse Gênia. — Assim como na infância, não se deixa estragar nem pelas preocupações.

— Ótimo, graças a Deus — disse Liudmila Nikoláievna, e beijou a irmã.

24

Gênia saiu do trólebus perto de um Teatro Bolshoi coberto de tiras de camuflagem e se pôs a subir a Kuznétzki Most, percorrendo os locais de exposição da Fundação de Arte, onde conhecidos seus haviam exposto antes da guerra, e onde quadros seus uma vez foram exibidos; passou sem se lembrar disso.

Uma sensação estranha se apossou dela. Sua vida era um maço de cartas embaralhadas por uma cigana. De repente, saíra-lhe Moscou.

Viu de longe a parede cinza-escura de granito do imponente edifício da Lubianka.

"Olá, Kólia", pensou. Possivelmente Nikolai Grigórievitch, sentindo sua aproximação, emocionava-se sem entender por que era tomado pela emoção.

O velho destino se tornara seu novo destino. Tudo o que parecia ter desaparecido para sempre no passado se transformara em seu futuro.

A nova e espaçosa sala de espera, cujas janelas de vidro davam para a rua, estava fechada, e a admissão dos visitantes se dava no recinto da velha recepção.

Entrou em um pátio sujo e passou por uma parede gasta até chegar a uma porta entreaberta. Tudo na recepção parecia surpreendentemente normal: mesas com manchas de tinta, divãs de madeira junto às portas, guichês com peitoril de madeira onde se davam informações.

Não parecia haver relação entre a massa de pedra de vários andares cujos muros davam para a praça Lubianka, para a rua Srétenka, para a travessa Furkassóvski e para a Pequena Lubianka, e aquela sala de escritório provinciana.

A recepção estava apinhada; os visitantes, em sua maioria mulheres, ficavam em fila nos guichês, sentados nos divãs, e um velho de óculos preenchia papéis à mesa. Gênia, fitando os rostos velhos e jovens de homens e mulheres, pensou que todos tinham muito em comum na expressão dos olhos, nas rugas da boca, e que teria conseguido, se encontrasse alguma daquelas pessoas no bonde ou na rua, adivinhar que se encaminhavam para a Kuznétzki Most, 24.

Dirigiu-se ao jovem guarda com uniforme do Exército Vermelho, que, por algum motivo, não parecia soldado, e que perguntou a ela:

— É a sua primeira vez? — E apontou para um guichê na parede.

Gênia entrou na fila segurando o passaporte, e seus dedos e mãos ficaram úmidos de nervosismo. Uma mulher de boina que estava na frente dela disse, a meia-voz:

— Se não encontrá-lo aqui, tem que ir para a Matrósskaia Tichiná, depois para Butirka, mas lá só em dias determinados, por ordem alfabética, depois tem que ir à prisão militar de Lefórtovo, depois de novo para cá. Procurei meu filho por um mês e meio. Já foi à promotoria militar?

A fila avançava rápido, e Gênia achou que aquilo não era bom; as respostas provavelmente eram formais e monossilábicas. Contudo, quando uma mulher de idade vestida com elegância chegou ao guichê, houve demora; as pessoas sussurravam que o funcionário fora esclarecer pessoalmente o assunto, que não bastara um simples telefonema. A mulher estava na fila de perfil, e a expressão de seus olhos apertados parecia dizer que nem mesmo ali ela conseguia se sentir igual à miserável turba de parentes das vítimas da repressão.

Logo a fila voltou a andar, e uma jovem, afastando-se do guichê, disse:

— A resposta de sempre: pacote não autorizado.

A vizinha explicou a Ievguênia Nikoláievna: — Quer dizer que a instrução não terminou.

— E visitas? — indagou Gênia.

— Como assim? — disse uma mulher, rindo-se da ingenuidade de Gênia.

Jamais Ievguênia Nikoláievna imaginara que as costas de uma pessoa podiam ser tão expressivas e revelar com tanta exatidão seu estado de espírito. As pessoas que se encaminhavam ao guichê esticavam o pescoço de modo peculiar, e suas costas, com os ombros erguidos e as omoplatas tensas, pareciam gritar, chorar, soluçar.

Quando Gênia estava a seis pessoas do guichê, a janela se fechou, e foi anunciada uma pausa de vinte minutos. As pessoas na fila se sentaram nos divãs e nas cadeiras.

Ali havia mulheres, mães e um homem de idade — um engenheiro cuja esposa, intérprete da VOKS,[25] fora detida; uma aluna da nona série cuja mãe fora presa, e cujo pai recebera a sentença de dez anos sem direito a correspondência em 1937; uma velha cega, acompanhada por uma vizinha de apartamento, que queria saber do filho; uma estrangeira que falava russo mal — a mulher de um comunista alemão, trajando um casaco xadrez ocidental, com uma bolsinha estampada de pano, que tinha olhos exatamente iguais aos das velhas russas.

Havia russos, armênios, ucranianos, judeus e uma colcoziana dos subúrbios de Moscou. O velho que preenchia o formulário à mesa revelou ser um professor na Academia Timiriázev cujo neto, um estudante, fora detido, aparentemente por falar demais em uma festinha.

---

[25] Vsiesoiúznoie Óbschestvo Kultúrnoi Sviázi s Zagranítzei: Sociedade da URSS para Relações Culturais com o Exterior, que funcionou entre 1925 e 1958.

Gênia ouviu e ficou sabendo de muita coisa naqueles vinte minutos.

Hoje o funcionário de serviço é bom... na Butirka não se aceitam conservas, e era necessário mandar sem falta alho e cebola, que ajudavam contra o escorbuto... na quarta-feira passada, um homem viera receber seus documentos; ficara detido na Butirka por três anos e fora libertado sem ser interrogado uma vez sequer... em geral, entre a prisão e a ida para o campo transcorria um ano... não vale a pena mandar coisas boas; na prisão de trânsito de Krásnaia Présnia, os presos políticos são misturados com os criminosos comuns, que roubam tudo... pouco tempo atrás estivera ali uma mulher cujo marido, um velho, célebre engenheiro projetista, fora preso porque, na juventude, tivera uma ligação breve com uma mulher, pagava pensão a um filho que jamais vira na vida, e esse filho, depois de adulto, passou para o lado dos alemães; o engenheiro foi condenado a dez anos, como pai de um traidor da Pátria... a maioria é enquadrada no artigo 58-10, agitação contrarrevolucionária; tagarelaram, deram com a língua nos dentes... foi preso antes do 1º de maio, em geral detêm mais gente na véspera dos feriados... havia ali uma mulher; o juiz de instrução telefonara para a sua casa, e ela de repente ouviu a voz do marido...

Era estranho, mas aqui, na sala de recepção do NKVD, a alma de Gênia estava mais tranquila e leve do que depois do banho na casa de Liudmila.

Como pareciam felizes as mulheres cujos pacotes eram aceitos.

Com um cochicho que mal dava para ouvir, alguém disse a seu lado:

— Quanto às pessoas que foram presas em 1937, eles inventam qualquer coisa. Para uma, disseram: "Está vivo e trabalha", daí ela veio pela segunda vez, e o mesmo empregado lhe deu um certificado: "Morto em 1939."

Entretanto, o homem no guichê ergueu os olhos para Gênia. Tinha o rosto comum de burocrata que na véspera trabalhara, talvez, na direção do corpo de bombeiros, e amanhã, se a chefia determinasse, preencheria documentos na seção de gratificações.

— Queria saber do preso Krímov, Nikolai Grigórievitch — disse Gênia, e teve a impressão de que mesmo quem não a conhecia notava que não estava falando com a sua voz de sempre.

— Quando foi preso? — indagou o empregado.

— Em novembro — ela respondeu.

Ele deu a ela um questionário e disse:

— Preencha, entregue-me sem entrar na fila, volte amanhã para a resposta.

Ao lhe entregar a folha, ele voltou a olhar para ela, e esse olhar instantâneo não era o olhar de um burocrata comum, e sim o olhar inteligente e que tudo guarda na memória de um funcionário dos órgãos de segurança.

Ela preencheu a folha e seus dedos tremiam como os do velho da Academia Timiriázev que havia pouco se sentara àquela mesa.

À pergunta sobre o parentesco com o preso ela respondeu: "Esposa", e sublinhou a palavra com um traço gordo.

Depois de entregar o questionário preenchido, sentou-se no divã e colocou o passaporte na bolsa. Transferiu algumas vezes o passaporte de um compartimento da bolsa para outro, e compreendeu que não tinha vontade de se separar das pessoas da fila.

Naquele minuto, só queria uma coisa: que Krímov soubesse que ela estava ali, que largara tudo por ele, que fora atrás dele.

Que ele apenas soubesse que ela estava ali, pertinho.

Ela caminhava pela rua; entardecia. Passara naquela cidade a maior parte de sua vida. Mas agora as exposições de pintura, os teatros, almoços em restaurantes, excursões a dachas, concertos sinfônicos, estavam tão distantes que pareciam não ter feito parte da sua vida. Stalingrado, Kúibichev, o rosto bonito de Nóvikov, que por vezes lhe parecia divinamente maravilhoso, tudo havia desaparecido. Restara apenas a recepção na Kuznétzki Most, 24, e ela tinha a impressão de caminhar por ruas desconhecidas de uma cidade desconhecida.

25

Tirando as galochas na entrada e cumprimentando a velha empregada doméstica, Chtrum deu uma olhada pela porta entreaberta do gabinete de Tchepíjin.

Ajudando Chtrum a tirar o casaco, a velha Natacha Ivánovna disse:

— Entre, entre, ele está à sua espera.

— Nadiejda Fiódorovna está em casa? — perguntou Chtrum.

— Não, foi ontem para a dacha com as sobrinhas. Viktor Pávlovitch, o senhor por acaso sabe se falta muito para acabar a guerra?

Chtrum falou:

— Dizem que uns conhecidos convenceram o chofer de Júkov a perguntar a ele quando acabaria a guerra. Júkov entrou no carro e logo perguntou ao chofer: "Diga, quando vai acabar esta guerra?"

Tchepíjin saiu ao encontro de Chtrum e disse:

— Minha velha, não fique retendo meus convidados. Convide os seus.

Ao visitar Tchepíjin, Chtrum normalmente ficava mais animado. Mesmo agora, embora seu coração estivesse angustiado, sentiu a leveza habitual, que se tornara rara.

Ao entrar no gabinete de Tchepíjin e examinar as prateleiras de livros, Chtrum normalmente fazia uma piada com as palavras de *Guerra e paz*: "Escreveram, sim, não estavam de brincadeira."

Desta vez também disse: "Escreveram, sim, não estavam de brincadeira."

A desordem nas estantes da biblioteca lembrava o caos aparente das oficinas da fábrica de Tcheliábinsk.

Chtrum perguntou:

— Seus filhos escreveram?

— Recebi uma carta do mais velho, o mais novo está no Extremo Oriente.

Tchepíjin tomou a mão de Chtrum, e o aperto silencioso exprimia aquilo que não precisava ser dito com palavras. E a velha Natacha Ivánovna foi até Viktor Pávlovitch e lhe beijou o ombro.

— Quais são as novas, Viktor Pávlovitch? — indagou Tchepíjin.

As mesmas de todo mundo. Stalingrado. Agora não há dúvida: Hitler *kaputt*. Quanto a mim, pessoalmente, nada de bom; pelo contrário, tudo vai mal.

Chtrum começou a narrar suas desgraças a Tchepíjin.

— Esposa e amigos me aconselham a me arrepender. Arrepender-me de ter razão.

Falava bastante de si e com sofreguidão, como um doente grave ocupado dia e noite com sua enfermidade.

Chtrum se retorcia e encolhia os ombros.

— Fico me lembrando o tempo todo daquela nossa conversa sobre o magma e de todo o lixo que sobe à superfície... Nunca tive tamanha escória ao meu redor. E por algum motivo isso tudo está coincidindo com os dias da vitória, o que é especialmente ultrajante, um ultraje inadmissível.

Olhou para o rosto de Tchepíjin e perguntou:

— Na sua opinião, é coincidência?

O rosto de Tchepíjin era surpreendente: simples, até rude, com maçãs salientes, de nariz arrebitado, de mujique, e, ao mesmo tempo, inteligente e fino a ponto de causar inveja a um londrino, a um lorde Kelvin.

Tchepíjin respondeu, sombrio:

— Quando acabar a guerra poderemos falar do que foi ou não coincidência.

— É possível que nessa época os porcos já tenham me devorado. Amanhã vão decidir a meu respeito no conselho científico. Ou seja, já decidiram na direção, no comitê do Partido, e no conselho científico vão formalizar: a voz do povo, a exigência da opinião pública.

Viktor Pávlovitch se sentia estranho ao conversar com Tchepíjin; falavam de fatos angustiantes de sua vida, mas sua alma por algum motivo ficara leve.

— E eu achava que agora o senhor seria levado em uma bandeja de prata, ou talvez até de ouro — disse Tchepíjin.

— E por quê? Pois eu levei a ciência ao pântano da abstração talmúdica e a distanciei da prática.

Tchepíjin disse:

— Sim, sim. Incrível! Veja, um homem ama uma mulher. Ela é o sentido de sua vida, sua felicidade, paixão e alegria. Mas ele, por algum motivo, tem que dissimular, seu sentimento é por algum motivo indecoroso e ele tem que dizer que dorme com a mulher porque ela lhe faz o almoço, costura as meias e lava a roupa.

Ergueu diante do rosto as mãos, com os dedos separados. Suas mãos também eram surpreendentes; pinças de trabalhador, fortes e ao mesmo tempo aristocráticas.

Subitamente, Tchepíjin ficou irado:

— Mas eu não me envergonho, não preciso de meu amor para fazer o meu almoço! O valor da ciência está na felicidade que ela traz às pessoas. Nossos acadêmicos, porém, assentem: a ciência é a serviçal da prática, ela trabalha de acordo com o princípio de Schedrin: "O que deseja?", e só por isso nós a apoiamos e toleramos. Não! As descobertas da ciência têm em si mesmas o mais alto valor! Elas aprimoram o homem mais do que as caldeiras a vapor, as turbinas, a aviação e toda a metalurgia, desde Noé até os dias de hoje! A alma, a alma!

— Estou com o senhor, Dmitri Pávlovitch, mas o camarada Stálin não concorda conosco.

— Em vão, em vão. Pois há ainda um outro lado da questão. O que hoje é uma abstração de Maxwell amanhã vira o sinal do rádio militar. A teoria dos campos magnéticos de Einstein, a mecânica quântica de Schrödinger e os conceitos de Bohr amanhã podem se transformar numa arma poderosa. Isso é que deveriam compreender. É tão simples que até um ganso entende.

Chtrum disse:

— Mas o senhor sentiu na própria pele a falta de vontade dos dirigentes políticos de reconhecer que a teoria de hoje vai se tornar a prática de amanhã.

— Não, foi o contrário — disse Tchepíjin, lentamente. — Eu não quis dirigir o instituto justamente porque sabia que a teoria de hoje vai virar a prática de amanhã. Mas é estranho, estranho: estava convicto de que a promoção de Chichakov estava ligada ao estudo da questão dos processos nucleares. E nessas questões não vão chegar a lugar nenhum sem o senhor... Na verdade, eu não apenas achava, como continuo achando.

Chtrum afirmou:

— Não entendo os motivos pelos quais o senhor se afastou do trabalho no instituto. Suas palavras não são claras para mim. Contudo, nossa direção não colocou diante do instituto as tarefas que o preocupavam. Isso está claro. Mas a chefia se engana em coisas mais evidentes. Pois o chefe ficou consolidando o tempo todo a amizade com os alemães, e nos últimos dias antes da guerra mandava a Hitler trens expressos com borracha e outras matérias-primas estratégicas. E no nosso caso... não é um pecado um grande político se enganar. Mas na minha vida tudo é ao contrário. Meus trabalhos de antes da guerra tinham ligação com a prática. Pois fui a Tcheliábinsk e ajudei a instalar equipamentos eletrônicos. E em tempos de guerra...

Fez um gesto de alegre desespero com a mão.

— Entrei em um labirinto; às vezes sinto medo, às vezes, embaraço. Ai, meu Deus... Tento estabelecer a física das interações nucleares, e aí desmoronam a gravidade, a massa, o tempo, o espaço se bifurca, não tem mais existência, só tem sentido matemático. No meu laboratório há um jovem talentoso, Savostiánov, e começamos uma vez a falar do meu trabalho. Ele me pergunta isso e aquilo. Digo a ele: isso ainda não é uma teoria, é um programa com algumas ideias. O espaço paralelo é apenas um índice numa equação, não uma realidade. A simetria só existe nas equações matemáticas, não sei se a física das partículas quer entrar nas minhas equações. Savostiánov ouviu, ouviu e então disse: "Lembro-me de um colega de faculdade que se enrolou com a solução de uma equação e disse: sabe, isso não é ciência, é uma cópula de cegos na urtiga..."

Tchepíjin riu:

— De fato, é estranho que o senhor não consiga conferir significado físico à sua matemática. Isto me lembra o gato do País das Maravilhas: primeiro aparece o sorriso, depois o gato.

Chtrum disse:

— Ai, meu Deus! Estou convencido no fundo da alma de que esse é o eixo principal da vida humana, ela passa exatamente por aí. Não vou mudar meu ponto de vista, nem renegar. Não vou renegar minha fé.

Tchepíjin disse:

— Compreendo o que seria para o senhor se afastar do laboratório onde logo, logo, pode aparecer a ligação entre a sua matemática e a física. É amargo, mas fico feliz pelo senhor: a honestidade não se apaga.

— Espero que não apaguem a mim — afirmou Chtrum.

Natacha Ivánovna trouxe chá e deslocou os livros para liberar espaço na mesa.

— Ah, limão! — disse Chtrum.

— O convidado é especial — disse Natacha Ivánovna.

— Um zero à esquerda — disse Chtrum.

— Alto lá — afirmou Tchepíjin. — Por que diz isso?

— É verdade, Dmitri Petróvitch, amanhã vão decidir a meu respeito. Estou sentindo. O que vou fazer depois de amanhã?

Puxou o copo de chá para si e, marcando com a colher na borda do pires o ritmo de seu desespero, afirmou, distraído:

— Ah, limão! — E desconcertou-se por ter proferido duas vezes as mesmas palavras, com a mesma entonação.

Ficaram em silêncio por algum tempo. Tchepíjin disse:

— Quero compartilhar umas ideias com o senhor.

— Por favor, sou todo ouvidos — disse Chtrum, distraído.

— Nada de especial, apenas manilovismos...[26] Sabe, a representação do universo infinito hoje já virou um truísmo. Um dia, a me-

---

[26] Inatividade, imaginação ociosa. De Manílov, personagem das *Almas mortas*, de Gógol.

tagaláxia vai se revelar um torrão de açúcar com o qual um liliputiano parcimonioso vai tomar seu chá, e o elétron ou o nêutron serão mundos povoados de Gullivers. Isso qualquer escolar já sabe.

Chtrum assentiu e pensou: "Manilovismos, realmente. Hoje o velho não está em boa forma." Ao mesmo tempo, imaginava Chichakov e a reunião do dia seguinte: "Não, não, não vou. Isso significaria arrepender-me ou discutir questões políticas, o que equivale ao suicídio..."

Bocejou imperceptivelmente e pensou: "É insuficiência cardíaca, o coração me faz bocejar."

Tchepíjin disse:

— Ao que parece, só Deus pode limitar o infinito... Pois para além do limite cósmico é inevitável reconhecer a força divina, não é?

— É claro, é claro — disse Chtrum, pensando: "Dmitri Petróvitch, hoje não estou para filosofia, posso ir para a cadeia. Com certeza! Em Kazan, falei com franqueza com aquele sujeito, Madiárov. Ou ele é um simples dedo-duro, ou vão colocá-lo na prisão e fazê-lo falar. Está tudo ruim ao meu redor, tudo."

Olhou para Tchepíjin, e Tchepíjin, seguindo seu olhar falsamente atento, continuou a falar:

— Acho que existe uma barreira que limita o infinito do universo: a vida. Essa barreira não está na curvatura de Einstein, e sim na oposição entre matéria viva e inanimada. Parece-me que a vida pode ser definida como liberdade. Vida é liberdade. O princípio fundamental da vida é a liberdade. Aí está o limite: entre liberdade e escravidão, matéria viva e inanimada. Daí pensei que a liberdade, depois de surgir, começou sua evolução. Ela seguiu dois caminhos. O homem é mais rico em liberdade que o protozoário. Toda evolução do mundo vivo é um movimento de graus inferiores de liberdade a graus superiores. Essa é a essência da evolução das formas vivas. A forma mais elevada é a mais rica em liberdade. Esse é o primeiro ramo da evolução.

Chtrum, meditativo, olhava para Tchepíjin, que acenou, como aprovando a atenção do ouvinte.

— Mas há também um segundo ramo da evolução, qualitativo, pensei. Hoje em dia, se considerarmos que cada pessoa pesa cinquenta quilos, a humanidade pesa cem milhões de toneladas. Isso é muito mais do que, digamos, há mil anos. A massa de matéria viva sempre vai aumentar à custa da inanimada. O globo terrestre vai ganhar vida gradualmente. O homem, depois de povoar os desertos e o Ártico, vai para debaixo da terra, aprofundando sempre os horizontes das cidades e campos subterrâneos. Vai ser o predomínio das massas vivas da Terra! Depois os planetas vão ganhar vida. Se você imaginar a evolução da vida no tempo, a conversão de matéria inanimada em viva acontecerá em escala galáctica. De inanimada, a matéria passará a ser viva, livre. A liberdade e a vida vão vencer a escravidão.

— Sim, sim — disse Chtrum, e riu. — Dá para extrair uma integral disso.

— O negócio é o seguinte — disse Tchepíjin. — Estudei a evolução das estrelas e compreendi que não dá para brincar nem com o movimento de uma manchinha cinza de muco viva. Pense no primeiro ramo da evolução, do mais baixo para o mais elevado. Chegaremos a um homem investido de todos os vestígios divinos: onipresente, onipotente, onisciente. No próximo século vai-se chegar à solução da transformação de matéria em energia e da criação de matéria viva. Paralelamente, haverá avanços na direção da conquista do espaço e na obtenção de velocidades extremas. Nos milênios mais distantes, o progresso caminhará na direção do domínio do aspecto mais elevado da energia: o psíquico.

E de repente tudo o que Tchepíjin dizia não soava mais a Chtrum como simples tagarelice. Ele não estava de acordo com o que dizia o anfitrião.

— O homem — continuou Tchepíjin — vai conseguir materializar nos indicadores dos aparelhos o conteúdo e o ritmo da atividade psíquica dos seres racionais de toda a metagaláxia. O movimento da energia psíquica no espaço, através do qual a luz voa por milhões de anos, será efetuado em um instante. Uma peculiaridade de Deus, a onipresença, será uma conquista da razão. Porém, ao conseguir a igualdade com Deus, o homem não vai se deter. Vai começar a resolver questões que estavam além de Deus. Vai estabelecer uma ligação consciente com seres racionais dos mais elevados estágios do universo, de outro espaço e outro tempo, para os quais toda a história da humanidade é um flash instantâneo e obscuro. Vai estabelecer uma ligação consciente com a vida no microcosmos, cuja evolução é apenas um breve instante para o homem. Vai ser a época da abolição completa do abismo espaço-tempo. O homem vai olhar para Deus de cima para baixo.

Chtrum moveu a cabeça e afirmou:

— Dmitri Petróvitch, inicialmente eu o escutei pensando: não estou para filosofias, posso ir para a cadeia, para que essa filosofia. E de repente me esqueci de Kóvtchenko, de Chichakov, do camarada Béria e de que amanhã podem me pegar pelo pescoço e expulsar do laboratório, e depois de amanhã me prender. Contudo, saiba que, ao escutá-lo, não senti alegria, mas desespero. Então nós somos sábios, e Hércules é um raquítico. Em nossa época, porém, os alemães matam velhos e crianças judias como cães raivosos, e nós tivemos 1937 e a coletivização total, com a deportação de milhões de camponeses infelizes, fome e canibalismo... Sabe, antes tudo me parecia simples e claro. Porém, depois de todas as perdas horríveis e desgraças, tudo se tornou complicado, confuso. O homem vai olhar para Deus de cima para baixo, mas também não vai olhar de cima para baixo para o Diabo, pois não o superou? O senhor diz que a vida é liberdade. Mas as pessoas nos campos de prisioneiros têm a mesma opinião? Essa vida poderosa, espalhada no universo, não está se convertendo na construtora de uma escravidão mais horrenda que a escravidão da matéria inanimada da qual o senhor falou? Pois me diga: esse homem do futuro vai superar Cristo em sua bondade? Isso é o principal! Diga-me, o que vai dar ao mundo essa criatura poderosa, onipresente e onisciente, se ela conservar essa nossa presunção e esse egoísmo zoológico atual, de classe, de raça, de Estado ou individual? Então me diga se o senhor acredita na evolução da bondade, da moral, da clemência, e se o homem é capaz de tal evolução.

Chtrum fez uma careta, culpado.

— Perdoe-me por insistir nessa questão, que me parece mais abstrata do que as equações de que vínhamos falando.

— Não é tão abstrata — disse Tchepíjin —, e por algum motivo ela também se refletiu na minha vida. Resolvi não participar de trabalhos ligados à fissão do átomo. O bem e a bondade de hoje não servem para levar o homem a uma vida sensata, como o senhor mesmo disse. O que vai acontecer se as forças da energia interna do átomo caírem nas garras do homem? Hoje a energia espiritual está em níveis deploráveis. Mas acredito no futuro! Acredito que vai se desenvolver não apenas o poder do homem, mas também sua alma e seu amor.

Ficou em silêncio, espantado com a expressão do rosto de Chtrum.

— Já pensei, já pensei muito nisso — disse Chtrum —, e fui tomado pelo pavor! Nós tememos a imperfeição do homem. Mas quem mais, digamos, no meu laboratório, pensa nisso? Sokolov? Um talento imenso, mas é acanhado, curva-se diante da força do Estado, pensa que nem Deus é mais poderoso. Márkov? É completamente alheio a questões de bem, mal, amor e moral. É um talento prático. Resolve problemas científicos como um estudioso de xadrez. Savostiánov? É amável, perspicaz, um físico maravilhoso, mas também leviano, um jovem vazio. Levou a Kazan um monte de fotografias de moças famosas em trajes de banho, adora dar uma de dândi, beber, dançar. Para ele, a ciência é um esporte: resolver uma questão e entender um fenômeno são a mesma coisa que estabelecer um recorde desportivo. O importante é não ficar para trás! Mas hoje nem eu penso a sério em tudo isso. Em nossos tempos, só devia se ocupar da ciência gente com grande alma, profetas, santos. Mas quem faz a ciência são talentos práticos, estudiosos de xadrez, desportistas. Não sabem o que fazem. Mas o senhor? O senhor é especial. Há de haver algum Tchepíjin em Berlim que não vai se recusar a trabalhar com os nêutrons! E então? E eu, e comigo, o que vai acontecer comigo? Tudo me parecia simples e claro, e agora não é, não é... Sabe, Tolstói considerava inúteis suas grandes obras. Nós, os físicos, não criamos nada genial, mas vivemos nos gabando.

Chtrum pestanejou rapidamente.

— Onde vou encontrar fé, força e firmeza? — dizia, depressa, fazendo ouvir o sotaque judeu em sua voz. — E o que posso lhe dizer? O senhor conhece a desgraça que se abateu sobre mim, e hoje me atacam só porque...

Não terminou de falar, levantou-se rapidamente, a colher caiu no chão. Tremia, e suas mãos tremiam.

— Viktor Pávlovitch, acalme-se, por favor — disse Tchepíjin. — Vamos falar de outra coisa.

— Não, não, perdão. Vou-me embora, não estou com cabeça para nada, perdoe-me.

Começou a se despedir.

— Obrigado, obrigado — disse Chtrum, sem olhar para o rosto de Tchepíjin e sentindo que não conseguia dominar a emoção.

Desceu pela escada com lágrimas a correr pelas faces.

26

Todos dormiam quando Chtrum voltou para casa. Ele teve a impressão de que ficaria sentado à mesa até o amanhecer, reescrevendo e relendo sua declaração de arrependimento e decidindo pela enésima vez se iria ou não ao instituto no dia seguinte.

Enquanto percorria o longo trajeto de volta para casa não pensou em nada; nem nas lágrimas na escada, nem na conversa com Tchepíjin, interrompida pelo repentino ataque de nervos, nem no terrível dia seguinte, nem na carta da mãe, que estava no bolso lateral do paletó. O silêncio das ruas noturnas o subjugara, e em sua cabeça tudo se tornara vazio, devassado e aberto como as clareiras despovoadas de Moscou à noite. Não se emocionava nem se envergonhava das lágrimas recentes, não temia o destino nem desejava um desfecho feliz.

De manhã, Chtrum foi ao banheiro, mas a porta estava trancada por dentro.

— Liudmila, é você? — perguntou.

Soltou um grito ao ouvir a voz de Gênia.

— Meu Deus, como veio parar aqui, Gênetchka? — ele disse e, confuso, fez uma pergunta estúpida: — Liuda sabe que você chegou?

Ela saiu do banheiro e eles se beijaram.

— Você parece mal — disse Chtrum, e acrescentou: — Isso é o que se chama um cumprimento judaico.

No corredor mesmo ela contou da prisão de Krímov e da finalidade de sua visita.

Ele ficou estupefato. Porém, depois de ouvir a notícia, ficou especialmente contente com a vinda da cunhada. Se Gênia tivesse chegado alegre e cheia de ideias sobre sua nova vida, ela não teria lhe parecido tão querida e próxima.

Falou com ela, interrogando-a e olhando o relógio o tempo todo.

— Como isso tudo é absurdo e insensato — ele disse. — Fico me lembrando das conversas com Nikolai, ele sempre queria fazer a minha cabeça. E agora isso! Eu, que sou um poço de heresia, passeio em liberdade, enquanto ele, um comunista convicto, está preso.

Liudmila Nikoláievna disse:

— Vítia, não se esqueça de que o relógio da sala de jantar está dez minutos atrasado.

Ele balbuciou qualquer coisa e foi para o quarto, olhando duas vezes para o seu relógio de pulso.

A sessão do conselho científico estava marcada para as onze horas da manhã. Em meio aos objetos e livros costumeiros, ele podia sentir com nitidez o aumento, próximo à alucinação, da tensão e da agitação no instituto. Dez e meia. Sokolov começa a tirar o avental. Savostiánov diz a Márkov, a meia-voz: "Sim, pelo visto o nosso doido decidiu não vir." Gurévitch, coçando o traseiro gordo, olha pela janela: um Zis chega ao instituto, Chichakov sai de dentro dele vestindo chapéu e uma longa capa de pastor. Em seguida chega outro carro: o jovem Badin. Kóvtchenko vai pelo corredor. Na sala de reuniões já há quinze pessoas, que folheiam jornais. Chegaram com antecedência, sabendo que haveria muita gente, e querendo ocupar os melhores lugares. Svetchin e Ramskov, o secretário do comitê geral do Partido no instituto, "com a marca do segredo na testa",[27] estão de pé, junto à porta do comitê. O velho acadêmico Prássolov, de cachos grisalhos, lançando o olhar para o alto, desliza pelo corredor; costuma falar de maneira incrivelmente torpe em sessões daquele tipo. A multidão de colaboradores científicos adjuntos chega fazendo barulho.

Chtrum olhou para o relógio, tirou sua declaração da mesa, colocou-a no bolso e voltou a olhar para o relógio.

Podia ir ao conselho científico e não se arrepender, assistir em silêncio... Não... Se fosse, não teria como ficar calado, e, se fosse falar, teria que se arrepender. Não comparecer simplesmente lhe cortaria todas as saídas...

Diriam: "Não encontrou coragem em si... opôs-se ostensivamente à coletividade... um desafio político... depois disso será preciso falar com ele em outra língua..." Tirou a declaração do bolso e imediatamente, sem ler, colocou-a de volta no bolso. Relera dezenas de vezes aquelas linhas: "Reconheço que, ao expressar desconfiança na direção partidária, tive uma conduta incompatível com as normas de comportamento do homem soviético, e por isso... Em meu trabalho, sem ter consciência, afastei-me da linha mestra da ciência soviética e me opus involuntariamente..."

Sentia vontade o tempo todo de reler a declaração, porém mal a tinha em mãos e cada palavra lhe parecia insuportavelmente familiar... O comunista Krímov estava preso, fora parar na Lubianka. E Chtrum, com suas dúvidas, com seu pavor do cruel Stálin, com suas conversas sobre liberdade e burocratismo, com sua história atual, de coloração política, deveria ter sido mandado para Kolimá havia muito tempo...

Nos últimos dias, era tomado pelo medo com frequência cada vez maior; tinha a impressão de que seria preso. Pois normalmente não se limitam a expulsar a pessoa do trabalho. Primeiro vêm as críticas, depois a demissão, depois a prisão.

---

[27] Verso de Nekrássov.

Voltou a olhar para o relógio. A sala já está cheia. Os que estão sentados olham para a porta, cochichando: "Chtrum não apareceu..." Alguém dirá: "Já é quase meio-dia, e nada de Viktor." Chichakov ocupa o assento da presidência e deposita o estojo dos óculos em cima da mesa. Ao lado de Kóvtchenko está uma secretária, que lhe levou papéis urgentes para assinar.

A expectativa impaciente e excitada de dezenas de pessoas reunidas na sala oprimia Chtrum de modo insuportável. Provavelmente, na Lubianka, na sala em que trabalha o homem que se interessa especialmente por ele, também estão esperando: será que ele não vem? Sentia e via um homem carrancudo do Comitê Central: como assim, não se dignou a comparecer? Via os conhecidos dizendo às esposas: "É doido." Em sua alma, Liudmila o condenava: Tólia dera a vida pelo Estado com o qual Viktor travara uma disputa em tempo de guerra.

Quando se lembrava de quantos parentes dele e de Liudmila haviam sido presos e vitimados pela repressão, tranquilizava-se com uma ideia: "Se perguntarem, direi que não tenho só gente assim ao meu redor; vejam Krímov, uma pessoa próxima, célebre comunista, velho membro do Partido, dos tempos da clandestinidade."

Mas olhe Krímov! Vão começar a interrogá-lo, e ele vai se lembrar de todas as conversas heréticas de Chtrum. Aliás, Krímov já não era uma pessoa tão próxima; Gênia se separara dele. E também não tivera conversas tão perigosas; antes da guerra, Chtrum não tinha dúvidas tão agudas. Ah, mas se interrogassem Madiárov...

Dezenas, centenas de esforços, pressões, empurrões e golpes confluíam para uma mesma resultante que parecia torcer-lhe as costelas e descoser-lhe os ossos do crânio.

As palavras do doutor Stockmann eram insensatas: forte é aquele que está sozinho... Onde ele era forte? Olhou ao redor furtivamente e, com trejeitos deploráveis e provincianos, pôs-se a dar apressadamente o nó na gravata, colocar os papéis no novo paletó de gala e calçar os novos sapatos amarelos.

Naquele momento em que estava de pé, vestido, junto à mesa, Liudmila Nikoláievna deu uma espiada no quarto. Foi até ele em silêncio, beijou-o e saiu do quarto.

Não, não leria seu arrependimento formal! Diria a verdade que lhe ia no coração: camaradas, meus amigos, ouvi-os com dor, com dor pensei como pode ter ocorrido que, nos dias felizes da reviravolta em Stalingrado, eu tenha ficado sozinho, a ouvir a reprovação colérica de meus camaradas, irmãos, amigos... juro a vocês: todo o meu cérebro, todo o sangue, as forças... Sim, sim, sim, agora sabia o que dizer... Mais rápido, mais rápido, chegaria a tempo... Camaradas... Camarada Stálin, vivi em erro, precisei chegar à beira do abismo para ver meus erros em toda a sua profundidade. Diria aquilo que tinha no fundo da alma! Camaradas, meu filho morreu em Stalingrado...

Chegou à porta.

Precisamente naquele último minuto tudo fora decidido em definitivo, bastava chegar depressa ao instituto, deixar o paletó no vestiário, entrar na sala, ouvir o sussurro alvoroçado de dezenas de pessoas, olhar para os rostos conhecidos e declarar: "Peço a palavra, desejo falar aos camaradas sobre o que pensei e senti nesses dias..."

Contudo, precisamente naquele instante ele tirou o paletó com movimentos lentos e depositou-o nas costas da cadeira, desfez o nó da gravata, enrolou-a e colocou na ponta da mesa, sentou-se e pôs-se a desamarrar os sapatos.

Uma sensação de ligeireza e pureza se apossou dele. Ficou sentado, em meditação tranquila. Não acreditava em Deus, mas, por algum motivo, naquele instante, teve a impressão de que Deus o observava. Jamais na vida experimentara tamanha felicidade e, ao mesmo tempo, tamanha sensação de humildade. Já não havia força capaz de lhe subtrair a razão.

Pôs-se a pensar na mãe. Talvez ela estivesse a seu lado quando ele inconscientemente mudou sua decisão. Pois no minuto anterior quisera, com absoluta sinceridade, exprimir um arrependimento histérico. Não pensava em Deus, não pensava na mãe quando tomara de maneira inabalável sua decisão final. Contudo, estavam a seu lado, embora não pensasse neles.

"Como estou bem, estou feliz", pensou.

Voltou a imaginar a reunião, os rostos das pessoas, as vozes dos palestrantes.

"Como estou bem, que luminoso", voltou a pensar.

Tinha a impressão de jamais ter pensado tão seriamente na vida, nas pessoas próximas, na compreensão de si, em seu destino.

Liudmila e Gênia entraram no quarto dele. Liudmila, ao vê--lo sem paletó, de meia, com os botões da camisa abertos, soltou uma exclamação de velha.

— Meu Deus, você não foi! O que vai ser de nós agora?

— Não sei — ele disse.

— Talvez ainda não seja tarde — ela disse, depois observou-o e acrescentou: — Não sei, não sei, você é adulto. Porém, ao decidir essas questões, não deveria pensar só nos seus princípios.

Ele ficou quieto, depois suspirou.

Gênia disse:

— Liudmila!

— Tudo bem, tudo bem — disse Liudmila —, o que tiver de ser, será.

— Sim, Liúdotchka — ele disse —, "ainda temos uma longa caminhada pela frente".[28]

Ele cobriu o pescoço com a mão e riu:

— Perdão, Geneviève, estou sem gravata.

Olhou para Liudmila Nikoláievna e para Gênia e teve a impressão de que só agora entendia de verdade como era sério e difícil viver na Terra e como eram significativas as relações com as pessoas próximas.

Compreendia que a vida continuaria como de costume e voltaria a se irritar e se preocupar com bobagens, e a se zangar com a mulher e a filha.

— Querem saber de uma coisa, chega de falar de mim — disse. — Gênia, vamos jogar xadrez, lembra-se de quando me deu xeque-mate duas vezes seguidas?

Dispuseram as peças no tabuleiro, e Chtrum, que jogava com as brancas, fez o primeiro movimento com o peão do rei. Gênia disse:

— Nikolai, com as brancas, sempre começava pelo peão do rei. Será que vão me responder alguma coisa hoje na Kuznétzki?

Liudmila Nikoláievna, inclinando-se, colocou chinelos debaixo dos pés de Chtrum. Sem olhar, ele tentava colocar os pés nos chinelos, e Liudmila Nikoláievna, suspirando rabugenta, abaixava-se e calçava-lhe os chinelos. Ele beijou a cabeça dela e proferiu, distraído:

— Obrigado, Liúdotchka, obrigado.

Gênia, ainda sem fazer seu primeiro movimento, sacudiu a cabeça.

— Não, não consigo entender. O trotskismo é coisa velha. O que aconteceu, o quê, o quê?

Liudmila Nikoláievna, alinhando os peões brancos, disse:

---

[28] Aforisma de Avvakum Petrov (1620-1682), líder do cisma dos Velhos Crentes na Igreja Ortodoxa Russa.

— Hoje à noite quase não dormi. Um comunista tão devotado e idealista!

— Você tem que admitir que dormiu lindamente a noite inteira — disse Gênia. — Acordei algumas vezes e você estava roncando o tempo todo.

Liudmila Nikoláievna ficou brava:

— Não é verdade, eu literalmente não preguei o olho.

E, respondendo em voz alta ao pensamento que a preocupava, disse ao marido:

— Não é nada, não é nada, só não vá preso. E, se privarem você de tudo, eu não tenho medo; vendemos as coisas, vamos para a dacha, eu vou ao mercado vender morango. Vou ensinar química na escola.

— Vão tomar a dacha — disse Gênia.

— Será que você não entende que Nikolai não tem culpa de nada? — disse Chtrum. — Não é dessa geração, pensa com outro sistema de coordenadas.

Estavam sentados em torno do tabuleiro de xadrez, observavam as peças, o único peão, que fizera o único movimento, e conversavam.

— Gênia, querida — disse Viktor Pávlovitch —, você se comportou de acordo com a sua consciência. Acredite, é a melhor coisa que foi dada ao homem. Não sei o que a vida vai lhe trazer, mas estou seguro de que hoje se comportou de acordo com a sua consciência; nossa maior desgraça é não vivermos de acordo com a nossa consciência. Não dizemos o que pensamos. Sentimos uma coisa e fazemos outra. Lembre-se do que Tolstói disse sobre a pena de morte: "Não posso me calar!" Mas nós nos calamos em 1937, quando executaram milhares de inocentes. E os que se calaram foram os melhores! Pois ainda houve aprovação ruidosa. Calamo-nos na época dos horrores da coletivização geral. E também acho que falamos muito cedo em socialismo: ele não consiste apenas em indústria pesada. Antes de tudo, ele consiste no direito à consciência. Privar o ser humano do direito à consciência é um horror. E se a pessoa encontra forças para agir de acordo com sua consciência, sente um enorme afluxo de felicidade. Estou feliz por ter se comportado de acordo com a sua consciência.

— Vítia, pare de pregar como Buda e de confundir o bom senso dessa boba — disse Liudmila Nikoláievna. — O que tem a ver a consciência? Ela está se destruindo, torturando um homem bom, e que proveito Krímov tira disso? Não acho que ela possa ser feliz, nem que o libertem. Ele estava perfeitamente em ordem quando se separaram, e a consciência dela está limpa diante dele.

Ievguênia Nikoláievna pegou o rei do tabuleiro, girou-o no ar, olhou para o feltro grudado no fundo e voltou a colocá-lo no lugar.

— Liuda — ela disse —, o que é isso de felicidade? Não estou pensando em felicidade.

Chtrum olhou para o relógio. O mostrador parecia-lhe tranquilo, e os ponteiros, sonolentos e pacíficos.

— Agora o debate deve estar no auge. Estão me amaldiçoando de tudo quanto é jeito, mas não sinto ultraje nem ódio.

— Mas eu quebraria a cara de todos aqueles sem-vergonhas — disse Liudmila — que o chamavam de esperança da ciência e que agora te cospem na cara. Gênia, quando você vai à Kuznétzki?

— Lá pelas quatro.

— Precisa comer primeiro.

— O que temos hoje para o almoço? — perguntou Chtrum e, rindo, acrescentou: — Ouçam, minhas damas, queria lhes pedir uma coisa.

— Já sei, já sei. Quer trabalhar um pouco — disse Liudmila Nikoláievna, levantando-se.

— Outra pessoa estaria dando com a cabeça na parede em um dia como esses — disse Gênia.

— Esse é meu ponto fraco, não o forte — disse Chtrum. — Ontem Tchepíjin falou de ciência comigo. Mas tenho outra visão, outro ponto de vista. Um pouco como Tolstói: ele tinha dúvidas, atormentava-se se a litcratura era necessária às pessoas, se eram necessários os livros que ele escrevia.

— Quer saber de uma coisa? — disse Liudmila. — Primeiro escreva o *Guerra e paz* da física.

Chtrum ficou terrivelmente embaraçado.

— Sim, sim, Liúdotchka, você tem razão, falei bobagem — ele murmurou, olhando para a mulher com reprovação involuntária. — Meu Deus, mesmo nessas horas tenho que dominar cada palavra em falso.

Voltou a ficar sozinho. Releu as anotações feitas na véspera enquanto pensava no dia de hoje. Por que se sentiu melhor quando Liudmila e Gênia saíram do quarto? Na presença delas, surgira-lhe uma sensação de estar sendo falso. Havia falsidade em sua proposta de jogar xadrez, em seu desejo de trabalhar. Obviamente, Liudmila também sentira aquilo, chamando-o de Buda. Ele mesmo, ao proferir seu elogio à consciência, sentia como sua voz soava falsa e inexpressiva. Temendo que desconfiassem de presunção de sua parte, esforçara-se por entabular conversas corriqueiras, mas, nessa simplicidade forçada, assim como nos sermões em cima do púlpito, também havia falsidade.

Incomodava-o uma sensação de obscura intranquilidade, que ele não conseguia entender: faltava-lhe algo.

Levantou-se algumas vezes, foi até a porta, ouviu as vozes da mulher e de Ievguênia Nikoláievna.

Não tinha vontade de saber o que fora dito na reunião, quem se pronunciara com especial intolerância e ódio, que resoluções haviam sido tomadas. Escreveria uma breve carta a Chichakov: adoecera e não poderia ir ao instituto nos próximos dias. Mais tarde, isso deixaria de ser necessário. Estaria sempre pronto para ser útil na medida do possível. Em suma, era tudo.

Por que, nos últimos tempos, tinha tanto medo da prisão? Pois não tinha feito nada. Falara demais. Bem, na verdade nem tanto. E eles sabiam.

Mas a sensação de intranquilidade não ia embora, e ele olhava para a porta com impaciência. Seria vontade de comer? Provavelmente teria de se despedir da loja especial. Do famoso refeitório também.

Ouviu-se uma campainha baixa na entrada, e Chtrum, correndo impetuosamente pelo corredor, gritou na direção da cozinha:

— Eu atendo, Liudmila.

Abriu a porta, e os olhos agitados de Mária Ivánovna fitaram-no na penumbra da entrada.

— Ah, olha só — ela disse, baixinho. — Eu sabia que o senhor não ia.

Ajudando-a a tirar o casaco, e sentindo com as mãos o calor de seu pescoço e nuca, que haviam se transmitido à gola do agasalho, Chtrum subitamente adivinhou que estivera à sua espera, e pressentindo sua chegada apurara o ouvido e olhara para a porta.

Deu-se conta disso devido ao sentimento natural de leveza e alegria que experimentou assim que a viu. Então era ela que ele queria encontrar quando voltava à noite do instituto, com a alma pesada, observando os transeuntes com angústia, buscando rostos femininos atrás das janelas dos trens e trólebus. E quando, ao chegar em casa, perguntava a Liudmila Nikoláievna: "Não veio ninguém?", era ela que ele queria saber se tinha vindo. Tudo isso já ocorria havia muito tempo... Ela vinha, eles conversavam, brincavam, ela ia e ele, aparentemente, se esquecia dela. Ela surgia em sua memória quando ele conversava com Sokolov, quando Liudmila Nikoláievna lhe transmitia saudações de sua parte. Ela parecia não existir para além daqueles minutos em que ele a via ou lhe dizia como era encantadora. Às vezes, desejando provocar Liudmila, dizia-lhe que sua amiga não tinha lido nem Púchkin, nem Turguêniev.

Passeara com ela no Jardim Neskútchni, e tivera prazer em contemplá-la, agradava-lhe que ela o compreendesse fácil e rapidamente, sem jamais se enganar; ficava tocado com a expressão infantil de atenção com a qual ela o ouvia. Então se despediam, e ele parava de pensar nela. Então lembrava-se dela, como quando andava pela rua, e voltava a se esquecer.

E eis que agora ele sentia que ela nunca deixara de estar com ele, e que apenas parecera não estar. Ela estava ao seu lado mesmo quando ele não pensava nela. Ele não a via, não se lembrava dela, mas ela continuava a estar ali. Sem pensar nela, ele sentia que ela não estava perto, e não entendia que constantemente, até quando não pensava nela, ficava inquieto com a sua ausência. E naquele dia em que ele compreendia a si e às pessoas que viviam a seu lado com especial profundidade, ao observar seu rosto, entendeu seus sentimentos. Alegrava-se ao vê-la porque a constante sensação de tormento em razão de sua ausência cessava repentinamente. Sentia-se aliviado por estar com ela, e deixava de sentir inconscientemente a sua ausência. Nos últimos tempos, sentia-se sempre só. Sentia solidão ao conversar com a filha, com os amigos, com Tchepíjin, com a esposa. Mas bastava ver Mária Ivánovna que a sensação de solidão desaparecia.

Tal descoberta não o espantou; era natural e indiscutível. Como é que havia um mês, havia dois meses, quando ainda vivia em Kazan, não compreendera o que era simples e indiscutível?

E, claro, no dia em sua ausência parecia especialmente forte, seu sentimento subira das profundezas à superfície, e aflorara em seu pensamento.

E, como era impossível esconder dela o que acontecia, logo na entrada, franzindo o cenho e fitando-a, ele disse:

— O tempo todo eu achava que estava faminto, e ficava olhando para a porta para ver se me chamavam logo para o almoço, mas acontece que o que eu realmente estava esperando era Mária Ivánovna.

Ela não disse nada, como se não tivesse ouvido, e entrou na sala.

Sentou-se no sofá, ao lado de Gênia, à qual foi apresentada, e Viktor Pávlovitch deslocou o olhar do rosto de Gênia para o de Mária Ivánovna, depois para o de Liudmila.

Como as irmãs eram bonitas! Naquele dia, o rosto de Liudmila Nikoláievna parecia especialmente belo. A severidade que o estragava sumira. Seus grandes olhos claros fitavam com suavidade, com tristeza.

Gênia arrumou os cabelos, obviamente sentindo em si o olhar de Mária Ivánovna, que disse:

— Perdão, Ievguênia Nikoláievna, mas jamais imaginei que uma mulher pudesse ser tão bonita. Nunca vi um rosto como o seu.

Ao dizer isso, enrubesceu.

— Máchenka, olhe para as mãos e os dedos dela — disse Liudmila Nikoláievna —, para o pescoço e o cabelo.

— E as narinas, as narinas — disse Chtrum.

— Vocês acham que eu sou o quê, uma égua? — disse Gênia. — Era só o que me faltava.

— Cavalo amarrado também pasta — disse Chtrum, e, embora o significado das palavras não estivesse claro, todos riram.

— Vítia, não está com fome? — perguntou Liudmila Nikoláievna.

— Não, não — ele disse, e viu como Mária Ivánovna enrubesceu. Ou seja, ela *tinha* ouvido o que ele dissera na entrada.

Estava sentada, cinzenta como um pardal, delgada, com o cabelo penteado como uma professora do povo, sobre uma testa proeminente e baixa, usando uma blusinha de tricô cerzida no cotovelo, e cada palavra dita por ela parecia a Chtrum repleta de inteligência, delicadeza e bondade, e cada movimento exprimia graça e leveza.

Ela não falou da sessão do conselho científico. Quis saber notícias de Nádia, pediu a Liudmila Nikoláievna *A montanha mágica*, de Mann, perguntou a Gênia de Vera e seu filho pequeno, e do que Aleksandra Vladímirovna contava de Kazan.

Chtrum não entendeu de súbito que Mária Ivánovna havia encontrado o único caminho possível para a conversa. Era como se ela sublinhasse que não havia força capaz de impedir as pessoas de serem pessoas, que o Estado mais poderoso era impotente para se imiscuir no círculo de pais, filhos e irmãs, e que, naquele dia fatídico, sua admiração pelas pessoas com as quais estava agora sentada exprimia-se no fato de que sua vitória dava-lhes o direito de falar não do que era imposto de fora, mas do que existia dentro delas.

Ela intuíra com acerto e, enquanto as mulheres falavam de Nádia e do bebê de Vera, ele ficou sentado em silêncio, sentindo como a luz que ardia em si era uniforme e quente, sem vacilar nem se turvar.

Teve a impressão de que o fascínio de Mária Ivánovna cativara Gênia. Liudmila Nikoláievna foi até a cozinha, e Mária Ivánovna seguiu para ajudá-la.

— Que pessoa encantadora — disse Chtrum, pensativo.

Gênia o chamou, brincando:

— Vitka! Ei, Vitka!

Ficou perplexo com o tratamento inesperado; não era chamado de Vitka fazia vinte anos.

— Essa senhorita está apaixonada pelo senhor como uma gatinha — disse Gênia.

— Que bobagem — ele disse. — E por que senhorita? Ela pode ser tudo, menos uma senhorita. E Liudmila nunca fez amizade com mulher nenhuma. Mas de Mária Ivánovna é amiga de verdade.

— E o senhor? — indagou Gênia, irônica.

— Estou falando sério — disse Chtrum.

Ao perceber que ele se zangara, ela o fitou, dando risada.

— Quer saber de uma coisa, Gênetchka? Vá para o diabo — ele disse.

Naquela hora Nádia chegou. De pé na entrada, perguntou rápido:

— Papai foi se arrepender?

Entrou na sala. Chtrum abraçou-a e a beijou.

Ievguênia Nikoláievna fitou a sobrinha com olhos úmidos.

— Puxa, ela não tem nenhuma gota do nosso sangue eslavo — disse. — É uma moça completamente judia.

— Os genes de papai — disse Nádia.

— Tenho um fraco por você, Nádia — disse Ievguênia Nikoláievna. — O que Serioja era para vovó, você é para mim.

— Fique tranquilo, papai, nós vamos alimentá-lo — disse Nádia.

— Quem somos nós? — perguntou Chtrum. — Você e o seu tenente? Lave as mãos ao voltar da escola.

— Com quem mamãe está falando?

— Com Mária Ivánovna.

— Você gosta de Mária Ivánovna? — perguntou Ievguênia Nikoláievna.

— Para mim, é a melhor pessoa do mundo — disse Nádia. — Eu me casaria com ela.

— Bondosa, um anjo? — perguntou Ievguênia Nikoláievna, com ironia.

— Tia Gênia não gostou dela?

— Não gosto dos santos, sua santidade esconde a histeria — disse Ievguênia Nikoláievna. — Prefiro os que são abertamente maus.

— Histeria? — perguntou Chtrum.

— Viktor, juro que não estou falando dela, mas em termos gerais.

Nádia foi até a cozinha, e Ievguênia Nikoláievna disse a Chtrum:

— Quando morava em Stalingrado, Vera tinha um tenente. E agora também apareceu um tenente para Nádia. Eles aparecem e somem! Morrem tão fácil. Vítia, como isso é triste!

— Gênetchka, Geneviève — perguntou Chtrum —, você realmente não gostou de Mária Ivánovna?

— Não sei, não sei — ela disse, apressadamente. — Algumas mulheres se acomodam tão fácil, parecem sempre prontas para o sacrifício. Uma mulher desse tipo não diz: "Durmo com o homem porque tenho vontade", e sim "é o meu dever, isso me pesa, faço um sacrifício". Essas mulheres têm relações com homens, juntam-se a eles e se separam porque têm vontade, mas dizem outra coisa: "Era necessário, o dever mandava, a consciência, eu me recusei, eu me sacrifiquei." Mas ela não sacrificou nada, fez o que queria, e o mais infame é que essas damas acreditam sinceramente em seu sacrifício. Isso eu não posso suportar! E sabe por quê? Muitas vezes tenho a impressão de que sou desse tipo.

Durante o almoço, Mária Ivánovna disse a Gênia:

— Ievguênia Nikoláievna, se me permitir, eu poderia ir junto com a senhora. Tenho uma triste experiência nesses assuntos. É um pouco mais fácil quando vamos com alguém.

Confusa, Gênia respondeu:

— Não, não, muito obrigada, esses assuntos a gente tem que resolver sozinha. Não se deve dividir o peso com ninguém.

Liudmila Nikoláievna olhou de soslaio para a irmã e, como se lhe explicasse sua franqueza com Mária Ivánovna, disse:

— Máchenka colocou na cabeça que você não gostou dela.

Ievguênia Nikoláievna não respondeu.

— Sim, sim — disse Mária Ivánovna. — Eu sinto. Mas a senhora me perdoe pelo que disse. Foi uma estupidez. Que importância tenho para a senhora? Liudmila Nikoláievna fez mal em dizer isso. E agora ficou parecendo que eu me ofereci para tentar mudar a sua impressão. Falei sem pensar. E normalmente eu...

Ievguênia Nikoláievna, surpreendendo-se consigo mesma, disse, com total franqueza:

— O que é isso, minha querida, o que é isso? Me perdoe por isso, meus sentimentos estão em uma desordem enorme. A senhora é boa.

Depois, erguendo-se rapidamente, disse:

— Bem, meus filhos, como dizia mamãe: "Está na minha hora!"

27

Havia muita gente na rua.

— Está com pressa? — Chtrum perguntou. — Podemos ir de novo ao Neskútchni.

— Como? As pessoas já estão voltando do serviço, e preciso chegar a tempo para receber Piotr Lavriéntievitch.

Ele pensou que ela o convidaria a entrar para ouvir a narração de Sokolov da sessão do conselho científico. Mas ela ficou em silêncio, e ele desconfiou de que Sokolov receava um encontro com ele.

Ofendeu-se com a pressa de Mária Ivánovna em voltar para casa, embora aquilo fosse completamente natural.

Passaram em frente ao jardim público, não muito distante da rua que levava ao monastério Donskoi.

Ela parou subitamente e disse:

— Vamos sentar um minuto, depois eu pego o trólebus.

Ficaram sentados em silêncio, mas ele sentia a comoção dela. Inclinando ligeiramente a cabeça, fitava Chtrum nos olhos.

Continuaram em silêncio. Os lábios dela estavam apertados, mas ele tinha a impressão de ouvir sua voz. Tudo estava claro, tão claro como se já tivessem dito tudo um ao outro. Aliás, o que as palavras podiam fazer?

Ele compreendia que algo de inusitadamente sério estava ocorrendo, que uma nova marca seria impressa em sua vida, e perturbações graves o esperavam. Não queria levar sofrimento às pessoas, talvez fosse melhor ninguém saber do seu amor, e inclusive que eles não falassem disso um ao outro. Mas talvez... Contudo, o que estava acontecendo agora, sua tristeza e alegria, eles não tinham como ocultar um do outro, e isso acarretava mudanças inevitáveis e reviravoltas. Tudo o que sucedia dependia deles, mas ao mesmo tempo parecia ser uma fatalidade à qual não tinham como não se submeter. Tudo o que surgira entre eles era verdadeiro, natural e não dependia deles, como não depende do homem a luz do dia. Ao mesmo tempo, essa verdade dera origem a uma inevitável mentira, falsidade e crueldade com relação às pessoas mais próximas. Dependia apenas deles acabar com essa mentira e crueldade, renunciando à luz clara e natural.

Uma única coisa era evidente para Chtrum: naqueles instantes, perdera a paz de espírito para sempre. O que quer que acontecesse mais adiante, seu espírito não teria paz. Se escondesse seu sentimento pela mulher sentada a seu lado ou se o tirasse para fora e o transformasse em seu novo destino, não voltaria a conhecer a paz. Na constante saudade dela, ou no peso na consciência ao estarem juntos, não conheceria a paz.

Entretanto, ela continuava a fitá-lo com uma expressão insuportável de felicidade e desespero.

Ele, contudo, não cedeu, suportou o choque daquela força imensa e impiedosa, sentindo-se fraco e impotente ali, naquele banco.

— Viktor Pávlovitch — ela disse —, já está na minha hora. Piotr Lavriéntievitch está me esperando.

Tomou a mão dele e disse:

— Não vamos mais nos ver. Dei minha palavra a Piotr Lavriéntievitch de não me encontrar com o senhor.

Ele sentiu o pânico que acomete as pessoas que morrem de doença cardíaca; o coração, cujo batimento é involuntário, parou, o universo começou a oscilar, a cair, e a terra e o ar desapareceram.

— Por quê, Mária Ivánovna? — ele perguntou.

— Piotr Lavriéntievitch pediu a minha palavra de que eu deixaria de me encontrar com o senhor. Dei minha palavra. Isso é horrível, eu sei, mas o estado dele... Ele está doente, temo pela sua vida.

— Macha — disse Chtrum.

Na voz dela, em seu rosto, havia uma força tão inabalável quanto aquela com a qual vinha se defrontando nos últimos tempos.

— Macha — repetiu.

— Meu Deus, o senhor está entendendo, está vendo, não estou escondendo nada, para que falar disso tudo? Não posso, não posso. Piotr Lavriéntievitch aguentou tanta coisa. O senhor mesmo sabe. Lembre-se do sofrimento que se abateu sobre Liudmila Nikoláievna. É impossível.

— Sim, sim, não temos o direito — ele disse.

— Meu querido, meu bom, meu pobre, luz da minha vida — ela disse.

O chapéu dele caiu no chão, e as pessoas, pelo visto, olhavam para eles.

— Sim, sim, não temos o direito — ele repetiu.

Beijou as mãos dela e, ao ter nas mãos seus pequenos dedos frios, teve a impressão de que a força inabalável de sua decisão de não se encontrar com ele estava ligada à fraqueza, à submissão, à impotência...

Mária Ivánovna levantou-se do banco, caminhando sem olhar para trás, e ele ficou sentado, pensando que pela primeira vez fitara a felicidade nos olhos, a luz de sua vida, e tudo aquilo lhe fugira. Tinha a impressão de que aquela mulher cujos dedos acabara de beijar teria podido substituir tudo o que desejara e com que sonhara na vida: a ciência, a glória e a alegria do reconhecimento público.

28

No dia seguinte, depois da sessão do conselho científico, Savostiánov telefonou a Chtrum, perguntando dele e da saúde de Liudmila Nikoláievna.

Chtrum perguntou da sessão, e Savostiánov respondeu:

— Viktor Pávlovitch, não desejo transtorná-lo, mas existem por aí mais nulidades do que eu pensava.

"Será que Sokolov se pronunciou?", pensou Chtrum, e indagou:

— E chegaram a uma resolução?

— Cruel. Algumas coisas foram consideradas incompatíveis, e pediu-se à direção que reavaliasse algumas questões de...

— Entendi — disse Chtrum e, embora estivesse certo de que seria adotada uma resolução exatamente daquele gênero, ficou desorientado e surpreso.

"Não sou culpado de nada", pensou, "mas é claro que serei preso. Eles sabiam que Krímov não era culpado, e o prenderam mesmo assim".

— Alguém votou contra? — perguntou Chtrum, e a linha telefônica levou a ele o constrangimento silencioso de Savostiánov.

— Não, Viktor Pávlovitch, parece que foi aprovada por unanimidade — disse Savostiánov. — O senhor se prejudicou muito ao não vir.

Ouvia-se mal a voz de Savostiánov, que evidentemente ligara de um telefone público.

Naquele mesmo dia Anna Stepánovna ligou. Ela já havia sido dispensada do trabalho, não ia mais ao instituto e não sabia da sessão do conselho científico. Disse que passaria dois meses na casa da irmã, em Múrom, e comoveu Chtrum com sua amabilidade, convidando-o a visitá-la.

— Obrigado, obrigado — disse Chtrum. — Se eu for a Múrom não será a passeio, mas para ensinar física em alguma escola técnica.

— Por Deus, Viktor Pávlovitch — disse Anna Stepánovna. — Por que está lhe acontecendo tudo isso? Estou desesperada, foi tudo por minha causa. Eu mereço isso tudo?

Obviamente tomara as palavras dele sobre a escola técnica como reprovação. Sua voz também se ouvia mal, e ela evidentemente não ligava de casa, mas de um telefone público.

"Será que Sokolov se pronunciou?", Chtrum se perguntava.

Tchepíjin ligou tarde da noite. Naquele dia, Chtrum, assim como um doente grave, só se animava quando falava de sua enfermidade. Pelo visto, Tchepíjin sentira aquilo.

— Será que Sokolov se pronunciou, será que se pronunciou? — Chtrum perguntou a Liudmila Nikoláievna, mas era claro que ela, assim como ele, não sabia se Sokolov havia dito algo.

Uma espécie de teia de aranha surgira entre ele e as pessoas próximas.

Savostiánov, evidentemente, tinha medo de falar do que interessava a Viktor Pávlovitch, pois não queria ser seu informante. Provavelmente pensava: "Chtrum vai encontrar gente do instituto e dizer: 'Já estou sabendo de tudo, Savostiánov me colocou a par de todos os pormenores.'"

Anna Stepánovna fora muito amável, mas, em uma situação daquelas, deveria ter ido até a casa de Chtrum em vez de se limitar ao telefone.

E Tchepíjin, refletia Viktor Pávlovitch, deveria ter lhe proposto uma colaboração com o Instituto de Astrofísica, ou pelo menos mencionado o assunto.

"Estão ofendidos comigo, e eu estou ofendido com eles; melhor que não tivessem telefonado", pensou.

Mas ficou ainda mais ofendido com os que não telefonaram.

Esperou o dia inteiro ligações de Gurévitch, Márkov, Pímenov.

Depois ficou zangado com os mecânicos e eletricistas que trabalhavam na montagem da instalação.

"Filhos da puta", pensou. "São operários, não têm nada a temer."

Era insuportável pensar em Sokolov. Piotr Lavriéntievitch mandou Mária Ivánovna não ligar para Chtrum! Dava para perdoar todos: velhos conhecidos, até parentes e colegas. Mas um amigo! Pensar em Sokolov lhe despertava tamanho ódio e um ultraje tão tormentoso que era difícil respirar. E, ao mesmo tempo que pensava na traição do amigo, Chtrum, sem se dar conta, buscava a justificativa de sua própria traição a ele.

Nervoso, escreveu a Chichakov uma carta completamente inútil, na qual pedia para ser informado da decisão da direção do instituto, pois, por motivo de doença, não poderia trabalhar no laboratório nos próximos dias.

Não houve um único telefonema durante todo o dia seguinte.

"Está certo, vão mesmo me prender", pensou Chtrum.

Tal ideia já não o torturava, e quase o consolava. Como um doente se consolando com a seguinte ideia: "Tudo bem: doentes ou não, morreremos todos."

Viktor Pávlovitch disse a Liudmila Nikoláievna:

— A única pessoa que nos traz notícias é Gênia. Tudo bem que são notícias da sala de recepção do NKVD.

— Agora estou convencida — disse Liudmila Nikoláievna — de que Sokolov se pronunciou no conselho científico. Não dá para explicar o silêncio de Mária Ivánovna de outro jeito. Está com vergonha de telefonar depois disso. Se bem que eu poderia ligar para ela de dia, quando ele está no trabalho.

— De jeito nenhum! — bradou Chtrum. — Ouça, Liudmila Nikoláievna, de jeito nenhum!

— O que eu tenho a ver com as suas relações com Sokolov? — disse Liudmila Nikoláievna. — Tenho minhas próprias relações com Macha.

Não tinha como dizer a Liudmila por que ela não podia ligar para Mária Ivánovna. Tinha vergonha da ideia de que Liudmila, sem saber, fosse a ligação involuntária entre Mária Ivánovna e ele.

— Liuda, agora nossa ligação com as pessoas só pode ser unilateral. Se um homem é preso, sua mulher só pode visitar as pessoas que a chamam. Ela não tem direito de dizer: quero visitar vocês. Seria uma humilhação para ela e para seu marido. Entramos em uma nova época. Não podemos escrever cartas a ninguém, só responder. Não podemos ligar para ninguém, só tirar o fone do gancho quando alguém liga. Não temos direito de cumprimentar primeiro um conhecido; pode ser que ele não queira nos cumprimentar. E, se me cumprimentarem, não tenho direito de ser o primeiro a falar. Talvez achem possível acenar-me com a cabeça, mas não queiram falar comigo. Se falarem, então eu respondo. Entramos para a grande casta dos intocáveis.

Calou-se.

— Porém, para felicidade dos intocáveis, há exceções a esta lei. Há uma ou duas pessoas — não falo das próximas, como sua mãe e Gênia — que merecem a maior confiança por parte dos intocáveis. Dá para escrever e telefonar para eles sem esperar pelo sinal de permissão. Por exemplo, Tchepíjin!

— Você tem razão, Vítia, tudo isso é verdade — disse Liudmila Nikoláievna, e suas palavras o surpreenderam. Fazia muito tempo que ela não lhe dava razão em nada. — Eu também tenho uma amiga dessas: Mária Ivánovna!

— Liuda! — ele disse. — Liuda! Você sabia que Mária Ivánovna deu a Sokolov sua palavra de que nunca mais nos encontraria? Vá, ligue para ela depois disso! Vá, ligue, ligue!

Tirando o telefone do gancho, estendeu-o a Liudmila Nikoláievna.

E, naquele instante, em algum pequeno recanto de si, teve esperança de que Liudmila telefonasse... e talvez assim ouvisse a voz de Mária Ivánovna.

Liudmila Nikoláievna, contudo, afirmou:

— Ah, então é isso. — E colocou o telefone no gancho.

— Por que Geneviève não vem? — disse Chtrum. — A desgraça nos une. Nunca senti tanta ternura por ela quanto agora.

Quando Nádia chegou, Chtrum lhe disse:

— Nádia, falei com mamãe, ela vai lhe contar em detalhes. Agora que virei um pária, você vai ter que parar de frequentar os Postôiev, os Gurévitch etc. Toda essa gente vê você antes de tudo como minha filha. Entenda, você é um membro da minha família. Peço-lhe categoricamente que...

Sabia de antemão o que ela diria, como protestaria e ficaria indignada.

Nádia ergueu a mão e interrompeu sua fala.

— Sim, eu entendi tudo isso quando vi que você não ia ao conselho dos ímpios.

Confuso, ele olhou para a filha e afirmou, irônico:

— Espero que isso não influa na sua relação com o tenente.

— Claro que não.

— Como?

Ela deu de ombros.

— Nada. Acho que você entende.

Chtrum olhou para mulher e filha, estendeu-lhes os braços e entrou no quarto.

Em seu gesto havia tamanha confusão, culpa, fraqueza, gratidão e amor que ambas ficaram muito tempo lado a lado, sem se olhar nem proferir palavra.

29

Pela primeira vez na guerra, Darenski seguia o rumo da ofensiva: acompanhava as unidades de tanque que iam para oeste.

Na neve, no campo, ao longo da estrada, jaziam tanques alemães queimados e destroçados, canhões e caminhões italianos abandonados na estrada, cadáveres de alemães e romenos.

A morte e o frio haviam conservado o cenário da derrocada dos exércitos inimigos. Caos, confusão, sofrimento: tudo estava impresso, congelado na neve que preservara, em sua imobilidade gelada, o derradeiro desespero, as convulsões das máquinas e pessoas correndo pela estrada.

Até o fogo e a fumaça das explosões dos obuses e a chama fumegante das fogueiras imprimiram na neve manchas escuras, uma camada de gelo amarela e marrom.

As tropas soviéticas marchavam para oeste, multidões de prisioneiros deslocavam-se para o leste.

Os romenos trajavam capotes verdes com gorros altos de pele de cordeiro. Pelo visto, sofriam menos com o frio que os alemães. Olhando para eles, Darenski não via soldados de um exército derrotado, mas uma multidão de milhares de camponeses cansados e famintos, fantasiados com chapéus de ópera. Riam dos romenos mas fitavam-nos sem ódio, com um desprezo compassivo. Depois viu que tinham ainda menos ódio pelos italianos.

Os húngaros, os finlandeses e sobretudo os alemães suscitavam outro sentimento.

Os prisioneiros alemães eram horríveis.

Marchavam com cabeça e ombros envoltos em farrapos de cobertores. Nos pés usavam botas feitas de aniagem e trapos costurados com arame e barbante.

Muitos tinham orelhas, narizes e faces cobertos de manchas negras de gangrena. O tilintar das marmitas que levavam na cintura lembrava o de grilhões.

Darenski contemplava os cadáveres que, com despudor impotente, desnudavam os ventres encovados e os órgãos sexuais, e olhava para os rostos dos homens da escolta, corados pelo frio da estepe.

Experimentava uma sensação complexa e estranha ao observar os tanques e os caminhões alemães destruídos na estepe gelada, os mortos congelados, as pessoas que eram levadas sob escolta para o leste.

Era a represália.

Lembrava-se dos relatos dos alemães zombando da pobreza das isbás russas, do espanto enojado com que olhavam para os berços das crianças, os fornos, os vasos, os quadros nas paredes, os barris, os galos de barro pintado, o mundo querido e maravilhoso no qual haviam nascido as pessoas que fugiam dos tanques alemães.

O motorista disse em tom de curiosidade:

— Olhe, camarada tenente-coronel!

Quatro alemães carregavam um companheiro em um capote. Seus rostos e pescoços tensos deixavam evidente que logo cairiam. Balançavam de um lado para o outro. Os trapos em que estavam envoltos se enredavam em seus pés, a neve seca surrava seus olhos insanos, os dedos congelados se aferravam à borda do capote.

— Bem feito para os boches — disse o motorista.

— Não fomos nós quem os chamamos — disse Darenski, sombrio.

Depois uma alegria repentina o invadiu; tanques soviéticos iam para oeste pelo nevoeiro de gelo da terra virgem da estepe, T-34 duros, rápidos, musculosos...

Nas escotilhas, avistavam-se os tanqueiros com metade do tronco para fora, de capacete e peliça curta negra. Corriam pelo grande oceano da estepe, no nevoeiro de gelo, deixando atrás de si uma espuma turva de neve, e uma sensação de orgulho e felicidade a lhes cortar a respiração.

Uma Rússia coberta de aço, terrível e sombria, marchava para oeste.

Um engarrafamento se formou à entrada de uma aldeia. Darenski saiu do carro e passou pelos caminhões parados em duas filas e pelos Katiucha cobertos com lonas... Um grupo de prisioneiros estava sendo levado pela estrada. Um coronel com um gorro alto prateado de astracá, daqueles que só estavam ao alcance ou de um comandante de Exército ou do amigo de um intendente do front, desceu de um carro e pôs-se a observar os presos. As escoltas gritavam com eles, levantando os rifles:

— Vamos, vamos, mais rápido!

Um muro invisível separava os prisioneiros dos motoristas e dos soldados vermelhos, um frio mais intenso que o da estepe impedia seus olhos de se encontrarem.

— Olha, olha, aquele tem rabo — disse uma voz zombeteira.

Um soldado alemão se deslocava pela estrada de quatro. Arrastava um pedaço de cobertor que soltava tufos de algodão. O soldado avançava apressadamente, mexendo mãos e pés como se fosse um cachorro, sem levantar a cabeça, como se farejasse um rastro. Rastejou na direção do coronel, e o motorista que estava a seu lado disse:

— Camarada coronel, cuidado que ele morde.

O coronel deu um passo para o lado e, quando o alemão o alcançou, empurrou-o com a bota. Esse fraco empurrão bastou para acabar com a força de passarinho do prisioneiro. Seus braços e pernas se esparramaram, em cruz.

Ergueu a mirada para quem o havia golpeado: em seus olhos, como nos olhos de uma ovelha moribunda, não havia condenação nem sofrimento, apenas resignação.

— Arraste-se, conquistador de merda — disse o coronel, limpando a neve da sola da bota.

Um risinho percorreu os espectadores.

Darenski sentiu a cabeça se enevoar. Não era mais ele quem guiava a sua conduta, mas um outro, que ele ao mesmo tempo conhecia e não conhecia, e que não vacilava nunca.

— Russos não batem em quem está caído, camarada coronel — disse.

— Quem sou eu, na sua opinião? Não sou russo? — indagou o coronel.

— O senhor é um canalha — disse Darenski e, vendo que o coronel dava um passo na sua direção, gritou, antecipando-se à explosão de cólera e ameaças do outro: — Meu nome é Darenski! Tenente-coronel Darenski, inspetor da seção de operações do estado-maior do front de Stalingrado. O que acabei de lhe dizer estou pronto a confirmar perante o comandante do front e em juízo, no tribunal militar.

O coronel disse, com ódio:

— Está bem, tenente-coronel Darenski, isto não vai ficar assim. — E saiu.

Alguns prisioneiros arrastaram para o lado o homem prostrado e, estranhamente, para onde Darenski se virasse, seu olhar encontrava os olhos anormais da multidão de prisioneiros, como se agradecessem.

Encaminhou-se lentamente até seu carro e ouviu uma voz irônica dizer:

— Olha só, um defensor dos boches.

Logo Darenski estava de volta à estrada, e novamente se deparou com uma multidão cinza alemã e uma multidão verde romena, atrapalhando a circulação.

O motorista, olhando de soslaio os dedos trêmulos de Darenski a tragar a *papiróssa*, declarou:

— Não tenho pena deles. Poderia atirar em qualquer um.

— Claro, claro — disse Darenski. — Deveria ter feito isso em 1941, quando estava fugindo deles sem olhar para trás, que nem eu.

Ficou calado o caminho todo.

O incidente com o prisioneiro, contudo, não abrira seu coração à bondade. Era como se tivesse exaurido totalmente seu estoque de bondade.

Que abismo se abrira entre aquela estepe calmuca que ele percorrera até Iáchkul e essa estrada de hoje!

Fora ele que se erguera na neblina de areia, debaixo de uma lua enorme, observara os soldados vermelhos em fuga e os pescoços retorcidos dos camelos, e unira com ternura em sua alma todos os fracos e pobres do mundo, que lhe eram tão queridos naquele derradeiro rincão de terra russa?

30

O estado-maior do corpo de tanques instalou-se nos arrabaldes do vilarejo. Darenski aproximou-se da isbá do quartel-general. Já havia escurecido. Pelo visto, o estado-maior chegara à aldeia havia bem pouco tempo: alguns soldados vermelhos descarregavam malas e colchões do caminhão, e o pessoal das comunicações estendia os cabos.

O militar que estava de vigia entrou de má vontade e chamou o ajudante de campo. O ajudante saiu mal-humorado à varanda e, como todos os ajudantes, disse, sem olhar para o rosto do recém-chegado, e sim para suas dragonas:

— Camarada tenente-coronel, o comandante do corpo acaba de chegar da brigada e está descansando. Vá até a intendência.

— Informe ao comandante do corpo que sou o tenente-coronel Darenski. Entendido? — disse o recém-chegado, com altivez.

O ajudante suspirou e entrou na isbá.

Um minuto depois, saiu e gritou:

— Por favor, camarada tenente-coronel.

Darenski foi até a varanda, e Nóvikov veio a seu encontro. Entreolharam-se por alguns instantes, rindo de alegria.

— Finalmente nos encontramos — disse Nóvikov.

Foi um bom encontro.

Duas cabeças inteligentes se inclinaram, como antigamente, sobre o mapa.

— Estou avançando com a mesma velocidade com que fugi — disse Nóvikov — e, aqui, nesse trecho, superei a velocidade da fuga.

— E olha que estamos no inverno — disse Darenski. — Imagine então no verão.

— Não tenho dúvidas de como vai ser.

— Nem eu.

Mostrar o mapa a Darenski era um prazer para Nóvikov. Uma compreensão imediata, um interesse vivo pelos detalhes que apenas Nóvikov parecia perceber, as questões que o inquietavam...

Abaixando a voz, como se confessasse algo de íntimo e pessoal, Nóvikov disse:

— Tivemos o reconhecimento da zona de operações, a coordenação de todos os meios de identificação do alvo, um esquema de orientação, a cooperação total... Tivemos tudo isso, com certeza. Porém, na hora da ofensiva, as ações militares de todos os gêneros dependem de um só Deus: o T-34, nosso rei!

Darenski conhecia o panorama dos eventos ocorridos além da ala sul do front de Stalingrado. Nóvikov soube graças a ele dos detalhes da operação do Cáucaso, do conteúdo das conversas interceptadas entre Hitler e Paulus, de pormenores que desconhecia da movimentação do grupo do general de artilharia Fretter-Pico.

— Já estamos quase na Ucrânia, dá para ver pela janela — disse Nóvikov.

Apontou para o mapa:

— Parece que estou à frente dos outros. Só o corpo de Ródin chega perto.

Depois, afastando o mapa, afirmou:

— Bem, já chega, por hoje basta de estratégia e tática.

— E a vida pessoal, tudo como antes? — perguntou Darenski.

— Não, tudo novo.

— Não me diga que se casou?

— Ainda não, mas ela deve chegar a qualquer momento.

— Olha só, o cossaco se rendeu — disse Darenski. — Meus cumprimentos, do fundo do coração. Eu ainda estou solteiro.

— Bem, e o Bíkov? — indagou Nóvikov, subitamente.

— Bíkov? Está lá com Vatútin, na mesma função.

— É forte, aquele cachorro.

— Indestrutível.

Nóvikov disse:

— Bem, que vá para o diabo. — E gritou na direção do quarto vizinho: — Ei, Verchkov, você pelo jeito resolveu nos matar de fome. Chame também o comissário, vamos comer juntos.

Mas não foi preciso chamar Guétmanov, ele já tinha chegado e, postando-se à porta, disse, com perturbação na voz:

— O que é isso, Piotr Pávlovitch, parece que Ródin passou na frente. Veja, ele vai chegar à Ucrânia antes de nós. — E, dirigindo-se a Darenski, acrescentou: — Chegou a hora, tenente-coronel. Agora temos mais medo do vizinho que do inimigo. O senhor por acaso não é vizinho? Não, não, claro que é um velho amigo do front.

— Vejo que você está completamente doente com a questão da Ucrânia — disse Nóvikov.

Guétmanov puxou uma lata de conservas para si e disse, em tom de ameaça irônica:

— Muito bem, mas leve em conta, Piotr Pávlovitch, que, quando chegar a sua Ievguênia Nikoláievna, eu só vou casar vocês em terra ucraniana. E tomo o tenente-coronel como testemunha.

Ergueu o cálice e, apontando para Nóvikov, disse:

— Camarada tenente-coronel, bebamos ao coração russo dele.

Comovido, Darenski afirmou:

— O senhor disse belas palavras.

Nóvikov, lembrando-se da antipatia de Darenski por comissários, disse:

— Sim, camarada tenente-coronel, fazia tempo que a gente não se via.

Olhando para a mesa, Guétmanov disse:

— Não temos nada para oferecer ao convidado, só conservas. O cozinheiro nem teve tempo de acender o fogão e já mudamos de ponto de comando. Dia e noite em movimento. O senhor devia ter vindo antes da ofensiva. Agora paramos por uma hora e avançamos por 24. Realmente nos superamos.

— Arrume mais um garfo — Nóvikov disse ao ajudante.

— O senhor deu ordem de não descarregar do caminhão — respondeu o ajudante.

Guétmanov se pôs a contar de sua jornada pelo território liberado.

— Os russos e os calmucos — disse — são como o dia e a noite. Os calmucos dançaram conforme a música dos alemães. Deram--lhes uniformes verdes. Corriam pelas estepes caçando os nossos russos. E veja o que o poder soviético deu a eles! Era a terra dos nômades esfarrapados, a terra da sífilis desenfreada, do analfabetismo generalizado. Porém, por mais que você alimente o lobo, ele sempre olha para a estepe. E na época da Guerra Civil quase todos eles ficaram do lado dos brancos... Quanto dinheiro, durante décadas, enterramos na amizade dos povos. Teria sido melhor construir uma fábrica de tanques na Sibéria com esses recursos. Uma mulher, jovem cossaca do Don, me contou dos horrores que teve de aguentar. Não, não, os calmucos frustraram a confiança russa e soviética. É o que vou escrever em meu informe ao Soviete Militar.

Disse a Nóvikov:

— Lembre-se do que assinalei a respeito de Bassángov, guiado pelo faro partidário. Não se ofenda, Piotr Pávlovitch, não é uma repri-menda a você. Você acha que eu me enganei poucas vezes na vida? Fique sabendo que a nacionalidade é uma coisa importante. Acaba tendo um significado decisivo, como a prática da guerra mostrou. Sabe qual o aprendizado mais importante para os bolcheviques? A prática.

— Concordo com o senhor a respeito dos calmucos — disse Darenski —, estive há pouco na estepe com todos esses Kítchener e Chebener.

Por que dissera aquilo? Viajara muito pela Calmúquia, e jamais lhe surgira sentimento de ódio pelos calmucos, apenas um interesse vivo por seu modo de vida e seus costumes.

Contudo, o comissário do corpo parecia possuir uma espécie de força de atração magnética. Darenski tinha vontade de concordar com ele o tempo todo.

E Nóvikov o observava rindo, pois conhecia muito bem a força de atração do comissário, que levava as pessoas a cederem a ele.

Inesperada e candidamente, Guétmanov disse a Darenski:

— Sei que o senhor é daqueles que em certa época sofreram injustiças. Mas não se ofenda com o Partido Bolchevique, ele quer o bem do povo.

E Darenski, que sempre achara que os instrutores políticos e comissários só causavam confusão no Exército, afirmou:

— Ora, como se eu não entendesse isso.

— Sim, sim — disse Guétmanov —, fizemos umas bobagens, mas o povo nos perdoará. Perdoará! Pois somos gente boa, não somos maus na essência. Não é verdade?

Nóvikov, olhando carinhosamente para os outros, disse:

— Nosso comissário de corpo não é bom?

— É bom — confirmou Darenski.

— Isso mesmo — disse Guétmanov, e os três caíram no riso.

Como se adivinhasse o desejo de Nóvikov e Darenski, olhou para o relógio.

— Vou descansar, estamos dia e noite em movimento, então vou dormir até amanhã de manhã. Estou como um cigano, há dez dias não tiro as botas. Creio que o chefe do estado-maior esteja dormindo.

— Que nada! — disse Nóvikov. — Foi direto ver a nova posição para a qual vamos nos mudar de manhã.

Quando Nóvikov e Darenski ficaram sós, este último disse:

— Piotr Pávlovitch, tem uma coisa que eu passei a vida sem entender. Há pouco tempo eu me encontrava em um estado de espírito bastante ruim, nas areias do Cáspio, e o fim parecia ter chegado. E o que aconteceu? Conseguimos organizar essa força enorme. Poderosa! Não há quem lhe resista.

Nóvikov disse:

— Para mim está cada vez mais claro, entendo cada vez melhor o que significa o homem russo. Somos valentes, fortes e temerários.

— Uma força enorme! — disse Darenski. — E o principal: sob os bolcheviques, os russos vão comandar a humanidade, e todo o resto é um detalhe insignificante.

— Veja — disse Nóvikov —, quer que eu levante novamente a questão da sua transferência? Quer entrar no corpo como adjunto do chefe do estado-maior? Lutaríamos juntos, que tal?

— Puxa, obrigado. Mas serei adjunto de quem?

— Do general Neudóbnov. Está decidido: o tenente-coronel será o adjunto do general.

— Neudóbnov? Ele esteve no exterior antes da guerra? Na Itália?

— Exato. Ele mesmo. Não é um Suvôrov, mas, no geral, é possível trabalhar com ele.

Darenski ficou quieto. Nóvikov olhou para ele.

— E então, negócio fechado? — perguntou.

Darenski levou um dedo até a boca e ergueu o lábio superior.

— Está vendo as coroas? — perguntou. — Neudóbnov me quebrou dois dentes em um interrogatório, em 1937.

Entreolharam-se, ficaram calados, voltaram a se olhar.

Darenski disse:

— Evidentemente, trata-se de um homem sensato.

— Claro, claro, não é calmuco, é russo — disse Nóvikov, rindo-se, para logo gritar: — Vamos beber, mas agora de verdade, como russos!

Era a primeira vez na vida que Darenski bebia tanto, mas, se não fosse pelas duas garrafas vazias de vodca em cima da mesa, ninguém de fora diria que os dois tinham enchido a cara com gosto, para valer. Foi assim que começaram a se tratar por "você".

A cada vez que enchia os copos, Nóvikov dizia:

— Vamos, não se reprima.

O abstêmio Darenski não se reprimiu nenhuma vez.

Falaram da retirada, dos primeiros dias de guerra. Recordaram Bliúkher e Tukhatchévski. Falaram de Júkov. Darenski contou o que o juiz de instrução queria saber dele no interrogatório.

Nóvikov contou como detivera o movimento dos tanques por alguns minutos antes do começo da ofensiva. Mas não contou como se equivocara ao avaliar o comportamento dos comandantes de brigada. Puseram-se a falar dos alemães, e Nóvikov disse que, no verão de 1941, tivera a impressão de ter endurecido e ficado cruel pelo resto da vida. Porém, quando lhe mandaram os primeiros prisioneiros, ordenou que fossem mais bem alimentados, e que os feridos e congelados fossem enviados em veículos para a retaguarda.

Darenski disse:

— Eu e o seu comissário xingamos os calmucos. Fizemos bem? Pena que o seu Neudóbnov não esteja. Teria lhe dito umas coisas, ah, se teria.

— Ei, e terão sido poucos os russos de Oriol e de Kursk que passaram para o lado dos alemães? — perguntou Nóvikov. — O general Vlássov também não é calmuco. E o meu Bassángov é um ótimo soldado. Mas Neudóbnov é um tchekista, o comissário me contou. Não é um soldado. Nós, os russos, venceremos, sei que vou chegar a Berlim, os alemães não vão nos deter.

Darenski disse:

— Neudóbnov, Iejov, sei disso tudo, mas agora a Rússia é uma só, e soviética. Eu sei que podem me quebrar todos os dentes, mas o meu amor pela Rússia não vai se abalar. Vou amá-la até meu último suspiro. Mas não vou ser adjunto de uma puta dessas, camarada, você está de brincadeira?

Nóvikov encheu os copos e disse:

— Vamos, não se reprima.

E depois:

— Eu sei que ainda vai acontecer muita coisa. Ainda vou cair em algum tipo de desgraça.

Mudando de assunto, disse subitamente:

— Ah, aconteceu conosco uma coisa horrível. Um tanqueiro teve a sua cabeça arrancada fora e, mesmo morto, ele continuava apertando o acelerador, e o tanque seguia em frente. Sempre avante, avante!

Darenski disse:

— Eu e o seu comissário xingamos os calmucos, e agora um velho calmuco não me sai da cabeça. Quantos anos tem Neudóbnov? Que tal fazermos uma visita a ele?

Nóvikov disse, com a língua lenta e pesada:

— Tive uma grande alegria. Maior não existe.

Tirou do bolso uma fotografia e passou-a a Darenski. Este a examinou longamente e afirmou:

— Uma beleza, não tenho mais nada a dizer.

— Beleza? — disse Nóvikov. — Quem liga para a beleza? Ninguém ama como eu amo só pela beleza.

Verchkov apareceu na porta e ficou parado, com um olhar de interrogação para o comandante do corpo.

— Vá embora — disse Nóvikov, lentamente.

— Por que o trata assim? Ele só queria saber se você precisa de alguma coisa — disse Darenski.

— Está bem, está bem, serei malvado, serei um bruto, mas não preciso que me ensinem nada. Aliás, tenente-coronel, por que você está me chamando de você? É isso que o regulamento estabelece?

— Ah, olha só! — disse Darenski.

— Deixa para lá, você não entende uma piada — disse Nóvikov, e pensou que era bom que Gênia não o visse bêbado.

— Eu não entendo as piadas bobas — disse Darenski.

Continuaram ainda discutindo por um longo tempo, e só sossegaram quando Nóvikov propôs que fossem à nova posição e descessem o sarrafo em Neudóbnov. Claro que não foram a lugar nenhum, mas continuaram bebendo.

31

Aleksandra Vladímirovna recebeu três cartas no mesmo dia: duas das filhas e uma da neta, Vera. Antes mesmo de abri-las, tendo reconhecido pela caligrafia de quem eram, sabia que não continham boas notícias. Sua experiência de anos rezava que não se escreve à mãe para compartilhar felicidade.

Todas as três pediam uma visita: Liudmila a Moscou, Gênia a Kúibichev, Vera a Lêninsk. Tais convites confirmaram para Aleksandra Vladímirovna que a vida estava sendo dura para suas filhas e neta.

Vera falava do pai, completamente extenuado pelas contrariedades no Partido e no serviço. Alguns dias antes, voltara a Lêninsk vindo de Kúibichev, para onde fora convocado pelo comissariado do povo. Vera escrevia que tal viagem o esgotara mais do que o trabalho na Stalgres durante os combates. O caso de Stepan Fiódorovitch não foi resolvido em Kúibichev; mandaram-no voltar a trabalhar na reconstrução da usina, mas advertiram que não sabiam se o manteriam no comissariado para usinas elétricas.

Vera estava se aprontando para se mudar de Lêninsk para Stalingrado; agora não havia mais disparos dos alemães, mas o centro da cidade ainda não tinha sido liberado. As pessoas que haviam passado pela cidade diziam que, da casa em que Aleksandra Vladímirovna vivera, sobrara apenas uma caixa de pedra com o telhado em ruínas. Contudo, o apartamento de Spiridônov estava intacto, apenas o reboco e os vidros tinham caído. Stepan Fiódorovitch, Vera e o filho haviam se instalado ali.

Vera escrevia sobre o filho, e era estranho para Aleksandra Vladímirovna ver aquela garota, sua neta Vera, escrevendo de modo tão adulto, tão feminino, como uma mulher feita, sobre dores de barriga, coceiras, sono intranquilo e distúrbios de metabolismo do bebê. Vera deveria escrever tudo isso ao marido e à mãe, mas escrevia à avó. Não tinha marido, não tinha mãe.

Vera escrevia sobre Andrêiev, escrevia sobre a nora Natacha, escrevia sobre a tia Gênia, com a qual Stepan Fiódorovitch havia se avistado em Kúibichev. Sobre si mesma não dizia nada, como se sua vida não tivesse interesse para Aleksandra Vladímirovna.

Entretanto, na margem da última página, escreveu: "Vovó, o apartamento da Stalgres é grande, tem lugar para todos. Eu imploro, venha." E aquele lamento inesperado exprimia tudo o que Vera não tinha escrito.

A carta de Liudmila era breve. Dizia: "Não vejo sentido na vida: Tólia não existe mais, e Vítia e Nádia não precisam de mim, conseguem viver sem mim."

Liudmila Nikoláievna nunca tinha escrito uma carta daquelas à mãe. Aleksandra Vladímirovna compreendeu que a relação da filha com o marido havia se degradado seriamente. Ao convidar a mãe para ir a Moscou, Liudmila escreveu: "Vítia passa por contrariedades o tempo todo, e fica mais à vontade contando seus problemas para você do que para mim."

Mais adiante, havia a seguinte frase: "Nádia se fechou, não compartilha a vida comigo. Esse é agora o estilo da família..."

Não dava para entender nada na carta de Gênia, que só fazia alusões a grandes dificuldades e desgraças. Pedia à mãe que fosse a Kúibichev e, ao mesmo tempo, dizia que precisava ir a Moscou com urgência. Gênia escrevia à mãe sobre Limônov, que proferira louvores a Aleksandra Vladímirovna. Escrevia que Aleksandra Vladímirovna teria gosto em encontrá-lo, que se tratava de um homem inteligente e interessante, mas, na mesma carta, dizia que Limônov fora para Samarcanda. Não dava para entender de jeito nenhum como Aleksandra Vladímirovna, se fosse a Kúibichev, faria para se encontrar com ele.

Só dava para entender uma coisa, e, lendo a carta, a mãe pensava: "Coitadinha da minha filha."

As cartas emocionaram Aleksandra Vladímirovna. Todas as três perguntavam de sua saúde, e se seu quarto era aquecido.

Tal preocupação era tocante, embora ela entendesse que as jovens não pensavam se Aleksandra Vladímirovna precisava delas.

Elas é que precisavam de Aleksandra Vladímirovna.

Mas poderia ser diferente. Por que não pedia ajuda às filhas, e por que as filhas lhe pediam ajuda?

Pois estava completamente só, velha, sem abrigo, perdera o filho, a filha, não sabia nada de Serioja.

Trabalhar se tornava para ela cada vez mais penoso, o coração doía sem parar, a cabeça rodava.

Chegara a pedir ao diretor técnico da fábrica que a transferisse das oficinas para o laboratório, pois era muito difícil passar o dia inteiro indo de equipamento em equipamento para extrair amostras de controle.

Depois do trabalho ficava na fila de comida, e, ao chegar em casa, acendia o fogão e preparava a refeição.

E a vida era tão severa, tão pobre! Ficar na fila não era tão ruim. Pior era quando não tinha fila, porque as prateleiras estavam vazias. Pior era quando ela, ao chegar em casa, não acendia o fogão nem preparava a refeição, e se deitava com fome no catre frio e úmido.

A vida era dura para todos à sua volta. Uma médica evacuada de Leningrado contou-lhe como passara o último inverno, em uma aldeia a cem quilômetros de Ufá. Morava em uma isbá vazia, desapropriada de um cúlaque, com janelas partidas e telhado em ruínas. Percorria seis quilômetros de bosque até o trabalho, e às vezes, ao amanhecer, via olhos verdes de lobos entre as árvores. A miséria reinava na aldeia; os colcozianos trabalhavam de má vontade e diziam que, por mais que trabalhassem, o pão lhes seria tomado de qualquer forma — a entrega de pão do colcoz estava atrasada. O marido da vizinha partira para a guerra, ela vivia com seis crianças esfomeadas e só havia um par roto de botas de feltro para todos. A doutora contou a Aleksandra

Vladímirovna que comprara uma cabra e, em meio à neve profunda, ia aos campos distantes furtar trigo-sarraceno e desenterrar debaixo da neve o feno podre que não havia sido colhido. Contou que seus filhos, ouvindo as conversas rudes e malevolentes dos aldeões, haviam aprendido a falar palavrões, e que a professora da escola de Kazan lhe dissera: "É a primeira vez que vejo alunos de primeira série, e ainda mais de Leningrado, xingando como bêbados."

Agora Aleksandra Vladímirovna morava no quartinho em que antes vivia Viktor Pávlovitch. O grande aposento principal era ocupado pelos donos do apartamento, os inquilinos oficiais, que antes da partida dos Chtrum habitavam um anexo. Era gente irrequieta, que vivia brigando por conta de ninharias domésticas.

Aleksandra Vladímirovna não se zangava com o barulho nem com as discussões, mas sim por cobrarem dela, que fora vítima de um incêndio, caro demais por um quartinho minúsculo: duzentos rublos ao mês, mais que um terço de seu salário. Tinha a impressão de que os corações dessa gente eram feitos de madeira e lata. Só pensavam em alimentos e objetos. Da manhã à noite as conversas eram sobre azeite, carne salgada, batata e as quinquilharias que compravam e vendiam no mercado de pulgas. À noite cochichavam. Nina Matviêievna, a dona, contava ao marido que um vizinho, contramestre da fábrica, trouxera da aldeia um saco de sementes de girassol e meio saco de milho debulhado, e que naquele dia o mel estava barato no mercado.

Nina Matviêievna, a dona, era bonita: alta, esbelta, olhos acinzentados. Antes do casamento, trabalhara na fábrica e participara de atividades amadoras: cantara em um coro e atuara em um grupo de teatro. Semion Ivánovitch trabalhava em uma fábrica militar como ferreiro e martelador. Certa época, na juventude, servira em um destróier e fora campeão de boxe, categoria meio-pesado, na frota do Pacífico. Agora, contudo, esse passado longínquo dos inquilinos oficiais parecia improvável: de manhã, antes do trabalho, Semion Ivánovitch alimentava os patos, esquentava o caldo do leitão, depois do trabalho dedicava-se à cozinha, limpava o painço, consertava as botas, amolava as facas, lavava as garrafas, contava dos choferes da fábrica, que traziam farinha, ovos e carne de cabra de colcozes distantes... E Nina Matviêievna, interrompendo-o, falava de suas incontáveis doenças, das consultas particulares com medalhões da medicina, contava da toalha que trocara por feijão, da vizinha que comprara uma jaqueta de couro de potro e cinco pratinhos de serviço de uma evacuada, falava de banha de porco e gordura misturada.

Não eram gente má, mas nenhuma vez falaram com Aleksandra Vladímirovna sobre a guerra, sobre Stalingrado, sobre os comunicados do Sovinformbureau.

Tinham pena de Aleksandra Vladímirovna, mas também a desprezavam porque, depois da partida da filha, que recebia talões de comida do tipo acadêmico, ela vivia passando fome. Não tinha açúcar nem manteiga, bebia água quente sem chá e, no refeitório público, tomava uma sopa que certa vez até o leitão se recusara a comer. Não tinha com que comprar lenha. Não possuía coisas para vender. Sua miséria incomodava os donos do apartamento. Uma vez, à noite, Aleksandra Vladímirovna ouviu Nina Matviêievna dizer a Semion Ivánovitch: "Ontem cheguei a dar uma bolacha à velha; é desagradável comer na frente dela, que fica sentada encarando com olhar de faminta."

À noite, Aleksandra Vladímirovna dormia mal. Por que não havia notícias de Serioja? Deitava-se na cama de ferro na qual Liudmila anteriormente dormira, e era como se os pressentimentos noturnos e pensamentos da filha tivessem passado para ela.

Como a morte destruía facilmente as pessoas! E como era duro para os que sobreviviam. Pensava em Vera. O pai de seu bebê ou estava morto ou se esquecera dela, Stepan Fiódorovitch estava angustiado e abatido pelas contrariedades... As perdas e as desgraças não haviam unido nem aproximado Liudmila e Viktor.

À noite, Aleksandra Vladímirovna escreveu uma carta a Gênia: "Minha boa filha..." E ficou pensando nela, tomada de pesar: pobre filha, em que embrulhada estava metida, o que tinha pela frente?

Ánia Chtrum, Sófia Levinton, Serioja... Era como no conto de Tchékhov: "Missius, onde está você?"[29]

E, ao lado, os donos do apartamento conversavam a meia-voz.

— Teremos que matar um pato para a festa da Revolução de Outubro — disse Semion Ivánovitch.

— E você acha que eu alimentei o pato com batata para ele ser degolado? — disse Nina Matviêievna. — Sabe, quando a velha for embora, vou querer pintar o chão, senão as tábuas vão apodrecer.

Estavam sempre falando de objetos e produtos, o mundo em que eles viviam estava cheio de objetos. Nesse mundo não havia senti-

---

29 Do conto "Casa com mezanino", de Tchékhov, que tem uma personagem feminina de nome Gênia, cujo apelido é Missius (corruptela de *mistress*), pois assim chamava sua babá inglesa na infância.

mento humano, apenas tábuas, mínio, cereais, notas de trinta rublos. Eram gente trabalhadora e honrada, e todos os vizinhos diziam que Nina e Semion Ivánovitch jamais embolsavam um copeque alheio. Contudo, não se comoviam com a fome no Volga em 1921, com os feridos nos hospitais, os cegos inválidos, as crianças sem-teto que vagavam pelas ruas.

Eram diametralmente opostos a Aleksandra Vladímirovna. A indiferença para com as pessoas, a causa comum e o sofrimento alheio era-lhes plenamente natural. Enquanto ela era capaz de pensar e se comover com os outros, de se alegrar e se enfurecer por motivos que não tangiam nem sua vida pessoal nem a das pessoas próximas... a época da coletivização geral, 1937, o destino das mulheres que foram para os campos de prisioneiros com os maridos, o destino dos filhos que pararam em asilos e orfanatos por causa da destruição de suas famílias... as execuções sumárias dos presos por parte dos alemães, as desgraças e os fracassos da guerra, tudo isso a atormentava e a privava de sossego, como se fossem infelicidades ocorridas em sua família.

E não aprendera aquilo nos livros maravilhosos que lera, nem na tradição ligada à *Naródnaia Vólia* da família em que crescera, nem com a vida, os amigos ou o marido. Ela simplesmente era daquele jeito, e não conseguia ser de outro. Não tinha dinheiro, e faltavam ainda seis dias para receber o salário. Passava fome, e todos os seus pertences cabiam num lenço de bolso. Contudo, enquanto morava em Kazan, nem uma vez sequer pensara nas coisas que queimaram em seu apartamento de Stalingrado, a mobília, o piano, o aparelho de chá, as colheres e os garfos perdidos. Não se lamentou nem pelos livros incinerados.

E era estranho que agora, distante das pessoas próximas que necessitavam dela, estivesse vivendo com gente cuja existência superficial lhe era completamente indiferente.

Três dias depois da chegada das cartas dos familiares, Aleksandra Vladímirovna recebeu a visita de Karímov.

Ficou feliz e lhe ofereceu uma infusão de rosas silvestres.

— Faz tempo que a senhora não recebe cartas de Moscou? — indagou Karímov.

— Três dias.

— Olha só — disse Karímov, sorrindo. — Que interessante. Quanto tempo leva para chegar uma carta de Moscou?

— Pode olhar o carimbo no envelope — disse Aleksandra Vladímirovna.

Karímov pôs-se a examinar o envelope e disse, em tom preocupado:

— Levou nove dias para chegar.

Ficou pensativo, como se o deslocamento lento da carta tivesse algum significado especial.

— Dizem que é por causa da censura — afirmou Aleksandra Vladímirovna. — A censura não dá conta do fluxo de cartas.

Fitou seu rosto com maravilhosos olhos escuros.

— Então, está tudo bem com os seus, sem contrariedades?

— O senhor não parece bem — disse Aleksandra Vladímirovna —, e o seu aspecto não é nada saudável.

Apressadamente, como se rechaçasse uma acusação, ele disse:

— O que é isso? Pelo contrário!

Puseram-se a falar dos acontecimentos do front.

— Até para as crianças está claro que aconteceu uma reviravolta decisiva na guerra.

— Sim, sim. — Aleksandra Vladímirovna riu. — Agora parece claro até para os bebês, mas, no verão passado, estava claro para todos os sábios que os alemães iam vencer.

Karímov perguntou de repente:

— Deve ser difícil para a senhora morar sozinha. Vejo que tem que acender o fogão sem ajuda de ninguém.

Ela refletiu e franziu a testa, como se a pergunta de Karímov fosse demasiado complexa, e não a respondeu imediatamente.

— Akhmet Usmánovitch, o senhor veio até aqui para me perguntar se tenho dificuldades em acender o fogão?

Ele balançou a cabeça várias vezes, depois ficou em silêncio bastante tempo, contemplando suas mãos estendidas sobre a mesa.

— Fui chamado lá há alguns dias e interrogado sobre nossos encontros e conversas.

Ela disse:

— Por que ficou calado? Para que veio me falar do fogão?

Apanhando seu olhar, Karímov disse:

— Claro que não pude negar que falamos de guerra e política. Teria sido ridículo declarar que quatro adultos ficaram falando exclusivamente de cinema. Mas claro que disse que, o que quer que discutíssemos, o fazíamos como patriotas soviéticos. Todos nós achávamos que o povo haveria de vencer sob a liderança do Partido e do camarada Stálin. Em geral, devo dizer que as perguntas não foram hostis. Contudo, passaram alguns dias e comecei a ficar nervoso, não consigo dormir de jeito nenhum. Comecei a ter a impressão de que algo aconteceu a Viktor Pávlovitch. E ainda essa história estranha com Madiárov. Partiu por dez dias para Kúibichev, para o Instituto Pedagógico. Os estudantes daqui o esperam, e nada dele, o decano manda um telegrama para Kúibichev, e nada de resposta. A gente se deita à noite e pensa em cada coisa...

Aleksandra Vladímirovna ficou em silêncio.

Ele falou, baixo:

— Pense bem, basta que as pessoas comecem a falar em volta de um copo de chá e já começam as suspeitas e as convocações.

Ela ficou em silêncio, e ele a fitava interrogativamente, convidando-a a falar, pois já lhe havia dito tudo. Contudo, Aleksandra Vladímirovna se calava, e Karímov sentiu que, com aquele silêncio, ela dava a entender que sabia que ele ainda não havia contado tudo.

— Que coisa — ele disse.

Aleksandra Vladímirovna continuou em silêncio.

— Ah, eu tinha esquecido uma coisa — ele afirmou. — Ele, esse camarada, perguntou: "E vocês falaram de liberdade de imprensa?" De fato, conversamos sobre isso. Depois ainda teve outra, me perguntaram de repente se eu conhecia a irmã mais nova de Liudmila Nikoláievna e seu ex-marido, um tal de Krímov. Nunca os vi, e Viktor Pávlovitch jamais me falou deles. Foi a minha resposta. E mais uma pergunta: Viktor Pávlovitch havia falado comigo da situação dos judeus? Perguntei: por que justamente comigo? A resposta: "Sabe, o senhor é tártaro, e ele é judeu."

À despedida, com Karímov já à porta de casaco e chapéu, tamborilando na caixa postal da qual Liudmila Nikoláievna uma vez retirara a carta que informava do ferimento mortal do filho, Aleksandra Vladímirovna disse:

— Uma coisa é estranha: o que Gênia tem a ver com tudo isso?

Porém, naturalmente, nem Karímov nem ela tinham como responder a essa pergunta: por que o NKVD de Kazan se interessava por Gênia, que morava em Kúibichev, e seu ex-marido, que estava no front?

As pessoas confiavam em Aleksandra Vladímirovna, e ela ouvira muitos desses relatos e dessas confissões; estava habituada à sensação de que o interlocutor deixava de mencionar alguma coisa. Não tinha desejo de prevenir Chtrum; sabia que isso não faria nada por ele, além de causar preocupação desnecessária. Não fazia sentido tentar adivinhar qual dos participantes dos colóquios havia falado demais ou o denunciado; descobrir esse tipo de gente era difícil, e no final das contas o culpado era aquele de quem menos se suspeitava. E ocorria frequentemente de um caso aparecer no MGB do jeito mais inesperado; uma observação em uma carta, uma piada, palavras descuidadas ditas na cozinha na presença de vizinhos. Mas por que o juiz de instrução de repente começara a interrogar Karímov a respeito de Gênia e Nikolai Grigórievitch?

E ela de novo ficou muito tempo sem conseguir dormir. Tinha vontade de comer. Da cozinha, chegava o cheiro de comida: a proprietária fritava filhós de batata no azeite, ouvia-se o ruído de pratos de metal e a voz tranquila de Semion Ivánovitch. Deus, como tinha vontade de comer! Que gororoba intragável lhe haviam dado no refeitório naquele dia! Aleksandra Vladímirovna não havia comido, e agora se arrependia. Pensar na comida exterminava e embrulhava os outros pensamentos.

De manhã, ao chegar à fábrica, encontrou na guarita de entrada a secretária do diretor, uma mulher de idade com rosto masculino e maldoso.

— Venha me ver na hora do almoço, camarada Chápochnikova — disse a secretária.

Aleksandra Vladímirovna ficou espantada; será que o diretor ia atender o seu pedido de forma tão rápida?

Aleksandra Vladímirovna não conseguia entender por que sentia tamanha leveza na alma.

Caminhava pelo pátio da fábrica e de repente entendeu, e imediatamente disse em voz alta:

— Chega de Kazan, vou para casa, para Stalingrado.

32

Halb, o chefe da gendarmeria do Exército, chamou ao estado-maior do 6º Exército o comandante de companhia Lehnard.

Lehnard se atrasou. Uma nova ordem de Paulus vedava o uso de gasolina em veículos de transporte pessoal. Todo combustível estava submetido ao chefe do estado-maior do Exército, o general Schmidt, e era mais fácil morrer dez vezes do que conseguir uma permissão para cinco litros de gasolina. Naqueles dias, a gasolina não só era insuficiente para os isqueiros dos soldados, como também para os carros dos oficiais.

Lehnard teve de esperar até a tarde pelo carro do quartel-general que ia à cidade com o mensageiro do correio.

O pequeno automóvel rodava pelo asfalto coberto de gelo. Acima dos abrigos e esconderijos da linha de frente, no ar frio e parado, erguia-se uma fumaça translúcida. Feridos com as cabeças embrulhadas em lenços e toalhas caminhavam pela estrada, na direção da cidade, assim como soldados que o comando transferira da cidade para as fábricas, cujas cabeças também estavam envoltas, e os pés enrolados em trapos.

O chofer parou o carro perto do cadáver de um cavalo à beira da estrada e se pôs a mexer no motor, enquanto Lehnard observava homens com a barba por fazer concentrados em cortar com sabres a carne congelada. Um soldado subiu entre as costelas expostas do cavalo; parecia um carpinteiro manobrando entre as asnas de um telhado em construção. Ao lado, em meio às ruínas de uma casa, ardia uma fogueira, e um caldeirão negro pendia no tripé. À volta dele havia soldados de capacetes, barretes, agasalhados com cobertores e lenços, armados com submetralhadoras e granadas. Com a baioneta, o cozinheiro mergulhava na água os pedaços de cavalo, que voltavam à tona. Um soldado no teto de um abrigo roía sem pressa um osso de cavalo que lembrava uma gaita improvável e ciclópica.

E de repente o sol que se punha iluminou a estrada e a casa arruinada. As órbitas queimadas dos prédios se encheram de sangue gelado, a neve suja pela fuligem dos combates e rasgada pelas minas começou a resplandecer como ouro, a caverna vermelho-escura no interior do cavalo morto se iluminou, e o vento rasteiro na rodovia tornou-se um turbilhão de bronze.

A luz do entardecer possui a propriedade de revelar a essência do que acontece e de transformar impressões visuais em um quadro: em história, em sentimento, em destino. As manchas de sujeira e fuligem, naquele sol poente, falavam com centenas de vozes, e o coração sentia um aperto, e a gente via a felicidade passada, e a irreversibilidade da perda, o amargo dos erros e o eterno fascínio da esperança.

Era uma cena do tempo das cavernas. Os generais, a glória da nação, os construtores da grande Alemanha haviam sido afastados do caminho da vitória.

Ao olhar para as pessoas envoltas em trapos, Lehnard compreendeu com seu sentimento poético que quando ele, o crepúsculo, desaparecesse, os sonhos iriam junto.

Como devia ser obtusa e pesada a força que havia nas profundezas da vida se a energia esplêndida de Hitler, o poder de um povo terrível e alado, que dominava as mais avançadas teorias, acabara na margem silenciosa do Volga congelado, naquelas ruínas e na neve imunda, nas janelas inundadas pelo sangue do crepúsculo, na docilidade resignada dos seres que contemplavam a fumaça de um caldeirão com carne de cavalo...

33

No estado-maior de Paulus, localizado em um porão sob o edifício incendiado de uma loja de departamentos, tudo seguia a ordem estabelecida: os chefes chegavam a seus gabinetes e os oficiais faziam relatórios sobre os informes, as mudanças de situação e as ações do inimigo.

Os telefones tocavam, as máquinas de escrever crepitavam e, por trás da porta de compensado, ouvia-se a gargalhada de baixo do general Schenk, chefe da segunda seção do estado-maior. Como de hábito, as botas rápidas dos ajudantes de campo rangiam pela laje de pedra, e, como de hábito, logo depois que o chefe das unidades blindadas, com o monóculo reluzente, chegou a seu gabinete, pairou pelo corredor, misturando-se e ao mesmo tempo não se misturando com o cheiro de umidade, fumo e graxa preta, um odor de perfume francês. Como de hábito, as vozes e o crepitar das máquinas se calaram imediatamente quando o comandante, com seu capote longo e colarinho de pele, percorreu o corredor estreito da chancelaria subterrânea, com dezenas de olhos a observar seu rosto pensativo de nariz aquilino. O dia de Paulus estava organizado como de hábito, e tanto o charuto depois do almoço quanto a conversa com o chefe do estado-maior do Exército, general Schmidt, levavam o mesmo tempo de antes. E, como de hábito, com arrogância plebeia, quebrando o regulamento e a hierarquia, o suboficial operador de rádio ia até Paulus passando pelos olhos abaixados do coronel Adams, carregando um telegrama de Hitler com a anotação: "Entregar em mãos."

Mas é claro que as coisas só continuavam as mesmas na aparência; uma quantidade enorme de mudanças se havia produzido na vida do pessoal do estado-maior desde o dia do cerco.

As mudanças estavam na cor do café que eles tomavam; nas linhas de comunicação, estendidas até os novos setores do front, a leste; nas novas normas de emprego de munição; no atroz espetáculo diário dos Junkers de carga queimados e abatidos ao tentar romper o bloqueio aéreo. Surgira um novo nome que apagara todos os outros das mentes dos combatentes: Manstein.[30]

Não faz sentido enumerar essas mudanças, pois mesmo sem este livro elas seriam completamente óbvias. Claro que aqueles que antes se empanturravam sentiam uma fome constante; claro que os rostos dos esfomeados e subnutridos haviam mudado e adquirido um tom terroso. Naturalmente, o pessoal do estado-maior alemão também se modificara por dentro: os altivos e arrogantes se acalmaram; os fanfarrões pararam de se gabar, os otimistas passaram a falar mal do próprio Führer e a duvidar do acerto de sua política.

Ocorreram porém mudanças especiais, iniciadas nos corações e nas mentes dos alemães subjugados e enfeitiçados pela desumanidade do Estado nacional; não diziam respeito apenas à superfície, mas também às profundezas da vida humana, e justamente por isso as pessoas não as compreendiam nem as notavam.

Sentir tal processo era tão difícil quanto detectar a própria ação do tempo. Os tormentos da fome, os medos noturnos, a sensação da desgraça iminente, aos poucos, vagarosamente, humanizava as pessoas, as libertava, levava à vitória da vida sobre a negação da vida.

Os dias de dezembro tornavam-se cada vez mais curtos, e as noites geladas ficavam imensas, com até dezessete horas. O cerco se tornava cada vez mais estreito, o fogo dos canhões e das metralhadoras soviéticas se tornava cada vez mais raivoso... Oh, como era implacável o frio russo das estepes, insuportável até para os russos que estavam acostumados com ele, vestidos de sobretudos de peles e botas de feltro.

Um abismo gelado e feroz pairava sobre suas cabeças, respirando uma cólera indomável, e estrelas ressequidas e congeladas prorromperam, como uma geada de estanho, no céu constrangido pelo frio.

Entre os moribundos e os condenados à morte, quem poderia compreender que aquelas eram as primeiras horas de humanização das vidas de dezenas de milhões de alemães depois de décadas de desumanidade total?

---

[30] Erich von Manstein (1887-1973), comandante da Wehrmacht, era considerado um dos melhores estrategistas alemães. A sua discordância de Hitler em relação ao rumo da guerra resultou na sua dispensa em 1944.

34

Lehnard se aproximou do estado-maior do 6º Exército, entreviu no lusco-fusco a sentinela de cara cinzenta, postada solitária junto à porta cinzenta do crepúsculo, e seu coração palpitou. Enquanto caminhava pelo corredor subterrâneo do estado-maior, tudo o que via o enchia de amor e tristeza.

Lia nas portas as tabuletas escritas com caracteres góticos: "2ª Seção", "Ajudantes de Campo", "General Loch", "Major Traurig", ouvia o estalido das máquinas de escrever, chegavam-lhe vozes, e reconhecia a sensação de vínculo filial e fraterno com o mundo familiar dos camaradas de armas, de partido, seus amigos de combate da SS. Mas estavam no crepúsculo, e suas vidas se desvaneciam.

Ao chegar ao gabinete de Halb, não sabia como seria a conversa, nem se o Obersturmbannführer da SS compartilharia suas preocupações.

Como frequentemente acontece com as pessoas que se conhecem bem graças ao trabalho partidário em tempos de paz, eles não davam importância às diferenças de patente militar, conservando uma camaradagem sincera em suas relações. Quando se encontravam, normalmente misturavam uma conversa corriqueira com a profissional.

Lehnard sabia explicar a essência de um assunto complexo com grande concisão, e às vezes suas palavras realizavam uma longa jornada através de informes até os mais altos gabinetes de Berlim.

Ele entrou no aposento de Halb e inicialmente não o reconheceu. Ao contemplar seu rosto cheio, que não havia emagrecido, Lehnard não percebeu imediatamente que a única coisa que havia mudado era a expressão nos olhos escuros e inteligentes de Halb.

Na parede havia um mapa da região de Stalingrado, e um círculo rubro inflamado e implacável se estreitando em torno do 6º Exército.

— Estamos ilhados, Lehnard — disse Halb —, e essa nossa ilha não está cercada de água, mas do ódio dos brutos.

Puseram-se a falar do frio russo, das botas de feltro russas, do toucinho russo e da perfídia da vodca russa, que aquecia só para congelar.

Halb perguntou que modificações haviam ocorrido nas relações entre oficiais e soldados na linha de frente.

— Pensando bem — disse Lehnard —, não vejo diferença entre as ideias dos coronéis e a filosofia dos soldados. Em geral cantam a mesma canção, e não há muito otimismo nela.

— Essa mesma canção dos batalhões se estendeu até o estado--maior — disse Halb e, sem se apressar, para causar maior efeito, acrescentou: — E o solista do coro é o coronel-general.

— Estão cantando, mas, assim como antes, não há desertores.

Halb disse:

— Tenho uma questão ligada a um problema fundamental: Hitler determinou que o 6º Exército se defenda, enquanto Paulus, Weichs e Zeitzler se pronunciaram a favor da preservação física de soldados e oficiais, propondo a capitulação. Recebi a ordem de apurar em segredo se é possível que, em certo momento, as tropas sitiadas em Stalingrado se amotinem. Os russos chamam isso de *volínka*[31] — e pronunciou a palavra russa com nitidez, clareza e desdém.

Lehnard entendeu a seriedade da questão e se calou. Depois disse:

— Desejo começar pelos detalhes — e se pôs a falar. — Na companhia de Bach há um soldado meio maluco. Esse soldado era motivo de chacota entre os mais jovens, mas agora, em tempo de cerco, começaram a grudar nele e a contemplá-lo... Pus-me a pensar na companhia e em seu comandante. Em tempo de êxito, esse Bach aplaudia a política do Partido de corpo e alma. Agora, contudo, suspeito que tenha outra coisa na cabeça, e começou a se precaver. Então eu me pergunto: por que os soldados da companhia dele começaram a ir atrás de um tipo que ridicularizavam até pouco tempo atrás, que parecia uma mistura de louco e palhaço? O que esse tipo faria nos momentos fatídicos? Para onde levaria os soldados? Como o comandante da companhia iria reagir?

Afirmou a seguir:

— É difícil responder a isso tudo. Mas uma pergunta eu respondo: os soldados não vão se rebelar.

Halb disse:

— Agora se vê com especial clareza a sabedoria do Partido. Extirpamos sem hesitação do corpo do povo não apenas as partes in-

---

[31] Palavra que serve tanto para designar o instrumento musical conhecido como gaita de foles como a tática de arrastar as coisas no trabalho ("operação tartaruga").

fectadas, como ainda as que tinham aspecto saudável, mas eram passíveis de apodrecer em circunstâncias difíceis. Os exércitos, as cidades, as aldeias e as igrejas foram purificados dos obstinados inimigos ideológicos. Haverá muito falatório, palavrões e cartas anônimas. Mas não haverá motim, mesmo que o inimigo nos cerque, e não só no Volga, mas também em Berlim! Temos que ser gratos a Hitler por isso. Temos que abençoar o céu por nos ter mandado esse homem numa época como essa.

Apurou o ouvido para escutar o ruído surdo e vagaroso que passava sobre sua cabeça; nas profundezas do porão era impossível distinguir se eram explosões da artilharia alemã ou bombas da aviação soviética.

Depois que o barulho se aquietou, Halb disse:

— É inconcebível que o senhor consiga sobreviver com a ração regular de oficial. Coloquei-o na lista dos mais valorosos amigos do Partido e funcionários da segurança, e o correio vai lhe entregar encomendas regularmente, no estado-maior da divisão.

— Obrigado — disse Lehnard —, mas não quero, vou comer o mesmo que os outros.

Halb abriu os braços.

— Como está Manstein? Dizem que recebeu equipamentos novos.

— Não boto fé em Manstein — disse Halb. — Nisso tenho divergência com relação ao ponto de vista do comando.

E a meia-voz, ou seja, do jeito que habitualmente vinha falando ao longo de anos de informações altamente secretas, afirmou:

— Tenho uma lista com os amigos do Partido e funcionários da segurança que, quando o desfecho estiver próximo, terão lugares garantidos nos aviões. O senhor também está nesta lista. Em caso de minha ausência, as instruções estarão com o coronel Osten.

Notou a interrogação nos olhos de Lehnard e explicou:

— Talvez eu tenha que voar para a Alemanha. É um assunto tão secreto que não pode ser confiado nem ao papel, nem a uma mensagem cifrada por rádio.

Deu uma piscada:

— Vou encher a cara antes do voo, não de alegria, mas de medo. Os soviéticos derrubam muitos aviões.

Lehnard disse:

— Camarada Halb, não vou entrar nesse avião. Será uma vergonha se eu abandonar as pessoas que convenci a lutar até o fim.

Halb se ergueu de leve.

— Não tenho o direito de dissuadi-lo.

Lehnard, desejando dissipar o excesso de solenidade, afirmou:

— Se for possível, ajude a minha evacuação até o estado-maior do regimento. Estou sem carro.

Halb disse:

— Não dá! É a primeira vez que não dá, não tem jeito! A gasolina está nas mãos daquele cachorro do Schmidt. Não consigo nem uma gota. Entende? É a primeira vez. — E em seu rosto surgiu aquela expressão de fragilidade que não lhe era própria, mas talvez fosse bastante sua, que o tornara irreconhecível para Lehnard nos primeiros minutos do encontro.

35

À noite esquentou um pouco, e caiu uma neve que cobriu a fuligem e a sujeira da guerra. Bach percorreu as fortificações da linha de frente no escuro. A ligeira brancura de Natal cintilava entre os clarões dos tiros, e os foguetes de sinalização faziam a neve ora ficar rosada, ora assumir um aspecto verde suave, reverberante.

Sob esses clarões, tudo parecia assombroso e especial: os montes e as cavernas de pedra, as ondas imóveis de tijolo, as centenas de trilhas de lebre delineadas onde as pessoas precisavam comer, ir à latrina, buscar minas e cartuchos, carregar feridos até a retaguarda, enterrar os corpos dos mortos. E, ao mesmo tempo, tudo parecia completamente corriqueiro, habitual.

Bach se aproximou de um lugar contra o qual os russos atiravam, entrincheirados nas ruínas de uma casa de três andares, de onde vinham o som de uma sanfona e o canto monótono do inimigo.

Por uma brecha na parede a linha de frente soviética abria-se à vista, e se viam as oficinas das fábricas e o Volga congelado.

Bach chamou a sentinela, mas não ouviu suas palavras: subitamente houve uma explosão, e a terra congelada bateu contra as paredes da casa; um planador russo deslizando a baixa altura, com o motor desligado, lançara uma bomba.

— Um corvo russo manco — disse a sentinela, apontando para o céu escuro de inverno.

Bach se sentou, apoiando o cotovelo em uma saliência familiar da pedra, e olhou ao redor. Uma leve sombra rosada tremulando acima do alto do muro mostrava que os russos haviam acendido o fogo, a chaminé se incandescera e produzia uma luz embaciada. Parecia que, em seu esconderijo, os russos estavam mastigando, mastigando, mastigando e tragando ruidosamente café quente.

À direita, onde as trincheiras russas ficavam mais perto das alemãs, ouviam-se golpes suaves e ponderados de metal contra a terra congelada.

Sem sair de baixo da terra, os russos moviam suas trincheiras na direção dos alemães, de forma lenta, porém contínua. Esse movimento na terra gelada e petrificada continha uma paixão cega e poderosa. Parecia que a própria terra estava se movendo.

À tarde, um suboficial informou a Bach que uma granada fora lançada da trincheira russa, destruindo a chaminé do fogão da companhia e enchendo a trincheira de todo tipo de lixo.

Ao fim da tarde, um russo de peliça curta branca e gorro quente e novo saltara da trincheira, soltando diversos palavrões e ameaçando com o punho.

Os alemães não atiraram, compreendendo instintivamente que aquilo havia sido um ato espontâneo dos soldados russos.

O russo gritara:

— Ei, galinha, ovos, glu-glu russo?

Então, um alemão azul-acinzentado saiu da trincheira e gritou, mas não muito alto, para não ser ouvido pelos oficiais do abrigo:

— Ei, russo, não dê tiro na cabeça. Preciso ver mamãe. Tome a arma, dê o gorro.

Responderam da trincheira russa com uma só palavra, e ainda por cima muito curta. Embora a palavra fosse russa, os alemães compreenderam e ficaram furiosos.

Voou uma granada que atravessou a trincheira e explodiu na passagem de comunicação. Mas aquilo já não interessava a ninguém.

O suboficial Eisenaug também informou isso a Bach, que disse:

— Deixe gritarem. Desde que ninguém deserte...

Mas então o suboficial, lançando em Bach um cheiro de beterraba crua, informou que o soldado Pettenkofer de alguma forma havia organizado uma troca de mercadorias com o inimigo; em seu alforje tinham surgido torrões de açúcar e pão militar dos russos. Pegara emprestada uma navalha de barbear de um companheiro, prometendo conseguir em troca um pedaço de toucinho e dois pacotes de alimento concentrado, e estabeleceu que ficaria com cinquenta gramas de toucinho para si, como comissão.

— Nada mais simples — disse Bach. — Tragam-no aqui.

Porém revelou-se que, na primeira metade do dia, Pettenkofer, cumprindo uma missão do comando, tivera uma morte heroica.

— Então o que o senhor quer de mim? — disse Bach. — Há comércio entre os povos russo e alemão há muito tempo.

Eisenaug, contudo, não estava para piadas; com uma ferida não cicatrizada, recebida na França em maio de 1940, chegara a Stalingrado dois meses antes, em um avião procedente do sul da Alemanha, onde servira em um batalhão político. Sempre faminto, congelado, carcomido pelos piolhos e pelo medo, era privado de senso de humor.

Foi ali, onde mal se notava o desenho de pedra das casas da cidade, branco, vago e difícil de distinguir em meio às trevas, que Bach começara sua vida em Stalingrado. O céu negro da cidade, com estrelas enormes, a água turva do Volga, as paredes das casas em brasa por causa dos incêndios e, mais adiante, as estepes do sudeste da Rússia, a fronteira dos desertos asiáticos.

As casas dos subúrbios a oeste da cidade afundavam na escuridão, sobressaindo as ruínas cobertas de neve — essa era a sua vida...

Por que havia escrito aquela carta à mãe no hospital? Provavelmente ela a mostrara a Hubert! E por que conversara com Lehnard?

Porque as pessoas tinham memória, às vezes tinha vontade de morrer e deixar de lembrar. Pouco antes do cerco, tomara a loucura ébria pela verdade da vida, e fizera o que não havia feito em anos longos e difíceis.

Não havia matado mulheres nem crianças, nem prendido ninguém. Contudo, partira a frágil represa que separava a pureza de sua alma das brumas que fervilhavam ao redor. E o sangue dos campos de concentração e do gueto jorrara sobre ele, o apanhara e arrastara, e já não havia limite entre ele e a escuridão, da qual ele era parte.

O que tinha acontecido com ele: loucura, acaso, ou eram as leis de sua alma?

36

Fazia calor no abrigo da companhia. Uns estavam sentados, outros deitados e de pernas erguidas até o teto baixo, alguns dormiam cobrindo a cabeça com os capotes e exibindo as amareladas plantas dos pés descalços.

— Vocês se lembram — disse um soldado especialmente magro, puxando a camisa sobre o peito e examinando as costuras com o olhar atento e maldoso com que todos os soldados do mundo examinam as costuras de suas camisas e roupas de baixo — do porão em que a gente estava em setembro?

Um segundo, deitado de costas, disse:

— Eu me juntei a vocês aqui.

Algumas pessoas responderam:

— Pode acreditar, o porão era bom... Tinha cama, como nas melhores casas...

— Alguns de nós já se desesperavam quando estávamos perto de Moscou. E agora, ainda viemos parar no Volga.

Um soldado, que partia uma tábua com um machado, abriu nessa hora a portinhola da estufa, para alimentar o fogo. A chama iluminou seu grande rosto com a barba por fazer, e ele, que era cinza como pedra, tornou-se vermelho como cobre.

— Que ideia — disse ele —, ficar contente por termos saído de um buraco para outro ainda mais fedorento.

Do canto escuro em que estavam alojados os feridos ouviu-se uma voz alegre:

— Agora está claro, não tem ceia de Natal melhor que carne de cavalo!

A conversa chegou à comida, e todos se animaram. Discutiram sobre o melhor meio de eliminar o cheiro de suor da carne de cavalo cozida. Uns diziam que se devia tirar a espuma negra do caldo fervente. Outros aconselhavam a não deixar a água ferver muito, e terceiros sugeriam cortar a carne dos quartos traseiros e não colocar a carne congelada em água fria, mas mergulhá-la diretamente na fervura.

— Os batedores é que vivem bem — disse um jovem soldado —, tomam as provisões dos russos e as usam para dar de comer às suas mulheres nos porões, e ainda há idiotas que ficam surpresos que as jovens e belas prefiram os batedores.

— Eis aí uma coisa em que nem penso mais — disse o que alimentava o fogo —, não sei se por causa do desânimo ou da alimentação. Queria ver meus filhos antes de morrer. Nem que fosse por uma horinha...

— Em compensação, os oficiais vivem pensando nisso! Encontrei o comandante da companhia em um porão habitado por civis. Ele estava se sentindo em casa, era como um membro da família.

— E o que você estava fazendo nesse porão?

— Ora, eu... fui levar a minha roupa para lavar.

— Numa época fui guarda de um campo. Vi prisioneiros de guerra catando cascas de batata e brigando por folhas podres de repolho. Pensei: isso aí não é gente de verdade. Mas agora parece que nós também somos porcos.

Uma voz da escuridão em que estavam alojados os feridos afirmou, cantando:

— Começamos pelas galinhas!

A porta se escancarou bruscamente e junto com um turbilhão de vapor frio veio uma voz simultaneamente grossa e sonora:

— De pé! Sentido!

Assim como antes, tais palavras soavam calmas e ponderadas.

"Sentido" para as amarguras, os sofrimentos, as angústias, os maus pensamentos... "Sentido."

Na neblina surgiu o rosto de Bach, botas rangeram de forma incomum, e os habitantes do abrigo viram o capote azul-claro do comandante da divisão, seus olhos míopes semicerrados, a mão branca e senil com uma aliança de ouro a enxugar o monóculo com um farrapo de camurça.

Uma voz habituada a chegar sem esforço às praças de armas, aos comandantes de regimentos e aos praças posicionados no flanco esquerdo proferiu:

— Olá. Descansar.

Os soldados responderam desordenadamente.

O general se sentou em uma caixa de madeira, e a luz amarela do fogão percorreu a cruz de ferro negra em seu peito.

— Desejo-lhes um feliz Natal — disse o velho.

Os soldados que o acompanhavam arrastaram uma caixa até o fogão e, erguendo a tampa com baionetas, começaram a tirar de dentro dela árvores de Natal embrulhadas em papel celofane — elas cabiam na palma da mão. Cada árvore estava enfeitada com fios dourados, contas e balinhas de fruta.

O general observou os soldados abrindo os pacotes de celofane, acenou para o Oberleutnant,[32] disse-lhe umas palavras incompreensíveis, e Bach falou, em voz alta:

— O tenente-general me mandou transmitir a vocês que esse presente de Natal foi trazido da Alemanha por um piloto que foi atingido em Stalingrado. Ele aterrissou em Pitómnik e foi retirado morto da cabine.

37

As pessoas seguravam as árvores em miniatura na palma das mãos. Os pinheiros, aquecidos pelo ar abafado, cobriram-se de um ligeiro orvalho, enchendo o porão de um aroma conífero que subjugava o pesado odor de morgue e ferraria — o odor da linha de frente.

O cheiro de Natal parecia vir da cabeça grisalha do velho sentado junto à estufa.

O coração sensível de Bach percebeu a tristeza e o encantamento daquele instante. As pessoas que desafiavam a força da artilharia pesada russa, endurecidas, toscas, atormentadas pela fome e pelos piolhos, esfalfadas pela falta de cartuchos, haviam compreendido imediatamente e em silêncio que não precisavam de parafusos, pão ou projéteis, mas sim daqueles ramos de pinheiro, brinquedos de orfanato embrulhados com fios inúteis.

Os soldados rodearam o velho sentado sobre a caixa. No verão, ele guiara a divisão motorizada de vanguarda até o Volga. A vida inteira, sempre e em todos os lugares, fora um ator. Atuava não apenas na frente de suas fileiras e nas conversas com os comandantes. Era um ator em casa, com sua mulher, passeando no jardim, com a nora e o neto. Era ator à noite, sozinho, deitado na cama, com as calças de general descansando a seu lado, na poltrona. E, naturalmente, era um ator diante dos soldados, quando perguntava de suas mães, quando franzia o cenho, quando fazia piadas grosseiras com os divertimentos amorosos dos soldados, quando se interessava pelo conteúdo dos caldeirões dos soldados e provava a sopa com seriedade exagerada, quando inclinava a cabeça com severidade diante das tumbas abertas dos soldados e quando proferia palavras exageradamente afetuosas e paternais perante

---

[32] Primeiro-tenente (em alemão no original).

uma fileira de recrutas. Sua teatralidade não vinha de fora, era interior, estava entranhada em suas ideias e em si. Não era consciente, mas era inconcebível separar-se dela, assim como não se podia filtrar o sal da água marinha. Essa teatralidade entrara com ele no abrigo da companhia, estava com ele no modo de abrir o capote, sentar-se na caixa diante da estufa, no jeito tranquilo e triste de olhar para os soldados e de felicitá-los. O velho jamais se dera conta de seu jogo de ator, mas repentinamente o compreendeu, e o jogo se foi, saiu de seu ser como os cristais de sal da água gelada.

Sobreveio uma prosa sem sal e uma compaixão senil por aquela gente faminta e sofrida. Um homem impotente, fraco e velho estava sentado em meio aos impotentes e infelizes.

Um dos soldados entoou uma canção, em voz baixa:

> *O Tannenbaum, o Tannenbaum*
> *wie grün sind deine Blätter...*[33]

Duas ou três vozes se uniram. O aroma conífero provocava vertigem, e as palavras da canção infantil ressoavam como trombetas divinas:

> *O Tannenbaum, o Tannenbaum*

Das profundezas frias do mar alçaram-se à superfície sentimentos esquecidos e abandonados, e foram liberadas ideias havia muito tempo submersas... Elas não davam alegria nem leveza. Mas sua força era a força humana, ou seja, a maior força do mundo.

As descargas dos canhões soviéticos de grosso calibre golpeavam uma atrás da outra, de forma pesada; os Ivans estavam descontentes por algum motivo, como se adivinhassem que os inimigos celebravam a véspera de Natal. Ninguém prestava atenção na serragem que caía do teto, nem no fato de que o fogão soprava uma nuvem de fagulhas vermelhas no abrigo.

O rufar dos tambores de ferro martelava a terra, e a terra gritava: os russos estavam brincando com seus queridos lança-foguetes. Ato contínuo, as metralhadoras pesadas começaram a ranger.

---

[33] "Oh árvore de Natal, oh árvore de Natal/ Como suas folhas são verdes." Tradicional canção natalina alemã, cuja versão mais célebre foi escrita em 1824 por Ernst Anschütz (1780-1861).

O velho estava sentado de cabeça inclinada, na pose habitual de gente cansada de uma vida longa. As luzes de cena se extinguiram, e as pessoas caminhavam sem maquiagem sob a luz cinzenta do dia. Os diferentes se tornaram idênticos: o lendário general, o chefe das ofensivas-relâmpago motorizadas, o suboficial pedante e o soldado Schmidt, suspeito de nocivas ideias contra o Estado... Bach pensou que Lehnard não teria cedido naquele instante, e que nele não seria possível ocorrer a transfiguração do homem estatal, alemão, em ser humano.

Voltou a cabeça na direção da porta e viu Lehnard.

38

Stumpfe, o melhor soldado da companhia, que causava tímidos olhares de admiração dos recrutas, havia se transformado. Seu grande rosto de olhos claros tornara-se macilento. A farda e o capote converteram-se em um traje amarrotado e envelhecido que protegia o corpo do vento e do frio da Rússia. Parou de falar com inteligência, e suas piadas não faziam rir.

Padecia mais com a fome do que os outros, por ser robusto e necessitar de mais alimento.

A fome constante o compelia a sair à caça desde a manhã; cavoucava e revirava em meio às ruínas, mendigava, devorava migalhas, ficava de plantão perto da cozinha. Bach se acostumara a ver seu rosto atento e tenso. Stumpfe pensava em comida sem parar, e a buscava não só no tempo livre, como também em combate.

Ao entrar no porão habitado, Bach viu as costas grandes e os amplos ombros do soldado faminto. Estava remexendo o terreno baldio no qual, antes do cerco, ficavam a cozinha e o armazém de víveres do regimento. Arrancava folhas de repolho da terra, encontrava batatinhas congeladas, minúsculas, do tamanho de uma bolota, que, anteriormente, não tinham ido parar no caldeirão em razão de seu mísero tamanho.

Uma velha alta com um casaco masculino esfarrapado, cingido por um barbante, e botas masculinas gastas e sem salto, saiu de trás de uma parede de pedra. Foi ao encontro do soldado, olhando fixamente para o chão e revolvendo a neve com um gancho de arame grosso.

Viram-se sem erguer as cabeças, graças às sombras que se chocaram na neve.

O gigante alemão ergueu os olhos na direção da velha e, segurando com confiança uma folha de repolho esburacada e dura como mica, disse em tom lento e solene:

— Olá, madame.

A velha, afastando sem pressa o lenço que lhe caíra sobre a testa, fitou-o com os olhos escuros, repletos de bondade e inteligência, e respondeu em tom lento e majestoso:

— Olá, *pan*.[34]

Era um encontro do mais alto nível entre representantes de dois grandes povos. Ninguém, à exceção de Bach, presenciou tal encontro, e o soldado e a velha o esqueceram em seguida.

A temperatura subiu, e grandes flocos de neve caíram na terra, no pó vermelho dos tijolos, nos braços das cruzes dos túmulos, nas frontes dos tanques mortos, nas orelhas dos cadáveres insepultos.

A cálida neblina de neve parecia cinza-azulada. A neve preencheu o espaço aéreo, parou o vento, extinguiu o fogo, juntou e misturou terra e céu em uma unidade difusa, cinzenta e suavemente ondulante.

A neve caía nos ombros de Bach, e pareciam ser flocos de silêncio a se depositar no Volga tranquilo, na cidade morta, nos esqueletos dos cavalos; havia neve por toda parte, não apenas na terra, mas também nas estrelas, o mundo inteiro estava cheio de neve. Tudo desaparecia sob a neve; os corpos dos mortos, as armas, os trapos purulentos, o cascalho, o ferro retorcido.

Não era a neve, mas o próprio tempo que era suave, branco, caía e se sobrepunha à carnificina humana na cidade, e o presente se tornava passado, e não havia futuro no lento e felpudo cintilar da neve.

39

Bach estava deitado na tarimba, atrás de uma cortina de chita, em um canto apertado do porão. Em seu ombro repousava a cabeça de uma mulher adormecida. Por causa da magreza, o rosto dela parecia ao mesmo tempo infantil e murcho. Bach olhou para seu colo magro e para o peito que se delineava sob a imunda camisa cinza. Em silêncio e devagar, para não despertar a mulher, levou aos lábios sua trança des-

---

[34] Senhor (na Polônia e na Ucrânia).

grenhada. Os cabelos perfumados eram vivos, rijos e cálidos, como se neles corresse sangue.

A mulher abriu os olhos.

Era uma fêmea prática, às vezes descuidada, carinhosa, manhosa, paciente, dócil e irascível. Às vezes parecia estúpida e deprimida, totalmente sorumbática, às vezes se punha a cantar e, entre palavras russas, surgiam motivos de *Carmen* e *Fausto*.

Não lhe interessava quem ela tinha sido antes da guerra. Bach procurava-a quando tinha vontade, e, quando não tinha vontade de dormir com essa mulher, não se lembrava dela, nem se preocupava se estava bem nutrida ou se fora abatida por um franco-atirador russo. Uma vez tirou do bolso uma bolacha que levava por acaso e lhe deu; ela ficou alegre e depois deu a bolacha a uma velha que morava perto. Aquilo o tocara, mas, ao visitá-la, ele quase sempre se esquecia de levar algo de comer.

Seu nome era estranho e não parecia com os europeus: Zina.

Zina, pelo jeito, não conhecera antes da guerra a velha que morava perto. Era uma vovó desagradável, bajuladora e má, incrivelmente falsa, tomada de uma paixão furiosa por comida. Naquele exato momento, batia metodicamente com um pilão de madeira primitivo em um almofariz de madeira, moendo grãos negros de trigo, queimados e sujos de querosene.

Depois do cerco, os soldados começaram a procurar habitantes nos porões; antes, nem reparavam neles, mas agora lhes conferiam uma grande variedade de tarefas: a lavagem de roupas com cinzas em vez de sabão, o preparo de refeições feitas com restos, consertos, cerziduras. As pessoas mais importantes dos porões acabavam sendo as velhas. Mas os soldados não iam só atrás delas.

Bach achava que ninguém sabia de suas visitas ao porão. Mas uma vez, sentado na tarimba de Zina e tomando as mãos dela nas suas, ouviu a língua materna por trás da cortina, e uma voz familiar a dizer:

— Não vá atrás da cortina, lá está a Fräulein do Oberleutnant.

Agora estavam deitados lado a lado, em silêncio. Toda a sua vida — os amigos, os livros, o romance com Maria, sua infância, tudo o que o ligava à cidade em que nascera, à escola e à universidade, o estrondo da campanha russa —, tudo perdera o sentido... Tudo aquilo fora o caminho até aquela tarimba improvisada a partir de uma porta enegrecida... Foi tomado pelo terror com a ideia de que podia perder aquela mulher que encontrara e à qual chegara; tudo o que estava acontecendo na Alemanha e na Europa só servia para que ele a encontrasse... Antes não compreendera isso, esquecera-se dela, que o agradava justamente porque nada de sério os ligava. Não havia nada no mundo além dela, tudo afundara na neve... O que existia era aquele rosto maravilhoso, as narinas levemente erguidas, os olhos estranhos e aquela expressão de impotência infantil, unida ao cansaço, que o deixava doido. Em outubro ela tinha encontrado seu hospital, fora até lá a pé, e ele não quisera vê-la, nem saíra ao seu encontro.

Ela via que ele não estava bêbado. Ele ficou de joelhos, beijou-lhe as mãos, pôs-se a beijar-lhe as pernas, depois ergueu a cabeça, apertou a testa e as faces contra os seus joelhos, falando de modo rápido e apaixonado, mas ela não o entendia, e ele sabia que não era compreendido, pois ela só conhecia a língua terrível falada pelos soldados de Stalingrado.

Ele sabia que o movimento que o levara àquela mulher agora o arrancaria dela e os separaria para sempre. De joelhos, abraçava as pernas dela e a fitava nos olhos, e ela ouvia suas palavras rápidas, querendo entender e adivinhar o que ele dizia e o que seria deles.

Jamais ela vira um alemão com tal expressão nos olhos, achando que só os russos podiam ter olhos tão sofridos, suplicantes, ternos e loucos.

Ele lhe dizia que naquele instante, no porão, ao beijar seus pés, pela primeira vez entendia o amor não com palavras alheias, mas com o sangue do coração. Queria-a mais que seu passado, mais do que a mãe, mais do que a Alemanha, mais do que sua vida futura com Maria... Ele a amava. Os muros erigidos pelos Estados, a fúria racista, a vaga de fogo da artilharia pesada não significavam nada, eram impotentes diante da força do amor... Era grato ao destino, que lhe dera tal compreensão à véspera da morte.

Ela não entendia suas palavras, pois só conhecia "halt", "komm", "bring", "schneller". Ouvira apenas "dê isto aqui, *kaputt, Zucker, Brot,* corra, deite".

Adivinhava, contudo, o que acontecia com ele, e via sua agitação. A amante esfomeada e frívola do oficial alemão via sua fraqueza com ternura indulgente. Entendia que o destino ia separá-los, e estava mais tranquila do que ele. Agora, ao ver seu desespero, sentia que seu vínculo com aquele homem estava se transformando em algo que a surpreendia pela força e profundidade. Ouvia isso em sua voz, sentia-o em seus beijos e em seus olhos.

Pensativa, acariciava os cabelos de Bach, e em sua cabecinha astuta surgiu o receio de que aquela força obscura tomasse conta dela, a perdesse e a liquidasse... E o coração palpitava, palpitava, e não queria ouvir a voz astuta que a advertia e aterrorizava.

40

Ievguênia Nikoláievna fez novos conhecidos: gente das filas da cadeia. Perguntavam-lhe: "Como está, quais são as novas?" Já era experiente, e não apenas ouvia conselhos, como se punha a dizer: "Não se preocupe. Talvez ele esteja no hospital. Lá é bom, todos sonham em sair das celas e ir para o hospital."

Sabia que Krímov estava na prisão interna. Não aceitaram entregas para ele, mas ela não perdia a esperança; na Kuznétzki Most, acontecia de se recusarem a receber uma entrega uma ou duas vezes e, depois, fazerem a proposta: "Entregue o pacote."

Estivera no apartamento de Krímov, e a vizinha contou que dois meses antes vieram com o administrador dois militares, abriram o quarto de Krímov, pegaram muitos papéis e livros e foram embora, deixando a porta lacrada. Gênia olhou para o lacre com fios de barbante e a vizinha, a seu lado, dizia:

— Pelo amor de Deus, só uma coisa: eu não lhe disse nada. — Ao acompanhar Gênia até a porta, a vizinha criou coragem e cochichou:
— Era um homem tão bom que foi para a guerra como voluntário.

Não escrevera a Nóvikov de Moscou.

Que desordem na alma! Compaixão, amor, arrependimento, alegria pela vitória no front, preocupação com Nóvikov, vergonha dele, medo de perdê-lo para sempre, uma sensação melancólica de injustiça...

Havia pouco tempo morava em Kúibichev, aprontava-se para se encontrar com Nóvikov no front, e sua ligação com ele parecia-lhe impreterível e inescapável como o destino. Gênia se horrorizara com a ideia de estar ligada a ele para sempre, e para sempre separada de Krímov. Por vezes, Nóvikov lhe parecia um estranho. Suas inquietudes, suas esperanças e seu círculo de conhecidos eram-lhe completamente alheios. Achava absurdo servir chá à sua mesa, receber seus amigos, conversar com as mulheres dos generais e dos coronéis.

Lembrava-se da indiferença de Nóvikov pelos contos "O bispo" e "Uma história enfadonha", de Tchékhov. Apreciava-os ainda menos que os romances tendenciosos de Dreiser e Feuchtwanger. Contudo, agora, ao compreender que sua separação de Nóvikov estava decidida, e que jamais o teria de volta, Gênia sentia ternura por ele, lembrando-se com frequência de sua dócil obediência ao concordar com tudo o que ela dizia. E Gênia foi tomada pelo pesar: será que as mãos dele nunca mais tocariam seu ombro? Não voltaria a ver seu rosto?

Nunca encontrara uma combinação tão incomum de força, simplicidade rústica, humanidade e timidez. Sentia-se extremamente atraída por ele, que era alheio ao fanatismo, e tinha em si uma bondade peculiar, sensata e simples de mujique. E logo se inquietou com o pensamento constante de que algo de obscuro e sujo se imiscuíra em sua relação com os próximos. Como ficaram sabendo das palavras que Krímov lhe dissera? Como era inescapavelmente sério tudo o que a unia a Krímov; não conseguira apagar seu convívio com ele.

Iria atrás de Krímov. Não tinha importância que ele não a perdoasse: ela merecia sua reprovação eterna, mas sabia que ele precisava dela, que ele pensava nela o tempo todo na prisão.

Nóvikov encontraria em si a força para superar a separação. Contudo, ela não conseguia entender do que precisava para chegar à paz de espírito. Saber que ele tinha deixado de amá-la, acalmara-se e perdoara? Ou, pelo contrário, saber que ele a amava, estava inconsolável e não perdoara? E para si mesma, era melhor saber que a separação era para sempre ou acreditar no fundo do coração que voltariam a estar juntos?

Quantos sofrimentos causara aos próximos. Será que não tinha feito aquilo tudo pelos outros, mas por si mesma, por um capricho? Uma psicopata intelectual!

À noite, quando Chtrum, Liudmila e Nádia estavam sentados à mesa, Gênia perguntou subitamente, olhando para a irmã:

— Sabe o que eu sou?

— Você? — espantou-se Liudmila.

— Sim, sim, eu — disse Gênia, esclarecendo: — Sou uma cachorrinha.

— Uma cadela? — disse Nádia, alegre.

— Isso mesmo, exatamente — respondeu Gênia.

Todos caíram de repente na gargalhada, embora compreendessem que Gênia não estava de brincadeira.

— Sabe — disse Gênia —, Limônov, um amigo meu que me visitava em Kúibichev, me explicou uma vez o que é o amor na meia-idade. Dizia que era uma avitaminose espiritual. Ou seja, um homem vive muito tempo com uma mulher e desenvolve uma fome espiritual, assim como as vacas privadas de sal ou um explorador polar que há anos não come verduras. Se a mulher for uma pessoa enérgica, autoritária e forte, o esposo começa a sentir falta de uma alma dócil, suave, flexível, acanhada.

— Esse seu Limônov é uma besta — disse Liudmila Nikoláievna.

— E se o homem precisar de várias vitaminas: A, B, C, D? — perguntou Nádia.

Mais tarde, quando já se preparavam para dormir, Viktor Pávlovitch disse:

— Geneviève, temos o hábito de ridicularizar os intelectuais por sua ambiguidade hamletiana, pelas dúvidas e indecisões. Na juventude eu também desprezava esses traços em mim. Mas agora penso diferente: os indecisos e hesitantes merecem reconhecimento por grandes descobertas e grandes livros, e não fizeram menos que os bobalhões obstinados. Eles vão para a fogueira quando preciso e, sob tiroteio, se comportam tão bem quanto os enérgicos e determinados.

Ievguênia Nikoláievna disse:

— Obrigado, Vítienka, está querendo se referir à cadelinha?

— Exatamente — confirmou Viktor Pávlovitch.

Tinha vontade de dizer coisas agradáveis a Gênia.

— Examinei de novo o seu quadro, Gênetchka — afirmou. — Ele me agrada por ter sentimento, pois os artistas de vanguarda só possuem audácia e espírito inovador, mas falta-lhes Deus.

— Sim, sentimento — disse Liudmila Nikoláievna —, homens verdes e isbás azuis. Um desvio completo da realidade.

— Sabe, Milka — disse Ievguênia Nikoláievna —, Matisse disse: "Quando uso a cor verde, não quer dizer que vou desenhar grama, e se tomo o azul também não quer dizer que vou desenhar o céu." A cor expressa o estado interior do artista.

E embora Chtrum só quisesse dizer coisas agradáveis a Gênia, não se deteve e proferiu, irônico:

— Eckermann, contudo, escreveu: "Se Goethe, como Deus, tivesse criado o mundo, teria feito a grama verde e o céu azul." Para mim, essas palavras dizem muita coisa, pois tenho alguma relação com o material com o qual Deus criou o mundo... Na verdade, é por isso que sei que não há cores nem tonalidades, apenas átomos e espaços entre eles.

Esse tipo de conversa, entretanto, acontecia raramente: a maior parte do tempo falavam da guerra, da promotoria...

Eram dias difíceis. Gênia preparava-se para partir para Kúibichev: suas férias estavam acabando.

Temia as iminentes explicações à chefia. Pois se dirigira a Moscou por seu bel-prazer e perambulara longos dias pelas soleiras das prisões, redigindo petições à promotoria e ao Comissariado do Povo para Assuntos Internos.

A vida toda temera as instituições públicas e a redação de requerimentos, chegava a dormir mal e ficar nervosa antes de renovar o passaporte. Contudo, nos últimos tempos, o destino parecia tê-la forçado a só lidar com vistos, passaportes, polícia, promotoria, notificações e declarações.

Na casa da irmã reinava uma calma sem vida.

Viktor Pávlovitch não ia ao trabalho, ficava sentado por horas em seu quarto. Liudmila Nikoláievna voltava da loja especial aflita e zangada, contando que as mulheres dos conhecidos não a cumprimentavam. Ievguênia Nikoláievna via como Chtrum se enervava. Sobressaltava-se a cada telefonema e apanhava o fone com ímpeto. No almoço ou no jantar era frequente interromper a conversa e afirmar, abruptamente: "Mais baixo, mais baixo, acho que alguém está chamando à porta." Ia até a entrada e voltava com um sorriso desajeitado. As irmãs entendiam o motivo daquela espera tensa e constante: temia ser preso.

— Assim é que se desenvolve a mania de perseguição — disse Liudmila —, as clínicas psiquiátricas ficaram cheias de gente assim em 1937.

Reparando na preocupação constante de Chtrum, Ievguênia Nikoláievna ficou especialmente tocada com sua atitude em relação a ela. Certa vez, ele disse: "Sabe, Geneviève, sou profundamente indiferente ao que pensem sobre o fato de você morar em nossa casa e ficar indo atrás de um preso. Entendeu? Esta casa é sua."

À noite, Ievguênia Nikoláievna gostava de conversar com Nádia.

— Você é inteligente demais — Ievguênia Nikoláievna disse à sobrinha. — Não parece uma moça, mas uma espécie de membro de uma sociedade de ex-prisioneiros políticos.

— Ex não, futuros — disse Chtrum. — Você também deve estar falando de política com o seu tenente.

— E daí? — disse Nádia.

— Era melhor se beijarem — disse Ievguênia Nikoláievna.

— É disso que estou falando — disse Chtrum. — É bem menos perigoso.

Nádia realmente puxava papo sobre temas delicados: de repente perguntava de Bukhárin, se era verdade que Lênin gostava de Trótski e não queria ver Stálin nos últimos meses de vida, e se escrevera um testamento que Stálin escondia do povo. Ievguênia Nikoláievna, quando ficava a sós com Nádia, não a interrogava sobre o tenente Lômov. Contudo, a partir do que Nádia falava de política, da guerra, dos versos de Mandelstam e Akhmátova, de seus encontros e conversas com os camaradas, Ievguênia Nikoláievna ficava sabendo mais de Lômov e de suas relações com Nádia do que Liudmila. Lômov, pelo jeito, era um rapaz ferino, de personalidade difícil, que ironizava tudo o que fosse reconhecido e estabelecido. Aparentemente escrevia versos, e dele Nádia adotara a atitude de ironia e desprezo por Demian Bédni e Tvardóvski, e a indiferença por Chólokhov e Nikolai Ostrovski. Obviamente eram dele as palavras que Nádia proferira ao dar de ombros: "Os revolucionários ou são estúpidos, ou desonestos: não se pode sacrificar a vida de toda uma geração em prol de uma imaginária felicidade futura..."

Uma vez, Nádia disse a Ievguênia Nikoláievna:

— Sabe, tia, a geração mais velha precisa de qualquer forma crer em alguma coisa: Krímov em Lênin e no comunismo, papai na liberdade, vovó no povo e nos operários. Mas para nós, da geração mais nova, tudo isso parece uma estupidez. No geral, crer é uma estupidez. É preciso viver, e não crer.

Ievguênia Nikoláievna indagou subitamente:

— Essa é a filosofia do tenente?

A resposta de Nádia surpreendeu-a.

— Ele parte para o front daqui a três semanas. Essa é toda a filosofia: hoje ele existe, amanhã não existe mais.

Ao conversar com Nádia, Ievguênia Nikoláievna se lembrava de Stalingrado. Vera falara com ela daquele mesmo jeito, e Vera se apaixonara daquele jeito. Mas como o sentimento claro e simples de Vera era diferente da confusão de Nádia! E como a vida de Gênia naquela época era diferente da de hoje! Como as ideias sobre a guerra daquela época eram diferentes das de hoje, nos dias de vitória. A guerra, contudo, prosseguia, e o que Nádia dissera era irrefutável: "Hoje ele existe, amanhã não existe mais." Era indiferente à guerra se o tenente cantava e tocava violão, se partia como voluntário para as grandes obras, acreditando no reino vindouro do comunismo, se lia os versos de Innokenti Ánnenski e não acreditava na felicidade imaginária das futuras gerações.

Uma vez, Nádia mostrou a Ievguênia Nikoláievna uma canção manuscrita de um campo de concentração.

A canção falava dos porões gelados de um barco, do bramido do oceano, de "como sofriam os detentos, abraçados como irmãos de sangue", e como emergira do nevoeiro Magadan, "capital da região de Kolimá".

Nos primeiros dias depois da chegada a Moscou, quando Nádia se punha a falar desse tipo de assunto, Chtrum ficava zangado e fazia com que ela se calasse.

Naqueles dias, contudo, muita coisa havia mudado dentro dele. Já não se continha e, na presença de Nádia, dizia que era insuportável ler as melífluas cartas de saudação ao "grande mestre, melhor amigo dos desportistas, pai sábio, corifeu poderoso, gênio radiante"; além disso, era modesto, sensível, bondoso e compassivo. Criava-se a impressão de que Stálin também arava, fundia metal, dava de comer às crianças nas creches, disparava uma metralhadora, e que os operários, soldados vermelhos, estudantes e cientistas rogavam por ele, e que, se não fosse por Stálin, todo o grande povo pereceria, impotente como gado.

Uma vez Chtrum fez as contas: o nome de Stálin fora citado 86 vezes no *Pravda*; no dia seguinte, contou dezoito menções ao nome de Stálin apenas no editorial do jornal.

Queixava-se das prisões ilegais, da ausência de liberdade, de que um chefe não muito letrado com carnê do Partido se achasse no direito de comandar cientistas e escritores, avaliá-los e dar-lhes lições.

Surgira nele um sentimento novo. O medo crescente da força destrutiva da ira do Estado, a sensação sempre crescente de solidão, de impotência, de debilidade lastimosa, de estar condenado, tudo isso originava nele, por instantes, um certo desespero e uma indiferença atrevida pelo perigo, um desprezo pela cautela.

De manhã, Chtrum entrou correndo no quarto de Liudmila, que, ao notar seu rosto alegre e animado, ficou até confusa, de tão incomum que era vê-lo com tal expressão.

— Liuda, Gênia! Acabaram de dizer no rádio que voltamos a pisar em terra ucraniana!

E, à tarde, Ievguênia Nikoláievna voltou da Kuznétzki Most e Chtrum, ao olhar para sua cara, fez a mesma pergunta que Liudmila lhe fizera pela manhã:

— O que aconteceu?

— Aceitaram o meu pacote, aceitaram o meu pacote! — repetia Gênia.

Até Liudmila entendeu o significado que aquele pacote com um bilhete de Gênia teria para Krímov.

— É a ressurreição dos mortos — ela disse, e acrescentou: — Acho que você ainda o ama; não me lembro de você com os olhos assim.

— Sabe, eu fiquei louca de verdade — Ievguênia Nikoláievna cochichou à irmã —, pois estou contente que Nikolai vai receber a encomenda, e porque hoje eu entendi que não é possível, não é possível Nóvikov ter cometido essa infâmia. Entendeu?

Liudmila Nikoláievna ficou brava e respondeu:

— Você não está louca, está muito pior.

— Vítienka, querido, toque alguma coisa para nós — pediu Ievguênia Nikoláievna.

Durante todo aquele tempo ele não se sentara nenhuma vez ao piano. Mas, agora, não se fez de rogado; pegou uma partitura, mostrou a Gênia e perguntou: "Alguma objeção?" Liudmila e Nádia, que não gostavam de música, foram para a cozinha, e Chtrum se pôs a tocar. Gênia escutava. Tocou por muito tempo, parou, ficou calado sem olhar para Gênia, depois começou a tocar outra coisa. Por instantes, ela teve a impressão de que Viktor Pávlovitch soluçava; não via o rosto dele. A porta se abriu impetuosamente, e Nádia gritou:

— Liguem o rádio, é uma ordem!

A música deu lugar à voz metálica e retumbante do locutor Levitan, que dizia, naquele instante: "... e a cidade foi tomada de assalto, assim como um importante entroncamento ferroviário..." Depois enumerou os generais e combatentes que haviam se destacado na batalha, uma enumeração que começou pelo nome do tenente-general Tolbúkhin, comandante do Exército; e de repente a voz exultante de Levitan proferiu: "E também o corpo de tanques sob o comando do coronel Nóvikov."

Gênia suspirou baixinho, mas depois, quando a voz forte e cadenciada do locutor proclamou "glória eterna aos heróis que caíram pela liberdade e independência de nossa Rússia", desatou a chorar.

41

Gênia partiu, e a tristeza tomou conta da casa de Chtrum.

Viktor Pávlovitch passava horas sentado à escrivaninha, e ficou vários dias seguidos sem sair de casa. Tinha medo, e a impressão de que encontraria na rua gente extremamente desagradável, que o trataria com hostilidade; podia ver seus olhos impiedosos.

O telefone ficou bastante quieto e, quando tocava, uma vez a cada dois ou três dias, Liudmila Nikoláievna dizia:

— É para Nádia. — E efetivamente perguntavam por ela.

Chtrum não entendeu logo de cara toda a gravidade do que lhe havia acontecido. Nos primeiros dias chegou até a sentir alívio por estar em casa, em silêncio, em meio a seus livros queridos, sem ver rostos carrancudos e hostis.

Porém, logo o silêncio doméstico começou a deprimi-lo, suscitando não apenas angústia como também preocupação. O que estava acontecendo no laboratório? Como o trabalho estava caminhando? O que Márkov estava fazendo? A ideia de que era necessário ao laboratório na época em que estava em casa causava-lhe um desassossego febril. Contudo, era igualmente insuportável a ideia de que o laboratório se virava bem sem ele.

Liudmila Nikoláievna encontrou na rua uma amiga do tempo da evacuação, Stoinikova, que trabalhava na administração da Academia. Stoinikova narrou-lhe em detalhes a sessão do conselho científico; havia estenografado tudo, do começo ao fim.

O mais importante: Sokolov não se pronunciou! Não se pronunciou, embora Chichakov tivesse dito a ele: "Piotr Lavriêntievitch, queremos ouvi-lo. O senhor trabalhou muitos anos com Chtrum." Sokolov respondeu que tivera um ataque do coração à noite e que estava com dificuldade em falar.

Chtrum, estranhamente, não se alegrou com a notícia.

Do laboratório, falou Márkov, que foi mais contido que os outros, sem acusações políticas, insistindo principalmente no caráter difícil de Chtrum e chegando até a fazer referência a seu talento.

— Ele não tinha como não se pronunciar; é membro do Partido, foi obrigado — disse Chtrum. — Não dá para culpá-lo.

Porém, a maioria dos pronunciamentos fora terrível. Kóvtchenko tratou Chtrum como um patife, um vigarista. Disse: "Como Chtrum não se dignou a aparecer e passou da conta, vamos falar com ele em outra língua, o que, pelo visto, é o que ele quer."

O grisalho Prássolov, aquele que comparara o trabalho de Chtrum ao de Lênin, disse: "Certo tipo de gente organizou uma barulheira indecente em torno das teorizações duvidosas de Chtrum."

O doutor em física Gurévitch fez um pronunciamento bastante nocivo. Reconheceu que havia se equivocado grosseiramente, que superestimara o trabalho de Chtrum, fez alusão à intolerância nacional de Viktor Pávlovitch e disse que um enganador na política inevitavelmente acaba se revelando um enganador também na ciência.

Svetchin chamou Chtrum de "venerável" e citou as palavras ditas por Viktor Pávlovitch segundo as quais não havia uma física americana, alemã ou soviética: a física era uma só.

— Isso mesmo — disse Chtrum. — Mas citar uma conversa privada em uma reunião é a mais pura delação.

Chtrum ficou espantado que Pímenov tivesse se pronunciado na sessão, pois ele não tinha mais ligação com o instituto e nada o forçava a intervir. Arrependia-se de ter conferido relevância excessiva ao trabalho de Chtrum, sem ver seus defeitos. Isso era absolutamente surpreendente. Pímenov dissera mais de uma vez que o trabalho de Chtrum lhe inspirava um sentimento piedoso e que estava feliz por colaborar com sua realização.

Chichakov não falou muito. A resolução fora proposta por Ramskov, secretário do comitê do Partido no instituto. Era cruel, exigindo que a direção decepasse as partes podres de uma coletividade saudável. Era particularmente ofensivo que a resolução não trouxesse sequer uma palavra sobre os méritos científicos de Chtrum.

— Em todo caso, Sokolov se comportou de forma absolutamente honrada. Por que então Mária Ivánovna sumiu, será que ele está com tanto medo? — disse Liudmila Nikoláievna.

Chtrum não respondeu.

Que estranho! Não estava bravo com ninguém, embora o perdão cristão generalizado não lhe fosse nem um pouco inerente. Não estava zangado com Chichakov, nem com Pímenov. Não tinha raiva de Svetchin, Gurévitch, Kóvtchenko. Somente uma pessoa lhe provocava fúria, uma fúria tão pesada e sufocante que Chtrum sentia o corpo arder e tinha dificuldade em respirar quando pensava nela. Parecia que tudo de cruel e injusto que ocorrera a Chtrum vinha de Sokolov. Como Piotr Lavriêntievitch pudera proibir Mária Ivánovna de vir à sua casa? Que covardia, quanta crueldade, infâmia e baixeza havia nisso!

Contudo, não conseguia reconhecer para si mesmo que seu ódio não se nutria apenas da ideia da culpa de Sokolov perante ele, mas também da sensação secreta de sua própria culpa perante Sokolov.

Agora Liudmila Nikoláievna abordava questões materiais com frequência.

A área grande demais em que moravam, o certificado salarial para a administração do condomínio, os cartões de racionamento, o registro para a nova loja de alimentos, a cartilha com as cotas para o próximo trimestre, o passaporte vencido e a necessidade de apresentar um certificado do local de trabalho na hora de renová-lo, tudo isso preocupava Liudmila Nikoláievna dia e noite. Onde conseguiriam dinheiro para viver?

Fazendo-se de valente, Chtrum inicialmente brincava: "Vou ficar trabalhando em casa, em questões teóricas, e construir uma *khata*-laboratório."

Mas agora não tinha graça. O dinheiro que recebia como membro correspondente da Academia de Ciências mal dava para pagar as contas do apartamento, da dacha, das despesas comunais. A solidão o deprimia.

Contudo, tinha que viver!

O trabalho pedagógico numa universidade lhe estava vedado. Um homem politicamente impuro não podia ter contato com a juventude.

Para onde ir?

Sua eminente posição científica impedia que arranjasse um trabalho modesto. Qualquer funcionário de departamento pessoal ficaria estupefato e se recusaria a contratar um doutor em ciências como redator técnico ou professor de física em uma escola técnica.

E quando a ideia do trabalho perdido, das privações, da dependência e da humilhação se tornava particularmente insuportável, pensava: "Tomara que me prendam logo."

Mas restavam Liudmila e Nádia. Elas tinham que viver de algum jeito.

Não seria vendendo os morangos da dacha! A dacha ia ser tomada; em maio teriam que formalizar a renovação do contrato. A dacha não era da Academia, mas do departamento. Por descuido, deixara de pagar o aluguel, e tencionava de uma só tacada pagar o atrasado e incluir um adiantamento pelo primeiro semestre. Mas agora as somas que havia um mês lhe pareciam bagatelas o aterrorizavam.

Onde conseguir dinheiro? Nádia precisava de um casaco.

Tomar emprestado? Mas não dava para tomar emprestado sem esperança de devolução.

Vender as coisas? Mas quem ia comprar porcelana e um piano em tempo de guerra? E seria uma pena: Liudmila adorava sua coleção, e mesmo agora, depois da morte de Tólia, se punha às vezes a admirá-la.

Pensava com frequência em se encaminhar ao centro de recrutamento, renunciar à licença especial de membro da Academia e pedir para ir ao front como soldado do Exército Vermelho.

Quando pensava nisso, o espírito se acalmava.

Mas depois voltavam os pensamentos inquietantes e angustiantes. Como Liudmila e Nádia iriam viver? Dando aulas? Alugando um quarto? Logo, porém, a administração do prédio e a polícia iriam se meter. Batidas noturnas, multas, protocolos.

Como lhe pareciam poderosos, terríveis e sábios os administradores de prédio, os inspetores distritais de polícia, os inspetores do departamento de habitação, os secretários do departamento pessoal.

Para alguém que perdeu todo apoio, até a moça do escritório de racionamento parece emanar uma força imensa e implacável.

Uma sensação de medo, impotência e insegurança tomava conta de Viktor Pávlovitch ao longo do dia inteiro. Contudo, não era sempre única e invariável. Cada hora do dia tinha seu medo, sua angústia. De manhã cedo, depois da cama quente, quando havia uma penumbra fria e turva do outro lado da janela, normalmente experimentava uma sensação de impotência infantil diante da força imensa que o esmagava, tinha vontade de se enfiar embaixo das cobertas, encolher-se, fechar os olhos, ficar imóvel.

Na primeira metade do dia, sentia saudade do trabalho, o instituto o atraía com particular força. Naquelas horas, tinha a impressão de não ter utilidade, inteligência ou qualidades.

Parecia que o Estado, em sua ira, era capaz de despojá-lo não apenas da liberdade e da tranquilidade, mas também da inteligência, do talento, da crença em si mesmo, e convertê-lo em um pequeno-burguês opaco, obtuso e tristonho.

Na hora do almoço se animava e ficava feliz. Logo depois da refeição era oprimido por uma angústia obtusa, enfadonha e insana.

Quando a penumbra começava a ficar espessa, chegava o grande medo. Viktor Pávlovitch agora temia a escuridão como um selvagem da Idade da Pedra surpreendido pelas trevas no meio da floresta. O medo ficava mais forte e mais denso... Chtrum recordava, pensava. Por trás da janela, na escuridão, espreitava a destruição, cruel e fatal. Logo um carro roncaria na rua, logo se ouviria a campainha, logo botas rangeriam no quarto. Não tinha para onde ir. E de repente vinha-lhe uma indiferença perversa e alegre!

Chtrum disse a Liudmila:

— Como era bom ser um conspirador da nobreza nos tempos do tsar. Ao cair em desgraça, você entrava na carruagem e saía da capital, para sua herdade em Penza! Lá tinha caça, as alegrias do campo, os vizinhos, o parque, e você redigia suas memórias. Senhores voltairianos, experimentem isso: uma indenização de duas semanas e, em um envelope lacrado, referências graças às quais não te dão trabalho nem de porteiro.

— Vítia — disse Liudmila Nikoláievna —, vamos sobreviver! Vou costurar, virar doméstica, pintar lenços. Serei auxiliar de laboratório. Vou lhe dar de comer.

Ele beijou suas mãos, e ela não podia compreender por que no rosto dele aparecera uma expressão de culpa e sofrimento, por que seus olhos se haviam tornado queixosos e suplicantes...

Viktor Pávlovitch caminhava pelo quarto e cantarolava a meia-voz as palavras de uma velha romança:

... e ele, esquecido, jaz solitário...

Ao saber do desejo de Chtrum de ir para o front como voluntário, Nádia disse:

— Conheço uma garota, Tânia Kógan, cujo pai partiu como voluntário; era especialista em alguma área da Grécia antiga e foi parar em um regimento da reserva, em Penza, onde o forçaram a limpar privada e a varrer. Uma vez chegou o comandante da companhia, e ele, cego como é, varreu o lixo em cima do outro, que lhe acertou um tal golpe no ouvido que lhe arrebentou o tímpano.

— O que é isso — disse Chtrum —, eu não vou varrer lixo no comandante da companhia.

Agora Chtrum falava com Nádia de adulto para adulto. Parecia nunca ter se dado tão bem com a filha. Ficava tocado porque, nos últimos tempos, ela voltava para casa logo depois da escola; achava que ela não queria preocupá-lo. Naquele olhar de ironia ao falar com o pai havia uma expressão nova, séria e carinhosa.

Certa noite, vestiu-se e saiu na direção do instituto; tinha vontade de dar uma olhada na janela de seu laboratório para ver se havia luz, se o segundo turno estava trabalhando, e se Márkov tinha talvez acabado a montagem da instalação. Mas não chegou ao instituto; temendo encontrar conhecidos, virou em uma travessa e voltou direto para casa. A travessa estava deserta e escura. E subitamente uma sensação de felicidade se apossou de Chtrum. A neve, o céu da noite, o frescor do ar gelado, o ruído dos passos, as árvores com ramos escuros, o feixezinho estreito de luz que irrompia através da cortina de camuflagem na janela de uma casa térrea de madeira, tudo era tão maravilhoso! Respirava o ar da noite, caminhava pela travessa silenciosa, sem ninguém a observá-lo. Estava vivo, era livre. Do que ainda precisava, com o que mais podia sonhar? Viktor Pávlovitch chegou em casa, e a sensação de felicidade se foi.

Nos primeiros dias, Viktor Pávlovitch aguardava a aparição de Mária Ivánovna com tensão. Os dias passavam, e Mária Ivánovna não telefonava. Tiraram-lhe tudo: o amor, a honra, a tranquilidade, a fé em si próprio. Iriam ainda lhe arrancar o último refúgio, o amor?

Por instantes, caía no desespero, levava as mãos à cabeça, tinha a impressão de não conseguir viver sem vê-la. Às vezes ficava murmurando: "O que é isso, o que é isso, o que é isso?" Às vezes dizia para si mesmo: "Quem precisa de mim?"

Contudo, nas profundezas do desespero, brilhava uma manchinha de luz: a sensação da pureza de espírito que ele e Mária Ivánovna haviam conservado. Sofreram, mas não torturaram os outros. Entretanto, ele compreendia que nenhum de seus pensamentos — fossem filosóficos, resignados ou malévolos — correspondia ao que lhe ia na alma. O ressentimento com Mária Ivánovna, a ironia contra si mesmo, a resignação triste com relação ao inevitável, o sentido de dever perante Liudmila Nikoláievna e sua consciência, tudo isso era só um meio de superar o desespero. Quando se lembrava de seus olhos e de sua voz, era tomado de uma saudade insuportável. Será que não voltaria a vê-la?

E quando a inevitabilidade da separação e a sensação de perda ficavam particularmente insuportáveis, Viktor Pávlovitch, com vergonha de si mesmo, dizia a Liudmila Nikoláievna:

— Sabe, estou preocupado com Madiárov; será que está em ordem, que alguém tem notícia dele? Talvez você devesse telefonar para Mária Ivánovna e perguntar, hein?

O mais espantoso, porém, era que ele seguia a trabalhar. Trabalhava, mas o desassossego e o pesar continuavam.

O trabalho não o ajudava a superar a angústia e o medo, não servia como remédio da alma, e Chtrum não buscava nele distração dos pensamentos lúgubres nem do desespero de alma, que era maior do que qualquer remédio.

Trabalhava porque não tinha como não trabalhar.

42

Liudmila disse ao marido que havia encontrado o administrador do prédio, e ele pedira que Chtrum fosse vê-lo.

Puseram-se a conjeturar o motivo daquilo. Estavam ocupando uma área grande demais? Renovação de passaporte? Controle do comitê militar? Será que alguém denunciara Gênia por morar na casa de Chtrum sem registro?

— Você devia ter perguntado — disse Chtrum. — Não estaríamos quebrando a cabeça agora.

— Claro que devia — concordou Liudmila Nikoláievna —, mas é que fiquei desnorteada quando ele disse: peça para seu marido vir de manhã, já que ele não está mais indo trabalhar.

— Oh, Senhor, já está todo mundo sabendo.

— Todo mundo fica de olho: os porteiros, os ascensoristas, as faxineiras da vizinhança. Por que se espanta?

— Sim, sim. Você se lembra de antes da guerra, quando apareceu um jovem de caderneta vermelha pedindo a você que informasse quem frequentava os vizinhos?

— Lembro, sim — disse Liudmila Nikoláievna —, eu dei um berro tão forte que ele só conseguiu me dizer, lá da porta: "Achei que a senhora fosse uma pessoa consciente."

Liudmila Nikoláievna narrara essa história muitas vezes a Chtrum, que normalmente interpunha umas palavras para abreviar o relato; agora, contudo, não apressava a mulher, e a interrogava por mais detalhes.

— Bem, sabe — ela disse —, talvez isso tenha a ver com as duas toalhas de mesa que eu vendi no mercado.

— Não acho, pois o chamado fui eu, e não você.

— Talvez queiram que você assine alguma coisa — afirmou, indecisa.

Os pensamentos dele eram particularmente lúgubres. Lembrava-se o tempo todo de suas conversas com Chichakov e Kóvtchenko: o que não lhes dissera! Lembrava-se das discussões dos tempos de estudante: que tagarela! Discutira com Dmitri e Krímov — embora com este, na verdade, às vezes concordasse. Mas jamais em sua vida, nem por um minuto, fora um inimigo do Partido ou do poder soviético. E de repente se lembrou de palavras especialmente ásperas que proferira certa vez, em determinado lugar, e teve calafrios. Pois Krímov, um comunista linha-dura, ideológico e fanático, dos que não duvidam, acabou sendo preso. E houve aqueles encontros dos diabos com Madiárov e Karímov.

Que estranho!

Normalmente à noite, na penumbra, começava a ser torturado pela ideia de que seria preso, e a sensação de terror ia ficando cada vez mais ampla, maior, mais pesada. Contudo, quando o desastre parecia inevitável, ficava subitamente leve e alegre! Ah, para o diabo!

Parecia que ia perder o juízo quando pensava na injustiça sofrida por seu trabalho. Contudo, quando a ideia de que era incapaz e estúpido, de que seu trabalho era um escárnio pálido e tosco do mundo real, deixava de ser uma ideia e passava a ser uma sensação viva, daí ficava alegre.

Já não pensava em reconhecer seus erros; era um miserável, um ignorante, seu arrependimento não teria importância. Não era necessário a ninguém. Arrependido ou impenitente, era igualmente insignificante perante a ira do Estado.

Como Liudmila mudara naqueles tempos. Já não dizia ao administrador, por telefone: "Mande o encanador sem tardar", nem fazia investigações na escada: "Quem é que voltou a jogar lixo fora da lixeira?" Demonstrava nervosismo até na hora de se vestir. Ora vestia, sem necessidade, um casaco caro de pele para comprar azeite no fornecedor, ora punha um velho lenço cinza e um casaco que desde antes da guerra queria dar à ascensorista.

Chtrum olhava para Liudmila e pensava na aparência que ambos teriam em uns dez, quinze anos.

— Você se lembra de "O bispo", de Tchékhov? A mãe apascentava as vacas e contava às mulheres que seu filho tinha sido bispo, mas ninguém acreditava.

— Li faz tempo, na juventude, não me lembro — disse Liudmila Nikoláievna.

— Então leia de novo — ele disse, irritado.

Passara a vida zangado com a indiferença de Liudmila Nikoláievna por Tchékhov, desconfiando de que ela não tinha lido muitos de seus contos.

Mas era estranho, estranho! Quanto mais impotente e fraco ficava, mais próximo de um estado de completa entropia espiritual, mais insignificante aos olhos do administrador do prédio, da moça do escritório de racionamento, dos emissores de passaporte, dos funcionários do departamento pessoal, dos auxiliares de laboratório, dos cientistas, dos amigos, até dos parentes, talvez até de Tchepíjin, talvez até da esposa, mais próximo e mais querido ficava de Macha. Não se viam, mas ele sentia e sabia disso. A cada novo golpe, a cada nova humilhação, ele lhe perguntava, mentalmente: "Está vendo, Macha?"

De modo que estava sentado ao lado da mulher e falava com ela, mas pensava secretamente na outra.

O telefone tocou. Agora a campainha do telefone causava neles o alvoroço de um telegrama noturno, portador de desgraça.

— Ah, já sei, prometeram me ligar a respeito de um trabalho na cooperativa — afirmou Liudmila Nikoláievna.

Levantou o fone do gancho, arqueou as sobrancelhas e disse:

— Ele já vem.

— É para você — disse a Viktor.

Chtrum indagou com os olhos: "Quem?"

Tampando o fone com a mão, Liudmila Nikoláievna disse:

— Uma voz desconhecida, não sei quem é.

Chtrum pegou o fone:

— Claro. Espero, obrigado — disse e, fitando os olhos interrogativos de Liudmila, tateou a mesinha atrás de um lápis, escrevendo umas letras tortas num pedaço de papel.

Sem reparar no que fazia, Liudmila Nikoláievna se benzeu lentamente, depois benzeu Viktor Pávlovitch. Ambos ficaram em silêncio.

"... Aqui falam todas as estações de rádio da União Soviética."

E uma voz incrivelmente parecida com aquela que, em 3 de julho de 1941, dirigira-se ao povo, ao Exército, ao mundo todo — "Camaradas, irmãos, meus amigos" —, dirigia-se agora a apenas uma pessoa, que segurava o fone, afirmando:

— Olá, camarada Chtrum.

Naqueles segundos de confusão de ideias, fragmentos de pensamentos e pedaços de sensações se juntaram em um todo: triunfo, fraqueza, medo do que parecia ser o trote de um arruaceiro, folhas manuscritas, páginas de um questionário, um prédio na praça Lubianka...

— Olá, Ióssif Vissariônovitch — disse Chtrum, espantado de ter proferido ao telefone aquelas palavras inconcebíveis. — Olá, Ióssif Vissariônovitch.

A conversa durou uns dois ou três minutos.

— Parece-me que o seu trabalho vai numa direção interessante — disse Stálin.

Sua voz, lenta, gutural, com ênfase em determinadas sílabas, parecia estudada, de tão similar que era à voz que Chtrum ouvia no rádio. Era daquele jeito que, de brincadeira, Chtrum às vezes imitava aquela voz em casa. Assim ela era descrita pelos que haviam ouvido Stálin nos congressos, ou sido convocados por ele.

Seria um trote?

— Acredito no meu trabalho — disse Chtrum.

Stálin se calou, como se refletisse nas palavras de Chtrum.

— Não lhe falta bibliografia estrangeira nestes tempos de guerra? Está bem provido de equipamentos?

Com uma franqueza que surpreendeu a si mesmo, Chtrum afirmou:

— Muito obrigado, Ióssif Vissariônovitch, as condições de trabalho são boas e absolutamente normais.

Liudmila Nikoláievna, de pé, como se Stálin a visse, ouvia a conversa.

Chtrum acenou-lhe: "Sente-se, não tem vergonha..." E Stálin voltou a se calar, pesando as palavras de Chtrum, e disse:

— Adeus, camarada Chtrum, desejo êxito no seu trabalho.

— Adeus, camarada Stálin

Chtrum desligou o telefone.

Sentaram-se um na frente do outro, como minutos antes, quando estavam falando das toalhas de mesa que Liudmila Nikoláievna vendera na feira de Tichinski.

— Desejo êxito no seu trabalho — disse Chtrum subitamente, com forte sotaque georgiano.

Havia algo de inconcebível e enlouquecedor no fato de aquele aparador, piano e cadeiras continuarem os mesmos, no fato de dois pratos sujos estarem em cima da mesa do mesmo jeito que na hora de sua conversa sobre o administrador do prédio. Tudo havia mudado, era uma reviravolta, tinham outro destino diante de si.

— O que ele disse?

— Nada de especial, perguntou se a carência de bibliografia estrangeira atrapalha o meu trabalho — disse Chtrum, esforçando-se para parecer tranquilo e indiferente para si mesmo.

Por momentos, sentiu-se embaraçado pela sensação de felicidade que o tomava.

— Liuda, Liuda — disse —, pense nisto, eu não me arrependi, não me arrependi, não escrevi aquela carta. Foi ele que telefonou, ele em pessoa!

Acontecera o improvável! A grandeza do ocorrido era imensa. Era o mesmo Viktor Pávlovitch que se desvairara, não dormira à noite, se entorpecera ao preencher questionários, levara a mão à cabeça ao pensar no que tinha sido dito sobre ele no conselho científico, recordara seus pecados, arrependera-se e pedira perdão mentalmente, esperara pela prisão, pensara na miséria, paralisara-se ao pensar na conversa com a emissora de passaporte e com a garota do escritório de racionamento?

— Meu Deus, meu Deus — disse Liudmila Nikoláievna. — Tólia nunca vai ficar sabendo.

Foi até a porta do quarto de Tólia e abriu-a.

Chtrum tirou o telefone do gancho e o recolocou.

— E se de repente for uma brincadeira? — ele disse, indo à janela.

Da janela via-se uma rua vazia e uma mulher de blusa acolchoada passando.

Voltou ao telefone, tamborilando nele com os dedos dobrados.

— Como estava a minha voz? — perguntou.

— Você estava falando bem devagar. Sabe, nem eu entendo por que me levantei de repente.

— Stálin!

— Pode ter sido mesmo um trote.

— O que é isso, quem se atreveria? Você pega dez anos de cadeia por uma piada dessas.

Apenas uma hora antes caminhava pelo quarto e recordava a romança de Goleníschev-Kutúzov:

... e ele, esquecido, jaz solitário...

Os telefonemas de Stálin! Uma ou duas vezes por ano corria um boato em Moscou: Stálin telefonara ao cineasta Dovjenko, Stálin telefonara ao escritor Ehrenburg.

Ele não precisava dar ordens: dê um prêmio a esse, dê um apartamento, construam um instituto científico para ele! Era grande demais para falar dessas coisas. Tudo isso era feito por auxiliares que adivinhavam seus desejos a partir da expressão de seus olhos e do tom de voz. Bastava ele sorrir amavelmente para uma pessoa e seu destino mudava: saía das trevas e do anonimato para uma chuva de glória, honra e força. E dezenas de poderosos inclinariam as cabeças diante do felizardo, pois Stálin sorrira para ele, brincara com ele ao telefone.

As pessoas relatavam essas conversas em detalhe, cada palavra dita por Stálin as espantava. Quanto mais corriqueiras as palavras, maior o espanto que causavam: aparentemente, Stálin não podia proferir palavras de uso corrente.

Dizem que telefonou a um escultor célebre e, de brincadeira, disse:

— Olá, velho bêbado.

Para uma outra pessoa, famosa e muito boa, Stálin perguntou de um camarada preso e, como a resposta fosse confusa e incompreensível, disse:

— O senhor defende mal os seus amigos.[35]

Contavam que telefonou para a redação de um jornal da juventude, e o redator adjunto disse:

— Bubekin falando.

Stálin perguntou:

— E quem é Bubekin?

Bubekin respondeu:

— Você devia saber — e bateu o telefone.

Stálin voltou a telefonar e disse:

— Camarada Bubekin, aqui fala o camarada Stálin. Explique-me, por favor, quem é o senhor.

Contam que, depois desse caso, Bubekin passou duas semanas no hospital para se recuperar do colapso nervoso.

Uma palavra dele bastava para aniquilar milhares, dezenas de milhares de pessoas. Um marechal, um comissário do povo, um membro do Comitê Central do Partido, um secretário de *obkom*, gente que até ontem comandava exércitos, fronts, que governava regiões, repúblicas, grandes fábricas, hoje, graças a uma palavra colérica de Stálin, po-

---

[35] Referência a um episódio real, no qual Stálin telefonou ao escritor Boris Pasternak (1890-1960), perguntando do poeta Óssip Mandelstam (1891-1938).

dia se converter em nada, em poeira dos campos, tilintando a marmita à espera da sopa da cozinha do campo de prisioneiros.

Contavam que, certa noite, Stálin e Béria visitaram um velho bolchevique georgiano que fora libertado da Lubianka havia pouco tempo, ficando com ele até o amanhecer. Os moradores dos outros apartamentos ficaram com medo de ir ao banheiro à noite, e de manhã nem saíram para o trabalho. Contavam que uma parteira, a mais velha do prédio, abrira a porta aos visitantes; saíra em camisola de noite, com um cachorrinho debaixo do braço, muito zangada porque os forasteiros noturnos não haviam dado o número combinado de toques. Mais tarde, contou: "Abri a porta e vi um retrato, e daí o retrato começou a avançar na minha direção." Dizem que Stálin entrou no corredor e ficou um tempão examinando a folha de papel pendurada do lado do telefone na qual os moradores marcavam com pauzinhos a quantidade de conversas para saber quanto deviam pagar.

Todas essas histórias causavam espanto e riso justamente em razão do caráter corriqueiro das palavras e situações: Stálin andando pelo corredor de um apartamento comunal!

Pois com apenas uma palavra sua surgiam construções imensas, colunas de lenhadores marchavam pela taiga, massas humanas de centenas de milhares de pessoas escavavam canais, edificavam cidades, abriam estradas nos extremos da noite polar e do gelo eterno. Ele era a expressão do grande Estado! O sol da Constituição de Stálin... O Partido de Stálin... os planos quinquenais de Stálin... as obras de Stálin... a estratégia de Stálin... a aviação de Stálin... O grande Estado se expressava através dele, de seu caráter, de seus costumes.

Viktor Pávlovitch repetia o tempo todo:

"Desejo-lhe êxito no seu trabalho... seu trabalho vai numa direção muito interessante..."

Agora estava claro: Stálin sabia que no exterior haviam começado a se interessar pelos físicos que exploravam os fenômenos nucleares.

Chtrum percebera que em torno dessas questões surgira uma estranha tensão, palpável nas entrelinhas dos artigos dos físicos ingleses e americanos, nas reticências que quebravam o desenvolvimento lógico do pensamento. Reparara que os nomes dos pesquisadores que publicavam com frequência haviam sumido das páginas das revistas de física, que as pessoas que trabalhavam com a fissão do núcleo pesado pareciam ter se dissolvido, e ninguém citava seus trabalhos. Sentia um aumento de tensão e silêncio cada vez que a problemática se aproximava de questões da desintegração do núcleo do urânio.

Mais de uma vez Tchepíjin, Sokolov e Márkov haviam conversado sobre esses temas. Havia pouco tempo, Tchepíjin falara dos míopes que não viam as perspectivas práticas relacionadas à ação dos nêutrons sobre o núcleo pesado. O próprio Tchepíjin não quisera trabalhar nessa área...

No ar saturado pelo tropel das botas dos soldados, pelo fogo da guerra, pela fumaça, pelo rangido dos tanques, surgira uma nova tensão silenciosa, e a mão mais forte do mundo tirara o telefone do gancho, e o físico teórico ouviu uma voz vagarosa: "Desejo êxito no seu trabalho."

E uma sombra nova, imperceptível, muda e ligeira pairava sobre a terra queimada pela guerra, sobre as cabeças de velhos e crianças. As pessoas não a sentiam, não sabiam dela, não pressentiam o nascimento de uma força que pertencia ao futuro.

Era longo o caminho que ia das escrivaninhas de algumas dezenas de físicos, das folhas de papel cobertas de betas, alfas, ksis, gamas e sigmas gregos, das estantes das bibliotecas e dos laboratórios, até à força cósmica satânica, futuro espectro do poder do Estado.

O caminho começara, e a sombra muda ia se adensando e se transformando em uma escuridão prestes a envolver as imensidões de Moscou e Nova York.

Naquele dia, Chtrum não se alegrou com o triunfo de seu trabalho, que parecia enterrado para sempre nas caixas de sua escrivaninha doméstica. Sairia do cativeiro para o laboratório, entraria nas palavras das conferências e dos cursos dos professores. Não pensava no triunfo feliz da verdade científica, nem em sua vitória — agora poderia voltar a impulsionar a ciência, ter alunos, existir nas páginas de revistas e manuais, emocionar-se ao verificar se sua ideia correspondia à verdade do contador e das emulsões fotográficas.

Fora tomado por uma emoção completamente diferente: o ambicioso triunfo contra as pessoas que o perseguiram. Havia pouco tempo tivera a impressão de não guardar raiva delas. Mesmo hoje não queria se vingar nem lhes causar dano, mas era feliz de mente e de espírito ao se lembrar de tudo de mau, desonesto, cruel e covarde que haviam feito. Quanto mais rudes e infames tinham sido com ele, mais doce era se lembrar de tudo.

Quando Nádia voltou da escola, Liudmila Nikoláievna gritou:

— Nádia, Stálin telefonou para o seu pai!

E, ao ver a emoção da filha, que entrou correndo no quarto com o casaco tirado pela metade e arrastando o cachecol no chão, Chtrum sentiu com clareza ainda maior a confusão que se apoderaria de dezenas de pessoas hoje e amanhã, quando soubessem do ocorrido.

Sentaram-se para almoçar, e Chtrum repentinamente pousou a colher e disse:

— Não tenho a menor vontade de comer.

Liudmila Nikoláievna disse:

— É uma completa humilhação para quem te odiou e perseguiu. Imagino o que vai acontecer no instituto e na Academia.

— Sim, sim, sim — ele disse.

— E as damas da loja especial voltarão a cumprimentá-la e a sorrir para você, mamãe — disse Nádia.

— Sim, sim — disse Liudmila Nikoláievna, sorrindo.

Chtrum sempre desprezara os bajuladores, mas, agora, alegrava-se ao pensar no sorriso servil de Aleksei Aleksêievitch Chichakov.

Que estranho e incompreensível! Ao sentimento de alegria e triunfo que experimentava ficava se misturando o tempo todo uma tristeza vinda das profundezas da alma, um pesar por algo querido e recôndito que parecia ter se afastado dele naquelas horas. Tinha a impressão de ser culpado de algo, perante alguém, mas não entendia de quê, nem perante quem.

Tomava sua sopa preferida, *kulech* de trigo-sarraceno e batata, e lembrou-se de suas lágrimas, na infância, em uma noite de primavera, em Kiev, vislumbrando as estrelas entre os castanheiros em flor. O mundo então lhe pareceu maravilhoso, e o futuro, imenso e repleto de uma luz miraculosa e bondade. E hoje, quando seu destino se realizara, era como se se despedisse de seu amor puro, infantil e quase religioso pela miraculosa ciência e da sensação surgida havia algumas semanas, quando, derrotando um medo enorme, não mentira para si mesmo.

Só havia uma pessoa a quem poderia dizer isso, mas ela não estava a seu lado.

E era estranho. Sua alma estava sôfrega e impaciente para que todo mundo ficasse sabendo do ocorrido o quanto antes. No instituto, nos auditórios das universidades, no Comitê Central do Partido, na administração do prédio, na direção da aldeia da dacha, nas cátedras, nas sociedades científicas. Era indiferente a Chtrum se Sokolov saberia ou não da notícia. Contudo, não com a mente, mas do fundo do coração, não tinha vontade de que Mária Ivánovna ficasse sabendo. Pressentia que para seu amor era melhor ser perseguido e infeliz. Era o que achava.

Contou à mulher e à filha um caso que todos conheciam desde antes da guerra: Stálin aparecera à noite no metrô, ligeiramente embriagado, sentara-se ao lado de uma jovem e perguntara:

— Em que posso lhe ser útil?

A mulher disse:

— Tenho muita vontade de visitar o Kremlin.

Stálin refletiu antes de responder e disse:

— Acho que isso está ao meu alcance.

Nádia disse:

— Veja, papai, hoje você é tão importante que mamãe te deixou contar a história até o fim sem interromper. E olha que ela já ouviu isso umas cento e dez vezes.

E, pela centésima décima primeira vez, voltaram a rir da ingenuidade da mulher.

Liudmila Nikoláievna perguntou:

— Vítia, vamos tomar um vinho para celebrar a ocasião?

Trouxe uma caixa de bombons guardada para o aniversário de Nádia.

— Comam — disse Liudmila Nikoláievna —, mas não se atire em cima deles como um lobo, Nádia.

— Ouça, papai — disse Nádia —, por que ficamos rindo da mulher do metrô? Por que você não perguntou a ele do tio Mítia ou de Nikolai Grigórievitch?

— O que você está dizendo? Como se fosse possível — ele afirmou.

— Eu acho possível. Vovó teria dito na hora, estou certa de que sim.

— É provável — disse Chtrum —, bem provável.

— Ah, chega de bobagem — disse Liudmila Nikoláievna.

— Que bela bobagem, é o destino do seu irmão — disse Nádia.

— Vítia — disse Liudmila Nikoláievna —, você tem que ligar para Chichakov.

— Pelo jeito você está subestimando o que aconteceu. Não tenho que ligar para ninguém.

— Ligue para Chichakov — teimou Liudmila Nikoláievna.

— Ah, Stálin diz "desejo-lhe êxito", e eu ligo para Chichakov?

Naquele dia, uma sensação nova e estranha despertou em Chtrum. Sempre se revoltara contra o endeusamento constante de Stálin. Os jornais estavam cheios de seu nome, da primeira à última linha. Retratos, bustos, estátuas, oratórios, poemas, hinos... Chamavam-no de pai, de gênio...

Chtrum ficava revoltado porque o nome de Stálin ofuscava o de Lênin, seu gênio militar se opunha à mentalidade civil de Lênin. Em uma das peças de Aleksei Tolstói, Lênin servilmente acendia o fósforo para que Stálin pudesse fumar seu cachimbo. Um pintor desenhara Stálin marchando pelos degraus do Smolni, tendo Lênin logo atrás, apressado e saltitante. Quando Lênin e Stálin eram retratados no mesmo quadro, em meio ao povo, só olhavam com carinho para Lênin os velhos, as mulheres e as crianças, enquanto atrás de Stálin se arrastavam gigantes armados: operários e marinheiros com metralhadoras na cintura. Ao descrever os momentos fatídicos da vida do país dos sovietes, os historiadores mostravam Lênin sempre pedindo conselhos a Stálin: na rebelião de Kronstadt, na defesa de Tsarítsin e na ofensiva contra a Polônia. Os historiadores concediam à greve de Baku, da qual Stálin participou, e ao jornal *Brdzola*, do qual foi redator, um lugar maior do que todo o movimento revolucionário na Rússia.

— *Brdzola, Brdzola* — repetia Viktor Pávlovitch, zangado. — Houve um Jeliábov, houve um Plekhánov, houve um Kropótkin, houve os dezembristas, e agora é só *Brdzola, Brdzola...*

Durante mil anos, a Rússia tinha sido o país do absolutismo e da autocracia ilimitada, o país dos tsares e dos favoritos. Contudo, em mil anos de história russa, não houvera poder comparável ao de Stálin.

Hoje, porém, Chtrum não estava zangado, nem horrorizado. Quanto mais grandioso fosse o poder de Stálin, mais ensurdecedores os hinos e timbales, mais infindável a nuvem de incenso que fumegava aos pés do ídolo vivo, maior a felicidade de Chtrum.

Começou a escurecer, mas o medo não veio.

Stálin tinha falado com ele! Stálin dissera: "Desejo êxito no seu trabalho."

Saiu à rua ao anoitecer.

Naquela noite escura não se sentia impotente, nem irremediavelmente perdido. Estava calmo. Sabia que lá, onde se ditavam as ordens, já estavam sabendo de tudo. Era estranho pensar em Krímov, Dmitri, Abartchuk, Madíarov, Tchetverikov... Seu destino não era o deles. Pensava neles com tristeza e alheamento.

Chtrum alegrava-se com a vitória: era a vitória da força de espírito e do intelecto. Não se preocupava em saber por que sua felicidade de hoje não era similar à que experimentara no dia da farsa judicial, quando tivera a impressão de ter a mãe a seu lado. Agora lhe era indiferente se Madiárov fora preso ou se Krímov deporia contra ele. Pela primeira vez na vida não se apavorava com suas piadas subversivas e falas levianas.

Tarde da noite, quando Liudmila e Nádia tinham ido dormir, o telefone tocou.

— Olá — disse uma voz baixa, e Chtrum foi tomado por uma comoção maior do que a que sentira durante o dia.

— Olá — ele disse.

— Não posso ficar sem ouvir a sua voz. Diga-me alguma coisa — ela disse.

— Macha, Máchenka — ele disse, e se calou.

— Viktor, meu querido — ela disse —, eu não podia mentir para Piotr Lavriêntievitch. Disse a ele que amo você. E prometi nunca mais ver você.

De manhã, Liudmila Nikoláievna entrou no quarto dele, acariciou-lhe os cabelos e beijou-lhe a testa.

— Escutei no meio do sono você falando no telefone com alguém, à noite.

— Não, foi só uma impressão — ele disse, fitando-a tranquilamente nos olhos.

— Lembre-se de que tem que ir à administração do prédio.

43

O paletó do juiz de instrução parecia estranho para olhos habituados ao mundo das camisas e túnicas militares. O rosto do juiz, contudo, era comum, o tipo de rosto amarelo-pálido de tantos majores e funcionários políticos de escritório.

Responder às primeiras perguntas foi fácil, até agradável, e parecia que o resto também seria tão óbvio quanto dizer o nome, patronímico e sobrenome.

As respostas do detento faziam sentir sua prontidão apressada em ajudar o juiz de instrução. Pois o juiz não sabia nada sobre ele. A mesa de escritório que havia entre eles não os separava. Ambos pagavam a contribuição de membro do Partido, viram *Tchapáiev*,[36] ouviram as instruções do Comitê Central, foram enviados no 1º de maio para dar conferências nas empresas.

As perguntas preliminares eram muitas e tranquilizaram o preso ainda mais. Logo chegariam ao principal, e ele narraria como conduzira as pessoas para fora do cerco.

E eis que enfim se tornaria evidente que o sujeito com a barba por fazer sentado à mesa, com a gola da túnica militar aberta e botões arrancados, tinha nome, patronímico, sobrenome, nascera em um dia de outono, era de nacionalidade russa, participara de duas guerras mundiais e uma civil, mas não pertencera a facções, não fora levado a julgamento, era membro do Partido Comunista (Bolchevique) da URSS havia 25 anos, fora eleito delegado do congresso do Comintern, fora delegado do Congresso Sindical do Oceano Pacífico, não possuía condecorações nem graus honoríficos...

A tensão de espírito de Krímov estava associada a pensamentos sobre o cerco, às pessoas que caminharam com ele pelos pântanos da Bielorrússia e campos da Ucrânia.

Quem deles fora preso, quem perdera a vontade e a consciência no interrogatório? E uma pergunta súbita, referente a algo completamente diferente, de anos distantes, surpreendeu Krímov:

— Diga, há quanto tempo conhece Fritz Hacken?

Ficou em silêncio um longo tempo, depois disse:

— Se não me engano, foi no Conselho Central de Sindicatos da URSS, no gabinete de Tomski, acho que em 1927.

O juiz de instrução assentiu, como se conhecesse esse pormenor distante.

Então suspirou, abriu uma pasta com a inscrição "Sigilo eterno", desatou sem pressa as fitas brancas e se pôs a folhear as páginas escritas. Krímov viu confusamente tintas de diversas cores, um texto datilografado ora com espaçamento duplo, ora simples, com anotações largas e esparsas em vermelho, azul ou a lápis.

O juiz de instrução folheava as páginas devagar, como um aluno aplicado folheia um manual, sabendo de antemão o assunto que estudara de ponta a ponta.

---

[36] Filme de 1934 dos Irmãos Vassíliev, contando a história de um lendário comandante do Exército Vermelho, herói da Guerra Civil.

De vez em quando dava uma olhada em Krímov. Verificava, como um artista, a semelhança entre seu desenho e a natureza: traços externos, caráter e o espelho da alma — os olhos...

Seu olhar se tornara tão mau... Seu rosto comum — do tipo que Krímov vinha encontrando com frequência depois de 1937 em cada *raikom*, *obkom*, nas polícias regionais, bibliotecas e editoras — de repente havia perdido o caráter corriqueiro. Krímov tinha a impressão de que era como se ele fosse constituído de cubos separados, que não formavam uma unidade, uma pessoa. Em um cubo estavam os olhos, em outro as mãos vagarosas, em outro a boca que fazia perguntas. Os cubos se misturaram, perderam as proporções, a boca se tornou desmesuradamente grande, com os olhos embaixo dela, na testa enrugada, assentada por sua vez no lugar em que deveria estar o queixo.

— Bem, é isso — disse o juiz de instrução, e seu rosto voltou a se tornar humano. Fechou a pasta, mas seus cordões crespos continuaram desatados.

"Como uma bota com o cadarço desamarrado", pensou a criatura cujos botões haviam sido arrancados das calças e das cuecas.

— A Internacional Comunista — proferiu o juiz de instrução, de modo lento e solene, acrescentando com a voz habitual: — Nikolai Krímov, membro do Comintern. — E voltou a escandir solenemente: — Da Terceira Internacional Comunista.

Depois ficou meditando por bastante tempo.

— Ah, que mulherzinha danada era essa Muska Grinberg — disse de repente o juiz de instrução, com animação e malícia, de homem para homem, e Krímov ficou confuso, perdido e fortemente ruborizado.

Era verdade! Aquilo tinha acontecido havia muito tempo, mas a vergonha permanecia. Parece que já amava Gênia naquela época. Parece que, depois do trabalho, fora até a casa de um velho amigo a fim de saldar uma dívida, parece que lhe pedira dinheiro emprestado para uma viagem. Do resto já se lembrava bem. Konstantin não estava em casa. E na verdade ela nunca lhe agradara: tinha voz grossa de tanto fumar, julgava a todos com empáfia, era secretária adjunta do comitê do Partido no Instituto de Filosofia e, para falar a verdade, era bonita, uma mulher vistosa, como dizem. Aí... Passou a mão na mulher de Konstantin ali no divã, e depois se encontrou com ela mais duas vezes...

Uma hora antes, achava que o juiz de instrução não sabia nada a respeito de si, que tinha sido promovido de uma aldeia...

Mas o tempo ia passando, e o juiz de instrução ficava perguntando dos comunistas internacionais, camaradas de Nikolai Grigórievitch; conhecia seus diminutivos e apelidos jocosos, os nomes de suas esposas e amantes. Havia algo de sinistro na amplitude de seus conhecimentos.

Ainda que Nikolai Grigórievitch fosse um grande homem, e cada uma de suas palavras fosse importante para a história, nem assim valeria a pena reunir naquela pasta tantas bobagens e insignificâncias.

Mas não havia insignificâncias.

Por onde passava deixava rastros, e um séquito ia atrás dele, registrando a sua vida.

Uma observação irônica sobre um camarada, uma palavrinha sobre um livro que tinha lido, um brinde brincalhão de aniversário, uma conversa telefônica de três minutos, uma nota maldosa redigida para a presidência de uma reunião, tudo estava reunido na pasta com cordões.

Suas palavras e pronunciamentos foram reunidos e dissecados, constituindo um vasto herbário. Dedos maldosos haviam recolhido com diligência ervas daninhas, urtigas, cardos, anserinas...

O grande Estado se ocupava de seu romance com Muska Grinberg. Palavrinhas insignificantes e ninharias se entrelaçavam com sua fé, seu amor por Ievguênia Nikoláievna não tinha importância, o que importava eram ligações ocasionais e vazias, e ele não conseguia mais distinguir o relevante do irrelevante. Uma frase irreverente a respeito dos conhecimentos filosóficos de Stálin parecia ter mais significado do que dez anos de trabalho partidário implacável. Era verdade que tinha dito em 1932, em uma conversa com um camarada recém-chegado da Alemanha, no gabinete de Lozovski, que o movimento sindical soviético era estatal demais e proletário de menos? E o camarada o tinha delatado.

Mas, meu Deus, era tudo mentira! Uma teia de aranha quebradiça e viscosa entrava-lhe pela boca e narinas.

— Compreenda, camarada juiz de instrução...

— Cidadão juiz de instrução.

— Sim, sim, cidadão. Tudo isso é mentira, é preconceito. Estou no Partido há um quarto de século. Sublevei os soldados em 1917. Passei quatro anos na China. Trabalhei dia e noite. Centenas de pessoas me conhecem... Quando estourou a Guerra Patriótica fui para o front como voluntário, e nas horas mais difíceis as pessoas confiaram em mim e me seguiram... Eu...

O juiz perguntou:

— O que é isso, o senhor veio aqui receber um diploma de honra? Está preenchendo um formulário de gratificação?

Realmente, não era o caso de receber um diploma de honra.

O juiz de instrução balançou a cabeça:

— E ainda se queixa de não receber encomenda da mulher. Que marido!

Krímov dissera tais palavras na cela, a Bogolêiev. Meu Deus! Katzenellenbogen dissera-lhe, brincando: "O grego profetizou: 'tudo flui', e nós confirmamos: 'todos delatam'."

Toda a sua vida, contida na pasta com cordões, tinha perdido o volume, a extensão, as proporções... Tudo se misturava em uma massa cinza e pegajosa, e ele mesmo não sabia o que tinha mais importância: quatro anos de trabalho clandestino incessante no calor abafado e estafante de Xangai, a travessia de Stalingrado, a fé revolucionária ou meia dúzia de palavras iradas sobre a penúria dos jornais soviéticos, ditas no sanatório Pinheiros a um crítico literário desconhecido.

O juiz de instrução perguntou com bonomia, em tom baixo e amável:

— Agora me conte como o fascista Hacken o recrutou para trabalhar como espião e sabotador.

— O senhor não pode estar falando sério.

— Krímov, não se faça de bobo. O senhor está vendo que sabemos de cada passo de sua vida.

— Justamente, justamente por causa disso.

— Basta, Krímov. O senhor não vai enganar os órgãos de segurança.

— Mas é mentira!

— Veja bem, Krímov. Temos a confissão de Hacken. Quando se arrependeu de seu crime, ele nos contou de sua associação criminosa com você.

— Pode me mostrar dez confissões de Hacken. São falsas! Um delírio! Se vocês tivessem uma confissão desse gênero de Hacken, por que confiariam em mim, sabotador e espião, para ser comissário de guerra e conduzir soldados ao combate? Em que estariam pensando?

— O senhor acha que foi chamado aqui para nos dar lições? Quer dirigir o trabalho de nossos órgãos?

— O que isto tem a ver com dar lições ou dirigir? É uma questão de lógica. Conheço Hacken. Ele não pode ter dito que me recrutou. Não pode!

— Como não?

— É um comunista, um combatente da Revolução.

O juiz de instrução perguntou:

— O senhor sempre esteve certo disso?

— Sim — respondeu Krímov —, sempre!

Balançando a cabeça, o juiz de instrução examinava as folhas do caso e repetia, aparentemente confuso:

— Se é assim, tudo muda, tudo muda...

Estendeu uma folha de papel a Krímov.

— Leia isso — afirmou, tapando uma parte da folha com a mão.

Krímov examinou o escrito e deu de ombros.

— É lamentável — disse, afastando a folha.

— Por quê?

— O indivíduo não tem coragem de declarar que Hacken é um comunista honrado e não é infame o suficiente para acusá-lo, então fica tergiversando.

O juiz de instrução retirou a mão e mostrou-lhe a assinatura de Krímov e a data: fevereiro de 1938.

Ficaram em silêncio. O juiz de instrução perguntou, rígido:

— Talvez tenham lhe espancado, por isso deu esse testemunho.

— Não, não me espancaram.

E o rosto do juiz de instrução voltou a se dividir em cubos, os olhos irados fitavam com nojo, e a boca dizia:

— Muito bem. Durante o cerco, o senhor deixou o seu grupo por dois dias. Foi levado em um avião militar ao estado-maior do grupo de exército alemão, passou-lhes dados importantes e recebeu novas instruções.

— Isso é um delírio total — murmurou a criatura com a gola da túnica militar aberta.

Mas o juiz de instrução levou o caso adiante. Krímov já não se sentia um idealista, forte, de ideias claras, pronto a ir para o cadafalso pela Revolução.

Sentia-se fraco, indeciso, um falastrão que repetira boatos absurdos, que se permitira ironizar o sentimento do povo soviético pelo camarada Stálin. Não fora seletivo em suas amizades, havia muitas vítimas da repressão entre seus conhecidos. Em seus pontos de vista teóricos imperava a desordem. Dormira com a mulher de um amigo. Dera um testemunho infame e ambíguo sobre Hacken.

Será que é por isso que estou sentado aqui, e que tudo isso está acontecendo comigo? Trata-se de um sonho, um maravilhoso sonho de uma noite de verão...

— E antes da guerra o senhor transmitia ao centro trotskista no exterior informações sobre o estado de espírito dos dirigentes do movimento revolucionário internacional.

Não era preciso ser idiota nem canalha para desconfiar da traição de uma criatura tão miserável e imunda. Se Krímov estivesse no lugar do juiz de instrução, não confiaria em tal criatura. Conhecia o novo tipo de trabalhador do Partido, que chegara no lugar dos que foram liquidados ou exonerados e afastados em 1937. Era gente de uma compleição diferente da sua. Liam livros diferentes, e de outro modo; não liam, e sim "trabalhavam". Apreciavam e valorizavam os bens materiais, o sacrifício revolucionário lhes era alheio ou não constituía a essência de seu caráter. Não sabiam línguas estrangeiras, amavam suas raízes russas mas falavam mal o idioma, pronunciando "procentagem", "palhetó", "Bérlim", "diregente". Entre eles havia gente inteligente, mas, ao que parece, sua principal força não residia nas ideias nem na razão, e sim na capacidade de trabalho, na astúcia e na sensatez dos pontos de vista pequeno-burgueses.

Krímov entendia que os novos e velhos quadros partidários estavam congregados em uma grande comunidade, que não havia diferenças, mas semelhanças, união. Contudo, sempre sentia sua superioridade perante os recém-chegados, uma superioridade de bolchevique leninista.

Não reparava que, agora, sua ligação com o juiz de instrução não residia no fato de estar pronto para aproximá-lo de si e reconhecer nele um camarada de Partido. Agora o desejo de união com o juiz de instrução consistia na mísera esperança de que este aproximasse Nikolai Krímov de si, ou pelo menos concordasse que ele não era apenas mau, ínfimo e desonesto.

Sem que Krímov percebesse como aquilo tinha ocorrido, agora a segurança do juiz de instrução era a segurança de um comunista.

— Se o senhor é realmente capaz de se arrepender com sinceridade, se ainda tem algum amor pelo Partido, então ajude-nos com a sua confissão.

E de repente, extirpando do córtex cerebral a fraqueza que o devorava, Krímov gritou:

— O senhor não vai conseguir nada de mim! Não vou assinar uma confissão mentirosa! Está me ouvindo? Não assino nem sob tortura!

O juiz de instrução lhe disse:

— Reflita.

Pôs-se a folhear papéis, sem olhar para Krímov. O tempo passava. Colocou de lado a pasta de Krímov e tirou uma folha de papel da mesa. Parecia ter se esquecido de Krímov, escrevia sem pressa, apertando os olhos enquanto organizava as ideias. Depois releu o que havia escrito, voltou a refletir, pegou um envelope da caixa e colocou nele um endereço. Possivelmente não era uma carta de trabalho. Depois releu o endereço e sublinhou o sobrenome no envelope com dois traços. Depois recarregou a caneta com tinta e ficou um bom tempo limpando as gotas. Depois se pôs a apontar o lápis no cinzeiro; a ponta de um dos lápis quebrava toda hora, mas o juiz de instrução não ficava zangado, e pacientemente se punha de novo a apontá-lo. Depois experimentava no dedo se a ponta estava afiada.

E a criatura pensava. Havia no que pensar.

De onde tinham saído tantas delações? Era fundamental recordar e esclarecer quem tinha denunciado. Por que tudo isso? Muska Grinberg... O juiz de instrução ainda chegaria em Gênia... Que estranho ele não ter perguntado nem dito sequer uma palavra sobre ela... Será que Vássia testemunhou contra mim... Mas o que eu tenho que confessar? Pois estou aqui, mas o segredo continua: Partido, por que você precisa disso? Ióssif, Koba, Sosso,[37] em prol de que foi exterminada tanta gente boa e forte? Devemos recear não as perguntas do juiz de instrução, mas o seu silêncio, aquilo que ele cala; Katzenellenbogen tinha razão. Mas é claro que começariam com Gênia, claro que a tinham prendido. De onde vinha aquilo tudo, como tinha começado? Estou mesmo aqui? Que angústia, quanta sujeira na minha vida. Perdão, camarada Stálin! Uma palavra sua, Ióssif Vissariônovitch! Sou culpado, me confundi, falei demais, tive dúvidas, o Partido tudo sabe e tudo vê. Por que, por que fui conversar com aquele crítico literário? Mas não dá tudo na mesma? O que isso tem a ver com o cerco? Tudo isso é um absurdo: calúnia, mentira, provocação. Por que, por que naquela época eu

---

[37] Prenome e apelidos de Stálin.

não disse de Hacken: é meu irmão, amigo, não duvido da sua pureza. E Hacken afastou dele os olhos infelizes...

De repente, o juiz de instrução perguntou:

— E então, lembrou?

Krímov abriu os braços e disse:

— Não tenho nada a lembrar.

O telefone tocou:

— Alô — disse o juiz de instrução, e, com um olhar furtivo para Krímov, afirmou: — Sim, prepare, daqui a pouco vamos começar. — E Krímov teve a impressão de que era o assunto da conversa.

Em seguida o juiz de instrução colocou o telefone no gancho, e voltou a tirá-lo. Era uma conversa telefônica espantosa, como se a seu lado não estivesse uma pessoa, mas um quadrúpede em duas patas. O juiz de instrução estava evidentemente falando com sua mulher.

No começo, eram questões domésticas:

— No fornecedor? Um ganso, que bom... Por que não te deram pelo primeiro talão? A mulher de Serguei ligou para a seção e ganhou uma perna de carneiro pelo primeiro; fomos convidados. A propósito, peguei requeijão na cantina, não, não é azedo, oitocentos gramas... Como está o gás hoje? Não se esqueça da roupa.

Depois começou a dizer:

— Veja bem, não fique muito aborrecida. Apareceu no teu sonho? Com que cara? De cuecas de novo? Pena... Olha aqui, quando eu voltar vou te ensinar umas coisas... Faxina é bom, mas atenção, não levante peso, você não pode fazer isso de jeito nenhum.

Havia algo de improvável naquele cotidiano pequeno-burguês: quanto mais a conversa parecia habitual e humana, menos humano parecia quem falava. Há algo de espantoso no macaco que copia o jeito do ser humano... E Krímov sentia que ele mesmo não era um ser humano — desde quando as pessoas tinham uma conversa como aquela na frente de outro? "Um grande beijo na boca... não quer... está bem, está bem."

Mas é claro que se, de acordo com a teoria de Bogolêiev, Krímov fosse um gato angorá, uma lagarta, um pintassilgo ou simplesmente um besouro espetado na agulha, então a conversa não tinha nada de espantoso.

Lá para o fim, o juiz de instrução perguntou:

— Está queimando? Corra lá, corra lá, até logo.

Então pegou um livro e um bloco de notas e se pôs a ler, fazendo anotações a lápis de tempos em tempos; talvez estivesse se preparando para um trabalho de seu círculo, ou para uma conferência...

Disse, com irritação terrível:

— Por que fica batendo os pés como se estivesse em um desfile desportivo?

— Estou com as pernas adormecidas, cidadão juiz.

O juiz de instrução, contudo, retomou a leitura do livro científico.

Em dez minutos perguntou, distraído:

— E então, se lembrou?

— Cidadão juiz de instrução, preciso ir ao banheiro.

O juiz de instrução suspirou, foi até a porta e fez um chamado suave. Assumiu a fisionomia do dono de um cachorro que pedia para passear fora de hora. Entrou um soldado em uniforme de campanha. Krímov o examinou com olhar experimentado: o cinto estava ajustado, o colarinho limpo, o barrete nos conformes. Só que o jovem soldado não se dedicava a uma ocupação de soldado.

Krímov se levantou com as pernas adormecidas de tanto tempo sentado, e elas fraquejaram nos primeiros passos. Pensava apressadamente no banheiro, enquanto a sentinela o vigiava, e fazia o mesmo no caminho de volta. Havia no que pensar.

Quando Krímov voltou do banheiro, o juiz de instrução não estava, e no seu lugar havia um jovem com uniforme azul, ornado com fios vermelhos e dragonas de capitão. O capitão lançou um olhar sombrio na direção do prisioneiro, como se o tivesse odiado por toda a vida.

— Por que está de pé? — disse o capitão. — Sente-se! Sente-se reto, caralho, por que está inclinando as costas? Já te acerto uma para te endireitar.

"Bem, fomos apresentados", pensou Krímov, e teve medo, mais medo do que em toda a guerra. "Agora vai começar", pensou.

O capitão soltou uma nuvem de fumaça de cigarro, e sua voz se prolongava através do fumo cinzento:

— Aqui tem papel e caneta. E então, vou ter que escrever por você?

O capitão gostava de insultar Krímov. Mas talvez essa fosse a sua tarefa. Pois às vezes os artilheiros recebem ordem de abrir fogo ininterruptamente contra o inimigo, e disparam dia e noite.

— Não vai se sentar? Veio aqui para dormir?

Em poucos minutos, voltou a gritar com o detento:

— Ei, escute, estou falando com você, ou você não se importa?

Foi até a janela, ergueu a cortina pesada, apagou a luz, e a manhã fitou sombriamente os olhos de Krímov. Era a primeira vez, desde a chegada em Lubianka, que via a luz do dia.

"Passamos bem a noite", pensou Nikolai Grigórievitch.

Sua vida tivera alguma manhã pior? Era ele que, feliz e livre, algumas semanas atrás, estava deitado despreocupadamente em uma cratera, com gentis pedaços de ferro sibilando sobre sua cabeça?

O tempo, porém, se embaralhava: fazia uma eternidade que entrara naquele gabinete, e pouco tempo que estivera em Stalingrado.

Que luz mais cinzenta e de pedra essa da janela, que dava para o pátio interior da prisão. Aquilo era uma lavagem de porcos, e não luz. Sob aquela luz matinal de inverno, os objetos pareciam mais burocráticos, lúgubres e hostis do que à luz elétrica.

Não, as botas não tinham ficado apertadas, os pés é que tinham inchado.

De que maneira vincularam a sua vida e o seu trabalho no passado ao cerco de 1941? Que dedos haviam unido o incompatível? Para que isso? Quem precisava disso? Para quê?

Os pensamentos ardiam com tamanha força que por momentos Krímov se esquecia da dor nas costas e na região lombar, e não sentia os pés intumescidos pressionando os canos das botas.

Hacken, Fritz... Como pude me esquecer de que em 1938 estive em um quarto como esse, embora não do mesmo jeito: tinha um passe no bolso... Agora se lembrava do mais infame: o desejo de agradar a todos — o empregado do escritório de passes, o porteiro, o ascensorista de uniforme militar. O juiz de instrução disse: "Camarada Krímov, por favor, nos ajude." Não, o mais infame não tinha sido o desejo de agradar. O mais infame tinha sido o desejo de ser franco! Ah, agora se lembrava! Aqui só queriam a franqueza! E tinha sido franco, recordou os erros de Hacken na avaliação do movimento espartaquista, sua má vontade com Thälmann, seu desejo de receber honorários por um livro, sua separação de Elsa quando ela estava grávida... Verdade que também tinha se recordado do que era bom. O juiz de instrução anotara sua frase: "Com base em um conhecimento de muitos anos, acho pouco provável sua participação em sabotagem contra o Partido, embora não possa excluir completamente a possibilidade de jogo duplo..."

Então tinha feito uma denúncia... Tudo reunido a seu respeito naquela pasta de sigilo eterno havia sido dito por camaradas que também tinham desejado ser francos. Por que ele tinha desejado ser franco? Dever partidário? Mentira! Mentira! Só uma atitude teria sido franca: dar com o punho na mesa com raiva e gritar: "Hacken é um irmão, um amigo, é inocente!" Contudo, ficara tateando a memória em busca de ninharias, procurara pelo em ovo e fizera o jogo do homem sem a assinatura do qual o passe de saída do grande edifício não teria validade. Também se lembrava disso: a sensação sôfrega de felicidade quando o juiz de instrução disse: "Um minutinho e assino o seu passe, camarada Krímov." Ajudara a meter Hacken na cadeia. E para onde o amante da liberdade foi, com seu passe assinado? Não foi atrás de Muska Grinberg, a mulher de seu amigo? No entanto, tudo o que dissera de Hacken era verdade. Assim como tudo que haviam dito dele era verdade. Pois dissera a Fédia Ievsséiev que Stálin tinha complexo de inferioridade devido à ignorância em filosofia. A lista de gente com que se encontrara era horrenda: Nikolai Ivánovitch, Grigori Ievsséievitch,[38] Lômov, Chátzki, Piatnitzki, Lominadze, Riútin, o loiro Chliápnikov, estivera na "Academia" de Lev Boríssovitch,[39] Lachevitch, Iak Gamárnik, Luppol, visitara o velho Riazánov no instituto, na Sibéria ficara duas vezes na casa de Eikhe, um velho conhecido, e na época deles estivera com Skrípnik em Kiev e Stanislaw Kosior em Khárkov, e Ruth Fischer... Graças a Deus o juiz de instrução não se lembrara do principal, que em seu tempo Lev Davídovitch[40] se dera bem com ele...

Que dizer, estava completamente podre. E, no fundo, por quê? Pois eles não são menos culpados que eu! Mas eu não assinei nada. Espere, Nikolai, e vai assinar. Ainda vai assinar, assim como eles assinaram! Provavelmente as piores baixezas estavam guardadas para a sobremesa. Iriam detê-lo por três dias sem dormir, então começariam a espancá-lo. Bem, no geral nada disso se parece muito com socialismo. Por que o meu Partido precisa acabar comigo? E com todos os outros? Pois fomos nós que fizemos a Revolução, e não Malenkov, Jdánov ou Scherbakov. Fomos todos implacáveis com os inimigos da Revolução. Por que a Revolução é implacável conosco? Talvez seja implacável justamente por isso... Ou talvez isto não seja a Revolução... O que esse

---

[38] Bukhárin e Zinóviev, respectivamente.
[39] Kámenev.
[40] Trótski.

capitão tem a ver com a Revolução? Provavelmente ele é da Centúria Negra, um delinquente.

Estava chovendo no molhado, e o tempo passava.

A dor nas costas, a dor nas pernas e o esgotamento o esmagavam. O mais importante era se deitar na cama, mexer os dedos dos pés descalços, levantar as pernas, coçar a panturrilha.

— Não durma! — gritou o capitão, como se desse uma ordem de combate.

Parecia que se Krímov fechasse os olhos por um instante o Estado soviético desabaria e o front seria rompido...

Krímov jamais ouvira tamanha quantidade de impropérios em toda sua vida.

Os amigos, os auxiliares queridos, as secretárias, os que participaram das conversas íntimas haviam compilado suas palavras e atos. Lembrava-se e horrorizava-se: "Isso eu disse a Ivan, apenas a Ivan"; "foi uma conversa com Grichka, e conheço Grichka desde os anos 1920"; "essa foi uma conversa minha com Machka Meltzer, ah, Machka, Machka".

De repente se lembrou das palavras do juiz de instrução, de que não deveria esperar uma encomenda de Ievguênia Nikoláievna... E isso vinha de uma conversa recente na cela, com Bogolêiev. As pessoas contribuíram com o herbário de Krímov até o último dia.

À tarde lhe trouxeram uma tigela de sopa, e sua mão tremia tanto que ele teve que inclinar a cabeça e sorver a sopa pela beira da tigela, enquanto a colher batia e tilintava.

— Você come como um porco — disse o capitão, com tristeza.

Depois houve ainda uma ocorrência: Krímov voltou a pedir para ir ao banheiro. Ao caminhar pelo corredor, não pensava em mais nada, mas, de pé, em frente à privada, ficava pensando o tempo todo: que bom que me arrancaram os botões, meus dedos tremem tanto que eu não ia conseguir abotoar e desabotoar a braguilha.

O tempo voltava a passar e fazer seu trabalho. O Estado das dragonas do capitão venceu. Uma névoa espessa e cinza lhe pairava na cabeça, como a que havia no cérebro dos macacos. Não havia passado nem futuro, não havia pasta com cordões amarrados. Só havia uma coisa: tirar as botas, coçar-se, dormir.

O juiz de instrução voltou.

— Dormiu? — perguntou o capitão.

— A chefia não dorme, descansa — disse o juiz de instrução, em tom professoral, repetindo uma velha piada militar.

— É verdade — confirmou o capitão. — Enquanto isso, os subordinados incham.

Como se fosse um operário a examinar a máquina no começo do turno e trocando ativamente umas palavras com o colega que vinha render, o juiz de instrução olhou para Krímov à escrivaninha e disse:

— Então, Krímov, vamos continuar.

E puseram mãos à obra.

Hoje o juiz de instrução estava interessado na guerra. Seus conhecimentos novamente se mostraram imensos: sabia para onde Krímov fora designado, os números dos regimentos e exércitos, o nome das pessoas que lutaram com ele, recordou as palavras que dissera na instrução política, sua observação sobre as anotações iletradas de um general.

Todo o trabalho de Krímov no front, os discursos sob fogo alemão, a fé que compartilhara com os soldados vermelhos nos duros dias da retirada, as privações, o frio, tudo isso imediatamente deixou de existir.

Era um falastrão miserável, um agente duplo que corrompera os camaradas, contaminando-os com sua descrença e seu desespero. Como duvidar de que a inteligência alemã o ajudara a alcançar a linha de frente para prosseguir as atividades de espionagem e sabotagem?

Nos primeiros minutos do novo interrogatório, Krímov se contagiou com a disposição para o trabalho do descansado juiz de instrução.

— Como quiser — disse —, mas jamais vou reconhecer que fui um espião!

O juiz de instrução olhou pela janela; já começava a escurecer, e ele distinguia mal os papéis na escrivaninha.

Acendeu a luz de mesa e baixou a cortina azul.

Um uivo lúgubre e bestial soou detrás da porta para repentinamente se aquietar e cessar.

— Então, Krímov — disse o juiz de instrução, voltando a se sentar à mesa.

Perguntou a Krímov se ele sabia por que nunca havia sido promovido, e ouviu uma resposta ininteligível.

— Bem, Krímov, o senhor ficou vagando pelo front como comissário de batalhão, quando devia ter sido membro do Soviete Militar do Exército, ou até do front.

Ficou em silêncio, com o olhar fixo em Krímov, possivelmente o observando pela primeira vez como juiz de instrução, e afirmou, solene:

— O próprio Trótski falou dos seus escritos: "Puro mármore!" Se esse réptil tivesse tomado o poder, o senhor estaria lá em cima! Não é brincadeira: "De mármore"!

"Ah, o trunfo", pensou Krímov. "Agora colocou o ás na mesa."

Está bem, está bem, diria tudo, quando e onde, mas as mesmas perguntas poderiam ser feitas também ao camarada Stálin. Krímov jamais tivera relação com o trotskismo, sempre votara contra as resoluções trotskistas, nenhuma vez a favor.

Mas o mais importante era tirar as botas, deitar, colocar os pés descalços para cima, dormir e se coçar durante o sono.

O juiz de instrução se pôs a falar, em tom baixo e afetuoso:

— Por que não quer nos ajudar? O senhor acha que o problema é ter cometido crimes antes da guerra, ou ter reatado contatos e marcado encontros durante o cerco? Trata-se de algo mais sério e profundo: o novo rumo do Partido. Ajude o Partido na nova etapa da luta. Para isso, é preciso renegar os valores do passado. Só os bolcheviques estão à altura de uma tarefa dessas. Por isso estou falando com o senhor.

— Ah, claro, está bem — disse Krímov, devagar e sonolento —, posso admitir que, contra a vontade, tornei-me o porta-voz de opiniões hostis ao Partido. Que meu internacionalismo entrou em contradição com a noção do Estado socialista soberano. Tudo bem, por meu caráter me tornei alheio ao novo rumo e à nova gente do Partido depois de 1937. Estou pronto a reconhecer isso. Mas espionagem e sabotagem...

— Por que esse "mas"? Veja, o senhor já estava a caminho de reconhecer sua hostilidade à causa do Partido. Será que a forma tem importância? Para que esse "mas", se o senhor reconhece o principal?

— Não, não reconheço ser um espião.

— Quer dizer que não quer ajudar o Partido de forma alguma. A conversa chega na parte mais importante, e o que o senhor faz? Esconde-se! É um merda, um cachorro de merda!

Krímov deu um salto, agarrou o juiz de instrução pela gravata, bateu com o punho na mesa, e algo tilintou e fez barulho no telefone. Gritou com voz estridente, uivando:

— Seu filho da puta, onde você estava enquanto eu guiava os homens nos combates da Ucrânia e da floresta de Briansk? Onde você estava enquanto eu lutava no inverno, em Vorónej? Canalha, você esteve em Stalingrado? Fui eu que não fiz nada pelo Partido? Foi o seu focinho de gendarme que defendeu a Pátria Soviética, sentado aqui na Lubianka? Lá em Stalingrado eu não defendi a nossa causa? Era você que estava em um beco sem saída em Xangai? Seu filho da puta, foi no seu ombro ou no meu que os guardas de Koltchak atiraram?

Depois espancaram-no, mas não de modo simples, na cara, como na Seção Especial do front, mas de modo bem pensado, científico, de acordo com conhecimentos de fisiologia e anatomia. Foi golpeado por dois jovens envergando uniforme novo, aos quais ele gritou:

— Seus canalhas, tinham que ir para o batalhão disciplinar... tinham que ser enviados para enfrentar um ataque de tanques usando apenas fuzis... desertores...

Faziam seu trabalho sem raiva e sem arrebatamento. Não pareciam bater com força nem ímpeto, mas os golpes eram tão terríveis quanto um insulto proferido com voz tranquila.

Corria sangue da boca de Krímov, embora não tivessem golpeado seus dentes, e o sangue não saía do nariz, nem do queixo, nem da língua mordida, como em Ákhtuba... Era sangue das profundezas, dos pulmões. Não lembrava mais onde estava, não lembrava quem estava consigo... O rosto do juiz de instrução voltou a aparecer em cima dele, apontando com o dedo para o retrato de Górki pendurado acima da escrivaninha, e perguntando:

— O que disse o grande escritor proletário Maksim Górki?

Respondeu ele mesmo, em tom claro e professoral:

— Se o inimigo não se rende, tem que ser aniquilado.

Então viu uma lâmpada no teto e um homem com dragonas estreitas.

— Se a medicina permite — disse o juiz de instrução —, chega de descansar.

Krímov logo estava novamente sentado à mesa, ouvindo argumentos sensatos:

— Vamos ficar sentados aqui por uma semana, um mês, um ano... Vamos simplificar: embora não tenha culpa, vai assinar tudo o que eu lhe disser. Depois disso não vai apanhar mais. Está claro? Talvez seja julgado pelo Conselho Especial, mas não vai apanhar mais, o que já é grande coisa! Acha que eu gosto quando lhe batem? E o deixaremos dormir. Está claro?

As horas passavam e a conversa prosseguia. Parecia que nada conseguiria aturdir Krímov e tirá-lo do amortecimento. Contudo, ao ouvir o novo discurso do juiz de instrução, entreabriu a boca e ergueu a cabeça, espantado.

— Tudo isso foi há muito tempo e pode ser esquecido — disse o juiz de instrução, mostrando a pasta a Krímov —, mas o que não dá para esquecer é a sua vil traição à Pátria na época da batalha de Stalingrado. Testemunhas e documentos falam! O senhor trabalhou para desagregar a consciência política dos combatentes da casa 6/1. Incitou Griékov, um patriota, à traição, tentando convencê-lo a passar para o lado do inimigo. Traiu a confiança do comando, a confiança do Partido, que o mandou para aquela casa na qualidade de comissário de guerra. Ao entrar naquela casa, o que o senhor se revelou? Um agente do inimigo!

Nikolai Grigórievitch voltou a apanhar pela manhã, e teve a impressão de estar submerso em leite quente negro. O homem de dragonas estreitas voltou a assentir ao secar a agulha da seringa, e o juiz de instrução disse:

— Bem, já que a medicina permite...

Estavam sentados um diante do outro. Krímov olhou para o rosto cansado do interlocutor e se espantou com sua falta de rancor: fora aquele homem que agarrara pela gravata e quisera estrangular? Agora novamente surgira em Nikolai Grigórievitch uma sensação de proximidade com relação a ele. Não estavam mais separados por uma mesa; eram dois camaradas, dois homens aflitos.

De repente Krímov se lembrou do homem que não morrera ao ser fuzilado, e voltara à Seção Especial pela estepe, em uma noite de outono, com a roupa de baixo ensanguentada.

"Eis o meu destino", pensou, "também não tenho para onde ir. Tarde demais."

Depois pediu para ir ao banheiro, depois apareceu o capitão da véspera, ergueu a cortina, apagou a luz e se pôs a fumar.

E Nikolai Grigórievitch voltou a ver a luz carrancuda do dia, que não parecia vir do sol nem do céu, mas dos tijolos cinzentos do pátio interno.

44

Os leitos estavam vazios; ou os vizinhos tinham sido transferidos, ou estavam sendo submetidos a interrogatório.

Ele jazia despedaçado e desconcertado, sentindo-se imundo, com uma dor horrenda na região lombar; deviam ter-lhe acertado os rins.

Naquela amarga hora de aflição compreendeu a força do amor da mulher. A mulher! Só ela conseguia gostar de um homem pisoteado por pés de ferro. Ele está todo escarrado, e ela lava seus pés, penteia seus cabelos emaranhados e olha em seus olhos melancólicos. Quanto mais lhe retalham a alma e mais abominável e desprezível ele se torna para o mundo, mais próximo e querido ele é para a mulher. Ela corre atrás do caminhão, fica na fila na Kuznétzki Most, na cerca do campo de prisioneiros, tem enorme vontade de lhe mandar bombons e cebola, prepara para ele biscoitos no fogão de querosene, daria anos de sua vida para vê-lo só por meia hora...

Nem todas as mulheres com quem o homem dorme são como essa mulher.

Seu desespero era tão dilacerante que lhe deu vontade de causar desespero em outra pessoa.

Compôs as linhas de uma carta: "Ao saber o que aconteceu, você não ficou contente porque eu fui esmagado, mas por ter conseguido fugir de mim, bendizendo o instinto de ratazana que a fez abandonar o barco que estava afundando... estou sozinho..."

Entreviu o telefone na mesa do juiz de instrução... o touro robusto a lhe bater nos flancos, embaixo da costela... o capitão erguendo a cortina e apagando a luz... as páginas do caso farfalham, farfalham, e aquele farfalhar o põe para dormir...

E, subitamente, um aguilhão torto e incandescente lhe penetra no crânio, e o cérebro parece ter cheiro de queimado: Ievguênia Nikoláievna era a autora da denúncia!

Puro mármore! Puro mármore! As palavras que lhe haviam sido ditas certa manhã, em Známenka, no gabinete do presidente do Soviete Militar Revolucionário da República... O homem de barba pontiaguda e reluzente pincenê de cristal lia o artigo de Krímov e lhe falava em voz baixa e afetuosa. Lembrou-se: à noite, tinha contado a Gênia que o Comitê Central o havia chamado do Comintern e o encarregado de redigir livros para a Politizdat.[41] "Ele já foi um ser humano", e contou a ela como Trótski, ao ler seu ensaio "Revolução e Reforma — China e Índia", dissera: "Puro mármore."

Não repetira a ninguém aquelas palavras ditas com os olhos nos olhos; só Gênia as ouvira, o que queria dizer que o juiz de instrução as tinha ouvido dela. Era ela a autora da denúncia.

Não sofria mais com as setenta horas sem sono; sentia-se desperto. Será que tinha sido obrigada? Mas dava na mesma. Camaradas, Mikhail Sídorovitch, estou morto! Fui assassinado. Não com balas de pistola, nem com os punhos, nem com a privação do sono. Morto pela mulher. Eu faço a declaração, eu reconheço tudo. Só uma condição: confirmem que ela é a autora da denúncia.

Deslizou da cama e se pôs a esmurrar a porta com o punho, gritando:

— Levem-me ao juiz de instrução! Vou assinar tudo!

Chegou o oficial de serviço e disse:

— Pare com esse barulho e faça sua declaração quando for chamado.

Não conseguia ficar sozinho. Era melhor e mais fácil quando apanhava e perdia a consciência. Se a medicina permite...

Foi coxeando até a cama e, quando parecia não mais suportar o suplício na alma, quando seu cérebro parecia estar prestes a arrebentar e milhares de estilhaços lhe espetavam o coração, a garganta e os olhos, compreendeu: Gênetchka não podia ter sido a autora da denúncia! Teve um acesso de tosse e tremeu:

— Perdoe-me, perdoe-me. Não é meu destino ser feliz com você, e a culpa disso é minha, não sua.

Foi tomado por uma sensação maravilhosa — talvez fosse a primeira pessoa chegada àquele edifício desde que Dzerjinski pusera os pés ali a sentir uma coisa daquelas.

Acordou. Na sua frente estava sentado pesadamente Katzenellenbogen, com os cabelos grisalhos despenteados à la Beethoven.

Krímov sorriu para ele, e a testa baixa e carnuda do vizinho ficou franzida; Krímov entendeu que Katzenellenbogen tomara seu sorriso como manifestação de insanidade.

---

[41] Editora política oficial da URSS, continua ativa até hoje, tendo sido rebatizada como República em 1991.

— Vejo que lhe bateram com força — disse Katzenellenbogen, apontando para a camisa militar de Krímov, suja de sangue.

— Sim, bateram com força — respondeu Krímov, torcendo a boca. — E como foi com o senhor?

— Fui passear no hospital. Os vizinhos partiram: Dreling recebeu mais dez anos do Conselho Especial, o que quer dizer que já está com trinta, e Bogolêiev foi transferido para outra cela.

— Ah... — disse Krímov.

— Bem, desabafe.

— Acho que quando chegar o comunismo — disse Krímov — o MGB vai reunir em segredo tudo de bom que existe a respeito das pessoas, cada palavra bondosa. Os agentes vão fazer escuta telefônica, vasculhar as cartas e examinar conversas íntimas para informar à Lubianka tudo o que estiver ligado à fidelidade, honra e bondade, e reunirão em um dossiê. Só o que é bom! Aqui vão consolidar a fé no homem, e não destruí-la, como fazem agora. Coloquei a primeira pedra... Creio que venci apesar das denúncias e mentiras, creio sim, creio mesmo...

Ouvindo-o com ar distraído, Katzenellenbogen disse:

— Tudo isso é verdade, vai ser assim mesmo. Só preciso acrescentar que, depois de reunido esse dossiê esplendoroso, você vai ser trazido para cá, para o prédio grande, e vai levar umas pancadas assim mesmo.

Lançou um olhar perscrutador para Krímov, sem conseguir entender por que o rosto amarelo terroso do interlocutor, de olhos cavados e inchados, com traços negros de sangue no queixo, sorria alegre e tranquilo.

45

O coronel Adams, ajudante de campo de Paulus, estava de pé, em frente a uma mala aberta.

Ritter, o ordenança do comandante, agachado, examinava a roupa branca depositada em jornais estendidos no chão.

À noite, Adams e Ritter tinham incinerado papéis no gabinete do marechal de campo, queimando um grande mapa pessoal do comandante que Adams considerava uma relíquia sagrada de guerra.

Paulus passou a noite sem dormir. Recusou o café da manhã, observando com alheamento o andar atarefado de Adams. De tempos em tempos, levantava-se e caminhava pelo quarto, passando por pacotes de papel acomodados no chão, à espera da cremação. Os mapas, pregados em tela, ardiam a contragosto, fechavam as grelhas, e Ritter era obrigado a desobstruir o forno com um atiçador.

Cada vez que Ritter abria a porta do forno o marechal de campo estendia as mãos para o fogo. Adams cobriu os ombros do marechal de campo com um capote. Paulus, contudo, encolheu os ombros com impaciência, e Adams voltou a pendurar o capote no cabide.

Talvez o marechal de campo agora se visse prisioneiro na Sibéria: de pé, aquecendo as mãos em frente a uma fogueira, junto com os soldados, com deserto à frente e deserto atrás.

Adams disse ao marechal de campo:

— Mandei Ritter colocar na sua mala roupas brancas quentes. O Juízo Final que imaginamos na infância estava errado: não tem nada a ver com fogo e brasas.

O general Schmidt se apresentou duas vezes à noite. Com os cabos cortados, os telefones estavam mudos.

Desde o início do cerco Paulus compreendera com clareza que as tropas dirigidas por ele não tinham como continuar a luta no Volga.

Via que todas as condições que haviam determinado sua vitória no verão — táticas, psicológicas, meteorológicas e técnicas — estavam ausentes, e que as vantagens haviam se transformado em desvantagens. Dirigira-se a Hitler: o 6º Exército devia, em acordo com Manstein, romper o anel do cerco na direção sudoeste, formar um corredor e evacuar suas divisões, conformando-se de antemão em deixar para trás a maior parte da artilharia pesada.

Quando, em 24 de dezembro, Ieriómenko golpeou Manstein com êxito na região do ribeirão Míchkovka, ficou claro para qualquer comandante de batalhão de infantaria que a resistência em Stalingrado era impossível. Só não ficou claro para um indivíduo. Ele mudou o nome do 6º Exército do posto avançado do front, que se estendia do mar Branco a Térek; batizou-o de "Fortaleza Stalingrado". Entretanto, no estado-maior do 6º Exército, dizia-se que Stalingrado havia se convertido em um campo de prisioneiros armados. Paulus voltou a transmitir uma mensagem cifrada, dizendo que havia chances de romper o cerco. Esperava uma erupção horrenda de cólera; ninguém ousara contrariar duas vezes o Comandante Militar Supremo. Haviam lhe contado como Hitler arrancara a cruz de ferro do peito do marechal de campo Rundstedt, e que Brauchtitsch tivera um ataque cardíaco ao presenciar o fato. Não dava para brincar com o Führer.

Em 31 de janeiro, Paulus finalmente recebeu uma resposta à sua mensagem cifrada: fora promovido à patente de marechal de campo. Fez mais uma tentativa para demonstrar que estava certo, e recebeu a mais elevada ordem do Império: a Cruz de Ferro com Folhas de Carvalho.

Foi se dando conta gradualmente de que Hitler começara a tratá-lo como morto, com a promoção post-mortem a marechal de campo e a condecoração post-mortem com a Cruz de Ferro com Folhas de Carvalho. Agora ele só servia para uma coisa: a criação da imagem trágica do chefe da heroica defesa. As centenas de milhares de pessoas que estavam sob seu comando haviam sido declaradas santas e mártires pela propaganda estatal. Estavam vivos, ferviam carne de cavalo, caçavam os últimos cães de Stalingrado, apanhavam as pegas da estepe, catavam piolhos, fumavam cigarros embrulhados em papel enquanto, ao mesmo tempo, as emissoras de rádio estatais transmitiam música fúnebre e solene em honra dos heróis enterrados.

Estavam vivos, sopravam seus dedos vermelhos, corria-lhes ranho do nariz, em suas cabeças relampejavam pensamentos sobre as possibilidades de devorar, roubar, fingir de doente, se render, se aquecer no porão com uma mulher russa enquanto, ao mesmo tempo, coros estatais de meninos e moças soavam nas ondas do rádio: "Eles morreram para que a Alemanha pudesse viver." Eles só poderiam renascer para a vida pecadora e maravilhosa se o Estado perecesse.

Tudo ocorrera conforme o previsto por Paulus.

Ele vivia com a difícil sensação de estar certo, confirmada completamente e sem exceção pelo perecimento de seu exército. Nessa destruição ele encontrou, contra a vontade, uma satisfação estranha e aflitiva, que servia para elevar sua autoestima.

As ideias de depressão e abatimento dos dias de mais alta glória voltavam a lhe passar pela cabeça.

Keitl e Jodl chamavam Hitler de divino Führer. Goebbels proclamava que a tragédia de Hitler era não conseguir encontrar na guerra um comandante militar à altura de seu gênio. Mas Zeitzler contava que Hitler lhe pedira para endireitar a linha do front pois ela se chocava com seu senso estético. E a negativa louca e neurastênica a uma ofensiva contra Moscou? E a abulia repentina e a ordem de interromper a ofensiva contra Leningrado? Sua estratégia fanática de defesa rígida era baseada no medo de perder prestígio.

Agora tudo estava definitivamente claro.

Porém, justamente essa clareza definitiva era aterradora. Podia não obedecer à ordem! Claro que o Führer o executaria. Mas ele salvaria seus homens. Via a reprovação em muitos olhares.

Podia, podia salvar o Exército!

Temia Hitler, temia por sua pele!

Halb, o mais alto representante do Escritório Central de Segurança do Reich no estado-maior do Exército, depois de voar a Berlim, disse-lhe com expressões obscuras que o Führer era grande demais mesmo para um povo como o alemão. Sim, sim, claro, naturalmente.

Eram apenas palavras ao vento, pura demagogia.

Adams ligou o receptor de rádio. Uma música surgiu dos estalos elétricos: a Alemanha celebrava a missa dos mortos de Stalingrado. A música continha uma força especial... Talvez para o povo e para os futuros combates o mito construído pelo Führer tivesse mais significado do que a preservação dos distróficos congelados e cheios de piolhos. Talvez a lógica do Führer não pudesse ser entendida através da leitura de estatutos, da cronologia das batalhas e do exame dos mapas de operações.

E talvez na auréola de martírio à qual Hitler condenava o 6º Exército se formasse uma nova existência para Paulus e seus soldados e sua nova participação na Alemanha do futuro.

Aqui não tinham utilidade o lápis, a régua, as calculadoras. Aqui vigorava um estranho general-contramestre, que tinha outro cálculo e outras possibilidades.

Pois Adams, querido e fiel Adams, mesmo no espírito das pessoas da mais elevada linhagem a dúvida está presente, sempre, de maneira inevitável. O mundo é governado apenas por gente limitada, dotada de uma sensação inabalável de ter razão. As pessoas de mais elevada linhagem não governam Estados nem tomam decisões grandiosas.

— Estão vindo! — gritou Adams. Ordenou a Ritter: "Tire-a daqui!" E ele arrastou a mala aberta para o lado e ajeitou a farda.

As meias do marechal de campo, apressadamente colocadas na mala, tinham furos no calcanhar, e Ritter se afligiu não porque o insensato e impotente Paulus usasse meias rasgadas, mas porque seus furos seriam vistos pelos maldosos olhos russos.

Adams ficou de pé, com as mãos no encosto da cadeira, voltando as costas para a porta que estava para se abrir, olhando para Paulus de modo calmo, solícito e afetuoso; achava que era assim que devia se comportar o ajudante de campo de um marechal.

Paulus afastou-se levemente da mesa, recostando-se e apertando os lábios. Naqueles instantes, o Führer requeria que representasse um papel, e ele se preparava para atuar.

A porta estava para se abrir, e o quarto no subterrâneo escuro ficaria visível para as pessoas que viviam na superfície. Passadas a dor e a amargura, permanecia o medo de que a porta fosse escancarada não por representantes do comando soviético que também se preparavam para interpretar uma cena solene, mas por soldados soviéticos selvagens, habituados a apertar com facilidade o gatilho de uma metralhadora. Atormentava o medo do desconhecido — quando a cena acabasse, começaria a vida humana, mas qual, onde, na Sibéria, em uma prisão de Moscou, no barracão de um campo de prisioneiros?

46

À noite, da margem esquerda do Volga, as pessoas viram o céu de Stalingrado se iluminar com fogos de diversas cores. O Exército alemão tinha capitulado.

Na mesma noite, as pessoas foram da margem esquerda do Volga até Stalingrado. Propagara-se o boato de que a população que ficara em Stalingrado suportara uma fome cruel, e soldados, oficiais e marinheiros da flotilha do Volga carregavam fardos com pão e conservas. Alguns levavam vodca e sanfonas.

Porém, estranhamente, esses primeiros soldados a chegar sem armas à noite a Stalingrado, oferecendo pão aos defensores da cidade, abraçando-os e beijando-os, estavam como que tristes, não se alegravam ou cantavam.

A manhã de 2 de fevereiro de 1943 estava nublada. O vapor levantava-se sobre os buracos no gelo que cobria o Volga. Na estepe dos camelos saíra o sol, tão severo na época do vento rasante de inverno quanto nos dias abrasadores de agosto. A neve seca turbilhonava na vastidão plana, enroscava-se nos postes, fazia redemoinhos de leite e, de repente, perdendo a vontade, assentava. Os pés do vento leste deixavam pegadas: golas de neve em volta dos caules dos espinheiros a ranger, ondas congeladas nas encostas dos barrancos, carecas de barro e montículos testudos...

Da encosta de Stalingrado, parecia que as pessoas que atravessavam o Volga estavam saindo da neblina da estepe, moldadas pelo frio e pelo vento.

Não tinham o que fazer em Stalingrado, não haviam sido mandadas para lá pela chefia; ali, a guerra estava terminada. Foram por conta própria: soldados vermelhos, construtores de estradas, padeiros, oficiais do estado-maior, boleeiros, artilheiros, alfaiates do front, eletricistas e mecânicos das oficinas de reparo. Junto com eles, cruzavam o Volga, escalando a custo a escarpa, velhas envoltas em lenços, mulheres com calças acolchoadas de soldado, meninos e meninas arrastando pequenos trenós carregados de fardos e travesseiros.

Acontecia uma coisa estranha na cidade. Ouviam-se buzinas de carro e motores de tratores; passava gente fazendo barulho com suas sanfonas, dançarinos pisando a neve com suas botas de feltro, soldados vermelhos gargalhando ruidosamente. Mas isso não fazia a cidade reviver; ela parecia morta.

Alguns meses atrás, Stalingrado deixara de viver sua vida habitual; morreram as escolas, oficinas de fábricas, ateliês de vestidos femininos, grupos de amadores, a guarda municipal, creches, cinemas...

Do fogo que tomou os quarteirões urbanos nasceu uma nova cidade, a Stalingrado da guerra, com seu próprio traçado de ruas e praças, sua arquitetura subterrânea, suas regras de trânsito, sua rede comercial, seu zumbido de oficinas de fábricas, seus cemitérios, suas bebedeiras e seus concertos.

Cada época tem uma cidade que representa o mundo, sua alma e sua vontade.

A Segunda Guerra Mundial foi a época da humanidade, e durante algum tempo a cidade que representava o mundo era Stalingrado. Ela se tornou a ideia e a paixão do gênero humano. Por ela trabalhavam indústrias e fábricas, rotativas e linotipos, ela levava líderes parlamentares às tribunas. Contudo, quando uma multidão de milhares de pessoas saiu da estepe para entrar em Stalingrado, e suas ruas vazias se encheram de gente, e os primeiros motores de automóveis começaram a roncar, a cidade que representava o mundo durante a guerra mundial cessou de existir.

Naqueles dias, os jornais informavam os detalhes da capitulação alemã, e gente na Europa, América e Índia era informada de como o marechal de campo Paulus saíra do porão, como fora o primeiro interrogatório dos generais alemães no estado-maior do general Chumílov e como estava vestido o general Schmidt, chefe do estado-maior de Paulus.

Nessa hora, a capital da guerra mundial já não existia. Os olhos de Hitler, Roosevelt e Churchill buscavam os novos centros de tensão da guerra mundial. Stálin, tamborilando com os dedos na mesa, indagava ao chefe do Estado-Maior Geral se estavam garantidos os meios de transferência das tropas de Stalingrado da retaguarda, onde se encontravam, à região da nova concentração. A capital mundial da guerra, ainda repleta de generais do Exército e especialistas em combate de rua, ainda cheia de armas, mapas de operação e trincheiras de comunicação, deixara de existir; iniciava-se uma nova fase, similar à da Atenas e da Roma de hoje. Historiadores, guias de excursão de museus, professores e alunos eternamente entediados já estavam se tornando seus novos donos invisíveis.

Nascia uma nova cidade, uma cidade de trabalho e cotidiano, com fábricas, escolas, maternidades, polícia, teatros de ópera, cadeias.

Uma neve ligeira salpicava as veredas por onde projéteis e pães eram levados às posições de fogo, por onde eram carregadas metralhadoras e embalagens térmicas com mingau, pequenos atalhos sinuosos e enredados por onde se arrastavam para suas choças secretas de pedra franco-atiradores, observadores e escutas.

A neve salpicava as estradas pelas quais os mensageiros corriam entre as companhias e os batalhões, estradas que iam de Batiuk a Banni Ovrag, aos matadouros e reservatórios de água...

A neve salpicava as estradas pelas quais os habitantes da grandiosa cidade iam em busca de tabaco, beber uma dose de vodca pelo dia do santo[42] de um camarada, lavar-se em um banheiro subterrâneo, jogar dominó, provar o chucrute do vizinho; as estradas que levavam à amiga Mânia e à amiga Vera, os caminhos até os relojoeiros, fabricantes de isqueiros, alfaiates, sanfoneiros, almoxarifes.

Uma multidão de pessoas abria novos caminhos, e ia sem se apertar às ruínas nem se desviar.

Uma rede de atalhos militares e veredas foi coberta pelas primeiras neves, e em milhões de quilômetros desses caminhos nevados não aparecia nenhuma pegada fresca.

---

[42] Na Rússia, o dia do santo de uma pessoa podia ser até mais importante que a sua data de aniversário.

À primeira neve logo se seguiu uma segunda, fazendo os caminhos se turvarem, se desfazerem, deixarem de ser visíveis.

Os antigos habitantes da cidade que representava o mundo experimentavam uma sensação inexplicável de felicidade e vazio. Uma estranha angústia surgira nas pessoas que defenderam Stalingrado.

A cidade se esvaziara, e tanto o comandante do Exército como os comandantes das divisões de fuzileiros, o voluntário Poliákov e o soldado Gluchkov, podiam sentir esse vazio. Era uma sensação insensata, pois seria possível ficar angustiado pelo fato de a carnificina ter acabado em vitória, e não em morte?

Mas era isso. O telefone estava mudo no estojo amarelo na mesa do comandante; uma gola de neve crescera ao redor do ninho da metralhadora, telescópios e ameias ficaram cegos; as plantas e os mapas gastos e manuseados se mudaram das pranchetas para as bolsas de campanha, e das bolsas para as malas e sacolas dos comandantes de pelotão, companhia, batalhão... Em meio às casas mortas caminhava uma multidão de gente se abraçando e gritando "hurra"... As pessoas olhavam umas para as outras. "Que pessoal bom, de meter medo, simples, glorioso, eles estão de bota de feltro e gorro com orelheira, que nem a gente. E olha só o que nós fizemos, dá medo só de pensar, mas que fizemos, fizemos. Erguemos, erguemos a carga mais pesada que existe na Terra, erguemos a verdade acima da mentira, vá lá, tente, erga... É que nem nas fábulas, só que isso não é uma fábula."

Todos eram conterrâneos: uns de Kuporósnaia Balka, outros da Banni Ovrag, terceiros dos reservatórios de água, quartos da Outubro Vermelho, quintos de Mamáev Kurgan, e iam ao encontro deles habitantes do centro, que moravam perto do rio Tzaritza, na região do cais, perto das escarpas e do depósito de gasolina... Eram anfitriões e hóspedes, cumprimentavam uns aos outros, e o vento gelado tinia como lata velha. Às vezes davam tiros para o ar com suas submetralhadoras, e às vezes detonavam uma granada. Cumprimentavam-se com tapinhas nas costas, às vezes se abraçavam e beijavam com os lábios gelados, para depois xingarem, embaraçados e alegres... Surgiram de debaixo da terra: serralheiros, torneiros, lavradores, carpinteiros, escavadores que haviam repelido o inimigo, lavrado pedra, ferro e barro.

A cidade que representava o mundo se distinguia das outras não só porque as pessoas sentiam sua ligação com as fábricas e campos do mundo todo.

A diferença da cidade que representava o mundo era ter alma.

Durante a guerra, Stalingrado tinha alma. Sua alma era a liberdade.

A capital da guerra antifascista se transformara nas ruínas mudas e frias da provincial cidade industrial e portuária soviética.

Ali, em dez anos, uma hoste de milhares de prisioneiros erigiria uma imponente represa, uma hidrelética estatal, uma das maiores do mundo.

47

O incidente a seguir aconteceu porque um suboficial alemão acordou sem saber da capitulação. Deu um tiro e feriu o sargento Zadnepruk. Isso despertou a cólera dos russos, que estavam observando os soldados que saíam de baixo das coberturas grossas de seus bunkers, largando com estrondo os fuzis e as metralhadoras numa pilha que não parava de crescer.

Os detentos caminhavam, esforçando-se para não olhar de lado, demonstrando que seus olhos também eram cativos. Apenas o soldado Schmidt, coberto de uma barba negra e grisalha, sorriu ao sair à luz do dia, olhando para os soldados russos como se estivesse certo de encontrar um rosto conhecido.

Ligeiramente embriagado, o coronel Filomônov, chegado na véspera de Moscou ao estado-maior do front de Stalingrado, estava de pé, ao lado do intérprete sob seu comando, no ponto de rendição das unidades da divisão do general Weller.

Seu capote com novas dragonas douradas, divisas vermelhas e frisos negros se destacava em meio aos sobretudos acolchoados sujos e queimados dos comandantes de companhia e batalhão de Stalingrado e às roupas igualmente amarrotadas, chamuscadas e sujas dos prisioneiros alemães.

Na véspera, no refeitório do Soviete Militar, ele contara que, em Moscou, na seção principal da intendência, guardavam o fio de ouro usado nas dragonas do antigo Exército russo, e que entre os seus amigos considerava-se uma sorte conseguir insígnias feitas daquele velho e bom material.

Quando se ouviu o disparo e o grito de Zadnepruk, levemente ferido, o coronel perguntou, em voz alta:

— Quem atirou? Por quê?

Algumas vozes responderam:

— Um alemão idiota... já o pegaram... parece que não sabia...

— Como não sabia? — gritou o coronel. — O canalha acha que derramaram pouco sangue nosso? — Dirigiu-se ao intérprete, um comprido instrutor político judeu: — Encontre o oficial. O canalha vai pagar pelo tiro com a cabeça.

Naquela hora, o coronel reparou no grande rosto sorridente do soldado Schmidt e gritou:

— Seu canalha, está rindo porque mutilaram mais um dos nossos?

Schmidt não entendia por que o sorriso com o qual queria tanto expressar o bem havia provocado o grito do oficial superior russo, mas quando, aparentemente, sem qualquer ligação com esse grito, estourou o tiro de uma pistola, ele, sem entender mais nada, tropeçou e caiu aos pés dos soldados que vinham atrás. Seu corpo foi arrastado para o lado, jazendo de flanco, e todos, conhecendo-o ou não, passavam ao lado. Depois que os presos se foram, meninos que não temiam a morte deslizaram para os bunkers e abrigos vazios, revirando as tarimbas de madeira.

Nessa hora, o coronel Filomônov examinava o apartamento subterrâneo do comandante de batalhão, admirado com sua construção sólida e confortável. O soldado levou até ele o jovem oficial alemão de olhos claros e tranquilos, e o intérprete disse:

— Camarada coronel, esse é o Oberleutnant Lehnard, que o senhor mandou trazer.

— Quem? — espantou-se o coronel. E como a cara do oficial alemão lhe fosse simpática, e estivesse muito abalado por ter participado de um assassinato pela primeira vez na vida, Filomônov disse:

— Conduza-o ao ponto de encontro, mas nada de estupidez; ele está sob sua responsabilidade pessoal, e tem que chegar vivo.

O dia do juízo chegava ao fim, e já não dava para distinguir o sorriso no rosto do soldado fuzilado.

48

O tenente-coronel Mikháilov, intérprete-chefe da 7ª Seção da direção política do estado-maior do front, acompanhava o marechal de campo detido ao estado-maior do Exército.

Paulus saíra do porão sem prestar atenção nos oficiais e soldados soviéticos, que o observavam com curiosidade ávida, apreciando a qualidade de seu capote de marechal de campo com uma faixa verde de pele que ia do ombro até a cintura, e de seu gorro cinza de pele de cordeiro. Dava passos largos, com a cabeça erguida, na direção do jipe do estado-maior que o aguardava.

Antes da guerra, Mikháilov frequentemente estivera presente em recepções diplomáticas, e lidava com Paulus com segurança, dada sua facilidade para diferenciar a polidez fria da solicitude desnecessária.

Sentado ao lado de Paulus e acompanhando a expressão de seu rosto, Mikháilov esperava o marechal de campo romper o silêncio. Seu comportamento não era similar ao dos generais de cujos interrogatórios preliminares Mikháilov participara.

O chefe do estado-maior do 6° Exército disse, com voz preguiçosa e lenta, que a catástrofe fora causada pelos romenos e italianos. O tenente-general Sixt von Arnim, de nariz adunco, acrescentou, tinindo as medalhas de modo lúgubre:

— Não foi só Garibaldi com o seu 8° Exército, mas também o frio russo e a falta de provisões e munição.

O grisalho Schlemmer, comandante de corpo de tanques condecorado com a Cruz de Ferro e uma medalha por cinco ferimentos, interrompeu a conversa para pedir que guardassem sua mala. Então todos começaram a falar: o chefe do posto médico, o general Rinaldo, de sorriso suave, e o sombrio coronel Ludwig, comandante de uma divisão de tanques, com o rosto desfigurado por um golpe de sabre. O ajudante de campo de Paulus, o coronel Adams, que havia perdido a nécessaire, estava particularmente nervoso; abria os braços e sacudia a cabeça, balançando as orelheiras de seu gorro de pele de leopardo como um cachorro de raça saindo da água.

Haviam se humanizado, mas de maneira bastante feia.

O motorista do carro, com uma elegante peliça curta branca, respondeu em voz baixa à ordem de Mikháilov de ir mais devagar:

— Às ordens, camarada tenente-coronel.

Tinha vontade de contar de Paulus aos camaradas choferes e de se gabar, voltando para casa, depois da guerra: "Pois quando eu levei o marechal de campo Paulus..." Além disso, desejava guiar de forma especial, para que Paulus pensasse: "Eis um motorista soviético! Obviamente, trata-se de um profissional de primeira classe."

A mistura compacta de russos e alemães parecia improvável a quem estava no front. Comandos de soldados alegres revistavam os porões e se enfiavam nos poços de água, expulsando os alemães para a superfície congelada.

Nos terrenos baldios e nas ruas, com a ajuda de empurrões e gritos, os soldados soviéticos reorganizavam as tropas alemãs, unindo combatentes de especialidades diversas em colunas uniformes.

Olhando para as mãos que empunhavam armas, os alemães marchavam, tentando não tropeçar. Em sua obediência não havia apenas o medo da facilidade com que o dedo de um russo poderia apertar o gatilho do fuzil. Os vencedores emanavam poder, e uma espécie de paixão hipnótica e angustiante os obrigava a se submeter.

O carro do marechal de campo ia para o sul, e os prisioneiros vinham a seu encontro. Um alto-falante potente bramia:

> Parti ontem para terras distantes,
> Minha amada balançava o lenço no portão...[43]

Dois homens carregavam um terceiro, que abraçava os pescoços deles com suas mãos pálidas e sujas, e as cabeças dos carregadores se aproximaram, com um rosto moribundo de olhos ardentes a assomar entre elas.

Quatro soldados puxavam para fora de um bunker um ferido em um cobertor.

Formaram-se na neve montes negro-azulados de armas. Pareciam amontoados de palha de aço debulhado.

Soa uma salva de honra: um soldado vermelho falecido desce à tumba, jazendo a seu lado, amontoados, cadáveres de alemães, retirados do porão do hospital. Com seus gorros brancos e pretos de boiardo, os soldados romenos andavam, gargalhando, abrindo os braços e rindo dos alemães vivos e mortos.

Os prisioneiros eram trazidos de Pitómnik, de Tzaritza, da Casa dos Especialistas. Tinham o passo peculiar das pessoas e dos bichos que perderam a liberdade. Os feridos leves e os queimados pelo frio se apoiavam em bastões e em pedaços queimados de tábua. Caminhavam e caminhavam. Todos pareciam ter o mesmo rosto cinza-azulado, os mesmos olhos, a mesma expressão de sofrimento e angústia.

---

[43] "Minha amada", de Ievguêni Arônovitch Dolmatovski (1915-1994).

Era impressionante! Quantos deles eram baixinhos, narigudos, de lábios leporinos e cabecinha de pardal. Quantos arianos de pele escura, com espinhas, abcessos e sardas.

Era gente feia e fraca, parida e amada por suas mães. Era como se tivesse desaparecido aquela nação desumana, que marchava com o queixo rígido, a boca arrogante, a cabeça loira, os olhos claros e o peito de granito.

Essa multidão de gente feia era extraordinariamente semelhante, como irmãos, àquela multidão de gente feia e desgraçada, parida por mães russas, que os alemães haviam empurrado com varetas e bastões para os campos de concentração ocidentais no outono de 1941. De vez em quando o estalido de um tiro de pistola vindo dos bunkers e porões chegava à constrangida multidão do Volga, e todos, como se fossem um só indivíduo, entendiam o que aquele tiro queria dizer.

O tenente-coronel Mikháilov olhava para o marechal de campo sentado a seu lado. O motorista observava pelo retrovisor. Mikháilov via o maxilar comprido e magro de Paulus, e o motorista via sua testa, os olhos, os lábios cerrados em seu mutismo.

Passaram por armas com os canos apontados para o céu, por tanques com cruzes da suástica, por caminhões com as lonas a bater ao vento, por veículos de transporte blindados e armas autopropulsadas.

O corpo férreo e os músculos do 6º Exército estavam congelados na terra. As pessoas desfilavam lentamente diante dele, e parecia que elas também iam parar, petrificadas, congeladas no solo.

Mikháilov, o motorista e a escolta armada esperavam que Paulus começasse a falar, chamasse, se virasse. Mas ele ficava calado, e não havia como entender para onde seus olhos se dirigiam, nem o que eles levavam às profundezas onde se encontra o coração humano.

Paulus temia que os soldados o vissem ou queria ser visto? De repente, perguntou a Mikháilov:

— *Sagen Sie bitte, was ist es, Makhorka?*[44]

Nem com aquela conversa inesperada Mikháilov compreendeu os pensamentos de Paulus. O marechal de campo preocupava-se em saber se iria tomar sopa todo dia, dormir aquecido e ter tabaco.

---

[44] Diga, por favor, o que é *makhorka*? [Tabaco russo de baixa qualidade.]

49

Prisioneiros de guerra alemães retiravam cadáveres soviéticos do porão da casa de dois andares onde se estabelecera a direção de campanha da Gestapo.

Algumas mulheres, velhos e crianças, apesar do frio, estavam ao lado da sentinela, observando os alemães a empilhar os cadáveres na terra congelada. A maioria dos alemães tinha uma expressão indiferente, caminhava arrastadamente e respirava, submissa, o odor dos cadáveres.

Apenas um deles, um jovem com capote de oficial, que havia tapado o nariz e a boca com um lenço sujo, abanava a cabeça convulsivamente, como um cavalo picado pelos moscardos. Seus olhos exprimiam um suplício aparentado à loucura.

Os prisioneiros de guerra pousavam as macas no chão e, antes de começar a descarregar os cadáveres, ficavam ao lado deles, refletindo; alguns corpos haviam sido separados dos braços, das pernas, e os alemães tentavam entender a que cadáver pertencia esse ou aquele membro, colocando-o junto com o corpo. A maioria dos mortos estavam seminus, alguns de roupa de baixo e alguns de calça militar. Um estava completamente nu, com a boca aberta em um grito, o ventre afundado e grudado na coluna vertebral, pelos ruivos na genitália e pernas delgadas e magras.

Era impossível imaginar que aqueles cadáveres, com os olhos e as bocas fechadas, até pouco tempo antes eram seres vivos com nome e endereço, e que diziam: "Minha querida, amada, me dê um beijo, olhe, não se esqueça", a sonhar com uma caneca de cerveja, a fumar cigarros.

Pelo visto, só o oficial com a boca tapada percebia isso.

Contudo, era ele que irritava especialmente as mulheres que estavam na saída do porão; seguiam-no com vivacidade e olhavam com indiferença para os demais prisioneiros de guerra. Dois deles usavam capotes dos quais os emblemas da SS haviam sido arrancados.

— Ah, está virando a cara — resmungou uma baixinha que levava um menino pela mão e observava o oficial.

O alemão com capote de oficial sentiu sobre si a pressão do olhar vagaroso e ávido com o qual a mulher russa o seguia. A sensação de ódio que havia surgido buscava e não conseguia encontrar descarga, como a força elétrica reunida em uma nuvem de tempestade pairando sobre uma floresta e escolhendo às cegas o tronco de árvore que iria ser reduzido a cinzas com um golpe.

O parceiro de trabalho do alemão com capote de oficial era um soldado pequeno com o pescoço envolvido em uma toalha quadriculada e os pés enrolados em sacos amarrados com cabos telefônicos.

O olhar das pessoas em silêncio perto do porão era tão hostil que os alemães desciam para lá com alívio, sem pressa em sair, preferindo a escuridão ao fedor do ar externo e à luz do dia.

Quando os alemães se encaminhavam para o porão com as macas vazias, ouviam palavrões e xingamentos russos que já lhes eram familiares.

Os prisioneiros foram para o porão sem apressar o passo, sentindo com instinto animal que bastava fazer um movimento apressado e a turba se jogaria em cima deles. O alemão com capote de oficial soltou um grito, e a sentinela disse, de má vontade:

— Menino, por que fica atirando pedras? Se o boche cair, quem vai carregá-lo? Você?

No porão, os soldados trocavam palavras:

— Até agora só ficaram de birra com o Oberleutnant.

— Viu aquela mulher que fica olhando para ele o tempo todo? Uma voz disse, na escuridão:

— Oberleutnant, melhor ficar um pouco no porão; começam com o senhor e vão terminar com a gente.

O oficial balbuciou, com voz sonolenta:

— Não, não, não tem como se esconder, é o Juízo Final. — E, dirigindo-se para o parceiro, acrescentou: — Vamos, vamos, vamos.

Na saída seguinte do porão, o oficial e seu parceiro caminhavam um pouco mais rápido que o habitual; a carga era mais leve. Na maca jazia o cadáver de uma adolescente. O corpo morto havia encolhido, ressecado, e apenas os cabelos claros e desgrenhados conservavam o encanto leitoso, cor de trigo, esparramados em torno do rosto pavoroso e castanho-escuro de pássaro morto. A multidão soltou um suspiro baixo.

A voz da mulher baixa cortou o espaço gelado como uma faca reluzente.

— Filhinha! Filhinha! Minha filhinha de ouro!

Esse grito, dirigido à filha de outra pessoa, abalou a todos. A mulher pôs-se a ajeitar os cabelos do cadáver, que ainda conservavam os vestígios de um permanente. Contemplava o rosto com a boca torta e petrificada e via aquilo que só uma mãe era capaz de ver ao mesmo tempo: tanto aqueles traços pavorosos quanto o rosto vivo e gentil que lhe havia sorrido do berço.

A mulher se levantou. Deu um passo na direção do alemão, e todos notaram que seus olhos o fitavam e, ao mesmo tempo, buscavam no solo um tijolo que não estivesse fortemente grudado aos outros pelo frio, que pudesse arrancar com sua mão grande, estropiada pelo trabalho terrível, pelo gelo, pela água fervente e pela lixívia.

A sentinela sentiu o caráter inevitável do que estava para acontecer e não teve como deter a mulher, já que ela era mais forte que ele e sua arma. Os alemães não conseguiam tirar os olhos dela, e as crianças a fitavam com avidez e impaciência.

E a mulher já não via nada além do rosto do alemão com a boca tapada. Sem entender o que se passava consigo, carregando em si a força que submetera tudo ao redor, e submetendo-se a tal força, ela apalpou no bolso de seu sobretudo acolchoado um pedaço de pão dado a ela na véspera por um soldado vermelho, estendeu-o ao alemão e disse:

— Vai, pega. Come.

Depois nem ela conseguiria entender como aquilo tinha acontecido e por que se comportara daquele jeito. Nas horas duras de ultraje, impotência e raiva, que vivera muitas vezes em sua vida — brigando com uma vizinha que a acusara de furtar um vidro de azeite, sendo expulsa do gabinete do presidente do soviete regional que não desejava ouvir sua queixa sobre o apartamento, o ultraje quando o filho recém-casado desalojou-a do quarto e sua noiva grávida a xingou de puta velha —, ficava completamente transtornada e não conseguia dormir. Então, deitada na cama, desolada e brava, recordava aquela manhã de inverno e pensava: "Eu era uma boba e continuo sendo uma boba."

50

Relatos inquietantes dos comandantes de brigada começaram a chegar ao estado-maior do corpo de tanques de Nóvikov. A inteligência descobrira novas unidades de tanques e artilharia dos alemães que não haviam participado dos combates; o inimigo evidentemente estava fazendo suas reservas saírem da retaguarda.

Tais informes deixaram Nóvikov preocupado: as unidades de vanguarda avançavam sem proteger os flancos e, caso o inimigo conseguisse cortar as poucas estradas de inverno, os tanques ficariam sem apoio da infantaria e sem combustível.

Nóvikov discutia a situação com Guétmanov, achando que era indispensável e urgente se compactar com a retaguarda, que havia ficado para trás, e deter o avanço dos tanques por algum tempo. Guétmanov queria muito que o corpo começasse a libertação da Ucrânia. Decidiram que Nóvikov iria às unidades para verificar a situação in loco, enquanto Guétmanov impulsionaria a retaguarda.

Antes de ir às brigadas, Nóvikov telefonou ao comandante adjunto do front e relatou a situação. Sabia de antemão a resposta do adjunto, o qual, evidentemente, não assumiria a responsabilidade: nem deteria o corpo, nem proporia a Nóvikov continuar o avanço.

E, com efeito, o adjunto mandou recolher urgentemente dados sobre o inimigo na seção de inteligência do front e prometeu informar o comandante sobre sua conversa com Nóvikov.

Depois disso, Nóvikov entrou em contato com Mólokov, comandante do corpo de fuzileiros. Mólokov era um homem rude, irascível, sempre desconfiado de que os vizinhos transmitiriam informações desfavoráveis a seu respeito ao comando do front. Irritaram-se e até disseram palavrões um ao outro, embora não fossem insultos pessoais, e sim com relação à crescente brecha entre tanques e infantaria. Nóvikov telefonou ao vizinho da esquerda, o comandante da divisão de artilharia.

O comandante da divisão de artilharia disse que sem ordem do front não podia mais avançar.

Nóvikov compreendia suas razões: o artilheiro não desejava se limitar a um papel de auxiliar, garantindo o avanço dos tanques; queria ele mesmo realizar o avanço.

Logo que terminou a conversa com o artilheiro, Nóvikov recebeu o chefe de estado-maior. Nóvikov jamais vira Neudóbnov tão apressado e inquieto.

— Camarada coronel — disse —, o chefe do estado-maior do exército do ar me ligou; eles estão se preparando para transferir nossos aviões de apoio para o flanco esquerdo do front.

— Como assim, ficaram loucos, o que é isso?

— É muito simples — disse Neudóbnov —, alguém não quer que sejamos os primeiros a entrar na Ucrânia. Muitos desejam receber as condecorações Suvôrov e Bogdan Khmelnítzki por isso. Sem cobertura aérea o corpo vai ter que ficar parado.

— Vou ligar para o comandante agora — disse Nóvikov.

Contudo, não conseguiu; Ieriómenko fora até o exército de Tolbúkhin. O comandante adjunto, para o qual Nóvikov voltou a telefonar, não queria tomar decisão alguma. Ficou até espantado por Nóvikov não ter ido até as unidades.

Nóvikov disse ao adjunto:

— Camarada tenente-general, o que é isso de, sem aviso prévio, privar de cobertura aérea o corpo que de todas as unidades do front mais avançou para oeste?

O adjunto lhe disse, irritado:

— O comando sabe melhor como empregar a aviação. Seu corpo não é o único da ofensiva.

Nóvikov disse, áspero:

— O que vou dizer aos tanqueiros quando começarem a ser atacados do céu? Vou cobri-los com o quê? Com as diretrizes do front?

O adjunto não ficou bravo, e disse, em tom conciliatório:

— Vá até as unidades que eu informo o comandante sobre a situação.

Mal Nóvikov colocou o fone no gancho, entrou Guétmanov, que já estava de capote e *papakha*. Ao ver Nóvikov, abriu os braços, aflito:

— Piotr Pávlovitch, achei que já tivesse ido.

Afirmou em tom suave e afetuoso:

— A retaguarda ficou para trás, e o adjunto da retaguarda me disse que não deveríamos usar veículos para transportar alemães feridos e doentes e desperdiçar a gasolina, que é pouca.

E olhou com malícia para Nóvikov:

— De qualquer modo, não estamos em uma seção do Comintern, mas em um corpo de tanques.

— O que o Comintern tem a ver com isso? — indagou Nóvikov.

— Vá logo, vá logo, camarada coronel — disse Neudóbnov, em tom de súplica —, cada minuto é precioso. Aqui vou tentar tudo que for possível na conversa com o estado-maior do front.

Depois da conversa com Darenski, à noite, Nóvikov ficava o tempo todo observando o rosto do chefe do estado-maior e acompanhando seus movimentos e tom de voz. "Será que foi com essa mesma mão?", pensava, quando Neudóbnov pegava uma colher, um garfo com pepinos salgados, o telefone, um lápis vermelho, fósforos.

Mas agora Nóvikov não estava olhando para as mãos de Neudóbnov.

Nóvikov nunca tinha visto Neudóbnov tão afetuoso, solícito e até simpático.

Neudóbnov e Guétmanov estavam prontos a vender a alma para que o corpo fosse o primeiro a atravessar a fronteira da Ucrânia, para que as brigadas continuassem a avançar para oeste sem interrupção.

Para isso, estavam dispostos a correr qualquer risco, menos um: assumir a responsabilidade em caso de fracasso.

A contragosto, Nóvikov sucumbira à febre; também queria transmitir ao front por rádio que os destacamentos de vanguarda do corpo tinham sido os primeiros a cruzar a fronteira da Ucrânia. Tal acontecimento não tinha nenhuma importância militar, nem causaria dano especial ao inimigo. Mas Nóvikov o desejava, desejava pela glória militar, pelo agradecimento do comandante, pelas condecorações, pelos elogios de Vassilevski, pela ordem de Stálin que seria lida por rádio, pela patente de general e pela inveja dos vizinhos. Sentimentos e ideias desse tipo jamais haviam determinado seus atos, e talvez justamente por isso agora tivessem tamanha força.

Não havia nada de feio nesse desejo... Assim como em Stalingrado, assim como em 1941, o frio era implacável, o cansaço quebrava os ossos dos soldados, e a morte era aterradora. Contudo, a guerra começara a respirar uma outra atmosfera.

E Nóvikov, sem entender isso, surpreendia-se porque pela primeira vez, num relance, compreendia Guétmanov e Neudóbnov sem se zangar nem se ofender, pois espontaneamente queria o mesmo que eles.

A aceleração do deslocamento militar de seus tanques efetivamente levaria a que seus ocupantes libertassem dezenas de aldeias ucranianas mais cedo, ele se alegraria ao ver os rostos emocionados de velhos e crianças, e lágrimas lhe viriam aos olhos quando a velha camponesa o abraçasse e beijasse como a um filho. Contudo, ao mesmo tempo amadureciam novas paixões, evidenciava-se uma nova orientação principal no espírito do curso da guerra, e a orientação anterior, que fora preponderante em 1941 e na batalha de Stalingrado, continuava a existir, mas imperceptivelmente se tornara secundária.

O primeiro a compreender a metamorfose secreta da guerra foi aquele que em 3 de julho de 1941 tinha afirmado: "Irmãos e irmãs, meus amigos..."

Estranhamente, embora compartilhasse do nervosismo de Guétmanov e Neudóbnov, que o apressavam, Nóvikov, sem saber por quê, protelava a partida. Já sentado no veículo entendeu o motivo: esperava por Gênia.

Havia mais de três semanas não recebia carta de Ievguênia Nikoláievna. Ao voltar de uma inspeção pelas unidades, dava uma olhada para ver se Gênia não o estava esperando no terraço de entrada do estado-maior. Ela se tornara parte de sua vida. Estava com ele quando falava com os comandantes de brigada, quando ligava para o estado-maior do front, quando seu tanque irrompia pela linha de frente e também quando, como um cavalo jovem, tremia com os disparos alemães. Contava a Guétmanov de sua infância, e tinha a impressão de que estava contando a ela. Pensava: "Oh, estou cheirando a álcool, Gênia vai perceber na hora." Às vezes achava que ela o estava observando. E pensava, aflito: o que ela vai dizer quando souber que mandei um major para o tribunal?

Ia até o esconderijo de um posto de observação da linha de frente e, em meio à fumaça de tabaco, vozes de telefonistas, tiroteio e explosões de bombas, de repente se abrasava ao pensar nela...

Às vezes era tomado de ciúmes por sua vida pregressa, e se tornava soturno. Às vezes ela lhe aparecia em sonho, ele acordava e não conseguia voltar a dormir.

Ora tinha a impressão de que seu amor duraria até o túmulo, ora era invadido pelo pânico de que voltaria a ficar só.

Sentado no veículo, olhou para a estrada que levava ao Volga. A estrada estava deserta. Depois se zangou: ela já devia estar lá havia muito tempo. E se estivesse doente? E voltou a se lembrar de que em 1939, ao saber que ela tinha se casado, cogitara tirar a própria vida. Por que a amava? Pois tivera mulheres que não eram piores que ela. Pensar tão obsessivamente em uma pessoa ou era uma felicidade, ou algo como uma doença. Era bom que não se tivesse ligado a nenhuma das moças do estado-maior. Gênia chegaria, e ele estaria limpo. Verdade que cometera um pecado havia três semanas. E se ela parasse no meio do caminho, pernoitasse na isbá do pecado, e a jovem proprietária, ao conversar com Gênia, o descrevesse: "Era um belo coronel"? Cada bobagem que passa na cabeça da gente, não tem fim...

51

No dia seguinte, Nóvikov voltou da inspeção das unidades ao meio-
-dia. Devido aos solavancos constantes nas estradas arruinadas pelas
lagartas dos tanques e buracos congelados, doíam-lhe os rins, as costas
e a nuca, e parecia que os tanqueiros o haviam contagiado com seu
esgotamento e com a modorra de tantos dias sem dormir.

Ao se aproximar do estado-maior, deu uma olhada nas pessoas
que estavam à entrada. Viu Ievguênia Nikoláievna com Guétmanov,
observando o carro a chegar. Um fogo o queimava, a loucura golpeava-
-lhe a mente, perdeu a respiração com essa alegria quase igual ao sofrimento, erguendo-se para saltar do veículo em movimento.

Mas Verchkov, sentado no banco de trás, disse:

— O comissário está tomando um ar fresco com a sua doutora, seria bom mandar uma foto para casa, a mulher dele ficaria feliz.

Nóvikov entrou no estado-maior, pegou a carta que Guétmanov lhe estendia, girou, reconheceu a letra de Ievguênia Nikoláievna e
colocou-a no bolso.

— Bem, escute, vou fazer meu relatório — disse a Guétmanov.

— Ora, não vai ler a carta? Não a ama mais?

— Tudo bem, haverá tempo depois.

Neudóbnov entrou, e Nóvikov disse:

— O problema são os quadros. Dormem nos tanques na hora
do combate. Estão desabando. Os comandantes de brigada estão do
mesmo jeito. Kárpov ainda se aguenta, mas Belov adormeceu enquanto
falava comigo: cinco dias de marcha. Os motoristas dormem no caminho e, com o cansaço, pararam de comer.

— E como você, Piotr Pávlovitch, avalia o cenário? — Guétmanov perguntou.

— Os alemães não estão ativos. Não devemos esperar um con-
tragolpe no nosso setor. Aqui eles não têm nada, é o vazio. Fretter-Pico
já era.

Enquanto falava, seus dedos apalpavam o envelope. Largava o
envelope por um instante e voltava a pegá-lo rapidamente, como se a
carta fosse fugir do bolso.

— Bem, está claro e entendido — disse Guétmanov —, agora
eu é que vou relatar: eu e o general recorremos às altas esferas. Falei com
Nikita Serguêievitch,[45] que prometeu não tirar a aviação do nosso setor.

---

[45] Khruschov.

— Ele não é responsável pela direção de operações — disse Nóvikov, abrindo o envelope dentro do bolso.

— Não é bem assim — afirmou Guétmanov —, o general acaba de receber do estado-maior da Força Aérea a confirmação de que a aviação vai ficar conosco.

— A retaguarda está chegando — disse Neudóbnov, apressadamente —, e as estradas não estão más. A decisão principal é sua, camarada tenente-coronel.

"Deve estar nervoso: rebaixou-me a tenente-coronel", pensou Nóvikov.

— Sim, senhores — disse Guétmanov —, o que vai acontecer é que seremos os primeiros a iniciar a libertação da mãe Ucrânia. Eu disse a Nikita Serguêievitch que os tanqueiros estão insistindo com o comando, e que o sonho deles é serem chamados de corpo ucraniano.

Irritado com a falsidade das palavras de Guétmanov, Nóvikov disse:

— O sonho deles é um só: dormir. Entenda: são cinco dias sem sono.

— Quer dizer que está decidido, vamos continuar o movimento e romper para adiante, Piotr Pávlovitch?

Nóvikov abriu o envelope pela metade, meteu dois dedos nele, tateou a carta, doendo-se por dentro de desejo de ver a caligrafia conhecida.

— A minha decisão é a seguinte: dar aos homens dez horas de descanso, para que recuperem um pouco das forças — disse.

— Ah — disse Neudóbnov —, vamos perder tudo por causa dessas dez horas.

— Calma, calma, vamos examinar melhor as coisas — disse Guétmanov, e suas faces, orelhas e pescoço começaram a enrubescer.

— Bem, é isso, já examinei tudo — disse Nóvikov, irônico.

E subitamente Guétmanov explodiu:

— Filhos de umas... a questão é que não dormiram! — gritou. — Vão ter tempo de dormir! O diabo que os carregue. Por causa disso a máquina toda vai ficar parada por dez horas? Sou contra essa atitude molenga, Piotr Pávlovitch. Ora você atrasa a entrada do corpo na brecha, ora põe as pessoas para dormir! Isso está virando um círculo vicioso! Vou informar o Soviete Militar do front. Isso aqui não é uma creche!

— Calma, calma — disse Nóvikov. — Não foi você quem me beijou por eu não ter mandado os tanques à brecha antes de a artilharia acabar com o inimigo? Escreva isso no seu informe.

— Beijei você por isso? — disse Guétmanov, estupefato. — Está simplesmente louco!

Afirmou inesperadamente:

— Digo-lhe de forma direta que, como comunista, inquieta-me que uma pessoa de puro sangue proletário se encontre o tempo todo sob a influência de elementos alheios.

— Ah, então é assim — trovejou Nóvikov. — Está bem, entendi.

E erguendo-se e endireitando os ombros, disse com raiva:

— Quem comanda o corpo sou eu. O que eu digo é o que vai ser. Camarada Guétmanov, fique à vontade para escrever informes, contos e romances a meu respeito, e mandar para Stálin em pessoa.

Entrou no quarto vizinho.

Nóvikov pôs de lado a carta que havia lido e começou a assobiar como fazia na infância, debaixo da janela de um vizinho, chamando o amigo para passear... Provavelmente fazia uns trinta anos que não se lembrava daquele assobio e, de repente, voltava a assobiar...

Depois olhou pela janela, com curiosidade; não, estava claro, não era noite. Então exclamou com alegria histérica: obrigado, obrigado, obrigado por tudo.

Em seguida teve a impressão de que ia cair morto naquele momento, mas não caiu, e andou pelo quarto. Depois olhou para a brancura da carta na mesa — ela parecia um invólucro vazio, a pele da qual uma víbora malvada tinha saído — e passou a mão nos quadris e no peito. Mas não achou a víbora, já tinha escapado, entrado, lhe queimado o coração.

Então se postou junto à janela: os choferes riam na direção da telefonista Marússia, que ia para a latrina. O motorista do tanque do estado-maior tirava um balde do poço, os pardais se ocupavam de seus assuntos de pardal na palha estendida na entrada do estábulo da chefia. Gênia lhe dissera que seu pássaro preferido era o pardal... E ele ardia como uma casa: as vigas desmoronavam, os tetos ruíam, a louça caía, os armários viravam, os livros e travesseiros se reviravam e voavam como pombas entre as fagulhas e a fumaça... o que era aquilo: "Serei grata a você a vida inteira por tudo de puro e elevado, mas o que posso fazer, a vida pregressa é mais forte do que eu, não pode ser eliminada nem esquecida... não me condene, não por eu não ser culpada, mas porque nem você nem eu sabemos qual a minha culpa... Perdoe-me, perdoe-me, estou chorando por nós dois..."

Está chorando! Foi tomado pela raiva. Piolho tifoso! Cobra! Queria partir-lhe os dentes, os olhos, arrebentar o rosto daquela puta a coronhadas.

E logo a seguir, de forma completa e insuportavelmente inesperada, surgiu a impotência: ninguém, nenhuma força no mundo poderia ajudá-lo, só Gênia, mas fora justamente ela que o destruíra.

Voltando o rosto na direção da qual ela deveria chegar, disse:

— Gênetchka, por que está fazendo isso comigo? Gênetchka, escute, olhe para mim, olhe o que você está fazendo comigo.

Estendeu-lhe os braços.

Então pensou: por que tinha aguardado tantos anos, sem esperança, agora ela havia decidido, não era mais uma mocinha, se demorara anos para decidir, era preciso entender, pois havia decidido...

Em alguns instantes voltou a buscar salvação no ódio. "Claro, claro, ela não queria quando eu era um simples major vagando nas montanhas de Nikolsk-Ussuríiski, mas se resolveu quando cheguei à chefia, queria um general, as mulheres são todas iguais." E viu imediatamente o absurdo daquelas ideias: não, não, seria bom se fosse aquilo. Pois tinha ido embora e voltado para um homem que estava em um campo de prisioneiros e iria para Kolimá, que vantagem ela levava... "Mulheres russas",[46] poema de Nekrássov: não me ama, ama a ele... não, não o ama, tem pena dele, simplesmente pena. Mas não tem pena de mim? Pois agora estou pior do que todos os presos na Lubianka e em todos os campos, em todos os hospitais, com pernas e braços arrancados, e fico pensando que, se eu estivesse em um campo, quem você escolheria? Ele! São da mesma raça, enquanto eu sou um estranho, ela mesma me chamou assim: estranho, estranho. Claro, ainda que fosse um marechal, seria sempre um mujique, um mineiro, um homem sem inteligência que não entende a porcaria de pintura dela... Perguntou alto e com ódio:

— Por que isso, por quê?

Tirou o revólver do bolso de trás e o sopesou.

---

[46] Escrito em 1871-1872, o poema "Mulheres russas", de Nekrássov, conta a história de duas princesas que seguiram a sorte de seus maridos, conspiradores exilados na Sibéria depois do malogro do levante dezembrista de 1825.

— Não vou me matar porque não consigo viver, mas para que você sofra a vida inteira, sua puta, e seja martirizada pela sua consciência.

Em seguida escondeu o revólver.

— Vai me esquecer em uma semana.

Ele mesmo tinha de esquecer, afastar as lembranças, não olhar para trás.

Foi até a mesa e começou a reler a carta: "Meu pobre, querido e bom..." O terrível não eram as palavras cruéis, mas as carinhosas, piedosas, humilhantes. Eram completamente insuportáveis, o sufocavam.

Viu seu peito, ombros, joelhos. Agora ia atrás daquele deplorável Krímov. "Não posso fazer nada." Viajava no aperto, no ar abafado, faziam-lhe perguntas. "Vou atrás do marido", dizia. Seus olhos eram dóceis, mansos e tristes, como os de um cachorro.

Olhava pela janela para ver se ela não estava vindo. Os ombros tremiam, ele começou a resfolegar, a latir, sufocava ao reprimir os soluços que afloravam. Lembrou que mandara trazer da intendência do front bombons de chocolate para ela, dizendo em tom de piada a Verchkov: "Se você tocar neles eu lhe parto a cabeça."

E voltou a balbuciar:

— Olhe, minha querida, minha Gênetchka, o que você está fazendo comigo, tenha pelo menos um pouco de pena de mim.

Tirou rapidamente de baixo da cama uma mala, tomou as cartas e fotografias de Ievguênia Nikoláievna — tanto aquelas que levava consigo havia muitos anos quanto a que lhe enviara com a última carta, e a primeira de todas, pequena, para o passaporte, envolta em papel celofane — e se pôs a rasgá-las com seus dedos grandes e fortes. Despedaçava as cartas escritas por ela e, ao cintilar uma linha em um dado fragmento de frase em um pedaço de papel, reconhecia palavras dezenas de vezes lidas e relidas, que o haviam enlouquecido, e via o rosto dela a desaparecer e os lábios, olhos e pescoço das fotografias despedaçadas a morrer. Corria, tinha pressa. Aquilo fez com que se sentisse mais leve, tinha a impressão de tê-la arrancado e extirpado de si imediatamente, a pisoteado completamente, se libertado da bruxa.

Já havia vivido sem ela. Iria superar! Em um ano passaria na frente dela sem aperto no coração. Enfim, era tudo! "Preciso de você como um bêbado de um trago!" E, mal pensou isso, sentiu como suas esperanças eram absurdas. Do coração não se arranca nada, o coração não é de papel, a vida não está escrita nele com tinta, não dá para fazê-lo em pedaços, não dá para extirpar de dentro de si longos anos impressos no cérebro e na alma.

Fizera dela uma partícipe de seu trabalho, suas desgraças, ideias, testemunha dos dias de fraqueza e de força...

E as cartas despedaçadas não desapareciam, as palavras lidas dezenas de vezes permaneciam na memória, e os olhos dela o fitavam assim como antes nas fotografias rasgadas.

Abriu o armário, encheu um copo de vodca até a borda, bebeu, acendeu uma *papiróssa* e voltou a acendê-la, embora a *papiróssa* já ardesse. O pesar lhe zumbia na cabeça e queimava as entranhas.

E voltou a perguntar, alto:

— Gênetchka, pequena, querida, o que você foi fazer, o que você foi fazer, como pôde?

Então colocou os pedaços de papel na mala, botou a garrafa no armário e pensou: "A vodca deixa as coisas mais leves."

Pois logo os tanques entrariam no Donbass, ele chegaria à aldeia natal e acharia o lugar em que os velhos estavam enterrados; que o pai se orgulhasse de Petka, que a mãe tivesse pena do filho amargurado. Ao final da guerra, iria até o irmão para morar com a família dele, e a sobrinha diria: "Tio Pétia, por que está calado?"

De repente se lembrou da infância: o cão peludo que vivia com eles tinha ido atrás de uma cadela no cio e voltara todo mordido, com o pelo arrancado, a orelha mordida, a cabeça com edemas, um olho inchado e a boca torta, postando-se na porta a abanar o rabo de forma triste, e o pai, ao olhar para ele, perguntou, bonachão:

— Então, foi o padrinho do casamento?

Sim, o padrinho...

Verchkov entrou no quarto.

— Está descansando, camarada coronel?

— Sim, um pouco

Olhou para o relógio e pensou: "Suspender a movimentação até as sete horas de amanhã. Transmitir mensagem cifrada por rádio."

— Vou até as brigadas de novo — disse a Verchkov.

A viagem rápida distraiu um pouco o coração. O motorista guiava o Willys a oitenta quilômetros por hora, a estrada estava especialmente ruim, e o carro jogava, pulava, derrapava.

Cada vez que o motorista se assustava pedia a Nóvikov com olhar suplicante permissão para reduzir a velocidade.

Entrou no estado-maior da brigada de tanques. Como tudo tinha mudado em poucas horas! Como Makárov tinha mudado; era como se não se vissem havia anos.

Esquecendo as normas do regulamento, Makárov abriu os braços, perplexo, e disse:

— Camarada coronel, Guétmanov acaba de transmitir a determinação do comandante do front: revogar a ordem de repouso de um dia e continuar a ofensiva.

52

Três semanas mais tarde, o corpo de tanques de Nóvikov foi deslocado para a reserva do front; o corpo precisava completar os efetivos e reparar os veículos. Pessoas e máquinas estavam exaustas depois de percorrer quatrocentos quilômetros em combate.

Simultaneamente com a ordem de partida para a reserva, foi recebida a convocação de Nóvikov a Moscou, para o Estado-Maior Geral e a Direção Geral dos Quadros de Alto-Comando, e não estava claro se ele voltaria ao corpo.

Durante sua ausência o comando foi temporariamente assumido pelo major-general Neudóbnov. Alguns dias antes disso, o comissário de brigada Guétmanov foi notificado de que o Comitê Central do Partido decidira retirá-lo dos quadros no futuro próximo; deveria trabalhar como secretário do *obkom* em algum distrito liberado do Donbass, tarefa à qual o Comitê Central conferia especial relevância.

A ordem de convocação de Nóvikov a Moscou gerou boatos no estado-maior do front e na Direção das Forças Blindadas.

Uns comentavam que a convocação não queria dizer nada, e que Nóvikov, depois de pouco tempo em Moscou, voltaria para o comando do corpo.

Outros comentavam que a questão estava ligada à sua determinação equivocada de conceder dez horas de descanso no auge da ofensiva, e ao atraso que permitira antes de lançar o corpo na brecha. Outros achavam que ele não se entendera com o comissário do corpo e o chefe do estado-maior, que tinham grandes méritos.

O secretário do Soviete Militar do front, um homem informado, dizia que alguém acusara Nóvikov de ter relações pessoais comprometedoras. Em certa época, o secretário do Soviete Militar achava que a desgraça de Nóvikov estava ligada às desavenças surgidas entre ele e o comissário do corpo. Mas não foi o que se verificou. O secretário do Soviete Militar lera com seus próprios olhos a carta que Guétmanov escrevera às mais elevadas instâncias. Na carta, Guétmanov posicionava-se contra o afastamento de Nóvikov do comando do corpo, dizendo que ele era um comandante notável, com excelentes dotes militares, um homem impecável no sentido político e moral.

Contudo, o mais surpreendente era que, na noite em que recebera a ordem de ir a Moscou, Nóvikov pela primeira vez dormira tranquilamente até de manhã, depois de muitas noites atormentadas de insônia.

<h2 style="text-align:center">53</h2>

Chtrum tinha a impressão de ser carregado em um trem barulhento, e achava estranho pensar e se lembrar da tranquilidade doméstica. O tempo tornara-se denso, repleto de acontecimentos, gente, ligações telefônicas. O dia em que Chichakov fora à casa de Chtrum, atencioso, gentil, com perguntas sobre sua saúde e explicações brincalhonas e amistosas, prometendo que tudo o que havia ocorrido seria esquecido, parecia remontar a mais de dez anos.

Chtrum achava que as pessoas que haviam tentado destruí-lo teriam vergonha de olhar para ele, mas, no dia em que chegou ao instituto, foi saudado com alegria, recebendo nos olhos miradas cheias de lealdade e amizade. O mais surpreendente era que aquela gente estava sendo realmente franca, e agora desejava de verdade só coisas boas a Chtrum.

Agora voltara a ouvir muitas palavras boas sobre o seu trabalho. Malenkov mandou chamá-lo e, cravando nele os olhos negros, inteligentes e atentos, conversou por quarenta minutos. Chtrum se espantou de que Malenkov estivesse a par de seu trabalho e empregasse termos técnicos com tanta desenvoltura.

Chtrum ficou surpreso com as palavras ditas por Malenkov à despedida: "Ficaremos desgostosos se, de alguma forma, estorvarmos o seu trabalho na área da teoria física. Entendemos perfeitamente que sem teoria não há prática."

Não esperava de jeito nenhum ouvir tais palavras.

No dia seguinte ao encontro com Malenkov fora estranho ver o olhar intranquilo e interrogativo de Aleksei Aleksêievitch e recordar a sensação de ultraje e humilhação quando Chichakov não o chamara para a reunião realizada em sua casa.

Márkov voltara a ser simpático e cordial, Savostiánov brincava e ria. Gurévitch entrou no laboratório, abraçou Chtrum e disse: "Como estou feliz, como estou feliz, o senhor é Benjamin, o Filho da Felicidade."

E o trem continuava a carregá-lo.

Perguntaram a Chtrum se, tendo o laboratório como base, não precisaria criar uma instituição de pesquisa independente. Voou aos Urais em um avião especial, junto com um representante do Comissariado do Povo. Destinaram-lhe um automóvel, com o qual Liudmila Nikoláievna ia à loja especial, dando carona às mesmas muheres que algumas semanas antes fingiam não reconhecê-la.

Tudo que outrora parecia complicado e confuso agora se resolvia com facilidade, por si só.

O jovem Landesman estava tocado: Kóvtchenko lhe telefonara em casa, e Dubenkov, em uma hora, formalizara seu ingresso no laboratório de Chtrum.

Anna Naúmovna Weisspapier, ao voltar de Kazan, contou a Chtrum que sua convocação e visto tinham sido regularizados em dois dias e que, em Moscou, Kóvtchenko mandara um carro buscá-la na estação. Dubenkov informou a Anna Stepánovna por escrito de sua reintegração ao trabalho e que sua ausência forçada, em acordo com o diretor adjunto, seria integralmente remunerada.

Os novos colaboradores eram fartamente alimentados. Rindo-se, diziam que todo seu trabalho consistia em passar dia e noite a comer num refeitório fechado. Mas é claro que seu trabalho não consistia só nisso.

A instalação montada no laboratório de Chtrum já não lhe parecia tão perfeita, e ele achava que, dentro de um ano, provocaria risos, como a locomotiva a vapor de Stephenson.

Tudo que acontecia na vida de Chtrum parecia ao mesmo tempo natural e completamente artificial. Em todo caso, o trabalho de Chtrum era realmente importante e interessante: por que não elogiá-lo? E Landesman era um cientista talentoso: por que não trabalhar no instituto? E Anna Naúmovna era uma pessoa insubstituível, para que deixá-la plantada em Kazan?

E ao mesmo tempo Chtrum compreendia que, se não fosse pelo telefonema de Stálin, ninguém no instituto louvaria seu excepcional trabalho, e Landesman, com todo seu talento, ficaria vagando, sem ter o que fazer.

O telefonema de Stálin, porém, não fora um acaso, um impulso, um capricho. Pois Stálin era o Estado, e o Estado não tinha impulsos ou caprichos.

Chtrum tinha a impressão de que as questões de organização — a admissão de novos colaboradores, planos, a distribuição de pedidos de equipamento, as reuniões — tomariam todo seu tempo. Mas os automóveis andavam rápido, as reuniões eram curtas, ninguém se atrasava, seus desejos eram facilmente realizados, e ele passava as horas mais valiosas da manhã no laboratório. Nessas horas mais importantes de trabalho, era livre. Ninguém o incomodava, e ele só pensava no que tinha interesse. Sua ciência era a sua ciência. Não tinha nada a ver com o que acontecia ao pintor na novela *O retrato*,[47] de Gógol.

Ninguém atentava contra seus interesses científicos, coisa que receava acima de tudo. "Sou realmente livre", espantou-se.

Viktor Pávlovitch lembrou-se das discussões, em Kazan, com o engenheiro Artelev, a respeito da abundância de matérias-primas, energia, máquinas para as fábricas militares, e da ausência de trâmites burocráticos...

"Claro", pensou Viktor Pávlovitch, "é o estilo 'tapete voador'; na ausência de burocratismo é que o burocratismo se revela. O que serve aos grandes interesses do Estado corre como um expresso, e a força do burocratismo traz em si duas tendências contrárias: é capaz de deter qualquer movimento, mas também pode acelerá-lo de modo extraordinário, como se o movimento escapasse dos limites da gravitação terrestre".

Contudo, agora recordava pouco e com indiferença as conversas noturnas no quartinho de Kazan, e Madiárov não lhe parecia mais uma pessoa tão inteligente e notável. Já não era insistentemente perturbado pelo destino de Madiárov, nem se lembrava com a mesma frequência e obstinação do medo que Karímov tinha de Madiárov, nem do medo que Madiárov tinha de Karímov.

Tudo o que tinha acontecido começou a lhe parecer, sem querer, natural e legítimo. A vida que Chtrum vivia se tornara a regra. Chtrum começou a se acostumar a ela. A vida pregressa passou a lhe

---

[47] Relato fantástico de Gógol que conta a história de um pintor obcecado por um quadro que parece vivo.

parecer uma exceção, e Chtrum começou a se esquecer dela. Será que Artelev tinha razão naquelas discussões?

Antes, mal entrava no departamento pessoal e ficava irritado e nervoso, sentindo em si o olhar de Dubenkov. Dubenkov, contudo, revelara-se uma pessoa prestimosa e bondosa.

Ligava para Chtrum e dizia:

— Aqui é Dubenkov. Estou atrapalhando, Viktor Pávlovitch?

Achara Kóvtchenko um intrigante traiçoeiro e sinistro, capaz de acabar com qualquer um que estivesse no seu caminho, um demagogo indiferente à essência vital do trabalho, vindo de um mundo de instruções secretas e não escritas. Verificou-se, contudo, que Kóvtchenko também possuía traços completamente diferentes. Ia todo dia ao laboratório de Chtrum, comportando-se sem cerimônia; brincava com Anna Naúmovna e se revelou um autêntico democrata, apertando a mão de todo mundo, conversando com serralheiros e mecânicos — ele mesmo, na juventude, trabalhara como torneiro em uma oficina.

Quanto a Chichakov, durante muitos anos Chtrum não gostara dele. Mas agora foi almoçar na casa de Aleksei Aleksêievitch e este se mostrou hospitaleiro e gourmet, espirituoso, piadista, amante do bom conhaque e colecionador de gravuras. E o mais importante: revelara-se um admirador da teoria de Chtrum.

"Venci", pensou Chtrum. Mas compreendia, naturalmente, que não alcançara uma grande vitória, e que as pessoas com as quais lidava tinham mudado de atitude e começado a ajudá-lo em vez de atrapalhar, não porque ele as tinha fascinado com a força de sua inteligência e talento, ou por qualquer outra força que tivesse.

Mesmo assim, estava feliz. Vencera!

Quase todas as noites a rádio transmitia os boletins "Última Hora". A ofensiva das forças soviéticas só fazia se ampliar. E Viktor Pávlovitch agora achava muito simples e fácil vincular o curso natural de sua vida ao curso natural da guerra, à vitória do povo, do Exército, do Estado.

Entendia, porém, que não era tudo tão simples, e ria-se de seu próprio desejo de ver apenas aquela simplicidade de abecedário: "Stálin está aqui, e Stálin está ali. Viva Stálin."

Tinha a impressão de que os administradores e dirigentes partidários, mesmo no círculo familiar, falavam da pureza dos quadros, assinavam papéis com lápis vermelho, liam o *Breve curso da história do*

Partido às esposas em voz alta e viam em sonho disposições transitórias e instruções obrigatórias.

Inesperadamente essa gente revelou a Chtrum um outro lado, humano.

Ramskov, o secretário do comitê do Partido, mostrou-se um amante da pesca; antes da guerra, ele, a mulher e os filhos tinham percorrido os rios dos Urais de barco.

— Ei, Viktor Pávlovitch — dizia —, tem coisa melhor na vida? Acordamos ao nascer do sol, o orvalho brilha, a areia da margem está fria, desenrolamos o caniço, e a água, que ainda está escura e fechada, nos reserva alguma coisa... Quando a guerra acabar vou arrastá-lo para a confraria dos pescadores...

Kóvtchenko certa vez se pôs a falar com Chtrum de doenças infantis. Chtrum se surpreendeu com seu conhecimento dos métodos de tratamento do raquitismo e da angina. Descobriu que Kassian Teriêntievitch, além dos dois filhos de sangue, morava com um menino espanhol adotado. O espanholzinho ficava doente com frequência, e Kassian Teriêntievitch tratava dele pessoalmente.

Até o seco Svetchin contou a Chtrum de sua coleção de cactos, que conseguira salvar no inverno gelado de 1941.

"Ah, meu Deus, não são pessoas tão más", pensou Chtrum. "Há algo de humano em todo homem."

Claro que, no fundo da alma, Chtrum compreendia que todas essas mudanças em conjunto não alteravam nada. Não era tolo nem cínico; sabia pensar.

Naqueles dias lembrou-se de Krímov contando de um velho camarada, Bagriánov, juiz de instrução superior da promotoria militar. Bagriánov foi preso em 1937, mas, em 1939, no breve período de liberalismo de Béria, foi solto do campo e voltou para Moscou.

Krímov contou que Bagriánov fora visitá-lo à noite, diretamente da estação, com camisa e calça rasgadas e o certificado do campo no bolso.

Naquela primeira noite proferiu discursos de amor à liberdade e de compaixão pelos detentos dos campos, e decidiu virar apicultor e jardineiro. Gradualmente, contudo, conforme ia retomando a vida pregressa, seus discursos iam mudando.

Krímov contava entre risos como gradualmente, passo a passo, ia mudando a ideologia de Bagriánov. Devolveram-lhe o capote e a túnica militar, e nessa fase ele ainda estava de acordo com opiniões liberais. Contudo, não mais denunciava o mal, como Danton.

Entretanto, deram-lhe a permissão de residência em Moscou em substituição ao certificado do campo. E logo em seguida ele começou a adotar a posição hegeliana: "Tudo o que é real é racional." Então lhe devolveram o apartamento, e ele passou a falar de outra forma, dizendo que boa parte dos condenados que estavam nos campos eram inimigos do Estado soviético. A seguir lhe devolveram as condecorações. E depois o readmitiram no Partido e voltaram a reconhecer seus anos de militância.

Justamente nessa época começaram as dificuldades de Krímov com o Partido. Bagriánov parou de telefonar para ele. Krímov o encontrou uma vez: com duas decorações no colarinho da camisa militar, Bagriánov saía de um carro especial, parado na entrada da Promotoria da União. Isso foi oito meses depois da noite em que aquele homem de camisa rasgada e cartão militar no bolso, sentado do lado de Krímov, proferiu discursos sobre a inocência dos condenados e a violência cega.

"E eu que tinha pensado, ao ouvi-lo naquela noite, que a promotoria o tinha perdido para sempre", dissera Krímov, com um sorriso amargo.

Claro que não foi por acaso que Viktor Pávlovitch se lembrou dessa história e contou-a a Nádia e a Liudmila Nikoláievna. Nada mudara em sua atitude para com as pessoas que haviam caído em 1937. Assim como antes, a crueldade de Stálin o horrorizava.

A vida das pessoas não mudava porque um certo Chtrum se tornara um favorito da sorte; as pessoas fuziladas durante a coletivização em 1937 não ressuscitavam porque Chtrum recebia ou não alguma condecoração ou láurea, quando era convidado de Malenkov ou incluído na lista de convidados para o chá de Chichakov.

Tudo isso Viktor Pávlovitch havia entendido e entendia perfeitamente. Mesmo assim, algo de novo surgia nessa lembrança e compreensão. Ora não sentia a mesma ansiedade de antes, a angústia pela liberdade de expressão e de imprensa, ora não lhe ardiam na alma com a mesma força de antes ideias sobre a inocência dos arruinados. Será que tinha a ver com o fato de que agora não sentia mais aquele medo constante, de manhã, de tarde e de noite?

Viktor Pávlovitch compreendia que Kóvtchenko, Dubenkov, Svetchin, Prássolov, Chichakov, Gurévitch e tantos outros não haviam se tornado melhores por terem mudado de atitude com relação a ele. Gavrônov, que seguia a atacar Chtrum e seu trabalho com tenacidade fanática, era honesto.

Chtrum falou assim a Nádia:

— Sabe, eu acho melhor sustentar posições da Centúria Negra por convicção do que sair em defesa de Herzen e Dobroliúbov por motivos carreiristas.

Orgulhava-se diante da filha por manter o autocontrole e por defender suas ideias. Não aconteceria com ele o que acontecera com muitos: o êxito não influenciaria seus pontos de vista, seus afetos, sua escolha de amizades... Nádia suspeitara em vão que ele fosse capaz de tal pecado.

Era macaco velho. Tudo mudava em sua vida, mas ele não. Não trocara o terno puído, as gravatas amarrotadas, os sapatos de sola gasta. Andava, como antes, com o cabelo desgrenhado, por cortar, e ia como antes às reuniões mais importantes com a barba por fazer.

Continuava gostando de falar com porteiros e ascensoristas. Lidava com as fraquezas humanas com a mesma arrogância e desprezo de sempre, e censurava a covardia de muitas pessoas. Tinha prazer em pensar: "Eu não me rendi, não me curvei, fiquei firme, não me arrependi. Vieram atrás de mim."

Frequentemente dizia à esposa: "Quantas nulidades à nossa volta! Como as pessoas têm medo de defender seu direito à dignidade, como cedem fácil, quanto conformismo, quantas condutas deploráveis."

Chegou até mesmo a censurar Tchepíjin: "Em sua paixão desmedida pelo turismo e pelo alpinismo há um pavor inconsciente da complexidade da vida, e, em sua saída do instituto, o pavor consciente diante da questão mais importante de nossas vidas."

Claro que tudo nele havia mudado, ele o sentia, mas não conseguia entender exatamente o quê.

54

Ao voltar ao trabalho, Chtrum não encontrou Sokolov no laboratório. Dois dias antes da chegada de Chtrum ao instituto, Piotr Lavriêntievitch contraíra uma pneumonia.

Chtrum sabia que, antes de adoecer, Sokolov tinha combinado com Chichakov de assumir uma nova tarefa. Sokolov foi nomeado diretor de um laboratório que estava sendo reorganizado. No geral, as coisas andavam bem para Piotr Lavriêntievitch.

Nem mesmo o onisciente Márkov sabia o verdadeiro motivo que havia forçado Sokolov a pedir transferência do laboratório de Chtrum.

Ao saber da partida de Sokolov, Viktor Pávlovitch não sentiu amargura nem pena; a ideia de encontrá-lo e trabalhar com ele era dolorosa.

O que Sokolov não teria lido nos olhos de Viktor Pávlovitch! Claro que não tinha direito a pensar na mulher do amigo do jeito que pensava. Não tinha direito a sentir saudades dela. Não tinha direito a se encontrar em segredo com ela.

Se alguém lhe tivesse contado uma história daquelas, teria ficado indignado. Enganar a esposa! Enganar um amigo! Contudo, tinha saudades dela e sonhava encontrá-la.

Liudmila reatara as relações com Mária Ivánovna. Houve longas explicações por telefone, depois se encontraram, choraram, arrependeram-se uma diante da outra pelos maus pensamentos, pelas suspeitas e desconfianças.

Deus, como a vida é complexa e confusa! Mária Ivánovna, a franca e pura Mária Ivánovna, não fora sincera com Liudmila; escondera-lhe os pensamentos! Mas só havia feito isso por amor pela outra.

Chtrum agora via Mária Ivánovna raramente. Quase tudo o que ficava sabendo dela vinha de Liudmila.

Ficou sabendo que Sokolov fora indicado ao Prêmio Stálin por trabalhos publicados antes da guerra. Ficou sabendo que Sokolov recebera uma carta com elogios de jovens físicos ingleses. Ficou sabendo que, nas próximas eleições para a Academia, Sokolov seria candidato a membro-correspondente. Mária Ivánovna contara isso tudo a Liudmila. Em seus breves encontros com Mária Ivánovna, ele mesmo não falava mais de Piotr Lavriêntievitch.

As preocupações de trabalho, reuniões e viagens não conseguiam abafar sua saudade constante; tinha vontade de vê-la o tempo todo.

Liudmila Nikoláievna disse-lhe algumas vezes: "Não consigo entender por que Sokolov ficou tanto contra você. Nem Macha consegue explicar isso direito."

A explicação era simples, porém Mária Ivánovna, evidentemente, não tinha como explicar direito a Liudmila. Já era suficiente que tivesse contado ao marido o que sentia por Chtrum.

Aquela confissão liquidara para sempre as relações entre Chtrum e Sokolov. Ela prometera ao marido não mais se encontrar com Chtrum. Bastava Mária Ivánovna dizer uma palavra a Liudmila e ele nunca mais saberia dela: nem onde estava, nem como estava. E eles se viam tão pouco! E seus encontros eram tão curtos! Durante esses encontros eles conversavam pouco, caminhavam pela rua de mãos dadas, ou se sentavam no banco de um parque, em silêncio.

Na época de seus dissabores e desgraças, ela tinha entendido tudo o que ele estava passando com rara sensibilidade. Adivinhara seus pensamentos, adivinhara suas ações, parecendo saber com antecedência tudo o que aconteceria com ele. Quanto mais pesar tinha na alma, mais doloroso e forte era o desejo de vê-la. Tinha a impressão de que sua felicidade atual dependia dessa compreensão completa e absoluta. Achava que, se essa mulher estivesse a seu lado, suportaria o sofrimento com facilidade. Seria feliz com ela.

Tinham conversado certa noite em Kazan, caminhado a dois no Jardim Neskútchni, em Moscou, sentado uma vez por alguns minutos em um banco de parque na rua Kaluga e, em suma, era tudo. Isso fora antes. Agora, era o seguinte: de vez em quando se falavam por telefone, de vez em quando se encontravam na rua, e ele não mencionava esses breves encontros a Liudmila.

Compreendia, contudo, que seu pecado e o pecado dela não se mediam pelos minutos que haviam passado em segredo, sentados no banco do parque. O pecado não era pequeno: ele a amava. Por que ela ocupava um lugar tão imenso em sua vida?

Cada palavra dita à esposa era uma meia-verdade. Cada palavra, cada olhar, contra sua vontade, trazia em si a mentira. Com indiferença fingida, perguntava a Liudmila Nikoláievna: "E então, sua amiga ligou, como ela está, como anda a saúde de Piotr Lavriêntievitch?"

Alegrava-se com o êxito de Sokolov. Mas não por ter bons sentimentos por ele. Por algum motivo, parecia-lhe que os êxitos de Sokolov dariam razão para Mária Ivánovna não sentir remorsos.

Era insuportável ficar sabendo de Sokolov e Mária Ivánovna por Liudmila. Era humilhante para Liudmila, para Mária, para ele.

Entretanto, a mentira se misturava com a verdade até quando falava com Liudmila de Tólia, de Nádia, de Aleksandra Vladímirovna; a mentira estava por toda parte. Por quê, por quê? Pois o que sentia por Mária Ivánovna era a verdade efetiva de sua alma, de seus pensamentos, de seu desejo. Por que dessa verdade nasciam tantas mentiras?

Sabia que, desfazendo-se desse sentimento, libertaria Liudmila, Mária Ivánovna e a si mesmo da mentira. Mas, na hora em que tinha a impressão de que devia renunciar a um amor ao qual não tinha direito, uma sensação manhosa, que temia o sofrimento e embaralhava a cabeça, o dissuadia: "Olha que essa mentira não é tão terrível, ela não faz mal a ninguém. O sofrimento é mais terrível que a mentira."

Às vezes achava que reuniria força e crueldade para romper com Liudmila e arrasar a vida de Sokolov, e esse sentimento o impelia, formulando uma ideia diametralmente oposta:

"A mentira é pior do que tudo, melhor romper com Liudmila, melhor não mentir para ela, não forçar Mária Ivánovna a mentir. A mentira é mais terrível que o sofrimento!"

Não notara que o pensamento se tornara o dócil serviçal do sentimento, que o sentimento guiava o pensamento e que só havia uma saída desse círculo vicioso: cortar o mal pela raiz, sacrificar-se a si mesmo, e não aos outros.

Quanto mais pensava naquilo tudo, menos entendia. Como compreender aquilo, como desembaraçar os nós: o amor por Mária Ivánovna era a verdade e a mentira de sua vida! No verão, tivera um romance com a bela Nina, e não fora um romance ginasial. Não tinha só passeado no parque com Nina. Contudo, a sensação de traição, de desgraça familiar, de culpa perante Liudmila só lhe havia chegado agora.

Gastava muita força espiritual com esses assuntos, uma quantidade de pensamentos e preocupações que provavelmente não era menor do que a que Planck empenhara na elaboração da teoria quântica.

Certa vez considerara que esse amor só havia nascido de seus dissabores e de suas desgraças... Não fosse por isso, não teria experimentado tal sentimento...

Contudo, a vida o erguera, e o desejo de ver Mária Ivánovna não se enfraquecera.

Ela era de uma natureza peculiar: riqueza, glória e força não a atraíam. Pois quisera dividir com ele a desgraça, o pesar, a privação... E se alarmou: e se de repente ela resolvesse lhe virar as costas?

Compreendia que Mária Ivánovna endeusava Piotr Lavriêntievitch. E isso também o enlouquecia.

Gênia provavelmente tinha razão. Esse segundo amor, chegado depois de longos anos de vida conjugal, era realmente a consequência de uma falta de vitaminas da alma. Assim como a vaca deseja lamber o sal que por anos busca e não encontra na grama, no feno, na folha das árvores, essa fome da alma vai se desenvolvendo gradualmente até se tornar uma força enorme. Ah, ele conhecia bem a fome da sua alma... Mária Ivánovna era incrivelmente diferente de Liudmila...

Tais pensamentos eram reais ou mentirosos? Chtrum não notava que eles não tinham nascido da razão, e que não era essa veracidade ou mentira que determinavam sua conduta. A razão não era a sua chefe. Sofria se não via Mária Ivánovna, ficava feliz com a ideia de que a veria. Quando imaginava que seriam juntos e inseparáveis para sempre, tornava-se feliz.

Por que não tinha remorso ao pensar em Sokolov? Por que não ficava com vergonha? Na verdade, envergonhar-se de quê? Pois só tinham ido ao jardim Neskútchni e se sentado em um banco.

Ah, como se fosse só uma sentada no banco! Estava prestes a romper com Liudmila, estava prestes a dizer ao amigo que amava a mulher dele, que queria levá-la consigo.

Recordava tudo de mau que acontecera em sua vida com Liudmila. Lembrava-se de como era ruim a relação de Liudmila com sua mãe. Lembrava-se de que Liudmila não deixara seu primo, que saíra de um campo de prisioneiros, pernoitar em casa. Lembrava-se de sua falta de sensibilidade, rudeza, teimosia, crueldade.

A lembrança do mal o exacerbava. E precisava exacerbar-se para cometer uma crueldade. Contudo, Liudmila passara a vida com ele, compartilhando tudo o que houvera de duro e difícil. E os cabelos de Liudmila estavam ficando grisalhos. Quanto pesar se abatera sobre ela. Nela só havia o mal? Por quanto tempo tinha se orgulhado dela e se alegrado com sua franqueza e sinceridade? Sim, sim, estava a ponto de cometer uma crueldade.

De manhã, preparando-se para ir ao trabalho, Viktor Pávlovitch se lembrou da recente visita de Ievguênia Nikoláievna e pensou: "Que bom que Geneviève foi para Kúibichev."

Teve vergonha desse pensamento e, justamente nesse instante, Liudmila Nikoláievna disse:

— A todos os nossos parentes presos somou-se ainda o Nikolai. Que bom que Gênia não está mais em Moscou.

Quis repreendê-la por tais palavras, mas se conteve e ficou em silêncio; tal reprovação teria sido falsa demais.

— Tchepíjin ligou para você — disse Liudmila Nikoláievna.

Ele olhou para o relógio.

— Volto mais cedo essa tarde e ligo para ele. A propósito, é possível que eu tenha que voltar aos Urais.

— Por muito tempo?

— Não. Uns dois ou três dias.

Apressou-se; tinha um longo dia pela frente.

O trabalho era grande, a tarefa era grande, uma tarefa do Estado, mas seus próprios pensamentos, como se sua cabeça fosse regida pela lei da proporcionalidade inversa, eram pequenos, miseráveis, mesquinhos.

Antes de partir, Gênia pedira à irmã que fosse à Kuznétzki Most e entregasse duzentos rublos a Krímov.

— Liudmila — disse —, você precisa entregar o dinheiro que Gênia pediu, vai deixar passar o prazo.

Não dissera aquilo porque se preocupava com Krímov ou Gênia, mas pensando que a negligência de Liudmila podia acelerar a vinda de Gênia a Moscou. Em Moscou, Gênia começaria a redigir requerimentos, cartas, a telefonar, a converter o apartamento de Chtrum em uma base de assistência aos prisioneiros.

Chtrum compreendia que seus pensamentos não eram apenas miseráveis e mesquinhos, mas também vis. Com vergonha deles, disse, apressadamente:

— Escreva para Gênia. Convide-a em seu nome e no meu. Talvez ela precise vir a Moscou, e sem convite é complicado. Está ouvindo, Liuda? Escreva a ela sem tardar!

Depois de tais palavras sentiu-se bem, embora soubesse que dissera aquilo para se tranquilizar... Tudo era estranho. Sentado em seu quarto, quando fora enxotado de todos os lugares e tinha medo do administrador do prédio e da moça do escritório de racionamento, sua cabeça havia estado ocupada com pensamentos sobre a vida, a verdade, a liberdade, Deus... Ninguém precisava dele, o telefone ficava em silêncio por semanas, e os conhecidos preferiam não cumprimentá-lo quando o encontravam na rua. E agora, quando dezenas de pessoas o aguardavam, ligavam para ele, escreviam-lhe, quando um Zis-101 buzinava delicadamente debaixo de sua janela, não conseguia libertar-se de pensamentos vazios como casca de semente de girassol, míseros desgostos, receios insignificantes. Ora não dissera uma coisa, ora rira de modo imprudente — esse tipo microscópico de consideração cotidiana o acompanhava.

Em certa época, depois do telefonema de Stálin, teve a impressão de que o medo fora embora de vez da sua vida. Notou, contudo, que o medo prosseguia, apenas havia se tornado outro; não era mais plebeu, mas senhorial, um medo que andava de carro e telefonava do Kremlin, mas persistia.

Aquilo que parecia impossível — uma relação competitiva e de inveja com as soluções e resultados científicos dos outros — tornara-se natural. Tinha receio de ser vencido, de ser ultrapassado.

Não tinha muita vontade de falar com Tchepíjin, parecia-lhe que não conseguiria reunir forças para uma conversa longa e difícil. Haviam simplificado demais as coisas ao definir a dependência da ciência ao Estado. Pois ele era efetivamente livre. Ninguém mais achava que suas construções teóricas eram insensatez talmúdica. O Estado precisava da física teórica. Agora isso estava claro para Chichakov e para Badin. Para que Márkov mostrasse sua força nas experiências e Kotchkúrov na prática, era necessário um caldeu teórico. De repente, depois do telefonema de Stálin, todo mundo entendia aquilo. Como explicaria a Dmitri Petróvitch que aquele telefonema dera-lhe liberdade de trabalho? Mas por que se tornara intolerante com os defeitos de Liudmila Nikoláievna? Mas por que era tão bondoso com Aleksei Aleksêievitch?

Agora gostava muito de Márkov. Os assuntos pessoais da chefia, os motivos secretos ou parcialmente secretos, os ardis inocentes e as deslealdades sérias, as ofensas e as feridas vinculadas ao convite e à ausência de convite para a presidência, o impacto de uma certa lista especial e as palavras funestas: "O senhor não está na lista", tudo aquilo o interessava e o ocupava de verdade.

Agora possivelmente preferia passar uma tarde livre fofocando com Márkov a discutir com Madiárov nas reuniões de Kazan. Márkov reparava no que as pessoas tinham de ridículo com precisão surpreendente, zombando das fraquezas humanas sem maldade, mas com malícia. Possuía uma inteligência refinada e era um cientista de primeira classe. Talvez fosse o físico experimental mais talentoso do país.

Chtrum já havia posto o casaco quando Liudmila Nikoláievna disse:

— Mária Ivánovna ligou ontem.

Rapidamente, ele perguntou:

— O que ela queria?

Seu rosto estava visivelmente mudado.

— O que você tem? — indagou Liudmila Nikoláievna.

— Nada, nada — ele disse, voltando do corredor para o quarto.

— Na verdade eu não entendi direito, é alguma história desagradável. Parece que Kóvtchenko andou ligando para eles. Parece que ela, como sempre, está preocupada com você, com medo de que você se prejudique de novo.

— Como assim? — perguntou ele, impaciente. — Não entendi.

— Pois é, eu também não entendi. Obviamente ela não podia explicar ao telefone.

— Bem, me conte de novo como foi isso — ele disse e, abrindo o casaco, sentou-se na cadeira ao lado da porta.

Liudmila olhou para ele e balançou a cabeça. Ele teve a impressão de que os olhos dela o fitavam com censura e tristeza.

Confirmando sua suposição, ela disse:

— Veja, Vítia, Tchepíjin ligou de manhã e você não estava com tempo, mas para ouvir falar de Máchenka está sempre pronto... Até deu meia-volta, mesmo estando atrasado.

Fazendo uma careta e fitando-a de cima a baixo, ele disse:

— Sim, estou atrasado.

Foi até a mulher e levou a mão dela aos lábios.

Ela lhe acariciou a nuca, despenteando levemente os cabelos.

— Olha só como Máchenka virou importante e interessante — disse Liudmila e, com um sorriso doído, acrescentou: — Aquela mesma que não consegue distinguir entre Balzac e Flaubert.

Ele a observou: os olhos dela haviam se tornado úmidos, seus lábios pareciam tremer. Deu de ombros, impotente, e voltou a fitá-la da porta.

A expressão de seu rosto o surpreendeu. Desceu as escadas pensando que, caso se separasse de Liudmila sem jamais voltar para ela, aquela expressão de seu rosto — impotente, tocante, com vergonha dele e de si — nunca deixaria sua memória, até o último dia de sua vida. Compreendia que naquele instante ocorrera algo de muito importante: a esposa dera-lhe a entender que reparara em seu amor por Mária Ivánovna, e ele o confirmara...

Só sabia de uma coisa. Via Macha e era feliz; e, se pensava que nunca mais a veria, mal conseguia respirar.

Quando o carro de Chtrum estava chegando ao instituto, o Zis de Chichakov alcançou-o, e ambos os automóveis pararam na entrada quase ao mesmo tempo.

Andaram lado a lado no corredor, do mesmo modo como havia pouco tempo seus Zis tinham estado lado a lado. Aleksei Aleksêievitch tomou Chtrum pelo braço e perguntou:

— Então vai tomar um avião?

Chtrum respondeu:

— Pelo jeito, acho que vou.

— Logo vamos nos despedir para sempre. O senhor vai se tornar um soberano independente — disse Aleksei Aleksêievitch, em tom de brincadeira.

Chtrum voltou a pensar: "O que ele diria se eu perguntasse se ele já se apaixonou pela mulher de outro?"

— Viktor Pávlovitch — disse Chichakov —, o senhor poderia vir ao meu escritório às duas?

— Às duas estou livre, irei com prazer.

Trabalhou mal naquele dia.

Na sala do laboratório, Márkov, sem paletó e com as mangas arregaçadas, foi até Chtrum e disse, animado:

— Se não houver problema, Viktor Pávlovitch, virei vê-lo mais tarde. Tenho um assunto interessante para contar.

— Às duas tenho que ver Chichakov — disse Chtrum. — Venha depois. Também quero lhe contar uma coisa.

— Aleksei Aleksêievitch às duas? — repetiu Márkov, refletindo por um instante. — Acho que sei o que vão lhe pedir.

55

Ao ver Chtrum, Chichakov disse:

— Eu já estava me preparando para telefonar e lembrá-lo do encontro.

Chtrum olhou o relógio:

— Mas não estou atrasado, estou?

Aleksei Aleksêievitch estava de pé diante dele, enorme, com sua cabeça prateada maciça, envergando um elegante terno cinza. Contudo, agora Chtrum não achava os olhos de Aleksei Aleksêievitch frios e arrogantes; eram os olhos de um menino que lia Dumas e Mayne Reid.

— Hoje tenho um assunto especial, meu caro Viktor Pávlovitch — disse Aleksei Aleksêievitch, sorrindo, e, tomando-o pelo braço, levou-o à poltrona. — O assunto é sério, e não muito agradável.

— Bem, já estamos acostumados a isso — disse Chtrum, examinando com tédio o gabinete do volumoso acadêmico. — Vamos a ele.

— Pois bem — disse Chichakov. — No exterior, especialmente na Inglaterra, começou uma campanha vil. Estamos suportando o pior peso da guerra, e os cientistas ingleses, em vez de exigirem a abertura imediata de um segundo front, desencadearam uma campanha estranha, insuflando um estado de espírito hostil ao nosso Estado.

Fitava Chtrum nos olhos, e Viktor Pávlovitch conhecia aquele olhar franco e honesto; era o jeito de olhar das pessoas que estão cometendo torpezas.

— Sim, sim, sim — disse Chtrum —, e no que consiste essa campanha?

— É uma campanha difamatória — disse Chichakov. — Publicaram uma lista de nossos cientistas e escritores supostamente fuzilados, falam de uma quantidade fantástica de vítimas da repressão por crimes políticos. Com um fervor incompreensível, eu diria até suspeito, eles refutam o inquérito e o julgamento dos crimes dos médicos Pletniov e Liévin, os assassinos de Aleksei Maksímovitch Górki. Tudo isso foi publicado em um jornal próximo aos círculos governamentais.

— Sim, sim, sim — disse Chtrum, três vezes —, e o que mais?

— Basicamente é isso. Escreveram também sobre o geneticista Tchetverikov, e formaram um comitê para defendê-lo.

— Meu caro Aleksei Aleksêievitch — disse Chtrum —, Tchetverikov foi realmente preso.

Chichakov deu de ombros.

— Como se sabe, Viktor Pávlovitch, não tenho relações com os órgãos de segurança. Mas, se ele realmente foi preso, então é claro que deve ter cometido algum crime. Nem eu nem o senhor fomos presos.

Naquela hora, Badin e Kóvtchenko entraram no gabinete. Chtrum compreendeu que Chichakov os aguardava, e que havia falado previamente com eles. Aleksei Aleksêievitch nem explicou aos recém-chegados o assunto da conversa, e disse:

— Por favor, por favor, camaradas, sentem-se. — E prosseguiu, dirigindo-se a Chtrum: — Viktor Pávlovitch, essas barbaridades chegaram à América e foram publicadas no *New York Times*, provocando, naturalmente, indignação na intelligentsia soviética.

— Claro, não podia ser de outro jeito — disse Kóvtchenko, fitando Chtrum nos olhos com uma mirada penetrante e afetuosa.

E a mirada de seus olhos castanhos era tão amigável que Viktor Pávlovitch não exprimiu a ideia que naturalmente lhe surgira: "Como a intelligentsia soviética pôde se indignar se ela nunca viu o *New York Times* na vida?"

Chtrum deu de ombros e grunhiu, atos que obviamente poderiam dar a entender que concordava com Chichakov e Kóvtchenko.

— Naturalmente — disse Chichakov —, em nosso meio surgiu o desejo de dar uma réplica digna a todas essas vilezas. Elaboramos um documento.

"Você não elaborou nada, escreveram sem você", pensou Chtrum.

Chichakov afirmou:

— Um documento em forma de carta.

Então Badin falou, em voz baixa:

— Eu li; está bem escrito, e diz o que é necessário. Precisamos agora que seja assinado por alguns cientistas, os melhores de nosso país, gente de fama europeia e mundial.

Desde as primeiras palavras de Chichakov, Chtrum entendeu aonde a conversa ia chegar. Só não sabia o que Aleksei Aleksêievitch ia pedir: um pronunciamento do conselho científico, um artigo, a participação em uma votação... Agora sabia: teria que assinar a carta.

Sentiu-se enojado. Mais uma vez, como antes da reunião em que exigiram seu discurso de arrependimento, percebeu sua fragilidade delicada, de borboleta.

Milhões de toneladas de rocha granítica voltavam a cair sobre seus ombros... O professor Pletniov! Chtrum de repente se lembrou de um artigo no *Pravda* em que uma histérica acusava o velho médico de conduta sórdida. Como sempre, o que estava impresso parecia verdade. Aparentemente, a leitura de Gógol, Tolstói, Tchékhov e Korolenko adestrara os russos a uma relação quase religiosa com a palavra impressa. Contudo, chegara a hora, o dia, em que o jornal mentia, e para Chtrum era óbvio que o professor Pletniov estava sendo caluniado.

Logo Pletniov e um célebre clínico do hospital do Kremlin, o doutor Lévin, foram presos e confessaram ter matado Aleksei Maksímovitch Górki.

Três pessoas estavam olhando para Chtrum. Seus olhos eram amistosos, afetuosos, confiantes. Estava entre os seus. Chichakov reconhecera fraternalmente a enorme importância do trabalho de Chtrum. Kóvtchenko fitava-o de baixo para cima. Os olhos de Badin diziam:

"Sim, o que você fazia me parecia estranho. Mas eu estava errado. Não entendi. O Partido me corrigiu." Kóvtchenko abriu uma pasta vermelha e estendeu a Chtrum a carta datilografada.

— Viktor Pávlovitch — disse —, devo lhe dizer que essa campanha anglo-americana faz o jogo dos fascistas. Foi possivelmente inspirada pelos canalhas da quinta-coluna.

Badin, interrompendo-o, disse:

— Por que fazer propaganda para Viktor Pávlovitch? Ele tem o coração de um patriota russo e soviético, como todos nós.

— Claro — disse Chichakov —, isso mesmo.

— E quem está duvidando? — disse Kóvtchenko.

— Sim, sim, sim — disse Chtrum.

O mais espantoso era que essas pessoas, havia pouco tempo cheias de desprezo e desconfiança por ele, agora eram completamente espontâneas em sua confiança e amizade, e ele, que se lembrava o tempo todo da crueldade dos outros, agora via com naturalidade sua expressão de amizade.

Toda aquela amizade e confiança o paralisavam, privavam-no de força. Se tivessem gritado com ele, batido nas pernas, talvez tivesse ficado furioso e forte...

Stálin falara com ele. As pessoas que agora estavam a seu lado o entendiam.

Mas, meu Deus, que carta horrível os camaradas lhe estavam pedindo para assinar. Ela se referia a coisas horríveis.

Pois não podia crer que o professor Pletniov e o doutor Lévin tivessem matado o grande escritor. Sua mãe, quando vinha a Moscou, consultava-se com Lévin. Liudmila Nikoláievna era paciente dele, um homem inteligente, fino, sensível. Era preciso ser um monstro para difamar os dois médicos de forma tão horrível!

Essas acusações cheiravam a obscurantismo medieval. Médicos assassinos! Os médicos haviam matado o grande escritor, o último clássico russo. Quem precisava daquela calúnia sangrenta? A caça às bruxas, as fogueiras da Inquisição, as execuções dos hereges, a fumaça, a fedentina, o alcatrão fervendo. O que aquilo tinha a ver com Lênin, com a construção do socialismo, com a grande guerra contra o fascismo?

Pegou a primeira página da carta.

— Está confortável, a luz é suficiente? — perguntou Aleksei Aleksêievitch. — Quer se sentar na poltrona?

— Não, não, está ótimo, muito obrigado.

Lia devagar. As letras se apertavam contra sua mente, mas não entravam; como a areia contra a casca de uma maçã.

Leu: "Ao defender degenerados e facínoras do gênero humano como Pletniov e Lévin, que maculam a elevada categoria dos médicos, vocês estão levando água ao moinho da ideologia fascista de ódio à humanidade."

Leu ainda: "O povo soviético está lutando sozinho contra o fascismo alemão, que fez ressurgir a caça medieval às bruxas e os pogroms contra os judeus, as fogueiras da Inquisição, as masmorras e as torturas."

Meu Deus, como não ficar louco?

Mais adiante: "O sangue de nossos filhos, derramado em Stalingrado, mudou o curso da guerra contra o hitlerismo, mas vocês, ao defenderem os renegados da quinta-coluna, ainda que não queiram..."

Sim, sim, sim. "Aqui, como em nenhum outro lugar no mundo, a comunidade científica está cercada pelo amor do povo e pelos cuidados do Estado."

— Viktor Pávlovitch, nossa conversa o atrapalha?

— Não, não, o que é isso — disse Chtrum, e pensou: "Tem gente feliz, que sabe brincar: ou estão na dacha, ou estão doentes, ou..."

Kóvtchenko disse:

— Dizíamos que Ióssif Vissariónovitch está ciente dessa carta e aprovou a iniciativa de nossos cientistas.

— É por isso que a assinatura de Viktor Pávlovitch... — disse Badin.

A angústia, a repugnância e o pressentimento de sua docilidade se apossaram dele. Sentia o hálito afetuoso do grande Estado, e não tinha forças para se lançar na escuridão gelada... Hoje não tinha forças, não tinha, não tinha. Não era o medo que o paralisava, era outra coisa, uma sensação lânguida e dócil.

Como o ser humano era estranho e surpreendente! Encontrara forças para renunciar à vida e, de repente, era difícil renunciar às balas e aos doces.

Experimente afastar a mão onipotente que te acaricia a cabeça e dá tapinhas nas costas.

Que estupidez, por que estava se caluniando? O que têm a ver as balas e os doces? Sempre fora indiferente às comodidades cotidianas, aos bens materiais. Suas ideias, seu trabalho, o que tinha de mais querido na vida, haviam se revelado necessários e valiosos na luta contra o fascismo. Eis o que o fazia feliz!

Aliás, em suma, do que se tratava? Eles haviam confessado no inquérito preliminar. Haviam confessado no julgamento. Era possível acreditar em sua inocência depois de eles terem confessado o assassinato do grande escritor?

Recusar-se a assinar a carta? Significava simpatizar com os assassinos de Górki! Não, não era possível. Duvidar da autenticidade de suas confissões? Queria dizer que haviam sido obrigados! E obrigar um intelectual honrado e bondoso a se confessar assassino pago e submeter-se à pena de morte e a uma memória infame só era possível mediante tortura. Contudo, seria loucura expressar qualquer sombra que fosse de tal suspeita.

Mas era repugnante, repugnante assinar aquela carta vil. Surgiram em sua cabeça desculpas e as respostas a elas... "Camaradas, estou doente, tenho espasmos nas artérias coronárias." "Bobagem: está se refugiando na doença, seu rosto está com uma cor esplêndida." "Camaradas, para que precisam de minha assinatura, sou conhecido apenas em um círculo restrito de especialistas, poucos sabem de mim fora do país." "Bobagem!" (E como gostaria de ouvir que aquilo era bobagem!) "O senhor é conhecido, e como é conhecido! Do que estamos falando, seria impensável mostrar a carta ao camarada Stálin sem a sua assinatura, ele poderia perguntar: por que não tem a assinatura de Chtrum?"

"Camaradas, digo-lhes com toda franqueza, algumas formulações não me parecem nada oportunas, elas lançam sombras sobre toda a nossa intelligentsia científica."

"Por favor, por favor, Viktor Pávlovitch, faça suas propostas e mudaremos com satisfação as formulações que lhe parecem infelizes."

"Camaradas, compreendam-me, vocês escreveram: o escritor inimigo do povo Bábel, o escritor inimigo do povo Pilniak, o acadêmico inimigo do povo Vavílov, o artista inimigo do povo Meyerhold... Sou físico, matemático, teórico, alguns me consideram esquizofrênico por causa das áreas abstratas com que lido. Na verdade, sou um deficiente, gente assim é melhor deixar em paz, não entendo nada desses assuntos."

"Viktor Pávlovitch, deixe disso. O senhor compreende muito bem as questões políticas e tem uma lógica excelente; lembre-se de quantas vezes e com que fineza falou de política."

"Mas, meu Deus! Entendam, eu tenho uma consciência, é doloroso, é penoso, não sou obrigado, por que tenho que assinar, sou tão atormentado, deem-me o direito a uma consciência tranquila."

E imediatamente surgiu a impotência, um estado hipnótico, uma obediência de gado alimentado e mimado, medo de a vida voltar a ser arruinada, medo de novos medos.

O que era aquilo? Deveria novamente se opor à coletividade? Outra vez a solidão? Agora tinha que levar a vida a sério. Recebera aquilo com que não ousara sonhar. Estava livre para trabalhar, era cercado de atenção e cuidados. E não pedira nada, nem se arrependera. Havia vencido! O que mais queria? Stálin telefonara para ele!

"Camaradas, tudo isso é tão sério que gostaria de refletir, permitam-me adiar a decisão até amanhã."

E logo imaginou uma noite de insônia e de tormento, hesitações, indecisão, resolução repentina e medo dessa resolução, de novo a indecisão, de novo a resolução. Tudo aquilo era desgastante, um mal inclemente como a malária. Estava prestes a prolongar sua própria tortura por horas. Não tinha forças. Rápido, rápido, rápido.

Sacou a caneta-tinteiro.

Viu então que Chichakov ficara boquiaberto, porque o mais insubmisso hoje se revelara submisso.

Chtrum ficou o dia inteiro sem trabalhar. Ninguém o distraiu, o telefone não tocou. Não conseguia trabalhar. Não trabalhou porque naquele dia o trabalho parecia chato, vazio, desinteressante.

Quem assinou a carta? Tchepíjin? Ioffe? Krilov? Mandelstam? Tinha vontade de se esconder por trás das costas de alguém. Mas era impossível recusar. Seria suicídio. Não, nada disso. Poderia ter se recusado. Não, não, estava tudo certo. Pois ninguém o ameaçara. Teria sido mais fácil se houvesse assinado por medo animal. Mas não havia assinado por medo. Foi por um sentimento lânguido e asqueroso de submissão.

Chtrum chamou Anna Stepánovna a seu gabinete, pedindo-lhe que revelasse uma película para o dia seguinte: a série de controle das experiências realizadas no equipamento novo.

Ela anotou tudo e permaneceu sentada.

Ele a fitou de forma interrogativa.

— Viktor Pávlovitch — ela disse —, antes eu achava que não teria palavras para exprimir isso, mas agora preciso dizer: o senhor compreende o que fez por mim e pelos outros? Para as pessoas, isso é mais importante que as grandes descobertas. Sua simples existência neste mundo já faz com que eu me sinta melhor. Sabe o que os mecânicos, faxineiras e vigias dizem? Dizem que o senhor é um homem correto. Muitas vezes desejei ir à sua casa à noite, mas tinha medo. Compreenda, nos dias mais difíceis, quando eu pensava no senhor, minha alma ficava mais leve, eu me sentia bem. Obrigado por estar vivo. O senhor é um homem de verdade!

Não conseguiu dizer nada a ela, que saiu rapidamente do gabinete.

Tinha vontade de sair correndo à rua e gritar... Só para não sentir aquele tormento, aquela vergonha poderosa. Mas aquilo não era tudo, estava apenas começando.

No final do dia o telefone tocou:

— Está me reconhecendo?

Meu Deus, se reconhecia! Parecia reconhecer aquela voz não apenas com o ouvido, mas também com os dedos gelados que seguravam o telefone. Era Mária Ivánovna, chegando novamente em um momento difícil de sua vida.

— Estou ligando de um telefone público e ouvindo muito mal — disse Macha. — Piotr Lavriêntievitch melhorou, e agora estou com mais tempo. Se puder, venha ao parque amanhã às oito. — E, de repente, afirmou: — Meu amado, meu querido, luz da minha vida. Temo pelo senhor. Vieram atrás de nós por causa de uma carta, sabe do que eu estou falando? Estou certa de que foi o senhor, a sua força, que ajudou Piotr Lavriêntievitch a resistir, e tudo correu bem. E imaginei imediatamente como isso podia prejudicá-lo. O senhor é tão desajeitado que sempre sai sangrando, quando outros só se machucam de leve.

Colocou o telefone no gancho e cobriu o rosto com as mãos.

Já compreendia o horror de sua situação: agora não seria castigado pelos inimigos. Seria castigado pelos próximos, pela confiança que haviam depositado nele.

Ao chegar em casa, telefonou imediatamente para Tchepíjin, sem nem tirar o casaco. Liudmila Nikoláievna ficou de pé, ao seu lado, enquanto ele discava o número de Tchepíjin, certo e convicto de que seu amigo e professor, embora o amasse, lhe infringiria uma ferida cruel. Tinha pressa, e ainda nem conseguira contar a Liudmila que havia assinado a carta. Meu Deus, com que rapidez Liudmila está ficando grisalha! Sim, sim, rapaz, vamos dar nos grisalhos!

— Há notícias muito boas, acabaram de ler o boletim no rádio — disse Tchepíjin. — Mas, por aqui, nada de novo. Quer dizer, hoje briguei com gente respeitável. O senhor ouviu alguma coisa a respeito de uma certa carta?

Chtrum umedeceu os lábios secos e disse:

— Sim, alguma coisa.

— Está bem, está bem, compreendo, não é assunto para telefone, falamos disso pessoalmente, depois da sua viagem — disse Tchepíjin.

Mas não era nada, não era nada, Nádia ainda estava por chegar. Meu Deus, meu Deus, o que tinha feito...

56

À noite, Chtrum não dormiu. O coração lhe doía. De onde vinha aquela angústia terrível? Que peso, que peso. Belo vencedor!

Quando se sentia intimidado pela escriturária na administração do prédio era mais forte e mais livre do que agora. Hoje não ousara nem discutir e expressar dúvida. Perdera a liberdade interior ao se tornar mais forte. Como olhar Tchepíjin nos olhos? Talvez o fizesse com a mesma tranquilidade daqueles que, alegres e bonachões, o haviam encontrado no dia de sua volta ao instituto.

Tudo de que se lembrava naquela noite o feria, atormentava, não lhe dava sossego. Seus sorrisos, seus gestos e sua conduta eram alheios e hostis a si mesmo. Naquela noite, havia uma expressão de asco lastimoso nos olhos de Nádia.

Apenas Liudmila, que sempre o irritava e contradizia, disse subitamente, depois de ouvir sua narração: "Vítienka, não se atormente. Para mim você é o mais sábio e o mais honrado. Se você fez isso é porque era necessário."

De onde surgira aquele desejo de tudo justificar e confirmar? Por que se tornara tolerante com o que havia pouco tempo não tolerava? Não importava de que falassem com ele, mostrava-se sempre otimista.

As vitórias militares coincidiram com a reviravolta em seu destino pessoal. Via o poder do Exército, a grandeza do Estado, a luz do futuro. Por que as ideias de Madiárov agora lhe pareciam tão banais?

No dia em que o expulsaram do instituto, recusou-se a se arrepender, e sua alma se tornou iluminada e leve. Que alegria representavam para ele naquele dia as pessoas próximas: Liudmila, Nádia, Tchepíjin, Gênia... E no encontro com Mária Ivánovna, o que diria a ela? Sempre tivera uma atitude tão arrogante com relação à submissão e resignação do medroso Piotr Lavriêntievitch... E hoje? Tinha medo de pensar na mãe; pecara perante ela. Dava pavor pegar sua última carta. Com horror e angústia entendia que não tivera forças para guardar a alma, não conseguira protegê-la. Em si mesmo crescera a força que o transformara em escravo.

Cometera uma infâmia! Ele, um homem, apedrejara homens humilhados, ensanguentados, caídos na impotência.

A dor que lhe oprimia o coração, o sentimento torturante, cobria-lhe a testa de suor.

De onde surgira aquela presunção espiritual, quem lhe dera o direito de se vangloriar perante os outros de sua pureza e coragem, de julgar as pessoas e não perdoar suas fraquezas? A verdade dos fortes não está na arrogância.

Havia fracos tanto entre os justos quanto entre os pecadores. A diferença entre eles consistia em que o homem insignificante, ao realizar uma boa ação, se vangloriava dela a vida inteira, enquanto o justo, ao realizar um ato bom, nem reparava nele, mas recordava durante anos os pecados cometidos.

E ele ficava o tempo todo se orgulhando de sua coragem, de sua franqueza, e zombava daqueles que manifestavam fraqueza, covardia. Contudo, também ele, um homem, havia traído as pessoas. Desprezava-se e tinha vergonha de si. A casa em que morava, o seu mundo, o calor que o aquecia, tudo se reduzira a estilhaços, a areia seca e movediça.

A amizade com Tchepíjin, o amor pela filha, o afeto pela mulher, o amor desesperado por Mária Ivánovna, seus pecados humanos e felicidade humana; seu trabalho, sua maravilhosa ciência, o amor pela mãe e o pranto por ela, tudo aquilo desaparecera de sua alma.

E cometera esse terrível pecado em prol de quê? Tudo neste mundo era insignificante em comparação com o que havia perdido. Tudo era insignificante em comparação com a verdade, a pureza de um pequeno homem, mesmo o império que se estendia do oceano Pacífico ao mar Negro, mesmo a ciência.

Via com clareza que ainda não era tarde, que ainda tinha força para levantar a cabeça e ser o filho de sua mãe.

Não buscaria consolo ou justificativa. Que o que fizera de mau, deplorável e vil fosse a eterna repreensão de sua vida: iria se lembrar daquilo noite e dia. Não, não, não! Não devia aspirar à proeza para se orgulhar e se vangloriar dela.

A cada dia, a cada hora, ano após ano, devia empreender a luta por seu direito de ser um homem, de ser bom e justo. E naquela luta não devia haver orgulho, nem vaidade, apenas humildade. E se, em tempos horríveis, viesse a hora inescapável, o homem não devia temer a morte, não devia temer se quisesse continuar sendo um homem.

— Bem, vamos ver — disse —, talvez eu tenha conservado a força. Mamãe, mamãe, a sua força.

57

Noites em um sítio perto da Lubianka...

Depois dos interrogatórios, Krímov se deitava na cama, gemia, pensava, falava com Katzenellenbogen.

Agora Krímov já não achava improváveis as confissões ensandecidas de Bukhárin e Ríkov, Kámenev e Zinóviev, o processo dos trotskistas, os centros de direita e esquerda, o destino de Búbnov, Murálov, Chliápnikov. Havia sido arrancado o couro do corpo vivo da revolução, e um novo tempo queria se vestir com ele, enquanto a carne viva e ensanguentada, as entranhas fumegantes da revolução proletária iam para o lixo, o novo tempo não precisava delas. Precisava da pele da revolução, essa casca era arrancada das pessoas vivas. Os que se cobriam com a pele da revolução falavam suas palavras e repetiam seus gestos, mas possuíam outro cérebro, outros pulmões, fígado, olhos.

Stálin! O grande Stálin! Possivelmente esse homem, com sua vontade férrea, era o que tinha menos determinação de todos. Um escravo do tempo e das circunstâncias, o servo dócil e submisso do dia de hoje, que abria as portas para o novo tempo.

Sim, sim, sim.... E os que não se prostravam diante do novo tempo acabavam no lixo.

Agora Krímov sabia como despedaçar uma pessoa. A revista, os botões cortados, os óculos removidos criam no homem uma sensação de nulidade física. No gabinete do juiz de instrução, o homem se dá conta de que sua participação na revolução e na guerra civil não quer dizer nada, que seu conhecimento e seu trabalho são insignificantes! Há, também, um segundo fator: o homem não é uma nulidade apenas física.

Aqueles que persistiam em seu direito de ser humanos começavam a ser abalados, destroçados, partidos, fragmentados, erodidos, desfeitos, acabavam sendo conduzidos a um tal grau de desagregação, porosidade, maleabilidade e fraqueza que deixavam de desejar justiça, liberdade, até mesmo tranquilidade: queriam apenas se livrar de uma vida que se tornara odiosa.

O decurso infalível do trabalho do juiz de instrução consistia, quase sempre, na unidade física e espiritual do homem. Alma e corpo são vasos comunicantes; ao destruir e esmagar as defesas da natureza física do homem, o atacante penetra na brecha, sempre com êxito, com seus destacamentos móveis, apossando-se da alma e forçando o homem à capitulação incondicional.

Krímov não tinha forças para pensar nisso, não tinha forças para não pensar nisso.

Mas quem o entregara? Quem o denunciara? Quem o difamara? Agora sentia que não tinha mais interesse nessas questões.

Sempre tivera orgulho em saber pôr sua existência em função da lógica. Mas agora não era assim. A lógica lhe dizia que a informação de sua conversa com Trótski fora dada por Ievguênia Nikoláievna. Contudo, toda a sua vida atual, a sua luta com o juiz de instrução, a sua capacidade de respirar, de continuar sendo o camarada Krímov, baseavam-se na fé de que Gênia não podia ter feito aquilo. Espantava--se de por alguns minutos ter podido perder a confiança nela. Não havia força que pudesse obrigá-lo a não crer em Gênia. Ele acreditava nela, embora estivesse ciente de que ninguém, a não ser Ievguênia Nikoláievna, sabia de sua conversa com Trótski, de que as mulheres traem, de que Gênia o tinha abandonado, fugido dele em uma época difícil de sua vida.

Contava dos interrogatórios a Katzenellenbogen, mas não dizia uma palavra a esse respeito. Katzenellenbogen já não brincava nem fazia graça.

Krímov efetivamente não se enganara a respeito dele. Era inteligente. No entanto, tudo o que dizia era estranho, bem estranho. Às vezes Krímov tinha a impressão de que não havia nada de injusto no fato de um velho tchekista estar em uma cela da prisão interna. Não podia ser diferente. Às vezes Krímov o considerava louco.

Era um poeta, o cantor dos órgãos de segurança do Estado.

Narrara com admiração a Krímov como Stálin, no último congresso do Partido, perguntara a Iejov durante um intervalo por que caíra em excessos na política de punição, e, quando o desconcertado Iejov respondeu que seguira ordens diretas de Stálin, o líder, dirigindo-

-se aos delegados que o cercavam, afirmou com tristeza: "E isso é dito por um membro do Partido."

Contou do terror que Iagoda havia sentido...

Recordava os grandes tchekistas, apreciadores de Voltaire, conhecedores de Rabelais, admiradores de Verlaine que numa época haviam dirigido os trabalhos no edifício grande e insone.

Contava de um carrasco moscovita de muitos anos, um letão velho, gentil e tranquilo que, antes da execução, pedia permissão para doar as roupas da vítima ao orfanato. E imediatamente contava de outro carrasco que bebia dia e noite, angustiava-se quando estava ocioso e, quando foi demitido, passou a frequentar os sovcozes nos arredores de Moscou para sacrificar porcos, levando sempre consigo uma garrafa de sangue suíno, que dizia ser prescrição médica contra a anemia.

Contou como em 1937 executavam toda noite centenas de condenados sem direito a correspondência, como as chaminés dos crematórios de Moscou soltavam fumaça à noite, como os membros da Komsomol mobilizados para a execução das sentenças e a retirada dos cadáveres enlouqueciam.

Contava do interrogatório de Bukhárin, da obstinação de Kámenev... Certa vez falaram a noite toda, até o amanhecer.

Naquela noite, o tchekista desenvolveu uma teoria e sintetizou-a. Katzenellenbogen narrou a Krímov o assombroso destino de Frenkel, *nepman*[48] e engenheiro. No começo da NEP, Frenkel fundou em Odessa uma fábrica de motores. Em meados dos anos 1920, foi preso e mandado para Solovkí. Desse campo de prisioneiros, mandou a Stálin um projeto genial — o velho tchekista empregou exatamente essa palavra: "genial".

O projeto falava detalhadamente, com argumentos econômicos e técnicos, em empregar as imensas massas de detentos na construção de estradas, represas, estações elétricas, reservatórios de água.

O *nepman* preso se tornou tenente-general do MGB; o Mestre apreciara a sua ideia.

Da simplicidade da labuta, da abençoada simplicidade das companhias de presos condenados aos trabalhos forçados, da labuta das pás, picaretas, machados e serras, brotou o século XX.

---

[48] Nova classe de empreendedores e homens de negócios surgidos durante a NEP (Nova Política Econômica), período de capitalismo estatal que vigorou entre 1921 e 1928.

O mundo dos campos começou a absorver o progresso, atraindo para sua órbita locomotivas elétricas, escavadoras, máquinas de terraplanagem, serras elétricas, turbinas, cortadeiras de carvão, um imenso parque automobilístico e de tratores. O mundo dos campos assimilou a aviação de carga e de passageiros, comunicação por rádio, máquinas automáticas, sistemas modernos de enriquecimento de minérios: o mundo dos campos projetava, planificava, desenhava, paria minas, fábricas, novos mares, centrais elétricas gigantescas.

Desenvolvia-se com ímpeto, e as galés antigas ao lado dele pareciam ridículas e comoventes, como pequenos cubos.

Mas os campos, dizia Katzenellenbogen, ainda não estavam à altura da vida que os nutria. Assim como antes, muitos cientistas e especialistas não eram aproveitados, pois não tinham relação com a técnica e a medicina...

Historiadores de renome internacional, matemáticos, astrônomos, críticos literários, geógrafos, especialistas em pintura internacional, eruditos que dominavam o sânscrito e vetustos dialetos celtas não possuíam qualquer aplicação no sistema de gulags. Os campos não tinham se desenvolvido a ponto de empregar essas pessoas em suas especialidades. Elas atuavam como trabalhadores braçais ou serventes em pequenas tarefas burocráticas e na seção de cultura e educação, a KVTch, ou vagavam pelos campos para inválidos, sem encontrar aplicação para seus conhecimentos, frequentemente imensos, e de valor não apenas nacional, como internacional.

Ao ouvir Katzenellenbogen, Krímov tinha a impressão de ouvir um sábio falando da obra mais importante de sua vida. Ele não apenas cantava e glorificava. Era um pesquisador, comparava, punha a nu as falhas e contradições, fazia aproximações e contraposições.

Os defeitos, naturalmente, em uma forma incomparavelmente mais branda, também estavam presentes do outro lado do arame farpado. Na vida exterior também havia pessoas que não faziam o que poderiam fazer, nem do jeito que poderiam fazer, nas universidades, nas redações, nos institutos de pesquisa acadêmica.

Nos campos, dizia Katzenellenbogen, os presos comuns predominavam sobre os políticos. Dissolutos, ignorantes, preguiçosos e corruptos, propensos a brigas sangrentas e roubos, os presos comuns entravavam o desenvolvimento laboral e cultural dos campos.

E logo a seguir dizia que, mesmo do outro lado do campo, o trabalho dos cientistas e dos mais elevados agentes da cultura por vezes era dirigido por gente de pouca instrução, inculta e limitada.

O campo fornecia um reflexo hiperbólico e amplificado da vida fora da cerca. Contudo, a realidade em ambos os lados do arame farpado não era contraditória, mas obedecia às leis da simetria.

E então ele se punha a falar não como um bardo ou pensador, mas como profeta.

Se o sistema de campos se desenvolvesse sem vacilar e com coerência, liberado das travas e dos defeitos, tal desenvolvimento levaria ao fim das diferenças. Os campos estavam destinados à fusão com a vida exterior. Nessa fusão, na aniquilação da diferença entre o campo e a vida do outro lado da cerca estavam a maturidade e o triunfo dos grandes princípios. Apesar de todos os defeitos do sistema de campos, ele possuía uma vantagem decisiva. Só nos campos o princípio da liberdade pessoal estava em oposição de forma absolutamente pura ao mais elevado princípio: o da razão. Esse princípio levaria o campo a uma altura que lhe permitiria se autoeliminar e se fundir com a vida rural e urbana. Katzenellenbogen chegara a dirigir o escritório de construções de um campo, e estava convencido de que os cientistas e engenheiros tinham capacidade para resolver, nas condições do campo, as questões mais complexas. Estavam à altura de quaisquer problemas técnicos e científicos do planeta. Só era preciso dirigir as pessoas de modo racional e fornecer-lhes boas condições de vida. A velha afirmação de que sem liberdade não há ciência é completamente falsa.

— Quando os níveis se equipararem — disse — e colocarmos um sinal de igualdade entre a vida desse e daquele lado da cerca, a repressão não será mais necessária, e vamos parar de emitir ordens de prisão. Derrubaremos as cadeias e as solitárias. A seção de cultura e educação vai dar conta de quaisquer anomalias. Maomé e a montanha irão um ao encontro do outro.

A abolição dos campos será um triunfo do humanismo, e, ao mesmo tempo, o princípio da liberdade individual, caótico e primitivo, dos tempos das cavernas, não vencerá nem ressuscitará depois disso. Pelo contrário, será completamente superado.

Depois de uma longa pausa, Katzenellenbogen disse que talvez em alguns séculos esse sistema também se abolisse, e tal abolição daria origem à democracia e à liberdade individual.

— Nada é eterno sob a lua — ele disse —, mas eu não gostaria de viver nesse futuro.

Krímov lhe disse:

— Suas ideias são loucas. A alma e o coração da revolução não residem nisso. Dizem que os psiquiatras que passam muito tempo trabalhando nas clínicas psiquiátricas acabam enlouquecendo. Perdão, mas o senhor não foi preso à toa. Camarada Katzenellenbogen, o senhor confere aos órgãos de segurança atributos de divindade. Estava mesmo na hora de ser substituído.

Katzenellenbogen assentiu, com ar bonachão:

— Sim, creio em Deus. Sou um velho crédulo e obscurantista. Cada época cria Deus à sua semelhança. Os órgãos de segurança são racionais e poderosos, dominam o homem do século XX. Houve uma época em que as forças que os homens divinizavam eram os terremotos, relâmpagos e trovões, os incêndios nas florestas. E não prenderam só a mim, mas também o senhor. O senhor também estava na hora de ser substituído. Algum dia vai se esclarecer quem estava certo, o senhor ou eu.

— E o velho Dreling agora está indo para casa, de volta para o campo de prisioneiros — disse Krímov, sabendo que suas palavras não seriam em vão.

E, de fato, Katzenellenbogen afirmou:

— Esse velho asqueroso atrapalha a minha fé.

58

Krímov ouviu palavras em voz baixa:

— Anunciaram há pouco tempo que nossas tropas desbarataram os agrupamentos alemães, e parece que capturaram Paulus; eu, na verdade, não entendi bem.

Krímov urrou, começou a se debater, golpear o chão com os pés. Tinha vontade de se misturar à multidão de homens de casacos forrados e botas de feltro... O ruído de suas vozes queridas abafava a conversa em voz baixa que acontecia ao lado; entre os montes de tijolos de Stalingrado, ele percorria as ruínas ao lado de Griékov.

O médico tomou Krímov pelo braço e disse:

— Precisamos fazer uma pausa... o uso repetido de cânfora... o pulso está caindo.

Krímov engoliu uma bola salgada de saliva e disse:

— Não faz mal, prossigam, a medicina permite, mas não vou assinar nada.

— Vai assinar, vai assinar — disse o juiz de instrução, com a segurança calma de um capataz de fábrica —, outros mais resistentes assinaram.

Três dias depois, o segundo interrogatório acabou, e Krímov voltou à cela.

O guarda de serviço colocou um pacote embrulhado em um lenço branco a seu lado.

— Assine, cidadão detento, o recibo da entrega — ele disse.

Nikolai Grigórievitch leu a lista dos artigos, escrita com uma letra conhecida: cebola, alho, açúcar, torradas. Abaixo da lista estava escrito: "Tua Gênia."

"Ó Deus, ó Deus." Começou a chorar...

59

Em 1º de abril de 1943, Stepan Fiódorovitch Spiridônov recebeu uma cópia da resolução do colégio do Comissariado do Povo para Centrais Elétricas da URSS: propunham-lhe entregar o cargo na Stalgres e ir para os Urais, assumindo a direção de uma pequena usina elétrica movida à base de turfa. O castigo não era tão grande; poderiam tê-lo levado ao tribunal. Em casa, Spiridônov não falou da ordem do comissariado do povo, resolvendo aguardar a decisão do secretariado do *obkom*. Em 4 de abril, o secretariado do *obkom* censurou-o severamente por ter abandonado a usina sem autorização em dias difíceis. Tal decisão também era branda; podiam tê-lo expulsado do Partido. Contudo, Stepan Fiódorovitch achou a decisão injusta, pois os camaradas do *obkom* sabiam que ele havia dirigido a usina até o último dia de defesa de Stalingrado, que fora à margem esquerda apenas no dia em que começou a ofensiva soviética, e que o fez para ver a filha que dera à luz no porão de uma barcaça. Tentou argumentar na reunião do secretariado, mas Priákhin foi severo e disse:

— Pode recorrer da decisão do secretariado junto à Comissão Central de Controle. Acho que o camarada Chkiriatov vai considerar nossa decisão parcial e branda.

Stepan Fiódorovitch disse:

— Estou certo de que a CCC vai revogar a resolução. — Mas, como ouvira falar muito de Chkiriatov, teve medo de apelar.

Receava e suspeitava que a severidade de Priákhin não estivesse ligada apenas ao caso da Stalgres. Priákhin, naturalmente, se lembrava das relações de parentesco de Stepan Fiódorovitch com Ievguênia Nikoláievna Chápochnikova e Krímov, e ficava desconfortável com uma pessoa que sabia que ele e o detido Krímov se conheciam havia tempos.

Naquela situação, Priákhin, mesmo se quisesse, não podia fazer nada para apoiar Spiridônov. Caso o tivesse feito, os mal-intencionados que estão sempre girando em torno dos poderosos teriam informado imediatamente a quem de direito que Priákhin, por simpatia pelo inimigo do povo Krímov, havia apoiado um parente dele, o aproveitador Spiridônov.

Contudo, era evidente que Priákhin não apoiava Spiridônov não apenas porque não podia, mas porque não queria. Priákhin obviamente estava a par de que a sogra de Krímov chegara à Stalgres e morava no apartamento de Spiridônov. Provavelmente Priákhin também sabia que Ievguênia Nikoláievna se correspondia com a mãe e lhe enviara havia pouco tempo uma cópia de seu requerimento a Stálin.

Depois da reunião do secretariado do *obkom*, Voronin, chefe da seção regional do MGB, trombou com Spiridônov em uma cantina, onde ele estava comprando requeijão doce e linguiça, fitou-o com ironia e disse:

— Spiridônov é um dono de casa nato: acaba de receber uma forte censura e já está cuidando da despensa.

— Tenho família, não há o que fazer, agora virei avô — disse Stepan Fiódorovitch, com um deplorável sorriso de culpa.

Voronin também sorriu:

— Pensei que estivesse preparando um pacote para a prisão.

Depois de tais palavras, Spiridônov pensou: "Que bom que estão me mandando para os Urais, aqui eu iria parar na cadeia. O que vai ser de Vera e do pequeno?"

Foi à Stalgres na cabine de um caminhão e, através do vidro turvo, observava a cidade em ruínas da qual em breve iria se separar. Stepan Fiódorovitch pensava que, antes da guerra, sua mulher ia para o trabalho por aquela calçada agora abarrotada de tijolos, pensava na rede elétrica, pensava que quando os cabos novos chegassem de Sverdlovsk ele já não estaria mais na Stalgres, pensava que o neto, por causa da alimentação deficiente, estava com espinhas nas mãos e no peito. Pensava: "Censura? Está bem, o que fazer?" Pensava que não receberia a medalha "Pela defesa de Stalingrado", e, por algum motivo, pensar na medalha lhe dava mais desgosto que a iminente separação da cidade à qual era ligado pela vida, pelo trabalho, pelas lágrimas por Marússia. Chegou a praguejar em voz alta, de tão irritado por não receber a medalha, e o motorista perguntou:

— O que foi, Stepan Fiódorovitch? Esqueceu alguma coisa no *obkom*?

— Esqueci, esqueci — disse Stepan Fiódorovitch. — Em compensação, o *obkom* não me esqueceu.

O apartamento de Spiridônov era úmido e frio. No lugar das janelas estilhaçadas havia tábuas pregadas, o estuque dos quartos desmoronara em várias partes, a água tinha que ser levada em baldes até o terceiro andar, os aposentos eram aquecidos com fogareiros de lata. Um dos quartos estava trancado e a cozinha não era utilizada, servindo de depósito de lenha e batatas.

Stepan Fiódorovitch, Vera, o bebê e Aleksandra Vladímirovna, que viera de Kazan atrás deles, moravam no maior aposento, que antes era a sala de jantar. No quarto menor, que antes fora de Vera, ao lado da cozinha, estava alojado o velho Andrêiev.

Stepan Fiódorovitch tinha possibilidade de realizar o reparo do teto, refazer o estuque nas paredes e instalar fogões de tijolo; a Stalgres dispunha de mão de obra e material para isso. Mas ele, que normalmente era um bom e enérgico dono de casa, por algum motivo não tinha vontade de empreender essa tarefa.

Pelo visto, Vera e Aleksandra Vladímirovna achavam fácil viver entre as ruínas da guerra; se a vida de antes havia desmoronado, para que restaurar o apartamento e se lembrar daquilo que tinha ido embora e não voltaria?

Alguns dias depois da chegada de Aleksandra Vladímirovna, veio de Lêninsk a nora de Andrêiev, Natacha. Em Lêninsk, ela tinha discutido com a irmã da finada Varvara Aleksándrovna, largado o filho temporariamente e vindo à Stalgres atrás do sogro.

Ao ver a nora, Andrêiev se zangou, dizendo:

— Você não se dava com Varvara, e agora, por herança, não se dá com a irmã dela. Como pôde deixar Volodka lá?

A vida de Natacha em Lêninsk devia ter sido muito dura. Ao entrar no quarto de Andrêiev, olhou para o teto e as paredes e disse:

— Que bom — embora não houvesse nada de bom nas ripas que pendiam do teto, no monte de argamassa no canto, na chaminé deformada.

A luz entrava no quarto através de um pequeno vidro remendado e encaixado entre as tábuas que fechavam a janela. Aquela janelinha rústica descortinava uma visão desolada: só ruínas, restos de paredes pintadas de azul e rosa, variando em cada andar, ferro arrancado do telhado...

Já Aleksandra Vladímirovna adoeceu ao chegar a Stalingrado. Por conta disso, teve que adiar a visita à cidade, onde queria ver sua casa incendiada e em ruínas.

Em seus primeiros dias, quando o mal-estar era um pouco menor, ajudava Vera: acendia o fogão, lavava e punha para secar as fraldas sobre a chaminé de lata, arrastava pedaços de estuque pelos patamares da escada, até arriscava trazer água do térreo.

Mas ficava cada vez pior, tinha calafrios no quarto aquecido, e o frio da cozinha fazia sua testa imediatamente se cobrir de suor. Tinha vontade de aguentar a doença de pé, e não se queixava de sentir-se mal. Contudo, certa manhã, ao entrar na cozinha atrás de lenha, Aleksandra Vladímirovna perdeu a consciência, caiu e cortou a cabeça. Stepan Fiódorovitch e Vera a colocaram de cama.

Depois de descansar um pouco, Aleksandra Vladímirovna chamou Vera e disse:

— Sabe, para mim era mais difícil viver com Liudmila em Kazan do que com vocês. Não vim só por vocês, vim também por mim. Só tenho medo de dar trabalho enquanto não me recuperar.

— Vovó, estou tão bem com você aqui — disse Vera.

No entanto, tudo era muito duro para Vera. Havia grandes dificuldades para arranjar qualquer coisa: água, lenha, leite. Embora o sol batesse no pátio, os quartos eram frios e úmidos, e precisavam de aquecimento constante.

O pequeno Mítia tinha dores de barriga, chorava à noite, e o leite materno não lhe bastava. Vera zanzava o dia inteiro entre o quarto e a cozinha, indo atrás de leite e pão, lavando a roupa e a louça, buscando água lá embaixo. Suas mãos ficaram vermelhas, o rosto foi curtido pelo vento e se cobriu de manchas. O cansaço e o trabalho constante lhe incutiram no coração um peso cinza e monótono. Não se penteava, raramente se lavava, não se olhava no espelho, o peso da vida a esmagava. Era torturada o tempo todo pela vontade de dormir. À noite, os braços, as pernas e os ombros doíam e clamavam por descanso. Bastava se deitar e Mítia começava a chorar. Ela se levantava, amamentava, trocava as fraldas, carregava-o pelo quarto. Uma hora depois, ele voltava a chorar, e ela se levantava de novo. De manhã, ele acordava de vez, e ela começava o novo dia na penumbra, sem ter dormido direito, com a cabeça pesada e turva, ia à cozinha atrás de lenha, acendia o fogão, esquentava a água para o chá do pai e da avó, lavava roupa. O espantoso era que, agora, jamais se zangava; tornara-se dócil e paciente.

A vida de Vera se tornou mais fácil quando Natacha chegou de Lêninsk.

Logo depois de sua chegada, Andrêiev foi por alguns dias à aldeia operária, na parte norte de Stalingrado. Ou queria dar uma olhada em sua casa e em sua fábrica, ou estava zangado com a nora, que havia deixado o filho em Lêninsk, ou não queria que ela comesse o pão dos Spiridônov, e partiu, deixando-lhe a caderneta de racionamento.

Natacha se pôs a ajudar Vera, não descansando nem no dia de sua chegada.

Ah, com que generosidade e disposição ela se punha a trabalhar, e como se tornavam leves os baldes pesados, a tina cheia d'água, os sacos de carvão quando seus braços jovens e fortes se lançavam à tarefa.

Fazia silêncio ao redor, a guerra estava a centenas de quilômetros de Stalingrado, mas a tranquilidade não voltou com a quietude. Com o silêncio veio a angústia, e parecia ser mais fácil quando aviões alemães gemiam pelo ar, explosões reverberavam e a vida estava repleta de fogo, medo e esperança.

Vera olhava para o rostinho coberto de abscesso do filho e era tomada de pesar. Ao mesmo tempo, ficava com uma dó aflitiva de Víktorov: Deus, Deus, pobre Vânia, como o seu filhinho é doentinho, mirrado e chorão.

Então subia ao terceiro andar pelos degraus atulhados de lixo e tijolo, lançava-se ao trabalho, e a angústia se afogava na correria, na água turva e ensaboada, na fumaça do fogão, na umidade emanada pelas paredes.

A avó a chamava, acariciava-lhe os cabelos, e nos olhos de Aleksandra Vladímirovna, sempre tranquilos e claros, surgia uma expressão insuportavelmente triste e terna.

Vera não falara de Víktorov nenhuma vez, com ninguém — nem com o pai, nem com a mãe, nem sequer com seu Mítia de apenas cinco meses.

Depois da chegada de Natacha, tudo no apartamento mudou. Natacha raspou o mofo das paredes, caiou os cantos escuros, lavou a sujeira que parecia impregnada no parquete. Empreendeu a grande lavagem que Vera havia adiado até a chegada do tempo quente e limpou o lixo da escada, degrau por degrau.

Passou metade do dia ocupada com a chaminé comprida, semelhante a uma jiboia negra, que pendia de forma indecorosa, gotejando um líquido resinoso das juntas, formando poças no cháo. Natacha cobriu a chaminé com cal, endireitou-a, atou-a com arame e colocou latas vazias de conserva nas juntas por onde o líquido escorria.

Ela e Aleksandra Vladímirovna se tornaram amigas desde o primeiro dia em que se conheceram, apesar de tudo levar a crer que a mulher mais velha náo simpatizaria com aquela garota impulsiva e atrevida, que adorava falar besteiras e contar anedotas de mau gosto. Natacha logo fez amizade com muitas outras pessoas: o eletricista, o mecânico da sala de turbinas, os motoristas de caminhóes.

Certa vez, Aleksandra Vladímirovna disse a Natacha, que voltava de uma fila para comida:

— Natacha, um camarada andou perguntando de você, um militar.

— É um georgiano, náo é? — disse Natacha. — Mande ele embora sempre que aparecer. Inventou de me pedir em casamento, o narigudo.

— Assim de repente? — espantou-se Aleksandra Vladímirovna.

— Eles náo pensam duas vezes. Quer me levar à Geórgia depois da guerra. Acha que vou lavar suas escadas.

À noite, disse a Vera:

— Vamos à cidade, váo passar um filme. O motorista nos leva no caminháo. Você se senta na cabine com o pequeno, e eu na carroceria.

Vera negou com a cabeça.

— Vá — disse Aleksandra Vladímirovna. — Se eu estivesse melhor, iria com vocês.

— Náo, náo, náo tem como.

Natacha disse:

— Temos que tentar viver, aqui somos todos viúvos e viúvas.

Acrescentou, em tom de censura:

— Você fica em casa o tempo todo, náo quer ir a lugar nenhum e cuida mal de seu pai. Ontem lavei a roupa dele, e as cuecas e as meias estavam todas furadas.

Vera pegou o bebê e foi com ele à cozinha.

— Mítienka, a mamáe náo é viúva, né?

Naqueles dias, Stepan Fiódorovitch estava muito atencioso com Aleksandra Vladímirovna, levando-a duas vezes ao médico da cidade, ajudando Vera a aplicar as ventosas, passando um bombom para ela de vez em quando e dizendo:

— Não dê para Vera, eu já dei um, esse é especial para você, comprei na cantina.

Aleksandra Vladímirovna sabia muito bem que Stepan Fiódorovitch estava passando por problemas. Contudo, quando lhe pedia notícias do *obkom*, Spiridônov meneava a cabeça e se punha a falar de outra coisa.

Apenas na tarde em que o informaram da iminente resolução do seu caso, Stepan Fiódorovitch, ao voltar para casa, sentou-se na cama, ao lado de Aleksandra Vladímirovna, e disse:

— O que eu fui fazer... Maarússia teria ficado louca se soubesse do meu caso.

— De que o acusam? — perguntou Aleksandra Vladímirovna.

— De tudo — ele disse.

Natacha e Vera entraram no quarto, e a conversa foi interrompida.

Ao olhar para Natacha, Aleksandra Vladímirovna achava que aquela era uma beleza forte e obstinada, contra a qual a dureza da vida nada podia. Tudo era belo em Natacha: o pescoço, os seios jovens, as pernas e os braços fortes e desnudos até quase os ombros. "Um filósofo sem filosofia", ela pensou. Observara frequentemente como as mulheres não habituadas à pobreza murchavam ao se encontrar em condições difíceis e deixavam de cuidar da aparência — era o caso de Vera, por exemplo. Gostava das trabalhadoras temporárias do campo, das que labutavam nas oficinas pesadas, das controladoras de tráfico militares, que, mesmo vivendo nas barracas, trabalhando na poeira e na sujeira, faziam permanente, olhavam-se no espelho, colocavam pó de arroz no nariz descascado; eram pássaros obstinados que, mesmo no mau tempo, entoavam seu canto.

Stepan Fiódorovitch também olhava para Natacha. Depois tomou Vera repentinamente, puxou-a para si, abraçou-a como se pedisse perdão e a beijou.

E Aleksandra Vladímirovna disse, aparentemente sem propósito:

— O que você tem, Stepan, é cedo para morrer! Eu que sou velha estou dando um jeito de me curar e continuar vivendo.

Ele lançou um rápido olhar para ela e sorriu. Natacha despejou água quente na bacia, colocou-a ao lado do leito e, de joelhos, afirmou:

— Aleksandra Vladímirovna, vou lavar os seus pés, o quarto já está quente.

— Está louca? Não seja tola! Levante imediatamente! — gritou Aleksandra Vladímirovna.

60

À tarde, Andrêiev voltou da aldeia da fábrica de tratores.

Entrou no quarto de Aleksandra Vladímirovna, e seu rosto carrancudo sorriu: naquele dia, ela se apoiara nas próprias pernas pela primeira vez e, pálida e magra, de óculos, lia um livro, sentada à mesa.

Ele contou que demorara muito para encontrar o lugar em que sua casa ficava, tudo estava sulcado de trincheiras, crateras, escombros e covas.

Já havia muita gente na fábrica, chegavam mais pessoas a cada hora, até viu a polícia. Não conseguiu saber nada sobre os combatentes voluntários da milícia. Enterravam os voluntários, continuavam a enterrar, e estavam sempre a encontrar novos corpos, ora nos porões, ora nas trincheiras. E metal, e cacos...

Aleksandra Vladímirovna fazia repetidas perguntas: se fora difícil chegar até lá, onde pernoitara, como se alimentara, os fornos Martin tinham sofrido muitos danos, como era o abastecimento dos trabalhadores, Andrêiev tinha visto o diretor?

De manhã, antes da chegada de Andrêiev, Aleksandra Vladímirovna havia dito a Vera:

— Sempre ridicularizei pressentimentos e superstições, mas hoje, pela primeira vez na vida, tenho o firme pressentimento de que Pável Andrêievitch vai trazer notícias de Serioja.

Mas estava enganada.

O que Andrêiev contava era importante, fosse feliz ou infeliz quem o escutava. Os operários contaram a Andrêiev que não havia abastecimento, os salários não eram pagos, e era frio e úmido nos porões e nos abrigos. O diretor havia se tornado outra pessoa; antes, quando os alemães atacavam Stalingrado, ele era o primeiro amigo de todos nas oficinas, mas, agora, não queria falar com ninguém. Haviam construído uma casa para ele e trazido um carro de Sarátov.

— Na Stalgres a situação também é difícil, mas é raro ter alguém ressentido com Stepan Fiódorovitch; é evidente que ele se preocupa com as pessoas.

— É triste — disse Aleksandra Vladímirovna. — O que o senhor decidiu, Pável Andrêievitch?

— Vim me despedir; vou voltar para casa, embora não tenha uma. Achei um lugar para mim no porão de uma moradia coletiva.

— É justo, é justo — disse Aleksandra Vladímirovna. — Sua vida está lá, seja qual for.

— Olha o que desenterrei — ele disse, tirando do bolso um dedal enferrujado.

— Logo irei à cidade, à rua Gógol, para desenterrar os cacos da minha casa — disse Aleksandra Vladímirovna. — Voltar para casa.

— Não é precipitado se levantar da cama? A senhora está muito pálida.

— Fiquei aflita com o seu relato. Gostaria que tudo fosse diferente nessa terra santa.

Ele pigarreou.

— Lembre-se do que Stálin disse no ano retrasado: meus irmãos e minhas irmãs... Mas agora que os alemães foram derrotados, o diretor tem um chalé, e os irmãos e irmãs estão nos abrigos.

— Sim, sim, não há nada de bom nisso — disse Aleksandra Vladímironva. — E nada ainda de Serioja, como se tivesse desaparecido no ar.

À noite, Stepan Fiódorovitch voltou da cidade. Pela manhã, quando foi para Stalingrado, não dissera a ninguém que o secretariado do *obkom* ia examinar seu caso.

— Andrêiev voltou? — perguntou, com voz entrecortada e autoritária. — Nada ainda de Serioja?

Aleksandra Vladímirovna meneou a cabeça.

Vera reparou imediatamente que o pai havia bebido bastante. Era evidente pela maneira como abriu a porta, pelo brilho vivo dos olhos infelizes, pelo modo de largar na mesa guloseimas trazidas da cidade, tirar o casaco, fazer perguntas.

Aproximou-se de Mítia, que estava dormindo no cesto de roupa, e se inclinou sobre ele.

— Não jogue esse bafo em cima dele — disse Vera.

— Não faz mal, deixe ele se acostumar — disse Spiridônov, alegre.

— Vá jantar, que deve ter bebido sem comer nada. Hoje a vovó se levantou da cama pela primeira vez.

— Isso é bom — disse Stepan Fiódorovitch, deixando cair a colher no prato e manchando o paletó de sopa.

— Nossa, hoje você tomou todas, Stepotchka — disse Aleksandra Vladímirovna. — De onde vem toda essa alegria?

Ele afastou o prato.

— Coma — disse Vera.

— Bem, meus queridos — disse Stepan Fiódorovitch, em voz baixa. — Tenho novidades. Meu caso foi resolvido, recebi uma forte censura do Partido, e uma disposição do comissariado do povo de ir para a região de Sverdlovsk, para uma pequena usina movida a turfa, do tipo rural. Ou seja, para resumir, passei de coronel a defunto, mas vão me fornecer moradia. Recebi um abono de dois meses de salário. Amanhã começo a entregar a documentação. Teremos cartões de ração para a viagem.

Aleksandra Vladímirovna e Vera se entreolharam, e Aleksandra Vladímirovna disse:

— Um ótimo motivo para beber. Não tenho mais nada a dizer.

— Mamãe, nos Urais a senhora vai ter um quarto particular, vai ser melhor — disse Stepan Fiódorovitch.

— O mais provável é que deem só um quarto para o senhor — disse Aleksandra Vladímirovna.

— Dá na mesma, mamãe, ele será seu.

Stepan Fiódorovitch chamava-a de mamãe pela primeira vez na vida. Devia ser o efeito da bebedeira, mas lhe surgiram lágrimas nos olhos.

Natacha entrou, e Stepan Fiódorovitch, mudando o rumo da conversa, disse:

— O que o nosso velho conta da fábrica?

Natacha disse:

— Pável Andrêievitch estava esperando pelo senhor, mas agora está dormindo.

Sentou-se à mesa, apoiando as faces nos punhos, e disse:

— Pável Andrêievitch contou que os operários da fábrica estão esquentando sementes, que é o seu alimento principal.

Perguntou de repente:

— Stepan Fiódorovitch, é verdade que o senhor vai embora?

— Pois é! Também ouvi falar disso — ele disse, com alegria.

Ela falou:

— Os operários lamentam muito.

— Não há o que lamentar. O novo chefe, Tichka Batrov, é uma ótima pessoa. Estudamos juntos no instituto.

Aleksandra Vladímirovna disse:

— Quem vai remendar as suas meias? Vera não é capaz.

— Isso sim é um problema — disse Stepan Fiódorovitch.

— Tem que levar Natacha com você — disse Aleksandra Vladímirovna.

— Claro que eu vou! — disse Natacha.

Caíram no riso, mas o silêncio depois das brincadeiras era confuso e tenso.

61

Aleksandra Vladímirovna resolveu ir com Stepan Fiódorovitch e Vera até Kúibichev; preparava-se para passar um tempo com Ievguênia Nikoláievna.

Um dia antes da partida, Aleksandra Vladímirovna pediu ao novo diretor um carro para ir até a cidade e ver as ruínas de sua casa.

No caminho, perguntou ao motorista:

— O que é aquilo? O que havia aqui antes?

— Antes quando? — perguntou o motorista, irritado.

Três camadas de vida se revelavam nas ruínas da cidade: a de antes da guerra, a da guerra, no período dos combates, e a atual, quando a vida voltava a buscar seu curso pacífico. Numa casa que certa época abrigara uma tinturaria e uma pequena loja de conserto de roupas, as janelas estavam cobertas de tijolos, e, na época dos combates, uma divisão de granadeiros alemães abria fogo através das seteiras feitas na alvenaria; agora, contudo, através das mesmas seteiras distribuía-se pão a mulheres em fila.

Entre as ruínas das casas haviam pululado os abrigos e refúgios que alojavam soldados, estados-maiores, radiotransmissores, e nos quais foram redigidos informes, armazenados cartuchos de metralhadoras e carregados fuzis.

Agora, contudo, uma fumaça pacífica saía das chaminés, e, perto dos abrigos, secava-se roupa e crianças brincavam.

Da guerra brotara a paz — miserável, pobre, quase tão difícil quanto a guerra.

Prisioneiros de guerra trabalhavam na limpeza dos escombros que atulhavam as ruas principais. Nas lojas de comida localizadas nos porões, as pessoas faziam filas, segurando vasilhas. Os prisioneiros romenos vasculhavam preguiçosamente as massas de pedra e desenterravam cadáveres. Não se viam militares, só de vez em quando apareciam uns marinheiros, e o motorista explicou que a flotilha do Volga havia ficado em Stalingrado para limpar as minas. Em muitos lugares estavam amontoadas tábuas novas e ainda não queimadas, troncos, sacos de cimento. Haviam começado a entregar material de construção. Em alguns lugares, entre as ruínas, as ruas haviam sido novamente asfaltadas.

Uma mulher ia por uma praça vazia, empurrando um carrinho de duas rodas carregado de trouxas, e duas crianças a ajudavam, puxando os barbantes amarrados nos varais.

Todo mundo regressava para casa, em Stalingrado, enquanto Aleksandra Vladímirovna chegava para voltar a partir.

Aleksandra Vladímirovna perguntou ao motorista:

— Você lamenta que Spiridônov esteja indo embora da Stalgres?

— O que me importa? — disse o motorista. — Spiridônov me punha para correr, e o próximo também vai me pôr para correr. Tanto faz. Assinam uma guia, e lá vou eu.

— O que é isso? — ela perguntou, apontando para uma parede ampla e enegrecida pelo fogo, com as órbitas das janelas escancaradas.

— Repartições diversas. Seria melhor que as dessem às pessoas.

— E antes era o quê?

— Antes era o alojamento de Paulus. Foi aqui que ele foi preso.

— E antes disso?

— Não sabe? Era uma grande loja de departamentos.

A guerra parecia ter expulsado a Stalingrado de antes. Era fácil imaginar oficiais alemães saindo dos porões, o marechal de campo alemão caminhando ao longo daquelas paredes enegrecidas com as sentinelas perfiladas diante dele. Fora ali mesmo que Aleksandra Vladímirovna havia comprado tecido para um casaco, o relógio que dera de presente no aniversário de Marússia, os patins para Serioja na seção de artigos esportivos?

Devia ser igualmente estranho — para quem ia dar uma olhada em Malákhov Kurgan, Verdun, ou campo de Borodinó — ver crianças, mulheres lavando roupa, uma carroça carregada de feno, um velho com um ancinho... Aqui, onde há vinhas, marchavam colunas de *poilus*,[49]

---

[49] Designação irônica dos soldados franceses. (Nota da edição russa.)

deslocavam-se caminhões cobertos de lona; lá, onde tem uma isbá, o rebanho magro do colcoz e macieiras, andava a cavalaria de Murat, e foi dali que Kutúzov, sentado em uma poltrona, lançou o contra-ataque da infantaria russa com um aceno de sua mão senil. No outeiro em que as cabras e as galinhas poeirentas ciscavam na grama entre as pedras estivera Nakhímov, de lá foram lançadas as bombas luminosas descritas por Tolstói, ali gritaram os feridos e sibilaram as balas inglesas.

Para Aleksandra Vladímirovna, era estranho ver essas filas de mulheres, casebres, senhores descarregando tábuas, camisas secando nas cordas, lençóis remendados, meias se enroscando como serpentes, cartazes colados em paredes mortas...

Sentia como a vida atual parecia insípida a Stepan Fiódorovitch quando ele narrava as discussões no *raikom* acerca da divisão da força de trabalho, das tábuas, do cimento, como se tornara tedioso para ele o *Pravda* de Stalingrado quando escreviam sobre a limpeza dos escombros, a varrição das ruas, a construção de banheiros, de refeitórios para trabalhadores. Ele se animava ao contar dos bombardeios, dos incêndios, das visitas do comandante Chumílov à Stalgres, dos tanques alemães descendo as colinas e dos artilheiros soviéticos recebendo esses tanques com o fogo de seus canhões.

Naquelas ruas se decidira o destino da guerra. O desenlace daquela batalha determinou o mapa do mundo no pós-guerra, a medida da grandeza de Stálin ou do terrível poder de Adolf Hitler. Durante noventa dias, o Kremlin e Berchtesgaden viveram, respiraram e deliraram com uma palavra: Stalingrado.

Stalingrado estava destinada a determinar a filosofia da história e os sistemas sociais do futuro. A sombra do destino mundial escondera dos olhos dos habitantes a cidade na qual certa vez transcorrera uma vida normal. Stalingrado se convertera no sinal do futuro.

A velha mulher, ao se aproximar de casa, encontrava-se inconscientemente em poder daquelas forças que se haviam materializado em Stalingrado, onde ela havia trabalhado, criado o neto, escrito cartas às filhas, ficado gripada, comprado sapatos.

Pediu ao motorista que parasse e desceu do carro. Buscando o caminho com dificuldade pela rua deserta e ainda coberta de entulho, contemplou as ruínas, reconhecendo e não reconhecendo os vestígios das casas que ficavam perto da sua.

A parede de sua casa que dava para a rua estava de pé, e, através das janelas abertas, Aleksandra Vladímirovna viu com os olhos decré-

pitos e cansados seu quarto, reconhecendo a pintura desbotada azul-
-celeste e verde. Mas os quartos não tinham chão, não tinham teto, não
havia escadas para subir. O incêndio deixara traços na alvenaria e, em
muitos lugares, o tijolo fora roído pelas explosões.

Com uma força dilacerante e esmagadora, sentiu sua vida, suas
filhas, o filho infeliz, o neto Serioja, suas perdas irremediáveis, sua desamparada cabeça grisalha. Uma mulher fraca, doente, de casaco puído
e sapatos gastos contemplava as ruínas de sua casa.

O que a esperava? Aos setenta anos, não sabia. "Uma vida pela
frente", pensou Aleksandra Vladímirovna. O que esperavam seus entes
queridos? Não sabia. O céu primaveril olhava para ela das janelas vazias
de sua casa.

A vida dos seus familiares era instável, confusa e incerta, cheia
de dúvidas, desgraças e erros. Como Liudmila viveria? Como terminaria a discórdia em sua família? O que era feito de Serioja? Estava vivo?
Como a vida de Viktor Chtrum era difícil! O que seria de Vera e Stepan Fiódorovitch? Stepan conseguiria reconstruir sua vida e encontrar
tranquilidade? Que caminho seguiria Nádia, inteligente, boa e má? E
Vera? Sucumbiria à solidão, à necessidade, aos sacrifícios cotidianos? O
que seria de Gênia, iria para a Sibéria atrás de Krímov, iria parar em
um campo, morreria como Dmitri tinha morrido? O Estado poderia
perdoar Serioja por seu pai e sua mãe que, embora inocentes, haviam
morrido em um campo de prisioneiros?

Por que seu destino era tão incerto, tão confuso?

E aqueles que tinham morrido, assassinados, executados, continuavam ligados aos vivos. Recordava seus sorrisos, suas piadas, suas
gargalhadas, seus olhos tristes e perdidos, seu desespero e sua esperança.

Mítia, abraçando-a, dizia: "Não é nada, mamãe, o principal
é que você não se preocupe comigo, pois também lá, no campo, tem
gente boa." Sônia Levinton, de cabelo negro, buço acima do lábio, jovem, brava e alegre, declamava versos. Ánia Chtrum era pálida, sempre triste, inteligente e irônica. Tólia comia seu macarrão com queijo
ralado de modo feio e voraz, e ela se irritava com ele, que fazia barulho
e nunca queria ajudar Liudmila: "Você não me arruma nem um copo
de água..." — "Está bem, está bem, vou pegar, mas por que eu e não
Nadka?" Marússienka! Gênia sempre gozava dos seus sermões professo-
rais, e você sempre ensinou a ortodoxia a Stepan... Afogou-se no Volga
com o pequeno Slava Beriózkin, com a velha Varvara Aleksándrovna.
Explique-me, Mikhail Sídorovitch. Senhor, o que ele vai me explicar...

Sempre instáveis, sempre vivendo desgraças, dores secretas, dúvidas, esperavam pela felicidade. Uns a visitavam, outros lhe escreviam, e ela sempre com aquela sensação estranha: a família era grande e unida, mas em algum lugar da alma ela tinha o sentido de sua própria solidão.

Pois também ela, uma velha, vivia sempre esperando o bem, acreditando, temendo o mal, cheia de preocupação pelos vivos, sem diferenciar entre eles e os mortos, estava de pé, olhando para as ruínas de sua casa, admirando o céu primaveril mesmo sem saber por que o admirava, de pé se perguntava por que o futuro dos entes queridos era tão obscuro, por que havia tanto erro em suas vidas, sem reparar que essa incerteza, essa neblina, essa desgraça e essa confusão traziam a resposta, a clareza e a esperança, e entendia com toda a sua alma o sentido da vida que coubera a ela e aos seus, e que, embora nenhum deles pudesse dizer o que os aguardava, e embora soubessem que em tempos terríveis o homem não forja sua própria felicidade, que apenas o destino tem o direito de recompensar e castigar, alçar à glória e mergulhar na miséria, e reduzir um homem ao pó do campo de prisioneiros, nem o destino do mundo, nem o fado da história, nem o fado da ira do Estado, nem a glória nem a infâmia da batalha modificam aqueles que se chamam seres humanos. Se o que os esperava era a glória pelo trabalho ou a solidão, o desespero e a miséria, os campos e a execução, viveriam como seres humanos e morreriam como seres humanos, e aqueles que haviam perecido tinham conseguido morrer como seres humanos, e aí residia sua amarga e eterna vitória sobre tudo de majestoso e desumano que houve e haverá no mundo, que veio e que se foi.

62

Aquele último dia foi um porre não apenas para Stepan Fiódorovitch, que estava bebendo desde a manhã. Aleksandra Vladímirovna e Vera sentiam-se ébrias antes da partida. Algumas vezes vieram operários, perguntando por Spiridônov. Ele estava resolvendo as últimas pendências, foi ao *raikom* acertar seu desligamento, telefonou para amigos, retirou sua licença no comissariado militar, caminhou pelas oficinas, conversando e brincando, e quando, por um instante, ficou sozinho na sala de turbinas, encostou a face no volante frio e imóvel e fechou os olhos de cansaço.

Vera estava fazendo as malas, secava fraldas na estufa, preparava garrafas de leite fervido para a viagem, para Mítia, enfiava pão na bolsa. Naquele dia, separava-se para sempre de Víktorov e da mãe. Ficariam sozinhos; ninguém ali pensaria neles ou perguntaria por eles.

Ela se consolava com a ideia de que agora era a mais velha da família, a mais tranquila, conformada com a dureza da vida. Aleksandra Vladímirovna, ao ver os olhos do neto inchados por causa da constante falta de sono, disse:

— As coisas são assim, Vera. Nada é mais difícil do que nos separarmos da casa em que sofremos tantos desgostos.

Natacha encarregou-se de preparar pastelões para a viagem dos Spiridônov. Saiu de manhã, carregada de lenha e víveres, até a casa de uma conhecida na vila operária, onde havia um bom forno, para preparar o recheio e sovar a massa com um rolo. Seu rosto se enrubesceu com a labuta no fogão, tornando-se ainda mais jovem e bonito. Fitou-se no espelho, rindo e salpicando as faces e o nariz com farinha, mas, quando a conhecida saía do aposento, Natacha chorava, e as lágrimas caíam na massa.

A conhecida, contudo, reparou em suas lágrimas, e perguntou:
— O que é isso, Natacha, por que está chorando?
Natacha respondeu:
— Eu me afeiçoei a eles. A velha é boa, tenho pena de Vera, e também do órfão.

Depois de ouvir atentamente a explicação, a conhecida disse:
— É mentira, Natacha, você não está chorando por causa da velha.

— É por causa da velha, sim — disse Natacha.

O novo diretor prometeu liberar Andrêiev, mas ordenou que permanecesse mais cinco dias na Stalgres. Natacha anunciou que ficaria os cinco dias com o sogro, depois se reuniria ao filho em Lêninsk.

— Então vamos ver o que acontece — ela disse.

— O que você tem em vista? — perguntou o sogro, mas ela não respondeu.

Possivelmente estava chorando por não ter nada em vista. Pável Andrêievitch não gostava quando a nora era solícita com ele. Parecia a Natacha que Andrêiev se lembrava das discussões dela com Varvara Aleksándrovna, que a julgava e não a perdoava.

Stepan Fiódorovitch chegou em casa na hora do almoço, contando como os operários da oficina mecânica tinham se despedido dele.

— Bem, aqui também teve uma romaria — disse Aleksandra Vladímirovna —, umas cinco, seis pessoas perguntaram do senhor.

— Quer dizer que está tudo pronto? O caminhão chega às cinco em ponto — e sorriu. — Graças a Batrov, que nos cedeu a condução.

Os assuntos estavam em ordem, os pertences empacotados, mas a sensação de embriaguez e de excitação nervosa não abandonava Spiridônov. Pôs-se a mudar as malas de lugar e refazer os nós das trouxas, como se estivesse impaciente para partir. Logo Andrêiev voltou do escritório, e Stepan Fiódorovitch indagou:

— E então, chegou o telegrama de Moscou referente aos cabos?

— Não, telegrama nenhum.

— Ah, filhos da puta, estão arruinando tudo, teria dado para liberar a primeira etapa em 1º de maio.

Andrêiev disse a Aleksandra Vladímirovna:

— A senhora continua mal. Como vai se lançar em uma viagem dessas?

— Não é nada, sou mulher de sete fôlegos. O que mais posso fazer, voltar para minha casa na rua Gógol? E os pintores já vieram aqui dar uma olhada, vão fazer as reformas para o novo diretor.

— Esse grosso podia ter esperado pelo menos um dia — disse Vera.

— Grosso por quê? — disse Aleksandra Vladímirovna. — A vida continua.

Stepan Fiódorovitch perguntou:

— O almoço está pronto? O que estamos esperando?

— Estamos esperando Natacha com os pastelões.

— Ah, os pastelões, vamos perder o trem por causa deles — disse Stepan Fiódorovitch.

Não queria comer, mas havia reservado vodca para o almoço de despedida, e tinha muita vontade de beber.

Queria muito ir para seu escritório e passar nem que fosse uns minutos ali, mas seria inconveniente: Batrov estava em reunião com diretores de oficinas. A amargura dava ainda mais vontade de beber, e ele ficava balançando a cabeça: vamos chegar tarde, atrasados.

Algo lhe agradava nesse medo de se atrasar e na espera impaciente por Natacha, mas não conseguia entender o quê; não se lembrava de que, antes da guerra, olhava para o relógio do mesmo jeito, dizendo aflito "vamos nos atrasar" quando se preparava para ir com a mulher ao teatro.

Tinha vontade de ouvir falar bem de si naquele dia, e isso o fazia se sentir ainda pior. E repetia:

— Por que têm pena de mim, um desertor e covarde? E tem mais: terei o desplante de exigir uma medalha por minha participação na defesa.

— Bem, então vamos comer — disse Aleksandra Vladímirovna ao ver que Stepan Fiódorovitch estava fora de si.

Vera trouxe a panela com a sopa. Spiridônov pegou a garrafa de vodca. Aleksandra Vladímirovna e Vera não beberam.

— Então vamos beber entre homens — disse Stepan Fiódorovitch, acrescentando: — Vamos esperar por Natacha?

E Natacha chegou exatamente naquela hora com a bolsa, e começou a dispor os pastelões na mesa.

Stepan Fiódorovitch serviu copos cheios para Andrêiev e para si, e meio copo para Natacha. Andrêiev afirmou:

— No verão passado, comemos pastelão na casa de Aleksandra Vladímirovna, na rua Gógol.

— Esses aqui com certeza não deixam nada a dever aos do ano passado — disse Aleksandra Vladímirovna.

— Quanta gente tinha naquela mesa, e agora só estamos a vovó, o senhor, papai e eu — disse Vera.

— Arrasamos os alemães em Stalingrado — falou Andrêiev.

— Uma grande vitória! Mas acabou saindo cara para o povo — disse Aleksandra Vladímirovna, e acrescentou: — Tomem mais sopa, na viagem só vamos comer sanduíches, nada de pratos quentes.

— Sim, a viagem é dura — disse Andrêiev. — O embarque também vai ser difícil, não tem estação, o trem do Caúcaso que passa por aqui vai para Balachov e está cheio de gente, militares e mais militares. Em compensação, tem pão branco do Cáucaso!

Stepan Fiódorovitch afirmou:

— Eles se lançaram contra nós como uma avalanche... e, afinal, onde é que está a avalanche? A Rússia Soviética venceu.

Pensou que havia pouco tempo dava para ouvir na Stalgres o ruído dos tanques alemães, mas agora eles haviam sido enxotados para muitas centenas de quilômetros dali, e os combates ocorriam em Bélgorod, Tchugúiev, Kuban.

E subitamente voltou a falar do que o queimava de modo insuportável:

— Está bem, talvez eu seja um desertor, mas quem me delatou? Que eu seja julgado pelos combatentes de Stalingrado. Diante deles me confesso culpado de tudo.

Vera disse:

— Pável Andrêievitch, naquele dia Mostovskói estava sentado ao seu lado.

Stepan Fiódorovitch, contudo, interrompeu a conversa; aquela ferida de hoje queimava demais. Dirigindo-se à filha, disse:

— Telefonei para o primeiro secretário do *obkom* para me despedir, pois, de qualquer forma, durante a defesa fui o único de todos os diretores a permanecer na margem direita, mas o ajudante dele, Barúlin, não passou a ligação, dizendo: "O camarada Priákhin não pode falar com o senhor. Está ocupado." Bem, se está ocupado, está ocupado.

Vera, como se não ouvisse o pai, disse:

— E do lado de Serioja estava sentado o tenente. Era um camarada de Tólia, onde está agora aquele tenente?

Tinha muita vontade de que alguém dissesse: "Onde pode estar? Possivelmente está vivo, saudável e lutando."

Ainda que só um pouquinho, aquelas palavras teriam consolado a angústia que sentia.

Mas Stepan Fiódorovitch voltou a interrompê-la, afirmando:

— Eu disse, vou embora hoje, como você sabe. E ele: então escreva, formalize por escrito. Bem, que vá para o diabo. Mais um copo! É a última vez que nos sentamos a esta mesa.

Ergueu o copo na direção de Andrêiev:

— Pável Andrêievitch, não tenha má lembrança de mim.

Andrêiev disse:

— O que é isso, Stepan Fiódorovitch? A classe trabalhadora local o apoia.

Spiridônov bebeu, ficou calado por alguns instantes, como se tivesse saído de dentro d'água, depois se pôs a tomar a sopa. Fez-se silêncio à mesa; só se ouvia Stepan Fiódorovitch a mastigar o pastelão e tilintar a colher.

Nessa hora, o pequeno Mítia se pôs a gritar. Vera se levantou da mesa e foi até ele, tomando-o nos braços.

— Coma o pastelão, Aleksandra Vladímirovna — disse Natacha, em voz baixa, como se estivesse rogando por sua vida.

— Claro, claro — disse Aleksandra Vladímirovna.

Stepan Fiódorovitch disse, com uma firmeza solene, ébria e feliz:

— Natacha, vou dizer isso diante de todos. Aqui não há nada a fazer; vá para Lêninsk, pegue seu filho e junte-se a nós nos Urais. Estaremos juntos, e juntos será mais fácil.

Queria fitá-la nos olhos, mas ela baixou a cabeça, deixando ver apenas a testa e as sobrancelhas negras e belas.

— Venha também, Pável Andrêievitch. Juntos será mais fácil.

— Para onde ir? — disse Andrêiev. — Não vou mais ressuscitar.

Stepan Fiódorovitch lançou um olhar rápido a Vera, que estava de pé junto à mesa, com Mítia nos braços, chorando.

Pela primeira vez no dia reparava nas paredes que estava abandonando, e a dor que o consumia, as ideias da demissão, da perda da honra e de seu amado trabalho, do ultraje enlouquecedor e da vergonha, que o impediam de se alegrar com a vitória. Tudo deixou repentinamente de ser importante.

E a velha que estava a seu lado, mãe de sua mulher, a mulher que amava e perdera para sempre, beijou sua cabeça e disse:

— Não importa, meu querido, a vida é assim.

63

A noite inteira a isbá ficou abafada por causa da estufa acesa à tarde. A locatária e seu marido, um militar que tinha chegado na véspera, de licença, vindo de um hospital militar, quase não dormiram até a manhã. Conversavam por sussurros para não despertar a velha proprietária ou a menininha que dormia em cima de um baú.

A velha tentava dormir, mas não conseguia. Estava zangada porque a inquilina cochichava com o marido; aquilo a incomodava, ela ouvia sem querer e tentava ligar as palavras isoladas que chegavam até ela. Se pelo menos falassem um pouco mais alto, a velha escutaria algo por um tempo e depois cairia no sono. Teve até vontade de bater na parede e dizer: "Por que estão cochichando? Acham que alguém tem interesse em escutar?"

Algumas vezes a velha captou frases isoladas, depois o sussurro voltou a se tornar ininteligível.

O militar dizia:

— Cheguei do hospital e nem consegui trazer bombons. Teria sido outra história se eu estivesse no front.

— E tudo o que eu tinha para te oferecer — disse a inquilina — foram batatas no óleo.

Depois cochicharam e não dava para entender nada, e depois a inquilina parecia chorar.

A velha ouviu-a dizer:

— Foi o meu amor que te salvou.

"Oh, que pulha", pensou a velha, sobre o militar.

A velha cochilou por alguns minutos, obviamente roncou, e as vozes se tornaram mais altas.

Acordou, apurou o ouvido e escutou:

— Pivovárov me escreveu no hospital. Eu tinha acabado de ser promovido a tenente-coronel, e agora vão me passar a coronel. O próprio comandante foi quem tomou a iniciativa. E foi ele quem me colocou à frente de uma divisão. E fui condecorado com a ordem de Lênin. Tudo por causa daquele combate no qual, soterrado, sem ligação com os batalhões, fiquei preso na oficina, cantando como um papagaio. Eu me sinto um embuste. Você não imagina como isso me incomoda.

Nesse momento, pelo visto, notaram que a velha não estava roncando, e voltaram a cochichar.

A velha era solitária, seu velho morrera antes da guerra, a filha única não morava com ela, trabalhava em Sverdlovsk. A velha não tinha ninguém em combate, e não conseguia entender por que a chegada do militar, na véspera, a transtornara tanto.

Não gostava da inquilina, que lhe parecia uma pessoa vazia e dependente. Acordava tarde e sua filha andava maltrapilha, comendo de qualquer jeito. A maior parte do tempo a inquilina ficava em silêncio, sentada à mesa, olhando pela janela. Às vezes lhe dava na telha e se punha a trabalhar, mostrando que sabia de tudo: costurava, lavava o chão, fazia uma sopa ótima e até sabia ordenhar vaca, embora viesse da cidade. Evidentemente, havia algo de errado em sua vida. Já a filha era meio esquisita. Gostava muito de brincar com besouros, grilos, baratas, mas de um jeito besta, diferente das outras crianças: beijava os besouros, contava-lhes alguma coisa, depois os soltava e caía no choro, chamando-os de volta, pelo nome. No outono, a velha lhe trouxera do bosque um ouriço, que a menina seguia insistentemente; aonde ele ia, ela ia atrás. Bastava ele grunhir e ela desmaiava de alegria. Se ele ia para debaixo da cômoda, ela ficava no chão, ao lado do móvel, aguardando-o e dizendo à mãe: "Silêncio, ele está descansando." Quando ele fugiu para o bosque, ela ficou dois dias sem querer comer.

A velha tinha o tempo todo a impressão de que a inquilina ia se enforcar, e se preocupava: para onde ia levar a menina? Não queria ter novos afazeres na velhice.

"Não devo nada a ninguém", dizia, mas realmente era torturada por aquela ideia de se levantar pela manhã e encontrar a inquilina enforcada. Para onde levar a garota?

Achava que o marido tinha abandonado a inquilina e encontrado outra no front, mais jovem, e que por isso a mulher era melancólica. As cartas do marido chegavam raramente, e, quando chegavam, ela não ficava mais alegre. Não dava para arrancar nada dela: ficava em silêncio. Mesmo os vizinhos notavam que a velha tinha uma inquilina estranha.

A velha tinha passado maus bocados com o marido. Era um bêbado escandaloso. E não batia nela do jeito habitual, mas com um atiçador ou um bastão. Também batia na filha. E, mesmo quando estava sóbrio, a alegria também era pouca; era avarento, irritadiço, metia o nariz em tudo, como uma mulherzinha: não é isso, não é aquilo. Dava-lhe lições em tudo, não é assim que se cozinha, não é assim que se compra, não é assim que se ordenha vaca, não é assim que se faz a cama. E praguejava a torto e a direito. Ela se acostumou, não deixou por menos, e passou a falar palavrões. Chegou até a xingar sua vaca preferida. Quando o marido morreu, não derramou nenhuma lágrima. Ele pegou no pé dela até a velhice. O que fazer com ele, era um bêbado. Se pelo menos ele se contivesse diante da filha. Tinha vergonha ao lembrar. E roncava muito, especialmente quando bebia. E a vaca dela era tão arredia, tão arredia! Se saísse correndo do rebanho, não haveria como uma velha alcançá-la.

A velha ora escutava o cochicho detrás do tabique, ora recordava sua vida má com o marido, sentindo por ele, além de ultraje, compaixão. Sempre trabalhara duro e fora mal pago. Se não fosse pela vaca, teriam passado muito mal. E morrera de tanto pó que engolira na mina. Mas ela não tinha morrido, estava viva. Uma vez ele lhe trouxera um colar de contas de Ecaterimburgo, que agora pertencia à sua filha...

De manhã cedo, quando a menininha ainda não havia acordado, a inquilina e seu marido foram à aldeia vizinha, onde, com o talão de racionamento militar, poderiam receber pão branco.

Caminharam em silêncio, de mãos dadas, precisavam percorrer um quilômetro e meio de bosque, descer até o lago e contornar a margem.

A neve ainda não havia derretido e parecia azulada. Em seus cristais imensos e ásperos surgira e se derramara o azul da água do lago. No declive ensolarado da colina a neve derretia, a água murmurava na vala à beira do caminho. O brilho da neve, da água, das poças congeladas, cegava os olhos. A luz era tão intensa que eles tinham que abrir caminho, como através de um matagal. Era incômoda, inquietante, e, quando eles pisavam nas poças congeladas e o gelo esmagado se inflamava ao sol, tinham a impressão de que era a luz que estalava sob seus pés, quebrando-se em estilhaços de raios pontudos e agudos. A luz corria pela vala à beira do caminho e, onde as pedras bloqueavam o caminho, a luz inchava, espumava, tinia e marulhava. O sol de primavera desceu para muito perto da terra. O ar era ao mesmo tempo fresco e cálido.

Parecia ao oficial que sua garganta, queimada pelo frio e pela vodca, impregnada de tabaco e dos gases de pólvora, poeira e palavrões, tinha sido lavada e enxaguada pela luz e pelo azul do céu. Entraram no bosque, na sombra dos primeiros pinheiros altos. Ali o manto da neve estava intacto. Os esquilos atarefavam-se nos pinheiros, nas guirlandas verdes dos ramos, enquanto embaixo, na superfície gelada da neve, pinhas roídas e pó de madeira carcomido jaziam amplamente ao redor do casal.

O silêncio reinava no bosque porque a luz, retida por vários andares de ramos de pinheiros, não marulhava nem tinia.

Caminhavam em silêncio, estavam juntos, e só por causa disso tudo ao redor se tornou bom, e a primavera chegou.

Detiveram-se sem dizer palavra. Dois piscos-chilreiros estavam empoleirados no ramo de um pinheiro. Os peitos gordos e vermelhos dos pássaros pareciam flores abertas na neve enfeitiçada. Naquela hora, o silêncio era estranho e surpreendente.

Nele havia a lembrança da geração de folhas do ano passado, das chuvas caídas, dos ninhos feitos e desfeitos, da infância, do trabalho triste das formigas, da perfídia e rapina da raposa e do falcão, da guerra mundial de todos contra todos, do mal e do bem nascidos em um coração e mortos com esse mesmo coração, das tempestades e dos trovões que sobressaltavam os corações das lebres e os troncos dos pinheiros. Em uma penumbra gélida, sob a neve, dormia a vida pregressa: a alegria dos encontros amorosos, a tagarelice indecisa dos pássaros em abril, o primeiro encontro com vizinhos estranhos, depois familiares. Dormiam fortes e fracos, ousados e tímidos, felizes e infelizes. Na casa vazia e abandonada acontecia a última despedida dos mortos, que a haviam deixado para sempre.

Entretanto, no frio do bosque a primavera se fazia sentir mais intensamente que na planície banhada pelo sol. No silêncio daquele bosque havia uma tristeza maior que no silêncio de outono. Em seu mutismo ouvia-se o clamor pelos mortos e a alegria furiosa de viver...

Ainda está escuro e frio, mas logo vão se abrir as portas e as persianas, e a casa vazia voltará à vida, enchendo-se de risos e choros de criança, começarão a ressoar os passos apressados da mulher amada e o andar seguro do dono.

Eles estavam parados, segurando suas cestas de pão, em silêncio.

Apêndice

Glossário de siglas e termos mais frequentes

Comintern — Acrônimo de *Kommunistische Internationale* (do alemão). Internacional Comunista, organização fundada por Vladimir Lênin e pelos bolcheviques, em março de 1919, para reunir os partidos comunistas de diferentes países. Também conhecida como Terceira Internacional.

Cúlaque — Termo pejorativo para se referir ao camponês russo com recursos suficientes para ter uma propriedade e contratar mão de obra. Os cúlaques resistiram à coletivização de terras promovida por Stálin, nos anos 1930, e milhões foram presos, exilados ou mortos.

Dalstroi — Em russo, *Glávnoie uprevliénie stroítelstva Dálniego Siévera* (Administração Geral de Obras do Extremo Norte), também designada pela sigla GUSDS: organização criada em 1931 pelo NKVD (predecessor do KGB) para gerir as atividades de mineração e abertura de estradas na região de Tchukotka, no Extremo Oriente da Rússia.

Kombed — Comitê de Camponeses Pobres.

Komsomol — Organização juvenil do Partido Comunista da URSS.

Kraikom — Comitê territorial do Partido Comunista.

MGB — Ministério de Segurança do Estado. Nome da agência de inteligência soviética de 1946 a 1953.

Mestkom — Acrônimo de *Méstni Komitêt Profsoiúzni Organizátzi* — Comitê Local das Organizações Sindicais. Na URSS, unidades de organização de trabalhadores que atuavam diretamente nas empresas, instituições etc.

NKVD — Comissariado do Povo para Assuntos Internos. Ministério do Interior da URSS, criado em 1934. Responsável pela segurança do Estado soviético.

NKGB — Comissariado do Povo para Segurança do Estado, polícia política que atuou separadamente do NKVD durante alguns meses em 1941, e depois no período entre 1943 e 1946. Foi rebatizado de MGB (Ministério de Segurança do Estado) e existiu até 1953.

Obkom — Comitê regional do Partido Comunista.

OGPU — Formada a partir da Tcheká em 1922, a *Obiediniônnoie Gossudárstvenoie Polítitcheskoie Upravliênie* (Direção Geral Política do Estado) funcionou como a polícia secreta da URSS até 1934.

Okhranka — Polícia secreta tsarista.

Raikom — Comitê municipal do Partido Comunista.

Raivoenkomat — Comitê militar regional: agência administrativa do Exército.

Sovinformbureau — Agência de notícias soviética, ativa entre 1941 e 1961.

Sovnarkom — Conselho dos Comissários do Povo.

Stavka — Comando militar supremo das forças armadas soviéticas, presidido por Stálin.

Tcheká — Antecessora do KGB, criada em 1917, a Comissão Extraordinária para Combate à Contrarrevolução e Sabotagem foi o primeiro órgão de segurança soviético.

Terceira Seção — Polícia política do tsarismo.

Zemstvo — Administração local no tempo dos tsares (1864-1918).

Relação de personagens principais

A família Chápochnikov e seu círculo

Chápochnikova, Liudmila Nikoláievna
Chtrum, Viktor Pávlovitch
Marido de Liudmila, físico, membro da Academia de Ciências
Nádia
Filha de Viktor e Liudmila
Chápochnikova, Aleksandra Vladímirovna
Mãe de Liudmila
Chápochnikova, Ievguênia Nikoláievna ("Gênia")
Irmã de Liudmila
Abartchuk
Primeiro marido de Liudmila, preso em 1937
Chápochnikov, Anatoli ("Tólia")
Filho de Liudmila com Abartchuk, tenente do Exército
Spiridônova, Marússia
Irmã de Liudmila e Ievguênia, afogada no rio Volga durante a evacuação de Stalingrado
Spiridônov, Stepán Fiódorovitch
Marido de Marússia, diretor da Estação de Energia de Stalingrado (Stalgres)
Spiridônova, Vera
Filha de Marússia e Stepán Fiódorovitch
Chápochnikov, Dmitri ("Mítia")
Irmão de Liudmila, Ievguênia e Marússia, prisioneiro político no campo de trabalho russo
Chápochnikov, Serioja
Filho de Dmitri, soldado no front, na casa 6/1
Krímov, Nikolai Grigórievitch
Ex-marido de Ievguênia, comissário do Exército Vermelho

Colegas de Viktor Chtrum no Instituto de Física

Sokolov, Piotr Lavriêntievitch
  Matemático no laboratório de estudos nucleares
Sokolova, Mária Ivánovna
  Esposa de Sokolov
Márkov, Viatcheslav Ivánovitch
  Encarregado do trabalho experimental no laboratório de estudos nucleares
Savostiánov
  Assistente de laboratório
Weisspapier, Anna Naúmovna
  Assistente de laboratório
Lochakova, Anna Stepánovna
  Assistente de laboratório
Nozdrin, Stepán Stepánovitch
  Mecânico do laboratório
Perepelitzin
  Eletricista do laboratório
Svetchin
  Chefe do laboratório magnético
Postôiev
  Doutor em Física
Gávronov, professor
  Especialista em história da Física
Guriévitch, Natan Semiônovitch
  Doutor em Física
Tchepíjin, Dmitri Petróvitch
  Diretor do instituto
Pímenov
  Diretor administrativo do instituto em Kazan
Chichakov, Aleksei Aleksêievitch
  Acadêmico, nomeado diretor administrativo e científico do instituto no retorno a Moscou
Kovtchenko, Kassián Teriêntievitch
  Nomeado vice-diretor
Dubenkov
  Chefe do departamento pessoal

Ramskov
Secretário do Comitê Central do Partido no instituto
Badin
Chefe do setor científico do Comitê Central

Círculo de Viktor em Kazan

Madiárov, Leonid Serguêievitch
Historiador, cunhado de Sokolov
Arteliev, Vladímir Románovitch
Engenheiro químico, senhorio dos Sokolov
Karímov, Ahmet Usmánovitch
Tradutor de tártaro

No campo de concentração alemão

Mostovskói, Mikhail Sídorovitch
Velho bolchevique
Gardi
Padre italiano
Ikónnikov-Morj
Ex-tolstoiano, chamado de "velho paraquedista" por seus companheiros de prisão
Tchernetzov
Ex-menchevique
Ierchov, major
Oficial russo capturado
Níkonov, major
Oficial russo capturado
Óssipov, comissário de brigada
Oficial russo capturado
Zlatrokrílietz, general
Oficial russo capturado
Gudz, general
Oficial russo capturado
Kiríllov, major
Oficial russo capturado

Kôtikov
Oficial russo capturado, membro do Partido
Liss, Sturmbannführer
Representante da SS na administração do campo

No campo de trabalho russo

Abartchuk
Ex-marido de Liudmila
Neumolímov
Ex-comandante de brigada de cavalaria durante a Guerra Civil
Monidze
Ex-membro da presidência da Juventude Comunista Internacional
Rubin, Abracha
Enfermeiro
Bárkhatov
Criminoso, assistente de Abartchuk
Tungússov
Velho oficial de guarda
Ugárov, Kolka
Criminoso
Konachévitch
Ex-mecânico de aviação e campeão de boxe
Magar
Velho bolchevique, ex-professor de Abartchuk
Zarôkov
Criminoso, responsável pela barraca de Abartchuk
Perekrest
Chefe da brigada de carvão
Dolgorúki, príncipe
Místico
Stepánov
Ex-professor do Instituto de Economia
Michanin, capitão
Oficial de operações
Trufelev
Enfermeiro

Na jornada para a câmara de gás

Levinton, Sófia Óssipovna
Médica militar, amiga de Ievguênia
David
Um garoto
Boríssovna, Mússia
Bibliotecária
Buchman, Rebecca
Parente de David
Rosenberg, Naum
Contador
Karássik, Natacha
Uma garota tímida
Iankelévitch, Lázar
Mecânico
Samuílovna, Débora
Esposa de Lázar
Vinokur, Mússia
Uma garota bonita
Khmélkov, Anton
Membro do comando especial
Jutchenko, Trofim
Membro do comando especial
Kaltluft, Sturmbannführer
Chefe do Sonderkommando

Na prisão Lubianka

Krímov, Nikolai Grigórievitch
Comissário, ex-marido de Ievguênia
Dreling
Menchevique
Bogolêiev
Historiador de arte e poeta
Katzenellenbogen
Ex-tchekista

Em Kúibichev

Chápochnikova, Ievguênia Nikoláievna
Irmã de Liudmila
Guênrikhovna, Jenny
Ex-governanta da família Chápochnikova
Charogórodski, Vladímir Andrêievitch
Aristocrata exilado de 1926-1933
Limônov
Homem de letras de Moscou
Rizin, tenente-coronel
Chefe de Ievguênia
Gríchin
Chefe da seção de passaporte
Dmítrievna, Glafira
Inquilina mais velha do apartamento de Ievguênia

Na usina de força de Stalingrado

Spiridônov, Stepán Fiódorovitch
Diretor
Spiridônova, Vera
Filha do diretor
Andrêiev, Pável Andrêievitch
Vigia
Nikoláiev
Delegado do Comitê Central
Kamichov
Engenheiro-chefe

Círculo de Guétmanov em Ufá

Guétmanov, Dementi Trífonovitch
Secretário do obkom, designado comissário do corpo de tanques
Guétmanova, Galina Teriêntievna
Esposa de Dementi

Nikolai Teriêntievitch
  Irmão de Galina
Maschuk
  Oficial nos órgãos de segurança do Estado
Sagaidak
  Responsável pela seção de propaganda do Comitê Central ucraniano

Membros do Esquadrão de Combate da Força Aérea Russa

Víktorov, tenente
  Piloto, amante de Vera Spiridônova
Zakabluka, major
  Comandante do esquadrão
Solomátin, tenente
  Piloto
Ieriômin, tenente
  Piloto
Koról, tenente
  Piloto
Martínov, comandante de esquadrilha Vânia
  Piloto
Gólub, instrutor político
  Alojado com Víktorov
Skótnoi, tenente Vânia
  Piloto, alojado com Víktorov
Berman
  Comissário do esquadrão
Velikánov, tenente
  Piloto, o oficial de serviço

Corpo de tanques de Nóvikov

Nóvikov, Piotr Pávlovitch
  Comandante, amante de Ievguênia
Neudóbnov, general Illarión Innokéntievitch
  Chefe do estado-maior do corpo

Guétmanov, Dementi Trífonovitch
Comissário
Kárpov, tenente-coronel
Comandante da 1ª Brigada
Belov
Comandante da 2ª Brigada
Makárov
Comandante da 3ª Brigada
Fátov
Comandante do batalhão
Verchkov
Ajudante de ordens de Nóvikov
Kharitônov
Motorista de Nóvikov

Oficiais do Exército soviético em Stalingrado

Ieriômenko, coronel-general*
Comandante do front de Stalingrado
Zakhárov, tenente-general*
Chefe do estado-maior de Ieriômenko
Tchuikov, tenente-general*
Comandante do 62º Exército
Krilov, major-general*
Chefe do estado-maior do Exército
Gúrov, comissário de divisão*
Pojárski*
Comandante de artilharia do 62º Exército
Batiuk, tenente-coronel*
Comandante da 264ª Divisão de Fuzileiros
Gúriev, major-general*
Comandante da 39ª Divisão de Guardas
Rodímtzev*
Comandante da 13ª Divisão de Guardas
Biélski
Chefe do estado-maior de Rodímtzev

---

* Personagens históricos.

Vavílov
   Comissário da divisão de Rodímtzev
Boríssov, coronel
   Comandante adjunto da divisão de Rodímtzev
Beriózkin, major
   Comandante do regimento
Gluchkov
   Ajudante de ordens de Beriózkin
Podtchufárov, capitão
   Chefe da infantaria
Movchóvitch
   Chefe dos sapadores
Pivovárov
   Comissário do regimento de Beriózkin
Sôchkin
   Instrutor político no regimento de Beriózkin

Soldados na casa 6/1

Griékov, capitão
   "Dono da casa"
Antzíferov, sargento-major
   Comandante do destacamento de sapadores
Viéngrova, Kátia
   Operadora de rádio
Kolomiéitsev
   Artilheiro
Batrakov, tenente
   Comandante do posto de observação da artilharia
Buntchuk
   Observador
Lampássov
   Calculador
Klímov
   Batedor
Tchentsov
   Atirador de morteiro

Liákhov
Sapador
Zúbarev, tenente
Comandante da infantaria
Chápochnikov, Serioja
Soldado
Perfíliev
Soldado
Poliákov
Soldado

Na estepe calmuca

Darenski, tenente-coronel
Chefe do estado-maior da artilharia
Serguêievna, Alla
Esposa de um comandante do Exército
Klávdia
Amante do membro do Soviete Militar
Bova, tenente-coronel
Chefe do estado-maior do regimento de artilharia

Oficiais do Exército alemão em Stalingrado

Paulus, general Friedrich*
Comandante do 6º Exército
Schmidt, general*
Comandante do estado-maior do Exército
Adams, coronel*
Ajudante de campo de Paulus
Bach, tenente Peter
Oficial da infantaria
Krapp
Comandante de batedores, no hospital com Bach

---

* Personagens históricos.

Gerne, tenente
Comandante adjunto do estado-maior do regimento, no hospital com Bach
Fresser, primeiro-tenente
Oficial, no hospital com Bach
Lehnard
Oficial da SS
Halb
Comandante da polícia militar
Eisenaug, sargento
Suboficial na companhia de Bach

1ª EDIÇÃO [2014] 6 reimpressões

ESTA OBRA FOI COMPOSTA EM ADOBE GARAMOND PELA ABREU'S SYSTEM
E IMPRESSA EM OFSETE PELA GEOGRÁFICA SOBRE PAPEL PÓLEN NATURAL DA
SUZANO S.A. PARA A EDITORA SCHWARCZ EM OUTUBRO DE 2022

A marca FSC® é a garantia de que a madeira utilizada na fabricação do papel deste livro provém de florestas que foram gerenciadas de maneira ambientalmente correta, socialmente justa e economicamente viável, além de outras fontes de origem controlada.